O. E. Kiesel · Die unverzagte Stadt

O. E. Kiesel

Die unverzagte Stadt

Roman

ERNST KABEL VERLAG

Die Übersichtskarte am Anfang des Buches gibt ein Gesamtbild der Zerstörungen Hamburgs nach den Bombenangriffen des Zweiten Weltkrieges. Die schraffierten Gebiete verdeutlichen die bevorzugte Richtung der Luftangriffe auf die am stärksten besiedelte und überwiegend von Arbeitern bewohnte Stadthälfte östlich der Alster. Die Karte am Schluß des Buches zeigt die feindlichen Einflüge vom 18. bis 21. Juni 1944.

Umschlagentwurf: Design-Pit
Gesamtherstellung: Clausen & Bosse, Leck
ISBN 3-921909-84-8

Roman in drei Büchern

1. Buch

PARANOIA

It is only the truth that wounds.
Winston Churchill,
31. 3. 47 im Unterhaus.

2. Buch

DIE SIEBENTE SCHALE

Weh, weh die große Stadt,
in welcher reich geworden sind
von ihren Waren alle, die da
Schiffe auf dem Meere hatten; denn
in einer Stunde ist sie verwüstet.
Off. Joh. XVIII, 19

3. Buch

DIE NISSENHÜTTE

„— — — — — — — — — — — — —
— — — — — — — — — — — — —
— — — — — — — — — — — — —"

Herodot, Klio 106
1 und 2

Inhalt

1. Buch

2. Buch

3. Buch

1. Buch

VOM

LAGO MAGGIORE AUS

Mr. Slighton aus Bedford und der emigrierte Fabrikant in Lederwaren Kersch aus Offenbach waren auf der Terrasse des Schweizerhofes in Ascona zu ihrer allmorgendlichen Ping-Pong-Partie angetreten. Anfangs als eine Übung gedacht, den Körper gegen die unheilvollen Einflüsse des reichlichen schweizerischen ersten Frühstücks zu feien, war den Herren das Spiel im Laufe der Ferientage zu einer sportlichen Auseinandersetzung geworden, der sie mit Eifer und Ehrgeiz oblagen. In fast turnierhafter Schnelle ertönte das seelenlose Klacken des Balles in Schlag und Widerschlag. Nur selten flog der Ball ins Aus des sich üppig der Straße zustufenden Rasens.

Slighton, Anfang der Fünfzig, untersetzt, gesundfarbigen breiten Gesichts, war zu wenig eitel, um sich etwas daraus zu machen, daß er durch eine sehr dunkle Sonnenbrille wie ein Uhu auf Urlaub aussah. Seine Kleidung war von jener saloppen Akkuratesse, die allen Engländern auf Reisen zu eignen scheint. Seine Sprechweise, langsam, überlegt, deutete auf ein Temperament eher zur einsichtsvollen Verständigung als zum Disput geneigt. Sein Gegenspieler schon im Äußern sein Widerpart. Schlanke Mittelgröße, eben vierzig, dunkelhaarig, das Antlitz überschattet von dem Schicksal, das ihn aus Heimat und Arbeit vertrieben; zugreifender Intellekt, gutes Urteilsvermögen, durch Erfahrung zur Zurückhaltung gewitzigt. Beide Herren in hellen Flanellbeinkleidern und buntem Hemd, weißen Schuhen.

Der Morgen versprach einen schönen Tag. Früh schon waren die Autos aus Locarno am Hotel vorbeigerauscht.

Der Garten war übersprenkelt von Goldflecken der durch das Laub sinternden Sonne; der Himmel seidig blau; ein paar versäumte weiße Wölkchen hatten es eilig, sich vor der steigenden Sonne in Sicherheit zu bringen. Alles im Frieden der Hände Gottes, wie an jenem Tag, da der Herr sein Werk ansah und es für gut befand.

Slighton hatte einen von Kersch gehässig auf die linke Ecke placierten Ball gerade kunstfertig geschnitten, wodurch der Gegenspieler Gelegenheit zu einem unhaltbaren Rückhand-Schmetterball fand, als im Garten ein dunkel gekleideter Herr, eine eigenwillig gekrümmte Virginia zwischen den Lippen, wie die Verneinung der goldhellen Tagesfrühe in Erscheinung trat.

„Signore Bury scheint schlecht geschlafen zu haben", sagte Slighton, als er sich nach dem Ball gebückt hatte.

Kersch blickte zu dem Neuankömmling hinüber: „Trauer um Frau Lierté. Ihre Freunde sind gestern abend gekommen. Sitzen noch beim Kaffee."

Slighton nahm die Sonnenbrille ab und warf einen spähenden Blick nach der Veranda. In dem roten luftgewöhnten Gesicht standen die grauen Augen im Zentrum kleiner weißer Monde, die von der Schutzbrille herrührten. Er sah die zierliche Frau Lierté, einen etwas korpulenten Herrn und als dritte eine Frau Lierté etwa gleichaltrige Dame. Sie saßen in der Veranda an einem Fenstertisch und unterhielten sich lebhaft.

„Vater und Tochter?" fragte Slighton, die Brille aufsetzend.

„Nein, Ehepaar."

„Deutsche?"

„Hamburger."

„Frau Lierté ist doch Pariserin?"

„Sie lebt in Paris. Sie ist durch Heirat Deutsche."

„Und von Geburt?"

„Russin."

„Sie sind gut orientiert, Mr. Kersch."

„Durch Frau Lierté. Sie ist Jüdin. Ihr Mann ist der Sohn eines deutsch-baltischen Kaufmannes; in Riga, wenn ich nicht irre."

„Das nenn' ich international genug. Und Herr Lierté?"

„Photograph in Paris."

„Und Frau Lierté selber tätig?"

„Prokuristin eines aus Berlin nach Paris emigrierten Handelshauses; hochdotiert; spricht und schreibt sechs Sprachen. Hat auch einmal Pianistin werden wollen – spielen kann sie ja."

„Spielen kann sie. Wenn nur der Flügel nicht so jammervoll wäre."

„Wunder! Bleiben Sie gut gestimmt, wenn immer wieder neue Leute auf Sie einhämmern? Da läßt der beste Flügel die Flügel hängen."

„Eine schöne Frau. Finden Sie nicht?"

„Doch. Und klug genug, zu tun, als wüßte sie es nicht."

„Oh, Mr. Kersch, klug und schön, und spüren lassen, daß man's weiß, ist weder klug noch schön. Ein Zuviel mindert das Glücklichsein."

„Scheint auch für Frau Lierté zuzutreffen."

„Oh, täte mir leid um sie, Mr. Kersch."

„Um Gottes willen, ich weiß nichts. Sie scheint sehr eifersüchtig zu sein. Zu ihrem Mann kommen Damen, die ihren Geliebten Aktaufnahmen zu verehren lieben."

„Mr. Kersch!"

„Finden Sie es schlimm, Mr. Slighton?"

„Oh, sehr schlimm. That's abominable! Nackt fotografieren! Von einem fremden Mann!"

„Frau Lierté sagt: c'est affreux! Das ist dasselbe, Mr. Slighton. Sein Beruf. Die Damen sehen ihn dabei nicht als Mann, sondern nur als eine Art Vorsatzlinse."

Mr. Slighton schüttelte sein in Ehren und guten Sitten in vielen Kolonialjahren ergrautes Haupt. Sein ehrliches Gesicht glich mit der dunklen Sonnenbrille nun wahrhaft dem eines Uhus, der plötzlich dem Strahlenkegel einer Blendlaterne ausgesetzt ist.

Signore Bury kam den Weg herauf, blieb stehen, bog unmutig an der sichelförmigen Virginia herum und schritt, heftig an dem widerspenstigen Kraut saugend, näher. Nach Art der Südländer liebte er dunkle Kleidung, von der sein ungebräuntes helles Angesicht abstach. Geborener Weltschmerzler, der aller Dinge Gegenteil für allein richtig hielt, konnte er es dem lieben Gott nicht verzeihen, ihn bei der Erschaffung der Welt nicht befragt zu haben und hielt es daher für ein Verhängnis, daß seine Heimat Tessin der Schweiz und nicht Italien zugehörte. Man sagte ihm Beziehungen zu faschistischen und nationalsozialistischen Beobachtern nach, die sich, wie man wissen wollte, in Ascona, einem Asyl zahlreicher Emigranten, aufhielten, ohne daß sie sich indes unliebsam bemerkbar machten. Wovon Signore Bury lebte, wußte man nicht, hielt es auch nicht für nötig, diesem nachzuforschen, denn in einem Ort, dessen Blühen und Gedeihen von der Wohlgeneigtheit vermögender Nichtstuer und gutsituierter Erholungsuchender abhängt, hat man anderes zu tun, als sich um mehr als die Zahlungsfähigkeit der Gäste zu sorgen. Man nahm Signore Bury im Kanton nicht wichtig und ließ ihm die Freiheit seiner Anschauungen, wie sie jeder in der freien Schweiz haben darf. Grollend mußte er einsehen, daß die Regierenden ihm gegenüber keine bessere Politik als die des Gewährenlassens haben konnten; denn dadurch wurde seine Gefährlichkeit, die er sich vielleicht einreden mochte, vor aller Augen ad absurdum geführt. Indem er keinen Widerstand fand, konnte auch sein Widerstand sich nicht stärken; er stieß überall in die Leere lächelnder Gelassenheit vor. Er fand aber auch keine Gegenliebe bei seinen kantonalen Eidgenossen, die nicht einsehen mochten, warum man nach etwas anderem streben sollte, wenn das Bestehende und Gegenwärtige das Zusagende ist. Weshalb sich in den Wirbel der großen und darum gefährlichen Politik einbeziehen lassen, wenn man an des Herdes freundlich leuchtender Flamme die Geruhsamkeit dieses kleinen Vaterlandes schätzen gelernt hat? Bei aller Enge war dieses kleine Vaterland groß und stark geworden durch Bescheidung auf klug rechtzeitig errungene Erkenntnisse, als deren höchste diese: den Staat sich zum Besten jedes einzelnen um sich selber kümmern zu lassen und nicht den Deckel von Töpfen zu lüpfen, die andere zu Feuer gesetzt haben. Wenn in den übrigen Teilen der Erde anderen der Hut vom Kopf und noch mehr wegwehte, bimmelte auf den Almen der Schweiz der Friede Gottes vom Halse breitgestirnter schierer Kühe.

Bury war kein Dummkopf, nur was er wollte, war dumm. In seinem Äußern betonte er durch eine flatternde Krawatte den Typ eines Freiheitshelden, über den man in währender Zeit längst zur Tagesordnung übergegangen war. Er liebte es, leicht in Rage zu geraten, da er bemerkt zu haben glaubte, damit den Eindruck des Bedeutenden zu erwecken. Stolz, aber unnötig betonte er seine Unabhängigkeit, denn die gleiche Unabhängigkeit hatte jeder seiner Volksgenossen von Staats wegen.

Nähertretend begrüßte er Slighton und Kersch mit dem ortsüblichen: „Ciao! Ciao!"

Slighton nahm die Brille ab. „Good morning, Mr. Bury. Gut geschlafen?"

Bury reichte den Herren die Hand. „Geht, geht, Mr. Slighton."

„Sieht nicht so aus", meinte Kersch. „Wieder Weltschmerz?"

Die Saaltochter aus Interlaken, ein handfestes Stück von Mädchen, dem Bury aus unerfindlichen Gründen den Namen Eustachia angehängt hatte, obwohl sie Vroni gerufen wurde, schlängelte sich aus der Veranda heran, als wolle sie sehen, ob das Gras noch grün sei.

Bury rief sie an.

„Herr Bury?"

„Einen großen Kognak."

„Sehr wohl, Herr Bury."

„Laus über die Leber gelaufen?" erkundigte sich teilnehmend Mr. Slighton.

„Mehr ein Ichthyosaurus, nach dem Gesicht zu urteilen", meinte Kersch ironisch. Bury erlaubte sich den Luxus eines kleinen Lächelns.

Eustachia brachte den Kognak: „Bitte, Herr Bury."

„Brr!" machte Kersch. „Das so am frühen Morgen!"

Eustachia nahm das Glas wieder entgegen und stelzte davon, in der Gewißheit, drei Männer zu Bewunderern ihrer schön geformten Beine zu haben.

„Sie müssen die Amaryllis in der Veranda sehen, sie blüht“, sagte Bury.

Slighton und Kersch blickten nach der Veranda, als ob die Amaryllis, die von hier überhaupt nicht zu sehen war, ihnen den Gefallen täte, in ihren Gesichtskreis zu treten. Sie sahen aber nur Frau Lierté und ihre Freunde, die nach den Herren hinausgesehen zu haben schienen, denn sie wandten sich ein klein wenig zu ostentativ einander zu, als sie deren Blicke wahrnahmen.

„Haben Sie die Amaryllis beobachtet? Ich Tag für Tag. Zuerst die Blätter; drei Stück; wie breite Dolchklingen aus der Zwiebel; ganz langsam wuchsen sie. Dann eine neue Spitze; wie ein neues Blatt; wuchs aber schneller, rundete sich zu einem Stiel, bildete einen spitzen Kolben und wuchs in ein paar Tagen über die Blätter hinaus. Jetzt sind zwei rote Blüten da, zauberhaft rot brennende Blüten. Wie ein Fanal der Wollust.“

Slighton und Kersch sahen einander an, verwundert ob des fleuristischen Interesses Burys.

„Morgen oder übermorgen tut sich die dritte Blüte auf“, fuhr Bury fort. „Ein Symbol des gierigen Lebens. Dieses Lebens, das nicht tot zu kriegen wäre, wenn Gott in seiner unausschöpfbaren Güte den Menschen nicht den Trieb eingeboren hätte, es von Grund auf zu verpfuschen.“

„Was haben Sie eigentlich gegen das Leben?“ fragte Slighton sanft. „Ich finde das Leben ganz schön.“

„Das Leben vielleicht. Aber die Menschen?“

„O ich finde auch die Menschen ganz erträglich, Mr. Bury.“

„Das ehrt Sie, Mr. Slighton. Was mich betrifft, ich halte die Menschheit für eine temporäre Verlausung der Erdkruste. Vier Milliarden Jahre ist die Erde alt. Die ersten Spuren eines menschenähnlichen Wesens zwei Millionen Jahre. Der historische Mensch — hören Sie bitte diese

Gravität! — der historische Mensch knapp sechstausend Jahre alt. Glauben Sie an Adam und Eva, Mr. Slighton? Sie, Herr Kersch?"

„O Mr. Bury; es steht in der Bibel." Slighton stammte aus Bedford, also aus England.

„Gut, Mr. Slighton. Die Wahrheit der Bibel unterstellt — was tat das erste Menschenpaar, dessen sich der Herr mit einer Lammesgeduld ohnegleichen annahm? Es achtete gut gemeinte Verbote nicht; es fand Lust an der Sünde und wurde verstoßen. Und dann? Unter den Kindern Mord und Totschlag! Was verdient eine Menschheit von solcher Herkunft anderes, als ausgerottet zu werden? Es ist überaus tröstlich zu sehen, daß sie mit Eifer dabei ist, es selber zu zu tun. Man hätte ihr von Anfang an mehr Erfolg wünschen können; aber man wird mit der Zeit schon die richtigen Methoden finden, einander auszutilgen."

Slighton und Kersch kannten diese Litanei und lächelten teilnehmend. Das störte Bury nicht, der heute einen besonders schwarzen Tag zu haben schien: „Ich rechne mich nicht zur Elite der Menschheit. Ich bin weder Gelehrter, noch Wirtschaftsführer, noch Politiker —" „Oh," sagte Slighton, — „Nein Mr. Slighton, ich bin überhaupt nichts, was des Aufhebens wert wäre. Ich habe keine irgendwie geartete Begabung, Gefahr zu laufen, mit dem Nobelpreis behängt zu werden. Gute Konfektion, Ersatz für Maßarbeit, wenn Sie wollen. Aber mein Verstand sagt mir, daß wir in einer Hundewelt leben. Ja, in einer Hundewelt, in der es zu viele Hunde und zu wenig Knochen gibt. Das ist das Problem."

„Haben Sie nie etwas von einer Weltordnung gehört, Mr. Bury?"

„Gehört ja, aber gesehen? Und ist nicht einmal jemand auf die Erde gesandt worden, um sein Leben für diese Weltordnung zu lassen, die sich immer mehr als eine Weltunordnung erweist? Stellt eine Ordnung überhaupt ein Optimum an Sinnfälligkeit und Richtigkeit des zu Ordnenden dar? Staatsordnung, Wirtschaftsordnung, Rechtsordnung, Hausordnung, alles Palliativmittelchen, um eurer gepriesenen Weltordnung das bißchen Atem zu erhalten. Und wenn ihr der Atem ausgeht, dann machen die Menschen Krieg für eine neue Weltordnung."

„Nun, dann wären wir ja wieder soweit, Herr Bury", sagte Kersch. „Der Krieg! Ja, der Krieg!"

„Wer denkt an Krieg, Mr. Bury?"

„Alle Welt, Mr. Slighton, obwohl sie tut, als täte sie's nicht. Wirkliches Glück, meinte Platon, wird den Staaten erst dann blühen, wenn die besten Philosophen Herrscher sind oder die Herrscher sich um die höchste Weisheit mühen. Vor mehr als zweitausend Jahren hat ein Mann, der immerhin einige Einsicht in die Möglichkeiten eines erträglichen Daseins hatte, dieser Meinung Ausdruck gegeben. Sicher eine Zeit, lang genug, um diese Meinung auf ihre Richtigkeit einmal zu erproben. Betrachtet man indes die Schicksale der Völker, dann findet man sich zu der betrüblichen Feststellung gezwungen, daß ganz selten die besten Philosophen auch zugleich den Herrscherberuf ergriffen und daß ebenso selten die zum Herrschen Berufenen sich um die höchste Weisheit bemüht hätten. Von der Wohlfahrt des Staates redeten die Herrscher um so heftiger, je mehr sie ihr eigenes Wohlergehen im Auge hatten. Der Egoismus der Regierenden ist von jeher im Gewande der Wohlmeinung für die Allgemeinheit einhergegangen. Wenn nur ein Tausendstel alles dessen, das man aufwandte, um die Rechte der Völker gegeneinander abzuwägen, für ein wahres, edles, unvoreingenommenes Völkerrecht ausgegeben worden wäre, wenn immer die Wohlfahrt der Völker voran und die Eigeninteressen weniger hintan gestanden, der Mut zum Frieden mehr gegolten als die Entschlossenheit, ihn aufs Spiel zu setzen, die Hütten der Armen für genau so unantastbar gehalten wie die Paläste der Reichen, das im Streit vergossene Blut heimgesucht worden wäre an denen, die zwar die Vollmacht hatten, den Streit zu führen, nicht aber den guten Willen bezeigten, ihn zu vermeiden, wahrlich, was hätte den guten Gott dann noch abhalten sollen, die Menschen zu Nachbarn seines Herzens zu machen?"

Kersch sah über den in der Wonne des Junitages sich selig dehnenden Garten und dachte: O Gott, den hat es heute wieder! Ob Frau Lierté mit ihren Freunden nicht bald vom Kaffeetisch aufsteht und mit ihrem Glanz das bedrückende Gewölk verjagt? Mr. Slighton starrte auf den Flitzbogen der Virginia in Burys Hand und fragte sich, wie ein vernünftiger Mensch auf den Gedanken kommen könne, solch Ding zu rauchen. Eustachia lehnte, ein Bein über das andere geschlagen, in der Verandatür und fand, daß Signore Bury immer häufiger die großen Kognaks zu bezahlen unterließ. Bury knipste sein Feuerzeug an, paffte die Zigarre in Brand und fuhr fort: „Es gibt Menschen, die der Meinung sind, der ewige Friede sei Sache Gottes und nicht der Menschen. Wir begnügen uns daher, nach jedem Krieg von einem Weltfrieden zu sprechen, obwohl sich erwiesen hat, daß Kriege Hochöfen des Nationalismus sind, aus dessen Übersteigerung immer neuer Hader kommt. Und dann redet man sich ein, das Kikeriki dadurch aus der Welt zu schaffen, daß man dem Hahn auf dem Nachbarhof den Hals umdreht. Was dann auch geschieht. Aber das Kikeriki bleibt!"

„Wenn es", warf Kersch ein, „zu einem Kriege kommt! Ich glaub' nicht dran."

„Sagen Sie! Aber Sie glauben doch daran", berichtigte Bury ihn. „Kriege gehören nämlich zur Planwirtschaft der internationalen Hochfinanz."

„Also schön. Wenn es nun einen Krieg gibt, wer soll ihn gewinnen?"

„Das weiß keiner", antwortete Bury. „Aber das weiß ich: den nächsten Krieg wird der Sieger verlieren."

Frappiert von diesem Paradoxon, kapitulierte Kersch: „Können wir an diesem schönen Morgen nicht von anderen Dingen sprechen, Signore Bury? Lassen wir doch Staatskunst und Politik; was verstehen wir schon davon. Oder alles nur, weil die göttliche Fanny ohne uns zu frühstücken geruht?"

„Das trifft Sie, Mr. Slighton, gleichermaßen."

„Mir hat der Kaffee gar nicht geschmeckt", gestand Slighton, froh, das Gespräch auf leichterer Bahn zu sehen. „Werden die Herrschaften lange bleiben?"

„Mit zehn Mark Devisen wird's nicht weit langen", meinte Kersch.

„Es ist awful für die Deutschen, so gern wie sie reisen."

„Sie sind Gäste von Frau Lierté."

Slighton lächelte pfiffig: „Hätten Geld hereinschmuggeln können."

„Und wenn sie's einwechseln, wird's im Paß vermerkt und an der Grenze von den deutschen Beamten notiert."

„Oh", sagte Slighton, „dann hätt' ich's eingewechselt. Ein Freund von mir, ein Berliner, schmuggelt immer Geld. Er läßt sich kurz vor der Grenze zwei belegte Brötchen aus dem Speisewagen kommen, höhlt die Brötchen aus, drückt die Geldscheine hinein, darüber das ausgebröckelte Brot, dann den Aufschnitt als Decke, und wenn die Kontrolle kommt, tut er, als ob er in dem Augenblick gerade zu frühstücken beginnen wolle. Fein, was?" Slighton hatte beim Erzählen ein richtiges Seeräubergesicht.

Sieh einer an, dachte Kersch, der ehrbare Mr. Slighton aus Bedford freut sich an Schmugglerstückchen. In der Veranda erhoben sich Frau Lierté und ihre Gäste.

„Achtung", sagte Kersch. „Gleich werden der Garten und seine environs von Zauber und Glanz erfüllt sein."

Die Damen kamen nicht heraus, sondern begaben sich in ihre Zimmer. Der Herr trat vor die Tür — ein behäbiger rundlicher Herr in grauem Reiseanzug — und blinzelte den Himmel an, als ob er seiner blauen Herrlichkeit nicht recht traue. Die Prüfung schien zur Zufriedenheit Seiner Rundlichkeit ausgefallen zu sein. Er ließ die Handflächen ein paarmal aneinder entlanggleiten, klatschte sie einmal gegeneinander und wandte sich dem Hoteleingang zu.

„Ein heiteres Temperament, scheint mir", meinte Bury.

„Behäbige Leute sind immer heiter", pflichtete Slighton bei.

„Das hat ein Landsmann von Ihnen vor geraumer Zeit festgestellt, Mr. Slighton."

„Gewiß, Mr. Kersch. Die Heiterkeit dieses Mannes scheint mir die beste Widerlegung der Kriegspsychose von Signore Bury zu sein."

„Warten wir's ab." Bury machte ein überlegenes Gesicht. „Dem vergeht vielleicht die Heiterkeit eher, als er denkt."

Jetzt schritten die Damen und der Rundliche vom Hotel her; nicht aber, um den Garten und seine environs mit Zauber und Glanz zu erfüllen, sondern um baden zu gehen. Frau Lierté lächelte zu den Herren herüber. Die Herren verneigten sich und die göttliche Fanny mit ihren Gästen erwiderte den freundlichen Morgengruß.

Von der Dependance kam das holländische Geschwisterpaar van der Poorten, gleichfalls für das Bad ausgerüstet. Das Paar, er achtzehn, sie siebzehn, war von den Eltern zur Belohnung für bestandene Schulprüfung auf die Reise geschickt worden. Der Junge sollte im Herbst auf eine der niederländischen Besitzungen in der Südsee. Das stand den Geschwistern, die sich ein Leben ohne einander gar nicht denken konnten, schreckend bevor. Beide hochgewachsen, durch vielerlei Sport von schöner Gelöstheit der Glieder, waren, wo sie erschienen, eine rechte Augenfreude.

„Wir sollten auch baden gehen", sagte Kersch.

„Sie können Mr. Slighton doch nicht um seine Partie bringen! Und was mich anbetrifft, ich möchte" — er sah dem Geschwisterpaar nach — „keine Vergleichsmöglichkeiten mit Daphnis und Chloe bieten."

„Das war ein Liebespaar, Signore Bury."

„Gewiß, mein lieber Herr Kersch. Chloe hat, wenn mich meine Augen nicht täuschen, schon einen Daphnis in Schweizer Offiziersuniform und Daphnis wird seine Chloe auch finden. Guten Morgen, meine Herren."

„So long, Mr. Bury."

„A rivederci, Signore Bury.“ Kersch meinte, dem Freund Italiens diesen Bonbon ab und zu reichen zu sollen.

Sie sahen dem Davonschreitenden nach.

„Nicht immer erfreulich, der Signore Bury, Mr. Slighton.“

„Das denke ich auch, Mr. Kersch.“

„Also spielen wir.“

Wieder das seelenlose Klick-Klack des fliegenden weißen Balles in dem sonnenflimmernden Garten.

Eustachia lehnte in der Verandatür. Sie hatte gerade überschlagen, daß Signore Bury bereits neun große Kognaks zu bezahlen unterlassen hatte. Bei aller Geneigtheit für Signore Bury, beim zwölften Kognak wird sie Schluß machen.

In den Loggien wedelten die Stubenmädchen die Staubtücher aus.

Es war alles friedlich und über die Maßen schön.

Dionysos knabberte gelangweilt an seinem Thyrsos.

Eine Woche zuvor hatte ein stürmischer Tag den See aufgewühlt, seine Wasser weit auf den flachen Badestrand hinaufgetrieben und den schmalen Rasenstreifen mit den Auskleide-Kabinen so nachhaltig überflutet, daß sie heute noch in einem eigenen kleinen See standen. Darunter litt das Badetreiben — es war hier sowieso um diese Zeit nicht allzu heftig — keineswegs, engte es zwar räumlich ein, gab ihm dafür aber den Reiz schneller Annäherung. Das holländische Geschwisterpaar hatte Frau Lierté und ihre Freunde überholt, war einen Richtweg gegangen, und so lag das Paar bereits am Strande, als die schöne Fanny mit Gefolge kam. Die Holländer waren so freundlich, auf die heimtückischen Lachen um die Kabinen aufmerksam zu machen, an die man überhaupt nur gelangen konnte, wenn man Schuhe und Strümpfe auszog. Das gab fröhliches Gelächter und erhöhte die Stimmung der Badegäste.

Die Freundschaft zwischen Frau Lierté aus Paris und dem Ehepaar Berger aus Hamburg ging auf eine Jahre zurückliegende flüchtige Bekanntschaft im Rapido Rom—Neapel zurück. Das anfangs überfüllte Abteil lichtete sich unterwegs, so daß am Ende die drei allein waren und ins Gespräch kamen. Es stellte sich heraus, daß sowohl die Pariserin als das Ehepaar aus Hamburg ohne ein bestimmtes Reiseziel losgefahren waren. Man wußte es auch nach der Ankunft in Neapel nicht, wo man ja erst einmal hätte bleiben können. Aus der Tür eines Reisebüros wurden sie zu einer Fahrt nach Capri eingeladen und — launig befeuert von dem Gefallen aneinander — entschloß man sich kurzerhand, auf die Insel zu fahren, die Bergers flüchtig von einem Tagesbesuch von Sorrent aus kannten. Bergers waren begeisterte Italienfahrer, kannten Rom, Venedig, Verona, San Remo, Alassio, Meran, Florenz, waren aber nie südlicher als Neapel gekommen.

Aus dieser Reisebekanntschaft war herzliche Freundschaft geworden. In den folgenden Jahren stimmte man die Urlaubszeiten aufeinander ab und startete gleichzeitig — drüben in Paris, hüben in Hamburg — zum Treffpunkt Capri. Wenn sie bei der Heimfahrt auch jedesmal schwuren, das letzte Mal auf dieser Insel der Besessenen gewesen zu sein, sobald es wieder soweit war, gab es nur ein Ziel: Capri!

Frau Lierté reiste immer ohne ihren Mann. Bergers fragten nicht, warum, fühlten aber, daß ihre neue Freundin im Alleinsein auf Reisen Erholung suchte von den Schwernissen einer unbefriedigten Ehe. Freimütig gestand die Freundin, daß ihr Mann einige Jahre jünger sei als sie. Darunter habe ihre Ehe indes nie gelitten, das komme erst jetzt, da ihr Mann, der ja Deutscher sei, seine Stellungnahme dem Judentum gegenüber — sie sei doch nun einmal Jüdin, wenn man sie auch zunächst nicht dafür halte — geändert habe. Der Ehemann ließ sich, wenn er nach Berlin fuhr, um seine Mutter zu besuchen, ein-, zweimal in Hamburg sehen. Man wurde indes nicht mit ihm warm. Bergers statteten ihn mit Geld aus — nicht allzu reichlich, denn Fanny mußte es zurückgeben — und damit war's getan.

In diesem Jahr hatte man trotz aller Versuche keinen gemeinsamen Termin finden können. Man mußte sich mit einer kurzen Begegnung begnügen, für die Fanny Ascona in der Schweiz vorgeschlagen hatte, ein Vorschlag, der Bergers zusagte, erstens weil Fanny sie mit ihren Devisen durchhalten würde, und zweitens weil Bergers ihr den zurückgelassenen Schmuck nach Paris emigrierter Freunde zur Weitergabe aushändigen wollten. Das war für Bergers ein sehr gewagtes Stück. Sie meinten es ihren jüdischen Freunden aber schuldig zu sein, diese Gefahr auf sich zu nehmen.

Die Damen schwammen weit in den See hinaus. Berger kehrte nach einer kurzen Strecke zurück, da er beim Schwimmen leicht einen Fußkrampf bekam. In seiner Jugend war er ein beachtlicher Langstreckenschwimmer und aussichtsreicher Springer gewesen, hatte aber allen Ehrgeiz von sich getan, als er bei einem Auerbachsalto vom Dreimeterbrett — Salto rückwärts aus dem Stande vorwärts — schlecht abgekommen war und sich ein Bein heftig angeschlagen hatte. Mit gemächlichen Bruststößen strebte er dem Strand zu. Als die Damen endlich zurückkehrten, lag er, eingehüllt in sein Laken, vor Wohlbehagen fast berstend, sein Gesicht schimmernd wie ein Lampion, und blinzelte zu den Holländern hinüber, die es heute bei Luft und Sonne ohne Wasser bewenden lassen zu wollen schienen. Das Mädchen lag lang ausgestreckt, sich nach hinten aufstützend, der Bruder bäuchlings neben ihr, kein Auge von ihr lassend.

„Sieh dir nur den Mann an“, sagte Else Berger zu Fanny und schlenkerte ihre nassen Arme gegen ihren Mann, der schnell unter das Laken kroch. „Wie will er da zu einer schlanken Linie kommen?“

Berger riskierte einen Spalt und schrie: „Will ich gar nicht!“

„Willst du nicht? Du Mastodon! Wenn jeder so dick wäre wie du, könnten nur halb soviel Menschen auf der Erde leben!“

„Laß ihn nur“, begütigte Fanny in ihrer zierlichen Art. „Er fühlt sich wohl und es steht ihm.“

„Ja, und der Arzt sagt, daß er eines Tages einfach umfällt —"

Berger hob sein Lampion-Gesicht: „Umfällt! Umfällt! Dann steh' ich wieder auf und trainiere für den Marathonlauf."

Die Damen rubbelten sich trocken und legten sich neben dem Mastodon in den Sand.

„Sind es nun wirklich Geschwister?" fragte Else mit einem Blick auf die Holländer.

„Sicher. Er soll ihr gestern abend noch eine Szene gemacht haben, weil sie mit einem Schweizer Offizier flirtet. Irgendwo sind hier nämlich Manöver."

„Na, hör' mal! Er kann ihr doch nicht verbieten zu flirten, mit wem sie Lust hat!"

Else sah das junge Mädchen verstohlen an. Es war wunderhübsch in seiner lässigen Haltung. Der zweiteilige rote Badeanzug saß knapp am Körper; die rote Badekappe achtlos neben ihr; das wellige blonde Haar über der gebogenen Stirn durch ein schmales rotes Band gebändigt. Eine Erinnerung kam Else und ließ ihren Blick über die gutgeformten Beine des Mädchens gehen. Mit elf Jahren war es ihr und gleichaltrigen Klassenfreundinnen ein prickelndes Gefühl gewesen, einander die Schenkel zu zeigen und zu vergleichen. Es war keinerlei geheimnisvolle Lust an der Entblößung in ihnen und mochte dennoch das erste unbewußte Aufkeimen von Sinnlichkeit gewesen sein. Else erinnerte sich noch heute, wie abstoßend einige wirkten; andere in ihrer Unreife schon von jener Süße, über die immer mehr Scham als Sinnlichkeit gebieten würde; die Schenkel von der bogigen Schlankheit edler Amphoren, die Haut überschimmert von der Unerwecktheit des Blutes. Später überprüfte man einander den Busen. Alles endete, als die Mädchen reifer werdend Scham auch voreinander empfanden.

Else hatte sich dieser Schaustellung lange als eines Merkzeichens unschöner Frühreife geschämt, bis sie von verständigen Frauen hörte, daß sie gleiche und ähnliche Grenzerlebnisse der Pubertät gehabt hätten und sich keineswegs bedrückt fühlten. Eines aber war in Else doch nachgeblieben: die Freude an schönen Leibesformen.

In ihre Gedanken hinein fragte Fanny: „Wie war das Baden in Rapallo?“

„Nicht wie auf Capri“, antwortete Else, sich aufrichtend. „Kleines Bad mit mickrigem Strand. Wenn man frei badete, das war schön.“

Nun setzte auch Berger sich auf: „Da war an der Eisenbahn in einer malerischen Felspartie ein großes Haus ins Meer hinausgebaut; erst halbfertig; den Leuten war das Geld ausgegangen. Das war eine Verwunschenheit ohnegleichen, nicht wahr, Else?“

„Wie im Märchen, Fanny.“

„Zu dumm, daß wir uns so verpaßt haben. In der Hauptsache wart ihr in Florenz?“

„Und fast jeden Tag Regen. Der Arno hatte Hochwasser.“

„Auf die Art haben wir uns die Galerien genauer ansehen können. Anders kommen wir ja nie dazu.“

„Ich weiß, ihr liebt die sogenannten Sehenswürdigkeiten nicht.“

„Weil sie bei allen ihren Grundwerten für die Allgemeinheit für den einzelnen doch relativ bleiben. Reisen bildet. Ich gehe aber nicht auf Reisen, lediglich um mich zu bilden; ich will eine Steigerung des Lebensgefühls.“

„Die man doch auch hat, wenn man sich auf Reisen bildet.“

„Liebe Fanny, natürlich; jeder nach Geschmack und Begabung. Ich habe von einer Stunde auf den alten Brücken von Florenz mehr als von drei Stunden Galerien. Mach was dagegen — es ist so!“

„Natürlich, jeder, wie er mag und will —“

„— und soll! Denn am Ende lebt jeder gemäß seiner Veranlagung.“

„Gott, Kinder“, sagte Else, „steigt doch nicht immer gleich so hoch. Wir liegen hier am Strand in einer der schönsten Gegenden der Welt. Wir freuen uns, beieinander zu sein, die Sonne scheint, keiner hat uns etwas zu befehlen. Nun faulenzen wir noch zwei Stunden, dann gehen wir essen; dann schlafen wir, dann trinken wir Kaffee, dann gehn wir in den Garten, dann essen wir zu Abend — Ja, wenn euch das noch nicht genug ist!"

„Wenn ich nur wüßte, wo ich bleibe", klagte Fanny.

„Bleib doch hier! Besser findest du's nirgends."

„Wenn ihr weg seid, wird es mir nicht mehr gefallen. Das kenn' ich."

„Schmeichelhaft für uns, Fanny. Komm mit uns nach Hamburg. Else war schon zweimal bei dir in Paris, du noch nicht ein einziges Mal in Hamburg."

„Du übersiehst, lieber Alfred, Else ist Hausfrau. Wenn du ihr Urlaub gibst, kann sie reisen. Ich als Angestellte habe nur meinen Urlaub."

„Dann sieh dir die Schweiz an. Berner Oberland, Genfer See, Lausanne, Genf, Luzern, Zürich, Engelberg, Wengen. Die Schweiz ist überall schön."

„Im nächsten Jahr machen wir es anders, Fanny."

„Ach, Else, nächstes Jahr! Wer weiß, was nächstes Jahr ist!"

„Na, hör' mal! Was soll nächstes Jahr denn sein? Wenn wir leben und gesund sind —"

„Wenn wir leben und gesund sind."

„Spricht man bei euch auch vom Krieg?"

„Kaum von etwas anderem, Alfred. Ganz verrückt sind die Menschen. Als ob es morgen schon losginge."

„Ja, wenn — dann geht's schnell."

Else zupfte ihr Badelaken zurecht: „Sprecht ihr von Krieg, soviel ihr wollt; ich schlafe." Ehe sie sich jedoch hinlegte, sah sie die holländischen Geschwister ins Wasser gehen. Er behutsam, Schritt für Schritt, sie, die Kappe noch zurechtrückend, streckte die Arme aus, warf sich pfeilend vor und glitt mit Schmetterlingsschlägen in den See hinaus. Der Bruder stand und sah ihr nach; dann folgte er ihr mit wühlenden Kraulstößen.

„So!“, sagte Else, „und nun schlafe ich, daß ein Auge das andere nicht sieht.“

Auf dem Rückweg begegneten sie Slighton und Kersch und man schlenderte gemeinsam ins Hotel zurück. Im Garten gesellte sich Bury zu ihnen. Unverkennbar hatte man Sympathie füreinander. Else fand, Fanny esse immer noch nur wie ein Vogel. Fanny begegnete dieser Feststellung mit dem Hinweis, daß ihr jahrelanges Magenleiden trotz endloser Kuren keine Spur gebessert sei. Eben wegen der Kuren, meinte Else; Pillen verträgt kein Magen auf die Dauer.

„Ich wollte, ich wäre wie du, Else.“

„Hat auch seine Nachteile, Fanny. Wie lebt ihr in Paris? Hast du deine russische Köchin noch? Ich hab' ihr manches abgeguckt, nicht wahr, Alfred?“

„Du kommst doch im Juli oder August, Else?“

„Wenn Alfred nichts dagegen hat, Fanny —“

„Was es mir schon nützt, wenn du etwas willst, meine Liebe! Ich weiß nur nicht, wie du mit den Devisen zurecht kommst.“

„Das laßt meine Sorge sein“, sagte Fanny. „Ihr könnt das Geld an meine Schwiegermutter in Berlin senden.“

„Was zwar auch wider deutsche Gesetze ist —“

„Sei nicht albern, Alfred. Wir kommen vor Gesetzen in Deutschland um. Wenn du's nicht tust, ich tu' es bestimmt, wenn Fanny mich haben will.“

„Liebend gern, das weißt du, Else.“

„Also dann komm ich und damit gut.“

„Wie lebt ihr überhaupt in Deutschland?“

„Gut“, sagte Alfred.

„Sehr gut, glänzend sogar. Echter Kaffee und richtiger Tee gefährden unsere Gesundheit nicht; wir bleiben hübsch schlank“ — mit einem Blick auf Alfred — „bis auf einige, — da wir keine Butter haben. Willst du Unterwäsche kaufen, dann ist sie gerade ausverkauft! Gardinen oder Tischwäsche — ach, du lieber Gott! Hundeelend geht es uns in Deutschland, Fanny. Nur die da oben, die haben alles. Landsitze, Lustjachten. Gegen die ist Gott in Frankreich ein Hungerleider."

Fanny und Alfred lachten.

„Lacht nur. Es gibt welche in Deutschland, die lachen nicht; bloß sagen dürfen sie nichts. Aber sie merken es sich."

„Die da oben, Else, sie sind ja doch wohl von Gott gewollt; denn an jedem Sonntag wird bei uns in allen Kirchen gemahnt, untertan zu sein der Obrigkeit, die uns von Gott gesetzt ist."

„Laß den Unsinn, Alfred, das glaubst du ja selber nicht. Sie wollen den lieben Gott doch überhaupt abschaffen."

„Das wird er sich wohl kaum gefallen lassen. Er wird wohl auch bei uns die Hand im Spiel haben; denn wenn ohne seinen Willen kein Haar vom Dache und kein Spatz vom Kopfe fällt —"

„Pfui", sagte Fanny, „mußt du immer spotten?"

„Nein, nein. Aber es ist doch so, daß die Männer, die heute bei uns am Ruder sind, ganz legal gewählt worden sind. Ohne Gewaltanwendung und ohne Staatsstreich. Da sind keine Eisengeschienten in den Reichstag gekommen, um ‚Schluß, meine Herren!' zu gebieten. Wenn nun aber der Reiter im Sattel sitzt, muß der Gaul parieren, ob er will oder nicht." Er wandte sich direkt an Fanny: „Siehst du, Fanny, es ist in allen Ländern, in denen es Wahlen gibt, das gleiche: nicht die Zahl der Parteimitglieder bringt eine Partei ins Ziel, sondern die Zahl der Parteiwähler. Bei jeder Wahl geschieht es nun, daß viele einer Partei ihre Stimme geben, nicht weil sie gerade diese Partei wollen, sondern weil sie eine andere nicht wollen. Verstehst du, was ich sagen will? Parteiwähler stellen die anonyme Schubkraft der siegreich gewählten Partei dar, die nun natürlich ihr Parteiprogramm zu verwirklichen strebt; denn auf Grund der Wahl darf sie das Einverständnis der Mehrheit mit diesem Programm voraussetzen. Das ist ebenso natürlich ein Trugschluß, das weiß die siegreiche Partei auch; aber sie nützt die Legalität ihrer Wahl aus, wie sie will, denn nun ist sie in der Macht. Eine Wahlmehrheit ist, wer weiß das nicht, niemals auch zugleich eine Überzeugungsmehrheit, und somit ist es absurd, nach dem Wahlsieg einer Partei anzunehmen, daß ein ganzes Land gespickt voll von Bekennern gerader dieser Partei sei."

„Von dieser Partei bestimmt nicht! Man sollte einmal die Gegenprobe machen; wie weggefegt, sage ich euch."

„Zweifelsohne, Else. Wer will sie aber zu dieser Gegenprobe zwingen? Freiwillig tun sie's nicht."

„Werden schon wisssen, warum nicht. Sieh dich doch um bei uns zu Hause, was einige Leute plötzlich haben, die sonst nichts hatten. Auto, große Wohnung, Pelzmäntel —"

„Genau, Else. Es ist nichts anders geworden; wer an der Krippe steht, frißt sich einen Wanst an. Das war so, ist so und wird — Gott sei's geklagt — immer so bleiben; denn der Mensch wird ein Vieh, wenn er ungestraft zu Wohlstand gelangen kann. Davon reden wir aber gar nicht, sondern darüber, daß alle Welt tut, als ob sie sich die Macht angemaßt hätten. Das stimmt nicht; sondern, wie ich schon sagte, der anonyme Wähler, der jetzt nach Remedur schreit und — da er in seiner Anonymität unauffindbar und unangreifbar und somit ohne Verantwortung bleibt — die gleiche Blödheit heute noch einmal machen würde, hat sie zur Macht erhoben. 1932 hatte die Partei anderthalb Millionen Mitglieder, aber vierzehn Millionen Wähler haben ihr ihre Stimme gegeben. In ein Boot gehen, von dem man weiß, daß es ein Leck hat, sich aber der Hoffnung getrösten, Gott werde zur rechten Zeit weiterhelfen, das ist immer eine dumme Geschichte."

„Aber du weißt genau, wie sie im Auslande über uns reden. Die Deutschen tun das, die Deutschen sind so — und immer ist es etwas Abträgliches, nur weil die da oben so sind. Wir müssen es ausbaden."

„Da hat Else recht, Alfred. Bei uns in Paris denkt man genau so."

„Weiß ich. In London auch; in Washington auch; in Rom, Moskau, Kopenhagen, Oslo, Stockholm, Brüssel, Zürich! In der ganzen Welt ist der Deutsche nicht beliebt.

Aber man soll nicht von einer deutschen Schuld reden, wenn einzelne Deutsche sich vergehen; nicht alle verantwortlich machen, wo es sich um eine Minderheit handelt. Wenn die Bank von England Pleite macht, wird man ja auch den jüngsten Stift nicht verantwortlich machen."

„Laß uns von anderem reden. — Hast du von deinen Geschwistern gehört, Fanny?"

„Es geht ihnen gut. Sie schreiben selten."

Else merkte Fanny an, daß sie nicht weiter gefragt sein mochte.

Nach dem Essen gingen sie durch den Garten, begaben sich dann in ihre Zimmer und verschliefen die Zeit bis zum Kaffee. Hinterher schlenderten sie an den See.

„Die Herren werden dich sehr vermissen, Fanny."

„Sie nehmen sich meiner so nett an. Wir spielen abends immer Rommé."

„Du darfst dich ihnen unsertwegen nicht entziehen."

„Ihr spielt eben mit, Alfred. Ihr spielt doch Rommé?"

„Wir können doch nicht überall dabei sein, Fanny."

„Hier heißt es: Les amis de mes amis sont mes amis. Nur Kersch ist etwas zurückhaltend, besonders Deutschen gegenüber."

„Kann man verstehen."

„Nicht seinetwegen, Alfred. Damit den Deutschen keine Unannehmlichkeiten erwachsen, hier mit einem Juden gesehen worden zu sein. Er hat seine Erfahrungen, sagt er."

„Ach, die paar Tage hier! Und Mr. Slighton?"

„Très gentil."

„Den Eindruck habe ich auch. Wir Norddeutsche sind trotz des Weltkrieges immer noch anglophil. War damals ein gehöriger Schock für uns, als England auf die Seite der Feinde trat. Die Söhne unserer Kaufleute kannten London oft eher als Berlin."

„Und wie ist Kersch sonst?" fragte Else. „Familie?"

„Ich glaube nicht; er spricht nicht darüber. Ich möchte sagen, er ist nicht verheiratet."

„Und Signore Bury?"

„Ihr werdet ja sehen. Immer nur Politik und Krieg."

„Glauben die anderen auch daran?"

„Mr. Slighton kaum. Kersch schon eher, wenngleich er Bury immer widerspricht, wenn der davon anfängt."

„Mir gefällt Kersch", sagte Else. „Dem Bury sieht man den Schwadroneur an."

„Bestimmt nicht dumm", meinte Alfred. „Vielleicht einseitig, wie alle Politiker."

„In dem Sinne ist er nicht einmal Politiker. Er hat weder ein Amt, noch ist er Abgeordneter. Er beschäftigt sich mit Politik, möchte ich sagen."

„Und ist wie die meisten Leute dieser Art ein Proselytenmacher, Fanny."

„Die Grenze geht hier mitten durch den See; daher wohl."

„Seht", sagte Else, „sind das nicht die Holländer im Segelboot?"

Fanny sah durch ihr Lorgnon: „Assurément."

Unter dem leichten Wind des Nachmittags glitt das Boot langsam dahin.

„Wieso bleibt ihr nur drei Tage, Else?" fragte Fanny, nachdem sie sich auf eine Bank gesetzt hatten.

„Weil wir dir nicht zur Last fallen wollen und dann, weil Alfreds Urlaub zu Ende ist."

„Ihr hättet ein paar Tage früher kommen sollen. In diesem Jahr ist uns wirklich alles verquer gegangen."

„Dein Mann kommt doch nach Hamburg."

„Vielleicht."

„Daß ihr's nicht einmal einrichtet, beide zu kommen —"

Fanny zuckte die Schulter.

„Wir haben ein paar schöne Wochen hinter uns", sagte Alfred. „Daß wir hier mit dir noch zusammen sein dürfen, Fanny, ist der schönste Abschluß."

Fanny reichte ihm die Hand.

Else schenkte ihm einen dankbaren Blick.

Sie überließen sich dem Schweigen des zur Rüste gehenden Tages. Mild und schön sänftigte er alle Unruhe. Die Widerspiegelungen der Berge beseelten die Tiefe des Sees.

„Hier ist wirklich der Friede zu Hause“, sagte Else.

„Ach, Else, auch hier haben die Menschen ihre Not und ihre Sorgen.“

„Das schon, Fanny; das ist wohl überall gleich. Aber sonst, meine ich. In solcher Natur wie hier muß der Mensch doch einen ganz anderen Maßstab gewinnen.“

„Das Erhabene, Else“, sagte Alfred, „zur Alltäglichkeit geworden, verliert die Begnadung zu erheben. Wie ist es hier mit dem wirklichen Frieden? Du brauchst nur die Emigranten, die täglich ihr Ausgestoßensein neu erleben, anzusehen. Die Gestade des Sees, die Häupter der Berge, möchtest du meinen, haben ihren Frieden. Aber es ist nicht so. Die Berge sind gespickt mit Befestigungen, hüben mit schweizerischen, drüben mit italienischen, und halten Tod und Verderben in Bereitschaft. Der Friede Gottes, scheint's, kommt erst dann auf die Erde, wenn des letzten Menschen Spur verweht ist.“

Die Frauen schwiegen bedrückt. Wind kräuselte den See. Wolkenzug schattete Schroffen und Schründe der Berge; einen Augenblick enthüllte die Landschaft ihr Doppelgesicht. Nun kam wieder Sonne über die Gipfel der Berge, als ob eine Hand die Schatten weggefegt hätte.

„Weißt du, woran ich eben gedacht habe, Else?“ fragte Alfred und fuhr, als sie ihn ansah, fort: „An die Alpe Grüm, wo um den Piz Palü auch dieses Wechselspiel von Licht und Schatten von einer zur anderen Minute war. Weißt du noch?“

„Ach, St. Moritz! Ob wir's je wiedersehen werden?“

„Gott, nun hör auf mit deinem Trübsalblasen! Du tust gerade, als ob die Welt untergehen sollte. Laßt uns ein Stückchen gehen.“

Sie gingen eine Viertelstunde den Höhenweg am Ufer entlang nach Ronco zu und kehrten ins Hotel zurück.

Am Abend wurden Fannys Freunde in den Rommé-Kreis aufgenommen. Man spielte auf der Eckveranda im ersten Stock, wo man vor Mücken ziemlich sicher war. Gegen zehn Uhr begann leiser Regen zu fallen und hüllte den

Garten in feine Schleier. Nach dem letzten Spiel stand Bury auf, um in die Grotte Chiodi zu gehen, wo die Einheimischen auf einer geräumig in den See hinausgebauten Veranda harmloser Fröhlichkeit huldigten. Bury liebte es, unter dem Volk zu weilen.

Die Zurückbleibenden ließen dem Regen das Wort. Rede und Widerrede gingen langsam, und als es halb elf war, begab man sich zur Ruhe.

Bis nach Mitternacht rann der Regen. Der frühe Morgen schenkte dem Himmel ein zartrosa pastellfarbenes Gewand, das langsam in ein brennendes Goldrot überging und sich über Violett und Gelb in ein duftiges Blau wandelte, das endlich den ganzen Himmel überdeckte. Beseligte Frische kam von den Bergen und vom See; in sattem Grün prangte der Garten; in tausend Tropfen funkelte bunt das Licht.

Signore Bury war früh nach Locarno gefahren, wollte zu Mittag jedoch zurück sein.

Nach dem Frühstück gingen Fanny und ihre Freunde mit Mr. Slighton und Kersch zusammen in den Garten, wo geschäftige Geister die Ping-Pong-Tische bereits aufgestellt hatten.

„Wie ist es, meine Herren", fragte Fanny, „wollen Sie mit meinen Freunden ein Doppel spielen?"

Die Herren stimmten begeistert zu.

„Oh", sagte Alfred zu Kersch, „Sie dürfen mich nicht so zweifelnd ansehen. Wir spielen zu Hause auf unserer Diele oft Ping-Pong."

Kersch lächelte. „Ich bin davon überzeugt, daß Ihre Gewandtheit Ihrer Standfestigkeit nichts nachgibt."

„Sie werden Ihr Wunder erleben, Herr Kersch", sagte Else. „Wir haben oft Turnierspieler bei uns zu Gast; da geht's heiß her."

„Wir werden ja sehen. Aber die Paare! Ich schlage vor, die Herren bilden eine Reihe, meine Freundin Else geht blind auf sie zu, und der, den sie greift, ist ihr Partner."

Else griff Mr. Slighton, der mit einem Handkuß versicherte, noch niemals in früher Morgenstunde ein solches

Glück gehabt zu haben. Er sprach, wenn auch nicht fließend, ziemlich gut deutsch.

„Und du, Fanny?“

„Wenn es euch recht ist — ich habe einige Briefe zu schreiben.“

„Aber du gehst nachher mit an den See?“

„Ich habe nicht gut geschlafen, Else. Ich werde euch erwarten.“

„Gut, Liebe. Du sollst dich ja erholen.“

„Viel ruhen, dear Mrs. Lierté. Und nicht viel denken. Menschen, die viel denken, müssen ja krank werden.“

Fanny schenkte dem Uhu ein Lächeln: „Thanks, Mr. Slighton, I'll do so.“

Eustachia brachte die Schläger. Fanny ging mit einem Kopfnicken an alle, und das Spiel begann. Kersch stellte zu seiner Genugtuung fest, daß sein Partner einen abgefeimten Aufschlag hatte, mit dem Mr. Slighton gar nichts anzufangen wußte. Dafür kannte aber seine Partnerin die Finten ihres Gatten und diente ihm und Kersch mit Paraden, die sie Mühe hatten zu parieren. Beide standen achtzehn. Else schob einen flauen Ball von Kersch so knapp übers Netz, daß er nicht zu fangen war. Alfred quittierte mit einem Aufschlagball, der vom Brett weg weit ins Grüne sprang. Jetzt ging es um den letzten Ball. Else im Aufschlag; Kersch zurück an Slighton, Slighton auf der Hut, Alfred zurück an Else, die prachtvoll weit zum Schlag ausholte, dann allen unvermutet so fein schnitt, daß der Ball ganz rechts dicht übers Netz auf das Holz ging und unhaltbar ins Aus sprang.

Der Uhu nahm die Brille ab und lachte, wie der Garten ihn noch niemals hatte lachen hören.

Die Unterlegenen verlangten Revanche. „Wenn es Ihnen nicht zu viel wird?“ gab Kersch Alfred zu bedenken.

„Mein Mann spielt uns, wenn er will, in Grund und Boden, Herr Kersch.“

„Aber nicht, wenn du so in Form bist wie heute.“

„Gott, wir verzichten auch, nicht wahr, Mr. Slighton. Gesiegt haben wir ja.“

Mr. Slighton glänzte vor Behagen: „Wir werden auch ein zweites Mal siegen."

Alfred und Kersch mußten eine katastrophale Niederlage einstecken. Sie standen neun, als Else ihnen mit einer Serie von acht Bällen den Garaus machte. Auch Mr. Slighton hatte sich selber übertroffen und ein paar Bälle gemacht, über die Kersch, der doch sein Spiel kannte, ganz verwundert war. Diesmal schenkten die Sieger sich den lauten Triumph. Sie hatten nur ein mitleidiges Lächeln für die Verlierer.

„Und welche Sanktionen werden uns die Sieger auferlegen?"

Else sah den Uhu an: „Was meint Old England?"

„Wir werden heute abend in die Grotto Chiodi tanzen gehen und auf Kosten der Besiegten so viel Wein trinken, wie wir lassen können."

Die Besiegten unterwarfen sich widerspruchslos.

Auf dem Schlendergang durch die Stadt sagte Else: „Ich habe immer das Gefühl, auf Capri zu sein. Es ist nicht so sehr das Landschaftliche als ein gewisses Fluidum, auch der Menschen hier."

„Sie meinen der Gäste, Gnädige? Das trifft zu. Ich kenne Capri. Dort wie hier Menschen, die es lieben, ihren Widerspruch gegen diese beste aller Welten zur Schau zu tragen. Oder auch solche, die wie ich ein Asyl suchen."

Else sah ihn an. „Verzeihen Sie."

„Aber bitte, meine Gnädige, wir haben diese Zeit ja nicht gemacht. Im übrigen, Ascona war von jeher ein berühmter Zufluchtsort. Ein Glacis für Weltverbesserer. Sehen Sie sich unseren Monte Verità an. Berg der Wahrheit. Sollte eine Heimstatt der echten Menschlichkeit sein. Die beginnt in der Vorstellung vieler Menschen bei der Nacktkultur. Dann stellen sich die Spiritisten ein, die Theosophen, dann wittern die Prediger der freien Liebe Morgenluft, dann kommen die Pazifisten, dann Anarchisten, dann die Spielarten der Entgleisten, die vielen, die Grund haben, eine Zeitlang unterzutauchen, und endlich stellen sich auch ausgekochte Schwindler ein, um alle, die guten Willens sind, unter das Schermesser zu nehmen. So war's hier, und der Berg der Wahrheit war nichts als ein Berg der Narrheit. Es war schließlich so weit, daß Erich Mühsam in einer Schrift dafür eintrat, aus Ascona eine Heimat zu machen für jene, die durch das ordentliche Recht — das in den Augen mancher ja das größte Unrecht ist — heimatlos geworden wären. Eine Art Cayenne aus eigenen Gnaden. Der damalige Bürgermeister von Ascona hatte den klugen Einfall, die ganze Auflage der skurrilen Schrift aufzukaufen und zu vernichten."

„Der Friede hier verlockt zu solchen Ideen, mein' ich", warf Else ein, begierig zu hören, ob Kersch das gleiche sagen würde wie ihr Mann gestern nachmittag.

„Der Friede ist nirgends daheim, weil er nicht mehr in den Herzen der Menschen wohnt. Weil wir alle in übersteigerten Ansprüchen leben. Weil wir uns dem Überflüssigen verschrieben haben, weil wir uns, um es kraß zu sagen, weniger um Nahrungsmittel als um Genußmittel sorgen. Weil das tägliche Brot uns nicht mehr genügt, zahlen wir mit Menschenwürde und sind Knechte dort, wo wir Herren sein könnten." Er lächelte. „Der Geist vom Monte Verità spukt auch in mir. Er spukt überall in der Welt und macht überall Pleite — genau wie hier."

„Oh", sagte Mr. Slighton, „Ascona ist ein Klein-Athen; es wird hier zu viel philosophiert. Man hat mehr vom Leben, wenn man weniger philosophiert, mein' ich."

Er brachte es so drollig vor, daß alle lachten. Der Uhu nahm die Brille ab und lachte mit. „Indeed, es ist so. Ich hab' mein Lebtag nicht philosophiert."

„Ist Ihnen gut bekommen, Mr. Slighton."

„Ja, Mrs. Berger, darauf kommt's im Leben aber auch an."

„Nur darauf", stimmte Alfred bei. „Im übrigen sollten wir ganz beruhigt sein, es geschieht nichts, was nicht geschehen muß. Man mag diese Gesetzmäßigkeiten gleich welcher Macht zuschreiben. Sie ist da, ob göttlichen, ob kosmischen Ursprungs; sie wirkt unentrinnbar."

„Sie sind Fatalist?" fragte Kersch.

„Mit der Einschränkung, daß wir in unserer Vernunft durchaus ein Korrektiv haben für den Ablauf unseres Schicksals, das wir, ohne es allerdings aus seiner Endgültigkeit lösen zu können, leichter oder schwerer zu gestalten vermögen."

„Also glauben Sie an eine Art Prädestination?"

„Um nicht in Konflikt mit kirchlichen Vorstellungen zu kommen, möchte ich lieber von einer Prädisposition sprechen, nach deren Gemäßheit wir zu handeln gezwungen sind. Unser Leben ist abhängig von der Mathematik unserer Veranlagung."

„Gut. Dann würde Ihnen also in dem freien Willen das Vermögen eignen, Ihre Veranlagung zu modeln. Wären somit doch nicht von ihr abhängig."

„Scheinbar nicht. Da die Stärke des freien Willens von der Veranlagung selbst abhängt, so ist und bleibt sie am Ende doch das Beherrschende."

„Und Sie beweisen somit am Schluß, was Sie am Anfang meinten widerlegen zu können."

„Nämlich?"

„Daß wir in einen Kreis gebannt sind, den wir eigenherrlich nicht verlassen können."

„So ist es wohl. Wir müssen uns eingestehen, daß, je weiter wir zu schauen meinen, wir immer nur eine neue Begrenzung unserer Erkenntnis wahrnehmen."

„Und enden bei Heine: Ein Narr steht am Meer und fragt."

Sie schwiegen eine Weile. Dann sagte Kersch: „Wir würgen alle an den Unverständlichkeiten dieser Zeit. Wie anders könnte die Welt sein, wenn die Menschen es nur ernsthaft wollten. Nur ein einziger Staat müßte den Mut haben, ein Beispiel zu geben dafür, daß das Wohlergehen des einzelnen oberstes Gesetz aller zu sein hat. Dieser Staat müßte vor aller Welt erklären: ‚Macht, was ihr wollt, für uns gibt es keine Kriege mehr. Wir bauen den Menschen Heimstätten, wir schaffen ihnen Gärten, Schulen, Altersheime. Kunst und Wissenschaften sollen bei uns blühen.

Wir wollen nichts als das Glück des Menschen.' Ich weiß, der Gedanke ist nicht neu. Dichter haben solche Glückssiedlungen in der Phantasie gestaltet. Sollte es unmöglich sein, sie in die Wirklichkeit umzusetzen? Der geeinte Wille eines einzigen Volkes zum Frieden könnte der ganzen Welt ein anderes Aussehen geben."

„Es müßte ein großer mächtiger Staat sein, um im Notfall für seinen Frieden eintreten zu können."

„Das soll er eben nicht! Er soll seine Unbesiegbarkeit gerade durch Verharren im Frieden dartun. Nur dann würde sein Beispiel andere zur Nacheiferung hinreißen."

„Dafür ist die Menschheit noch nicht weit genug, lieber Herr Kersch."

„Die Menschheit ist immer so weit, wie sie sein will."

„Nicht die Menschheit. Vielleicht einige Menschen. Man ist nämlich allgemein in dem Irrtum befangen, man könne den Fortschritt der Menschheit nach jener Spitzengruppe erlesener Geister beurteilen, die, durch Wissen und Können zu Herolden berufen, ihrer Zeit das Gepräge zu geben scheinen. Törichterweise wird daraufhin von der gesamten Menschheit ein Ethos verlangt, das wohl jene Elite aufzubringen vermag, nicht aber Krethi und Plethi. Der Marschtritt des Volkes ist viel langsamer, als es die wahrhaben wollen, die sich des Volkes annehmen zu müssen vorgeben. Das Volk steckt in einer Geistigkeit, die sich zwar nach jener Elite ausrichtet, sie aber zu einer Modischkeit verflacht, weil ihm anders die Voraussetzungen fehlen. So kann kein Volk als Ganzes verantwortlich gemacht werden für das Wirken einer Spitzengruppe, wenn das Wirken böse ist, und es darf sich, wenn das Wirken gut ist, kein Verdienst daraus zumessen. Das eine wie das andere vollzieht sich ohne sein Zutun. Die Völker sind die Wände, an denen die Reliefs der Weltgeschichte aufgehängt werden, ohne daß man die Wände befragt, ob sie damit einverstanden sind."

„Sehr schön, mein lieber Herr Berger. Am Ende wird aber doch das Volk seinen Rücken hinhalten müssen. Es wird dann nur wenige geben, die das Volk freisprechen von der Mitschuld an dem bösen Wirken weniger."

Bei ihrer Rückkehr fanden sie Fanny im Garten. Sie hatte ihren Liegestuhl in den Schatten gerückt und las. In einem roten Gartensessel neben ihr Bury; die unvermeidliche Virginia im Munde. Allen spürte man die Freude an, beieinander zu sein; dabei kannten sich selbst Slighton, Kersch, Fanny und Bury erst ein paar Tage. Es war aber, als sei ein vorbedachter Kreis durch das Hinzukommen von Bergers nun zur Vollendung gediehen. Verschieden von Herkunft, verschieden nach Weltanschauung, verschieden nach Alter, fanden sie sich im Bereitsein, voneinander das Beste anzunehmen und es einander auch zu wünschen.

Sie sprachen, wie es sich ergab, deutsch, englisch und französisch. Aus Freundlichkeit für einander radebrechte bald dieser, bald jener in der Sprache des anderen. Sie waren aufrichtigen Herzens und verstanden sich darum ausgezeichnet.

Ehe die Gesellschaft zurückgekehrt war, hatte Fanny Bury ernsthaft gebeten, doch endlich nicht mehr vom Krieg zu sprechen. Am Ende wisse keiner, was im Zeitenschoße ruhe. Es sei immer nur er, während Kersch und Slighton nicht daran glaubten.

Bury erklärte sich bereit, ihren Wunsch zu erfüllen, widersprach aber ihrer Auffassung, daß Kersch und Slighton seine Ansicht nicht teilten. „Sie tun nur so, meine liebe Gnädige; Kersch ist unerschütterlich der Meinung, daß ein Krieg unabwendbar ist. Und warum, meinen Sie, ruft Slighton die Guthaben bei seinen Berliner Geschäftsfreunden ab? Damit es eines Tages dazu nicht zu spät ist."

„Das reden Sie sich ein, Signore Bury."

„Qui vivra, verra. Wir haben heute den zwölften Juni. Denken Sie am nächsten zwölften Juni an meine Worte zurück."

„Um so größeren Anlaß habe ich, denke ich, meinen Freunden die Erinnerung an Ascona ungetrübt zu erhalten. Die Huber hat die Absicht, ihnen den Pensionspreis herabzusetzen, damit sie einen Tag länger bleiben können."

„Die Huber ist eine Seele von Weib."

„Die Deutschen fehlen der Schweiz, sagt sie."

„Und ob sie uns fehlen! Und weil es so ist, sehen wir schärfer als andere. Wir hier am Lago Maggiore stehen gleichsam auf einer Bühne und sehen, wie das Parkett, in Unruhe geraten, sich jeden Augenblick in die Haare fahren wird. Sie haben befohlen, meine Gnädige, nicht mehr davon zu sprechen, also lassen wir's."

Sie erfuhren nun von dem Ausgang des Pingpong-Turniers und freuten sich, an der den Besiegten auferlegten Kontribution nutznießend beteiligt zu sein.

Am Nachmittag hatte Kersch in Brissago Besuch zu machen. Er nahm Fanny und Bergers in seinem Wagen mit. So war der Nachmittag aufs schönste ausgefüllt.

Nach dem Abendessen begab man sich nach der Grotto Chiodi. Kersch hatte in letzter Minute noch für die Taverna plädiert; man wollte aber Tessiner Volksleben genießen.

„Werden wir auch Künstler sehen?" wollte Else wissen.

„Solche, die es sind, und solche, die es sein möchten. Vor allem werden die Asconesen selber dort sein. Und einen Wein gibt's da —"

„Wenn Sie's sagen, Signore Bury —"

Die Erwartungen, die sie an den Abend geknüpft hatten, sollten indes nicht in Erfüllung gehen. Kaum hatte man eine kurze Stunde dem Treiben des frohen Volkes zugeschaut, auch selber am Tanz teilgenommen, da ging ein gewitterhafter Regen nieder, den Bury aus der Kenntnis der Landschaft vorausgesagt hatte, ohne daß man ihm hatte glauben wollen. Der enge Innenraum der Grotto, der eigentlich nur dem Ausschank und der Zurichtung schnell fertiger Speisen diente, bot Unterstand. Man trank aus bemalten Steingutkännchen, was die Heiterkeit der Gäste besonders hob. Ab und zu ging ein Pärchen hinaus, um nach dem Wetter zu sehen, was immer einige Zeit dauerte. Das bunte Gemisch, eng aneinandergepfercht, denn zum Sitzen reichte der Platz nicht, kümmerte sich wenig um einander. Alle fühlten sich als des Herrgotts liebste Kinder; seiner Güte dankten sie ihr Leben, das sie berauschend genug fanden, um keine Stunde ungenützt zu lassen. So nahmen sie auch den Regen für einen launigen Einfall dessen, der ihnen seine Wohlmeinung niemals vorenthielt. Den Fremdlingen aus nördlichen Breiten waren nicht die Fittiche asconesischer Unbekümmertheit gewachsen, und so gefiel sich die Jugend darin, sich vor den Augen der Gäste bei ihren Tanzschritten auf der Stelle — zu mehr reichte es in der Enge des Raumes nicht — in einer Grazie zu zeigen, die sich an den anerkennenden Mienen der Zuschauer immer neu befeuerte. Vor allem fesselte ein Paar von verwegener Schönheit und in mehr als salopper Kleidung die Blicke: der Jüngling ein Feuerkopf von malerischer Kühnheit, das Mädchen hingebungsvoll an den Jüngling geschmiegt von der Anmut der Zigeunerin des Correggio.

Der Regen ließ nach, hörte aber nicht völlig auf. An Tanz im Freien war nicht zu denken. Der See tönte den Tropfenfall melodisch nach. Fannys Gesellschaft verstand sich nun doch dazu, den Abend in der Taverna zu beschließen. Ziemlich betropft von den windbewegten Bäumen langte man in der Taverna an, schadenfroh belächelt von den Gästen, die im Trocknen geblieben waren. Die Damen erholten sich an Glühwein. Alfred versuchte dem Kellner klarzumachen, was ein Grog sei, er bekam ein labberiges Etwas, das er mühsam hinabzwang. Kersch beorderte Beaujolais, der seinem Namen Ehre machte. Slighton entpuppte sich als leidenschaftlicher Tänzer. Immer wieder forderte er Fanny und Else auf; bei den amerikanischen Tänzen mit der chinesenhaften Gestik amüsierte er sich königlich. Kersch und Alfred meinten Zuschauer mimen zu können. Bei der Damenwahl kamen jedoch von einem Tisch, an dem fröhliche Künstler saßen, zwei junge Dinger herüber und entführten sie. Es wurde ein vergnügtes Hinüber und Herüber. Bei der nächsten Damenwahl holten Fanny und Else zwei Künstler, und schließlich — man hatte schon die dritte Beaujolais beim Hals — saßen Slighton und Berger mit den beiden jungen Dingern, die der Uhu very handsome fand, an der Bar und gerierten sich auf den hohen Hockern wie ausgepichte Lebemänner.

Kersch neigte sich Else zu: „Slighton hat einen Narren an Ihrem Mann gefressen, gnädige Frau. Wie aus dem Häuschen heute."

Else sah lächelnd nach der Bar hinüber; eines der jungen Dinger hatte den Arm um Alfred gelegt.

Fanny nahm ihr Lorgnon: „Da schau deinen Mann, Else", sagte sie in ihrem zierlichen Tonfall.

Ein neuer Tanz begann. Die jungen Dinger, vor Weinseligkeit doppelt hübsch, führten einen grotesken Tanz auf, den ihre Partner mitmachen mußten. Schließlich tanzten die beiden Paare allein, applaudiert von allen Tischen.

Es war nach Mitternacht, als sie, lärmend vom Künstlertisch verabschiedet, aufbrachen.

„Ach", sagte Alfred vorm Einschlafen, „da reden die Menschen vom Krieg! Das Leben ist viel zu schön dazu."

„Und hat viel zu viele hübsche Mädchen, nicht wahr, Alfred?"

„Gott straf' mich, Else! — Verdammt hübsche Mädchen. Meinst du, es war unpassend von uns?"

„Unsinn, Alter! Wirklich nette Mädels."

„Und so jung; so jung! So herrlich jung!"

„Waren wir auch einmal. Und nun schlaf'."

„Ein famoser Kerl, der Slighton. Findest du nicht auch?"

„Doch, Alter. Gute Nacht."

Alfred druselte ein. Es war ihm gar nicht aufgefallen, daß Else ihn zweimal Alter genannt hatte. Bisher war es nie geschehen.

Für das Ping-Pong-Doppel am nächsten Morgen ergab sich die Paarung Else—Kersch, Berger—Slighton.

„O Mr. Berger, das verlieren wir todsicher."

„Mr. Slighton, das gewinnen wir todsicher!"

„Die gnädige Frau und Kersch — I'm seeing very black for us!"

„Wir gewinnen so sicher, wie zweimal zwei vier sind."

Else höhnte. „Die Herren beraten wohl noch den Kriegsplan?“

„Meine Liebe, der Kriegsplan ist fertig. Bitte, der Gegner hat den Aufschlag.“

Else beantwortete diese Überheblichkeit mit einem Aufschlagball, der an Bergers Nase vorüberzischte, ehe er es gewahr wurde. Der zweite Ball brachte heftiges Geplänkel, bis Kersch ihn für sich placierte.

Slighton sah Berger besorgt an.

„Lassen Sie, Mr. Slighton. Unser Sieg ist sicher wie das Amen in der Kirche.“

„Ich stifte eine Flasche Gin, wenn wir siegen.“

„Wir siegen“, antwortete Berger und schmetterte einen heimtückisch flachen Ball Elses unhaltbar zurück.

Wieder Hin- und Hergeplänkel. Da sah Berger Elses Augen groß werden; er stieß Slighton an. Slighton folgte dem Blick Elses. Er sah, wie Eustachia die beiden Scotchs der Hotel-Inhaberin in den Garten ließ: „Geh Toni, geh Hedi!“

„Ach, nein, Alfred, sieh doch nur die Scotchs! Genau wie unser Amor!“ Bergers hatten zu Hause einen Scotch mit Namen Amor. Else legte den Schläger hin und ging auf die Hunde zu: „Nein, sind die süß, Alfred! Und gleich zwei! Wem gehören sie denn?“

„Die gehören ans Haus“, antwortete Fanny von ihrem Liegestuhl her.

Berger warf seinem Partner einen Verschwörerblick zu, bevor er rief: „Aber Else, jetzt spielen wir doch!“

„Nein! Genau wie Amor!“ Sie kniete vor den Hunden, die sich ruhig streicheln ließen. „Ach, wo seid ihr denn, ihr beiden Hübschen? Habt ihr schon Fresserchen gemacht? Und so schönes schwarzes Fell! Nein, was seid ihr doch für gute Hunde!“

Berger nickte Eustachia anerkennend zu. Das hatte sie fein gemacht.

„Kommst du nun, Else? Die Hunde laufen dir nicht weg.“

„Ach, einen Augenblick! Hätte ich gewußt, daß hier Hunde sind, wäre ich noch einmal so gern hier!“

„Ich hoffe, du bist auch so gern hier!"

„Natürlich, Fanny. Aber daß es nun auch noch Hunde hier gibt —"

„Sie werden von jetzt an auf dem Prospekt als besondere Attraktion vermerkt werden, Else. Aber nun komm. Die Herren werden ungeduldig."

„Hübsch sitzen bleiben, daß ich euch sehen kann!" ermahnte Else die beiden Vierbeiner und ging an den Tisch zurück.

Die Hunde blieben ruhig sitzen. Bald hielt der eine, bald der andere, bald hielten beide den Kopf schief. Das eine Mal nach links, das andere Mal nach rechts; dann sahen beide melancholisch geradeaus.

„Nein, zu süß!" sagte Else und ließ einen Ball aus, den eine blinde Achtzigjährige mit Verve zurückgegeben haben würde.

Kersch war konsterniert.

„Verzeihung, Herr Kersch. Sind Sie auch Hundeliebhaber?"

„Alles zu seiner Zeit, gnädige Frau —"

„Wissen Sie, unser Scotch ist wie ein Mensch. Fragen Sie meinen Mann — Wie spielst du denn heute, Alfred?"

„Aufpassen, meine Liebe. Ich spiele wie immer."

„Nein, so raffiniert spielst du sonst nicht."

„Soll das heißen, ich spiele nicht fair?"

„Nein, fair schon. Da —" und hieb den Ball aus.

Kersch schüttelte den Kopf. Was war los mit seiner Partnerin?

Mr. Slighton sah Berger an. „Ich glaube", raunte er ihm zu, „der Gin entgeht Ihnen nicht."

Erster Satz zwanzig zu elf an Berger—Slighton.

Berger ging zu den Hunden und tätschelte sie.

„Siehst du, du magst sie auch, Alfred."

„Natürlich mag ich sie. Sehr gern sogar mag ich sie!"

Slighton sagte mit einem Gesicht von englischer Undurchdringlichkeit: „Ich mag Hunde gar nicht."

„Mr. Slighton! Alle Engländer mögen Hunde."

„Else, da Mr. Slighton Engländer ist, stimmt es nicht."

„Diese Hunde nicht? Mr. Slighton, Sie müßten ein Barbar sein, wenn Sie diese Hunde nicht mögen!"

„Ich bin ein Barbar, Mrs. Berger!"

„Dann sollen Sie jetzt haushoch verlieren. Kommen Sie, Herr Kersch!"

Else spielte mörderisch. Schon stand es dreizehn zu vier für Else—Kersch, schon sah Berger seinen Gin wie eine Phantasmagorie verbleichen, da verstand Eustachia endlich Bergers flehenden Blick und begann mit den Hunden zu tollen. Sie kapriolten über den Rasen, überkugelten sich, knurrten sich geduckt an und sausten wie vierbeinige Ofenrohre hintereinander her.

Nach fünf Minuten zogen Berger—Slighton gleich.

Noch fünf Minuten später war der zweite Satz zwanzig zu fünfzehn für Berger—Slighton entschieden.

Kersch legte den Schläger hin: „Ganz ehrlich, ohne die Hunde hätten Sie's nicht geschafft, meine Herren! Frau Berger hatte leider mehr Augen für die Hunde als für den Ball."

„Verzeihung, Herr Kersch, das wollte ich nicht."

Berger schmunzelte Slighton zu.

„Sie haben mit Ihrer abfälligen Bemerkung über die Hunde die gnädige Frau irritiert, Mr. Slighton."

„O das wollte ich nicht. Ich bitte Mrs. Berger sehr um Verzeihung. Ich verspreche, ich werde mögen von heute ab Hunde sehr gern."

„Die Eustachia werde ich mir nachher kaufen, Herr Berger. Mein Kompliment: die Regie war trefflich!"

Berger war nichts als Scheinheiligkeit: „Welche Verworfenheit trauen Sie mir zu! Wollen Sie sagen, daß ich — daß wir —?"

Kersch lachte: „Sie! Sie! Natürlich Sie! Sie wußten genau, daß die Hunde Ihre Gattin aus dem Konzept bringen würden!"

Else sah ihren Mann entgeistert an: „Alfred!!!"

„Ich hatte Mr. Slighton für eine Flasche Gin den Sieg versprochen. Der Zweck heiligt die Mittel, meine Teure."

„Mr. Slighton!“ sagte Kersch feierlich, „Sie haben gestern und heute auf der Seite der Sieger gestanden. Sie haben damit die Tradition Ihres Landes bestens gewahrt. Ich beglückwünsche Sie.“

Auf der Straße kam ein Trupp junger Menschen daher, blieb vor der Hoteleinfahrt stehen und rief: „Hallo! Hallooo!“

Es war der Künstlertisch. Zwei der jungen Mädchen in langen hellen Hosen und knallroten Pullovern reckten sich und riefen, als sie Berger und Slighton gewahrten: „Opa! Opa! Unsere Opis!“

„Da hast du's!“ sagte Else zu Alfred.

„What's that: Opa?“ fragte Slighton.

„Grandfather, Mr. Slighton.“

„Oh!“ sagte er indigniert und nahm die Uhubrille ab.

Lachend stob die fröhliche Schar davon.

Alfred sah ihr nach: „So hübsch waren sie heute gar nicht!“

Else lächelte.

Signore Bury war früh nach Lugano gefahren. Gott mochte wissen, was er da zu tun hatte, da er nie von Geschäften sprach.

Slighton setzte sich zu den Damen, und Berger und Kersch schlenderten durch den Garten.

„Ich habe über unser Gespräch von gestern noch nachgedacht, lieber Herr Berger. Im Grunde stimme ich mit Ihnen überein, daß es eine Art Weltwillen gibt, gegen den der Wille des Menschen nichts vermag. Ich bin auch der Überzeugung, daß wir in einer Zeit der fürchterlichsten Geburtswehen der Erneuerung der Menschheit stehen, insofern nämlich, als aus vielem Kleinen ein einziges Großes werden will.“

„Denken Sie dabei an Völker und Länder?“

„Ja.“

„Das würde eine endlose Folge von Kriegen bedeuten.“

„Leider! Die Menschheit scheint es für eine Ehrensache zu halten, sich zur Vernunft prügeln zu lassen.“

„Für mich besteht kein Zweifel darüber, daß es auf der Erde einmal einen Weltstaat geben wird. Wissenschaft, Kunst und Bildung haben einen geistigen Weltstaat schon geschaffen. Moral und Gesetze einen sittlichen Weltstaat. Die Religionen kennen keine Ländergrenzen. Und haben wir in der internationalen Verknüpfung des Großkapitals nicht schon eine Art von Welt-Wirtschaftsstaat? Wo liegt das Hindernis für den letzten Schritt zum Zusammenschluß aller Völker?"

„Im Nationalismus, Herr Berger."

„Schön. Nationalismus ist der Kollektivbegriff für das Nationalgefühl des einzelnen. Nationalgefühl ist das bewußte Empfinden der verantwortlichen Zusammengehörigkeit mit den Menschen eines bestimmten Volkes. Es ist das natürliche und darum unbestreitbare Recht jedes Menschen, Freude und Stolz zu zeigen, wenn sein Volk sich vor anderen hervorgetan hat und sei es nur im Sinne jener Elite, von der wir gestern sprachen. Dieses Nationalgefühl darf aber nicht das Höchstmaß der Einsicht vom staatlichen Nebeneinander der Völker darstellen, sondern hat mehr das Vor-Gefühl eines Weltbürgertums zu sein, in dem jedes einzelne Volk und in ihm jeder einzelne wieder seine Eigenart bewahren darf. Der Nationalismus ist aber zu einem charakterlichen Wertmesser entartet, und es gibt kein Volk, das sich nicht höher geartet dünkt als alle anderen."

„Wofür wir ja leider heute gerade ein lehrreiches Beispiel haben."

„Ich weiß, was Sie meinen, und gebe Ihnen recht. Schiller hat es so formuliert: ‚Nationalgeist eines Volkes nenne ich die Ähnlichkeit und Übereinstimmung seiner Meinungen und Neigungen bei Gegenständen, worüber eine andere Nation anders meint und empfindet.' Jeder soll stolz darauf sein, seinem Volke und gerade diesem anzugehören. Da liegen die Wurzeln seiner Kraft. Nationalismus kann diese Kraft durch die Politik regional begrenzen; sie wird aber, wie jedes Echte, radial zu verströmen streben."

„Sie halten Nationalismus für ein Laster?"

„Nicht an sich, soweit sich in ihm das gesunde Nationalgefühl der einzelnen ausspricht. Für ein gefährliches Laster, sobald sich im Nationalismus die Überheblichkeit eines ganzen Volkes kundtut.“

„Dann leidet man bei uns an diesem gefährlichen Laster in höchstem Maße. Sie erlauben mir doch, ‚bei uns‘ zu sagen.“

„Ich bitte Sie, Herr Kersch!“

„Ich bin Jude und fühle mich als Deutscher. Ich habe nach dem Beispiel, das man uns gegeben, auch Ahnenforschung getrieben und festgestellt, daß meine Vorfahren seit Mitte des sechzehnten Jahrhunderts an verschiedenen Orten am Rhein ansässig waren. Ich glaube, da wird man auch uns so etwas wie Heimatliebe zubilligen, wenn man unsere Vaterlandsliebe nicht will. Es gibt wenige unter jenen, die freiwillig oder gezwungen gegangen sind, die nicht Sehnsucht nach Deutschland haben. Lieber Hund in der Heimat, als Adler in der Fremde.“ Und nach einem Schweigen: „Entschuldigen Sie. Es ging mit mir durch. Es bedeutet nichts, was den einzelnen trifft, wenn es um die Völker der Erde geht.“

„Glauben Sie auch an Krieg?“

„Unbedingt. Weil Deutschland ihn will.“

„Aber Herr Kersch! Die ganze Welt ist voll davon, daß Deutschland Krieg will. Nur wir Deutsche wissen nichts davon.“

„Nein, Sie nicht! Millionen andere auch nicht. Aber die ihn wollen, wissen es.“

„Es wäre ein Irrsinn, wenn Deutschland Krieg führen wollte.“

„Weil es ihn verlieren wird, wie es den Weltkrieg verlor.“

„Woraus schließen Sie das?“

„Aus dem einfachen Grunde, weil auch heute noch viele Hunde des Hasen Tod sind.“

„Und wer — um in Ihrem Bilde zu bleiben — werden diese Hunde sein? England? Frankreich? Rußland? Amerika? Wer noch?“

Kersch hob die Schulter.

„Ich glaube und glaube nicht daran. Ich sage es nicht, um Ihnen wider besseres Wissen etwas vorzugaukeln. Meine Vernunft als Deutscher spricht dagegen."

Kersch lächelte: „Ihre Vernunft in Ehren, lieber Herr Berger. Wann aber hatten Kriege je etwas mit Vernunft zu tun?"

„Weißt du", sagte Alfred zu Else, als sie nach dem Essen auf ihr Zimmer gegangen waren, „dieses Ascona fängt an mir auf die Nerven zu gehen."

„Ein Brief von Harald. Immer hinter uns hergelaufen; von Florenz an."

„Was schreibt er denn?"

„Zum Manöver in Westpreußen."

„Sag' es um Gotteswillen diesen Asconesen nicht. Die sehen nichts als ein Vorspiel zur Mobilmachung darin."

„Gräßlich, wie sie alle vom Krieg reden!"

„Am liebsten führe ich morgen schon."

„Das können wir nicht, Alfred. Schon Fannys wegen nicht."

„Es ist mir gar nicht angenehm, hier auf ihre Kosten zu leben."

„Das tut sie doch gern."

„Natürlich tut sie's gern. Umgekehrt täten wir's ja auch. Trotzdem ist es mir zuwider, das mußt du einsehen."

„Das sehe ich gar nicht ein. Wir sind doch befreundet."

„Gerade deswegen. Freundschaften darf man nicht ausnutzen. Die Herren fangen auch schon an, uns freizuhalten."

„Weil sie wissen, daß wir keine Devisen haben."

„Eben. Und weil es mir nicht paßt, als sans-le-sou den Ferienreisenden zu markieren, fahren wir."

„Alfred!"

„Bitte, Else. Wir sind aus Hamburg und nicht aus Nassau. Selbst das Geld für die Trinkgelder muß ich mir noch von Fanny erbitten."

An der Kaffeetafel schoß Else den Pfeil ab: „Also morgen fahren wir, Fanny."

„Morgen? Wieso morgen schon?“

„Alfred muß übermorgen zurück sein. Wir haben uns im Datum geirrt.“

Alfred sandte seiner klugen Frau einen Dankesblick.

Der Uhu nahm die Brille ab: „O, I'm sorry, very sorry, Mrs. Berger.“

„Wir auch, Mr. Slighton. Es wird Zeit, daß wir nach Hause kommen. Wir haben unsere alte Mutter zu Hause. Da geht's einfach nicht mehr.“

Bury rührte in seinem Kaffee. Schade, die Deutschen hatten sich so nett in den Kreis gefügt. Kersch sah bedauernd Fanny an.

„Bist du böse, Fanny?“

„Traurig, Else.“

„Aber ich komme im Juli, spätestens im August nach Paris.“

„Bestimmt“, bestätigte Alfred.

„In das Unabänderliche muß man sich fügen“, sagte Kersch. Und zu Else: „Ich bitte, gnädige Frau, die Überzeugung mitzunehmen, daß wir Ihrer nicht nur als Freunde unserer verehrten Frau Lierté, sondern auch als unserer Freunde herzlich gedenken werden.“

„Das werden auch wir“, antwortete Else gerührt und reichte ihm die Hand. Die Freundschaft gerade dieses Mannes, der allen Grund hatte, seinen Landsleuten weniger entgegenkommend zu begegnen, dünkte sie besonders wertvoll. Dann sprach keiner mehr vom Abschied.

Der Abend verging in Freundlichkeit und Gehaltenheit. Schließlich war man ja auch nicht für die Ewigkeit zusammengekommen. Fanny brillierte, bevor man zur Ruhe ging, am Flügel.

Eustachia hatte den Frühstückstisch reich mit Blumen bestellt. Slighton, Kersch und Bury waren schon unten, als Fanny mit ihren Freunden kam. Man begegnete sich heiter, aber einer wußte vom andern, daß die Heiterkeit nicht ganz echt war. Man besprach die Anschlüsse; die Fahrt ging durch den Gotthard.

Kersch fuhr sie, so war es noch am Abend vorher verabredet worden, nach Lugano. Slighton und Bury verabschiedeten sich vor dem Hotel; man sah beiden die Rührung an. In Lugano überließ Kersch die letzten Minuten Fanny und den Freunden und blieb bei seinem Wagen.

Bergers und Fanny hatten sich noch niemals so schwer voneinander getrennt wie heute. Sie empfanden es als eine Erlösung, als der Zug kam. Eine letzte Umarmung, erneuerte Versprechen auf baldiges Wiedersehen; dann glitt der Zug davon.

Kersch sah, daß Fanny nur mühsam ihre Gefühle meisterte. Er ließ sie hinten im Wagen Platz nehmen und brauste mit ihr nach Ascona zurück.

„Gott sei Dank", sagte Alfred, als Else vom Fenster zurücktrat, aus dem sie Fanny, die verloren auf dem Bahnsteig stand, bis zuletzt zugewinkt hatte, „Gott sei Dank, wir fahren nach Deutschland, wo wir nichts vom Krieg hören!"

LAMPIONS AUF DEM SÜDWEST-BALKON

Bergers waren wieder zu Hause. Damit war der Südwest-Balkon ihrer Fünf-Zimmer-Wohnung im obersten Stockwerk eines Mietshauses am Stadtrand, dem Stadtpark gegenüber, wieder in seine Bedeutung für das alltägliche Leben getreten. Von ziemlichen Ausmaßen, eingefaßt von Blumenkästen, in denen die Dolden der Geranien rot lodern, gegen die Sonne durch eine tiefreichende, weiß-grün gestreifte Markise geschützt, war der Balkon bei schönem Wetter ein rechter Freiluft-Salon. Man sah von ihm die Türme der Hauptkirchen, dazu den des Rathauses, und die Wassertürme der verschiedenen Stadtteile. Indes hüben neben den tiefliegenden Hochbahngleisen artige Schrebergärten ihren jahreszeitlichen Zauber entfalten mit Spatzenschießen, Umgraben, Pflanzen, Jäten, Aufbinden, Häufeln, Schneiden, Ernten und schließlichem Verbrennen des Kartoffelkrautes im Herbst, umgrenzte drüben der Stadtparkrand mit ragenden Pappeln das einprägsame Bild. An Sommertagen, wenn auf dem Stadtparksee Feuerwerk abgebrannt wurde, strahlte ein Scheinwerfer vom Dach der Stadthalle den Wasserturm an, der sich schön gewölbt aus dem grünen Gewipfel hervorhob. Manchmal erglomm er in der Waberlohe roten bengalischen Feuers, als stünde der Turm im Flammengezüngel eines aus der Tiefe der Erde genährten Herdes. Der Südwest-Balkon ist auch die Stätte der Bowlen-Abende, zu deren etzlichen Bergers allsommerlich Freunde einladen. In die Blumenkästen werden Stöcke mit Laternen gesteckt und, die bunte Lichtgaukelei ist jedesmal eine kleine nachbarliche Sensation. Im Hause heißt die hochgelegene

Wohnung Bergers ‚Lünkenruh', weil die Spatzen sich bei ihren Flügen auf dem Balkon auszuruhen pflegen.

Berger rundet bald das sechste Jahrzehnt. Else, die zweite Frau, zwanzig Jahre jünger. Ein Sohn, Harald, aus erster Ehe, diente sein Jahr in einem Panzer-Regiment ab. Elses Mutter stand dem Haushalt als Betreuerin vor. Diese Altersschichtung gab dem häuslichen Verkehr die bestimmende Note.

Mit ihrer Wohnung sind Bergers aufs höchste zufrieden. Wie duftet es im Frühjahr von den Schrebergärten herauf, wie frischherb vom Stadtpark herüber. Wie nirgends sonst schwenkt hier der Sommer seine seidene Fahne. Der Herbst legt sich — ein ganzer Mann von der Wasserkante — mit peitschenden Regengüssen und stiebendem Atem gegen die Fenster. Aber der Winter erst! Was ist der Winter in der Großstadt? Eine ekelhafte Angelegenheit, die von den Bürgersteigen in den Rinnstein gekehrt wird. Offene Siele klaffen gierig den schwarzen Schlund nach der weißen Herrlichkeit. Aber hier draußen! Eine Laterne im Schneegeriesel! Funkelnd und glitzernd braust die Hochbahn aus dem dunklen Tunnel hervor, das Schneegestöber und die weißen Böschungen aus hellen Fenstern mit Gold überspritzend. Jeder Zweig eine nach Schneesternen greifende Hand, jeder Busch zu einem weißgewandeten Zwerg verdümpelt. Die Straßen haben zu tun, die weiße Spreitdecke glatt zu zupfen; Ehrensache; tröstlich, die Nachbarin Nebenstraße kann sich auch nicht breiter machen, als sie ist. Und dünken sich unter Brokat im Knirschen der Frosttage. Es ist über alles Sagen schön. Und der Himmel freut sich, es den Menschen hier draußen wieder einmal recht gemacht zu haben.

Ja, die Welt steht hier nach allen Richtungen der Windrose offen. Die Stadt hat sich auf dem das Urbett der Elbe engenden Geestrücken immer weiter hinausgebaut; von hier aus gleitet das Häusermeer sanftwellig dem Hafen zu, um breitflächig im Straßengewirr des Billetals auszulaufen.

Man ist hier draußen mitten in der Weltstadt Hamburg und ist ihr doch mit ein paar Schritten entflohen. Auf einer

Werft an einem der Kanäle nach dem Stadtparksee haben Bergers ihr Boot liegen; ein Nachmittags-Faulenzerboot, von dem aus sie den Konzerten im Uhlenhorster Fährhaus an schönen Tagen zu lauschen pflegen.

Nach ihrer Rückkehr haben sie beruhigt festgestellt, daß die beiden Scotchs aus dem Schweizerhof in Ascona ihrem Amor nicht das Wasser reichen können. Nach dem Stammbaum heißt er prunkvoll Amor Waratah. Sein Name ist natürlich zu ‚Mohrle' verniedlicht. Dankbar für alle Freundlichkeiten, verliert er sich nie in hündische Ergebenheit. Er ist nichts als ein gesträubter Rücken und fletschendes Gebiß, wenn ihm ein Fox begegnet. In der Angriffsgespanntheit der Muskeln wird er um ein Drittel kürzer und macht Aufwärtssprünge wie ein Mungo. Wer seinen Fox lieb hat, nimmt ihn auf den Arm, wenn Mohrle in Sicht kommt; er tut aber nicht danach. Hunde auf dem Arm sind für ihn keine Hunde. Er fürchtet Schäferhunde und geht ihnen aus dem Wege; dennoch hat er einmal einem an der Kehle gehangen, und der Riese wäre elend verreckt, wenn Else ihrem Mohrle nicht einen Hieb über den Schädel gegeben hätte. Mehr aus Verwunderung über die menschliche Roheit, einem Hund über den Kopf zu schlagen, und mehr auch aus Verbitterung über die unangebrachte Einmischung in einen durchaus kommentmäßigen Hundekampf, als unter der Einwirkung des Schlages, hatte Mohrle von seinem Widersacher abgelassen, der vor der schwarzen Kreatur wie vor einem Sendling der Hölle davongestoben war. Mohrle ließ sich erst nach geraumer Zeit wieder herab, von Else Freundlichkeiten entgegenzunehmen. In der letzten Zeit zottelt er ohne Aufsicht los; er ist absolut straßensicher und kennt die Verkehrsordnung. Mit der Zuverlässigkeit eines Beamten kommt er nach zwei Stunden zurück — Else behauptet, er müsse einen Chronometer im Leibe haben —, bellt untern, und da ihn jeder kennt, öffnet man ihm die Haustür.

Alle Großstädter verweben ihr Eigenleben unmerklich dem Kreise ihrer Wohngegend; denn jeder Stadtteil hat seinen eigenen Charakter. Nicht nur soziologisch, auch seelisch-geistig. Bergers hätten um nichts in der Welt anderswo als in Winterhude leben mögen. Wenn Alfred in seiner Erinnerung etwa anderthalb Jahrzehnt zurückblättert, dann steht diese Gegend, die jetzt von roten Backsteinbauten und Wohnblocks mit großen Innengärten und Spielanlagen überflutet ist, als eine nur notdürftig durch schmale Wege aufgeteilte Schreberkolonie vor seinen Augen. Mitten zwischen den Schrebergärten die Matthäuskirche, gleichsam eine in heidnisches Land vorgetragene Ordensritterburg. Und blättert er noch weiter zurück — aber da kommt er schon in eine Zeit, die mehr als ein Menschenleben zurückliegt — da steht eine Landschaft mit knickgesäumten Reddern und wogenden Feldern vor ihm, und er sieht sich selber, zehnjährigen Knirps, von Winterhude nach Barmbek marschieren. Rechts und links verknorrte Dornenhecken, aus denen die Vögel aufschwirren, aufgeschreckt von dem einsamen Wanderer. Er weiß heute noch genau, wie er im Schreiten über eine Falle nachsann, um Buchfinken zu fangen, die hier wie im Paradies lebten. Weiter weiß er, wie er mit den Kindern vom Kindergottesdienst der Großen St.-Michaelis-Kirche auf einem Sommerausflug nach dem neuen Roosenhaus in der Dorotheenstraße marschiert war, von der Alster her bis dicht ans Haus durch Kornfelder. Und nicht sehr weit von dort Mühlenkamp mit Gertigs Biergarten. Nach der anderen Seite hin das Winterhuder Fährhaus, Stätten fröhlicher Kindervergnügen mit Kasperletheater, Karussell und Umzügen in Tierverkleidung.

Wenn Alfred hierüber ins Sinnieren kommt, findet er lange Zeit nicht heraus. Eine schöne ferne Zeit — das Märchen seiner Jugend.

Berger war, wie viele junge Hamburger seiner Generation, Kaufmann geworden und hatte in einem Kaffee-Import im Freihafen gelernt. Damals galt es für einen Lehrling noch nicht für entwürdigend, Probetüten und Briefe auszubringen. Alfred hatte es gern getan; er trieb sich dabei auf den Kais herum, in der Nähe der großen Seeschiffe, um die es über Topp und Takel von fremden Ländern flirrte.

Das war eine Welt hier an den Freihafenkanälen! Am Geruch allein konnte Alfred feststellen, was in den Speichern lagerte. Er kannte die Quartiersleute in ihren Lastingjacken; er kannte die Männer an den Luken, und oft genug war ihm eine Probetüte Rosinen, Korinthen oder Mandeln vor die Füße geflogen.

Ein Handelsherr steckte nicht in ihm. Er hatte es mehr mit der Romantik. Die lebendig-bewegte Lehrlingszeit, das war was. Als er aber als Kommis still und ernsthaft auf seinem hohen Schreibbock sitzen mußte, da er die Verantwortung für die gewissenhafte Ausfüllung der Konnossemente trug und fob und cif in ihrer verpflichtenden Bedeutung immer wieder hineinmalen mußte, entschloß er sich, nichts als Kontorist zu sein, was damals Schreibkraft für alle Arten des Kaufmannsstandes hieß. Auf diesem Wege geriet er an einen kleinen Möbelfabrikanten, der mit dem Leimtopf besser zurecht kam als mit dem Tintenfaß. Aber er hatte Ehrgeiz und ließ kein Stück Pfuscharbeit aus dem Hause. Bei ihm mußte das Werk den Meister loben. Berger brachte ihn dazu, das Arbeitsgebiet auszuweiten. Hatte er bisher Gebrauchsmöbel mittlerer Güte hergestellt, so mit der Zeit Luxusausstattungen. Die Zeit des Plüschsofas mit Häkeldecken, des Phantasieschranks, des Vertikos, des Mahagonitisches mit Samtläufer war vorbei — es kam die nicht minder fürchterliche Zeit der Sofa-Umbauten, von denen in jedem Augenblick Vasen oder Bilderrahmen auf die Sitzenden niederzuschmettern drohten. Dennoch: Berger ahnte die Zeit der Wohnkultur des kleinen Haushalts und handelte danach.

Seiner Intuition kam ein Sinn für das Spekulative zustatten. Er witterte immer mehr hinter den Dingen, als sie zu offenbaren bereit waren. Er gab die Richte für eine ganz neue Art der Werbung, indem er von der Kultur als von einer Voraussetzung jedes seifenverbrauchenden Menschen sprach. Pries er ein Eßzimmer an, geschah es, indem er einen Päan auf die Tafelfreuden anstimmte und bewies, daß jene, die behaupteten, der Mensch lebe, um zu essen, ebenso gut recht haben könnten wie die anderen, nach denen der Mensch esse, um zu leben. Das war was für Berger, der ein rechter Trommelschläger des fröhlichen Lebens war. Er gab Beispiele dafür, daß selbst berühmte Männer es nicht für unter ihrer Würde erachtet hatten, am Herd selber ihre Lieblingsgerichte herzustellen. Und was wußte er nicht vom Schlafzimmer zu sagen! Vom Bett allein! Voran Maupassant: „Le lit, mon ami, c'est toute notre vie. C'est la qu'on naît, c'est la qu'on aime, c'est la qu'on meurt." Das war die Lobpreisung einer zur Bettruhe verurteilten liebenden Frau ihrem Geliebten gegenüber. Er rief die Pompadour, die Maintenon, Ninon de Lenclos, Lola Montez, die Königsmarck und kleinere Liebeshuldinnen für seinen Bett-Hochgesang auf den Plan, und er wäre sicher bis zu des Poggius Facetiae hinabgestiegen, wenn er nicht der Meinung gewesen wäre, daß eine Möbelempfehlung nicht durchaus ein sittengeschichtlicher Essay zu sein brauchte. Vor allem sagte er den Leuten, daß ein Herrenzimmer mit Bücherschrank und Schreibtisch eine Art Lebensnotwendigkeit sei.

Bei allem blieb er sich bewußt, Dilettant zu sein; um so größer seine Freude, an der Oberfläche zu plätschern. Als man die Amateurphotographie ernsthaft zu betreiben begann, die Lichtstärke der Objektive größer, die Emulsion empfindlicher wurde, wandte er sich der Photographie mit Leidenschaft zu, bastelte Vergrößerungsapparate, tupfte Öldrucke und war einer der ersten, die mit Lumiers Farbplatten gute Erfolge hatten. So diente alles dazu, den geruhsamen Ablauf seines Lebens schön zu verbrämen, ohne daß es dabei zu Exaltationen kam. Inzwischen war er Prokurist geworden und stand vor der Teilhaberschaft, als der Gründer der Firma sich in eine bessere Welt davonmachte. Ein Schwager des Verstorbenen, der, wie sich herausstellte, Geld im Geschäft hatte, übernahm das Ganze und überantwortete es seinem Sohn. Dieser, bis dahin ein Garnichts, blies sich mächtig auf, obwohl er von allem so viel verstand wie der Esel auf dem Grabstein der Dame Geske van dem Holte im früheren Dom zu Hamburg vom Dudelsackblasen.

Alfred fand sich mit der Neuordnung ab; gab dem neuen Herrn, den die Angestellten bald ‚Ich-als' nannten, da er seine Reden mit „Ich-als' zu beginnen liebte — was des Herrn war. Er wuchs dem Ende des sechsten Jahrzehnts zu, da wollte er Streusand auf die Diele haben.

Else und Alfred hatten für den Abend des letzten Junitages ihre Freunde Annette und Ernst Melhop zur Bowle eingeladen. Vor zwei Tagen war aus Ascona ein Päckchen mit Butter und Schokolade eingetroffen. An diesen Herrlichkeiten sollten Melhops teilhaben. Annette Melhop, zierlich und blond — sie half der Natur diskret nach — kam schon am frühen Nachmittag. Ihr Mann hatte eine höhere Stelle beim Zoll inne. Berger und er waren Jugendfreunde. Kinder hatten Melhops nicht.

„Ich habe keine Handarbeit mitgebracht", sagte Annette und zeigte die leeren Hände.

„Brauchst du auch nicht. Ich will heute auch einmal nichts tun."

„Sag mal, Else, kaufst du auch Lebensmittel ein?"

„Wieso? Was ich brauche, natürlich."

„Nein, auf Vorrat, mein' ich."

„Ich kaufe doch nie auf Vorrat ein, Annette"

„Aber jetzt. Alle Leute reden doch vom Krieg. Meine Grünfrau will mir fünfundzwanzig Zwei-Pfund-Dosen Spargel geben. Das tun alle, sagt sie."

„Ja, wenn die Grünfrau es sagt, Annette —"

„Es gibt Krieg! Verlaß dich drauf, Else! Mit Polen."

„Ach, was du sagst! Mit Polen. Und warum?"

„Wegen des Korridors."

„Gut, daß du davon sprichst. Ich möchte einen neuen Läufer für den Korridor. Du mußt mir beistehen, wenn ich nachher davon anfange. Wenn wir Krieg kriegen, krieg' ich keinen mehr."

„Ich stell' mir den Spargel doch hin, Else. Kauf du dir Läufer, soviel du willst. Essen kannst du ihn nicht."

„Nein, essen kann ich ihn nicht. Aber denk doch mal, wenn jeder nun anfangen wollte, Vorräte zu stapeln —"

„Das tun alle Hausfrauen zum Herbst sowieso.“

„Ja; aber fünfzig Pfund Reis, einen Zentner Zucker, Haferflocken und was man sonst ergattert — und dann: wer, meinst du, kann sich das erlauben?“

Annette zuckte die Achseln.

„Die meisten nicht. Und wo bleiben diese anderen, wenn es ernst wird? Und wo bleiben die, die für die Versorgung eintreten müssen?“

„Gott, ja, Else —“

„Eben, Annette. Wenn — was Gott verhüten möge — ein Krieg ausbricht, dann geht es, sagt Alfred, um viel mehr als im Weltkrieg. Dann kann da nicht einer auf den Vorräten sitzen und ein anderer hat nichts. Vom Weltkrieg haben wir in Hamburg bis auf das knappe Essen wenig gemerkt gehabt. Und wer es verstanden hat —“

Annette lächelte. „Na ja, ein bißchen hat's jeder verstanden.“

„Eben. Und in bescheidenen Grenzen — aber was redest du immer vom Krieg! Da sieh dir Mohrle an“ — sie wies auf Amor, der sich's im Schatten wohl sein ließ — „der macht sich keine Sorgen um den morgigen Tag.“

Annette sah sich nach dem Hundevieh kaum um. „Ja, der! Wer's so haben kann —“

Else holte die Laternen, um sie mit Lichten zu bestecken. Annette mußte die Drahtbügel der Stöcke zurechtbiegen und die Falze der Papierlaternen nachkniffen.

In brausendem Schwung kurvten zwei Dutzend Tauben aus einem Schlag im Nachbarhaus um den Balkon, flatterten zu einer Kette auseinander, ballten sich wieder zu einem Haufen und stießen aufs neue aufrauschend herab, zur Freude ihres Herrn, der, die Pfeife im Mund, auf dem Schlag saß wie ein König auf seines Daches Zinnen.

„Weißt du“, sagte Else, „die Laternen bleiben auch ewig die gleichen. Rot, gelb, grün, blau, höchstens gestreift oder mit Sonne, Mond und Sternen. Auch in den Formen, findest du nicht?“

„Doch. Und die Kinder singen die gleichen Lieder, die wir sangen.“

Else lächelte wehmütig. „Ach ja. Die Kinder gehen schon mit Laternen. Nun kommt der Herbst auch bald."

„Die Zeit rast. Und eines Tages wachen wir auf und stellen fest, daß wir tot sind."

Schließlich waren die Laternen fertig und wurden in die Balkonkästen gesteckt. Die zerknitterten Gesichter der Gestirne wußten sich vor Unmut nicht zu lassen. Vor allem der Mond machte einen sehr ungnädigen Eindruck; er war auch nur halb und im Abnehmen. Die Sonne hatte ihr gemütvoll-mütterliches Lächeln, wie es sich für Laternensonnen geziemt. Die Sterne sahen fidel-schwermütig aus, als wollten sie andeuten, daß sie bei ihrem weiten Ritt um die Welt mancherlei erlebten, worüber sie kavaliermäßig zu schweigen verstünden.

Berger und Melhop hatten sich auf der Hochbahn getroffen und kamen zusammen an. Fröhlich saß man auf dem Balkon und tat den Leckerbissen, die Else aufgetürmt hatte, alle Ehre an. Zum Tee gab es gut gekühlten Steinhäger.

„Wie schön die Sonne untergeht!" rief Annette, die gern ihre Empfindsamkeit für die Natur zeigte.

„Muß sie ja; wie will sie sonst morgen wieder aufgehen?" sagte Melhop.

„So ist er. Wenn er gut zu essen und zu trinken hat, gibt es keinen friedlicheren Menschen —"

„Stimmt nicht, Annette, stimmt nicht! Vergiß nicht die Zigarre!"

„Gut, daß du's sagst." Alfred langte hinter sich und nahm die Zigarren vom Beisetztisch. „Dunkel oder hell?"

„Wenn's dir gleich ist, dunkel."

Alfred zog die Markise hoch. Frisch strich der Wind über den Balkon.

Das Schrebergelände lag wie eine farbige Tafel vor ihnen. Rauch quirlte; Kinder sangen; Kinder plärrten; Mädchen trällerten sentimental. In einem orgiastischen Geglühe von breit verfließendem Orange über Violett bis zum Grauschwarz erkalteten Schmelzeisens ging die Sonne unter.

„Wie war eure Reise?".

„Schön wie immer“, sagte Else.

„Nicht Capri?“

„Nein. Florenz, Rapallo, zuletzt Ascona im Tessin.“

Melhop, etwas verstimmt durch seine schief brennende Zigarre, sah auf: „Hattet ihr Devisen für die Schweiz?“

„Wir nicht, andere.“

„Und wie wollt ihr sie zurückgeben?“

„Gar nicht. Fannys Mann kommt nach Hamburg, dann gleicht sich's aus.“

„Das müßt ihr still und leise machen. Erlaubt sind solche Austauschbesuche nicht.“

„Ach, was ist überhaupt noch erlaubt?“ fuhr Else auf. „Vielleicht dürfen wir bald nicht mal mehr Luft holen?“

„Fahr' mich nicht so an, Else. Ich mach' die Vorschriften nicht“, verwahrte sich Melhop.

„Natürlich machst du sie nicht; aber alles, was man nicht darf, ist dir gegenwärtig, als hättest du dein Vergnügen daran.“

„Erlaube, Else —“

„Das mußt du nicht sagen“, sprang Annette ihrem Mann bei. „Das sind Vorschriften, die Ernst als Beamter wissen muß. Nur weil Ernst in der Partei ist, bist du so.“

„Fangt nicht den alten Streit wieder an“, begütigte Alfred. „Wenn Ernst nicht in die Partei eingetreten wäre, wäre er gegangen worden. Irgend etwas hätte man gefunden. Ein anderer wäre auf seinen Posten gekommen und der Fall damit ausgestanden gewesen. Märtyrer sein? Für wen? Geh doch einmal hin an die vollen Tische und sage: ‚Mich hungert, weil ich meiner Überzeugung treu bleiben will.‘ Geh hin, wenn dich friert, und bitte um einen Mantel; denn dich friert ja, weil du Not leidest um deiner Überzeugung willen. Kein Mensch wird seinen Mantel mit dir teilen. Heldentum muß auch einen Sinn haben. Heldentum ist Unsinn, wenn es von vornherein zur Erfolglosigkeit verurteilt ist. Wer sollte für Ernst und Annette eintreten, wenn sie sich einfallen ließen, zur falschen Stunde mannhaft zu sein?“

„So ist es nämlich, Else; genau wie Alfred sagt. Ohne daß es dich treffen soll: immer wieder gibt es welche, die sagen: man sollte, man müßte! Die darauf warten, daß jemandem der Kragen platzt. Nur sie selber machen nichts. Sie knöpfen sich rechtzeitig den Kragen auf. Nein, liebe Else, es sind nicht alle dabei, die dabei sind. Mir wäre auch wohler, wenn ich jetzt eine Trix anstatt einer Brasil westfälischer Provenienz zu rauchen hätte."

Annette liebte Schnäpse, ohne sie vertragen zu können. Sie wurde dann kriegerisch. Jetzt saß sie aufrecht, ihr blondes Haargewoge war wie ein federüberwehter Helm. Sie wandte sich gegen Else: „Was willst du! Ich weiß gar nicht, was du hast! Ernst wird immer den Mut haben, seine Überzeugung zu vertreten. Auch wenn es uns dabei schlecht geht. Vielleicht *ist* es aber seine Überzeugung!"

„Jetzt hört auf, oder ich blase die Bowle ab! Was meinst du, Ernst?"

„Ganz deiner Meinung, Alfred. Ich bin zu einer Bowle und nicht zu einer politischen Diskussion gekommen."

Else erhob sich: „Ich bringe alles heraus."

„Ich helfe dir", sagte Annette, die das Gefühl hatte, etwas gutmachen zu müssen.

„Du bleibst sitzen", beschied Else. „Dann müßte Alfred aufstehen, dein Mann auch, dann wirfts du ein paar Aschbecher herunter —"

„Aber Else —"

„Laß, Annette", sagte Ernst. „Du läßt dir ja auch nicht gern helfen."

Mohrle rappelte sich aus dem Korb auf und trendelte Else in die Küche nach.

Der sinkende Abend besternte sich schnell. In den Schrebergärten begoß man die Beete. Die trinkende Erde atmete bis hier oben herauf. Ernst sah den Schrebern zu. „Wär' nichts für mich, abends so im Garten zu wirtschaften."

„Tät' dir gut", griff Annette ihn an. „Erstens würdest du nicht so stark werden, zweitens könnte ich einkochen."

„Meine liebe Annette! Erstens weißt du gar nicht, ob es mir nicht vorbestimmt ist, stark zu werden, und zweitens stünde der Erfolg des Einkochens noch dahin."

„Aber gut täte dir's", beharrte Annette.

„Sicher. Da es dem Herrn jedoch nicht gefallen, einen Schrebergärtner aus mir zu machen, so muß ich einfach und bescheiden wachsen und reifen, wie es mir gesetzt ist."

Else kam mit der Bowle.

Die Herren schnupperten.

Annette knuffte ihren Mann: „Tu nicht so, als ob du noch nie Bowle getrunken hättest!"

„Eben weil ich so oft getrunken habe, hier getrunken habe —"

„Erst proben, dann loben. Schenk ein, Alfred", steuerte Else.

Alfred füllte die Gläser und reichte sie; jeder hielt die Nase überm Glas, als wäre es die erste Pfirsichbowle seines Lebens. Sie hoben mit hellen Gesichtern die Gläser gegeneinander, versenkten die Augen ineinander — Gott, im Grunde hat Annette richtige Kalbsaugen, dachte Else — schlürften bedachtsam, stellten das Glas — gutbürgerlich, wie man war — halbgeleert zurück, und ließen die Zunge genießerisch über die Lippen gehen. Und sahen sich wieder an und nickten einander zu; um sie jenes Schweigen, das um Menschen ist, die sich ganz im Einklang mit der Weltseele wissen. Und war beileibe kein großes Leben; man hatte sein gutes Auskommen, konnte sich bescheidene Wünsche erfüllen, ohne lange zu überlegen; die Frauen hatten ein paar Ringe oder Nadeln mit echten Steinen, die Herren goldene Uhren, Ernst sogar mit Stundenschlag. Sie hätten sich auch einen Wagen leisten können; aber wozu? Ihr Leben war wie das langsame Treiben eines Kahns auf ruhigem Fluß. Die Behörde hat den Strom reguliert, alle Hindernisse beseitigt, Bojen und Stacks überholt, und schreibt den großen Schiffen ihren Kurs vor. Was soll den Leuten im Kahn geschehen?

So saßen sie, eine schweigende Gemeinde der Wunschlosigkeit. In ihrer Seele ein Preislied auf den, der alles so herrlich hergerichtet: den Himmel, an dem immer mehr Sterne aufgingen, so hoch; die Erde, auf der die Bowlen so lieblich dufteten, so freundlich, und ganz besonders den Südwest-Balkon der „Lünkenruh" so fest gefügt.

Unten gingen Kinder mit Laternen und sangen das alte Laternenlied:

Laterne, Laterne!
Sonne, Mond und Sterne!
Brenne auf, mein Licht, brenne auf, mein Licht,
aber nur meine liebe Laterne nicht.
Meine Laterne ist so schön,
da kann man mit spazierengehn,
in dem grünen Walde,
wo die Büchsen knallen,
wo die Vöglein singen,
tanzen und auch springen.
Laterne, Laterne!
Olsch mit de Lücht,
de de Lüd bedrücht,
de de Eier halt
un se nich betahlt,
Olsch mit de Lücht kann't Bett nich finn'n,
fallt mit de Näs in't Kellerlock rin.

Ernst nahm eine neue Zigarre und sagte: „Kinderlieder sind manchmal furchtbar dumm."

„Kinderlieder sind niemals dumm! Aber Erwachsene sind dumm", trumpfte Annette auf, die schon reichlich Bowle getrunken hatte.

„Wir wollen unsere Laternen nun auch anzünden. Du dort, Ernst —"

„Ich kann es nicht; das macht ihr Frauen viel besser."

„Finde ich auch", pflichtete Alfred bei. „Das Antlitz einer Frau über einem Lampion ist etwas sehr Schönes."

Man saß um die schon bedenklich leere Bowle und überließ sich dem Zauber der leise pendelnden bunten Laternen.

„So müßte es immer bleiben", sagte Else träumerisch.

„Wird es auch.“

„Und der Krieg, Alfred?“

„Laß doch endlich das Gewäsch vom Krieg, Annette!“ fuhr Else sie an. „Ich bin dafür, ein geruhiges Leben zu führen, jedermann recht zu tun und für das übrige Gott sorgen zu lassen. Dann gibt's keine Kriege.“

„Ganz so einfach sind die Dinge ja nicht, Else. Noch scheint die Menschheit nicht reif zu sein für das ‚Friede auf Erden‘.“

„Aber einmal wird sie reif dafür sein, Ernst“, sagte Alfred. „Die Menschen müssen lernen, nicht an ihr Heute, sondern an das Morgen ihrer Nachkommen zu denken. Wohin sind sie, weil sie's nicht taten, die gewaltigen Herrscher? Wohin ihre Werke? Nur ihre Namen sind geblieben: Alexander, Cäsar, Attila, Dschingis-Khan, Friedrich II., Gustav Adolf, Friedrich der Große, Napoleon. Die Zeit ist über alle hinweggegangen.“

„Aber immer wieder ist Krieg.“

„Gewiß, Else. Weil der Mensch durch den Krieg selber erst zu der Erkenntnis kommen muß, daß der Krieg nicht die ultima ratio seiner endlichen Erlösung ist. Der Mensch ist immer noch unterwegs zu sich selber; was wissen wir, wie lang der Weg noch ist. Nun laßt uns von anderem sprechen. Wann zieht ihr um?“

„Oktober!“

„Hammerbrook stelle ich mir schrecklich vor, Annette. Die engen Straßen, die vielen Menschen!“

Alfred sagte: „Ich kannte die Hammerbrookstraße schon, als die eine Seite erst bebaut war. Auf der anderen Seite führten Treppen zu kleinen Häusern hinab. Schöner war's bestimmt.“

„Alles war früher schöner — wir auch!“ stellte Ernst fest.

Annette löffelte ein Stück Pfirsich aus ihrem Glas: „Ihr vielleicht. Wir — Else und ich — heute noch.“

„Aber warum zieht ihr um? Ihr wohnt so hübsch in Hamm.“

„Hätten wir längst tun sollen. Wozu habe ich das Grundstück? Ich wohne bei mir selber billiger."

„Ich werde nicht gefragt, Else. Ich bin ja nur die Frau. Jetzt haben wir Warmwasser und Heizung. Nun fange ich wieder mit Öfen an. Das schönste ist die Zinkbadewanne!"

„Nicht das schlimmste, Annette. Ernst wird sich alles reiflich überlegt haben, wie ich ihn kenne", trat Alfred für den Freund ein. „Habt ihr übrigens gelesen, daß am Tegernsee, wo die Kinder doch auch auf herkömmliche Art in die Welt gesetzt werden, Damen in Strandhosen ausgepfiffen worden sind?"

„Sieh, wie der eine Stern da oben blinkert. Ich glaube vor Lachen, Alfred." Ernst hob sein Glas. „Seid gegrüßt, schöner Großer Bär, Kassiopeia, Freund Orion und ihr anderen alle, die ihr ob der Torheiten auf der Erde vor Lachen noch nicht geplatzt seid." Und zu Alfred: „Prosit, Kleobulos."

„Prosit, großer Thales."

Annette sagte spitz: „Es dürfte dann wohl auch an der Zeit sein."

„Laß den Predöhlschen Schnack. Immer wenn es am schönsten ist, fängt es bei dir an zu ‚dürfen'."

„Was hat der tote Bürgermeister damit zu tun?"

„Er hatte eine Vorliebe für das ‚dürfte'. Von jener Konzilianz der ‚Geborenen', die unnötigen Widerspruch vermeiden wollen und das Recht anderer Meinung einräumen. Darum sagte er am Morgen: es dürfte heute ein schöner Tag sein; und am Abend: die Tafel dürfte hübsch gedeckt sein. Und hatte er im Senat gesprochen: Meine Rede dürfte Eindruck gemacht haben. Als er starb, schlug einer seiner Freunde vor, man sollte auf seinen Grabstein die Inschrift setzen: Hier dürfte Bürgermeister Predöhl ruhen."

„So redselig bist du selten, Ernst. Du hast zu viel getrunken."

„Allerliebste, Lessing sagt: Man kann zu viel wohl trinken, doch trinkt man nie genug!"

„Lessing brauchte auch nicht mit der Hochbahn nach Hause zu fahren. Ach, Else, du hast's gut."

„Nicht besser als du. Du solltest Alfred kennen."

Alfred schmunzelte: „Nun bin ich dran."

Die Leute aus den Schrebergärten waren heimgegangen. Nur ein Alter mit einem weißen Rauschebart gnomte noch durch die Beete nach einer Katze, die ihm ein Huhn weggeholt hatte. In gemessenen Abständen brausten die Hochbahnzüge heran und hinweg. Dicht vor dem Bahnhof sah man bald das grüne Einfahrt- und das rote Haltelicht aufglimmen. Wind kam auf; der Stadtpark sandte das Rauschen seiner Wipfel.

„Und wann kommt ihr zu uns?" fragte Annette.

„Ruf an; wir verabreden dann."

„Ich muß mich um die neue Wohnung kümmern. Die sieht aus! Nicht zu sagen!" Und zu ihrem Mann: „Das ist das letzte Mal in meinem Leben, daß ich umziehe. Und wenn du mir eine Villa in Blankenese kaufst. Ich hab' es satt."

„Ich auch. In der Wohnung bleib' ich, bis man mich, die Füße voran, hinausbringt."

„Das ist recht; nun fang damit an. Mich bringt man eher hinaus als dich. Bei dem Ärger mit dir!"

„Ärger hält jung, Annette. Siehst du an Else."

Alfred brachte die Besucher hinunter, da die Haustür abgeschlossen war. Langsam kam er wieder herauf. Else räumte in der Küche auf.

„Gott sei Dank, Else! Das schönste am Besuch ist doch, wenn er wieder weg ist."

„Und wenn er da ist, kannst du kein Ende finden. Es ist ein Brief von Harald da."

„Was schreibt er?"

„Mußt lesen, Alfred. Auf deinem Schreibtisch."

Harald schrieb vergnügt von den Manövertagen. Es gehe ihm gut, und von ihm aus könne ewig Manöver sein; das heiße, solange er beim Kommiß sei; noch lieber säße er aber im Studium. Von Krieg rede bei ihnen keiner.

Er habe mit vierzig Kameraden Quartier auf einem Gutshof, auf dem nur die Herren Offiziere von der Herrschaft ästimiert würden. Die Mägde des Gutshofes jedoch und die Dorfschönen wären mehr für den gemeinen Soldaten, was den eingeborenen Burschen wieder nicht passe, so daß es zwischen Soldaten und Bauernjungen schon zu Handgreiflichkeiten gekommen sei. Das werde wohl so lange so gehen, als sie hier im Quartier lägen; denn man könne von keinem Landser verlangen, daß er das Lächeln eines schönen Mädchens unerwidert lasse.

Alfred lächelte und ging zu Else in die Küche: „Ein Duckmäuser scheint der Junge nicht zu sein."

„Warst du etwa einer?"

„Erlaube! Soll das etwa heißen —"

„Das soll heißen, daß du keine langen Reden mehr hältst, sondern ins Bett gehst!"

„Ja, aber was er da schreibt, daß keiner an Krieg bei ihnen denkt."

„Das ist die Meinung des Gefreiten Harald Berger. Ausgerechnet den wird man in die Töpfe gucken lassen."

„Das hört sich an, als glaubtest du plötzlich auch an Krieg."

„Ich glaube, daß all unser Schwatzen an der Zukunft nichts ändert. Hier, nimm mir das Geschirr ab. Tu es ins Büfett und dann ab nach Kassel!"

PANORAMA

Es ist nicht von der Hand zu weisen, daß die Weltgeschichte einen ganz anderen Verlauf genommen haben würde, wenn das Riesenmeteor vom 30. Juni 1908 einunddreißig Jahre später die Erde beglückt hätte und dann nicht gerade auf einen sibirischen Urwald, sondern auf eine der Hauptstädte der Alten Welt niedergegangen wäre. Einerseits hätte man darin einen Warnungsschuß des Herrschers der himmlischen Heerscharen — einer oft bewährten und immer noch unbesiegten Wehrmacht — und zugleich die Mahnung erkennen können, auf Erden endlich Vernunft anzunehmen. Andererseits hätte man an dem Bild der Zerstörung einer Riesenstadt die menschliche Vorstellungskraft schärfen und sich imaginieren können, was den Völkern in einem neuen Krieg blühen werde. Das Schicksal hat indes von jeher eine perfide Art, die schönsten Dinge zur unrechten Zeit am unrechten Ort geschehen zu lassen. Aus der Divergenz solcherart höher geordneten Geschehens und seiner Unerwünschtheit oder Erwünschtheit für menschliche Belange entspringt das irdische Mißtrauen in die himmlische Voraussicht, und daraus wieder die Bereitschaft des Menschen, mehr sich selber als einer problematischen höheren Macht zu vertrauen.

Auch Berger begann besorgt in die Zukunft zu sehen. Er hatte sich nie mit Politik beschäftigt, die er, mit einer ganz kleinen Hinneigung zum Metaphysischen, für etwas Schicksalhaftes hielt, das sich, unabhängig von dem gemeinen Willen, nach eigenen Gesetzen auswirkt. Wie er in Ascona dem Emigranten Kersch schon dargelegt hatte, wurzelte seine Weltanschauung in der Überzeugung von einem Weltwillen, dessen Vollstreckung sich ehern vollzieht, gleichviel, was auf der Erde nach dem Willen der Menschen geschieht oder unterbleibt. So hätte er, gradlinig weitergedacht, sich eine gewisse Ungerührtheit dem Zeitgeschehen gegenüber — aber unerheblich für den unbekannten Endzweck — aneignen können, wenn er sich als Mitlebender nicht dem Zeitgeschehen verflochten gefühlt hätte. Es war eine Begier in ihm, der menschlichen Torheit, die sich am krassesten im Kriege offenbarte und gerade jetzt wieder auf eine Illumination aus war, auf die Spur zu kommen.

So begann er die Zeitung anders zu lesen als sonst. Jede Notiz wurde ihm ein Panorama-Rundfenster für ein in sich geschlossenes Geschehen. Jeder Artikel eine Estrade, vor der eine Handlung abrollte. Er hatte die Zeitung nie darauf angesehen, daß sie etwas Lebendiges ist, hinter dem denkende Hirne, glühende Herzen, wirkende Hände am Werke sind. An dem allen war er blind vorübergegangen. Nun wurde ihm das Geheimnis der Schriftarten offenbar. Die eine unterrichtet besonnen, die andere sagt: Hört! Hört! ehe sie ihren Sinn kundgibt, eine dritte schreit Alarm und jagt einem die gleiche Erregung durch das Blut, mit der die Lettern zusammengefügt schienen. Die Zeitung war ihm jetzt ein Fieberthermometer, an dem sich die Temperatur des Völker-Untereinander getreulich ablesen ließ. Er hatte sie immer vom Standpunkt der Werbung angesehen; ihre Auflage, ihren Umfang, ihren Leserkreis betrachtet. Aber das waren im Grunde Nebensächlichkeiten, wichtig für den Unterbau, über dem das ideelle Bauwerk ihm plötzlich überall sichtbar wurde. Welche Organisation allein, die gewaltigen Rotationsmaschinen auf die Sekunde genau lostoben zu lassen. Wie viele Gehirne mochten an diesem Destillat, das sich Zeitung nannte, täglich arbeiten, wie viele Herzen ihre Glut verfeuern. Welche Inspiration und Gedankenfülle für die entlegensten Dinge. Und auch das erkannte er nun: die Zeitungen waren die Paukböden der Staatsmänner, der Parteileute. Hier wurde versucht zu überzeugen, zu überreden; hier hörte man die Pfeile der Diplomaten schwirren; hier konnte man sich delektieren an dialektischen Schlemmerschnitten, an rabulistischen Pfeffereien der geistvollsten Köpfe der Zeitgeschichte. Hier wurde mit Wörtern und Begriffen jongliert und der kleinste Journalist wurde ein Rastelli des Stils. Florettstöße flirrten, Kopfhiebe hagelten, Breitseiten abgefeuert, Scharfschützen saßen unbewegt hinter dem Zielfernrohr. Alles flutendes, glutendes Leben und allen Lebens Hall und Widerhall.

So mußte sich ihm, dem Außenstehenden, das Wesen der Zeitung offenbaren. Natürlich entging ihm die durch die angeordnete Gleichschaltung bedingte Einförmigkeit der Zeitungen nicht. Es gab Themata, die nur von ein paar Blättern aufgegriffen werden durften, um dann von anderen zitiert zu werden, damit die einheitliche höhere Lenkung nicht erkennbar werde. Das Gespinst war so fein, daß jedes Fädchen dem heimlichen Weber gehorchte, gehorchen mußte.

Diese Unentwegtheit, der alle Mittel recht waren, recht sein mußten, wenn anders sie sich nicht selber abdrosseln wollte, hatte auf die Dauer etwas Betäubendes, störte gleichsam die Konvergenz der Augen, so daß man am Ende überzeugt war, an einem Schaubild die getreue Wirklichkeit zu haben.

Dieser Zauberei mußte auch Berger erliegen. Es ist nichts gegen das Öl zu sagen, auch nichts gegen das Feuer; nur darf man beide nicht zu ungelegener Zeit zusammenbringen. Er befand sich in der Lage ungezählter Bürger, ungezählter Länder, die nicht aus der Unzulänglichkeit des Vermögens zu erkennen, sondern aus der Rarität des ihnen Zusagenden zu einem verkanteten Weltbild gelangen. Hält schon die historische Bildung mancher selbst namhafter Politiker ernster Prüfung nicht stand — Goethe hielt dafür, daß jeder Mensch mindestens dreitausend Jahre Geschichte klar überblicken sollte — um wieviel weniger die Bildung desjenigen, der sein politisches Wissen allein aus der Zeitung nährt. Die Zeitung, die nicht ewig zu den Müttern hinabsteigen kann, setzt Dinge, die ihr selber geläufig sind, als selbstverständlich bei ihren Lesern voraus und diese, da sie die Voraussetzungen eben nicht erfüllen, basteln sich ein Weltpanorama zurecht, das voller Selbstbetrug ist.

Es wurde ihnen auch leicht gemacht zu glauben, gut gesattelt zu sein, weil die Zeitungen, um die Gegenwart zu rechtfertigen, auf die Vergangenheit eingehen mußten. Das Vergleichsmaterial aus der Vergangenheit war leicht nachprüfbar, es zu fälschen daher zwecklos. Das Vergleichsmaterial der Gegenwart mußte im guten Glauben hingenommen werden; denn wer mochte nach Beweisen fragen?

Ein entlegenes Blatt tischte seinen Lesern einen Auszug aus dem Artikel „Germaniam esse delendam“ der Saturday Review aus dem Jahre 1897 auf, in dem von den zwei großen Völkern Europas gesprochen wird, das jedes für sich den Handel der Welt beherrschen will. Der deutsche Handlungsreisende ist den Engländern auf die Nerven gegangen. Er ist meistens überall schon da, wenn der Engländer erst ankommt. Die englische Zeitung hatte ihrem Artikel einen verhängnisvollen Schluß gegeben: „Wenn Deutschland morgen von der Welt vertilgt würde, so gäbe es übermorgen keinen Engländer, der nicht dadurch reicher geworden wäre. Nationen haben jahrelang um eine Stadt, um ein Thronfolgerecht Krieg geführt; müßten sie da nicht für 250 Millionen Pfund jährlichen Handels Krieg führen?“

Dieser Auszug wurde veröffentlicht, um zu zeigen, um wieviel höher heute das Ethos ist; denn um bloßer Handelsinteressen willen werde kein Land mehr Krieg beginnen. Jenseits des Kanals habe man für diese Hybris auch damals schon nur ein Lächeln gehabt und sich zum friedlichen Wettbewerb bekannt, in dem der Tüchtigere eben siege.

Das konnte für eine ausgeklügelte Abgefeimtheit, aber auch als bloße historische Reminiszenz gewertet werden.

Krieg? Krieg wollte kein Mensch in Deutschland. Auf durchaus friedlichem Wege sollten gewisse Korrekturen an dem Vertrag von Versailles vorgenommen, vor allem die Frage Danzigs bereinigt werden.

Eine deutsche Zeitung erinnerte daran, daß der französische Geschichtsschreiber Jacques Bainville 1920 in seinem Buch über den Vertrag von Versailles die Franzosen aufgefordert hatte, sich einmal folgendes vorzustellen: Frankreich sei im Weltkrieg besiegt worden, und der Sieger habe es für gut befunden, Spanien einen Korridor bis nach Bordeaux zu gewähren, wobei das Departement der Niederpyrenäen und Bayonne an Spanien gefallen seien. Wie lange hätte Frankreich das geduldet? Gerade so lange, wie der Sieger Frankreich hätte zwingen können, es zu dulden und Spanien in der Lage gewesen wäre, diesen Korridor zu verteidigen. So und nicht anders sei es mit Danzig und dem Korridor.

Berger konnte sich nicht verhehlen, daß die Ruhe des Alltags nur scheinbar war. Unter der Oberfläche brodelte es in den Herzen und in den Köpfen. Vor allem die Frage, was wird England tun, wenn es mit Polen hart auf hart geht. In Hamburg hatte man schon immer eine Hinneigung zu dem Inselvolk gehabt und deshalb bis heute noch nicht begriffen, wie England sich gleich zu Anfang des Weltkrieges auf die Seite von Deutschlands Widersachern hatte stellen können. Wo anders hätte die Bewunderung für England tiefer wachsen können als hier, wo anders der imperiale Grundzug des Englischen ehrlicher als naturgegebene Notwendigkeit verstanden werden als in dieser Stadtrepublik, die, wie ihr weltpolitische und wirtschaftliche Weitsicht eignete, immer ihre Selbständigkeit zu wahren gewußt hatte? Hier gaben sich die Herrlichkeiten aller Erdteile, die Wunder aller Weiten, die Völker aller Erdteile ein Stelldichein! Hier war der Himmel höher, hier kamen die Wolken anders an, hier trug der Wind den Atem der See, auf dem sich die Möwen schaukelten, hier waren Schlote und Masten, waren Lärm der Werften und jener Geruch des geglühten geschweißten Eisens, der, gepaart mit dem Dunst des Wassers, wie Urgeruch der Materie ist. Hier war, wie einst an der Westküste Kleinasiens und an den Gestaden des Mittelmeers, Widerschein allen Lebens.

Es machte Berger Mühe, über das Werden des politischen Verhältnisses zwischen England und Deutschland ins klare zu kommen. Weder Historiker noch geschulter Politiker, vermochte er nicht bis zu den Quellen vorzudringen, sondern mußte sich mit einem kurzen Inbegriff bescheiden, womit er sich befand, wo sich hüben und drüben die Mehrzahl des Volkes befindet. Noch zu Zeiten der Königin Viktoria hielt man in England im allgemeinen ein starkes Preußen — ein geeintes Deutschland war noch nicht vorhanden — notwendig für Europa. Dieser Meinung hing die Queen auch noch nach dem Tode ihres deutschen Prinzgemahls an, auch dann noch, als der Prinz von Wales eine dänische Prinzessin heimführte, und bald darauf ein Konflikt Preußen—Dänemark immer drohender wurde. Der Prinz von Wales, früh von frankophiler Neigung, hatte für Deutschland nicht viel übrig. Er mochte den ‚starken Mann' — Bismarck — nicht, zum andern war ihm der Heißsporn Wilhelm, der Sohn des deutschen Kronprinzen, herzlich unsympathisch. So spielten in die große Politik — so glaubte Berger es sehen zu dürfen — auch Familien-Antipathien hinein, sehr zum Unheil der Völker. Als der Heißsporn Wilhelm überraschend schnell auf den Thron gelangte, verschlechterte sich das Verhältnis zwischen Onkel und Neffen immer mehr. Es kam der Burenkrieg, das unüberlegte Krüger-Telegramm des Kaisers, seine törichten Kriegs-Aphorismen, an denen die Queen und der Prinz von Wales mit Recht Anstoß nahmen. In einem Schreiben an den Zaren sprach Wilhelm deutlich seinen Haß gegen England und seinen Oheim aus. Kurz, eine politische Kinderei folgte der anderen. Machtfimmelige Prahlhansereien kamen und gingen; man hätte in England von allen guten Geistern verlassen sein müssen, wenn man sich von Deutschland nicht Überraschungen hätte gewärtigen wollen. Der durch Jahrhunderte geübten Staatskunst Englands erwies sich das, was man in Deutschland Staatskunst nannte, bei weitem unterlegen. Man fühlte sich zwar herrlich jung in dem endlich geeinten Deutschland, verfing sich indessen in dem Irrtum, daß es damit getan sei. Daß Onkel Eduard die sich langsam aufbauende deutsche Flotte geringschätzig ‚Willis Spielzeug' nannte, erboste in Deutschland; denn man war stolz darauf, den deutschen Wimpel nun auch fernen Küsten zeigen zu können. Deutschland erstarkte wirtschaftlich von Jahr zu Jahr. Das ‚Made in Germany', das die englische Fabrikation schützen sollte, erwies sich als das gerade Gegenteil, denn es wurde eine international anerkannte Qualitätsbezeichnung. Berger geriet in der Vielverschlungenheit all dieser Fäden fest. Dennoch, so meinte er, wenn hüben und drüben mehr guter Wille für einander gewesen wäre, hätte sich nicht so viel Zündstoff ansammeln können, der eines Tages aufflammen mußte.

Aus den Zeitungen war immer deutlicher zu ersehen, daß an der Aschenbahn der Weltgeschichte fleißig gearbeitet wurde. Ob es wirklich zum Start kommt oder ob man sich damit begnügt, einander auf den Plätzen gesehen zu haben? Wo und von wem wird der Startschuß fallen? Ja, wird er überhaupt noch fallen, nachdem Berlin und Moskau soeben einen Nichtangriffspakt abgeschlossen haben?

In Königsberg wurde die Ostmesse eröffnet; ein unbestrittener Erfolg. Am 31. August soll die Leipziger Herbstmesse ihre Tore öffnen. Das Ausland ist mit dreiundzwanzig Ländern und hundert Ausstellern vertreten. Das heiterernste Spiel wettbewerbender Kräfte hob sich mit symbolhafter Klarheit von den düster glostenden Wolkenballungen ab.

Krieg? Was reden die Leute von Krieg? Auf den Balkonen blühen die Blumen; es reift in den Gärten. Über die Felder gehen die Mäher. Das Korn reiht sich in Hocken. Die Heide steht in violetter Pracht und die Ebereschen leuchten weithin in der roten Glut ihrer Beeren.

Annette ruft bei Else an. „Nein, was sagst du zu dem Gewitter heute nacht, Else? War es nicht schrecklich?"

„Wir haben geschlafen."

„Ja, ihr! Ihr schlaft, wenn die Welt untergeht! Und sie geht bald unter, verlaß dich drauf!"

„Das sollte sie schon oft, Annette. Nur — sie tut's nicht!"

„Ernst ist außer sich. In London ist doch der englisch-polnische Militärpakt unterzeichnet worden; und das heißt Krieg, sagt er."

„Ernst muß es wissen, meinst du."

„Weißt du es denn?"

„Nein; das weiß kein Mensch. Vielleicht kommt's eben deshalb nicht zum Krieg."

„Gott, wollte es doch nur nicht. Ja, warum hab' ich doch angerufen? Geht's dir auch so? Von einem Wort zum andern rennen einem die Gedanken davon."

„Geht mir auch so."

„Ach so, jetzt weiß ich. Hast du dir die neuen Herbsthüte angesehen? Nein, so was Komisches!"

„Ich lasse meinen umarbeiten, Annette. Solltest du auch. So alte Frauen wie wir!"

„Hör' mal! Ich werde mir doch noch einen neuen Herbsthut kaufen können!"

„Kannst du! Drei Stück, wenn du willst."

„Einer genügt. Nein, weißt du, das Gewitter heute nacht; es hat bestimmt was zu bedeuten, so schrecklich war es."

„Es hat zu bedeuten, daß wir uns nächstens in der Stadt treffen. Ich rufe noch an. Grüß' Ernst. Wiedersehen!"

Auf die Rochade Deutschlands mit dem Nichtangriffspakt Berlin—Moskau hat England mit dem Militärpakt mit Polen geantwortet. Zwischen Frankreich und Polen besteht dieser Pakt schon geraume Zeit.

Wenn die Menschen ihre Dummheit vor sich selber rechtfertigen wollen, sprechen sie von der Unabwendbarkeit des Schicksals. Alle spielen vor den Augen der Welt mit unverdeckten Karten. Jeder soll sehen, daß sie ehrlich bis auf die Knochen sind; daneben wird im Geheimen gespielt, was die Partner voneinander genau so gut wissen;

wie die ganze Welt es weiß. Es sind die Mätzchen der Gewiegten, um später aufrecht vor dem Weltgewissen zu stehen.

Die Zeitungen geben Anweisungen zur behelfsmäßigen Herstellung von Luftschutzräumen. Zum ersten Male hören die Leute etwas von Gasschleusen. Für den Fall eines Krieges scheint man mit dem Abwurf chemischer Kampfmittel durch Flugzeuge zu rechnen. Die Hausbewohner haben sich im Selbstschutz zusammenzuschließen. Die Hausböden sind zu entrümpeln.

Gott bewahre, was haben die Menschen denn vor? Es ist ja noch gar kein Krieg! Und braucht keinen zu geben, wenn man entschlossen ist, die Menschenwürde, von der man so viel hermacht, hochzuhalten. Hat nicht jeder Krieg, den die Menschheit bisher im Namen der Menschenwürde geführt hat, hat nicht jeder Krieg die Menschenwürde unter die Füße getreten? Ach, die Menschheit — sind nicht selbst im Namen Christi Hekatomben von Menschen hingemordet worden? Ist es nicht, als sei es immer mehr um die Opfer als um das Opfer gegangen?

Der letzte Augustsonntag bringt eine Überraschung: die Regierung ordnet für gewisse Lebensmittel, für Seife, Hausbrandkohle, Spinnstoff- und Schuhwaren sofortige Bezugsscheinpflicht an. Mit Absicht hat man den Sonntag als Verkündigungstag gewählt, um einen Ansturm auf die Geschäfte zu verhindern. Gleichzeitig treten im Eisenbahnverkehr und bei den örtlichen Verkehrsmitteln Einschränkungen ein.

Die britische Admiralität ordnet die Löschung der Küstenfeuer an. In Downingstreet, wo das Kabinett unablässig tagt, wirft ein Mann eine Aktentasche in eine Menschenansammlung. Entsetzt stiebt alles auseinander. Ein Dutzend Kugeln entrollen der Tasche; keine der Kugeln explodiert. Beherzte packen den Attentäter; der deutet auf die Kugeln. Man wagt sich näher heran; es sind Gummibälle! Ganz unzweifelhaft schlichte Gummibälle. Alle tragen die gleiche Aufschrift: „Ruft eine Friedenskonferenz ein! England darf keinen Krieg!" Die Menschen sehen verwundert den Mann an; das Lächeln des reinen Toren ist in seinem Gesicht. Er bildet sich ein, einen vernünftigen Vorschlag auf eine nicht ganz alltägliche Art unter das Volk und an die Regierung gebracht zu haben. Er hält sich für ganz vernünftig. Die Polizei hält ihn für verrückt. Zwischen Vernunft und Exekutive ist der Vorteil auf der Seite der Exekutive. Die Polizei steckt den Mann ein.

Downingstreet 10 war von diesem Ausbruch des gesunden Menschenverstandes nicht beunruhigt worden. Man hatte gerade beschlossen, Deutschland und Polen noch einmal miteinander ins Gespräch zu bringen, ehe das Eisen das Wort nähme.

Der zu Ende gehende August ist von bezaubernder Schönheit. Es könnte weniger heiß sein. Wäre es weniger heiß, fände man, es könnte weniger kühl sein. Der Stadtparksee und seine Kanäle wimmeln von frühester Morgenstunde an von Kanus; auf den Liege- und Spielwiesen zeltet frohe Jugend. Abends wird im Freien getanzt. Und die Sterne funkeln wie immer, freuen sich des Friedens der Menschen und wandeln frühmorgens nach Haus in der tröstlichen Gewißheit, daß diese Nacht noch den frohen Herzen und den guten Seelen gehört habe.

Abends sehen Alfred und Else vom Balkon aus den Strom der Rückwanderer aus dem Stadtpark; müde von Sonne und Luft; die Kinder tragen Laternen, die sie morgens gleich mitgenommen haben. Über allen Geruhsamkeit inneren Friedens. Es ist nicht viel, so ein im Grün vertaner Tag, und dennoch ein volles Glück.

Alfred und Else stehen auf ihrem Balkon wie auf einer Brücke über einem Strom, der auf seinem Rücken das lebendige bunte schillernde Leben dahinträgt. Diese Rückwanderer aus dem Stadtpark sind nur ein Abbild des großen schönen Lebens dieser schönen großen Stadt, die silhouettenhaft ihre Türme gegen den von zarter Bläue überhauchten Abendhimmel abzeichnet. Dem Stadtinnern zu ist der Himmel angestrahlt von der Fülle des Lichts.

Vom Hafen schrille Sirenenschreie.
„Was ist das?" fragt Else.
„Es sollen ein Kreuzer und zwei Torpedoboote im Hafen liegen."
Aus der Tiefe des Augusthimmels taucht eine Sternschnuppe auf und verglimmt.
„Hast du dir etwas gewünscht, Else?"
„Friede auf Erden, Alfred."

Der deutsche Reichstag wird auf den 1. September einberufen. Es wird bekanntgegeben, daß man den Vorschlag Englands, nochmals mit Polen zu verhandeln, sofort angenommen habe. Seit zwei Tagen warte die deutsche Regierung schon auf die Antwort Polens. Es hat durch seinen Botschafter nur mitteilen lassen, daß Polen zur Zeit erwäge, ob und inwieweit es auf die englischen Vorschläge einzugehen in der Lage sei. Polen werde es England wissen lassen.

Präsident Roosevelt richtet an alle Regierungen, die in Gefahr stehen, in die drohenden Feindseligkeiten verwickelt zu werden, das Ersuchen, vor aller Welt verpflichtend zu erklären, daß ihre Truppen unter keinen Umständen Luftbombardements auf die zivile Bevölkerung oder auf unbefestigte Städte unternehmen werden, unter der Voraussetzung, daß die gleichen Kriegsregeln auch von den Gegnern befolgt würden. Deutschland erklärt, man habe es von jeher für ein Gebot der Menschlichkeit gehalten, bei militärischen Aktionen unter allen Umständen den Abwurf von Bomben auf nichtmilitärische Objekte zu unterlassen. Die übrigen Mächte antworten nicht. Sie haben die Anregung Roosevelts zur Kenntnis genommen.

Vorsorglich wird in Hamburg völlige Verdunkelung angeordnet. Leuchtreklamen und Schaufensterbeleuchtung verboten. Kraftwagen müssen abgeblendet werden.

Das Eiserne Kreuz wird erneuert.

An der deutsch-polnischen Grenze ist es zu Schießereien gekommen; Deutsche sollen auf polnisches, Polen auf deutsches Gebiet vorgedrungen sein. Deutschland befiehlt den Einmarsch in Polen.

England läßt durch seinen Botschafter in Berlin am 3. September morgens neun Uhr der deutschen Regierung eine Note überreichen, in der die Zurückberufung der auf polnisches Gebiet vorgedrungenen Truppen auf ihre Ausgangslinien gefordert wird. Wenn nach Ablauf einer Frist von zwei Stunden keine befriedigende Antwort eingelaufen sei, werde England sich als im Kriegszustand mit Deutschland befindlich betrachten.

Deutschland lehnt es ab, von der britischen Regierung ultimative Forderungen entgegen zu nehmen, anzunehmen oder gar zu erfüllen, da in dem deutsch-polnischen Konflikt britische Interessen weder berührt noch bedroht würden.

Die Welt hält den Atem an. Was wird Frankreich tun? Wie wird es seine Sternstunde bestehen? Schicksalsschwere Minuten vertropfen.

Um neun Uhr hat Henderson sein Memorandum überreicht. Es wird zehn Uhr; der französische Botschafter Coulondre läßt auf sich warten.

Ungezählte Millionen in allen Teilen der Welt sitzen an den Lautsprechern und harren auf neue Kunde über den Äther. Unzählige Millionen Herzen beten, Gott möge die Verantwortlichen erleuchten, den fürchterlichen Sturz der Menschheit in den Abgrund zu verhindern.

Um elf Uhr zwanzig Minuten erscheint der französische Botschafter.

Der deutsche Außenminister weist darauf hin, daß, sollte Frankreich auf Grund seines Vertrages mit Polen gegen Deutschland eine feindliche Haltung einnehmen, Deutschland dieses als einen durch nichts gerechtfertigten Angriffskrieg Frankreichs gegen Deutschland ansehen würde. Deutschland würde sich aber auch dann noch jeder Feindseligkeit gegen Frankreich enthalten, denn das deutsche Volk wünsche mit Frankreich in Frieden zu leben.

Wer liest in der Seele der Menschen?

Sind die Worte des Deutschen nur gesagt, um sie später als Entlastung reklamieren zu können? Ist seine Treuherzigkeit am Ende nur eine diplomatische Finte, die Augen der Welt zu blenden?

Botschafter Coulondre überreicht sein Memorandum: Frankreich sei gezwungen, vom 3. September, fünf Uhr nachmittags ab seine Polen gegenüber eingegangenen Verpflichtungen zu erfüllen.

Aus jedem Wolkenzug über Europa grinst das Schakalgesicht des Krieges.

DER DEMIURG TRITT DIE BÄLGE

Bis zu diesem Zeitpunkt bestand die Verbindung zwischen Bergers und den Asconeser Freunden ungestört. Der Emigrant Kersch schickte Päckchen mit Butter und Schokolade. Fanny schrieb aus Paris und sandte wundervolle Süßigkeiten polnischer Herkunft. Mr. Slighton schrieb nette Briefe in Kauderwelsch-Deutsch und Signore Bury schmetterte kurze italienische Kartengrüße. Alles war voller Herzlichkeit und erfüllt von der Fröhlichkeit gemeinsamer Ferientage, die, obschon Bergers nur so kurz daran teilgenommen, Freundschaft um alle geschlossen hatten. Bedeutsam für diese Freundschaft war nicht die Tatsache, daß man sich auf dem neutralen Boden der Schweiz begegnet war, sondern weil man aneinander die Bereitschaft zur Herzlichkeit und Offenheit erkannt hatte. Alle fühlten sich wohl und gehoben in dieser Sphäre des guten Willens, in dem nichts von billiger Einverständlichkeit in Fragen war, in denen man grundsätzlich auseinanderging. Man klärte sich aneinander, disputierte, aber immer mit dem Bestreben, sich ebenso gern bekehren und belehren zu lassen, wie man diese Absicht auf den andern wirken ließ. Man befand sich auf der Ebene jener Vernünftigkeit, auf der Verträglichkeit oberstes Gesetz ist und wo man weiß, daß der Mensch nicht immer identisch mit seinen Maximen ist, auch wenn er sie noch so ernsthaft verficht. So sehr diese Menschen sich voneinander unterschieden, sie hatten sich gefunden in der Harmonie der Gleichgesinntheit über jene höheren Dinge, über die man nicht miteinander zu sprechen braucht, weil einer vom andern fühlt, daß sie seines Wesens Kern sind.

Über diesen Freundeskreis warf nun auch die Zeit ihre dunkelnden Schatten. Slighton und Fanny konnten nicht mehr schreiben, weil sie im ‚feindlichen' Ausland saßen. Kersch teilte unvermutet mit, daß er die langersehnte Gelegenheit habe, nach Cuba auszureisen. Über Bury schrieb er, daß der Signore mit kurzen Abschiedsworten sein Gepäck aufgeladen und weggefahren sei. Wohin wisse keiner. Es sei indes anzunehmen, daß er nach Italien gefahren sei, das ja immer das Land auch seiner politischen Sehnsucht gewesen sei. Ob es ihm gut bekomme, sei abzuwarten, denn ein Paradies sei meistens nur solange ein Paradies, als man noch nicht darin sei. Kersch schloß mit herzlichen Abschiedsworten und mit der Hoffnung auf ein Wiedersehen in glücklicheren, friedvolleren Tagen.

Über das Radio kommen an diesem 3. September Meldungen über den Vormarsch der Deutschen in Polen. Berger muß an ein Gespräch mit Bury denken.

„Ihr seid ein unpolitisches Volk", hatte Bury gesagt. „Bis vor siebzig Jahren war euer Reich ein Schachbrett von Kleinstaaten. Woher soll euch da die Klugheit kommen, der konsolidierten Staatskunst von Ländern, die bald ein Jahrtausend in dieser Kunst geübt sind, zu begegnen? Seit euch der unselige Goethe den Götz mit der eisernen Hand beschert hat, sprecht ihr gern von der gepanzerten Faust. Seit ihr aus euren Kolonien die Tiere der Wildnis kennt, sprecht ihr unangebracht vom Panthersprung. Es wäre euch besser, ihr gäbet weniger brachiale Drohungen von euch und bedientet euch öfter jener schönen und deutlichen Worte, die euer Götz für den kaiserlichen Hauptmann hatte und ließet es dann dabei bewenden, weil es klug wäre. Dann hat ein Unglücksmensch euch das Lied gesungen: ‚Der Gott, der Eisen wachsen ließ.' Und greift nun, weiß Gott, immer nach Schwert und Spieß, anstatt freundlich lächelnd den andern am Rockknopf zu nehmen und zu sagen: ‚Du, hör' mal, laß uns noch einmal darüber reden.' Ihr seid rechthaberisch, und das ist nicht gut, selbst wenn man recht hat. Ihr faselt zuviel von hohen Dingen und überseht, daß die hohen Dinge nicht auch zugleich die wichtigsten auf dieser besten aller Welten sind."

„Was ist denn das Wichtigste?"

„Das Wichtigste ist, sich nicht wichtig zu nehmen. Das ist aber eine leidige Angewohnheit fast aller Menschen; auch der Völker. Es wird immer Kriege geben, und der ewige Friede ist eine Imagination, von welcher der Mensch offenbar nicht zu heilen ist. Bilden wir uns ruhig ein, weil es unserer Eitelkeit schmeichelt, daß die Menschwerdung einen Sinn habe. Welchen Sinn, haben wir bisher nicht erkannt und werden wir kaum je erkennen. Einst glaubte man, die Erde sei für die Menschen da; es ist umgekehrt. Das heißt aber immer noch nicht, den Sinn der Erde dargetan zu haben; denn dann hätte man den Sinn der Schöpfung auch erfaßt."

„Ich weiß, Sie lieben es, die Welt zu entgöttern."

„Weil ich es von Grund auf hasse und verachte, das Undeutbare mit dem Wirken eines Gottes erklären zu wollen. Wie bequem, sich einen lieben Gott vorzustellen, der nichts anderes zu tun hat, als alles zum besten zu ordnen für eine Erde, auf der die Menschen sich nur wohl zu fühlen scheinen, wenn sie recht viel Unordnung machen. Nach der Bibel fing es schon mit Ungehorsam und Mord an, und seither ist es dabei geblieben. Je zahlreicher die Menschheit im Laufe von Jahrtausenden geworden ist, um so vielseitiger ihre Lasterhaftigkeit, weil auch darin eine Gesetzmäßigkeit liegt."

„Wenn der Mensch zufolge einer Gesetzmäßigkeit lasterhaft wird, wo bleibt da das menschliche Ethos?"

„Da, wohin es gehört: bei den Menschen. Sie wollen doch nicht wahrhaben, daß die sogenannten menschlichen Sittengesetze von nur irgendeiner Bedeutung sind für den unserer Erkenntnis verschlossenen Sinn der Weltplanung?"

„Warum grenzen Sie mit dem Begriff Weltplanung etwas ein, das nach Ihrer Auffassung anscheinend unbegrenzt ist?"

Bury hatte gelacht. „Sehn Sie, da fängt die menschliche Unzulänglichkeit schon an: Wieso muß es eine Weltplanung überhaupt geben? Wieso einen Sinn? Wir erkennen nur ein unablässiges Werden und Vergehen. Wir erkennen, daß aus dem Leben Vernichtung, aus der Vernichtung Leben hervorgeht. Alles steht im Wachstum, ohne daß wir des Wachstums Ende und Ziel wüßten. Nur, daß alles so verdammt gescheit ist, so unendlich überlegt, daß selbst die Umdrehung der Erde mit dem Wechsel der Jahreszeiten Leben erweckt und Leben verschlingt. Dieses allein ist so einfach und dabei so grandios, daß man vor dieser Erkenntnis ganz klein wird."

„Von der Staatskunst zur Schöpfungsgeschichte, ist das nicht ein wenig weit?"

„Nicht im geringsten; denn die Staatskunst ist auch ein Mittel, die Menschheit ihrem Ziele nahe zu bringen."

„Und was ist das Ziel?"

„Das Ziel der Menschheit ist ihr Untergang! Wir stehen mitten drin. Tragisch, daß nur wenige es erkennen. Aber es ist so. Auch dieser Krieg, der unabwendbar kommt, wird die Erde noch nicht zerstören, auch der nächste und übernächste nicht, vielleicht der zehnte noch nicht. Aber eines Tages wird es so weit sein, daß die Menschheit mit ihrer Wissenschaft am Ende ihrer Wissenschaft steht, und die Erde wird öde und leer sein, wie sie war, ehe der biblische Gott sich ihrer annahm."

„Und dann kommt eine neue Menschheit."

„Und macht das Elend der alten Menschheit nach. Nun aber endlich zur Staatskunst. Die Deutschen haben von ihr keine Ahnung; darum stolpern sie auch so ungeschickt durch die Weltgeschichte. England hat eine Staatskunst, die feinste, die es geben kann. Ein hervorstechendes Merkmal der britischen Staatskunst war es von jeher, bei Konflikten immer den andern vor der Welt schuldig erscheinen zu lassen. Sagen Sie's um Gottes willen nicht Mr. Slighton. Es ist so! Mit einer von keinem anderen Staat der Erde je erreichten Meisterschaft versteht England es so darzustellen, daß es niemals gegen ein Land, sondern für andere, für die Wahrung von Menschenrechten und für die Ziele der

Menschheit zu Felde zieht. Niemals auch richtet sich sein Zorn gegen ein Volk, sondern immer nur gegen die Regierung eines mißleiteten Volkes, wobei jedoch bemerkenswert ist, daß immer gerade das Land nach Englands Auffassung mißleitet wird, von dem es sich in seiner beherrschenden Stellung in der Weltwirtschaft bedroht fühlt. Sehn Sie, daß England die Welt an seine Uneigennützigkeit glauben zu machen versteht, das ist Staatskunst. Auf geheimnisvolle Weise wissen die Briten in kritischen Zeiten Bündnisse zustande zu bringen und Länder zu Schützern der bedrohten Kultur und verletzten Menschenrechte aufzurufen, die von jener wie von diesen sonst nicht viel hermachen. England versteht es, die Welt zu überzeugen, daß seine Kriege eine Art heilige Kriege seien, zu denen Gott das Britenvolk als das getreueste seiner Getreuen aufgeboten habe. Wenn dann der endliche Sieg den Briten erwünschte Vorteile, Entlastung von heimlich gehegten Befürchtungen und — last not least — Sicherung ihrer Weltstellung gebracht hat — was als Zweck überhaupt des von ihnen geführten Krieges zu bezeichnen kein Mensch boshaft genug sein kann — so nehmen sie es dankbar-demütig hin als Belohnung für ihre Bereitschaft zur Selbstaufopferung."

„Als Deutscher könnte ich versucht sein, Ihnen beizupflichten. Ich tu's nicht, denn dann wäre die britische Staatskunst am Ende reine Wirtschaftskunst."

„Sie geben damit die feinste Ausdeutung aller Staatskunst überhaupt, lieber Herr Berger."

„Dazu werde ich mich wohl kaum je bekennen, denn ich bin trotz Ihrer klugen Darlegungen doch der Meinung, daß der Mensch noch andere Aufgaben hat, als daß es ihm wohl ergehe auf Erden im Sinne Ihrer Wirtschaftskunst."

„Sie wären kein Deutscher, wenn Sie anders dächten", hatte Bury abschließend gelächelt.

Das alles ist nun ferne Welt, sinnt Berger. Schön, als Unbeteiligter jetzt am Lago Maggiore zu sitzen, den Widerhall der lauten, kriegerischen Welt kaum spürend. Die

Ewigkeit der Berge vor Augen, den See, die seelenvollen Gestade, den sanften Schwung der Bergwiesen.

Tags zuvor hatte Berger eine Unterhaltung mit Ichals gehabt, der von Ratlosigkeit erfüllt ist.

„Mir schwant, wir werden uns bald umstellen müssen, lieber Herr Berger. Farben und Lacke werden wir die längste Zeit bekommen haben. Mit ausländischen Hölzern sind wir gut eingedeckt. Wir werden mit Wehrmachtsaufträgen zu rechnen haben, wenngleich ich meine, daß der Krieg nicht lange dauern wird."

„Haben wir beim Weltkrieg auch gedacht! Am Ende waren es vier Jahre."

„Diesmal nicht. Und wenn! Wir halten es durch. Meinen Sie nicht?"

Berger hob die Achsel.

„Sie wissen, mein Alter hatte den Tick für Werkzeugmaschinen. Die stehen und werden nicht ausgenutzt. Vielleicht stellen wir uns um?"

„Wenn's geht?"

„Warum soll's nicht gehen? Umlernen müssen die Leute natürlich. Ein paar Fachkräfte müssen wir hinzunehmen."

„Wenn wir sie bekommen."

„Müssen wir; wenn's für die Wehrmacht ist. Vergessen Sie nicht, Ihren Sohn zu grüßen. Wo ist er?"

„Im Osten; wo der Einzelne ist, weiß heute ja keiner."

„Eben. Auch so eine neue Finesse." Ichals reichte Berger die Hand: „Wir wollen auf dem Posten sein. Wir Jungen verlassen uns auf die Alten, und die Alten verlassen sich auf die Jungen."

„Das walte Gott, Herr Waldmann."

In der ganzen Welt tönten die Alltagsorgeln das Alltagslied der Alltagsmenschen. Jeder meinte, die Etüde, die er zu spielen habe, sei schwerer als die der anderen. Sah man indes genauer zu, so war Kunz nicht besser daran als Hinz, Hans hatte nicht mehr Glück als Franz, und Krethi mußte sich genau so plagen wie Plethi. Und Gott ließ jedem das Kreuz, das er für ihn ausgesucht.

Auch Melhops Orgel tönte auf ihre Weise.

Ernst und Annette saßen auf dem Balkon. Der zur Rüste gehende Septembertag schenkte feierliche Stille. Der Herbst atmete herb. Gladiolen und Georginen blühten Protest gegen die Unabwendbarkeit des Vergehens.

„Du verdirbst dir die Augen, Ernst."

Er ließ das Zeitungsblatt sinken. „Komisch, nun hat man alles im Radio schon gehört, und muß es doch noch lesen." Er hob das Zeitungsblatt. „Willst du —?"

„Danke, nein."

„Du siehst aus, als ob du etwas wolltest."

„Will ich auch, Ernst."

„Dann schieß los, Annette."

Sie sah auf ihre Hände im Schoß.

„So schwer, Annette?"

Sie hob den Blick. „Ja, Ernst."

„Dann laß es. Es zwingt dich keiner. Du sollst dich nicht quälen."

„Weil es mich so lange schon quält, muß ich's sagen."

Er ließ den Blick auf ihr ruhen. „Wollen wir hineingehen?"

Sie schüttelte den Kopf.

„Du bist immer noch wie früher, Annette. Wie ein kleines Mädchen vor dem Lehrer."

„Ach, Ernst! Von nun an wird alles anders zwischen uns sein, fürchte ich."

Nach einem Schweigen sagte er: „Wenn wir nur die gleichen bleiben."

Sie zog ein Bild aus der Handtasche hervor und reichte es ihm. Das Bild eines jungen Mannes.

Er sah es an. „Dein Liebhaber, Annette?" fragte er scherzend.

Im Halbdunkel stand ihr Gesicht fremd vor ihm. „Mein Sohn, Ernst."

Sie hatte gemeint, er würde auffahren. Er blieb ganz ruhig, als er über das Bild hinweg sie ansah: „Dein Sohn, Annette? Wie kannst du einen Sohn haben, da mir nicht bekannt ist, je Vater geworden zu sein?"

„Bevor ich dich kennenlernte.“

Er schwieg eine Weile, ohne sie anzublicken. „Ach, von daher. Du warst verlobt und dein Verlobter starb.“

„Wir standen kurz vor der Hochzeit, als er starb. Ich hab' mir damals etwas antun wollen —“

Er sah sie an.

„Ganz bestimmt, Ernst. Ich hätte es wohl auch tun sollen, damals. Eltern hatte ich nicht mehr. Ich stand ganz allein.“

„Du wohntest bei deiner Tante?“

„Ja. Aber die sah mich lieber gehen als kommen. Ach, Ernst —“, sie schlug die Hände vors Gesicht.

Er ließ sie.

Dann fragte er: „Warum hast du es mir niemals gesagt, Annette?“

„Die Scham und die Angst, dich zu verlieren. Und weil ich es doch nicht gleich gesagt hatte — nachher konnte ich es nicht mehr.“

„Du hättest Vertrauen zu mir haben müssen. Oder glaubtest du, daß ich dich nicht genug liebte, um dir zu verzeihen.“

Sie weinte lautlos.

„Entschuldige, Annette; verzeihen ist nicht der richtige Ausdruck. Gegen mich hattest du dich nicht vergangen. Ich war ja noch gar nicht in deinem Leben. Aber einmal hättest du den Mut haben sollen — ich habe mir immer Kinder gewünscht.“

„Gerade darum, Ernst.“

„Gerade darum, Annette.“

Er sah Tränen auf ihre Hände tropfen.

„Und warum heute?“

Sie hob ihr Gesicht. „Weil er ins Feld muß, Ernst.“

Es dunkelte tiefer. Die Sterne standen hoch.

Ernst schwieg. Annette fuhr fort: „Verstehst du es, Ernst?“

„Ich verstehe alles, Annette. Es hat ja auch keinen Sinn, dir das Herz noch schwerer zu machen.“

„Und — und — er will sich morgen von mir verabschieden — und von dir."

„Du bist seine Mutter, du wirst es ihm nicht versagen können."

Sie sank schluchzend in sich zusammen.

„Eine Schuld hast du, und die wirst du abbüßen müssen. Du hättest Vertrauen zu mir haben sollen. Ja, du hättest es die Probe unserer Liebe zueinander sein lassen können. Ich will mich nicht heroisch drapieren, ich weiß nicht, ob ich damals schon dein Muttertum über dein Weibtum hätte stellen können. Heute sage ich mir, daß dein Junge ein Elternhaus, wir ein Stück Kinderland hätten haben können."

Und dann: „Du mußt nicht weinen, hörst du. Es geht uns allen so, daß wir uns eher zu einer Unaufrichtigkeit bekennen, als vor jemand in Scham stehen möchten. In deinem Fall eine törichte und ungerechtfertigte Scham, Annette, von der du dich längst hättest freimachen sollen, denn du weißt, daß das für mich eine überlebte Moral ist." Und zu ihr tretend: „Ich will deinem Sohn das Recht an seiner Mutter nicht verkürzen. Ich habe dich sehr lieb, Annette."

Sie griff übertränten Gesichts nach seinen Händen.

„Geh ins Bett. Kind. Schlaf ruhig. Ich bleib' noch auf. Und kein Mensch weiß davon? Nicht einmal Else?"

„Nein, Ernst. Kein Mensch."

Er lächelte. „Hör mal, wenn du das fertiggebracht hast—"

„Ach, Ernst — darf ich dir die Hand geben?"

„Wir geben uns doch jeden Abend die Hand, Annette. Gute Nacht."

Lange stand Ernst noch draußen. Dann ging er ins Schlafzimmer.

„Schläfst du schon?"

„Nein, Ernst."

„Ich lege dir das Bild auf den Nachttisch." Sie wollte Licht machen. „Laß, Annette, ich zieh' mich im Dunkeln aus." Und während er sich auszog: „Ich bringe dir einen Rahmen für das Bild mit."

Am anderen Morgen saßen sie am Kaffeetisch wie immer. Ernst liebte es, dabei das Frühblatt zu lesen. Er war benommen von der Schilderung des Angriffs eines polnischen Ulanenregiments auf deutsche Panzer, von denen man den Polen eingeredet, daß sie bei dem Mangel an Rohmaterial in Deutschland höchstens aus Blech seien. Beim Anreiten auf die vermeintlichen Attrappen feuerten die Ulanen sich lärmend an, als gelte es ein Wettreiten um Spaßprämien. Als die Ulanen so dicht heran waren, daß die Schaumflocken der Pferde fast zu den Deutschen herüberwehten, gaben die Attrappen in entsetzensvoller Pausenlosigkeit Schnellfeuer. Ein grauenvolles Durcheinander von Mensch und Tier türmte sich vor den Panzern, auf die einzelne Ulanen noch mit der blanken Waffe einhieben, bis auch sie ihren Irrtum mit dem Leben bezahlt hatten.

Aber dann lächelte er; eine Anekdote für den kleinen Moritz. Er legte das Blatt weg und fragte: „Übrigens, was betreibt dein Herr Sohn?"

„Mediziner."

„Sieh, sieh. Dann kann er uns auf unsere alten Tage verarzten. Der Arzt im Haus erspart den Beerdigungsübernehmer. Und wie heißt er?"

„Max, nach seinem Vater."

„Begabt?"

„Er bekommt sogar Stipendien."

„Alle Wetter! Und wo wohnt er?"

„Bei den Großeltern. Das heißt, bei den Eltern seines Vaters."

„Natürlich. Deine Eltern sind ja lange tot. Hast du ihn wenigstens dann und wann gesehn?"

Annette wurde rot bis ins Haar und nickte.

„Also laß. Was ist da viel zu reden in dieser Zeit." Er ging in den Flur hinaus und machte sich zum Weggehen bereit: „Was essen wir heute?" Das war immer die letzte Frage an jedem Morgen.

„Was du willst."

„Bestechung, Annette!"

Sie hängte sich an ihn.

„Also mach, was du willst. Wir Männer müssen doch auslöffeln, was ihr Frauen uns einbrockt. Es hat zwar lange gedauert, bis du mich zum Vater gemacht hast — also laß ihn kommen. Gehst du zu Bergers?"

„Ja. Ach, Ernst, wenn ich das gewußt hätte —"

„Schon gut. Hast du vielleicht noch eine Tochter in petto?"

„Leider nein."

„Siehst du. Eine Enttäuschung nach der anderen." Er küßte sie wie immer zum Abschied.

Sie sah ihm vom Balkon aus nach. Er steckte sich auf der Haustreppe — anders tat er's nie — die Zigarre an, wandte sich halb um, winkte zu Annette hinauf und ging davon.

„Weißt du", so beschloß Else den Bericht über den Besuch und die erstaunlichen Eröffnungen Annettens zu Alfred, „ganz klar sehe ich da nicht. Dieser Verlobte, der so dicht vor der Hochzeit starb — ganz neu ist diese Geschichte nicht".

„Die Hauptsache ist, daß Ernst es glaubt. Wenn man in eines jeden Menschen Leben herumklauben wollte, käme manches zutage, was anderen zu wissen nicht gut tut."

„Meinst du?"

„Nicht immer Schlechtes; das eine und andere, das so oder anders ausgelegt werden kann. Wir sind alle Sünder zumal."

Er dachte dabei an die Zeit, als Ernst ihnen seine junge Frau zugeführt hatte, in die Alfred sich vor den Augen Elses und des Freundes richtig verliebte, was allen zum Vergnügen gereichte, da sie einander sicher waren. Zufällige Begegnungen führten zu Heimlichkeiten, zu Verabredungen vor der Stadt, wobei er in Annette eine jener Frauen kennenlernte, die, dem Triebhaften durchaus entrückt und dessen Beseligungen und Verdammungen darum nie teilhaftig, dennoch leicht einer Verführung erliegen. So mag manche Frau, so folgerte Alfred damals, zur Kurtisane werden, mehr aus der Erkenntnis der Unwesentlichkeit körperlicher Verpflichtung, als aus der schrankenlosen Hingabe an die Sinne.

Zur Besinnung gekommen, ehe das heimlich süße Spiel in verhängnisvolle Endgültigkeiten gemündet, fand er seine Annahme bestätigt in der gleichen Freundschaft, mit der Annette ihm fürder begegnete, als ob nichts gewesen sei. Das entsprang keiner klugen Überlegung, sondern ihrem Wesen.

Ganz anders Else. Blutwarm und lebendig von innen heraus, mit genau so viel Sinnlichkeit, um ihr Frauentum zauberisch zu erfüllen. Eine Unverständlichkeit der Natur, ihr keine Kinder geschenkt zu haben. Ihre unerfüllte Mütterlichkeit wirkte sich in der herzlichen Anteilnahme an den Schicksalen anderer aus. Sie war von unbedenklicher Hilfsbereitschaft, für die nicht Würdigkeit oder Unwürdigkeit, sondern die Bedürftigkeit entscheidend war, so daß Alfred manchmal regulierend eingreifen mußte. Es gab an ihr nichts zu deuteln und zu zweifeln. Ihr Geist beherrschte das Haus, wenngleich, wie sie immer gern versicherte, nur einer, nämlich ihr Mann, bei ihnen zu sagen habe.

Dieser Geist der Gemessenheit wirkte sich — so seltsam es zu sagen ist — selbst auf den Hund aus, und machte ihn zum Weisen unter seinesgleichen. Scotchs sind von Haus aus besonnen, neigen zur Kontemplation und sind bei guter Behandlung auch bereit, einzelnen Exemplaren des homo sapiens eine gewisse Hundeähnlichkeit zuzugestehen. Eine grundsätzliche Gleichsetzung des Menschen mit ihnen lehnen sie ab. Der Mensch hat das reine Siegel der Tierheit in unangebrachtem Hochmut von sich getan, wofür die Hundenatürlichkeit nichts als ein Lachen hätte, wenn es dem Hund zu lachen gegeben wäre. Sie halten vielmehr dafür, daß die Möglichkeit, ein anderes Wesen zu soutenieren, nicht das Recht gibt, sich dafür als höher geartet zu achten; denn im Grunde ist der Mensch von vielen Dingen viel mehr abhängig, als diese Dinge von ihm.

In diesem guten Geist des Hauses, der Mensch und Tier umschloß, ruhte Alfreds Leben und hatte ihn nie wieder an die Episode Annette denken lassen, die seinen Kahn hätte scheitern lassen können. Es war ihm gut bekommen, so gut, daß der Arzt seine Wohlbeleibtheit vor Gott und den Menschen mit Bedenken wahrnahm und ihm nicht verhehlte, daß Menschen seiner Konstitution, wenn sie nicht vorsichtig leben, den Tod in der Westentasche tragen.

Berger hatte darauf geantwortet: „Doktor, dagegen weiß ich ein sicheres Mittel: ich werde von nun an keine Weste mehr tragen!"

Bergers fanden sich in ihren Erwartungen getäuscht. Sie hatten gemeint, bei Melhops eine gequälte Stimmung vorzufinden und trafen eine wohlgelaunte Familie an.

„Nun, was sagt ihr zu unserem Jungen?" fragte Ernst.

Alfred und Else, die sich der Ungezwungenheit gern überließen, da diese allein geeignet war, Peinlichkeiten zu vermeiden, sahen den Ankömmling, der von dem dunkelblonden Schopf bis zu den Knobelbechern seiner Infanterie-Uniform hinab eine erfreuliche Erscheinung bot, rundum an: „Gut, Ernst", stellte Alfred fest. „Wenn ihr noch mehr auf Lager habt —?"

„Frag' Annette!" scherzte Ernst.

Annette lief rot an.

Der Junge zog sie an sich: „Mußt nicht, Vater. Sie hat doch schon genug geheult heute."

„Versteht ihr das?" fragte Ernst. „Da freu' ich mich, endlich einen Sohn zu haben, und die Mutter heult in einem weg."

Sieh, dachte Alfred, der Ernst ist weiß Gott ein richtiger Philosoph geworden.

Der Junge gab sich ungeniert, als ob er in diesem Kreise schon ewig daheim sei. Völlig undiplomatisch lieferte er sich der Wohlmeinung der Menschen aus, zu denen er nun gehörte. Das war klug und nahm für ihn ein.

Else nahm Annette auf die Seite: „Den hättest du uns längst bringen sollen. Der und Harald zusammen; was meinst du?"

„Ach, ich bin ja so froh, Else! Ihr seid alle so gut zu mir!"

„Dummkopf! Welchen Grund hätten wir, nicht gut zu dir zu sein?"

Else bat ihr damit die minder gute Meinung, die sie heute vormittag von ihr gewonnen, innerlich ab.

Der Junge trat auf sie zu: „Meine Eltern meinen, ich dürfte Tante und Onkel zu Ihnen sagen."

„Dann aber ohne ‚Sie'", antwortete Else und gab ihm die Hand.

Man schied früh voneinander. Der Junge mußte am andern Morgen vom Hauptbahnhof abfahren. Da wollten Bergers der Familie die letzten Stunden allein lassen.

„Das letzte Mal wohl in dieser Wohnung", sagte Annette.

„Ach ja. Nun kommt der Umzug."

„Kannst du dir denken, daß ich ein Grauen davor habe?"

„Unsinn! Ernst sagt, daß die Wohnung sehr hübsch ist."

„Dennoch: Hammerbrook!"

„Ach was; wohnen auch Menschen. Kommt bald zu uns. Es ist jetzt wunderhübsch im Stadtpark."

„Bestimmt, bestimmt. Man muß zusammenhalten in dieser Zeit."

Mit einer Hebelschaltung war in Deutschland alles auf Krieg eingestellt; anders als zu Beginn des Weltkrieges. Damals stand man vor vollen Friedensbeständen; die Schleusen der Weltwirtschaft waren bis zuletzt geöffnet gewesen. Anders jetzt. Um aus der Verschuldung herauszukommen, hatte Deutschland jeden Luxusbedarf, der nur aus dem Auslande zu decken war, gedrosselt, und sich auf autarke Wirtschaft eingestellt.

England verkündet, man habe sich auf drei Jahre eingedeckt. Deutschland antwortet, man halte es fünf Jahre aus. Auf der Insel ist keiner, der, wie Lloyd George 1914, von den silbernen Kugeln spricht, die zuletzt den Krieg gewinnen. Die silbernen Kugeln allein haben es damals auch nicht geschafft.

Die Bevölkerung wird aufgerufen, unverzüglich für Verdunkelung der Fenster zu sorgen. Da es ‚bis auf weiteres' heißt, nimmt man es nicht sehr ernst. Else näht Aufhänger an Wolldecken; an den Seiten kommt Licht durch, und alle Augenblicke ruft es von der Straße: „Vierter Stock! Besser verdunkeln!“ So schirmt man im Zimmer das Licht nach dem Fenster ab und schüttelt den Kopf über den Widersinn der Zeit.

Wer hat das Treppenhaus zu verdunkeln? Der Hauseigentümer natürlich. Der rührt sich nicht. Das tun Hauseigentümer nie, wenn ihnen Kosten erwachsen. Der Hauswart wird zitiert. Wie man es sich vorstelle, wenn er in einem Dutzend Häuser jeden Abend die Verdunkelung herablassen solle. Der Hauseigentümer werde kleinere Glühbirnen anbringen und sie mit dunklem Papier umkleiden lassen. Dann bräche man sich auf der Treppe das Genick. Der Hauswart meint, das müsse man zu vermeiden suchen; Notzeit nötige in der gesamten Lebensführung zu größerer Sorgfaltspflicht. Ein Hauswart ist ein kleiner Hausminister. Wenn er die Wünsche der Mieter beim Hauseigentümer nicht unterstützt, dann ist es nichts. Jetzt bilden die Mieter aber Hausgemeinschaften für den Luftschutz. Der Luftschutzwart ist Vorsitzender und er kann Anordnungen treffen, die der Hauseigentümer erfüllen muß. Bei Bergers hat die Hausgemeinschaft den Befehlsstab in die Hand einer reiferen Dame gelegt, da die Männer angeblich keine Zeit dafür haben. Sie muß allerlei Lehrkurse durchmachen, muß mit der Gasmaske umgehen und die Konstruktion von Spreng- und Brandbomben kennenlernen. Sie hat für die Instandsetzung des Luftschutzkellers zu sorgen, für Wassereimer und Sandkisten, für die Abdichtung der Kellerfenster, für Feuerpatschen und Sprengschutzschilde und für tausend andere Dinge mehr. Jeder zollt der trefflichen Dame Anerkennung dadurch, daß er Vorschläge macht. Wenn das arme gequälte Weib freundlich anheimgibt, es doch von sich aus so zu machen, weist man darauf hin, daß man nicht zuständig sei, denn Luftschutzwart sei sie, die Dame.

Es sieht gar nicht nach Luftkrieg aus. Ein paar britische Flieger, die sich in der Elbmündung hatten sehen lassen, waren von der deutschen Abwehr wieder nach Hause geschickt worden. Dennoch mahnen die Zeitungen, es mit dem Luftschutz ernst zu nehmen.

Unter dem Eindruck der Siegesmeldungen aus Polen hebt sich die Stimmung. Kann alles nicht schlimm werden! Auch die Sache mit den Lebensmitteln sieht sich besser an. Brot, Roggen- und Weizenmehl, Kartoffeln, Hülsenfrüchte, Eier frei, wenigstens vorläufig noch. Man muß sich in Kundenlisten eintragen lassen. Fleisch je Kopf siebenhundert Gramm in der Woche. Der vorsorglich eingeschränkte Taxiverkehr ist in vollem Umfange wieder im Gange. Alles voller Zuversicht.

Roosevelt veröffentlicht eine Proklamation über die Aufrechterhaltung der Neutralität durch die USA. Zugleich verbietet er Waffen- und Munitionslieferung an die kriegführenden Mächte. Die Proklamation betont, daß die USA freundschaftliche Beziehungen mit allen im Kampfe befindlichen Mächten unterhalten werden. Zum Schluß werden die Amerikaner ermahnt, keine Handlungen zu begehen, die die amerikanische Neutralität verletzen oder verletzen könnten.

Milch darf den Hausfrauen nicht mehr ins Haus geliefert werden. Die Hausfrauen fragen sich, warum. Sie erinnern sich der Herrscher-Allüren der Kleinhändler im Weltkrieg. Es graut ihnen davor, wieder von der Laune und der Wohlgeneigtheit eines gut oder schlecht gebürsteten Kleinhändlers abzuhängen, an den man durch die Kundenlisten gebunden ist.

Verbrechen unter Ausnutzung der Verdunkelung werden besonders schwer geahndet; unter Umständen mit dem Tode. Alle Welt schreit nach Taschenlampen. Wenn der Mond nicht über den Himmel wallt, herrscht mittelalterliches Dunkel in den Straßen. Leuchtplaketten große Mode. Man trägt sie tagsüber, damit sie sich voll Leuchtkraft saugen. Buchstaben, Monogramme, Zierstücke aller Art leuchten in der Dunkelheit grün phosphoreszierend. Hunde dürfen abends nicht frei herumlaufen, sie müssen kurz angeleint sein. Else hat Mohrle eine Leuchtplakette an das Halsband geheftet; sie rutscht aber nach unten. Alfred ist dafür, ihm eine Leuchtplakette zwischen den Ohren und eine andere als Schlußlicht anzubringen, weiß aber nicht wie. Else geht abends mit der Frau eines Universitätsdozenten, die einen Dackel hat, gemeinsam um den Block. Sie jammern beide über die Last mit den Hunden; käme ihnen aber jemand mit der Zumutung, die Tiere abzuschaffen, würde er nur Verachtung ernten.

Am Nachmittag des 8. September deutsche Truppen in einer Vorstadt Warschaus.

Im britischen Unterhaus erklärt Unterstaatssekretär Butler, daß nach Informationen, die Lord Halifax erhalten hat, die Beschuldigung gegen deutsche Flieger, polnische Zivilbevölkerung angegriffen zu haben, unrichtig sei. Es seien nur militärische Ziele bombardiert worden.

Die „Prawda" in Moskau erhebt Anklage gegen die terroristische Politik, die Polen von jeher in den nationalen Minderheitsgebieten betrieben habe. Man möge nicht übersehen, daß der polnische Staat nur zu sechzig vom Hundert aus Polen bestehe, die übrigen vierzig vom Hundert seien nationale Minderheiten, deren Rechte Polen stets mißachtet und mit Füßen getreten habe. Das werde jetzt endlich geändert werden müssen.

Warschau umzingelt. Dem deutschen Parlamentär, der die kampflose Übergabe Warschaus fordern soll, läßt der Kommandant von Warschau nach anderthalbstündigem Warten mitteilen, daß er es ablehne, ihn zu empfangen.

Brest-Litowsk genommen.

Die Stunden rinnen. Die Angehörigen des Diplomatischen Korps und die Ausländer verlassen die Stadt.

Am Vormittag des anderen Tages bittet der Kommandant von Warschau durch Funkspruch das deutsche Oberkommando, einen polnischen Parlamentär zu empfangen, um über die Räumung der Stadt durch die Zivilbevölkerung zu verhandeln. Der Parlamentär wird angenommen.

Moskau erklärt, sich an früher zwischen der Sowjetunion und Polen geschlossene Verträge nicht mehr halten zu können, da der polnische Staat als nicht mehr existierend betrachtet werden müsse. Russische Truppen marschieren in Polen ein, um den Schutz der weißrussischen und ukrainischen Minderheiten in Ostpolen zu übernehmen.

Die Festung Modlin übergeben. Dreißigtausend Gefangene.

Warschau kapituliert bedingungslos. 120000 Mann strecken die Waffen.

Deutscher Wehrmachtsbericht vom 25. September: Der Feldzug in Polen ist beendet.

Über ein gewaltiges Stück Zeitgeschichte senkt sich der Vorhang.

Ende eines Dramas oder Anfang neuen furchtbaren Geschehens?

Über welches Land wird jetzt die Schreckmaske des Krieges hingrellen?

Ist keiner da, der aufsteht, die Herzen aufzurütteln, die Hirne wachzutrommeln, die Seelen mit Sturm zu erfüllen gegen den Widersinn dieses Krieges? Haben diese drei Wochen mit ihrem Elend und Jammer, mit ihren Greueln, mit der Hinopferung ungezählter Menschen, mit der Vernichtung von unabsehbarem Gut, haben diese drei Wochen noch nicht genügt, die Menschheit zur Besinnung zu bringen?

In Deutschland flattern sieben Tage lang die Flaggen zu Ehren des Sieges über Polen.

Aber nicht eine Minute lang halbstock für jene, die in den Tod gingen, wie es das Vaterland befahl.

Französische Zeitungen veröffentlichen eine Fotografie, auf welcher der USA-Unterstaatssekretär Sumner Welles Seite an Seite mit dem französischen Ministerpräsidenten Reynauld vor einer Riesenlandkarte gezeigt wird. Die Karte stellt das Deutschland von 1648 nach der Zerstückelung durch den Westfälischen Frieden dar.

In Deutschland fragt man: Ist es das, was man uns zugedacht hat?

Und die Herzen, die schon an den Frieden glaubten, werden wieder härter.

Die Verdunkelung trennt die Menschen voneinander und von der Außenwelt. Bergers sitzen abends hinter ihren Reisebildern und versenken sich in Erinnerung. In der Erinnerung ist manches lebendiger als im Augenblick des Erlebens. Alfred hat Farbaufnahmen von einem Sonnenaufgang auf dem Vesuv. Um ein Uhr nachts waren sie mit dem Auto von Neapel abgefahren, durch eine zauberische Landschaft, die in den Silberschleiern der Mondnacht ganz unwirklich war. Das letzte Stück zum Krater hinan mußten sie zu Fuß über Schutthalden, denn ein größerer Ausbruch hatte Tage vorher die Wege verschüttet. Es war wie am Herd der Schöpfung. In fast genau abgemessenen Abständen rollte es unter den von Lava überwulsteten Kraterhalden drohend auf, und aus dem Kraterschlund barst fegend eine Feuersäule auf, aus der es von Gesteinen niederregnete. Else, sonst herzhaft und gelassen, wurde von Bangen erfaßt und hätte sich lieber den Sonnenaufgang am Fuße des feuerspeienden Ungeheuers angesehen. Aber da kam die Sonne schon; rotgolden, grün, violett überfloß es den Horizont, die Weite des Himmels war aufgetan und über das Gestufe des vielfarbig brennenden Lichts, das von Augenblick zu Augenblick dionysischer erglomm, wuchs in erstaunlicher Schnelle das majestätische Rund der Sonne empor, und das Farbengewoge verblich, wie sich nach dem Erscheinen eines Herrschers die Schranzen buckelnd verziehen.

„Herrgott, Else! Ob wir das jemals wieder erleben? Und Pompeji, Sorrent. Oder noch einmal von Portofino nach Rapallo wandern? Oder den Gardasee? Torbole — weißt du noch? Oder über die Via Appia nach Anzio fahren? Und sieh hier: La Turbie an der Grande Corniche. Und hier Monte Carlo, San Remo, Alassio, Meran. Wie schön ist die Welt! Und die Menschen bringen sich um alle Gottesfreude."

Er schob die Bilder zusammen.

„Und warum? Um Eintagsgespinste; denn eines Tages wird die Menschheit stehen und den Weg zurückblicken, den sie schritt, und vor Beschämung vergehen ob der Schuld, die sie töricht und eigensüchtig auf sich geladen. Eines Tages, Else, werden die Völker der Erde ein einziges Volk sein und von Krieg nichts mehr wissen."

Else seufzte tief auf. „Ach, du Phantast. Was haben wir davon?"

„Wir, ja wir, und vielleicht noch viele nach uns werden der Dünger sein, damit der Baum des Friedens wachsen kann."

Der Luftschutzunterricht ist dem einen eine Quelle reinen Vergnügens, dem anderen eine unliebsame Unterbrechung des gewohnten Tagesablaufs. Dame Luftschutzwart berichtet empört, daß man das Knüpfen des Schifferknotens eine ganze Stunde geübt habe. Und warum und wozu? Wenn jemand beim Ablöschen einer Brandbombe sich vorwagen müsse, solle man ein Tau um ihn knüpfen und ihn, wenn er in Gefahr gerate, zurückziehen. Das solle man sich vorstellen! Solche Kinderei! Dame Luftschutzwart ist nichts als Hohngelächter. Man scheine zu glauben, Brandbomben seien eine Art Feuerwerkskörper. Bis zu zweitausend Grad Hitze entwickle eine Brandbombe. Da werden Sand, Wasser und Feuerpatsche nicht viel ausrichten.

Über die Stadt spinnt sich ein Netz von Tief- und Hochbunkern. Was die Tiefbunker anbelangt, hält man dafür, daß man sich ebensogut gleich beerdigen lassen könne. Recht ansprechend die Bunker in Gestalt alter Stadttürme; die massigen Mauern bieten hinreichend Schutz. Es gab eine Zeit, da baute man viele Häuser ohne Unterkellerung. In diesen Häusern muß ein Raum in einer der Erdgeschoßwohnungen bereitgestellt werden, was zu Unzuträglichkeiten führt. Im allgemeinen sieht man den Bombenangriffen mit Ruhe entgegen. Der Krieg scheint einzuschlafen. Nur zur See plänkelt man miteinander.

Der deutsche Rundfunk sendet sonntags ein Volkskonzert. Die Franzosen hören begeistert zu. Hüben und drüben kommen die Soldaten aus den Stellungen und es fehlt nicht viel, dann lüde man sich gegenseitig zum Nachmittagskaffee ein. Churchill nennt das Ganze Sitzkrieg.

Der Stadtpark steht in der Verzauberung des Herbstes. Weinrot und goldgelb schäumen die Wipfel. Berger erfreut sich an der Vedute von seinem Schreibtisch aus. Manchmal ist der Himmel ganz hoch und hell und die Ferne aufgetan in die Unermeßlichkeit des Ewigen.

Um diese Zeit kommen die Möwen von der See; in Scharen sind sie auf der Alster, auf allen Teichen und Kanälen und auf dem Stadtparksee.

Auch Bergers Möwe ist wieder da. Früher waren es zwei, die regelmäßig den Südwestbalkon usurpierten: Schrillschrei und Gierschlund hatten Bergers sie benannt. Seit dem letzten Jahr kommt nur noch Schrillschrei. Seit fünf Jahren kommt sie. Else behauptet, sie erkenne sie bestimmt wieder; woran, weiß sie nicht zu sagen. Gleichviel; wenn es nicht die gleiche ist, dann muß sich unter den Möwen die Konzession für den Bergerschen Balkon auf geheimnisvolle Weise vererben und einen hohen Ruf genießen. Wehe der fremden Möwe, die sich dem Balkon zu nähern wagt. Sie wird nicht nur verjagt, sondern verfolgt, und Schrillschrei folgt haargenau dem kunstvollen Auf und Ab der Fliehenden. Andere Möwen schließen sich an und eine ganze Weile ist um den Balkon ein weißes Gewirbel, kühnes Wegflügeln, verzweifelter Sturzflug. Ein hinreißendes Schauspiel von Flugkünsten, wobei die Vögel für Sekundenlänge auf einer Flügelkante in der Luft stehen. Dann stößt Schrillschrei entschlossen auf den Balkon herunter, plustert sich und läuft geduckt wie ein Tank auf der Balustrade entlang. Kein Unwetter vertreibt sie; sie harrt aus bei stiebendem Regen, in brausendem Sturm und in Eiseskälte. Sie ist felsenfest von ihrem Recht auf Verpflegung durch die Balkonbesitzer überzeugt. Sie ist da und ist nicht da; denn sie bleibt immer in die Fremdheit und Scheu des

Wildvogels gebannt. Bis die ersten linden Tage kommen; dann ist sie ebenso plötzlich weg, wie sie gekommen war.

Dann wissen Bergers, daß der Frühling auf dem Wege ist. Früher als sonst ist in diesem Jahr der Winter eingebrochen. Schon im November alles tief verschneit; der Stadtpark ein weißer Dom. Nachts sinkt die Kälte bis zu zwanzig Grad ab. Die Kohlenzufuhr stockt; einschneidende Heizvorschriften werden erlassen.

Auch bei Bergers wird die Küche zum Wohnraum erhoben; denn die Zentralheizung ist abgestellt. Die Fenster sind dick überfroren; die Eisblumen plastisch wie mit dem Spatel herausgearbeitet; bleich und grau sintert das Tageslicht hindurch. Bergers sind glücklich daran; denn sie haben einen richtigen Küchenherd, der sonst nie gebraucht wurde. In diesen Tagen winterlichen Mißvergnügens ein Symbol häuslichen Glücks und irdischer Wohlversorgtheit. Wie die Flammen im Feuerloch losjachtern, wie sie knistern und knattern und sausen, wie die Kohlen sich mit Teer überkrusten und blaue Spitzflammen brodelnde Qualmfontänen von sich spritzen.

„Das erste Weihnachtsfest ohne den Jungen, Else."

„Ja, Alfred. Hoffentlich das einzige ohne ihn."

„Paß auf, der Krieg geht genau so schnell zu Ende, wie er begann."

„Dein Wort in Gottes Ohr, Alfred."

Mohrle fühlt sich in der Küche wohl. Das Rund seines Korbes begrenzt ein Territorium, das weder annektiert noch besetzt werden kann. Die ganze Welt braucht nichts als Küche mit einigen Bäumen zu sein. Schnee ist sein größtes Entzücken. Kommt er vor die Tür, fliegt er wie aus der Kanone geschossen auf den nächsten Schneehaufen zu; vor Begeisterung frißt er Schnee und wird nachher krank. Sein Maul starrt von Eisborsten, sein Bauch von Schneeklunkern; ein vergnomtes Ungeheuer aus dem Märchenbuch. Schön wär's, wenn der Winter im Sommer wäre, findet Mohrle; dann bekäme man keinen Kribbel in die Pfoten und tapste nicht in das beizende Salz auf den Straßenbahnschienen und auf den Sielverschlüssen.

Der harte Winter herrscht nicht allein in Deutschland; bis nach Italien hinein schickt er seine Frostgeschwader; nach England, nach Frankreich, nach Skandinavien.

So tief die Wolken auch über der Welt hängen, das Licht der Adventszeit können sie nicht bergen. Wie der Verstand auch lächelt, die Gläubigkeit der Herzen ist in dieser Zeit stärker denn je. Die Weihnachtsbäume sind trotz aller Verkehrsschwierigkeiten rechtzeitig angekommen. In den Schaufenstern funkelt es von bunten Kugeln; in den Läden ist alles zu haben, was das Herz begehrt und die Sinne erfreut. Früchte, Konfekt, Weine, Spirituosen, Zigarren, Tabak, alles, was zu einem rechten Weihnachtsfest gehört.

Und doch wird in ganz Deutschland kein Baum geschmückt ohne den heißen Wunsch, es möchte dieses die einzige Kriegsweihnacht bleiben. Kein Licht, das nicht angezündet würde mit dem stillen Gebet, es möchte das Weihnachtslicht den Haß und den Widersinn in den Herzen aller Menschen tilgen.

Nie zuvor klang es inbrünstiger an den Altären der Kirchen, das so oft geschändete, lästerlich gehöhnte und doch die Seelen der Menschen immer wieder durchschauernde: Gloria in excelsis Deo et in terra pax hominibus bonae voluntatis.

Bergers sind am ersten Weihnachtstag bei Melhops in der neuen Wohnung. Man spricht von den Jungen. Max und Harald liegen am Westwall und schreiben vergnügliche Briefe. Max hat Aussicht auf Studienurlaub, da er Mediziner ist.

Das letzte Viertel des Jahres hat doch noch Überraschungen gebracht. In dem Kampf zwischen Interventionisten und Isolationisten in USA sind die ersteren Sieger geblieben. Die Staaten heben das Waffenembargo auf. England verhängt die Blockade über Deutschland, ohne sie effektiv zu machen; gibt jedoch eine Liste bedingter und unbedingter Konterbande heraus. Kapitänleutnant Günther

Prien dringt mit seinem Unterseeboot in den Hafen von Scapa Flow ein, schießt das Schlachtschiff „Royal Oak" ab und beschädigt die „Repulse" schwer. Das deutsche Panzerschiff „Admiral Graf Spee" kämpft in der La-Plata-Mündung mit drei englischen Kreuzern und muß schwer beschädigt Montevideo anlaufen. Uruguay billigt einen Aufenthalt von achtundvierzig Stunden zu. Draußen lauern zwei englische Kreuzer auf das waidwunde deutsche Schiff; das französische Schlachtschiff „Dunkerque" ist im Anmarsch. Das deutsche Kriegsschiff wird von der eigenen Mannschaft innerhalb der Dreimeilenzone mit wehender Fahne versenkt.

Von Zeit zu Zeit werden die Luftschutzsirenen ausprobiert; ja, es gibt ein paarmal Probe-Alarme, um festzustellen, wie sich die Menschen im Ernstfall verhalten würden. Da jedermann weiß, daß es nur Probe-Alarme sind, kümmert sich kein Mensch darum. Zwar setzen die öffentlichen Verkehrsmittel die Fahrgäste auf die Straße, zwar kommt die Polizei, um die Leute in den Luftschutzkeller zu jagen, aber das gibt so viel Ärger und Verdruß, daß man von weiteren Probe-Alarmen absieht.

Bei Bergers hat man den Luftschutzkeller wohnlich eingerichtet. Ein schon etwas abgenutzter Teppich bedeckt den Steinboden; über einen Rundtisch verbreitet eine Zuglampe mildes Licht, Korbsessel gewähren gemächliches Sitzen, und in einem Wandschrank beteuern Flaschen und Gläser, daß auch ein Keller seine guten Seiten hat.

Abend für Abend geistern Scheinwerfer über den Himmel. Das Gleiten und Tasten der Strahlenbündel ist von beunruhigender Dringlichkeit. Die Wolken gewinnen zauberische Helle. Wo das ausgefächerte Licht einen Augenblick verharrt, bauschen die Wolken es milchig auseinander und lassen es wie in eine Grotte in sich hineinrinnen. Dazwischen funkeln hoch und verwundert die Sterne.

In diesem Winter war über der Stadt häufig Nordlicht beobachtet worden. Die Menschen nahmen es für ein Zeichen der von Gefahren überdrohten Zeit. In der fremdartigen Helle war manchmal zuckendes Aufflammen wie der Widerschein von Protuberanzen. In einer dieser Nächte, der am Tage ein gewaltiger Sturm vorhergegangen war, brach über der Stadt ein Gewitter von ungewöhnlicher Stärke aus. Alfred hatte, als er ans Fenster trat, um sich das Toben anzusehen, eine wahrhaft apokalyptische Schau. Unablässig schwamm der Himmel in dem blauen Licht einander jagender Blitze. Plötzlich schossen am Nordhorizont Strahlenbündel auf, die sich nach oben einzelsträhnig ausweiteten. In ihrer Mitte, so daß sie gleichsam nur Drapierung schienen, ragte ein Strahlenschwert; der Kreuzgriff hob sich phantastisch vom Himmel ab, der am Horizont die Farbe brünierten Stahls hatte. Zuerst meinte Alfred, die aufgeschreckten Sinne spielten ihm einen Streich, er schloß sekundenlang die Augen, aber siehe, als er sie wieder öffnete, ragte noch immer das Strahlenschwert, wie von einer gewaltigen unsichtbaren Hand über die sündige Erde ausgestreckt. Er rief Else und auch sie sah erschauernd dieses Phänomen, das langsam verblich.

Die Zeitungen werden nicht mehr an die Wohnungstür gebracht, sondern insgesamt unten in den Hausflur gelegt. Eine verstimmende Kleinigkeit; denn der Mensch bringt lieber ein ganzes und volles Opfer, als daß er sich eine Reihe geringer, aber regelmäßiger Unannehmlichkeiten und Unbequemlichkeiten auferlegen ließe. Die Eisenbahn hat Kohlen herbeigebracht; die Sammelheizungen können wieder in Betrieb gesetzt werden; nur Heißwasser gibt's nicht mehr. Dafür muß der Hauswirt einen Betrag von der Miete absetzen, der so gering ist, daß man sich fragt, wie für so wenig Geld in normalen Zeiten die Heißwasserversorgung geschafft werden kann.

Es geschieht nichts. Aber unsichtbar stauen sich die Kräfte an, die zur vorbestimmten Stunde losbrechen sollen. Rußland und Finnland liegen im Krieg. Im Jössing-Fjord überfällt der englische Zerstörer „Cossack" das unbewaffnete deutsche Hilfsschiff „Altmark", das gefangene Briten an Bord hat. Zwei norwegische Torpedoboote machen die Zuschauer, ohne gegen die Verletzung der norwegischen Hoheitsrechte einzuschreiten.

In England und Frankreich spricht man davon, daß die Alliierten die Neutralitätsrechte der norwegischen Hoheitsgewässer auf die Dauer nicht werden respektieren können. Chamberlain verkündet, britische Kriegsschiffe würden die ungehinderte Durchfahrt deutscher Handelsschiffe aus Skandinavien unterbinden. Englische und französische Schiffe legen an drei Stellen der norwegischen Küste Minen aus.

Alles deutet darauf hin, daß die Stunde des Unheils bald geschlagen hat. Wenn sie doch niemals käme, beben die Herzen. Wenn es mit dem Grauen im Osten sein Bewenden hätte, und sich die Männer, die das Schicksal der Welt in Händen halten, noch einmal zusammenfänden. Noch ist es Zeit; noch ist im Westen kein Schuß gefallen. Wenn das Unerhörte geschähe, sich die Heere, die sich schweigend noch gegenüberliegen, erhöben und laut vor aller Welt ihren Willen zum Frieden verkündeten? Wo blieben vor dieser Manifestation der Völker zur Vernunft und zu Menschenrechten dann die Machthaber?

Am 9. April erfährt die Welt, daß die deutsche Wehrmacht den Schutz Dänemarks und Norwegens übernommen hat. Dänemark fügt sich, ohne zu den Waffen zu greifen. Der Widerstand in Norwegen wird in schweren Kämpfen gebrochen.

Die besonnenen Teile des deutschen Volkes mißbilligen diese Gewalttaten, die aber nur der Auftakt zu neuen sind. Am 10. Mai treten die deutschen Soldaten im Westen zum Kampf an und rücken in Belgien, Holland und Luxemburg ein.

Ichals hatte sich zu Kriegsbeginn freiwillig gemeldet, war aber nicht angenommen worden. Er war vor einiger Zeit beim Reiten gestürzt und litt seitdem an Kopfschmerzen. Man hatte ihn sehr genau untersucht, ihn nach Gott weiß was gefragt, so daß er fast glauben mußte, reif fürs Irrenhaus zu sein. Das Ergebnis war gewesen, daß er sich gedulden möge; man werde ihn schon auffordern, wenn es an der Zeit sei.

Er wollte vor allem wegen seiner Frau Soldat sein; denn er spielte vor ihr keine erhebende Rolle. Er war ein Frauenblender. Auf den ersten Blick flogen ihm die Herzen der Frauen zu, bis sie erkannten, daß hinter der ansprechenden Fassade leere Schauräume waren. Als seine Frau erfuhr, daß sie von ihrem Mann keine Kinder haben werde, fand ihr Zorn keine Grenzen.

Edith war die Tochter eines vermögenden Viehhändlers, der es bis zum Kommissionsrat gebracht hatte. Ihre Mutter war Fräulein bei einem Großschlachter gewesen, der, wie er seiner Frau ein Haus an der Elbe gekauft, sich ein Fräulein für seine Kinder meinte halten zu müssen. Das Etepetete und der gute Bildungsschliff des armen und leidlich hübschen Fräuleins einer mittleren Beamtenfamilie hatte den Viehhändler, bei dem Großschlachter oft zu Gast, bezwungen, und das arme Wurm hatte nichts dagegen gehabt, seine Frau zu werden. Die Tochter erbte die gesunde Sinnlichkeit des Vaters, ohne dem verhaltenen Lungern zu verfallen, das der langen Fräuleinschaft der Mutter so viel zu schaffen gemacht hatte. Nach dem Tode der Mutter, der der Kommissionsrat ehrlich nachgetrauert und keine Nachfolgerin gegeben hatte, kam Edith damals vierzehnjährig, in die Hände von Hausdamen, die dem jungen Ding alles durchgehen ließen, da sie, den Mann zu fangen, sich zunächst die Tochter sichern wollten. Der Mann tat ihnen den Gefallen nicht; er hing dem Andenken seiner Frau und der schönen Gegenwart seiner Tochter an. Er sah sie zu stattlicher Schönheit heranreifen und sank beruhigt in die Grube, als der Sohn seines alten Bekannten Waldmann sie zur Frau genommen hatte.

Edith war in diese Ehe gegangen ohne Illusionen von dem großen einzigen Glück, das die Frauen von dem Mann ihrer Wahl meistens erwarten. Sie hatte ihre Liebeleien gehabt, darunter eine, die wie echte Liebe ausgesehen, am Ende auch nichts als eine Enttäuschung gewesen war, und so nahm sie Ichals, der ihr von Anfang an mit Leib und Seele verfallen war. Vermögen kam zu Vermögen und das — so dünkte es die kluge Tochter eines geschäftstüchtigen Vaters — werde manches ausgleichen. Ichals litt unter brennender Eifersucht. Edith nahm es mit ihren Grundsätzen indes ernst — von der Mutter her, der Beamtentochter, war in ihr eine Scheu vor gefährdenden Extravaganzen — wenngleich sie vor den Freundinnen von ihrer Ehe nur als von einer Vergnügungsgemeinschaft ohne Erfolgsaussichten sprach. Eifersucht, so sagte sie, entspringt immer einem Gefühl eigener Minderwertigkeit, und so darf sich der Eifersüchtige nicht wundern, wenn er geringschätzig behandelt wird.

Die deutschen Truppen haben die holländische, belgische und luxemburgische Grenze weit hinter sich gelassen. Eben-Emael, das stärkste Fort der Festung Lüttich, von Fallschirmjägern im Handstreich genommen. Rotterdam kapituliert! Amsterdam Ziel. Der holländische Befehlshaber befiehlt Einstellung des Kampfes.

Harald und Max schreiben: „Wir leben, sind gesund und marschieren." Die Alten wissen, was das heißt: marschieren. Vierzig, fünfzig, sechzig Kilometer am Tag. Für den Soldaten hat der Tag vierundzwanzig Stunden; wenn's nicht langt, muß er die Nacht dazu nehmen.

In der Heimat Metallsammlung. Was an Bronze und Messing ohne Kunst- oder Erinnerungswert ist, soll geopfert werden. Berger stellt Else die Frage, ob sie die Bronze-Stehlampe als künstlerisch wertvoll anspricht.

„Ich hab' sie dir zum Geburtstag geschenkt."

„Gut. Immerhin muß ich dich belehren, daß vielleicht gerade das Metall dieser Lampe mit zu einem Geschütz gegossen werden könnte, das einen entscheidenden Schuß abfeuert."

„Dann nimm sie! Um Gottes willen nimm sie! Ich will nicht schuld daran sein, daß ein entscheidender Schuß nicht abgegeben wird."

„Danke, nein. Die Lampe bleibt. Aber das Türschild —"

„Das Türschild?“

„Reines Messing.“

„Die paar Gramm!“

„Die paar Gramm! Aus Grammen werden Kilo; aus Kilos Zentner, aus Zentnern Tonnen. Stell’ dir vor, die Messingschilder von Millionen Wohnungstüren, von den Ladentüren. Das Kleinste, meine Liebe, macht groß.“

Und er geht, schraubt das Messingschild los und befestigt unter Cellophan einen Papiernamen.

„So“, sagt er, „und wenn Gott will, wird hieraus die letzte Patrone, die vor dem Signal zur Waffenruhe verschossen wird.“

„Wenn das deine ganze Spende ist —“

„Bewahre. Da ist der dreiarmige Leuchter, die Bücherstützen — eiserne tun’s auch — dort diese lächerliche, auf ihren Busen hinabgrinsende Mädchenbüste, die Finger schalen —“

„In Florenz gekauft, Alfred.“

„Und geschmuggelt. Müssen dran, Else.“

„Wenn’s eine Alteisen-Sammlung wär’, würdest du mich mit abgeben.“

„Nicht, solange du keinen Rost ansetzest.“

„Dann nimm auch meine Spardose.“

„Nein, die nicht. Familienandenken, aus dem Jahre 1762.“

„Gerade darum. Ich will es.“

„Schön. Was das Herz schenkt, darf die Hand nicht verweigern. Darf ich dir im Namen des deutschen Volkes mit einem Kuß danken?“

„Um Gottes willen, das wäre ein Überpreis!“

„Macht nichts, das deutsche Volk läßt sich nicht lumpen!“

„Ach, Alfred, wenn’s einen Sinn hätte! Wir verlieren den Krieg ja doch.“

„Sieht im Augenblick nicht danach aus, Else.“

„Wir werden ihn verlieren! Hör dich doch um unter den Leuten! Wir können ihn nicht gewinnen, so wie wir mit den Juden umgehen. Das gibt der liebe Gott nicht zu.“

„Laß den lieben Gott aus dem Spiel, Else.“

„Gestern abend sind wieder Hunderte von Juden am Dammtor verladen worden. In Viehwagen. Die Männer kahl geschoren, Frauen und Kinder nichts als was sie auf dem Leibe hatten. Und alle Lifts mit dem Judengepäck im Freihafen kommen auf Auktionen. Das muß ja an uns heimgesucht werden!"

„Das wird es bestimmt, Else. Aber wer soll diesen Unmenschlichkeiten steuern?"

„Du! Ich! Wir! Wir alle! Das ganze Volk dürfte es nicht dulden!"

„Und wenn wir hingingen, ich, du, ein paar hundert Menschen, und stellten uns vor die Juden — was meinst du, was mit uns geschähe? Es würde keiner von uns wieder nach Hause kommen, und den Juden wäre nicht so viel damit geholfen. Im Gegenteil, man würde noch härter mit ihnen verfahren."

„Und du hilfst Metall sammeln! Nicht ein Gramm sollte man abliefern! Dann wird man ja sehen, wie weit sie kommen."

„Liebe Else, ich billige den Krieg nicht und verabscheue die Hetze gegen die Juden. Wir haben Freunde unter ihnen. Das besagt genug. Der Tag der Abrechnung wird gewiß einmal kommen. Deutschland ist im Krieg, wir sind Deutsche, da müssen wir alles tun, damit es heil daraus hervorgehe. Darüber ist kein Wort zu verlieren."

„Selbst Soldaten hört man sagen, daß dieser Krieg eine Schande sei."

„Schande oder nicht. Wir müssen durch. Nachher wird man ja sehen."

„Nachher, Alfred, nachher! Und wenn dein Junge nicht wiederkommt?"

„Dann muß auch das ertragen werden. Wie unsere Feinde an ihren Sieg glauben, so wir an unseren. Wie sie alles dafür tun, so wir. Das ist nicht nur unser Recht, das ist unsere Pflicht. Und nun laß uns davon schweigen."

Der Mai brachte sonnendurchflutete Tage. Der Stadtparkrand tapezierte seine grüne Pappelwand auf. In den

Schrebergärten standen die Obstbäume im Prangen. Die Kastanien zündeten ihre Blütenkerzen an.

In England wurde ein Ermächtigungsgesetz angenommen, das der Regierung Befehlsgewalt über die Untertanen und ihr Eigentum gab. Ende der ‚Magna Charta'.

Arras, Amiens, Abbeville besetzt; General Giraud gefangen.

Calais genommen. Der König der Belgier sucht verzweifelt Verbindung mit General Gort, dem Befehlshaber der britischen Truppen. Vergebens. Da streckt die belgische Armee auf Befehl ihres Königs die Waffen.

Vom Balkon des Palazzo Venezia in Rom verkündet Mussolini den Eintritt Italiens in den Krieg.

Vor dem großen Halali lüstet es den römischen Wolf nach einem Fetzen aus dem Leib des schon verröchelnden Wildes.

Paris besetzt. Über Versailles die deutsche Kriegsflagge.

Verdun mit allen Forts erobert.

Verdun; unseliges Verdun! Nicht seit dem Weltkrieg erst. Schon seit dem Vertrag von Verdun im Jahre 843 stehen Deutsche und Franzosen wider einander.

Südöstlich Besançon deutsche Truppen an der Schweizer Grenze.

Auf dem Münster von Straßburg die deutsche Flagge.

Reynauld demissioniert. Marschall Pétain nimmt das Steuer seines Landes in die alte Hand.

Churchill schlägt vor: Frankreich solle mit England eine unlösliche Union eingehen. Jeder französische Bürger zugleich englischer Bürger; und umgekehrt. Vereinheitlichung der beiderseitigen staatlichen und wirtschaftlichen Belange. Der alte Traum englischer Könige, soll er doch endlich Wahrheit werden? Als Entgelt hätte Frankreich seine militärischen Machtmittel England zur Verfügung zu stellen: die Flotte, die Armee, die Luftwaffe.

Frankreich fragt durch Marschall Pétain Deutschland nach den Bedingungen des Waffenstillstandes.

Am 21. Juni 1940 im Walde von Compiègne.

Vor dem Denkmal für die im Weltkrieg gefallenen Söhne Frankreichs eine deutsche Schildwache. Der Obelisk zeigt in offener Nische ein goldenes Schwert. Unter der Schwertspitze flügelverbreitet der erlegte deutsche Aar.

Am 21. Juni 1940 ist das Denkmal von zwei deutschen Kriegsflaggen bedeckt.

Auf der künstlichen Lichtung des Buchenwaldes von Compiègne steht ein ehemaliger Salonwagen der Internationalen Schlafwagengesellschaft. Hell funkelt die metallene Zahl: 2419 D. Es ist der gleiche Wagen, in dem am 11. November 1918 Marschall Foch die deutschen Verhandlungsteilnehmer empfing.

Der Wagen stand genau an der gleichen Stelle.

Die Nachmittagssonne dieses 21. Juni goldet die Wege, auf die das Standbild Fochs, des Unerbittlichen, herniederblickt. Jenes Mannes, der, als die deutsche Delegation erschien, in billiger Unritterlichkeit an seinen Stabschef Weygand die Frage richtete. „Was wollen diese Herren?"

In den Buchenhallen von Compiègne geheimnisvolles Schweigen. Die aufsäulenden Stämme schimmern von Sonnenflecken; in den Wipfeln rauscht es himmelsfern.

Die französische Delegation.

Ehern das „Stillgestanden!" der deutschen Ehrenkompanie. Gewehr bei Fuß, ohne das Spiel zu rühren.

Bleich schreiten die Franzosen, die Handam Käppi, an der stummen Wacht vorüber.

Und keiner unter den Deutschen, der die Frage erhebt: „Was wollen diese Herren?"

In dem Salonwagen 2419 D der Internationalen Schlafwagengesellschaft verrinnt eine schicksalsschwere Stunde nach der anderen. Ohne Einigung.

Am anderen Tage um halb zwölf Fortsetzung. Um achtzehn Uhr fünfzig wird der Waffenstillstandsvertrag unterzeichnet.

Er tritt aber noch nicht in Kraft. Erst muß Frankreich noch mit Italien den Waffenstillstand abschließen.

Eine Geste des Siegers an den Bundesgenossen. Eine Geste, die die Einstellung der Feindseligkeiten an der Westfront um drei Tage verzögert und Tausende von Deutschen und Franzosen noch hinopfert.

Am 25. Juni nachts ein Uhr fünfunddreißig schmettern die Clairons an der französischen Front „Cessez le feu!" Um die gleiche Minute tönen die deutschen Hörner: „Das Ganze halt!"

DER VIELGELIEBTE ALLTAG

Pfingsten fiel in diesem Jahr sehr zeitig. Eine Verordnung zum Schutze des jungen Birkenstandes verbot es den Landbewohnern, „Maibüsche" in die Stadt zu fahren. Hamburg hielt immer noch an der Sitte fest, zu Pfingsten junge Birken vor die Haustür zu stellen. Alle Schiffe trugen an den Masten und am Bug und Heck Birkengrün; alle Straßenbahnen hatten ihre Zweige und jedes Gespann seinen Schläfenschmuck. Um die Zeit kamen auch die ersten Waldmeisterkränze, die „Moischenkränze", die mit ihrem zärtlichen Duft nicht nur die Wohnung erfüllen, sondern auch die Motten aus den Schränken und Kisten fernhalten sollen.

Die Pfingst-Sonderfahrten nach Helgoland fielen auch aus, eine Verärgerung kam zu der andern. Weiß Gott, das Leben war keine Freude mehr. Die Lühe, die Vierlande, der Sachsenwald, die Walddörfer und natürlich der Stadtpark zwangen das pfingstliche Gewoge kaum; über allem der Schatten des Krieges. Mancher begnügte sich mit einem Gang an den Hafen, mit einer Rundfahrt durch die Häfen und erbaute sich an dem Anblick des seiner Vollendung entgegengehenden Schlachtschiffes „Bismarck", von dem man sich Wunderdinge erzählte. Man will von einem geheimnisvollen Gerät wissen, das dem Schiff die Annäherung feindlicher Kriegsschiffe kündet, ehe diese auch nur eine Ahnung von der Anwesenheit der „Bismarck" haben.

Bergers haben ihr Kanu überholen lassen, was gar nicht nötig gewesen wäre, denn es glänzte ohnehin immer wie neu. Else hatte die zwanzig und mehr Kissen gerichtet, ohne die ein rechtschaffenes Kanu nicht auskommt, und so startete man zu einer Pfingstmorgenfahrt. Im Grunde und der Tradition nach gehört Jugend in die Kanus. Die Kanuten hatten sich aber in Verruf gebracht, und ihre weiblichen Gäste hießen wegwerfend Kanuliebchen. Berger hatte für diese Bande, deren Bekleidung aus Badehose und einem bunten Halstuch bestand, nichts übrig. Wenn sie auf der äußersten Kante des schiefliegenden Bootes das Rund des Stadtparkes nach schönen Mädchen abjagten, fand er diese herrlich gnadenlos freche Jugend von Herzen ekelhaft.

Meistens liegen Bergers mit ihrem Kanu auf der Außenalster an einem Bootspfahl vertäut; Imbiß, Zeitungen, Buch, Mohrle ist die ganze Fracht. Else hat von Capri ein paar extravagante Sonnenschirme, dazu einen Strohhut, flach wie ein Topfdeckel. Das türmereiche Rund Hamburgs umrahmt den Spiegel der Alster. Segelboote schrägen schäumend vorbei, Wildenten mit ihren Jungen lungern heran, Schwäne verbiegen sich im Vorübergleiten vor Gravität den Hals. In den Gärten leuchten die Beete. Goldregen neben Rotdorn, Syringen neben Schneebällen, und dicht am Ufer wiegen sich die Wasserrosen. Vom Uhlenhorster Fährhaus Musik. Die Bellevue bunt von herabgelassenen Markisen und farbigen Balkonschirmen. Die Alsterdampfer — sie heißen immer noch so, obwohl es längst Motorschiffe sind —, bringen frohe Menschenfracht bis nach Ohlsdorf hinauf. Der Himmel hoch und blau, ein paar weiße Wolkentupfen, die Sonne freundlich warm, ein Pfingstmorgen nach dem Herzen der Menschen.

Es wäre Bergers unmöglich, das Boot aus ihrem Erlebnisbereich wegzudenken. Alle Dinge, an denen man hängt, haben ein Gesicht, das nur der Besitzer kennt. So das Boot für Berger; es hat seine Sprache; es ist das Glänzen des Lacks von Spant zu Spant, das Funkeln der Kupfernägel, das dumpfe Glimmen des verzinkten Spreizankers, das Leuchten des hellstieligen Peekhakens und die prätentiöse Weiße der zwölf Fender außenbords.

Auch Mohrle liebt das Boot sehr. Wenn er den breiten Kopf auf den Bootsrand gelegt hat, ist er das Sinnbild irdischer Hundeglückseligkeit. Scheint die Sonne zu heiß, muß Else den Schirm über ihn halten und ihm Schnauze und Kopf mit Alsterwasser beträufeln, damit er keinen Sonnenstich bekommt. Er darf, der Herr Hund darf bequem liegen, während Bergers sich in kontorsionistischen Verrenkungen zu placieren suchen. Mit allerlei Finten, angefangen von vorgetäuschter Schwerhörigkeit bis zu offener Widersetzlichkeit, die er, wenn ernstlicher Zorn droht, schnell in entwaffnende Faxigkeit zu verwandeln versteht, hat er sich seine Platzansprüche im Boot gesichert. Um des lieben Friedens willen haben Bergers nachgegeben.

Um die Mittagszeit zuckeln Bergers von der Bootswerft dreisam nach Hause, wo Elses Mutter den Tisch schon gerüstet hat. Mohrle, völlig ausgeruht, mobil wie eine frisch geladene Rakete; Berger, gewichtig wie ein Kapitän auf großer Fahrt, und Else reuig bedenkend, daß sie an diesem Pfingstmorgen ihrer Mutter hätte zur Hand gehen sollen.

Der Nachmittag und der Abend gehören dem Südwest-Balkon.

Immer wieder fliegen die Briten Hamburg an; werden unterwegs abgeschossen oder abgedrängt. Man hört oft das ferne Rumpsen schwerer Schüsse, sieht am Abendhimmel den Widerschein von Mündungsfeuern und freut sich an den bunten Ketten der Leuchtmunition der kleinen Flak. In Cuxhaven ist der erste abgeschossene englische Flieger mit allen militärischen Ehren, mit der englischen Kriegsflagge über dem Sarg, beigesetzt worden. Eine Ritterlichkeit, die man auch in England mit Genugtuung vermerkt. Inzwischen haben rund um Hamburg immer wieder feindliche Maschinen zu Boden müssen, meistens bevor sie ihre Bombenlast abgeworfen hatten. Tief reißen die Maschinen im Sturz die Flieger in das Erdreich hinein, sie schauerlich zermalmend.

Neben dem großen Geschehen draußen besteht der Alltag daheim auf seinen kleinen Rechten. Bergers sind ins Stadthaus gegangen, um sich Kennkarten ausstellen zu lassen. Auf langen Bänken sitzen die Wartenden und wagen nur halblaut zu sprechen. Das ist in Amtsgebäuden immer so, als ob lautes Sprechen Unheil herauf beschwörte. Alles ist amtlich: die Treppen, die Flure, die Wände; tausend Augen, statt der Pupille ein Paragraphenzeichen. In den Menschen, die hier etwas zu erledigen haben, ist eine ihnen sonst fremde Devotion, eine Bereitwilligkeit, selbst Absurdes als berechtigt anzuerkennen; denn das Amtliche ist das Rechte an sich. Sie stehen vor dem Behördlichen des Staates wie der Jüngling vor dem verschleierten Bild zu Saïs.

Ein graues Männchen mäuselt heran und sucht sich zu orientieren.

„Ja, es ist hier schon richtig", hilft Berger ihm.

Dem grauen Männchen läuft ein Funkeln um die lustigen Augen, von denen ein Geriesel von Fältchen zu den Schläfen geht.

Der Alte setzt sich aufatmend. „Das sagen Sie so: richtig! Ich bin mehr fürs Fragen als für unnützes Treppenlaufen. Bei Behörden ist es nämlich so, mein lieber Herr; für ein im Erdgeschoß auszufertigendes Papier muß man sich einen Vordruck im vierten Stock holen, und im zweiten Stock muß man sich bestätigen lassen, diesen Vordruck richtig und eigenhändig ausgefüllt zu haben. Hat man das hinter sich, muß man auf einer Bank wie dieser hier mit einem halben Hundert Menschen warten, weil alle zu gleicher Zeit herbestellt worden sind, anstatt sie zeitlich aufzuteilen. Dann sitzt man und starrt auf die Tür, hinter der die schicksalsvolle Entscheidung fällt, ob der Nächste noch vor oder erst nach dem Frühstück abgefertigt werden soll."

Else beugt sich vor. Der Alte plinkert ihr wie einer alten Bekannten zu und macht auf einen Beamten aufmerksam, der den Flur herabkommt.

„Sehn Sie! Was für ein großer Mann! Kommt er nicht daher, als sei der Flur viel zu schmal für seine Wichtigkeit? Überlegen Sie, er kann in ein Zimmer gehen, an dessen Tür „Eintritt verboten" steht, und das anderen Sterblichen verschlossen bleibt. Wie er die Brille in der Hand schlenkert!

Mit welch großartigem Schwung er sie über die Nase vor die Augen schiebt! Genau so wird es einer seiner Vorgesetzten machen, den er einmal zu ersetzen hofft und dessen imponierende Geste er seinem eigenen Nachfolger weiter vererbt. Wie er den Schlüssel ins Schloß stößt, die Tür aufreißt, als müsse in dem Augenblick, in dem er das Zimmer betritt, eine Wache ins Gewehr treten. Und was würden Sie sehen, wenn es Ihnen vergönnt wäre, einen Blick in den geheimnisvollen Raum zu tun? Einen dürrleibigen Schrank, dessen Lackfarbe tausendrissig geadert ist, einen spinnbeinigen Waschtisch, einen Tisch, hoch bepackt mit verschnürten Akten, um die es von Erstorbenheit flimmert, in einer Ecke ein paar Scheuerbesen und unter dem Tisch zwei Eimer mit Feulen, die Seifengeruch ausdünsten. Aber er da, der die Tür hinter sich zumacht mit der weit ausholenden Gelassenheit eines, der darf, was andere nicht dürfen, nämlich in ein Zimmer gehen, an dessen Tür „Eintritt verboten" steht, er holt nur sein Frühstück. Sehn Sie!"

Und wirklich kam der große Mann aus dem geheimnisvollen Zimmer heraus, ein Päckchen in der Hand. Und schlenderte den Flur hinab, und die Türen rechts und die Türen links hielten den Atem an, denn es waren Türen von Amtsstuben.

Else und Alfred lachen mit geziemender Verhaltenheit. Der Alte beugt sich vor. „Sehn Sie, ich bin selber hier Beamter gewesen." Er hob den rechten Zeigefinger: „Das ist das Staatsgefühl, wissen Sie. Der Beamte ist nämlich der einzige Mensch, der ein richtiges Staatsgefühl hat; und darum ist Verlaß auf ihn. In diesen Tagen werden in Deutschland zigmillionen Kennkarten ausgestellt. Und es klappt, sage ich Ihnen."

Bergers wurden aufgerufen; mußten in dem einen Zimmer ihre Identität nachweisen und in einem andern durften sie den Zeigefinger auf ein Farbkissen und dann auf die Kennkarte drücken; zum Schluß galt es, eine Unterschrift zu geben.

Als sie herauskamen, war der Alte auch schon aufgerufen worden zu der großen Zeigefingerung des deutschen Volkes.

In der Nacht zum 18. Mai flog der Feind Hamburg zum ersten Male mit einer größeren Anzahl von Flugzeugen an und suchte das ganze Stadtgebiet heim. Gewaltig tobte die Abwehr. Die Scheinwerfer krallten nach den Maschinen und schoben sie mit ihrem Strahlenbündel gleichsam weiter. Die Stadtparkbatterie feuerte, was die Rohre hergaben, denn der Einflug war von Norden her erfolgt. Wie Riesenlibellen standen die Flugzeuge in den Schnittpunkten der Scheinwerferstrahlen; wie Rosetten gigantischer blauweißer Lichtverstrebungen. Und nach diesen Rosetten, die dauernd ihren Standort langsam verschoben, steilten die Spuren der Leuchtmunition, aufschnellend, verhalten Ketten bildend, und dann wie Stücke zerrissener Girlanden langsam niedergleitend.

Die Bergersche Hausgemeinschaft war, aller Vorschrift entgegen, vor die Haustür geeilt. Nie erlebtes Schauspiel! Die Tiefe des Nachthimmels spiegelte das Fieber der Erde wider. Aller Augen hingen an einem Flugzeug, das sich vergeblich mühte, sich den Lichtarmen der Scheinwerfer zu entwinden. Die Flak hatte sich eingeschossen. Rund um das Flugzeug krepierende Granaten. Da! Seht ihr am Flugzeug nicht eine Flamme? Wo? Wo? Da! Da! Neigt sich das Flugzeug nicht? Sieht man nicht — sicheres Zeichen eines Treffers! — sieht man nicht eine Rauchfahne hinter der Maschine? Und da! Da ändert sie ihre Lage! Kippt vornüber. Rote Flammen züngeln! Gewaltig wächst die Rauchfahne an! Und nun ist das Flugzeug nichts als ein senkrecht niedersausendes Meteor, von dem sich im Sturze flammenumflatterte Teile lösen, ein blutrot lodernder Glutball, der im Aufprall auf die Erde in hellgelbem Explosionsfeuer zerstiebt.

Bei aller Erschütterung ist in allen Genugtuung darüber, daß der Schutz der Stadt sich so erfolgreich erwiesen.

„Was wollen sie hier?“ fragte einer der Männer. „Sie sollen die Städte in Ruhe lassen. Ist im Westen Platz genug, Krieg zu führen.“

Von nun an wurden die Luftangriffe ernster genommen. Eine Luftschutzakte mit genauen Personenstandsangaben wurde angelegt. „Damit man weiß, wen man noch auszubuddeln hat“, scherzte man. Im Luftschutzkeller sollen Liegestühle nur für ältere Damen erlaubt sein. Es gibt plötzlich nur ältere Damen im Haus.

Am nächsten Abend wieder Alarm. Im Keller weiß einer der Herren etwas von neuen Strahlen.

„Ich hör' jeden Tag von neuen Strahlen; sogar von Todesstrahlen. In einer Dose in der Westentasche. Man öffnet die Dose und plumps! fallen die Menschen rund herum tot um.“

„Unsinn“, sagt der andere, „diese Strahlen gibt's. Ein Bekannter von mir — ich kann ihn mit Namen nennen — fährt durch den Toppenstedter Forst. Oben bei Hanstedt wissen Sie, noch richtige Heide. Rums! steht sein Wagen! Mein Freund mit der Nase an der Windschutzscheibe. Und er konnte machen, was er wollte, er brachte den Wagen nicht wieder in Gang. Er endlich raus, und da steht ein Offizier und kommt heran: „Geht's nicht weiter?“ „Weiß der Deubel, nein“, sagt mein Bekannter. „Augenblick“, sagt der Offizier und pfeift, und was meinen Sie, in dem Augenblick funktioniert die Schaltung wieder. Was sagen Sie dazu?“

„Fabelhaft!“

„Ja, und da mußte er dem Offizier das Ehrenwort geben, nichts zu verraten.“

„Dann wird an der Geschichte wohl ebenso wenig sein wie an dem Ehrenwort Ihres Bekannten, denn er hat es doch weiter erzählt.“

„Ein dummes Gespinst“, ärgert sich ein Dritter. „Stellen Sie sich bitte vor: da geht ein deutscher Offizier in den Toppenstedter Forst, um an Automobilen, von denen er gar nicht weiß, ob sie überhaupt kommen, etwas Geheimes auszuprobieren. Als ob dieser Offizier nicht tausend Autos wo immer zur Verfügung hätte haben können. Nein, im Toppenstedter Forst, und der Offizier muß sich durch ein Ehrenwort von einem Zivilisten vor dem Verrat eines wichtigen militärischen Geheimnisses schützen. Das ist doch von Anfang bis zu Ende nichts als Blödheit."

Die Herren lächeln spöttisch. Der Erzähler gibt bedeppert zu, daß so gesehen —

Wieder die Flak im Stadtpark. Wieder Anflug aus Norden.

Die Herren wollen vor die Tür. Dame Luftschutzwart tritt ihnen entgegen: „Meine Herren, Sie bleiben! Die Verantwortung trage ich! Sie wissen, daß Sie meinen Anordnungen zu folgen haben!"

Ein mächtiger Ruck erschüttert das Haus. Eine Sekunde erlischt das Licht. Alle sind merklich zusammengezuckt.

„Das war in der Nähe!"

Wenn die Flak schweigt, hört man Motoren summen.

„Dumme Geschichte. Dicht über uns."

Da rast Schnellfeuer vom Stadtpark auf! Das Haus bebt. Das Licht zuckt.

Und ebenso schnell schweigt das Feuer.

Einer der Herren rennt aller Warnung zum Trotz vor die Tür. Der Himmel von Scheinwerfern überzirkelt; fiebrig tasten und gleiten sie. Der Späher rennt zurück und ruft in den Keller hinab: „Nach Eppendorf zu brennt es!"

Alles stürzt hinaus — da — in diesem Augenblick taucht dicht über dem Pappelrand des Stadtparks in einem Flammenbausch, der wie ein blutgefüllter Ballon ist, so tief rot ist das Geflamme, ein Flugzeug auf, gerade auf den Wasserturm zu. Eine Sekunde starren Schreckens — da zerbirst das Flugzeug und tropft in Brocken nieder. Die Stadtpark-Batterie nimmt das Feuer nach einem neu in Sicht gekommenen Flugzeug auf. Mit einer langen Rauchfahne hinter sich gleitet es niedergehend nach Süden ab. Nach dem Hafen zu Feuerschein.

Die Abwehr wird geringer, schweigt ganz; das Licht im Keller zuckt; die Entwarnung ist eingeschaltet, und schon ist der lange Heulton über der Stadt.

Ein paar der Herren gehen aufs Dach, um Ausschau zu halten. An vier Stellen gegen die blaue Kuppel der Nacht Brandschein.

Ernst stehen die Männer nebeneinander.

„Wenn das so weiter gehen soll — das hat mit Krieg nichts mehr zu tun", sagt man bedrückt.

Am anderen Tage: Hamburg bezahlte diesen ersten größeren Angriff mit dreiunddreißig Toten, einundfünfzig Verletzten. Eine größere Anzahl von Wohnhäusern schwer beschädigt.

Die Stadt schwirrt von Erlebnisberichten. Die Jugend sammelt Flaksplitter; neues Sammel- und Tauschobjekt.

Am Abend sitzen Bergers auf dem Balkon. Die Fliegernacht liegt wie ein böser Traum auf ihrer Seele. Was will der graue fliegende Tod in dieser Welt des Blühens? Die Sonne geht in einer Farbenorgie unter. Des wachsenden Mondes schmale Sichel glimmt wie ein Silberschiff am dunkelblauen Himmel, ist plötzlich in ein zartes Orange getaucht und gleitet, den Abendstern zur Rechten, langsam der Sonne nach.

Mohrle hatte in der Alarmnacht in der Wohnung wie am Spieß geheult. Hunde dürfen nicht in den Luftschutzkeller. Nicht aus Furcht hatte er geheult; aus Zorn, daß man ihn allein gelassen; dabei hatte er die Nähe dieser Menschen, die zu ihm gehörten, in der Nase.

„Was machen wir nur, wenn es so weiter geht, Alfred?"

„Mit nach unten. Ich taxiere, er wird sich im Notfall vernünftiger benehmen als wir Menschen. Wo ist er?"

„Mit Omi im Stadtpark."

„Schön. Wenn er kommt, rede ich mit ihm."

Das spielt sich nun so ab: Omi kommt mit Mohrle. Alfred ruft: „Herr Mohrle!"

Herr Mohrle ist wie immer nach einem Spaziergang nach seinem Freßnapf unterwegs und läßt sich nicht stören.

„Herrchen ruft!" mahnt Omi.

Herr Mohrle sieht sie schief an; das heißt: Nun, wenn schon.

Ein neuer Ruf: „Herr Mooohrle!"

Mohrle läßt den Schwanz pendeln; wenn Herrchen „Herr Mohrle" ruft, ist er guter Laune; da braucht man nicht zu parieren.

„Ob du wohl kommst?"

Das hört sich anders an. Er trottet — kommst du heute nicht, kommst du morgen — in die Tür, bleibt stehen, ein vierbeiniger Verzögerungszünder.

„Komm!"

Ein Schritt, noch einer; ein kurzes Bellen; also was ist denn?

„Herr Mohrle hat gestern abend mit seinem Gebell das ganze Haus alteriert!"

Herr Mohrle denkt: das ganze Haus kann mich gern haben.

„Wir werden von jetzt an das Körbchen nehmen —"

Körbchen erweckt wohlige Vorstellungen; ein kurzes Blaffen.

— „Kissen und Decken."

Herr Mohrle schaltet den Rückwärtsgang ein und setzt sich. Sein Hundegesicht strahlt. Frauchen beugt sich zu ihm: „Wir können den Guten doch nicht allein lassen, wenn der böse Feind Bomben schmeißt."

Der Meinung ist Herr Mohrle auch. Er verdreht die Augen zu Frauchen, zu Herrchen; es tut wohl, bei Menschen Verständnis für hündisches Wohlergehen zu finden. Er bellt ein-, zweimal Zustimmung und zottelt dann an den Freßnapf in der Küche.

In der Nacht jagen die Sirenen die Stadt wieder aus dem Schlaf. Gereizt kommen alle in den Keller. Ein Skandal, wenn das nun jede Nacht so geht. Die Herren rauchen, obwohl im Keller nicht geraucht werden soll.

„Kann hübsch werden, so Nacht für Nacht."

„Daß es so kommen würde, hätten wir uns denken können. Denken Sie nur an den Angriff des französischen Fliegers am Fronleichnamstag 1915 auf Karlsruhe. Zweiundachtzig Kinder, dreißig Männer, fünf Frauen tot. Die französische Regierung hat zu Beginn dieses Krieges den kühnen Bombenflieger noch nachträglich ausgezeichnet. Offenbar um zur Nacheiferung anzufeuern."

Draußen toben die Geschütze los.

„Wir sollten Skat spielen", sagt einer der Herren. „Das kann heute wieder zwei Stunden und länger dauern."

Und indes draußen die Flak immer wieder das Wort nimmt, spielen die Herren ihren Skat. Nach drei Stunden Entwarnung. Es ist gerade ein Grand mit zwei contra verlorengegangen. Die Frauen und Kinder gehen nach oben; auch die Herren. Die Spieler bleiben.

Eine Sirene hat sich nicht ausgeschaltet; länger als eine halbe Stunde ist ihr Heulen über der verfinsterten Stadt.

Nach einer Stunde haben auch die Skatspieler genug.

Am anderen Tag erfährt man, daß der feindliche Angriff sich gar nicht richtig habe entwickeln können. Schon weit vor der Stadt sei der Angriff abgeschlagen worden. Immer neue Maschinen seien eingeflogen. Ein Feindflugzeug abgeschossen; Schaden so gut wie keinen.

Der nächste Tag ist ein Sonntag; hell und schön, wie es sich für einen Sonntag gehört. Bergers hatten eigentlich ins Boot wollen; drei Nächte Alarm haben sie übermüdet; es ist auch auf dem Balkon schön. Hinter den grün steilenden Pappeln weitet sich die Himmelsferne in das Unendliche, in das große Lächeln über die irdische Torheit.

Anmeldung: Herr Unteroffizier Bertuch wünscht Herrn Berger zu sprechen. Herr Unteroffizier Bertuch sei ein Freund des Herrn Sohn des Herrn Berger.

Berger kannte zwar keinen Freund Bertuch seines Sohnes; dennoch: er läßt bitten.

Der Herr Unteroffizier kommt; Extra-Uniform; kann sich sehen lassen, der Junge, denkt Berger.

„Ich bitte sehr um Entschuldigung, Herr Berger. Die Anmeldung hat etwas übertrieben, ich bin leider kein Freund, sondern nur ein Bekannter Ihres Sohnes."

„Das ändert nichts daran, daß Sie willkommen sind. Nehmen Sie Platz. Rauchen Sie?"

„Gehorsamsten Dank. Wenn es nicht unbescheiden ist?"

„Mit der Bescheidenheit soll man bescheiden sein. Dunkel?"

„Wenn ich bitten darf."

Berger reicht ihm die Kiste. „Das Eiserne haben Sie auch schon?"

„Ziemlich unverdient. Gleich am zweiten Tag in Polen. Unser Richtschütze fiel aus, ich sprang ein, ein polnischer Panzer flog in die Luft und das Eiserne mir an die Brust."

„Sie waren mit meinem Sohn zusammen?"

„Bei den Zwanzigern in Alsterdorf. Ich war aber schon ein Jahr früher dort."

„Darum schon Unteroffizier."

„Halb auch als Belohnung für den Bauchschuß — ganz leicht — den ich eine halbe Stunde später, nachdem ich den Panzer erledigt hatte, erhielt. Nun hab' ich ein paar Tage Erholungsurlaub, da fiel mir Ihr Sohn ein —"

„Nett von Ihnen, Herr Bertuch. Ich werde es meinem Sohn schreiben. Wollen Sie seine Anschrift?"

„Ich wäre Ihnen sehr dankbar."

„Bitte."

Es klopft. Ichals tritt ein: „Verzeihung — meine Frau wollte nur fragen, wie's dem Sohn geht."

Berger geht an die Tür. „Bitte, gnädige Frau, bitte, Herr Waldmann" — er läßt beide eintreten — „es ist gerade ein Bekannter meines Sohnes da, der auch nach ihm fragt."

Man begrüßt sich, Berger macht bekannt, ein paar Fragen. Bitte, den Sohn herzlichst zu grüßen. Ichals und Frau verabschieden sich.

Draußen bebt Ichals seine Frau an: „Wie du dich anbietest!"

„Laß das! Ich muß ihn doch ansehn, wenn er mir vorgestellt wird."

„Aber wie du ihn angesehen hast."

„Ich weiß, Waldele. Ich wollte heute mit dir nett essen gehen. Ich hatte soviel guten Willen mitgebracht."

„Du wirst dafür schon anderweitige Verwendung finden."

Sie zuckt die Achsel und geht den Flur entlang zur Treppe. Sie hat einen Gang wie ein Stück Rotwild, dessen Kniegelenke beim Schreiten dicht aneinander vorüberspielen. Sie geht die Treppe hinab, ohne zurückzublicken.

Ichals stürzt in sein Zimmer. Ich muß verrückt sein, sagt er sich. Ich sehe sie immer nur auf Fang ausgehen, auf Liebe, auf Hingabe. Als ob alle Männer gerade auf diese eine Frau warteten.

Jetzt entläßt Berger seinen Besuch. Er hat eine altmodische Art, von der er nicht läßt, Besucher bis vor die Tür zu begleiten.

Edith geht langsam die Treppe hinab. Sie läßt sich Zeit. Der gute Waldele steht bestimmt am Fenster, um ihr nachzuschauen. Seine Gedanken, Schweißhunde der Eifersucht, sind hinter ihr her. Sie lächelt. Er soll es nicht so schlimm treiben mit dieser Albernheit. In ihr Lächeln gräbt sich ein fremder Zug. So lächelte Salome über die Schale mit dem Haupt des Jochanaan hin. Sie hört schnelle Schritte hinter sich. Es ist der Soldat. Er überholt sie, blickt sie an, zögert: „Verzeihung, heißen Sie nicht Edith?"

Sie weiß in diesem Augenblick genau, wer er ist: „Wenn ich mich nicht irre, heiße ich Edith."

„Ich bin Bruno."

„Cissys Bruder?" Sie fragt, obwohl sie's genau weiß. „Was macht Cissy? Verheiratet?"

„Bedeutend; zwei Kinder; bald drei."

„Und wollte nie welche haben. Aber wollen wir nicht weiter gehn?"

Er lacht und stößt die Tür vor ihr auf.

Jetzt steht Waldele oben am Fenster. Wenn ich mich dicht am Hause halte, sieht er mich wegen des breiten Simses nicht.

„Nein", sagt sie draußen, „der Bruno! Darum mußte ich dich ansehen. Hast du's gemerkt?"

„Das sollte ich wohl."

Sie lachen beide.

„Weißt du — darf ich überhaupt noch Du sagen?"
„Aber natürlich doch!"
„Dann du aber auch!"
„Gern, Edith. So alte Jugendfreunde wie wir —."
„Wie der Zufall will! Nach so vielen Jahren sehen wir uns nun wieder."
„Glaubst du an Zufall? Ich nicht. Es hat alles einen Sinn."
„Sicher. Und daß wir uns heute treffen?"
„Das wissen wir heute noch nicht."
„So warst du früher schon immer, Bruno."
„Daß du das bemerkt hast!"
„Ich habe noch viel mehr bemerkt. Aber du hast es nie gemerkt. Wir Mädel waren Luft für dich."
„Das stimmt nicht. Dafür sorgte Cissy schon."
„Cissy! Cissy! Die war doch die Tugend selber. Ich wette, du erinnerst dich kaum noch, wie ich damals ausgesehen habe."
„Bestimmt sehr hübsch, Edith."
„Das ist heute wohlfeil gesagt. Du hast mich sicher abscheulich gefunden."
Sein Auge haftet an dem Ausschnitt ihres Kleides, wo sich die Brüste sanft gegeneinander absetzen.
Lächeln der Gioconda. Ihr Mund wie der Schnitt in eine reife Frucht.
„Heute hast du den Blick dafür?" Sie sieht ihm in die Augen.
„Von diesem Augenblick an, scheint mir."
„Worauf ich mir, wie du denkst, etwas einbilden soll?"
„Nicht im geringsten. Ich muß mich beglückwünschen, daß mir die Augen aufgetan worden sind."
Sie lacht.
„Bist du schon lange verheiratet, Edith?"
„Eine alte Frau wie ich —"
„Kinder?"
Sie schüttelt den Kopf.
Eine Weile gehen sie schweigend.
„Hast du lange Urlaub?"
„Vierzehn Tage noch."

„Das ist aber schön."

„Ja. Vielleicht sehn wir uns noch?"

Sie sieht ihn an. „Vielleicht —"

„Vielleicht! Vielleicht! Sag' doch bestimmt, Edith!"

„Eine Frau hat Pflichten, Bruno."

„Auch gegen sich."

„Eben, Bruno; auch gegen sich. Siehst du Cissy?"

„Sie wohnt in Lübeck. Ihr Mann ist an der Front."

„Grüß' sie, wenn du sie siehst. Und ruf' mich an, wenn du magst."

„Wenn ich darf? Morgen vormittag?"

„Wenn es dir so eilt, dann morgen vormittag." Sie gibt ihm die Hand. „Also, Bruno, es hat mich wirklich gefreut."

Eine halbe Stunde später ruft sie ihren Mann an: „Du, Waldele, wir sollten doch miteinander essen. Meinst du nicht?"

„Wo bist du jetzt?"

„Mußt du es wissen?"

Er schweigt. Sie fragt: „In einer halben Stunde bei Ehmcke?"

„Ja, Edith. Ich freu' mich sehr."

Er ist früh da. Einen großen Strauß Rosen hat er mitgebracht und läßt ihn auf den Tisch stellen. Ich bin ein richtiger Narr, sagt er sich. Als ob eine Frau immer darauf aus ist, ihren Mann zu betrügen. Er geht ihr wie ein Verliebter entgegen. Sie ist von Blühen überschüttet. Er ist hingerissen. Sie neigt ihr Gesicht über die Rosen: „Lieb von dir, Waldele. Was hattest du denn heute morgen?"

„Ach, das weißt du doch."

„Gar nichts weiß ich."

„Daß ich dich liebe, wahnsinnig liebe!"

„Dafür bist du ja auch mein Mann."

„Schon wenn dich einer nur ansieht, wie der bei Berger —"

Soll ich ihm sagen, daß ich ihn kenne? Nein, er wird sich gleich Gott weiß was einreden. Sie denkt: so leistet die Torheit des Mannes der Unaufrichtigkeit der Frau Vorschub.

Er reicht ihr die Hand über den Tisch: „Wir gehören doch zusammen — oder —?"

„Es gibt wieder Streit, Waldele. Laß das."

„Wir wollen uns nie mehr streiten. Wollen wir bei Jacobs Kaffee trinken? Ich muß noch nach Bahrenfeld hinaus."

„Das wäre hübsch, bei dem Wetter heute. Und nach dem Kaffee?"

„Wenn du Lust hast — Abendessen bei Sagebiel in Blankenese."

„Und dann?" Ihr flirrender Blick verwirrt ihn.

„Bei uns." Er ist ihr ganz verfallen.

Sie hebt ihr Glas. „Affe!" sagt sie, tut einen kleinen Schluck und setzt das Glas ab.

Es wurde der schönste Tag seines Lebens. Er fühlt sich von den Männern um die schöne Frau an seiner Seite beneidet. Ihre lächelnde Gelassenheit entzündet ihn. Sie fühlt das Begehren der Männer, wenigstens einen Blick von ihr zu erhaschen. Sie denkt an Bruno und lächelt.

„Warum lächelst du, Edith?"

„Darf ich nicht lächeln?"

„Doch. Aber weshalb du lächelst?"

„Weil du heute so nett bist, Waldele."

Am andern Vormittag der Fernsprecher.

„Hier ist Bruno. Bist du da, Edith?"

„Ja, Bruno?"

„Ich sollte anrufen."

„Ja. Das hast du ja nun getan —"

„Ja, Edith."

„Ich wollte dir nur noch Glück wünschen, wenn du wieder ins Feld gehst."

Schweigen.

„Hörst du, Bruno?"

„Sollte ich deshalb anrufen?"

„Ist das nicht genug?"

„Kann ich dich nicht noch sehn?"

„Kaum. Ich wüßte auch nicht —"

Schweigen.

Eine gepreßte Stimme: „Gestern warst du ganz anders, Edith —"

„Ich bin nie anders, lieber Junge. Wir wollen oft aneinander denken, ja?"

„Aber einmal könnten wir uns doch noch sehn."

„Vielleicht macht es der Zufall, an den du nicht glaubst. Laß es dir gut gehn, Bruno."

„Edith!"

„Alles Gute, Bruno."

Er fährt nach Lübeck und kommt nach zwei Tagen, von Sehnsucht getrieben, zurück. Einen Tag vor Urlaubsende macht er bei Berger einen Abschiedsbesuch, Als er die Treppen hinabgeht, kommt Edith die Stufen herauf. Mit kurzem Gruß will er an ihr vorüber.

Sie sieht ihn an und lächelt: „Dummer Junge!"

„Morgen früh!" sagt er.

„Ach —"

„Wenn ich mich gleich von Ihnen verabschieden darf?" Er fühlt, wie lächerlich diese Förmlichkeit ihn macht.

Sie sieht ihm in die Augen: „In einer Stunde bei mir."

„Ist das nun wieder Spiel, Edith?"

„Versuch' es", sagt sie und schreitet die Treppe hinan.

Das Wetter war in diesem Jahr außerordentlich wechselnd. Tropisch heiße Tage lösten kühle ab. In den Zeitungen tauchte die Frage aus dem Weltkriege auf, ob das Schlechtwetter nicht im ursächlichen Zusammenhang mit dem Kriege stehe und erinnert an das Hagel- und Gewitterschießen in gewissen Landstrichen. Die Wissenschaftler tun die Frage kurz ab; das bißchen Schießen auf der Erde beunruhigt den Kosmos so wenig wie der Mückenstich ein Rhinozeros. Witzig führte ein Wissenschaftler aus, ganz anders sei es indes mit der Frage, ob der Krieg in ursächlichem Zusammenhang mit dem schlechten Wetter stehe. Dann sei zu sagen, daß man das schlechte Wetter als temporär bemerkbare Symptome kosmischer Vorgänge ansehen könne, die auf das Erdgeschehen sehr wohl Einfluß auszuüben geeignet seien, insofern nämlich, als die atmosphärischen Spannungen den Blutdruck beeinflussen, der Blutdruck das Allgemeinbefinden, und so könne es sehr wohl geschehen, daß ein Mensch, der Entscheidungen zu treffen habe, in einer solcherart atmosphärisch überlagerten Stimmung etwas sage oder tue, was einem anderen Menschen, der gleichfalls Entscheidungen zu treffen habe und sich in der gleichen gefährlichen Stimmung befinde, nicht gut eingehe, und dann könne allerlei Bedenkliches geschehen. Da die meisten Menschen eine Hinneigung zum Metaphysischen haben und zu dem entsetzensvollen Geschehen der Gegenwart auf der Erde noch ein aufgeregtes Relief überirdischer Sinngebung möchten, könne jeder, so schloß der kluge Mann, auch das Wetter für den Krieg verantwortlich machen. Umgekehrt — den Krieg für das Wetter — aber nicht.

Die großen Kaufstraßen der Stadt hatten ihr Gesicht spürbar gewandelt. Vor der Fülle der Schaufenster ein Cherub mit dem Flammenschwert: der Bezugschein. Die Frauen trugen Holzbeschuhungen. Das lustige Klapp-Klapp des Schreitens täuschte nicht über die Armseligkeit der Fußbekleidung hinweg. Da zu den Holzschuhen — abgewandelt zur Sandale mit beweglicher Sohle — Hüte nicht gut passen, griff man zum Kopftuch, das in allerlei malerischen Farben und Verknotungen zur Alleinherrschaft gedieh. Else hat hübsche Sandalen aus Italien; das letzte Paar hatte sie sich in Florenz anfertigen lassen. Sie wurde sehr darum beneidet.

Die Autos wurden zur Notbekraftung gezwungen; die Lastwagen erhielten unförmige Kessel, die mit Holz beheizt wurden. Personenwagen fuhren mit Gasantrieb; mit ihren Eisenflaschen auf dem Verdeck sehen sie wie Raketengeschütze aus. Zeitungen und Zeitschriften mußten der Papierknappheit Rechnung tragen. Text- und Anzeigenseiten wurden aufeinander abgestimmt; die Größe der Anzeigen begrenzt. Unwichtigen Kleinblättern durch Zusammenlegung der Garaus bereitet.

Englische Flieger kreuzten immer wieder die Elbmündung an. In der Nacht zum 28. Mai glückte es ihnen zweimal, über der Stadt Spreng- und Brandbomben abzuwerfen.

Für die Frauen wurde das Leben immer schwerer. Die Kleinhändler bedienten ihre alten Kunden besser als die neuen. Man versah sich bei den Lebensmittelkarten und wurde aus den Verklausulierungen der amtlichen Bekanntmachungen nicht klug. Auf den Kartenausgabestellen wurde man wie ein Bettler behandelt; immer bekamen gerade die keine Bezugscheine, die sie am nötigsten brauchten. Elend und Ärger aller Ecken und Enden.

In letzter Zeit kam Ernst manchmal unvermutet „auf einen Sprung", wie er es nannte. Er saß dann in einem der Sessel in Alfreds Arbeitszimmer, ließ sich mit einer Zigarre regalieren, sprach wenig; aber man hatte das Gefühl, daß er diese halbe Stunde sehr liebe. Ab und zu kam Else hinzu, und keiner sprach, wie auf Abrede, von Annette.

Und nach jedem dieser Besuche schüttelten Else und Alfred den Kopf.: „Ob etwas zwischen den beiden ist? Das mit Annette und ihrem Sohn — wenn ich's in einem Buch gelesen hätte, würde ich's albern gefunden haben — aber so was gibt's."

„Und Ernst hätte sich, scheint es, von Anfang an damit abgefunden."

„Annette gefällt mir gar nicht mehr. So fahrig und oberflächlich wie sie ist."

„Sie hat sich gut in die neue Ordnung gefunden, sagt Ernst."

„Die Gegend, Alfred! Diese engen Straßen, diese Fabrikbetriebe. Ich denke immer, wenn da einmal ein Feuer ausbräche."

„Bei den vielen Kanälen?"

Es war Abend. Sie saßen auf dem Balkon. Auf dem Dach des Johanneums exerzierten Soldaten an einem Zwei-Zentimeter-Geschütz.

„Auch das noch!" seufzte Else. „Wenn es losgeht, funken sie uns gerade ins Schlafzimmer. Auf den Tennisplätzen richten sie alles für einen Sperrballon her."

Alfred lächelte sinnend vor sich hin. Der Mond stand magisch am Himmel. Er legte seine Hand auf Elses und sprach einen Vierzeiler des Omar Chijan:

Dort kommt der Mond mit bläulich-goldenem Schein,
schaut durch des Gartens Blätterwerk herein.
Wie oft hiernach wird kommen er und gehn —
wir beide aber werden nicht mehr sein.

Es geht Alfred wie allen Alternden: die Erinnerung ruft Dinge in ihm wach, die er längst gestorben wähnte. Als ob die Jahre der Lebensneige dem Kreisbeginn entgegenwüchsen. Aus diesen Erinnerungen, so gesteht er sich lächelnd, erwächst die gerühmte Weisheit des Alterns, weil einem ja auch begangene Dummheiten und versäumte Gescheitheiten einfallen. Und indes Berger über die Brücke der Beschaulichkeit nach den Insellandschaften der Vergangenheit hinwandelt, in denen es bald zierlich, bald verwunderlich wild blüht, findet er in der Gegenwart mancherlei Punkte, von denen er mit Vergnügen das Vergangene auslotet.

Die Milchkalamität dieser Tage läßt ihn Else schildern, wie zu seiner Knabenzeit die ‚Milchbauern' von den linksseitigen Unterelbedörfern die Milch in die Stadt brachten. Auf Dampfern kamen sie mit den vollen Kannen an, jeder einen Ziehhund an der Leine. An den St.-Pauli-Landungsbrücken standen zahllose hochrädrige langdeichslige Karren, mit denen es im Galopp losging. Bis in den Mittag hinein ging diese Jagd durch die Straßen, wobei die jappenden Hunde immer wieder mit einem Schlag auf die Deichsel angefeuert wurden. Nachmittags waren die Milchbauern wieder am Hafen, säuberten hingebungsvoll ihre Gefäße, wobei sie eine kurze Leinenhose überzogen, nach der man in der Stadt die Haut der gekochten Milch ‚Melkmannsbüx' nannte. Die Karren wurden zusammengeschoben, die abgehetzten Hunde trotteten mit ihren Herren aufs Schiff. Das war morgens ein ewiges Treppauf, Treppab; sie brachten Buttermilch, Dickmilch, Kümmelkäse und schöne Grasbutter in Salatblättern gebettet oder in blaugrün lasierten Kruken.

Und dann fragte Berger, ob Else noch die Ostereier aus gegossenem Zucker gekannt habe? Miniatur-Kristallhöhlen, in deren Halblicht — vor der Öffnung befand sich ein Cellophanblättchen — ein zauberhaft überglitzertes Leben war. Aus bunten Oblaten waren kleine Idyllen aufgebaut, an denen man sich nicht satt sehen konnte. Auch diese Oster-Guckeier gingen schließlich den Weg aller Ostereier; die Oblaten wurden in ein Album eingeklebt oder zwischen die Blätter eines Buches gelegt; die Kinder piekten mit einer Stecknadel zwischen die zusammengepreßten Seiten und wer ein Bild traf, hatte es gewonnen. Kennst du das? Die Windmühle und Windräder sieht man ja noch manchmal. Auch die Weihnachts-Wunschzettel malen die Kinder noch. Aber das Poesie-Album, in das die Schüler einander Gedenksprüche einschrieben, das scheint dahin zu sein. Mein Lehrer schrieb mir einen Spruch von Goethe hinein: ‚Soll'n dich die Dohlen nicht umschrei'n, mußt nicht der Knopf auf dem Kirchturm sein.' Ein komischer Sinnspruch für einen, der von jung auf nichts als Turmknopf hat sein wollen. Und meine ersten Literaturkenntnisse holte ich mir von den Schriftproben-Tafeln der Schreibinstitute. Damals lehrte man Schönschreiben wie heute Maschinenschreiben. Herrgott, konnte man früher schreiben! Und die Schwünge, die man machte — wahre Kunstwerke! Da schrieb ich mir Sinnsprüche und Gedichte ab. Eine andere Welt, Else, damals; mit Markart-Bukett, mit den Tag- und Nachtmedaillons aus Gips von Thorwaldsen. Und die schöne, jetzt längst abgetane Sitte, beim Umzug dem neuen Mieter eine Handvoll Salz, ein Stückchen Brot und einen blanken Pfennig zu hinterlassen, als Symbole des Wunsches, es möge hieran im neuen Heim niemals mangeln. Einmal hatten wir's vergessen; meine Mutter war ganz unglücklich; da ist sie aus dem Umzugstrubel weggelaufen und brachte es mit einem Zehnpfennigs-Blumenstrauß aus den Vierlanden den neuen Mietern. So waren die Menschen damals. Und Gratulationskarten! Ach, du liebe Zeit, heute genügt eine bunte Postkarte! Wir hatten noch Karten, die man mit einem Schieber auftat, dann hatte man schöne Blumensträuße, ein Gartenidyll mit einer Taube, ein Spruchband im Schnabel, oder eine Schäferszene oder Genien mit einem Füllhorn. Das waren Kunstwerke, Else!

Dann wieder erzählte Berger von den Hofmusikanten. Meistens waren es Italiener mit Orgeln. Sie stützten den Wimmerkasten auf eine Art Stelze, ehe sie die Flut der Töne entfesselten. Oft führten sie auch buntgekleidete Affen mit, die bei den Kindern mehr Bewunderung fanden als die Musik. Verunglückte Gesangverein-Tenöre kamen, bei denen Inbrunst die Schulung ersetzte. Nicht zu vergessen den weißmähnigen Harfenmann, der nur fromme Lieder zum besten gab, denen die Kinder scheu und still lauschten.

Buffallo Bill und Texas-Jack kamen nach Hamburg. Von da ab wurde jede Wäscheleine zu einem Lasso, jeder biegsame Stock zu einem Flitzbogen. Wo sich ein Stück Federvieh zeigte, mußte es die schönsten Federn zum Skalpschmuck hergeben. Dann kamen die Beduinen, die auf feurigen Rossen einherstoben und unter mörderlichem Geschrei ihre Langlauf-Flinten abschossen.

Zwei patriotische Feiern hatten wir im Jahr, Else: Kaisers Geburstag und die Sedanfeier. Kaisers Geburtstag war nur so; aber der Sedantag! Schon in den Sommerferien begann das Kleben von Fahnenketten und der Wappenschilder für die Hauseingänge unseres Hofes. Und ein Kaiser wurde für den Sedantag gewählt; weniger nach Würdigkeit als nach Körpergewicht, weil er auf einem Thronsessel herumgetragen wurde. So kam oft ein leichter Halunke statt eines fetten Bravlings zu Ehren, worin man so etwas wie ein Gleichnis sehen kann. Dann wurde eine ‚Ehrenpforte' gebaut, ein Sandhaufen mit Bildern, und dafür wurde gesammelt mit der Bitte ‚Een Penn for de Ehrenport', denn wir mußten ja Geld für das Feuerwerk haben, das abends abgebrannt wurde, und auch für die Laternen, die dicht an dicht an den Fahnenketten hingen.

Die schönste Erinnerung Bergers war aber die an Caruso. Findig wie er war, war er zu einer Zeitung gegangen, ob man Interesse habe an der Schilderung eines Statisten mit Caruso auf der Bühne. Großartig! Famos! Zum Stadttheaterdirektor! Er komme von der Zeitung und wolle als Statist mit Caruso auf die Bühne. Das interessiere mehr als alle Fachkritik. Famos! Großartig!

Dreimal erlebte er so Caruso aus nächster Nähe; in ‚Carmen' und ‚Lucia von Lammermoor'. Es war kein reines Glück; denn der Regisseur tobte, als Berger mit einem Kneifer auf der Nase als Pascher über die Felsen kletterte. Caruso sah sich nach dem Akt den seltsamen Statisten an und machte eine Bleistiftzeichnung von ihm, die Berger aber nicht bekam, weil der Impresario, der den Sänger wie ein Rennpferd umlauerte, sie an sich nahm. Ja, er solle den Hamburgern nur sagen, was für ein Opfer es für den Künstler bedeute, in dieser Nebelstadt zu singen. Wenn die Hamburger Caruso nicht so liebten — und nicht soviel Geld zahlten, hatte Berger in Gedanken hinzugefügt —, dann würde er, der Impresario, sich bedanken, ihn hier singen zu lassen. Und Caruso lächelte, paffte eine Zigarette, auf deren Stummel ein Feuerwehrmann mit einem Wassereimer hinter ihm bereits lauerte, und ärgerte seinen Impresario mit einem gespielten Hustenanfall. Das war einer! Der sang um des Singens willen! Ob vor einem hochzahlenden Parkett oder vor fröhlichen Bechergenossen in einer Trattoria seiner Heimat. Aber leider, leider, der Impresario war mehr für das hochzahlende Parkett. Wenn er ihm wenigstens die Zeichnung von Caruso gelassen hätte.

Wie die meisten Knaben, die keine Schwester haben, hatte Berger wenig mit Mädchen zu tun gehabt. Er mochte die Tuschelgeschichten der Halbwüchsigen nicht. So konnte er, wenn Else ihn mit Fragen nach Mädchenerlebnissen neckte, lachend antworten, daß es damit leider nichts gewesen sei, so wenig — wie er hoffe — wie mit ihren

Jungenerlebnissen. Dann tippte sie ihm mit dem Zeigefinger an die Nase und meinte, alles brauche er nicht zu wissen.

In England Tag des nationalen Gebetes. Vor den britischen Majestäten, denen sich die Königin der Niederlande zugesellt hat, versichert der Erzbischof von Canterbury, daß es für die Engländer ein feierlicher Gedanke sei, in einer Stunde zu leben, die von einer so großen Gefahr überschattet sei, wie sie die britische Nation im langen Verlaufe ihres Daseins noch nie bedroht habe. Duff Cooper läßt sich dahin aus, daß sich dem Schicksal Englands und Frankreichs eine ungeheure Krisis nähere. „Wir sind von einer mächtigen Nation angegriffen worden, die jahrelang ihre ganze Energie, ihre ganze Intelligenz und ihr ganzes Volk dazu ausgenutzt hat, den Krieg vorzubereiten. Die Deutschen lieben den Krieg, wie wir ihn verabscheuen. Sie lieben ihn, weil sie Barbaren sind. Wir hassen ihn, weil wir zivilisiert sind."

Das Verhängnis im Westen war nicht mehr aufzuhalten.

Der amerikanische Senat nahm eine Sonder-Wehrvorlage an. Fast achtzehnhundert Millionen Dollar wurden vorgesehen für den Baubeginn von achtundachtzig Kriegsschiffen und den Ankauf von dreitausend Armeeflugzeugen. Der Mannschaftsbestand der Bundesarmee soll auf dreihundertfünfundsiebzigtausend Mann erhöht werden. Ein demokratischer Senator beantragte die allgemeine Wehrpflicht.

Nacht für Nacht hatte seit Anfang Mai die britische Luftwaffe deutsche Städte angegriffen und Wohnhäuser, Kirchen und Krankenhäuser zerstört. Der deutsche Wehrmachtbericht vom 20. Juni teilte mit, daß die deutsche Luftwaffe begonnen habe, wehrwirtschaftliche Ziele in England anzugreifen. Über reinen Wohngegenden würden keine Bomben abgeworfen werden.

England erklärte die Blockade über alle Küsten vom Nordkap bis Gibraltar. England glaubte wie zu Zeiten Pitts an die todbringende Wirkung der Blockade.

Bruno an Edith.

Ich weiß nicht, wie ich Dich anreden soll. Ich habe immer eine heilige Scheu vor dem Wort ‚lieb' in der Anrede gehabt. Liebe Mutter, lieber Vater, ja! Als Knabe schrieb ich einem Freunde und schrieb: Bester Freund! Meine Mutter fragte, warum ich nicht ‚Lieber Freund! geschrieben hätte. Ich weiß heute noch, wie meine Mutter mich einen Augenblick ansah und mich dann an sich drückte. Warum ich es erzähle? Weil in manchen Dingen der Mann ganz anders denkt als die Frau. Wie ja auch der Begriff Ehre sich bei der Frau auf ein ganz anderes Gebiet bezieht als beim Mann.

Jene Begegnung bei Berger war vom Schicksal gewollt; denn ich bin überzeugt von der Vorbedachtheit allen Geschehens. Bei jedem unvorhergesehenen Ereignis frage ich mich, für welch späteres es von Bedeutung sein könne. Wie die erste Masche eines Gewebes bedeutungsvoll für alle folgenden ist, da keine ohne diese erste bestehen kann, und die erste allen Sinn verlöre, wenn andere sich nicht anschlössen.

Es gibt Dinge, die einen weiten Weg zu sich selber und zu uns haben. Daß unsere Lebensbahnen sich unvermutet wieder trafen, ist eines dieser Dinge. Ich brauche Dir nicht zu sagen, wie schmerzlich mir Deine Absage nach der ersten Begegnung war. Aus der anfänglichen Pein des Verschmähten wuchs die Überzeugung, in der Absage den edlen Willen, selbst den bösen Schein zu vermeiden, sehen zu sollen.

So kam die zweite und letzte Begegnung.

In einer Stunde! hattest Du gesagt. Ich sah Dich die Straße herabkommen. Du gingst wie in einem Schein, der die ganze Straße hell machte. Es war nichts als Du. Und gingst ins Haus, ohne mich gesehen zu haben. Ein Haus wie die anderen; mit Vorgarten, mit hübschen Blumenbeeten, in einem Halbmond blühende Rosen an grünen Stöcken mit weißen Köpfen.

Ich bin nicht zu Dir ins Haus gegangen. Als ich davonschritt, sah ich überall den Schein, der um Dich gewesen war, überall ein Lächeln, das ich auch um meinen Mund spürte.

Was ich von Frauen weiß, wiegt gering. Vielleicht hättest Du mir nicht aufgetan, hättest mich, wie man sagt, anwachsen lassen. So hätte ich mir vielleicht auch diesen Brief schenken sollen. Was weiß man, was richtig ist? Zumal in dieser Zeit, da Sturmeswehen über allen Bergen und in allen Tälern ist.

Hundert Seiten könnte ich Dir noch schreiben, und Du würdest des Pathos des Jungen lächeln. Ach, damit ihr Frauen so lächeln könnt, dafür sterben Tausende, die so jung und töricht sind wie ich, den bitteren Soldatentod.

Ich bin erst ein paar Tage hier. Ihr daheim wißt nicht, was Krieg ist. Ihr berauscht Euch an den Siegesmeldungen und ahnt nicht, welch unmenschliches Elend sie übertönen. Es heißt, Frankreich sei bereit, die Waffen zu strecken. Oh, daß es der Tag des Friedens mit allen und für alle sei.

Bruno:

Der 3. Juni 1940 war ein Mittwoch. Ein grauer Tag, der nicht wußte, ob er die Sonne scheinen oder die Wolken regnen lassen sollte. Die Stadt lebt ihren Alltagsnachmittag mit Einkäufen und Verabredungen und jenen kleinen Geschäftigkeiten, die ein Tag dem andern weiterreicht. Im Norden der Stadt, da, wo die großen Klinkerbauten haltmachen müssen vor der Front der Kleingartenkolonien, und wo die Hamburgische Schiffbau-Versuchsanstalt ihren Platz hat, spielen Kinder ihre Nachmittagsspiele mit Puppenwagen, mit Bällen, laufen Rollschuh und üben Fahrradkunststücke.

Hoch über der grauen Wolkendecke von England ein einzelnes Flugzeug, das es auf die Schiffbau-Versuchsanstalt abgesehen hat.

Die Kinder hören Motorensausen über den Wolken und schauen nach dem Flugzeug aus. Es scheint sich zu entfernen, dann ist es wieder näher und da kommt es aus den Wolken hervor; tief und tiefer. Und von ihm lösen sich — die Kinder und die Erwachsenen sehen es genau — Gegenstände, die nach einigem Schwanken lotrecht herunterkommen. Unbeweglich starren die Menschen nach oben. Was ist das für ein neuer Reklametrick? Oder sieht es nicht doch nach den Bildern in der Wochenschau von den Kriegsschauplätzen aus?

— Die Kinder rudeln sich fingerzeigend zusammen —

— in allen Haustüren und auf der Straße Erwachsene —

— da! Jagendes Fiepen in der Luft —

— Schrei: Bomben! Bomben!

— die Kinder stieben auseinander, die Erwachsenen stürzen davon —

— das jagende Fiepen über ihren Köpfen: da! hier! —

— nicht mehr —

— Platzen! — Bersten! Krachen! Schreie! Schreie!

— das britische Flugzeug fliegt im Schutze der Wolken ab.

Siebzehn Menschen, darunter zwölf Kinder, tot. Die Schiffbau-Versuchsanstalt, ein ziemliches Stück von hier entfernt, steht unangetastet.

Auf der Reede von Mers-el-Kebir vor Oran liegen die nach den Waffenstillstands-Abmachungen mit Deutschland von den Franzosen gefechtsunfähig gemachten französischen Schlachtschiffe. Die Deutschen haben den Franzosen die Unantastbarkeit ihrer Flotte garantiert. Die Engländer glauben nicht, daß die Deutschen zu ihrem Wort stehen werden. Am Morgen dieses 3. Juli 1940 eröffnen britische Schlachtschiffe das Feuer auf die Kriegsschiffe ihres Verbündeten, damit sie nicht in die Hände der Deutschen gelangen.

Am 5. Juli bricht Frankreich die diplomatischen Beziehungen zu England ab.

Auf dem von den britischen Schiffsgeschützen schwer getroffenen französischen Schlachtschiff ‚Dunkerque' sind am 6. Juli die Toten vom 3. Juli aufgebahrt. Was an

Särgen an Bord nicht Raum hatte, steht auf der Hafenrampe. Vier englische Flugzeuge nähern sich und werfen Torpedos gegen die ‚Dunkerque' ab; einer trifft. Die Flugzeuge drehen ab, kommen im Tiefflug zurück. Maschinengewehrfeuer. Fünfzehnhundert Tote.

Die französische Admiralität teilt am 7. Juli mit, daß zwei Seefluggeschwader, die demobilisiert werden sollten, wieder gefechtsbereit gemacht worden seien und an einer Bombardierung Gibraltars, wohin sich die britischen Kriegsschiffe von Mers-el-Kebir begeben haben, teilgenommen hätten.

Edith an Bruno.

Mein lieber Soldat! Also ich weiß, wie ich Dich anzureden habe und hoffe, daß Du Dir diese aus dem Engpersönlichen in das Zeitgeschichtliche hinwegrückende Anrede gefallen lassen wirst.

Die Männer haben von der Seele einer Frau durchweg Vorstellungen, die zwischen einer Messalina und der heiligen Elisabeth einherpendeln. Will der Mann die Psyche einer Frau nachzeichnen, so gerät ihm bestenfalls eine Art psychologischer Klexographie.

Wenn ein Mann eine Frau liebt, sieht er ein Idol in ihr und verlangt, daß sie diesem Idol entspreche. Mein Freund, es ist für eine Frau sehr viel leichter, eine scharmante Geliebte zu sein als ein Idol. Was haben wir armen Frauen nicht zu tun, um Euch mit der Tatsache zu versöhnen, daß wir dem Bilde nicht gleichen, das Ihr Euch von uns gemacht habt! Die Frau, die Ihr liebt, meint Ihr, gehe mit einem seraphischen Lächeln durch diese Welt, sie nährt sich von Nektar und Ambrosia und steht verklärt vor Euch, wie Beatrice vor Dante, Laura vor Petrarca, Leonore vor Tasso. Was Lessing von den Dichtern sagt, sie wollten weniger erhoben, aber fleißiger gelesen sein, hätte er auch von uns Frauen sagen dürfen. Wir wollen weniger verehrt, dafür mehr geliebt sein. Mit Ehrfurcht weiß eine der irdischen Liebe zugewandte Frau nicht viel anzufangen.

Es sei Dir nicht verhehlt, daß die von Dir Verehrte ihre Nase schnuppernd über die Weihrauchkerzen hält, die Du fromm angezündet.

Es tut, lieber Soldat, dem Vaterland keinen Abbruch, wenn Ihr draußen an Frauen — an eine Frau! — denkt. Vaterland sollte besser Mutterland heißen, wie es ja auch Muttersprache und nicht Vatersprache heißt.

Mein Mann muß aufs neue zur Untersuchung. Er ist selig und hofft, genommen zu werden.

Ich bin eines lieben Soldaten wohlgewogene

Edith.

Berger sagte zu Ernst: „Du mußt mir sagen, was du hast, hörst du?"

„Was soll ich haben? Ich habe nichts."

„Um so besser. Wir haben uns schon sehr um dich gesorgt. Vielmehr um euch, wenn es dir lieber ist."

„Danke, es ist sehr lieb von euch. Aber wirklich, es ist nichts."

„Das sagt Annette zu Else auch."

„Eben. Weißt du, was mir in diesem Augenblick zum ersten Male auffällt? Daß wir über Kreuz die gleichen Anfangsbuchstaben haben? Alfred-Annette, Else-Ernst."

„Das ist mir schon lange bekannt. Immerhin — als Zeichen einer besonders regen Geistigkeit sei es registriert. Kommt Max nun?"

„Wahrscheinlich zur Studenten-Kompanie."

„Da freut Annette sich doch sehr?"

„Das tut sie. Sie hat sich sehr mit ihrem großen Sohn."

„Wenn's deiner wär', tät'st du's auch."

„Eben. Ich brauche es mir nur einzubilden."

Und als Berger schwieg: „Ohnehin ist jeder Mann aus reiner Ritterlichkeit darauf angewiesen, die Kinder seiner Frau als seine eigenen zu betrachten."

„Mit einiger Berechtigung."

„Bestimmt mit einiger Berechtigung."

„Du solltest einige Zeit ausspannen."

„Was hat das mit unserem Thema zu tun?"

„Sehr viel. Du läßt dich von der Inkongruenz der Dinge beirren."

Ernst lächelt nachsichtig: laß sie bohren. Er fragte: „Zwei mal zwei?"

„Vier."

„Drei mal drei?"

„Neun."

„Bist du dessen sicher?"

„Ich hab' es so gelernt."

„Nun also! Ich auch. Wieso soll mich die Inkongruenz der Dinge beirren, da jedes Ding doch die Form seines Wesens — oder wenn es dir lieber ist — das Wesen seiner Form hat? Aber davor stehen und mir das Kinn reiben, das darf ich doch wohl?"

„Tu es, mein Lieber, tu es."

„Was glaubst du, was wird?"

„Warte, bis ich einen weißen Bart habe."

Zu keiner Zeit zuvor waren die Menschen so dicht an das Tagesgeschehen herangeführt worden wie jetzt. Schriftsteller, Journalisten und Kameraleute waren in den Dienst der Kriegsberichterstattung gestellt worden. Der Reporter, der von der sicheren Höhe des Feldherrnhügels aus die Schlacht beobachtete oder von den Generalen seine Informationen erhielt, hatte ausgespielt. Zu Propaganda-Kompanien zusammengestellt, erhielten sie eine kurze, aber hinreichende militärische Ausbildung und kamen an die Front. Und da sie sie erleben sollten, ganz nach vorn. Sie saßen im Graben hinter dem Maschinengewehr, fuhren in Panzern mit, flogen Angriffe, waren in Unterseebooten bei gefährlichen Streiffahrten und mußten, wenn die Kameraden Kampfpause hatten, ihre Berichte schreiben oder Filme versandfertig machen. Ja, oft genug mußten sie Berichte während des Kampfes durchs Mikrophon geben, damit die Menschen zu Hause am Lautsprecher den Kampfverlauf verfolgen konnten. So vernahmen die Hörer das Heulen der Geschütze aller Kaliber, das pfeifende Jagen der Geschosse, Aufschlag und Detonation. Da verstummte plötzlich die Stimme und nach einer Weile kam eine andere Stimme und bat die Hörer, die Unterbrechung zu entschuldigen, die vorige Sprechstelle sei soeben durch einen feindlichen Treffer verschüttet worden. Und die neue Stimme spann den Faden weiter. Wieder hörte man die Geschosse pfeifend daherjagen, hörte Flugzeuge brummen und das belfernde Getacke der kleinen Flak.

Nicht nur das Ohr der Heimat wurde so gesättigt, auch das Auge. Die Lichtspieltheater brachten jede Woche die ‚Deutsche Wochenschau' und die Zeitungen eine Fülle von Bildern. Unvorstellbares wurde von den Kameraleuten geleistet. Unfaßbar, wie dicht sie ihr Objektiv an die todumfittichten Bezirke des Kampfes heranbrachten. Wie sie getarnt im freien Felde lagen und ihr Fernaufnahmegerät, das wie ein leichtes Geschütz aussah, kaltblütig handhabten. Heerzüge von Flüchtenden, die vor den anrückenden Deutschen meinten, Haus und Hof verlassen zu müssen. Elendskarawanen, in allen Gesichtern Grauen und Entsetzen, als ob ihr Ohr schon den Hufschlag der Apokalyptischen Reiter höre, als ob ihr Herz den Posaunenschall nachtöne, der der Verkündung des Untergangs der Erde vorausgegangen. Gesichter, jeder Zug durchtränkt von dem Verlorensein an ein unentrinnbares Verhängnis. Brennende, zerbombte Städte, verbissener Kampf Straße um Straße. Geklumpe zerfetzter Leiber, herrenloses Vieh auf von Geschossen zerpflügten Feldern. Pferdekadaver bis zum Zerplatzen aufgetrieben. Bombentrichter, halb voll von Regen- und Grundwasser, waren Tränke furchtgemarterter Tiere, die einen fast menschlichen Angstblick hatten. Die danteske Schau einer in Irrsinn entarteten Menschheit. Und alles, was man sah und hörte, war nur ein schwaches Abbild des Krieges; denn dieses alles war aus dem heißen Atem des Miterlebens in die Gemessenheit des Nacherlebens gerückt. Aber auch dieses Nacherleben war so aufrüttelnd, daß Frauen in den Lichtspieltheatern in Schreie ausbrachen. Wie diese fremden Soldaten in grausiger Todesschau lagen, so vielleicht in dieser Stunde ihre Söhne, ihre Väter, ihre

Männer, ihre Brüder. Genau so entsetzensvoll hingesichelt, blutverkrustet, verkrampft in letzter Todesnot, zerschmettert in einer Bildschau der anderen Seite.

Auf den Tennisplätzen ist ein Fesselballontrupp untergebracht worden. Bergers nennen den Ballon ‚Anton', nach dem Lieblingselefanten der Kinder im Zoo. Im Rundherum der Schau einer von vielen. Alfred zählt mit dem Glas annähernd zweihundert; ein leichtes, gemächliches Gewoge über den Dächern. Wenn ein Fliegerangriff droht, steigen sie bis in die Wolken hinauf. Alfred hält diese Ballons für eine Kinderei, da die Flugzeuge einfach über sie hinwegfliegen und sie von oben abschießen.

Mohrle sieht von seinem Fensterplatz den grauen Unflat von Ballon mit Verachtung an. Else möchte, daß er ihn anbellt. Als ob ein Hund dafür seine Belle hätte! Was für eine Zeit überhaupt, aus der jeder anständige Knochen verschwunden zu sein scheint. Was für ein Zustand, bei jedem Häppchen Fleisch sich eine Ansprache halten lassen zu müssen, als ob das bißchen Gelumpe von der himmlischen Tafel stamme. Man muß sich wahrhaftig in ehrbarem Hundealter noch auf Grütze umstellen, die man sonst nicht von hinten angesehen hätte. Das ist kein Hundeleben mehr. Helf Gott dieser Welt, der es besser wäre, wenn sie mehr Hundeverstand mitbekommen hätte.

Der Luftschutzkeller wird immer wohnlicher. Man hat zwei elektrische Heizöfen, einen altmodischen, der nur aus Wut, in seinem Alter noch Dienste tun zu sollen, in Glut gerät, und einen neuzeitigen, der nach dem Einschalten sofort Wärme strömt mit einer Promptheit, die Bekenntnis zum Korrekten und zur Verläßlichkeit ist.

Man gewöhnt sich an die Regelmäßigkeit der Luftangriffe; man rechnet mit längstens drei Stunden zwischen Warnung und Entwarnung. Eine hübsche Sache, drei-, viermal in der Woche mitten in der Nacht aus dem Schlafen heraus für drei Stunden in den Keller zu müssen. Einmal, als es nach Mitternacht einen zweiten Alarm gegeben hatte, war Berger nicht in den Keller gegangen. Hoch wanderte der Mond nach Westen aus und zeichnete den Schatten des Hauses scharf umrissen auf den Parkplatz. Berger sah sich das Schauspiel vom Balkon aus an. Es war immer wieder zauberhaft, die Scheinwerfer Lichtbrücken nach den Wolken bauen zu sehen, hinter denen die Flugzeuge sich verbargen. Da ist ein niegehörter Ton in der Luft, nähert sich, geradenwegs auf ihn zu. Ein hochgespanntes Singen, ein Mittelding zwischen Tönen und Pfeifen, dann wieder ein hochgedrilltes Sirren von gläserner Dünnheit. Als es eine Sekunde aussetzt, beugt er sich vor, fährt aber in dem gleichen Augenblick schreckensbleich zurück: handbreit über ihm schlägt etwas gegen die Hausmauer. Funken sprühen aus dem harten Klinkerstein, klatscht hart und metallen nieder. Ein mehr als handgroßer Granatsplitter, umwittert von Tod, noch heiß von flügelnder Fahrt, würde ihm die Stirn zerschlagen haben, wenn er sich in dem Augenblick zufällig nicht niedergebeugt hätte.

Als die Geschütze einen Augenblick aussetzen, kräht in den Schrebergärten ein Hahn den kommenden Morgen an; von überall her krähen Hähne Antwort. Nichts Sonderliches; aber in dieser Stunde zwischen Nacht und Tag, da der Tod über die in Furcht erstarrte Stadt hinrast, doch seltsam tröstlich dieser Ruf des unentwegt wachen Lebens.

Nach jedem Alarm weiß die Fama von unwahrscheinlichen Rettungen zu berichten. Von einem Säugling, über den herabstürzende Balken ein schützendes Dach gebaut hatten. An einem Haus an der Stadtbahn war die Außenmauer von einer Bombe zertrümmert, so daß die Stockwerke niederstürzten. Das dritte Stockwerk jedoch, in dem während des Alarms eine Frau mit ihrem Sohn am Tisch gesessen hatte, war wie bei Szenenwechsel auf einer Versenkbühne heil in die Tiefe gegangen. Nur die Seitenwände der Wohnung waren nicht mitgegangen und prangten oben mit Bildern und einer geruhig pendelnden. Uhr

Nicht nur Wohnungen werden gnadenlos enthüllt. Auch die Menschen müssen sorglich gehütete Geheimnisse preisgeben. Ein älteres Geschwisterpaar, das ein Friseurgeschäft betrieb, fand man in der zerbombten Wohnung in gemeinsamer Bettstatt. Damit schienen gewisse Gerüchte bestätigt, die sich an die Existenz des unehelichen Sohnes des ältlichen Mädchens geknüpft hatten. Man hatte diesen Sohn, der jetzt im Felde war, heranwachsen sehen und war des Lobes voll gewesen über den Bruder, der die Schwester in ihrem Unglück nicht verleugnete. Wer die beiden mit dem Kind zusammensah, mußte sie, wenn er es nicht anders wußte, für ein Ehepaar halten. Wie dann der Verdacht des Inzestes aufkam, hätte keiner zu sagen gewußt, es sei denn aus der Tatsache, daß weder der Bruder noch das Mädchen je von dem Vater des Kindes gesprochen hatte. Fest stand, daß man das Mädchen nie mit einem anderen Mann gesehen hatte. Der Tod hatte ihr grauenvolles Geheimnis nun offenbart. Und als ob das Schicksal sich vorgenommen, mit einem Griff dieses Geschehen auszulöschen, war am Tage vorher die Nachricht vom Soldatentod des Sohnes eingetroffen. Das Telegramm lag auf der Spiegelkonsole unter einer Brennschere.

Seit Melhops in Hammerbrook wohnen, kommen Annette und Else nicht mehr so häufig zusammen. Else ist nicht traurig darüber, denn Annette scheint eine Wandlung durchzumachen, die Else nicht behagt. Annette hat, wie Else sagt, einen Modefimmel. In dieser Zeit, da man froh sein sollte, das Notwendigste zu haben. Immer ist sie beim Friseur oder in Tauschgeschäften. Es paßte Else auch nicht, daß Annette begann, Dinge zum Fenster hinauszuhängen, die man besser untereinander abmachte. Wer ihre Ehe nicht kannte, mußte glauben, das arme Weib habe die Hölle auf Erden. Das Anstehen vor den Geschäften, die Angst vor Alarmen, die Übermüdung durch die Alarmnächte hatten ihre Nerven in Unordnung und ihr ein ganz neues Wesen gebracht. Immer aufgeregt wie Margarine in der Pfanne glich sie einem Huhn, das sich nicht damit abfinden kann, daß man ihm die Eier wegnimmt.

Ernst nahm es als unabwendbar hin. Er ärgerte sich nur über eine gewisse Schlampigkeit, die im Haushalt Platz griff. So vermißte er plötzlich ein neues blaugestreiftes Hemd, das, wie Annette behauptete, im Luftschutzkoffer sein müsse. Es fand sich aber auch da nicht an — „dann ist es eben weg!“ sagte sie abschließend. Ernst hatte die Beobachtung gemacht, daß sein rechtes Ohr sich zeitweilig stark rot färbte, weil sich das Blut darin staute. Sein Arzt hatte ihn allerlei gefragt, was mit dem Ohr nichts zu tun zu haben schien, gab ihm indes die tröstliche Gewißheit, daß er, wenn er behutsam lebe, hundert Jahre alt werden könne, wenn er nicht vorher sterbe.

Annette ist stur; ihre Art gefällt den Lebensmittelhändlern nicht. Sie begegnet allen, als ob sie ausgemachte Verbrecher seien. Sie will weder Überpreise für ‚Bückware‘ zahlen, noch dem ‚Vitamin B‘ — das heißt einer ‚Beziehung‘ — etwas zu verdanken haben. Sie will nur ihr Recht haben und übersieht dabei, daß man auf das Recht allein noch niemals eine gute Suppe hat kochen können. Du lieber Gott, in dieser Zeit! Sie legt keinen Wert darauf, in den Kreis der ‚Lieblinge‘ eingeordnet zu werden, für die von den Händlern eingepackt wird, bevor die Ladentür sich öffnet. Sie will, was ihr zusteht; aber den ‚Lieblingen‘ werden die Pakete über den Ladentisch hingereicht mit den Worten: „Ist gestern hier für Sie abgegeben worden.“ Annete lächelt spitz dazu und die Händlerin denkt: „Lach’ du nur!“ Und die übrigen Frauen lächeln auch. Keine glaubt an das abgegebene Paket. Keine wagt es, gegen diesen Schwindel aufzutreten; erstens könnten sie nichts beweisen und zweitens bekämen sie dann noch weniger. Die daheim wissen nicht, was dieses Lächeln die Frauen kostet; sie schlucken alles herunter; zu Hause, wenn sie allein sind, weinen sie vor sich hin. Annette aber nicht; sie darbt nicht aus Rechtlichkeit, sondern aus Rechthaberei. Sie sieht in den kleinen Menschlichkeiten Zeichen des Niedergangs. Die meisten befinden sich dabei ganz wohl; denn wenn Magen und Moral miteinander disputieren, gehen der Moral die Argumente zuerst aus.

Else lachte sie aus: „So rigoros wie du denkt nicht einmal die Polizei! Ja, wenn es sich um zehn Pfund Butter und um zwanzig Stück Seife handelte — aber wenn mein alter Lieferant mir hundert Gramm Butter auf ein Viertelpfund abrundet oder mir ein Stück Seife zusteckt von seinem Sohn in Frankreich, oder was weiß ich — da mache ich mir keinen Augenblick ein Gewissen draus."

„Das sind keine Grundsätze, Else."

„Sehr gute sogar, Annette. Die kleinen Nebenbeifreuden muß man nehmen, wo man sie bekommt. Das hat mit Schieberei nichts zu tun. Wie machst du es denn mit deiner Garderobe? Alles nur mit deinen schönen Augen?"

„Hör', Else —"

„Was du weggibst beim Tausch, ist doch auch mehr wert, als was du einhandelst. Das ist genau so Überpreis."

Annette hat einen hochroten Kopf. Gott, denkt Else, wie angemalt ist sie. Und die Fingernägel rot lackiert! Und der Rock — kürzer ging's wohl nicht.

Ichals muß sich zu seinem Regiment im Westen in Marsch setzen. Bei aller Freude ist Beklemmung in ihm, denn jetzt heißt es Abschied nehmen von seiner Frau. Alle seine Gedanken beginnen und enden bei ihr. Edith, die seine unglückliche Eifersucht ermißt, beglückt ihn mit immer neuen Bekundungen ihrer Neigung. Es geschieht das Seltsame, daß der Abschied ihm nun leichter scheint, sein ganzes Leben auf eine höhere Ebene gehoben.

Sein Innenleben war irgendwo falsch justiert. Er empfand manches als peinlich, was andere als natürlich nahmen. Seine Eltern hatten eine gute Ehe miteinander geführt, der er und seine Schwester entsprossen waren. Von der Mutter her war der Junge mit einer peinigenden Prüderie belastet. Er lernte von ihr, daß es Dinge gab, von denen man tun müsse, als seien sie nicht da. Dann kam vorzeitige Aufklärung durch frühreife Altersgenossen, so daß er immer mehr die Überzeugung gewann, daß der anständige Mensch sich einer gewissen Erlebnissphäre zu schämen habe. Ganz schlimm wurde es, als er seine Schwester es mit den Jungen halten sah. Sie hatte ein frisches unbekümmertes Wesen — sehr zum Schmerz ihrer mit den Jahren muffiger Frömmelei zugewandten Mutter — die Jungen rissen sich darum, mit ihr im Dunkeln spazieren zu gehen, wofür der Bruder die Schwester mit abgründiger Verachtung strafte. Er war das unglückselige Produkt jener Moral, die einen Menschen beurteilt nach der Art seines Schweigens über Dinge, die die penetrante Angewohnheit haben, durch Beschweigen an Wichtigkeit nicht zu verlieren.

Während die jungen Menschen aus der nicht immer heiteren Problematik kritischer Jahre in die Toleranz des Allmenschlichen hineinwuchsen und das ihnen zusagende Maß an Lebensglück fanden — wie Waldemars Schwester, die mit einem der Jungen, die Ichals damals am liebsten sämtlich umgebracht hätte, eine glückliche Ehe führte und die Menschheit fröhlich vermehrte — war ihm nichts zum Heil gediehen. Welches von den hellen Mädchen, die keinerlei Neigung bezeigten, an schnell verronnenen verfänglichen Stunden zugrunde zu gehen, hätte auch etwas übrig haben sollen für einen Menschen, der alles mit dem Lineal nachziehen zu können verlangte. So stark waren in ihm diese falschen Vorstellungen von der Frau, daß sie ihm die Ehe mit Edith zur Qual machten. Sie hatte eine Himmelsgeduld mit ihm. Sie liebte es, zu lieben und geliebt zu werden und beherrschte meisterlich die Kunst, ihren Mann zu entfachen, von dem sie die Gewißheit hatte, daß er aus innerlicher Reinlichkeit nicht an anderen Altären opferte.

Er mußte den Abendzug nehmen. Auf dem Bahnsteig waren bereits einige Offiziere mit ihren Frauen, jungen Frauen, die über den Trennungsschmerz in den verweinten Augen durch Lächeln um den blassen Mund hinwegtäuschen wollten. Drei Generalstäbler mit breiten roten Streifen und Ordensbändern, ohne Damen, hielten sich geflissentlich für sich. Edith hing Waldemar fest am Arm; er sollte das Einssein mit ihr spüren. Beglückt nahm er wahr, wie seiner eleganten Frau Bewunderung gezollt wurde.

Unerbittlich verrannen die letzten Minuten. Der Zug kam, nahm die Männer auf und ließ die Frauen zurück.

Ein kleines Häufchen trostloser winkender Frauen, die voreinander die Tränen nicht verbargen.

Verlassenheit war um Edith, als sie davonschritt. Bis zur Beklommenheit verdichtete sich dieses Gefühl der Verlassenheit in der Wohnung, die ihr noch nie so groß und leer vorgekommen war. Sie machte in allen Räumen Licht und durchschritt sie, als müßte sie ihnen ins Gesicht sehen. Sie stand und sah ihr Schlafzimmer an; es war eine Kostbarkeit aus Ebenholz. Vorhänge und Steppdecken aus stumpfem Blau; die Beschläge an den Möbeln aus mattiertem Silber. Über dem Doppelbett eine zart geraffte Wolke aus Voile, in der — ein Einfall von Ichals, auf den er besonders stolz war, obwohl Edith ihn kitschig fand — kleine Glühsterne entzündet werden konnten. Edith lächelte trotz aller Wehmut ironisch. Der gute Waldemar. Er hatte sich von den Sternen immer mehr versprochen, als Sterne im allgemeinen zu halten geneigt sind, und die man klugerweise darum auch nicht begehrt.

Sie ging an den Briefkasten, nach dem sie, wie ihr einfiel, heute gar nicht gesehen hatte. Ein Feldpostbrief von Bruno. Auch dies ist kitschig, sagte sie sich und warf den Brief auf den Schreibtisch. Eben ist der Mann weg, da meldet sich der Freund. Eine verstimmende Geschmacklosigkeit des Schicksals. Sie spürte große Lust, den Brief ungelesen zu zerreißen. Dann nahm sie ihn doch mit einer raschen abtuenden Bewegung und las:

Wohlgeneigte Dame!

„Zu dumm", sagte sie laut. „Erfindungsreich scheint der gute Junge nicht zu sein."

Also: Wohlgeneigte Dame!

Zwanzig Kilometer vor Paris in einem bezaubernden Ort, wo die Leute sich mit Grazie mit den Deutschen abfinden, wenngleich man überall darüber erstaunt ist, daß die „boches" auch Menschen zu sein scheinen. Ab und zu dürfen wir in die Stadt des Lichts fahren und ich hatte dabei in einer Buchhandlung das Glück, die Briefe jener Dame zu finden, die Larousse als „femme célèbre par son esprit et sa beauté“ bezeichnet, und deren Salon „fut fréquenté par les personnages les plus considérables de l’époque“ in einer wunderschönen Ausgabe mit entzückenden Kupfern zu finden. Für den schmalen Satz hat man eine altertümelnde Antiqua genommen, die Blätter haben oben starken Goldschnitt und sind an der Seite und unten nach Art alten Pergaments gerissen. Also wirklich eine Liebhaberausgabe und äußerlich durchaus würdig den Lehrbriefen der ars amandi, jener im Leben wie in der Liebe gleich geistvollen Frau, die für Scarron „la fille la plus étonnante de siècle“ war. Er mußte es wissen, da die spätere Maintenon seine Gattin gewesen war. Wenn du erlaubst, lege ich das Buch in Deine Hände als ein Ne m’oubliez pas. Und — das bitte ich mir aus — bewundere freundlichst mein Französisch — aus Larousse exzerpiert.

Du sagst, die Männer verlangen von der Frau, daß sie dem Idol entspreche, das sie sich von ihr gemacht haben. Das ist haargenau das gleiche, was ein kluger Mann einmal gesagt hat: der Mann liebt in der Frau überhaupt nur das Idol, das ihm vor der Seele schwebt. Von hier zu Jean Paul ist es nur ein kleiner Schritt: „Man ist in der Liebe darum ungerecht, weil man den andern für vollkommen hielt.“ Jean Paul glaubte demnach, daß auch die Frau sich vom Manne ein Idol macht, worauf ich für die ganze Männerwelt stolz bin.

Wer in der Frau die Verwirklichung seines Idols sucht, will weniger das Weib als vielmehr Ergänzung seines eigenen Wesens. Diese Liebe ist nicht Verlangen nach Geschlechtsvereinigung; denn das Geschlechtliche ist nicht Antrieb der reinen Liebe, sondern eine natürliche Unausbleiblichkeit. Die Beglückung zweier Menschen aneinander geht über das körperliche Einssein weit hinaus, spielt für diese Beglückung keine entscheidende Rolle, woraus sich das Rätsel der Vereinigung von schönen Menschen mit minder schönen erklärt. Wenn nicht am Ende auch diese feinste Ausprägung menschlichen Empfindens nichts anderes ist als ein Kunstkniff der Natur, den Paarungsgenuß zu steigern, der ja, man mag es wenden, wie man will, für den Bestand der Natur von einiger Bedeutung ist.

Meine Kameraden sprechen viel von ihren Freundinnen. Ich habe nie eine Freundin gehabt. Wenn ich gut zuhöre, sind diese Mädchen auch gar keine Freundinnen, wie etwa ein Mann Freund eines andern ist. Jedenfalls hätte ich nie mögen, daß meine Schwester solche Freundin eines Mannes wäre.

Du glaubst nicht, mit welcher Freude es mich erfüllt, über dieses alles mit Dir reden zu können. Darf ich sagen, daß ich viel an Dich denke?

Bruno.

Edith legte den Brief aus der Hand. Männer bleiben länger töricht als die Frauen. Sie hatte das Zimmer halb erhellt, wie sie es liebte, wenn sie allein war. Lange saß sie; die Fülle des Tages verwirrte sie; müde ging sie ins Bett und schlief sofort ein.

Ein Klingeln an der Wohnungstür riß Else aus der Nachmittagsarbeit. Unmutig ging sie an die Tür, spähte durch das Guckloch, sah aber nur etwas Unförmiges, Graues, von dem sie sich so schnell keine Vorstellung machen konnte. Als sie die Tür öffnete, sagte eine tiefe Stimme: „Tag, Elsa von Brabant."

Freudiger Schreck durchfuhr sie. „Harald! Bist du's wirklich!"

„Wenn mich nicht alles täuscht, bin ich's wirklich!"

„Nein! Komm' rein! Und so bepackt!"

Harald trat ein und umarmte sie, ehe er noch das Gepäck abgelegt hatte. „Na, ihr lebt ja noch!"

„Ja — aber wie!"

Er ließ das Gepäck von den Schultern gleiten.

„Gott, Harald, Stahlhelm, Schuhe! Wenn du doch geschrieben hättest —"

„Hätte, hätte, Else. Draußen gibt's kein ‚hätte'. Kommen wollte ich ja immer schon."

„Wie lange hast du Urlaub?"

„Vierzehn Tage."

„Gott, wie schön, Harald. Und größer bist du auch geworden. Und so breit —"

„Nun sag' nur noch, daß ich auch noch schöner geworden bin —“

„Richtig wie ein Mann sein muß. Geh' ins Badezimmer. Warmwasser gibt's aber nicht.“

„Haben wir draußen auch nicht. Wie geht's Vater?“

„Gut. Ichals ist jetzt auch weg.“

„Gott schütze das deutsche Vaterland! Jetzt geht's bestimmt schief.“

„Was du hast! Man muß ihn nur genau kennen. Willst du Vater nicht anrufen?“

„Nein, ich will nicht. Soll überrascht werden.“

Es wurde eine gründliche Prozedur im Badezimmer. Singen, Pfeifen, Prusten, und immer wieder die Dusche. Das mag nachher nett aussehen da drinnen, sagte Else vor sich hin, die schnell ein anderes Kleid überzog. Es war aber gar nicht so schlimm im Badezimmer, alles war sauber aufgenommen, der Linoleumfußboden glänzte.

„Wie hast du das denn gemacht, Harald?“

„Ordnung, Ordnung, Else!“ Er wies auf das Badelaken.

„Du lieber Himmel! Das ist doch kein Feudel!“ Sie hob das Badelaken auf, es prangte in großen Flecken. „Nein, sieh mal, so kann jeder reinmachen. Nun kann ich es gleich in die Wäsche stecken.“

„Und umgezogen hast du dich auch, Else!“ Er nahm sie an den Schultern. „Noch ganz unverfallen. So schlecht geht's euch in der Heimat also nicht.“

„Besuch“, sagte Else, als Alfred nach Hause kam.

„Wer denn?“

„Kenn' den Herrn nicht.“

Wie die Kinder waren die Männer, die gleich darauf strahlend zu Else in die Küche hinauskamen, wo sie Kaffeewasser aufgesetzt hatte.

„Und jetzt kommt herein“, sagte Harald, „ich habe euch allerlei mitgebracht.“

Die Augen, die Alfred und Else machten! Zigarren, Süßigkeiten, Seide für Blusen und Hemden und für Else ein Paar Pariser Schuhe. Und dann Kaffee und Tee und zuletzt Seife und ein paar zierliche Parfümflaschen.

„Junge, Junge!“ sagte Berger. „Woher hast du das nur alles?“

„Alles aus Paris. Die Läden sind voll davon. Was sollen wir anfangen mit dem Geld?“

„Ausgehen mit Mädchen, Junge!“

„So sind die Parlez-vous-Mädchen nun auch nicht; als ob sie auf uns gewartet hätten. Verflucht reserviert; nicht alle, aber die sind auch danach.“

Else hielt Alfred ein Stück Seife unter die Nase: „Nein, riech' nur!“

„Wunderbar!“

„Die darfst du aber nicht nehmen, die ist nur für mich.“

„So? Wer sagt das?“

„Seit wann schenkt man einem Mann Seife? Nicht wahr, Harald?“

Harald plinkert seinem Vater zu: „Ja, Else“ — er hatte nie Mutter zu ihr gesagt — „ich lege auch Wert auf einen Vater, der in gutem Geruch steht.“

„Weißt du, Alfred, wir könnten Frau Waldmann Sonntag ein Stück geben.“

„Die kann sich's kaufen.“

„Harald, Junge, sie kommt doch Sonntag zu uns.“

„Ach, du liebes Herrgottchen — das fehlte noch.“

„Du kennst sie gar nicht. Schön, jung — wenn sie fünfundzwanzig ist, ist es viel!“

„Viel zuviel!“

„Alfred! Gib du ihm! Ich werde mit ihm nicht fertig.“

Berger lachte. Er fand Harald prächtig.

„Bruno Bertuch war vor einiger Zeit bei mir.“

„Hat er mir geschrieben; muß auch irgendwo bei Paris liegen.“

„Seid ihr nicht befreundet?“

„Kein Gedanke; kennen uns; sonst nichts.“

„Freunde hast du überhaupt nicht, Harald. Komisch.“

„Gar nicht komisch, Else. Freunde sind selten. Nicht wie bei Frauen. Die haben ein Dutzend Freundinnen und doch keine richtige Freundschaft."

„Du hast nicht einmal so sehr unrecht, Harald", gab Else zu. „Männer haben aber auch ganz andere Möglichkeiten, einander Freundschaft zu bezeigen."

„Das ist es nämlich, Junge. Das hat Else richtig erfaßt. Schließlich weißt du von Frauen auch nicht viel."

Harald sah Else lustig an: „Nein, Gott sei Dank nicht, Vater."

Else drohte ihm: „Dann wirst du zunächst mich kennenlernen. So, und nun können wir Kaffee trinken."

Mit einem Blick auf Harald fragte Berger Else harmlos: „Wirst du Annette ein Stück Seife abgeben?"

„Annette? Hör' mal, wann hätte die mir etwas gegeben?"

„Trotzdem —"

„Siehst du, Harald, so ist Vater nun. Immer sollen wir geben. Gott bewahr' uns davor, daß wir einmal Leute nötig haben." Sie packte die Herrlichkeiten zusammen: „So, das habe ich! Was später ist, werden wir sehen."

Omi und Mohrle waren im Stadtpark gewesen. Vierbein hatte auf der Treppe schon angefangen zu schnobern und stand aufgeregt an der Wohnungstür. Er fuhr mit der breiten Pfote über die Tür; sie tat sich auf — und da stand — ja, wer stand denn da? Jaulend fuhr er auf die Knobelbecher los und an der feldgrauen Gestalt empor, wurde hochgenommen und bellte, die Augen verdrehend, die Welt nach allen Himmelsrichtungen an.

„Beruhige dich! Ruhig! Da ist auch ein Knöcksgen für dich im Korb."

Knöcksgen, das ist Hundehimmel auf Erden. Das geht noch über Wiedersehensfreude. Strampelnd begehrte er auf die Erde, stürzte in die Küche, mit dem Knochen im Maul kam er knurrend mit rollenden Augen wieder an.

Bergers hatten Frau Waldmann für Sonntag zu sich gebeten. Man fand Gefallen aneinander. Die Besucherin hatte die Artigkeit, Else um die Kuchenrezepte zu bitten; das Stück Seife versetzte sie in Begeisterung. Sie würde, wenn sie's benütze, an den Spender denken. Darüber wurde Harald rot und wurde von den Frauen ausgelacht. Bis in den Abend blieb man in Fröhlichkeit zusammen. Harald sollte die Besucherin an die Bahn bringen.

Vor der Haustür fand Harald, daß, wenn es der gnädigen Frau nicht zu viel sei, man den kurzen Weg ebensogut zu Fuß gehen könne. Die Bahnen seien um diese Zeit mehr als überfüllt.

Die gnädige Frau war auch dafür, zu gehen.

Die absinkende Mondsichel stand orangefarben im Westen.

„Zunehmender Mond", sagte Edith. „Wetter für den Einflug."

„Haben Sie Angst?"

„Ich kann mir Schöneres vorstellen als im Luftschutzkeller zu sitzen."

„Ich auch. Aber alle Bomben treffen nicht. Wollen Sie nicht meinen Arm nehmen — so im Dunkel der Verdunkelung geht sich's besser."

Sie nahm seinen Arm. An den Mantelaufschlägen der Entgegenkommenden schimmerten die Leuchtplaketten. Scheinwerfer grasten den Himmel ab.

„Wie schön es aus den Gärten duftet."

Sie lachte. „Sind Sie fürs Elegische?"

„Es kommt auf die Gelegenheit an."

„Und die, meinten Sie, wäre jetzt? Sind Sie verliebt?"

Ohne Zögern: „Ja."

„Schon lange?"

„Nein, ganz kurz erst."

„Hübsch?"

„Sehr hübsch."

„Ach!"

„Ja."

Nach einer Weile: „Ich glaube, wir sind vom Weg abgekommen, Herr Berger."

„Ein Stückchen; ist es Ihnen unangenehm?"

„Würde es Sie sehr schmerzen, wenn ich ja sagte?"

„Müssen Frauen grausam sein?"

Sie lachte. „Ich gebe sogar noch ein Stückchen zu. Einen Verliebten soll man nicht allein lassen."

„Der Verliebte, den Sie meinen, meine Gnädige, befindet sich in guter Hut."

„Als Entgelt für diese gute Hut ist vielleicht die Frage erlaubt, wer die Glückliche ist."

„Das wissen Sie ebensogut wie ich."

„Oh!"

„Ein schönes, aber wissendes Oh!"

„Hören Sie, wir sollten nun doch den richtigen Weg gehen."

„Manchmal ist der Umweg der richtige Weg. Wie schön ist der Abend."

„Und wie es aus den Gärten duftet!"

Er verhielt den Schritt. „Und gerade hier. Atmen Sie einmal ganz tief."

Sie atmete tief. Sein Gesicht über dem ihren; er küßte sie.

Sie ließ seinen Arm. „Das dürfen Sie nie wieder tun!"

„Doch!" sagte er und legte ihren Arm in den seinen zurück.

„Dann sag' ich's Ihrem Vater!"

„Er wird bedauern, nicht an meiner Statt gewesen zu sein."

„Dann Ihrer Mutter."

„Else?"

„Warum nennen Sie Ihre Mutter überhaupt Else?"

„Stiefmutter. Die beste Stiefmutter des Weltalls."

„Schön; dann sag' ich's also Else."

„Sie wird Ihnen folgendes erwidern: Mein Sohn, gnädige Frau, ist ein gesitteter und wohlerzogener junger Mann, der sich nie unterfangen würde, eine Frau zu küssen, wenn sie ihn nicht —"

„Wenn sie ihn nicht — was — wenn sie ihn nicht?" Sie riß ihren Arm aus dem seinen.

Er nahm ihren Arm wieder: „— wenn sie ihn nicht um seinen allerdings zugestandenermaßen geringen Verstand gebracht hätte!"

„Eine verruchte Familie! Ich bin doch eine verheiratete Frau!"

„Weiß ich."

„Ja — und?"

„Als Frau interessieren Sie mich wenig. Viel lieber wäre es mir, wenn Sie ein Mann wären, da könnten Sie mein Freund sein."

„So? Warum küssen Sie mich denn, wenn ich Sie als Frau nicht interessiere?"

Harald lachte: „Nom de dieu! wie wir Deutsche sagen! Sie kommen mir aber schnell auf die Schliche! Man soll den Dingen nicht so nahe kommen, daß man den Faden sieht. Schließlich heißt es: Und sie sahen, daß sie nackt waren." Er lachte: „Gottvolle Leute, unsere Stammeltern! Hatten vom ersten Augenblick ihrer Bekanntschaft an nichts an und merkten es erst, als es eigentlich schon egal war."

„Für einen Chemiker beschäftigen Sie sich mit komischen Problemen."

„Ich schriftstellere."

„Wie interessant! Da werden Sie vielleicht noch eine Berühmtheit?"

„Zweifelsohne; bei der Begabung."

„Und der Bescheidenheit!"

„Eben; alles Voraussetzungen zur Berühmtheit!"

„Und ich werde im hohen Alter noch sagen können: ich habe den jungen Berger gekannt."

Sie waren nun doch in der Nähe ihres Hauses. „Es war mir eine große Freude, Herr Berger."

Er beugte sich über ihre Hand.

Als er sich aufrichtete, gab sie ihm einen leichten Klaps: „Dummer Junge!"

Sie mochte noch nicht ins Bett gehen. Es sah, fand sie, nach Alarm aus. Das Mädchen hatte Ausgang. Auf dem Schreibtisch lagen die Briefe der Ninon de Lenclos.

Da setzte sie sich und schrieb an Bruno.

Lieber Soldat!

Ich war heute — Sonntag — bei Bergers. Dein Freund Harald ist gerade auf Urlaub. Mein Mann ist inzwischen zum Heeresdienst eingerückt. Es war sehr schön heute. Es duftete aus den Gärten, daß man ganz elegisch wurde. Der Mond — seht ihr den Mond dort eigentlich zur gleichen Stunde? — stand dicht über den Dächern, als Dein Freund mich nach Hause brachte. Er war ganz schmal und orangen — der Mond natürlich. Hab' herzlichen Dank für das schöne Buch. Ich lese oft darin.

Du ordnest die Freundinnen Deiner Kameraden, wenn ich Dich recht verstanden habe, in die Reihe jener fröhlichen Geschöpfe ein, die weder in der Prüderie noch in überkommenen Anschauungen ein unübersteigliches Hindernis sehen, zu der Zweisam-Seligkeit zu gelangen, auf die man — bürgerlich gesehen — erst nach Erfüllung einiger Formalitäten Anspruch hat. Was willst Du, was kannst Du dagegen sagen? Ich weiß von manchem Mädchen meiner Bekanntschaft, das einen Freund hat, ohne daß es mir einfiele, von ihr gering zu denken. Die Freundin von heute hat das ‚Verhältnis' aus dem Dunkel der Anrüchigkeit in das milde Licht des Tolerierten gerückt; hat aus der ‚Buhlerin' eine Weggefährtin aus freiem Willen gemacht. Ich meine, wir finden in der Welt nur deshalb so viel Verächtliches, weil wir in uns selber zu viel davon haben. Im Grunde sind diese Dinge auch viel zu sublim, um ihnen mit einer Gefühlsaufwallung gerecht zu werden. Eine Frau soll neben ihrem Mann keinen Freund haben; denn man setzt voraus, daß dieser Freund zugleich eine Art Nebenmann ist. Grundfalsch. Eine Frau kann ihrem Mann unbedingt treu sein und dennoch einem Freund anhangen. Das sind zwei Erlebnisebenen, die durchaus nebeneinander bestehen können. Siehst Du, ich schreibe Dir und bin mir bewußt, meinem Mann auch nicht den geringsten Abbruch damit zu tun, nicht einmal in Gedanken. Und doch werde ich ihm nie etwas von

unserem Briefwechsel sagen, um ihn nicht quälenden Grübeleien auszusetzen. Ich freue mich ehrlich, Dir wieder begegnet zu sein. Vielleicht, wer weiß, wirst Du einmal der Freund einer Frau sein, die, wie sie das Gute liebt, nie vom Rechte weichen wird.
Es freut mich, daß Du gern an mich denkst. Ich denke auch gern an Dich.

Edith.

Von bisher unerlebten Gefühlen durchwogt, schlug Harald auf dem Heimweg einen Haken durch den Stadtpark. Massig stand der Wasserturm gegen das Helldunkel des Himmels, der sich bis in die fernste Tiefe mit Sternen geschmückt hatte. Eigentlich, sagte Harald sich, war es gar kein richtiger Kuß gewesen, mehr ein Scherz, ein Pfänderspielkuß, den man nicht zählt. Aber noch fühlte er den weichen Schwung ihres Mundes auf den Lippen, eines Mundes, der sich, wie er sich einreden möchte, dem Kusse willig überlassen hatte. Und sehr böse war sie auch nicht gewesen; eigentlich überhaupt nicht böse, wenngleich ihm, wie er wohl empfand, eine Wiederholung nicht gut bekommen wäre. Er versuchte sich ihr Bild vorzustellen, hätte aber dennoch weder ihr Gesicht noch ihre Gestalt beschreiben können. Er war ganz erfüllt von ihr; noch umwoben von dem geheimnisvollen Strömen, das im Schreiten von ihr zu ihm gegangen war. Er hätte immer weiter so mit ihr schreiten können, ohne einen anderen Wunsch zu haben, als ihre Stimme zu hören, ihre Nähe zu fühlen. In sein Träumen hinein gellte Alarm; das an- und abschwellende Heulen der Sirenen riß ihn in die Wirklichkeit zurück. Mit einem Schlag war der Himmel überstreift von Scheinwerfern, darunter von ein paar neuen, die wie breite Ströme waren. Dreimal heulten die Sirenen, dann jene lähmende Stille, in die sich alles Lebendige angstüberquält wegzuducken schien. Mit Harald rannten die letzten Liebespaare aus dem Stadtpark. Die Straße hallte ihr Rennen wider. Außer Atem erreichte Harald das Haus, im Flur von Berger und einigen Hausbewohnern empfangen, die auf die Annäherung der Flugzeuge warteten.

„Gib Else Bescheid, daß du da bist, Harald, sie kommt vor Angst um."

Jetzt begann die Flak; ganz entfernt; man sah nur den Widerschein der Mündungsfeuer. Überraschend begann die Stadtparkbatterie Lagen zu geben. Näher und näher das Rollen der Motoren. Zeit, sich in den Keller zu verziehen.

„Wie im Felde", meinten die Frauen zu Harald.

„Ganz nicht. Aber eine verfluchte Kiste so im Keller hier."

Und wie zur Bestätigung hallte es dumpf; das Licht verlosch für zwei Sekunden. Der Boden des Kellers bebte.

Wieder verlosch das Licht; wieder bebte der Keller die Erschütterung der Erde nach. Es mußte ganz in der Nähe gewesen sein. Bis in die Lippen bleich die Frauen; schweigend die Männer.

„Wir wollen die Liegestühle auf die Seite stellen", ordnete Dame Luftschutzwart an. Indes die Männer sich daran machten, fielen kurz hintereinander zwei Bomben; die Kellertüren jankten. Unheimlich jagte ein Luftzug durch den Keller.

„Sie müssen über uns sein. Ich höre sie", sagte jemand beklommen. Angestrengtes Lauschen. Metallen singendes Tönen, das langsam verglomm.

„Abgeflogen", sagte Harald.

Die Flak schoß nicht mehr. Alles eilte vor die Tür. Lodernder Schein nach Alsterdorf, Fuhlsbüttel, Ohlsdorf hinüber. Auch nach Süden hinab Feuerschein. Als man sich auf die Straße hinauswagte, sah man die Bootswerften am Kanal brennen.

Nach der Entwarnung ging man in eine Nebenstraße, wo eine Sprengbombe ein Haus zerstört hatte. Fensterrahmen hingen heraus, umflattert von zerfetzten Gardinen; ein Regen von Glasscherben, Dachziegeln und Mauerbrocken hatte die Straße übersät. Vor dem Haus weinende Menschen, die Heim, Hab und Gut verloren hatten.

An zwei Stellen weit vor der Stadt gewaltige Brände, die immer neu aufloderten. Fanale menschlicher Verirrung, standen die Feuersäulen gegen den Himmel. Erst als der Morgen fahlte, sanken die Feuersäulen in sich zusammen. Schwere Rauchwolken zogen träge davon, wie sattgefressene Bestien.

Die feindlichen Luftangriffe mehren und weiten sich. Das nehmen die Zeitungen zum Anlaß, auf das überlegte System dieser Angriffe hinzuweisen, indem sie an eine britisch-französische Generalstabsbesprechung vom 3. April 1939 erinnern, nach welcher im Falle eines Krieges mit Deutschland Bombenflugzeuge gegen das deutsche Hinterland anzusetzen seien, um durch Zerstörung weitab von der Front zum Zusammenbruch des deutschen Widerstandes beizutragen. Groß herausgestellt wird ein Wort von Churchill im Jahre 1934: „Alles, was in den vier Jahren des Weltkrieges geschah, war nur ein Vorspiel zu dem, was sich für das fünfte vorbereitet hatte. Die Schlacht des Jahres 1919 ist nie geschlagen worden; aber ihre Ideen leben weiter. Vielleicht wird es sich das nächste Mal darum handeln, Frauen und Kinder oder die Zivilbevölkerung überhaupt zu töten, und die Siegesgöttin wird sich zuletzt voll Entsetzen jenem vermählen, der diese im gewaltigsten Ausmaß zu organisieren verstand." Die Leute, die in Deutschland diese Giftsaat in die Hirne streuen, wissen genau, daß an diesen Tiraden mehr die Phantasie des Schriftstellers als die Überlegung des Politikers Churchill Anteil hatte. Bei einem Mann, der Malerei, Schriftstellerei und Politik betreibt, ist es durchaus möglich, daß, während er sich mit dem einen beschäftigt, seine Gedanken bei dem andern weilen. Zu welchem Besten das ist, stellt sich meistens zu spät heraus. Zum Schluß erinnert man an das Wort eines britischen Industriekapitäns während des Weltkrieges in einer Generalversammlung: „Der Krieg hat die Wunden geheilt, die uns der Frieden geschlagen hat." Eine satanische Methode, um die Herzen unempfänglich für Gedanken des Friedens zu machen, die Augen zu blinden, die Ohren mit Taubheit zu schlagen. Eine Saat, die furchtbar wuchern wird.

„Weißt du", sagte Harald zu Else nach einem Besuch bei Melhops, „Tante Annette ist aber komisch geworden. Fängt auf ihre alten Tage an, sich die Nägel zu pinseln, und den Mund. Und so kurz wie sie geht! Die spurt bestimmt nicht richtig."

„War Onkel Ernst nicht da?"

„Sitzt und lächelt. Ob über sich, über seine Frau oder über die ganze Welt, weiß man nicht. Und mit dem Sohn, der plötzlich da ist —?"

„Den hatte Tante Annette."

Harald schüttelt den Kopf: „Was es nicht alles gibt! Kennt ihr ihn?"

„Netter Junge. Mediziner. Kommt bald auf Studienurlaub."

„So ist's richtig! Schieben eine ruhige Kugel, die Herren Äskulappen. Warum wohnen sie jetzt in Hammerbrook?"

„Weil es ihr eigenes Haus ist."

„Ich finde die Gegend gräßlich."

„Ich auch, braucht man ihnen aber nicht zu sagen."

„Eine einzige Steinwüste. Höfe, Höfe, Höfe. Wenn die Kanäle nicht wären, müßte man ersticken."

Bergers Bootswerft ist von einer Sprengbombe getroffen, das Kanu beschädigt. In diesem Jahr ist's mit den Fahrten vorbei.

Britische Flieger haben zum ersten Male die Reichshauptstadt angegriffen. Die Deutschen antworten mit Angriffen auf Groß-London.

Melhops Max ist auf Urlaub gekommen. Harald hat noch vier Tage nach. Er hat immer die Hoffnung gehabt, Edith noch zu sehen. Sie ist, wie Berger mitteilt, an die Ostsee zu einer Freundin gefahren.

Am Sonntag war man bei Melhops zusammen. Max und Harald haben Gefallen aneinander. Else ist neidisch, weil Max sechs Monate Studienurlaub hat.

„Warum bekommen Chemiker keinen Studienurlaub?" fragte sie. „Chemiker sind doch auch wichtig."

„Mediziner wichtiger, Else", belehrte Harald sie.

Annette meckerte, daß es keine Freude mehr machte, in die Stadt zu gehen. Verkäufer und Verkäuferinnen seien von einem Hochmut, als ob die Kunden Bettler seien.

Ernst wies sie ärgerlich zurecht: „Du hast immer was, Annette! Immer wieder die Leute belehren müssen, was es heute nicht gibt! Und immer behandelt man sie, als hätten sie sich die Bezugsscheine ausgedacht.

„Nimm du sie noch in Schutz! Du brauchst dir ihr ‚Haben wir nicht', ‚Gibt's nicht mehr' nicht anzuhören. Aber wir Frauen — nicht wahr, Else?"

„Nun ja; aber es ist nicht anders, Annette. Wir sind alle nervös; man muß Rücksicht aufeinander nehmen. Stell' dir vor, du stündest hinter dem Ladentisch."

„Das ist es nämlich", sagte Ernst, dem es offenbar gelegen kam, Annette zu belehren. „Die Frauen haben in normalen Zeiten niemals darüber nachgedacht, was alles dazu gehört, damit sich ihnen die Welt morgens elf Uhr in der Stadt schön und wohlgeordnet präsentiert. Mit gutfunktionierenden Verkehrsmitteln, mit gutgekleideten Verkäuferinnen, mit gutgelaunten Rayonchefs, mit wohlassortierten Verkaufsständen, mit duftendem Kaffee und Tee in den Erfrischungsräumen der Modesalons. Das mußte alles so sein und gnade Gott, wenn es nicht so war. Täte dir gut, Annette, wenn du die armen Luder von Scheuerfrauen morgens um fünf in die Läden und Kontore gehen sähest. Keine Ahnung habt ihr, welch ein Heer von Menschen morgens um drei und vier aus den Federn muß, damit alles, wenn ihr ausgeruht in die Stadt kommt, am Schnürchen geht. Dann hat so ein armes Ding von Verkäuferin im Hin und Her des Bedienens schon einige Kilometer zurückgelegt und wird nicht zwischendurch an einem der hübsch gedeckten Tische bedient wie ihr."

„Du tust, als ob du zehn Töchter als Verkäuferinnen hättest."

„Ich denke nach, Annette. Das solltest du auch ab und zu."

Bergers spürten, daß diese an Ernst ungewohnte Schärfe Annette gegenüber tiefere Ursachen hatte. Sie suchten zu begütigen.

„Komm, gehn wir in die Küche, Annette. Was hast du Schönes für heute abend?"

Max und Harald schlängelten sich auch in die Küche. Es dauerte nicht lange, da hörte man vierstimmiges Lachen.

Alfred sah Ernst an: „Mensch! Ernst!"

Ernst lächelte, wie Menschen lächeln, die Festgegründetes plötzlich schwanken gesehen haben.

WIE KOMMT KANT UNTER DIE KELLERASSELN?

Harald hatte nur noch zwei volle Urlaubstage; der vorletzte Tag ging mit Besorgungen hin. Den letzten Tag wollten Bergers für sich haben. Alfred erledigte morgens nur die Post und kam nach Hause. Das war für ihn wie für Else und Harald wie Sonntag. Else hatte während Haralds Urlaub ihre Vorräte derart angegriffen, daß sie am letzten Tag in des Wortes tiefster Bedeutung vor dem Rest stand.

„Was mach' ich nur, was mach' ich nur?" klagte sie Alfred ihr Leid. „Gerade am Abschiedstag sollte es doch etwas Schönes geben."

„Koch' uns die Konglomeratsuppe, Else. Die kennt er noch nicht."

Die Konglomeratsuppe war eine Erfindung Elses und ihr Rezept sollte in jedem Kochbuch einen Ehrenplatz haben. Es war von raffinierter Einfachheit, bediente sich wie jedes bewährte Gericht der klassischen Eingangsworte: „Man nehme" und schloß mit drei Worten, in denen sich die Souveränität jener, die nicht unterzukriegen sind, ausdrückt — „was man hat." Man hat Kopf und Herz, im Kopf Überlegung, im Herzen Liebe. Sind das keine Zutaten? Alfred nennt diese Suppe Zusammenkratzsuppe oder getupftes Spülicht. Wenn es diese Suppe gab — als Zeichen, daß Matthäi am letzten war — verbreitete sie nichts als Heiterkeit. Alfred fischte die verschiedenen Bestandteile heraus und Else mußte angeben, was es vorstellen soll, nicht was es ist. Denn der Reiz dieser Suppe bestand darin, daß man sie für das aß, was sie vorstellen sollte und nicht für das, was sie war.

Die Suppe des heutigen Tages konnte der Farbe nach verdünntes Tomatenmark oder durchsichtige Hagebuttensuppe sein. Es war jedoch weder das eine noch das andere, sondern echte Konglomeratsuppe nach dem bewährten Rezept: Man nehme, was man hat. Zunächst einen Rest Tunke geheimnisvoller Zusammensetzung vom Tage vorher mit Wasser von Wurzelgemüse versetzt. Protzig schwammen stecknadelkopfgroße Stippel von Um-die-Ecke-Speck darin, reichlich zwölf an der Zahl, dazu einige schwärzliche Schnitzel, von denen Else treuherzig versicherte, daß es Rudimente von Vorkriegssteinpilzen seien. Dazu drei Bouillonwürfel und eine Messerspitze eines getrockneten Kräutleins, deren Else ein schönes Sortiment besaß aus jenen sagenhaften Tagen, als es noch alles gab.

Die Suppe duftete würzig. Alfred und Harald löffelten sie genußsüchtig ein und taten — verständnisvolle Gruselblicke tauschend — gierig nach mehr. Else, von der Güte ihres Fünfworte-Rezeptes überzeugt, durchschaute das Halunkenspiel der Männer nicht und war verzweifelt. „Wenn ihr mehr wollt — dann hätte ich sie dünner machen müssen."

„Noch dünner?" platzte Harald heraus.

Else riß die Augen auf. Dann kamen ihr die Tränen.

„Dummkopf!" sagte Alfred zu ihm. Und zu Else: „Kehr' dich nicht dran! Das war eine Prachtsuppe!"

„Wenn ich doch nichts anderes habe? Es gibt doch nichts!"

„Wenn ich an das Dörrgemüse im vorigen Krieg denke, an den Drahtverhau, dann war dies eine Paradiessuppe. Eine Königinsuppe! Eine Kaiserinsuppe!"

„War sie auch", gab Harald zu, spähte dabei aber aus, ob Else nicht auf ihn losführe. Wehmütig sah Alfred den Tisch an. Wie oft waren die schönsten Sachen ungegessen von ihm abgetragen worden. Das eine war zu stark gesalzen, das andere zu wenig; das eine war nicht genug, das andere zuviel durchgebraten. Man hatte keinen Appetit. Und die ewigen Steaks und Schweinebraten — nicht zu sehen!

Dann kam Elses Überraschung: ein Brotpudding; schön gerippt in der Form, gehörig paniert, und weiß Gott, richtige Rosinen lachten überall wie fröhliche Gesichter in Fensterrahmen. Dazu Saft — „von vor drei Jahren". Himbeersaft, reiner unverfälschter Himbeersaft, verdünnt zwar, aber das war ja auch im Frieden üblich. Die Männer sahen das Werk der Hände der Hausfrau an, sie bewunderten es, aber sie sahen nicht, was alles darin war: elf Scheiben Brot, die Else sich vom Munde abgespart hatte; ein paar alte Rundstücke, von der Brotfrau gegen ein Seidentüchelchen eingetauscht; Sukkade und Rosinen waren noch ein Rest vorhanden gewesen, auch noch ein Fitzelchen steinharter Zitronenschale. Harald mußte den Brotpudding nehmen und hineintragen, Alfred gab Else den Arm und so schritten sie hinterher, ein feierliches Opfergeleit.

Das Opfer wurde ratzekahl vertilgt. Else hatte gedacht, noch ein Stückchen am Abend in die Pfanne tun zu können, weil aufgebratener Brotpudding eine Delikatesse ist. Nein, die Männer tupften Krümchen um Krümchen vom Teller, kratzten den Saft zusammen, daß es durch Mark und Bein ging und Else ihnen die Teller aus den Händen nehmen mußte.

Das war ein Göttermahl. Nun noch eine Mitbringselzigarre von Harald, und wenn jetzt nur der blöde Krieg nicht wäre, was bliebe da zu wünschen übrig?

Am Nachmittag sitzen sie auf dem Balkon; die Sperrballons wiegen sich an ihren Seilen wohlig in der milden Luft. Else hat Hefeplätzchen gebacken. Berger staunt, woher sie die Zeit dazu genommen.

„Eßt und fragt nicht so viel. Schmecken sie?"

Beide Männer: „Wundervoll!"

Auf dem Rasenplatz neben den Schrebergärten ist ein Zug Jungvolk zu einer militärischen Übungsstunde angetreten. Gleichmäßig dunkel gekleidet mit grauen Halbstrümpfen. Voran einer mit einer Landsknechtstrommel, die er in hartem Dreischlag-Rhythmus bearbeitet.

„Tag für Tag jeden Nachmittag dieses Theater“, sagt Else. „Es ist nicht zum Ansehn!“

„Wenn ich Junge wäre, würde ich lieber Jäger und Hund spielen“, meinte Harald.

„Die da unten bestimmt auch. Aber das dürfen sie nicht. Die wissen bald nicht mehr, daß sie noch Kinder sind.“

Der Scharführer mit seinem ‚Adjutanten‘, der immer beflissen an die Respektseite des Vorgesetzten spritzt, läßt die Kolonne mit ‚Links um!‘, ‚Rechts um!‘ und ‚Kehrt‘ über den Platz marschieren. Bei jedem Kommando nimmt der Befehlshaber mit lächerlich wirkender Ernsthaftigkeit Haltung an. Er läßt die Jungen ausschwärmen, in Reihen aufmarschieren, in Gruppen-Kolonnen singend über den Rasen stapfen.

„Besser könnt ihr's auch nicht!“

„Wenn's darauf ankäme, Vater! Eine Schande, wie die in den Drill hineinwachsen. Warum eigentlich?“

„Gesetz, Junge, Gesetz. Die vormilitärische Ausbildung der Jugend, davon kann sich keiner drücken.“

„Nun seht doch, Alfred, Harald! Wie der sich aufspielt!“

Der Scharführer hatte einen Jungen heraustreten lassen, der nun in drei Schritt Entfernung in strammer Haltung vor ihm stand. Regungslos ausgerichtet stand die Doppelreihe der anderen Jungen. Der Scharführer schrie den Jungen an; man hörte die Stimme, ohne die Worte zu vernehmen; der Angeschriene stand unbewegt. Dann machte er „Rechts um“ und lief im Laufschritt über den Platz. Deutlich kamen nun die Befehle: „Hinlegen!“ Der Junge warf sich im Laufen vorschriftsmäßig hin. „Auf!“ Der Junge erhob sich und setzte den Laufschritt fort. „Kehrt!“ Der Junge machte kehrt und lief heran. „Hinlegen!“ Der Junge warf sich hin. „Auf!“ Der Junge erhob sich. „Hinlegen!“ „Auf!“ „Hinlegen!“ „Auf!“ Und dazwischen Laufschritt.

„Das sollte mein Junge sein! Ich würde dem Bengel da unten etwas zeigen.“

„Das würde deinem Jungen bestimmt nicht gut bekommen, Else", sagte Berger. Sie blickten hinunter. Der Junge maß noch immer den Platz im Laufschritt; es war ein kräftiger Junge mit blondem Schopf, der hell unter der Mütze hervorkam. Sein Laufschritt war, als er nun wieder herankam, langsamer, und, zehn Meter von dem Befehlshaber entfernt, fiel er in langsamen Schritt.

„Hinlegen!"

Der Junge warf sich hin.

„Hinlegen!"

Der Junge kam Schritt für Schritt näher.

Mit überschnappender Stimme: „Hinlegen!!!"

Der Junge war dicht heran. Er nahm Haltung an. Er mochte etwas sagen.

„Hinlegen!!"

Da sahen Else, Harald und Alfred den Jungen auf den Vorgesetzten zugehen, der Junge ließ die Rechte zu einem kurzen Boxhaken an das Kinn des anderen hochgehen. Vorschriftsmäßig ging der Vorgesetzte zu Boden.

„Das war recht", sagte Else befriedigt.

Da stand der Geschlagene auf. Die Doppelreihe hatte sich, ohne einen Befehl abzuwarten, aufgelöst und umstand in einem Kreis den Befehlshaber mit seinem Adjutanten und den blonden Jungen.

Vier Jungen traten hinzu und hielten ihn fest. Er ließ es geschehen.

„So", sagte Harald, „nun hab' ich genug davon. Nun geh' ich mal hinunter."

„Steck' dich nicht dazwischen, Harald", mahnte Berger. „Du wirst nichts als Ärger und Verdruß davon haben."

„Wenn schon! Das ist mir zu dumm." Er ging, sprang die Treppen hinab und lief über die Straße. Die Jungen sahen sich nach dem Unteroffizier, der ohne Mütze daherkam, erstaunt um. Als er auf sie zuschritt, öffneten sie den Kreis und Harald stand dem Scharführer gegenüber. Der machte, wie er fand, gar keinen kläglichen Eindruck und nahm sofort Harald gegenüber Haltung an. Er mochte sechzehn

Jahre zählen, der Junge vor ihm dreizehn. Auf einen Augenwink hin übernahm der Adjutant das Kommando, ließ in Zweierreihe antreten und marschierte zwanzig Schritte weg. Der Blonde war nicht ins Glied eingetreten.

„Ich muß Sie sprechen", sagte Harald zu dem Scharführer.

„Bitte."

Sie gingen ein paar Schritte von dem Jungen weg. Harald, der etwas ganz anderes vorgehabt hatte, sah einen besseren Weg.

„Unteroffizier Berger."

„Scharführer Detlev."

„Der Junge hat sich schwer vergangen. Werden Sie ihn melden?"

Ohne Zögern: „Nein."

Harald sah ihn an. „Anständig, Herr Scharführer."

„Sagen Sie, Herr Unteroffizier, von wo haben Sie alles mit angesehen?"

„Da vom Balkon."

„Und auf allen Balkonen Leute! Na, das wird was werden."

„Ich meine, Sie wollen es nicht melden?"

„Ich nicht. Mein Freund da auch nicht."

„Ihr Freund?"

„Sagen Sie, Sie waren doch gekommen, um mir eine runterzuhauen?"

„Eigentlich ja."

„Gut, daß Sie's nicht getan haben. Ihretwegen, meine ich. Schon weil ich's gar nicht verdient habe."

„Die Leute hier werden anderer Meinung sein."

„Und auf den Zauber, den wir hier Tag für Tag zum Besten geben, schimpfen. Famos! Nichts ist mir lieber. Und wenn Sie von hier hingehen und mich bei der Partei melden: mir hängt der Quatsch zum Halse raus. Das ist nämlich alles abgekartet hier; ich melde nichts; die Jungen werden darüber sprechen und man wird mich, meinen Adjutanten und meinen Freund cum infamia davonjagen. Das woll'n wir nämlich."

„Kann auch gelogen sein."

„Gerd!"

Der blonde Junge spritzte heran und stand hackenzusammenschlagend stramm.

„Du, Gerd, ich hab' dem Herrn Unteroffizier alles gesagt. Ist es dir recht?"

„Jawohl, Kurt."

„Dann will ich euch etwas sagen, Jungens, dann mach' ich das Theater auch mit. Ich würde euch gern die Hand geben, aber das würden die Leute auf den Balkonen nicht verstehen. Fein gemacht! Jetzt hebe ich drohend den Finger gegen euch und marschiere ab!"

Die Jungen rissen sich zusammen vor dem drohenden Zeigefinger und die Leute auf den Balkonen fanden es famos, wie Unteroffizier Berger den schnöseligen Scharführer zusammengestaucht hatte.

Bergers hörten sich die Mär mit gemischten Gefühlen an. Else war enttäuscht, daß die Aufsässigkeit, die sie für echt gehalten hatte, nur gespielt war, Alfred fand die Art der Jungen verächtlich. Wozu Lüge und Verstellung, wo Mut und Geradheit das gleiche erreicht hätten.

„Du irrst, Vater, Mut und Geradheit hätten die Jungen ins Verderben geführt, weil ihr Beispiel auf die Jugend verheerend gewirkt hätte. Die Jungen wären einfach unsichtbar geworden. Nun werden sie zwar auch als Beispiele hingestellt, als Beispiele aber, wie Jungen nicht sein sollen. Man wird ihnen nichts tun, aber es wird Leere um sie sein."

„Jawohl, diese Esel! In der Schule werden sie verfemt sein. Wenn sie an den falschen Lehrer geraten, werden sie Aufgaben bekommen, an denen sie zerschellen, um so die schlechten Zensuren zu rechtfertigen. Und weil sie schlechte Zensuren haben, werden sie keine Lehrstellen bekommen. Und weil sie keine Lehrstellen bekommen, sind sie von Anfang an entwurzelt."

„Das dauert nicht ewig, Vater. Inzwischen wird sich an den Schwierigkeiten der Widerstand der Jungen stärken. Sie werden, alle diese Bedrängten, die sich der Umklammerung des freien Willens widersetzen, zueinander finden und diese Herrschaft eines Tages brechen."

Der Alte sah den Jungen an. In den Augen des Jungen glomm Widerschein ferner Welt. In dem Alten war Begier nach weiterer Schau und doch zugleich Abwehr des Alternden, der zu oft erfahren, daß das Neue nicht immer das Bessere ist.

„Denken draußen viele so?"

„Mehr als du ahnst, Vater. Auf der einen Seite Gleichstellung des Soldaten mit dem Offizier; auf der anderen Seite eine viel größere Bedingungslosigkeit der Befehlsgewalt. Der Führer irrt nie! Die päpstliche Unfehlbarkeit. Dahinter verkraucht sich nun alles."

„Na ja; wenn die Schafe in Kurs stehen, kommt wohl auch der Esel zurecht."

Harald lachte.

Drüben ließ der Scharführer die Jungen in Dreierreihen antreten. Der Trommler nahm die Spitze. Drei Schritte vor ihm der Befehlshaber. „Im Gleichschritt marsch!" Als eine Ehrung für Harald gedacht — von den Nichtwissern als Provokation empfunden — zogen die Marschierenden an Bergers Haus vorüber. Dumpf verhallte der Trommelschlag.

„Was soll nach einer Jugend kommen, die so aufs Betrügen aus ist?"

„Was soll sie denn, Else? Das ist auch kein Betrügen. Wenn wir draußen ‚organisieren' oder ‚besorgen', dann gelten auch da andere Maßstäbe. Not kennt kein Gebot."

„Ein verfluchtes Wort, mit dem man von jeher Schandtaten hat entschuldigen wollen. Ein Wort, das jetzt Staatsmaxime geworden ist und alle Begriffe von Moral und Menschlichkeit zu vertilgen droht. Ein Wort, das in seiner Furchtbarkeit nur noch von einem anderen übertroffen wird, von jenem nämlich: „Wer nachbleibt, hat recht."

„Mein lieber Alter" — Else sah auf: Nanu, was fällt dem Jungen denn ein? — „du siehst die Dinge von einer viel zu hohen Warte an. Du suchst immer nach dem Sinn aller Dinge; auch da, wo keiner ist oder besser, wo ihn zu finden uns versagt ist. Von dem Augenblick an, wo der Mensch aus der Beobachtung des Laufs der Sterne das Ordnen seines Denkens gewann, begann nicht nur das Abirren in Vorstellungen, die in der Verdichtung zu Religionen ihm zum Heil und Unheil gediehen, von dem Augenblick an begann er das Weltbild zu zerdenken, begann er sich für einen Mittelpunkt zu halten, begann er zu philosophieren. Die ganze Schöpfung kommt ohne Philosophie aus — das heißt, wir kennen die Art der Dinge zu philosophieren nicht! — aber der Mensch tut's! Und weil die Welt ihre eigenen Wege geht, schlägt ein Soldat einen Archimedes tot und schiebt man einen Herrn Lavoisier unters Fallbeil."

„Und was soll das?"

„Ja, was soll das?" fragte auch Else.

„Das soll meine Privatmeinung sein: wir sollen uns nicht einem Weltbild versklaven, das vor dem kalten Herzen der Natur in tausend Stücke zersplittert. Wir sollen uns zur Verträglichkeit und Wohlanständigkeit untereinander nicht um einer höheren, meinetwegen sogar göttlichen Idee willen verpflichtet fühlen, sondern weil es ein Gebot der Vernunft ist, gut miteinander auszukommen. Daß jeder sein Brot, seinen Frieden, sein geruhiges Sterben findet, das dünkt mich—so profan es klingt—Sinn des Lebens genug."

„Ein bißchen wenig, Harald."

„Keiner hat je einen anderen erfaßt, Else. Keiner wird je einen anderen erfassen. Wie der Ursprung uns nie aufgehen wird, so wenig Zweck und Ziel."

„Und du sprichst wegwerfend von der Philosophie?"

„Ja, Else!" sagte Alfred lächelnd, „die Unzulänglichkeit der Philosophie kann man nur durch Philosophie erkennen. Harald ist Chemiker, der ist dem Tor der Weisheit noch einen Schritt näher als andere."

„Wenn wir die Formeln der Elemente wissen, wissen wir damit, wer die Elemente zusammenfügte?"

„Gott", sagte Else und legte die Hände resignierend in den Schoß, „wie ihr den Weg von einem dummen Jungen zu den Elementen findet —"

Vater und Sohn lachten.

„Wenn du nun meinst, Harald", nahm Berger den Faden wieder auf, „daß viele so denken wie du, und du denkst doch so —"

„Ernsthaft, Vater, genau so."

„— dann fault es doch bei uns von innen heraus."

„Nur daß dieses Faulen das wirklich Gesunde ist. Keiner weiß Genaues, aber heimlich rollen mehr Köpfe, als wir ahnen. Man sollte es mit einigen Leuten bei uns machen, wie sie es mit Röhm gemacht haben: abschießen."

„Und zwei Köpfe wachsen statt des einen abgeschlagenen."

„Aber auch bei den anderen, Vater; das übersehen die Herren. Was ist mit den Juden? Was weißt du?"

„Sie werden ausgesiedelt."

„So, ausgesiedelt. In den Himmel ausgesiedelt!"

„Schwatz doch den Unsinn nicht nach!"

„Das ist kein Nachschwätzen, Vater. Ich weiß es von einem SS-Mann, dessen Kameraden dabei waren."

„Und ich weiß es von meinem Sohn, der es von einem SS-Mann gehört hat, dessen Kameraden dabei waren. Siehst du, so geht es immer. Aber den, der dabei war, den greift man nicht. Und was soll geschehen sein?"

„Er wußte nur von Juden, die in Kastenwagen transportiert worden sind, bei denen die Auspuffgase in das Innere des Wagens geleitet wurden, so daß die Juden erstickten. Männer, Frauen, Kinder."

Berger war bis an die Lippen erbleicht: „Und du glaubst das?"

„Ja."

Tödliches Schweigen.

„Warum vergiften sich denn so viele Juden, Alfred", sagte Else, „doch nur, weil sie Angst haben. Frau Delbanco, die bei uns im Hause gewohnt hat, hat sich vor acht Tagen vergiftet. Senatsrat Lippmann auch."

„Das ist furchtbar, Else. Das mit dem Judenstern, mit dem unmenschlichen Entrechten, aber das — daß man sie mordet" — und zu Harald, als suche er bei ihm Zuflucht — „da fängt es wieder an wie im Weltkrieg: die Kadaververwertungsanstalten, in denen die Leichen Gefallener zu Seife verkocht worden sein sollen. Die abgehackten Kinderhände in Belgien und Frankreich. Bein- und handamputierte Kinder aus allen Krankenhäusern Frankreichs hat man damals zusammengebracht, die unglücklichen Kinder photographiert und mit den Bildern Greuelpropaganda gegen Deutschland betrieben. Und der gleiche Schwindel mit der angeblichen deutschen Triumphmedaille auf die Torpedierung der ‚Lusitania'. Sie sind uns über im Lügen. Noch am 4. Dezember 1922 hat Dudley Field Malone, Collector of the Port of New-York, dem amerikanischen Schatzamt amtlich bestätigt, daß die ‚Lusitania' auf ihrer letzten Reise 5468 Kisten mit Munition an Bord hatte. Aber alle Welt schrie: Nicht eine Patrone war an Bord!"

„Reg' dich nicht so auf, Alfred!"

„Ich will mich aufregen, Else, wenn so Ungeheuerliches unbewiesen in die Welt gesetzt wird."

„Und was in den Konzentrationslagern vorgeht, Vater? Du gibst doch zu, daß man Gefangene schlecht ernähren, sie gesundheitlich vernachlässigen kann. Es gibt ungezählte Möglichkeiten, Menschen, die sich nicht widersetzen können, ums Leben zu bringen."

„Schweig! Noch sind wir kein Volk von Meuchelmördern."

„Im Ausland beginnt man es zu glauben, fürchte ich. Man will sogar Beweise dafür haben."

„Dann soll man sie der Welt zeigen."

„Das tut man. Wir erfahren es nur nicht. Man hat eine schalldichte Mauer um uns gezogen."

„Und mit Recht! Wir brauchen nicht zu wissen, welche Gemeinheiten man uns zutraut. Es ist Haß genug in der Welt! Und nun will ich nichts mehr davon hören." Er ging ins Zimmer.

„Sag, Else", fragte Harald, „hört ihr keine Auslandssender?"

„Um Gottes willen, Junge! Fang' nicht davon an. Vater hat noch nicht ein einziges Mal das Ausland eingestellt. Es ist verboten, und da tut er's nicht. Nicht weil er Strafe fürchtet, nur weil er sich als Staatsbürger verpflichtet fühlt, das Verbot zu achten. Verstehst du das?"

„Doch, Else. Eine spezifisch deutsche Eigenart, dieser Gehorsam. Überkröpfungen, die vom Soldatentum in das zivile Leben hineinragen. Verbot ist Verbot! Befehl ist Befehl! Wenn aber alles wahr ist, was man sich heimlich erzählt — und es ist Wahres daran, Else, denn solche Dinge kann man nicht erfinden — dann weiß ich nicht, wie Vater mit seinem Verstand zurechtkommen will."

Über dem Rest des Tages lag Bedrückung.

Als man nach dem Abendessen noch einmal auf dem Südwestbalkon saß, fragte Berger unvermittelt: „Und du hältst die anderen alle für Engel?"

„Keineswegs, Vater. Krieg ist kein Gesangvereinsfest."

„Aber wir Deutsche, wir sind Barbaren, die Judenschlächter."

„Fang' nicht wieder an davon, Alfred. Du weißt doch auch nicht, ob es nicht doch wahr ist."

„Natürlich nicht, wie sollte ich auch. Aber mein Gefühl als Deutscher sagt mir, daß es nicht möglich ist."

„Nun seid schon still", bat Else. „Morgen früh fährt Harald; müßt ihr euch die letzte Stunde noch beschweren?"

„Nein, Else. Ich verstehe Vater. Es quält ihn, Dinge über Deutsche sagen zu hören, die noch kein Mensch einem andern zugetraut hat."

„Es liegt System in diesem allen. 1870 waren es die Ulanen, die französische Kinder aufspießten und in Ziehbrunnen warfen. Erst war es Preußenhaß, dann Deutschenhaß. L'Allemagne war das Land là bas, das Land der têtes carées, der Wurst- und Sauerkrautfresser. Aus dieser Haßverblendung kommt auch dieses."

„Wenn es nur das wäre; aber es ist mehr. Wir wissen doch, was die Juden alles bei uns haben ausstehen müssen, bis zu jener November-Kristallnacht, die uns ewig Schande sein wird."

Else sah Harald bittend an; er nickte.

In den Schrebergärten plärrte ein Radio; dann sprach Hans Fritsche: „Meine Hörer und Hörerinnen —"

Harald lachte: „Dieser Quatschkopf!"

Berger schweren Gedanken hingegeben.

Harald reichte ihm die Hand: „Laß es gut sein, Vater. Wir ändern diese Welt nicht."

Ein Stündchen saßen sie noch im sinkenden Abend. Dann gingen sie zur Ruhe.

Else weckte am anderen Morgen Harald absichtlich so spät, daß er sich sehr beeilen mußte. So fanden die Männer keine Muße mehr, verfängliche Gespräche zu beginnen. Hochbepackt zog Harald davon. Bergers sahen ihm vom Balkon aus nach.

„Gott geb', daß er glücklich wiederkehrt", sagte Else.

„Gott geb's", sagte Berger ihr verloren nach.

Während Harald wieder draußen stand, war Max in die Studentenkompanie eingereiht worden. Studium und Kompaniedienst fraßen die Stunden wie Mäuse den Speck; am Ende war nichts. Dennoch blieb Spielraum genug für Ereignisse, die Annette so aufregten, daß sie eines Tages zu Else ging. „Denk' dir, Max bekommt nun schon seit drei Wochen jeden Sonntagmorgen Blumen geschickt."

„Dann wird Max wohl auch jemandem Sonntags Blumen schicken!"

„Kinderei! Findest du nicht?"

„Ach, Annette, haben wir nicht auch Freude daran gehabt?"

„Das waren andere Zeiten, Else. So realistisch wie man heute ist."

„Verliebte sind nie realistisch. Wohin kämen wir da auch! Verliebte machen seit Adam und Eva immer die gleichen Eseleien."

„Schrecklich! Was will er mit einer Braut? Er muß noch Gott weiß wie lange studieren, vielleicht wieder ins Feld; und heiraten? Ach, du meine Güte!"

„Was sagt Ernst dazu?"

„Kein Wort; er findet es wohl ganz in der Ordnung."

„Sprecht ihr denn nicht darüber?"

„Du hörst doch, kein Wort. Ernst kümmert sich um gar nichts. Für ihn brauchte ich gar nicht mehr da zu sein."

„Das redest du dir ein. So gut wie ihr euch immer verstanden habt."

„An mir liegt's nicht, wenn's nicht mehr so ist."

Else sah sie an: „An wem denn?"

Annette machte ein pikiert-erstauntes Gesicht. Else ließ ihr keine Zeit, sich zu sammeln: „Einer muß es dir einmal sagen, Annette: es liegt nämlich an dir. Du hast dich verändert."

„Ich? Wieso ich?" Sie sah an sich herab und dann Else an.

„Du weißt es offenbar selber nicht. Wie du da eben mit den Händen an dir herunterfährst — bestes Kino."

„Sei nicht albern, Else. Wieso bin ich verändert?"

„Wenn du's absolut hören willst: du machst dich lächerlich mit deinem Fimmel, jünger erscheinen zu wollen als du bist."

„Erlaube! Was erlaubst du dir?"

„Laß das Theater, Annette! Was erlaubst du dir! Ich denke, daß ich das darf."

„Ich bin kein Laufmädchen, dem du die Leviten lesen kannst. Dazu bin ich zu alt."

„Wenn du das einsiehst, ist ja alles gut. Im übrigen verschone mich in Zukunft mit deinen Angelegenheiten."

„Aber gern! Ich wollte deinen Rat auch gar nicht! Mein Sohn wird schon wissen, was er tut."

„Das wird er, verlaß dich drauf. Der hat im kleinen Finger mehr Grips als du im Kopf."

Das verschlug Annette den Atem. Aber nur einen Augenblick: „Und du willst meine Freundin sein? So behandelt man Dienstmädchen, aber keine Dame. Entschuldige vielmals, daß ich dich belästigt habe!"

Zu Hause hatte die Arme neuen Ärger. Ernst sucht vergeblich seine Manschettenknöpfe. Perlmuttknöpfe mit einem Brillanten in der Mitte.

„Weißt du nicht, wo sie sind, Annette?"

„Mach' doch die Augen auf, Ernst, dann findest du sie."

„Ich mach' die Augen dauernd auf und finde sie nicht."

„Welche denn?"

„Die von dir."

„Ach, die! Die müssen doch da sein. Weglaufen können sie nicht."

„Meine ich auch, Beine haben sie nicht. Eine Ewigkeit hatten sie den gleichen Platz —"

„Herrgott, mach' mich nicht nervös mit den dummen Manschettenknöpfen! Dann hast du sie eben verlegt."

„Natürlich hab' ich sie verlegt."

„Trag' ich Manschettenknöpfe oder du? Wenn du sie hingelegt hast, wo sie immer liegen, müssen sie auch da sein."

„Sie sind aber nicht da! So hör doch: sie — sind — nicht — da!"

„Dann hast du sie im Hemd gelassen und sie sind mit zur Wäscherei gekommen."

„Ausgeschlossen."

„Dann im Luftschutzkoffer."

„Auch nicht. Das blaugestreifte Hemd ist auch spurlos verschwunden. Das hab' ich dir gesagt. Es ist zu komisch, wie bei uns Dinge anfangen zu verschwinden."

„Bei uns verschwindet gar nichts. Vielleicht war das Hemd schlecht und ich hab' es der Reinmachefrau geschenkt."

„Das Hemd war einmal gewaschen."

„Du machst mich verrückt, Ernst! Herrgott noch einmal, so wertvoll waren die Knöpfe ja auch nicht."

„Ob wertvoll oder nicht. Sie waren ein Geschenk von dir."

„Vor zwanzig Jahren. Nun laß' mich in Ruhe. Aufgegessen hab' ich sie nicht."

Melhop beschied sich.

Alfred hörte sich Elses Schilderung von Annettes Besuch lächelnd an: „Laß sie! Sollte mir leid tun, wenn eine alte Freundschaft getrübt wird; aber in dieser Zeit —"

„Du solltest mit Ernst reden. Sie macht sich lächerlich. Knallrot die Fingernägel! Wenn sie noch hübsche Nägel hätte; aber Krallen wie ein Huhn."

„Jeder wie er mag, Else."

„Ich habe Max und die Blumenspenderin auch schon zusammen gesehen; trug wie er einen Packen Bücher. Offenbar Studentin."

„Dann passen sie gut zueinander."

In der Nacht Alarm. Über zwei Stunden im Keller. Die Herren verwandelten zwei Flaschen Rum in Grogs. Rauchschwaden schwammen.

Dame Luftschutzwart entsetzt: „Meine Herren! Bei dem Rauch braucht keine Bombe mehr zu kommen! Wir müssen ja ersticken!"

Aus dem grauen Gewölk eine Stimme wie vom nebelumwallten Brocken: „Müssen gar nicht! Das ist viel schöner als Ozon."

Dame Luftschutzwart hielt sich die Nase zu: „Und der Geruch! Der reine Grogkeller!"

„Ein Göttersaal, meine Gnädige!"

„Und ich die Göttermutter! Also, meine Herren, so geht das nicht! Lassen Sie etwas passieren, dann kann ich mit grogfröhlichen Männern nichts anfangen."

„Liebe Dame Luftschutzwart — so viele Häuser in Hamburg und gerade unseres sollte es treffen?"

„Und warum gerade nicht? Jede Minute kann es uns erwischen."

Aus dem Wolkengewoge lösten sich die Umrisse eines Irdischen, dessen Gesicht fröhlich leuchtete: „Wenn Sie unser Stadtgebiet ansehen, so von oben, mein' ich, dann finden Sie, daß es zu drei Fünftel nicht bebaut ist. Das heißt bebaut schon, aber drei Fünftel entfallen auf Straßen, freie Plätze, Grünanlagen. Sehn Sie, und wenn nun die Bomben fallen, dann fallen rechnerisch drei Fünftel von ihnen auf die drei Fünftel unbebauten Stadtgebiets. Das ist doch klar."

„Ja, ja! Wenn die Flieger da oben aber einen Rechenfehler machen, dann fallen alle fünf Fünftel Bomben auf die zwei Fünftel Häuser und Gebäude."

„Ja", stimmte jemand aus dem Gewölk Dame Luftschutzwart bei, „das ist wie mit dem offenen Benzinfaß und dem brennenden Licht. Wenn sie dicht zusammenkommen, kann es gut gehen, braucht es aber nicht. Es hat Fälle gegeben, da ist es nicht gut gegangen."

„Eben, meine Herren. Das Rauchen müssen Sie von heute ab im Keller unterlassen. Ich verbiete es Ihnen hiermit als Luftschutzwart. Wie Sie es mit dem Konsum von Alkohol hier unten halten wollen, müssen Sie wissen. Ich kann mir denken, daß nach bestandener Gefahr der Grog noch besser schmeckt."

Das war unverblümt und ernsthaft. Im Gewölk wisperte es, dann trat Berger — der natürlich auch mitmachen mußte, als Götterbote auf und verkündete, daß von dieser denkwürdigen Nacht ab im Keller weder geraucht noch Alkohol genossen werden solle. Beschlossen und verkündet. Punktum!

Die letzten Gespräche mit Harald waren Berger lange nachgegangen. Soviel er aber auch die Ohren spitzte, Greifbares hörte er nicht. Er fragte da und hier unter Bekannten, was eigentlich mit den Juden sei und begegnete überall verwunderten Gegenfragen. „Was soll mit ihnen sein? Man siedelt sie nach dem Osten aus; von dorther sind sie ja auch gekommen." Und wenn er weiterbohrte, man höre doch allerlei Schreckliches, rückte man merklich von ihm ab. In einer Zeit wie dieser wüchsen Gerüchte wie Gras. Das beste sei, man höre es und höre es nicht. Was sie anbelange, sie hätten dergleichen noch nie gehört. Alfred begriff, daß man auswich; es waren vorsichtige Leute, die sich umblickten, ob ein Vorübergehender auch nicht ein Wort aufschnappte. Er machte den Versuch, einen seiner Vorarbeiter, dessen kommunistische Einstellung er kannte, auszufragen. Auch hier die gleiche Verwunderung, das gleiche Kopfschütteln.

„Aber Ratsack, wir kennen uns doch. Sie können ganz offen zu mir sein; es muß etwas an dem Gerede sein. Wo Rauch ist, ist auch Feuer."

Der Arbeiter behielt seine Verwunderung bei: „Ich weiß von nichts, Herr Berger. Woher auch? Ich hab' meine Arbeit —"

„Aber Sie sind doch Kommunist."

„Gewesen, Herr Berger, gewesen. Die Kommunisten sind ausgestorben bei uns. Hat alles keinen Sinn."

Berger wandte sich. „Es werden wohl auch nur Lügen sein."

„Ja, Herr Berger. Wenn ich Ihnen einen Rat geben darf, weil wir uns kennen, wie Sie sagen, fragen Sie nicht weiter. Keinen Menschen! Ein Bekannter von mir ist eines Morgens um fünf Uhr aus dem Bett geholt worden, weil er am Abend vorher so etwas Ähnliches gefragt hatte. Wo er ist, weiß kein Mensch."

„Ratsack, das ist doch fürchterlich!"

„Das weiß ich nicht. Das beste ist, man behält seine Meinung für sich und fragt nicht."

Berger gab dem Arbeiter die Hand: „Ich danke Ihnen, Ratsack."

„Denn es ist ja so, Herr Berger, man bringt auch den, den man fragt, in Gefahr, weil gewisse Leute daraus schließen, daß der Frager bei dem Gefragten Kenntnis von Dingen voraussetzt, die der Frager selber nicht hat. Sehn Sie, was soll ich mich beunruhigen! Kann ich's ändern? Alles hören, alles sehen, nichts sagen! Weil es nichts nützt, Herr Berger. Denken Sie an Ihre Familie! Denken Sie ans Geschäft! Wenn wir uns selber ins Konzentrationslager bringen, bleibt keiner für nachher nach."

Trotzdem gab Berger sein Forschen nicht auf; er fragte nur vorsichtiger. Er stellte harmlose Fallen, aber so fein er es auch angestellt zu haben glaubte, auf einmal wurden die Leute hellhörig, sahen ihn prüfend an und Berger hatte manchmal das Gefühl, als vermute man in ihm einen Spitzel der Gestapo, der Leute aushorchen wollte. Da gab er es auf. Er begann die Gefahr zu ahnen, in die er geraten würde, wenn man von ihm als lästigem Frager zu sprechen begönne. Es gab Ereignisse genug, die diese Fragen in den Hintergrund treten ließen.

Sein erster Buchhalter, mehr als zwanzig Jahre im Geschäft, hatte sich das Leben genommen. Vor vier Jahren hatte der Tod ihn von seiner Frau befreit, die aus einer harmlosen Liebesgeschichte in der Frühzeit ihrer Ehe das Recht hergeleitet hatte, ihn lebenslang zu quälen. Bei jeder Gelegenheit hatte sie sein „Liebchen", das längst Gattin eines Kurzwarenhändlers und mehrfache Mutter geworden war, aus der Versenkung aufsteigen lassen. Die schwärmerischen Spaziergänge am Rande der Stadt an der Seite eines Gänschens, das sich auf eine handfestere Verdeutlichung der Liebe und des männlichen Seelenlebens gespannt hatte, als der an eine schöne Regung verlorene Liebhaber zu geben willens gewesen war, waren das Verhängnis seines Lebens geworden. Trotz aller Widrigkeiten war es ihm ein unvergängliches Erlebnis, das er sich jeden Tag durch die Verse Goethes über seinem Schreibtisch vor die Seele zaubern ließ:

Ich besaß es doch einmal,
was so köstlich ist!
Daß man doch zu seiner Qual
nimmer es vergißt!

Er hatte das Leben seiner Frau zerstört. Sie hatte es ihm so oft vorgepredigt, daß er es endlich glaubte. Das Schuldbewußtsein gab ihm die Kraft, sein würdeloses Dasein zu ertragen; denn wer sich schuldig macht, muß auch büßen. Stumm und ergeben büßte er an der Seite eines Weibes, dessen Erfindungsgabe und erniedrigende Andeutungen mit der Zeit ins Maßlose wuchsen, ein Vergehen ab, das durch das Lachen einer klugen Frau in ein Nichts zerflogen wäre. Und so sehr war er seinem Ungemach verwachsen, daß er, als Gott die Frau abberief, um ihr für ihren Wandel auf Erden die himmlische Krone zu reichen, die Vereinsamung als ein noch größeres Unglück empfand als sein bisheriges Leben voller Unwürdigkeit.

Er hatte eine kleine poetische Begabung, in die er sich flüchtete, wenn ihm gut oder böse zu Sinn war. Er war der Hausdichter des Geschäfts und ließ kein wichtiges Ereignis unbedichtet.

Es ergab sich, daß er dem jungen Mädchen, das ihm diese Festgedichte auf der Maschine abschrieb, auch andere Gedichte zum Lesen überließ und sich an ihrem Beifall erfreute. Und da beim Dichten sein Herz jung geblieben war, erstand seine alte Liebe in neuen Versen und schimmerte wie verblichener Goldschnitt an einem längst vergessenen Buch. Er ging die Wege seiner Liebe zurück, umsäumte sie mit Blumen, die ihm niemals geblüht, schwärmte von einer Sonne, die ihm niemals geschienen, und spiegelte sich ein Glück vor, das ihm niemals gelächelt. Ein rechter Narr einer Liebe somit, wie es Dichter meistens sind.

Unbemerkt war er darüber zugekommen, wie das Mädchen, dem er das Vertrauen seiner Alterstorheit geschenkt hatte, seine Gedichte, ins Lächerliche verzerrt, Kolleginnen vortrug. Er hatte der Schändlichen die Blätter aus der Hand gerissen und war mit verstörtem Gesicht davongerannt. Am Nachmittag fand man ihn erhängt in einem entlegenen Lagerraum; seinen Papierkorb voll von zerrissenen Blättern.

Edith, von Berger benachrichtigt, kam ins Geschäft und erfuhr von den Mädchen den Anlaß des traurigen Geschehens. Sie hatte den wunderlichen Alten nur flüchtig gekannt, wußte ihn aber von ihrem Mann und von Berger als ein Muster von Pflichtbewußtsein und Treue geschätzt. Sie wolle, sagte sie den Mädchen, gar nicht wissen, wer von ihnen eigentlich die Schuld trüge, sie seien allesamt jung und könnten heute noch nicht erfassen, was dem alten Mann angetan worden sei, als man belacht habe, was ihm das Teuerste gewesen sei. Da Edith, selber jung, das sagte, meldete sich in ihr ein leises Schuldgefühl ihrem Mann gegenüber, den sie auch manchmal im stillen belacht hatte. Aus diesem Schuldgefühl heraus sprach sie drängender, als es ihre Absicht gewesen war; ihre Worte rührten, aus der Unruhe des eigenen Herzens kommend, an die Herzen der anderen. Es war ihr Anlaß, mit sich selber ins Gericht zu gehen, und so gedieh ihr wie den Mädchen der Tod des Alten zum Guten. Das war der Sinn des Geschehens wohl überhaupt; denn keiner weiß, wo der große Netzfänger steht und wann er sein Garn wirft.

Eine ganze Zeit war Hamburg von Fliegerangriffen verschont geblieben. Dafür bombardierte der Feind Städte im Westen, wobei die Anzahl der Flugzeuge immer größer und die Angriffe systematischer wurden. Nicht die Stadt selber war mehr Ziel, sondern ganz bestimmte Stadtteile, in denen der Feind kriegswichtige Betriebe vermutete. Das wahllose Ausstreuen von Bomben war vorbei. Die Bomben wurden größer und durch Zeitzünder immer gefährlicher; dazu regnete es Brandbomben herab, Stabbrandbomben, die durch einen starken eisernen Fuß eine erhebliche Durchschlagskraft hatten und darum im dritten oder gar im zweiten Stockwerk erst Feuer verursachten. Da nun aber überall die Verdunkelungsrollos heruntergelassen waren, bemerkte man von draußen den Beginn des Brandes nicht, und so geschah es, daß über den Köpfen der Menschen im Luftschutzkeller das Haus in Flammen geriet. Neue Anordnung: die Wohnungstüren müssen bei Alarm offen bleiben, um den Brandwachen auf den Kontrollgängen Einblick in die Wohnungen zu gewähren. Aber du lieber Gott, die menschliche Kleinlichkeit! Fremde Leute in unserer Wohnung, ohne daß wir dabei sind? Und die einen taten's, die anderen taten's nicht; so brannte manches Haus ab als Triumph der menschlichen Unzulänglichkeit. Dame Luftschutzwart griff durch; sie konnte eklig energisch werden. Pfeifen und Zigarren sind verpönt; der Alkoholschrank ist verschlossen, Skat ist auf die Dauer auch zu öde; man liest; und da einer den andern nicht stören will, ist es im Luftschutzkeller still, wie im Kreuzgang eines Trappistenklosters.

Berger hat sich ein Reclam-Heft vorgenommen. Es hält nicht mehr ganz zusammen; die Kanten der Blätter alterszerfasert und vergilbt; ein zerlesenes Heftchen aus der Zwanzig-Pfennig-Zeit Deutschlands, da eine Postkarte im Ortsverkehr zwei Pfennig Porto kostete, da man in Deutschland den eigenen Reichtum kaum ahnte, da das billige deutsche Buch die Türen aller Gärten der Weltliteratur auftat. Ein billiges Buch. Im Jahre 1881 in Leipzig gedruckt und die getreue Wiedergabe einer Ausgabe aus dem Jahre 1795 bei Friedrich Nicolorius in Königsberg. Auch der Verfasser ein Königsberger. Aus Neigung und Berufung Philosoph: Immanuel Kant. Das Büchelchen stellt einen philosophischen Entwurf „Zum ewigen Frieden" dar.

„Fangen Sie wieder an, Märchenbücher zu lesen, Herr Berger?"

Berger lächelte den Frager an: „Halten sie den ewigen Frieden für ein Märchen?"

„Ja. Und frei nach Heine, für ein Märchen aus uralten Zeiten."

„Vielleicht wird's nach diesem Krieg doch endlich Wirklichkeit?"

„Das glaubten die Menschen nach dem letzten Weltkrieg auch. Was ist aus dem Traum der kollektiven Sicherheit, wie man es damals nannte, geworden? Eine Seifenblase, deren buntes rieselndes Schimmern alle bezauberte und die unter dem Grabgeläut des Völkerbundes zerplatzte, als der abessinische Krieg ausbrach. Nicht einmal in der Frage der Sanktionen war Einheitlichkeit zu erzielen gewesen. Und so wird es wieder gehen."

„Dennoch ist es gut, zu wissen, wie große Geister über den ewigen Frieden denken und gedacht haben."

„Zweifelsohne. Ich taxiere, die anderen Herren werden genau sowenig wie ich die Gedanken Kants zum ewigen Frieden kennen. Legen Sie sie uns beim nächsten Kellerabend doch dar."

„Sehr gern; wenn es den Damen recht ist?"

Es war den Damen recht.

Draußen funkte die Flak; es war aber nichts Ernsthaftes. Mehr ein Störungsangriff, um die Nerven der Einwohner zu malträtieren. Kleine Schäden an Gebäuden; keine Verlustc an Menschenleben.

Bruno an Edith.

Wohlgeneigte und hochehrbare Dame.

Unsere Gruppe, durch Abkommandierungen bereits stark zusammengeschmolzen, erhielt den Befehl, zwei Leute, möglichst aus der Landwirtschaft, nach einem Dorf unweit Dieppe in Marsch zu setzen, um auf einem Bauernhof Arbeit zu leisten. Es war noch ein Bauernsohn aus dem Holsteinischen bei uns, und da ich, wie mein Feldwebel meinte, ganz sicher schon einmal durch Felder und Auen gestreift sei, wurde ich als landwirtschaftlich erfahren dem Bauernsohn beigeordnet. Es handelte sich um ein Gehöft, das in der Obhut der ledigen Schwester des Bauern, der auf einem Hof in Norddeutschland als Kriegsgefangener arbeitet, verblieben ist. Die Urgroßmutter der beiden war aus dem Württembergischen nach Frankreich gekommen, nachdem ihr Vater dem Sturm von 1848 erlegen war.

Der Holsteiner war zuerst mit verächtlich heruntergezogenen Mundwinkeln über den Hof und durch die Ställe gestapft, hatte das Gerät mit dem Fuß zurechtgerückt und schien voller Minderachtung für alles, was er sah. Bis er in die Felder ging, und da geriet dieser Vierkant, dem man nicht so viel Zärtlichkeit zutraut, als eine Mücke davonträgt, in Entzücken, als er immer wieder eine Handvoll Erde aufnahm und zerbröckelte. Von Tag zu Tag hellten sich seine Züge auf, er durchstöberte alle Ecken, setzte instand und ist jetzt Feuer und Flamme für die Arbeit, für den Boden, für den Hof und — soviel ich beobachten kann — für die Bäuerin, die ihn wirtschaften läßt, wie er will.

Die Bäuerin — sie ist bei Gott eine Bäuerin, und wenn sie sonntags ihre Tracht anlegt, wie eine Fürstin — verleugnet ihre deutsche Urgroßmutter nicht. Sie hat eine unfranzösisch harte Art, Anordnungen zu geben. Wenn sie mit den Leuten das normannische Platt spricht, ist es, als spräche eine holsteinische Bäuerin.

Und: achtundzwanzig Jahre und hübsch; ein wundervolles Gemisch von der deutschen Urgroßmutter und dem französischen Urgroßvater her. Ich glaube aus dieser Mischung zu ersehen, daß die Blutlinien diesseits und jenseits des Rheins mehr füreinander übrig haben, als die hohe Politik sich träumen läßt. Man sollte überhaupt den Völkern mehr Freizügigkeit geben; den Unfug der Grenzen nicht ins Sakrosankte steigern, Volk zu Volk lassen und Parlamente und Kabinette sähen jene Völkerversöhnung von unten herauf gestaltet, um die sie sich ebenso ernsthaft wie vergeblich bemühen. Ich sehe es überall hier — und das gleiche ist es in Deutschland mit den Kriegsgefangenen — nach der anfänglichen Scheu voreinander und nachdem man ein paar Brocken der Sprache der andern gelernt hat, begegnet man sich freundlich, hilft einander, und der eine weiß vom andern nicht mehr, daß es eigentlich ein ‚Feind' ist. Jährlich hunderttausend Franzosen nach Deutschland, jährlich hunderttausend Deutsche nach Frankreich und nach zehn Jahren wüßte man hüben und drüben nichts mehr vom ‚Erbfeind'. Wird man es je versuchen?

Es ist normannisches Land hier. Das Meer ist nicht fern und über dem gebuckelten Land wölbt sich jener bewegte Himmel, der überall ist, wo Meer und Land in Zorn und Liebe zueinander entbrannt sind. Vom Meer herüber kommen die Möwen und folgen genau wie bei uns im Norden dem Pflüger. Wenn ich im Feld ganz still horche, kann ich das Meer hören. Sein Dröhnen und Zertosen wird durch die Ferne zu einem feinen Lied. Und über allem der

Himmel; wie ein Antlitz, über das jeder Gedanke sein Widerbild schickt.

Hier schrumpfen alle Dinge, über die man sich nur mit der Waffe in der Hand auseinandersetzen zu können meint, zu einem Nichts zusammen. Hier, wo der mütterliche Schoß der Erde immer neues Leben schenkt, wo eine im Winde schwankende Ähre zur Andacht stimmt, wo alles Spintisieren und Philosophieren über den Sinn des Seins vor der goldenen Wirklichkeit des Seienden zur Lächerlichkeit wird, da muß ein Krieg, in dem sich die Menschen zerfleischen, als ein Verbrechen, als ein Wahnsinn, als Ausgeburt der tiefsten Hölle erscheinen. Wir haben hier keine Zeit für zerebrale Wichtigkeiten. Abends spiegeln sich die Purpurwolken in der Tränke, schwer und gelassen wandelt das Vieh, die Bäume wiegen ihre Wipfel, und überall atmendes, nährendes Leben.

Bruno.

Nach vier Tagen jagen die Sirenen die Menschen wieder in die Keller. Die Angriffe werden ganz unregelmäßig geflogen; es ist, als sei dem Feind nur daran gelegen, seine Karte abzugeben, um nicht in Vergessenheit zu geraten. Dennoch traut man dem Frieden nicht; denn der Krieg wird immer härter, immer verbissener. Der Ton der Auseinandersetzung in den Zeitungen immer unversöhnlicher, die Reden der Staatsmänner immer hohnvoller, das Tempo der Waffenschmiede immer fiebriger. Die Menschheit will nicht sehen, daß sie einer ungeheuren Katastrophe entgegensteuert, einer Katastrophe von apokalyptischen Ausmaßen. Sie alle, die sich zu Wortführern gemacht haben oder dazu berufen worden sind, sind Besessene ihres Willens, den andern vor ihren Füßen winseln zu sehen. Manialalisch Verblendete, die ihre Völker ins Verderben hetzen. Der Krieg wird zur Orgie der Oligarchen. Die Völker wissen schon gar nicht mehr, um was es geht, es sei denn um sogenannte Menschenrechte, von denen während eines Krieges so billig zu reden ist, wie vor einer Jahrmarktsbude anzupreisen. In jedem Krieg geht es hüben und drüben um die heiligsten Güter der Menschheit. Dafür dürfen die Völker während des Krieges ihr Leben hingeben und nach dem Kriege erhöhte Lasten tragen. So oder so sind die heiligen Güter der Menschheit immer eine kostspielige Angelegenheit.

In diese oder ähnliche Gedanken versponnen begann Berger seine Darlegungen damit, daß die Menschen sich jetzt schon fragten, wie man zu einem Frieden kommen wolle und wie er beschaffen sein werde. Jeder Krieg schiebe die Grenzen der erlaubten Kriegshandlungen weiter hinaus, jede Tat werde als gerechtfertigt angesehen, sofern sie den Weg zum Sieg abkürzt. „Von jeher“, führte Berger aus, „haben die besten Köpfe darüber nachgesonnen, wie die Kriege, die sich als unvermeidlich ergaben, unter Wahrung der Menschenrechte geführt werden könnten. Darüber wollen wir uns, geleitet von Kant, unsere Gedanken machen. Die Duodez-Gedanken von Alltagsmenschen zu einem Menschheitsproblem. Veranlassung zu Kants Abhandlung gab der Baseler Friede von 1795 zwischen Preußen und Frankreich. Preußen trat seine linksrheinischen Besitzungen an Frankreich ab; zunächst nur vorläufig. In einem Geheimabkommen versprach Frankreich, Preußen durch andere Gebiete schadlos zu halten, sofern beim Friedensschluß mit der Koalition das linke Rheinufer endgültig an Frankreich falle. Ein Kuhhandel, zu dem Preußen sich durch die Furcht hatte verleiten lassen, bei der in Aussicht stehenden Aufteilung Polens von Rußland und Österreich überspielt zu werden. Diese politischen Zettelungen wurden in der gebildeten Welt Europas als sehr bedrohlich für die allgemeine menschliche Sittlichkeit angesehen. Alles sollte offen zutage liegen, keine Zusicherungen hinter der Tür. Man glaubte sich auf dem Anstieg zur Höhe der Menschheit und hing der Vernunft an, die alle Wege erhellte. Man glaubte an die Möglichkeit eines ewigen Friedens, nicht im Sinne einer verblasenen Friedensliebe um jeden Preis, sondern aus der Kraft des freien Willens auf Ausschaltung offener oder geheimer Kriegsgründe.

Vor dem menschlichen Gewissen kann kein Krieg bestehen, der sich nach Ursache und Ziel nicht als eine Rechtshandlung beweisen läßt. Deshalb verlangt Kant als erstes: ‚Es soll kein Friedensschluß für einen solchen gelten, der mit dem geheimen Vorbehalt des Stoffes zu einem künftigen Kriege gemacht worden.' Zu allen Thesen, auf die wir noch eingehen, gibt Kant Erläuterungen, über deren Tiefgründigkeit man schon zu seiner Zeit nicht einer Meinung war. Auch wir wollen nicht außer acht lassen, daß Kant nur ein einfacher Philosoph und kein Politiker von irgendwelchen Graden war. Sie werden die Durchschaukraft Kants bewundernd erkennen, wenn Sie von dieser These aus die Schaffung des Polnischen Korridors betrachten. Eine Mine, die jederzeit durch Fernzündung hochgehen konnte. Die Sache hat auch wie vorgesehen funktioniert.

Im zweiten Satz heißt es: ‚Es soll kein für sich bestehender Staat (klein oder groß, das gilt hier gleich viel) von einem anderen Staate durch Erbung, Tausch, Kauf oder Schenkung erworben werden können.' Ein Satz, der für uns Heutige, die von der Hausmacht der Regenten nur noch vom Hörensagen wissen, wenig Bedeutung hat. Das mochte wichtig sein in einer Zeit, da es in Deutschland Hunderte von Fürsten gab, die ihre Ländchen durch Heirat oder Vermächtnisse arrondierten. In einer Zeit, da es etwas bedeutete, daß Goethe als Vorsitzender der Kriegskommission seines Herzogs Karl August die Herabminderung der herzoglichen ‚Armee' von sechshundert Mann auf dreihundertzehn vorschlug und Serenissimus clementissime regens wie vorgeschlagen zu verfügen geruhten.

Der dritte Satz: ‚Stehende Heere sollen mit der Zeit ganz aufhören', ist eine alte Forderung aller Vernünftigen, welche die Kosten für die Heeresmacht herabgesetzt sehen wollen zugunsten kultureller und zivilisatorischer Aufgaben. Nicht Absage an das Soldatentum überhaupt, denn diese kulturellen und zivilisatorischen Anlagen brauchen Schutz und der Staat selber braucht zur Bändigung renitenter Geister Machtmittel.

An einen europäischen Staatenbund hat man lange vor Kant schon gedacht. Ihm, dem Philosophen, schwebte ein Völkerbund als die Figuration eines Völkerrichters vor, dessen Entscheidung anzuerkennen und zu erfüllen alle Bündnisnehmer verpflichtet sein sollten. Kant übersah hierbei, daß man zwar ein Einzelindividuum zur Aufrechterhaltung der Moral zwingen kann, nimmermehr aber einen Staat. Das Einzelindividuum muß sich der Macht des Rechtes beugen, auch wenn es das Recht nicht anerkennt. Der Staat hat die Macht, das Recht zu beugen, wenn er es im Interesse seiner Existenz für erforderlich hält. Ein Völkerbund muß in einem Völkerbundheer ein immer zum Vollzug eines Spruches bereites Instrument haben. Aus wievielen Völkerschaften soll ein solches Heer nun bestehen, wie seine Kommandosprache, wem soll das Heer unterstehen? Soll das Kommando wechseln, wie bei den alten Griechen? Besteht nicht die Möglichkeit, daß diese überstaatlich gedachte Militärmacht von diesem oder jenem Staat in einem Streit heimlich überredet wird, dieser oder jener Seite Sympathie zu bekunden? Kann sie sich nicht überhaupt von der Kontrolle der Staaten freimachen durch eine Art Prätorianeraufstand, eine neue Ordnung zu schaffen unternehmen? So phantastisch das ist, es kann sein. Die überstaatliche Exekutive eines Völkerbundes wird von den Völkern erst dann hingenommen werden, wenn der Nationalismus ausgerottet ist und alle Völker der Erde ein einziges Volk bilden.

Kehren wir zu Kant zurück. Die drei letzten Artikel sind die weitaus wichtigsten. Zunächst: ‚Es sollen keine Staatsschulden in Beziehung auf äußere Staatshändel gemacht werden.‘ Stellen Sie sich folgendes vor: Da ist ein Land, das sich militärisch stark machen zu müssen glaubt, weil der Nachbarstaat es heimlich bereits begonnen hat. Um diesem Ehrgeiz zu genügen, muß es borgen. Das Land, von dem es borgt, bedingt sich aus, daß die zu beschaffenden Kriegsgeräte von ihm bezogen werden müssen. Das geliehene Geld fließt also an den Gläubiger, nicht nur Zinsen, sondern auch Verdienst bringend, zurück. An das Darlehen ist ferner die geheime Bedingung geknüpft, daß der Schuldner dem Gläubiger im Falle eines Krieges Hilfe zu leisten habe. Es ergibt sich also die Groteske, daß das Schuldnerland seine Kanonen, Schiffe und Panzer zugunsten des Gläubigerlandes verschleißt. Und natürlich auch seine Menschen. Und steht am Ende wieder militärisch schwach da. Also heißt es den gleichen Weg noch einmal gehen und er wird nochmals und immer wieder gegangen; denn es wird immer Kriege geben, so lange neben denen, die den Krieg gewinnen, die stehen, die am Krieg gewinnen.

Es heißt dann: ‚Kein Staat soll sich in die Verfassung und Regierung eines anderen Staates gewalttätig einmischen.' Mit anderen Worten: Das Hausrecht eines Staates soll genau so unverletzlich sein wie das des Bürgers. Wie es den einen nichts angeht, wie ein anderer sein Familienleben gestaltet, sofern es nur im Einklang mit den allgemeinen Sitten- und Rechtsbräuchen bleibt, so soll auch ein Staat eine Verfassung nach seiner Fasson haben dürfen.

Zum Schluß verlangt Kant: ‚Es soll sich kein Staat im Kriege mit einem anderen solche Feindseligkeiten erlauben, welche das wechselseitige Zutrauen im künftigen Frieden unmöglich machen müssen. Als da sind: Anstellung von Meuchelmördern, Giftmischern, Brechung der Kapitulation, Anstiftung des Verrats in dem bekriegten Staate.' Das sind für uns Heutige fast harmlose Forderungen, aber hören Sie, wie er sie untermauert: ‚— irgendein Vertrauen auf die Denkungsart des Feindes muß mitten im Kriege noch übrigbleiben, weil sonst auch kein Friede abgeschlossen werden könnte und die Feindseligkeiten in einen Ausrottungskrieg ausschlagen würden. Ein solcher Ausrottungskrieg würde den ewigen Frieden nur auf dem großen Kirchhof der Menschengattung stattfinden lassen. Ein solcher Krieg also, mithin auch als Mittel, die dahin führen, muß schlechterdings unerlaubt sein.'

Kriege waren immer grausam. Der Mensch kommt schon durch die bloße Gewärtigkeit einer entschlossenen Abwehr zu Angriffsmitteln, die ihre Unerbittlichkeit an der Stärke des Widerstandes steigern. Das hat radikale Gegner des Krieges zu der Überzeugung gebracht, daß ein Krieg um so humaner geführt werde, je inhumaner man vorgehe, denn dadurch kürze man ihn ab. Heute erstreckt sich der Krieg auf Bezirke, die weitab von der Kampfzone liegen, in denen Frauen, Kinder, Greise und Gebrechliche sich sicher wähnen durften. Der Weise von Königsberg hat den Begriff vom totalen Krieg noch nicht gekannt. Wir kennen seine Begriffe von Menschlichkeit und Menschenwürde nicht mehr. Er glaubte noch, die ganze Menschheit könnte sich zu einer Art Rütlischwur zusammenfinden: das Gute zu üben, das Edle zu lieben, das allen Fördersame zu tun. Es ist aber nichts als Haß in der Welt."

Auch die Frauen hatten den Ausführungen gelauscht, obwohl sie zuerst den Eifer und den Ernst, mit denen Berger die Sache angegangen war, belächelt hatten.

„Und wie wird es diesmal endigen?"

Berger sah den Frager bedeutsam an. „Für uns gut."

„Natürlich, natürlich. Ich vertrete den Standpunkt, daß an diesem Krieg nur der Friedensvertrag von Versailles schuld ist. Meinen Sie nicht?"

„Und was dann kam: die Ruhrbesetzung, die Sanktionen, die Auspowerung, als die Inflation einsetzte. Was als Irrsinn begann, kann in Weisheit nicht enden. Nach den Brüsseler Besprechungen beschließt der Oberste Rat zu Paris: Die Gesamtreparation Deutschlands wird auf 212 Milliarden festgesetzt, abrufbar in Jahresraten von 2 bis 6 Milliarden. Konferenz in London: Die Deutschen bieten dreißig Milliarden. Lloyd George erklärt, es hieße Zeit vergeuden, ein solches Angebot zu erörtern. Die Reparationskommission setzt die deutsche Schuld auf 132 Milliarden fest; jährlich zwei Milliarden, daneben fünfundzwanzig vom Hundert der deutschen Ausfuhr. Rathenau nannte den Zahlungsplan der Entente ein Dokument der Ironie. Der Sinn sei, Deutschland zahlen, aber nie wieder hochkommen zu lassen. Am 5. Mai 1921 wurde dieser Zahlungsbefehl der Entente als Ultimatum überreicht, Duisburg und Düsseldorf wurden besetzt. Die deutsche Regierung unter dem Kanzler Wirth tut, was sie kann: sie unterwirft sich bedingungslos dem Londoner Diktat. Und weil die Deutschen so schön brav waren, alles zu versprechen, belohnte man sie dadurch, daß man Oberschlesien, das sich unbedingt für Deutschland erklärt hatte, dem Völkerbund zu treuen Händen übergab, einem Völkerbund, dessen Mitglieder sämtlich in der Schule gefehlt hatten, als es Europa in der Geographiestunde gegeben hatte. Ruhigen Gewissens warfen sie ein schönes Stück rein deutschen Landes dem polnischen Adler vor den Schnabel."

„Ja", sagte einer der Herren, der in der Schiffahrt tätig war, „auch der Haß schlägt seinen eigenen Herrn. Da hatte man uns also die gesamte Handelsflotte abgenommen und teilte sie unter sich auf. So groß war die Beute, daß man mit ihr nichts anzufangen wußte. Die Riesendampfer ‚Imperator', ‚Vaterland' und ‚Bismarck' verrosteten in den Häfen, weil man mit ihnen nicht zurechtkam. Infolge des plötzlichen Zuwachses an Schiffsraum waren vorzugsweise in England Werften zu Stillegungen gezwungen. Folge: Arbeitslosigkeit. Weitere Folge: Wirtschaftsstörungen. Aber noch immer ahnten die klugen Friedensweber ihre Webfehler nicht. Sie blickten auf Deutschland und freuten sich, wie man dort schuftete, um die Reparationsquoten zusammen zu schustern. Da dröhnte es auf den Werften und in den Fabriken, da sangen die Motoren und die Kessel platzten fast aus den Nähten, so waren sie dabei, zu leisten, was zu leisten war. Und eines Tages liefen neue Schiffe vom Stapel, und die Gläubiger rieben sich die Hände und freuten sich der fleißigen Deutschen, die alles taten, ihrer Schulden ledig zu werden. Und wieder eines Tages waren die neuen deutschen Schiffe fertig. Und die neuen deutschen Schiffe waren so schön und so schnell, daß alle Welt nur mit ihnen fahren wollte; denn England, Frankreich und Amerika hatten in dieser Zeit so gut wie keine Schiffe neu gebaut, weil sie ja die alten deutschen Schiffe hatten. Wie mit Joseph und seinen Brüdern: sie gedachten es böse mit ihm, Gott aber leitete es zum Guten."

„Und das nächste Mal?"

„Wird man andere Fehler machen. Es gibt Dinge, die von Haus aus Fehler sind, obschon man sie für der Weisheit höchsten Schluß halten möchte. Nehmen wir einmal an, Deutschland verlöre den Krieg. Es sieht zwar nicht danach aus, aber nehmen wir es an. Zunächst ginge es über die Werften her, denn sie haben ja gesehen, daß es mit der Wegnahme der Schiffe allein nicht getan ist. Schiffe und Docks werden natürlich genommen werden! Ebenso die Industrie aller Art. Wir werden einschließlich der Schießbudengewehre entwaffnet werden. Man wird uns verurteilen, ein Agrarland zu werden. Und inmitten einer Welt, die sich aufrüstet, den deutschen Friedensbrecher in Schach zu halten — ganz abgesehen davon, daß die anderen sich gegenseitig mißtrauen werden — wird Deutschland, von allen Militärkosten entlastet, seine ganze Kraft dem geistigen Gebiet zuwenden; denn was immer man unternimmt, das deutsche Hirn werden sie ja nicht beschlagnahmen können. Und am Ende werden die Feinde wieder sagen, daß es das gerade Gegenteil dessen ist, was sie gewollt hatten."

„Ist Deutschland denn immer der Friedensbrecher?"

„Durch die überlegene Staatskunst der anderen: ja. Ein geeintes Volk im Herzen Europas wollten weder England noch Frankreich. Dieses fürchtete die militärische, jenes die weltwirtschaftliche Stoßkraft einer solchen Einheit. Für Frankreich kam hinzu, daß ein föderatives Deutschland Möglichkeiten politischen Gewichtsausgleichs durch staatliche Einzelverträge bot. Für England konnte ein deutscher Föderativstaat kein Wirtschaftsgegner sein. Frau von Staël hat ihren Landsleuten vor anderthalb Jahrhunderten schon gesagt: ‚Deutschland kann durch seine geographische Lage als das Herz Europas betrachtet werden, und die große kontinentale Gemeinschaft kann ihre Unabhängigkeit nur durch die Unabhängigkeit Deutschlands wiedergewinnen.' Aber die Diplomaten jenseits des Rheins sind noch immer nicht soweit."

„Ja", sagte Else, „das kommt wohl daher, daß die Diplomatie von Männern ausgeübt wird und die Frauen — siehe Frau von Staël — den Männern im allgemeinen anderthalb Jahrhundert voraus sind. So sehe ich soeben, daß das Licht gezuckt hat und damit werden der Alarm und der lehrreiche Abend wohl zu Endc sein."

Die Kellerasseln schmunzelten, und da setzte auch der Heulton der Entwarnung ein.

RUND UM DEN GOLDFISCHHAFEN

Max macht es seinem Vater nach: wenn er eine freie Minute hat, wutscht er zu Bergers und hockt bei Else in der Küche. Max hat Else gefragt, ob es überall so sei, daß der Sohn in vielen Dingen vor der Mutter eine Scheu habe. Das wisse sie nicht. Harald sei ja nicht ihr leiblicher Sohn, da tut sich für ihn und auch für sie manches leichter. Max müsse davon überzeugt sein, daß seine Mutter immer sein Bestes wolle; auch sein Vater, wenngleich es nicht sein richtiger Vater sei.

„Wie Vater ist, wißt ihr alle nicht, Tante Else."

„Nun, ein bißchen kennen wir ihn, so lange wie wir befreundet sind."

„Du, Tante Else, wenn man jemand das Wort gegeben hat, über etwas nicht zu sprechen —"

„Dann spricht man nicht darüber, Max."

„Natürlich nicht. Wenn man aber sprechen muß?"

„Dann spricht man zunächst mit dem anderen."

„Das ist es ja! Dann läßt er sich tausend neue Eide schwören."

„Dann heißt es schweigen. Das ist Ehrensache."

„Es ist aber auch Ehrensache, nicht zu schweigen, Tante Else. Sieh mal, du kannst doch schweigen."

„Wie das Grab, wenn es sein muß."

„Nun ja, wenn ich es dir sage, und du schweigst darüber, das ist doch, als ob ich's allein wüßte."

„Was seid ihr doch für Kindsköpfe! Und ihr führt Krieg! Habt eine Braut! Und wenn man richtig hinsieht, müßt' man euch abends wie Kindern noch die Bettdecke zurechtziehen."

„Also, Tante Else, und es ist wahrhaftig nur für dich: daß ich Vater erst so kurze Zeit kenne, stimmt nicht." Und als Else erwartungsvoll schwieg: „Seit zehn Jahren kenne ich ihn. Er muß einen Brief an Mutter von mir gefunden haben. Plötzlich war er bei den Großeltern, ließ sich alles erzählen und bedingte sich tiefes Schweigen Mutter gegenüber aus. Sie solle nicht erfahren, daß er ihr Geheimnis kenne. Verstehst du das, Tante Else?"

„Sehr gut, Max."

„Von der Zeit an ging es den Großeltern besser. Ich konnte studieren und hatte einen Vater."

„Hast du ihn öfter gesehen?"

„Manchmal. Ich hatte ihn gebeten, Mutter doch alles zu sagen, es könnte so schön sein, wenn wir zu dritt wären. Das wollte er nicht. Mutter sollte nicht denken, daß er ihrem Leben nachgespürt habe. Ist das nicht großartig von Vater?"

„Ja, Junge. Es ist schön, daß du mir das gesagt hast."

„Ich wußte es, Tante Else. Mutter ist nicht gut zu ihm."

„Ach was, Unsinn! Das kannst du gar nicht beurteilen. In jeder Ehe gibt es Spannungen."

„Das schon. Aber dieses ist anders. Vater ist so still; so war er zuerst nicht."

„Das bildest du dir ein. Vielleicht hätte es sein Gutes gehabt, wenn er deine Mutter von dem Druck, ein Geheimnis bewahren zu müssen, schon vor Jahren befreit hätte. Man weiß nicht, was recht ist. Und wenn man's weiß, ist meistens nichts mehr zu retten."

„Und im Grunde, Tante Else, ist ja alles ein Fliegenschmutz. Mein Erzeuger hatte das Unglück, vor der Hochzeit zu sterben. Anstatt als legitimes Siebenmonatskind laufe ich nun als uneheliches Neunmonatskind durch die Geographie, was meiner Freude an der freundlichen Gewohnheit des Daseins keinerlei Abbruch tut. Oder hast du es schon anders gemerkt, Tante Else?"

Else nahm ihn bei den Schultern: „Im Grunde ganz egal, wie Burschen wie du auf die Welt kommen. Die

Hauptsache ist, daß ihr da seid! Hast du deine Braut schon vorgestellt?"

„Mutter wirft mich raus!"

„Das wird sie sich überlegen. Solch hübsches Mädchen!"

„Kennst du sie denn?"

„Ich hab' euch neulich gesehn. Studentin?"

„Ja. Aber wo hast du uns gesehn?"

„Ist doch gleich, Max, wo! Ich hab' euch gesehn. Dirndlkleid!"

„Stimmt."

„Wie heißt sie denn, die Erwählte?"

„Du wirst lachen, Tante Else: Mariechen. Nicht Maria, nicht Marie, einfach Mariechen."

„Also: nun marsch! Ich hab' zu tun. Nicht zu lange Heimlichkeiten, das führt zu nichts!"

Immer mehr schwand aus der Welt jener Geist, den Kant für die künftige Friedenszeit kriegführender Staaten für notwendig erachtet hatte.

Die zweite Kriegsweihnacht nahte heran. Wie oft noch würde Weihnachten von der Kriegsfackel überloht, statt von mildem Kerzenglanz durchschimmert sein? Noch war das Wort vom totalen Krieg nicht gefallen. Harald hatte zu Weihnachten nicht kommen können. Tut nichts, sagte Berger. Krieg mit Weihnachtsferien ist noch nicht erfunden. Was wird das neue Jahr bringen? Was wird Amerika tun? Es ist das Jahr der Präsidentenwahl. Roosevelts Wahlformel: keiner amerikanischen Mutter Sohn soll außer Landes in den Krieg geführt werden, erfüllt die Welt mit der Hoffnung, den Krieg nicht in größere Ausweitungen ausbrechen zu sehen.

Der deutsche Dampfer ‚Columbus' will sich durch die britische Blockade hindurchschlängeln und begegnet dem amerikanischen Kreuzer ‚Tuscaloosa'. Der Kreuzer beginnt in offener Sprache seinen Standort zu funken und bleibt dem deutschen Schiff auf den Fersen. Der Kreuzer funkt nicht den Standort des deutschen Schiffes, beileibe nicht! Amerika ist ja neutral! Er funkt und funkt, bis schließlich ein englischer Zerstörer rückfragt, was diese Standortfunkerei zu bedeuten habe. Der Amerikaner antwortet, zu bedeuten habe es gar nichts. Er funke seinen Standort nur so vor sich hin. Da wird der Engländer neugierig und nimmt Kurs auf den gefunkten Standort und findet die ‚Columbus', beschattet von dem amerikanischen Kreuzer. Der deutsche Dampfer hat die Wahl: Übergabe an den englischen Zerstörer oder Selbstvernichtung. Die deutsche Mannschaft legt Feuer an ihr Schiff und öffnet die Luken. Von Rauchschwaden überschwelt geht es mit wehender Flagge zu Grund.

Amerika schließt mit dem dänischen Gesandten in Washington, der von seiner Regierung längst seines Amtes enthoben ist, ein Abkommen, wonach die USA auf Grönland Landungsplätze für Flugzeuge und Schiffe anlegen dürfen.

Roosevelts Wahlparole: Keiner amerikanischen Mutter Sohn soll außer Landes in den Krieg geführt werden.

Amerikanische Soldaten nehmen Grönland in Besitz.

Amerikanische Soldaten besetzen Island.

Freundschafts- und Nichtangriffspakt zwischen Rußland und Jugoslawien.

Die deutsche Südostfront wird lebendig; deutsche Soldaten rekapitulieren am Peloponnes griechische Geschichte.

Am 22. Juni 1941 Kriegsbeginn zwischen Deutschland und Rußland.

Am 22. Juni 1940 wurde der Waffenstillstandsvertrag mit Frankreich abgeschlossen.

Welche Aspekte heute, ein Jahr danach! Welche Schicksalswende!

Der 22. Juni 1941 ist ein Sonntag. Wir zwingen auch das, sagen die Unentwegten in Deutschland. Am Nachmittag gibt England bekannt, daß es Moskau alle nur mögliche Hilfe leihen werde.

Die geheimnisvolle Abschließung des Riesenreiches verrät jetzt ihren Sinn. Eine gigantische Kriegsmaschinerie setzt sich gegen Deutschland in Bewegung. Millionenheere schwellen heran, werden zerstückt, zersplittert, zerschlagen und gebären sich neu aus der unendlichen Raumtiefe des Riesenreichs.

Die Politiker kümmern sich zu wenig um die Philosophie. Schon im Jahre 1885, vor bald zwei Menschenaltern also, hatte Friedrich Nietzsche geschrieben:

„Ich ahne eine solche Zunahme der Bedrohlichkeit Rußlands, daß Europa sich entschließen müßte, gleichermaßen bedrohlich zu werden, nämlich einen Willen zu bekommen, einen langen, furchtbaren, eigenen Willen, der sich über Jahrtausende hin Ziele setzen könnte: damit endlich die langgesponnene Komödie seiner Kleinstaaterei und ebenso seine dynastische wie demokratische Vielwollerei zu einem Abschluß käme. Die Zeit für kleine Politik ist vorbei! Schon das nächste Jahrhundert bringt den Kampf um die Erdherrschaft — den Zwang zur großen Politik."

Unter denen, die mit gen Osten zogen, waren auch Ichals und Harald. Wenn Ichals daran dachte, was ihm sonst das Herz schneller schlagen gemacht hatte, mußte er über sich lächeln. Jetzt waren die Tage der großen Lese. Jetzt mußte sich zeigen, was Erz, was Schlacke war. Edith spürte diese Wandlung aus seinen Briefen und begann die Plauderbriefe an und von Bruno albern zu finden.

Mariechen hatte bei Melhops herzliche Aufnahme gefunden. Das Mädchen war die einzige Tochter eines vor wenigen Jahren gestorbenen Baumeisters Hirsekorn. Witwe und Tochter wohnten in einer kleinen ansprechenden Wohnung am Grevenweg. Mariechen studierte aus Neigung Medizin, betrieb aus Freude Sport und war den schönen Künsten ebenso zugetan wie den ernsten Wissenschaften. Sie war keine Schönheit, aber von einer Hübschheit, die man gern ansah. Frau verwitwete Baurat Hirsekorn, geborene Studt, hätte den Mann ihrer Tochter lieber aus den Kreisen ihrer Herkunft gesehen; aber es war nicht mehr die Zeit der strengen Ausschließlichkeit, der die Eltern noch angehangen. Melhops waren zwar auch gutes hamburgisches Wachstum, aber zu dem inneren Kreise der ‚Geborenen' zählten sie nicht, sondern zu dem weiter gezogenen der ‚Gewissen'. Man hatte immer noch seinen Stolz, wenngleich man aus Ersparnisgründen kein Einzelhaus mehr bewohnte, sondern in das eigene Mietshaus — genau wie Melhops — gezogen war. Den alten Melhop fand Frau verwitwete Baurat Hirsekorn, geborene Studt, ganz passabel, auch den Sohn — schließlich sollte ja ihre Tochter und nicht sie mit ihm leben — aber die Frau, nein, das war nichts für sie. Die hatte so etwas Aufgefliertes, nein, nein, von Familie würde bei Frau verwitweten Baurat Hirsekorn, geborenen Studt, nie die Rede sein. Es ist nicht überliefert, ob es die Vorfahren der heutigen alten Hamburger Familien oder die noch älteren waren, die Halleluja riefen, als Ludwig der Fromme ihre Siedlung zwischen Elbe und Alster zum Erzbistum erhob. So viel ist aber sicher, die Mayflower- und Speedwell-Dynastien Nordamerikas sind ein armseliges Einwandererpack gegen die Sprößlinge von Handelsleuten, Fischern, Handwerkern, Seefahrern und gelegentlichen Seeräubern der Hammaburg. Das imponierte Annette nicht die Bohne; die steife Gemessenheit der ‚Geborenen' fand sie lachhaft. Max, von Melhop inzwischen adoptiert, hatte seinem Mariechen gestanden, daß er eigentlich gar kein richtiger Melhop sei, und als er ihr anheim gab, nach dieser Eröffnung ihre Entschlüsse neu zu fassen, hatte sie geantwortet, daß dafür kein Anlaß bestehe. Wenn sie aber einen Entschluß zu fassen habe, so sei es der, sich zu bemühen, ihres zukünftigen Schwiegervaters würdig zu sein.

Annette spürte nicht, daß sie ein wenig außerhalb des Kreises geraten war, der Melhop und die beiden jungen Menschen umschloß. Sie lebte in ihrer Flitterherrlichkeit fröhlich dahin, ohne daß das Geschehen der Zeit sie tiefer erregte. Mit Bergers kam man zwar noch zusammen, aber die alte Herzlichkeit war es nicht mehr. Harald und Max schrieben sich oft. Wenn es nach Max gegangen wäre, hätte er sich längst wieder an der Front befunden.

Es wurde ein unerhört harter Winter. Die Heimat sandte den Soldaten Pelz- und Wollsachen und Skier. Auch Bergers gaben ihre Bretter; nicht leichten Herzens, denn an ihnen hing die Erinnerung manch fröhlicher Winterfahrt.

Krieg zwischen Japan und USA. Krieg zwischen der Achse und USA. Über alle Erdteile loht die Fackel der Kriegsfurie.

Am 15. Januar flogen britische Bomber wieder Hamburg an, ohne größeren Schaden anzurichten. Im ganzen war die Zahl der feindlichen Einflüge um die Hälfte geringer als im gleichen Zeitraum des Jahres vorher.

Harald hatte für ein Semester Studienurlaub erhalten und war unerwartet eingetroffen. Durch die Freundschaft mit Max und Mariechen kamen die Familien nun wieder häufiger zusammen.

Bruno hatte Harald Nachricht gegeben, daß sein Schwager in einem Lazarett in Lübeck gestorben sei; er hoffe zur Bestattung Urlaub zu bekommen. Er werde dann voraussichtlich auch nach Hamburg kommen.

In der Nacht zum 29. März, der Nacht auf Palmsonntag, Feindangriff auf Lübeck. Der von Heinrich dem Löwen gegründete Dom mit seinen Kunstschätzen, die Marienkirche, die Petrikirche, Patrizierhäuser aus dem sechzehnten und siebzehnten Jahrhundert wurden zerstört.

Am Gründonnerstag kam Bruno nach Hamburg. Er hatte seine Schwester und ihre beiden Kinder gleich mitbestattet. Sie waren Opfer des Angriffs in der Nacht auf Palmsonntag geworden. Ein Griff des Schicksals hatte vier Menschen, die im Leben zusammengehört hatten, im Tode vereint.

Am Ostersonntag war Bruno zu Bergers eingeladen; auch Melhops und Edith. Max und Mariechen waren auf Osterfahrt in die Heide, mit Osterfeuer und Singsang und Klampferei.

Edith wußte durch Bergers von Brunos schwerem Geschick und hatte ein leises Bangen, ihm zu begegnen, weil sie auf seinen letzten Brief nicht mehr eingegangen war. Bruno gab sich gefaßt.

Else und Annette richteten in der Küche den Abendimbiß. Annette konnte Edith nicht leiden und bemäkelte sie. Dumme Pute, dachte Else, die den Hasen rennen sah. Wenn du nur halb so aussähst, würdest du dich für eine Schönheit halten.

„Daß Harald in sie verliebt ist, hast du sicher schon bemerkt, Else."

„Natürlich. Wär' ich auch, wenn ich Harald wäre."

„Und sie weiß es."

„Natürlich weiß sie es. Wie findest du die Mayonnaise?"

Annette senkte die Nase über eine gelbliche blubbernde Masse: „Riecht gut."

„Schmeckt auch gut."

„Wie du das alles schaffst, Else! Ich kann es nicht."

„Nichts dabei; mit Fruchttunke kannst du es auch als Pudding reichen!"

Annette schnupperte über den Bratkartoffeln: „Mit Speck? Woher hast du den wieder?"

„Ein Kamerad von Harald ist in Dänemark."

„Und echten Tee! Nein, hör' mal!"

„Kannst du kaufen."

„Ich möchte das Gesicht von Ernst sehn, wenn ich's täte."

„Tun, nicht fragen, Annette!"

Es war beinahe wie früher zwischen ihnen.

Ernst und Alfred rauchten mit Behagen die von Harald mitgebrachten Zigarren.

Der einzige, der nicht zufrieden war, war Mohrle. Er war nicht für Besuch. Er haßte das Getue von Besuchern um ihn, die sich bei Herrchen und Frauchen dadurch angenehm machen wollten. Und immer das Gefrage, ob er hübsch machen könne. Als ob es etwas Würdeloseres für einen Hund gäbe, als hübsch zu machen; und unbequem dazu, wenn man einen langen Rücken hat. Und schließlich und endlich: Ist der Hund ein Affe? Er würde nachher mit Omi in den Stadtpark gehen. Was für Düfte die Erde im Frühling hat! Davon wissen die Menschen nichts; dazu muß man die Nase an der Erde haben. Die zweizinkige Perspektive der Menschen ist überhaupt grundfalsch. Er kennt sie von seinem Ruheplatz auf der Fensterbank. In die untere

Scheibe hat seine Nase schon einen milchigen Fleck geätzt.

Nach dem Abendimbiß — Abendessen, meinte Else, könne man die karge Bewirtung nicht nennen — blieb man noch bei einem Krug Bier beisammen. Der Rückverkehr auf den Bahnen würde — es war ein rechter Frühlingssonntag gewesen — sehr stark sein. Annette würde am liebsten zu Fuß gehen. Ein paar Barmbeker hatten sich in der Hochbahn kürzlich deutlich über ihre gelackten Fingernägel und ihren gemalten Mund ausgelassen. Wenn die Dame morgens um fünf Uhr in die Munitionsfabrik müßte, würde es wohl ohne Lack und Farbe gehen. Der ganze Wagen hatte geschmunzelt, und die Männer überboten sich in Anzüglichkeiten über ihren kurzen Rock. Am peinlichsten waren ihr aber die Blicke der Frauen gewesen. Übermüdet und verdreckt von der Arbeit an Drehbänken, in Lagerräumen und Fabriksälen, saßen sie stumpf und zusammengesackt zwischen den Männern, die in ihnen nicht Frauen, sondern nur Arbeitskollegen sahen. Blicke des Hasses, der Verachtung für eine, die gepudert und geschminkt und nach guter Seife duftend vielleicht zu einem Manne geht oder von einem Manne kommt. In den Augen der geschundenen Frauen hatte sie es deutlich gelesen, daß man sie und ihresgleichen nackt ausziehen müsse, um zu sehen, ob auch sie ein zerfetztes Hemd trage gleich ihnen, die sich so schinden müssen.

Es glostet in den Herzen und Hirnen. In den vollgepfropften Bahnen hört man manches Wort, das früher niemand gewagt hätte. Das geht manchmal gut, manchmal geht's nicht gut; je nachdem, ob ein Parteiabzeichen in der Nähe daran Anstoß nimmt oder nicht. Wenngleich oben die Parole ausgegeben worden ist, Meckern sei gesund, bekommt es manchem mehr als schlecht; denn auch das Erlaubte ist nicht immer statthaft. Wer feindliche Sender hört und den Mund nicht halten kann, ist verloren. Wer nur den leisesten Zweifel an dem Sieg der Deutschen äußert, kann sein Testament machen. Wer für Juden Sympathie bezeugt, erlebt keinen Tag der süßen Brote mehr.

Unvorstellbar der geheime Druck, unter dem jeder lebte; kaum daß einer noch dem anderen traute. Bis in die innersten Bezirke der Familie hatte sich das Mißtrauen gefressen. So fest glaubten viele an das Neue dieser Zeit, daß sie Zweifel daran einem Verbrechen gleich setzten. Sie hingen dem neuen Chiliasmus mit mittelalterlicher Inbrunst an, mit der Unbedingtheit religiöser Entzückung. Es war Fanatismus, der nichts für sich wollte und zur Aufopferung selbst des Lebens bereit war.

Wo sich eine unverfängliche Gelegenheit ergab, fragte Berger dem Schicksal der Juden nach. Immer wieder stieß er auf echte oder geheuchelte Unwissenheit. Einer wollte wissen, daß sie alle nach Theresienstadt kämen, wo sie ungeschoren leben könnten. Was man sonst rede, sei Verleumdung. Oder glaube er, Berger, vielleicht daran?

Nein, nein, keineswegs, beeilte Berger sich zu antworten, da er in des anderen Auge ein Lauern erspäht zu haben glaubte. Er wisse auch gar nicht, was man so rede; immerhin sei die Sache doch als Siedlungsproblem interessant. Sehr interessant sogar; ob Berger Theresienstadt kenne? Ja? Nun, dann müsse er doch zugeben, daß die Juden dort wie im Himmel seien. Mehr könne man auf Erden wahrhaftig nicht verlangen.

Diese Unterhaltung, die harmlos begonnen, plötzlich gefährlich pointiert war, ließ Berger sich zur Warnung dienen. Es gab Spitzel, die Meister in der Führung von Gesprächen waren und durch Vertraulichkeit Vertrauen und Offenheit hervorlockten, die oft mit dem Tode gebüßt werden mußten. Er sträubte sich nach wie vor, an die Wahrheit des Geraunes zu glauben, aber er wurde die bohrende Unruhe nicht los, daß etwas daran sein könne, weil keiner davon Kenntnis haben wollte.

Als es ans Abschiednehmen ging, erbot Bruno sich, Edith nach Hause zu bringen, da er den gleichen Weg habe. Das war Harald nicht recht, der sich auf diesen Ritterdienst gefreut hatte. Edith nahm das Angebot mit Bereitwilligkeit an — mit mehr Bereitwilligkeit, fand Harald, als notwendig gewesen wäre. Nicht ohne geflissentliche Kühle reichte er Edith die Hand zum Abschied. Else sah ein kleines Lächeln um Ediths Mund und blickte Harald an. Was hatte der dumme Junge plötzlich für eine finstere Miene?

Als die Gäste gegangen waren, sagte Else: „Eigentlich hättest du Edith nach Hause bringen sollen, Harald."

„Eigentlich? Wieso eigentlich? Kann Bruno ebensogut wie ich."

„Natürlich; wenn er den gleichen Weg hat. Hoffentlich kommt kein Alarm."

Edith und Bruno schritten durch den mondhellen Abend. Keines fand ein Wort. Ein einsamer Scheinwerfer glitt über die Wolken.

Harald wird es mir sehr übelnehmen, daß Bruno mich begleitet. Hätte den Mund früh genug auftun sollen, dachte Edith.

„Wie lange bleibst du noch, Bruno?"

„Morgen früh fahre ich."

„Morgen schon?"

„Gottlob. Was soll ich hier?"

Edith wußte nichts zu erwidern.

„So grausam es ist, Edith, vielleicht ist in aller Tragik doch noch eine Gnade; denn wer weiß, was noch alles kommt? Und ob es sich am Ende lohnt?"

„Daran muß man glauben, Bruno."

„Das sagt sich so, Edith. Steh' du einmal wie ich in Lübeck vor einem qualmenden Schutthaufen, der alles ist, was das Heim geliebter Menschen war. Siehst da einen Brocken, da einen Fitzel, hier ein Stück eines vertrauten Gegenstandes, zerschlagen, verwüstet; von Wasser, Mörtel, Staub um alle Wesenheit gebracht; verzerrt, entweiht, zerschunden, zerrostet und zerglüht. Versuche dann einmal zu glauben, daß es am Ende lohnen wird."

Edith nahm schweigend seinen Arm.

„Und Gott duldet es. Es kann keinen Gott geben."

„Wir müssen ihn auch hierin erkennen, Bruno."

„Dann habe er ein starkes Herz, um vor uns zu bestehen, wenn wir ihn nach dem Warum fragen."

„Ist es nicht verwegen, Gott für die Torheiten der Menschen verantwortlich machen zu wollen?"

„Man findet sich nicht mehr zurecht. Ich kann kaum noch denken. Ich habe von Cissy und ihren Kindern nichts mehr gesehen. Auch meinen Schwager nicht mehr. Vier Särge; sonst nichts. Gott gnade ihnen, die dieses über uns gebracht haben."

Sie schritten schweigend. Der Frühling duftete aus den Gärten.

Bruno fühlte den Arm der Frau in seinem; fremd und kühl. Sie standen vor ihrem Haus.

„Es tut mir alles so leid, Bruno. Ich möchte dir so gern helfen."

„Ich danke dir, Edith."

Es lag ihr auf den Lippen, ihm zu sagen, daß er wieder schreiben möge. Sie tat es nicht.

Sie gaben sich die Hand. „Laß es dir gut gehen, Bruno, und komm gesund wieder."

„Alle trifft's nicht, Edith."

„Leb wohl!"

„Leb wohl!"

Er sah sie ins Haus gehen. Einen Augenblick drang vom Flur her durch die geöffnete Tür blau verdunkeltes Licht. Dann schloß sich die Tür.

Bruno ging langsam zurück. Immer noch der einsam schlendernde Scheinwerfer, als wisse er, daß der Feind in dieser Nacht nicht kommen würde.

Das Grünviereck neben den Schrebergärten ist durch Erdaufschüttungen in eine hügelige Wüstenlandschaft verwandelt worden, in der die Jugend wilde Kriegsspiele aufführt. Gott mag wissen, woher sie die Eisen- und Ofenrohre haben, mit denen sie der Mitwelt Maschinengewehre und Mörser vortäuschen. Die Sandhügel geben Deckung; die Jungen bepfeffern sich mit Steinen aller Kaliber, und erst als gefährdete Passanten die Polizei aufgeboten haben, kehren die Kriegführenden zu völkerrechtlichen Gepflogenheiten zurück. Ein paar Mädel versehen den Roten-Kreuz-Dienst. Zu Ehren der Kämpfenden muß gesagt werden, daß keiner als gefallen gelten will, so heiß der Kampf auch tobt. Immer wieder springt einer aus der Deckung und schreit nach der anderen Seite hinüber, daß man dort schon soundso viele Tote haben müsse. Behauptet der eine Gegner, seine Geschosse hätten so dicht und haargenau gelegen, daß drüben jedes Sandkorn zersplittert sein müßte, entgegnete man drüben, von den Schüssen, weil von Idioten abgefeuert, sei kein einziger ins Ziel gegangen. Die Folge dieser Auseinandersetzung ist eine beklagenswerte Verletzung der Kriegsregeln, man zertrampelt die Stellungen, wirft Gas- und Ofenrohre durcheinander, wobei sich der mörderische Kampf der Fronten endgültig in eine Reihe von Einzelgefechten auflöst, bei denen man den Gegner nicht ins Herz, sondern an der Nase treffen will. Die Rote-Kreuz-Schwestern ziehen sich voller Grauen zurück; denn wenn sie auch Verwundete und Gefallene im heftigsten Kampfgetümmel zu bergen bereit waren, vor blutigen Nasen und heulenden Helden haben sie Abscheu. Dann ziehen die Jungen ab. Die Blessierten drohen mit dem Einschreiten des großen Bruders oder gar der Mutter. Die Heilgebliebenen — jetzt keine Gegner mehr — einen sich zu Marschgesängen — welch Wohllaut in kindlicher Kehle! — holder Friede senkt sich auf die Wüstenlandschaft, und die Hausbewohner ringsum registrieren mit tiefem Aufatmen, daß der Krieg für diesen Tag vorbei ist.

Überraschend begrünte sich die Hügellandschaft mit langhalmigen Gräsern und seltsamerweise mit Beifuß. Die Hausfrauen rupften und trockneten ihn, um die Weihnachtsgans oder den Schweinebraten damit zu würzen. Beides gab es noch.

Eines Morgens standen in der Wüste ein paar Männer, bauten optische Instrumente auf, sahen auf Maßstäbe und rotweiße Kreuze, wie man sie beim Straßenbau benutzt.

Dann maß man das Grünviereck aus; die Männer guckten einander in die Notizbücher, debattierten, ließen die Blicke über die Wüste gehen, in den Himmel, über die Häuser, aus denen neugierige Menschen ihrem Tun zuschauten, und dann bestiegen die Männer — vier an der Zahl — zwei Autos, woraus allein zu ersehen war, wie wichtig diese Angelegenheit, zu deren Erörterung und Beaugenscheinigung man trotz amtlicher Ermahnung zur Benzin-Einsparung nicht zu Fuß gehen zu können meinte. Immerhin waren die Männer loyal genug, die Hilfsarbeiter nicht zur Übertretung von Gesetzesvorschriften zu verleiten. Die Handlanger durften mit ihren Meßgerätschaften zu Fuß gehen.

Behörden haben den Ehrgeiz, einzufriedigen. Durch Erlasse und Verordnungen und durch Gitter; solche Umgitterungen nennt die Behörde Anlagen und empfiehlt sie dem Schutze des Publikums, was ein Unsinn an sich ist. Was man dem Schutze des Publikums glaubt anvertrauen zu können, braucht man nicht einzufriedigen, und friedigt man es ein, dann traut man dem Schutz des Publikums nicht. Einfriedigungen sind amtliche Proteste gegen den Lehrsatz, daß die Gerade der kürzeste Weg zwischen zwei Punkten sei. Darum haben eingefriedigte Vierecke amtlich keine Diagonale. Der eilige Fußgänger sieht aber nichts als diese Diagonale, flankt über die Einfriedigung hinweg und setzt den Trampelweg ins Leben.

Damit sollte es nun aus und vorbei sein. Um die Wüste wurde eine Planke gezogen, eine übermannshohe gutvernutete Planke. Hinter der Planke wurden Abflußrohre in das planierte Erdreich eingelassen, dann kamen Wasserleitungen, und dann erstanden aus Fertigmaterial drei Holzbaracken. Im Mayastil wurde ein wunderlicher Bau errichtet, der, wie sich später erwies, dem Luftschutz diente. Endlich erfuhr man, daß das Ganze eine Niederlassung für ausländische Arbeiter war.

So gab es in dem engen Einerlei rund um den Block der Lünkenruh allerlei Abwechslungen, die den Blick von dem großen Geschehen der Tage ablenkten.

In der Nacht zum 9. April griffen die Briten mit starken Kräften Hamburg an, wurden aber abgewiesen, ehe sie zum Abwurf kamen. Am 18. April kamen sie wieder, warfen Brand- und Sprengbomben ab und büßten den Angriff mit vier abgeschossenen Flugzeugen.

Genau vier Wochen nach dem Angriff auf Lübeck war Rostock das Ziel der feindlichen Bomber. Rostock, die Geburtsstadt Blüchers, des Waffengefährten Wellingtons in der Schlacht bei Waterloo. Vernichtet wurden das Universitätsviertel, die Nikolaikirche, die Marienkirche, ungezählte Wohnhäuser.

Dann wieder Hamburg; in der Nacht zum 4. Mai müssen fast hundert Menschen ihr Leben lassen. In der Nacht zum 9. Mai wieder Rostock; in der Nacht zum 31. Mai die Innenstadt von Köln und in der Nacht zum 2. Juni über zweitausend Feindflugzeuge über dem Ruhrgebiet.

Auf geheimnisvolle Weise entstehen Feld- und Waldbrände; man vermutet Sabotage. Man entdeckt, daß die Briten Phosphorblättchen abwerfen, die bei sonnigem Wetter aufflammen und die Felder in Feuer aufgehen lassen. Sie werfen auch Fallschirme mit Brandflaschen ab, die über weite Strecken treiben und Gehöfte in Brand setzen sollen.

Die Derbywoche ist trotz aller Kriegsnot auch in diesem Jahr ein Ereignis, an dem ganz Hamburg teilnimmt. Es fehlt zwar das glänzende Bild der Wagenanfahrt, dafür genießt man den bunten Anmarsch einer unabsehbaren Menschenmenge. Es heißt nicht mehr Derby, sondern Rennen um den Großen Deutschlandpreis; dennoch spricht jeder nur vom Derby. Es ist ein heller Tag; die Rennbahn leuchtet in festlichem Grün des Geläufs und der Rasenanlagen. Tribünen und Sattelplatz wie zu Friedenszeiten dicht besetzt; Musik umschmeichelt die Flanierenden. Um den Totalisator Gewoge der Wettenden.

Das Derby erreitet Otto Schmidt auf Ticino vom Gestüt Erlenhof.

„Auf ‚Ticino' hätten wir in Erinnerung an Ascona setzen sollen", meinte Else, als sie nach dem Rennen die Bahn verließen.

„Hätten sollen ist der Treppenwitz der Zuspätgekommenen, Else. Wer nicht wettet, gewinnt auf jeden Fall, weil er nichts verliert."

Auf einmal stehen Max und Mariechen strahlend vor ihnen und erzählen aufgeregt, daß sie die Einlaufwette im Hamburger Criterium gewonnen haben.

„Wie seid ihr denn darauf gekommen?"

„Max natürlich", erklärt Mariechen. „Unterwegs schon nichts als Dummheiten. Das erste Rennen, sagte er; du ein Pferd, ich ein Pferd. Er wählte Mätresse; muß ein junger Mann haben, sagte er. Ich nehm' Caracciola; ein Mädchen muß einen Mann haben, sag' ich. Und was sagt ihr: wir gewinnen!"

„Das Schönste ist aber, daß wir zu Hause nichts erzählen dürfen. Mutter wollte mit, und da sagten wir, daß wir gar nicht hingingen."

„Pfui, das ist nicht nett von euch", tadelt Else.

„Was heißt nett. Hättest du immer deine Mutter im Schlepptau haben mögen?"

„Natürlich nicht, Alfred." Und zu den beiden: „Was macht ihr nun mit dem Geld?"

„Damit werden wir schon fertig, was, Mariechen?" Max strahlt. „Irgendwo richtig schön essen!"

„Immer essen! Was die Jugend heute für Ideale hat, Alfred — — —"

„Gott, Else, schön essen ist was Schönes!"

„Verratet ihr uns nicht?"

„Unsinn. Und nun macht, daß ihr davonkommt. Wir gehen euch ja doch zu langsam."

Edith hat von ihrem Vater her Verwandte auf dem Lande, von denen sie bisher nie Gebrauch gemacht hat. Sie hat lange geschwankt, ob sie sich bei ihnen jetzt in Erinnerung bringen soll. Else hat ihr zugeraten, und seitdem trudelt manche herz- und magenerfreuende Spende vom Lande ein.

Else und Edith sind Freundinnen geworden. Für Harald ist Edith die große Schwester, wenngleich sie ihm nur zwei Jahre voraus hat. Sie springt auch wie mit einem Bruder mit ihm um und formt ihn, der sich mit Mädchen bisher wenig hatte — was Edith an ihm besonders schätzt — mit nicht immer freundlicher Unnachgiebigkeit. Sooft er auch revoltiert, am Ende gibt er klein bei. Wird es ihm zuviel, geht er aus dem Hause, bevor Edith kommt. Dann ist bei Bergers keine Stimmung, am wenigsten bei Edith selber. Zweimal hat er das getan; da stellt Edith ihn in Gegenwart der Eltern zur Rede und sagt ihm, daß sie es von einem erwachsenen Menschen albern fände, eine Meinungsverschiedenheit durch eine Ungezogenheit beendigen zu glauben. Bergers sind perplex über ihre gerade Art. Harald gegenüber erscheint sie aber doch angebracht, denn er tritt vor Edith hin und bringt — rot bis ins Haar — mit Überwindung heraus: „Der kleine Bruder bittet die große Schwester um Entschuldigung." Edith gibt ihm einen leichten Klaps, wobei ihr einfällt, daß sie das schon einmal getan hat.

„So", sagt Edith, „das mußte sein. Ihr Jungen wollt, daß man euren Eigensinn für Charakterstärke, eure Ungebundenheit für Originalität, eure bis zur Unhöflichkeit getriebene Aufrichtigkeit für Wahrheitsliebe nimmt. Schön und gut, aber Wohlverhalten im täglichen Leben zu üben gefährdet weder Charakterstärke noch die Originalität, noch erfordert es Preisgabe der Wahrheitsliebe. Ist es nicht so, Papa Berger?"

Unmerklich hatte sich in Harald Edith gegenüber eine Wandlung vollzogen. Sie war nicht schlechthin die Frau eines anderen, sondern jenes anderen, der für ihn — und nur für ihn — an der Front stand, damit er in der Heimat studieren könne. So fest hatte Harald sich eingeprägt, daß Ichals sein Opfergänger sei, daß von hier aus seine Stellung Edith gegenüber bestimmt wurde. Er liebte diese Frau, war ihr mit Leib und Seele verfallen; sie war in sein Vertrauen gestellt von einem, der ihn zu schützen ausgezogen war. Daran läuterte sich seine Liebe und hob die Frau in eine Sphäre, die frei von Begehren war. Mit den spürenden Sinnen der Frau hatte Edith diese Wandlung wahrgenommen und war glücklich darüber. Sie wußte sich in Sicherheit und konnte darum — dafür war sie Weib — ihre kleinen Spiele mit ihm treiben, was sie „an den Goldfischhafen pieksen" nannte. Der Goldfisch tat ihr nicht den Gefallen, in Aufregung zu geraten; er blieb mit geruhsam atmenden Kiemen stehen und sah sie seelenvoll gelassen an. Was ihre Sicherheit und ihre Freude an dem Spiel erhöhte.

Für die elterlichen Paddelfahrten war Harald nie zu haben gewesen; dabei hatten sich Bergers mit ihrem Kanu, als ob es ein ausgebuddeltes Cäsarenschiff aus dem Nemisee sei. Als Edith jedoch Freude an den Fahrten bezeigte, war Harald auch dabei. Er hatte seinen Platz am Bug und kam sich dabei wie eine Kühlerfigur vor. Da er Ausschau halten mußte, konnte er sich an der Unterhaltung der anderen wenig beteiligen, was ihn besonders verdroß. Berger hätte gern den Platz mit ihm gewechselt; unter seinem Gewicht sackte der Bug jedoch so tief weg, daß sie keine Fahrt gemacht hätten. Wenn in der Oberalster gebadet wurde, blieb Berger an Bord und blickte traurig auf seinen Rundbauch, der ihn von den fröhlichen Wasserspielen seiner Bootsgefährten ausschloß.

Schön die Heimfahrt auf der alten Alster, die neben dem begradeten Lauf des Flusses bald diesseits, bald jenseits malerisch einherzieht. Mit Steilufern — mit den Augen des Hamburgers gesehen! —, mit idyllischen Buchten, mit glucksendem Wellenschlag unter tiefhängenden Weiden, mit verliebten Paaren in den Booten, mit fröhlichen Menschen in den Uferlauben der Gärten, mit dem milden Licht des zur Rüste gehenden Tages, mit der Rasselbande von Kindern auf den Brücken, mit all jener seligen Gelöstheit, die sich kundtut in der über den Bootsrand hängenden Hand eines leise trällernden Mädchens, in den Zurufen von

Boot zu Boot, in dem gemächlichen Paddelschlag, der kein Überholen mehr will, mit all dem, was man sehen, hören und fühlen muß, um der Fülle und Süße des Lebens gewahr zu werden. Sieh, da ragt der Turm der alten Eppendorfer Kirche. Zweihundert Jahre steht er schon gutnachbarlich neben der Alster. Hüben Eppendorf, drüben Winterhude. Einst mitten in Wiesenland, heute ein bißchen an die Seite gestellt von der Prachtsteinbrücke, kaum beachtet von den breiten Straßen, die sich mit ihrem Asphaltkleid dicke tun. Und neben der Kirche — kommt doch dichter heran, damit ihr die Steine seht! — sind Menschen, die sich ihrer Zeit nicht gering dünkten, für das Zeitliche vor Anker gegangen in der Hoffnung und im Glauben — bitte, wenn ihr die von Regen und von schlagenden Baumzweigen verwitterte Schrift noch entziffern mögt! — ihn zur Fahrt in die Herrlichkeit Gottes einst wieder zu lichten.

Schöne Zeiten, schöne Zeiten, meine lieben Heutigen, haben die Gestrigen und Vorgestrigen gehabt, als die Wagen noch nicht ohne Pferde liefen und noch nicht Stimmen plötzlich in der Luft waren, ohne daß man jemand weit und breit sah. Schöne Zeiten, schöne Zeiten! Knicks und Redder und Tümpel und Moore und goldene Abendsonne, und alles hatte Zeit und Frieden, und über den Schornsteinen niedriger Häuser stand der blaue Rauch des Herdfeuers, um das die Menschen ausruhten von den Werken ihres Tages. Ja, fahrt nur zu, ihr Eilfertigen, die ihr an euch selber vorbeirennt. Der schnellste Wagen, das schnellste Schiff! Was soll ich viel reden. Und an dem Turm plinkerte es hell. Widerschein der Sonne in einem Fensterchen ganz oben, und nicht etwa eine Träne, sofern Türme überhaupt Tränen haben können.

Da sahen die Menschen in den Booten die Fesselballons höher steigen. Die Boote machten schnellere Fahrt, schrägten den Rondeelteich und glitten unter der Bellevuebrücke in den Goldbeck-Kanal hinein, der hell und golden wie eine Straße vor ihnen lag. Die Wasserrosen am Ufer wiegten sich, ein paar Entenmütter waren mit ihren Jungen noch unterwegs und lehrten sie, nach den guten Dingen dieser Welt zu schnappen. Vor den Bootshäusern emsiges Säubern der Boote.

Und dann heulten die Sirenen: Alarm! Alarm! Alarm!

Harald hatte gehofft, noch für ein weiteres Semester Studienurlaub zu bekommen, sah sich darin aber mit vielen anderen Studenten getäuscht. Nur die Medizinstudenten bildeten eine Ausnahme. Den Studenten im Soldatenrock wurden nicht nur die Studiengelder erlassen, sondern sie erhielten vom Staat noch einen monatlichen Zuschuß; dadurch fand mancher den Weg zur Universität, der sonst nicht hätte daran denken können. Man will etwas für die gelästerten Intellektuellen tun; denn es scheint nicht ganz ohne sie zu gehen. Nun hat man aber doch ein Haar darin gefunden. Nicht von den Hörsälen, wohl aber von den Fluren mit ihren Stehkonventen geht ein aufrührerischer Geist aus. Mit jugendlichem Feuer krachen die Weltanschauungen aufeinander, erbittert kompromißlos bis in die letzten Konsequenzen. Jede Uni ein gärender Bottich, von dem man nicht weiß, was sich in ihm zusammenbraut. Alle echte Jugend ist überheblich und verdammt das eine mit der gleichen Kraft, mit der sie das andere anbetet. Die Geister scheiden sich; der Lehrbetrieb fängt an darunter zu leiden. Einige Universitäten schließen ihre Pforten; die verbleibenden genügen vollauf.

Aber auch das war kein Allheilmittel. Die von den Universitäten an die Front zurückkehrenden Studenten trugen den Geist der Auflehnung in ihren Kameradenkreis. Es wurde mehr als zuvor disputiert. Man wirkte überzeugend in der Gewißheit, viele heimliche Mitstreiter zu haben. Man handelte weder nach Verabredung, noch folgte man einem System; es bildeten sich hier und dort kleine Kreise, die nicht voneinander wußten, von deren Vorhandensein man jedoch dort und hier überzeugt war. Heimliche Sturmtrupps, die auf den Hornstoß zum gemeinsamen Sammeln ebenso sehnsüchtig harrten, wie sie allezeit bereit waren, von sich aus aktiv zu handeln. Das alles spielte sich für die große Öffentlichkeit unsichtbar ab. Heimlich wie ihr Wirken auch die Abwehr. Nur daß diese Abwehr alle Mittel der Staatsgewalt hinter sich hatte. Kalt und grausam, übereilte diese Abwehr nichts. Die Verdächtigen waren schon umstellt, ehe sie nur ahnten, daß sie ins Blickfeld der Bewacher geraten waren. Da ein toter Märtyrer tausend lebende Bekenner schafft, so blieb alles in der Stille und mancher, für dessen irdisches Wohlergehen noch heiß gebetet wurde, hatte längst den Himmel gewonnen. Reife Männer und Frauen aus allen Kreisen setzten Gut und Blut, klangvolle Namen und Familienglück für ihre Überzeugung ein.

Wer wußte von ihnen, wer ahnte ihr gefährliches Leben, das von einer Stunde zur anderen zu Ende sein konnte? Und die davon wußten, schwiegen; denn sie standen unter der Androhung des gleichen fürchterlichen Schicksals, wenn sie das Geheimnis nicht hüteten. Und weil der Wissende fürchten mußte, beim Nachforschen in die Fangarme des im Finstern lauernden Polyps zu geraten, der Unwissende dieses alles aber einfach nicht glauben konnte, so blieb im geheimen, was, ans Licht gebracht, nichts als Entsetzen gewesen wäre.

Harald hatte mit Berger hierüber nicht wieder gesprochen, wohl aber mit Else, die mit ihm der Überzeugung war, daß schlimme Dinge geschahen. Wenn sie mit zahllosen Frauen vor den Läden Schlange stand, wurde gewispert von heimlichen Abholungen, von Haussuchungen mitten in der Nacht, von Drangsalierung Angehöriger, die keine Aussage hatten machen wollen. Überall Auflehnung und Empörung. Überall aber auch Bespitzelung und Anzeige und über allem eine dunkle Macht, die erbarmungslos geheimnisvoll vernichtete, was in ihre Fänge geriet.

Die deutsche Propaganda unentwegt bemüht, der Welt das „wahre Angesicht Englands" zu zeigen. Das Verfahren dabei mehr populär als historisch fundiert. Unbedenklich greift man in die Truhe der geschichtlichen Anekdote; erzählt, wie Eduard I. die Walliser mit einem hinterhältigen Versprechen um die Selbständigkeit ihres Landes betrog, wie er den Juden das Vermögen abnahm und sie elendiglich auf einer Themse-Insel ertränken ließ. Wie Heinrich V. zwölftausend Bauern in den Schanzengräben von Rouen ungerührt dem Hungertode überantwortete, die in den Gräben geborenen Kinder aber in die Stadt holen, sie taufen und den Müttern in den Gräben zurückgeben ließ, so daß die armen Weiber wenigstens den Trost hatten, daß die Kleinen nicht ungetauft vor Hunger verreckten. Von der historischen Truhe mit einem Sprung in die zeitgenössische Literatur, in die „Geschichte der Menschheit" von Hendrik van Loon, in der ironisch überlegen die Bedrohungen des britischen Welthandels als Ursache auch des letzten Weltkrieges, geführt „für die Demokratie und die kleinen Nationen", dargestellt werden. Dann ließ man Sir Philipp Gibbs auftreten und seine Hohe Schule der Politik reiten, indem man Auszüge aus seinem „Ordeal in England" gab, in dem es heißt: „Man würde gut daran tun, beim Studium der Geschichte bis zum Versailler Vertrag zurückzugehen und sich die Strafklauseln genau anzusehen, die ein großes und mächtiges Volk seinen Gegnern auf Gnade und Ungnade auslieferten. Kein freimütiger Geist stand auf, die Menschheit aus den Trümmern jener Zeit wieder zu Recht kommen zu lassen oder Kameradschaftlichkeit und Zusammenarbeit zwischen denen anzustreben, die einander bekämpft hatten. Wir haben diese Gelegenheit verpaßt.

Man sollte unsere verantwortlichen Männer anklagen, desgleichen die französischen, weil sie von einem geschlagenen Volk einen derart unerhörten Tribut, genannt Reparationen, verlangten, die geradezu astronomische Zahlen erreichten, und die, wie wir genau wußten oder hätten wissen müssen, noch nicht einmal die reichste Nation der Welt hätte leisten können, geschweige denn das ausgesogene und ruinierte Deutschland.

Wir täten gut daran, uns zu erinnern, daß aus dem Unglück der Erniedrigung und der Verzweiflung, in die das besiegte Deutschland durch das Geschrei nach Reparationen und den französischen Ruhreinfall — an dem England nicht teilgenommen hat — gestürzt worden war, die Wendung kam. Schon vor Jahren habe ich gesagt: Poincaré ist der Vater des Nationalsozialismus und das englische Auswärtige Amt die Geburtsstätte der deutschen Luftwaffe.

Jahr für Jahr trat in Genf die Abrüstungskommission zusammen, schwätzte über die Beschränkungen der Rüstungen, die nur noch die Selbstverteidigung der Nationen gewährleisten sollten. Deutschland hatte zu jener Zeit völlig abgerüstet. Das war trotz allen Geredes und Geschreibsels über verborgene Waffenlager und über geheim ausgebildete Rekruten eine Tatsache. Deutschland war waffenlos und hätte sich gegen keinen Gegner zur Wehr setzen können. Es besaß keine schwere Artillerie, keine Tanks, keine Luftwaffe, keine Vorräte an Munition, keine Vorräte an Maschinengewehren und Gewehren. Das war der Zeitpunkt für den Völkerbund, ein System der Abrüstung auch der anderen aufzustellen. In England sowohl als in vielen anderen Ländern drängte das Volk leidenschaftlich darauf.

Nichts geschah!

Aber Jahr um Jahr wurden die langweiligen heuchlerischen Debatten über die Abrüstung fortgesetzt mit der geheimen Absicht, ihre Verwirklichung zu verhindern. Paul-Boncour war Meister in diesem Spiel, und unsere eigenen Vertreter taten es ihm nach und waren außerdem unaufrichtig.

Es war Lord Londonderry, der in der Frage der Bombenangriffe aus der Luft gerade in dem Augenblick Vorbehalte machte, als durchaus die Möglichkeit gegeben war, zu einem Verbot dieser Angriffsart zu gelangen. Er hat es später zwar geleugnet, aber die Verhandlungsberichte strafen ihn Lügen.

Als Deutschland im Völkerbund — dem es damals noch angehörte — sich für die Gleichheit der Rüstungen auf möglichst niedriger Basis einsetzte — eine Gleichheit, die Deutschland vor aller Welt versprochen worden war —, da war es der britische Vertreter Sir John Simon, der sich erhob und, mit dem französischen Vertreter einen Blick des Einverständnisses tauschend, erklärte, daß durch die nationalsozialistische Regierung in Deutschland eine Lage geschaffen worden sei, die eine neue Prüfungszeit für Deutschland geraten erscheinen lasse. Er schlage dafür acht Jahre vor; dann werdc Dcutschland Waffengleichheit zugestanden werden können.

Das war Spiegelfechterei; man dachte gar nicht ernsthaft daran, Deutschland gleiches Recht zuzubilligen. Deutschland verließ den Völkerbund! Deutschland rüstete auf! Wer will, ohne zu heucheln, ihm daraus einen Vorwurf machen?

Und wir? Wir hatten wieder eine Gelegenheit verpaßt. Die beste, die es damals gab, die Völker Europas von der drückenden Last der Aufrüstung zu befreien und die Mitarbeit Deutschlands für die gesetzlich festzulegende kollektive Sicherheit Europas und für einen dauernden wirklichen Frieden zu erlangen."

Den Beschluß dieser Auszüge bildete ein Satz aus dem Buch „Great Argument" des gleichen Verfassers: „Deutschland hat ein paar ausgezeichnete Vorschläge gemacht: es will seine Armee auf dreihunderttausend Mann beschränken, wenn Frankreich sein Heer entsprechend herabsetzt. Es schlägt ein allgemeines Verbot für den Bau von Bombenflugzeugen vor und ist bereit, einem Viermächtepakt, der den Frieden von Europa garantiert, beizutreten."

Worte eines Engländers! Selbst bei der Wahrheit kommt es auf die Auslegung an. Hendrik van Loon machte den beachtlichen Hinweis, daß bei der Abfassung des Vertrages von Versailles auf der Siegerseite ein halbes Dutzend vergreister Kahlköpfe saßen.

„Denken Sie, Harald, mein Mann kommt auf Urlaub!"

„Das freut mich, Edith. Das wird Ihren Schmerz lindern, mich zu verlieren. Ich muß zur Truppe zurück."

„Wie schade! Es wäre so schön gewesen, wir alle zusammen.“

„Es war auch so sehr, sehr schön.“

Sie reichte ihm die Hand. „Ja — nicht wahr?“

Er sah sie an.

„Oder nicht?“ fragte sie.

„Doch —“

„Nicht mehr als doch?“

„Sie wissen es, auch ohne daß ich's sage —“

„Sehn Sie, und daß Sie's nicht sagen, finde ich fein.“

Ihre Augen ruhten ineinander.

„Ja, Harald, und wenn Sie nicht Sie und ich nicht ich wären, dann würde ich Sie für Ihre Tapferkeit —“

„— vor dem Feinde —“

„— mit einem Kuß belohnt haben!“

„Könnten wir in diesem einen Fall nicht wirklich wie die andern sein? Morgen fahre ich.“

„Morgen schon? Und das sagen Sie heute erst?“

„Befehl heute morgen eingegangen.“

Er sah ein Flirren in ihren Augen.

„Sie sind schwer zu verstehen, Edith. Als ich Sie kennenlernte, erschienen Sie mir ganz einfach —“

„Unsinn, Harald. Wir Frauen sind viel weniger rätselhaft, als die Männer sich und uns einreden. In Wirklichkeit ist die Frau immer nur das, was sie im Augenblick scheinen möchte.“

„Also nicht das, was sie ist?“

„Vielleicht dann am meisten, weil Unbewußtes dann am wirksamsten wird.“

„Und was möchten Sie in diesem Augenblick scheinen zu sein?“

„Das ist ganz als Mann gefragt, Harald. In diesem Augenblick darf ich weder sein noch scheinen, was ich weder scheinen darf noch sein will.“

„Mit anderen Worten: Sie fürchten sich vor sich selber.“

„Man muß ein Spinnweb bewundern, nicht es berühren.“

Er nahm ihre Hände und führte sie an die Lippen: „Liebe Pythia.“

„Werden Sie Ihre große Schwester vermissen?"
„Sie Ihren Bruder?"
„Und immer an sie denken?"
„Und ihn nicht vergessen?"
„Nie!"
„Nie!"
Und ohne die Hände zu lösen, einten sich ihre Lippen zu einem geschwisterlichen Kuß.
„Ob Edith nicht noch kommt?" fragte Else abends, „sie weiß doch, daß du fährst?"
„Doch; ich war bei ihr."
„Ja, und?" Else sah Berger an.
Harald machte sich stark. „Man kann ja auch einmal unter sich sein."
„Ihr Mann kommt. Hat sie dir's gesagt?"
„Natürlich; warum sollte sie's nicht sagen, Else?"
Es lag eine kleine Spannung über dem Abend. Harald packte, mußte dies und das suchen, vermißte ein drittes, verfluchte ein viertes, und am Ende lag alles vor seiner Nase. Er war überall mit seinen Gedanken, nur nicht bei der Packerei.
Obwohl er nicht danach tat, hatte er doch im stillen auf das Kommen Ediths gehofft. Je weiter der Abend vorrückte, um so stiller wurde Harald. Schließlich ging man ins Bett.
In der Frühe machte man es kurz und schmerzlos. Es war eine schöne Zeit gewesen, er hatte ein Semester studieren dürfen, war ein Stückchen weitergekommen, dafür hatte man dankbar zu sein. Er drückte dem Vater die Hand, umarmte Else, nahm Mohrle, der ihn wehleidig anwinselte, einen Augenblick hoch, und ging mit einem „Grüßt alle!" aus der Tür.
Sie hörten ihn die vier Treppen hinuntertappen, unten die Tür aufschließen — jetzt warf er den Schlüssel in den Briefkasten — sie traten auf den Nordbalkon hinaus, um dem Jungen nachzuschauen. Vornüber, den Daumen unter den Tragriemen, schritt er dahin. Einmal sah er sich noch um, hob grüßend die Hand und ging weiter.

„Laß uns nur gleich aufbleiben“, sagte Berger und sah in den rosighellen Tag hinaus, der eine Bahn Sonnengoldes ins Zimmer legte. Die Pappeln am Stadtrand standen Parade. Nach einer Weile kam der Hochbahnzug, der Harald nach dem Hauptbahnhof fuhr.

Ichals war ein anderer Mensch geworden. Alle, die draußen waren, kamen anders heim. Wie sie durch den dauernden Aufenthalt im Freien an Stattlichkeit gewannen, so wandelte sich auch ihr Inneres. Es war, als ließe der liebe Gott sie durch eine Luke schauen, und siehe, sie sahen nichts als Eitelkeiten.

Wenn, sagte Ichals sich, gegen das Ewige gesehen, die Dinge der Erde und unseres Lebens, die uns so wichtig und betörend dünken, so gering erscheinen, dann müssen sie einen Sinn haben, der uns unfaßbar ist. Wenn auf diesem flimmernden Korn, das die Erde im kosmischen Reigen ist, das Dunkel mit der Helle streitet, die Tiefe sich gegen die Höhe erhebt, das Edle mit dem Unedlen ringt, wenn hier die gleichen Gesetze wirken, denen das All unterworfen ist, dann heißt es den Sinn dieser Gesetze erfüllen, seine Pflicht dort zu tun, wohin man gestellt worden ist. Es ist gut, sich seiner Winzigkeit bewußt zu sein, aber keiner ist so gering, daß er seiner Pflicht vergessen dürfte. Nicht, daß ein Sandkorn wichtig wäre, aber daß hier eine unzählige Menge das Ufer bilden, auf dem das Meer unmächtig zerbrandet, das ist wichtig. Nicht, daß ein Gesteinskörnchen wichtig wäre, daß ihrer viele einen Berg ausmachen, das ist wichtig! Wichtig ist, sich zu vergegenwärtigen, daß über unserem Scheitel schon die Unendlichkeit des Weltenraumes beginnt.

In einsamen Nächten im Osten war ihm dieses alles klar geworden, hatte ihn jene Gläubigkeit gewinnen lassen, die über Dogmen hinweg zum Einssein mit dem Unverrückbaren strebt, das heliozentrisch alle Dinge ordnet.

Wenn er in diesen Tagen vor Berger in Zivil auf und nieder schritt, nach alter Gewohnheit die Hände in den Taschen, die Hose hochziehend, dann schien er der alte und war doch ein anderer. Er schenkte allem, was Berger ihm vortrug, Interesse, aber man merkte ihm an, daß die Gedanken andere Wege gingen.

Als Edith ihm von dem tragischen Ende des alten Buchhalters erzählte, zeigte er nur kühles Erstaunen: „Tragisch, Edith? Wieso tragisch? Ein Mann ohne Anhang, in Kindereien versponnen, geht hin und hängt sich auf, weil man über ihn gelacht hat. Was ist daran tragisch? Höchstens das daran verschwendete Mitleid! Was sollten die Mädel anderes als lachen, wenn sie einen alten Herrn in anakreontischen Verzückungen sehen. Selbst die Erhabenheit eines Goethes lischt die Lächerlichkeit der Leidenschaft eines Vierundsiebzigjährigen für eine Neunzehnjährige nicht hinweg."

„Ich bitte dich, ein Mensch, der sein Bestes darbietet!"

„Papperlapapp! Bestes darbietet! Große Worte für kleine Dinge. Sentimentalität statt Gefühlstiefe. Was bieten wir draußen dar? Unser Leben, Edith."

Sie sah ihres Mannes ernstes Gesicht.

„Natürlich ist das mehr. Junge hoffnungsvolle Leben —"

Er unterbrach sie, was er sonst selten tat. „Es hat ihm keiner sein Leben nehmen wollen. Er hätte in Ruhe weiter vergreisen können. Schenkt euer Mitleid den Opfern draußen, die hochgemut, jung, stolz und unverzagt Tag für Tag ihr Leben, ihre Pläne und Hoffnungen, ihre Erfüllungen und Träume darbringen."

Edith schwieg beschämt. Wie weit war ihr Mann, den sie so oft belächelt hatte, über sie hinweggereift.

„Man muß Menschen sterben gehen gesehen haben, Edith. In den Tod gehen. In die Gewißheit des Todes. Aus der Helle der Schönheit des Lebens hinweg in den ewigen Schatten. Aus allem heraus ins Nichts. Sie klimmen die Stufen aus ihrer Erdhöhle herauf und wissen, es ist das letzte Mal. Sie sehen den Himmel, das Feld, die Bäume, den Bach, die Straße, sie spüren den Atem des Windes, sie fühlen wie nie zuvor die Inbrunst der Erde unter ihren Schritten und sie wissen, das alles ist und bleibt, aber *sie* schwinden dahin, werden ausgelöscht —. Das ist Sterben, Edith."

Und Edith ist ganz still. Sie sind alle anders geworden, die Männer, die draußen gewesen sind. Es ist etwas, an dem die Daheimgebliebenen nicht teilnehmen können, weil es ihren Sinnen verschlossen ist. Es ist das Verschworensein einer Phalanx, in der jeder seinen Platz hat, und den er nicht aufgeben darf, solange noch eine Spur von Atem in ihm ist. Die Blutsgemeinschaft der Männer im Kriege ist die edelste aller Gemeinschaften! In ihr verketten sich die Herzen der Männer und tauschen das Blutsiegel der Treue und Unverbrüchlichkeit miteinander. Das ist das Große, Starke, Erhabene, das sein muß, damit Liebe, Zärtlichkeit, Frauenlächeln und Kinderfröhlichkeit sein können.

In ihr Sinnen hinein sagt Ichals: „Ob das alles aber sein muß, Edith, darüber habe ich früher nicht nachgedacht. Heute weiß ich, es muß n i c h t sein! Es darf nicht sein! Es gibt nichts auf der ganzen Welt, das mit der Zerstörung unserer Kultur und Zivilisation, mit dem Leben von Millionen Menschen, mit grauenvollem Sterben, mit zerfetzten Leibern, mit Brand, Raub und mit Schandtaten aller Art — nein, nein, es gibt nichts auf der ganzen Welt, das mit dem Weinen auch nur einer einzigen Mutter um einen im Kriege getöteten Sohn bezahlt werden dürfte. Da fahren Eisenkolosse auf und speien Feuer; da zerbomben Geschwader von Flugzeugen Dörfer und Städte; da züngeln Flammenwerfer und zerglimmen blühende Menschenleiber zu einem schaudervollen Gekruste; da zermanschen die Kettenräder der Tanks Verwundete; da krümmen sich in windender Todesnot Tausende ohne letzte Hilfe —“

Edith hielt sich die Ohren zu. „Hör auf! Hör auf! Ich ertrag' es nicht!“

„Ja, siehst du, so verschließen die Menschen Augen und Ohren vor den Entsetzlichkeiten, die zur Wahrung der heiligsten Güter begangen werden. Sie sollten dieses alles einmal selber mitmachen, die Männer, die über Krieg und Frieden zu entscheiden haben. Ich fürchte den Tod nicht, aber ich liebe das Leben. Ich bin ein Bourgeois, der es nicht begreift, warum die Erde mit Blut getränkt werden muß, weil es auch anders geht. Ich darf einem Prozeßgegner ja auch nicht mit einem Beil zu Leibe gehen. Aber die Völker dürfen es! Das ist es nämlich, Edith: der Mensch ist viel weiter als die Menschheit, sie steckt immer noch im Mittelalter. Wir schreiben das zwanzigste Jahrhundert, aber erreicht haben wir es noch lange nicht. Es gibt keine Grenze der Grausamkeit, an die Kriegführende zu gehen nicht entschlossen sind. Wie der Ton gewisser Staatsmänner auf das Niveau von Bierstuben abgesunken ist, so ihr moralisches Verpflichtetsein dem gesunden Menschenverstand gegenüber."

„Und du bist so gern Soldat geworden!"

„Wie ungezählte andere, die mit mir nicht wußten, was Krieg ist. Von Jugend auf ist uns ja gelehrt worden, daß die Waffe des Mannes höchste Ehre ist. Mit den Heldensagen fängt es an, mit der Verherrlichung des Triumphs über den bezwungenen Gegner. Da lenken Götter die fernhintreffende Lanze; da gibt es unbesiegbar machende Schwerter; da kann nur Feindesblut Schmach abwaschen, und was es sonst an Unsinn noch gibt bis in unsere Tage hinein, da Priester über die Mordgeräte des Krieges den Segen sprechen. Da berauschen sich die Menschen an heiligen Kriegen, als ob die Götter blutsaufende Bestien wären; da jauchzen wir über jeden versenkten Truppentransporter; da verfolgen wir gierig jede Meldung über die fortschreitende Vernichtung eingekesselter Verbände, aber wir haben Abscheu und Empörung für den Schlachter, der ein Tier abschlachtet, ohne es vorher zu betäuben. Wie die Japaner: sie vernichten die Fliegen und bitten dann den Fliegengott um Verzeihung."

Zehn Tage blieb Ichals; sie verrannen Edith wie im Traum. Es war ihr, als sei sie jetzt erst Frau geworden, jetzt, da sie ganz dicht an die Seele ihres Mannes herangekommen war. Und auch er suchte jeden Augenblick bei ihr zu sein. Er flüchtete in ihre Fraulichkeit wie in einen Tempel.

Vor diesen zehn Tagen zerschmolzen die Jahre ihrer Ehe zu einem Nichts. Sie waren nur die Wegstunden gewesen vor der Opferung. Es war die Entzückung des Einswerdens nach dem Alleinwandern auf verschiedenen Wegen.

Wenn Ichals allein war, bezwang trübe Ahnung ihn. Das Glück dieser Tage schenkte der Himmel nicht ohne Grund; der Himmel zahlte aus, damit der Mensch später keine Forderung an ihn habe. Er sollte seinen Lohn für alle Fälle dahin haben. Er sagte Edith nichts von diesen schmerzlichen Stunden; ihre Heiterkeit, ihr Hingegebensein an den Tag beglückten ihn. Daß dieses alles noch gekommen war, ließ in ihm die Überzeugung reifen, daß es nicht von Dauer sein werde, daß hinter diesen frohbekränzten Tagen andere, dunklere heranschritten. Die Ahnung von einem unabwendbaren Unheil verdichtete sich in ihm bis zur Gewißheit und ließ ihn die Tage mit Inbrunst trinken. Dennoch hatte er für Edith, wenn sie traurig an den Abschied dachte, ein zuversichtliches: Ich komme wieder. Sie gab sich dieser Zuversicht hin, denn, so dünkte es sie, dieses alles könne nur Anfang, niemals Ende sein.

Die Tage verrannen. Der Abschied kam! Über seiner Schmerzlichkeit stand das getroste Wort: Ich komme wieder.

Harald war nach Italien gekommen und führte, wie er schrieb, ein Leben, das zwischen Orangen und Oliven hin und her pendelte. In welcher Gegend er war, gab er nicht an, da er aber einmal nach Capri hinüberfahren wolle, um sich zu erkundigen, ob man sich dort Bergers aus Hamburg noch entsänne, so konnten Bergers ausmachen, an welchen Teil der italienischen Front Harald gekommen war. Auf Capri spitze er sich besonders, denn Else habe ihm so viel von dem Wogenprall an der Marina Piccola vorgeschwärmt, von den schönen Frauen und Mädchen, die dort knapp befeigenblattet den Strand zieren, von der Grotta Matromania, wo man dem Mithraskult gehuldigt haben soll, von der Blauen Grotte und den andersfarbigen auch, vom Schloß des Tiberius, von Anacapri, kurz, von so vielen Herrlichkeiten habe sie zu erzählen gewußt, daß er die Begier, die Insel zu besuchen, kaum zähmen könne. Aus dem Reiseführer wisse er bereits, daß Jean Paul die Insel mit einer Sphinx, Gregorovius sie mit einem antiken Sarkophag, an dessen Seiten sich schlangenartig Eumeniden schmiegen, verglichen haben. Von Capri nach Paestum sei nur ein Katzensprung. Vor Tagen sei er in einer Stadt gewesen, die gern von sich behaupten höre, daß sie der Mittelpunkt der Welt sei. Roma caput mundi. Das Wort schmecke nach Kirche; aber das tue es überall in Rom. Nach Kirche und Kunst und großer Vergangenheit. Tag und Nacht sei er zwischen Päpsten, Cäsaren, Philosophen, Malern, Bildhauern, Gladiatoren und schönen Hetären — das heißt mit ihren Schatten — einhergewandelt. Zwei Tage lang sei er dem Zauber von Ostia antica erlegen gewesen und jetzt umspinne ihn eine Landschaft, in der man, ob man wolle oder nicht, in das betörende Strömen der Vergangenheit gerate. Das sei, finde er, die Gefahr Italiens überhaupt, das Vergangene spricht so dringend, daß das Getöse der Gegenwart zu einem lächerlichen Blechgeklapper wird. Wenn ein Land so stark im Licht einer glanzvollen Vergangenheit steht, ihre toten Zeugen noch heute ihre heroischen Gesten, den blutvollen Schwung des Lebendigen haben, wenn aus den Purpurfalten der verrauschten Tage dieser Vergangenheit Unsterbliche hervortreten in ihrer zeitüberdauernden Gültigkeit, dann kann es leicht sein, daß ein solches Land über das Schicksal der Gewesenen nie hinauskommt. Der Toga-Römer sei von dem Pelerinen-Italiener verdrängt worden, denn die Pelerine sei eine Art Nationaltracht in Italien; man habe wohl auch nirgends eine Hand, sie schwungvoller über die Schulter zu werfen als hier. Pelerine und Regenschirm liebe der Italiener sehr, und selbst Weichensteller habe er in Florenz unter dem Regenschirm ihre Funktionen ausüben sehen. Apfelsinen, Zitronen, Feigen und schöne Weine trösten über alles hinweg und was das anbetreffe, brauche die Gegenwart sich vor der Vergangenheit nicht zu verbergen.

„Was er alles von der Welt sieht, Alfred: Polen, Rußland, Belgien, Frankreich, Paris —“

„Paris liegt in Frankreich!"

„Natürlich liegt Paris in Frankreich. Du kannst aber auch sagen: Frankreich liegt bei Paris."

„Sehr schön; das hätte keine Pariserin besser sagen können. Du, was Fanny wohl macht?"

„Gott ja, und die andern alle: Slighton, Kersch, Signore Bury, die Geschwister aus Holland."

„Die Welt ist aus den Fugen und die Menschen auch."

„Weißt du, Alfred, ich denke manchmal, wenn die Arbeiter der ganzen Welt sich einig wären, keine Kanonen, keine Bomben, keine Kriegsschiffe, überhaupt nichts, was dem Krieg dient, herzustellen, ob es da mit dem Krieg nicht vorbei sein müßte?"

„Stell dir das bei uns jetzt in Deutschland vor. Man würde sie reihenweise umlegen!"

„Eben nicht! Auch die, die dazu kommandiert würden, dürften nicht mitmachen. Das müßte doch gehen? Wenn Hunderttausende einem Streikbefehl gehorchen —"

„Man würde die Gewerkschaften auflösen."

„Nun lösen sie sich aber nicht auf. Was dann? Die Drucker würden keine Gestellungsbefehle und keine Aufrufe drucken; der Rundfunk würde sich weigern, solche Anordnungen weiterzugeben. In dem Augenblick, da ein Land einem anderen den Krieg erklärt, würden die Arbeiter der ganzen Welt die Hände ruhen lassen. Müßte da die Menschheit nicht zur Vernunft kommen?"

„In der Theorie wunderschön, in der Praxis aber —?"

„Was können die Regierungen wollen, wenn die Völker anders wollen! Denk doch, die Milliarden, die Deutschland allein für den Krieg ausgibt. Wenn wir dafür Arbeitshäuser, Wohlfahrtsanstalten, Schulen, ach, was weiß ich, gebaut hätten. Weniger Steuern, weniger Abgaben, das Geld hätte einen ganz anderen Wert gehabt — oder ist es Unsinn, was ich sage?"

„Nicht was du sagst — aber zu glauben, daß es je so werden könne, ist Unsinn. Bisher hat man es immer von obenher versucht, durch den Völkerbund, durch Friedenskonferenzen, durch Allianzen — es war auch schon eine Heilige Allianz dabei — und es ist immer ausgegangen wie das Horneberger Schießen. Auch nach diesem Krieg wird man wieder von einem endgültigen ewigen Frieden zwischen allen Völkern der Erde sprechen, wird von Versöhnung labern und mit der Verfemung des Besiegten, mit dem Vae victis des Brennus beginnen. Die Staatsmänner werden reden, die Völker werden schweigen und alles bleibt beim alten."

In den Nächten zum 27. und 29. Juli flogen die Briten bei hellem Mondlicht starke Angriffe gegen Wohngebiete von Hamburg. Hafen und Werften wurden gar nicht, Fabriken nur gering in Mitleidenschaft gezogen. Vor allem hatte die Innenstadt gelitten.

Als die Lünkenruh-Gemeinschaft nach der Entwarnung auf das Dach ging, um nach den Bränden auszuschauen, bot sich ihnen ein Bild, das sie bis in die Seele erbeben ließ. Um den Südwestrand der Stadt loderte ein flammender Gürtel, der durch Explosionen immer gewaltiger wurde. Blutrot aufglostend verzüngelten die Flammen hellgelb und weiß, wie Geiser im Gischt verstäubend. Darüber die Leviathanleiber von Rauchungeheuern, sich in Wollust windend und aufquellend von mefitischen Gasen.

Unter dem drohend roten Himmel trieben losgerissene Sperrballons wie vor Angst irr gewordene Tiere geradenwegs in die Feuerzone hinein. Flammenarme langten nach ihnen, sie wichen aus, taumelten, strebten dem Feueratem zu entfliehen. Aber dieses Flammende, Lodernde, dieser Tanz von Riesenwesen, in flatternden Händen Fackeln schwingend, dieses Knisternde, Knatternde, jaulend Aufbrausende, tief Auforgelnde, geil Aufzischende lockte unwiderstehlich an. Luft strömte herzu. Wild vor Lust, sich dem Orkan des Entfesselten zu vermählen, riß sie die unförmigen Ballons mit dem Sog eines Mahlstromes ein und endete ihr Dasein mit Knall und Auflohen, mit einem Husch, wie eine Fliege unter der Patsche endet. Wind trug den Kondensregen über die brennende Stadt bis hierher.

Bis an den Stadtparkrand bei Barmbeck dehnte sich das flammende Rund. Die Kuppe des Wasserturms auf der Uhlenhorst brannte lichterloh, ein phantastisches Bild; ein flammendes Viereck schien frei in der Luft zu schweben und verflackerte langsam wie ein Feuerwerk. In diesen beiden Nächten war das Grauen der Hölle über der Stadt.

In ausländischen Zeitungen ließ England den ersten dieser beiden Angriffe auf Hamburg schildern: Die erste Welle der anfliegenden Flugzeuge habe fünfundsiebzigtausend Brandbomben auf die Altstadt und Gebiete um die Binnenalster abgeworfen. Die zweite Welle bewarf die Bezirke der Außenalster, vorzugsweise St. Georg; wieder regnete es Tausende von Brandbomben. Die dritte Welle warf Explosivbomben ab, darunter solche von zwei Tonnen Gewicht. Die vierte Welle streute über die angegriffenen Gebiete Spreng- und Brandbomben, um die Rettungsarbeiten zu stören. Luftmarschall Sir Arthur Harris zollte seinen Fliegern Dank: „Dieser Raid gehört zu den am besten gelungenen Angriffsflügen des ganzen Krieges.“

Ein paar Tage war die Stadt in Unordnung. Die vehemente und systematische Art dieser Angriffe schuf ein neues Anschauungsbild und veränderte gründlich die Vorstellungen vom Luftkrieg. Bisher hatte man geglaubt, das Flugzeug habe nur Aufgaben am Rande des großen Geschehens zu erfüllen, sollte die Wirtschaft stören, die Menschen beunruhigen, Heeresnachschübe unterbinden, Kriegswerkstätten vernichten. Nun begann man zu begreifen, daß der Luftkrieg viel weitergesteckte Ziele hatte, Ziele, von denen aus betrachtet jeder Mensch in der Heimat kriegswichtig war; denn die Arbeit in der Heimat stärkte die Front. Die Gedanken an Weib und Kind daheim liehen den Männern draußen ein festes Herz. Gewiß würden am Ende die größere Menge und die bessere Qualität des Materials — denn darauf lief es genau wie im Weltkrieg auch jetzt hinaus — entscheiden. Daneben lief aber der psychologische Krieg: die Soldaten an der Front über das Elend in der Heimat, und die Heimat über das Unsinnige des

Widerstandes an der Front in Verzweiflung zu bringen. Mit Bedacht wurden die Wohngebiete der Arbeiter bombardiert, um die Gemüter zu erregen. Alles durchaus begreifliche Mittel in einem Krieg, der im Zeichen der Totalität stand. Wie die einen entschlossen waren, den Krieg bis zum Sieg durchzustehen, so die anderen, ihn möglichst bald zu beendigen. Jede Seite hatte einen „General Zeit“; jeder der Generale aber ein anderes Tempo.

Nach ein paar Tagen fuhren Eisen- und Straßenbahnen wie vorher; Gas, Wasser und Elektrizität wie sonst. Überall wurde gehämmert, Scheiben eingesetzt, Dächer ausgebessert, Schutt abgefahren, und die alles verloren hatten, richteten sich auf an der brüderlichen Hilfe, die von allen Seiten geleistet wurde.

Dicht um Lünkenruh waren ein paar Phosphorbomben niedergegangen, die ihren verderblichen Inhalt, ohne Schaden anzurichten, rings verspritzt hatten; wohl auch auf die Gräser, an denen Mohrle zu schnüffeln liebte. Er zeigte Spuren von Erkrankung. Else kochte ihm Haferschleim, und da es besser zu werden schien, wurde nichts weiter unternommen.

An der Ostfront entwickelte sich im Süden des Don eine gewaltige Schlacht. Das reiche und stark bevölkerte Kubangebiet lag offen vor den unwiderstehlich vordringenden Deutschen. An Rostow vorbei auf Proletarskaja zu. Nördlich davon Stalingrad, südlich Maikop, den Prähistorikern bekannt durch Gräberfunde. Nordwestlich Krasnodar, Endpunkt der letzten Eisenbahnverbindung mit Stalingrad. Deutlich zeichnete sich die Absicht der deutschen Operation ab, die Eisenbahnverbindungen der Sowjetunion von Norden nach Süden zu zerschneiden. Schon lag die Wolga im Flugbereich der deutschen Stukas. Timoschenko setzte seine letzten Reserven ein. Die gesamte britisch-nordamerikanische Großstrategie, so meinte ein englischer Beurteiler, werde durch das siegreiche Vordringen der Deutschen im Süden der Ostfront über den Haufen geworfen.

Es wollte mit Mohrle nicht besser werden. Der Tierarzt schüttelte zu der Annahme Elses, Mohrle könne Phosphor eingeschnüffelt haben, den Kopf und meinte, dann wäre er längst hinüber. Eine Darmgeschichte, nicht verwunderlich bei dieser Hitze; vielleicht habe er auch etwas Schlechtes gefressen; man müsse abwarten. Die Ernährung der Tiere sei ja auch nicht, wie sie sein solle. Reichlich Fleisch wäre gut.

Natürlich wäre Fleisch gut! Woher nehmen? Die Fleischrationen reichen kaum für die Menschen.

Alfred sah Mohrle genau an. „Ich will dir etwas sagen, Else. Mohrle ist uns zehn Jahre lang ein fröhlicher Gefährte gewesen. Wir müssen ihm — und wenn die ganze Welt dawider ist — ein Opfer bringen. Wenn der Tierarzt meint, wir brächten Mohrle damit durch — dann essen wir vier Wochen lang kein Fleisch und geben es ihm."

Und Mohrle pendelte, Traurigkeit in den Augen, mit dem Schwanz sein Einverständnis.

Eine Fleischkur, die in dieser Zeit auch Menschen gut täte, sagte der Tierarzt, könne dem Hund nicht schaden. Dann aber wolle man es auch gründlich machen. Ob sie zufällig noch Kakao hätten? Kürzlich aus Tetuan von einer Freundin angekommen. Schön, sehr schön sogar. Dann abends ein Opiumpulver, dahinter ein Viertelliter Kakao; dazu die Fleischkur — im übrigen sei Mohrle ein stämmiger Bursche.

Bei solcher Kur, meinte Alfred, müssen selbst Lemuren einen Fallstaffbauch bekommen. Es schlug auch an, Mohrle lief nicht mehr mit „runterem" Schwanz, hatte gute Laune, bis das Leiden sich wieder durchsetzte. Omi weinte heimlich in der Küche; auch Alfred wurde wieder kritisch; nur Else hatte Zuversicht. Mohrles Kopf wurde schmaler, knochiger, die Flanken fielen ein, und das Rückgrat wurde eine scharfe Kante. Am liebsten lag er am Fenster, und wenn Else ihn aufmunterte: „Mohrle, ausgehen!" ließ er den Kopf auf den Pfoten liegen und sah Else an, als wolle er sagen, daß er wisse, wie gut sie es meine, aber es sei zwecklos.

So krank war er nun aber doch nicht, daß er, wenn einer seiner Feinde — und er hatte deren etliche, besonders unter den Foxeln — daherkam, daß er dann ruhig blieb. Da waren welche, die er tödlich haßte und denen er in seiner Sterbestunde noch an die Kehle gegangen wäre. Wenn die kamen, sprang er auf, stand auf allen vieren, den Körper verkürzt in Wutspannung, und sein kurzes Blaffen war gell und hart wie früher. Die hauergleichen Zähne des Unterkiefers schoben sich über die Lefzen vor, in den Augen ein blutigroter Ring, in Augen, wie denen eines Wildtieres. Er war nicht schön anzusehen, aber herrlich als Verkörperung eines Urgefühls, das selbst unter dem Schatten des Todes nichts an Kraft verlor.

Auf den wenigen Gängen, zu denen er sich bereit finden ließ, trendelte er hinter Else her, vorbei an den schönsten Bäumen, und wenn jemand teilnehmend fragte: „Was hat Mohrle denn?" hob er seinen Kopf, als wollte er sagen: „Danke für gütige Nachfrage."

Wasser durfte er nicht trinken. Er wollte aber Wasser trinken. Wasser kommt gleich hinter Knöcksgen. Die gibt's auch nicht mehr. Keine Welt mehr für Hunde.

Beim nächsten Ausgang mit Else schlug er einen neuen Weg ein. Else ließ ihn und folgte ihm; er ging den Weg zur Bootswerft. Wie er den Weg kennt! Kaum auf der Werft, hatte er den forschen Gang früherer Tage geradenwegs auf das Wasser zu. Else lief vor: „Mohrle! Mohrle! Kein Wasser!" Aber schon war die rote Schlackerzunge im Wasser. Else nahm ihn auf, durchrüttelt von der Folgerichtigkeit, mit der sein Instinkt Vorstellung und Möglichkeit ihrer Verwirklichung verknüpft hatte.

Eine Paddlerin, jung und rotbraun von Wasser und Luft, nichts als strotzende Gesundheit von Kopf bis Fuß und gerade soviel Textilware auf dem Leibe, um der Phantasie des Beschauers keine Probleme zu stellen, sah Mohrle an: „Der sieht ja schrecklich aus! Der hat Typhus! Den müssen Sie töten lassen!"

Und Else, von Mitleid mit ihrem Hund und von der Robustheit des Mädchens gleichermaßen erregt, fuhr sie an: „Typhus! Sie haben Typhus! Im Kopf! Sie Kanuterin!" Mohrle dicht an sich gepreßt, ging Else davon.

Ruhig hörte Alfred Elses aufgeregte Schilderung an. Dann fragte er: „Wäre es dir so furchtbar, ihn töten zu lassen, Else?"

Else hatte nichts als ein Schluchzen.

„Es kann auch eine Wohltat sein, die wir ihm erweisen. Er leidet bestimmt sehr."

„Zwei Hundekuchen hat er heute gefressen."

„Das hat er in letzter Zeit oft getan — und jedesmal wurde es schlimmer."

„Wie er uns ansieht! Als ob er wüßte, wovon wir sprechen."

Alfred ließ seine Hand über Mohrles Kopf gehen. Mohrle sah beide an, mit einem Blick, der eine Brücke war, über die die Seele des Tieres zu der des Menschenbruders wandelte.

Am nächsten Morgen war Mohrle krank wie nie zuvor und hielt sich kaum auf den Beinen.

„Soll er sich quälen, nur weil es uns schwerfällt, ihn von uns zu lassen, Else?"

Else ging mit ihm zum Tierarzt.

„Sie können ihm nur noch eine Liebe erweisen, Frau Berger."

Mohrle stand zitternd auf dem blechbeschlagenen Tisch des Tierarztes. Er hat hier oft gestanden in all den Jahren, denn Else war immer sehr besorgt um ihn.

Else drückte ihn an sich und streichelte ihn.

„Er fühlt es gar nicht, Frau Berger. Sehn Sie, er ist ganz ruhig. Wie mager sein Schädel ist. Sehn Sie es?" Er hob die Spritze.

Else senkte ihr Gesicht dicht über Mohrle. Tränen fielen in sein Fell, in sein liebes geliebtes Fell.

DER MANN IM MOND HAT GUT REDEN

Langsam glitten die Tage dahin. Die Herzen hatten sich an den ehernen Schritt der Geschichte gewöhnt. Immer mehr Frauen und Mädchen sah man in Schwarz gehen; der Todesanzeigen mit dem Eisernen Kreuz wurden immer mehr, oft füllten sie ganze Seiten der Zeitungen. Dann wußte man, an irgendeinem Teil irgendeiner Front hatte es schwere Kämpfe gegeben. Diese schwarzgeränderten Kolonnen in den Zeitungen waren die grauenvollen Ergänzungen zu den knappen Mitteilungen der Wehrmachtberichte über erbitterte, aber siegreiche Kämpfe. Siegreich für den Tod, der seines Sensenschnittes nie müde wurde.

Die Entbehrungen wurden immer drückender; die Schaufensterauslagen immer armseliger. Viele Geschäfte stellten branchefremde Ausstattungsstücke in die Auslagen, vorsichtigerweise als unverkäuflich bezeichnet. Im übrigen behalf man sich mit Attrappen, die sich als solche dem Beschauer ausweisen mußten, um Verärgerungen durch unnütze Vorfragen zu vermeiden. Die bewirtschafteten Gegenstände des täglichen Bedarfs hielten ihre Preise. Was mit einem Gran von Wahrscheinlichkeit als Auslandsware gelten konnte, überstieg den normalen Preis um ein Mehrfaches. Vorsichtige Ladeninhaber räumten abends die Schaufenster leer, weil es sonst nachts von Unberufenen geschah. Schließlich wurde ein geringer Gesamtwert der auszustellenden Waren angeordnet, um die Habgier nicht anzureizen. Lebensmittelgeschäfte mußten nach Ladenschluß gegen Einbruch gesichert sein: im Laden oder in einem Nebenraum hatte sich nachts eine Wache aufzuhalten.

Unterderhand war alles zu haben. Man mußte nur wissen, wo! Tauschgeschäfte blühten. Stammgäste bekamen in den Gaststätten Schnäpse in kleinen Tassen gereicht, dazu ein Brötchen; die anderen Gäste sollten glauben, es sei Schildkrötensuppe. Keiner glaubte es. Es gab viel „Aromen“ und Tunken, die alle gleich scheußlich schmeckten. Es gab Pasten; Fischpasten, Leberpasten, Sardellenpasten, Fleischpasten; es gab Gemüsewürstchen und Lohengrin-Salate: nie sollst du mich befragen. Die Nahrungsmittelindustrie tat alles, um sich am Leben zu erhalten. Um einen Bezugschein mußte man mit dem Mute eines Löwen und der Unentwegtheit eines Spiralbohrers kämpfen. Mit dem Bezugschein war auch noch nichts erreicht! Vor dem Glück des Besitzes standen die Barrieren „Haben wir nicht“ und „Kommt nicht wieder“. Allen blieb der gleiche Trost: Gott siehet das Herz und nicht das Hemd an.

Angriff amerikanischer, englischer und de-Gaulle-Truppen auf die französische Kanalküste mit dem Ziel, Stadt und Hafen von Dieppe schnell zu nehmen, einen Brückenkopf bis nach Arques la Bataille, sieben Kilometer von der Küste entfernt, zu bilden, um von hier aus die deutsche Küstenverbindung zwischen Somme und Seine aufzurollen und die Häfen von Abbéville und Le Havre zu erobern.

Die klassische Invasionsbasis seit der Normannenzeit die Halbinsel Cotentin. Von hier aus drangen die Normannen nach England ein und hier landeten jahrhundertelang die englischen Heereszüge, um Frankreich zu erobern.

Ein paar Stunden nur dauerte der Spuk von Dieppe. Die feindliche Hauptmacht auf fünfunddreißig Frachtern kam trotz eines vorbereiteten Fliegerangriffs von hundert Bombern und tausend Jagdflugzeugen nicht zur Landung. Die geringen Landungstruppen wurden im Nahkampf aufgerieben, ohne daß Reserven hatten herangezogen werden müssen. Achtundzwanzig Panzer — mehr hatte man nicht an Land bringen können — wurden vernichtet. Vier Zerstörer, sieben Transporter und eine Anzahl kleinerer Kriegsfahrzeuge zerstört. Deutsche Flugzeuge verfolgten die Transportflotte bis in die Heimathäfen.

Zwei Tage später hißten deutsche Gebirgstruppen auf dem Elbrus, dem höchsten Berg im Kaukasus, die deutsche Kriegsflagge.

Deutsche Truppen in Stalingrad. Jedes Industriewerk eine Bastion. Jede Straße eine Höllengasse. Immer neue russische Heere schwollen heran, unabsehbar die Kolonnen heranrollender Panzer. Nicht um die Stadt Stalingrad allein ging es, sondern um das mystisch erhöhte Wahrzeichen des Riesenreiches überhaupt.

Alle Welt starrte auf die Blutmühle von Stalingrad. Hier sollte sich entscheiden, in welche Schale das Schicksal den dunklen Spruch der Verdammung legen würde.

Bruno hatte im Raum von Rschew einen Rückenschuß erhalten und war in ein Lazarett in Königsberg gekommen. Er hatte Edith eine Karte geschrieben. Die Karte trug dazu bei, Ediths Unruhe zu vermehren; denn die Gerüchte über die Kämpfe im Osten quälten alle, die einen Angehörigen im Osten hatten. Man hatte die Kräfte Rußlands unterschätzt; hatte nicht in Rechnung gestellt, daß auch dort der totale Krieg proklamiert war. Welch Entsetzen, als sich im Rücken der vorrückenden deutschen Truppen Partisanen-Verbände bildeten, auftauchten und verschwanden und den Deutschen ungeheure Verluste zufügten. Sie unterbanden den Nachschub und vernichteten versprengte deutsche Trupps erbarmungslos. Edith wußte, daß Ichals bei den Kämpfen um und in Stalingrad war. Immer wieder rannte sie zu Else, um sich Trost zu holen, und immer wieder klagte sie sich an, nicht gut gegen ihren Mann gewesen zu sein, und offenbarte Else schließlich, daß gerade jetzt, da sich sein Wunsch nach einem Kind erfüllen sollte, ihr Herz von bangen Ahnungen gequält sei.

Else tröstete sie, so gut sie konnte. Sie dürfe sich ihren Stimmungen nicht widerstandslos überlassen. Mehr als sonst müßten Frauen in ihrem Zustand sich heute zusammennehmen und sich freuen auf den Tag, da sie dem heimkehrenden Mann das Geschenk ihrer Liebe darbringen könnten.

„Darf ich jetzt öfter kommen, Else? Darf ich Else sagen?"

„Sag es nur, Edith. Wir Frauen müssen zusammenstehen."

Bruno hatte von Edith einen kurzen herzlichen Brief erhalten, aus dem er ihre eigenen Sorgen herauslas. Es ist so schwer, Mitleid zu geben, wenn man selber in Angst und Not lebt. Im Grunde waren sie einander fremd geblieben; das bißchen gemeinsamer Jugend, was zählte das schon in dieser Zeit der harten Wende? Und doch konnte er nichts dagegen tun, daß seine Gedanken immer wieder um diese Frau kreisten, ein Sehnen nach ihr in ihm war, frei von Begehren. Nicht weil er sich sagte, daß sie die Frau eines andern ist, daß sie einem andern angehört, von dieser Sphäre her fühlte er sich durch sie gar nicht angerührt. Er war eingefangen von dem sublimen Strömen, das von Frauen ausgeht und beheimatet ist in jener höheren Wesenheit, die in Mütterlichkeit ihre Krönung findet. Er möchte ihr schreiben, wagte es aber nicht; er möchte, daß sie von ihm hört, und schrieb daher an Berger in der Voraussicht, daß er zu ihr von ihm sprechen würde. Es wurde ein etwas weitschweifiger Brief, den Berger verwundert las, weil er sich ihn überhaupt nicht erklären konnte, da Bruno ihm nie geschrieben hatte. Die Ärzte, schrieb Bruno, seien für ihn voller Zuversicht; das Rückenmark sei zwar angekratzt, aber gerade dafür habe die heutige Heilkunst neue Methoden. Es werde lange mit ihm dauern, immerhin sei es besser, langsam gesund zu werden, als schnell zu sterben. Mit dem Sterben habe er ohnehin nicht viel im Sinn. Selbst wenn man im hohen Alter sterbe, sei man im Verhältnis zum Leben viel zu lange tot. Weder fürchte er den Tod, noch peinige ihn die Vorstellung vom Totsein, dennoch sei er als Lebender mehr für das Leben. Von sorglichen Schwesterhänden betreut liege er in seinem Bett und jeder Tag sei ein Tropfen in der Schale, aus der er Genesung trinke. Draußen stehe der Garten im Lichte des Herbstes, in einem Lichte, das wie Verheißung sei. Und zu wissen, daß kein Blatt sich vom Zweige löst, ohne daß nicht für ein neues Blatt schon vorgesorgt wäre, daß ein ewiger Rhythmus ist in diesem schönen Leben, ein Rhythmus, in dem alles ist, Sonne, Blühen, Lachen, Wanderwege, Flußfahrten, Glänzen um Bergesgipfel, schöne Mädchen und edle Frauen, und Heimkehr und Friede und Arbeit und Vergessenheit aller menschlichen Torheit. Und aller Verruchtheit des Krieges. Wie leicht allen, mit denen er zusammen liege, Krieg zu vermeiden scheine. Wie allein aus dem bloßen Willen der Menschen, keinen Krieg mehr zu dulden, es keinen Krieg mehr geben könne. Man sollte, wenn wieder Gefahren drohten, nicht das letzte Wort den Staatsmännern lassen, sondern einem Gremium von Kriegsverstümmelten, den Arm- und Beinlosen, den Kriegsblinden, und die allein sollen entscheiden, ob ein Krieg unabwendbar sei. Man möge ein Gremium von Müttern, die ihre Söhne, von Frauen, die ihren Mann, von Bräuten, die ihren Verlobten, von Kindern, die ihren Vater verloren haben, befragen, ob sie für einen neuen Krieg die alten Opfer bringen wollen. Weder ein Staatsoberhaupt noch ein Parlament dürften das Recht haben, Krieg zu erklären, sondern nur das Volk; denn das Volk müsse die Verantwortung vor der Welt tragen. Nur ein solcherart befragtes Volk könne mit vollem Recht zur Rechenschaft gezogen werden. Nicht aber eines, das einem Parlamentsbeschluß gehorchen müsse. Vor allem aber dann nicht, wenn es sich um ein Ein-Partei-Parlament handele, das ja an sich ein Unsinn sei, da man ebensogut vom Partei-Beratungszimmer aus den Untergang der Welt anordnen könne.

Wenn man wie er, Bruno, den Tod oft zu Gast kommen sehe, wenn der Kamerad, der gestern noch voller Hoffnung und Glauben war, plötzlich für ewig verstummt hinausgetragen werde, weil eine Embolie alle ärztliche Kunst und alle Fürsorge zunichte gemacht habe, dann würden alle Dinge sehr viel einfacher. Da berausche man sich an Tiraden und denke nicht daran, den bettelnden Kriegsverstümmelten eine menschenwürdige Pension zu zahlen. Man rühme die sich mehrenden Möglichkeiten, Menschenwerte und Menschenleben zu vernichten und könnte mit einem Bruchteil der dafür aufgewandten Mittel aus der Erde ein Paradies machen, in dem keiner dem andern Vernichtung zu sinnen brauchte. Was seien in diesem Krieg schon für Werte vernichtet worden, für die rastlos gearbeitet worden sei und für deren Wiederherstellung ebenso rastlos gearbeitet werden müsse. Ist das der Sinn des Lebens? Wird man einen Mann, der sich mühsam die Mittel für einen Anzug erarbeitet hat, nicht verrückt schelten, wenn er diesen Anzug in einem Anfall von Zorn zerfetzt und nun für einen neuen Anzug schuften muß? Machen die Völker es anders?

Nützt es uns, die wir die Dinge klar sehen? Hört man uns, die wir einst auf Krücken daherstampfen werden? Werden die Prothesen der Amputierten Argumente gegen den Krieg sein? Ich fürchte nein! Ich fürchte für allzuvieles ein Nein jener, denen wir Gewalt über uns gegeben haben. Ich fürchte, die Völker haben zu viel Furcht vor jenen, die ohne das Volk ein Dreck wären. Die Staatsmänner betreiben Moral aus Politik, nie Politik aus Moral. Darum in Notzeiten ihre Emphase, ihre Ideale. Einige Zeit nach dem Krieg hält der Chorgesang der Weltvereinigung noch an, dann löst er sich in nationale Einzelgesänge auf. Bruno schloß mit der Bitte an Berger, ihm den Brief nicht übelzunehmen; er habe sich ihn von der Seele schreiben müssen und glaube, bei Berger Verständnis zu finden für die Nöte, mit denen er und seine Kameraden sich neben ihren körperlichen Leiden abzufinden hätten. Und allen Grüße, die Anteil an ihm nehmen.

Am Tage darauf erhielt Edith die Nachricht, daß ihr Mann bei der Einnahme der Geschützfabrik „Rote Barrikade“ in Stalingrad gefallen sei.

Es war, als ob auch die Jahreszeiten ihr Antlitz wandelten; sie schienen ohne Innerlichkeit, waren kalt und ohne Widerhall. Vielleicht lag es auch nur an den Menschen. Vielleicht wußten sie keinen Widerhall mehr zu geben. Vielleicht war es auch darum, weil viele Dinge, die sonst den Zauber des Winters erhöhen, ausblieben.

Wie bunt und selig sonst die Vorweihnachtszeit; vom ersten Advent an nichts als Glänzen und Klingen, und Kindersingen vom frühen Morgen an bis in den späten Abend. Da war das Wunder schon unterwegs mit Schlittengeläut und Flockengestiebe. Da übten die Sternen-Engel schon „Vom Himmel hoch da komm' ich her" und da zählten sie ab, welcher von ihnen die Weihnachtsbotschaft bringen sollte: „Siehe, ich verkündige euch große Freude." Und in den Schaufenstern die bunten Glaskugeln, rot, blau, gelb, grün, silbern, golden, mit Kreisen und Punkten; daneben Ketten wie aufgereihte Feuerwerkskugeln, und Flitter und Engelshaar, und Silber- und Goldblättchen für die Nüsse, und Schwebe-Engel und Weihnachtsmänner an Gummifäden, und kobaltblaue Pfauen mit Schweif und Kamm aus gesträhltem Glas; und Schokoladenkränze und Marzipankringel und klingelnde Glöckchen.

Es wurde doch noch ein rechtes Weihnachtsfest mit brennenden Lichten und brennenden Herzen. Ein rechtes Weihnachtsfest mit Schnee und Frost draußen und mit Eisblumen drinnen an den Scheiben.

Den Weihnachtsabend verbrachte Edith bei Bergers. Alle waren bemüht, keine Rührseligkeit aufkommen zu lassen; es geschah der Lebenden mehr Erwähnung als der Toten. Harald hatte einen fröhlichen Weihnachtsbrief geschickt. Es ging ihm gut in Spaghettanien.

Die Lichte knisterten, der Baum duftete, die bunten Kugeln glänzten, da sagte Edith: „Bruno kommt auch nicht wieder."

„Hat er dir geschrieben?" fragte Else.

„Nein. Erst wollte ich, dann hab' ich's gelassen."

„Ich hätte ihm schreiben sollen", sagte Alfred. „Aber man kommt zu nichts. Die Laufereien zu den Ämtern.

Dann will man den freigestellt haben, dann jenen; und fertig sein soll auch alles zur rechten Zeit —"

„Du schreibst ihm zwischen den Festen, Alfred. Und warum, meinst du, sollte er nicht wiederkommen, Edith?"

„Ich fühle es, Else. Er denkt gewiß heute abend an uns. Oder meinst du nicht?"

„Sicher. Wir denken ja auch an ihn."

„Es kümmert sich keiner um ihn. Seine Schwester und sein Schwager waren die einzigen, die er hatte." Und nach einer Weile: „Ob ich ihn besuche?"

„Wenn du dir's zutraust, warum nicht?"

„Ob es angebracht ist?"

„Warum nicht, Edith? Die Frage ist nur, ob du dich solch einem bedrückenden Erlebnis aussetzen sollst. Was meinst du, Alfred?"

„Wenn Edith das Gefühl hat, ihm mit ihrem Besuch eine Freude zu machen, dann soll sie's tun. Sie brauchen alle eine Aufrichtung."

Das Weihnachtsfest hatte drei Feiertage. Heiligabend war am Donnerstag, so reihte sich der Sonntag den Feiertagen an. Es waren helle, schöne Wintertage. Auf der Kunsteisbahn am Dammtor zeigten sich die Sterne des Wiener Eislaufs, darunter die Meisterläufer Pausin.

Für Edith hatte das Leben jetzt, da sie ein neues Wesen in sich reifen fühlte, einen ganz anderen Sinn bekommen. Von dem Werdenden in ihr verfolgte sie den Weg der Geschlechter der Menschheit zurück. Eine ununterbrochene Kette bis in die Purpurtiefen unausdenkbarer Zeiten hinab, da einem Einzeller in der Tiefe des Meeres die Aufgabe geworden war, Eckstein zum Passionsweg der Menschheit zu werden.

Am zweiten Feiertag waren Bergers bei Melhops. Durch den Rundfunk war die Nachricht gekommen, daß der französische Admiral Darlan, der Gegenspieler de Gaulles, am Nachmittag des Heiligabends ermordet worden war.

Bergers nahmen wieder wahr, daß es bei Melhops nicht wie früher war. Annette gefiel sich in Affektiertheiten, die ihren Jahren nicht anstanden. Ernst schien es gelassen hinzunehmen, allerdings, wie Alfred feststellte, ohne den Humor, den er füher aufgebracht hatte. Als die Damen in Annettes Zimmer waren, wo Else Kleider vorgeführt bekam, fragte Melhop: „Hast du Neues gehört, Alfred?"

„Neues? Ich habe an dem Alten gerade genug."

„Man hat einen Hamburger Kaufmann festgenommen, weil er in einer Generalversammlung gesagt haben soll, man müsse sich für die Zukunft nicht nur auf den Sieg, sondern auch auf die Möglichkeit, den Krieg zu verlieren, einstellen."

„Natürlich, so todsicher ist der Sieg ja auch nicht. Bei Stalingrad sieht es mehr als bedenklich aus."

„Sag es um Gottes willen nicht laut, Alfred. Ich weiß von einem Bekannten bei der Polizei, daß es wieder schlimm hergeht."

„Damit zwingen sie's auch nicht."

Ernst sieht Alfred in die Augen. „Alte Freunde wie wir können Vertrauen zueinander haben." Er entfaltet ein Blatt und reicht es Alfred: „Lies."

Alfred sieht eine Reihe von Namen: Harro Schulze-Boysen und Frau, Dr. Arvad Harnack, Legationsrat von Scheliha, Handelsvertreter John Graudenz, Arbeiter Walter Husemann, Student Horst Heilmann, Bildhauer Kurt Schumacher und Frau u. a. m.

„Was soll das, Ernst?"

„Hingerichtet. Am 22. Dezember."

Ernst nahm dem Freund das Blatt ab und warf es ins Feuer. Er schloß die Ofentür nicht eher, als bis die Flammen das Blatt völlig zerascht hatten.

„Es sind nicht alle, nur ein paar Namen. Es folgen noch mehr, noch Hunderte."

„Ja, aber warum denn?"

„Verschwörung gegen die Regierung. Auch Offiziere dabei. Ich weiß nichts Genaues, auch mein Bekannter bei der Polizei nicht. Ich habe ihm schwören müssen, daß die Liste nicht von ihm stammt."

„Jetzt ist sie verbrannt. Man hätte sie verbreiten sollen."

„Nein, nein! Dann wären irgendein paar Tapse hineingefallen. Es wirkt auch so. Du siehst, bis ins Geheimste reichen die Fäden, und vier Tage nach den verbrecherischen Hinrichtungen wissen wir es.“

„Wir? Ernst? Bist du denn dabei?“

„Ich? Keine Spur. Ich bin froh, daß die Liste verbrannt ist. Aber es ist gut, von diesen Dingen zu wissen.“

„Gut, so lange man nicht erfährt, was du weißt.“

Ernst lächelte. „Du weißt es ja nun auch.“

„Wie ist es möglich! Die Menschen mußten doch wissen, daß es um ihr Leben ging.“

„Das wußten sie natürlich. Gab es nicht immer Menschen, für die das eigene Leben nicht das Wichtigste war?“

„Sicher; natürlich. Aber so ohne das Ziel erreicht zu haben, ist es immer tragisch.“

Ernst lächelte hinterhältig: „Meinst du in diesem Fall oder überhaupt?“

„Überhaupt.“

„Solche Opfer sind die Scheite, damit das Feuer nicht erlischt. Es ist tragisch, Scheit zu sein; aber die es sind, finden sich damit ab.“

„Hör', Ernst, du hast dich sonst nicht mit Politik befaßt.“

„Tu' ich auch heute noch nicht. Aber die da —“ er sah nach dem Ofen hin, in dem die Flammen von dem Zettel nichts mehr wußten — „waren kaum alle Politiker, alle aber Kämpfer für ein Ideal.“

„Und Hunderte, sagst du?“

„Die man festgenommen hat. Das Feuer brennt weiter. Viele Feuer brennen, ohne daß eines vom andern weiß.“

„Und von alledem weiß unsereiner nichts, gar nichts!“

„Hat sein Gutes, Alfred, für euch und für die anderen. Je weniger man von den Stollengräbern und den Zündschnurlegern weiß, um so besser. Es ist ein Kampf im Dunkeln.“

„Du bist doch in der Partei, Ernst.“

„Ja, und? Muß jeder, der am Zirkus ist, apportieren können?“

„Ich entdecke eine ganz neue Seite an dir, Ernst. Dieses Doppelspiel — ich weiß nicht —"

„Ist nicht schön, weiß ich. Mir auch mehr als unbehaglich. Bin auch mehr für klare Sicht und klares Wort, das weißt du —"

„Eben, eben."

„Wenn wir damit etwas erreichten. Du erinnerst dich vielleicht, daß wir damals, vor dem Kriege noch, auf dem Balkon — es war der letzte Bowlenabend — darüber sprachen, daß die jetzige Regierung auf legalem Wege zur Macht kam. Das ist nicht aus der Welt zu schaffen. Sie schafften aber die legalen Mittel ab, sie wieder wegzuschicken. Damit begann die Vergewaltigung des freien Willens und der Verantwortlichkeit des einzelnen."

„Harald hat mir erzählt, daß man mit den Juden grausam verfährt und sie ums Leben bringt. Zu Tausenden, Männer, Frauen, Kinder. Was ist mit den Konzentrationslagern? Was geschieht mit allen, die heimlich abgeholt werden?"

„Mein Wort als Freund, Alfred, darüber weiß ich nichts."

„Aber gehört hast du davon?"

„Du willst damit sagen, daß etwas dagegen getan werden müsse. Sagt der Zettel mit den Namen nicht genug? Es ist nicht gut, merken zu lassen, daß man mehr weiß als andere. Es war unvorsichtig von dir, im Zusammenhang damit Harald zu nennen."

„Dir gegenüber?"

„Bist du meiner sicher?"

„Ernst!"

„Natürlich Unsinn, Alfred! Wir stehlen, wenn's sein muß, noch heute zusammen Pferde. Hätte ich dir sonst den Zettel gezeigt?" Und nach einem Zögern: „Wenn du ganz dicht neben dir Dinge geschehen siehst, die du dir gar nicht hast vorstellen können, dann hältst du alles für möglich."

„Eine fürchterliche Welt, in der wir leben."

„Wenn die Machthaber bei uns nur mehr Vernunft gehabt hätten! Von hier aus hätte die Geschichte der Menschheit eine Wende nehmen und wir mit mehr Stolz als die Zeitgenossen Goethes von der Schlacht bei Valmy, von unserer Zeit hätten sagen können, wir seien dabei gewesen. Nicht eine neue Zeit erwarten wir, aber den Anbruch einer neuen Zeit. Das alles ist nun verpfuscht von einigen wenigen, denen Millionen blindlings Gefolgschaft leisten. Ungeheure Mittel nutzlos vertan, ungezählte Menschen sinn- und zwecklos hingeopfert und das Ende Verzweiflung und Untergang."

„Wenn wir verlieren!"

„Wir werden verlieren, Alfred. Im Osten beginnt es schon. Denk an Verdun im vorigen Weltkriege und sieh nach Stalingrad hin. Gegen das, was jetzt im Osten geschieht, war das bei Verdun nur ein Schützenfest."

„Ich kann es nicht beurteilen, Ernst. Wir können nur hoffen, daß der Krieg zu Ende geht, ehe noch die Geister der Toten widereinander zu kämpfen beginnen."

Der Sender de Gaulles in Brazzaville in Äquatorialafrika äußert sich zu der Ermordung Darlans, daß es niemals einen Mord gegeben habe, der einer Strafe des Himmels so nahe komme, wie der an Darlan. Der Londoner Rundfunk meint, die Kugel des Mörders Darlans habe ein Problem und eine verwirrende Schwierigkeit gelöst. Die Engländer sind in Dschibuti einmarschiert, um Französisch-Somaliland zu besetzen.

Die hellen Wintertage waren für Deutschland voller Dunkel. Was würde das neue Jahr bringen? Immer noch tobte das Ringen um Stalingrad, wo sich am deutlichsten zeigte, daß das Rußland des Weltkrieges der Vergangenheit angehörte. In Deutschland hatte man sich über den Impuls der russischen Militärmacht gründlich geirrt. Sie war nicht geschaffen, um rein nationalrussische Ziele zu erreichen, sondern sie war ein Werkzeug des Bolschewismus. Man hatte es für nicht mehr als eine parteipolitische Phrase genommen, als Woroschilow bei der Truppenschau der Maifeier 1939 in Moskau die russischen Truppen die Kriegsmacht des internationalen Kommunismus genannt hatte. Das war das Bestimmende für den kämpferischen Elan der Russen: nicht um das Vaterland allein ging es, es ging um die Weltbeglückung, um eine messianische Idee, es ging darum, das Licht aus dem Osten zu schützen gegen den Schattenzug aus dem Westen. Nicht um das heilige Rußland allein ging es mehr, es ging um den Sieg einer Idee über eine andere, um die große Weltoffensive des Bolschewismus, auf die man sich in langen Jahren vorbereitet hatte. Das hatte man weder in Deutschland noch anderswo erkannt.

Und es kam wie befürchtet: die deutschen Verteidiger von Stalingrad erlagen dem immer erneuerten und immer machtvolleren Ansturm der Feinde. Bis zuletzt wehte die deutsche Kriegsflagge über dem Traktorenwerk. Zweimal hatte der Feind Übergabe verlangt, zweimal war sie abgewiesen worden.

Hier war Heldentum Wahnwitz geworden. Kein Opfer konnte das Schicksal noch wenden. Hier konnte auch der Ruhm keine Namen mehr an den Himmel heften. Es ist kein Ruhm, sich für ein Unerreichbares abschießen zu lassen. Es war genau so sinnlos, als wollte man einer Überschwemmung mit Rechtsansprüchen auf ein bedrohtes Feld entgegentreten, einer Feuersbrunst mit Hypothekenbriefen Einhalt gebieten. In Deutschland begriff man wohl, daß die verlorene Schlacht um Stalingrad von schwerwiegender Bedeutung war, aber wie entsetzensvoll die Wahrheit war, wurde den Deutschen verhehlt.

Mitte Februar reiste Edith nach Königsberg. Bruno glaubte eine Vision zu haben, als Edith, von einer Schwester geleitet, an sein Bett trat. Als die Schwester gegangen und sie den Mantel ablegte, sah er, daß sie gesegneten Leibes war. Bruno reichte ihr die Hand: „Ich wünsche dir viel Glück, Edith."

Sie verstand ihn und errötete. „Wenn mein Mann es erlebt hätte — er hat es sich so gewünscht."

Er behielt ihre Hand: „Darf ich es?"

Sie lächelte: „Darum bin ich doch gekommen."

Seine Augen streichelten ihr Gesicht.

Aus vielen Betten hingen Augen an ihr. Sie schenkte ihnen ihr Lächeln, und alle nahmen es durstig wie einen Gruß des Lebens.

„Was die alle nachher fragen, wenn du weg bist!" Und dann: „Alle das gleiche: Rückenschuß."

Kälte überrann sie im Anblick des Elends der bleichen, ihr zugewandten Gesichter. Aber am meisten ergriff sie eines, das reglos mit offenen Augen in den Kissen lag, der Schau einer anderen Welt schon hingegeben.

Bruno sah ihren Blick. Er nickte ihr zu; das hieß: er wird sterben.

Sie strich seine Bettdecke glatt: „Ach, Bruno; es ist schrecklich."

„Ja; aber das wußte man gleich, als er eingeliefert wurde. Dreimal operiert. Ich bin ein leichter Fall, ich komme ohne Operation davon."

„Wie schön, Bruno. Und wie lange meinst du noch?"

„Das wissen die Ärzte auch nicht. Ganz heil werde ich nicht. Mit dem Marathonlauf und dem Tanzen wird es wohl vorbei sein."

„Es geht auch ohne Tanz. Es wird jetzt nirgends getanzt."

„Aber einmal wird man wieder tanzen, Edith. Dann hätte ich es wohl auch mit dir mögen."

Er war nichts als Schauen.

In Edith wallte ein warmes Gefühl hoch, sank aber, wie sie beschämt wahrnahm, gleich wieder ab. Als ob er es wüßte und sie es ihn vergessen machen müßte, sagte sie: „Das tun wir bestimmt, Bruno." Und da er seinen Blick nicht von ihr ließ, ohne ein Wort zu sagen, neigte sie sich etwas vor und fragte: „Was siehst du mich so an? Bin ich anders als sonst?"

„Sehr viel anders. Und ich muß an ein Wort von Lichtenberg denken: Die unterhaltendste Fläche auf der Erde für uns ist die vom menschlichen Gesicht. Der Gedanke ist hübsch. Findest du nicht?"

„Doch, ich finde es auch.“

Er sah sie unablässig an, als wolle er ihre Züge in sich eintrinken: „Ich weiß nicht, ob es andern auch so geht: von Menschen, die von mir entfernt sind, vergesse ich das Gesicht sehr schnell. Selbst die Farbe des Haars wüßte ich oft nicht zu nennen. Es ist mehr das Wesen, an das ich mich erinnere, selbst bei denen, die nicht mehr sind. Und das ist das Seltsame daran: ich kann mir vorstellen, daß unter Lebendigen ein geheimnisvoller Strahlungs- und Strömungsverkehr sein kann. Wenn es aber auch mit Abgeschiedenen möglich ist, dann sage ich mir, daß das Wesentliche eines Menschen über seinen zerfallenen Leib hinaus bestehen muß. In uns ist ein Unzerstörbares, das, durch unser Sterben verwandelt oder nicht, ewig im Rhythmus des Seienden bleibt.“

„Womit du dich quälst, Bruno —“

„Ich quäl' mich gar nicht, Edith. Wenn man so liegt wie wir hier, dann sieht man das Irdische, wie jemand von einem Berg ein Dorf unten im Tal. Alles ist so schön und fern; schön, weil es so fern ist; denn in der Nähe verliert vieles Schöne den Duft. Und man grübelt, ob der Zauber des Verehrungswürdigen nicht überhaupt nur durch das Entferntsein erweckt wird, das Ewige nicht nur darum so gewaltig, weil unser irdisches Maß so erbärmlich klein ist. Wir kommen an den Sinn nicht heran. Sieh, an dem Tag, als ich den Schuß erhielt, sollte ich zum Offizierskurs auf die Waffenschule. Da griff der Russe an, und ich blieb bei den Kameraden, obwohl ich hätte gehen können. Ich hätte es mir nie vergeben, gerade in jener Stunde von meinen Kameraden gegangen zu sein. Dann waren sie in unserer Linie; wir schmissen sie wieder 'raus. Einer war hinter uns geblieben und schoß mich an, und da lieg' ich.“

Um ihn abzulenken, fragte Edith: „Und dein Freund Hannes?“

„Den ficht nichts an. Der hat mich herausgeschleppt, während die Kugeln nur so pfiffen. Da hat er ‚Ji Aastüg!‘ geschrien und getan, als wollte er mit mir auf den ausgestreckten Armen auf die Russen zu. Da waren sie weg, wie vor einem, den keine Kugel trifft."

Die Schwester kam und sah Brunos fiebriges Gesicht. „Für heute muß es genug sein, gnädige Frau." Und ihren Zustand wahrnehmend: „Für Sie war die Reise hierher auch keine Kleinigkeit."

Edith lächelte schmerzlich: „Ach, ich —"

„Du kommst doch wieder, Edith?"

„Jeden Tag, so lange ich hier bin."

Im Hinausgehen fragte Edith, ob der Arzt ihr wohl Auskunft über Bruno gäbe.

„Die Ärzte sind so überlastet, gnädige Frau. Ist er ein Verwandter von Ihnen?"

Edith errötete: „Nein, nein, ein Jugendfreund. Aber auch das kaum. Wir kannten uns als Kinder; nach Kriegsausbruch sahen wir uns wieder. Sein Schwager ist in einem Lazarett gestorben und seine Schwester ist mit ihren beiden Kindern bei einem Luftangriff auf Lübeck ums Leben gekommen. Man hat alle vier an einem Tage beerdigt."

„Es ist schon grausam, gnädige Frau." Der Blick der Schwester haftete an Ediths Trauerkleidung.

„Mein Mann ist bei Stalingrad gefallen, Schwester. Und weil ich nun weiß, was Alleinsein heißt —"

Im gleichen Augenblick empfand sie es als kleinlich und töricht, eine menschlich schöne Handlung erklären zu wollen. Auch die Schwester schien es zu empfinden und legte im Schreiten den Arm um sie. „Es ist sehr schön, daß Sie gekommen sind. Es wird ihn aufrichten. Die Überraschung war nur, fürchte ich, zuviel für ihn."

„Um Gottes willen, das wollte ich nicht! Es steht nicht schlimm mit ihm, meint er."

„Das meinen sie alle. Darum sterben sie so schwer."

Edith kamen die Tränen: „Muß er — denn — auch?"

„Es gibt immer wieder Wunder. Und jeder hofft darauf. Man muß sie fühlen lassen, daß man daran glaubt, das ist alles. Das hilft ihnen und stärkt ihren Willen zum Leben. Vielleicht bringen Sie ihm dieses Wunder."

Vier Tage blieb sie in Königsberg.

Vier Tage lang war der Saal der Leidenden voll von Hoffnungen und heißen Lebenswünschen. Alle glaubten, es müsse ihnen Heil kommen von der Frau, die, wie sie nun wußten, selber schweres Leid trug. Sie, der man die Mutterwerdung ansah, war ihnen Symbol, das ihrem Los neuen Sinn lieh. Sie war ihnen der Inbegriff dessen, wofür zu sterben sie aufgerufen worden waren: das heilige Leben und Heimat und aller Wesen tiefste Liebe.

Als sie das letzte Mal schied und allen die Hand gab, war es ihnen, als bräche Dunkel über sie herein.

Am schwersten litt Bruno. Er lag in leidvoller Apathie und nahm an nichts Anteil. Als die Schwester ihm zusprach, sagte er: „Ich werde doch sterben, Schwester."

„Sie werden gesund werden. Sie müssen es nur wollen."

Er sah die Schwester an. Sie war jung und hübsch; der Geruch des Krankensaals konnte ihren Frauenduft nicht überdecken.

„Warum sagen Sie, was Sie selber nicht glauben, Schwester?"

„Ich glaube es, und Sie müssen es auch glauben."

„In drei Wochen fünf Kameraden weniger. Und alle nicht schlimmer als ich. Wir müssen alle dran glauben."

„Das können Sie nicht beurteilen. Das sind Unvorhergesehenheiten, die in der Konstitution des Einzelnen begründet sind."

„Manchmal habe ich das Gefühl, als stürbe ich von den Füßen herauf langsam ab. Ich beobachte es genau, Schwester. Meine Füße sind ganz tot."

„Wenn Sie sich Bewegung machen dürfen, regelt der Blutkreislauf das alles."

„Und dann? Bestenfalls ein Krüppel. Ein Krüppel mit Krücken; soll ich mich darum reißen?"

„Wem das Leben erhalten bleibt, hat sich zum Leben zu bekennen. Auch ein Blessierter hat kein Recht zur Fahnenflucht."

Sie strich ihm die Kissen glatt und ging zu den andern.

Am nächsten Morgen hing über seinem Bett, schön in Rundschrift, Goethes Spruch:

Feiger Gedanken
Bängliches Schwanken
Weibisches Zagen
Ängstliches Klagen,
Wendet kein Elend,
Macht dich nicht frei.
Allen Gewalten
Zum Trotz sich erhalten,
Nimmer sich beugen,
Kräftig sich zeigen,
Rufet die Arme
Der Götter herbei.

Bruno sah den Spruch immer wieder an. Die Schwester tat, als wisse sie nichts davon.

Was Bergers vorausgesehen, war eingetreten: Edith konnte mit den Eindrücken ihrer Reise nach Königsberg nicht fertig werden. Zu dem Schmerz um ihren Mann kam das Leid um Bruno, in dem sich für Edith das Schicksal von ungezählten jungen Männern darstellte. In diesem einen vergegenwärtigte sich ihr das Elend und das Siechtum einer um alles betrogenen Jugend. Im Mitleid mit diesem einen galt ihre Schmerzgebärde allen Duldenden. Allen Versuchen, sie aus den bedrückenden Vorstellungen zu lösen, setzte sie ein wirklichkeitsfremdes Lächeln entgegen und schwieg und schwieg. Bis es Bergers zu viel wurde und sie Edith eröffneten, daß sie mit ihnen nach Bayern müsse. Sie selber hätten seit Kriegsbeginn nicht ausgespannt und da müsse sie mit, ob sie wolle oder nicht. Quartier sei am Ferchensee oberhalb von Mittenwald schon gemacht. Die Fahrkarten würden besorgt werden und je schneller man abführe, um so besser sei es. Edith fügte sich dem Vorschlag. Es gab ein paar Tage Besorgungen, dann wurde gepackt und abgefahren.

Gleich hinter München geriet man in tiefen Winter. Die Züge voll von braungebrannten Sportlern. Und je näher den Bergen, um so tiefer der Friede. Was für eine Welt! Daß es das noch gab! Bei sinkendem Tag in Mittenwald; das Karwendelgebirge von Schneewolken verhangen. Der Wirt vom Ferchensee hatte für ein Gespann gesorgt, das sie nach dem Lautersee brachte, wo ein Schlitten sie erwartete. Gemächlich ging es das Laintal hinauf, das der Mond in silbernes Licht tauchte. Der Fuhrmann hockte vorn wie ein Gnom, schwenkte die Peitsche und dröselte eine Melodie vor sich hin. Zu seiten des Weges kletterten die Tannen bergan, bis auf letzter Höhe eine einzige noch stand, eine dunkle Fackel gegen den hellen Himmel.

„Oh!" rief Else, „ich sehe ganz deutlich den Mann im Mond! Siehst du ihn, Edith?"

„Mann im Mond — Else!"

„Ja, ja! Siehst du ihn, Alfred?"

„Genau, Else. Eben hat er sich die Pfeife angesteckt!"

Und da sie, von Heiterkeit umfangen, langsam bergan glitten, begann der Mann im Monde: „Ja, ja, schaut her! Das macht selbst mir noch Freude! Die Berge, die Wälder, die Täler und die hingetupften Häuser, und all das Schöne, das die Erde hat, wenn der Mensch es nur lassen tät', wie's ist. Will nichts sagen, wenn da ein Kruzifix steht, wo ein Mensch zu Tod gekommen. Ist überall am Weg, der Herr Tod. Spürt ihr den Husch von brennenden Scheiten eben? Hört ihr den Wind durch die Wälder gehen? Sie singen mit ihm und ihr Rauschen das gleiche von altersher. Gut, daß ihr nicht redet. Nur horchen! Ganz leise fängt der Wind an und schwillt und hebt sich und fächert breit aus, ein Chor ewig schöner Stimmen. Hört ihr's und schmerzt es euch nicht, dieses reine Tönen aus einer Welt, die nicht mehr eure ist? Da seht: das ist der Wetterstein, ein Bursche, den ich lieb habe wie nur einen, ein kantiger Geselle, der sich ewig mit den Wolken balgt. Und rechts der Lautersee! Zwischen den Schneehängen wie ein Schmuckstück auf weißem Samt. Wird euch kalt auf dem Lastschlitten. Ein Hallodri, der Edi vom Zunterer, hat den guten Schlitten nicht anschirren mögen. Haltet's euch fest, sonst rutscht ihr mitsamt euren Koffern in die Tiefe! Ein vernünftiges Vieh, der Fuchs, läßt sich Zeit, auch wenn der Edi mit der Peitsche wedelt. Ja, und da verschlägt's euch die Luft! Das ist der Ferchensee, den der Wetterstein ganz für sich hat; der Karwendel blinzelt mal her, auch der Kranzberg, aber der Wetterstein ist sein Herr. Und nun der Zunterer da, wo's nach Garmisch geht. Und da wird die Tür hell, der Fuchs macht einen Schritt noch und der Zunterer Johannes gibt euch sein ‚Grüß Gott'. Gehabt euch wohl miteinander."

Die Zeit stand auf der Schneide. Manchmal schien ein Vorfrühlingstag der hütenden Reihenfolge entronnen zu sein, sprang mitten in die Winterherrlichkeit hinein und zerschmolz mit warmem Blick den Schneebelag der Wege. Dann raffte der Winter sich wieder auf und ließ es vierundzwanzig Stunden ununterbrochen großflockig schneien. Die Tannen ließen ihr Geäst unter den Schneepolstern tief herabhängen, bis es ihnen zuviel wurde und sie unmutig, als zuckten sie die Achsel, den Schnee herunterstieben ließen. Bergers konnten noch ein paarmal Ski laufen, aber es war nichts Rechtes mehr. Edith mußte dann allein bleiben, was Else wieder nicht wollte. So begnügte man sich mit Wanderungen, die Ediths wegen in bescheidenen Grenzen blieben.

Nur noch wenige Gäste am Ferschensee, von Gott und aller Welt abgeschieden. Manchmal junges Volk von Schloß Elmau herüber. Man war ganz der Einsamkeit und ihrer heilenden Ruhe überantwortet. Berger wanderte oft allein, was ihm lieb war, um sich seinen Gedanken zu überlassen. Vom Denken hielt er als von dem anmaßenden Unterfangen, Unfaßbares zu befingern, nicht mehr so viel wie früher. Vor seiner Altersschau fand er vieles ungemein vereinfacht. Wie ein Brennglas die Strahlen in einem Punkt sammelt und in diesem einen Punkt alles ist, was die Vielheit der Strahlen und das Wesen des Brennglases ausmacht, so rannen ihm alle Erkenntnisse zu einer einzigen zusammen, nämlich zu der: am Ende genau so unwissend zu sein wie am Anfang. Er war dabei mit Kant der Meinung, daß die Erkenntnis der anderen Welt allhier nur erlangt werden kann, indem man etwas von dem Verstand einbüßt, den man für die gegenwärtige nötig hätte. So sich von Überlieferungen lösend, die durch ihr ehrwürdiges Alter keineswegs an innerer Wahrheit gewonnen hatten, wuchs er in eine von allem Metaphysischen freie Allbewußtheit hinein. Es war die Einswerdung mit jenem Höchsten, das er als seiend anerkannte, wie der Inder im Brahma das ens realissimum.

Bei dieser Einstellung Bergers konnte es nicht wundernehmen, daß auf einem seiner abendlichen Alleingänge der Mann im Mond mit ihm ins Gespräch geriet und die Frage an ihn richtete, ob und wie ihm die Erde noch gefalle.

„Ach lieber Mann im Mond, solange wir nichts Besseres haben —"

„Wenn es Besseres für euch gäbe, du kluger Mensch. Mir war es von Anfang an klar, daß es mit der Erde nicht gut gehen würde, als sie begann, das Wasser von dem Festen zu scheiden. Ich hatte immer etwas gegen das Wasser, und aus ihm ist euch nun alles Unheil gekommen, das ihr Leben nennt. Sie hatte immer ihren Kopf für sich, die Erde; auch damals schon, als wir an der Sonne wuchsen, und von ihr in den Weltenraum hinausgepfeffert wurden. Da flog ich, kann ich dir sagen, Hören und Sehen vergingen mir. Aber nicht lange, da stand mein Klumpen baumstill mitten in der Leere, nicht rückwärts, nicht vorwärts. Und, ach du meine Güte, war das die Erde, diese Kugel, die sich nicht nur um sich selber drehte, sondern sich um die Sonne schwang; und da ich das noch dachte, spürte ich, daß ich auch zu kreisen begann, und zwar um die Erde, und nun mit ihr um die Sonne reiste, die sicher heilfroh war, daß sie uns los war. Aber das Geheimnisvollste war, daß ich immer gleich weit ab von der Erde blieb und die Erde immer gleich weit ab von der Sonne. Da dämmerte es mir, daß dieses Geheimnisvolle, das die Erde und mich und was sich sonst noch mit uns bewegte, so auseinander hielt, daß wir nie ineinander und aneinander gerieten, daß dieses Geheimnisvolle, das die Bewegung regelt, das Allerunbegreiflichste ist. So unbegreiflich wie die Bewegung selber, deren Ursache ich bis heute noch nicht erkannt habe. Unbegreiflich wie die Tatsache, daß jede Bewegung sich im Kreislauf zu vollenden bedacht ist und alle Körper — sieh dir die Sterne an — nach der Kugelform trachten. Das kann stimmen, kann auch nicht stimmen. Ich bin der Mann im Mond und habe, gottlob, kein Wesen, mit dem ich disputiere. Ich sehe mir die Welt an und finde, daß nirgends, aber auch nirgends solche heillosen Zustände herrschen wie auf der Erde. Es fing damit an, daß welche von euch die Schwachheit der Schwachen und die Stärke der Starken als von Gott gewollt darstellten, und so wurden die Furcht der Schwachen und die Raubgier der Starken die Grundpfeiler eurer Religionen. Denn das ist das Spaßige an euch: ihr seid euch noch nicht einmal einig darüber, ob ihr einen einzigen Gott oder Götter verehren sollt. Wie lange habt ihr euch nicht den Kopf darüber zerbrochen, ob das All aus einem Ei oder aus einer Kuh hervorgegangen sei! Jene haben die Katze, diese den Stier, die dritten die Schlange und noch andere einen schwarzen Stein göttlich verehrt. Immer aber lehrte man die Schwachen, Schutz zu erflehen und Opfer zu bringen. Gehorsam gegen die Starken sei Gottes Gebot und daraus entstand auf der Erde alles Elend bis auf den heutigen Tag. Mit welcher Unduldsamkeit hat man im Namen der Himmlischen auf der Erde gewütet! Zu Ehren eurer Gottheiten hat das Schwert getötet, haben die Scheiterhaufen gebrannt, haben Hungerverliese Tausende sterben sehen, haben Folterungen Ungezählte zermartert. Ihr habt die Frager verdammt und verflucht, sie verbrannt und verfemt. Im Namen der Götter wurde die Menschheit entwürdigt und was die Priester nicht taten, taten jene, die sich von den Göttern entstammt oder von ihnen zur Herrschaft berufen ausgaben. So allerorten! So von aller Zeiten Anfang an! So am Ganges, so am Nil! Wo immer die Größe der Menschheit herrlich emporwuchs, ist sie vergangen unter der Verfluchung, die die Starken über die Schwachen verhängten, bis zu der hinterhältigen Tröstung an die Armen, daß ihrer das Himmelreich sei."

„Aber lieber Mann im Mond, die edelsten Geister, die größten Philosophen sahen in der Unterscheidung der Schwachen und der Starken eine gottgewollte Ordnung."

„Auch heute noch? Auch heute noch? Die Philosophen gehörten zu den Starken und dienten den Starken, und kam einer unter ihnen von den Schwachen her, dann mußten sie Gift trinken, dann habt ihr sie gekreuzigt, dann habt ihr sie versklavt. Und wie weit seid ihr heute? Sieh dir doch den Trubel auf der Erde an! Wenn ihr nicht mehr aus und ein wißt, fangt ihr Krieg an und jene wie diese beten zu dem gleichen Gott, daß er ihnen Sieg und den andern Unterliegen schenken möge. Und jene wie diese versichern Gott die Gerechtigkeit ihrer Sache! Was für eine Gerechtigkeit, für die alle Menschenwürde unter die Füße getreten wird, für die Millionen Menschen verröchelnd sterben. Was habt ihr aus der Erde gemacht, die trotz aller Unzulänglichkeiten ein Garten Eden hätte sein können?"

„Was sollen wir armen Menschen tun, lieber Mann im Mond? Mußte der Mensch sich von Anbeginn an nicht gegen die Natur wehren, bitteres Lehrgeld zahlen, bis er Notwendiges befriedigen lernte?"

„Wenn ihr dabei geblieben wäret, aber ihr giertet nach dem Überfluß, nach dem Genuß! An eurer Habsucht sind Zivilisation und Kultur zugrunde gegangen, was immer ihr Herrliches geschaffen. Hingeschwunden große Reiche, gewaltige Städte! Trunken wart ihr vor Überheblichkeit wie Alkibiades, als er in Athen die Hermesfiguren zertrümmerte. Trunkene Bilderstürmer seid ihr auch heute noch und ihr werdet nicht eher klug werden, als bis ihr alles zerschlagen und vernichtet habt."

„Du hast gut reden, lieber Mann im Mond. Du hast dein Reich für dich! Mit wem wolltest du auch in Streit geraten!"

„Du hast recht. Und doch streite ich schon mit dir!"

„Siehst du! Und nun bedenke, worüber wir Menschen miteinander in Streit geraten können. Es ist ein unseliges Geschick, Mensch auf der Erde zu sein. Und ist nicht Kampf zwischen allen Wesen? Herrscht nicht auch unter den Tieren und den Pflanzen das Gesetz des Starken über den Schwachen? Ist es am Ende nicht doch von Gott gewollt, lieber Mann im Mond?"

„Tiere und Pflanzen bleiben im Notwendigen, der Mensch nicht. Das ist es, lieber Mensch."

„Meinst du nicht, daß der Mensch aus reiner Vernunft einmal glücklichere Pfade gewinnt?"

„Nicht, solange ihr das Starke höher einordnet als das Schwache. Nicht, solange ihr den Himmel für begehrenswerter haltet als die Erde. Nicht, solange ihr die Macht über die Güte setzt. Wäre es so von Beginn an gewesen, wie stündet ihr heute da?"

„Und wenn das alles vorbedacht wäre, lieber Mann im Mond? Wenn dieses alles ist, weil es sein soll?"

„Dann wünschte ich, daß die geheimnisvolle Kraft, die die Erde in ihrer Bahn hält, eine Sekunde aussetzte, damit ihr alle in einem Nu dahin wäret."

„Phantastisch! Denk' dir, lieber Mann im Mond, die Erde geriete ins Fallen, ins Abstürzen, und mit ihr natürlich die Sonne und alle Gestirne auch! Wohin fielen sie? Ein Regen von Himmelskörpern durch die Unendlichkeit des Raumes, ins ewig Grenzenlose."

„Spinne nicht, lieber Mensch!"

„Nicht mehr als du, lieber Mann im Mond. Du steigst ja auch in die Jahrtausende hinab, um mir die Leviten zu lesen."

„Was sind mir Jahrtausende! Und was sind sie euch! Was ihr seid, seid ihr doch nur in eurer Vorstellung. Wie ihr im Mutterleib alle Stadien der Menschwerdung durchlaufen müßt, so auch auf geistigem Gebiet. Laßt ein Rudel eurer Kinder auf einer Insel, von eurer Kultur unbeleckt, aufwachsen, es werden reine Wilde werden. Im Grunde seid ihr heute alle noch Wilde. Wenn man an eurer Kultur schabt, kommt die Barbarei zutage. Eure Leidenschaften, eure Affekte, die Fessellosigkeit eurer Begierden, eure Heimtücke widereinander, eure versteckte Zielbewußtheit, einen Feind zu Fall zu bringen, die Abgründigkeit eures Hasses, die schandbare Verlogenheit eurer zur Schau getragenen Rechtlichkeit, die wohlerwogene Empörung über Vergehen anderer, ja, wodurch unterscheidet ihr euch darin von einem Wilden? Seht eure Wirtschaft an! Ist sie nicht ein immerwährender Krieg und die Börse nicht eine Walstatt voller Leichen? Wird hier nicht unbarmherzig gekämpft und würgt hier nicht der Starke den Schwachen erbarmungslos lächelnd ab? Ja, wo anders steigt die Blutangst des Lebens so ins Fiebrige wie gerade in eurer Wirtschaft, wo der Starke, um einen anderen Starken niederzuzwingen, die Schwachen in niedrigster Fron hält, aus ihrer Not die Mittel zu seinem eigenen Wohlbehagen erpressend? Ja, der Wilde konnte nicht lesen und nicht schreiben, hatte weder Flugzeug noch Auto, weder Seedampfer noch Unterseeboot, weder Radio noch Television, weder Buttermaschine noch Kaffeemühle, weder Konserven noch Eisschrank, weder Elektroherd noch Staubsauger, weder ein Pantheon noch ein Kolosseum, für ihn meißelte kein Phidias und kein Michelangelo, für ihn dachte kein Aristoteles und kein Spinoza, für ihn gab es keinen Euklid und keinen Pythagoras, für ihn sang kein Homer und kein Dante, für ihn gab es keinen Galen und keinen Paracelsus, für ihn gab es keinen Wiklif und keinen Luther, für ihn gab es keinen Shakespeare und keinen Goethe — zieht das alles und noch einiges mehr ab und was bleibt, das euch von einem Wilden unterscheidet? Einzig Dolch und Revolver, die Attribute eurer Überlegenheit. Ihr tut nichts Gutes, ohne daß ihr nicht wolltet, daß euch daraus Gutes erwüchse! Edelmütig, damit man euch darum preise! Christen ohne Christus! Ihr wäret Menschen, wenn ihr den edlen Bereichen des Tierhaften, das ohne jeden Falsch ist, euch nie entfremdet hättet."

„Lieber Mann im Monde! Welche Übertreibung! Welche Absurdität! Der Mensch von heute ein Wilder!"

„Im Kampf ums Leben mehr als ein Wilder; denn er hatte nicht eure Möglichkeiten, heimlich und offen seine Pläne durchzusetzen. Um euch voreinander zu schützen, habt ihr ein Gitter von Gesetzen geschaffen, ein Korsett von guten Sitten; öffentlich achtet ihr sie, aber heimlich vergeht ihr euch. Könntest du in der Seele der Menschen lesen, unsichtbar um sie sein, wenn sie sich allein wähnen und ihre Maske ablegten, du würdest schaudern vor der Verruchtheit hochgeachteter Menschen."

„Bist du nicht zu weitab von uns, lieber Mann im Mond, um für das Irdische den richtigen Maßstab zu haben?"

„Wenn jemand bei euch einen guten Einfall hat, tut ihr ihn ab: der lebt auf dem Mond! Ich weiß, wie ihr's meint. Macht nur weiter in eurem heroischen Wahnsinn! Schlagt euch die Köpfe ein, zerstört und vernichtet, was ihr mühevoll erbaut; vergeßt aber nicht, Gott Dank zu sagen dafür, daß er euch den Verstand dazu gegeben hat. Mich geht's am Ende nichts an: ich bin der Mann im Mond."

Eine Wolke kam vom Wetterstein und hüllte den Mond ein. Als sie vorüber war, hatte der Mann im Mond seinem Gesprächspartner den Rücken zugekehrt. Eine schlechte Manier, die er den Menschen abgesehen hatte.

Am Ende der dritten Woche bekam Edith einen Brief von Bruno nachgeschickt.

Liebe Edith!

Die Schwester hat den Auftrag, diesen Brief zur Post zu geben, wenn die Operation den von mir befürchteten Ausgang nehmen sollte. Du liest in diesem Augenblick also die Zeilen einer Hand, die inzwischen erkaltet ist.

Ich sagte Dir, daß ich ein leichter Fall sei. Ich sagte es, weil ich in Deinem Angesicht den Widerschein einer

Freude, an der ich mich aufrichten könnte, erspähen wollte. Ich sah diesen Widerschein und stärkte mich daran. Ja, der Glaube, daß ich gesunden würde, war so stark, daß ich, als der Arzt von der Querschnittoperation zu sprechen begann, sofort zustimmte. So stark war mein Glaube an ein Wunder, daß um dieses Glaubens willen allein das Wunder hätte geschehen müssen. In uns allen steckt in Fährnissen ein verkappter Pfarrer Sang.

Das Wunder hat sich nicht ereignet. Die Natur kennt keine Wunder. Wohin sollte sie auch kommen, wenn Wünsche und Gebete ihre Ordnung aufzuheben vermöchten? Die Natur ist weder gnadenvoll noch unbarmherzig. Sie ist nur logisch.

Ich fürchte den Tod nicht, aber ich sterbe nicht gern. Mein Tod ist wie der ungezählter anderer junger Menschen unsinnig, uns auferlegt für die Vergötzung einer menschenunwürdigen Idee. Wenn wir wenigstens den Trost und die Sicherheit hätten, unter den letzten zu zählen, die dem Wahn, Kriege seien unvermeidbar, hingeopfert werden mußten. Es hat keinen Sinn, gegen das Unabwendbare zu wüten. Ich wollte, jene, die für Kriege sind, stünden an den Lagern hier, auf denen der letzte Kampf für das Vaterland ausgekämpft wird.

Es war so viel, das ich Dir noch sagen wollte. Auch das Ungesagte hat Worte und sie erreichen den, für den sie bestimmt waren. Ich danke Dir für all das Schöne, das ich fühlen durfte, wenn ich an Dich dachte. Was in mir unvergänglich ist, wird immer um Dich sein.

Bruno.

Der Brief warf Edith in tiefe Verstörtheit. Wie viele Leben würden noch verlöschen müssen für die Unseligkeit dieser Zeit? Auch Else und Alfred waren bedrückt. Am Abend strich Alfred allein durch die schneehelle Landschaft. In den Wäldern sang der Wind. Vielfältig erquoll er, gipfelte im Einklang majestätisch auf und verrauschte in hinreißender Kadenz. Und immer wieder dionysisch aufsäulend unter den jagenden Wolken des Himmels, über das Blinken des aufbrechenden Sees hinweg! Alle Geister aus Brüchen, Schründen, Schluchten und Klüften auflärmend zu einem Hymnus des Lebendigen.

Die Seele erhoben kehrte Alfred zurück. „Nehmt eure Mäntel und kommt mit vors Haus. Die Wälder geben ein Großkonzert.“

Die Frauen wollten nicht.

„Los! Ihr müßt!“ drängte Alfred. „Es ist herrlich wie nie!“

Sie zogen die Mäntel an und folgten ihm vors Haus. Alfred stapfte ihnen voraus an den See: „Horcht! Horcht!“

Als ob alle Wälder im großen Rund auf sie gewartet hätten, hob ein Brausen und Rauschen von tausend Orgeln an.

Am anderen Tag wieder Schnee. Zwei Tage schneite es unablässig. Der Winter baute seine letzte Barrikade.

Am Abschiedstag mußte man den Schlitten nach Mittenwald hinunternehmen. Unten war Frühling. Die Straßen schwammen in vermatschtem Schnee. Die Sonne brannte und das Karwendelgebirge prunkte in schierem Gold. Der Wetterstein ragte in erhabener Einsamkeit.

Der Anfang des Jahres 1943 brachte Hamburg ein Wunder: die britischen Flieger schienen die Hansestadt an der Elbe vergessen zu haben. Nur ab und zu ließ sich in großer Höhe ein Moskitoflugzeug sehen, für das nicht einmal Alarm gegeben wurde, geschweige, daß die Abwehr schoß. Manchmal stiegen deutsche Jäger auf, um den Gast zu begrüßen. Das gab ein kurzes erregendes Schauspiel von aufsteilenden und sich kurvig im Blau des Himmels verlierenden Kondenslinien. Alles mehr eine fliegerische Unterhaltungsschau, bis der Februar und der März je einen sehr heftigen Angriff brachten. Danach verstrich Woche um Woche, ohne daß Hamburg beunruhigt wurde. Fast wie zu Friedenszeiten! Man schlief die Nächte hindurch und begann die nächtlich leuchtenden und lodernden Fanale menschlichen Irrsinns langsam zu vergessen. Ja, die Menschen redeten sich ein, die Briten wollten Hamburg fortan schonen. Jemand hatte einen billigen Vers erfunden, der von Mund zu Mund ging: ‚Die Briten wollen Hamburg schonen, sie woll'n da einmal wohnen!' Der Erfinder dieses Verses, der einer Voraussage des Sieges England gleichkam, wäre sicher gehenkt worden, wenn man seiner habhaft geworden wäre; denn immer rücksichtsloser griff die Hand aus dem Dunkel nach Defätisten. Gerade um diese Zeit ging das Geraune um die Tragödie der Geschwister Scholl in München, die mit anderen zusammen die Abfassung und Verbreitung eines Flugblattes gegen die Regierung mit dem Tode hatten büßen müssen. Die Drachensaat der Gewalt wucherte heimlich fort. Immer behutsamer gingen jene zu Werke, die den Gewalthabern Tod und Verderben geschworen. Immer enger wurde aber auch das Netz, in dem mancher sich schon verfangen hatte, ehe er es ahnte. Mit offener Gewalt, selbst von den Generalen her, war nichts mehr zu erreichen. Es blieb nur die Verschwörung, die um so gefahrvoller wurde, je näher sie der gehaßten Sphäre kam. Allen Verschwörern war klar, sie kamen um das letzte und ihnen selber verächtlichste Mittel des Attentats nicht herum. Dazu bedurfte es Personen, die sich unverdächtig im letzten Kreis bewegen konnten. Auch diese wurden gewonnen. Alles war wie bei einem Präzisionswerk bedacht. Tag und Stunde, wann etwas geschehen sollte, wußten nur ein paar wenige. Da platzte das Ganze und die Bedrohten verkündeten stolz, daß die Vorsehung sie sichtbarlich schütze. Hunderte wanderten wieder in Konzentrationslager, ein paar wurden, um ein Exempel zu statuieren, öffentlich abgeurteilt. Über die anderen sank Schweigen herab, an dem auch nur zu rühren man so wenig wagen durfte, wie an den Starkstromleitungen um die Konzentrationslager.

Die britischen Flieger suchten den Westen heim. Über die Städte im Rhein- und Ruhrgebiet gingen Tag und Nacht Bombenregen nieder. Je mehr der Feind das Nachlassen der deutschen Fliegerabwehr spürte, um so unverzagter flog er Tagesangriffe und jagte damit die Arbeiter aus den Werkstätten und von den Arbeitstischen in die Schutzkeller. Das war ein neuer Störungsfaktor von unabsehbarer Wirkung. Für diese Störangriffe waren keine Geschwader nötig, es genügten kleinere Gruppen. Diesen Angriffen suchte man mit besonderen Alarmstufen zu begegnen. Die Zivilbevölkerung hatte sich bei Sirenenalarm in die Luftschutzkeller zu begeben, kriegswichtige Betriebe bis zur Sechs-Minuten-Warnung über Drahtfunk weiterzuarbeiten. Die Briten hatten auch ihre Angriffstaktik geändert; sie streuten ihre Bomben nicht mehr über die Stadt aus; sondern konzentrierten den Abwurf auf eine eng umgrenze Fläche. Sie vervollkommneten ihre Methode immer mehr und verheimlichten dabei gar nicht, daß sie damit den deutschen Heimatgeist zu demoralisieren beabsichtigten. Der deutsche Soldat an der Front sollte in steter Angst um seine Familie und um seine Heimstatt gehalten werden. Auf den Einspruch Deutschlands gegen diese Methode antwortete die Insel, man greife nach wie vor nur kriegswichtige Ziele an. Gegen diese britische Behauptung ist nichts zu sagen: denn was ist in einem Kriege wichtiger als die Zerstörung der Tapferkeit der Soldaten?

Deutschland war schon lange nicht mehr in der Lage, fliegerische Vergeltung zu üben. So kühn die deutschen Jäger auch die britischen Pulks angingen, ihre Erfolge waren genau so bedeutungslos wie die Abschüsse vom Boden aus.

Wieder starteten die deutschen Zeitungen eine umfassende Propaganda gegen England, um darzutun, daß die Zerstörung deutscher Städte begründet sei in der Mentalität eines Landes, das Maechavellis Methoden anwandte, lange bevor Maechavelli geboren war. Eines Landes, in welchem Sir Thomas Morus dem Henker überliefert wurde, weil er den englischen Charakter in seiner ‚Utopia' zu deutlich dargestellt hatte. Eines Landes, in dem Lord Roberts 1913 frei verkündet hatte: „Wie wurde dieses britische Reich gegründet? Der Krieg hat es gegründet! Krieg und Eroberung! Wir sind die Herrscher von einem Drittel des ganzen Erdenrundes allein durch den Krieg geworden."

Der stellvertretende britische Ministerpräsident Attlee beteuerte am 27. Mai vor dem Unterhaus, daß die Bombardierungen der englischen Flieger in Deutschland sich nur gegen militärische Ziele richteten. Im November des vergangenen Jahres hatte der britische Luftfahrtminister Sinclair erklärt, die deutsche Zivilbevölkerung habe durch die Bombardierungen sehr empfindliche Folgen zu ertragen, und der Gesamterfolg rechtfertige daher vollkommen die bisherige Politik der Fliegerangriffe.

Die deutsche Regierung veröffentlichte einen Überblick dieser Gesamterfolge bis zum 23. Mai 1943: Schulen 191 völlig zerstört, 920 schwer beschädigt; Krankenhäuser 109 völlig zerstört, 231 schwer beschädigt; Kirchen 133 völlig zerstört, 494 schwer beschädigt. Außerdem vernichtet Bibliotheken, Gemäldegalerien, Museen, Theater und zahlreiche Lichtspielbühnen. Von Wohnhäusern gar nicht zu reden.

Es folgte dann eine Zusammenstellung von feindlichen Stimmen zum Luftkrieg. An erster Stelle die Frage Vansittards an die Engländer in einer Rundfunkansprache: „Wenn England eine Waffe hätte, bei der es nur auf einen Knopf zu drücken brauchte, um in Deutschland jeden Mann, jede Frau, jedes Kind zu töten, würden Sie dann nicht auf diesen Knopf drücken?"

Der britische Luftmarschall Joubert am 25. 10. 40 in einer Rundfunkrede: „Wir haben es satt, Bomben nur auf militärische Ziele abzuwerfen."

Eingesandt des Pfarrers S. E. Cottam am 31. 10. 40 in der Daily Mail: „Ich sage, zerstört den Kölner Dom! Bombardiert St. Peter in Rom! Laßt die Flotte Genua bombardieren und Männer und Frauen und Kinder und Marmorpaläste vernichten."

Funkmeldung der ‚Britisch United Press' vom 7. 1. 41 aus London: „Um Himmels willen fangt endlich an, mit der deutschen Zivilbevölkerung aufzuräumen; denn es ist erwiesen, daß dieses der einzige Weg ist, ihre Moral zu brechen."

Pfarrer C. H. Whipps im Daily Mirror am 5. 9. 41: „Die Befehle für die britischen Bomber sollten sein: Löscht die Deutschen aus! Es sollte keinen englischen Flieger geben, der zurückkommt und sagt, er habe kein militärisches Ziel für seine Bomben gefunden."

In der Zeitschrift ‚Church of England': „Es hieße die Einstellung des Christentums dem Sinne nach umkehren, wenn man behaupten wollte, daß Zivilpersonen nicht getötet werden sollten und gleichzeitig billigt, daß die Soldaten an der Front fallen."

Der Erzbischof von Canterbury: „Wir lesen fast täglich über die Vernichtung, die in Deutschland von unseren Bombern verursacht wird, und es ist selbstverständlich, daß wir große Befriedigung darüber empfinden."

Die ‚Picture Post' in London mit dem Luftbild einer Wohngegend um eine Kirche in der Reichshauptstadt: „Dieser Turm ist ein wundervoller Ansteuerungspunkt, um die dichtbevölkerte Gegend im Südwesten Berlins nicht zu verfehlen. Man beachte die Größe der Wohnblocks, die dicht nebeneinander stehen. Daran kann man ermessen, wie schwer es den deutschen Luftschutzwarten fallen muß, im Hagel der englischen Bomben eine Panik mit riesigen Menschenverlusten zu vermeiden."

Die New Yorker ‚Times': „Die Wohnblockknackerbomben sind für die Deutschen ein wundervolles Lehrmittel."

Das britische Luftfahrtministerium: „Der Bombenabwurf aus niedriger Höhe, um das Ziel auszumachen, ist jetzt außer Mode." ‚Daily Expreß' über einen Angriff auf Berlin: „Bei den Nachtangriffen haben die Männer des Luftmarschalls Harris mindestens zu siebzig Prozent ihre Bomben abgeworfen, ohne ihre Zielgebiete zu sehen."

Der ‚Daily Scetch' ist dafür, die Städte dauernd unter Bombenterror zu halten. Wenn man aussetze, erhole die Bevölkerung sich wieder und arbeite wie vordem. Setze man die Angriffe fort, müsse die Widerstandskraft erlahmen. „Deshalb ist es für die britische Luftwaffe nützlich, wenn sie eine Stadt immer wieder bombardiert."

Unterstaatssekretär im britischen Luftfahrtministerium Balfour am 25. 10. 42 im Rundfunk: „Wenn man mich fragt, ob die Luftbombardierungen den Krieg entscheiden können, dann antworte ich, daß man mir eine bessere Art und Weise zeigen möge, Deutschland heute zu treffen."

Die englischen Luftmarschälle haben eine gemeinsame Formel gefunden: „Militärische Ziele und Rüstungswerke können von uns auch am Tage nicht mit Sicherheit getroffen werden. Viel leichter ist es, große Städte oder Wohnviertel zu bombardieren, in denen die Häuser dicht nebeneinander stehen. Diese trifft man auch in der Dunkelheit oder am Tage aus größerer Höhe. Der psychologische Eindruck ist meistens stärker: die Arbeiter können nicht ruhig an der Drehbank schaffen, wenn sie für ihre Familie zittern oder ihr Hab und Gut verloren haben. Darum ist der Angriff auf Wohnviertel und offene Städte in jeder Hinsicht zweckmäßiger als schwieriges Suchen nach bestimmten Kriegszielen."

Die ‚Times' nach einem Angriff auf eine deutsche Stadt: „Es wäre müßig zu behaupten, daß die Zerstörungen auf industrielle Ziele beschränkt geblieben wären. Unsere Luftaufnahmen zeigen, wie Straße um Straße in Schutt und Asche gelegt wurden."

Die amerikanische Zeitschrift ‚Liberty': „Wir sind überzeugt, daß die Zerstörung von Städten eine heilsame Erfahrung für die Deutschen sein würde. Laßt sie diese Medizin also nehmen."

USA.-Luftgeneral Arnold: „Jede Stadt, jedes Dorf wird getroffen werden."

Der New Yorker Rundfunk: „Wir kommen, um eure Städte zu zerstören! Wir kommen! Wir kommen!"

Zu den britischen Luftangriffen auf deutsche Talsperren hieß es in Auslandszeitungen, die Anregung dazu sei von einem Emigranten ausgegangen. Das wurde von britischer Seite dahin richtiggestellt, daß die Engländer nach vier Jahren Krieg nicht erst durch Emigranten auf die Bedeutung der Bombardierung von Talsperren hätten aufmerksam gemacht werden müssen. In England habe bereits Jahre vor dem Krieg ein Komitee für die Auswahl von Zielen für Luftangriffe bestanden.

Der deutsche Leser konnte nicht beurteilen, was an diesen Stimmen echt oder gefälscht war. Vergegenwärtigte er sich jedoch die sich täglich steigernde Heftigkeit und den planmäßig ausgeweiteten Umfang der Luftangriffe, dann mußte er an die Unbedingtheit des Vernichtungswillens der anderen Seite glauben. Essen, Nürnberg, München erhielten vernichtende Schläge. Hamburg blieb verschont.

Es war wundervolles Sommerwetter; ein schöner Tag reihte sich an den anderen, so daß Bergers hinreichend in den Genuß des Bootes kamen. Sie lagen an einem Pfahl vertäut am Rande der Außenalster. Die roten Bogen der Brücken an der Krugkoppel und an der Fernsicht hoben sich aus dem Luft- und Farbenspiel des Sommernachmittags kräftig hervor. Weiße Segel schrägten gegen den blauen Himmel, unter dem die Sperrballons höhensüchtig hin und her wogten. An den Ufern, wo Vernebelungsgeräte in Tätigkeit gesetzt wurden — denen kein Mensch einen Wert beimaß — war das Laubwerk der Büsche und das Gras abgestorben. Häßlich braune Grotten buchteten sich in den grünen Kranz der Ufer.

Dem Zauber dieser Sommertage auf der Alster fehlte ein Allerletztes. Nicht weil die Alsterdampfer bis auf die Uhlenhorster Fähre nicht mehr fuhren, nicht weil die Gärten nicht mehr ganz so sorgsam gepflegt schienen, es fehlte die Beseelung aus dem Widerspiel der beruhigten Herzen der Menschen.

Zum ersten Male waren Bergers ohne Mohrle auf dem Wasser. Wie oft hatten sie auf die Unbequemlichkeit gescholten, die er in der Enge des Bootes verursacht hatte. Wie liebend gern würden sie sie heute ertragen, wenn er da wäre. Er hatte viele Stunden ausgefüllt, ihnen Heiterkeit geliehen und Stoff zur Unterhaltung gegeben. Es ist gewiß unrecht, sagten Bergers sich, jetzt, da so viel Leid um Menschen getragen wurde, einem Hund nachzutrauern. Sie mochten die Erinnerung aber nicht missen.

Bei Melhops war alles beim alten. Ernst spann sich in seine Einsamkeit ein, Annette wurde immer aushäusiger und Max und Mariechen lebten ihren Studien, ohne sich von ihrer Liebe darin hindern zu lassen.

Eines Tages fand Ernst beim Nachhausekommen einen Hund vor; einen Stichelhaar, dem man auf zehn Schritt den Stammbaum und die Verzärtelung durch seinen Besitzer ansah. Das grüne Flechthalsband trug eine kokett geknüpfte rote Schleife. Der Hund war zu Annette, als ob er sie lange kenne.

„Woher hast du ihn?" fragte Ernst.

„Nachgelaufen, denk' nur! Ist er nicht hübsch?"

„Sehr. Wo ist er dir denn nachgelaufen?"

„Bei der Kirche."

„Dann mußt du ihn dort wieder hinbringen. Er findet dann schon nach Hause."

„Und wenn nicht? Wenn jemand ihn mitnimmt?"

„Ist es dein Hund? Soll der Besitzer sich nach ihm umsehen."

„Aber bis nach dem Essen darf er doch bleiben, Ernst!"

„Und inzwischen sorgt sich sein Besitzer um ihn. Bring' ihn weg!"

„Schön also! Wenn du mir die kleine Freude nicht gönnst —"

„Von Freude nicht gönnen ist nicht die Rede —"

„Komm, Steppke!"

Der Hund sprang an ihr hoch.

„Woher weißt du, daß er Steppke heißt?"

„Stichelhaare heißen meistens Steppke. Vielleicht heißt er auch Jonathan oder Karl der Große, das weiß ich nicht."

Verärgert ging sie mit dem Hund weg.

Es geschah aber immer wieder, daß der Hund da war.

„Ich kann nichts dafür, Ernst. Als ob er bei der Kirche auf mich lauert. Ich kann ihn doch nicht wegschlagen!"

„Mach, was du willst. Bis du Unannehmlichkeiten davon hast."

„Ich will ihn auch gar nicht behalten. So anhänglich wie er ist; und so manierlich. Wenn der Krieg vorbei ist — darf ich dann einen Hund haben?"

„Was du willst."

An einem der ersten Julitage brachte Edith in der Klinik einen Knaben zur Welt. Sie war stolz darauf, leicht und ohne Narkose geboren zu haben. Sie konnte ihn selber nähren und war geradezu eitel auf ihre gerundeten Brüste.

Mit Else überlegte sie die Vornamen des Jungen.

Waldemar nach dem Vater.

Bruno nach dem Freund.

Harald nach dem kleinen Bruder.

Else lächelte: „Fein, Edith."

„Und ihr seid die Großeltern, du und Alfred. Die besten, die der Junge haben kann!"

„Ja, ja. Und mit Gottes Segen soll ihm alles zum Guten gedeihen."

Nach acht Tagen verließ Edith die Klinik. Reifer, fraulicher, schöner denn je. Else wollte sie mit zu sich nach Hause nehmen. Edith war dafür, daß der Junge zuerst in s e i n Haus komme.

So kam sie in ihr Haus, den Jungen wie ein Vermächtnis auf den Armen. Sie war sich der Sentimentalität ihres Tuns bewußt, aber sie trat doch vor das Bild, das Ichals als Offizier zeigte und sagte unter Tränen: „Dein Junge, Waldele!"

Als sie den Kleinen dann gebettet und an den Schreibtisch trat, fand sie unter den gehäuften Postsachen eine Karte von Harald, daß er auf Urlaub kommen würde.

2. Buch

AN EINEM SONNABEND WIE DIESEM . . .

Unter dem gleißenden Licht der hohen Sommertage wob die Heide ihren violetten Krönungsmantel. Die Vogelbeeren röteten sich, die Birken wiegten fraulich anmutig ihr Gezweig und über die Weite hin Wacholder wie grünes Geflamme aus der Tiefe der Erde. Weißwolkig überflockter Himmel blaute über gelben Erntefeldern. Das Summen der Bienen — wie Funken stoben sie durch die flirrende Luft — war wie leises Orgeltönen. Breitwipflige Föhren prunkten mit dem Kupfer ihrer Stämme. In dem Flatterflug der Schmetterlinge war der schwelgerische Taumel ihrer kurzen Tage. Wo das Land sich hügelte, wuchteten, zu Geschwadern gesellt, die Wälder. Am Moorgrund büschelte weiß das Binsenkraut. Gekratt holzte an der Kante der Mergelgrube; weißsandige Wege rannten in die Heide hinein und verloren sich in Einsamkeit und Stille. Uralte Gehöfte unter dem Schatten hoher Eichen wie unter dem Schutze eisgrauer geschienter Riesen.

An einem Sonnabend wie diesem wäre zu anderer Zeit Wandern, Singen, Lautenzupfen und Lagern, Hall und Widerhall in Wäldern und Feldern und an Flüssen und Bächen gewesen. Ach, wie lange war die Jugend schon entfernt, damit der Heide ihrer Heimat der Friede nicht verstört werde?

Unter der zerwitterten Birke einer Anhöhe auf dem Wege nach Schätzendorf lagerten an diesem Morgen Mariechen, Max und ein befreundeter Student. Früh waren sie über Winsen nach Garlsdorf gefahren, um nach Schätzendorf zu wandern, das, in eine weite Mulde gebettet, sich in seinem

Sommertraum wiegte. Unbeschwerte Kostgänger des lieben Herrgotts, futterten sie aus dem Rucksack, dessen Kriegskargheit dem Frohsinn keinen Abbruch tat.

„Was für ein Datum haben wir heute eigentlich?" fragte Mariechen.

„Eigentlich haben wir heute den 24. Juli 1943, wenn es dir recht ist."

„Danke, lieber Max."

„Bitte, bitte! So weit meine Kenntnisse reichen, stehe ich gern zur Verfügung." Er holte einen Apfel aus der Tasche. Er hatte ihrer etliche unter den Pachtbäumen der Landstraße aufgelesen.

„Den 24. Juli und Sonnabend dazu", sagte Hans, der sich aus Liebhaberei dem Flugzeugbau und der Luftforschung zugewandt hatte.

„Komisch", sagte Max, „die Würmer finden immer die besten Stücke heraus. Und wie sie im Innern immer direkt auf das Gehäuse zusteuern und was sie da wollen —"

„Eier legen, du Dummkopf!"

„Danke, liebe Diotima aus Mantinea. Eier legen; leuchtet mir ein. Wie die Würmer aber den Weg finden und nicht kreuz und quer um das Gehäuse herumirren, das möchte ich wissen. Sie müssen da irgendwelche Geräte eingebaut haben, meinst du nicht, Hans?"

„Sicher. Vielleicht wird es, je näher dem Gehäuse, im Apfel wärmer oder das Gehäuse strahlt, ich weiß es nicht."

„Siehst du! Du weißt es auch nicht."

„Nein. Aber weißt du, daß heute vor vierunddreißig Jahren der 24. Juli auch auf einen Sonnabend fiel?"

„Das wird im Laufe der vierunddreißig Jahre öfter der Fall gewesen sein."

„Bestimmt. Aber der 24. Juli 1909 war von ganz besonderer Bedeutung. An ihm wurden die letzten Vorbereitungen getroffen, den Ikarus-Traum der Menschheit zu verwirklichen."

„Nämlich?" fragte Max und bohrte einen Wurm samt Gehäuse heraus.

„Nämlich an diesem Tage wurde der Ärmelkanal zum ersten Male auf dem Luftwege überquert mit einer Maschine, schwerer als die Luft."

„Gott, ist das nicht länger her?" staunte Mariechen.

„Länger nicht? Höre, Diotima, vierunddreißig Jahre sind ein Zeitraum, den man als ein Menschenleben bezeichnet."

„Stellt euch das vor: im April vor zweiunddreißig Jahren hat ein englischer Aviatiker — so nannte man damals die Flieger — mit vier Stunden acht Minuten für den Flug von London nach Paris einen Weltrekord für Überlandflüge aufgestellt. Heute braucht ein schnelles Flugzeug für eine Strecke von zweihundert Kilometer, das ist von Groningen in Holland bis Hamburg, siebenundzwanzig Minuten."

Max imponierte es nicht. Er holte sich einen neuen Apfel aus der Tasche.

„Sag mal, willst du sie alle allein essen?"

„Wenn ich euch nicht zu Hehlern machen will, muß ich es, Liebste."

„Tu es ruhig."

Max reichte ihnen aus der Fülle seiner Taschen: „Erzähl' weiter, Hans."

„Wenn's euch interessiert? Also an besagtem 24. Juli 1909 lauerten der Engländer Latham, der französische Graf Lambert und sein Landsmann Blériot an der Küste der Normandie auf den günstigen Zeitpunkt, um den Kanal zu überfliegen. Latham hatte es am 18. Juli versucht, hatte aber das Pech gehabt, abzustürzen. Er ist zähe und will es wieder versuchen. Graf Lambert gastet in Wisant, Latham in Sangatt, Blériot in Baragues. Orte in der Nähe von Calais; denn man will den Kanal an seiner schmalsten Stelle — Calais—Dover — überqueren. Alle drei belauern einander, haben ihre Späher. Jeder ist nicht nur begierig auf die Ehre des ersten Kanal-Überfliegers, sondern auch auf den Preis von zehntausend Pfund, den die Daily Mail für die erste Überquerung des Kanals mit einem Flugzeug ausgeschrieben hatte."

„Zehntausend Pfund, fast eine Viertelmillion Mark damals! Dafür hätt' ich's auch gemacht."

Mariechen lachte. „Du, Max? Und wem wird schon auf der Elbbrücke übel?"

„Mir. Aber wenn ich was dafür bekomme, wird mir nicht übel."

„Also um es kurz zu machen: Blériot erfährt, daß der Engländer am Sonntag starten will. Heimlich rüstet sich Blériot und steigt am Morgen des 25. Juli um 4 Uhr 35 Pariser Zeit auf, überquert den Kanal in siebenundzwanzig Minuten zwanzig Sekunden und landet 5 Uhr 18 in der Nähe von Dover."

„Bei der Kiste, mit der er flog, allerhand!"

„Und ob, lieber Max. Vom Aeroplan zur fliegenden Festung, vom Aviatiker zum Stukaflieger, vom Schauflug zum Abwurf von Minen, von der Kanalüberquerung zum Ozeanflug Lindberghs am 20. Mai 1927 — ein Sieg des menschlichen Geistes, der uns nicht zum Segen gediehen."

„Weiß Gott nicht, Hans."

„Auf jeden Fall erfuhr man damals gleich, daß es der Daily Mail nicht um die Förderung der Wissenschaft zu tun gewesen war, sondern um die Feststellung, ob das Inselreich durch Flieger angegriffen werden könne. Sofort erhob nämlich die Daily Mail die Forderung, England müsse energisch den Aufbau einer Luftflotte betreiben. In das gleiche Horn stieß der französische Kriegsminister Brun, der bei dieser Gelegenheit selbstgefällig versicherte — was kein Mensch von ihm wissen wollte —, er sei ein Mann des Fortschritts. England und Frankreich sahen also zunächst in dem Aeroplan ein Kriegsinstrument, ohne seine Bedeutung für Wissenschaft und Forschung herauszustellen."

„Gott, Hans", meinte Mariechen, „glaubst du, daß man in Deutschland damals anders dachte? Man hat es wohl nur nicht gesagt."

„Kluges Kind!" lobte Max. Und zu Hans: „Heute wissen wir ja, daß die Engländer die richtige Nase für das Flugzeug hatten. Eine Armada von Flugzeugen konnte gefährlicher werden als die stärkste Hochseeflotte. Also mußte man an Abwehr denken."

„Aber warum mußten die Menschen gleich auf die Abwehr eines Erfolges sinnen, den die Völker der ganzen Erde als einen Geistessieg ohnegleichen feierten?"

„Nicht auf die Abwehr des Erfolges selber, sondern auf die Abwehr von Möglichkeiten, die dieser Erfolg eröffnete."

„Ja, und warum glaubt man immer eher an das Schlimme als an das Gute?"

„Ist es dir noch nicht aufgefallen, daß es überall in der Welt wohl Strafgesetzbücher, nirgends aber Belohnungsgesetzbücher gibt? Alle Gesetze sind für die Menschen, natürlich! Aber die Gesetze sind immer gegen etwas gerichtet; sie sind gesetzt, um Einhalt zu gebieten. Ich glaube, die Menschen würden viel besser miteinander auskommen, wenn sie sich voneinander nicht immer Böses gewärtigten, sondern wenn sie deutlich zeigten, daß sie einander Gutes zutrauen. Das ist doch ganz einfach und im Einzelleben, um im Reklamestil zu reden, vielfach und mit Erfolg erprobt. Man kann Menschen die Neigung, schuftig zu handeln, dadurch nehmen, daß man sich ihnen ganz offen ausliefert. Alle Menschen, auch die ruchlosesten, haben eine Grenze, an der die Scham wacht."

„Gott segne euch, er erleuchte euch und halte seine Hand über euch — wenn ihr heute euren philosophischen Quatsch wieder anfangt —"

„Erlaube, bist du nicht Diotima aus Mantinea?"

„Nein, mein lieber Agathon. Ich bin nur eine gewisse geborene Hirsekorn, deren Ahnen ihre Füße an den Gestaden der Alster wuschen."

„Also laßt doch den Unsinn, Kinder!"

„Bitte, Hans, das ist gar kein Unsinn. Wir sind hier in der Heide und nicht in einer Aula! Ich will den Tag genießen, nicht aber irgendwelche Spintisiererei. Man wird ja wohl einmal nichts als Mensch sein dürfen, ohne mit Problemen herumzustolzieren wie ein Kultursiouxindianer im Kriegsschmuck."

„Kultursiouxindianer ist gut."

„Ja, und wenn du mich heute noch einmal" — sie packte ihn an den Schultern und schüttelte ihn — „Diotima nennst — ich will heute nichts als Mariechen sein, hörst du? Mariechen Hirsekorn, Mariechen Kirsehorn, Mariechen Korsehirn, Mariechen Horsekirn! So, und nun Schluß mit der Futterei!"

Max und Hans blickten einander an, schwiegen, schnürten ihren Rucksack, erhoben sich und Max fragte: „Wohin will Klein-Mariechen, daß wir unseren Schritt lenken?"

„Dahinaus!" Mariechens Arm reckte sich wie ein Wegweiser.

Als sie ihr Auge dem wegweisenden Arm folgen ließen, gewahrten sie im Blau des Himmels zwei, drei funkelnde Pünktchen.

„Aufklärer", sagte Hans.

Die Pünktchen glitten auseinander. Sie waren so hoch, daß ihre Geschwindigkeit von unten wie Kriechen war.

„Kurs Hamburg", stellte Max fest.

Im Glast des Himmels verschwammen die Pünktchen.

Die Heide lag im tiefen Frieden. Die Luft kochte. Die Bienen hatten es sehr eilig um die Glocken der Erika.

Wo einstmals fruchtbares Marschland sich der Bille zubreitete, war ein Stadtteil erwachsen, der als eine Stadt für sich gelten konnte. Ein sinnvolles Gewirr von Straßen und Kanälen, von Brücken und Landeplätzen, von tiefgeschachtelten Höfen. Vor hundert Jahren gemiedener Baugrund, heute kostbarer Besitz. Mehr als hunderttausend Menschen bevölkerten diese Wohnniederung, die in den letzten sechzig Jahren viel zu schnell gewachsen war, als daß man sich mit anderen Wohnproblemen als dem, die Menschen unterzubringen, noch hätte befassen können. Eingesprengt in die Wohnstraßen eine Unzahl von kleinen und kleinsten Fabriken, von Werkstätten, von Lagerschuppen. Am Rande mächtige Geschäftshäuser, Vorboten der Neuordnung der ganzen Gegend.

Für die Menschen hier hatte der Sonnabend sein eigenes Lied, das Feierabendlied einer mühevollen Arbeitswoche. Wenn Sonnabend war, schienen Fluß und Kanäle breiter zu strömen, als seien sie froh, die Last von der Schulter zu lüpfen. Sie bekamen ein ganz anderes Gesicht, ein Lächeln, wie es einer hat, der zum Trunke geht und im Vorschmecken die Lippen schmatzt. Die Häuser blinzelten den Kanälen zu, denn sie wußten allerlei von der Elbe und der Bille. Gott, viel war cs ja nicht, aber für einen Kanal, der kein noch so armseliges Ufer hatte, an dem sich etwas tun konnte, der ernsthafte Luken, weitausladende Kräne und großtorige Höfe Tag für Tag nur von Arbeit und Geschäften reden hörte, der es gewohnt war, bescheiden einher zu blubbern und sich von jeder Schleuse auf seine Wohlanständigkeit hin ansehen zu lassen, für solch einen Kanal sind die Bille- und Elbe-Nichtigkeiten reine Sensationen. Davon lebt ein Kanal ein erregendes Leben von Sonnabend zu Sonnabend. Die Bille, meinte der Kanal, sollte nicht so viel von sich hermachen. Mit ihren poetisch ausstaffierten Buchten, mit ihren Waldkulissen und schönen Ufergärten ist sie eine abgefeimte Gelegenheitsmacherin. Von der Elbe sollte man überhaupt besser schweigen! Die lud an einem Tag mehr auf ihr Gewissen, als ein rechtschaffener Kanal in hundert Jahren zu verantworten haben möchte.

Hier in Hammerbrook fing, wie in einer Kleinstadt, der Sonntag am Sonnabendmorgen an. Aus allen Fenstern hingen Frauen und Mädchen und putzten mit schwingenden Armen die Scheiben blank. Hauseingänge und das Stückchen Bürgersteig davor waren widerstandslos dem Leuwagen überliefert. Die Messingstangen vor den Schaufenstern wurden gewienert, als ob sich am Sonntag die Schönen von ganz Hamburg darin spiegeln sollten. Am liebsten hätten die Frauen am Sonnabendmorgen die Stadt, wie sie da war, in einen Bottich getunkt.

Das aber war das leise Anfangstönen des Feierabendliedes erst.

Über Mittag zum Nachmittag hin wurde es lauter. In den Werken hämmerte es fröhlicher als sonst. Die Maschinen sausten hurtiger, die Lieferwagen trudelten ein, selbst die Straßenbahnen schienen heller zu klingeln. Dann machten Schlepper und Barkassen fest, sie brausten heran, als gelte es die letzte Puste; Getute, Geschrei und Singen. Die entladenen Schuten wurden sauber gefegt und über Frachten die Persenninge gezurrt. Dann spieen die Fabrikpfeifen weiße Wolken und gellten ihr Feierabendgebot über die Straßen.

Kinder melten zum Akräh ab:

Ele mele mittsche,
Wer mag Tittsche,
Die mag ich nicht,
Die magst du!
Ele mele mittsche,
Ab bist du!

Und kleine Vierkant zotteln bratschig Hand in Hand:

Har mien Modder mi de Büx nich neiht,
Weur de Oars ut de Büx mi weiht.

Und von all dem Wasser ringsum, von den Deichen, von den Schiffen, Schuten und Kähnen, von den Lagerplätzen und den Kais, von den Schuppen, Speichern und aus den Lagerkellern, von Brücken, Stegen und Pontons, von Dreh-, Hobel- und Schleifbänken, von Retorten-, Zeichen- und Sortiertischen, aus den großen Kontoren und aus den kleinen Büros, aus den Warenhäusern und aus den Kellergeschäften, von all dem Lebendigen und Unlebendigen, von allem, was das Wesen dieses Stadtteils ausmacht, war nichts, das nicht einbegriffen gewesen wäre in das große Ausatmen des Sonnabendnachmittags.

Ach, wie es herüberkam von Elbe und Bille, wie schon ein feiertägiger Vorglanz über den Straßen und den

Kanälen war, wenn der Nachmittag sanft in den Abend hinüberglitt.

Vier Jahre Krieg. Wer die Runen der Not zu lesen wußte, sah sie erschauernd überall. Vor einem Jahr — fast auf den Tag — schüttete ein Großangriff britischer Flieger Tod und Verderben über die Stadt.

An einem Sonnabend wie diesem, der wieder eine Woche ohne Angriff beschloß, sollte da nicht jeder froh sein im Vorgefühl des Sonntags?

Es war ja nicht viel, was man hatte. Da lagen die Kleider der Kinder sauber geplättet; da war das von der Hausfrau schlau und mühsam zusammengeknauserte Sonntagsfleisch; da hatte man Ausgehpläne zu Freunden oder Verwandten; da freute man sich auf ein Kartenspiel in einem Biergarten; da würde man früh in den Sachsenwald oder in die Heide fahren, nach Hagenbeck hinaus oder nach Blankenese. Gott, man war doch noch reich in dieser Zeit, die bescheiden zu sein gelehrt hatte.

Die Häuser standen betulich in den frühen Schatten und verbissen sich das Gähnen. Die Fenster offen; die Menschen lebten über die Straße hinweg miteinander. Das warme Licht der Zimmerlampen zauberte helle Vierecke in das sinkende Dunkel. Rundfunk tönte; Harmonikaspiel; Mädchen schlenderten eingehakt; Sprechen; Lachen; manchmal alles in eine Stimme zusammengeronnen, als spräche ein einzelner Mensch zu allen anderen.

An einem Sonnabend wie diesem fanden die jungen Menschen immer schwer nach Hause. Sie hatten dem schönen Tag Ehre angetan mit leichten bunten Kleidern, in denen sie sich wie unbekleidet vorkamen. Man war in Booten gewesen, hatte unter dem bergenden Niederhang von Weiden gelegen, war eng aneinander durch stille Straßen gegangen, ganz des Jungseins Blühen und Glühen in den Herzen. Wie schön die letzten Schlenderschritte, wie schwer, sich zu trennen nach dem betörenden Einssein aus Bitten und Gewähren.

Morgen ist auch noch ein Tag!

Morgen ist Sonntag!

Scheinwerfer fingerten gemächlich am Himmel. Der Mond kam erst nach Mitternacht. Dort der Große Wagen, der Polarstern, die Kassiopeia, der Deneb, die Wega. Und von Nord nach Süd die Milchstraße.

Hin und her, hin und her; weithin, weither die Scheinwerfer. Dann maßen sie einen kleineren Schwingraum aus, als suchten sie nach Versecktem. Und wieder hin und her, weithin, weither; überkreuzten sich zu einem Geflecht, zu einem Gitterwerk von Lichtbalken, das wie ein Riesenblatt von Planquadraten am Himmel stand.

Unbewegt die Luft. Die Tageshitze wellte tief in die Nacht hinein. Die hellen Fenster hatten sich eines nach dem andern verdunkelt. Die Häuser vermummt, den Hut tief in die Augen. Immer weniger Menschen in den dunklen Straßen.

Schlafen! Schlafen!

Morgen ist Sonntag!

In den Kanälen standen die Pfahlgruppen wie wispernde Verschwörer. Versponnen blubberte das Wasser; Ratten zogen auf Streife.

Vom Stadtparksee her letzte Kanus. Wie es duftet aus den Gärten! Von den Rosen, zu Hunderttausenden um das Parkcafé wie um ein Märchenschloß. Girlanden, Pergolen, eine Phantasie in Rosa und Rot. Dazwischen Marquisen und Schäferinnen, Adelsfrau und Bürgerstolze, alle die Hochstämmigen, die allein oder zu wenigen gesellt zu stehen lieben. In den Lüften zärtliche Worte Verliebter und Küsse. Spuk aus dem Garten Mirabell.

Letzte Paare schlendern nach Hause.

Einer hinter ihnen her. Lautlos, unsichtbar, geheimnisvoll. Das beinerne Antlitz in Höhnen erstarrt. Die Liebenden hören sein Schleichen nicht. Keines Menschen Ohr könnte es vernehmen. Sie sehen sein schleifendes Gewand nicht. Keines Menschen Auge könnte es gewahren. Glück ist tief wie Schmerz und blind wie Güte.

Spitzes Lächeln in dem beinernen Antlitz des Fremden. Er lacht der Eitlen im ewig gleichen Tanz in Tand und Flitter, in Seide und Spitzen, in Flatterstoffen, die am Leibe sind wie das zärtliche Streicheln der Hände des Geliebten. Schwellen von Wollust um Frauen und Mädchen. Ihr Gang ist wie Flötenklang. Sommerblumen, die im Dunkel leuchten.

Der Fremde wird sie seinen Tanz lehren, sie, die ihre Anmut wie Königsgeschmeide tragen, und auf den Arm des Geliebten gelehnt im Vorüber mit anderen Blicke tauschen, Frage und Antwort zugleich. Sie haben nichts als ihr Jungsein und einen bunten Sommerfummel, zusammengespart in langen Wochen. Aber sie kennen und können das uralte Weibchenspiel, sich begehrenswert zu machen. Priesterinnen, Schalen des Lebens in den Händen. Und wie sie darauf bedacht sind, keinen Tropfen zu verschütten, so darauf, im feierlichen Schreiten das Spiel der schwellenden Schenkel zu zeigen.

Die hellen Kleider im Dunkel wie wehender Schein.

Was fratzt aus dem Dunkel her? Was jieft lüstern in Gezweig und Gebüsch? Was glostet knisternd aus der Erde herauf?

Das beinerne Antlitz grinst ins Dunkel, in Gebüsch und Gezweig und nach dem Glosten der Erde hin. Und auf die hellen Kleider, die den wiegenden Gang mit leisem Schwenken begleiten.

Wenn sie, die da so selig schreiten, schauten, was er sieht! Welche Phantasmagorie! Welche Vision! Wie es braust, rauscht, knistert, tost, tausendzüngig zum Himmel bleckend. Wie es die Firste des Himmels umlodert und den Schein der Sterne verdüstert.

An einem Sonnabend wie diesem werden viele nicht mehr durch den Sommer wandeln. Feuer wird sie anspringen und Flammenmäuse werden über die hellen Kleider vom Saum aufwärts und von der Busenkrause abwärts laufen. Ein zerblasenes Nichts, zerascht die bunten Fetzen, unter denen jetzt noch die Lust des Blutes pulst.

Schwer, finster, wissend stehen die Bäume. Sie sind aus dem Elementarischen nicht herausgeschritten wie der Mensch. Sie sehen des Fremden beinernes Antlitz, fühlen vorerlebend das ungeheure Grauen des Würgegriffs des Todes, der in dieser Nacht nach der Kehle des Erschaffenen tatzt. Sie wissen von der Lossprechung der höllischen Gewalten; sehen Feuer vom Himmel fluten, Flatterflammen wie Riesenvögel flügeln, Protuberanzen eines toll gewordenen Gestirns nach der Erde greifen.

Ein trunkener Unhold hat sich über die Klaviatur der Schöpfung hergemacht. Er ist besessen von der Wucht seiner Tatzen. Er meint es dem Erlauchten im göttlichen Spiel gleichzutun. Seine Lust entfacht sich an den Dissonanzen, die in einem bizarren Crescendo aufsteilend in dem lasziven Geplärr eines atonal Benommenen zerfledern.

Noch aber überall der Friede der Frühnacht. Der Wind spielt in den Wipfeln. Enten schnattern im Traum. Die Pappeln schwanken leise, als ob sie vor Langeweile von einem Fuß auf den andern treten. Die letzten Hochbahnwagen glimmen vorbei. Der Stadtparksee mit seinen Ufern allein. Bald kommt der Mond.

Der Fremde hebt das steinerne Antlitz.

Reckt sich auf —

— horcht —

— beugt sich vor, die Arme breitend, als ob die Hände den Schall einfingen.

Und wie die Hände sich einander wieder nähern, richtet er sich auf.

Triumph! Triumph!

Seine Stunde ist gekommen!

Unermeßlich, unirdisch sein Antlitz. Er hebt es, bis sein Haupt im Genick ruht. So trägt sein Haupt in höhnender Genugtuung jemand, der seiner Tücke Früchte reifen sieht.

Alarm über die Stadt hin!

Alarm! Alarm!! Alarm!!!

Der Tod vor den Toren!

Weither das rhythmische Rollen höchstlaufender Motoren.

Der Abend hatte der Heide neue Wunder gebracht. Ein Leben von tieferer Innigkeit, als es der Tag vermocht hatte. Alles, was im Lichte einander fremd schien, einte sich in der Heiligkeit der Nachtstille, erfüllt von geheimnisvollem Gelispel. Sonst stand am Horizont der Widerschein der großen, abendlich erhellten Stadt. Jetzt war nichts als samtenes Dunkel, in dem das unendliche Heer der Sterne ewigkeitsfern funkelte. Leiser Wind wie Atmen der schlafenden Heide.

Mariechen und ihre Gefährten saßen dem Zauber des Spätabends hingegeben unweit ihres Quartiers in der Heide. Sie hatten in der Gaststube nicht bleiben mögen, wo ein Urlauber lärmend Wiedersehen mit seinen Dorfgenossen feierte. Ein großsprecherischer Bursche, der von unerhörten Siegen daherredete und von geheimnisvollen Waffen, von denen die Feinde wie Krumen vom Frühstückstisch weggeblasen würden.

An das Gewäsch dachten die jungen Männer, als Hans sagte: „Zu denken, daß es einen Kubanbrückenkopf gibt, um den in diesem Augenblick Menschen ihr Leben lassen. Daß Anglo-Amerikaner Rom mit Flugzeugen angreifen und Roosevelt erklärt, daß es keine Sache sei, über die zerbombte Basilika von San Lorenzo Worte zu machen, da man sie wieder aufbauen werde —"

Die Worte sickerten in die Stille wie Wassertropfen in durstiges Land.

„Ja", sagte Max nach einer Weile, „das ist das Schlimmste: die Menschen haben alle Achtung vor der eigenen Würde vergessen. Es scheint nichts mehr zu geben, vor dem ihre Zerstörungswut Halt zu machen gedächte. Wie soll es auch anders sein, wenn britische Minister von den Denkmälern deutscher Baukunst als von Postkartenplunder sprechen? Es kann mit den Grundrechten der Menschheit nicht weit her sein, wenn man sie dadurch zu verteidigen meint, daß man sich dauernd gegen sie vergeht."

Mariechen, die Arme um die aufgestellten Knie, sprach ernst: „Morgen wird in Farmsen der Traberpreis von Deutschland gelaufen. Der Kampf steht zwischen Iltis-Frömming, Berlin, Athos-Schultz, Berlin, und Epilog-Walther Heitmann, Hamburg."

„Ist dir auch wohl, meine Liebe?" fragte Max besorgt.

„Ganz wohl, mein Geliebter. Siehst du die Sterne über Soho?"

„Ich sehe sie, Geliebte."

„Oh, dann weißt du auch, daß Epilog abgeben muß."

„Was abgeben, Geliebte?"

„Vorsprung. Tüchtigen Pferden geht es wie den Menschen. Je weiter sie anderen überlegen sind, um so mehr ist man darauf aus, sie auf das Durchschnittsmaß zurückzubringen. Wenn ein Traber einem andern sicher überlegen ist, muß er mehr laufen."

Hans staunte. „Was für ein kluges Kind du bist, Mariechen!"

„Ja; und daß ich trotzdem groß geworden bin —"

„Hört ihr nichts?" fragte Max und lauschte in die Höhe.

„Flugzeuge."

„Was wollen die hier?"

„Hier nichts. Sie kommen näher."

„Von Hamburg her. Hört ihr's?"

„Gott sei Dank", sagte Mariechen, „daß es Hamburg nicht trifft."

„Dann andere; das ist nicht minder schlimm."

„Ja, leider."

„So weit sind wir schon, daß ein Unheil, das an uns vorübergeht, uns kaum noch erregt. Wenn wir nur verschont bleiben."

„Das ist im Leben immer so, Max. Geht es um einen Vorteil: erst ich, dann du. Geht es um Schlimmes: erst du, dann ich. Das ist ein Lebensgesetz."

„Ruhig zu erörtern in einem biologischen Seminar. Aber in der Wirklichkeit?"

In der feierlichen Stille des Heidedoms das Rollen der Motoren anfliegender Flugzeuge immer vernehmbarer.

„Das müssen viele sein!"

„Horcht! Von drüben auch!"

Fern am Horizont Scheinwerfer. Leuchtspurmunition. Immer stärker das Brausen in der Luft, wuchs zum Rauschen und zum donnernden Ineinander.

„Gott gnade der Stadt, der es heute gilt", sagte Hans beklommen. „Von da drüben kommen auch noch welche."

In der Höhe der Orgelton heranbrausender Flugzeuge. Man sieht sie deutlich, obschon der Mond noch nicht da ist.

„Ob sie sich hier sammeln?"

„Unsinn! Sie haben eine Täuschung vor."

„Sie fliegen nach Hamburg zurück!"

Mariechen hebt, Schweigen heischend, die Arme und lauscht: „Auch südlich kommen welche."

„Und alle nach Hamburg!"

Scheinwerfer greifen, fassen; manchmal zwei Flugzeuge zugleich im Lichtkegel.

„Das kann schön werden", sagte Max. „Gestern ist die schwere Flak von Hamburg abtransportiert worden, um in Italien eingesetzt zu werden. So fest rechnete man damit, daß Hamburg keinen Großangriff haben werde."

„Und heute scheint er zu kommen. Als ob die Engländer es gewußt hätten!"

„Woher willst du es wissen, Max?" fragte Mariechen.

„Von einem Fliegeroffizier."

„Entschuldige! Nichts gegen den deutschen Offizier! Ich meine aber, der Fliegeroffizier hätte besser den Mund gehalten. Er wird's nicht nur dir, auch anderen erzählt haben —"

„Eben", stimmte Hans ihr bei, „und bei der trefflich organisierten Spionage der Briten bei uns —"

„Unsinn! Einen Großangriff können auch die Engländer nicht von heute auf morgen arrangieren. Wenn sie heute etwas Besonderes vorhaben, dann lag der Termin dafür lange im voraus fest. Und ob es überhaupt mit der Flak stimmt, werden wir ja erfahren. Zu verbergen ist solcher Transport überhaupt nicht. Da sind die Mannschaften, die dazu gehören, da ist die Eisenbahn, da sieht man die Geschütze auf der Strecke — hundert Möglichkeiten, ohne daß es des Verrats oder der Spionage bedürfte."

„Ich wollte, wir wären heute nicht gefahren, Max. Mutter ängstigt sich allein."

„Euer Keller ist gut, Mariechen. Deine Mutter kann auch in einen Bunker der Wendenstraße gehen; gleich um die Ecke."

„Tut sie doch nicht."

„Töricht genug! Ihr tut's nie, das weiß ich; aber ihr solltet es."

„Von jetzt an ja. Ob sie schon über Hamburg sind?"

Am Horizont Widerschein der Mündungsfeuer der Flak.

„Die schießen mächtig, Max!"

„Gewiß. Ich sage ja auch nur, was ich gehört habe."

„Laßt uns schlafen gehen", sagte Mariechen. „Helfen können wir doch nichts."

Sie lag noch lange wach. Es gingen ihr ein paar Verse durch den Kopf, die sie im Fremdenblatt gelesen hat:

Ach, liebes Kindchen, sag' mir du:
Wer eigentlich ist Gezurt?
Ihm ward wohl Zauberkraft verlieh'n,
Denn müde Kinder rufen ihn,
Und oft, so um die neunte Stund'
Vernahm ich es aus ihrem Mund:

Müde bin ich, Gezuru,
Schließe meine Augen zu.

Nenn' ihn mir, auch mir ist weh,
Daß ich zu ihm schlafen geh'.

Mit einem Lächeln für den Zauberer Gezuru schief Mariechen ein.

Die Menschen in Hamburg waren in die Keller gegangen. Merkwürdig, alle glaubten an eine Wiederholung des Großangriffs vom Jahre vorher, ohne daß ein einziger gewußt hätte, worauf er seine Annahme stützte. Es war wohl so, daß jeder heimlich fürchtete, die monatelange Fliegerstille über Hamburg müsse einmal ein furchtbares Ende nehmen.

Annette jammerte darüber, daß Max nicht da war. Daran hatte nur Mariechen schuld, denn diese Heidefahrt war sicher ihr Einfall gewesen.

„Ich hab' es ihm eingegeben", sagte Ernst. „Er kennt die Heide noch gar nicht. Und dann soll er Bickbeeren mitbringen."

„Bickbeeren! Zum Lachen, Ernst! Die Zeit ist längst vorüber!"

„Die wachsen nach. Paß auf, morgen Bickbeeren mit Milch!"

„Gott, jetzt schießen sie schon! Hast du meinen Koffer, Ernst?"

„Hab' ich. Vergiß deine Papiere nicht."

„Nein, daß Max nicht da ist! Das gefällt mir gar nicht!"

„Wenn er im Felde wär', wär' er auch nicht da. Bist du fertig?"

„Ja, ja doch!"

„Ist Wasser in der Badewanne?"

„Vergessen! Woran man nicht alles denken soll!" Sie wollte ins Badezimmer.

„Doch jetzt nicht mehr, Annette! Du hörst doch schon die Flugzeuge!"

„Das sind unsere Jäger."

„Also nun komm'! Wird schon nichts passieren."

„Und wenn, dann nützt die Badewanne voll Wasser auch nichts."

Im Keller hockte die Hausgemeinschaft schon ziemlich vollzählig. Ellerbrooks aus dem dritten Stock hatten ihre Schwiegertochter mit drei Kindern zu Besuch und mit in den Keller gebracht. Annette machte ihr Herrschaftsgesicht; die Leute sahen es nicht, denn sie machten sich nicht viel aus ihr. Man hatte genug zu tun, die Kinder in Zucht zu halten, für die der Luftschutzkeller nach so vielen Monaten wieder etwas Neues war. Das Interesse konzentrierte sich auf den Säugling bei Ellerbrooks; man rückte ihm mit „Mumm, mumm, mumm, kiek!“ zu Leibe. Das Wurm nahm von den Albernheiten der Erwachsenen keinerlei Notiz. Aus unerfindlichen Gründen starrte es unentwegt Annette an, so daß sie sich zu einem Lächeln und der Bemerkung entschloß, daß es ein ausnehmend artiges Kind zu sein scheine.

„Warten Sie nur ab, bis er zu brüllen anfängt.“

„Ach, ein Junge? Ich dachte ein Mädchen, weil es so artig ist.“

„Wenn sie so sind, sind Jungs und Mädchen gleich; immer den eigenen Willen. Das heißt, bei mir nicht. Da gibt's was aus der Armenkasse.“ Damit nahm sie das Kind an den Mund und nuschelte ihm etwas vor, worauf der Kleine sich zu einem Lächeln herbeiließ. Dann sagte die Frau gleichsam zu allen: „Ich will meinen Mann hier treffen, er kommt auf Urlaub. Wir bleiben ein paar Tage bei den Eltern.“

Das kann schön werden, dachte Annette; sind Kinder genug im Hause. Aber sie lächelte die Frau süßsauer an: „Da wird Ihr Mann sich aber freuen.“

„Das kann ich Ihnen sagen. Und ich erst!“

„Das wird man dir dann auch bald ansehn“, meinte der Schwiegervater anzüglich.

„Soll man auch. Kinder kann ich gar nicht genug haben.“ Und zu Annette: „Haben Sie Kinder?“

„Einen Sohn. Er studiert.“ Sie sagte es mit betonter Absicht: so sind wir, was seid ihr? Die Frau auf Besuch ist viel zu robust, um die Spitze zu merken: „So groß schon? Nein, große Kinder, das ist nichts. Kleine Kinder!“ Sie wiegte den Säugling dabei hin und her; sie war groß, mit stattlichem Busen, auf den die Männer hinschielten. Zwei Kinder, ein Mädchen von fünf, ein Junge von drei Jahren drängten sich zwischen ihre Beine.

„Wo wohnen Sie denn sonst?“ fragte Annette.

„In Scharbeutz.“

„Da wohnen Sie aber schön. Und sicher!“

„Das sagen Sie nicht. Damals, als das mit Lübeck war, haben wir auch gedacht, wir kriegten was ab. Gott sei Dank nicht bis jetzt.“

Die Schwiegermutter, in Hammerbrook groß geworden, hielt es an der Zeit, Annette eine Freundlichkeit zu versetzen: „Sieht man ihr gar nicht an, nicht? Daß sie ein Haus mit Garten hat, nicht? Die Leute reißen sich darum, dort zu wohnen, nicht?“

Annette lächelte schief: „Kann ich mir denken. So an der Ostsee —“

„Und das Geflügel, Frau Melhop, nicht? Geflügel ist ja zu schön, nicht? Und die Eier, nicht? Und immer nur so im Garten, nicht? Äpfel und Birnen und Kirschen und Stachelbeeren und Johannisbeeren und Himbeeren, nicht? Und das Gemüse, nicht? Salat, Radieschen und Wurzeln und Kohl, nicht? Fehlt bloß noch Spargel, nicht?“

„Vergiß das Schwein nicht, Mutter!“

„Gott, das Schwein! Wie geht's denn dem Schwein, Luise?“

„Gut, Mutter, gut.“

„Was wiegt es schon?“

„Zweihundertdreißig, meint der Schlachter.“

„Zweihundertdreißig! Denken Sie mal an, Frau Melhop: zweihundertdreißig! Das ist ja über zwei Zentner, Luise, nicht?“

„Ja, Mutter; dreißig Pfund mehr.“

„Die sind fein dran, nicht?“ fragte die Ellerbrook und weidete sich an Annettes kaum verhehlter Abgunst.

Ernst war mit einem der Männer draußen. Die Scheinwerfer gingen jetzt alle in Richtung Nordwest.

Langsam kam der Mond.

„Kommen wohl heute nicht“, meinte Ernst.

Der andere spähte den Himmel ab: „Scheint fast so. Sind wohl wieder abgeflogen.“

„Wird wohl bald entwarnt werden.“ Sie gingen langsam in den Keller zurück.

Auch Bergers waren gleich in den Keller gegangen. Da es ruhig blieb, saßen schließlich alle auf der niedrigen Mauer der Gärten. Die Leitstelle auf dem Dach der Schule am Voßberg gab der Stadtparkbatterie Nachricht, daß die Flugzeuge Richtung Lübeck flögen. Man hörte in der Stille der Nacht deutlich jedes Wort von dort oben.

Man atmete auf. Also nicht Hamburg!

Nun müßte der Alarm bald vorbei sein. Berger rechnete zwei und eine halbe Stunde für einen Fliegerangriff. Je eine Stunde für den An- und Abflug, eine halbe Stunde für den Bombenangriff selber; die Zeitdauer wurde von dem mitgeführten Betriebsstoff bestimmt. Je mehr Betriebsstoff, um so weniger Bomben; je mehr Bomben, um so weniger Betriebsstoff. Wenn fünfundvierzig Minuten nach Alarm kein Angriff erfolgte, kann man, so hatte Berger errechnet — und die Erfahrung hatte ihm bisher recht gegeben — ruhig ins Bett zurückkehren.

Fünfzehn Minuten vor Mitternacht wurde Alarm gegeben; jetzt war es Mitternacht. Der Mond rötlich leuchtend in Dachhöhe. In dieser Nacht also nicht mehr.

Das schwärzliche Rund der Pappeln unbewegt gegen den hellen Himmel.

„Was meinen Sie?“ fragte Berger den Schiffahrtsredakteur.

„Ich weiß nicht, ich hab' den ganzen Tag schon so ein dummes Gefühl, daß was passiert. Und die Hitze Tag für Tag. Wenn nicht bald Regen kommt, geht die ganze Ernte zum Teufel.“

Am Himmel flimmerten und glitzerten die Sterne.

Flugzeuge! Ganz hoch! Scheinwerfer faßten sie: eins, zwei, drei, vier.

„Das sind andere! Die fliegen nicht ab! Die kommen! In den Keller, Herrschaften!“

„Nicht so hastig! Nicht so hastig! Die paar Flugzeuge!“

Dröhnend mehrte sich das Röhren in der Luft.

Flak schoß Salven.

Unbeirrbar die Motoren.

Die Scheinwerfer brauchten nicht zu suchen. Überall grellten in ihrem Licht die metallenen Leiber der Flugzeuge wie silberhelle Riesenlibellen auf. Ihr Flug war von atembeklemmender Stetigkeit. Die bunten Ketten der Leuchtgirlanden in den Händen von Genien, und zerfielen, wie unachtsam zerrissen.

Berger war mit dem Schiffahrtsredakteur noch allein draußen. Die Lotsenflugzeuge warfen Zielmarkierungen ab; tannenbaumähnliche Lichtbündel, rot oder silberweiß abbrennend.

Dumpf hallte die Nacht den Fall der Bomben nach.

Feuer brandeten!

Glutrot!

Flak schoß und schoß.

„Was ist denn das?“ fragte Berger. „Wo bleibt denn die Abwehr?“

„Merkwürdig dünn; kommt mir auch so vor.“

„Die drüben im Stadtpark schießen ja genug; aber die andern? Das ist doch kein Schießen!“

„Für die Menge Flugzeuge nicht!“

Ganz dicht Flugzeuge.

Berger und sein Begleiter rasten in den Keller.

Kaum unten, das hohe Fiepen einer niedergehenden Bombe.

Der Keller bebte von einem Ende zum andern.

Das Licht erlosch.

Die Frauen schrien.

Da fand der Schiffahrtsredakteur sein Sächsisch wieder: „Wo is denn, verdimmich noch mal, det Aas von Kerze?“

Unablässig rundherum Bomben.

Die Stadtparkbatterie Salve nach Salve.

In Kellern und Bunkern bebende Menschen.

Der eigentliche Angriff schien sich gegen andere Stadtbezirke zu richten.

Berger schlich vors Haus.

Die Nacht rot von Bränden.

Die Nacht voll vom Donner von Hunderten von Flugmaschinen.

Die Nacht voll vom Silbergeleucht des Mondes.

Im Nebenhaus hatte eine Brandbombe gezündet. Der Dachstuhl brannte. Man muß dem Feuer Einhalt tun.

Aber wie? Die feindlichen Flieger schossen mit Bordwaffen auf Menschen beim Feuerlöschen.

Immer wieder: Ungeheures muß sich ereignet haben! Rundherum lohende Brände.

Neues Elend: der Wasserpfosten hatte keinen Druck vom Werk. Man trieb eine Motorspritze auf. Zehn, zwölf Jugendliche stürmten allen Gefahren trotzend heran und in das brennende Haus, stießen die Dachpfannen heraus, damit der Qualm abzog; hantierten mit Schlauch, Äxten und Einreißhaken wie gelernte Feuerwehrleute. Und es gelang ihnen das Unglaubliche: sie bändigten den Brand, der für die angrenzenden Häuser mit ihren geteerten Flachdächern die größte Gefahr barg.

In den Kellern und Bunkern angstbebende Menschen. Neue Brände. Im Glührot gischtender Flammen lechzendes Gelb. Wütend schnattern die Zweizentimeter.

Melhop und der Barkassenführer waren wieder einen Augenblick draußen.

Tot die Straßen.

Tot die schwingenden Brücken, die tiefen Höfe, die hohen Speicher, die Industriebauten, die vermummten Häuser, den Hut tief in die Augen.

Todesschweigen über Elbe, Bille und Kanälen.

Ein Flugzeug stieß herab.

Melhop und der Barkassenführer waren noch nie so schnell in eine Kombüse hinuntergekommen wie jetzt in den Keller.

Der Motor singt über dem Dach; den Menschen bleibt der Atem stehen. Da! Ein ungeheures Pfeifen, spitz, fistelnd beginnend und in kehliges Jiefen ausartend; dann, als ob ein stockender Pfropf mit unwiderstehlicher Gewalt hinweggeblasen sei, in infernalische Gellheit ausbrechend, eine Fuge der Verworfenheit, übergehend in die Sturmmelodie des Weltuntergangs: Donnern, Krachen, Bersten. Und Stille! Dann die Kadenz jedes Bombeneinschlages: das klirrende Gekladder zerschmetterter Fensterscheiben und das Nachklappern von Dachpfannen von den Nebenhäusern. Von Entsetzen versteint die Menschen. Sie fassen es kaum, daß sie leben. Melhop riß sie aus der Erstarrung: Hinaus! Hinaus! Retten, wo es zu retten gibt!

Flammenlohe empfing sie. Eine Mine war auf die Straßenecke gegenüber niedergegangen. Feurige Fanale säulten über der Trümmerstätte.

Wasser! Wasser! Wasser!

Die Notpfosten gaben kein Wasser!

Ach, die Kanäle sahen die Not der Menschen; bis zum letzten Tropfen würden sie helfen, wenn sie Beine hätten. So blubbern sie nur: Hier! Hier! Hier! Hier ist Wasser!

„Kette an den Kanal!"

Schon stand die Kette. Die Angst der Menschen verflüchtigte sich vor der verbissenen Bereitschaft zu helfen. An der Brückentreppe ein Boot, das erleichterte das Schöpfen.

Eimer nach Eimer. Handspritzen wuchsen zur Vielheit.

Noch Menschen in den Kellern?

Ja! Ja! Ja!

Die Keller waren heil. Wenn nur das Feuer darüber nicht gewesen wäre!

Löschen! Löschen! Löschen! Es geht um Menschen!

Lösch' einer den Vesuv mit einer Blumenspritze!

Es ging um die Menschen! Bis zum Ermatten wurden die Eimer weitergereicht; ein Zischen und das Wasser war von der Glut verzehrt. Die Menschen hielten die Hitze nicht aus, wankten davon, andere griffen zu und mußten nach kurzer Zeit ebenfalls die Hände ruhen lassen.

Drei Häuser entfernt kamen Menschen aus den Kellerfenstern gekrochen. Sie hatten die Mauerdurchbrüche durchschlagen, waren durch drei Keller geklettert und atmeten jetzt, der Gruft entronnen, frische Luft. Sie standen und begriffen es nicht; sie fühlten noch den krallenden Griff der Atemnot unter den Staubwolken zerstiebenden Mörtels. Ihre Augen waren noch geblendet von den Schwaden des Staubdunstes, der nachbleibt, wenn der gröbere Staub sich gesetzt hat. Sie taumelten unter der erschütternden Gewißheit, noch am Leben zu sein und liefen, unartikulierte Laute aus dem maskenhaft verzerrten Munde, auf die Menschen zu, die unwillkürlich einen Schritt zurückwichen vor diesen Sendboten des Grauens. Denn so grausig war der Anblick dieser Menschen, die eben noch die Hand des Todes an ihrer Kehle gespürt hatten, daß Erbarmen und Mitleid sich gar nicht meldeten, daß das Entsetzen aus diesen wahnsinnsüberbebten Gesichtern auch die Seelen der anderen ergriff und sie in Schreie ausbrechen ließ.

Unnennbares Brausen in der Luft.

Jagt ein Tornado fernhin über die Stadt?

Ein Gebirge von Flammen im Osten.

Tannenbäume: rot, grellweiß.

Über den Häusern das mordlustige Gedröhn tieffliegender Bomber.

In die Keller! In die Keller!

Laßt brennen! Laßt brennen!

In die Keller!!

Das Feuer singt — singt das Lied von der siegenden Flamme.

Drüben, wo das Inferno wütete, wo ein Stadtteil neben dem andern in Vernichtung sank, stand, den Mantel hochgefaltet, der Tod. Das Chaos huldigte ihm in einer Apotheose aus Grauen und Zerstörung.

In der ganzen Stadt bebte die Erde vom Aufprall der Bomben über Altona, Eimsbüttel, St. Pauli, Barmbek, Hafen, Innenstadt.

Jetzt muß es bald vorüber sein, stammelten die Menschen in den Kellern.

Es war noch nicht vorüber!

Was ist mit der Flak, fragten sich die Leute. Wie matt sie heute schoß! Warum schwiegen die großen „Brummer", die sonst den Himmel reinfegten? Alle konnten doch nicht auf einen Hieb von den Briten zugedeckt sein.

Ein Passant hatte Schutz im Keller gesucht und wußte zu erzählen: Achthundert Flugzeuge haben Phosphor über Hamburg herabregnen lassen, richtigen strähnigen Feuerregen habe man sehen können. Ganz Barmbek stehe in Flammen. Ebenso Altona, Eimsbüttel, St. Pauli, die Gegend um den Großen Michel. Die Katharinenkirche brenne von oben bis unten.

Die Menschen hörten es und schwiegen. Mochte es übertrieben sein — es wurde immer zuerst übertrieben — so viel war sicher, nie zuvor hatte Hamburg einen solchen Angriff erlebt.

Entwarnung!

Wie wesenlos der langgezogene Heulton. Nach zweieinhalb Stunden wagten die Menschen sich wieder hervor. Zögernd, als harrte ihrer eine noch größere Verdammnis. Allen wollte das Herz stillstehen.

Blutrot der Himmel.

Die Sterne ausgelöscht von ungeheurem Qualm.

Losgerissene Sperrballons taumelten wie trunkene Untiere, satt von Blut und Unflat.

Die Menschen zwischen den Kanälen rannten an das Billbrack am Grünen Deich, um Sicht zu gewinnen. Nichts zu sehen von dort als der wabernde Widerschein unausmeßbarer Brände.

Annette und Ernst liefen mit anderen nach dem Heidenkampsweg. Nach Barmbek hinüber eine einzige feurige Lohe. Zum Berliner Tor hinauf! Keiner wußte, was geschehen. Jede Seele voll von Grauen und Entsetzen. Sie schauten nach Westen; ein brandendes Meer von Flammen, aus dem der brennende Turm von St. Katharinen hervorragt.

Wind brachte Feueratem. Feuersäulen himmelauf; in einem Regen glühenden Sparrenwerks zerstiebend.

Dazwischen steilauf Explosionsflammen.

Dazwischen dumpf dröhnende Detonationen von Zeitzündern.

Dazwischen unfaßbares Brausen. Aus der Tiefe? Aus der Höhe?

Einer sagte beklommen: „Dieses Mal waren wir nicht gemeint."

Keiner sagte, was jedes Herz schlug: dieses Mal nicht.

Der Tod, als ob er die tausend und aber tausend Herzen dieses Wort habe schlagen hören, wandte über das Flammengebirge das beinerne Antlitz dorthin, wo in der Bille und in den Kanälen der Mond sich spiegelte. Dann deckte auch ihn das schwärzliche Gewoge der Rauchwolken.

Annette und Ernst gingen in fassungslosem Schweigen der Hammerbrookstraße zu. War es nicht, als ob sich die mächtigen Bauten zusammengeduckt hätten? Die gewaltige Rundecke der Maizenawerke, die acht Stockwerke von Leder-Schüler, die Hamma-Burg, die Sankt-Georg-Burg der Wolff-Zigarren — lag es über allen nicht wie abgrundtiefes Grauen?

„Gott sei Dank, daß es uns nicht getroffen hat, Ernst!"

Er drückte ihr die Hand. Die Nacht des Schreckens hatte zwischen ihnen manches hinweg gebrannt.

„Die armen Menschen —"

„Wir wollen bei Bergers anrufen — wenn's geht."

„Harald sollte doch kommen."

„Dann kann er gleich sehen, was Heimatfront heißt."

Als sie anrufen wollten, war der Apparat ohne Strom.

„Dann morgen, Annette. Hast du Kaffee?"

„Gerade gekauft. Findest du sechzig Mark teuer?"

„Er soll schon billiger gewesen sein."

Annette verschwieg, daß ein Viertelpfund sechzig Mark kostete.

„Ach, Ernst — es ist kein Wasser da —"

„Hast du dir nichts hingestellt?"

„Vergessen! Gas ist auch nicht da!"

„Und einen elektrischen Kocher haben wir nicht."

„Ich mach' den Herd an, Ernst. Gut, daß wir ihn haben. Ich frage im Haus nach, irgend jemand wird wohl Wasser haben.“

Die Hausgemeinschaft der Lünkenruh war nach der Entwarnung aufs Dach gestiegen. War das Dunkel der Nacht nur darum so unheimlich, weil die Ränder der großen Stadt in einem einzigen Brand loderten?

Jede Seele durchgraust: das war das Fürchterlichste, was ein Mensch erleben kann.

Bergers Anton wälzte sich, halb eingeholt, bedrohlich dicht über dem Dach und erhöhte die Dämonie der Nacht. Das Brausen der Feuersbrünste bis hierher hörbar; ein leichter Schauer von Kondensregen sprühte herüber.

Wind trug Qualm und Brandgeruch.

Feuerwehr unablässig klingelnd durch die Straßen.

Feuerwehr aus Bremen und Hannover unterwegs nach Hamburg. Aus allen Ortschaften der Umgegend waren die freiwilligen Wehren angerückt. Aber kein Wasser da.

Und die Elbe? Die Alster? Die Bille? Die Kanäle? Die Fleete?

Und die Pumpen? Und die Schläuche? So viele Spritzen und Schläuche, wie in dieser Nacht hätten gebraucht werden können, hat es in Hamburg nie gegeben.

Drückender dunkelte die Nacht. Die Sterne waren von einem, der sie für unnütz gehalten, vom Himmel weggewischt. Der Mann im Mond rannte, die Arme über den Augen, davon.

Als die Menschen vom Dach herunterstiegen, wußten sie noch nicht, daß sie nur einen Anfang gesehen. Wußten nicht, daß dieses Grauen nur Vorspiel eines noch größeren war: des Grauens der Menschen vor den Menschen.

Früh am Sonntagmorgen, kaum vier Uhr, klopften Max und Hans Mariechen wach. In der Nacht noch waren Leute aus Hamburg gekommen und hatten Entsetzliches berichtet. Die halbe Stadt sei in Feuer aufgegangen.

Es war schon hell, als sie nach Hamburg hinübersahen. Nichts als eine mächtige, von unten rot angestrahlte Wolke.

Sie hatten kein Auge mehr für die Schönheit der Heide, nicht für die zärtlich winkenden Birken, nicht für die lockenden Korallenbüschel der Ebereschen. Es kam ihnen vor, als schaute auch die Heide nach der schwarzen Wolke über der fernen Stadt.

Je näher sie Harburg kamen, um so tiefer gerieten sie in das Schattenreich der großen Wolke. Von Harburg fuhr kein Zug mehr nach Hamburg, auch keine Straßenbahn. Zu Fuß also. Bleich vor Entsetzen sahen sie von der Elbbrücke aus Hamburg von einem Ende zum andern brennen.

Zu immer größerer Dichte schwadete die Wolke auf, wogte und wand sich in bauschigen Ballungen, von den Feuern rot angeglüht. Zwischen Himmel und Erde fahles Licht wie bei Sonnenfinsternis; unheimlich schwelte in ihm das Überweltliche.

Brandgeruch über den Hafen her. Im Freihafen brannte es nicht. Aber in den Straßen vom Baumwall und den Vorsetzen stadtzu, nach Altona und Eimsbüttel hinauf glühte es brünstig auf.

Es wurde immer dunkler. Manchmal die Sonnenscheibe als ein milchweißes Rund aufscheinend und wieder versinkend in dem sich immer erneuernden Qualmgewoge. Als die drei die Elbbrücken hinter sich hatten, sahen sie in den Häusern Licht brennen, obwohl es früher Morgen war.

Rothenburgsort, Billwärder-Ausschlag, Hammerbrook, Borgfelde, Hamm, St. Georg schienen verschont geblieben. In allen Straßen verstörte Menschen. Keiner wußte Genaues.

Und immer dunkler die Wolke. Immer mächtiger das Umeinander des eisenfarbenen Ungeheuers aus Qualm und Rauch, als gebäre ein Vulkan es jeden Augenblick neu.

Am Nachmittag dieses Sonntags wurde das Wolkenungetüm, wesentlich aufgehellt, über den Ostseebädern gesichtet. Es waren viele Hamburger am Strand und bestaunten das Phänomen, von dem staubiger Atem herkam. Aber daß das Untier sich von dem Brand *ihres* Hauses, *ihres* Heims, *ihres* Gutes gemästet hatte, das wußten sie noch nicht. Hamburg hatte einen schweren Angriff, das war durchs Radio gekommen. Einzelheiten fehlten noch. Wird nicht so schlimm sein.

Da kam der Dampfer mit neuen Gästen aus Travemünde. Schnell auf die Brücke, um sie mit dem obligaten Ostseegruß zu empfangen: „Oooh — wie — bla-a-a-a-aß!" In den Strandburgen buddelten Kinder, in den Strandkörben braungebrannte hübsche Frauen. Ganz für sich, um durch den Anblick ihrer Verstümmelungen die schöne Ausgeglichenheit der Kurgäste nicht zu gefährden, ein halbes Dutzend Kriegsverletzter. Keiner bestritt ihnen das Recht, stolz darauf zu sein, für die sorglosen Genießer geblutet zu haben.

In Hamburg hatte bis in die Morgenstunden hinein keiner etwas anderes als lethargisches Hindämmern gefunden. Kein Hamburger hatte je zuvor einen so grauenhaften Sonntagmorgen erlebt und wird je einen ähnlichen nochmals erleben. Endlich wird man wohl dahinterkommen, daß jeder Krieg ein Irrsinnsanfall der Menschheit ist.

Immer wieder blickte man in Hamburg auf die Uhr. Es müßte doch heller Sonnenschein sein? Es war auch Sonnenschein über dem Schwadenmeer, das sich über die Stadt weit hindehnte und von der Unzahl der Brände immer noch genährt wurde.

Die Leute, von den Unglücksstätten in ihre heilen Wohnstätten zurückkehrend, konnten vor Entsetzen kaum reden. So ungeheuerlich klang, was sie sagten, daß die Daheimgebliebenen ihnen nicht glaubten. Ganze Stadtteile, Straße um Straße, Haus um Haus vernichtet? Und so schnell, daß die ersten Bomben schon fielen, als der Drahtfunk die Wiederannäherung der erst zur Täuschung nach Osten abgeflogenen Flugzeuge knapp gemeldet?

Genau! Genau! Und nach einer ganz neuen Taktik. Zuerst warfen die Spitzen-Flugzeuge große Mengen von schwarzsilbrigen Hartpapierstreifen ab, die durch ihr Niederflattern die Ortungsgeräte der Flak-Abwehr irritierten. Von allen Funkmeßstellen kamen die gleichen Meldungen, die Geräte setzten aus, ohne daß man dafür eine

Erklärung wußte. Die Flak schoß und schoß; mehr auf gut Glück als auf Peilung, denn jede Höhenschätzung fiel aus. Dann setzten die Briten zu zusammengefaßten Angriffen auf die Abwehr- und Scheinwerferstellungen ein, sie zum Teil vernichtend. In Tiefflügen konnte Straßenzeile um Straßenzeile mit Brand-, Flüssigkeits- und Phosphorbomben belegt und die Rettungsarbeiten mit Bordwaffen verhindert werden.

Erschüttert lauschten die Menschen diesen Schilderungen. In den schwarzsilbrigen Flatterstreifen witterten sie eine besondere Teufelei der Engländer. Überall lagen an diesem Sonntagmorgen diese Streifen, blinkten in den Gärten, im Gezweig der Bäume, krüllten sich an den Straßenrändern zu Röhrchen, die vor dem Winde einher rollten.

Die Menschen rätselten an diesen Papierstreifen herum. Schließlich ging das Gerücht, sie seien mit Typhusbazillen infiziert, um Epidemien hervorzurufen. Von dieser neuen Angst gepeinigt, schärften die Mütter den Kindern ein, um Gottes willen nicht mit den Streifen zu spielen. Mit einem Wort von oben hätte man die gequälten Menschen von dieser Angst befreien können; denn man kannte die Aufgabe dieser Streifen ganz genau. Ihren Sinn aber der Öffentlichkeit preisgeben, hätte klar und unumwunden geheißen, die Abwehr von Fliegerangriffen von der Erde aus als erledigt erklären zu müssen. Der Abzug schwerer Flak von Hamburg nach Italien und die Unbrauchbarmachung der Funkmeßgeräte durch die Flatterstreifen waren von entscheidender Bedeutung für die verhängnisvollen Tage von Hamburg. Bedrückend das Gerücht, daß die Briten vor Tagen schon Flugblätter abgeworfen haben sollten, in denen die Vernichtung von Hamburg in Aussicht gestellt und ermahnt worden sei, Frauen, Kinder und alte Leute zum Verlassen der Stadt zu bewegen. Erbittert ging diese Kunde von Mund zu Mund. Man war empört darüber, daß das Flugblatt verheimlicht worden war. Gesehen hatte dieses Flugblatt keiner.

Man verhehlte sich nicht, daß man sich durch ein paar ruhige Monate hatte in Sicherheit wiegen lassen. Wie konnte man ahnen, daß in diesen Monaten trügerischer Ruhe der Feind an einem riesigen plastischen Modell von Hamburg die Methoden festlegte, die Stadt zu vernichten; daß Tausende von Fliegern, ein Bodenpersonal von mehr als hundertfünfzigtausend Mann in einen Lehrgang eingespannt waren, der zu einem bestimmten Zeitpunkt seine Bewährung finden sollte? Offenbar hat man auf der Insel für den Aufbau kriegerischer Episoden etwas übrig, seit Kitchener in der Derwisch-Schlacht bei Kerreri das Grabmal des Mahdi zentimetergenau dem Erdboden gleichmachte, nachdem er seine Soldaten sich auf ein Modell der Grabanlage auf einem Schießplatz in Kairo hatte einschießen lassen. Der junge Leutnant Winston Churchill hatte den solcherart vorbereiteten Erfolg seines sich auch im Burenkrieg weiterhin erfinderisch erweisenden Armeeführers bewundernd miterlebt. Er erwies sich an Hamburg als gelehriger Schüler.

Nur wenige Stadtteile hatten Wasser und Gas. Elektrizität wurde geliefert. In den vom Angriff nicht betroffenen Bezirken funktionierte auch der Fernsprechverkehr mit der Einschränkung, daß Anrufe empfangen, aber nicht getätigt werden konnten. Bei Anrufen von auswärts konnte der Angerufene nur mitteilen, daß er noch am Leben und gesund sei. Wollte er sich in Schilderungen verlieren, war die Verbindung weg. Eine weise Voraussicht; anders wäre die Unzahl von Anrufen nicht zu meistern gewesen, denn die Kunde von dem Unheil in Hamburg hatte ganz Deutschland mit Grauen erfüllt.

Und immer noch jagte eine Schreckensnachricht die andere. Jede blieb hinter der Wirklichkeit zurück.

Die Katharinenkirche in Flammen. Die Nikolaikirche ausgebrannt. Die Hamburger Straße in Barmbek ein Trümmerfeld! Das gewaltige Karstadt-Gebäude zerschmettert; in dem Luftschutzkeller darunter Hunderte von Menschen unrettbar eingeschlossen. Das Polizeipräsidium am Neuen

Wall brannte noch; der Hopfenmarkt ein Flammenmeer. Die Straßen um den Großen Michel ein einziges Feuergezüngel. Ein paar Fesselballons — die meisten waren verbrannt oder unter der ungeheuren Strahlhitze zerplatzt — schwankten, ihres Sinnes beraubt, unter dem Gewölk ziellos dahin.

Die Ausfallstraßen überfüllt von Fuhrwerk aller Art mit gerettetem Hausrat. Alle Kraftwagen hatten Fahrerlaubnis und brachten unaufhörlich Obdachlose in die Auffanggebiete der Umgegend oder nach der nächsten Eisenbahnstation. Von den Hamburger Bahnhöfen wurden keine Züge mehr abgelassen; der Fernverkehr endete und begann in Harburg, Bergedorf und Altona. In den Straßen der Vororte wurden die Flüchtlinge von den Bewohnern liebevoll betreut, mit Essen und Trinken erquickt und mit Zeug und Wäsche versehen. Alle Lastwagen waren mobilisiert. Von Elmshorn in unablässiger Folge Züge nach dem Norden, nach Ost und West. Nach Hunderttausenden zählte der Strom der Menschen, die aus Hamburg flüchteten.

In all der Wirrnis, in all der Tragik, in all der Verzweiflung doch der hymnisch reine Ton der Nächstenliebe, der Selbstaufopferung. Am eifrigsten die Jugend. Bis zur Ermattung schleppten Knaben und Mädchen Dürstenden Getränke heran, Hungernden Speise, versahen auf ortsfremden Autos Lotsendienste, schleppten Ausgebombten Gepäck und trugen übermüdeten Müttern die Kinder.

Gegen Mittag zog das Gewölk nach Osten ab. Die Menschen atmeten auf. Das Schicksal schenkte ihnen ein Lächeln der Gnade. Und die Sonne war noch da! Und der blaue Himmel! Und die lieben weißen Wolken!

Wo immer sich Menschen begegneten, sprachen sie von dem grauenvollsten Erlebnis, von dem Feuersturm. Keiner wußte ihn zu deuten. Für die aber, die ihn erlebt hatten, war er etwas Unvorstellbares, etwas Unbeschreibliches. Ein Sturm, der mit Feueratem und Flammenfittichen daherbrauste, daherjagend ganze Straßen mit Hochofenglut erfüllte und alles Lebende hinwegschlang. Unwiderstehlich riß er die aus den Fensterhöhlen der Häuser lechzenden Flammen an sich, einte sie mit mörderischer Wucht und prankte alles nieder, was ihm entgegenstand.

Die ihn erlebten, hielten ihn für eine Ausgeburt überreizter Nerven. Wer hatte je von Feuersturm gehört?

Die Menschen waren zu müde, darüber nachzudenken. Sie waren über Nacht arm geworden, aus allen Bezirken ihres Lebens herausgeschleudert. Angehörige waren in den Flammen umgekommen, waren in Kellern, um deren Ausstiege die Feuer wie blutgierige Bestien getobt hatten, erstickt und zersotten. Die Menschen wollten nur eines: die Augen schließen und schlafen, schlafen und aufwachen, und alles ist nur ein Traum gewesen.

Prinzip und Technik der feindlichen Großangriffe waren sofort klar. Prinzip: durch Vernichtung von Heimstätten Verzweiflung, Erbitterung und Auflehnung zu erwecken. Technik: durch Minen und Sprengbomben Häuser zu zerstören, Dächer abzudecken, Türen zu zerspellen, Fenster zu zertrümmern; dann Inbrandsetzung der für die Ausbreitung von Feuer vorbereiteten Häuser; dann Spreng- und Brandbomben, um die Rettungsarbeiten zu unterbinden. Einzelbrände sind in der Entstehungsphase immer leicht zu löschen. Wie aber hier, wo tausend Feuer zu gleicher Zeit entstanden und sich in einem Augenblick zu einem einzigen verschmolzen? Und wie löschen, da einige Hauptadern der Wasserkunst durch Bomben angeschlagen waren?

Wie Stalltiere in den brennenden Stall zurückrennen, so kreisten die Gedanken der Menschen immer wieder um das Grauen des Feuersturms. Das Ungeheuerliche, Undeutbare lockte mit mystischer Gewalt, umspann das ganze Empfindungsleben. Mitten in entlegenen Gesprächen sprang ein Bild des Schreckens auf und beherrschte alle Vorstellungen. Mit einer Gewaltsamkeit ohnegleichen war das Innere der Menschen auf die Ebene einer ganz anderen Erscheinungs- und Wahrnehmungswelt hingeschleudert worden. Das bisher Gültige hatte keine Bedeutung mehr und das

Neue noch keine nachprüfbare Beziehung zum Gegenwärtigen. Wie neben eigenes Leben gestellt kamen die Menschen sich vor; in eine neue Dimension geraten, wodurch die Dinge zwar nicht ihr Bekanntsein verloren, aber eine bisher nicht erschaute Andersgeartetheit gewannen, vor der sich frühere Erkenntnisse als bloßes Oberflächenwissen erwiesen.

Diese verfluchte Vertrauensseligkeit, in die die Stadt sich hatte hineintäuschen lassen! Bei den harmlosen Angriffen der letzten Monate war man kaum noch in die Keller gegangen; nur die wenigsten hatten noch an Luftschutzgepäck gedacht. Das rächte sich nun furchtbar. Als die Menschen den unerbittlichen Ernst dieser Nacht erkannten, als es galt, um das Leben zu rennen, da war keine Zeit mehr, nach dem Gepäck zu greifen, da riß man nur noch einen Rock, einen Mantel, ein Badetuch an sich, um nicht im Nachtgewand in den Keller zu müssen. Auch das war für manchen schon zu spät! Treppenhäuser begannen von unten herauf zu brennen, aus zerspellten Wohnungstüren brachen fauchend Flammen und indes die Geängstigten noch versuchten, durch das Feuergezüngel zu entkommen, machte eine Sprengbombe ihren Überlegungen ein Ende. Das war das Schicksal in vielen Häusern, bei denen die Phosphor- oder Flüssigkeitsbomben zwei oder drei Stockwerke durchschlagen hatten und Feuer nach oben und unten gleichzeitig verbreiteten. Wochenlange Hitze hatte die Häuser ausgedörrt, jedes Stück Holz gierte nach dem Feuer.

An diesem Sonntagmorgen wäre Regen mehr als Erlösung aus der Schwüle endloser Sommertage, wäre Rettung aus bitterster Not gewesen. Die Luft, angefüllt von feinem Mörtelstaub, trocknete die Kehle aus, machte die Stimme heiser; Rauch beizte die Augen. Alles, was die Hände ergriffen, überdeckt von einer Staubschicht, gesättigt mit klebrigen Stoffen aus den Brandwolken. Ein infernalisches Geschwade von übelmachender Penetranz wie von ausglimmendem Müll. Bäume streckten den Rest ihres zerkohlten Geästs, übernuppt von Glühstellen, traurig aus.

Krankenwagen jagten; grauenhaft eingemummelte Verletzte wurden eingeladen. Leichen, bis zur Unkenntlichkeit zerschmort — kaum daß man etwas hatte, sie zu bedecken — blieben liegen. Erst der Lebende und das Lebendige!

Jeder wußte, keiner klagt um weniger als man selber. Keiner kann mehr als alles verlieren. Mit maskenhaft erstarrten Zügen rennen die Menschen aneinander vorüber; auf den grau verstaubten Gesichtern Rillen von Tränen. Die Augen hatten keine Tränen mehr. Aber die Menschen weinen! Es ist schrecklich, Menschen weinen zu sehen, die keine Tränen mehr haben.

In den Kellern hatten die Menschen, indes das Verderben rechts und links von ihnen niederging, betend auf den Knien gelegen. Feinde, die sich bis aufs Blut haßten, versöhnten sich angesichts des Todes und baten einander die Torheiten ihres Alltagszornes ab. Wenn es ans Sterben geht, so hatte mancher früher gelästert, führt die Furcht vor dem Unbekannten die Menschen jener Glaubenswilligkeit zu, der Gott allein seine Entstehung zu verdanken haben würde, wenn er bis dahin noch nicht existiert hätte. Jetzt stürzten sie sich in seine Gewißheit in der Hoffnung, dadurch der Not entrissen zu werden. So war noch nie nach ihm geschrien worden wie in diesen Stunden, da Hunderttausende unter der Hand des Todes standen, da, von Spreng- und Brandbomben umregnet, der begrabenden Wucht zusammenkrachender Mauern ausgesetzt, anderthalb Millionen Menschen in Kellern und Bunkern dem verbleiten Fuß der Zeit hätten Flügel leihen mögen, auf daß des Elends ein Ende sei. So war noch nie an ihm gezweifelt worden, da Mütter nach ihren in den Flammen umgekommenen Kindern jammerten, Männer die entstellten Leichen ihrer Frauen bargen, Kinder verzweiflungsvoll an qualmenden Bündeln, die einst ihre Eltern waren, niedersanken.

Alfred war, den Einspruch Elses nicht achtend, in die Stadt gegangen. Überall Grauen der Hölle. In der wirbelnden, hin und her tosenden Luft in der Nähe der Brandstätten scharfkantige Staubkörner, die schmerzend in die Augen drangen. Die Menschen trugen Cellophan-Augenschirme und Sonnenbrillen; vor den Mund banden sie nasse Tücher gegen die Schwefeldünste der kochenden Luft.

Er kam in eine Gasse, in der das Pflaster zu brennen schien. Einen Augenblick vorher waren aus einem Lagerschuppen Fässer mit Leinöl herausgerollt, waren explodiert und hatten das Pflaster mit spitz aufjachternden und einander überrennenden rotgelben Flammen überströmt. Und über dieses rinnende, fließende, strömende, dahinschießende Feuergewaber, das wie ein dichtes Feld wogenden roten Mohns war, züngelten aus allen Fenstern der Häuser rechts und links zischende, knisternde, heulende, jaulende, schmatzende Flammen, gelb, rot, blau, bis zum Grün des Kerns von Gebläsen. Und über die feurige Gasse hin, das Flammengeflatter aus den Häusern mitreißend, ein Ungeheures, Unfaßbares, Sinnverstörendes, das Alfred bis ins Innerste erbeben ließ. Das stob betäubend einher, raste, rannte, war da wie ein der Tiefe entstiegenes Urwelttier. Das Fürchterliche, Nie-Erlebte: der Feuersturm. In das Lebendige hineinfegend wie ein Expreßzug in eine Tierherde auf dem Bahndamm, sie in Atome zerfetzend — und das Donnern der Räder übertönte die Schreie des zermalmten Getiers.

Alfred war davongerannt, als ob die Flammen nach ihm gegriffen hätten. Die Haut spannte sich schmerzend unter der Strahlhitze von überall her.

Er sah die Menschen mit der verbissenen Wut einer umstellten Kreatur gegen die Übermacht der Elemente kämpfen. Gegen tausend Tücken galt es sich zu wehren, denn das Nie-Erlebte war voll von Unvermutetem, voll von Fallen und Hinterhalten. Ausgebrannte Straßen überfielen Flüchtende mit dem Glutatem des Pflasters; der weiche Asphalt zeraschte ihre Schuhe, versengte die Füße und schlimmer als Triebsand hielt der Asphalt die Unglücklichen fest. Jeder Flieheschritt erhöhte die Marter der verbrannten Fußsohlen; erstickend sanken die Menschen nieder, verzwergt von der Hitze, die sie ausglühte.

Er kam darüber zu, wie die Menschen einen Mann hielten, der sich vor einer nackten Frauenleiche vor Lachen auf die Schenkel geschlagen hatte. Ehe man ihn erschlug, erkannte man, daß es ein Wahnsinniger war und stieß ihn wie einen Pestkranken von sich. Taumelnd rannte er davon, gräßlich umhallt vom Lachen seines Mundes. Alfred sah ihm nach. Vor einem Hause blieb der Mann stehen, vor einem Hause, aus dem aus allen Fensteröffnungen Feuer hervorschoß, das von Stockwerk zu Stockwerk lohend, gleichsam eine feurige Fassade über der steinernen bildete.

Der Mann begann vor dem Haus mit den Flammen zu disputieren. Er schrie, drohte und beschwor mit ausgebreiteten Armen die prasselnde Glut des Hauses, das in einer ausgebrannten Straße als letztes noch Feuer gefangen hatte. Alfred sah in der einsamen, todöden Straße den Schreienden gestikulieren, er sah den aufgerissenen Mund des Irren, ohne einen Laut zu hören, und da — Alfred wich einen Schritt zurück, als müßte er sich in Sicherheit bringen — da, als ob ihr der geheime Befehl gekommen, den Schreier zum Schweigen zu bringen, neigte sich die Hausmauer in voller Breite und stürzte, den Tobenden, der sie mit ekstatisch ausgebreiteten Armen zu erwarten schien, unter sich begrabend, in Riesenbrocken nieder. Vor Entsetzen schloß Alfred die Augen. Als er sie wieder öffnete, war es ihm, als sei in der rauchigen Staubwolke das triumphierend verzerrte Gesicht eines Dämons sichtbar gewesen.

Auf dem Rückweg kam er an einer Koppel vorbei, voll von Pferdekadavern. Man hatte die Tiere aus Ställen und Schuppen dorthingebracht. Einige waren, wahnsinnig von Angst, ausgebrochen, waren auf die Brände zugerast und man hatte sie, ehe sie mit platzenden Adern und berstenden Herzen zusammenbrachen, wie apokalyptische Tiere mit brennenden Mähnen und Schweifen einherbrausen sehen. Die auf der Koppel verbliebenen Tiere hatten sich unter dem Hagel der Bomben gegenseitig zerstampft.

Gegen Mittag des Sonntags zeichnete sich auch für die Allgemeinheit der Umfang der Katastrophe deutlicher ab. Von Norden kommend hatte der Feind Stellingen, Langenfelde mit Bomben beworfen, und dabei die westlichen Ausfallstraßen nach Pinneberg, Elmshorn und Segeberg unpassierbar zu machen versucht. Dann war er auf Eimsbüttel, Altona, Ottensen und Othmarschen vorgestoßen; eine Welle wurde gegen St. Pauli und die Neustadt angesetzt. Die ganze Heftigkeit entlud sich gegen die dicht besiedelten Gebiete von Barmbek, Eilbek, Hamm, Wandsbek, Horn.

Auch auf Hagenbecks Tierpark war ein Regen von Spreng- und Brandbomben niedergegangen; später Minen und Flüssigkeitsbomben. Offenbar vermutete der Feind unter dem Affenfelsen geheime Kriegswerkstätten und sah in den Teichen Versuchsanlagen für Unterwasserwaffen. Eine Anzahl von Wärtern, die ihre Tiere in der Todesbedrängnis nicht hatten verlassen wollen, wurden Opfer ihrer Treue. Großraubtiere mußten, als Sprengbomben ihre Gehege zerstört hatten, erschossen werden. Dem Toben menschlichen Irrsinns gegenüber behielten allein die Elefanten die stoische Ruhe vollendeter Tierheit und ließen sich, ohne in Unruhe zu verfallen, an den brennenden Gebäuden vorbei in die Außengehege bringen.

Am Sonntagnachmittag, als die Stadt voller wogender Menschenhaufen war, griff der Feind Hafen und Innenstadt mit Spreng- und Brandbomben an. Es machte nicht viel her, gemessen an den Ereignissen der vergangenen Nacht. Der Angriff hinterließ keinen Eindruck auf die Menschen. Man fand ihn lächerlich wie einen ungelegenen Sonntagnachmittagsbesuch.

Else schalt mit Alfred, daß er sich unnötigerweise Aufregungen ausgesetzt habe; er würde seine Nerven noch brauchen; oder ob er glaube, daß es nun wieder mit den Angriffen auf Hamburg vorbei sei? Ob er nicht davon gehört habe, daß die hohen Parteiherren und andere, von denen man erwarten mußte, daß sie in diesen Notstunden

Hamburg beistünden, sich davongemacht hätten! Und ob es schon zu seinen Ohren gedrungen sei, daß in Barmbek ein Sprechchor durch die brennenden Straßen ziehe: Wir danken unserem Führer! Von achthundert Flugzeugen ganze siebzehn abgeschossen! Das sei wahrhaftig ein Heldenstück! Und ob es wahr sei, daß die schwere Flak nicht mehr da sei?

Alfred rappelte sich zusammen: „Du tust gerade so, Else, als sei ich mitverantwortlich an diesen Schrecken."

„Du! Und ich! Wir alle, die wir uns diese braune Herrschaft haben gefallen lassen!"

„Das alte Lied! Das alte Lied! Was hast du dagegen getan? Nichts! Was hättest du tun können? Auch nichts! Den Mund aufreißen? Sie werden ihn dir schon stopfen. Jetzt noch mehr als bisher."

„Das wird man sehen! Laßt die Menschen erst zur Besinnung kommen, dann haben wir die Revolution hier!"

Alfred lächelte. „Revolution! Revolution in Deutschland! Ich habe schon eine mitgemacht. In Deutschland hat eine Revolution nur dann Erfolg, wenn sie auf dem Wege der Verordnung durchgeführt wird. Hast du schon bei Melhops angerufen?"

„Geht doch nicht, Alfred."

„Ach ja, ist recht. In Hammerbrook ist auch nicht viel gefallen."

Gegen Abend rief Harald aus Harburg an. Er sei auf Urlaub, müsse aber für unvorgesehene Fälle noch bei seinem Truppen-Ersatzteil bleiben. Er werde Montag oder Dienstag kommen. Ob es denn wirklich so schlimm in Hamburg sei, wie man erzähle.

„Du mußt kommen und selber sehen, Harald. Erzählen läßt es sich nicht."

„Und Melhops — Hirsekorns — und Edith?"

„Wir haben nichts gehört. Edith war auf einen Sprung hier. Sieh zu, daß du bald kommst."

„Natürlich, sobald ich kann. Wir gehn nachher ins Kino."

„Na ja; die Welt geht weiter."

„Grüß' Vater."

„Danke, danke. Komm' nur bald."

Der Abend kam. Wird der Engländer heute wieder angreifen?

In später Stunde ging über den Rundfunk die Nachricht von der Regierungsumbildung in Italien. Mussolini entmachtet.

Was sollte die Menschen, die in dieser Nacht Hab und Gut, Eltern und Kinder, Mann und Frau verloren hatten, und selber mit Not dem Tod entronnen waren, noch erschüttern? Vor dem Grauen ihres Erlebens zerrannen in dieser Stunde die großen Szenen der Weltgeschichte zu Farcen.

Die Nacht kam mit Sternenglanz. Ihr sanfter Atem war voll von Loderasche und von Dunst von Mörtelstaub aus den zerstörten, brennenden Stadtteilen. Immer noch brannte es an unzähligen Stellen, wo das Löschen sich nicht mehr lohnte und ein weiteres Umsichgreifen des Feuers nicht zu befürchten war, weil ringsherum alles schon in Asche lag.

Nach Hunderttausenden zählten die Menschen, die in dieser Nacht vor der Stadt im Freien kampierten. Auf Feldern, in Gehölzen, in Straßengräben. Alle bereit, beim ersten Ton der Sirenen aufzubrechen und die Stadt der Verfluchung weiter hinter sich zu lassen. In allen das Gefühl, aus Zeit und Raum herausgeschleudert zu sein. Zwischen gestern und heute eine Kluft, die kein Verstand überbrückte.

An den Lagernden vorbei der unabsehbare Zug der Obdachlosen, für die es keine Heimkehr mehr gab. Auf Karren, Kinderwagen, ja selbst auf gerettetem oder geborgtem Schlitten brachten sie den armseligen Rest ihrer Habe in Sicherheit. Weinende, übermüdete Kinder an der Hand schwer bepackter Mütter. Ein Treck der Verzweiflung, dessen Eindruck sich ins Dantische steigerte, als es dunkler und dunkler wurde, und die Scheinwerfer ihre Wanderung über den Himmel begannen. Und immer der Stickgeruch von der geschändeten Stadt herüber. Zu seiten der Landstraßen große Bombentrichter, denn die Briten hatten die Flucht aus der Stadt erschweren, wenn nicht unmöglich machen wollen. Wie bei einem Kaninchenbau alle Gänge verstellt werden, ehe das blutgierige Frettchen angesetzt wird. Wo jemand, der des Weges nicht sicher war oder ein Verlorenes suchen wollte, die Taschenlampe aufblinken ließ, wurde er von den andern fast erschlagen und angeschrien, ob er ihnen die Engländer auf den Hals hetzen wolle. Und der ganze Zug war nichts als Empörung über diesen Frevel.

„Wie weit wollen wir noch?"

„Wer nicht mag, scheidet aus!"

Wie erbarmungslos Menschen in Stunden, da sie selber Erbarmen brauchten!

Die meisten konnten nicht weiter; die Füße voller Blasen; unendlich viele hatten mit Hausschuhen an den Füßen in den Keller jagen müssen und wanderten nun so im Zuge mit. Die zweite Nacht ohne Schlaf; keiner hatte richtig gegessen. Hitze und Staub hatten die Kehle verklebt; wer hatte die Hände waschen können? Das Zeug klebte am Leibe. Einige gingen abseits, entkleideten sich, damit das Zeug in der Abendfrische durchlüftete. Das Natürliche lacht der Prüderie; die Gemeinsamkeit ist eine strenge Hüterin.

Stunde um Stunde!

Alle denken: gestern um diese Zeit!

Gestern um diese Zeit hatten wir noch ein Heim und Haus, Bett und Schrank, Tisch und Stuhl. Gestern um diese Zeit lebte noch jener und jener und jener —

Gestern um diese Zeit war der abnehmende Mond fast eine Stunde nach Mitternacht gekommen; heute würde er noch später kommen.

Orangenfarben stand er gestern, ehe die große Wolke ihn verschlang.

Er wird kommen und gehen, wie er kam und ging, ehe denn Menschen auf der Erde waren. Ihn rührt die Unseligkeit der Erde nicht. Auch die Sterne, die so hell blinken, rührt sie nicht. Sie wandern ihre fernen Pfade, und ihre Ewigkeit weiß nichts von uns. Sie funkeln über Äonen zu uns her; ihr Herz weiß nichts von uns. Im planetarischen Gärtlein der Schöpfung ist die Menschheit ausgerechnet auf den Komposthaufen geraten.

Ermattung läßt wie Trunkenheit den Gliedern ihren Willen. Die Menschen lagen mit betäubter Seele; es reichte nicht zum Träumen. Es war atmendes Totsein, völliges Verlöschtsein des Seelischen und Geistigen; nur das Motorische hielt sie spärlich aufrecht. Das Elend hatte das Hirn leer gesogen; alle Virtualität dem Schlaf verfallen. Mütter, Kinder an der Brust, waren darüber eingeschlummert. Männer und Frauen zusammengeflüchtet Arm in Arm; daß sie einander noch hatten, letzter Halt, letztes Glück.

Der Mond kam goldgelb am Himmel herauf.

Eine Kinderstimme: „Nich, Pappi? Meine Laterne hat auch so'n Mond?"

„Ganz genau, Heini. Nun schlaf' aber auch."

Reif wehte es von den Feldern, reif von den Bäumen her. In den Knicks und an den Böschungen das tausendfältige Leben der Stille. Und junge Menschen seitab, denen in aller Not die Nacht ein schnelles Glück schenkte.

Der Morgen kam und losch die Sterne. Im Tau der Gräser funkelndes Licht. In der Kühle der Frühe besannen sich die Menschen und wurden ihres ganzen Unglücks gewahr. Den Kopf auf den Knien weinten die Frauen. Aber die Kinder faßten den Jammer der Eltern nicht. Welch ein Abenteuer! Erst der Zug durch den Abend, das Nächtigen im Freien, und jetzt goldener Morgen! Warum weinten die Frauen alle?

Die Landstraße herauf ein langer Zug von Lastwagen mit Anhängern. Und ehe die Menschen das Wunder begriffen, geschah es schon: die Wagen hielten! Rote-Kreuz-Schwestern und -Helfer sprangen herab, Klapptische waren wie hingezaubert, darauf kamen Spankörbe mit Tassen, Spankörbe mit fertigen Butterbröten. Kaum hatten Männer, Frauen und Kinder sich umsehen können, da waren sie mit heißem Kaffee und Brot versorgt und aus dem Weinen der Verzweiflung wurde Weinen der Rührung und Dankbarkeit.

Die Schwestern hielten die größeren Mädchen und Jungen an, Wasser heranzuschaffen; heile Häuser noch genug da! Und wie das ging! Schon war die quengelnde Brut von kundigen Händen aufgebündelt, gebadet, mit frischen Tüchern versehen. Alles so schnell und genau, als ob die Schwestern nie etwas anderes als Kinderpflege auf der Landstraße gelernt hätten.

Dunstüberschwelt hinter den Feldern die arme, geliebte Stadt.

„Brennt es noch immer, Schwester?"

„An einigen Stellen noch. Aber es läßt nach."

„Meinen Sie, daß die Engländer wiederkommen, Schwester?"

„Wir wollen Gott bitten, daß sie es nicht tun."

„Und wie es mit uns werden soll, Schwester — wer uns was gibt — wir haben doch nichts mehr — und wo wir bleiben?"

„Der liebe Gott wird helfen."

Die Frauen nickten getröstet. Kreuz und Wetterfahne einer Kirche leuchteten her. Krähen entflatterten ihren Horsten und zogen schwerflügelig, Schicksalsvögeln gleich, davon. Auf den Feldern standen die Hocken. Was wäre weihevoller für ein gequältes Gemüt als ein Erntefeld, das von der Sorge des Menschen um das tägliche Brot und von der Güte des Himmels, es zu gewähren, zeugt?

Da geschah es, daß ein Junge, der, ehe er in den Keller gerannt war, nach seiner Mundharmonika, dem liebsten seiner Schätze, gegriffen hatte, das Ding an die Lippen setzte und zu spielen begann, was überall in Deutschland gesungen wurde:

Es geht alles vorüber,
es geht alles vorbei,
auf jeden Dezember
folgt wieder ein Mai.

Und in viele Herzen kamen Friede und Zuversicht.

Frühzeitig machten viele sich auf den Heimweg, in der Hoffnung, aus den zertrümmerten Häusern einiges doch noch bergen zu können. Törichtes Hoffen! Was sollte noch zu retten sein aus Häusern, die von unten nach oben völlig ausgebrannt waren? Was hätte sich von allem, das herausgeschleppt war und im Stich gelassen werden mußte, unversehrt erhalten unter dem Glutatem flammendurchwehter Straßen?

Sie kamen heim und sahen die Stätte, wo ihr Leben gewesen war. Nichts mehr, wonach zu bücken sich gelohnt hätte. Was auf der Straße nicht verbrannt war, hatten andere Arme an sich genommen.

DIE SIEBENTE SCHALE

Ein Wehrmachtwagen hatte Harald von Harburg nach Hamburg mitgenommen. Sie waren ein Stück durch die zerbombten Gebiete gefahren, in denen es von Bränden loderte. Die grauenvolle Schau übertraf alle Befürchtungen. Unfaßbar der Gegensatz, als sie in die Bezirke einfuhren, die von den Angriffen verschont geblieben waren. Vorgärten prangten in Blüte, die Balkonkästen leuchteten, der Straßenverkehr schien in geregelten Bahnen zu laufen. Nur dem flüchtigen Blick. In Wirklichkeit war über allen Menschen verstörte Hast, fiebrige Unstetheit.

„Gut, daß du da bist, Harald!" sagte Else.

Alfred half ihm das schwere Gepäck von der Schulter: „Ja; wenn du noch nicht weißt, was Krieg ist, hier kannst du's lernen."

„So hab' ich mir's nicht vorgestellt. Das ist furchtbar!"

„War es da unten anders?"

„Das ist Kriegsgebiet, Vater. Aber hier?"

„Wird wohl bald zu Ende gehen. Italien scheidet doch aus."

„Weil sie Mussolini nach Hause schicken? Wenn wir wollen, müssen die Italiener mitmachen, ob sie wollen oder nicht."

„Wollen wir denn?"

„Natürlich wollen wir. Weil wir wahnsinnig sind. Was die ganze Front weiß, wollen die da oben nicht wissen. Der Krieg ist verloren!"

„Um Gottes willen, Junge! Wenn man dich hört! Sprich zu keinem Menschen davon!"

„So verrückt bin ich nun auch wieder nicht, Else.“

„Wie wär' es mit einem Teller Konglomeratsuppe, Else? Erzählen kann Harald nachher.“

„Fein! Konglomeratsuppe war mein Traum selbst in Italien.“

„Junge! Lieber lebendig hinter einer Konglomeratsuppe als tot in einem Orangenhain!“

„Das walte Gott, Vater!“

Nach Tisch, als die Männer ihre Zigarre rauchten, wollte Else wissen, was es mit dem Feuersturm, von dem die ganze Stadt spräche, für eine Bewandtnis habe. Alfred wußte es nicht.

„Nanu, Vater! Das ist doch eine physikalisch ganz einfache Sache.“

„Für den, der es weiß.“

„Also hört zu. Herde und Öfen müssen, um brennen zu können, Zug haben. Der entsteht durch den Schornstein und durch die in Herden und Öfen eingebauten Züge. Züge und Schornsteine sind Hohlräume und üben als solche ständigen Sog aus. Das ist der Zug, der sich, wenn Feuer angemacht wird, durch den Abtrieb der verdünnten Luft verstärkt.“

„Und wenn ich das Schott schließe, ist es mit dem Feuer aus.“

„Und hast das Zimmer voller Qualm, weil der Rauch abziehen muß. Daß dein Ofen bei windigem Wetter besser zieht als bei diesigem, weißt du. Die Flammen sausen; öffne obendrein die Ofentür, dann schluckt der Ofen, wie du sagst, die Feuerung nur so weg. Die Flammen werden geradezu in den Schornstein hineingerissen. Siehst du, dieses Hinwegschießen der Flammen in den Schornstein, das ist das kleine Abbild des Feuersturms, den Hamburg in der Nacht auf Sonntag erlebt hat.“

„So einfach?“

„So einfach nun auch wieder nicht, Else. Ein offenes Feuer braucht keine Zugluft, denn im Gegensatz zu dem Feuer in Öfen und Herden hat es Luftzufuhr von allen

Seiten. Es brennt so lange und so stark, wie es der Brennkraft und der Menge des jeweiligen Brennstoffs entspricht. Auch ein offenes Feuer kann angefacht werden durch natürlichen oder künstlichen Wind; das Schmiedefeuer durch den Blasebalg zum Beispiel. Jede Feuersbrunst ist als ein offenes Feuer anzusprechen."

„Holst du nicht zu weit aus, Junge?"

„Macht das was? Hohlräume üben Sog aus; auf dieser physikalischen Voraussetzung beruht die Heiztechnik. Auch Wohnräume sind Hohlräume und üben, sobald Fenster und Türen offen sind, einen Sog aus. Else sagt dann: es zieht. Es ist heute ganz windstill draußen. Paßt einmal auf, ich gehe ins Hinterzimmer und öffne das Fenster" — er ging und kam gleich wieder — „so — die Tür zum Hinterzimmer zum Flur ist offen, diese Tür auch, und nun öffne ich das Fenster —"

„Um Gottes willen! Mach' zu, mach' zu! — die Bilder wehen von der Wand!"

„Ja, sogar die schwere Krone beginnt zu pendeln." Er schloß das Fenster und die Tür zum Flur. „Seht ihr, Vorderzimmer, Flur und Hinterzimmer waren in diesem Augenblick wie einer der Züge im Ofen. Nur um mehr als hundertfach größer und dementsprechend war auch der Sog gewaltiger. Bei uns im vierten Stock gewinnt der Sog noch durch die höhere Lage. Nun stellt euch vor, daß in unserer Wohnung alle Türen und alle Fenster gleichzeitig geöffnet wären."

„Dann würde uns das Haar vom Kopf wehn —"

„Und nun stellt euch weiter vor, in jeder Wohnung dieses Hauses wäre jede Tür und jedes Fenster geöffnet. Das Dach wäre abgehoben, die Tür zum Keller und alle Kellerfenster offen — und wie unser Haus so die Nebenhäuser, die ganze Straße, zehn Straßen, zwanzig, dreißig Straßen, ein ganzer Stadtteil. Durch alle Wohnräume fegt die Zugluft, fetzt Gardinen und Vorhänge nach draußen, reißt die Bilder von den Wänden, die Sachen von Konsolen und Schränken —"

„Wenn ich mir das hier bei uns vorstelle —"

„Und nun zeige ich dir an einer Streichholzflamme die Wirkung von Zugluft. Siehst du, sie brennt ruhig und stetig aufwärts. Nun blase ich sie leise an — schon biegt sie sich flatternd weg; nun noch ein wenig stärker, sie knattert und züngelt wie irr. Nun blase ich sie aus. Weg! Wenn Vater sich die Pfeife anzündet, dann spielt beim Anzünden, das hast du sicher schon gesehen, eine Flamme über dem Pfeifenkopf, die beim Anpaffen zollhoch aufzuckt. Pfeife und Streichholz zeigen also, wie eine unbedeutende Flamme durch geringe Luftzufuhr schon an Kraft gewinnt. Wie nun erst ein Großfeuer, in das Sturm hineinfegt. Unvorstellbar! In der Natur gibt es nur einen vertikalen Sog, darum brennt die Flamme nach oben. Dafür sind weiter Beispiele die Windhose und auch der kleine Lufttrichter, der sich beim Abfluß des Wassers über dem Abflußrohr der Badewanne manchmal bildet. Windhose und der Lufttrichter in der Badewanne beweisen ferner, daß der Sog einen Drall bildet, wodurch die Kraft des Sogs ungemein gesteigert wird, so wie man den Druck der stemmenden Hand durch Drehung auch verstärkt. Wird der Flamme seitlich Luft zugeführt, und zwar derart, daß die Luftzufuhr stärker ist als der Aufwärtssog der durch die Flamme verdünnten Luft, dann biegt die Flamme sich seitlich weg. Der Auftrieb der Flamme wird durch die Brennkraft des Brennstoffs bestimmt; ist die auf die Flamme gerichtete Luftzufuhr stärker als dieser Auftrieb, dann verlischt die Flamme. Das hast du gesehen, als ich das Streichholz ausblies. Im Freien hat das Feuer keine Hohlräume, die einen Sog ausüben könnten. Sie entstehen zwar durch das Feuer selber und vorzugsweise durch Explosionen, aber die beflügelnde Wucht der künstlichen Hohlräume — also der Wohnräume, Höfe, Gassen, Straßen — erreichen sie nie. Kann ich durch Luftzug Feuer anfachen, so kann ich es durch Luftzug auch löschen — ich habe das Zündholz ausgeblasen — und somit besteht praktisch die Möglichkeit, Feuer durch Luft zu löschen, sofern der Luftstrom so dicht an den Brennstoff herangebracht werden kann, daß dem Auftrieb der Brennkraft an der Brennstelle schon die Luft abgeschnitten wird.

Die Luft ist voll Wunder. Hauchst du sie aus, ist sie warm; bläst du sie durch die gespitzten Lippen, ist sie kühl. Mit dem Hauch wärmst du dir im Winter die Hände; mit der Luft der gespitzten Lippen kühlst du die Suppe. Das hatten die alten Griechen schon beobachtet. Ein einzelnes Haar, so leicht es ist, fällt zu Boden. Irrsterne, die der Erde in rasender Fahrt zu nahe kommen, zerreiben sich am Luftwiderstand. Das nur am Rande. Was ist nun in Hamburg geschehen? Tausende von Wohnhäusern waren von englischen Fliegern durch Sprengbomben und Minen aller Kaliber demoliert worden; Dächer abgedeckt, Fenster und Türen herausgerissen; jedes Haus eine einzige Luftschleuse. In diese Häuser hinein regneten nun Brandbomben, Flüssigkeits- und Phosphorkanister. Ungezählte Brände entstanden. Die Sogkraft der offenen Wohnräume wurde immens gesteigert durch den Sog der durch Feuer verdünnten Luft. Und wie das Feuer sich von Stockwerk zu Stockwerk durchfraß, wurde alles ein einziger Sog, der sich wieder mit dem der brennenden Nebenhäuser einte, bis die Straße, dann zehn Straßen, zwanzig, dreißig Straßen, ja der ganze Stadtteil unter einem einheitlichen Sog standen. Denn nun waren ja die Straßen mit ihren Gängen, Höfen und Terrassen das, was die Züge im Ofen sind. Dazu kam der Explosionssog immer wieder niedergehender Sprengbomben. Das Ganze ein Hochofen von unvorstellbarer Größe, durch dessen Züge der Sog mit der verhundertfachten Gewalt eines Tornados einherjagte. Das kleine Heulen, das schon um die Streichholzflamme war, wurde infernalisches Brausen, es war der Feuersturm, der sich in Hamburg in dieser Gestalt zum ersten Male manifestierte."

„Daß Menschen sich das überhaupt ausdenken können—"

„Das haben die Engländer sich nicht ausgedacht. Kein Mensch hat je zuvor ein solches Großfeuer erlebt wie das in der Sonntagnacht in Hamburg. Die Absicht der Briten war, gewaltige Flächenbrände zu entfachen, Wohnhäuser zu vernichten, um Verzweiflung in die Herzen der Menschen zu säen, denn zu einem totalen Krieg gehören auch die psychologischen Kampfmittel. Daß die Elemente ihrem Vernichtungswillen so zu Hilfe kommen würden, konnten sie nicht voraussehen."

„Glaubst du, daß deine Ansichten sich mit denen der Physiker decken?"

„Ich glaube ja, Vater. Ich habe viele Brände draußen gesehen, und dabei den Rätseln des Feuers nachgesonnen. Wie gewaltige Flammenfetzen sich vom Gezüngel losreißen und im gleichen Augenblick auslöschen, als ob eine unsichtbare Riesenhand sie ausgeschlagen hätte. Denn das ist ja das größte Wunder: die unbewegte Luft erstickt das Feuer und wirkt dem Sog, der verdünnten Luft entgegen. Luft ist wohl brennbar, aber nicht entzündbar im Sinne einer Kettenreaktion der Physik. Es brennt immer nur der Teil der Luft, der sich unmittelbar im Bereiche eines Feuers befindet. Kein Weltkörper, und wäre er zehntausendmal größer als die Sonne, kann mit seiner Glutfülle die Luft außerhalb seiner Protuberanzen entzünden, denn die Unentzündbarkeit der Luft ist eines der obersten Grundgesetze der Schöpfung."

„Das ist mir alles zu hoch, Kinder", sagte Else und stand auf. „Wollt ihr den Kaffee auf dem Balkon?"

„Ich bin nicht dafür", sagte Alfred. „Die ganze Stadt in Trauer und Aufregung, und wir kaffeetrinkend auf dem Balkon —"

„Hast recht, Alter. Das gute Meißner ist auch im Keller, das weißt du ja."

„Schmeckt auch aus Steingut."

„Ob die Physiker nicht anderer Ansicht sein könnten, meintest du, Vater", sagte Harald, als Else hinausgegangen war. „Mag sein in Einzelheiten. Vor allem werden bestimmte meteorologische Voraussetzungen nicht außer acht gelassen werden dürfen. Schon wochenlang herrschte abnorme Hitze. Es ist durchaus möglich, daß die Wetterlage an sich der Katastrophe zustatten kam. Das eine aber steht unwiderleglich fest: es gibt in der Schöpfung keine Möglichkeiten zur willkürlichen Entfesselung von Kräften aus den Bereichen der Schöpfung selber, um diese Schöpfung zu gefährden. Das ist in Abwandlung der Punkt des Archimedes. Der Mensch kann die Erde nicht zerstören; sich selber, ja, seine Kultur, seine Zivilisation, die Werke seiner Hände; ja, er kann den Untergang der Menschheit herbeiführen. Aber die Erde bleibt! Und Sommer und Winter werden bleiben, und Frühling und Herbst, der Himmel wird bleiben, sein blaues Gezelt ausspannen oder seine Donner rollen lassen! Das Meer, die Berge, die Flüsse und die Seen, das Getier, die Bäume und die Blumen, alles wird bleiben, und die Erde wird auch dann noch kein Paradies sein, weil Leben Leben vernichten muß, um zu leben. Was machen die Leute von der Atomzertrümmerung her, als ob sie dem Schöpfungsgeheimnis nun auf der Spur seien. Seit Ewigkeiten existieren die glühenden Weltkörper nur durch Atomzertrümmerung. Was wir anstellen, ist nicht mehr als das Abbrennen einer Rakete auf einem Sommerfest."

„Und eines Tages kreisen diese Weltkörper gleich unserer Erde mit erkalteter Kruste durch das All. Und das Leben wird auch dort kommen und allen Lebens Lust und Leid. Und es wird Staatsmänner und Philosophen und andere Narren geben, und alle werden sich darin einig sein, daß die vollkommenste Methode, sich miteinander zu verständigen, die ist, sich gegenseitig den Kopf einzuschlagen. Die Unabänderlichkeit der menschlichen Dummheit scheint auch ein oberstes Gesetz der Schöpfung zu sein."

„Mir aus der Seele gesprochen, Vater. Wie kommen wir eigentlich dazu, von menschlichem Fortschritt zu sprechen, da es für jeden Einsichtigen doch klar ist, daß wir in einem Zeitalter des Rückschritts leben? Anstatt in ein Weltbürgertum hineinzuwachsen, verfangen wir uns immer tiefer in nationalen Staatsegoismus, in diese psychische Erkrankung, auf die die einzelnen Völker um so stolzer sind, je hoffnungsloser sie ihnen verfallen."

„Mit dem Erfolg!“ Alfred wies auf die Straße hinab, auf der die Flucht aus der Stadt wieder eingesetzt hatte. Ein unabsehbarer Zug von bepackten Menschen, Karren schiebend, Wagen ziehend, wälzte sich aus der Stadt hinaus.

„Kommt Edith heute?“

„Ich denke. Anrufen können wir nicht. In ihrer Gegend sind keine Bomben gefallen.“

Harald blickte auf den Menschenstrom hinunter; er sah ihn und sah ihn nicht. Er dachte an Edith. Er hatte Scheu, ihr zu begegnen, denn er wurde die quälende Vorstellung nicht los, daß Ichals für ihn gestorben sei. Nicht für ihn, aber an seiner Statt. Eine Art mystischer Verbundenheit hatte zwischen ihnen bestanden, von der Ichals nichts gewußt, die Harald sich aber eingeredet hatte. Edith war Mutter; auch das änderte seinen Blickpunkt.

Als Edith gegen Abend kam, war alles wie früher. Sie war gehaltener, ernster, schon durch ihre Trauerkleidung. Sie spielte nicht wie sonst Harald gegenüber die große Schwester; in ihrer Distanz war eine Herzlichkeit, die nicht mehr der Sphäre freiwilliger Geschwisterliebe angehörte.

Else möchte, daß Edith mit dem Kind Hamburg verläßt.

„Und ihr?“ fragt Edith.

„Wir? Wir bleiben. Jeden trifft es ja nicht.“

„Das gilt auch für mich. Und wohin so schnell?“

„Dann solltest du auf jeden Fall in den Bunker gehen, Edith“, rät Harald.

„Ich habe die kleine Martens mit Eltern und zwei Geschwistern bei mir“, sagte Edith zu Berger. „Mit nichts sind sie angekommen. Wenigstens bin ich nicht allein, wenn was geschieht.“

Die Martens war eine Angestellte Ediths, eine tüchtige Kraft, die den Kopf in allem Unglück oben behalten hatte. Harald brachte Edith frühzeitig nach Hause. Aus allen Straßen rinnsalte der Strom der Flüchtenden an ihnen vorüber.

„Das Elend! Daß das kommen mußte!“

„Wenn's dabei bliebe, Edith —“

„Sie kommen wieder, meinst du?“

„Wenn sich in diesem großen Angriff ihre Kraft nicht für eine Zeit erschöpft hat —“

„Schrecklich! Was die Martens erzählt — grauenvoll —“

„Morgen will ich zu Melhops und dann zu Hirsekorns. Du solltest zu Mariechen gehen; wir treffen uns dort und gehen zusammen rechtzeitig heim. Man kommt auf andere Gedanken.“

„Das schon. Ich will nichts versprechen, Harald.“

„Natürlich nicht. Aber es wäre schön, Edith.“

Immer deutlicher zeichneten sich die Schrecken ab, vor denen der endlose Treck floh. Die genaueste Schilderung blieb hinter der Wirklichkeit zurück. Kein Hirn ermißt je, was zwanzig, fünfzig, achtzig oder hundert Menschen, von allen Fluchtwegen durch Feuer abgeriegelt, in den Kellern durchlitten, ehe Rauch sie erstickte, Sauerstoffmangel sie langsam abwürgte, oder die Hochofenglut der um den Keller wütenden Brände sie zersott. Keine Phantasie reicht aus, die in Wahnsinn ausgeartete Todesangst der Eingeschlossenen darzustellen; wie sie an den Wänden entlang rasten, mit den Fäusten gegen die Wände hieben, wie sie widereinander rannten, wie die Hitze die Kehle dörrte, sie sich ihre schweißnassen Kleider vom Leibe rissen. Alle Schauermärchen von Lebendigbegrabensein zerschrumpften vor der martervollen Wirklichkeit des Eingeschlossenseins von Tausenden von Menschen unter den von Flammen überrasten Trümmern eingestürzter Häuser zu einem sentimentalen Nichts. Keiner von allen, die in diesen Stunden die Sterne langsam aufziehen sahen, wußten von den Armen, die immer noch an das Wunder ihrer Rettung glaubten.

Die Nacht brachte Fliegeralarm. Die Briten warfen zwei Bomben ab und flogen davon. Unausdenkbar die Folgen, wenn der Feind die von Menschen vollgepfropften Fluchtstraßen mit Bomben belegt hätte. Aber schon dieser kurze Alarm genügte, die gehetzten Menschen in die Felder und in die Ortschaften rings zu jagen.

Der Chor der Sirenen war dünner geworden, da ihrer ungezählte in der Nacht des Schreckens auf Sonntag vernichtet worden waren. Ihr Schreien schien voller Angst zu sein. Auch der Scheinwerfer waren weniger; sie wanderten schneller als sonst, tierhaft. Wieder eine Nacht ohne Kühle; der abnehmende Mond kam noch später; selbst die Nacht der Erde entfremdet. Die tausend Stimmen ihrer Stille verstummt, oder sie verrannen wie nicht für diese Welt.

Edith lag lange ohne Schlaf. So wie ich liege, dachte sie, liegen im Rund der Erde in diesem Augenblick ungezählte Mütter, lauschen dem kleinen Atem ihres Kindes und denken seiner Zukunft. Und so lagen die Mütter der Millionen und Millionen von Männern, die jetzt widereinander streiten, die einander mit Qual und Tod überschütten; diese für ein wirkliches, jene für ein vermeintliches und die dritten für ein gefälschtes Recht. Mütter müssen sein, damit Männer sein können. So schließt sich der große Ring der Opferung um Mütter und Männer, und kein Sieg der einen ohne Hingabe der anderen. Kein Heldentum des Mannes ohne das Heldentum der Mütterlichkeit. Aller Mütter Hoffnungen größte aber die, daß ihrer Söhne Hände Werke des Friedens wirken möchten, daß man ihren Namen segne um des guten Herzens willen.

Der Tag belächelt die Gedanken, die ein Mutterherz in der Nacht denkt. Warum, so fragte Edith sich, warum dulden die Mütter den Krieg? Warum gebären sie Söhne, ziehen sie auf, lehren sie das Gute lieben, das Böse hassen, das Edle verehren und lassen sie dann widereinander hetzen, und das Blut des einen rötet die Hand des andern; und lehrt sie den Haß und lehrt sie die Freude an der windenden Not des Besiegten? Die Mütter der ganzen Erde sind einander verschwistert; welche Sprache sie sprechen, die Sprache der Mutterschaft kennt keine Grenzen. Sind die Frauen es nicht, die den Staat bauen, den der Mann nur zu schützen hat? Die Frauen sollten ein Reich der Mütter schaffen. In jedem Land nur hunderttausend Mütter! Und diese hunderttausend Mütter sollten tagein, tagaus ihren

Söhnen nichts als das eine predigen: den Menschen kann nichts Höheres werden als der Friede aller Menschen miteinander. Sie sollen sie den Haß hassen lehren, sie nicht zu feigen Duldern erziehen, aber zur männlichen Abkehr von jeder Waffe.

Edith beugte sich über den Kleinen neben ihrem Bett. Sein Gesicht war ernst gerafft, die Brauen zusammengezogen, als ob die Gedanken seiner Mutter seine Seele angerührt hätten. Was weiß eine Frau von ihrem Kind? Sie empfängt es, trägt es und bringt es zur Welt. Und da liegt es, ein Gefäß ganz reinen lauteren Lebens, schlafend, schlafend, als könnte es sich den Köstlichkeiten eines Gewesenen nicht entreißen.

Und wieder lag sie wach; der Schlaf wollte nicht kommen. Als ob das unruhvolle Herz der verstörten Stadt in ihrem eigenen schlüge. Es war eine andere Stille als sonst vor den Fenstern. Gebe Gott allen Kindern, die noch dem Leben entgegenschlafen, niemals solche Nächte wie diese.

Am Morgen wieder das große Rückwandern in die Stadt. Die für Sonderfälle vorgesehenen Dienststellen arbeiteten mit Hochdruck, um das wogende Hin und Her der Menschen in geordnete Bahnen zu lenken. Es galt, die Obdachlosen in die Auffanggebiete abzuleiten; es galt, den Menschen klarzumachen, daß sie in diesem Augenblick, da sie nichts mehr zu verlieren und zu wahren hatten, überall besser aufgehoben wären als in ihrer zerstörten Vaterstadt. Das zerschmetterte die Menschen vollends; zu allem Elend auch noch heimatlos werden, in einen fremden Landstrich gehen, zu Volksgenossen zwar, aber zu andersgearteten Menschen, die in ihnen doch kaum etwas anderes als Bettler sehen würden. Denn was brachten sie mit? Kaum mehr, als was sie auf dem Leibe hatten! Zwar waren Betreuungsscheine ausgegeben worden, auf die Wäsche, Kleider, Hüte und Bedarfsartikel vieler Art ausgehändigt wurden, auch hatte man Geld bekommen, um der ersten Not zu steuern; aber die Geschäfte waren bald ausverkauft; sie stoppten ab, denn sie wollten sich nicht auskaufen lassen.

Der Tag war voller Aufregungen und Wirrnisse. Der Hochbahnverkehr fiel streckenweise aus; bei der Straßenbahn lagen die Hauptlinien in das Stadtinnere lahm; es war ein ermüdendes aufreibendes Gehetze. Frauen, Kinder, alte Leute und alle, die nicht zur Aufrechterhaltung des Lebens in der Stadt unbedingt notwendig waren, sollten die Stadt verlassen. Es wurde nicht amtlich, aber durch Propaganda von Mund zu Mund gefordert. Jeder, der zu auswärtigen Verwandten fahren konnte, erhielt freien Fahrtausweis und eine Beglaubigung, daß er Hamburg wegen des gegenwärtigen Notstandes verlassen habe. Die Stadtparkwiese und die Moorweide riesige Heerlager von Flüchtlingen, Schaustellungen des tiefsten menschlichen Jammers. Grenzenloser Apathie hingegeben die einen, die anderen hysterisch aufgeregt, weinend, gestikulierend; die dritten sich in Verwünschungen und Verfluchungen ergehend und noch andere jedem, der Zeit zum Zuhören fand, erzählend, wie das Unglück sie heimgesucht habe.

Berger hatte den skurrilen Einfall, ins Boot zu gehen. Else war es gleich; sie machte mit; eine Abwechslung; auch um den eklen Rauch- und Mörtelgeruch, der durch die Luft schwadete, einmal loszuwerden. Auch über dem Wasser der fade Brandgeruch; vor der Bellevuebrücke Haufen von toten Fischen; sehr viele Aale; die gequollenen Bäuche weißblau giftig in dem unbewegten Wasser. Das gleiche Bild hinter der Fernsichtbrücke. In die Außenalster waren Sprengbomben niedergegangen und hatten mörderisch unter den Fischen aufgeräumt. Immer wieder sandte der Moorgrund der Alster Fischleichen nach oben. Schwäne und Wildenten blieben davon unangerührt; aber die Ratten waren unterwegs; die Gier überwand ihre Scheu vor den Menschen. An der Bellevue hatte es auch einige Häuser erwischt; fensterlos ragten brandgeschwärzte Mauern. Auf der Alster kein einziges Segel; alle Jachten an den Tonnen; die Fähnchen ihrer Masten flatterten müde. Die Schönheit der Alster ins Wesenlose entstellt.

„Macht keine Freude, Else.“

„Grauenvoll, Alfred! Laß uns umkehren."

„Daß mir das Boot einmal keine Freude mehr wäre —"

„Wie gut, daß Mohrle nicht mehr da ist. Was hätten wir jetzt mit ihm machen sollen?"

Auf der Bootswerft kein Betrieb. Die Werft war von einem Angriff vom Jahr vorher noch nicht wieder in Ordnung.

Ja, dachte Else, das war immer schönes Heimkehren von den Paddelfahrten; Alfred wie ein rechter Kapitän; blaue Schirmmütze, weiße Hosen, blaue Jacke, Segelschuhe. Gott, was ein Kanu schon ist! Ein Nichts. Aber viele Nichtse machen am Ende das Leben aus.

Vor dem Hause wartete der Lagerverwalter aus der Markmannstraße auf Berger. Er habe zwei Lastwagen mit Anhängern mit Fertigwaren beladen lassen und wollte sie in einer Scheune hinter Harburg unterbringen; ob Berger und Frau Waldmann damit einverstanden seien. Und ob Berger einverstanden war! Ein glänzender Einfall. Ob es Harburg aber morgen oder übermorgen nicht auch träfe, wisse keiner.

Der Lagerverwalter strahlte. Vielleicht schaffe er noch eine dritte Fuhre; vielleicht auch noch einiges vom Holzlager, wenigstens von den Edelhölzern.

Am Spätnachmittag kam Edith. Sie fand den Lagerverwalter großartig.

„Noch aus der Zeit von deinem Schwiegervater, Edith", sagte Else. „Diese alten Leute sind unbezahlbar. Denk' doch, den ganzen Weg zu uns zu Fuß, weil er nicht anrufen kann!"

„Harald möchte, daß ich zu Hirsekorns gehe. Er kommt von Melhops aus auch hin."

„Wenn ihr rechtzeitig zurückkommt —"

„Mein Nachbar fährt seinen Wagen wieder, er nimmt mich mit."

„Aber zurück?"

„Gott, Alfred, Harald ist doch bei Edith!"

„Schön. Ich sage nur, daß man in dieser Zeit rechtzeitig von der Straße sein muß."

„Tust du auch, nicht wahr, Edith? Aber geh' ruhig hin, du hast sonst keine Ablenkung."

Harald hatte bei Melhops erfahren, daß in Hammerbrook nur wenig geschehen war. Ernst war ganz zuversichtlich. Harald hatte das Empfinden, daß Melhops Gelassenheit einen fatalistischen Einschlag hatte.

„Was willst du machen, Harald — wen's treffen soll, den trifft's. Und es gibt Leute, die trifft's eben. Während sie in Eimsbüttel spazierengehen, fällt in Wandsbek ein Stein vom Dach und schlägt sie tot. Wenn's sein soll, versaufen sie in einer Untertasse und werden von der Straßenbahn in einer Straße totgefahren, durch die überhaupt keine Bahn fährt. Das gibt es."

„Natürlich gibt es das, Onkel Ernst."

„Darum sag' ich auch nichts dagegen, daß Annette in den Bunker will. Ich muß hier im Keller bleiben. Ich bin Luftschutzwart. Der Kellerbunker in der Frankenstraße ist viel sicherer als unser Keller. Sie soll also."

„Ist Tante Annette nicht da?"

„Gott, sie haben es nicht leicht, die Frauen. Ewig auf der Jagd nach Lebensmitteln, stundenlang vor den Läden. Das weißt du doch."

„Klar weiß ich das, ist bei uns dasselbe."

„Ja, ja, eben." Harald spürte, daß Melhop abwesend war.

„Also, Onkel Ernst — wir sehn uns noch. Grüß' deine Frau. Ich soll auch grüßen, das vergißt man immer."

Wie Melhop sich verändert hat, dachte er unterwegs. Nur gut, daß Annette nicht da war. Soweit ich sie vom letzten Male noch in der Erinnerung habe, ähnelt sie beim Essen durch die Kinnpartie einer Libelle; ein Freßkinn; ein räuberisches Kinn. Ich fresse einen Besen quer, wenn bei Melhops alles stimmt. Else sagt nichts; wann die schon etwas sagt! Und Vater auch nicht. Na? Doch ein paar Bomben auf das liebliche Borgfelde? Und da an der Grevenbrücke die Leute? Durch Luftdruck die Türen von den Unterstellräumen der Straßenreinigung und von der Bedürfnisanstalt — wenn das hier schon eine Sensation ist —

Frau verwitwete Baurat Hirsekorn, geborene Studt, hatte, obwohl es über die Kaffeezeit hinaus war, für Edith einen Kaffee von höchster Güte gebraut. Mariechen hatte ihn durch die Türkenmühle drehen müssen. Frau verwitwete Baurat Hirsekorn, geborene Studt, hatte höchstselbst mit spitzen Fingern eine Prise Salz in den Kaffee getan und achtete beim Durchfiltern darauf, daß das Wasser kochend blieb. Ganz zufällig habe sie auch gerade Kuchen gebacken. Einen Kuchen nebenbei, dem man den kurzen Inbegriff sparsamer Haushaltung auf zehn Schritte ansah und der es durchaus begreiflich erscheinen ließ, daß der selige Baurat seiner Gattin das Glück frühzeitiger Witwenschaft nicht hatte vorenthalten mögen.

Frau verwitwete Baurat Hirsekorn, geborene Studt, trug das Grauseidene, in dessen Falten die gesellschaftliche Glorie vergangener Tage zwar diskret, aber unüberhörbar knisterte. Ein solch Grauseidenes hatte die Mutter der Frau verwitweten Baurat Hirsekorn, geborenen Studt, gehabt, die eine geborene Richard gewesen war, deren Mutter war eine geborene Hunold, deren Mutter eine geborene Meurer, deren Mutter eine geborene Was-weiß-ich, und alle diese Geborenen hatten das Grauseidene getragen, schon zu der Zeit, als es der ersten Maulbeerschnecke einfiel, Seide zu spinnen. Das Grauseidene kam bei diesen Frauen aber immer erst dann zu Ehren, wenn sie aus den Rosenpergolen ihrer Jugend in die wohltemperierte Veranda gemäßigten Alters hineingeschritten waren. Sie trugen das Grauseidene dann mit der gleichen Würde, wie die Domina des St.-Johannis-Klosters das violette Gewand.

Frau verwitwete Baurat Hirsekorn, geborene Studt, war der nach ihrer Meinung maßgeblichen Auffassung, daß eine junge Frau wie Edith — sie hatte sie bei Bergers kennengelernt — sich weniger an die Jugend als an schon Reifere halten sollte; denn schließlich war sie Frau, hatte ein Kind und trug Trauer. Zu ihrer Zeit wußte man auch als junge Frau schon eine gewisse Würde zu wahren. Gott sei's geklagt, davon wußte die heutige Jugend nichts. Dennoch bezauberte Edith die grauseidene Überheblichkeit, aus der nach und nach der rosig schimmernde Batist freundlicher Geneigtheit geworden war. Nur einmal setzte Frau verwitwete Baurat Hirsekorn, geborene Studt, sich wieder kerzengerade hin, als Hans — der natürlich auch da war — erzählte, daß er Trauzeuge bei der Ferntrauung eines Kommilitonen spielen müsse. Es seien allerlei Schwierigkeiten zu überwinden gewesen, da für die Erwählte Gefahr bestünde, noch vor der Trauung zur Taufe bitten zu müssen. Daß die jungen Leute dafür nichts als Lachen hatten, empörte Frau verwitwete Baurat Hirsekorn, geborene Studt, höchlichst.

Nach dem Kaffee erwies Mariechen sich am Flügel, den man als Prunkstück dem früheren Hausstand entnommen hatte, als begabte Pianistin. Das war nach dem Sinn der Mutter: die Tochter am Flügel, das war gute alte Zeit; das war Familie. An einem vierhändigen Stück bewies Edith, daß auch sie ihre Musikstunden nicht geschwänzt hatte. Bis in den Abend hinein hielt die gelöste Stimmung an. Hans begleitete Edith und Harald ein Stückchen; Fahrgelegenheit gab es nicht. Es gelang Harald, ein Privatauto anzuhalten, das sie bis in die Nähe von Ediths Wohnung mitnahm.

„Komm doch noch eine Viertelstunde mit herein, Harald. Das Haus ist voller Leute — und überhaupt —"

„Das mein ich auch."

„Mariechens Mutter fände es zwar unschicklich —"

„Trotzdem; ich mag die Art gern. Ein bißchen verspakt — aber Haltung."

„Auch Mariechen, findest du nicht?"

„Bestimmt. Sie will es nicht wahr haben, aber ganz verleugnet sie Pöseldorf nicht."

Es war gut, daß Edith rechtzeitig nach Hause gekommen war. Der Kleine war unruhig geworden und verlangte Nahrung. Zu Ediths Kummer konnte sie den Kleinen nur zweimal am Tage nähren, zwischendurch mußte die Flasche helfen. Das behagte dem Sprößling nicht; aber mütterliche

Geduld gelangte immer zum Ziel. An diesem Abend hatte das Mädchen ihm die Flasche gegeben, assistiert von der Frau des Ausgebombten. Das war nicht nach dem Sinn des Kleinen gewesen; er vermißte das Fluidum des Wesens, das ihn sonst umsorgte. Weder Zureden noch heimtückische Versuche, die Flasche anzusetzen, hatten Erfolg. Als sollte ihm der Kopf platzen, brüllte er, bis er endlich, überwältigt von dem Bewußtsein, schon um seine ersten Rechte als Erdenbürger betrogen worden zu sein, eingeschlafen war, auf dem verärgerten Antlitz den Nachschein des Weinens. Kaum war Edith ins Zimmer getreten, mit dem leisen Schritt der Mutter, der voll von Liebkosung ist, da erwachte und schrie der Kleine schon, und es blieb Edith nichts anderes übrig, als ihn durch einen süßen Betrug zu beruhigen. Sie nestelte, über ihn gebeugt, das Kleid auf, nahm ihn an die Brust und fühlte beglückt, daß der Quell ihrer Brüste rann.

Harald war ins Nebenzimmer gegangen. Sind wir nicht bis an den Hals mit falscher Scham angefüllt? fragte er sich. An jedem säugenden Tier erfreuen wir uns, führen die Kinder herzu, damit sie der Lieblichkeit mütterlicher Fürsorge bei den Tieren gewahr werden und das Tier als verschwistertes Geschöpf lieben lernen. Aber die säugende Menschenmutter muß sich den Blicken entziehen, damit das heuchlerische Gespinst, das der Mensch über das Natürliche zu breiten liebt, nicht vorzeitig gelüftet werde. Denn der Mensch ist unsauber von Jugend auf.

Wohlig satt schlief der Kleine an der Mutterbrust ein. Als sie ihn in den Korb gelegt hatte, rief sie Harald: „Willst du ihn sehn?“ Und als Harald sich neben ihr über den Korb beugte, die ewig gleiche Frage aller Mütter: „Ist er nicht süß?“

Ehe er antworten konnte, heulten die Sirenen.

„Harald!“

„Ruhig, Edith! Ich bleibe bei euch.“

„Ich fürchte mich! Ich habe mich nie gefürchtet! Aber jetzt!“

„Hab' keine Angst." Er legte den Arm um die bleiche, zitternde Frau. „Ich bleib' bei dir und dem Kind!"

Von oben kamen die Ausgebombten herab und blieben auf dem Flur stehen.

„Laß ihn ruhig im Korb, Edith, wir nehmen ihn so mit in den Keller." Er ging hinaus. Die Ausgebombten standen leichenblaß dicht aneinandergedrängt und sahen Harald an. Fünf Menschen, die Eltern, ein Mädchen von siebzehn, die Angestellte Ediths, ein Mädchen von elf und ein Knabe von sieben Jahren. In ihren Augen flackerte das Grauen, das sie schon einmal erleben mußten. „Wir gehen alle ruhig in den Keller, es wird schon gut gehn." Er sah die Siebzehnjährige lächelnd an; sie stärkte sich an seinem Lächeln: „Helfen Sie doch bitte Frau Waldmann den Korb in den Keller tragen."

Die Nacht auf den 28. Juli 1943.

Still und hoch die Sterne. Wind lispelte verträumt. Friede zwischen Himmel und Erde über der dunklen Stadt. Himmel und Erde, tief ineinander versunken, gewahrten den Tod nicht, der wie ein Schemen der Stadt zustob.

Else griff hastiger als sonst nach dem Luftschutzgepäck.

„Ruhe, Ruhe, Else! Sonst vergißt du noch die Hälfte."

„Du mit deiner Ruhe! Wenn es wieder wird wie Sonnabend und Harald ist auch nicht da!"

„Er wird bei Edith sein."

„Wär' sie doch nur mit dem Kind nach draußen gegangen!"

„Was hast du heute bloß? Du hast doch sonst keine Angst!"

„Aber heute! Schreckliche Angst! Meinst du, daß unser Keller hält?"

„Der hält. So, und nun komm!"

Sie gingen die knapp erleuchteten Treppen hinab. Alle Hausgenossen waren schon im Keller.

„Was meinen Sie?" fragte man Berger. „Wird's schlimm?"

„Will mal nach draußen sehn."

„Komm aber gleich wieder, Alfred!"

„Ja, ja; ist noch gar nichts zu hören."

Es war wie in der Nacht zum Sonntag. Der Stadtparkrand dunkel gegen den Himmel. Minuten tropften, tropften schwer. Tiefe Stille; kein Flugzeug zu hören. Scheinwerfer hasteten über den Himmel.

Er ging in den Keller zurück.

„Vorläufig nichts. Vielleicht kommen sie gar nicht."

Flak begann zu schießen.

Alfred lief wieder vor die Tür. Die Stadtparkbatterie feuerte mit allen Rohren. Hell schoß das Mündungsfeuer über das schwarze Gewipfel der Bäume hinweg. Die Batterie schwieg. Stille! Stille! Da! Leises Tönen! Ganz hoch! Wurde heller! Dröhnender! Hier! Dort! Von überall her! Von allen Seiten der Stadt wurde das Feuer aufgenommen. Keine Kraft in der Abwehr! Immer drohender das Rollen der Motoren.

Nach Barmbek hinüber die ersten Tannenbäume.

Melhops hatten gerade beschlossen, nicht auf Alarm zu warten und ins Bett zu gehen, als der Warnschrei über die Stadt ging.

Annette wurde seit der Bombennacht von Sonnabend bei jedem Sirenenschrei von Zittern befallen. Bis in die Lippen blaß stammelte sie: „Max ist wieder nicht da!"

„Beruhige dich, ich bin ja da. Max ist bei Hirsekorns vielleicht wichtiger als bei uns."

„Bist du böse, wenn ich in den Bunker gehe, Ernst?"

„Unsinn, Annette! Wenn es dich beruhigt — und wenn, was Gott verhüten möge, etwas geschieht, kann ich mich ohne dich hier besser rühren."

„Ja, nicht wahr? Nur, daß du nicht denkst, daß ich dich allein lasse."

„Wer irgend kann, soll in die Bunker gehn. Hast du alles?"

„Gott, wie die Menschen laufen! Hör' nur, Ernst —!"

„Beeil' dich, sonst sind die Sitzplätze weg!“

„Ach, die wollene Decke — gibst du sie mir eben?“

„Hier, Annette. Nimm auf alle Fälle etwas zu trinken mit.“

„Daß man auch so gar nichts hat, keine Zitrone, nichts. Holst du mich auch bestimmt ab nach dem Alarm?“

„Hast du deinen Talisman?“

Eine leise Röte jagte über Annettens Gesicht. Ihr Talisman war eine Madonna-Münze, die sie einmal gefunden und zu der Ernst ihr ein goldenes Kettchen geschenkt hatte. „Die ist mit eingepackt, Ernst.“

„Dann kann dir nichts geschehen. Beeil 'dich.“

„Ja, ja. Auf Wiedersehn, Ernst.“

„Auf Wiedersehn, Annette. Geh' vorsichtig.“

„Ja, ja.“ Und noch von der Treppe her: „Sei aber auch nicht böse, hörst du?“

Auf der Straße Getrappel eilender Menschen auf dem Wege nach dem ausgebauten Schutzkeller in der Frankenstraße dicht am Heidenkampsweg. Frühere Lagerräume, die sich bis an den Kanal erstreckten, hatten eine starke Betondecke erhalten und boten ziemliche Sicherheit. Es wurde noch nicht geschossen; auch Flugzeuge hörte man noch nicht. Aber die Stille war voller Drohen. Die Sankt-Annen-Kirche spiegelte sich im Mittelkanal und gab den hastenden Menschen gute Wünsche mit. Langsam rückten die Zeiger der Mitternacht entgegen. Schemenhaft blockten die großen Industriebauten und Speicher ins Dunkel. Die Leuchtfarben der Kantsteine wiesen den Eilenden den Weg.

Annette schleppte schwer an ihrem Koffer, der die Klebezettel vieler Reisen trug. Es war immer eine kleine Eitelkeit in ihr, wenn sie diesen Koffer Aufmerksamkeit erwecken sah.

Vor ihr blieb eine hochschwangere Frau stehen und setzte ihr Gepäck ab. Annette kannte sie vom Schlangestehen vor den Geschäften.

„Sie gehörten auch ins Bett, Frau Wegner“, sagte sie und blieb bei ihr stehen.

„Hätt' ich müssen, Frau Melhop. Nicht mal ruhig Kinderkriegen kann man mehr."

„Ich nehme Ihnen einen Koffer ab."

„Sie haben selber zu schleppen."

„Geht schon, geht schon."

Sie keuchten weiter; an ihnen vorüber Menschen, Menschen, Menschen.

„Eine schlimme Welt, Frau Wegner."

Weit weg, wie das leise Tönen aus dem Fernwerk einer Orgel, die Melodie näherkommender Flugzeuge.

Flak schoß!

„Da sind sie schon!"

„Eine verfluchte Welt, Frau Melhop!" Frau Wegner blieb stehen und preßte die Hände auf den Leib.

„Das fehlt noch, daß es jetzt losgeht! Können Sie noch?"

„Die verfluchten Männer! Erst machen sie uns Kinder und dann schießen sie einander im Krieg tot! Eine gottverfluchte Welt!"

Unablässig rannten die Menschen und stießen sie an.

„Seht euch doch vor!" schrie Annette.

Was da! Was da! Es ging ums Leben! Da wird man Umstände machen um ein paar Weiber, die nicht weiter können!

Die Wegner keuchte weiter.

„Vier Tage war mein Mann auf Urlaub, Frau Melhop, vier Tage! Da muß er mir das antun. Was hab' ich gebettelt: Laß es, Oskar! Wenn ich zurückkomme, sagt er, will ich schon mit ihm spielen. Und wenn du nicht zurückkommst, hab' ich gefragt? Was soll unsereins tun, wenn der Mann unvernünftig ist. War ja auch zwei Jahre weg und gab keine Ruhe. Und nun die Alarme! Es ist zum Verrücktwerden!"

„Wenn's gut geht, ist's ja gut, Frau Wegner. Halten Sie sich fest an meinem Arm. Vorsicht! Wenn Sie fallen, ist das Malheur da!"

„Hab' ich Ihnen immer angesehn, daß Sie gut sind, Frau Melhop. Sie haben ein Herz. Die andern sind nur noch Tiere. Wenn's bloß erst vorbei wäre heut'!"

„Dann aber ins Bett! Ich bleibe bei Ihnen; hoffentlich finden wir Platz."

Von den ersten Wehen überquält ließ die Frau den Koffer fallen.

Scheinwerfer geisterten; weiße Wolken öffneten Schluchten, in denen das Licht wie Schaum und Flaum war. Drohender das Singen der Motoren. Granaten zerplatzten in der Höhe. Die bunten Ketten der Leuchtspurmunition der Zwei-Zentimeter stiegen.

Zehn Schritte noch, dann müssen sie im Keller sein.

Wie Messer schnitt der Schmerz. Zehn Schritte noch? Zehn Höllenmeilen! Annette hatte nun auch noch den zweiten Koffer der Frau mitzuschleppen. „Faßt doch mit an!" rief sie Vorüberhastende an.

„Was ist denn?" kreischte eine Frauenstimme. Die harte Stimme eines Mannes. „Lauf zu! Lauf' zu! Laß die Weiber sehn, wie sie weiterkommen!"

„Die Frau kann nicht weiter! Das sehn Sie doch!"

„Will ich gar nicht sehen! Machen Sie, daß Sie in den Bunker kommen!"

Eine Frau trat hinzu und erkannte das Elend. „Mein Gott, das geht ja jede Minute los! Ich faß' mit an! Und die schweren Koffer! Zu! Zu! Da stehn schon Tannenbäume!"

Mariechen hatte, als der Besuch gegangen war, noch ein paar Lieder am Flügel gespielt. Max spann Zukunftsträume. Es wird schön sein, wenn sie erst ihr eigenes Heim haben. Er sah gern in des Mädchens Gesicht, wenn sie musizierte; ein ganz anderer Mensch schien sie dann, in eine Sphäre entrückt, von der der Alltag nichts weiß. Frau verwitwete Baurat Hirsekorn, geborene Studt, saß in ihrem Grauseidenen mit feierlichem Gesicht in einem der verblaßten Atlassessel aus vergangenen Tagen. Die Stehlampe strahlte die Decke an; es war eine zauberische Heimeligkeit im Zimmer. Eine kleine Insel des Friedens; durch die Verdunkelung nicht nur vom Licht, sondern auch vom Lärm draußen abgeschlossen. Das Heim bescheidener Menschen, die vom Leben nicht mehr wollten, als möglichst ungezaust durch die Stürme der Zeit zu kommen. Belächelnswerte Nippsachen, Andenken, über die Max immer wieder den Kopf schüttelte. Allem aber hing eine Erinnerung an: der Frohlaut einer verklungenen Stunde, die Anekdote einer zärtlichen Minute; eben das, was das Marmelblümchen so reizend neben der stolzen Rose macht. Da war um alles ein kleines Lächeln, ein verhaltenes Streicheln, eine verhohlene Verschämtheit darüber, unzeitgemäß geworden zu sein. Für das alles hatte Frau verwitwete Baurat Hirsekorn, geborene Studt, den feinen Sinn und die sanften Hände der Töchter aus den alten hanseatischen Häusern. Da standen neben den neumodischen Büchern der Tochter in anspruchsvollen Einbänden die würdig gebundenen der Mutter. Die Klassiker in Kleinformat mit verblaßtem Goldaufdruck. Erstdrucke dabei, um die Bibliophilen schon den verblichenen Baurat vergeblich angegangen waren. Gedichtbände in Prachteinband; schwere dicke Einbanddeckel mit kartonstarkem Moiré-Vorsatzpapier; mit kunstvollen Initialen, mit Schriften, die wie mit Fahnen, Pauken und Trompeten daherkamen, wenn es auch nicht so prunkvoll war, was sie zu sagen wußten. Gesangbücher mit handfestem Goldschnitt, der an jedem Blatt überstand, mit schweren goldenen Schließen und Goldpinnen auf dem Vorderdeckel, Bücher, die die Großmütter im Handbeutel mit in die Kirche genommen hatten. Und neben den Büchern alte Bilder, von denen etzliche in den Keller gebracht worden waren, weil man ihren Wert für Notzeiten vor Ungemach bewahren wollte. Nur einem einzigen Kunstdruck hatte Frau verwitwete Baurat Hirsekorn, geborene Studt, einen Platz eingeräumt: Segantinis ‚Zöglingen', weil die jungen Nonnengesichter über dem Vogelnest im blühenden Strauch der Gefühlsinnigkeit ihrer Zeit entsprachen und sie mit ihrem Gatten einmal von St. Moritz herauf an die Grabstätte des Künstlers in Maloja gewandert war.

Ein Heim von den vielen tausenden, aus denen eine große Stadt sich zusammenfügt. Sie gleichen einander nicht; tun es die Menschen denn? Aber jedem ist sein Heim die Welt, auf der er durch den Kosmos wandert. Er allein kennt ihre Strahlen, ihre Wärme, ihr Perihel und weiß, wann und wodurch ihr Sonnenfinsternisse drohen. Sie sollten, die Menschen, nichts höher achten als den Frieden ihres Hauses; denn alles, was einen Menschen zart, gut, schön und stark macht, hat er von hier. Aller Verbrechen größtes, einem Menschen sein Heim zu zerstören.

So belächelnswert Max die Mutter Mariechens fand, das Verwachsensein mit ihrer Zeit, mit ihrer Welt, überwand ihn immer wieder.

Als es an der Zeit war, fragte Mariechen: „Willst du nicht gehen, bevor Alarm kommt, Max?"

„Katzensprung, Liebste! Wie fandet ihr Edith?"

„Reichlich pummelig."

„Aber Mariechen!" Frau verwitwete Baurat Hirsekorn, geborene Studt, liebte diese unverblümte Art nicht. Sie stand und strich ihr Grauseidenes glatt. Das hieß für Max, daß es nun wirklich an der Zeit war.

Er bedankte sich bei der Gnädigen und ging mit Mariechen an die Tür.

Alarm!

„Siehst du, Max!"

„Dann bleib' ich. Euer Keller ist groß genug."

Mariechen, von Angst befallen, wollte sich nicht mehr umziehen, obwohl die Mutter meinte, das Kleid sei für den Keller zu schade.

„Du kannst dich auch nicht mehr umziehn", sagte Mariechen nervös und raffte ihr Luftschutzgepäck zusammen.

„Ruhe, Ruhe, Kind!" mahnte Max. „Es ist noch gar nichts zu hören."

„Ich hab' noch nie solche Angst gehabt wie heute."

„Unsinn!" sagte Frau verwitwete Baurat Hirsekorn, geborene Studt, und zog gelassen einen Mantel über das Grauseidene. „Was soll schon geschehen."

Sie gingen in den Keller hinab; jeder hatte seinen angestammten Platz.

„Sieh, sieh, die feine Uhlenhorst. Jetzt kann nichts mehr verkehrt gehn“, stichelte eine Kleinhändlersfrau.

Frau verwitwete Baurat Hirsekorn, geborene Studt, lächelte. In dieser Zeit durfte man es eher mit dem lieben Gott als mit der Frau eines Kleinhändlers verderben.

Auch die Lünkenruh-Hausgemeinschaft war vollzählig im Keller. Berger, der jetzt Luftschutzwart geworden war, teilte den Dienst ein. Abwechselnd mußten zwei Personen — auch die Frauen waren dabei — Kontrollgänge durch das Haus bis unters Dach machen, um eingeregnete Brandbomben festzustellen; denn den Einschlag der kleinen Bomben konnte man bei dem Donner der Flugzeuge und dem Getöse der Flak im Keller nicht hören. Diese Kontrollgänge verlangten Mut und Gewissenhaftigkeit.

Berger hielt vom gedeckten Hauseingang aus Umschau.

Von allen Seiten Flugzeuge. Mehr noch als in der Nacht zum Sonntag. Scheinwerfer geisterten. Unbeirrt flogen die Flugzeuge in den Lichtkegel ein, querten ihn und zogen weiter. Jedes hatte seine nach einem Planquadrat bestimmte Aufgabe. Ob das Nachbarflugzeug abgeschossen wurde und brennend hinab spiralte, noch in der Luft explodierend, bedeutete nichts. Die Bezirke, die nicht im Angriff von oben heimgesucht werden konnten, waren dennoch dem Verderben überantwortet durch die Flächenbrände ringsum.

In der Nacht zum Sonntag hatten die Angriffe den Stadtteilen rechts der Alster mit kleinen Absprengungen auf das Gesamtgebiet der Stadt gegolten. Ein gesonderter Angriff schien auf Barmbek angesetzt gewesen zu sein. In dieser Nacht auf Mittwoch ging es über das linke Alsterufer her. Von Barmbek, Wandsbek an über Hamm, Billstedt, Eilbek, Hohenfelde, Borgfelde, Rothenburgsort und Hammerbrook, die dichtest besiedelten Teile der Stadt. Durch Zuzug aus den zerbombten Bezirken waren diese

Stadtteile übervölkert, was sich deutlich bei den Bunkern und in den öffentlichen Luftschutzkellern zeigte, in denen die Menschen Leib an Leib dicht gepfercht standen. Waren die Luftschutzmöglichkeiten räumlich gesehen schon überschritten, so drohte Gefahr von der nicht ausreichenden Luftversorgung, denn die Ventilationsanlagen konnten die Überfülle verbrauchter Luft nicht durch Frischluft ersetzen, zumal da die Luftlöcher geschlossen werden mußten, um das Eindringen der Strahlhitze der ringsum wütenden Brände zu verhindern. Alles Umstände, die der Katastrophe dieser Nacht unvorhergesehenen Vorschub leisteten.

Berger war mit dem Meldegänger draußen. Zwischen Himmel und Erde verbreiteten niedergleitende Leuchtbomben Tageshelle. Von Nordost bis Südwest ein einziges Flammenmeer. In immer neuen Wellen flog der Feind ein. Winterhude das Randgebiet dieses fürchterlichen Wütens. Eine Handvoll Sprengbomben, zwei, drei Minen waren auch hier abgeworfen worden. Der Keller wankte und hob sich. Druckluft stob herein und riß die Kellertüren aus den Rahmen; geheimnisvoller Sog durchkältete die Luft. Fensterscheiben kladderten und klirrten.

Alle waren blaß, aber in jedem war seltsamerweise die Gewißheit, daß es sie nicht treffen würde.

„Melhops sitzen mittendrin“, raunte Berger Else zu. „Hirsekorns auch.“

„Wie schrecklich, Alfred! Nur gut, daß Harald und Edith rechtzeitig zurück sind.“

Berger sah auf die Uhr: „Zwei Stunden schon. Nun müßte es bald vorbei sein.“

Die Flak schoß müde und in Abständen, nur um zu zeigen, daß sie noch da war.

Zweieinhalb Stunden spie die Hölle Vernichtung über die Stadt. Dann Entwarnung.

Vom Dach aus ein gigantisches Schauspiel: ein unausmeßbares feuriges Rund mit Streufeuern nach Westen. Keine Vielheit von Bränden, ein einziger Flammensee, feurigen Gischt über viele Quadratkilometer hinweg jagend.

Viel, viel schlimmer als in der Nacht zum Sonntag!

Hell gegen das blutig goldene Flammengewebe die Türme. Einer fehlte seit Sonntag: der Katharinenturm.

Bergers würden von ihrem Südwestbalkon nun nicht mehr die stolze Schau der Türme der fünf Hauptkirchen haben.

Ob das Feuer dieser Nacht wieder nach einem der Türme greifen wird?

Eine Kondensflage von der brennenden Stadt herüber.

„Wenn sie nur Wasser genug zum Löschen haben!"

„Gerade hat unten jemand erzählt, daß das Hauptwasserwerk in Rothenburgsort getroffen ist."

„Natürlich!" sagte der Schiffahrtsredakteur. „Das werden die Brüder sich entgehen lassen!"

„In Rothenburgsort und Hammerbrook ist Wasser genug; die Bille und die Kanäle."

„Und die Spritzen und die Schläuche? So viele gibt's gar nicht. Und wenn, dann platzen die Schläuche in den brennenden Straßen wie Wurstpelle!"

Unheimliches Sausen in der Luft; der Widerhall des mordenden Feuersturms. Bleich der Mond durch das Qualmgeschwade. Aschenstaub regnete.

Was brannte? Was verbrannte?

Der Menschheit Würde verbrannte!

Die Frau aus Scharbeutz in Melhops Keller machte, ihre Kinder eng an sich, ein Sieben-Tage-Regenwetter-Gesicht. Sie war mehr als übermüdet. Diese verrückte Stadt, in der man nicht zur Ruhe kommt. Die Leute finden die Frau nicht mehr ganz so sympathisch wie am Anfang; man spürte in der Art, wie sie die Kinder zurechtrückte, daß sie vor Zärtlichkeit nicht umkommen würden. „Morgen wird es anders, da kommt Vater", sagte sie. Die Kinder sahen sie an; sie wußten nicht: sollte das ein Trost oder eine Drohung sein? Die Schwiegereltern hockten grau und verstört und nickten zu den Worten.

Etwa dreißig Menschen waren im Keller; fünf Männer, vierzehn Frauen; das andere Kinder von drei bis dreizehn.

Gleich nach Alarm waren ein Arbeiter mit einer Schirmmütze und ein Bursche von drei- oder vierundzwanzig noch dazugekommen, die ihr Haus nicht mehr hatten erreichen können. Der Bursche hatte einen Stichelhaar auf dem Arm; ein noch junges Tier mit einem braunen Fleck über dem linken Auge, das dem Hundegesicht ein lustiges Aussehen gab. Um den Hals hatte er ein grünes Flechthalsband mit roter Schleife. Der Bursche hielt sich ganz für sich. Er wollte keinen Widerspruch erwecken, denn Hunde durften in Luftschutzkeller nicht mitgebracht werden.

Melhop sah das Tier an, es war der Hund, den Annette häufig mit ins Haus gebracht hatte.

Eine einzige Kerze lieh dem Keller Helle. Die schwankende Flamme ließ gespenstische Schatten über die gekalkten Wände gleiten. Ein Hauskeller wie viele andere, für das Einlagern von Hausbrandkohlen und das Abstellen von überschüssigem Hausrat. Die Decke mit Balken unterzogen und durch Stempel abgestützt; eine Vorrichtung von großer Widerstandskraft. Die Decke war, wie bei den meisten alten Häusern, von beachtlicher Stärke.

Melhop sah immer wieder den Burschen an; was er dunkel geahnt, aber zu glauben sich immer gesträubt hatte, entschleierte sich jetzt als Wirklichkeit. Hellseherisch erkannte er, daß der Bursche nicht aus Zufall in den Keller gekommen war; er hatte mit Annette zusammen sein wollen. Sie hatte gewußt, daß er kommen würde und war daher in den öffentlichen Luftschutzkeller gegangen. So deutlich lief alles vor Melhops innerem Auge ab, als ob er dabei gewesen wäre, als die beiden darüber sprachen, der Bursche sein Vorhaben kundtat und Annette widersprach.

Melhop lehnte sich auf seinen Sitz gegen die Wand und schloß die Augen. Was wäre geworden, wenn ich sie hätte wissen lassen, daß ihr geheimnisvolles Leben mir nicht verborgen geblieben ist? Ich hätte sie aus dem Hause weisen müssen, und die ganze Welt würde über sie hergefallen sein. Die ganze Welt hätte gemeint, mir Recht schaffen zu müssen dadurch, daß man die Frau verachtete. Wäre ihr

Unrecht gegen mich dadurch gesühnt, mein Schicksal dadurch leichter? Heißt es Leid mindern, wenn es an dem, der es zufügt, durch großes Leid vergolten wird? Wer dürfte den ersten Stein aufheben, wenn er sich vor sie stellt?

Der Bursche hatte den Hund einen Augenblick auf die Erde gesetzt und sich seiner Jacke entledigt. Er trug ein blaugestreiftes Hemd; an den Ärmeln glitzerten die Manschettenknöpfe. Ohne daß Melhop sich zu überzeugen brauchte, wußte er, daß der Bursche sein Eigentum trug. Und unter dem Hemd wird er den Talisman tragen, den Annette angeblich nicht wiederfinden konnte; so wie sie das Hemd und die Manschettenknöpfe nicht hatte wiederfinden können.

Der Hund schnüffelte bei den Menschen. Einer der Männer rief den Burschen an: „Sie! Den Hund bringen Sie vor die Tür!"

Draußen begann die Flak zu schießen. Flugzeuge!

Der Bursche nahm den Hund wortlos auf.

Unruhe im Keller. Jetzt begann der Angriff.

„Überhaupt 'ne Idee", fuhr der Mann fort, „in dieser Zeit 'nen Hund so aufzutakeln. Sie laufen hier immer mit dem Vieh 'rum!"

„Laß doch, Karli", sagte die Frau.

„Ach was! Ich weiß ganz genau, was ich sage. Warum ist der Kerl nicht an der Front wie wir? Unsereiner freut sich, wenn er ein paar Tage Urlaub hat, und sowas läuft hier herum und wird von wer weiß wem ausgehalten."

Der Bursche drückte den Hund an sich.

„Laß doch, Karli! Bring' um Gottes willen nichts in Gang!"

„Ich weiß schon, warum ich nichts in Gang bringe. Das weißt du auch, das wissen noch mehr Leute hier. Und da kommt der Kerl mit dem Köter hierher —"

„Laß doch! Laß doch! Das geht dich gar nichts an!"

Unselige Feindschaft Aller gegen den einen, der, den Hund an sich gepreßt, ganz ins Dunkel weggewichen ist.

Melhop erhob sich. „Ihre Frau hat recht. Lassen Sie es, Franke. Man richtet mit einem Wort manchmal etwas an, was im Leben nicht wieder gutzumachen ist. Was geht es Sie an? So wenig wie mich."

Der Mann sah Melhop an; auch die andern, die mehr wußten. Wußte Melhop wirklich nichts oder tat er nur so? In seinem verfallenen Gesicht war etwas, das sie schweigen ließ. Und da sagte er etwas, das alle seltsam ergriff: „Man soll jedem sein Schicksal lassen; es wird alles einmal ausgeglichen. Vielleicht früher, als mancher denkt."

Und als ob der Himmel sein Amen dazu hätte geben wollen, war über ihnen Heulen und Pfeifen stürzender und Krachen berstender Bomben. Der Keller hob sich von einer Riesenfaust emporgestemmt und sackte in seine alte Lage zurück. Die Menschen brachen in tierische Schreie aus und knäuelten sich zusammen, als könnten sie das Grauen dadurch abwenden. Poltern niederklotzender Mauern wie Donner der Ewigkeit. Die Kerze war verloschen. Auf einen Schlag alles still. Man tastete, rief nacheinander, schrie, heulte; das spitze Zerklirren und Niederrieseln von Glas und Dachpfannen jagte neue Angst auf. Die vordere Tür des Gasschleuse war vom Luftdruck eingedrückt worden.

Melhop war der erste, der sich gefaßt hatte: „Nachbarsleute, wir leben —"

Da zerbarst die Welt über ihnen. Ihr First schwankte und kam in Höllenstürzen nieder. Der Boden des Kellers ein schaukelndes Brett. In das Schreien der Weiber und Kinder, in das Brüllen der Männer Pfeifen und Johlen niederrasender Bomben Den Bruchteil einer Sekunde nichts. Dann kam das Haus über ihnen mit der Wucht eines Bergsturzes herab. Die Decke hielt. Das Getöse des sich im Niedersturz ordnenden Gerölls war wie das Abtönen zurückrollender Prallwogen einer Sturmflut. Unter dem schwellenden Druck hob sich der Keller, als wollte er kippen. Die Menschen glitten an die Wand, die Füße hatten keinen Halt, jeder Mensch nichts als brüllendes, schreiendes, kreischendes Tier. Langsam sackte der Keller in die Waagerechte zurück.

Wieder Melhop: „Wir leben, Leute! Wir leben!"

„Wir wollen raus! Wir sind hier lebendig begraben! Wir wollen raus!“

„Nur ruhig, ruhig! Wir kommen alle hinaus.“

Der Hund kläffte ängstlich.

„Schlagt das Vieh tot!“

Mordlust flackerte, als ob das unschuldige Tier an allem Schuld habe.

„Wo ist der Kerl?“

Hände griffen.

Der Bursche duckte sich tief weg.

„Laßt doch den Hund!“ sagte Melhop.

Kreischend schrie eine Frau: „Lieber draußen unter den Bomben als hier! Schlagt die Tür ein! Wozu seid ihr Männer denn da?“

Die Innentür der Gasschleuse hatte standgehalten, ging aber nicht mehr zu öffnen. Die schweren Riegel verbogen. Keines Riesen Kraft hätte sie lösen können.

„Wenn ihr die Tür öffnet, kommt das Feuer herein“, warnte Melhop.

„Dann laufen wir durch das Feuer hindurch! Immer noch besser als hier im Dunkeln ersticken!“

Einer der Männer schlug mit dem Mauerpickel auf die Tür ein. Es war keine Eisentür wie die Außentür, sondern eine starke Holztür, mit Eisenblech verkleidet. Sie widerstand den wütenden Hieben.

Die Weiber feuerten die Männer an: „Wir wollen raus! Wir wollen raus! Schlagt zu! Schlagt zu!“

„Licht her! Wo ist das Licht? Jemand muß doch die Kerze haben?“

Die Kerze war unter die Füße geraten und zertreten.

Hat keiner eine Taschenlampe?

Keiner! Alle waren nach dem Heulen der Sirenen wie von Sinnen in den Keller gerast. Von den Dingen, die sie bereitgelegt, hatten sie so gut wie nichts mitgenommen. Einige hatten nicht einmal Straßenschuhe an.

Der Bursche mit dem Hund hatte eine Taschenlampe, verhehlte es aber. Er kauerte in der äußersten Ecke der

Grundmauern, wo es, wie er sich hatte sagen lassen, am sichersten war.

Melhop hatte noch ein Tannenbaumlicht, ein richtiges Weihnachtslicht von roter Farbe. Er zündete es an. Zunächst sah man in dem Lichtkreis des Zündholzes nichts als eine weiße zitternde Hand über dem Lichtlein, das mit kleiner bebender, Flamme zu brennen begann. Alle sahen das Licht an, als müsse von ihm das Heil der Erlösung kommen. Fremde, verzerrte, von Angst und Grauen in Minuten schmalgewordene Gesichter; in den Augen flackernder Irrsinn, Stirn und Wangen von Schweiß übersträhnt.

Einer hieb wieder auf die Tür ein. Eine kleine Öffnung klaffte. Der Mann griff hinein und griff blockende Mauerbrocken.

„Der Treppeneingang ist ein Schacht voller Trümmer!" sagte Melhop. „Das konnte man sich denken."

„Denken! Denken! Raus wollen wir!"

„Sollt ihr auch! Sollt ihr auch! Aber so geht's nicht! Die Tür und die Trümmer schützen uns vor dem Feuer!"

Die Frauen drängten heran, die Kinder vor sich herschiebend: „Dann soll das Feuer kommen! Wir kommen schon durch mit unseren Kindern! Es müßte ja kein Gott im Himmel sein, wenn wir hier krepieren sollten!"

Todesangst umstellter Tiere in ihnen. Die alles verschlingende Angst eines Tieres in der Falle, über der das hohnvolle Antlitz des Fallenstellers ist. Nur diese Angst, diese Angst und die erbarmungslose Rettungslosigkeit, die sinnlos machende Angst, brüllendes Schreien an der Schwelle des Wahnsinns.

In einer Pause des Aufruhrs, in einer Sekunde, da die Engel des Verderbens ihr Antlitz Gott zuwenden, ob sie ihre Schale noch weiter ausgießen sollen, fragte Melhop: „Soll ich das Licht brennen lassen? Vielleicht brauchen wir es später noch?"

Die Männer hörten Melhops Stimme an, wie gewaltsam er sich zur Ruhe zwang. Sie hatten immer viel für ihren

Hauswirt übrig gehabt, der sie nie bedrängt hatte, wenn die Miete nicht pünktlich fiel.

„Machen Sie nur, Melhop; wir hau'n die Tür auch im Dunkel ein."

Melhop drückt das Licht mit angefeuchteten Fingern aus, damit es nicht nachschwelt. Wieder Dunkel! Dieses fürchterliche, entsetzensvolle Dunkel. Das Dunkel der Vorhalle des Grabes; des Grabes selber. Das Dunkel, das die Urangst der Kreatur, die ans Licht will, gebiert. Das Dunkel der gurgelnden Schreie, das nichts als Lauern und Schleichen ist. Das Dunkel, das über jeden mit dem Alleinsein kosmischen Entferntseins voneinander hereinbricht.

Einen Augenblick hatte das Toben der Hölle nachgelassen. Jetzt kam es mit erneuter und verstärkter Wucht wieder. Heulen und Krachen niederjagender Bomben, Gebrüll von Detonationen, Zerbersten und Zerbrechen von Mauern. Der immer gleiche, entsetzlich spitze Nachklang rieselnder Steine, das an- und abschwellende Rollen der Feindmaschinen, das Bellen und Knattern der auf Rettungsmannschaften schießenden Bordwaffen, das alles zusammen von so satanischer Gräßlichkeit, daß die Menschen nur schreien, nichts als schreien konnten. Bis es kein Schreien mehr war, nur Brüllen, tierhaftes Röcheln, irrsinniges Verlallen und Verkeuchen überschriener Kehlen.

Frauen sanken in die Knie und beteten: „Lieber heiliger Vater im Himmel! Lieber guter Herr Jesus! Heilige Mutter Maria! Errettet uns! Lieber Vater im Himmel, errette uns und unsere Kinder um deines lieben Sohnes willen!"

Vornüber gesunken, auf die Hände gestützt, begann eine lallend: „Vater unser — Vater unser — Vater unser — —"

Sie kam nicht weiter, nicht über dieses ‚Vater unser' hinaus. Ihr konvulsivisch zuckender Mund vermochte kein anderes Wort mehr zu formen, da das Hirn nur dieses ‚Vater unser' noch hatte.

„Vater unser — Vater unser — Vater unser —"

Die Frauen nahmen die Lallende in die Mitte und begannen: „Vater unser, der du bist im Himmel. Geheiliget werde dein Name —“

Donnerkrachen verschlang die Stimmen.

„— und vergib uns unsere Schuld, wie wir vergeben —“

Unter neuen Schlägen erbebte die Erde.

„— denn dein ist das Reich und die Kraft und die Herrlichkeit, in Ewigkeit. Amen!“

Das schrille Tönen einer einzelnen Bombe, ganz hoch, ganz spitz, die Menschen in abgründigem Entsetzen auf einen Haufen schreiend zusammenjagend. Immer heller, ein Tonfaden, der jetzt, jetzt zerreißen muß, ehe die Hirne vor Grauen zerplatzen. Die Hände an den Ohren wälzten die Frauen sich am Boden, über sie hin schreiende Kinder. In grellem Zerknallen endete der infernalische Ton.

Eine sprang auf: „Ich halt' es nicht mehr aus! Ich werde wahnsinnig! Wir werden ermordet! Ermordet! Ermordet werden wir! Ist denn kein Gott im Himmel?“

Die Frau aus Scharbeutz lag in den Knien. Ihre Kinder in den Armen, begann sie zu singen, mit einer schönen Altstimme, die aus der breiten Brust wie aus einer Orgel kam:

„*Soll ich meinem Gott nicht singen,*
sollt' ich ihm nicht dankbar sein?
Denn ich seh' in allen Dingen,
wie so gut er's mit mir meint.
Ist doch nichts als lauter Lieben,
das sein treues Herze regt,
das ohn' Ende hebt und trägt,
die in seinem Dienst sich üben.
Alles Ding währt seine Zeit,
Gottes Lieb' in Ewigkeit.“

Melhop zündete mit zitternder Hand das Weihnachtslicht an; der gelbe Schein ging über die Knieenden hin. Die Finger zerklammernd vor der Brust sahen die Frauen auf die Scharbeutzerin; die Gesichter der Kinder, erstarrt in verzerrtem Weinen, waren zu ihr erhoben; die Männer standen mit hängenden Armen.

Die Scharbeutzerin, das Auge auf das Licht gerichtet, als brenne es auf einem Altar und nicht in der bebenden Hand eines Mannes, der unter dem Hagel der Bomben heute mehr als sein Zinshaus verloren, hob wieder die Stimme, ohne daß eine der Frauen mit einfiel, denn jeder war es, als dürfe nur diese eine Stimme an das Ohr Gottes dringen:

„*Ich will beten; Gott wird hören,*
denn er hat es zugesagt.
Mich soll Zweifel nie betören
und ich werde nie verzagt,
wenn er nicht zu hören scheint,
denn ich weiß wohl, wie er's meint.
Es soll die Geduld sich mehren!
Ich will beten; Gott wird hören."

Mit allen Sinnen waren die Frauen gläubiger Inbrunst hingegeben. Sie hätten, wenn in diesem Augenblick die Decke über ihnen eingebrochen wäre, nicht einmal den Kopf weggeduckt. Sie, die voreinander nie Frommsein gezeigt, glitten in eine gemeinsame mystische Entsunkenheit hinein und beteten wie unter den segnenden Händen dessen, der allein noch Rettung war:

„Vater unser, der du bist im Himmel. Geheiliget werde dein Name. Zu uns komme dein Reich. Dein Wille geschehe wie im Himmel also auch auf Erden. Unser täglich Brot gib uns heute. Und vergib uns unsere Schuld, wie wir vergeben unsern Schuldigern. Und führe uns nicht in Versuchung, sondern erlöse uns von dem Übel. Denn dein ist das Reich, und die Kraft und die Herrlichkeit, in Ewigkeit. Amen."

Wort für Wort sprachen die Frauen das Gebet; auch die größeren Kinder. Die Männer hatten die Hände zusammengelegt. Die verfolgten ersten Christen konnten in den

Katakomben nicht heißer und ekstatischer Gott angerufen haben als die Verlorenen dieses Kellers, deren Gläubigkeit ausbrach in Lobpreisung.

„Großer Gott, wir loben dich,
Herr, wir preisen deine Stärke!
Vor dir beugt die Erde sich
Und bewundert deine Werke!
Wie du warst vor aller Zeit,
So bleibst du in Ewigkeit.

Jetzt sangen auch die Männer mit bis zur letzten Strophe:

Herr, erbarm, erbarme dich!
Auf uns komme, Herr, dein Segen!
Deine Güte zeige sich
Allen der Verheißung wegen!
Auf dich hoffen wir allein;
Laß uns nicht verloren sein.“

Und wiederholten mit Inbrunst: „Laß uns nicht verloren sein!“

In die Stille hinein sagte jemand: „Es klopft!“

Die Frauen brandeten auf: „Es klopft! Wir werden gerettet! Gott hat uns erhört!“

„Still! Still!“

Schweigen! Lauschen!

Dumpfer Hall von Schlägen.

Deutlich abgesetzte Schläge.

Stille.

„Das sind die vom Nebenhaus“, sagte Melhop.

„Schlagt die Mauer durch! Das ist unsere Rettung!“

Die Frauen umarmten sich weinend, umdrängt von den Kindern.

In diesem Augenblick sackte hinter der Kellertür Mauerwerk nach, brach die Tür auf. Ein Mauerblock zerschlug einem der Männer ein Bein.

Vom Ende des Kellers her dumpfe Schläge; drängender, heftiger.

Die Männer griffen nach Äxten und Brechstangen.

Melhop schlug mit der stumpfen Seite einer Axt gegen die Mauer: „Ist da jemand? Wir leben hier alle! Wir können nicht raus!"

Stille.

Wieder Klopfen von drüben. Eine Stimme von weither: „Helft uns! Wir können nicht mehr! — Wir — können — nicht — mehr —"

„Wir helfen! Wir kommen!"

Wie aus Geistertiefe: „Kein Licht! Gas! Gas!" Und noch einmal, verdämmernd: „Gaas!"

Melhop drückte das Licht aus: „Los! Die Mauer ist dünn!"

Hieb auf Hieb. So dünn war die Mauer nicht, es war die Grundmauer; drüben auch; darum hatte man hier auch keinen Mauerdurchbruch. Als die Männer pausierten, rief Melhop: „Lebt ihr? Antwortet!"

Keine Antwort.

„Daß wir auch keine Taschenlampe haben —"

Der Bursche mit dem Hund tastete nach seiner Lampe; gab sie aber nicht.

Sausend fraß die Spitzhacke; Schlag um Schlag.

„Das schafft nicht."

„Es muß schaffen! Es geht auch um uns, Männer!"

„Und um die Kinder!" schrien die Frauen.

Müde sanken die Arme der Männer. „Wir schaffen es nicht."

„Dann laßt uns! Wir schaffen es", drängten die Frauen sich heran.

Eine von den Brechstangen fraß sich in eine Lücke hinein. War's gewonnen? Die Männer wuchteten mit ihrem Gewicht die Stange nieder; mit nacktem Oberkörper arbeiteten sie wie Heizer vor den Feuern.

„Wir schaffen's! Wir schaffen's!" spornte Melhop. „Nur ein Loch, um uns zu verständigen! Das genügt schon!"

Eines der Kinder sagte: „Sie schießen gar nicht mehr!"

Alle horchten.

„Auch kein Flugzeug mehr!"

Melhop sah auf die Uhr. Fast drei Stunden vorüber: Totenstille draußen.

„Um so besser! Dann kommen wir auch heraus!"

Nun waren es drei Brechstangen, die an der Mauer fraßen.

Einer der Männer ging mit dem Gesicht dicht an die Mauer: „Gas!"

Da gab drüben die Mauer nach; die Menschen schienen auch dort gearbeitet zu haben. Alle rochen nun das Gas.

Eine Lücke klaffte. Melhop schob den Arm durch; seine Hand tastete über einen reglosen nackten Frauenkörper. Taumelnd stand Melhop auf: „Ich glaube — die — sind — alle — tot."

„Es ist vor Gas nicht auszuhalten! Das Loch muß zu!"

„Es geht nicht anders, Leute. Nehmt Jacken und Hemden und stopft zu!"

Die lallende Beterin hatte sich auf ein Luftschutzbett hingehockt und wiegte sich mit verschränkten Armen hin und her: „Vater unser — Vater unser — Vater unser —"

Der Keller war angefüllt von Menschendunst und fadem Gasgeruch.

Die Männer arbeiteten wild, um die Öffnung nach dem Keller des Grauens abzudichten. Gas drang durch die gelockerten Fugen.

„Wir müssen nach dem Kanal raus!" raste einer der Männer los. Ein Kellerfenster nach dem Kanal hinaus hatte man zugemauert und nur ein Luftloch gelassen, das hermetisch zu verschließen war.

Melhop wußte, daß die Menschen nur durch Besonnenheit zu leiten waren. Jetzt, da der Angriff vorbei war, war es leichter. Er schraubte den Luftdeckel los. Von dem vorüberschießenden Geflamme stand die Öffnung im Dunkel des Kellers wie ein roter Mond. Rauch quoll herein. Widerhall urweltlichen Tobens.

„Alles ein Feuermeer draußen!"

„Zumachen! Zumachen!"

„Vater unser — Vater unser — Vater unser —"

Einer der Männer knirschte: „Wenn das Weib das Maul nicht hält, drück' ich ihm die Kehle ab —"

Die Frauen tobten an die Wand zum Kanal: „Hier müssen wir raus! Wir wollen raus! Wir wollen raus! Hilfe! Hilfe! Hört uns denn keiner?"

„Seid doch vernünftig!" mahnte Melhop. „Wir werden gerettet werden! Ganz bestimmt kommen wir hinaus. Der Angriff ist doch vorbei."

Eine Frau hängte sich an ihn: „Sie waren immer gut zu uns! Und — und — Ihre Frau auch! Zu uns allen; zu den Kindern! Helfen Sie uns doch!"

„Ich helfe Ihnen. Wir werden uns noch oft in der Hammerbrookstraße sehen. Bestimmt werden wir es. Heute früh schon."

Jemand hatte wieder den Luftdeckel abgenommen. Im Augenblick war der Keller erfüllt von rotem Schein und gespenstischem Schattenspiel an den weißen Wänden. Schreckend tönte das Toben der Flammen herein. Wie Wildtiere jieften und jaulten die Feuer, gierten um das Luftloch, als witterten sie Beute. Manchmal riß ungeheurer Sturm die Laute des züngelnden Feuers weg. Dann wieder fürchterliche Stille wie Veratmen und nichts als rotes Lohen und glostendes Glühen vor dem Luftloch.

„Es riecht nach Gas. Wenn's so weitergeht, fliegen wir in die Luft!"

„Kleider her, um die Mauer zu verstopfen!"

Die Frauen fetzten ihre Kleider herab: „Da! Da! Da!"

Ach, wenn sie nur hinaus könnten!

Auf der Bettstatt die Lallende, Wahnsinnsverlorene: „Vater unser — Vater unser — Vater unser —"

Die Männer trösteten. Wenn das Feuer draußen nachließe, würde man die Mauer nach dem Kanal einschlagen und sei gerettet. Habe man es so lange ausgehalten, ginge es auch die paar Stunden noch.

Die Luft im Keller immer heißer. Über dem Keller wüteten die Feuer der Hölle und machten die Mauern glühen. Die Männer legten nun auch das letzte Stück Kleidung ab, häufelten sie sorgsam, damit jeder das Seine wiederfände. Die Frauen zogen die Kinder nackt aus, dann sich selber; jeder Fetzen am Leib erhöhte die Qual. Sie hatten alle das Gefühl, langsam geröstet zu werden; denn der Körper hatte keinen Tropfen Schweiß mehr. Schmerzend spannte sich die Haut; die Kehle ausgetrocknet; es war allen, als müßten sie Feuer speien. Die Kinder jammerten nach Trinken; keiner hatte daran gedacht. Die Kinder konnten ihre Bedürfnisse nicht unterdrücken.

Man öffnete das Luftloch. Sausend schossen die Flammen vorbei; ein Schwof aufgeschreckter feuriger Riesenvögel. Zumachen! Zumachen!

Grauend nahm Melhop wahr, daß die Frauen stiller und taumelig wurden. Sie hatten die Kinder auf den Betten zur Ruhe gebracht und legten sich auch hin.

„Wach halten!" raunte er den Männern mit brüchiger Stimme zu. „Wachhalten!! Die Kinder auch! Um Gottes willen jetzt nicht schlafen!"

Die Männer hockten auf dem Boden, der allein noch Kühle gab. „Laßt sie", sagten sie matt. „Ist gut, wenn sie schlafen. Wer weiß, wie sie ihre Kräfte noch brauchen müssen."

„Wir müssen sie wach halten —"

„Ach, guter alter Melhop, jetzt können wir schlafen. Bomben fallen nicht mehr. Drei Uhr wird's sein. Wenn sie uns vor fünf herausholen, komme ich noch rechtzeitig auf die Werft. Wenn nicht, mach' ich blau. Sollten sich auch hinlegen."

„Wenn Sie wach bleiben, bekommen Sie sechs Zigarren von mir! Gleich heute morgen!"

„Sechs Zigarren? Schlafen ist mehr." Und lehnte sich matt zurück.

Die Frau aus Scharbeutz sagte zu den Schwiegereltern: „Heute mittag kommt mein Mann. Dann ist alles gut. Keine Stunde bleiben wir in der verfluchten Stadt."

Die Alten nickten mühsam. Heute mittag — heute mittag — Müde sanken sie übereinander. Gellend schrie die Frau auf.

„Sie müssen nicht schreien", sagte Melhop, und es war ihm, als sagte es ein anderer Mensch. „Sie müssen sich ruhig hinsetzen; nicht einschlafen, hören Sie. Wir müssen mit der Luft sparen. Das Loch in der Mauer hätten wir — hätten wir nicht machen sollen; hätten wir nicht. Wir wollten die Leute retten; uns wird man retten. Meine Frau ist draußen; mein Sohn Max auch. Nein, nein, um uns steht es ganz gut."

Die Frau ging an das Bett ihrer Kinder und nahm sie herab. Wie schwer sie waren; aber sie atmeten; sie setzte sich mit dem Rücken gegen das Bett und bettete die Kinder zwischen ihre Beine auf den kühlen Boden. Sie möchte weinen; kam nicht dazu; sie fühlte Weichbauschiges auf sich herabsinken; im Ohr Druck, wie ihn jemand hat, der schnell bergan gestiegen ist. Unendlich Wohliges überwältigte sie und ließ sie die Hände an die schweren Brüste legen; Wollust schwelte um die schwindenden Sinne.

Der Bursche mit dem Hund hatte sich ganz im Dunkel gehalten, weggeduckt in die tiefste Ecke. Als der Hund an der feuchten Grundmauer zu lecken begann, hatte er es ihm nachgemacht. Er wußte, daß er sich wach halten mußte. Er schlich nach der Kellertür; alle schliefen; keiner würde über ihn herfallen. Der Hund schnüffelte; er setzte ihn ab; der Hund wand sich bäuchlings dicht ans Geröll; der Bursche hörte ihn Luft einsaugen und legte sich neben ihn. Auf vielen Umwegen kam frische Luft durch das Gestein; sie schmeckte nach nasser Erde, nach Mörtel; das dicht gestapelte Gestein filterte sie von Rauch frei. So lagen sie; Mensch und Tier, und tranken im Einatmen neuen Lebenswillen.

Der Bursche lauschte. Er hatte keine Vorstellung von dem Ungeheuren draußen. Er hörte nur immer Rauschen, Knistern und flatterndes Knallen. Aber seine Sinne waren wach.

Wie still das Dunkel des Kellers! Nun schliefen sie wohl alle, die besser getan hätten, sich gegen den Schlaf zu wehren. Mit einem Male hatte er das Gefühl, neben jemand zu liegen. Er angelte mit der linken Hand und griff einen nackten Menschen, von dem die Hand ihm sagte, daß dieser Mensch tot war. Entsetzen packte ihn; er rückte dichter an den Hund; er mußte die Nähe des Toten dulden; denn hier, nur hier konnte er die frische Luft einsaugen.

Und die anderen? Die anderen? War es nicht darum so grauenvoll still, weil auch sie tot waren?

Der Bursche zog sich ganz zusammen, um von dem Toten weiter weg zu sein. Angst umgierte ihn mit Wahnsinnsflügeln. Wenn er ins Dunkel hineinsah, meinte er eine geduckte Gestalt mit phosphoreszierenden Augen ihn anstarren, mit krallig vorgestreckten Händen auf ihn zukommen zu sehen. Er tastete nach der Taschenlampe, die er Melhop vorenthalten hatte; Angst vor dem, was er schauen würde, hinderte ihn, die Lampe aufleuchten zu lassen.

Es war ein mühsames Atmen; ein Heranwürgen in kleinen Zügen; er wußte, lange würde er es nicht aushalten; er schmeckte jetzt auch Gas. Wo aber war Rettung? Wie eine Vision der Mann, der die Spitzhacke gegen das zugemauerte Fenster in der Kanalwand hob.

Das war Rettung!

Das mußte Rettung sein!

„Komm, Steppke!"

Der Hund rührte sich nicht.

Was der Bursche nie getan, tat er jetzt; er stieß den Hund mit dem Fuß: „Auf, du verfluchtes Vieh!"

Der Mensch fürchtete sich vor dem Dunkel! Er wollte nicht allein sein in dem entsetzensvollen Schweigen des Todes.

Hätte er nur nicht dem Einfall nachgegeben, in den Melhopschen Keller zu gehen. Wie unter einem Zwang hatte er gestanden. Sonst war er beim ersten Alarm immer nach den Luftschutzräumen am Berliner Tor gelaufen. Er verfluchte das Verhängnis, das ihn mit Annette zusammengebracht hatte, dieser Frau, deren gierige Überreife ihn immer wieder überwältigte. Wo war sie? Sie hatte gewußt, daß er an diesem Abend bei Alarm kommen wollte.

Er tastete sich voran. Der Hund jaulte um seine Füße. Der Mensch soll das Tier schützen vor dem Grausigen, das überall lauert.

Mit übermenschlicher Gewalt zwang der Bursche alle Aufregung in sich nieder. Seine Hand tastete über die Wand nach der Lüftung; er wußte, nach einer kleinen Drehung nach links fällt der Verschlußdeckel von selber heraus. Es gelang ihm; rasend stob das Feuer vorüber. Eine kleine Helle fiel in den Keller, gerade genug, um den Kreis des Schreckens, in den er gebannt war, zu erkennen.

Es schlug ihn gegen die Wand. Wie hingeschleudert krallten die Finger sich fest. Er wäre umgesunken, wenn er den Rücken nicht gegen die Wand gepreßt hätte.

Da! Da! Die Spitzhacke!

Und wenn die Flammen den Keller leer fräßen und ihn dazu — nichts so fürchterlich wie dieses Grauen, das ihn in die Abgründe des Wahnsinns stieß.

Er griff nach der Spitzhacke und schlug auf die Mauer ein; genau dort, wo sich das Viereck des zugemauerten Fensters abzeichnete. Er war wie von Sinnen, seine Muskeln waren an Werftarbeit gestählt; sie konnten hart wie Eisen sein. Annette hatte es geliebt, ihre Zähne daran zu erproben. Diese Frau! Dieser Vampyr! Diese Unersättliche!

Der Bursche schlug auf das Viereck ein. Sein Lebenswille würde in diesem Augenblick einen Stahlblock gespalten haben. Und keiner hatte ihr, wenn sie adrett kam und ging, ein weiches Lächeln um den Mund, angemerkt, daß sie nichts als fleischgewordene Gier war. Weit holte die Spitzhacke aus. Da! Und da! Und da nochmal! Und jeder Schlag galt der Verderberin, die sich bei ihm ihrer sonst bürgerlich gebändigten Fessellosigkeit überließ.

Das Viereck wankte. Es war als Notausgang vorgesehen. Er hieb und hieb, und da löste sich das Mauergeviert und brach in den Kanal hinab.

Luft! Luft! Luft!

Eine Sekunde nur. Dann brach es durch die Mauerlücke sengend herein. Als ob die Flammen vor den wütenden Schlägen des Menschen Angst gehabt hätten, waren sie von der Öffnung zurückgewichen; nun züngelten sie angriffswütig mit hundert feurigen Schlangenköpfen heran.

Der Bursche drückte sich, den Hund vor der Brust, dicht an die Mauer und spähte hinaus. Der Kanal vom Widerschein ungeheurer Feuer blutrot, goldgelb. Das Wasser aufgeregt, als koche es von Grund auf. Dennoch Rettung! War Leben! Der Kanal war Weg ins Leben.

Der Hund zitterte in seinen Armen. In jenem schüttelfrostähnlichen Zittern, das Hunde in Angst befällt, in einem ruckartigen Durchbeben des ganzen Körpers. Der Bursche streichelte das Tier; beide nur Kreatur.

In Sekundenschnelle rollten Erinnerungsbilder in ihm ab. Mit dem Hund hatte es begonnen; er war der Frau nachgelaufen; ein Messingschildchen trug die Adresse seines Herrn. Die Frau brachte das Tier. Sie schien sehr tierlieb zu sein, und streichelte es noch, als der Bursche es auf den Arm genommen hatte. Der Blick der Frau ruhte dabei weniger auf dem Hund als auf den muskelstarken Armen, nackt unter den kurzen Ärmeln des Polohemdes. Er erinnerte sich, die Frau schon in einem der Eissalons gesehen zu haben, wo man das Eis auf Tellern mit unzüchtigen Bildern serviert bekam.

Er hatte den Hund abgesetzt und war dicht an sie herangetreten: „Gesehen haben wir uns schon."

Deutlich sah er in diesem Augenblick, wie sie mit einem verzerrten Lächeln, ohne zu antworten bereit zu allem vor ihm stand.

Er ließ vor ihr den Muskelberg des rechten Armes spielen und blickte sie an. Toll vor Gier ließ sie sich nehmen.

Wo sie jetzt wohl ist, fragte der Bursche sich höhnisch.

Zum Satan mit ihr! Hure, der!

Er riß sich von den Bildern los.

Und stünden tausend Tode draußen, lieber im Freien, unter dem Qualmhimmel der Hölle zehn martervolle Tode sterben, als in diesem Keller der Verfluchung qualvoll zu versiegen. Da lagen sie, Männer, Frauen, Kinder, hingeschleudert, hingestreut von einer Riesenhand, wie eine Menschenhand Körner ausstreut. Nackt, verzerrt, verkrümmt. die Gesichter haarübersträhnt. Die Kinder in der rührenden Gelöstheit tiefen Schlummers; die Halbwüchsigen in einer letzten keuschen Regung die Scham mit der Hand deckend. Die Männer, als hätten sie sich im Schwinden der Sinne noch gegen die heimtückische Überwältigung gewehrt. Melhop, der kluge Mahner, halb vom Stuhl geglitten, die Rechte ausgestreckt, als habe er sich im Sturze aufstützen wollen. Die Frauen mit verbogenen Armen und Beinen, ihr Weibtum dem Raffgriff des Todes preisgebend. Die Scharbeutzerin, den Rücken gegen das Bett, halb zur Seite gesunken, als ob dem schwindenden Leben ihrer Kinder aus den Brüsten Kraft hätte träufeln können. Der offene Mund in einem Schrei unmeßbaren Schmerzes versteint.

Das war mehr, als ein Mensch erträgt. Draußen rauschte und flirrte es in höllischem Tanz der Flammen über dem Kanal. Mit fliegenden Händen riß der Bursche den Rest der Kleidung herab. Der Talisman Annettes — schon griff er nach ihm, um ihn abzureißen — er ließ ihn. Er nahm den winselnden Hund auf, und das Tier an sich pressend, warf er sich durch die um das Mauerloch lechzenden Feuer in den Kanal hinab.

Als ob das Feuer sich weitere Opfer nicht entgehen lassen wollte, züngelte es in den Keller hinein. Spürte gierig das Holz der Betten, die Holzwolle der Matratzen, schmatzte lustvoll, witterte den Sog frischer Luft durch das Gemäuer an der Tür, zuckte in verhaltener Gier zurück wie eine Schlange, ehe sie zum tödlichen Biß vorschnellt, und brauste dann weit flatternd herein, das Dunkel über den Toten feurig durchlohend.

Der Bursche war in die Hölle hinausgesprungen. Feuermassen rundum. Unfaßbares Rauschen, Brausen, Zischen, Knattern, Knistern, Splittern, Bersten, Jaulen, Pfeifen, Tosen. Und immer wieder spitzes Aufheulen wie aus dem Rachen hungerwütiger Wölfe.

Gefolgt von dem Hund schwamm er ein Stück den Kanal hinauf. Er hatte unfaßbares Glück gehabt und war nicht auf die in unmäßiger Menge im Wasser treibenden Gebälktrümmer gestürzt. Aus allen Fenstern rechts und links goldrote Lohe. Auf dem Wasser brennende Möbel, sparriges Gebälk. Über den Trümmern des Kellers weidet eine Herde niedrig glostender Feuer. Bis über die Mitte der Trümmer hinweg schrägt eine Mauer mit glühenden Eisenträgern, bereit, jeden Augenblick niederzustürzen.

Wie brünstige Hyänen rasten die Feuer durch den Keller. Witterten mit vor Gier blutigen Nüstern. Gas! Gas! witterten sie. Nur ein Hauch, ein Schwaden von Gas. Aber von irgendwoher sickerte es ein: über die nackten Leiber spielten die Flammen hinweg. Aus dem Zeugbündel in der Mauerlücke kam es. Gas! Gas! Sie wissen nicht, ob sie einander lieben oder hassen. Aber sie suchen sich, lechzen nacheinander. Schon sengelte das Zeugbündel unter dem windenden Huschen ungezählter Feuersalamander, sie schlängelten sich hindurch — eine furchtbare Explosion riß den Keller auseinander. Er war nichts mehr als eine von Flammen durchwütete Gruft, in der alles, was einst Leben war, veraschte.

Eine Welle wie aus einer aufgerissenen Schleuse tobte über den Kanal und warf den Burschen gegen eine Hauswand. Er krallte sich an den Steinfugen fest; neben ihm wassertretend der Hund. Der Bursche hob den Schenkel und der Hund kletterte an ihm herauf, bis er sich über die Schulter legen konnte. Der Bursche griff nach einem der Festmacheringe an dem Lagerhaus; er war glühend heiß und fetzte die Haut von der Hand; mit einem Schrei stürzte er ins Wasser zurück. Er half sich mit Wassertreten; rings brennende Trümmer auf dem Wasser. Mit aufgerissenen

Augen sah er eine nackte Frau mit einem Kind auf der Kanalbrücke. Sie stand, schrie rückgewendet, griff nach dem Kind und warf sich mit ihm über das Brückengeländer hinab, mitten in brennendes Gebälk hinein.

Phosphorbomben waren an den Hausfronten zerknallt und hatten den Inhalt weithin verspritzt. In brennenden Tupfen klebte es an den Wänden, tropfte strähnig, langfädig. Zertropfte, zerrann, schlängelte, kroch und hüpfte, wie auf der Lauer in sich zusammensinkend, räuberisch zupackend, glühte wie unter den Krallpranken eines Feindes in wütender Gegenwehr auf und verlosch plötzlich.

Aus den Straßenschächten brachen Feuerbäche und einten sich mit dem Flammensturm über dem Kanal. Immer wieder gingen Verzögerungsbomben in die Luft. Der Hund ruderte von dem Burschen weg. Angst packte den Menschen, das einzige Lebewesen um ihn zu verlieren. Mühsam schwamm er dem Hund nach, immer wieder den Kopf unter Wasser vor der Strahlglut bergend. Der Hund war um die Ecke gepaddelt und kehrte zurück, seinen Herrn zum Nachfolgen ermunternd. Vor der offenen Ladeluke eines halb niedergebrannten Hauses machte das Tier halt. Der Bursche konnte sich festklammern, sich emporstemmen. Bevor er sich aber Zeit zum Atemholen ließ, warf er sich hin und hob den Hund zu sich empor aufs Trockene.

Hoch flatterten um den Turm von St. Annen die feurigen Triumphfahnen der Geister der Tiefe.

Endlich waren die drei Frauen vor dem Luftschutzkeller. Nun galt es die Treppe hinab. Da die vor Angst in den Keller stürzenden Menschen nicht ahnen konnten, weshalb die Frauen so behutsam gingen, ohne voneinander zu lassen, setzte es Schimpfreden und Anrempeleien. Unaufhaltsam der Strom der Menschen.

In den Kellerräumen lärmendes, schreiendes, streitendes Gewimmel. Kinder weinten, wurden zurechtgewiesen, an den Armen von exaltierten Müttern mitgerissen; Männer, hochbepackt, drängten sich rücksichtslos vor.

Eigene Not verhärtet gegen die Not anderer. Keiner hatte für den Elendszug der drei Frauen ein Auge. Viele Frauen zeigten eine Abneigung gegen die Schwangere. Was mußte die sich in einer Zeit wie dieser ein Kind machen lassen! Soll jetzt zusehen!

Flak schoß! Flugzeuge rollten!

Die Bunkertüren wurden geschlossen.

Jetzt wußten alle, es ging ums Leben!

Eine alte Frau stand auf und bot der Schwangeren den Platz an. Nun wurden auch andere menschlicher.

„Ist kein Bunkerarzt da? Die da macht es nicht mehr lange."

„Still, Mensch! Den haben sie das letzte Mal auf dem Weg hierher kaputt geschmissen. Muß auch ohne gehen."

„Bleiben Sie nur hier vorn; wenn's vorbei ist, können Sie gleich hinaus. Wo wohnt sie denn?"

„Bei der Kirche."

„Vielleicht will sie lieber liegen? Decken sind da."

Jetzt waren die Frauen eine Seele. Auch die Männer wollten sich hilfsbereit zeigen und brachten Frauen und Kinder anderwärts unter. Die Wegner lag und stöhnte.

„Hat sie schon Kinder?"

„Das erste."

Ein Schrei aus der Kehle der Kreißenden. Die Frauen bildeten einen Kreis gegen die glotzende Neugier. Aus den hinteren Räumen kam eine Frau, die man als Hebamme kannte. Das war Rettung in der Not. „Nicht einmal hier laßt ihr mich in Ruhe, ihr Bande!" Die Frauen lächelten. Sie sah die Liegende an und tastete sie ab. „Alles in Ordnung. Wird schon werden."

In diesem Augenblick kam der Himmel herunter. Ein paar Männer stürzten noch herein, bleich, verzerrt lächelnd: „Donnerwetter, jetzt geht's los!"

Es ging los. Von allen Seiten wurde Hammerbrook angeflogen. Angst fahlte die Lippen der Menschen und trocknete die Kehle bis zur Schmerzhaftigkeit aus. In der Stille zwischen dem Niederkrachen der Bomben die Schreie der

Gebärenden. Die Hebamme kniete vor ihrem Schoß. Frauen hielten sie an den Schultern. In jedem Augenblick mußte das Kind kommen. Die Frauen holten Leinenfetzen aus ihren Koffern; ein Löscheimer mit Wasser stand zur Hand.

Unendliches Krachen, immer wiederholt. Das Licht im Keller erlosch. Der Boden schien sich zu wölben, die Decke sich zu senken, die Wände sich gegeneinander zu neigen. Schreie brandeten; in Todesangst klammerten sich die Menschen aneinander. Aber der Keller stand! Und wieder das Krachen, als rollten die Donner des jüngsten Tages einher. Der Keller stand! Gott gebe, daß er stehenbleibt! Nur die Bunkerwarte, die einen Blick nach draußen getan hatten, wußten, wie es um sie stand. Wußten, daß alle Straßen rundum in Trümmer sanken und von Feuer überloht waren.

Ein Bunkerwart beleuchtete mit einer Stablaterne die grausige Szene dieser Geburt. Ihre eigene Not vergessend, standen die Frauen der Leidenden bei. Jeder Einschlag erschütterte den Keller. Bis ans Ende seiner Tage wird der Bunkerwart das Unirdische im Antlitz dieser knieenden helfenden Frau nicht vergessen. Nicht vergessen die Behutsamkeit der Griffe dieser verarbeiteten Frauenhände. Ihn erschütterte nicht der Widersinn der Begebnisse, daß hier Frauen sich um ein neues Menschenleben mühten, indes draußen Tausende hingemordet wurden. Von fern rührte die Offenbarung des sich ewig Erneuernden an seine Seele, als der kleine Schrei des Neugeborenen in eine Stille der Einschläge wie ein Vogel hineinflatterte. —

Annette war von all den Geschehnissen von den Füßen. Sie hatte sich zwischen zwei Frauen auf eine Bank geklemmt. Wie mochte es im Keller ihres Hauses aussehen? Wie um die Menschen? Wie um ihren Mann? In unermeßlichem Schuldgefühl sank sie vornüber; die Frauen griffen zu und hielten sie: „Wird Ihnen schlecht?“

Sie raffte sich zusammen: „Nein, nein. Ich danke Ihnen.“

Unermüdlich arbeiteten Männer an der Entlüftungsmaschine. Woher aber frische Luft, da alle Straßen unter der Glut wirbelnder Feuer standen? Das Atmen wurde immer schwerer. Alle Kerzen mußten gelöscht werden, um Sauerstoff zu sparen.

Erschöpfte, Verzweifelte, die aus den Kellern zerbombter Häuser noch den Ausweg gefunden, trommelten gegen die Bunkertür und wurden durch einen Spalt hereingezogen. Sie wußten nichts zu sagen; man fragte nicht; der Wahnsinn in ihren Augen sagte genug. Keine Vorstellung kam der Wirklichkeit nahe, einer Wirklichkeit, die in immer neuen Tannenbäumen über der Stadt stand, aus tieffliegenden Flugzeugen Spreng- und Brandbomben und Minen niederregnen ließ und ungezählte Menschen durch den Feuersturm dem Tode überantwortete.

Schwer atmend, den Kopf willenlos zur Seite, lag die Wegner halb besinnungslos, indes sich die Frauen um das Kind mühten.

Jetzt, da alles vorbei war, war es auch nicht mehr wichtig, denn in jedem Bunker der Stadt waren schon Kinder zur Welt gekommen.

Annette meinte ersticken zu müssen. Aus allen Poren rann der Schweiß. Das Herz zwang man durch Tiefatmen zur Ruhe. Man suchte sich zu bewegen, um einen Augenblick das nasse Unterzeug vom Körper zu lüften. Jeder Mensch ein zur Tierheit degradierter Zellenstaat, und in ihm nichts als die alles beherrschende Angst und die Entschlossenheit, sich mit Händen und Füßen gegen jede Gefährdung zur Wehr zu setzen. Wenn das Unheil draußen einen Augenblick schwieg oder weggeglitten schien, hörte man die Stimmen Ausgebombter; was hier heute sei, ist nichts gegen das, was sie erlebt hätten. Und erzählten von Menschen, die wie brennende Fackeln einhergerannt seien, von Männern, Frauen und Kindern, die auf der Flucht zu Fall gekommen seien, und der Strom der Flüchtenden sei über sie hinweggegangen, und nachgeblieben sei nichts als eine zertrampelte leblose Masse.

Die Keller waren von Feuern umbrandet. Durch eine Spalte im Beton tropfte heißes Wasser. Der Bunkerwart erklärte es als Sickerwasser von den Löscharbeiten draußen.

Die Leute glaubten es. Wer glaubt in Not nicht, was die Hoffnung nährt?

Die Hitze stieg; die Lüftungsanlage pumpte heiße Luft herein; man stellte ab; die Menschen begannen sich der Kleidung zu entledigen. Immer noch Bomben; immer das Erzittern des Kellers wie von Erdbeben.

Annette hörte das Geraune der Stimmen, das Weinen der Frauen, das Schreien der Kinder. Das alles war eine Vision im Dunkel, in der auch ihr eine Rolle zugeteilt war.

Um frische Luft zu bekommen, schlug man den Nebenkeller an; er stand in Flammen. So klein der Einschlag war und obwohl man ihn mit Decken abdichtete, wand sich Rauch herein.

Die Zeit verrann. Siebenhundert Menschen von Flammen eingeschlossen. Ein Mann schwamm zur Brücke am Heidenkampsweg, um Hilfe zu holen. Vergeblich; durch den Kanal schwammen Männer und Frauen; vom Keller eines Industriebaues holte man sie herauf und brachte sie in den Bunker. Immer gieriger verstellte das Feuer die Auswege. Die nach draußen spähenden Männer gaben alle Hoffnung auf. Wer sollte sie durch das tobende Flammenmeer, wer über die von Feuer überwogten, von Häusertrümmern völlig unwegsamen Straßen leiten? Wo die Furt, um siebenhundert Menschen in Sicherheit zu bringen, wenn es überhaupt gelänge, sie herauszulotsen? Nur von außen konnte Hilfe kommen. Nur von einem Helfer, der wie Dantes Vergil vom Grauen unangefochten an allen Höllenschächten vorüberwandelt. Wo war dieser Helfer?

Da geschah das Wunder! Ein Offizier tauchte mit einem Trupp Soldaten auf. Unter den Stahlhelmen das Gesicht rauchgeschwärzt, und doch schöner als die schönsten Engel des Himmels. Sie arbeiteten sich voran; im Keller wurde weinende Verzweiflung jubelnde Hoffnung. Aus allen Gängen stürmten die Menschen nach vorn, wollten hinaus. Schreien, Heulen, Kämpfen, Niedertreten!

Die Bunkerwarte traten ihnen entgegen: „Ruhe! Ruhe! Auf die Plätze! Auf die Plätze!“ Mit Schlägen zwangen sie die Menge zurück.

Dann waren die ersten Menschen draußen. In diesem Augenblick brachen auf der anderen Straßenseite zwei Häuser zusammen, alles in Staub und Qualm hüllend. Angstgepeitscht flüchteten die Menschen zurück, auf die Nachdrängenden prallend, die nicht verstanden, warum sie wieder zurück sollten. Ein entsetzliches Gewirre schreiender, schlagender, tretender Menschen, tierhafte Angst im Hirn.

Als sich Staub und Rauch verzogen hatten, ein neuer Versuch der Soldaten. Der Offizier war im Bunker und stellte den Leuten vor, daß Rettung nur möglich sei, wenn jeder Ruhe bewahre. In Einzelreihe müsse der Bunker verlassen werden, um die Gänge und den einzigen noch verbliebenen Ausgang nicht zu verstopfen.

Was eine Stimme vermag! In allen war Willigkeit, dieser ruhigen Stimme aufs Wort zu folgen.

„Und jetzt einzeln mir nach! Die Frauen und Kinder zuerst!"

Schaudern packte die Menschen beim Hinaustreten. So grauenhaft hatten sie es sich nicht vorgestellt, es sich nicht vorstellen können! Was die Phantasie ersinnt, immer braucht sie einen Kern, ein Gran Wirklichkeit, um ihre Zauberbilder zu gestalten. Zu keiner Zeit der Erdgeschichte war je ein solches Feuer über menschliche Stätten einhergebraust. Roms Brand: durch Nero ein mehr lyrisches als historisches Intermezzo; Alexandriens Untergang: ein tadelnswerter Exzeß siegestrunkener Römer; der Brand von Magdeburg: eine pyrotechnische Verirrung Tillys; Hamburgs Brand von 1842: ein Schlag für die Versicherungsgesellschaften; der Brand von Chikago: ein Filmarrangement.

Dies hier ging über alle Grenzen des Faßbaren hinaus. Die Sinne sträubten sich, für Wirklichkeit zu nehmen, was nur eine Ausgeburt der Verstörtheit sein konnte. Eine Stadt kilometerweit, wohin man sah, in Flammen. Hoffnungslos dem Feuertod überantwortet! Kein menschliches Hirn reichte aus, für Wahrheit zu nehmen, was schrecklichste Deutlichkeit war.

Als Annette hinaustrat, blieb sie geblendet stehen; aber schon drängten die Nachfolgenden sie auf die schmale Furt der Geretteten. Sie sah nur noch in den grünen Lasursteinen des Ladens neben dem Torweg den Widerschein des Flammenspiels der brennenden Schule schräg gegenüber. Das Vierstockhaus daneben eine einzige Feuersäule. Annette schrie nach ihrem Mann, der sie abholen wollte. Man wies sie brüllend zurecht. Wo ihr Mann sie wohl abholen sollte! Der wäre doch tausendmal vor dem Bunker schon zu Tode gekommen! Dann wollte sie nach der Hammerbrookstraße. Verrücktes Frauenzimmer! Der Offizier nahm sie und schob sie voran; sie solle nur erst gehen, sie werde ihren Mann schon finden. Sie hätten Hunderte und Hunderte von Menschen drüben aus den Kellern geholt, ihr Mann werde sicher darunter sein. Der Mann log. Drüben hatte der Tod mehr als reichliche Beute gehalten. In unzähligen Kellern wurde der letzte Todeskampf gekämpft und eben jetzt, da er Annette weiterschob, ging in der Nähe der Kirche eine gewaltige Explosion hoch. Aus Barmherzigkeit hatte er gelogen. Das Geviert vom Mittelkanal bis an das Billbrack war eine Hölle. In der Wenden-, Sachsen-, Schwaben- und Idastraße Tausende von Menschen rettungslos eingeschlossen und verloren. In den Kellern unter dem Flammenmeer alles Leben zersotten und zerascht.

Annette mußte in der dünnen Linie der Geretteten bleiben. Kein Gedanke in ihr an die Frau, die im Dunkel geboren hatte.

Siebenhundert Menschen, den Tod vor Augen, gerettet. Als der letzte herauskam, ließ der Offizier durch die Soldaten den Keller ableuchten. Unter einer Bank weggescharrt der zertretene Leichnam einer Frau und eines neugeborenen Kindes.

Edith und Harald saßen mit den Ausgebombten von Anfang an mitten im größten Schrecken. Schon in der ersten halben Stunde des Angriffs räumte eine Mine eine Reihe von Einzelhäusern bis auf die Keller zur Seite. Danach setzte ein Hagel von Brand- und Flüssigkeitsbomben ein, von denen Ediths Haus mehrfach getroffen wurde. Es fehlte sofort an Wasser. An die Badewanne war nach dem Einschlag nicht mehr heranzukommen. Es war gerade noch Zeit genug, einige Wertsachen und Kleidungsstücke zu erraffen, das Kind in eine Wolldecke einzuschlagen — die Ausgebombten beluden sich bis zum Zusammenbrechen mit Wäsche und Bettzeug — dann hieß es das brennende Haus verlassen.

Hatten sie gemeint, mit dem Verlassen des Hauses und mit der Aufgabe der ganzen Habe dem Schicksal hinreichend Zoll entrichtet zu haben, so sahen sie sich bitter getäuscht. Wohin sie sich wandten, sperrte Feuer die Wege. Die mächtigen Wohnhäuser der Nebenstraßen standen von oben bis unten in Flammen. Nirgends Abwehr; sie brannten herunter, als sollte es so sein. Betäubend das Knistern der Flammen, Knabbern und Schmatzen, die ganze Straße füllend. Über herausgerissenen Fensterrahmen Gardinen und Vorhänge zerfetzt flatternd, bis das Feuer auch sie erfaßte und in einer Huschlohe verzehrte.

Harald hatte Edith das Gepäck abgenommen. Sie hatte an dem Kind genug. Die Ausgebombten schleppten keuchend an dem Bettzeug, das sie bis zum letzten Atemzug nicht hergeben würden. Nur eine Schlafstatt, dann ist alles nur halb so schlimm.

Harald sah sich um. Durch müssen sie! Flaksplitter kladdern; brennendes Sparrenwerk von Riesenhand geschleudert flog einher. Balken, von dem Flammensog emporgerissen, tanzten auf den Feuerzacken wie Zelluloidbälle auf dem Wasserstrahl einer Schießbude. Von Feuerzacke zu Feuerzacke geworfen, zerstoben sie im Funkenfall. Auf seinen Kriegsfahrten hatte Harald manches gesehen; in Holland, Polen, Frankreich, Rußland, zuletzt in Italien; solche Feuer hatte er nirgends erlebt. Über keine Stadt war Verderben ausgeschüttet wie in diesen Tagen über Hamburg.

„Wir müssen versuchen, von Haus zu Haus zu kommen. Oder durch ein Haus in eine andere Straße!“ Er ging ihnen voran. Menschen rannten heran.

„Kommt man da durch?" schrie Harald.

Mit irr offenen Augen und aufgerissenem Mund jagten sie ohne Antwort vorbei.

Edith, sommerlich leicht gekleidet, dünnsohlige Schuhe an den Füßen, war von der Hitze bis ins Innerste durchglüht. Lippen und Kehle gedörrt.

„Gib mir das Kind, wenn es dich hindert."

Sie wehrte stumm ab.

In der Nebenstraße ging eine Sprengbombe pfeifend nieder. Der Detonationsdruck warf die Menschen fast um. Es krachte und donnerte, wohin man hörte. Es brannte, lohte und blitzte, wohin man sah. Versperrt und verrammelt alles, wohin man sich wandte. Die Flak schoß unentwegt; die Flugzeuge kurvten niedrig und beschossen die Menschen, die auf den Dächern zu löschen versuchten. Flüssigkeits- und Stab-Brandbomben brannten auf der Straße aus. Herausgetragenes Hausgerät fing durch Funkenflug und Strahlhitze Feuer. Reigentanz der Hölle, vor dem das Herz sich in Entsetzen krampfte.

In dem feurigen Gewoge ein Haus, das Untergeschoß noch unversehrt. Rettung! Schien Rettung! Harald zog Edith mit sich, die Ausgebombten stolperten hinterher, tief gebückt, als ob sie sich damit den Augen des Schicksals entzögen.

„Werft den Kram weg!" schrie Harald ihnen zu. Die Ausgebombten waren dankbare Menschen und wollten denen, die sich hilfreich gegen sie erwiesen hatten, ihre Habe retten helfen. Sie keuchten weiter unter ihrer Last.

Das Feuergewoge heulte, zischte, brüllte mit urweltlicher Gewalt. Bomben krepierten, Häuser stürzten. Unter dem von Rauch verdunkelten Himmel war es von Flammen ganz hell. Darüber das Rollen der Flugzeuge. Und immer wieder Tannenbäume.

Dicht vor dem ersten Hause, von dem sie sich Hilfe versprachen, traf ein niedersausender brennender Sparren den Mann der Ausgebombten. Er stürzte mit seinem Packen Bettzeug, das er sich fest über die Schulter gezurrt hatte, zu Boden. Im Augenblick lodert das Zeug auf und bereitete dem Mann den Feuertod.

„Weiter! Weiter!" schrie Harald die schreienden Frauen und Kinder an. Sie waren vor dem Hause. Schwer öffnete sich die Tür. Es rauschte und fauchte ihnen entgegen durch den Sog der offenen Tür. Durch den Lichtschacht tropfte Phosphor herab, brannte bläulich auf den Steinfliesen, als blühten Zyanen auf.

Harald wollte auf den Keller zu.

Edith klammerte sich an ihn: „Laß uns nicht allein!"

„Vielleicht ist es unsere Rettung!"

Bebend blickten die Ausgebombten zurück. Die Stelle, an der der Mann gestürzt war, schien in der Richtung des brennenden stürzenden Sparrenwerks zu liegen. Immer neue Sparren schossen feuergefiedert herab.

Harald kam zurück. „Durch den Keller können wir nicht. Es brennt durch den Mauerdurchbruch vom Nebenhaus her. Durch die Gärten der Einzelhäuser drüben! Es muß sein!"

Er trieb die zögernden Ausgebombten an; jetzt half nur Härte. Für Mitleid war später Zeit. Spießrutenlaufen zwischen Hunderten von Toden. Die Gartenerde glühte von herabgewehten Feuern. Jedes Holzstückchen, jeder Stein barg berstende Glut. Das Zeug klebte am Körper. Durch mußten sie! Sie kamen durch.

Wieder der Weg versperrt. Trümmer von zwei Eckhäusern deckten die Straße völlig ab. Die Kinder konnten nicht mehr; ihr Schreien war Greinen geworden und kam in krampfhafter Gleichmäßigkeit von den Lippen. Die Frauen rissen ihre Kleider auf. Harald leerte die Taschen seiner Jacke und warf sie weg. Die Gesichter schweißüberronnen, gespickt mit teerigen Spelzen, von denen die Luft erfüllt war.

Harald sprang auf die Sperrmauer der Trümmer. „Es geht!" schrie er und winkte. Sie keuchten heran, erkletterten den Steinwall, stolperten hinab und befanden sich in einer Straße, in der hüben und drüben erst die Dächer und oberen

Stockwerke brannten. Gehetzt flohen sie hindurch. Eine kleine Querstraße mit zweistöckigen Häusern nahm sie auf; sie brannten von einem zum andern Ende. Die Straße war unverhältnismäßig breit, ringsum alles ziemlich abgebrannt, hier hatte der Feuersturm keine Gewalt mehr. Aber sie war dennoch voller Tücke. Ihr Asphaltbelag war von der Hitze weich, und wer hineintrat, kam nicht wieder los.

„Durch müssen wir! Werft endlich die Packen weg! Es geht ums Leben!“

Da ließen die Ausgebombten die Last von den Schultern gleiten in einen Bombentrichter, um Sie später zu holen. Sie wußten nicht einmal, wo sie waren.

Wo war das Dunkel, das die Nacht um diese Stunde sonst der Erde schenkt? Wo ihr Friede, der sonst die Herzen sänftigt? Wo die Sterne, die bei aller Ferne so gottnah blinken?

„Soll ich dir nicht doch das Kind abnehmen, Edith?“

Sie schüttelte den Kopf. Sie konnte nicht mehr sprechen. Die Gesichtshaut zum Zerplatzen gespannt; der ganze Körper wie von glühendem Eisen.

Sie rannten, rannten, rannten!

Die brennenden Häuser griffen mit Gierhänden nach ihnen. Flammenspeere zielten nach ihnen, feurige Wurfnetze flatterten ihnen nach. Aus leeren Fenstern trunkene Feuergeister. Warfen sich vor, reckten die Arme und zerknallten zurückgeschleudert an den Gesimsen.

Rennen in Todesangst. Edith stürzte, riß sich empor, stürzte wieder und blieb liegen. Harald zerrte sie empor. Keuchenden Atems bündelte sie die Wolldecke zusammen. Rennen, rennen, rennen!

Da kamen Menschen ihnen entgegen und winkten: Zurück! Zurück! Zurück! Ohrenbetäubendes Sausen, Dröhnen, Bersten, Krachen. Glut von hundert Hochöfen schwoll heran. Wie Wasserflut querte eine Riesenflamme den Eingang zur Straße. Ein lechzendes, züngelndes, sich im Vorschießen vervielfachendes Ungeheuer.

Zurück! Zurück! Harald trieb die Frauen und Kinder vor sich her. An ihnen vorbei stürmte wie eine Furie mit heulendem Stöhnen eine nackte Frau, das Haar waagerecht flatternd. Und hinter ihr Schreien unmenschlicher Stimmen. Harald wandte sich und sah sieben oder acht Menschen wie brennende Fackeln laufen, einen Augenblick nur, dann stürzten sie zu einem Knäuel zuhauf und verbrannten.

Ein tierhafter Schrei riß ihn von diesem Schrecken los und hetzte ihn in einen andern hinein:

„Mein Kind! Mein Kind!"

„Edith!"

Sie hielt ihm die leere Wolldecke hin.

„Mein Kind! Mein Kind!"

Mit der Wucht eines Zyklons brauste das Feuer in die Straße hinein.

„Mein Kind! Mein Kind! Ich will mein Kind!"

Harald fühlte, wie das Entsetzliche ihn leer machte.

„Da! Da!" schrie Edith und wollte den Weg zurück.

Harald hielt sie. „Du kannst nicht zurück!" Er mußte den Mund dicht an ihr Ohr halten, so heulte das Feuer jetzt. Er sah die nackte Frau, die an ihnen vorbeigerannt war, auf einen Trümmerwall klettern, mit schwingenden Armen das Gleichgewicht halten und hinabspringen.

Edith wand sich unter Haralds Griff: „Laß mich! Ich will mein Kind! Es liegt dort, wo ich hingefallen bin!"

Alle klammerten sich an sie fest.

„Du kannst nicht zurück! So komm! Es ist unser aller Tod!" Er überschrie das Toben des Feuers.

Sie sah ihn an. So blickt Irrsinn. Und da er den Griff lockerte, riß sie sich los und stürzte zurück. Einen Schritt nur, dann hatte Harald sie. Ein Winden; ein Fetzen blieb in seiner Hand. Wie ein Wild jagte Edith davon.

Die Flammen hetzten; die Flammen höhnten.

Harald erreichte sie, packte sie am fliegenden Haar und riß sie an sich. Alle Kraft wich von ihr.

Heulend sang das Feuer. Heulend die Flugzeuge über dem Qualmgewinde und den lohenden Bränden.

Zurück! Zurück!

Er schleppte Edith auf den Armen. Eine Tote? Eine Lebende?

Der Zorn des Chaos über ihnen. Über ihnen krepierende Granaten der Flak. Der Boden bebte von niedergehenden Bomben.

Die Welt ein einziges Fanal der Vernichtung.

Er keuchte unter seiner Last, kam an den Trümmerwall und kletterte hinan. Seine Adern zum Zerspringen. Er mußte es schaffen! Er wollte es! In ihm war Gewißheit, daß der Himmel ihn schützte, daß sein Wille stärker sei als der der Vernichtung. Er sah die nackte Frau wie ein sicherndes Tier auf ein ausgebranntes Kleinhaus zusteuern. Der muß ich nach, dachte er. Er brach fast zusammen. Dieses Stückchen noch; diesen Schritt noch; und diesen noch, und diesen noch und — diesen — noch! Am Kellereingang, wo die nackte Frau stand, brach er in die Knie, ließ Edith aus den Armen gleiten und stürzte betäubt über sie hin.

Die Ausgebombten waren ihm nachgeklettert und kamen heran.

Die Nackte sah aus wie eine Wilde. Der Körper von Hitze gerötet, zerschrammt, übersprenkelt von Brandspelzen, vom Hinstürzen und Klettern an Armen und Beinen blaugefleckt; das Haar stand um den Kopf, als ob jedes Haar einzeln aufgekräuselt war.

„Helfen Sie“, sagte sie zu der Frau und der großen Tochter.

Sie knieten nieder und richteten Harald auf. Er war schon wieder zu sich gekommen. Er stützte sich auf; er hatte Stechen in der Seite, sein Gesicht verzog sich vor Schmerz.

„Ich bin Ärztin“, sagte die Nackte. „Atmen Sie ganz ruhig. Ganz ruhig und tief. Sie haben zuviel Rauch geschluckt. Ist in diesen Tagen reichlich da.“

Harald lächelte und wollte antworten.

„Nichts, nichts. Nur atmen, tief atmen! So! Und nun Ihre Frau."

„Es ist nicht meine Frau —"

„Auch gleich. Nachher machen wir tüchtig Atemübungen."

Sie wandte sich Edith zu.

Harald, aus dem quälenden Gefühl heraus, Edith nicht in falschem Licht erscheinen zu lassen, alles zu erklären, sagte: „Frau Waldmann ist eine Freundin meiner Mutter. Ich heiße Harald Berger, gnädige Frau."

„Ich Bender. Mein Mann ist auch Arzt; im Felde. Meine Zwillingssöhne auch; damit ist vorerst allem genügt, ja?" Und nach einem Blick auf Edith: „Ohnmacht. Lassen wir sie ruhig noch einen Augenblick. Können Sie aufstehen?"

Harald stemmte sich auf; die Nackte half ihm: „Geht famos. Und ganz heil?"

„Ganz heil."

„Also dann — das ist mein Elternhaus. Sonnabend ausgebrannt; meine Kleider wollten Feuer fangen, da — weg damit!" Harald hatte den Eindruck, daß die Frau gar kein anderes Kleid haben dürfte als ihre Nacktheit, so natürlich gab sie sich. „Wir müssen die Kellertür aufbrechen!"

Harald ging an die Tür. Ein schönes handwerkliches Stück in altdeutscher Manier, mit Buckeln, Zierangeln und mächtigen Krampen aus Schmiedeeisen.

Die Nackte brachte eine Eisenstange von der zerschmetterten Garteneinfriedigung.

„Das geht."

Aber es ging nicht.

Harald wischte sich die Stirn. „Heil ist der Keller ja."

„Eben; das habe ich Sonntagabend gleich festgestellt. Darum rannte ich hierher, als unser Haus getroffen war; bis auf den Kellerboden ausgebrannt! Nichts herausgebracht. Lassen Sie nur", sagte sie, als Harald sich wieder zu mühen begann. „Ich bin auch zu dumm. Meine Mutter ist in Mecklenburg und hat mir geschrieben, auf das Haus acht zu geben." Sie stand auf: „Dann muß doch der Schlüssel —"

Sie lief in den Garten, wo der Rest einer schön getönten Amphora stand. Sie wühlte aus den Scherben einen Schlüssel hervor und hielt ihn triumphierend hoch: „Sehn Sie, so ist es, wenn Eltern Zutrauen zu der Intelligenz ihrer Kinder haben!"

Und indem sie an die Tür ging: „Wenn der Vater nicht wissen sollte, wann die Tochter abends nach Hause gekommen war — sehen Sie, die Tür öffnet sich wie geschmiert. So, und nun bringen Sie Frau Waldmann" — die Ausgebombte griff sofort zu — „ins Haus." Sie ging voraus. Im Keller war alles, als sei es nie verlassen worden.

„Hier aufs Bett", befahl sie. Und zu Harald gewendet: „Und nun Sie zu Ihren Eltern. Wo wohnen Sie?"

„Am Stadtpark."

„Schön, sehn Sie zu, wie Sie durchkommen. Entwarnt ist eben. Hier sind Sie augenblicklich nur im Wege. Die Frau mit den Kindern bleibt hier. Am Vormittag können Sie sich wieder sehen lassen." Sie schob ihn hinaus. Im geschlossenen Raum empfand sie ihre Nacktheit anders als draußen.

Annette war von dem Strom der Fliehenden, der nach dem Stoltenpark geleitet wurde, abgekommen, ohne daß sie wußte wie. Wenn sie nicht zu ihrem Mann kommen konnte, dann zu Hirsekorns, ihren Sohn zu treffen. Sie erwog gar nicht die Möglichkeiten, dorthin zu gelangen; sie dachte gar nicht daran, daß auch dort die Häuser genau wie in Hammerbrook zerstört sein könnten. Ihr Denken war nichts als Oberflächendenken, huschende Reflexe oder Impulse, die sich flächlich, aber nicht in die Tiefe auswirkten. Weder Seele noch Vernunft hatten daran Anteil. Das durch Erlebnisse und Übermüdung völlig überbeanspruchte Hirn versagte einfach, schaltete alle Leitungen zum Innern ab, so daß alles, was jetzt kam, auf einer anderen Erlebnisbühne agieren mußte. Hat der Körper seine Ohnmacht, so der

Geist seine Apathie, um Unerträgliches zu ertragen. Alle Erinnerungen wie fortgewischt; nur im Unterbewußtsein noch eine Erinnerung an einen Mann, zu dem sie wollte. War es der Mann mit dem verspielten Hündchen, oder jener, dessen gütiges Gesicht immer trauriger geworden war? Dieses Stechen im Hirn; jeder Gedanke losch im Augenblick, und Dumpfheit überschwemmte Gefühl und Bewußtheit.

Im Osten stieg der Tag. Vergebens kämpfte Helle gegen die den Himmel unabsehbar verhüllenden Rauchwolken. Wie am Sonntagmorgen war Sonnenfinsternislicht zwischen Himmel und Erde. Ein Licht, unter dem alles Lebendige erschauerte.

Zitternd stand sie auf der Brücke über den Norderkanal, wo er in das Hochwasserbassin mündet. Auf der Laderampe am Anckelmannsplatz abgestellte Lastwagen in Flammen. Drüben nach Borgfelde und Hamm ein einziges Lodern.

Wohin? Wohin?

Annette sah sich um.

Ach diese ewig tobenden Flammen, dieses Flattern, Fliegen, Donnern und Tosen. Wann wird es einmal enden?

Wohin? Wohin?

Nach Hammerbrook zurück? Hammerbrook ist ein tosendes Meer himmelan lechzender Flammen. Nach Borgfelde hinein? Ein Ozean brodelnder, satanisch heulender Feuer, aus denen manchmal das schiefgeneigte Goldkreuz der Erlöserkirche hervorschimmerte.

Wie etwas Kompaktes wälzte sich die Strahlhitze heran. Im Hochwasserbassin schwammen Menschen, die es in der Hitze nicht mehr hatten aushalten können; andere hingen mit den Händen an den Schiffen am Landeplatz.

Das Wasser war lauwarm. Dückdalben, im Laufe von Jahrzehnten verwittert und zu Stein erhärtet, glommen in der daherfegenden Glut auf, flammten oben, unten, an den Seiten, als ob feurige Ratten sie umspielten. Von der Blechkuppe bis hinab, wo das Wasser leise brodelnd zu kochen schien, standen die mächtigen Holzstämme in glostender Glut. Pylonen der Hölle, durch die das gefürstete Grauen der Urtiefe einherzog.

Verbissen schwabbte das Wasser gegen die Laderampe. In den kurzen Lauten der Urhaß des Elements gegen Menschenwerk. Die große Stunde der Entfesselung auch für das Wasser. Das Winseln und Schreien der Menschen in den Kanälen und in dem Bassin hier! Wie sie vor dem Feuer ins Wasser flohen, nach einem Stück Holz griffen, nach einem treibenden Möbelstück! Heute war das Wasser im Bunde mit seinem Urfeind von Anfang an; in dieser apokalyptischen Stunde fanden sie sich in elementarischer Geschwisterlichkeit. Tief herab bog sich der Feuersturm, als ob er das Wasser entfachen wollte, bog sich wie ein Riesentier der Hölle und jagte seinen Flammenatem über die brodelnde Flut, brach die klammernden Finger auf, fetzte den letzten Schrei von den aufgerissenen Mündern und drückte in das giersatt schmatzende Wasser hinab Männer, Frauen, Kinder.

Annette hielt sich am Rand einer halb unter Wasser gedrückten Schute fest. Sie würde sich nicht lange halten können, denn die Hitze sengte die Finger. Zwei Frauen waren schon abgesackt, hatten eine Weile mit gurgelnden Schreien und wild schlagenden Armen gegen das Unabwendbare angekämpft und waren weggesunken.

Annette mühte sich an der Laderampe hoch; die Schuhe hatte sie längst verloren. Nasse Kleidung war gut gegen Funkenflug und Feuer, nicht gegen Strahlhitze. Annette riß die Kleider ab; einen Augenblick bildeten sie ein nasses Häufchen, dann blies der Feuersturm sie an und ließ sie flammend verlohen. Sie sprang in die Schute zurück, bis ans Kinn duckte sie sich hinein und tauchte immer wieder den Kopf weg, damit das Haar nicht Feuer fange. Menschen kamen und machten es ihr nach; sie sprachen nicht miteinander. Todesangst in den aufgerissenen Augen.

Diese Augen! Nur diese Augen, heiliger Gott, stelle vor Gericht, und kein Wort der Anklage dazu, nur diese

Augen allein, und du wirst sie, die Schuld an diesem allen tragen, von Ewigkeit zu Ewigkeit verfluchen!

Ein leichter Wind linderte die Glut über dem Becken; die Menschen wagten sich an Land. Eine Frau, mit hochgebündeltem Zeug herangeschwommen, gab Annette ein Unterkleid. Sie ging davon, ohne sich umzusehen, ohne auf Warnungen zu hören. Mitten hinein in das Ungeheure, das korybantisch einherraste. Durch fensterlose, abgedeckte Häuser gierte das Feuer, schlängelte um Treppengeländer, rattengleich Stufen hinauf, Stufen hinab, sich überrollend, zurückflutend und wieder nach oben stiebend in ungestillter Brunst. Brausend, knallend, heulend aus den Wohnungen, Höllengetier, rotzüngig bleckend, Feuergeifer tropfend, brüllend sich vermählend und aufjauchzend hinausrauschend über zerberstende Dachstühle hinweg, himmelan, tausendzackig oder in einem einzigen Emporlohen.

Und nirgends Wasser, dem Feuer Einhalt zu tun!

Zu denken, daß es in dieser Stunde Stätten auf der Erde gab, die von diesem allen nicht berührt wurden, nichts davon wußten. Daß überall Menschen friedlich wandelten, wo der Tag sein Genügen findet in dem Allerlei der Stunden. Wo am Herd das Mahl friedlich bereitet wird, in Büros und Werkstätten geschafft wird wie am Tag vorher, wo alles ist, was dieser armen Stadt Leben auch einmal war. Und Schiffe fahren durch die Meere unter blauem Himmel, an seligen Ufern rasten Menschen, über Berge an steilen Abgründen vorbei klettern Züge, über kühne Viadukte, vorbei an Seen, und ruhige, unverstörte Menschen freuen sich an Gottes schöner Welt.

Aus dem Bunker der Hindenburg-Oberrealschule am Breckelbaumspark hatten sich Menschen vorgearbeitet. Auffittichendes Feuer fetzte im Geierstoß an ihren Kleidern, sengte Hände und Gesicht. Der Feuersturm riß einer der Frauen das Kind von der Hand, wirbelte es hoch, wie ein Blatt hochweht, und schlang es in sich hinein, wie ein Ofenloch flatterndes Papier in sich hineinreißt. Die Menschen stolperten, rafften sich auf, wollten die Koffer, die ihre letzte Habe bergen, nicht von sich lassen; stolperten, fielen, wollten sich aufraffen, blieben liegen — blieben — — liegen — — —

Die wenigen, die davonkamen, mühten sich dicht an die Böschung von Obenborgfelde heran, wo der Sog weniger stark war; ganz dicht heran; eine Schar Todesverängstigter, die in eine Schau des Wahnsinns gerieten. Da lagen im verdorrten Rasen und auf den schön geschwungenen Treppen Tote neben Toten, bekleidet und nackt, in gräßlichen Verrenkungen und wie im Schlummer. Mütter hatten ihre Kinder mit dem Leibe gedeckt, das Antlitz emporgereckt, wie einem Bedroher entgegen. Und eine lag hingespreizt, in dem anmutig geneigten Antlitz ein Lächeln um den verzückt offenen Mund, als ob der Tod ihr im Verscheiden die Wonne der Vermählung geschenkt.

Weiter! Weiter!

Die Straßen übersät von Mauerbrocken; die Leitungspfähle der Straßenbahn umgerissen, die Oberleitungen zu Geschlingen gewirrt um die Wipfel entwurzelter Bäume. Mannsdicke Stämme, von gigantischen Wirbeln gepackt, über dem Boden abgedreht.

Weiter! Weiter!

Eine Viehherde, von Präriebrand gejagt. Im Ohlendorffschen Park die großen Bäume wie Fackeln. Die Hammer Landstraße herauf das Brausen des Feuersturms wie das Galoppieren von Hunderten von Pferden. Dazwischen Schreie, gell, spitz, sich überschlagend, aus Kehlen, die sich unter Messern winden. Trotz der Höllenglut fröstelte es die Menschen; sie waren an der Grenze dessen, was ein irdisches Wesen erträgt.

Annette wußte nicht, wo sie war; kaum daß sie noch das Bewußtsein hatte, am Leben zu sein. Ein Kino. Das unversehrte Reklameschild zeigte Rühmann, den Lächler, in dem Film: Ich vertraue dir meine Frau an. Gestern um diese Zeit sagten die Menschen rundum: „Heute abend sehn wir uns Rühmann an." Und hatten auch noch Zeit zu gehen. Annette rannte in die brennende Claudiusstraße hinein.

Weiter! Weiter!

Straßenentlang!

Anderthalbhundert Menschen hatten sich dort auf einen Bauplatz geflüchtet, bargen sich hinter Steinen. Sie waren aus einem Hauskeller gekommen, in dem voreilig der Mauerdurchbruch geöffnet worden war. Flammen aus dem Nebenkeller setzten Strohballen, die für Luftschutzbetten bereitstanden, in Brand, so den Menschen den Weg ins Freie verlegend.

Annette kauerte sich bei einer Frau und einem Mann an einem Trümmerhaufen nieder. Ein Kind schrie in der Nähe: „Ich will nicht verbrennen —! Ich will nicht verbrennen!" Der Mann riß das Kind heran; der Junge, ganz von Sinnen, deutete auf einen Steinhaufen, neben dem zwei Bündel brannten: „Meine Mutter! Mein Bruder!"

Rundherum brannten die Häuser und schickten sengenden Atem und stiebende Funken; der Mann entdeckte einen Bombentrichter, in dem sich Wasser angesammelt hatte; tief unten; eine Handvoll, nicht mehr. Es genügte, Augen, Lippen und Hände zu kühlen. Von den anderthalbhundert Menschen waren nur noch zwanzig am Leben; unter den Toten auch die Eltern der Frau, mit der Annette in den Bombentrichter gekrochen war.

Wieder trieb es Annette weiter. Es war kein Grauen mehr in ihr. Nur quälenden Hunger hatte sie; und trinken, trinken; wenn sie nur zu trinken hätte. Und der Qualm von den hundert glimmenden Leichenbündeln. Und das donnernde Niederbrechen der Häuser! Nicht zu ertragen mehr!

Sie bildete sich ein, wieder Kind zu sein und ging schlenkernd davon. An einer Litfaßsäule hockte ein alter Mann auf seinem Koffer. Sie tippte ihn an: „Komm mit, du!" Er antwortete nicht. „Du sollst mitkommen! Was hockst du da!" Sie packte ihn an. Da sackte der Tote von seinem Koffer herunter. Annette sah auf ihn hinab: „Dann nicht! Dann bleib'!"

Sie kam an einen Platz, vom Boonsweg, Pröbenweg und Kentzlersweg eingefaßt. Der Platz um ein geringes muldenartig vertieft. Am Pröbenweg, dicht am Bürgersteig, ein riesiger Sprengtrichter, daneben ein kleinerer. Die Buchen am Kinderspielplatz brannten wie Fackeln. Die Riesenmulde voll von toten Menschen, die sich hier gerettet geglaubt hatten.

Annette ging vorüber. Warum lagen diese Menschen alle so still? Sie hörte und sah das Ungeheure nicht mehr. Sie sang halblaut vor sich hin. War es nicht ein Blütenweg, den sie ging? Spielte da nicht ein weißes Hündchen mit grünem Halsband und roter Schleife vor ihr?

Jetzt mit Steppke und seinem Herrn im Eissalon! Sie schmatzte in eingebildetem Genuß vor sich hin. Sie fühlte die Griffe des Burschen an sich. Wollust überwogte sie. Sie blickte sich um. Keine Menschenseele ringsum. In Begier, nackt zu sein, riß sie die dünnen Fetzen ab. Unbezwingliche Lust in ihr, sich darzubringen, schlenderte sie in den Dobbelersweg hinein. Da! den Borstelmannsweg querend — wie Wasserflut eine Furt überrennt — Feuersturm in dem Dobbelersweg! Annette lächelte. Wie verlangend Arme sich nach ihr streckten! Gewährend hob sie die Hände. Das züngelnde Gewoge fegte sie hinweg.

Der Feuersturm brauste und mengte erneuerte Glut in das schon verflackernde Fanal rund um die Wiese der Verzweiflung am Boonsweg.

Die Kleinhändlersfrau hatte schon recht, um die Hirsekorns war der Abglanz jenes Hamburger Patriziertums, das vor rund hundertundzwanzig Jahren seine Sommerhäuser vor der Stadt zu bauen begonnen hatte. Erst in Harvestehude, später auf der Uhlenhorst. Aus den Sommersitzen vor den Toren waren nach Aufhebung der Torsperre Dauerwohnungen geworden. Die Ansiedler rechts der Alster kurzweg die Pöseldorfer, die auf der linken Alsterseite die Uhlenhorster. Die Häuser in mächtigen Gärten, die über die Straße hinweg Anhängsel bis an die Alster hatten. Sicherer Reichtum, nicht aus ererbtem Besitz allein, sondern sich aus dem tüchtigen Fleiß hanseatischen Kaufmannsgeistes erhaltend und mehrend. Vom Dammtor an über die Krugkoppel- und Fernsicht-Brücke bis zum Schwanenwik saßen diese Familien in mehr oder minder gesichertem Besitz. Auch diesen Häusern sah man so wenig wie anderen an, was an Kummer und Sorgen den Augen der Welt nicht geoffenbart werden sollte.

Zu diesen also gehörten die Hirsekorns, wenn sie auch durch die Not der Zeit gezwungen worden waren, in einem Mietshaus zu wohnen. Die Leute belächelten das Von-Oben-Her der alten Dame. Seit aber die Tochter, die sich auch immer für sich gehalten, durch ihre Verlobung bewiesen, daß sie gleich anderen jungen Mädchen dem Liebhaben nicht abgeneigt war, kamen die Kreise enger aneinander. Max war ganz nach dem Herzen der Frauen. Wenn er ohne Hut neben Mariechen daherkam, die Aktenmappe unterm Arm, fröhlich, breitschultrig, mit sauberen Augen, freute sich das ganze Haus.

So war freundnachbarliche Stimmung im Keller; beklommen zwar von der Angst, was diese Nacht bringen könnte, alle aber entschlossen, einer für den andern einzustehen.

Es begann damit, daß in der Nähe einige Bomben niedergingen und das Licht im Keller erlosch. Damit schien es zunächst getan. Dann aber ging über das Quartier Süderstraße Sorbenstraße, Eiffestraße mit allen Quer- und Nebenstraßen ein unvorstellbarer Regen von Bomben aller Art hernieder. Die Männer beruhigten die Frauen, die tapfer an sich hielten. Von draußen Hilfe- und Feuerrufe. Das Heulen und Pfeifen niedergehender Bomben riß nicht mehr ab.

Einer der Männer schlich an den Kellerausgang nach dem Hof, um Ausschau zu halten; der Ausgang war von Geröll verrammelt. Der Mann stieg die Treppe nach dem Hausflur hinauf. Brandgeruch; Flammengeknister. Ruf nach unten: „Es brennt! Es brennt!“ Alles was zum Selbstschutz des Hauses gehörte, stürzte ins Treppenhaus, bis in den zweiten Stock. Ein Blick sagte den Männern, daß jede Abwehr unnütz sein würde. In den Keller! Gepäck nehmen und hinaus, ehe die ausgebrannten Stockwerke einstürzen! Alles in Ruhe und Ordnung, als wiederholten die Menschen eine oft geprobte Luftschutzübung. Keiner sprach, alle bebten. Wenn nicht in diesem oder nächsten Augenblick eine Bombe kommt, werden sie davonkommen.

Wohin? Wohin?

Einige wollten in den Bunker links in der Wendenstraße, auch Frau verwitwete Baurat Hirsekorn, geborene Studt, ist dafür. Andere hielten die Abstellräume der Straßenreinigung und die Bedürfnisanstalt an der Grevenbrücke für günstiger.

Jeder wie er wollte. Keine Zeit mehr zum Überlegen; schon krachten Balken durchs Treppenhaus herunter; schon fauchten Flammen über den ersten Stock hinab.

Im Bombenfall eine kleine Minute; eine halbe Minute; eine viertel Minute.

Schnell! Schnell! Jetzt schnell!

Eine Sekunde Unentschlossenheit vor der Tür. Die Häuser gegenüber brennen. Donnern, Krachen, Pfeifen, Jaulen! Das Höllenlied des Angriffs.

Frau verwitwete Baurat Hirsekorn, geborene Studt, raffte auf eine für sie ganz unziemliche Art das Grauseidene hoch und lief mit anderen der Wendenstraße zu.

Max griff nach Mariechen: „Komm! Komm! Dort drüben ist's näher!" Sie rannten auf die Brücke zu, auf der Stabbrandbomben weißflammig ausrasten.

Der Mittelkanal, von der Schurzallee kommend und in das Hochwasserbassin mündend, spiegelte das Flammenspiel gräßlich wider. Gehetzt flogen die Menschen über die Brücke, die Treppe zu den Abstellräumen hinunter, in der schon eine ziemliche Menge Schutz gesucht hatte.

Vor diesen Räumen unter der Straßendecke befand sich ein kleines Uferdreieck. Die kürzeste Strecke ans Wasser vier Meter, die längste zehn Meter; an der Uferkante die Vorsatzbohlen von den Erderschütterungen schon gelokkert. An dieses Dreieck schloß sich ein großer Ladeplatz;

von der Eiffestraße her eine schräg verlaufende Zufahrtsstraße für das Ladebollwerk am Kanal. Mitten im Kanal, etwa zehn Meter von hüben und drüben, brannte ein einzelner Festmachepfahl, von der Strahlhitze in Brand gesetzt. Auch die Pfahlgruppen vor der Brücke hatten Feuer gefangen.

Jenseits der Eiffestraße, zwischen Grevenweg und Gesundbrunnen der große Sportplatz, abgegrenzt durch einen hohen Klinkerbau, der noch unversehrt war. Die Straßenbäume brannten; die Häuserreihen lohten hell auf.

Immer mehr Menschen suchten hier Zuflucht. Aber der Raum war beengt. Er war wie folgt aufgeteilt: links ein schmales Abstellgelaß für die Wartefrau, dann drei Aborte für Frauen, ein Tagesraum für die Wärterin, drei Aborte und ein weiterer Raum für Männer und ein Geräteraum für die Straßenreinigung. Links von der Treppe ein Fenster, neunzig zu vierzig Zentimeter; dann die Treppe zum Frauenabteil; an der Treppenwand drei weitere Fenster; hinter der Treppe der Eingang für Männer, neunzig Zentimeter zu zwei Meter; in den gleichen Ausmaßen die Tür zum Geräteraum. Dieser Raum, fünf Meter tief, hinten drei Meter breit, verjüngte sich nach vorn auf etwa anderthalb Meter. Die Türen waren in der Nacht zum Sonntag bereits durch Explosionsdruck unschließbar geworden.

Das war die Stätte, wo sich etwa achtzig Menschen, Männer, Frauen und Kinder zusammenpferchten, um dem Tod zu entgehen. Unter ihnen Mariechen und Max. Die anfliegenden Flugzeuge schienen jetzt nur Brandbomben abzuwerfen. Sie zerkrachten auf der Straße, auf der Brücke, klatschten ins Wasser, zerknallten auf dem Ladeplatz und fielen in die brennenden Häuser, die Brände höher entfachend.

Die Menschen fühlten sich einigermaßen geborgen, wenngleich sie sich sagten, daß eine größere Sprengbombe die Straßendecke, die den Räumen Schutz lieh, glatt durchschlagen würde. Fürchterlich die Hitze, dazu die Ausdünstung der Aborte, seit Sonnabend ohne Spülung.

Wenn man Wasser hätte! Draußen der Kanal! Wer aber wollte sich hinauswagen in den Bombenregen, der wieder Sprengbomben brachte? In einem der Wasserkästen der Aborte entdeckte man einen Rest Wasser. Man netzte Tücher und hielt sie beim Atmen vor den Mund. Von dem Luftdruck der Sprengbomben zerklirrte das Glas der Fenster. Ungehemmter strömte die Hitze herein. Bis auf das Unterzeug warfen die Menschen die Kleidung ab. Aber immer noch wähnte man sich vor dem Schlimmsten sicher.

Da! In das Donnern, Bersten, Krachen, Knattern, Knistern, Janken und Jiefen, in diese Sinfonie von Wahnsinn und Verderben, von Zerschlagen, Zerschmettern, Zerstampfen, Zermalmen und Zerklirren, in dieses alles hinein das hohe spitze Pfeifen einer ganz nahe niedersausenden Bombe. Aufschreiend drängten die Menschen sich zusammen. Vor der Tür des Frauenabteils war eine Phosphorbombe niedergegangen und verspritze ihren Inhalt auf die zusammengepferchten Menschenleiber.

Keiner nahm wahr, wie aus den Spritzern draußen ein Rund von Flammen aufwuchs, ein zauberhafter Miniaturwald, unter dem Feuersturm sich hoch aufreckend und wieder niederflackernd. Auf den Gesichtern, auf den Händen, im Haar, auf den dünnen Unterkleidern der Menschen die Spritztupfen der Gummi-Phosphor-Lösung. Die Menschen standen in Flammen, rissen sich brüllend die letzten Fetzen ab. Stießen, traten, schlugen und hämmerten aufeinander ein. Ein tierisches Gewühl, in dem der Stärkere den Schwächeren in das Gebraus des wild aufflackernden Phosphorbrandes hinausstieß. Am ganzen Körper brennend, rannten sie ein Stück, sprangen ins Wasser und versanken. Man riß die Aborttüren aus den Angeln, warf sie auf das Phosphorfeuer in der Hoffnung, es damit zu ersticken. Aber eine Minute nur erlosch es wie aus Überraschung, dann hatte das Feuer das von der Strahlhitze völlig ausgedörrte Holz heiß geleckt, ließ es in gelbzackigen bläulichen Flammen aufzüngeln und überschwemmte es in triumphierendem Hohn mit feuriger Lohe.

Der Feuersturm stand von der Wendenstraße herüber. Wie wehendes Fahnentuch bog sich das Flammengewoge tief auf das Wasser herab und wimpelte an dem Bollwerk goldrot aus.

In dem Tagesraum der Wärterin baute der Herr über Leben und Tod eine Plastik von lebenden Menschen auf, wie grausiger Dante sie nicht hätte ersinnen können. An die Rückwand hochgepreßte Menschenleiber, in Todesangst wie in Wollust ineinander verknäuelt. Gierig reckten hochgestemmte Weiber den Mund zur Decke, um den letzten Hauch von Luft zu atmen. Auf niedergetrampelten Leibern ein Mensch wie eine Karyatide, den Kopf unter die Decke geduckt, in den vorgestreckten Armen ein Kind, das längst nicht mehr atmete. Im letzten Umsinken hingen Männer und Frauen übereinander, in der Gelöstheit des Ausgelöschtseins Schauerlichkeit und Anmut vereinend. Eine Skulptur, die nachzuschaffen selbst ein Michelangelo verzagt wäre.

Eine Weile schon waren keine Bomben mehr gefallen und das Rollen von Flugzeugen nicht mehr zu hören. Da kam gleich einer Stimme vom Himmel das dünne Tönen der Sirenen: Entwarnung! Immer mehr Rufer waren ausgefallen, aber die wenigen genügten auch, die Herzen der Menschen zu stärken für das, was ihnen bevorstand.

Gab es noch Atmende unter den Menschen an der Grevenbrücke? Ja, der Herr war einigen gnädig gewesen. Einer der Männer wagte mit seiner Frau den Sprung hinaus; sie warfen sich zu Boden, um den dünnen Hauch der Luft zu trinken, der aus der Tiefe der Erde zu kommen schien. Max und Mariechen machten es ihnen nach, dann noch etliche; krochen an den Kanal und netzten Hände und Gesicht. Hoch loderten ringsumher die Flammen.

Aus der Eiffestraße tobte ein Haufe nackter Menschen heran, Verdammte der Hölle, rasten auf die Brücke zu, über die Brücke hinweg, den Grevenweg hinauf. Wohin? Wohin? Eine Rotte Gehetzter, die, um einem Grauen zu entgehen, in ein anderes hineinjagten.

Max und Mariechen waren von den Phosphorspritzern verschont geblieben; in ihrer Ecke war auch niemand den Flammen erlegen.

„Wir wollen sehen, zu Mutter in den Bunker zu kommen", rief Max ihr zu. „Sie werden auch Zeug für uns haben."

Sie blickten auf den Kanal hinaus. Mit den geübten Schlägen einer Schwimmerin kam eine Schwangere in Rückenlage unter der Brücke hervorgeschwommen. Als sie Max und Mariechen gewahrte, hob sie eine Hand und bugsierte auf das Land zu. Langsam, ohne Übereilung, fast schulmäßig schwamm sie, den gewölbten Leib hoch aus dem Wasser. Am Bollwerk ging sie in die Bauchlage, suchte und fand für die Füße Stütze und griff nach den Händen, die man ihr hinstreckte.

Weder von der Aufregung noch vom Schwimmen außer Atem, sagte sie in unfaßbarer Heiterkeit: „Noch schöner, wenn mir was passiert wäre!"

„Wie kriegen wir Sie nur an Land?"

„Alles im Schwimmen schon überlegt. Man muß mich rücklings heraufziehen; noch besser, wenn jemand mich dabei von unten anhebt."

Einer der Männer ließ sich ins Wasser hinab, fand den Mauervorsprung, auf dem die Frau Halt gefunden hatte und hob sie an, während Max und Mariechen sie heraufzogen.

„Drei Stunden bin ich im Wasser gewesen", sagte die Frau, ihr Haar zurückstreichend. „Einen Monat weiter und es wär' im Wasser losgegangen." Ein Beben lief über sie hin.

„Legen Sie sich hin", riet Mariechen. „Sie sind ganz blau im Gesicht."

„Komisch; mich friert jetzt auch."

„Das kommt von der Hitze; hier ist's nicht lange auszuhalten."

Die Frau ließ sich nieder und Mariechen bettete sie. Jetzt, da sie in Sicherheit war, schienen Kraft und Zuversicht zu schwinden.

„Wir müssen einen Bunkerarzt holen, Max.“ Mariechen sah in dem zerquälten Gesicht das nahende Kreißen. In Gebärstellung, die Hände in die Erde gekrallt, lag die Frau vor ihnen.

„Meinst du, wir können —?“ fragte Max, besorgt die Frau anblickend.

„Wir müssen! Es sind Menschen genug hier, die nach ihr sehen können. Vielleicht haben wir in der Wendenstraße Glück.“

„Dann komm!“

Sie liefen den Grevenweg hinauf. Unerschüttert ragte der Tiefstacker Gasometer in das feurige Wolkengewoge. Die Flammen sangen ihr infernalisches Lied. Der Feuersturm hatte im Augenblick ausgetobt.

Den Eingang in die Wendenstraße sperrten unübersteigbare Trümmer. Die Schule schräg rechts gegenüber stand unangefochten, das Portal flankiert von Sandsteinfiguren; Mittelstück Kopf eines Pelikans.

„Weiter!“ befahl Max, „es sind genug Bunker hier.“

Sie liefen über eine Brücke. Weiter. An der Straßenecke, grell von Flammen überleuchtet, die gelb gekachelte Ladenfassade einer Sparkassen-Filiale.

„Wir kommen zu weit ab! Das muß schon die Süderstraße sein.“

In der Sorbenstraße ging ein Zeitzünder hoch. Eine Wolke wuchs wie eine Pinie hoch. Aschenregen stob. Neu entfacht loderte Feuer.

„Zurück! Zurück!“

Bis an die Brücke, nicht weiter. Von der neuen Detonation waren Mauern niedergebrochen und sperrten die Straße.

Sie dachten schon gar nicht mehr an die Kreißende auf dem Ladeplatz an der Grevenbrücke. Es war ihnen ganz entschwunden, warum sie sich aufgemacht hatten; das sinnverstörende Getöse des Feuers lähmte das Denken über die Sekunde hinaus. Sie sahen sich jetzt, da die Straße, die sie gekommen waren, durch Trümmer gesperrt war, von Flammen umstellt.

„Wir müssen den Kanal hinabschwimmen!" schrie Max Mariechen zu, die mit keuchend aufgerissenem Mund nur ein Kopfnicken hatte.

In dem Augenblick, da sie die Brückentreppe hinab wollten, aus den Flammen heraus, die sich zu einer Gasse zu breiten schien, kam, wie aus dem Hintergrund einer raffiniert gebauten Szene eines Schauerstücks, eine nackte Irrsinnige daher, in den Armen den überbluteten Leichnam eines Mannes, halb auf der Erde schleifend. Das Weib stieß einen röchelnden Schrei aus, als sie die Menschen gewahrte; wie ein Tier brüllt, das den Weg verstellt sieht und sich mit dem Blutgrimm der Verzweiflung zur Wehr zu setzen bereit ist. Grausträhnig das Haar um das Gesicht, in den Augen das Wahnsinnselend einer zertrümmerten Welt.

Mariechen drängte sich an Max, der sich an das Brückengeländer gepreßt hatte.

Hatte das Grauen der Hölle nun doch noch die letzte Inkarnation gefunden? Mit jedem der schwer tappenden Schritte des Weibes mit der fürchterlichen Last fühlte Max sich tiefer in die Abgründe des Schauderns gerissen. Er sah sich und das Weib mit dem blutigen Toten auf hochgegipfelter Kuppe allein zwischen Himmel und Erde. Und nur dieser Schrei erfüllte die Welt, dieser Schrei, vor dem die Posaunen der Apokalypse zu Kindertrompeten versimpelten.

Das Weib kam an ihnen vorüber; das Kinn bißbereit vorgeschoben, ein in die Tierheit zurückgewandelter Mensch.

Die beiden liefen die Treppe hinab und sprangen ins Wasser, als sei dieses nur noch Rettung vor dem Wahnsinn, der nach ihnen langte.

Das Wasser war lauwarm. Sie blickten zurück. Die Irrsinnige war nicht mehr zu sehen. Hinter der Brücke am Louisenweg sahen sie die hölzerne Osterbrookbrücke bis auf den Wasserspiegel hinab brennen.

Im Wasser merkten sie erst, was sie sich zugemutet hatten. Sie schwammen dicht am Ufer entlang, hielten sich an der Böschung fest, um nach einem sicheren Platz zu spähen.

Gab es überhaupt noch einen sicheren Platz in dieser Welt des Untergangs? Jetzt hatte nur noch das Feuer das Wort.

Der Himmel? Wo war der Himmel? Nichts als ein blauschwarzes Gewölbe, aus dem ein Regen von Ruß niederging. Und an dem Gewölbe die Sonne, groß, rund, grauweiß, zu einem bleichen Tagesmond degradiert, nachdem sie der Erde ihren Feuermantel geliehen.

Wenn das Rauschen des Feuers eine Sekunde verhielt, spürte man die ungeheure Totenstille der Welt. Kein Menschenlaut, kein Tierschrei, so totentief still, daß die Herzen auch davor erbebten. Dann wieder das Heulen und Brüllen, die Sättigungsschreie der Bestien der Urtiefe.

Mariechen klammerte sich an einen verkohlten Uferbusch: „Ich kann nicht mehr —"

Max stützte sie: „Hundert Meter noch, nein — fünfzig! Da, den freien Platz, siehst du ihn?"

Sie brachte ein kleines Lächeln auf und schwamm weiter.

Vor ihnen wuchs eine gewaltige Speicheranlage auf, die man dem Feuer hatte entreißen können. Dem Süderkanal zu neun Ladeluken übereinander, bis obenhin voll von Mühlenfabrikaten, Kolonialwaren, Konserven. Wie Löwen hatten unverzagte Männer, die den Riesenspeicher zu bewachen hatten, gegen das Feuer angekämpft und den Sieg errungen.

Dieser Speicheranlage gegenüber, zwischen Süderstraße und dem Kanal, lag der Platz, den Max erspäht hatte; ein Platz, der in dieser Nacht des Grauens erst entstanden war, weil alle Werke, die dort gestanden hatten, bis auf den Erdboden niedergebrannt waren. Noch glühten die Eisenverstrebungen, noch glosteten in den Mauersockeln Stümpfe eiserner Träger. Es waren kleinere Werkbauten gewesen, die von der Riesenglut im Vorbei vernichtet worden waren.

Das erste, was sie sahen, war ein Wildbeet von Marmelblümchen am Ufer. Durch welches Wunder dem Verderben entgangen? Die liebreiche verschämte Gebärde der Natur an ihre Kinder. Hüben und drüben abgesackte Schuten, eben aus dem Wasser ragend; aus dem Schulgebäude am Ausschlägerweg Feuer aus allen Fenstern; das Depot der Straßenbahn in der Süderstraße eine Esse des Verderbens.

Wie Amphibien krochen sie aufs Land. Sie rochen und schmeckten nichts als Rauch. Auch das Wasser, in dem sie hergeschwommen waren, hatte den Rauchgeruch angenommen und mit dem eigenen vermischt. So umgab sie, da sie an Land stiegen, ein Odem aus den Bezirken des Elementarischen, als seien sie eben dem Schoß der Natur entstiegen. Das Wasser, das bei jedem ihrer Schritte von ihnen troff, die Hände, rissig von klammernden Griffen, das Haar, zersträhnt und zerwühlt von Feuerluft, Leib, Beine, Arme, auf denen Spänchen von verbranntem Holz und teerigem Ruß hafteten, alles atmete diesen Geruch des Unirdischen, den die beiden Menschen, nun der Erde wiedergegeben, gierig einsogen.

Sie waren neue erste Menschen. Nicht in ein Paradies gestellt, sondern in eine Welt, die das Grauen des Urgeschaffenen noch nicht von sich getan und bereit war, jeden Augenblick in das Chaos zurück zu toben.

Es fror sie. Jedes Steinchen, jeder Holzbrocken, jedes borkig verglühende Eisenteilchen bohrte sich schmerzend in die Sohlen.

Waren sie nicht davongerannt, einem leidenden Menschen Hilfe herbeizuholen? Sie wußten es nicht mehr. Sie gingen und wußten es nicht. Wenn sie sprechen wollten, mußten sie sich anstrengen, als ob die Kehle nie des Sprechens gewohnt gewesen sei.

Wann war es, daß sie hierher geschwommen? Eben? Vor Stunden? Vor einer Ewigkeit? Waren nicht Äonen verronnen, seit sie über eine von Flammen überloderte Brücke gelaufen waren? War dieses, was sie jetzt umfing, das Leben, um das es sich lohnte, dem Tod entrannt zu sein? Waren sie durch einen Weltbrand gelaufen und auf einem fernen Stern gelandet?

Mit einem Wehschrei sank das Mädchen zusammen; ihr Fuß hatte auf ein heißes Eisenstück getreten.

„Ich trage dich“, sagte Max und hob sie empor. Sie legte die Arme um seinen Hals. Ein Schauer ging über ihn hin; zum ersten Male eine Frauenbrust nackt an seiner.

Ihre Augen waren wie Sterne über ihm, da sie ihn lächelnd ansah und die Augen in Ermattung schloß. Er hob sie und küßte ihren Schoß. So trug er sie; bei jedem Schritt wie Antäus aus der Erde neue Kraft gewinnend. Ein Gedanke lockte: das Wildbeet von Marmelblümchen am Uferrand. Als er veratmend hielt, hob sie den Blick, senkte er den Blick in ihren. Und als ob sie eingehen müßten in das brausende Fanal des Unterganges, als ob das in ihnen bedrohte Leben Angst habe, zu verlöschen, sanken sie in vermählender Umarmung nieder. Im Furioso der Vernichtung das Kredo des ewig Lebendigen.

Und der Engel des Herrn hob auf die siebente Schale gen den, der auf dem großen weißen Stuhl saß und vor dessen Angesicht die Erde und der Himmel flohen.

Und siehe, die Schale des Engels war noch halb voll und jeglicher einer ihrer Tropfen war auf die Erde gefallen, wie der Herr es gewollt.

Und der Engel des Herrn entführte die Schale und verwahrte sie bis auf den andern Tag des Verderbens.

Wie ein Irrer war Harald durch die Schrecken der brennenden Nacht nach Hause getaumelt und hatte die Eltern aus dem Schlaf getrommelt. Erschüttert vernahmen sie das Entsetzliche. Harald war an Ediths Haus vorbeigekommen; es war bis auf die Kellerfliesen hinab ausgebrannt. Else hatte Kaffee gekocht und ein Glas mit Honig, das sie für alle Fälle zurückgestellt hatte, hervorgeholt.

„Wir wollen nachher gleich zu ihr gehen, Else.“

„Natürlich. Und du, Harald?"

„Ich muß mich sofort zum Rettungsdienst melden."

„Bist du heute abend da?"

„Ich weiß noch nicht, wo wir eingesetzt werden, Else. Wenn ich kann, rufe ich an."

„Tu es, Junge. Wir müssen durch."

„Kommen wir auch! Aber dann —!"

„Mach dich und uns nicht unglücklich und halt' den Mund — gerade jetzt!"

„Werd' mich hüten. Ich will dabei sein, wenn die Abrechnung kommt."

„Das macht keine Toten lebendig."

„Sie werden lebendig werden, Vater. Und jeder einzelne wird lauter reden als alle Lebenden zusammen."

„Aber die Lebenden werden keine Ohren haben, um zu hören, und keine Augen, um zu sehen, und die Ewigschlauen, die die Leitseile in der Hand halten, werden sagen: Schaut vorwärts! Nicht rückwärts! Nur wenn die Menschen lernen, über dem Vorwärtsschauen das Zurückblicken nicht zu vergessen, werden sie vorwärts schreiten. Nur wer diese Tage immer in der Seele bewegt und Tag für Tag bereit ist, von ihrem Grauen zu erzählen, ist ein wahrer Wegbereiter des Friedens. Wie man in Pompeji die versteinten Gebeine der Lavatoten des Vesuvs zeigt, so sollte man später in allen Städten der Welt Opfer dieses Krieges zeigen, dieser entsetzlichsten Verirrung der Menschheit: die unter der Strahlhitze zusammengeschmorten Leichen der Erstickten, der Versengten, der Verstümmelten, der in Todesnot Zerkrümmten!"

„Und Melhops? Und Hirsekorns? Da soll es noch viel fürchterlicher gewesen sein."

„Ich will nachher in die Stadt und mich nach ihnen umsehn."

„Und kommst ganz verstört wieder nach Hause. Wir werden schon von ihnen hören."

„Laß Vater gehn, Else.. Vielleicht kann er helfen. Heute müssen alle zueinander unterwegs sein."

„Ja, und laufen aneinander vorbei. Tag wird es heute auch wieder nicht. Ist das ein Leben!“

Unter dem Rauchgewölk fahles Halblicht. Else hatte in der Küche eine Kerze brennen; eine unbezahlbare Kostbarkeit; denn Gas und Elektrizität fielen aus.

Ehe Alfred das Haus verließ, trat er, gleichsam um sich zu orientieren, auf den Südwestbalkon hinaus. In ungebrochener Kraft tobten am fernen Stadtrand die Feuer. Schon trieb der erneute Schrecken die Menschen aus der Stadt. Lastkraftwagen nach Lastkraftwagen, voll von Obdachlosen, rollten stadtaus. Ein endloser Zug; dazwischen Gespanne, Handwagen, Karren und hochbepackte Menschen zu Fuß. Und rührend zu sehen: manche, die hinausfuhren, hatten ihren Hund oder ein Vogelbauer auf dem Schoß. Auf der Moorweide, im Stadtpark, an der Sternschanze, auf allen benutzbaren freien Plätzen wurden Sammeltransporte nach allen Himmelsrichtungen zusammengestellt. Nach Namen wurde nicht gefragt; schnell hinauf und weg! Wozu auch Namen? Unendlich viele hatten selbst ihre Papiere eingebüßt, als die Kleidung Feuer zu fangen begann und sie sie schnell abreißen mußten. Sie hatten keinen anderen Ausweis als unfaßbares Elend und unermeßlichen Schrecken in den Augen. Im Nachtzeug, wie sie dem Feuertod entronnen, saßen sie auf dem Wagen; aber sie lebten, das war genug.

Alfred ging über die Krugkoppelbrücke nach dem Harvestehuder Weg. Es hatte auch hier einige Häuser getroffen. Die Alster lag unter einem Gewölbe von Qualm und grauer Lichtlosigkeit. Vom linken Alsterufer, von dort, wo Barmbek, Hohenfelde, St. Georg und Borgfelde und weiter Hammerbrook und Billwerder noch ein einziges Lohen bildeten, kam das Knattern der Flammen wie das Flügelschlagen gigantischer Vögel herüber. Kein Boot, kein Dampfer, kein Segel auf der Alster. Das Antlitz der Stadt in Grauen erloschen.

Alfred ging wie benommen. Er fühlte, wenn ein Mensch dies alles durchdenkt, endet er da, wo der Wahnsinn beginnt.

Von der Alten Rabenstraße an war in verwunderlicher Regelmäßigkeit, wie in einem Abzählspiel, ein Haus um das andere getroffen. In den Grünanlagen beim Hundebad Blindgänger von Pionieren geschichtet. Die Bootshäuser im Tiefflug Stück für Stück vernichtet. Die falsche Lombardsbrücke, errichtet, um die Flieger zu täuschen, unversehrt. Die Tarnung der Binnenalster ein Raub der Flammen; stundenlang hatten die Tarnungsnetze und die Holzverstrebungen gebrannt und die Stadtmitte taghell erleuchtet.

Bis unter die goldene Wetterfahne hatte der Schwalch der Brände den Turm des ‚Großen Michel' in ein Gewand von Ruß gehüllt. Die herrliche Patina des Turmhelms, der Säulen und des Turmschaftes waren wie schwarz umflort; nur in einem schmalen Streifen, wie durch einen Riß im Gewand, wagte sich das alte Grün hervor. Über dem Trauerkleid funkelte hoch die Wetterfahne mit dem Kreuz. Tief hinein in den Himmel! Die Wolken würden verwehen, der Himmel wiederkommen mit Sonne und Sternen, und der Turm zu ihnen aufragen — wenn es Gottes Wille sein sollte.

Alfred ging über den Rathausmarkt nach St. Georg hinauf; rechts hinunter, dem Hafen zu, brannte es wütend. Alfred hatte keinen trocknen Faden mehr am Leibe, die Haut zum Zerreißen gespannt, die Kehle bis zur Wundheit ausgetrocknet. Das Rot und Gelb des Feuers so in die Augen eingefressen, daß sie Flammen sahen, wo keine waren. Die Spaldingstraße vom Heidenkampsweg bis zur Amsinckstraße eine einzige züngelnde Feuerwand.

Er orientierte sich an den Brücken. Auf den Kanälen Boote mit Soldaten, nach Bedrängten fahndend. Ungezählte Menschen hatten sie aus den nach der Straße zu verschütteten Kellern vom Kanal aus retten können.

Er kam über die zweite Hammerbrookbrücke. Aus der Ruine der St.-Annen-Kirche säulte Rauch. An dem zerstörten Turm funkelten durch die Schwel-Luft golden die Ziffernblätter: drei Uhr vierzig; drei Uhr; vier Uhr fünfundvierzig; drei Uhr zwanzig.

Alfred fand die Stelle, wo Melhops Haus gestanden. Ein Teil der Fassade hatte sich bis zum ersten Stockwerk erhalten. Hinterwand und Geschoßzwischenwände niedergebrochen. Er fragte die Rettungsmannschaften, ob hier Menschen geborgen worden seien.

Bis jetzt keiner.

Ob man glaube, noch welche bergen zu können.

„Riechen Sie doch!" sagte man. „Gas. Das hat hier eine Explosion gegeben. Da ist keiner mehr am Leben."

„Mein Freund Melhop hat hier gewohnt."

Der Leiter des Bergungstrupps hat Melhop gekannt: „Den sehen Sie nicht wieder. Hier ist nichts ganz geblieben. Auch ohne Gas wären sie hin gewesen. In fast allen Kellern hier rundherum."

„Aber die Möglichkeit, daß sie noch leben, besteht doch."

„Hier nicht. Hier brauchen Sie nur einen Stein anzuheben und schon kommt Gas. Nein, hier nicht. Und in den andern Kellern? Man kommt nicht heran. Wenn man nur dran rührt, fängt es wieder zu brennen an."

Ein Feldgrauer die Hammerbrookstraße herab.

„Welches Haus suchen Sie?"

„Wo meine Schwiegereltern gewohnt haben. Meine Frau war mit den Kindern da."

„Welche Nummer?"

„Nummer? Nummer? Bei Melhop haben sie gewohnt."

„Mehlhop? Das war hier."

Alfred und der Bergungsmann traten zurück. Der Feldgraue sah sich nach ihnen um und ging an die Trümmer heran. Er blickte die Bergungsmannschaften an, die in ihrer Arbeit innehielten.

Der Mann stammelte: „Sind — sind — sie — noch — drin?"

Die Leute nickten stumm.

Da schmiß es den Soldaten nieder, die Hände wühlten sich ins Gestein: „Luise! Luise! Wo bist du? Wo sind die Kinder? Wo sind die Kinder?"

„Das ist fürchterlich!" sagte Alfred entsetzt.

„Nicht der erste heute. Stehn überall so und schreien und rufen und schmeißen sich hin. Wir lassen sie. Was sollen wir tun? Was wollen Sie dem da sagen? Frau und Kinder tot im Keller; wäre er gestern gekommen, läg' er mit drunter. Und wenn Sie ihm sagen, daß er noch Glück gehabt habe, schreit er, daß er sich nichts anderes wünschte, als mit dort unten zu liegen."

„Das wäre zu verstehen."

„Natürlich; versteh' ich auch. Ich rede ihm nachher ein, daß es noch gar nicht feststeht, daß seine Frau mit den Kindern wirklich im Keller war. Das sage ich allen. Sie können nach dem Angriff am Sonnabend schon aus Hamburg weggegangen sein, sage ich. Hunderttausende haben es so gemacht. Und dann trösten sie sich. Sie erfahren es immer noch früh genug."

„Schrecklich —"

„Aber es ist so; wir wissen nicht, wer und wie viele in den Kellern sind. Es sind viele nicht mehr hier. Wir sind ja selber wie irr. In den Kellern hier leben bestimmt noch Menschen; in welchen aber? Das hat alles keinen Sinn mehr, sage ich Ihnen. Das ist ja kein Krieg mehr, dieses Hinmorden von unschuldigen Menschen. Haus um Haus hier; ganz Hammerbrook; Terrasse um Terrasse; Straße um Straße. Ob in Hammerbrook überhaupt ein Haus noch steht? Und in Borgfelde und Hamm und Barmbek? Und in Rothenburgsort erst! Wenn es uns nur selber bald trifft, dann ist man mit dem Elend fertig."

„Ob ich nach dem Grevenweg durchkomme?"

„Durch die Süderstraße vielleicht. Was wollen Sie da? Ist bös' zugegangen."

„Hin muß ich."

„Wenn Sie hinkommen! Stürzen immer noch Häuser ein. Die verfluchten Zeitzünder. Da arbeiten meine Männer einen Keller frei, wuchten die Trümmer weg und schon geht so'n Biest hoch und alle sind hin!"

Alfred ging in die Süderstraße hinein. Mannschaften vom Arbeitsdienst marschierten vor ihm. Warum in schlängelnder Linie und nicht geradeaus, fragte er sich. Dann nahm er wahr, daß sie vor Bündeln auf dem Straßenpflaster ausbogen, und diese Bündel waren Leichen von Menschen. Überreste Flüchtender, vom Glutatem des Feuersturms zu Boden geblasen. Man sah ihnen die Bewegung noch an, in der sie hingestürzt waren; wie sie in pneumatischem Instinkt den Rücken hochgekrümmt hatten, als hätten sie unter ihrem Körper noch einen Rest von Luft zum Atmen bergen wollen. Andere lagen auf der Seite, die Knie bis an die Stirn gezogen, in der Urstellung Neugeborener. Erwachsene zusammengeschmort zur Winzigkeit mumifizierter Säuglinge. Herausgeschleppter Hausrat; Schränke, Betten, Spiegel, Stühle, Bilder, Teppiche, Lampen, Küchengerät, und dann stehengelassen, als es das nackte Leben zu retten galt.

Furchtbar, einen Menschen in dem zu treffen, was sein Leben ausmacht, dachte Alfred; in seinem Heim, in den tausend kleinen Andachten treulich bewahrten Gutes; in seinen Erinnerungen, in seinen Anhänglichkeiten, in den verheimlichten Torheiten des Herzens; in Schleifen, Bildern, Lesezeichen, Fotos, getrockneten Blumen. In seinen Büchern, in seinen Liebhabereien, und wäre es nur eine Dunkelkammer, eine Blumenecke im Garten, ein Balkon, eine Perserbrücke, eine Skulptur, ein Kinderbild auf dem Schreibtisch; das belächelnswerte Vielerlei der Reiseandenken, die Zeugnisse erster Liebe und Freundschaft. Denn nicht das ist ja der wirkliche Mensch, den wir täglich ins Geschäft gehen, mit der Bahn fahren, seine Arbeit tun und nach Art aller zweizinkigen Wesen sich bewegen sehen, der wirkliche Mensch ist ein ganz anderer, einer, der über die fehlerhafte Zahnung einer Sammelbriefmarke Schmerz empfindet, der über eine unterbelichtete Aufnahme untröstlich ist, der in Zorn gerät, wenn die Balkonkästen vernachlässigt worden sind, der für seine Kinder Puppenmöbel bastelt und nichts Schöneres weiß als eine stille Lesestunde.

Ein Mensch, der nicht viel von sich hermacht und sich einspinnen läßt von der Holzbrandpoesie des Spruches:

Der Mensch braucht ein Plätzchen und wär's noch so klein,
Von dem er kann sagen: Sieh hier! Das ist mein!
Hier leb' ich, hier lieb' ich, hier ruh' ich mich aus,
Hier ist meine Heimat, hier bin ich zu Haus.

Alfred kam nicht davon los; seine Lippen sprachen es; sein Gehirn war davon angefüllt; es brauchte diese billige Gefühlsseligkeit. Der Spruch war ein Notanker für den havarierten Verstand. Es riß ihn fast um: Gott, drei Menschen in der Fernsprechzelle! Daß hier die Fernsprecher noch gehen! Gottlob, das Leben ließ sich also nicht unterkriegen. Aber wie standen die Menschen denn da? Was rissen sie den Mund zum Lachen auf? Was gab es hier zu lachen? Und da er heranging, prallte er zurück. Drei Leichen starrten, stierten ihn mit kugelig vorgetriebenen Augen an; den Mund aufgerissen zu einem Schrei oder in Atemnot. Dicht nebeneinander, zwei Männer, eine Frau; ein verunglücktes Panoptikumstück.

Alfred rannte weg. Großer Gott, wenn das deine Welt ist —! Der Mensch braucht ein Plätzchen und wär's noch so klein. Großer Gott, wenn das das Leben ist; wenn Menschen einander das bereiten! Ja, wie weit sind wir dann der Zeit entfernt, da man dem Moloch noch Kinder in den glühenden Rachen warf? Ja, wie weit der Zeit entfernt, da Menschen auf Scheiterhaufen brannten? Der Mensch braucht ein Plätzchen — und dieses Menschen Brüder machen Krieg, denken sich Greuel aus — und die Erde speit sie nicht aus?

Der Mensch braucht ein Plätzchen und wär's noch so klein, von dem er kann sagen: Sieh hier! Das ist mein! Ich werde verrückt! Bis ans Ende meiner Tage werden mir diese Verse vor der Seele stehen! — von dem er kann sagen: Sieh hier, das ist mein. Ach Gott! Ob das alte Mütterchen da auf der Haustreppe es auch einmal hat sagen können? Schläft sie? Wie alle hier schlafen; um nicht wieder zu erwachen. Eine, die sich im Leben hatte schinden müssen, wenn die rilligen Hände nicht lügen. Und muß den Mann früh verloren haben, denn die beiden Goldringe an ihrer Rechten waren innen gleichmäßig flach geschliffen. Und in den stillen Zügen ein leises Lächeln, wie das Lächeln eines Menschen, der ein Übles zu gutem Ende gediehen sah.

Endet ein Leben so? Kindheit, Jugend, Liebe, Gebären und Sorge, Sorge! Und am Ende letzter Pfühl die steinernen Stufen einer Haustreppe. Und, großer Gott, der geschundene Mensch hat im Verscheiden ein Lächeln. Ein Lächeln, großer Gott, von dem ich nicht weiß, wie du vor ihm bestehen willst.

Alfred war im Grevenweg. Gleich über die erste Brücke hinweg hatten Hirsekorns gewohnt; aber da waren rechts und links nichts als ausgebrannte Häuser und Trümmerstätten. Und da unten, wo sonst Lastkähne und Schlepper festmachen, Tote und hilflos Sterbende.

Es hatte keinen Sinn, hier nach Lebenden zu suchen. Es war alles totenleer. Was noch Leben hatte, war eingeschlossen in Kellern, verging qualvoll unter Trümmern. Wie in Hammerbrook im Schatten der Kirche. Wie überall, wo in der Nacht die Bomben niedergegangen waren.

War to end wars!

Wie kam ihm diese Verdammungsfloskel Wilsons in diesem Augenblick?

Krieg, um Kriege zu enden!

Krieg, um alle Menschlichkeit zu enden!

Krieg, um alles Edle, Erhabene unter die Füße zu treten!

Krieg, um Elend über die Erde auszugießen!

Krieg, um Frauen, Kinder und Greise zu morden!

Krieg, um Reiche arm, Arme erbarmungswürdig zu machen!

Krieg, damit Kriege sein können!

Und du, großer Gott, siehst die Menschen, die dieses auf sich laden, zur Kirche wallen, hörst das Läuten ihrer Glockenstühle, vernimmst ihre Lobgesänge, erblickst ihre Priester vor den Altären von einem Ende der Erde bis zum andern. Denn du bist der, der sein wird!

Ich muß hier heraus! Es hat alles keinen Sinn. Oder einen Sinn, vor dem unser Verstand vergeht, in dem unsere Vernunft ertrinkt. Noch eine Stunde hier, eine Stunde hier und ich bin dem Irrsinn verfallen.

Am Berliner Tor schob ein Alter eine mit Hausrat hochbeladene Karre, mühsam, mit versagenden Knien. Alfred half ihm schieben. Es ging dem Lübecker Tor zu.

Alfred war lange nicht hier gewesen. Früher wurde hier der Lämmermarkt abgehalten. Damals standen diese Prachtgebäude noch nicht, noch nicht das große Hallenbad; nicht die Schulgebäude. Der Eingang zum Steindamm ein feurig lohendes Tor.

Rechts brannten Teile des Lohmühlenkrankenhauses. Die Karrenschieber verschnauften. Der Alte wollte wissen, wie es in Eppendorf ist, dort müsse er hin. Hatte nichts abbekommen. Werde wohl das nächste Mal drankommen.

So, so, jaja. Der Alte malmte mit dem zahnlosen Mund.

Gottes Wille. Gottes Wille. Die Menschheit sei zu schlecht und verdiene es nicht anders. Er komme vom Hammerdeich; da sei gleich die Tranfabrik getroffen worden. Nicht schön, nicht schön; seine Frau sei vor vierzehn Tagen gestorben; die hatte alles vorausgesagt; habe immer Feuer vom Himmel regnen sehen. Ob er es glaube? Natürlich, sagte Alfred; das gibt es. Das freute den Alten und machte ihn redselig. Seine Frau habe noch viel mehr gesehen; sie war ja immer krank und kam aus dem Bett nicht mehr heraus. Da habe sie alles nach Berlin geschrieben und da sei die Gestapo gekommen, drei Mann hoch. Sie solle das dumme Schreiben lassen und den Mund halten, und wenn sie nicht so alt und gebrechlich wäre, sagten sie, dann hätte sie sich was besehen können. Und da habe seine Frau gesagt, man sollte sie ruhig mitnehmen, denn was wahr sei, sei wahr, und was Gott ihr offenbare, sei immer eingetroffen. Ja, und das sehe man jetzt, sagte der Alte; und es werde noch viel schlimmer werden nach dem, was seine Frau gesagt habe. Das sei so gewiß wie das Amen in der Kirche.

Ihn werde nichts treffen, habe seine Frau gesagt, sie sehe immer einen Engel bei ihm, und so sei er im Keller geblieben und es sei auch nichts weiter geschehen, obwohl das Haus abgebrannt sei. In einem der Bunker seien bald dreitausend Menschen gewesen, das möge Alfred sich vorstellen, dreitausend! Vom Kreuzbrook, vom Borstelmannsweg, vom Schadesweg, vom Osterbrook, von überall. Und alles ein Feuer. Und der Bunker ganz dicht, weil sonst Rauch hereinkam. Und gerade als es am schlimmsten war, hätten zwei Frauen Kinder gekriegt. Ja, und was sein Nachbar sei, der ihm beim Aufladen geholfen habe, der war in einem Keller in der Billstraße; da kamen die Menschen vom Nebenhaus und hatten die Mauer durchgeschlagen, da kam das Feuer durch die Öffnung. Und da hatte ein Mann festgestellt, daß man sich noch nach dem Bahnhof Rothenburgsort retten könne und brachte seine Frau und Kind hinaus in einen Hauseingang gegenüber. Und wie er die anderen herausholte und wieder nach draußen kam, da stürzte das Haus drüben ein und seine Frau und sein Kind lagen darunter.

„Und das war Gottes Wille, alter Mann?"

„So gewißlich, wie ich hier stehe. Das ist alles Gottes Wille. Oder nicht?"

Alfred sah ihn zweifelnd an.

„Das müssen Sie glauben; müssen es glauben. Nichts ohne Gott, sagte meine Frau. Und so ist es."

Und da sie nun die Lohmühlenstraße hinabfuhren, wußte Alfred, nur ein Gott kann von den Qualen und Kämpfen und von der Verzweiflung der Menschen in den dunklen eingeschlossenen Kellern wissen. Nur er hörte ihr Heulen, Schreien und Brüllen, sah sie widereinander kämpfen um jede Möglichkeit, zu entkommen. Er allein, dessen Atem die Welten bewegt, um dessen Finger Sonnen rollen, der die Ewigkeit zum Schemel seiner Füße und den Himmel aller Welten sich zum Stirnband gemacht, der kein Haar vom Scheitel eines Menschen wehen läßt, so er es nicht gewollt, er allein konnte den Schrecken der feuerumbrandeten, trümmerüberschütteten Keller ganz ermessen.

Mit brandigem Schrei Alarm über die Stadt hin. Die Karrenschieber sahen sich an und fuhren weiter. An der Alster wurden die Vernebelungstonnen abgeblasen. Welch Wahnsinn, sagte Alfred. Als ob die brennende Stadt nicht Wegweiser genug wäre. Die Vernebelungsschwaden reizen die Kehle; die Männer hatten Durst. Ein undichtes Verbindungsstück an einem Löschschlauch ließ einen Strudel springen, daran feuchteten sie ihr Taschentuch und banden es vor den Mund.

Bis zum Krohnskamp hinauf half Alfred die Karre schieben, dann verabschiedete er sich. Er sah dem Alten nach, wie er, fast waagerecht niedergebeugt, die Karre Schritt für Schritt mit stakelnden Beinen vor sich hinschob.

Es wurde entwarnt; es war nur ein Aufklärer gewesen, um Maß für den nächsten Angriff zu nehmen.

Zu Hause spürte Alfred, daß er sich zuviel zugemutet hatte.

„Wenn man wenigstens ein Bad nehmen könnte —"

„Du armer Irrer!" sagte Else milde und strich ihm übers Haar. „Das Waschwasser wird dreimal gebraucht. Jeden Eimer müssen wir zehn Minuten weit herschleppen und die vier Treppen rauf."

„Weiß ich, weiß ich, Elsekind. Ich meine auch nur, es wäre schön, wenn man's könnte."

Frau verwitwete Baurat Hirsekorn, geborene Studt, war, wie Max und Mariechen erfahren hatten, mit den Menschen aus dem Bunker in der Wendenstraße zu einem Sammelplatz gegangen und von dort abtransportiert worden. Es war das erste Mal in ihrem Leben gewesen, daß sie alles willenlos mit sich hatte geschehen lassen. Mit dieser tröstlichen Auskunft waren die beiden dann nach Hammerbrook durchgestoßen und hatten erschüttert vor dem zerstörten Haus gestanden. Von einem Mann, der im Bunker in der Frankenstraße gewesen war, erhielten sie die Gewißheit, daß Annette die Nacht des Grauens dort und nicht im Hauskeller zugebracht hatte. Das wußte der Mann ganz bestimmt, denn er kannte die Mutter von Max genau, da er im Hause Melhops früher gewohnt hatte. Er konnte auch mitteilen, daß die Flüchtlinge aus dem Bunker nach Stoltens Park geführt worden waren; weiter reichte sein Wissen nicht. Von dem Truppführer der Bergungsmannschaft hörte Max, daß aus Melhops Keller keiner gerettet worden sei.

Bei Bergers hörten sie von dem furchtbaren Geschick Ediths. Else war bei ihr gewesen und hatte einen Augenblick am Bett der Verzweifelten gesessen. Von Frau Doktor Bender war Else begeistert. Nur nicht klein kriegen lassen, hatte sie gesagt. So entsetzlich das Schicksal Ediths sei, andere habe es noch mehr getroffen. Nur nicht anfangen zu barmen. „Ich meine", sagte Else und wurde dabei rot bis ins Haar, „wenn eine Frau, die um ihr Leben nackt durch die Straßen laufen mußte, das sagt, dann heißt es etwas." Und zu Max und Mariechen, um sie von ihren Gedanken abzubringen: „Los! Nehmt die Eimer und holt Wasser vom Voßberg. Ihr werdet es schon finden."

„Du bist mächtig robust, Else."

„Muß man, Alter, muß man."

An der Pumpe am Voßberg erzählte eine Frau triumphierend, daß seit dem frühen Morgen achtzehnhundert japanische Flugzeuge London bombardierten. Ein Soldat in der Schlange lachte spöttisch: „Kalter Kaffee! Hat man vor zwei Monaten in Düsseldorf auch erzählt. Das wird verbreitet, um uns zu beruhigen. Woher sollen die japanischen Flieger plötzlich kommen?"

Die Menschen sahen den Soldaten mißbilligend an. London unter dem Bombenhagel der japanischen Waffenfreunde, die Riesenstadt in diesem Augenblick dem Feuer und der Vernichtung überantwortet, an dieser Vorstellung hätte man sich gern ersättigt.

„Woher wissen Sie denn, daß es nicht so ist?" fragte angriffslustig die Frau, die die Kunde gebracht hatte.

„Das sagt mir mein Verstand, daß das Unsinn ist. Woher wissen Sie es denn?"

„Ich weiß es!"

„Einen Dreck wissen Sie! Man hat Sie wohl losgeschickt, um die Menschen zu verdummen?!“

Die Frau sah ihn an, als wolle sie sich das Gesicht des Soldaten merken: „Dann werde ich Ihnen jemand schicken, der es besser weiß!“ Und ging.

„Nun türm’!“ sagte jemand zu dem Soldaten. „Die ist von der Partei. Mach, daß du wegkommst!“

„So seh’ ich aus! Laß nur jemand kommen, dem schlag’ ich den Wassereimer über den Schädel, daß er von zehntausend japanischen Flugzeugen zu träumen anfängt!“

Die Menschen gaben dem Soldaten recht. Wenn’s wahr wäre, hätte man es längst mit Lautsprecherwagen ausposaunt. Wär’ schön gewesen, wenn man es hätte glauben können. Und darum sah man dem Soldaten unfreundlich nach, als er mit seinem Wassereimer davonging.

Die Zeitungen stellten ihr Erscheinen ein. Post wurde nicht mehr ausgetragen. Rundfunk fiel aus, Licht und Wasser gab es nicht. Rückkehr in den primitivsten Zustand menschlichen Gemeinschaftslebens. Fernsprechverkehr nur in den unzerbombten Bezirken der Stadt möglich, aber nicht sicher. Man lebte am Rande der Zivilisation und erkannte grausend, wie dünn der Boden war, auf dem man sich stolz und furchtlos bewegt hatte. Unter diesem Boden lauerte der brodelnde See menschlich niedrigster Triebe, mordend auszubrechen.

Alfred mußte in diesen Tagen an Askona denken. Er war immer mehr geneigt, dem Pessimisten Bury recht zu geben. War die menschliche Entwicklung nicht wirklich wie der Tanz von Menschen, die vor Ekstase in Epilepsie verfallen und immer zwei Schritte rückwärts tun, wenn sie einen vorwärts getan zu haben glauben?

Der Mensch für sich allein ist gut. Er ist für sich und die Seinigen besorgt. Auch die Familie ist noch gut; die Sippe schon ist der Beginn der Raubgemeinschaft, die ihre Gipfelung im nationalen Staat findet. Dazu werden diese nationalen Staaten meistens von Staatsmännern geleitet, die entweder dumm oder boshaft oder beides zugleich sind.

Die Staatsmänner begreifen nicht, daß man einem Menschen, dem man den Hosenboden ausgeschnitten hat, einen neuen einsetzen muß, aus dem einfachen Grunde, weil man befunden hat, daß ein Mensch ohne Hosenboden nicht geduldet werden kann. Und so begreifen sie heute auch nicht, daß man ein Land nicht bis ins Herz besiegen darf, weil über die lächerliche Einzelstaaterei der Erde längst das Aufeinanderangewiesensein aller gewachsen ist.

Von jeher haben Machthaber es geliebt, Überwundene mit dem zu strafen, dessen man sie für schuldig befand. Wie in aller Welt will man einem Übeltäter die Einsicht in die Schändlichkeit seines Tuns beibringen, wenn man sich gegen ihn der gleichen Schändlichkeit als Sühnemaßregel schuldig macht? Laufen diese Machthaber nicht die Gefahr, sich sagen lassen zu müssen, sie seien um dieser Straferkenntnisse willen um nichts besser als die, die zu strafen sie sich berufen gefühlt? Sie werden, da sie in der Macht sind, dieser Einwände lächeln. Aber bleiben sie in der Macht? Bleibt der Überwundene ewig überwunden? Und dann beginnt das Spiel wieder: Vergeltung wird vergolten: Schade um Schade! Auge um Auge! Zahn um Zahn!

Hinter diesen Gedanken die fürchterliche Vision nie endender Kriege; denn am Ende jedes Kriegs beginnt man zuerst Sicherungen gegen den Ausbruch eines neuen Krieges zu schaffen. Man sichert einen Frieden, den es gar nicht gibt, den es nie gegeben hat. Die Weltgeschichte ist die Registrierung menschlicher Irrsinnsausbrüche. Es gibt keinen Schüler auf der ganzen Erde, der neben der fehlerfreien Kenntnis aller Kriege ebenso fehlerfrei die — ach so seltenen — Perioden friedlicher Zeiten zu nennen wüßte.

Alfred sah sich die Verteilung von Lebensmitteln an Ausgebombte auf der Spielwiese im Stadtpark an. Da ganze Stadtteile vernichtet worden waren, reichten die verbliebenen Lebensmittelgeschäfte zur Versorgung nicht aus. Abgesehen davon hatten die Armen in fast allen Fällen auch ihr Geld eingebüßt. Alles war überreichlich vorhanden und wurde großzügig verteilt, weil ein satter Magen auch die häßlichsten Aspekte verschönt. Milch, Butter, Käse, Wurst, Fischkonserven; für die Kinder Süßigkeiten und Schokolade. Rauchwaren frei verkäuflich. Die Leute wurden geradezu wählerisch vor all diesem Reichtum.

„Fische? Fisch hatte ich gestern, geben Sie mir Wurst." Und erhielt eine Wurst — so dick, so lang — eine Bauernwurst, hart geräuchert, eine sagenhafte Wurst, wie man sie in grauer Vorzeit aus dem Laden holte. Nein, was das anbelangte, war die Spielwiese im Stadtpark in jenen traurigen Tagen das reine Schlaraffenland.

Aus den Nebenhäusern von Lünkenruh waren fast alle Bewohner geflüchtet. In Lünkenruh selbst waren Bergers geblieben, eine junge Studienrätin, im Parterre eine Dame mit ihrem Sohn, die abends zu Bekannten vor der Stadt gingen, und der Schiffahrtsredakteur mit Frau. Das war der heldische Rest von drei, vier Häusern.

Am andern Morgen — es hatte in der Nacht keinen Alarm gegeben — fuhr Berger nach der Markmannstraße hinaus. Die Brände hatten nachgelassen; überall war man dabei, Verschüttete herauszuholen, Tote zu bergen.

Der robuste Fahrer wußte schreckliche Einzelheiten zu erzählen. Als man einen Zeitungskastenwagen für den Abtransport von Flüchtlingen in den Dienst stellen wollte, fielen, als man den Wagen öffnete, die Leichen von sechs Menschen heraus. Sie hatten in dem Wagen vor dem Feuer Schutz gesucht und waren erstickt, da die Tür von innen nicht geöffnet werden konnte.

„Seien Sie um Gottes willen still! Ich mag nichts mehr hören!"

„Ja", sagte der Fahrer gedehnt, „schrecklich ist es ja."

Das Waldmannsche Möbellager war ein Raub der Flammen geworden. Der Lagermeister, der so vorsorglich einen Teil der Möbel ausgelagert hatte, war mit Frau und Tochter umgekommen. Man hatte sie, wie Alfred erfuhr, in der Lindleystraße noch laufen sehen, offenbar auf die Thomaskirche zu, um ans Wasser hinter dem Billwerder Neuen Deich zu gelangen. Dabei waren sie in das Toben des Feuersturms im Schnittpunkt des Röhrendamms und der Vierländer Straße geraten und verbrannt und verweht.

In der Großgarage einer Zeitung hatten mächtige Papierrollen gelagert, steinhart gepreßt, sie waren bis in die Kernlinie zerglüht worden, sahen wie Zement aus und waren nur eine kompakte Masse feinster Ascheblättchen.

Die ausbrennenden Kohlenvorräte der Zeitungsgarage hatten den Luftschutzkeller einer Volksschule in Backofenglut versetzt, so daß die Menschen ihn verlassen mußten, um Schutz am und im Billhorner Kanal oder auf dem weiten Gelände des Rothenburgsorter Rangierbahnhofs zu finden. Siebzehn Menschen waren in die Garagenhalle geflüchtet, als sie nicht weiter konnten. Beim Laufen hatten sie die kochend heiße Luft in sich hineingepumpt, so daß das feine Geäder der Lungen verbrannte. In dem Augenblick, da sie sich veratmend auf dem Steinboden ausstreckten, griff der Tod nach ihnen, nicht herrisch würgend, sondern mild auslöschend, als habe er Mitleid mit ihnen gehabt. Es war schwer, sie zu bergen, denn die Glut hatte sie an den Steinboden festgebraten.

Das Waldmannsche Holzlager war völlig vernichtet worden. Die glühenden und brennenden Holzflocken, von den Feuerwinden hochgewirbelt, hatten viele Brände verursacht. Der Lagermeister hatte mehr Möbel in Sicherheit gebracht, als in Aussicht genommen war. Er hätte, wie viele andere, seinen Posten verlassen können; er hatte seine Redlichkeit mit seinem Tode und dem seiner Familie bezahlt.

Alfred ließ den Blick über die Stätte schweifen. Unfaßbar, daß hier Menschen lebend entkommen waren, daß man aus schuttüberschütteten Kellern jetzt noch Menschen barg.

Noch zuckte und schwelte es auf den Ruinen. Manchmal fachte der Wind vom Billhorner Kanal herüber schnell versickernde Flammen an. Auf dem Rangierbahnhof zerschmetterte Lokomotiven und Wagen durcheinander. Trommelwirbel in diesem Danse macabre das Gekrach einstürzender Mauern. In den Kellern zerbombter und ausgebrannter Häuser noch Tausende von Menschen. Unter dem blauen, weißwolkigen Himmel, von dem das goldene Licht in Strömen herunterkam, stöhnten, schrien, verröchelten in diesem Augenblick in einem Dunkel, dessen Tiefe kein Hirn ausdenkt, Menschen, Menschen, Menschen! In diesem Augenblick, da die ganze Welt im Licht atmete, ohne sich dieses unsagbaren Glückes bewußt zu sein — in diesem Augenblick, vielleicht keine zehn Schritte von denen entfernt, die im Licht atmeten, rangen in Kellern, überbrockt von eingestürzten Mauern, Menschen in letzter Atemnot um eine Handvoll Luft, schwanden ihnen in der Glut des Gemäuers die Sinne, bis tierhaftes Verröcheln ihr Leben endete.

Am Abend saßen Bergers bei Kerzenlicht in der Küche. Fernamt. Anruf aus Ratzeburg. Frau verwitwete Baurat Hirsekorn, geborene Studt.

„Gott sei Dank, Mutter!"

„Gott sei Dank, Mariechen! Lebt ihr noch?"

„Ja, ja, alle. Nur von Max' Eltern wissen wir nichts."

„Ach Gott, der arme Junge. Grüß ihn. Ich fahre zu Tante Hella in Wismar. Ich bin noch ganz krank von all dem Schrecklichen. Kommst du nach?"

„Wenn ich kann?"

„Natürlich kannst du. Was willst du in dem schrecklichen Hamburg?"

Fernamt: „Ich trenne jetzt. Sie haben sich verständigt. Die Leitung wird gebraucht."

„Amt! Amt!"

Das Amt blieb unerbittlich. Tausende wollten noch Anschluß nach Hamburg haben. Berger entschied: Mariechen fährt am andern Tag nach Wismar, punktum. Sie hatte in Hamburg nichts zu suchen. Sie muß sehen, mit einem Transport nach Mecklenburg zu kommen.

Man richtete sich mit dem Schlafen ein, so gut es ging.

Die Nacht brachte Alarm, aber keinen Angriff.

Ein neuer Morgen; ein neuer Tag.

Auf Grünplätzen und in Gärten bauten die Menschen Feuerstellen aus Mauersteinen. Kessel und Töpfe wurden von denen entliehen, die das Glück hatten, noch nicht ausgebombt zu sein. Daß keinem dieses Schicksal erspart bleibt, davon ist jeder überzeugt. Die Kochgemeinschaften waren wie Nomaden auf einem Rastplatz, nur das Zelt fehlte. Die halbangezogenen Kinder — sie hatten ja nichts mehr — spielten trotz allem Elend. Die Männer lagen übermüdet hingestreckt oder hockten trübe nebeneinander, nur die Frauen hantierten an den Feuerstellen wie an ihrem Küchenherd, bliesen das Feuer an, legten Holz hinzu — begehrt waren Fetzen von Dachpappe — lüfteten den Deckel, schnupperten, prüften und riefen ermunternd: „Jetzt ist es bald soweit! Das wird eine feine Suppe!" Und dann wurde die feine Suppe aus dem Topf gelöffelt. Die Kinder verbrannten sich den Schnabel und waren schnell satt, weil das Spiel lockte. Für sie war es ein herrliches Abenteuer, wundervoll, weil die Großen alle mitmachten. Größer als alle Not war die Unverzagtheit der Frauen.

Seltsam spinnt das Leben seine Fäden. Es stellte sich heraus, daß Frau Doktor Benders Mutter auf einem Gut bei Wismar weilte. Weiter stellte sich heraus, daß die Benders mit Hirsekorns auf eine weitmaschige Art verwandt waren, wie sie unter alten Familien nicht selten ist. So entschied Frau Doktor Bender denn, daß Edith, sobald sie einigermaßen auf den Füßen wäre, auf das Gut ihres Schwagers zu fahren habe — ohne Widerspruch! Hirsekorns seien auch in Wismar — Mariechen täte gut, sich noch heute auf den Weg zu ihrer Mutter zu machen — und so wären alle, die in Hamburg nichts mehr zu suchen hätten, versorgt und aufgehoben.

Und so geschah es. Max und Mariechen kamen mit einem Sammeltransport nach Elmshorn und mußten sehen, von dort weiterzukommen. Harald mußte zu seinem Ersatztruppenteil nach Harburg, und so waren Bergers wieder allein.

Je weiter der Tag vorschritt, um so stärker der Zug der Evakuierten. Immer das gleiche erschütternde Bild von Elend und Verzweiflung.

Am Nachmittag ging Alfred weg, um zu sehen, was sich in der Umgegend getan hatte. Am Harvestehuder Weg hatte es einige Häuser in der Nähe der Kreuzung Frauental getroffen. Über den sich der Alster zuschrägenden Rasen kringelte ein Geschlinge roter Löschschläuche. Als Alfred den Rasen überquerte, empfing ihn auf der anderen Seite ein älterer Herr mit weißen Gamaschen und hellem Hut: „Sie dürfen nicht über den Rasen gehen, mein Herr!"

„Erlauben Sie! Sehen Sie sich den Rasen doch an. Ganz zertrampelt von der Feuerwehr!"

„Das ist richtig. Die Feuerwehr darf es, wenn es notwendig ist. Sie dürfen es nicht, denn es ist nicht notwendig, daß Sie über den Rasen gehen."

Alfred war geneigt, dem Herrn eine gereizte Antwort zu geben. Der alte Herr lächelte, da lächelte Alfred auch: „Sie haben recht, mein Herr", sagte er. „In Zeiten der Unordnung lassen sich ganz ordentliche Menschen, zu denen ich mich rechnen zu dürfen glaube, leicht zu Unordentlichkeiten hinreißen, ohne zu bedenken, daß sie damit ein schlechtes Beispiel geben. Jeder sollte, wie Sie es eben taten, Vernachlässigungen von Verordnungen gerade in diesen Tagen entgegentreten, damit sich nicht alle Bande lockern."

Der alte Herr hatte aufmerksam zugehört und nickte zustimmend: „Ich danke Ihnen. Aus dieser Einsicht heraus hatte ich mich wohl bewogen gefühlt, Sie zu berufen. Sie nehmen es mir nicht übel?"

„Ich bitte Sie! Sie sind vollkommen im Recht. Das Betreten der Rasen ist bei sechs Mark Strafe verboten. Darf ich sie gleich erlegen?"

Der alte Herr lächelte zu dem Scherz: „Es ist doch so, daß die Menschen in solchen Zeiten alles für nichts ansehen; daß sie meinen, nichts mehr achten zu brauchen, da ja ohnehin nichts zu retten sei. Das darf aber nicht sein. Es fängt damit an, daß jemand über den Rasen geht und hört damit auf, daß andere in Häuser gehen, die ihnen nicht gehören. Verzeihen Sie, es ist nur ein Beispiel."

„Ich bin ganz Ihrer Meinung, mein Herr."

„Es ist nur — wissen Sie — ich habe Sonnabend alles verloren — was ich an mir habe, habe ich von Freunden — ich meine, das liegt uns Hamburgern auch gar nicht, nicht wahr?"

„Bestimmt nicht."

Der Alte lüftete den Hut: „Auf Wiedersehen, mein Herr."

„Auf Wiedersehen; und vielen Dank."

Mit Schritten, langsam und wohlabgemessen, mit denen er seine Spaziergänge wohl immer machte, wandelte der alte Herr dahin. Er war Alfred in diesem Augenblick das Symbol jener hanseatischen Korrektheit, die, oft vielleicht belächelnswert, immer ihren ordnenden Sinn bewies.

Aber, so sagte Alfred sich, aus der Überspitzung dieser Korrektheit kommt auch der Dickstirn-Gehorsam der Deutschen vor dem Verordneten, kommt die versessene Unterordnung unter Paragraphen und Anschlagtafeln. Das ist es, was sie den Deutschen vorwerfen: die sklavische Befolgung eines Befehls selbst dann, wenn sie den Widersinn des Befehls einsehen. Das war ein Erbe der verfluchten Kleinstaaterei, die Deutschland bis ins neunzehnte Jahrhundert hinein zerfetzt hat. Hunderte von Landesherrn und Landesherrschern geboten über Leben und Habe ihrer Untertanen, verkauften sie wie Vieh, mischten sich in jedes Eigenleben, und Gott im Himmel mochte den Deutschen noch so viel Glück zugedacht haben, die himmlische Herrlichkeit verblich vor der irdischen Duodezherrlichkeit der gefürsteten Häupter in Deutschland. Das alles zu einer Zeit, da rings auf der Erde Völker zu staatlicher Einheit gediehen, da neben der Menschenwürde — die in der deutschen Kleinstaaterei nicht gedeihen konnte — die Staatsbürgerwürde erwuchs. Ach ja, die Deutschen wären immer schon zurecht gekommen, wenn nur die Deutschen nicht gewesen wären.

Der Schiffahrtsredakteur sprach Berger an, wie man sich bei einem neuen Angriff verhalten wolle. Für Berger sei die Sache klar; als Luftschutzwart dürfe er das Haus nicht im Stich lassen. Soviel er wisse, würden an diesem Abend im Hause bleiben: er selber mit seiner Frau, die Studienrätin und Berger mit Frau und Schwiegermutter. Was sei zu tun?

Berger entschied, man solle sich abends acht Uhr bei ihm versammeln.

Um acht Uhr saßen die sechs Personen um den Rundtisch in Bergers Arbeitszimmer; die letzten ‚Kellerasseln'. Alfred holte eine Flasche Wein, und wer die Runde gesehen hätte, würde nicht geglaubt haben, daß man sich darüber unterhielt, ob man lebend aus dem für die kommende Nacht bestimmt zu erwartenden Angriff auf diesen Stadtbezirk herauskommen würde. Soll man vor die Stadt gehen oder bleiben? Wenn man bleibt: soll man in einen Bunker gehen, oder in den eigenen Keller?

Man redete nicht viel. Die Studienrätin machte gleich zu Anfang den vernünftigsten Vorschlag: „Wir bleiben hier. Unser Haus liegt frei, die Nebenhäuser auch, da kann ein Feuersturm sich nicht entwickeln. Ich meine, wir bleiben auf dem Posten, solange es irgend geht. Wir können eines tun: wir können in den öffentlichen Luftschutzraum im Nebenhaus gehen und halten von dort aus unser Haus unter Beobachtung. Ich taxiere, wir werden dort heute die einzigen sein."

Es wurde so beschlossen. Jeder gab sich gefaßt, aber jeder war ein bißchen blaß um die Nase. Keiner würde dem andern für die Gewißheit, morgen noch am Leben zu sein, einen Groschen geben.

„Es hängt alles vom Glück ab", sagte Berger. „Vielleicht sollen wir davonkommen; das wäre schön. Vielleicht sollen wir nicht davonkommen; das wäre weniger schön, aber nicht zu ändern. Unendlich viele Häuser wären gerettet worden, wenn die Einwohner sie nicht verlassen hätten. Wir bleiben! Einverstanden?"

Man schied voneinander in der Zuversicht, sich um Mitternacht wiederzusehen. Alle hatten noch zu tun, Sachen in den Keller zu schaffen, denn die Not der Ausgebombten hatte gelehrt, daß nicht die sogenannten Wertsachen die Hauptsache waren, sondern die gering geachteten Hausstandssachen. Töpfe, Tassen, Teller, Pfannen, Kannen, Messer, Gabeln und Lebensmittel, auch Wäsche und Zeug und wollene Decken; und überflüssiges Bettzeug. Bilder und Teppiche, schön, schön; jedoch nicht lebensnotwendig. Und Kamm und Haarbürste; und Schere und Fingerhut; und Stopfgarn und ein Kopftuch. Eine völlige Neuordnung der Dinge.

Der Gedanke, mit dem Leben abgeschlossen zu haben, ließ keinen schlafen. Durch das leere hallende Haus trug bald der eine, bald der andere Luftschutzgepäck in den Hausflur hinab. Tappen und Tasten die dunklen Treppen hinunter; vorbei an Türen, die erloschen schienen, jeder Wesenheit bar; das Haus wie erstarrt in dem Jammer, seine geliebten Menschen so verstört zu sehen. Kaum zehn Uhr, da saß die Heldenschar auf der niedrigen Garteneinfriedigung und harrte der Dinge, die kommen sollten. Wieder eine jener herrlichen Nächte, an der dieser Juli des Unheils so reich war. Hell und hoch die Sterne; die Finsternis erfüllt von der Klarheit des sinkenden Tages. Der abnehmende Mond kam in dieser Nacht erst gegen vier Uhr. Geruch von Brand und Mauerbruch brachte der leise fächelnde Wind. Da, dort, weitumher die geschändete Stadt, leer, verlassen, tot. Weithin, weither die Scheinwerfer, nicht mehr so zahlreich wie sonst; denn ihrer viele waren vernichtet worden.

Um Mitternacht heulten die Sirenen. Die Menschen gingen in den Schutzraum; kaum fünfzehn. Jeder einzelne hatte die Gewißheit, daß diesmal ihre Gegend dran war. Kärgliches Kerzenlicht. Die Männer wagten sich ab und zu heraus; schon war der Feind über der Stadt und schon loderten Brände. Die Flak schoß. Von allen Seiten Anflüge, hunderte, hunderte. Im Licht der Scheinwerfer schimmerten die Leiber der Flugzeuge.

Die Leute aus Lünkenruh saßen dicht beieinander. Jetzt waren sie an der Reihe. Bomben in der Nähe; Dachpfannen pladderten; Fensterscheiben zerklirrten; die Luft stob wie gejagtes Vieh durch die nur angelehnte Eisentür des Kellers. Fiepend die Stabbrandbomben, heulend die Sprengbomben, rauschend die Minen.

Bei jedem Niedersausen einer Bombe schrien die Frauen auf.

Der Schiffahrtsredakteur hatte selbst jetzt noch seine sächselnde Schnoddrigkeit und erklärte seiner Frau: „Wat schreiste denn? Je mehr Bomben du hörst, um so besser. Die Bombe, die uns trifft, hörste nicht mehr." Und jedesmal, wenn eine Bombe vorbeisauste, sagte er: „Danke schön, vorbei!" Er würde, wenn eine Bombe richtig gekommen wäre, vor der Himmelfahrt noch gesagt haben: „Danke schön! Zentrum!"

Berger stützte die Hände auf den Schirmgriff. „Den Schirm haben Sie wohl von Chamberlain geerbt, Berger?" fragte der Sachse. Berger ließ ihn spotten; ein Schirm war heute mehr als eine Kostbarkeit.

Einer der Männer hatte einen Blick hinausgetan. Feuer ringsum. Auf dem Parkplatz vor dem Block brannten Phosphor- und Stabbrandbomben aus. Die schmale Studienrätin stand armverschränkt aufrecht wie eine zum Tode Verurteilte, die sich mit ihrem Schicksal abgefunden hat. Sie war die Unverzagtheit selber.

So saßen, standen und bebten sie. Kam immer noch nicht die Bombe, diese grauenhaften Minuten zu enden? War dies nicht viel schlimmer als der Tod selber?

Leute aus einer Nebenstraße drängten herein. Eine Phosphorbombe war im Schrägflug durchs Fenster in eine Wohnung gefallen. Die Leute waren, anstatt ans Löschen zu denken, weggelaufen.

Da wütete der Schiffahrtsredakteur los: „Wegloofen? Wegloofen? Gibt's das denn? Noch schöner! Also ran!" Es gelang ihm, alles, was vor Angst nicht von den Füßen war, mitzureißen. Natürlich! Die Leute hatten die Tür hinter sich zugeschlagen. Axt her! Die Tür splitterte. Gott sei Dank Wasser in der Badewanne. Los! Los! Los!

Eimerkette! Tuch vor den Mund! Fenster aufstoßen! Der Qualm zog ab; die Frischluft brandete ins Feuer; aber nun wußte man, wo es war. Von den Sachen nicht viel zu retten; voller Phosphorspritzer. Aus dem Fenster damit! Der Sachse, mager und spitzgesichtig wie ein Wüstenprediger, ohne dessen Frömmigkeit, war der Napoleon dieser Aktion, die das Haus vor dem Niederbrennen bewahrte.

Und immer noch der Bombensegen vom Himmel! Eines war allen klar: wenn dieser Großangriff auch nicht konzentrisch eine bestimmte Gegend traf, an Umfang und Weitgespanntheit übertraf er die beiden vorhergegangenen erheblich.

Drei volle Stunden währte es schon; jede Sekunde von der Todesangst zu einer Ewigkeit zerdehnt.

Drei Stunden hatten sie verbracht wie Delinquenten, die auf die Guillotine geschnallt den Henker den Finger an die Auslösung des Fallbeils legen sehen.

Drei Stunden lang ruhte der Finger unbewegt. Ein kleiner, unbewußter Druck der Fingerkuppe — und das Beil saust herab.

Als die Entwarnung schrillte, sanken die Frauen weinend zusammen; nur die Studienrätin nicht. Sie lächelte, wie jemand lächelt, der ein Examen bestanden hat.

Dann stürzten sie nach draußen.

Feuer! Feuer! Feuer!

Ein Wunder: in all dem Grauen standen der Lünkenruh-Block und seine Nebenhäuser unversehrt. Eilig treppauf; in jede Wohnung hinein, nach heimlichen Brandstätten zu suchen. Gottlob, nichts!

Aber die Haidburg brannte! Ein Wohnblock von fünfhundert Wohnungen, mit schönen Grünhöfen, mit eigener Fernsprechzentrale, ein Musterbeispiel moderner Wohnkunst. Das kleine Alte Gasthaus an der Heerstraße brannte, das Johanneum, die Gelehrtenschule Hamburgs, in allen Straßen wogende Feuer. Im Stadtpark die große Stadthalle, das Parkkaffee, die Milchwirtschaft, das Erfrischungshäuschen am Planschbecken, alles in Flammen; nur das weitgewinkelte Landhaus war nicht betroffen. Von Barmbek und Uhlenhorst herüber hohe Feuerflagen; das Goldbeckufer eine einzige lohende Front; das Uhlenhorster Fährhaus brannte. Rings um die Außenalster ein Kranz von Einzelbränden und dahinter, wie in zwei Nächten schon, das feurige Rund der Stadt.

Mühsam schleppten die Menschen sich treppauf. Unter den Füßen klirrten Glasscherben der Treppenhausfenster; auch die meisten Fenster in den Wohnungen hatten dem Druck oder dem Sog der Explosionen nachgegeben. Türen und Fensterrahmen gelockert, Stehlampen umgeweht, Bilder abgehakt und zerschmettert, die Dielengarderobe lag in der Küche, die Hängelampe zerschlagen. Als ob ein Haufe Betrunkener demolierend durch die Wohnung getorkelt sei.

In den Kleidern sanken Bergers aufs Bett; nicht um zu schlafen; denn woher sollte den von Entsetzen durchpeitschten Sinnen die Magie des Schlafes kommen?

Eine Betäubung, die an den Tod randet, überfiel sie.

Klopfen an der Tür! Klopfen!!

„Aufstehn! Aufstehn! In den Keller! Das Gaswerk geht in die Luft!"

Else ist wach. „Alfred! Wir sollen in den Keller! Das Gaswerk geht in die Luft!"

Alfred lag völlig erschlafft, die Linke über dem Bettrand, nichts als Erschöpfung.

„Alfred! Das Gaswerk!!"

Ihr Griff brachte ihn zu sich.

„Das Gaswerk, Alfred! Das Gaswerk von Barmbek geht in die Luft!!"

Er ließ sich zurücksinken: „Laß doch! Dann gehn wir eben mit in die Luft!"

„Alfred —"

„Leg' dich hin, Else. Ob wir unten oder hier oben in die Luft gehen — von hier aus ist es näher —"

Sie sah ihn an, dann legte sie sich hin. „Im Grunde hast du recht." Sie sanken in die Tiefe des Bewußtlosen hinab und dann in Schlaf.

Stunden rannen.

Hatte das Feuer sich immer noch nicht seiner selber ersättigt? Wurde es des Flammenspiels nicht endlich laß? Noch immer nicht genug des Jammerns, Fluchens, Betens, Verzweifelns?

Es hätte längst hell sein müssen. Wieder schlangen die Brandwolken die Sonne weg. Was soll die Sonne über einer Stadt, über die der Tod gebot, aus der alles entfloh, was noch Leben war. Die bleiche Scheibe der Sonne — die Wiederholung wirkte nicht mehr, ein Phänomen schon zum drittenmal — man sah kaum mehr hin.

Alfred lag mit dem Gesicht dem Fenster zu. Es prägte sich durch das Lid als negatives Bild auf die Netzhaut; die von Feuerlohe hellen Scheiben dunkel, das dunkle Fensterkreuz hell. Das Lid kehrte wie die Emulsionsschicht eines Films die Lichtwerte um.

Auf einem fernen Werkgelände eine Kette von Explosionen. Glutwind erneuerte sich; körniger Mörtelstaub rann wie Hagel.

In dem Abgrund ihres Schlafes hörte Else Töne. Töne von Kugeln, die aus großer Höhe auf Metallscheiben fallen; einzeln erst, dann ein Regen. Sie erlebte im Traum diesen Kugelregen auf eine Wiese, die ganz von Eisen war; und jede Kugel glühte rot und der Himmel war ruhig und blau. Und das Tönen schwoll, der Kugelregen immer dichter; jetzt kein Tönen mehr, Rollen, Donner, Gewittern — das waren — großer Gott! — das waren — sie flog aus dem Schlaf empor — das waren Bomben!

Aber es waren keine Bomben — ja war es immer noch Nacht? Wieder Nacht?

Nein, keine Nacht mehr; nur die Brandfinsternis der Apokalypse.

Aber dieses Tönen — dieses Donnern! Langsam faßten es ihre Sinne, daß es das herrische Läuten des Fernsprechers war — befehlerisch — aus einer anderen Welt.

War es menschenmöglich, daß in dieser Zeit der Verfluchung etwas in hergebrachter Weise funktionierte? Sie tastete sich durch das Dunkel des Flurs vor nach Alfreds Arbeitszimmer. Das Läuten lärmte wie in Unmut des Wartens. Sie nahm den Hörer ab; das Amt: „Sie werden aus München verlangt, bitte sich kurz zu fassen.“ Und aus der Tiefe des Weltalls die Stimme der Münchener Freunde: „Else — Alfred — seid ihr noch da?“

Und Else, durchbebt und durchrüttelt von dem Ereignis dieses Anrufes, der sie ins Leben zurückfordert, übermannt von der Wirklichkeit des Gedenkens von Mensch zu Mensch, stammelte: „Ja — ja — wir sind da!“

Mehr brachte sie nicht heraus. Sie hörte nicht, was München sagte. Dunkel über den Augen, sank sie am Schreibtisch nieder, der Hörer entglitt der Hand, aus schwindenden Sinnen heraus sagte sie noch einmal: „Ja — ja — wir sind da!“

Aber dann kam doch die Sonne durch und überschüttete ausgebrannte und noch brennende Straßen, das Gewusel ratlos durch Ruinen irrender und flüchtender Menschen mit dem heißen Gold letzter Julitage. Last- und Tankwagen brachten Trinkwasser; auf den Lebensmittelplätzen gab es Milch, Butter, Fleischwaren. Die Kühlhäuser mußten wegen Stromausfalls geleert werden.

Schon beim zweiten Angriff war die Wasserversorgung schwer getroffen worden; für die Löscharbeiten beim dritten Großangriff fiel Wasser so gut wie gänzlich aus. Unendlich viele Häuser hätten, wenn Wasser vorhanden gewesen wäre, gerettet werden können, da der Feind keinen konzentrischen, sondern einen auseinandergezogenen Angriff geflogen hatte. Es waren wieder große Flächenbrände entstanden, aber zum Feuersturm kam es in diesen weitläufiger gebauten Gebieten nicht. Bei den Rettungsarbeiten machte sich in höchst verderblicher Weise das Fehlen männlicher Hilfskräfte bemerkbar, da auch die meisten Männer die Stadt verlassen hatten. So kam es, daß dieser dritte Großangriff, der auch der Zahl der Feindflugzeuge nach den Gipfelpunkt bildete, viel verheerender war als die beiden vorher.

Endlich hatten Bergers sich wieder zusammengerappelt. Else hatte Kaffee gebraut, brachte Alfred zu rauchen, Omi huschelte mit einem Glas verheimlichter Marmelade heran, und so begann man die Rückkehr ins Leben und war etwas beschämt darüber, daß man sich so hatte unterkriegen lassen.

„Wir müssen ja schließlich nicht hierbleiben", meinte Else vortastend.

„Müssen nicht; das heißt ich müßte. Ich bin Luftschutzwart."

„Und als Hilfe hast du einen Mann und drei Frauen. Oder rechnest du Omi auch?"

„Omi natürlich. Ich dachte Omi aufs Dach zu setzen, um die Bomben abzuwedeln!"

„Ich kann sehr gut mithelfen, so alt bin ich noch lange nicht!" sagte Omi empört. Sie war vierundsiebzig.

„Siehst du, Else. Es hat keinen Sinn zu bleiben; es hat keinen Sinn zu fliehen. Ich bin dafür, zu bleiben."

Else brach in Tränen aus: „Noch eine Nacht wie diese halte ich nicht aus! Ich werde wahnsinnig vor Angst!"

„Else! So tapfer wie du bist! Du und die Studienrätin — ich habe euch bewundert."

„Davon hab' ich nichts. Ich zittere an Händen und Füßen, wenn ich nur daran denke! Alle fahren hinaus, kein Mensch bleibt in der Stadt —"

„Das ist übertrieben, Else. Bei uns muß die Studienrätin bleiben und bleibt."

„Dafür ist sie im Betreuungsdienst. Wenn sie dürfte, würde sie auch fahren."

„Wenn sie dürfte, ja. Da sie nicht darf, bleibt sie. Aber wenn sie wollte — kein Hahn würde danach krähen. Hast du gehört, Schlachter Kary hat anstatt seinen Hausrat zu retten, seinen Hund aus den Flammen geholt. Wohin dachtest du denn?"

„Pinneberg; zu unseren Bekannten."

„Die werden ihr Haus schon voll haben. Pinneberg ist übervoll von Flüchtigen!"

„Dann kehren wir um. Versuchen können wir's. Und wenn es nur für die nächsten Tage ist."

„Wenn du willst — schon Omis wegen. Aber wie hinkommen —"

„Frag' drüben bei der Technischen Nothilfe, die sind sowieso immer unterwegs."

Auf den Hockeyplätzen hatte die Technische Nothilfe ihr Standquartier aufgeschlagen. Berger hatte Glück; gegen Mittag sollte eine Mannschaft aus Elmshorn abgelöst werden; da würden sie mitfahren können. Aber nicht zuviel Gepäck; ihr Mannschaftswagen habe wenig Platz. Auch der Schiffahrtsredakteur wird mit von der Partie sein; auch die Dame mit ihrem Sohn aus dem Parterre. Zurückbleiben wird allein die Studienrätin.

Ab Mittag saßen sie auf der Garteneinfriedigung und warteten auf die Abfahrt; sie verzögerte sich Stunde um Stunde. Auf dem Autoparkplatz brannten unter der Sonnenhitze Phosphorspritzer auf; überall die geheimnisvollen feindlichen Flatterstreifen.

Um die Wartezeit zu nutzen, machten die Frauen sich daran, das Treppenhaus zu säubern. Es ging gegen ihre Hausfrauenehre, das Haus in dem fürchterlichen Zustand zurück zu lassen. Haufen von Glasscherben wurden zusammengekehrt, die zerfetzten Verdunkelungsrollos entfernt; in den verlassenen Wohnungen der Geflüchteten nach dem Rechten gesehen; die Schlüssel der Studienrätin übergeben. Schon war das Haus voll von üblen Gerüchen, da die Aborte keine Spülung mehr hatten.

Auf den großen Sammelplätzen drängten sich Hunderttausende, um abtransportiert zu werden. Dieser dritte Angriff hatte auch die Mutigsten zermürbt. Auf den Sammelplätzen fielen in der Prallhitze der Sonne die Menschen vor Ermattung um; dreißig Grad im Schatten; dazu die Luft voller Staub und Branddunst; Wasser nicht da. Eine Heerschau des Erbarmens, ein Aufmarsch größten menschlichen Elends. Tausende von Verwundeten, überall Kinder, die nach Wasser jammerten. Keiner hätte etwas dagegen, wenn jetzt ein Unwetter käme und sie alle erschlüge.

Da waren sie dem rasenden Tod in St. Georg, Hammerbrook und Rothenburgsort im letzten Augenblick entronnen; in ihrem Gesicht die Angst vor dem Gräßlichen, das sie noch hinter sich herschleichen glaubten. Was sie hatten retten können, hatten sie wegwerfen müssen, als es um das nackte Leben rennen hieß. Kinder wußten nicht, wo die Eltern geblieben, Eltern von ihren Kindern nichts; Frauen fragten nach ihrem Mann, Männer nach ihrer Frau.

Was ihnen sagen? Die meisten, nach denen gefragt wurde, waren vom Feuersturm in das Nichts hinweggefegt worden oder hatten in einem Fluchtkeller doch noch den Tod erlitten. Man ließ sie fragen und gab ihnen Hoffnung, daß noch viele Vermißte gesund und heil aufgefunden wurden. Man erzählte, wie Menschen sich wiedergefunden hätten, die einander schon verlorengegeben hatten; in den Auffangplätzen wurde jeder registriert; alles nicht so schlimm; nur Geduld! Eine erbarmungswürdige Jahrmarktsschau menschlichen Elends; Frauen und Männer in geschenkten Kleidungsstücken, die nicht zueinander paßten; eine Heerschau von Bettlern.

Endlich am Nachmittag konnten sie abfahren. Vorbei an dem Strom der Menschen, die vor dem nahenden Abend flüchteten. Nur die Studienrätin blieb zurück. Alfred wäre am liebsten umgekehrt, als er ihre schmale Gestalt am Fenster sah. Am Winterhuder Marktplatz loderte das Feuer aus; das Autohotel und die große Tankstelle waren nicht mehr. Eimsbüttel eine Ruinenstätte; Eppendorf so gut wie unversehrt; Grindel und Hoheluft fürchterlich. Hinter Langenhorn an der Kieler Chaussee fast Haus an Haus getroffen; selbst in Heide und Moor züngelten Feuer, die Landschaft blau überschwadend. Die im Entstehen begriffenen Nothäuser zerstört. Das Haus der Bekannten in Pinneberg voll von Flüchtlingen und Ausgebombten. Bergers kamen in einem Gasthaus unter.

Wie wohl es tat, den Blick über reifende Felder gehen zu lassen, das grasende Vieh zu schauen; Fruchtbäume mit herabhängenden Zweigen. Welches Glück, zwischen Knicks zu schlendern; welche Poesie um Wiesengatter und Gattertür; wie Haselnußsträucher sich mit Wildrosen mengten, Brombeergeranke in schwerer Tracht prangte. Menschen zu schauen, deren Antlitz den Frieden ihrer Landschaft widerspiegelten; ihr Schreiten und Gehabe voller Geruhsamkeit; in ihnen die tiefe Ruhe ihrer Erde, die Feierlichkeit wogender Ähren, das stille Brennen der Sommersonne. Von hier bis an die Elbe drängende Wälder; uralt; herrisch ihre Wipfel in die Freiheit der Lüfte reckend. Sie wissen von der Menschheit nichts. Sie wissen von der Bläue des Himmels, von Stürmen, von Wolken, die mit zackigen Blitzen spielen, von unendlichen Regengüssen, von geheimnisvollen Schauern aus der Tiefe der Erde um ihre Wurzel bis in das letzte Blatt hinauf. Von den Menschen wissen sie nichts. Sie wissen von Vögeln, die in ihnen nisten und sich auf ihren Zweigen wiegen; vom Kuckucksruf und vom Häherschrei, vom Kukuruh der Wildtauben und von dem frechen Jä—jä—jä—jä der Krähenhorden, sie wissen vom Eichhörnchen und vom klopfenden Specht, von Sommerträumen und Winterversunkenheit. Von den Menschen wissen sie nichts.

Alfred und Else schritten vorm Schlafengehen den Feldweg entlang.

Dort hinaus — dort hinaus — lag die geliebte Stadt.

Alfred war's, als riefe sie ihn, als klage sie ihn seiner Flucht an. Er mußte an die Studienrätin denken, die ihnen nachschaute. Er schämte sich, sie in dem großen Haus alleingelassen zu haben.

Sie hatten mit Omi zusammen ein kleines Zimmer unterm Dach. Es war sehr beengt und voll von mitgebrachten Sachen; aber immerhin eine sichere Statt.

Sie lagen bei offenem Fenster. Der Nachtwind sang in den Bäumen ums Haus; von den Ställen her verschlafenes Geräusch des Getiers. Das fremde Haus hatte fremde Laute, die das Herz nicht zur Ruhe kommen ließen. Dunkle Nacht; es ging auf Neumond.

Alfreds Gedanken waren in der Stadt. Vor seiner Seele die trümmerüberschütteten Straßen, die Ruinen mit den stehengebliebenen Schornsteinen, die von Leitungsdrähten überringelten Fahrdämme. Hammerbrook mit den niedergebrochenen Kränen der Industrieblocks, mit den Brücken und ihren zerglühten Geländern, mit gesunkenen Schuten in den Kanälen, mit den Straßen, Haus an Haus zerstört. Er sah den Feldgrauen die Straße herabkommen und hörte ihn nach Frau und Kindern rufen.

Verwirrt von der Fülle der Gesichte sank er in Schlaf.

Morgen auf dem Lande. Felder, Wiesen, Knicks, Raine, Wälder, Wege und Straßen, alles was wächst und blüht und kreucht und fleucht, alles war darauf aus, das Herz zu erfreuen. Bergers kamen sich wie im Paradies vor. Der Milchwagen kam klingelnd durch die Villenstraße, ein Mädchen auf dem Rad hatte ein Körbchen voll von knusprigen Brötchen; die kleinen Geschäfte hatten einladend die Türen geöffnet; vom Bahnhof her das Prusten der Lokomotiven. Vögel huschten und flatterten, das Federvieh wurde aus den Ställen gelassen, die Hunde jagten kläffend hinter Wagen und Fahrrädern her, die Frauen gingen einkaufen. Es würde wieder ein heißer Tag werden. Noch aber sättigte der Morgen sich am Tau, spiegelte sich in den Tropfen an Gräsern und Halmen und griff nach dem funkelnden Geschmeide der Blätter. Alfred mußte an ein Wandbild aus dem Anschauungsunterricht des ersten Schuljahres denken; ihm war es, als sei das Bild hier in der Landschaft Wirklichkeit geworden. Er hätte schwören können, der weiße Spitz am Wege sei der aus dem Wandbild.

Sie waren von aller Welt abgeschnitten. Der Fernsprecher ging nicht; Post kam nicht, Zeitungen wurden nicht gedruckt. Nur die kleine Ortszeitung kam; ganze Spalten von Nachfragen nach Vermißten aus Hamburg.

Zwischen Beeten nahm man wahr, daß alles wie früher heranwuchs. Erbsen und Bohnen üppig zwischen dem Rankengeringel; die Himbeeren sprangen vom Strauch; Gurken und Kürbisse blähten sich und wußten nicht warum; der Salat knüllte sich vor Vergnügen über sein helles Grün, und auf dem Kohl schmausten Schnecken, die der Späheraugen des Gärtners lachten. Über die Wege Gartenschläuche, Zerstäuber standen bereit, der Erde himmlisches Naß vorzutäuschen. Von den Komposthaufen bis zu den Treibbeeten eine Schau, vor der sich der Sinn des Lebens in einfache Formeln aufzulösen schien. Werden und Vergehen in tausendfachen Abwandlungen; im gilbenden abgeernteten Gesträuch, im Vermulschen des Überreifen, im Beschneiden geiler Schüsse, im Früchtehang von Büschen und Bäumen.

Es tut gut, sagte Alfred sich, die große Einfachheit der Schöpfung so zu sehen; wenngleich diese Einfachheit aller Geheimnisse Geheimstes ist. Wie sollte vor dem Muttersinn der Natur das Leben der Menschen mehr sein als das Leben des geringsten ihrer Wesen? Sie kommen alle aus dem gleichen Tiegel und finden sich in dem gleichen Tiegel wieder zusammen: Mensch, Tier, Blume, Kristall. Es ist alles ohne Dauer; das ist Grausamkeit und Barmherzigkeit zugleich. Alles hat einen Sinn, einen Zweck; man kann wollen und erkennt später, daß man so hat wollen müssen.

Und bist du Borkenstück im Wellenstrudel —
Du kreist nach eig'nem Willen nicht!
Dich reißt's hinab mit der Genossen Rudel,
Ins Dunkle erst, dann wieder in das Licht.
Und kehrst, wenn auch der gleiche nicht, zurück,
Zu neuer Wandlung eines Weges Stück.

Am Montagnachmittag flogen über das sonnenhelle Land Aufklärer nach Hamburg; gegen Abend kündigte sich Gewitter an.

Gegen Mitternacht brach es los; mit Regengüssen, als sollte die Erde auch noch ertränkt werden.

In das Krachen des Donners Gellen der Sirenen. Ist es möglich, daß der Feind diesem Unwetter Trotz bietet?

Wenn der Donner verhielt, Getöse von Motoren. Geschwader auf Geschwader auf Hamburg zu! Wolkenbrüche! Bomben auf das von Flüchtlingen überfüllte Elmshorn. Rote Lohe waberte über nächtliches Land. Dreißig Menschen in einem ebenerdigen Schutzraum des Gasthauses.

Als ob der Himmel dem Feinde Einhalt geböte, kamen nicht alle Maschinen an die Stadt heran. Aber immer waren es noch hunderte, die ihre Bombenlast über Hamburg abwarfen. Neues Unglück, neue Not, neuer Jammer. Es sollte der Fangschuß für das verendende Wild sein. Die Wolkenbrüche löschten kleinere Brände, nicht aber die Flächenbrände der Bombenteppiche.

War es der Zorn Gottes, der mit Blitz und Donner über die arme Stadt einherrollte, oder das Jubeltoben der seiner Hand entronnenen Elemente? Die Menschen unterschieden nicht mehr, was die Donner des Himmels, was das Krachen der Bomben war. Ein nie erhörter Hochgesang des Verderbens.

Taghell das Land unter den Blitzen; Wege waren Bäche; schwere Äste vom Sturm herabgebrochen. Flaksplitter klatschten pfeifend nieder. Die Ruinenfelder leuchteten gespenstisch auf. Ungezählte tausende von leeren Fensterhöhlen unter den Blitzen wie hingezirkelte helle Vierecke gegen den Nachthimmel. Kein Tal der Verzweiflung, das die Menschen in dieser Nacht nicht durchschritten. Kein Entsetzen, das ihre Seele nicht zerschlug. Keine Hoffnungslosigkeit, in die die Herzen nicht stürzten.

Und zum anderen Male hob der Engel der siebenten Schale sein Gefäß gen den, der auf dem großen weißen Stuhl saß und vor dessen Angesicht die Erde und der Himmel flohen.

Und siehe, die Schale des Engels war leer bis auf den Grund und hing am Rande kein Tropfen, denn ihrer jeglicher einer war auf die Erde gefallen, wie der Herr es gewollt.

Und es ging aus eine Stimme vom Himmel aus dem Stuhl, die sprach: Es ist geschehen!

DANACH

Am anderen Morgen hielt es Alfred nicht. Er wollte nach Hamburg hinein. Else und ihre Mutter würden nachkommen. Vom Zug aus sah er die neuen Zerstörungen; weit vor den eigentlichen Stadtgebieten begann die Schau des Grauens. Vor dem Lünkenruh-Block lag, mit einem Sicherheitsgitter umgeben, eine nicht krepierte Flüssigkeitsbombe. Rundherum waren Spreng- und Phosphorbomben niedergegangen. In den Schrebergärten und auf den Tennisplätzen stak noch eine Unzahl unausgebrannter Stabbrandbomben in der Erde; schien eine mindere Qualität gewesen zu sein.

Regen und Sturm während des vierten Großangriffs hatten die Luft von Staub gereinigt. Die Fensterscheiben, soweit sie noch vorhanden waren, sahen aus wie mit Lehmwasser übergossen.

Welche Wohltat, wieder tief atmen zu können, ohne Rauch und Mörtelstaub zu schmecken. Tief trieben träge Wolken und bargen viel Regen. Wie gut diese Kühle nach den vielen heißen Sommertagen, wie beruhigend das graugedämpfte Licht nach der quälend stechenden Helle der Tage und dem Lodern der brennenden Nächte. Wie milderten die matten Töne die furchtbare Entstellung der Stadt, ja, wie wandelten sie das Grauenhafte ins Malerische und liehen Entsetzlichem Schönheit.

Die Lünkenruh-Wohnung ein Bild der Verheerung. Der Sturm hatte den Regen durch die scheibenlosen Fenster gepeitscht und eine Überschwemmung angerichtet, in der alles schwamm, was nicht niet- und nagelfest gewesen war. Es blieb Alfred nichts anderes übrig, als das Wasser in Eimer zu schaufeln und in die Badewanne zu gießen. Für alle Fälle würde man nun Löschwasser haben. Auch die Abflüsse konnte er nun durchspülen; aber der penetrante Geruch wich trotzdem nicht.

Am Nachmittag kamen Else und Omi, die, ohne lange zu lamentieren, ans Werk gingen und der Wohnung wenigstens einen Schimmer von Menschenwürdigkeit gaben. Alfred nagelte Pappe vor die Fenster, um der Zugluft Herr zu werden.

Von den Hausbewohnern waren die Dame mit ihrem Sohn im Parterre zurückgekehrt; neben der Studienrätin und Bergers die einzigen Menschen im Hause.

Abgehetzt und abgearbeitet suchten Bergers am Abend Edith auf, die ihre Verzweiflung gemeistert hatte. Frau Doktor Bender hatte alles für Ediths Abreise gerüstet. Vor ihrer zugreifenden Art gab es kein Sichgehenlassen. Es war im Keller so viel herzurichten; Edith kam gar nicht dazu, sich ihrem Kummer zu überlassen.

In der Nacht Alarm. Es war aber nur ein einzelner Flieger, der bald wieder abflog. Die Neumondnacht war voller Trostlosigkeit, von einer Verlorenheit wie Weltende. Alles Leben ausgelöscht. Eine Totheit zwischen Himmel und Erde wie über einem vergessenen Sarg im Dunkel.

Ungeheures Gewimmel an jedem Morgen in den stehengebliebenen Resten der Stadt. Die wenigsten Menschen konnten ihrer Arbeit nachgehen, denn es war nahezu alles vernichtet: die großen Kontorhäuser, die Kaufhäuser, Fabriken, Betriebe, Werkstätten. Die Stadt war in ihrem Lebensnerv getroffen.

In der Rückschau stellten sich die Angriffe vom 24. Juli bis zum 3. August als eine einzige gigantische Handlung dar. Sieben Angriffe hatte der Feind in diesen zehn Tagen mit insgesamt dreitausend Flugzeugen gegen Hamburg geflogen. Darunter vier Großangriffe mit jeweils sechs- bis achthundert Maschinen. Abgeworfen hatte er drei Millionen Stabbrandbomben, fünfundzwanzigtausend Sprengbomben, zwölfhundert Luftminen, fünfundachtzigtausend Phosphor- und Flüssigkeitsbomben verschiedenen Kalibers und fünfhundert Phosphorkanister. Dieser Regen von Spreng- und Brandmitteln ergoß sich aus den Flugzeugen, von denen jede Gruppe eine nach Planquadraten festgelegte Aufgabe zu erfüllen hatte, nach einem System, gegen das es keine Rettung gab. War eine Gruppe durch die schmählich unzulängliche Abwehr wirklich von dem ihr zugewiesenen Bezirk abgedrängt worden, schloß sie sich der nächsten Gruppe an, um deren Erfolg um so verheerender zu gestalten. Nur aus diesem gelegentlichen Abdrängen war es zu erklären, daß inmitten völlig verwüsteter Gebiete ein Haufe Häuser unversehrt geblieben war. Man ließ sie, denn jede Gruppe blieb bei dem ihr zugewiesenen Abschnitt. Was stehen blieb, war späteren Angriffen vorbehalten.

Alfred vernahm in der Stadt die wildesten Gerüchte. Ungeheuerliche Zahlen von Todesopfern wurden genannt. Keiner konnte indes Genaues wissen, da die Einwohnerverzeichnisse der Luftschutzwarte mit verbrannt waren. Nachbarn, die Auskunft hätten geben können, lagen entweder unter den Trümmern ihrer Häuser oder hatten die Stadt verlassen. Das Einwohneramt war nicht mehr vorhanden. Das Stadthaus war schon beim ersten Angriff ausgebrannt.

An welche Keller zuerst herangehen? An die meisten konnte man überhaupt nicht heran, denn trotz des Regens strömte das Gemäuer noch Gluthitze aus und machte jede Annäherung unmöglich. Dazu stürzten immer wieder Häuser ein, die Kellergräber mit Mauerbrocken übertürmend. Ganze Straßenzüge mußten wegen der Einsturzgefahr der Ruinen abgesperrt werden. Für die Verbotsschilder hatte man, da nichts anderes vorhanden war, gelbe Pappe genommen, und sofort verbreitete sich das Gerücht, daß in den zerstörten Gebieten die gelbe Pestfahne wehe.

In den Sperrgebieten war, um den Verwesungsgeruch aus den Kellern zu überdecken, Chlorkalk in großen Mengen verwendet worden. Alles eine fürchterliche, rauchende, stinkende, von Fliegenschwärmen überwimmelte Ebene von Trümmern, aus der Stämme verkohlter Bäume hervorragten. Bis zur Unkenntlichkeit verstümmelte Leichen wurden geborgen, in Reihen geschichtet, mit Desinfektionsmitteln übergossen und abgefahren. Waren es zehn, zwanzig, dreißig Menschen, die man barg? Waren es Frauen, Männer, Kinder? Wer sollte nach Namen und Geschlecht fragen? Wer konnte Antwort geben? Der Tod hatte sie hingemäht; ganze Familien. Eine Mahd der Namenlosen.

Wieder spürte Alfred seine Seele von Grauen umdrängt, ihn mit tausend Augen umlauern, ihn anglühen mit allen tausend Augen; fühlte sich verfolgt von schleichenden Schritten. Mitten am hellen Tag schlichen Gespenster, hockten auf Gemäuer, grinsten aus Kellerlöchern und Fensterhöhlen, fletschten aus grünen Verwesungsgesichtern.

Er hatte noch in die Hammerbrookstraße wollen, um nach Melhop zu fragen. Aber da war etwas in ihm, das stärker als sein Wille war, das seinen Willen Vorsatz bleiben und ihn einen Weg gehen ließ, den er bewußt gar nicht wahrnahm. Als ob ein Sinn, der sonst nicht wirksam in ihm war, sein Wesen lenkte und ihn tun ließ, was zu tun weder Überlegung noch Absicht gewesen war. Er gehorchte einfach wie ein Leinentier dem Kommando der Leine. Und Furcht wuchs in ihm, überschwemmte das Hirn; er mußte sich Gewalt antun, nicht in Schreie auszubrechen. Erst am Berliner Tor, wo wieder Leben um die Ruinen flutete, fühlte er sich frei von der geheimnisvollen Befehlsgewalt, die in ihm wach geworden war.

Noch unter dem Nachhall dieses Wirkenden hatte er den Heimweg eingeschlagen. Er mußte an die tote Stadt Bussano bei San Remo denken, die während eines Pfingstgottesdienstes zerstört worden war. Er hatte in der Ruine der schönen Kirche gestanden, ganz dem Eindruck der Vergänglichkeit alles Irdischen hingegeben. Er war durch Pompejis ausgegrabene Straßen gewandelt, durch die Gassen des noch halb verschütteten und von Ähren überwogten alten Ostia vor Rom, über die verlassenen Tempelstätten von Paestum. Er mußte an die Bilder der aufgefundenen Überreste der Städte der Azteken in Mexiko denken, an die Siedlungen in Nordafrika, deren Spuren man aus dem Wüstensand ausgegraben. Über alle war das Schicksal schwer dahingegangen, aber nicht so furchtbar wie über die Stätten, die er in dieser Stunde durchschritt.

Als er heimkam, waren Edith und Frau Doktor Bender zu Besuch gekommen. Edith hatte mit dem Eigensinn ihrer Verstörtheit zu Bergers wollen, und Frau Bender hatte sich entschlossen, sie zu begleiten, um sie nicht aus den Augen zu lassen.

„Du mußt nun nach Wismar fahren, Edith", redete Else ihr zu. „Du mußt in eine andere Umgebung."

„Dann muß Harald mich hinbringen."

„Das wird er sehr gern tun, sofern er Urlaub bekommt."

Frau Bender sah ihren Schützling besorgt an. Von einer Minute zur anderen war Edith fiebriger Aufgeregtheit verfallen.

Berger, der einen Blick mit Frau Bender getauscht hatte, meinte: „Wenn Harald nicht kann, bringe ich dich hin. Allein fahren sollst du nicht."

„Harald wird schon Urlaub bekommen, andere kriegen ihn auch."

Der Fernsprecher läutete.

„Das ist er!" sagte Edith.

Alfred nahm den Hörer und nickte den Frauen zu. „Ja, Harald! Du kommst? Fein. Hör zu; du mußt sehen, ein paar Tage Urlaub zu bekommen, um Edith nach Wismar zu bringen. Geht nicht? M u ß gehen! Du mußt Verwandte wegbringen, mußt du sagen. Also sieh zu!"

„Er wird es schon machen!" sagte Edith, als Berger den Hörer aufgelegt hatte.

„Und so bald wir können, besuchen wir dich", tröstete Else.

Am Abend kam Harald mit der Urlaubsgenehmigung in der Tasche. Frau Doktor Bender atmete auf; es war die höchste Zeit für Edith, in eine andere Umgebung zu kommen. Sie verlor sich wieder an das fürchterliche Erlebnis der Schreckensnacht, die ihr alles genommen.

Am Mittwochmorgen fuhren sie ab. Genau eine Woche nach dem zweiten Großangriff.

Das Hin- und Herfluten der Menschenmassen hatte man endlich in der Gewalt; es war eine ungeheure Aufgabe gewesen. Nach den Angriffen auf Städte in Westdeutschland hatte man in Hamburg für einen Katastrophenfall mit etwa einhunderttausend Obdachlosen gerechnet und für sie auch annähernd Unterkünfte vor der Stadt geschaffen. Nun waren nicht nur diese zum Teil noch nicht einmal fertigen Unterkünfte zerstört worden, die Zahl der Obdachlosen belief sich auf mehr als das Dreifache, denn von etwa fünfhundertundfünfzigtausend Wohnungen waren mehr als zweihunderttausend völlig vernichtet worden. Planvoll wurde die Arbeit aufgenommen. Männer und erwerbstätige Frauen durften die Stadt nicht mehr verlassen. Es wurde alles getan, der Not zu steuern; die Behörden entschieden nach dem im Augenblick Notwendigen, ohne sich viel an Verordnungen zu kehren. Erstaunt nahm man wahr, daß es auch so ging und Beamte auch Menschen sein konnten und nicht nur bloße Paragraphen-Roboter mit ausgedehnten Frühstücks- und Mittagspausen. Beglückt stellte man fest, daß die Ämter für die Menschen und nicht die Menschen für die Ämter da waren.

Und dann setzte der Strom der Rückkehrer ein. Allerorten warnte man vor der Rückkehr nach Hamburg. Wo sie wohnen wollten? Ach, da werde schon Rat werden. Wovon leben? Die Märkte würden nicht mehr beschickt, die Kleinhändler hätten keinen Laden! Keine Sorgen! Wenn die Hamburger erst wieder da sind, dann kommen auch die Bauern wieder. Und die Kleinhändler? Ach, du lieber Gott, die wollen doch auch leben.

Und sie kamen und kamen. Keine Mahnungen fruchteten, keine Warnungen schreckten. Nur zurück nach Hamburg. Aber Arbeit, Arbeit! Es ist keine Arbeit da! Keine

Arbeit? Und wenn sie Steine klopfen sollen; nur zurück nach Hamburg.

Und waren wieder da! Käferten auf den Trümmern ihrer Heimstatt, griffen dieses und jenes, fanden dieses noch verwendbar, jenes auch; vielleicht — man müßte sehen. Man war ein armes Luder geworden, mit nur einem Hemd auf dem Leibe. Und wenn man auch nicht wußte, wo man abbleiben würde, man war wieder daheim, daheim zwischen Elbe, Alster, Bille, zwischen Reeperbahn und Jungfernstieg, zwischen Steindamm und Grünendeich, zwischen Stadtpark und Stintfang, zwischen dem Großen Michel und der Wasserkunst. Und schworen sich, diese Stadt nie zu lassen, sie zu lieben wie je und je, sie wieder aufzubauen, so schön, wie sie allen von klein auf ans Herz gewachsen war.

In den Resten der demolierten Hilfsschule in der Opitzstraße wurde Abdichtungsmaterial für die Fenster ausgegeben. Holz, Pappe und Glas waren sofort vergriffen. Es gab nur noch dickes Packpapier, auf beiden Seiten geteert, um es wetterfest zu machen.

„Teer?“ staunten die Frauen. „Teer vor den Fenstern? Das brennt ja!“

„Nur wenn Feuer rankommt!“ lakonisierte der Mann.

„Wollen Sie dafür sorgen, daß kein Feuer rankommt?“ fragten die Frauen kriegerisch.

„Nein, das will ich nicht. Das müssen Sie tun.“

„Und die Hände, die man davon kriegt! Womit sauber machen?“

„Mit Seife!“

„Mit Seife! Mit Seife! Haben Sie Seife?“

„Nein.“

„Na also!“

„Ich meine“, sagte der Teerpapierausgeber philosophisch, „es ist besser, mit Teerfingern trocken im warmen Zimmer zu sitzen, als mit sauberen Fingern einzuregnen und zu frieren. Das meine ich.“ Und damit rollte er das Teerpapier zusammen und gab den Frauen eine Handvoll Nägel.

„Und Hammer? Wir haben doch keinen Hammer! Kein Mensch hat hier 'nen Hammer."

„Nehmen Sie einen Stein! Steine genug da. Hoppla! Der nächste!"

Und dann schoben die Frauen mit dem Teerpapier ab, schon um endlich die Fliegen aus der Wohnung loszuwerden. In ungeheuren Schwärmen waren sie aus dem Unrat geboren. Große Tiere mit grün-blau-goldig schimmerndem Leib; ekelhaftes Viehzeug, das stur ins Gesicht flog und wütend wiederkehrte, wenn man es abgewehrt glaubte. In ganzen Scharen schwärmten sie um die Kehrichteimer; die Müllabfuhr funktionierte nicht mehr. Berge von Unrat überall; Hunderte von zerschlagenen Einmachgläsern vor den ausgebrannten Häusern, und überall diese Haufen von flirrenden und summenden Fliegen. Infernalischer Gestank in den Häusern, da die Aborte infolge Wassermangels verstopft waren; öffentliche Latrinen, schnell eingerichtet, brachten keine Abhilfe. Chlorkalk und Lysol wurden verteilt; es wurde den Menschen übel von den vielen Gerüchen. Die Schwalben hatten nie so üppige Tage wie jetzt; sie jagten an den Fenstern vorbei und räumten unter den ein- und ausfliegenden Fliegen auf, ohne daß es viel geholfen hätte. Auch die Spatzen waren mit von der Partie; Feinde genug. Trotzdem waren die grünblau schillernden Geschwader immer wieder da.

Dann wurde es wieder heiß wie die Tage vorher; neue Gefahren rückten herauf. Die Menschen vermochten sich nicht reinlich zu halten, weil Wasser nur in knappen Mengen angefahren werden konnte. Vor der Entnahme von Wasser aus den Kanälen wurde gewarnt, sie waren durch Tierkadaver verseucht. Schon schwirrten wieder Gerüchte, daß die Cholera ausgebrochen sei. Ältere Leute, die sich der Epidemie aus dem Jahre 1892 erinnerten — zu denen auch Berger gehörte —, bangten vor den Folgen einer Seuche, die gehörig zu bekämpfen keine Mittel vorhanden waren. Aber die Cholera brach nicht aus, auch der Typhus nicht; auch die Pest war in den Sperrgebieten nicht ausgebrochen, wenngleich die Fleete und die zerstörten Stadtteile Heere von Ratten bargen. Ihnen vor allem wurde Kampf angesagt. Es wurde Gift gelegt, Rattenlöcher mit Glasscherben verstellt. Nun lagen überall verendete Ratten, über die sich herrenlos gewordene ausgehungerte Hunde hermachten und verreckten.

Maueranschläge: Plünderer und Diebe werden mit dem Tode bestraft. Mahnung: Von den Fenstern der Wohnungen sind die Vorhänge und Gardinen zu entfernen, da sie der Gefahr des Funkenfluges ausgesetzt sind. Bei Angriffen die Fenster öffnen, noch besser, die Fensterflügel herausnehmen und auf den Boden des Zimmers legen. Man sichert so am besten die Scheiben vor der Zerstörung. Glas war kostbar.

Die meisten Menschen waren in dieser Zeit auf öffentliche Speisung angewiesen, da es für die Zubereitung von Speisen im eigenen Haus keinen Strom und kein Gas gab. Glücklich waren die daran, die einen Küchenherd hatten und Feuerung besaßen. Was das Leibliche anbetraf, ging es den Menschen gut. Es gab Bezugscheine für alle Bedarfsartikel und für Kleidung, und Geld gab es, um zu kaufen. Die vorhandenen Bestände entsprachen in keiner Weise dem Kaufbedürfnis. Wo wären auch die Lager gewesen, um Ersatz für alles zu bieten, was in einer Viertelmillion leergebrannter Wohnungen vorhanden gewesen war? Man benötigte einige hunderttausend Bettstellen mit Matratzen, Unterbetten, Oberbetten, Kopfkissen und Bettwäsche. Man brauchte Kochgeschirr, Wasserkessel, Pfannen, Töpfe, Kruken, Kummen, Gläser, Bürsten, Wischtücher, Handtücher, Löffel, Messer, Gabeln. Man brauchte Säuglingsflaschen und Lutscher, Zahnbürsten und Kämme, das ganze Tausenderlei, das man nie beachtet hatte, weil es stets vorhanden gewesen war. Man brauchte Schuhe und Strümpfe, Gürtel und Schuhbänder; ein Seifenlappen war bewunderte Kostbarkeit. Roh gezimmerte Tische und Stühle, oberflächlich gebeizt, waren im Nu da. Alles im Galopp hergestellt, aus der allgemeinen Not wurde ein Schnellgeschäft gemacht.

Auch unter den Trauerweiden der großen Tragödien wachsen die Pilze der kleinen Menschlichkeiten.

Immer am Tage die hoch- und schnellfliegenden Moskito-Flugzeuge der Feinde, gegen die die Abwehr kaum noch eingesetzt wurde. Man fürchtete sie nicht mehr, obwohl dann und wann diese Fernaufklärer auch Bomben abwarfen. Zuweilen stiegen Jäger auf, sie zu verfolgen; man wollte wenigstens zeigen, daß man noch da war.

Um den Verkehr zu erleichtern, waren Kraftwagen wieder zugelassen worden. Passanten, die in die Stadt wollten, wurden von Privatwagen willig mitgenommen. Die Nächstenliebe blühte, sofern sie keine Kosten verursachte.

Max und Mariechen brachten der Frau verwitweten Baurat Hirsekorn, geborenen Studt, als Reiseüberraschung den Entschluß mit, demnächst zu heiraten. Die grauseidene Gravität fiel weder aus den Wolken noch auf den Rücken, sondern meinte gelassen, wenn Mariechen so früh zu heiraten beabsichtige, hätte sie nicht zu studieren brauchen.

„Sie wird ja weiter studieren, verehrte Schwiegermama; daran ändert die Heirat gar nichts."

„Und wo wohnen und wovon leben?"

„Von der staatlichen Studentenhilfe. Und wo wohnen? Für uns wird man schon sorgen."

„Ich hatte es mir zwar anders gedacht — aber das ist wohl die neue Welt."

„Ach, Mutter —"

„Laß, Kind. Ihr könnt ja nicht einmal eine Hochzeitsreise machen."

„Nicht nötig, liebste Schwiegermama."

„Nicht nötig? Das versteht ihr wohl besser. Ihr seid ja so klug."

Max fühlte sich gedrängt, Grundsätzliches zu erwidern: „Liebe Schwiegermama, alle Eltern halten ihre Kinder für naseweise Besserwisser. Das sind sie indessen gar nicht; wenigstens nicht, was Ihre Tochter und meine Wenigkeit anbetrifft. Ältere haben nun einmal die Neigung, Jugendlichkeit gleich Unzulänglichkeit zu setzen. Wie beim Bergsteigen: wer schon eine Strecke bewältigt hat, sieht die Erde zu seinen Füßen anders als der, der erst zu steigen beginnt. Jede Zeit hat ihre Krinoline; auch die unsrige."

Mariechen sah ihren Max hingerissen an, was Frau verwitwete Baurat Hirsekorn, geborene Studt, mit großer, wenn auch schweigender Mißbilligung wahrnahm. Max, von der Bewunderung des geliebten Mädchens entfacht, fühlte sich akademisch wachsen: „Das ist nämlich so, liebste Schwiegermama: was die Alten — im allgemeinen gesprochen — gegen die Jungen vorbringen — daß sie naseweis, unehrerbietig und unbelehrbar seien — könnten die Jungen — cum grano salis — genau gegen die Alten anführen. Nicht, daß die Älteren naseweis seien, sie sind aber leicht rechthaberisch, indem sie sich auf Erfahrungen berufen. Nicht, daß die Älteren unehrerbietig seien — obwohl doch auch die Jugend ihre Würde hat — sind sie den Jungen gegenüber von oft verletzender Herablassung. Nicht, daß die Älteren unbelehrbar seien — obgleich der Versuch schon, sie belehren zu wollen, da doch jeder in diesem oder jenem, wie alt er immer sei, zu belehren ist, vergebliches Bemühen wäre — sind sie von ihrem Wissen, als dem einzig wahren, derart überzeugt, daß daraus allein schon der Jugend der Geist des Widerspruchs erwachsen muß. Ich meine, wie man von der Jugend Bescheidung verlangt, sollte man ihr auch Verständnis entgegenbringen!"

„Ich glaube nicht, lieber Max, daß ich es euch gegenüber jemals an Verständnis habe fehlen lassen."

„Im Gegenteil, liebe Schwiegermama; wir hatten uns von Ihnen immer nur der besten Einsicht zu versehen. Ich möchte auch nicht auf uns exemplifiziert haben; es war nur das Thema. Wir sind dabei aber von unserer Angelegenheit abgekommen."

„Das finde ich auch", meinte Mariechen, die besorgte, Max werde vor lauter Klugheit doch noch etwas Dummes sagen.

„Jedenfalls bin ich euch dankbar, daß ihr mir wenigstens eure Absicht kundgetan habt."

Max quittierte diese grauseidene Pikiertheit mit einer kleinen Verbeugung und fuhr fort: „Die Dinge liegen so: ein junges Ehepaar findet eine Wohnung. Mariechen würde jetzt kaum Erlaubnis bekommen, nach Hamburg zurückzukehren; das gleiche träfe für Sie zu, verehrte Schwiegermama. Aber bei uns, bei Ihren Kindern, könnten Sie . . ."

Die Grauseidene hob abwehrend die Hand: „Sehr lieb von euch. Aber das kommt nicht in Frage. Es ist ja auch noch nicht soweit. Tut, was ihr für richtig haltet, ich werde mich von Herzen freuen."

Das glaubten die Kinder zwar nicht. Sie ergriffen indessen nichtsdestoweniger die Hände der Mutter und sahen ihr seelenvoll in die Augen.

Unvermutet tauchte Harald bei ihnen auf, der Edith zu den Verwandten der Frau Doktor Bender gebracht hatte. Mariechen und die Grauseidene versprachen, sie so bald wie möglich aufzusuchen. Harald und Max fuhren nach Hamburg zurück; Harald, um die letzten Urlaubstage bei den Eltern zu verbringen, Max, um sich Urlaub von der Studentenkompanie geben zu lassen, nach seiner Mutter zu forschen.

Alfred hatte sich, wenn auch widerstrebend, bereit finden lassen, Max nach Hammerbrook zu begleiten. Die Trümmer des Melhopschen Hauses waren noch nicht ausgekühlt. Vom Kanal aus war man in den Keller eingedrungen und hatte nichts als zur Unkenntlichkeit verkohlte Leichname gefunden. In ungezählten Kellern fand man Tote friedlich auf den Betten, von Bänken und Stühlen herabgesunken oder mit dem Rücken gegen die Wand. Der fortschreitende Mangel an Sauerstoff hatte sie einschlafen lassen; die Glut über den Trümmern zerglühte ihre Leiber zu Asche. So fand man sie in gespenstischer Totlebendigkeit gleich Panoptikumfiguren. Unter dem Anhauch eindringender frischer Luft zerfielen sie zu Staub.

Trupps von Zuchthäuslern, mit Gasmaske, Gummisohlen und Gummihandschuhen versehen, drangen in die von der Sommerhitze mit Verwesungsbrodem durchschwelten Keller, um zu bergen, was von Menschen nachgeblieben war. Eine Arbeit, für die sich die Gefangenen freiwillig melden konnten und für die sie Zigaretten, Alkohol und sonst tunliche Vorteile erhielten.

Auf einem Scheiterhaufen wurden Tierkadaver verbrannt; die Stellen, wo man sie freigelegt hatte, wurden von Soldaten mit Flammenwerfern keimfrei gemacht. Das hatte in der Stadt Anlaß zu dem törichten Gerücht gegeben, in den Sperrgebieten würden Leichen verbrannt.

Max und Alfred fanden niemand, den sie hätten fragen können; was zu erfahren war, wußte Alfred bereits.

„Das beste würde sein, Max, wenn du nach Bayreuth führest. Dorthin sind die meisten Evakuierten gekommen; vielleicht hast du dort Glück, irgend etwas zu erfahren."

„Aber wie, Onkel Alfred?"

„Es wird dort Listen geben. Du nimmst dir das Adreßbuch vor und schreibst die Namen aller Einwohner eures Hauses und einiger Nebenhäuser auf, auch des Hauses in der Frankenstraße, in dem sich der Luftschutzkeller befand, und fragst nach den Leuten. Sonst wüßte ich auch nichts."

„In Hammerbrook sollen achtzigtausend Tote geborgen sein."

„Rede diesen Unsinn nicht nach, Max! Stell' dir vor: euer Haus hatte zehn Wohnungen. Nimm an, in jeder Wohnung hätte eine sechsköpfige Familie gewohnt, das würde für euer Haus sechzig Personen gemacht haben. Diese sechzig Menschen — nehmen wir an — sind alle zu Hause gewesen, in den Keller gegangen und sind alle ums Leben gekommen. Nun rechne einmal, in Hammerbrook müßten in diesen paar Tagen bereits rund dreizehnhundert Keller mit je sechzig Leichen ausgeräumt worden sein, um annähernd die Zahl von achtzigtausend zu erhalten."

„So gesehen — natürlich —"

„Und da nicht in allen Kellern sechzig Menschen waren, müßte also die Zahl der ausgeräumten Keller noch viel größer sein, um auf die achtzigtausend zu kommen. Träfe diese Zahl für Hammerbrook allein zu, kämen wir auf eine Viertelmillion Opfer."

„Davon spricht man auch."

„In Tagen wie diesen berauschen viele sich gern an Zahlen. Es wird auch ohne Übertreibungen, fürchte ich, grausig genug sein."

Tag nach Tag. Das Leben forderte sein Recht. Immer mehr Hamburger kehrten zurück. Vergeblich die Mahnung, noch fern zu bleiben. Sie alle kannten nur ein Ziel: zurück in die Stadt, in der sich ihres Daseins Kreise vollendeten. Über zweihunderttausend Menschen wohnten in schnell gezimmerten Lauben in Schrebergärten. Keine Unbill des Himmels würde sie daraus vertreiben. Sie hatten nicht das geringste, um ihr Leben menschenwürdig zu gestalten; aber sie hatten ihre Liebe zu der Stadt und den Mut, ganz von unten wieder anzufangen. Die Kleinhändler errichteten mitten in den Ruinen ihre Verkaufsstände oder flickten demolierte Läden zurecht. Sie hatten Mühe, die Waren vom Markt zu holen, denn Wagen und Gespanne waren vernichtet. Wer aber noch über ein Gefährt verfügte, fuhr die Ware auch dem sonst gehaßten Konkurrenten vor den Laden.

Im Zentrum der Stadt fieberhaftes Leben. Auf dem Stephansplatz regelte wie zu jener Zeit, da es die seelenlosen rot-gelb-grünen Verkehrsampeln noch nicht gab, ein berittener Schutzmann den Strom der Massen. Ganz nach Vorschrift mit weißen Handschuhen und auf einem Pferd, das jeden Appell mit Glanz bestünde. Der Magie polizeilicher Macht ordneten die Menschen sich willig unter; es war tröstlich, in all dem Chaos die waltende Ordnung zu spüren.

Das Postscheckamt Hamburg, am Rödingsmarkt ausgebrannt, war nach Leipzig umgezogen. Die wissenschaftlichen Institute brachten ihre Bücherschätze und wertvollen

Apparate in die Bunker der Trümmerstätten. Die Geschäfte machten Gemeinschaftsläden auf. Es ging! Es ging! Und überall Schilder: „Wir eröffnen wieder!" „Wir sind noch da!" „Uns kriegen sie nicht tot!" Und alle beim Schuttwegräumen, der Chef und der Lehrling, die Direktrice und die Verkäuferin, der Abteilungsleiter und der Hauswart, der Empfangschef und der Liftjunge, alle eine einzige Notgemeinschaft; alle im Schwunge des Willens, wieder anzufangen.

Gottlob war den Menschen auch im Leid der Witz nicht ausgestorben. War jemand dumm, so hieß es, er habe Dachschaden erlitten oder ihm sei die Kommode angesengelt; in der ausgebrannten Staatsoper spielte man „Romanze in Müll" oder „Der Weg ins Freie", Stücke, für die man keine Dekorationen zu beschaffen brauchte.

Und Tag für Tag fuhren Wagen um Wagen nach Ohlsdorf hinaus, wo Greifbagger das Massengrab für die Opfer der Schreckensnächte aushoben. Brennender Wacholder ließ blaue Qualmwolken über die Schollen wogen, um den Verwesungsgeruch zu überdecken.

Immer noch fehlten Wasser, Gas und Elektrizität. Immer noch war das Waschwasser vom Morgen auch das Waschwasser am Abend. Und immer noch keine Abfuhr. Die Kehrichthaufen wuchsen zu Bergen, die blauschillernden Schmeißfliegen, diese Prasser des Ekelhaften, stoben in Schwärmen. Lysol auf den Fensterbänken sollte das Getier vom Einflug in die Wohnungen abhalten. Einen Tag, dann überflogen diese Herolde der Fäulnis die Gefahrenzone in größerer Höhe.

In der langen Hamburger Straße in Barmbek war ein einziges Kaufhaus stehengeblieben; Haus um Haus, Terrasse um Terrasse niedergemäht. Die Karstadt-Ruine glich einem phantastischen Filmbau. Das mächtig gequaderte Gebäude zu wohnhausgroßen Brocken zerschmettert; meterbreite Eisenträger wie Späne zusammengekräuselt. An der stehengebliebenen Hinterwand mit Rudimenten von Zugängen schwang frei eine Galerie, von der man die

Vorstellung haben konnte, daß die im Grausigen schwelgende Phantasie eines Regisseurs sie ausgedacht hatte, um von ihr aus eine gejagte Schar verzweifelter Menschen, von Todesangst ineinander verknäuelt, Ausschau halten zu lassen nach einer allerletzten Rettung. So genau durchdacht und durchkonstruiert erschien alles, daß das Grausige ins Phänomenale, das Entsetzliche ins Grandiose hineinragte und jeder hingewuchtete Mauerbrocken schaumäßig hingebaut erschien. Eine wahrhaft künstlerisch aufgebaute Apotheose der Vernichtung.

Nach drangvoll fürchterlicher Fahrt in einem bis zum Bersten überfüllten Zug, in den sich auf jeder Station noch Hamburger hineindrängten, die alle nach Bayreuth wollten, kam Max in der Frühe eines Tages in der Stadt der Wagner-Festspiele an. Die Spielzeit war gerade zu Ende gegangen und die Elendszüge der Flüchtlinge begegneten sich mit den Gästezügen, in denen man sich noch in einer Welt daheim fühlte, die in anderen Sphären kreiste.

Grau und unlustig schlich der Tag heran. Max hatte zwar nicht erwartet, von Parsival empfangen und Elsa von Brabant sich um Art und Nam' des Fremdlings mühen zu sehen, er hatte auch nicht geglaubt, von Hans Sachs zu einer Fahrt ins Land der Franken eingeladen zu werden, aber so trostlos hatte er sich Bayreuth nicht vorgestellt. Auf eine Prinzessin vorbereitet, fand er eine Landpomeranze.

Wie anders wurde alles, als die steigende Sonne ihr Gold über die Maintäler ausschüttete, aus den Frankenwäldern die Morgenwinde mit dem weiten Schwung des Erwachtseins daherkamen. Selbst der graue Bahnhofsplatz war jetzt schön wie ein lächelndes Angesicht. Schön der Weg hinab über die Brücke mit dem Blick auf das alte markgräfliche Bayreuth; schön Lauf und Widerlauf der Gassen, in denen sich das Leben zu regen begann. Und dann hörte er die ersten norddeutschen Laute, erkannte er die Hamburger schon an ihrem Gang, sah sie vor den Läden stehen, hörte sie von Bezugscheinen sprechen und merkte an allem, daß sich seine Landsleute hier nicht übermäßig unglücklich fühlten. Er fragte sich nach der Rot-Main-Halle durch, wo die Flüchtlinge aus Hamburg registriert wurden.

In Bayreuth war man durch die traditionellen Festspiele an die Unterbringung großer Mengen von Fremden gewöhnt. Was jetzt hereingebrochen war, überstieg jede Vorstellung und Berechnung. In ein paar Tagen waren schon zweihunderttausend Obdachlose aus Hamburg durch Bayreuth durchgeschleust worden, weitere zweihunderttausend aus anderen Teilen des Reiches. Bayreuth sah sich vor Aufgaben, zu deren Bewältigung alle Voraussetzungen fehlten, nur der gute Wille nicht, sich nicht unterkriegen zu lassen. Den Hamburgern sollte eine trostvolle Ferienzeit bereitet werden; für die Kinder von der Wasserkante war der regulierte Lauf des Rotmains für das Planschen sorgfältig von Scherben gereinigt worden. Überall zeigte sich die gute Gesinnung, mit der man die Gäste erwartet hatte. Man war auf Ferienbesuch, nicht auf eine Invasion vorbereitet gewesen.

Max hatte sich mehr als zwei Dutzend Namen und Adressen aus der Hammerbrookstraße aufgeschrieben. Keiner davon war in der Kartothek. Als man seine Enttäuschung sah, tröstete man ihn; es seien Sammeltransporte, die zunächst für Bayreuth vorgesehen waren, nach Schleswig-Holstein und nach Mecklenburg gekommen. Viele Flüchtlinge seien auf eigene Faust losgefahren und säßen nun irgendwo fest, weil man endlich dem ewigen Hin und Her der Flüchtlinge ein Ende bereiten müsse. Hier in Bayreuth, bedeutete man ihm, fänden sich jeden Tag Menschen wieder, die einander längst verloren gegeben hatten. Eine Familie von sieben Personen, darunter eine Frau von dreiundachtzig Jahren, sei in Hamburg auseinander gekommen. Ein Teil hatte einen Transport nach Westpreußen mitgemacht, ein anderer nach Bremen, und hier in Bayreuth hatten sich alle in einer Baracke plötzlich wiedergefunden. Außerdem könne seine Mutter unterwegs krank geworden sein, habe vielleicht auch geschrieben. Wo aber bestellen, da keine Anschrift mehr existiere? Er solle seine Adresse nur hierlassen; man würde ihm Bescheid geben, wenn seine Mutter hier auftauche. Und wenn er — er möge es richtig auffassen — hier nichts weiter zu tun habe, täte er allen einen Gefallen, wenn er so schnell wie möglich wieder wegführe, denn man brauche jeden Raum mehr als notwendig.

Am Abend saß er in seinem Gasthaus mit einem Schmied zusammen, der in Rothenburgsort Frau und Kind verloren hatte. Den linken Arm trug er mit schweren Phosphorverbrennungen in der Binde. Er war auf die Bayreuther wütend, denn sie wollten ihm keinen Reiseausweis geben, weil er mit seinem verbrannten Arm nicht erwerbsfähig sei und darum in Hamburg nichts zu suchen habe.

„Aber recht haben die Leute doch eigentlich."

„Natürlich haben sie recht; ich habe aber auch recht Was soll ich hier? Den ganzen Tag durch die Stadt dammeln und nichts um die Ohren und immer dasselbe: Bomben, Feuersturm, Hauseinstürze!"

„Das wäre in Hamburg noch schlimmer."

„Ja, in Hamburg! In Hamburg! Aber dann wär' ich in Hamburg. Können Sie nicht, so mit 'ner kleinen Schiebung, wissen Sie — wenn ich erst im Zug drin bin —"

„Geht nicht, mein Bester. Ich täte es an Ihrer Stelle auch nicht. Sie sind hier so gut aufgenommen worden —"

„Aber in Hamburg, wissen Sie —! So eine verfluchte — na ja! Geht wieder in Ordnung. Meinen Sie nicht?"

„Ob ich es meine!"

„Man muß hier gar nicht hinhören. Wenn die Leute zu erzählen anfangen, möchten Sie mit dem Kopf gegen die Wand rennen. Hamburg so kaputt zu machen! Immer heulen könnt' ich. Wissen Sie, Sie müssen es mir ganz ehrlich sagen, ob es schlecht ist: ich habe ja nun Frau und Kind verloren und den Hausstand und alles obendrein — wenn ich aber an Hamburg denke, alle die Straßen, wo man groß geworden ist und gespielt hat, Schleichjäger, Abo-Bibo und ‚Fuchs ut't Lock' und Kreisel und Marmel, ‚Hudd'l een to!, und die Kirche, wo man konfirmiert ist — dann könnt ich noch zehnmal mehr heulen."

„Gehört alles zueinander, Mann. Wie heißen Sie? Ich heiße Melhop."

„Und ich Schmidt. Heiße Schmidt und bin Schmied."

„Ja, also, Herr Schmidt, das gehört alles zusammen: Mensch und Stadt. Und trauert man um das eine, trauert man um das andere mit."

„So ist es wohl; und wegen Frau und Kind ist es denn auch, daß man die Stadt so — meinen Sie nicht?"

Max lächelte. Da wollte dem das Wörtchen ‚lieb' nicht über die Lippen aus Scheu, sein Gefühl ganz auszudeuten.

„Wollen wir an den Main gehen?"

„Wenn ich Ihnen nicht zu gering bin?"

„Oller Dussel!"

Sie gaben sich die Hand und damit war auf hamburgische Art Freundschaft geschlossen.

„Sehn Sie", sagte Schmidt, als sie dem Main zuschritten, „das ist ja nun hier ein ganz anderer Menschenschlag. Die verstehn uns nicht und wir verstehn sie nicht; sie woll'n und wir woll'n. Mit'm Essen fängt's an. Wir essen ganz anders. Hier in der Stadt geht's noch; aber auf dem Lande! Du meine Güte! Die quosen das Brot so weg, ohne Butter und ohne was drauf. Wir woll'n doch unser Rundstück, und mit Butter und Wurst oder Käse und so. Die kennen ja nicht mal ein Rundstück hier! Was bei uns ein Arbeiter ist, der lebt wie'n Fürst gegen die hier auf dem Lande."

„Das ist schon richtig. Man muß sich aber nach den Leuten hier richten."

„Tun wir auch; aber etwas hätte man von vornherein bedenken sollen. Ich sag' mir das eine, wenn ein Land wie hier und ist schwach besiedelt, so hat es seinen Grund, und der ist, daß der Boden karg ist. Und wo ein Boden nichts hergibt, kann der Mensch nichts hergeben; so ein Mittelbauer hat nicht mal das, was ein Arbeiter bei uns hat. Und das paßt nicht zueinander! Wir gehn mit dem

Geld anders um und wenn die Hamburger, wenn sie kommen, fragen, ob es auch ein Kino gibt, dann schlagen die Leute die Hände überm Kopf zusammen und meinen, so schlecht könne es den Hamburgern ja nicht gehn, wenn sie gleich nach'm Kino fragen. Aber das brauchen sie. Dann denken sie wenigstens nicht an ihr Elend. Ist das richtig?"

„Zum Teil ja. Aber so arm sind die Leute auf dem Lande gar nicht; so haben sie immer gelebt und so werden sie weiter leben. Das ist Väterart, Schmidt."

„Nun ja. Unsere ist anders."

„Leider, leider, Schmidt. Wir alle, nicht nur wir in Hamburg, haben zu splendid gelebt, haben gemeint, dieses sei nötig und jenes auch; und selbst die, die es nicht durften, frei nach dem Spruch: Grootdohn is mien Leben, Broder, leh mi 'n Sößling!"

„Minsch, du kannst jo platt!"

„Watt nich! Und wie wohnt ihr hier?"

„Das ist'n Kapitel für sich. Keiner will ja gern Fremde bei sich haben. Hätt' ich auch nicht mögen; und wenn ich denke, daß ich in meiner Dreizimmerwohnung Mann und Frau und Kind — und die Frau bei meiner Frau in der Küche und hätte ihre Töpfe und Geschirr — da hätt' ich meine Frau nicht sehn mögen."

„Eben; das muß man bedenken."

„Und wenn nun Mann und Frau mit drei, vier Kindern anrücken — da sind in den Baracken welche, die haben so viele Kinder, daß man sie nicht unterbringt. Eine Familie ist da mit zehn Kindern. Zehn Kinder! Das elfte unterwegs. Der Älteste ist im Felde, der Zweite ist beim Arbeitsdienst in Hamburg zu Tode gekommen. Nun sitzen sie mit acht Kindern hier. Und eine Liebe, sag' ich Ihnen. Und der Mann wie ich, Phosphor an den Beinen. Und dann hab' ich der Frau gesagt, so viele Kinder sei ja 'ne Schande wert! Da sagt sie, ihr Mann hat kleine Kinder gern, und weil die ja heranwachsen, muß sie immer ein neues haben, damit der Mann sich freut. Die soll'n nun in ein Forsthaus oder bei einem Pfarrer und später in ein eigenes Heim."

„Und wovon leben sie?"

„Auf Staatskosten. Das heißt, jetzt spannt man sie ein und müssen aufs Arbeitsamt. Paßt vielen nicht; aber das geht nicht, hier den feinen Herrn spielen und nichts tun. Was meine Person anbetrifft, ich will und ich komme nach Hamburg, und wenn ich zu Fuß gehen soll."

„Lassen Sie den Arm heil werden, Schmidt, dann können Sie reisen. Und in Hamburg sehn wir uns. Abgemacht?"

„Abgemacht, Herr Melhop."

Als Max nach Hamburg zurückkehrte, war Harald bereits auf dem Wege zu seiner Truppe nach Italien. Die Eltern hatten es ihm angespürt, daß er etwas hatte, worüber er nicht sprechen wollte. Von Edith war noch keine Nachricht gekommen. Von Frau Doktor Bender hörten sie, daß ihr Schützling sich bei ihren Verwandten wohl zu fühlen scheine, sich gut erhole, aber doch noch nicht dem Trübsinn entrissen sei. Mariechen war einmal bei ihr gewesen, hatte aber eine Zurückhaltung gefunden, die sie bewog, von weiteren Besuchen abzusehen. Max und Mariechen hatten mit sich selber zu tun; ein Studienkamerad vermittelte ihnen ein Zimmer mit Nebengelaß und Küchenbenutzung, so daß der Heirat nichts im Wege stand. Es wurde nicht viel hergemacht davon; man hatte Edith eingeladen, die freundlich ablehnte, da sie sich der Reise noch nicht gewachsen fühlte. Die Grauseidene war aus Wismar gekommen und kehrte nach zwei Tagen nach dort zurück.

Nach zwei Wochen kam Edith unangemeldet nach Hamburg. Schöner und fraulicher als je. Frau Doktor Bender hatte sie bei einer Freundin einquartiert. Edith kümmerte sich um ihren Betrieb, wobei Berger den Eindruck hatte, daß sie in der Arbeit Betäubung und Vergessen suchte.

Immer härter und unerbittlicher wurde der Krieg; die Heimat mußte sich neue Einschränkungen auferlegen. Die Kleinhändler wurden wie Fürsten flattiert. Ohne Verwunderung nahm man wahr, daß sie schneller und schöner ihre Läden und Wohnungen ausbauen konnten als andere Sterbliche.

In die Schadensgebiete, soweit sie freigegeben waren, pilgerten an den Sonntagen Scharen von Menschen, um Blumen und Kränze auf die Schuttmassen zu legen, unter denen sie die sterblichen Überreste von Angehörigen wußten. Kleine Kreuze ragten, Konservendosen dienten als Blumenvasen; alle Ärmlichkeit war überglänzt von nimmermüder Liebe. Wo Menschen sich hatten retten können, waren ihre Namen mit Kreide auf die Mauerreste geschrieben mit dem Zusatz: „Wir leben". Auch der Ort, den sie aufsuchen würden. In einzelnen Bezirken kam langsam die Wasserversorgung in Gang; das Wasser durfte nur gekocht verwendet werden; allen wurde die unentgeltliche Schutzimpfung gegen Typhus empfohlen. Die Zeitungen brachten ein Gemeinschaftsblatt heraus; auch die Post kam wieder ins Haus.

„Der erste schwere Angriff gegen Hamburg", schrieb die englische Zeitschrift ‚New Leader', „bedeutete den Beginn einer neuen Epoche totaler Zerstörung dessen, was man bisher westliche Kultur genannt hat. Die Alliierten haben nunmehr die Vernichtung deutscher Zivilisation zum Prinzip ihrer Kriegsführung erhoben und wollen sie mit der Wurzel ausrotten."

Und die ‚London Illustrated News' kurz vorher: „Deutschland muß mit grausamen und furchtbaren Erfahrungen beigebracht bekommen, wie England Krieg führt. Wir wollen dabei seine Schulmeister sein, und zwar mit Bomben und mit Feuer."

Einige Jahre vor dieser Zeit, als er noch nicht das perfide Bonmot: „Es gibt nur einen guten Deutschen und das ist ein toter Deutscher" von sich gegeben hatte, dachte Churchill anders. Da verurteilte er den Luftkrieg als eine abscheuliche und entsetzliche Art der Kriegsführung, ja als ein Verbrechen; denn indem man durch Massenterror aus der Luft Frauen, Kinder und eine wehrlose Bevölkerung hinschlachte, wolle man die feindliche Regierung zwingen,

Rechte, Besitzungen und Freiheit des Landes preiszugeben. Die Stimme wenigstens eines Predigers in der Wüste der Entsittlichung dieser Zeit, an der hüben und drüben die Schuld gleich groß war: „Contemporary Review" schrieb:

„Wenn diese moderne Art des Krieges nicht irgendwie beendet wird, wird sich die Menschheit selber zerstören. Nur durch ehrliche Erkenntnis unserer eigenen Torheit können wir uns vor diesem Abgrund retten. Es ist unser Verhängnis, daß wir unehrlich in unserer Politik sind. Wenn wir in irgendeine Versammlung von Intellektuellen gehen, die diese Probleme diskutieren — selbst in Versammlungen von Priestern der christlichen Kirche — stellen wir Einstimmigkeit darüber fest, daß im Augenblick unser erster Lebenszweck die Erreichung eines zerschmetternden Sieges über die Deutschen ist, und das zweite Ziel, den Deutschen Stück für Stück die Glieder abzureißen. Durch Haß ist aber noch niemals ein konstruktives Ziel erreicht worden. Als Bismarck nach 1870 die deutschen Staaten vereinigte und die deutsche Nation schuf, beherrschten die Engländer die Erde, die Meere und die Rohmaterialien der Welt. Wir waren reich und mächtig und wurden doch, als die junge deutsche Nation klug, geschickt, fleißig, unternehmungslustig und ehrgeizig ein starkes Reich gründete, neidisch auf dessen Erfolg und neidisch auf den Aufstieg der deutschen Kaufleute. Als Deutsch-Südwestafrika, Deutsch-Ostafrika, Togo, Kamerun und die deutschen Südpazifik-Inseln zur Blüte kamen, schlugen wir einen törichten und unwürdigen Weg ein. Deutschland wurde im Westen von England und Frankreich, im Osten von Rußland eingekreist. Diese Einkreisungspolitik war deutschfeindlich, weil uns in Deutschland ein Rivale entstanden war. Wir Engländer, als das damals mächtigste Empire der Erde, das die Initiative hatte, sind für diese Politik verantwortlich. Der Krieg von 1914 war die fatale und unvermeidliche Konsequenz dieser Zielsetzung. Nach 1918 wurde den britischen Staatsmännern eine zweite Gelegenheit gegeben, eine klügere Politik Deutschland gegenüber einzuschlagen. Wieder versagten wir. Die Schwierigkeiten kamen auch aus dem Lager unserer Alliierten, besonders Frankreichs, dessen Furcht vor Deutschland an Hysterie grenzte. Aber von England ging der Haupteinfluß aus, und deshalb ist England für alles verantwortlich, was sich daraus ergeben mußte. Im Vertrag von Versailles versprachen wir, die Abrüstung Deutschlands sollte die Einleitung einer allgemeinen Abrüstung sein. Wir brachen jedoch in der Folgezeit unser Versprechen und verloren dabei unsere Gelegenheit, einen Frieden auf einer gesunden und gerechten Grundlage zu errichten."

Das alles ließen sich die deutschen Zeitungen nicht entgehen. Sie wiesen darauf hin, daß die Uneinigkeit der Alliierten nach dem ersten Weltkrieg das Zustandekommen eines echten Friedens verhindert habe und erinnerten daran, daß Deutschland noch im Jahre 1936 Eden einen Friedensplan habe überreichen lassen, in dem ein Verbot des Abwurfs von Gas-, Gift- und Brandbomben jeglicher Art auf offene Ortschaften, die sich außerhalb der Reichweite der mittleren Schweren Artillerie der kämpfenden Fronten befänden, vorgeschlagen wurde. Deutschland sei immer bereit gewesen, Bombenflugzeuge überhaupt durch eine internationale Konvention abzuschaffen.

Das war Wasser auf die Mühle der deutschen Kriegsschürer. Sie gaben einen Bericht des ‚Economist' vom 3. Juni 1933 über die Genfer Abrüstungskonferenz heraus, worin die eigensinnige Beharrung der englischen Regierung auf dem Recht des Bombenkrieges gegeißelt wurde, da England mit seiner Haltung praktisch allein gestanden habe. Alle Großmächte und sechzehn der kleineren Mächte hätten dem Verbot ihre volle Zustimmung gegeben, aber Eden habe gegen den einstimmigen Willen der gesamten Welt auf Erhaltung der Luftwaffe und Beibehaltung des Bombenkrieges bestanden; nur der Irak sei an die Seite Englands getreten. Zum Schluß hatte der ‚Economist' der britischen Regierung empfohlen, „sich vor der gesamten

Welt zu rehabilitieren, indem sie ihre moralisch verabscheuungswürdigen Forderungen ohne Vorbehalte und Einschränkungen aufgebe."

Trotzdem verfing diese Propaganda in Deutschland nicht; denn der Erfolg sprach für die Feinde. Um der Garotte zu entgehen, ist jedes Mittel recht, und die Bombardierung von Coventry war am Ende auch keine Feuerwerksveranstaltung gewesen.

Eine andere Frage — die Geschichte wird sie einmal zu beantworten haben: Gingen diese Angriffe nicht weit über das Kriegsnotwendige hinaus? Was hatten diese Zerstörungen und Vernichtungen — für den Ausgang des Krieges völlig belanglos — für einen Sinn? Doch nur den, unter dem Mantel der Kriegsnotwendigkeit eine Exekution zu vollziehen, für die man ein vorgängiges Urteil zu keiner anderen Zeit habe beschaffen können. Es war rundheraus nichts anderes als die Demolierung des Hauses eines Wehrlosen, wobei der Ausübende um so gründlicher verfahren konnte, als er wußte, keine Rechenschaft ablegen zu brauchen.

Das Leben hatte seinen alten Takt wiedergefunden. Theater und Kinos spielten; die Straßenbahnen fuhren in den heil gebliebenen Bezirken; der Hauptbahnhof war wieder in Benutzung. Die Todesanzeigen in der Zeitung füllten Spalten um Spalten, Tag für Tag, monatelang. Und immer wieder Suchanzeigen nach Vermißten.

Alfred machte bei seinen Gängen durch die Stadt die kuriosesten Entdeckungen. Auf dem Giebel eines zerstörten Kaufmannshauses beim Schaarmarkt war die Figur des eilenden Merkurs stehengeblieben, gleichsam als Symbol, daß der alte Kaufmannsgeist Hamburgs trotz allem auf dem Wege sei. An einem Reststück der Vorderwand einer Hilfsschule war die Sonnenuhr erhalten geblieben mit dem Spruch: „Mach es wie die Sonnenuhr, zähl die heitern Stunden nur." Über einem Portal der zertrümmerten St.-Georgs-Kirche: „Wie lieblich sind deine Wohnungen, Herr Zebaoth. Meine Seele verlanget und sehnt sich nach den Vorhöfen des Herrn." An der Hafenfront der ausgebrannten Katharinenkirche unbeschädigt die Skulptur der Schutzheiligen der Gemeinde, der Katharina von Alexandria, von dem römischen Kaiser Marentius verfolgt, gemartert und enthauptet. Die Merktafel der Stephan-Kampe-Gemeinde am Ausschlägerweg gab an jenem Schreckenssonnabend ein Wort des Jesaja als Wochenspruch: „Ihr werdet mit Freuden Wasser schöpfen aus dem Heilbronnen." Weiß Gott, sie hätten am Ausschlägerweg mit Freuden Wasser schöpfen mögen, als der Feuersturm daherbrauste. Auf dem Gänsemarkt lag der Bronze-Lessing, von seinem Granitsockel herabgeschleudert, unziemlich auf der Nase. Sein Blick war immer hinübergegangen nach der Stätte, wo einstmals das Hamburger Stadttheater gestanden und ihm Geist und Witz für seine Hamburger Dramaturgie befeuert hatte. Vielleicht hatte er aber auch hinübergeschielt nach der verschwiegenen Gasse fröhlicher Mädchen, denen im Namen der Liebe vergeben wird, was sie im Namen der Liebe gesündigt. Vielleicht ruhte sein Blick aber gerade auf der lukullischen Straßenecke, an der vor Jahren ein veritabler König, der ganz unzeremoniell allein spazierengegangen war, vom Tode ereilt und als „Unbekannt" in der Leichenhalle des Hafenkrankenhauses unter das übrige Strandgut der Großstadt eingereiht worden war. Wie dem nun sei, der aufrechte Gotthold Ephraim Lessing lag auf der Nase und es sahen auf ihn herab, die sonst nicht einmal zu ihm hinauf zu schauen gewagt hatten. Auf dem Hopfenmarkt war von Speditionsfirmen ein Freiluft-Stapel- und Umschlagplatz geschaffen worden, der leider Gottes der Unbill des Wetters ausgesetzt war. Eine Revue der Armut; denn was hier mit Leitzetteln versehen stand, wäre früher zu Feuerholz zerschlagen worden. Heute nicht nur begehrtes, sondern unentbehrliches Gut.

Als wollte die Natur selber die Unverzagtheit der Menschen stärken, begannen viele Bäume ein zweites Mal zu blühen; Kastanien und Flieder; nicht so reich wie im

Frühjahr, aber doch Auge und Herz erfreuend mit ihrem Gruß an den Herbst.

Haben Dahlien, Georginen und Astern je so tief geleuchtet, die Rosen je so inbrünstig gebrannt wie heuer, da sie ihre Schönheit den geschändeten Gärten schenkten?

Die Sinne schärften sich für das geheimnisvolle Leben der Ruinen. Die zerspellten Räume, durch die der Wind ging, über die die Wolken hinwanderten, waren voll von Raunen von weither. Das pendelnde Gestänge, das den Wänden Halt geliehen, das schwingende Gespinst des Röhrengeäders, das alles klingelte zärtlich aneinander in naturhafter Abgesondertheit inmitten der sie umringenden Entseelung, die ihre Rückkehr ins Elementarische besiegelte. Die Dinge waren herausgelöst aus der sinnvollen Beziehung zum Menschenwerk, durch das sie dem Lebendigen verwirkt waren, wieder hineingestellt in das Entferntsein ihrer Urtümlichkeit, in jene Fremdheit, die allem eignet, das noch nicht oder nicht mehr dem Menschen untertan ist. Bröckelsteinchen endeten ihren Fall mit kurzem Hall, der wie Endgültiges war. Fensterhöhlen starrten wie Augenleere Geblendeter. Eingänge duckten sich unter der Scham Vergewaltigter. Gärten schauerten Schritte Verfluchter nach.

Alfred wagte sich in Keller hinein. Das Dunkel war voller Feindseligkeit. Überall Spuren der haltlosen Flucht von Menschen.

Und doch trug alles noch den Schimmer von gestern und vorgestern. Um das Zerschmetterte, Zerbrochene, Zerfetzte, um diese orgiastische Vernichtung war das bettelnde Lächeln des Gewesenen, des Miteinanderlebens.

Da waren noch die Ladenschilder; die schönen schwarzen Glastafeln mit Goldbuchstaben, die prächtigen Messingschilder, die Firmennamen aus Leuchtbuchstaben. Alle die rührenden Kundgebungen des Kleingewerbes: der Herrenmaßschneider, der Heißluftmangel, der Brotgeschäfte — Täglich fünfmal frische Rundstücke! — der Kolonialwarenhändler, der Frucht- und Gemüsewarenläden, der Fischräuchereien, der Glaser und Einrahmer, der kleinen Cafés und Gastwirtschaften, all das bescheidene Wichtigtun, erwachsen aus der Gewißheit der täglichen Unentbehrlichkeit. Und hinter jedem war ein kleines Leben für sich gewesen, eine kleine tönende Welt, und aus der Vielheit dieser kleinen Welten bestand die große Welt, die mit ihrem Irrgang die vielen kleinen Welten zerstört hat.

Da standen diese Häuser, Steinklötze ohne Dach, die Untergeschosse voll von Mauerbrocken, zerbrochenen Fensterrahmen, zertrümmerten Öfen, Herden und Badewannen, Klumpen von geschmolzenen Flaschen mit Einschlüssen von Patentverschlüssen; an den Mauern herabgekippte Balkons, in den Blumenkästen wucherndes Grün; in den zugeschütteten Hauseingängen die Höhlen der Hausglocken wie herausgerissene Augen, von Feuer zerbräunt und zerpulvert und in das zerglühte Glas eingepreßt. Töpfe, Siebe, Wannen an stehengebliebenen Wänden von Küchen; man wird sie niemals bergen können.

Sie sollten, die Menschen, durch die Trümmerstätten gehen, wie durch die Bogengänge von Kirchen. Es müßten die Dome sein, in denen die Deutschen den Krieg für alle Zeiten abschwören.

Auf einem dieser Wege schloß sich Alfred ein Alter an. Immer einen halben Schritt vor ihm trabend, um ihm ins Gesicht sehen zu können.

„Suchen Sie jemand? Ich suche meine Frau und meine Tochter. Ich finde sie auch. Man muß sich Zeit lassen. Sie glauben nicht, wie viele Keller es hier gibt; und viele noch unter den Trümmern. Aber ich habe Zeit; mehr als genug." Er lachte schütternd in sich hinein.

Alfred lächelte dem Sinnverstörten zu.

„Ich war bei der Steuer, wissen Sie. Da bin ich zum Chef gegangen: Was sollen wir noch? Hamburg ist hin. Wozu Geld? Und von wem? Alle tot; von denen gibt's keine Steuern mehr. Wo sind überhaupt noch Menschen? Sehn Sie sich um. Sie und ich sind hier. Hier kann einer den anderen totschlagen und kein Hahn kräht danach."

Alfred sah den Verrückten an. Nein, nein, von dem hatte er nichts zu befürchten.

Der Irre rannte einen Schritt vor und zurück. „Ich habe keine Angst. Wer soll mir was tun? Ich suche meine Frau und meine Tochter. Waren Sie schon in den Kellern? Überall hockt der Tod und weint, weil ihm die Menschen weggerannt sind. Mir kann er nichts anhaben. Ich bin mitten durchs Feuer gelaufen und meine Frau und Tochter hinterher. Da seh' ich mich um und sie sind weg. Wie weggezaubert. Und die Leute sagten, sie seien in einen Keller gelaufen. Aber in welchen? Nun such' ich sie. Sie wissen es wohl nicht?"

„War es hier?"

„Das weiß ich eben nicht. Irgendwo. Meine Frau heißt Anna; meine Tochter Mimi. Nach meiner Mutter. Wenn meine arme Mutter dieses hätte erleben müssen! Das hätte sie nicht überlebt. Aber sie ist schon zwanzig Jahre tot."

„Zwanzig Jahre ist eine lange Zeit."

„Ich habe Zeit, wissen Sie. Meine Mutter hätte nach ihrer Tochter nicht so lange suchen können; hatte es an der Hüfte. Ich kann es. In jeden Keller gehe ich und rufe: Anna! Mimi! Und einmal werden sie ja antworten."

„Sicher."

Alfred sah ihn von der Seite an. Ein fahles, faltiges Gesicht mit einer großen Nase, darunter einen auffallend kleinen Mund. Einen Hut trug er nicht. Das graue Haar übersträhnte eine hohe, nach oben zugespitzte Stirn; auf dem Scheitel eine tonsurähnliche Lichtung; unruhige tiefliegende graue Augen unter spärlichen Brauen. Typ einer in kleinen Verhältnissen verwucherten Intelligenz, die keine Ausdrucksmöglichkeit gefunden hatte. Ein viel zu großer Anzug schlotterte in grotesken Falten auf die Stiefel, die einem Landarbeiter angestanden hätten. Aus der Jacketttasche das Dreieck eines bunten Tüchelchens, immer wieder zurechtgezupft. Sein verstörter Sinn war fern aller Tragik. Im Geheimen war er der Meinung, Frau und Tochter wollten sich nicht finden lassen, um ihm die Freude des Suchens zu lassen.

„Ich will Ihnen etwas zeigen. Haben Sie Zeit? Zeit muß man haben. Ich kenne jede Ecke hier.“

In der Süderstraße blieb er vor einem zertrümmerten Haus stehen. Ein Mauerbrocken war zum Sockel eines Blechkanisters mit Blumen gemacht worden. Auf dem Sockel mit Kreideschrift: „Unseren lieben Toten zum Gedenken.“ Und auf dem Kanister die Namen: Bernitt, Henny, Mariechen, Heidi.

Der Alte sah Alfred an: „Hab' ich gekannt, alle vier. Der Junge zwölf, Henny zehn, Mariechen sieben, Heidi vier. Und wo sind sie? Darunter sind sie!“

Als Alfred nichts zu sagen wußte: „Kommen Sie mit!“

Und lief wieder voraus, in die Sorbenstraße, und blieb vor einem Hofeingang stehen, bis Alfred, der nun bald genug hatte, herangekommen war.

„Da, lesen Sie: ‚Das Einfahren mit schottischen Karren, das Ballspielen und Lärmen der Kinder im Hof und Treppenhäusern sowie das Stehen vor den Hauseingängen ist verboten.“ Der Alte lachte: „Hihi! Schlechtes Deutsch! Schlechte Gesinnung! Wo sollten die Kinder spielen? Auf der Straße mit den vielen Wagen? Das hat er nun davon! Hier werden niemals wieder Kinder spielen. Sehn Sie da.“ Und las wieder vor: „Wer kann Auskunft geben über meine Tochter nebst Kind Frau Hermine Mahler, geboren 16. 8. 1917; Uwe Mahler, geboren 27. 10. 1938. Sie wohnten Sorbenstraße 59, Haus D, Parterre.“ Er sah Alfred an: „Das notiere ich mir, wissen Sie; und frage in den Kellern nach; der eine und der andere weiß vielleicht etwas. Solche junge Frau und ihr Junge! Zum Gotterbarmen. Und durfte nicht einmal auf dem Hof spielen! Ist wohl nie ein Kind gewesen, der Hauswirt, oder irgendwo, wo es keinen Hof gibt. Und nicht im Hauseingang stehen; du lieber Gott, und gerade das — und kein Licht im Treppenhaus mehr und keiner will zuerst ‚Gute Nacht‘ sagen.“

„Weiß ich, weiß ich, mein Guter.“

„Ja; und die Hoflaterne plinkert; und die einen Fenster sind hell und die anderen dunkel; und man geht in den

Schatten, weil man doch nicht gesehen werden will; denn da lauert immer jemand hinter den Vorhängen und tratscht am andern Tag los. Und der Mond sitzt auf'm Dach und grient; und wenn jemand ins Haus kommt, sagt man manierlich ‚Guten Abend' und denkt: Wenn er bloß nichts gesehn hat! Ist es so?"

„Wenn Sie es sagen —" Der Alte kommt Alfred jetzt ganz vernünftig vor.

„Wissen Sie, als ich meine Anna kennenlernte, schrieb ich Geschichten. Ja, ja! Die wurden in den Zeitungen gedruckt und bezahlt. Fünfzehn Mark; weiß ich wie heute. Und als Mimi da war, machte ich Bilder von ihr und zu jedem Bild Verse. Zwei dicke Bücher mit Bildern und Versen. Schöne Verse. Anna hat sie immer wieder gelesen. Die such' ich nämlich auch; die Bilder und die Verse; zwei dicke Bücher; die können nicht verbrannt sein. Die hat meine Frau bestimmt mitgenommen. Meinen Sie nicht?"

„Bestimmt."

Der Blick des Alten ging über das Chaos der Sorbenstraße, ohne daß es in sein Bewußtsein eingedrungen wäre. Plötzlich schien Traurigkeit über ihn gefallen.

„Ich will dann gehen, Herr. Was war es noch, was Sie suchten?"

„Ich suche gar nichts."

„Gar nichts? Die Menschen hier suchen alle etwas. Ich suche Frau und Tochter. Meinen Sie, daß ich sie finde? Ich weiß nie, wo ich anfangen und aufhören soll."

„Sie brauchen die Hoffnung nicht aufzugeben."

„Suchet, so werdet ihr finden, klopfet an, so wird euch aufgetan. Leben Sie wohl, mein Herr."

Alfred sah ihm nach; nur gut, daß Gott ihm den Sinn verstört hat, damit er sein Elend nicht gewahr wird. Er lief in der Mitte der Straße wie ein Schemen, wie der verlorene Geist der verlorenen Straßen, ein Irrwisch der Armseligkeit, zu der sich die Menschheit selber verdammt hat.

Edith lebte in einer Welt für sich. Es war eine Leere in ihr, die sie auszufüllen trachtete mit der Fürsorge für ihre Angestellten. Sie hatte für die Ausgebombten eine Abteilung geschaffen, die sich um alles zu mühen hatte; bis nach Wien, Stuttgart und Straßburg schickte sie die Leute, um Sachen aufzukaufen. In Hamburg und in den Städten ringsum war nichts mehr zu haben.

Else fühlte sich verletzt durch Ediths Verhalten. Sie hatte keinen Sinn für die psychologischen Voraussetzungen des Hanges zum Alleinsein. „Was hat das Leben noch für einen Sinn, wenn man sich so einspinnt?" hatte sie Alfred gefragt.

„Nach dem Sinn des Lebens zu fragen, Else, ist eine schwere Sache. Es gibt Menschen, die einen solchen Sinn überhaupt leugnen."

„Ich denke nicht an das Phänomen, das wir Leben nennen; ich meine den kleinen Kreis, in den wir gesetzt worden sind. Wer könnte Lust zu einem Leben haben, das in das Nur-Kreatürliche zurücksinkt?"

„Wobei zu fragen wäre, ob wir nicht die uns gesetzten Grenzen schon überschritten, sobald wir das Nur-Kreatürliche verließen. Vielleicht begann der Niedergang der Menschheit bereits in dem Augenblick, da sie den Aufstieg zu beginnen meinte? Leiden wir nicht alle unter der Zivilisation, sobald wir Bedürfnisse, die sie uns anerzogen hat, nicht befriedigen können? Ja, entsteht aus dieser Diskrepanz nicht überhaupt alles Elend der Welt? Wollen wir nicht alle über unser Maß hinaus? Auf zwei Arten könnte man die Notwendigkeiten umgrenzen: Ohne was kann ein Mensch leben und ohne was kann ein Mensch nicht leben. Ich glaube, selbst der Arme wüßte dann noch eine bestürzende Vielheit von Entbehrlichkeiten."

„Schön und gut, Alfred; Philosophie war aber immer eine Sache des satten Leibes und des geruhsamen Herzens."

„Und der Bedürfnislosigkeit; nimm Diogenes."

„Wenn damals viermotorige Bomber über die Ägäis gebraust wären, hätte es mit seinem geruhsamen Herzen bald ein Ende gehabt. Ich frage, welchen Sinn soll ein

Leben noch haben, das uns arm und nackt macht, und schon fragst du, ob es nicht der Sinn dieses Leben sei, uns arm und nackt sein zu lassen."

„Das habe ich nicht gefragt."

„Dem Sinn nach ja. Kann man sich des Lebens nicht freuen, ohne sich ewig über das Woher, Wohin, Wozu den Kopf zu zerbrechen? Soll ich bei jeder Schnitte Brot den Weg rückwärts denken vom Bäckermeister bis zum Sämann, vom Butternapf bis zur Kuh, vom Kartoffelkloß bis zu Franz Drake?"

„O du Einfältige! Dann wirst du niemals die rechte Inbrunst aufbringen für den Choral: ‚Wie groß ist des Allmächt'gen Güte.' Echte Frömmigkeit erwächst nur aus der Rückschau."

„Danke! Solange der Himmel mit Bomben beten lehrt, wird er an meiner Frömmigkeit wenig Freude haben."

Alfred schwieg. Wenn es um den Himmel ging — Else sprach immer lieber vom Himmel als von Gott —, dann wurde sie primitiv und machte menschliche Einsicht zum Maßstab des Unerforschlichen. Sie war für Übersichtlichkeit und dazu gehörte, daß der Himmel klipp und klar das Gute zu lohnen, das Böse zu strafen habe; unverzüglich; und nicht erst übermorgen. Sie hatte sich nie mit Glaubenszweifeln geplagt. Natürlich wurden Himmel und Erde von irgendwoher geordnet; aber daß die Kirche aus dem Himmel eine Art Buchhaltung gemacht hatte, aus der der liebe Gott einen Konto-Auszug anforderte, sobald er einen Menschen von der Erde abberief, das paßte ihr gar nicht. Im übrigen gehörte sie zu den Menschen, die sich weder im Gemüt noch im Verstande von der Vorstellung des Himmels beunruhigt fühlen, und nur wenn sich die Gelegenheit dazu ergab, ihm ihre Zustimmung oder Mißbilligung ausdrückten.

Der Herbst prangte in Gold und Purpur und erfüllte die Herzen mit der Wehmut des Scheidens. Sonst war um diese Zeit der Stadtpark bis in den dunklen Abend hinein voll von Menschen; in diesem Jahr erfreuten sich wenige seiner Pracht. Das Dunkelrot der Blutbuchen stand zauberhaft gegen das schäumende Gold der Kastanien, von den Wiesen und Beeten her und aus den Büschen der Duft des Gilbens und Vergehens. Aber auf Wiesen und Beeten und Wegen immer noch die Bombentrichter, immer noch die Ruinen der Gaststätten und nirgends eine ordnende Hand. Die Stadtgärtnerei war mit ihren geringen Kräften der Riesenarbeit der Instandhaltung der Parks nicht gewachsen.

Aber auch in diesem Herbst sangen die Kinder ihr Laternenlied: Laterne, Laterne, Sonne, Mond und Sterne — alles wie sonst, und alles ganz anders. Es war ein langer, milder Herbst, da konnten die Leute, die noch kein Dach über dem Kopf hatten, wirken und schaffen. In den Schrebergärten wuchsen die hellen Holzhäuser der Ausgebombten über Nacht empor. Jene, die sich Zeit lassen konnten, begannen sich kleine massive Häuser zu mauern; Ziegelsteine gab es genug; die ganze Stadt war ein Gebirge von Mauerbrocken.

Der Feind flog nach wie vor ein. Immer wieder kostete es Tote, Häuser wurden vernichtet. Gas, Wasser und Elektrizität fielen wieder aus, der Verkehr ruhte vorübergehend. Es erschütterte die Hamburger nicht; es gehörte zum täglichen Kriegsbrot.

Und eines Tages standen wahrhaftig wieder die Tannenbäume an den Straßenecken und die Kinder übten die alten Weihnachtslieder ein.

Wiehnachtsmann,
Steek de Lichter an,
Datt man sehn kann
Op'n Steendamm.

Den Höhepunkt der Adventszeit bildeten bei Bergers die gemeinsamen Einkaufsgänge, bei denen Else sich wohlweislich im Hintergrund hielt, da sie für diese Einkäufe ein- für allemal Alfred das Recht der Begleichung überließ.

Männer haben beim Einkaufen kein Augenmaß; sie sind wie Kinder, die sich ein Spielzeug auswählen dürfen.

Und in jedem Jahr wurde Alfred die gleiche Komödie vorgespielt. Zu einem gewissen Zeitpunkt sagte Else steuernd: „Genug, Alfred!" Dann sah der Kaufmann innehaltend erst Alfred, dann Else an: „Ja, gnädige Frau, da kennen Sie uns Männer schlecht. Wenn's nach Ihrem Herrn Gemahl ginge, kaufte er Ihnen den ganzen Laden!" Und Alfred schmunzelte und nahm einen neuen Anlauf. Dieses noch und jenes da; ja, und das und das, bis Else dem Kaufmann zublinzelte, nun wirklich Schluß zu machen. Neben der Batterie von Wein und Likören hügelten sich Marzipan, Keks, Pralinen, Schokolade, Klöben, Honigkuchen, Gänseleberpasteten und zuletzt — das ist die traditionelle Reihenfolge — läßt Else drei Flaschen Rum hinzustellen; Rum für Grogs, Rum aus Flensburg; Marke „Präsident". Dann zum Wildhändler, um die Gans zu holen, damit sie neben dem Tannenbaum während der Vorweihnachtstage den Balkon ziere; und für die Tage zwischen den Festen einen Hasen oder einen Puter. Natürlich wurden die buntkörnigen Schokoladenkringel von Gartmann und die Likörkringel für den Tannenbaum nicht vergessen; bunte Kugeln, Engelshaar, Lametta und Drahthänger für das Konfekt; denn Bergers machten einen ganz altmodischen Baum.

Früher, sagte Berger, früher — er meinte damit die Zeit, als er ein Junge von sechs, acht Jahren war —, früher durfte für das Konfekt nur rotes Garn zum Aufhängen benutzt werden. Ach, und was es alles gab, was es jetzt nicht mehr gibt. Kleine Weihnachtsmänner aus bemaltem Gips, die an einem Gummibändchen hingen, und auf und ab wippten. Pfauen mit stahlblauem oder silberweißem Kopfschmuck und langen Schwänzen aus gesträhltem Glas, kleine Bauer mit Singvögeln, unter dem Bauer ein Balg zum Drücken, damit der Vogel „Piep" machte. Und dann — ja dann — hatte man die Nüsse alle noch selber versilbert und vergoldet mit Silber- und Goldblättchen, die einzeln zwischen Seidenpapier lagen.

Den Beschluß der Einkäufe bildete der Gang zum Grünwarenmann, mit dem Else genau wie mit den anderen Kaufleuten verabredet hatte, was Alfred einkaufen sollte; denn alle diese Käufe dienten dazu, Elses Vorräte aufzufüllen, welche Absicht, wie Else meinte, Alfred nicht ahnte. Er tat aber nur so. Den Grünwarenhändler kannte Alfred schon näher; man sah sich im Sommer auf der Rennbahn; denn der Grünwarenhändler war ein leidenschaftlicher Pferdeliebhaber; hatte immer gute Tips und Berger hatte mit seiner Hilfe beim Wetten Glück. So kam es ganz von selbst, daß Alfred bei ihm großzügig war.

Äpfel, ganz rote, blank gerieben, Birnen, Nüsse, Datteln, Feigen, Apfelsinen, Mandarinen — ja, die ganze Kiste! — Krachmandeln, Rosinen, Bananen, Ananas, Pfirsiche in Dosen, Weintrauben, und Eier, und Konserven — bis Else verabredungsgemäß blinzelte und der Grünwarenhändler aufatmend Stopp machte.

So war es früher gewesen. Nach Beginn des Krieges war es von Mal zu Mal dürftiger geworden. Jedesmal hatte man einander getröstet; nächste Weihnachten wieder wie früher. Aber es war immer noch nicht wieder wie früher.

Elses Kaufleute waren alle ausgebombt worden und wohnten zum Teil in entlegenen Straßen; sie hatte ihnen Treue bewahrt und ließ sich die Wege nicht verdrießen. Die Kaufleute wußten diese Treue zu schätzen und lohnten sie zeitgemäß.

Wie erstaunt war Alfred, als er sie alle, die in zwei Nachtstunden aus wohlhabenden Leuten arme Schlucker geworden waren, fröhlich und unverzagt sah. Schmal und armselig geworden, aber ihre Herzlichkeit ihrem alten Weihnachtskunden gegenüber war die alte. Es gab keine Weihnachtsgans und keinen Hasen, keinen Wein und keine Liköre, keine Feigen, Datteln, Bananen und keine Ananas, aber es gab eine Flasche Rum, da das Wirtschaftsamt eine kleine Menge von Spirituosen freigegeben hatte.

Weihnachten brannten bis in die Verdunkelung hinein Tannenbäume in den Trümmerstätten. Die flackernden zuckenden Flämmchen in der Trostlosigkeit der Verwüstung Verkündung hoffender Gläubigkeit; Grüße an die noch ungeborgenen Toten. Und wo Kinder die Opfer waren, hing an den Bäumchen bunter Tand.

Am Weihnachtsabend waren Edith, Max und Mariechen und Frau verwitwete Baurat Hirsekorn, geborene Studt, bei Bergers eingeladen. Es war nur ein kleiner Baum und jeder hatte etwas mitbringen müssen, um die Weihnachtstafel zu bereichern. Else hatte eine Art Vanilleplätzchen und braune Kuchen gebacken, auch einen Klöben; Gott mochte wissen, wie die Frau zu dem schönen weißen Mehl gekommen war. Auch Äpfel und Nüsse waren da, von Hirsekorns Verwandten in Wismar. Die Tanne tat, was sie konnte, und duftete wie ein ganzer Hochwald. Die Schmuckspitze war für einen viel größeren Baum gedacht; ein silberheller Engel breitete seine Flügel weit aus und lauschte sinnig dem leisen Klingeln des sich in der strömenden Wärme der Kerzen drehenden Glockenspiels. Vertraut knisterten die Kerzen; es war beinahe wie früher; beinahe. —

Von Harald war rechtzeitig ein Brief eingegangen, der den Eltern gar nicht recht gefallen hatte: „Als ob der Junge gar keine Sehnsucht mehr nach Hause hat", meinte Else bedrückt.

Max und Mariechen tauschten einen Blick und sahen verstohlen Edith an, die zwar eine freundliche Miene zeigte, im übrigen aber in ihrer Verschlossenheit verharrte.

Alfred stand, die Weihnachtszigarre im Mund, vor dem brennenden Baum und stupste den silberhellen Engel an die Nase; dann klingelte das Glockenspiel noch einmal so fröhlich.

„Soll das heißen, daß du dich zum Worte meldest, Onkel Alfred?" fragte Max, der ein bedenkliches Absinken der Stimmung wahrnahm.

„Das nicht, lieber Junge. Ich habe mir nur vorgestellt, wenn ich so als silberheller Engel durch das Zimmer schwebte und euch große Freude verkündete, und Friede auf Erden und den Menschen ein Wohlgefallen."

Das war das Stichwort auch für Else, etwas für die gefährdete Stimmung zu tun: „Du mit deinen neunzig Kilo Lebendgewicht als Weihnachtsengel! Ein berauschendes Bild!“

„Sag' das nicht“, erwiderte Alfred und stupste den Engel weiter an: „Wenn nach dem Wunderglauben tausend Engel gleichzeitig auf einer Nadelspitze sitzen können, dann kann dem Gläubigen auch das Zwei-Zentner-Gewicht eines jeden dieser ätherischen Wesen zugemutet werden. Außerdem finde ich es wenig schön von dir, deinem angetrauten Mann am Weihnachtsabend den Vorwurf unziemlicher Fülle zu machen.“

„Erlaube —“

„Bitte! Ich erlaube gar nichts. Wenn du es darauf anlegst, mich mit deiner höllischen Kochkunst meiner sylphidenhaften Schlankheit zu berauben, und zwar“ — er drehte sich ihr zu — „aus der verdammenswerten Absicht, mich dir ähnlich zu machen —“

„Tante Else!“ hetzte Max. „Das schlägt dem Faß die Hutschnur aus! Das darfst du dir nicht gefallen lassen!!“

Alfred paffte überheblich.

„Seht ihn euch an!“ sagte Else. „Seht ihn euch an! Ist er in dieser Zeit der Kargheit nicht das verabscheuungsvolle Bild satter Bürgerlichkeit? Ist er nicht über und über Wohlbehagen? Ein Wohlbehagen von globalen Ausmaßen? Und der Mann will sich mit mir vergleichen?“

„Lachhaft!“ sprang Mariechen Else bei. „Onkel Alfred als Weihnachtsengel mit goldenen Flügelchen, die Zigarre im Mund, in den Händen einen Plumpudding, geradenwegs: Vom Himmel hoch, da komm' ich her! Zu schön!!“

Damit war der Abend in den Hafen harmloser Heiterkeit gesteuert. Alfred mußte die Hälfte seines Weihnachtsrums für einen Punsch stiften, der, so gut er konnte, die Gemüter belebte. Else schob Edith, ohne daß die andern es merkten, Haralds Brief hin. Sie konnte aus dem unbewegten Gesicht der jungen Frau aber kein besonderes Interesse daran entnehmen.

Edith kam am ersten Weihnachtstag wieder. Wie es Bergers scheinen wollte, etwas aufgeschlossener. Es war ein reiner Plaudernachmittag; als Edith ging, fragte Else: „Kommst du morgen wieder?“ Und Edith, eine kleine Verlegenheitsröte im Gesicht: „Wohin sollte ich, wenn nicht zu euch?“

Damit war Else sehr zufrieden. Alfred tat, als ginge ihn alles nichts an. Else hatte ihm gesagt, daß sie Edith Haralds Brief gegeben; das war bestimmt gut gewesen; denn der Brief — das hätte ein Blinder mit dem Krückstock gefühlt — war auch zur Weitergabe an eine ungenannt gebliebene Person gedacht. Natürlich hatte Harald auch Edith einen Weihnachtsgruß gesandt; nicht sehr ausführlich; denn der Briefschreiber sei ja im Kriege. Edith zeigte Bergers ihren Brief, die nichts anderes dazu zu sagen wußten, als daß ein Soldat im Felde auch wohl kaum viel schreiben könne. Else hatte das Gefühl, daß Edith einen anderen Brief erwartet hatte; sie schien auch immer wieder nach einer Gelegenheit zu angeln, von Harald sprechen zu können. Else tat, als merke sie es nicht, und leitete absichtlich von dem Thema ab.

Zwischen den Festen sah man einander nicht. Else war wieder getrost. Man wollte am Neujahrstag zusammen sein. Silvester zu feiern war keinem zumute. Das war früher alles anders. Da läuteten die Glocken von allen Türmen, da dröhnten im Hafen die Dampfpfeifen und Sirenen aller Schiffe, das war ein gewaltiger Chorus zum Preise des neuen Jahres. Dazu das Knattern und Krachen von Feuerwerkskörpern auf Straßen und Balkonen, Leuchtkugeln steilten, und bis in den frühen Morgen hinein die Nacht voll lärmender Freude. In diesem Jahre nichts.

Der Neujahrstag fiel auf Sonnabend; man hatte also mit dem Sonntag wieder zwei Feiertage. Ein bißchen viel für Menschen, denen zu feiern nicht zu Sinn war.

Am Sonntag kam unvermutet Frau Doktor Bender; auch Edith kam. Ohne ein Wort zu verlieren, schien sie in die alte Ordnung zurückkehren zu wollen. Frau Bender nahm mit Genugtuung wahr, daß ihr Schützling wieder i den Schuhen stand. Als sie Bergers nach Harald fragte und die Anteilnahme Ediths an dem Gespräch spürte, spann sie es gelassen aus, denn sie kannte Haralds Professoren. Da sie selber zwei Jungen hatte, von denen leider keiner zum Fest auf Urlaub gekommen war, so ergab sich die Gelegenheit, von den Jungen zu sprechen, von ihren Jugendstreichen, von ihren Aussichten für die Zukunft. Weder Alfred noch Edith wurden gewahr, welch feinen Faden die kluge Frau spann; nur Else durchschaute sie und die beiden Frauen lächelten einander verstohlen zu.

Als Alfred und Else nach diesem Abend allein waren, sah Else Alfred an und sagte: „Na ja!" Da er nicht wußte, worauf sich diese tiefsinnige Äußerung bezog, nickte er und ging schlafen.

Die Behörden hatten den Tod von Ernst Melhop als bezeugt anerkannt. Als amtlich bestellter Luftschutzwart sei er bei den in Frage stehenden Angriffen pflichtgemäß im Luftschutzkeller seines Hauses geblieben. An seinem Tode sei nicht zu zweifeln, da sämtliche Insassen des Kellers ums Leben gekommen waren. Eine Identifizierung habe wegen der Unkenntlichkeit der Leichen nicht erfolgen können. Auch nicht durch die Kleidung oder sonstige Gegenstände, alles sei zerglüht und verascht gewesen.

Nach Annette Melhop waren immer noch Laufzettel unterwegs; durch alle Spitäler, in denen Hamburger Unterkunft gefunden hatten, durch alle Auffanglager der Flüchtlinge aus Hamburg; nirgends eine Spur von einer Frau Melhop.

Unendlich viele waren gleich Annette in das große Nichts eingegangen, ohne daß man ihre Spuren bis zuletzt hätte verfolgen können. Sie waren wie Sand, den der Sturm aufhebt und auf das Meer hinausträgt.

Außergewöhnlich wie der Herbst gewesen war, zeigte sich der Winter. Der Dezember hatte nur einmal Schnee gebracht, und der hatte sich so schnell wieder davongemacht, als ob er ganz woanders hingewollt hätte. Drei-, viermal war das Quecksilber unter Null gefallen, dann war es wieder geklettert und hielt sich zwischen sechs und zehn Grad.

Seit die grauseidene Gravität mit einiger Sicherheit wußte, daß sie großmütterliche Würden zu gewärtigen hatte, begegnete sie ihrem Schwiegersohn mit mißbilligender Zurückhaltung. Daraus machte sich das junge Ehepaar aber nichts. Sie hielten ihre Bemühungen, sich nach dem Gebot des Herrn in der dafür vorgesehenen Zeit zu mehren, für durchaus vereinbar mit dem guten Ton selbst der Kreise der verwitweten Frau Baurat Hirsekorn, geborenen Studt.

Berger schrieb an seinen Sohn:

Mein lieber Junge! Du wirst Weihnachten und Neujahr unser Gedenken gespürt haben. Weihnachtsabend waren Frau Hirsekorn und Max und Mariechen bei uns; nach langer Zeit auch wieder Edith. Es herrschte eine nette Stimmung, wenngleich, was ich Dir wohl nicht zu sagen brauche, von richtiger Weihnachtsfröhlichkeit nicht viel zu spüren war. Edith war übrigens an den beiden Weihnachtstagen und Neujahr auch bei uns.

Wir haben hier oben einen ganz sonderbaren Winter. Jetzt, Anfang Januar, ist es warm wie im März. Von Bekannten in Timmendorf hörten wir, daß in den Gärten schon die Aurikeln blühen und die Weiden die ersten Kätzchen zeigen. Seit zwei Tagen regnet es in Strömen und der Sturm umheult Lünkenruh, als wollte er sie umlegen.

Die Leute sehen in diesem abnormen Winter das sichtbare Zeichen eines großen kosmischen Durcheinanders, in das die Menschheit durch den Krieg mit verwoben ist. Die Böen bringen viele Ruinen zum Einsturz; wer es nicht nötig hat, meidet in diesen Tagen die Trümmerstraßen; denn es sind schon einige Menschen von Mauerbrocken erschlagen worden.

Ein Trost, daß die Lebensmittelversorgung wieder normal ist; nur mit den Kartoffeln hapert es. Die Ration soll auf wöchentlich drei Pfund herabgesetzt werden. In dieser Periode gibt es für jeden zwei Dosen Kondensmilch.

Seit Du weg bist, hat sich manches geändert. Unsere Wohnung sieht aus, als seien wir ständig im Umzug begriffen. Wir leben nur noch aus dem Keller. Alles unbedingt Lebenswichtige — Wäsche, Kleidung, Schuhzeug, Lebensmittel — unten! Alle Bilder von den Wänden, die Bücher aus den Regalen, Teppiche, Vorhänge, Gardinen; alles unten! Als Blumenvasen dienen Konservendosen. Der Blume ist es gleich, in was für einem Behälter sie den grausamen Tod als Schnittblume stirbt. Ob die Menschen es nicht doch einmal einsehen, daß es nicht nur Tierqälerei, sondern auch Pflanzenquälerei gibt? Vielleicht erfahren wir dann eines Tages, daß die Schöpfung eine ganz einfache Sache ist und uns nur darum so kompliziert erscheint, weil wir meinen, Großes könne nicht einfach sein. Wir müßten nur wissen, daß alles Leben heilig ist.

Vor Tagen bin ich über die zweite Ausschlägerbrücke gegangen, auf der von der Glut der fegenden Feuer die Zementfliesen ganz aufgeweicht sein müssen. Ihrer einige haben nämlich getreulich den Abdruck der benagelten Sohlen eines Soldaten bewahrt, der als erster über die Brücke gelaufen sein muß. In jeder Reihe genau acht Nagelköpfe, der Spitze zu weniger; zackig nebeneinander, als ob kurz vorher Stiefelappell gewesen wäre. In den Trümmern der Altstadt, da, wo zwischen Meßberg und Rödingsmarkt und zwischen Kajen und Mönckebergstraße die treuesten Zeugen des alten Hamburg standen und in alten Giebeln, schmalen Speichern, weiten Dielen und stolzen Portalen den Nachhall der Vergangenheit bargen, habe ich die Beobachtung gemacht, daß man damals Backsteine viel kleineren, fast zierlichen Formats verwendet hatte. Überall die Kantsteine der Bürgersteige von dem Explosionsdruck der Bomben schräg hochgestemmt.

In unserer Gegend wird viel gesprengt. Von den zerstäubenden Ziegelsteinen wächst eine Wolkenballung von rosafarbener Leuchtkraft empor, wie sie den Sandwolken eignet, die — das weiß ich natürlich nur aus Büchern — der Samum vor sich herjagt.

Die Alarme zermürben uns sehr; es mehren sich nämlich auch die Tagesangriffe; bei Spaziergängen muß man in der Nähe seines Hauses bleiben, da man in den Trümmern keinen Schutz findet. Es ist bei Gott kein Leben mehr.

Im Luftschutzkeller habe ich beobachtet, daß an den in dunklen Räumen tastend vorgestreckten Händen die Finger ohne willenmäßiges Zutun zu spielen beginnen. Es ist, als ob ein Organ unserer Erbgänger, die sich vor Jahrmillionen in der Finsternis der Meerestiefe durch Fühlfäden zurechtfinden mußten, in unseren Fingern noch funktionell lebendig sei. Es ist dabei in den Fingerspitzen ein seltsam motorisches Prickeln, aber noch seltsamer ist, daß der Körper der Leitung der spielenden Finger folgt. Das Fingerspitzengefühl, von dem man spricht, hat für mich einen ganz neuen Sinn bekommen. Auf jeden Fall habe ich vor der menschlichen Hand, der wir so viel zu danken haben, nun noch mehr Respekt als bisher.

Es ist mit dem Menschen überhaupt nicht so einfach. Ernst Melhop sagte immer, der Mensch sei voller Tapetentüren. Ich habe jetzt die Manie, Gestalten und Gesichter zu sehen, wo gar keine vorhanden sein können: in Bäumen und Büschen, in Heckenschnitten, in Wipfeln; überall konstruiert mein Hirn phantastische Figuren. Es ist eine sehr lästige und mich beunruhigende Manie, bestimmt eine Folge der durch die Alarme derangierten Nerven.

Ich schreibe Dir diesen Brief am offenen Fenster. Der Sturm ist eingeschlafen und die Luft kommt mild zu mir herein. So saß ich neulich abend auch. Zu mir klang der Hall schreitender Menschen herauf — so verloren haben Schritte mir nie geklungen; so leer, so aus dem Einsamen heraus, so in das Einsame hinein, aus dem Nichts her, in das Nichts hin. Man horcht nach: Schritt, Schritt, tapp, tapp; eine grenzenlose Verlassenheit.

In den leeren Straßen schleicht abends sinnverstörendes Grausen, das nach einem greift. Und immer das Schreiten. Zielloses Schreiten Zielloser.

Das ist das Grauen der toten Stadt. Es hockt neben Dir im Zimmer wie ein Horla, melonenköpfig, spinnenbeinig, die schaurig vergnomte Ausgeburt des Abgrundes. Du mußt dann schnell Licht machen, damit der Wahnsinn seine Tatzen nicht nach Dir streckt. Manchmal siehst Du Leute auf der Straße stehenbleiben, sie fangen mit jemand an zu diskutieren, den Du nicht erblickst; dann siehst Du sie mit einem Kopfschütteln und mit einer Handbewegung gegen den Unsichtbaren davongehen.

Immer mehr Hamburger kehren zurück. Kein Mensch ahnt oder weiß, wo sie bleiben. Wenn Du nachmittags am Bahnhof Barmbek stehst, dann siehst Du ein Wunder sich begeben. Tausende und Tausende von Menschen kommen mit der Bahn. Wohin diese alle? Wo bleiben sie? Nichts als Ruinen ringsum. Und dahinein verströmen sie, verrinnsalen, als ob die Erde sie einsaugte, als ob sie versickerten; als ob die Fensterhöhlen, die schuttüberrollten Hausflure sie hungrig einschlängen.

Wo bleiben diese Armen? In leergeräumten Kellern, über denen das Geröll von drei, vier Stockwerken liegt; je höher um so besser, um so größer der Schutz gegen Bomben, die der Feind auch über die Schutthalden streut. Wie aus Erdhöhlen ragen Ofenrohre empor, das sind die Schornsteine für die selbst hergerichteten Herde. Seltsam, diese Armen können alles; sie mauern, tischlern, legen Strom, schließen Wasser an; sie zirkeln ein kleines Blumenbeet vor dem Fenster ab, und das Sickerwasser des Schuttes leiten sie über kleine Eisenträger ins Siel.

Ach, mein Junge, das alles ist über die Maßen traurig; und doch ist in allem so viel Tapferkeit, so viel Gefaßtheit und so viel, viel Liebe zu ihrer Stadt. Hier, hier, hier lieber in einem Kellerloch als in der Fremde auf einer Gartenterrasse. Wird die Stadt diese Liebe je lohnen?

Das Alter schärft den Blick für die Nähte, und darum finde ich es seltsam, daß die Menschen über eine neue Wahrheit meistens weniger erstaunt sind, als über eine ihres Alltags, die ihnen auf gehörige Weise nahegebracht wird. Wenn Du den Leuten sagst, dieses alles hätte nicht zu sein brauchen und brauchte nie wieder zu sein, dann reden sie von Fatum und von der unabänderlichen Untergeordnetheit der Vielen unter das Wort Weniger. Du darfst sicher sein, wenn dieser Krieg zu Ende ist, werden die Menschen von nichts anderem als vom ewigen Frieden reden. Man wird einen neuen Friedenspalast, ja eine ganze Stadt für die Verwaltung des Friedens bauen. Man wird reden, reden, reden! Man wird so lange über den Frieden reden, bis man sich nur noch durch einen Krieg über den Frieden wird einigen können. Was sollen Friedenspaläste? Kriegsgreuel-Museen brauchen wir! In jedem Land! In jeder Stadt! Zu Schulbeginn soll man die Kinder keinen Choral singen lassen, sondern man sollte sie in diese Museen jeden Morgen führen. Kriegserklärungen dürften in Zukunft nur in einem Kriegsgreuel-Museum überreicht werden.

Phantasien, ich weiß. Es wird wieder Kriege geben. Und immer wird ein Friede kommen mit untragbaren Tributen, Reparationen genannt. Da werden Millionen Kriegsgefangene zurückbehalten werden, um ihre Arbeitskräfte sklavenhalterisch auszubeuten. Da werden Annexionen Grenzberichtigungen genannt und Dummheit über Dummheit gemacht. Und da werden auch die Ewig-Unentwegten nicht fehlen, die das Schlachtfest nicht versäumen wollten und für den sittlichen Aufwand einer Kriegserklärung — ohne am Krieg teilgenommen zu haben — eine Reparation beanspruchen, als ob sie durch die Kriegserklärung allein schon Schaden genommen hätten.

Der Menschheit ist nicht zu helfen; am Ende stehen die Armen da wie immer: ein Rock, ein Stock, ein Gott!

Nun ist es ein ganz anderer Brief geworden, als ich im Sinn hatte. Alle lassen Dich grüßen. Es wäre schön, wenn Du auf Urlaub kämst. Noch besser, Du brächtest den Frieden gleich mit. Laß von Dir hören.

Dein alter Vater.

An einem der ersten Februartage — es war die letzten vierzehn Tage ungemein schlechtes Wetter gewesen — spazierten Bergers an der Alster.

„Sieh", sagte Else stehenbleibend, „da blüht der Seidelbast und auch die Schneeglöckchen kommen schon."

Sie sahen das Wunder versunken an.

„Nun muß alles anders werden. Jetzt kommt der Frühling, Alfred."

Er lächelte. Wenn Frühlingswende Schicksalswende hieße! Was mag ruhen im Schoße dieses fünften Kriegsjahres?

Bis in das erste Drittel des März hinein hielt das milde Wetter an; dann wechselten Frost- und Regentage miteinander ab. Das Leben wurde härter und knapper und wer es nicht anders erfuhr, dann aus der Erkenntnis, daß Krawatten gekehrt werden können.

Unten vor der Lünkenruh spielten Kinder ‚Alarm'. Ein Junge sirente Luftwarnung; eine Art Voralarm, bevor richtig Alarm gegeben wird.

„Och, hörn Sie bloß, Frau Nachbarin", jammerte eines der Mädchen, die Puppe an sich reißend, „schon wieder diese schreckliche Risene!* Wenn's nur nicht schlimm wird!"

Der Junge schießt Abwehr: Bum! Bum! Bum!

„Och, und nu' schießen sie schon! Woll'n wir nicht in'n Keller gehn, Frau Müller? Sehn Sie" — sie zeigte die Puppe — „meine Irene ist schon ganz blaß vor Aufregung." Die Puppe starrte mit ihren Glaskalbsaugen ungerührt in die Gegend.

„Und meine Anita hat sich vor Schreck wieder naß gemacht! Nein, was für 'ne schreckliche Zeit!"

Der Junge bumbumt heftig Flakfeuer. Huhuhuhu! Tsch—tsch—tsch! Knackknackknarrknack! Dann brüllte er: „Abgeschossen! Abgeschossen! Da steigt er aus! Hurraaa!" Und die Mädchen begleiteten den Abschuß mit Geschrei und Puppenschwenken. Den armen Wesen aus Zeug und Porzellan knackten dabei die Gelenke.

---

* Scherzhafte Wortumstellung der Kinder.

Immer wieder suchte Max die Hammerbrookstraße auf, in der Hoffnung, jemand zu treffen, der etwas von seiner Mutter wüßte. Immer wieder hörte er, daß Menschen nach Wochen und Monaten einander doch gefunden hätten. Von seltsamen Rettungen hört er. Da war einer Frau, als sie im Dunkel nach dem Hausschlüssel gesucht hatte, der Ring vom Finger geglitten und durch die Abstreifroste in einen Schacht gefallen, in den man nur vom Keller aus hineingelangen konnte, denn das Abstreifeisen war festgenietet. Als man nach dem Ring suchte, kam jemand auf den Gedanken, man würde, wenn man die Eisenroste oben lockere, eine Ausstiegmöglichkeit mehr haben. Mit vieler Mühe riß man das Eisen los. Dann kam der Mittwochangriff, das Haus wurde zerschmettert, alle Ausgänge verschüttet, nur der Ausstieg im Hauseingang blieb vor dem Verschütten bewahrt. Alle konnten sich retten.

Auch Max unterlag der seltsamen Anziehungskraft der Trümmerstätten. Waren da nicht Stimmen, nicht Augen, nicht geheimnisvolles Leben und Weben? Er streifte durch die Werkhöfe. Lieferzettel, Kontoblätter, Benachrichtigungen, Bestätigungen, alle diese Zeugen des tätigen Alltags; Fetzen einer Zusammenstellung über ein Bauvorhaben. Von den verbogenen und versackten Decken der niedrigen Werkstätten sintert Tropfenfall der von Regen vollgesogenen Schutthaufen; aller Wirklichkeit fern, ganz in sich befangen, wie in Vorzeithöhlen. Ein Schulzeugnisbuch in Großoktav, liebevoll durch Jahrzehnte bewahrt: Volksschule für Mädchen, Mühlenstraße 4. Erna Glandorf, Klasse 2a. Betragen gut; Ordnung sehr gut; Schulfleiß kaum genügend; häusliche Arbeiten gut. Unter Bemerkungen: Erna zeigt Neigung zur Unernsthaftigkeit und sollte zu Hause strenger angefaßt werden. Erna muß sich sehr zusammennehmen, wenn sie versetzt werden will. Klassenplatz: achtundzwanzig von dreiunddreißig.

Ein Erlebnis wird er vor allem bewahren: mitten in den Ruinen hatte sich eine Bäckerei eingerichtet. Über die Trümmerhalden kam der Geruch frischen Brotes. Jener

Geruch, der die ganze Menschheitsgeschichte begleitet und in dem, was immer auch Großes geschah, die natürliche Einfachheit und Frömmigkeit der Menschen ist, die kein Brot anschneiden, ohne nicht Gott vorher Dank gezollt zu haben durch ein Kreuzeszeichen mit dem Messer auf den Boden des Brotlaibes. Ihn war Ehrfurcht vor dem Brot gelehrt worden, und es hatte ihm immer recht geschienen, daß das eitle Mädchen, das über Brotschnitten hinweggeschritten war, um seine Schuhe nicht zu beschmutzen, schlimme Strafe erlitt. In dem Geruch des frischen Brotes wogte die Fülle reifender Felder unter lauem Wind; die Ähren neigen und heben sich, als ob ein goldenes Laken sich bewege. In dem Geruch des frischen Brotes: der Pfluggang im Herbst und der weite Armschwung des Säers über aufgeeggter Erde, die die Saat bergen und keimen lassen soll. Und alle Sorge des Bauern war in dem Geruch, frühling- und sommerentlang bis zum Sensenschnitt; und goldene Hocken gegen blauen Himmel und fröhliche Einfahrt hochbeladener Wagen. Alles, was das Leben umschließt, war in diesem Geruch und die gewisse Hoffnung, daß, solange die Erde ihren Kindern Brot schenkt, nicht alles verloren sein kann.

Aber die Menschen denken nicht mehr daran; sowenig wie die Menschen noch an das Tischgebet denken; bei ihnen hatte man es noch gesprochen, bevor Eltern und Kinder sich zu Tisch setzten.

Seit den Julitagen des letzten Jahres hatte der Feind keinen neuen Großangriff gegen Hamburg geflogen. Es war durch Tagesangriffe auf Störung der Wirtschaft abgesehen. Immer wieder sah man die Kondensstreifen der hochfliegenden Flugzeuge, Deckung hinter den Wolken suchend, richtige Wolkenhüpfer. Die Kondensstreifen zerfederten und waren spitzköpfige Skelette von Riesensauriern. Manchmal sah man deutsche Jäger den Feind jagen; die Kondensstreifen entstrebten und verfolgten einander, schlugen Bogen aufwärts, abwärts, gingen spiralig zur Seite in einem Spiel, das der Tod trieb. Und es geschah, daß sich an der Spitze des einen Kondensstreifens plötzlich weiße Ballungen zeigten, feurig aufglommen und ein Flugzeug, erst taumelnd, dann steil herabstürzend den Jubel der Menschen weckte. Ohne zu wissen, ob das stürzende Flugzeug Freund oder Feind barg. Aber man glaubte, was man wünschte.

Seltsam, wie das Pflanzenreich begann, die von den Menschen verlassenen Positionen zu beziehen. Auf den Schutthalden grünte und wuchs es mit einer Inbrunst, der man den Triumph anmerkte, sich ans Licht gekämpft zu haben. Wie in geordnetem Marsch angerückt in Reihen ausgerichtet oder zu Haufen regellos zusammengehümpelt. Stauden wimpelten gelbe oder lila Blüten, Gräser büschelten, und dazwischen Hafer, Roggen, Hirse, Algen und Moose, wo die Sonne nicht hinkam. Selbst die Bäume, deren Wipfel von Flammen verzehrt worden waren, verzweifelten nicht. Wo der Feuersturm gewütet hatte, waren sie bis in die Wurzel hinab abgestorben. Andere, auch jene, denen das Feuer die Borke abgefressen, begannen buschartig neu zu grünen.

Man sollte, so sinnierte Max, überwältigt von dem Siegeszug der Pflanzen, die Ruinen stehen lassen, wie sie sind. Regen würde sie zermürben, Sturm sie zerbröckeln, Gewitter sie niederschmettern, Frost sie zersprengen. Und die Pflanzen werden kommen und die Stätten erobern. Und wieder wird Regen kommen und ihnen Wachstum schenken, Wind wird den Samen weitertragen, der Frost sie stark machen und im Wandel der Jahre werden sie zu Humus werden und Schicht um Schicht wird wachsen, bis alles von Erde überdeckt sein wird. Und wie das Entsetzen den Erlebenden langsam entweicht, wächst Vergessen über die Landschaft des Grauens. Keiner erinnert sich der Ruinen mehr. Nur soviel weiß man: inmitten riesenhaft angewachsener Städte liegt eine grüne Wildnis, von der die Sage geht, es würde unermeßliches Grauen über die Welt kommen, wenn man diese Wildnis anrühre. Und so geht die Zeit hin, gehen Zeiten hin und die grüne Wildnis wird zu einem Mythos der Vergangenheit. Und inzwischen hat die Erde den ewigen Frieden gefunden und die Menschen wissen nicht mehr, was Krieg ist. Da fällt es einem Menschen ein, den Spaten in der grünen Wildnis anzusetzen und zu graben, zu graben — und stößt auf Mauern; und gräbt weiter und stößt auf eine Straße. Da kommen andere Menschen, und man gräbt, wie man nach Pompeji und Herkulaneum grub, und findet Straße um Straße, Platz um Platz, Brücken, Wasserleitungen und Abzugskanäle, auf denen man mit Kähnen hat fahren können.

Und ein Schrei geht durch die Menschheit: das haben Menschen vor Zeiten widereinander getan! Wesen gleich uns, haben einander bis in die Seele zerstört, haben einander ausgetilgt, daß ihrer keine Spur mehr war.

Jener späteren Menschheit, die den Krieg nicht mehr kennt, wird diese Erschütterung fremd sein. Man wird aus der grünen Wildnis eine Sehenswürdigkeit machen und Eintrittsgeld erheben.

Varieté der Weltpolitik. Englisches Unterhaus. Die Metamorphosen des Magiers Churchill unter Mitwirkung namhafter Desillusionisten. Frei nach Aufzeichnungen der ‚Times' Februar 1944.

In der ersten Abteilung erdrosselt der Magier mit eigener Hand brutal das aus der Zucht Churchill-Roosevelt stammende Atlantic-Charter-Schäfchen. Man sieht das arme Tier noch einmal die Augen verdrehen und dann eingehen in eine Welt, in der es Schafe besser haben als hier.

Desillusionist Konservativer Kenneth Pickthorn aus der rechten Kulisse: „Churchill hat die Atlantic-Charter mit eigenen Händen erwürgt. Er hat soeben erklärt, daß die Grundsätze der Atlantic-Charter keine Anwendung auf unsere Gegner finden sollen. Ich selbst habe niemals etwas von dieser Charter gehalten. Ich dachte mir schon immer, daß ihre Bezeichnung reichlich töricht ist. Jetzt verstehe ich aber wirklich nicht, was heute von ihr noch übrigbleiben soll. Für uns war sie zwecklos, da uns ja niemand den Krieg erklärt hat und uns niemand besetzen wollte. Wenn sie nun aber nicht für die Gegenseite gelten soll, für wen denn? Ich frage mich, was ihre Urheber uns eigentlich haben weismachen wollen?"

Zuschauer: Lachen; Rufe: Sehr richtig!

Desillusionist Unabhängiger McGovern aus der linken Kulisse: „Nach den eigenen Feststellungen Churchills war also die Atlantic-Charter nur ein grandioser und dramatischer Schwindel, um die öffentliche Meinung einzufangen. Die Selbstentlarvung ist brutal und vollständig —"

Zuschauer: sehen einander fassungslos an. Einige: „Churchill — Schwindler?"

Aus einer Tür im Hintergrund steckt Grock den Kopf: „Nit mö-ö-ö-öglich!"

Desillusionist Unabhängiger Hauptmann Graham: „Bürgerkrieg und erbarmungslos blutiger Klassenkampf, von Land zu Land springend, bis Europa in Flammen untergeht, ist das wirklich Englands Kontinental-Politik? Wo bleibt Englands entschlossene und konstruktive Außenpolitik?"

Zuschauer unisono wie ein griechischer Chor: „Wo bleibt Englands konstruktive Außenpolitik?"

In der zweiten Abteilung beherzte Abdrosselung der Hoffnung Polens auf die Integrität seiner Landesgrenzen.

Der Magier persönlich: „Ich habe große Sympathien für die Polen. Ich habe auch große Sympathien für den sowjetischen Standpunkt. Ich bin nicht der Ansicht, daß die sowjetischen Forderungen über das hinaus gehen, was vernünftig und gerecht ist."

Spontane Hochrufe.

Der Magier persönlich fährt fort: „Ich muß das Haus daran erinnern, daß wir in der Vergangenheit niemals im Namen der Regierung Seiner Majestät irgendeine besondere Grenzlinie in Polen garantiert haben."

Desillusionist Unabhängiger Sir A. Southby: „Wir haben Polen ein sehr bestimmtes und kategorisches Versprechen gegeben, was seine Grenzen betrifft."

Desillusionist Unabhängiger McGovern: „Der Premierminister hat sich selbst als Meister des Ausweichens gezeigt. Die hochklingenden und prahlerischen Phrasen von 1939 sind auf den Müllhaufen geworfen worden. Alle Ideale zerrissen. Der Premierminister hat in einer höchst verächtlichen Weise über die Zusicherungen gesprochen, die wir damals den verschiedenen Ländern gegeben haben."

Zuschauer: Allgemeines Schütteln des Kopfes. Einige: „Churchill??"

Aus der Tür im Hintergrund Grock: „Nit m-ö-ö-öglich!"

Desillusionist Unabhängiger McGovern fortfahrend: „Der Premierminister ist Stalins Untergebener geworden. Dieser Krieg ist mit imperialistischen Zielen durchtränkt. Offiziell traten wir in den Krieg ein für den polnischen Korridor. Nun haben wir gesehen, daß nicht nur der Korridor, sondern das ganze polniscne Gebäude dahingeht, und zwar in einer ganz anderen Richtung, als es unsere ursprüngliche Kriegsbegründung vorsah."

In der dritten Abteilung zum britischen Luft-Terror:

Der Magier persönlich: „Der Gedanke, daß wir den schonungslosen und brutalen Bombenkrieg als Hauptinstrument unserer Kriegführung irgendwelchen Anforderungen unterstellen oder einschränken könnten, wird von allen Regierungen der Angloamerikaner entschieden zurückgewiesen."

Zuschauer erschauern ob der Stärke des Mannes.

Desillusionist Hopkinson: „Alles in allem glaube ich nicht, daß diese Bombenpolitik gegen offene Städte und gegen die Zivilbevölkerung eine gute Auswirkung auf die Moral des britischen Volkes haben kann. Wenn wir behaupten, der Gegner ist ein Ausbund an Schlechtigkeit, ist es dann richtig, beweisen zu wollen, daß man selber ein noch viel gemeinerer und brutalerer Verbrecher ist?"

Zuschauer reißen protestierend den Mund auf und schwenken die Arme.

Desillusionist Hopkinson: „Das, wofür zu kämpfen wir vorhaben, ist in Trümmer gegangen."

Desillusionist McGovern: „Unsere Bombenpolitik hat uns als Hypokriten gebrandmarkt."

Zuschauer: Sie wissen nicht, was ein Hypokrit ist, finden das Wort aber herrlich und treffend. Sie werden heute am Abendtisch abschließend sagen: Wir sind Hypokriten.

In einer späteren Sonderveranstaltung hebt der Magier die Immunität der ausländischen Diplomaten vorübergehend auf. Kein Diplomat darf England verlassen, Diplomaten-Gepäck — sonst unantastbar — wird zensiert. Es werden den Diplomaten sogar Ausgehverbote angedroht. Die ganze Welt spricht von diesem englischen Völkerrechtsbruch.

Desillusionist Berner Bund: „Das Odium des Völkerrechtsbruchs wiegt bei einer Nation, die sich immer als Hüterin des internationalen Rechts aufspielt, doppelt schwer."

Aus der Tür im Hintergrund Grock, sehr traurig: „Nit mö-ö-ö-ö-öglich!"

Zuschauer: werden reihenweise bewußtlos in einen Bunker getragen. Flugzeuge im Angriff.

Die Einwohner waren aufgefordert worden, auf Grünplätzen und Schutthalden Gruben für den Hausunrat auszuheben, weil die Abfuhr weder Wagen noch Leute hatte und weil der Ungezieferplage entgegengetreten werden mußte. Das Fliegenpack wollte nicht abnehmen. Fliegen sind, stellte Alfred fest, ungemein kluge Tiere. Sobald sie gemerkt hatten, daß sie Gefahr liefen, an den Fenstern von einem niedersausenden Tuch erwischt zu werden, mieden sie die Scheiben, und zwar mit einer Beharrlichkeit, die nur auf Verständigung untereinander beruhen konnte. Wenn eine Fliege aber doch ein Fenster anflog, spürte man an der Ruckartigkeit des Rückfluges, wie ihr die Warnung einfiel. Daneben waren sie Meister in der Kunst, sich totzustellen. Wenn sie von dem Schlagwind des mörderischen Tuches am Wegfliegen gehindert worden waren, ließen sie sich auf den Rücken fallen, blieben wie tot liegen, um nach einem Augenblick davonzusirren. Solchen Fliegen schenkte Alfred das Leben als Belohnung für den Trick, den sie meisterlich im Kampf mit den Menschen anzuwenden wußten. Zuerst belächelte er seine Beobachtung als Einbildung, fand sie indes immer aufs neue bestätigt. In diesem Jahr sah man auch Spinnen von ekelhafter Größe in beklemmender Menge; in ihren riesigen Fangnetzen blieben auch starke Fliegen rettungslos hängen. Es waren richtige Raubritter, die auf ihren hohen Beinen wie geschient einherstelzten. Sinnbilder des Grauens, die man sich scheute zu zertreten in der Furcht, den zertretenen Tierleib noch durch die Schuhsohlen hindurch zu spüren. Wenn man die Spinnen in ihrer Lauerruhe anblies, hatten sie eine entsetzensvolle Art, sich zur Wehr zu setzen: sie streckten die Vorderbeine aus und brachten sich und das Netzgewebe in ein furchterregendes Schütteln.

Nach monatelangen Kämpfen errangen die Angloamerikaner den Monte Cassino. Von der herrlichen Benediktiner-Abtei aus dem sechzehnten Jahrhundert blieben nur Trümmer nach. Amerika beteuerte, man werde sie wiederaufbauen. Glaubt man, in der Kunst mit der Prothese auszukommen, stellt man die Wiedergabe eines Tons dem Ton gleich?

Der Dienstag der Karwoche brachte den Scheidegruß des Winters mit großflockigem Schnee; er blieb ein paar Stunden an Büschen und Sträuchern und zerging. Der Mittwoch schon gehörte ganz dem Frühling; die Büsche leuchteten, als wären sie über Nacht mit Grün besprengt worden. Um die Weidenkätzchen war weiß Gott ein Gefliege und Gesumm von Bienen, und mit ihnen schwirrte und sirrte das ganze Geziefer, das den Winter überlistet hatte und sich nun den leer gehungerten Bauch vollschlagen wollte. Und wieder waren es die Fliegen, die ihm Einblick in den Instinkt der Tiere gaben; als er in der Frühe des Morgens das Fenster geöffnet hatte, sah er in einer Ecke des Fensterrahmens fünf oder sechs Fliegen zu einer Notgemeinschaft dicht aneinander gedrängt, um die Nachtkälte besser zu überstehen.

Um diese Zeit war sonst die Welt von österlichem Geist erfüllt. Kein Schaufenster ohne Frühlingsidyll, und wäre es nur eine Vase mit Forsythien und Weidenkätzchen gewesen.

Ach, der Osterhase war immer ein rechter Frühlings-Weihnachtsmann. Was er allein an süßen Eiern brachte, von der Größe der Kaffeebohne bis zum Ei des Vogels Rock. Und Eier, in denen hundert andere Eier waren. Und Eier mit Krawatten, mit Bons für Reisen, mit Schmuckstücken, mit Parfüms; Eier aus Schokolade und Marzipan, mit Krokant und mit Likör. Und richtige Eier, denen man das Hühnernest noch ansah. Eier, die man aufschlagen und mit Zucker verrühren, die man braten und kochen und verbacken konnte. Und so viel wie man wollte, zu deren Kauf man keine abgestempelte Karte vorlegen mußte. Ach, die Eier waren so recht das Sinnbild des goldenen Friedens, der süßen Eintracht, der Fülle der guten Zeit, an deren Wiederkehr keiner mehr glaubte.

Am Abend des Gründonnerstag Angriff auf Hamburg. Fünfzig Tote; vierhundert Menschen obdachlos. Der Ernst des Karfreitags war den Menschen noch nie so eindringlich zu Gemüte geführt worden. Bis Ostersonnabend ununterbrochen Aufklärer.

Schön und friedlich kam der Ostersonntag, der Himmel in Gold und Bläue. Um zehn Uhr Alarm. Starke Verbände im Anflug; eine Meldung jagte die andere. Deutsche Jäger, lange Kondensstreifen hinter sich, dem Feind entgegen. Das Unglück in der Nacht auf Karfreitag hatte die Menschen tief verstört und hetzte sie in die Keller. Feindflugzeuge auf den Norden der Stadt zu. Die verstärkte Flak schoß Sperre. Vom Stadtpark herüber das Mündungsfeuer der schweren Batterie. Feindflugzeuge über den östlichen und südlichen Stadtteilen. Deutsche Jäger heran und wieder weg. Unentwegt der Himmel voller Bläue und Gold. Feierlich die Pappeln am Stadtparkrand; feines Grün überspann sie. Es kam zu keinem Angriff auf Hamburg; es war auf Täuschung und auf Ablenkung der deutschen Jäger von der Zielrichtung des Gros der feindlichen Bomber abgesehen gewesen. Der Feind flog nach Nordosten ab, ohne Bomben geworfen zu haben. Bis Mittag hatte der Zauber gedauert. Um zwei Uhr wieder Alarm bis vier Uhr; und noch einmal am Abend von zehn Uhr bis Mitternacht. Zerschlagen krochen die Menschen ins Bett. Gottlob, der Osterhase von der Insel hatte keine Eier abgeworfen.

Am Ostermontag regnete es in der Frühe, schöner großtropfiger fruchtbarer Regen, den die Erde behaglich einschlürfte. Von zehn bis Mittag Alarm. Nach dem Regenschauer Sonne und heiterer Himmel.

Am Nachmittag kamen Edith, Max und Mariechen zu Bergers. Von Harald waren Osterpäckchen eingetrudelt; Zitronen, Feigen und kleine Kanister mit Olivenöl. Jeder bekam seinen Anteil.

„Müßte er nicht bald auf Urlaub kommen?“ fragte Edith betont nebenher.

Und genau so nebenher Else: „Seine alten Eltern werden ihn kaum reizen; ebensowenig die zerstörte Stadt. Er hat es da unten gut, schreibt er. Was soll er also hier?“

Edith hörte den Nebensinn der Antwort sehr wohl; sie wollte schweigen, aber dann kam doch die Antwort: „Und seine Freunde — Max und Mariechen?“

Mariechen legte den Arm um sie: „Und du? Rechnest du dich nicht dazu?“

„Dann hätte er mir wohl einen Ostergruß gesandt.“

„Hat er uns auch nicht! Wir nehmen seine Zitronen und das andere für einen Ostergruß. Kinder, wenn man bedenkt, was er da unten alles hat!“

Edith meinte gelassen: „Urlaub ist besser.“

„Schreib es ihm doch“, stichelte Mariechen, einen Blick mit Else tauschend.

Während sie sich zum Kaffee setzten, spann Mariechen den Faden weiter: „Edith muß Harald nachher eine Karte schreiben, daß er auf Urlaub kommen soll."

„Tu' ich auch!"

Else merkte, daß der Bogen nicht überspannt werden durfte: „Wir alle werden ihm eine Karte schreiben. Setzt euch und seid still."

Else war während der Notzeit eine Back- und Kochkünstlerin von hohen Graden geworden. Bewundernd sahen alle auf die Kuchenteller; da waren kleine herzhafte Plätzchen mit einem Pinienkern auf dem Bauch; Schnecken, wie sie der Konditor nicht leckerer machen konnte, und eine Schichttorte — ein Gedicht, eine Epopöe! Dazu echter Kaffee! Und Frühlingsblumen hingestreut zwischen dem Meißner Service, das Else aus dem Keller geholt hatte.

„Jetzt noch einen Aquavit", meinte Alfred schlemmerhaft nach der dritten Tasse.

„Schön wär's ja — das konnte ich aber nicht schaffen."

„Du willst ihn uns nur vorenthalten!"

„Klar; um mich allein daran zu delektieren!"

„Ich bin dafür, eine Haussuchung zu veranstalten", schlug Alfred vor.

„Ich auch", stimmte Else zu.

„Gut", sagte Alfred. „Max, du bist der Detektiv."

„Sherlock Holmes oder Nick Carter?"

„In diesem Hause mußt du beides zusammen sein. Wir haben es hier mit einem sehr raffinierten Verbrecher zu tun. Eine ‚Um-die-Ecke-Flasche' ist um die Ecke gebracht worden!"

„Wo soll ich beginnen?"

„Mit der Bar."

Max ging an den Barwagen. Nichts.

„Sieh hinter die Bücher! Das Primitive ist das Raffinierteste."

Auch hinter den Büchern nichts.

„Hat das Zimmer Tapetentüren?"

„Klopf die Wände ab."

„Laß doch den Unsinn, Alfred! Du stellst schließlich noch die ganze Wohnung auf den Kopf."

„Wenn es die Sache will — auch das! Wenn ich früher Ostereier für dich versteckte, machte es dir auch nichts aus. Such, Phylax!"

Max ahmte Hundebellen nach und erntete fröhliches Lachen. Alfred lehnte sich zurück und schloß die Augen: „Still! Es wird so besser gehen." Er zog mit der Rechten magnetische Striche über die Stirn. Max stand vor ihm und spreizte die Finger gegen ihn. „Was siehest du?" fragte er beschwörend.

„Ich sehe eine Kruke", alberte Alfred, „eine irdene Kruke. In einer dunkdunklen Ecke sehe ich sie."

„O so sage mir, in welcher Ecke du sie siehest!" beschwor Max.

„In einer dunkdunklen Ecke. Ich sehe auch eine Doppeltür, eine braune glänzende Doppeltür."

Max griff sich wie ein Hypnotiseur an die Stirn: „Eine braune glänzende Doppeltür siehest du? Ei, wohlan, wo mag diese Tür sein?" Sein Blick traf das Büfett.

„O so sage mir eines noch: siehest du die dunkdunkle Ecke linker Hand oder siehest du sie rechter Hand?"

„Ich siehe sie linker Hand."

„Und siehest eine braune glänzende Doppeltür."

„Ich siehe eine braune glänzende Doppeltür."

„Und linker Hand siehest du eine braune irdene Kruke?"

„Eine braune irdene Kruke siehe ich."

„Ei, wohlan denn." Max öffnete das Büfett.

„Du wirfst mir nur das Geschirr durcheinander, Max!" rief Else beschwörend.

„In einer dunkdunklen Ecke linker Hand hinter einer braunen glänzenden Doppeltür siehe ich sie ganz deutlich", sagte Alfred in Trance.

„Ei, wohlan denn." Max griff über Schalen- und Tellerstapel in die linke Ecke und holte eine Steinhägerkruke hervor. Er hob sie und rief: „Alfred, erwache!"

Und Alfred riß die Augen auf und stammelte: „Wo bin ich?"

Da hatte Else ihn aber schon am Kragen: „Wo du bist? Wo du bist? In der Hölle bist du, du Teufel!"

Er hielt ihre Hand: „Gibt es in der Hölle Engel?"

Edith und Mariechen griffen zu: „Loslassen, Else! Der Teufel gehört uns auch!"

Else wandte sich gegen Max: „Und du bist der Beelzebub. Du hast es gewußt!"

„Da sei Gott vor! Das war Intuition!"

„Dann verschaff uns mit deiner Intuition auch die Gläser aus dem Keller."

„Einen Augenblick, Tante Else." Max schloß die Augen und schlug sich vor die Stirn.

„Fünf Gläser siehe ich, fünf klitzekleine Becher, mit roten Herzen und Enzian bemalt. Fünf Stück."

„Wo siehest du sie?" fragte Alfred.

„Im Keller siehet er sie. Nun kann ich runtergehen und sie aus dem dunkdunklen Keller holen", schalt Else.

„Ei, fürwahr, das nicht. Die klitzekleinen Glasbecherchen befinden sich hier. Hier in diesem Raum."

„Siehest du sie genauer?"

„Ich siehe sie ganz genau. Ein Geist bewachet sie. Ein großer Geist, dessen Namen ich nicht sagen darf. Nur ein köstliches Wort darf ich von ihm sagen und wer ihn daran erkennet, findet die Gläser."

„O so sage das Wort?!"

„Das Wort lautet: Man kann zuviel wohl trinken, doch trinkt man nie genug."

Da hob Alfred strahlend die Rechte: „Lessing!"

Und wahrhaftigen Gotts, hinter Lessings Werken im Bücherregal standen fünf klitzekleine Glasbecherchen, wie Max sie beschrieben.

„Nun habt ihr mir sicher im Keller alles durcheinander gebracht!"

„Nicht die Spur, Tante Else! Die hatte Onkel Alfred für alle Fälle von Anfang an nach vorn gestellt."

Es war echter Haidmerker, von Alfred organisiert und er tat allen wohl.

„So“, sagte Mariechen, „und nun die Karte an Harald. Edith muß anfangen.“

Und Edith schrieb: „Lieber Harald! Wir würden uns alle sehr freuen, wenn Du bald auf Urlaub kommen könntest. Edith.“ Sie reichte Else die Karte; sie unterschrieb: „Sei herzlichst gegrüßt. Deine Mutter.“ Alfred begnügte sich: „Dein Vater.“ Max und Mariechen desgleichen: „Dein Max! Dein Mariechen!“

Mariechen schnuckerte schipplippig über die Karte und las vor: „Deine Mutter! Dein Vater! Dein Max! Dein Mariechen.“

Edith lief rot an, sagte aber nichts.

„Gebt her, ihr vergeßt die Karte ja doch nur.“

„Wir vergessen sie nicht, Onkel Alfred“, sagte Mariechen und tat die Karte in die Handtasche.

Nach dem Abendessen trennte man sich bald. Max und Mariechen brachten Edith nach Hause. Es war ein duftender Frühlingsabend. Die Scheinwerfer wanderten geruhsam hin und her.

Unterwegs fragte Mariechen: „Hast du deinen Füller da?“

„Hab' ich immer bei mir. Wozu?“

„Für die Karte an Harald. Wir müssen ein wenig korrigieren.“

„Was denn korrigieren?“

„Wirst du gleich sehn.“ Die Karte auf der Handtasche, malte sie vor Ediths Namen ein dickes ‚Deine‘ und unterstrich es.

„Aber Mariechen!“

„Wenn sie's nicht sagt, müssen wir es tun.“

„Aber das sieht er doch gleich.“

„Er wird glauben, sie habe es heimlich hinzugefügt.“

„Glaubst du!“

„Du wirst es sehen. Und nun nach Hause. Ich bin müde.“

Ein paar Tage später, als Berger nach Rothenburgsort hinaus war, um sich vom Weitergang des Ausbaus ihrer Werkstätten zu überzeugen, saßen Else und Edith beim Nachmittagskaffee zusammen.

„Mit Mariechen dürfte es nun auch bald soweit sein", sagte Else.

„Meinst du?"

„Du nicht?"

„Der Hochzeit nach?"

Else lächelte. „Ich hatte den Eindruck, als ob sich der Erfolg der Vermählung sehr frühzeitig bemerkbar machte. Du nicht?"

„Ehrlich gesagt, ich habe nicht darauf geachtet."

„An sich auch gleich. Ich sage es nur, weil man jetzt hört, daß manche Frauen die Kinder bis zu einem Monat länger tragen."

„Nein! Gibt es das?"

„Offenbar; ist früher auch schon vorgekommen. Der Mangel an irgendwelchen Hormonen scheint die Geburt zu verzögern."

„Spricht man nicht reichlich viel von Hormonen jetzt?"

„Ich denke es mir wie Hefe beim Backen, es geht nicht ohne. In einem Artikel las ich kürzlich, daß der Mensch von Hormonen und was weiß ich sonst abhängiger sein soll als von seinem Willen."

„Gott, Else, wenn du nun auch zu philosophieren anfängst."

„Um Gottes willen, nur das nicht! Ich finde, daß man mit solchen Theorien die Menschen um alle Selbstzucht bringt. Wenn Fanny, du weißt, unsere Pariser Freundin — ach Gott, was sie wohl macht? — sich einmal, was selten geschah, gehen ließ, sagte sie entschuldigend: C'est plus fort que moi. Wenn das alle anfangen zu sagen, würde es schließlich nichts als Verantwortungslosigkeit geben."

„Ich glaube, die grauseidene Gravität nimmt ihrer Tochter das plus fort sehr übel. Meinst du nicht?"

Else lachte: „Ach, die Arme! Ich mag sie. Sie hat Stil; bei allem."

„Bestimmt; Mariechen auch; man merkt die Familienzucht. Max hat weniger davon."

„Woher auch? Aber sonst sind die Zutaten gut."

„Seine Mutter hab' ich nie recht gemocht. War sie nicht sehr oberflächlich?"

„Gott, ja; man konnte mit ihr auskommen. Aber wenn nicht die Freundschaft zwischen den Männern gewesen wäre, ich weiß nicht — ich hätte sie missen können."

„Immer dies Aufgeflierte. Es paßte gar nicht zu ihr."

„Ja, ja. Es ist vielleicht ganz gut, daß alles so gekommen ist. Melhop ist viel erspart geblieben."

„Weißt du etwas?"

„Nur so; ich mag nicht darüber sprechen. Am Ende sind alle Menschen Enttäuschungen."

„Ich auch, Else?"

„Ja, du auch! Was hattest du eigentlich alle die Zeit? Hatten wir dir etwas getan?"

„Nein —"

„Aber du wußtest, daß du uns mit deinem Wesen kränktest —"

„Das war nicht die Absicht. Ich war so durcheinander. Das weißt du."

„Das wußte ich. Und wenn das nicht gewesen wäre, säßest du nicht hier."

„Ich kann ja gehn — wenn es dir lieber ist —"

„Nein, das ist mir nicht lieber. Lieber ist mir Offenheit und Vertrauen, wie es sich zwischen uns gehört. Hast du etwas mit Harald gehabt?"

„Gott, Else, mit Harald gehabt —"

„Ach was, Unsinn! Ob du Streit mit ihm gehabt hast. Hat er dich verletzt?"

„Nein, nein, gar nichts. Wenn einer gut zu mir war, dann Harald."

„Ja, und?"

Edith sah sie bittend an.

„Edith, wir beide sind Frauen, wir brauchen einander nichts vorzumachen in puncto Männern. Aber ein klein wenig klüger als du, weil ich ja sehr viel älter bin, bin ich vielleicht doch."

„Also bestimmt, Else; nichts, nichts! Wie Fanny: C'etait plus fort que moi."

„Und machst uns Kummer und Sorge. Und der Junge macht sich Gedanken und quält sich ab, was er dir getan haben könnte. Du bist mir die Rechte. Hast du Stopfgarn mitgebracht? Oder will die hohe Dame weiter keine gestopften Strümpfe tragen?"

„Gott, nein, ich hab' ja alles hier, Fräulein Lehrerin."

„Frau bitte!"

„Ja, Frau bitte!"

„Ihr müßtet doch alles bekommen, Edith. Ihr mit euren Sachen."

„Um Gottes willen, laß es deinen Mann nicht hören. Ich hab' es einmal angedeutet — nie wieder!"

„Wenn du so dumm bist! Frag' doch nicht erst!"

„Es geht doch alles über ihn!"

„Nun, du wirst doch das eine oder andere noch für dich machen lassen können. Das möcht' ich mal sehen."

„Meinst du?"

„'Türlich mein' ich. Männer sind dumm. Meinst du, daß meiner sich je den Kopf darüber zerbricht, wie ich das Essen auf den Tisch bringe? Wenn ich ihm sage, daß ich die Konglomeratsuppe auf einen halben Bouillonwürfel und ein achtel Fliegenbein koche, dann glaubt er's eben. Wenn ich sonntags den „Um-die-Ecke-Pudding" bringe, ist er davon überzeugt, daß ich ihn aus dreizehn Kruken zusammengeschrapt habe. Männer sind dumm, Edith. Der Beweis ist ja, daß sie alles allein machen wollen. Was kommt dabei heraus? Wir sehen es! Heute Krieg, morgen Krieg; übermorgen Krieg. Wenn ich nicht meine Quellen hätte, sähen wir längst aus wie das Leiden Christi zu Pferde."

„Nein, Else — das hätt' ich nie von dir geglaubt!"

„Nein, meine Gute, so dumm war ich einmal. Die Konglomeratsuppe war einmal eine armselige Wassersuppe. Weißt du, daß Kaufmann* zu Weihnachten seinen Leuten große Freßpakete geschenkt hat? Und Wein und Kognak und Rum? Alles Dinge, nach denen wir uns die zehn Finger lecken. Und zu Ostern wieder Ostereier und andere schöne

* Gauleiter von Hamburg

Dinge? Was dem einen recht ist, ist dem andern billig. Das heißt, so billig ist es denn doch nicht. Wenn Alfred wüßte, was es an Geld kostet —"

„Wenn ich denke, was ich noch im Keller hatte! Die schönen Weine von Ichals! Und Zigarren! Ich hab' es nie angerührt. Auch nachher nicht."

„Ja, was da wohl alles in Hamburg vernichtet worden ist. Wie wollen nur die Leute wieder zurecht kommen. Weißt du es?"

Edith schüttelte den Kopf.

„Niemals, Edith. Und wie diese Armen nicht zurecht kommen, so wir alle nicht; denn daß es nicht gut ausgeht, ist doch klar wie dicke Tinte."

„Nicht auszudenken!"

„Alfred glaubt auch nicht mehr daran; er tut nur so. Und Harald hat nach dem Polenfeldzug, als er die Russen an der Demarkationslinie sah, gesagt: alles Schwindel! Die Russen dächten gar nicht daran, uns die Stange zu halten. Nun? Hatte er recht oder nicht? Jetzt sitzen wir drin bis über Nase und Ohren, wir mit unserem: Deutschland, Deutschland über alles!"

„Aber hör' mal, andere haben doch auch ihre Nationalhymne!"

„Eben; das ist ja das Dumme. Mit der Nationalhymne fängt es an und mit dem Nationaldenkmal zu Ehren der Gefallenen für diese Nationalhymne hört es auf. Ich bin eine Deutsche, Edith, und möchte keine andere sein; und die Dänin ist Dänin und möchte keine andere sein; und die Engländerin, die Amerikanerin, die Italienerin, die Schwedin, die Türkin, die Spanierin, ja die Botokudin auch, alle sind stolz darauf, zu sein, was sie sind. Das heißt auch nicht einander herabsetzen; aber von uns glaubt man, daß wir uns gern höher setzen, das ist es. Anstatt den Mund zu halten und mit Bismarck zu denken: Wo ich sitze, ist oben."

„Ach, politisch war dieses ‚Deutschland über alles' überhaupt nicht gedacht."

„Natürlich nicht. Wenn Fallersleben „Mein Deutschland über alles!“ gedichtet hätte — gemeint hat er es so — wie jeder sein Heimatland und Vaterland aus dem Gefühl heraus allen andern voranstellt — aber so wertete man es von Anfang an als eine politische Demonstration deutscher Aggression und dabei bleibt's. ‚Mein Deutschland über alles‘ hat natürlich nicht die bekennerische Verve wie ‚Deutschland über alles‘ und darum soll es trotz aller Mißdeutungen oder gerade deswegen — dabei bleiben.“

„Gott, was sind wir für kluge Frauen, Else. Bloß wie ich dieses Loch im Strumpf zukriege, weiß ich nicht.“

Der Fernsprecher überhob Else der Antwort. „Ja, Max? Ein Junge? Nein, was du sagst! Da gratuliere ich! Siebeneinhalb Pfund? Und Mariechen? Das freut mich! Grüße sie herzlich. Edith ist gerade hier. Will ich gern bestellen. Was sagst du? Urlaub aufgehoben? Ist ja wohl nicht möglich! Übermorgen? Aber das geht doch gar nicht! Nein, natürlich kann das Generalkommando darauf keine Rücksicht nehmen. Tu doch heut' abend einen Sprung zu uns 'rauf, ja? Und herzliche Grüße und Wünsche!“

Indem sie den Hörer auflegte: „Was sagst du dazu? Wenn wir vorhin nicht davon gesprochen hätten! Ein Junge! Und was meinst du: übermorgen muß er einrücken. Studienurlaub gibt's nicht mehr.“

„Das ist ja scheußlich für Mariechen.“

„Was ist nicht scheußlich heute, Edith. Sieh dir deine Strümpfe an; die vielleicht nicht?“

Schon am nächsten Tag konnten Else und Edith Mariechen besuchen. Es war eine leichte Geburt gewesen, die sie ohne Getue durchgestanden hatte. Es war ein dickköpfiger Junge, der sich gar nicht erst lange hatte nötigen lassen, an der Tafel des Lebens Platz zu nehmen. Mariechen war auch nicht verzweifelt darüber, daß Max an die Front sollte. Mußten andere auch. Das war tapfer und vernünftig, fanden Else und Edith, denn wenn sie sich Kummer gemacht hätte, wäre es vielleicht auf die Milch geschlagen. Else war darauf aus, Ediths Gedanken zu beschäftigen;

denn nichts war natürlicher, als daß Edith nun ihrer tragischen Mutterschaft gedächte.

Sie gingen jeden Tag zu Mariechen, denn die grauseidene Gravität lag in Wismar mit einer Angina darnieder und konnte sich daher weder um ihre Tochter noch um ihren Enkel kümmern.

Der Tag der Entlassung Mariechens aus der Klinik war für alle ein Freudentag. Max war wieder nach Hause gekommen, weil der Stabsarzt befunden hatte, daß er nicht ins Feld könne, ohne vorher seinen Leistenbruch operieren zu lassen. Er würde noch Bescheid bekommen.

In dem weichen Licht des zu Ende gehenden April nahmen die Zerstörungen eine verschämte Schönheit an. Auf seinen Gängen nach Rothenburgsort schlug Alfred einen Bogen durch die Trümmerstraßen, die nun kein Grauen mehr für ihn hatten. Selten, daß ein Mensch ihm begegnete; kein Hund blaffte, keine Katze, die sich sonnte; alles Leben vergessen und vertan.

Ganz fein, ganz sanft klingen Drähte gegen ein Stück Dachrinne mit dem Ton, in dem Pendülen unter Glassturz die Stunden anzuzeigen pflegen. Ihr wißt, jene goldstrotzenden Uhren, an deren Zifferblatt sich ein galantes Paar lehnt mit der Gelassenheit, der die eilende Zeit nichts bedeutet. Und dort die Laterne, baumelt ihr herabgerissener Helm nicht wie ein Schäferhut am Arm einer schönen Frau? Und das Blau des Himmels, ist es hinter den leeren Fenstern nicht wie ein seidener Vorhang, der zärtliche Geheimnisse birgt? Nein, es ist nicht alles tot hier!

Hört, wie die Drähte davon klingen, als sie sich noch über die Dächer spannten und das Tönen aus aller Welt auffingen. Schlimmes und Gutes, Heiteres und Trauriges.

„Und ich war wohl nichts?“ fragt die Dachrinne.

„Doch, doch!“ kichert der Draht. „Aber nur bei schlechtem Wetter! Dann hast du immer so komisch gegluckert, wenn die Dachpfannen mit dem Rieseln nicht zu Ende kamen. Was du schon von der großen Welt weißt!“

„Wollt' ich's denn wissen? Hast ja nun erlebt, daß es nie was Rechtes war. Wir Dachrinnen haben Grundsätze und geben nicht jeden Tratsch und Klatsch weiter wie ihr!"

„Hör mal! Was hätten die Menschen wohl anfangen sollen damals, als der Tod mit sausendem Mantel einherkam? Da waren wir es, die ‚In die Keller! In die Keller!' riefen und du hast nichts als gebibbert."

„Ihr nicht! Ihr habt nicht gebibbert! Möchte den sehen, der nicht gebibbert hat."

„Schon gut, schon gut, liebe Dachrinne. Wir wollen nicht streiten. Streiten hat noch nie klüger gemacht."

Und es tönt — wie der Stundenschlag von Pendülen unter Glassturz.

Und seht! Seht ihr, wie durch die leeren Räume des kleinen Hauses dort das Gerippe eines zerglühten Baumes herblickt? Der Baum ist tot, aber sein Blick ist lebendig. Ach, wie hübsch diese winzigen Hintergärten der kleinen Häuser waren! Stellt ihn euch an einem Sonntagmorgen vor, hell, schön, blau wie diesen Apriltag. Es ist ein kleiner Garten, aber ein Garten immerhin; kein Hof, auf dem sich kein Halm hervorwagt. Seht in der Ecke dort, fest in die Erde gerammt, ein Tisch; dicht dabei ein Syringenstrauch und ein Goldregen; vor der Wand in winzigen Beeten Stiefmütterchen und Marmelblümchen. An der Wand gegenüber in einer alten Pferdekrippe Geranien oder Fuchsien. Nein, keine Fuchsien; Fuchsien bringen Unglück. Seht, es ist Sonntagmorgen; eine alte Frau kommt und deckt den Tisch. Seit mehr als vierzig Jahren deckt sie im Frühling und Sommer und an schönen Herbsttagen sonntags draußen den Tisch. Vom ersten Sonntag ihrer Ehe an, als diese kleinen Häuser hier dicht am Wasser noch allein standen, und nicht im Schatten der hohen Wohnhäuser wie jetzt. Da blies der Wind anders von der Elbe her; die Sonne kam geradenwegs vom Himmel und mußte sich nicht erst über Gott weiß welche Dächer mühen; und der Mond auch.

Der kleine Garten war ein Kleinod und wurde sehr geliebt. Die Kinder wuchsen in ihm heran und jedes hatte sein Beet, auf dem sie Erbsen und Bohnen wachsen ließen, damit die Eltern es leichter hätten, sie satt zu machen. Zu Pfingsten wurde eine Laube aus Maibäumen gebaut, und die Weihnachtstanne stand noch lange nach Neujahr in einem Schneehügel. Sie wohnten lange Jahre hier, die Menschen; denn sie verstanden die Kunst, aus einer Wohnung eine Heimat zu machen, nach der ihre Seele wanderte, wo immer sie später in der Welt waren, und so weit sie es in ihr auch gebracht hatten. Denn es waren tüchtige Menschen, die hier heranwuchsen, und wußten früh, ohne Müh' und Arbeit ist nicht einmal solch kleiner Garten zu haben, in dem sie hatten groß werden dürfen.

Ja, und wie die Kinder größer wurden, wurde der Garten kleiner. Die Kinder fanden, im Grunde sei es doch nur ein bepflanzter Hofplatz und die Pferdekrippe war morsch und krüppelig, man sollte es wegtun, das Gerümpel. Aber das war alles nur, weil die Kinder größer geworden waren; denn wenn man größer wird, entzaubern sich die Dinge und werden kleiner und ärmer. Nein, das ist falsch; man selber wird ärmer, wenn man größer wird.

Für die Eltern blieb es immer der Garten ihrer Kinder. Ihnen klang immer noch der Lärm ihres Spielens zwischen den Planken, ihr Lachen, ihr Weinen, ihr Streiten. Sie hängten, als die Kinder alle aus dem Hause waren, an Sommerabenden die Laternen an die Wäscheleine, wie die Kinder es getan, und es waren die gleichen Laternen noch, die die Kinder aufgehängt hatten. Und die großen Häuser, die immer zahlreicher aufmarschierten, und die Straßen, die die schönen Wiesen wegfraßen, lächelten verächtlich über die Zwergenhäuser. Es war aber immer Raum genug gewesen in ihm, für große Träume und große Liebe.

Dann kamen die Kinder der Kinder und war plötzlich wieder ein richtiger Zaubergarten, und reichte bis ans Ende der Welt. Und unter den Syringen und dem Goldregen saßen wieder Prinzen und Prinzessinnen, und die morsche Pferdekrippe war wieder ein Blumenaltar, und jedes der Kinder hatte wieder ein Beet.

Seht, jetzt steht nur ein zerglühter Baum in dem verwüsteten Garten. Die Vögel, die im letzten Jahr noch in ihm genistet, fliegen ratlos durch die Fensterhöhlen und können es nicht fassen, daß ihr Baum gar nicht zu grünen beginnt. Der kleine Garten ist tot; seine Seele ist tot. Das ist das Schlimmste, was Gärten und Menschen geschehen kann, wenn ihre Seele tot ist.

Die Feinde suchten Hamburg seltener auf; nur um sich in Erinnerung zu bringen. Dafür legten sie immer mehr Städte im Reich in Schutt und Asche.

Als es Hannover galt, brachte günstig stehender Wind den Donner der Geschütze bis nach Hamburg herunter; nachts hellte sich der Himmel nach dort wie unter flackerndem Nordlicht. In ausländischen Zeitungen gab der Feind die Mengen des Sprengstoffes an, die er bisher auf die „Festung Deutschland“ abgeworfen hatte. 1940 dreizehntausend Tonnen; 1941 einundzwanzigtausend Tonnen; 1942 vierzigtausend Tonnen; 1943 einhundertundvierzigtausend Tonnen und in den ersten Monaten 1944 bereits sechzigtausend Tonnen. Der Feind verfehlte nicht, eine sehr erhebliche Steigerung der Bombenabwürfe in Aussicht zu stellen.

Die Menschen waren nur noch Nervenbündel. Sobald die öffentliche Luftwarnung ertönte, setzte man sich, das Gepäck griffbreit, auf den Wohnflur, um bei Vollalarm in den Keller zu steigen. Man saß wie auf dem Bahnhof, bevor der Zug einläuft: Handtasche, Decke, Koffer, Eßpaket. Nur wußte man nicht, ob es nicht eine Himmelfahrt sein würde.

Frauen bekamen in den Kellern Schüttelfrost, sobald die Flak feuerte. Bei anderen stellten die Speicheldrüsen ihre Tätigkeit ein; noch andere fühlten Eiseskälte von den Füßen herauf den Körper lähmen. Else hatte von einer Ausgebombten gehört, die einen halben Tag unter brennenden Trümmern hatte verbringen müssen. Keiner hatte einen Trunk Wasser mit in den Keller genommen; das Feuer versetzte das Gestein in Hochglut, die Luft zum Atmen wurde knapper und knapper. Die Kehlen waren schließlich so ausgedörrt, daß die Menschen nicht mehr sprechen, geschweige denn um Rettung hätten schreien können. So standen und lagen sie in fürchterlichem Dunkel, über sich das Gezischel, Gerappel, Geknister und Gerausche der zehrenden Flammen, als ob ein Heer von Ratten sich herannage. Der Körper hatte keinen Schweiß mehr herzugeben, die Haut spannte sich unter der Kleidung wie gestrammt; inmitten der grauenvollen Hitze überjagten Frostschauer den Leib. Als man die Frau rettete, war ein Teil der Menschen irr.

Sobald diese Frau die Sirene hört, fällt sie zusammen, wird bis in die Hände grau, fliegt am ganzen Körper, das Gesicht wird schmal und elend. Als ob ein Stimulans, das den Körper aufrecht gehalten, gerade in dem Augenblick, da die Sirene ertönt, seine Wirkung verloren. Sobald Entwarnung kommt, wird die Frau wieder normal.

Bei Jugendlichen, besonders bei Mädchen in der Wende zur Reife, wird Zuckerkrankheit, hervorgerufen durch Angstzustände, festgestellt.

Der Volkshumor war nicht unterzukriegen. Im Rathaus sollte beschlossen worden sein, Alarm durch die Glockenspiele der Kirchtürme zu geben. Und zwar sollte erklingen: Bei Annäherung der Feindflieger die Melodie: „Kommt ein Vogel geflogen“; bei Vollalarm: „Alle Vögel sind schon da“; bei Vorentwarnung, wenn der Feind abfliegt: „Wenn die Schwalben heimwärtsziehn“, und bei Vollentwarnung, wenn man sich den Schaden besieht: „Ach, du lieber Augustin, alles ist hin!“

Dazu kam es leider nicht, weil die Türme so gut wie keine Glocken mehr hatten. Sie waren auf dem Wege in die Geschützfabriken. Dafür übernahm ein hoher Staatsbeamter die Berichterstattung während der Angriffe. Da zu beruhigen er sich sehr angelegen sein ließ, hieß er bald „Onkel Baldrian“.

Hamburg lag dauernd unter Alarm für die Anflüge auf und für die Abflüge von Berlin. Die Geschwader zogen tagsüber dicht aufgeschlossen wie zu Schauflügen dahin. Unbeirrbar, zielstrebig, immer über den Norden der Stadt hinweg, ein funkelnder, glitzernder Zug, der Tod und Verderben nach der Reichshauptstadt trug. Es hatte etwas Betäubendes, wie die Verbände aus dem Blau des Himmels auftauchten, die Luft mit ihrem donnernden Rollen erfüllten und langsam entschwanden. Erschütternd, daß über Hamburg keine Jäger mehr aufstiegen, diese Anflüge auf Berlin zu stören. Es hätte nicht viel genützt; Scharen von schnellen Flugzeugen schützten die Bomber. Aber auch die Flak trat den Feinden weder beim Anflug noch bei der Rückkehr entgegen.

Ja, sahen die Leute in der Wilhelmstraße denn immer noch nicht ein, daß der Krieg verloren war? Sahen sie immer noch nicht ein, daß diese Schau ungehindert anfliegender und ebenso ungehindert abfliegender Geschwader von hunderten und hunderten Maschinen auf die Menschen genau so entnervend und zerschmetternd wirken mußte wie die Nachricht von einer verlorenen Schlacht? Ja, viel schlimmer noch! Jeder Tag offenbarte neu die völlige Ohnmacht der Deutschen in der Luft. So einfallsreich die Deutschen waren, so erhebend heroische Einzelheiten, was wollte das alles bedeuten gegen einen Ring von zweiundfünfzig Ländern der Erde, mit denen Deutschland sich jetzt im Kriegszustand befand? Was hatte Deutschland den Möglichkeiten von Erdteilen entgegenzusetzen, wovon es sich auf die Dauer Erfolg versprechen konnte? Die Gefahr lag in der Dauer! Sie brachte Deutschland den Verschleiß von kriegswichtigen Stoffen, die nicht ergänzt werden konnten. Die Gegner hatten aber immer neuen Zuwachs von Kriegsmitteln. Deutschlands Kriegswerkstätten — bis auf die wenigen, die unterirdisch angelegt oder so gut in Waldlandschaften getarnt waren, daß sie nicht gefunden werden konnten — lagen ständig unter feindlichem Bombenregen, während die Gegner ungestört an ihrer Rüstung schmieden konnten. Wo war noch ein Mensch in Deutschland, der nicht voraussah, wie diese Rechnung aufgehen mußte?

Drüben auf der Insel wurde die Invasion vorbereitet. Das war die geringste Sorge, man hatte Zutrauen zu den Vorkehrungen an der Küste. Der Landungsversuch der Anglo-Amerikaner bei Dieppe hatte gezeigt, daß die Sache für die Feinde nicht so einfach lag. Am Ende, so sagten sich viele in Deutschland, wird die andere Seite auch ohne Invasion auskommen. Die Vernichtung der deutschen Städte nahm ungeheuerlichen Umfang an.

Wo blieben die Geheimwaffen, von denen man sprach? Wo blieb das Wunder?

Und das Wunder geschah!

Um die Mitte des Juni, die Invasion hatte begonnen, fielen in regelmäßiger Folge auf Südengland Bomben von bisher unbekannter Sprengkraft. Flugzeuge hatte keiner gesehen. Südengland war das Reservoir, in dem die Kräfte für die Invasion aufgestaut wurden. In diese Gebiete brachen die geheimnisvollen Geschosse ein. Nicht von Flugzeugen abgeschossen, von einem neuen deutschen Ferngeschütz. Das gleiche Entsetzen und das gleiche Grauen, das die Pariser im ersten Weltkrieg gepackt hatte, als deutsche Ferngeschütze die französische Hauptstadt bedachten. Diesmal kommt die Erklärung schnell. Man hat die flugzeugartigen Geschosse aus der Stratosphäre niederstürzen sehen. Auf der anderen Seite des Kanals sah man sie aufsteigen. Einen Flammenwirbel hinter sich, gewannen sie sehr schnell große Höhe, um ihr vorbestimmtes Ziel in Südengland zu erreichen.

Die Deutschen lüfteten das Geheimnis: es war die erste Vergeltungswaffe für die Luftangriffe auf deutsche Städte. Man nannte sie V 1.

Ein neues Blatt in der modernen Kriegsführung war aufgeschlagen; ein Schritt hinauf in das Reich der Erfindung, ein Schritt hinab, dem Verderben der Menschheit entgegen.

Aber immer noch weitab von dem Ziel, das Churchill 1934 in einer Studie über die technischen Hilfsmittel der Kriegsführung visionär gemalt hatte: „Der Tod steht in Bereitschaft, gehorsam, abwartend, bereit, die Menschen in

Massen hinwegzumähen, wenn man ihn ruft, alles, was von der Zivilisation noch übrig ist, ohne Hoffnung auf Wiederaufbau zu Staub zu zerstampfen. Er wartet nur auf das befehlende Wort. Sind wir am Ende angelangt? Könnte es nicht Methoden geben, um eine Explosivkraft anzuwenden, die unvergleichlich komprimierter wäre als alles bisher Entdeckte? Könnte nicht eine Bombe erfunden werden, die, nicht größer als eine Orange, geheime Kraft besitzt, einen ganzen Häuserblock zu zerstören? Was sage ich: um die Kraft von tausend Tonnen Cordit zu konzentrieren und mit einem Schlag ein ganzes Gemeinwesen in die Luft zu sprengen? Kann nicht Explosivstoff von der heutigen bekannten Art, in Flugzeugen durch Fernlenkung gesteuert, ohne menschliche Führung in pausenloser Folge Städte, Fabriken, Betriebe und Häfen zerstören?"

Ein Teil dieser Phantasie war unerwartet schreckliche Wahrheit geworden. Der andere sollte sich noch entsetzensvoller verwirklichen.

Bis Mitte Juni hatte Hamburg nur kleine Angriffe gehabt, die summiert zwar schwere Zerstörungen brachten, aber wenigstens ohne den Schrecken eines Großangriffs blieben. Nun begann die Insel Antwort auf die V 1-Angriffe zu geben.

Am Sonntag, dem 18. Juni, gegen acht Uhr früh Alarm. Verbände im Anflug aus der Nordsee und aus dem Westen. Zielrichtung noch nicht auszumachen; dann wurde ersichtlich Hamburg angesteuert. Die Durchsage sprach von starken Bomberverbänden, die sich näherten; Helgoland meldete den Anflug neuer Geschwader. Jetzt über Cuxhaven Stade zu; es gab keinen Zweifel mehr, es galt Hamburg. Unabwendbar näherte sich der Feind, hatte die Stadtränder erreicht, umflog die Stadt im Osten und nahm Kurs auf Lübeck und die westliche Ostsee. Es konnte entwarnt werden. Nach drei Minuten erneut Alarm! Die Flugzeuge hatten es auf eine Täuschung abgesehen gehabt und flogen die Stadt wieder an.

In der Sonnenhelle funkelten die Geschwader; die verstärkte Flak schoß Sperre; unentwegt die Flugzeuge näher, flogen den Norden an, bogen westlich ein, der Stadtmitte zu. Die Lotsenflugzeuge bezeichneten mit Rauchbomben die Ziele. Die Flakgranaten hefteten weiße Wolkenballen an den Himmel; die Kondensstreifen zerfiederten und waren wie weiße Pfade.

In ununterbrochener Folge detonierten Bomben. Der Sonntag war für den Angriff auf die City gewählt worden, weil die Geschäfts- und Kontorhäuser nur das geringe Wachpersonal zur Abwehr hatten. Dafür waren aber die Wohngebiete überfüllt. Die Innenstadt litt furchtbar! Mächtige Großfeuer in der Mönckebergstraße, Steinstraße, Hermannstraße bis nach St. Georg hinein. Die Jakobikirche begann zu brennen. Erst das durch Sprengbomben bereits vernichtete Kirchenschiff, dann der herrliche gotische Turm. Die Katharinenkirche war im Juli des Vorjahres vernichtet worden. Mit ihr und der Jakobikirche waren nun die beiden ältesten Baudenkmäler Hamburgs der Zerstörung anheimgefallen. Rund um die große St.-Michaelis-Kirche ein Kranz von Bombentrichtern; Treffer im Kirchenschiff zerstörten Kanzel, Empore und Gestühl. Bis nach St. Pauli hinauf Bomben, auch am Bismarckdenkmal, ohne Schaden zu tun; schwer getroffen die Englische Kirche am Zeughausmarkt.

Wieder Elend für eine ganze Stadtgegend; ohne Wasser, Gas und Elektrizität.

Bis in den Abend hinein lohten die Flammen.

An diesem 18. Juni beobachteten die Leute der Lünkenruh das Phänomen der Sichtbarkeit von Schallwellen. Als gegen halb elf Uhr die Flugzeuge abflogen, wurden sie von der Flak unter wütendes Feuer genommen und man sah, wie aus sehr großer Höhe eine kreisartig ausgeweitete stark geriffelte Luftschicht bis auf etwa hundert Meter herabkam. Diese Schicht flimmerte wie die Luft über der Heide an heißen Sommertagen, und hatte dabei einen hauchdünnen metallischen Glanz; die Riffelung verbreitete sich vom Mittelpunkt aus wie Kreise nach einem Steinwurf in Wasser. Die Erscheinung konnte sich frei entfalten, da der Lünkenruh gegenüber keine Häuser standen. Nicht nur das Geriffel bewegte sich in sich selber, sondern das Ganze bewegte sich als vertikale Fläche dicht heran und zerging.

Der Montag ohne Alarm. Sonntag hatte die Harburger Elbbrücke Treffer erhalten, wodurch der Fernverkehr unterbrochen war. Am Dienstag schwerer Angriff auf Hafen, Harburg, Wilhelmsburg, Veddel. In der Hauptsache Industrie-Anlagen. Der Petroleumhafen brannte lichterloh; gewaltige Explosionen; noch am andern Tag mächtige Rauchwolken, von Flammen durchhellt, über der Stadt. Eine Anzahl Flugzeuge abgeschossen; man sah die Mannschaften mit Fallschirmen abspringen.

Am Mittwoch, dem 21. Juni, wieder Alarm. Geschwader nach Geschwader; kein Angriff auf Hamburg. Schwerer Angriff der Anglo-Amerikaner auf die Reichshauptstadt als Freundschaftsgabe an den russischen Verbündeten, zum Gedenken an den Kriegsausbruch zwischen Deutschland und Rußland am 21. Juni 1941. Die Feindbomber flogen, als sie ihre Bombenlast über Berlin abgeladen hatten, nach Osten weiter und landeten zu einer Huldigung auf russischen Flugplätzen. Unbemerkt hatten deutsche Flugzeuge sich angeschlossen und zerstörten durch Spreng- und Brandbomben ein Drittel der feindlichen Viermotorigen und nahmen auf diese drastische Weise an der Huldigung teil. Für diese Freundlichkeit quittierte der Feind in der übernächsten Nacht mit einem starken Angriff. Man war wieder mitten drin in dem Höllenspuk des Krieges. Der Freihafen, bisher von Angriffen verschont geblieben, hatte bei diesen Angriffen schwer gelitten.

Im Freihafen hatte Alfred gelernt und deshalb drängte es ihn, sich die Stätten der Zerstörung anzusehen. Es begann am Schaartor, wo das Seefahrer-Armenhaus nur noch eine Ruine war. Es hatte an der Außenwand das Bild eines Seglers in Seenot gehabt, das der dänische Dichter Holger Drachmann für die alten Seefahrer gemalt hatte, denn er hatte Hamburg und die Seefahrt sehr geliebt. Unter dem Bilde hatte eine eiserne Sammelbüchse gestanden und darüber in Schnörkelschrift „Gebet den Armen um Gottes willen." Als Knabe hatte Alfred immer an diesem Spruch herumgerätselt, da er mit dem gehobenen „Gebet" für „Gebt" nicht zurechtkommen konnte, und dieses „Gebet" für Gebet zu Gott gedeutet, was dem Spruch aber jeden Sinn genommen hatte.

Hier am Freihafen war der Zauber ferner Welten. Alfred hatte seine Lust an der Vielfalt der Gerüche; selbst der penetrante Geruch der getrockneten Felle beleidigte seine Nase nicht. Das gehörte zu dem Duft der Weine und des Rums aus den Kellern, zu dem Teergeruch der Trossen und Fender, zu dem Geschwade aus den Lagern für Schiffsproviant, zu dem Gewoge aus den Tabakspeichern.

Es ist alles Heimat hier; ist Hafenstadt Hamburg. Die langgestreckten Schuppen, über die hinweg die Schiffe an den Kais grüßen; die endlosen Reihen der Speicher mit den Winden über den Ladeluken, mit den Haltestangen, von vielen Griffen blankgeputzt; die blubbernden Fleete, die vielgleisigen Rampen, die Brücken, und über allem das mütterliche Atmen der Elbe. Die Häfen mit Werften, Kränen, jankenden Pontons für die Fähren, die mächtigen Dukdalben, Ebbe und Flut, Seewind und Wolkenhimmel, Möwengeflügel und Gekreisch der Winschen.

Max wohnte mit Frau und Kind in einem Einzelhaus nach Großborstel zu. Eigentlich mehr nach Fuhlsbüttel, aber Großborstel klang schöner — in Fuhlsbüttel ist das Zuchthaus. Ihre Einzimmerwohnung mit Küche und Nebengelaß befand sich völlig von den anderen Wohnräumen des Hauses getrennt im ersten Stock. Sie hatten einen kleinen Balkon, etwas größer als ein Vogelbauer, aber immerhin bot er einen schönen Ausblick auf den alten Alsterlauf, auf dem sich immer etwas tat, wenngleich die Angriffe viele Bootswerften mitsamt den Booten längst gründlich zerstört hatten.

Der Junge, nach den Vätern der Eltern Ernst Wolfgang, nahm täglich nicht nur an Wohlgefallen vor Gott und den

Menschen zu, sondern auch an Gewicht, da er, wie Mariechen behauptete, seine Mutter jeden Tag bis auf den Grund leertrank. Man konnte nicht sagen, daß die jungen Eltern vor Affenliebe umkamen, wenngleich es bis heute noch unbewiesen ist, daß die Affenliebe eine besonders hochgeartete Liebe sei. Gleichwohl gehörten sie zu den ganz seltenen Eltern, die von vornherein jeden Vergleich ihres Kindes mit einem anderen als unzulänglich ablehnen. Sie zerbrachen sich den Kopf über das rote Haar ihres Sprößlings, bis Max die These aufstellte, daß der Urmensch rotes Haar gehabt habe, das erst nach langen Zeitläuften blond geworden sei. Das rote Haar — das ihres Sohnes sei ja von einem besonders schönen Rotgold — sei gewissermaßen eine Relikterscheinung und beweise sich als solche durch das seltene Vorkommen bei den Menschen. Bis Frau verwitwete Baurat Hirsekorn, geborene Studt, diese biogenetische Spintisiererei zerstörte mit dem Hinweis, daß Mariechens Vater, ehe er eine Glatze bekam — eine frühzeitige Glatze — rotes Haar gehabt habe, woran sich natürlich Mariechen nicht mehr erinnern könne.

Es war nicht die Tatsache des Erbganges des roten Haares allein, die die grauseidene Gravität bewog, dem Enkel ein über ihre sonstige Gemessenheit hinausgehendes Interesse zu zeigen, sie behauptete stur und fest, daß er ihrem Seligen wie aus dem Gesicht geschnitten sei, womit sie ein für allemal den Anteil des leiblichen Vaters auf das unabwendbar naturgegebene Maß reduziert haben wollte. Sie reklamierte den Enkel als einen Hirsekorn, der zwar — leider! — den Namen Melhop tragen würde; das war jedoch Nebensache, wie denn ja auch, wie ein nicht ganz unbekannter englischer Dichter schon gesagt, eine Rose Rose bleibt, auch wenn sie nicht so heißt.

Frau verwitwete Baurat Hirsekorn, geborene Studt, hatte vermöge ihrer Beziehungen Zuzug nach Hamburg bekommen, wohnte bei einer verwitweten Professorsgattin, die genau wie die grauseidene Gravität Weltanschauungen von unverwüstlichem Steifleinen hatte, so daß die beiden

Damen in echter Seelenharmonie miteinander lebten, die allerdings zu Ultimo, wenn es an das Abrechnen der Kosten für Gas und Elektrizität ging, etwas ins Wanken geriet. Schließlich endeten die Auseinandersetzungen jedesmal damit, daß eine die andere an Großzügigkeit überbot, wobei beide auf ihre Rechnung kamen.

Mariechen erinnerte sich nicht, je von ihrer Mutter so umsorgt worden zu sein, wie der Enkel von seiner Großmutter, die am liebsten das Kind ganz für sich genommen hätte, damit es richtig erzogen würde. Wenn Mariechen den Jungen schreien ließ, was, wie Max behauptete, gut sei — Schreien stärkt die Brustmuskulatur! — fauchte die Großmutter ihn an, ob er vielleicht auch aus gymnastischen Gründen schreie. Das sei alles moderner Unfug. Kein Kind schreie aus Wohlbehagen, sondern aus Unbehagen. Man habe das Kind dann aufzunehmen! Das habe sie bei Mariechen getan, und so möge sie es gefälligst auch tun. Kinder kriegen sei leichter, als sie groß zu machen. Dahinter werde Mariechen auch noch kommen.

„Weißt du, Mariechen", sagte Max verzweifelt nach einem solchen Besuch, „das nächste Kind schenken wir deiner Mutter zu Weihnachten!"

„Ich habe nichts dagegen", stimmte Mariechen bei. „Muß es diese Weihnacht schon sein?"

„Vielleicht schon in Aussicht stellen?"

„Sag mal, hast du Aussicht auf den Nobelpreis oder sonstige Revenuen, wovon ich nichts weiß?"

„Wenn ich meine Praxis erst habe —"

„Ich höre immer Praxis. Ein Student von sechs Semestern und redet von Praxis! Du scheinst dein pathologisches Kolleg nicht zu besuchen, mein Lieber! Meinst du, ich will meinen Ehehimmel dauernd von Windeln überflattert sehen?"

„Du kannst doch auch nicht wollen, daß die Windeln im Schrank Stockflecke kriegen!"

„Die wirst du gleich kriegen, wenn du mit dem Unsinn nicht aufhörst!"

Max sah seinen Sprößling mitleidsvoll an: „Du hättest auch eine andre Mutter verdient, du Armer!"

Bei ihrem nächsten Besuch überraschte die grauseidene Gravität Mariechen bei einer Zigarette.

„Und du wunderst dich, daß das Kind schreit? Es muß ja schreien, wenn es mit Nikotin vergiftet wird!"

„Sag mal, Mutter, ist es nun eigentlich dein Kind oder meins?"

„Leider Gottes dein Kind! Ganz matt liegt es da."

„Weil er eben getrunken hat; dann sind Kinder immer matt."

„Leg die Zigarette weg!"

„Nur weil es dich zu genieren scheint. Im übrigen bitte ich dich um einen anderen Ton, wenn es möglich ist."

„So ein armes, armes Kind —. Das hätte dein Vater erleben müssen! Der rauchte überhaupt nicht."

„Wenigstens nicht, wenn du dabei warst, Mutter."

„Überhaupt nicht! Und nun du als verheiratete Frau! Ich verstehe Max nicht!"

„Nein, das habe ich leider von Anfang an festgestellt. Abgesehen davon, daß er es nicht täte, würde ich mir auch von ihm die Zigarette nicht verbieten lassen."

„Die Zigarette! Die Zigarette!"

„Ja, eine am Tag, zu mehr reicht es nicht."

„Gottlob, Mariechen; aber diese eine auch! Tu es mir zu Gefallen, hörst du?"

„Unter einer Bedingung, Mutter."

„Ja, ja —"

„Daß du es nicht unweiblich findest, sondern nur weil du meinst, es täte dem Kinde nicht gut."

„Doch darum nur, Mariechen! Von unweiblich habe ich gar nichts gesagt."

„Dann also —", sie reichte der Mutter versöhnt die Hand. „Und daß du endlich Max verstehst."

„Dummheit, Kind! Was ist da zu verstehen. Sei froh, daß du ihn hast."

Da tat Mariechen etwas, was sie lange nicht getan: Sie fiel der grauseidenen Gravität um den Hals und gab ihr einen Kuß.

Als die grauseidene Gravität sich wieder beieinander hatte, meinte sie: „Daß es nicht zu mehr reicht, ist eure Schuld."

„Nun fängst du wieder davon an, Mutter. Max will nun einmal, daß wir auskommen; und wir kommen aus."

„Wenn es nach ihm ginge, würdet ihr mit noch weniger auskommen."

„Wenn's sein müßte —. Es gibt so vieles, was es nicht gibt."

„Du mußt mir sagen, was fehlt. Bei meinen Freunden liegt so vieles nutzlos herum; die sind froh, wenn sie's los sind."

„Ach, Mutter, das sind so alte Fladusen, und danke sagen muß man auch noch dafür, wie für Gott weiß was — wir kommen schon zurecht."

„Bleibt's denn so? Das kann noch viel schlimmer kommen. Wie ist Max überhaupt so — ich meine — ist er eigentlich dafür?"

„So wenig wie wir alle."

„Wär' ja auch zu komisch, wenn's anders wäre. Hätten man Willem behalten sollen."

„Hätt' nicht weglaufen sollen. Man setzt sich nicht im Nachbarhaus zu Tisch, wenn's im eigenen Haus brennt."

„Die wollten doch die Republik. Wer weiß, was sie mit ihm aufgestellt hätten."

„Gar nichts hätten sie mit ihm aufgestellt. Er hätte seine Kacheln in Cadinen weiter brennen können, man hätte eine Republik gemacht, und wenn man einmal nicht weiter gewußt hätte, würde man ihn um Rat gefragt haben. Die Deutschen hätten weder einen Ludwig XVI. noch einen Karl I. aus ihm gemacht."

„Das weiß ich nicht, das weiß ich nicht — nein, sieh mal bloß, wie er die Nase bewegt! — genau wie sein Großvater, der tat auch immer so. Du mußt und mußt dich pflegen. Ich lasse Sachen aus Wismar kommen, da gibt's alles. Freut Max sich, daß er nicht ins Feld muß?"

„Kann ich dir sagen, Mutter. Lieber mit Leistenbruch lebendig als mit Ritterkreuz tot, sagt er."

„Eigentlich schlimm. Es dauert zu lange, es dauert zu lange! Und es geht nicht eher zu Ende, als bis wir alle nichts mehr haben, und den Rest nehmen sie uns. Der Duff Cooper — hast du eigentlich sein Buch über Talleyrand gelesen? Ich finde es sehr interessant, schon weil er so bissig war" — kann ich mir denken, dachte Mariechen — „also der hat gesagt, daß die Engländer dafür sorgen sollten, daß es nach dem Krieg keine deutsche Nation mehr gibt. Was sagst du bloß dazu?"

„Politik ist die Hohe Schule der Schwätzerei. Nachher kommt alles anders. Bei uns hat man doch auch gedacht, wir würden ihre Städte ausradieren. Jetzt werden wir ausradiert, weil uns der Radiergummi ausgegangen ist. Das große Wort bei Streit hatten schon die Griechen. Das sagt nichts."

„Wie du bist — genau wie Max — als käme es gar nicht an euch heran."

„Doch, Mutter, sehr sogar. Meinst du, wir finden es erbaulich, uns vorzustellen, daß der da in zwanzig Jahren auch in den Krieg muß? Die Politik muß Sache der Jungen werden, nicht in den Händen von Petrefakten, die nicht mehr mitzumachen brauchen draußen. Man soll endlich damit aufhören, Menschen für klug zu halten, bloß weil sie alt geworden sind."

„Gott, Kind, dümmer wird man mit den Jahren auch nicht. Ich weiß es nicht, so alt bin ich ja auch noch nicht, ich nehme es aber an."

„Dümmer bestimmt nicht; aber verstockt und hartnäckiger. Was zu einer Zeit recht und gut war, als die Alten jung waren, und wofür sie auf den Plan traten, ist nach vierzig, fünfzig Jahren nicht mehr recht und gut. Die Alten starren aber auf die Verdienst- und Kriegsmedaillen ihrer Jugend und meinen, das, wofür sie damals kämpften, sei auch heute noch das Größte. Sie finden den Mut nicht zum Neuen, sie wollen ihn nicht finden! Sie bleiben bei ihrem Kurs; selbst bei den Klügsten reicht es im Alter nur zu Albernheiten und zur Ironie wie bei Shaw, dem es zuletzt auch mehr um das Spaßmachen als um die Sache geht."

„Hätt' ich bloß nichts gesagt! Lernt ihr das alles auf der Universität?"

„Das sagt mir mein gesunder Hirsekornscher Menschenverstand, Mutter. Und der da, das sage ich dir, der lernt vom dritten Jahr an boxen, und im sechsten Jahr lehre ich ihn, daß man sich mit dem Kopf und mit dem Herzen wehren muß, und nicht mit den Fäusten. Wir werden ihn niemals bestrafen, aber wir lehren ihn sich schämen, nicht vor uns, vor sich selber, damit er nicht lügt und nichts tut, was wir nicht wissen dürfen, es sei denn eine gute Tat, die er im stillen getan wissen will."

„Gott steh' euch bei! Ob das nicht viele Eltern schon vor euch gewollt haben?"

„Bestimmt! Immer wieder müssen viele Eltern das gleiche wollen. Nicht nur bei uns, überall in der Welt —"

„Ach Gott, Kind! Das Leben, das Leben! Was nützen alle Vorsätze. Hast du immer Zeit für sie? Kommen nicht Sorgen, die dich mehr in Anspruch nehmen, kommen nicht Kummer und Leid, kommen nicht Ärger und Verdruß und in einer vielleicht entscheidenden Stunde für dein Kind? Und statt überlegen und klug in gerade dieser Stunde, bist du verzagt und ungehalten? Ach Gott, wenn alle Kinder das geworden wären, was ihre Eltern einmal von ihnen geträumt haben! Sie sollten alle Palastbauer werden und wie wenige sind es, die einen armseligen Stein am Ende ihres Lebens herbeigeschafft haben."

„Aus diesen Steinen, Mutter, wird einer doch einmal den Palast bauen. Eines Tages steht er da" — sie beugte sich über den Kleinen — „und wenn es nur ein Stein ist, den du bringst, Gott segne dich heute schon dafür, mein Junge."

In diesen Tagen hätte Annette Geburtstag gehabt.

„Du solltest mit Max nach Ohlsdorf hinausgehen, Alfred. Ich finde, es täte ihm gut, wenn er eine Stelle hat, wo er das Gedenken an seine Mutter pflegen kann. Meinst du nicht?“

„Hat er davon gesprochen?“

„Nicht einmal das Grab seiner Mutter zu wissen, ja.“

„Das wird man in Hamburg von den wenigsten, die umgekommen sind, wissen.“

Es war ein heller Tag, als sie auf dem Ohlsdorfer Friedhof der dreizehnten Kapelle zuschritten, in deren Nähe die Opfer der Juli-Angriffe ein gemeinsames Grab gefunden haben.

Stadt der Toten! Breite Straßen, wundervolle Teichanlagen, Riesenbeete mit seltenen Bäumen aus aller Welt. Und Partien, in denen alles ungekünstelt blieb, wie es die Natur geschaffen.

Stadt der Toten! Stadt des Friedens! Stadt des triumphierenden Lebens! Selbst die mächtigen Mausoleen, die Kapellen und die Grabmale verschwinden vor der wimpelnden Glorie des Lebens, das im Sommer unbändiges Blühen, im Herbst goldrotes Gilben und im Winter das mütterliche Zudecken hat.

„Wenn jeder, der hier liegt, sein Leben aufgezeichnet hätte, Onkel Alfred.“

„Es wäre am Ende die gleiche Mär; viel gewollt, wenig erreicht; müde zur Ruhe gegangen. Für alle Steine einen Spruch: Ersonnen! Begonnen! Verronnen!“

„Die Enttäuschungen und Prüfungen, ehe es so weit ist —“

„Ach, Junge, was die Prüfungen angeht, habe ich meine eigenen Gedanken. Wenn es dir, wie du meinst, unverschuldet schlecht geht, sprichst du von Prüfung. Aber du mußt dir selber sagen, daß das Schicksal für solche vorbeugenden Erziehungsmethoden weder Anlaß noch Zeit hat. Wenn es dir schlecht geht, ist es die Folge schlimmen Tuns oder einer Unterlassung; denn dieses sind ja die beiden gefährlichsten Klippen, die jeder im Leben zu umschiffen hat. Dafür bestehen Gesetzmäßigkeiten, die sich auswirken ohne ethischen Nebensinn; es ist die mechanische Moral, die wir auch Logik nennen. Nur dadurch kann jeder einzelne erfaßt werden, keiner entgeht der Mechanik dieser Wirkungen, die weder als Sühne oder Prüfung gedacht sind, sondern die sich auf alle auswirken, wie ja auch, wenn zwei gemeinsam ins Wasser gehen, nicht einer naß wird und der andere trocken bleibt. Nur die Beziehung der Geschehnisse zueinander geht uns nicht auf, weil manches des Merkens uns nicht wichtig genug erschien, und so sprechen wir von Prüfungen, und die Menschen wissen nicht, warum gerade sie so gestraft werden."

„Glaubst du, daß alles auf eine so einfache Formel zu bringen ist?"

„Unbedingt! Die Kompliziertheiten gehen vom Menschen aus und nicht von der Natur. Du mußt älter werden, um zu der köstlichen Erkenntnis zu kommen, daß es nichts Schöneres gibt als in der Sonne zu sitzen und nicht darüber nachzudenken, weshalb sie scheint. Es gäbe in der Welt weniger Probleme, wenn der Mensch nicht diese verfluchte Lust hätte, Probleme zu lösen. Herrgott, was ist der Tod denn schon, wenn du über einen Friedhof gehst? Der da ist mit zweiundachtzig gestorben, die da mit vierundsechzig, der da mit neunzehn, die da mit siebenundzwanzig; da drüben die Kindergräber: ein Jahr, sechs Tage, zwei Monate, sieben Jahre, neun Jahre. Ja, glaubst du, daß das alles durch eine himmlische Kartei geht und nach Vorprüfung der Angängigkeit des Abrufs der Bescheid ergeht und du gehst rechts und du gehst links und du kommst in die Hölle und du kommst in den Himmel. Es muß jemand wirklich von Gott verlassen sein, wenn er glaubt, der Walter des Himmels und der Erden halte sich mit solchen Kleinigkeiten auf. Dafür hat er doch sein Hebelwerk erdacht; über die Tasten läuft der Mensch, und welche Tasten er gewollt oder ungewollt betätigt, danach richtet sich das Geschehen. Das Bild könnte ich dir weiter ausmalen: die Taste löst einen Hebel aus, der Hebel schlägt auf einen Knopf, der Knopf stellt einen Kontakt her, der Kontakt läßt eine Maschine anlaufen, die Maschine läßt die Turbinen eines Wasserwerkes losrasen, das Wasserwerk speist die Brunnen einer Stadt, in der Stadt kommt ein Wasserkessel zu Feuer und an dem kochenden Wasser verbrüht sich ein Kind tödlich. Und du liest auf einem Stein wie diesem hier: Es hat Gott gefallen, unseren Liebling in der Blüte seiner Jahre zu sich zu nehmen. Ja, und wenn die Taste den Hebel nicht, der Hebel den Knopf nicht, der Knopf den Kontakt nicht, der Kontakt die Maschine nicht —"

„Hör auf, Onkel Alfred, hör auf!"

„Siehst du! Die Eltern haben bestimmt auch von einer Prüfung gesprochen. Aber war es eine? Es war im Ablauf einer Erscheinungsreihe eine kleine Einzelheit. Eine vorbedachte Einzelheit? Vielleicht gar das Endziel vom Tastenschlag bis zum Wasserkessel? Glaubst du daran? So viel Aufwand für eine Kleinigkeit?"

„Ja, wenn man alles so ansieht, was bleibt dann noch?"

„Die unverbrüchliche Gewähr, daß Gott in seinen eigenen Gesetzen ruht."

Sie kamen an eine gewaltige, sich plastisch in Halbmeterhöhe abhebende Grabanlage in Kreuzform. Im Schnittpunkt der Kreuzbalken ein Steinpodium mit einem riesigen Kranz aus Immergrün; an den Ecken des Podiums Trauertannen mit Ruhebänken. Kiefern säumen den Weg. Hinter den Kiefern das helle Wiegen von Birken, und hinter den Birken, kokett sich biegend, steile Pappeln. Auf der Grabstätte mächtige Balken mit den tief eingekerbten Namen der einzelnen Stadtteile. Wer wollte sagen können: Hier ruht der! Hier ruht dieser! Wahllos hat der Tod sie hingemäht und keinen nach dem Namen gefragt. Am Rand der Gräberfläche kleine Kreuze, bescheidene Tafeln, manchmal nur handgeschriebene Zettel unter Cellophan, oder die aus der Zeitung ausgeschnittene Todesanzeige. Rührende Ungelenkheit und Pathos ungehemmten Schmerzes. Irgendwo unter dem grünen Polster ruhen sie — aber das kleine Kreuz am Weg, die eingegrabene Blumenvase mit Namenszettel, ach, wie reich in aller Armseligkeit, hier ist der Altar, wo der Toten gedacht wird. Hier sind sie eins mit ihnen.

Alfred hatte Max bei den Opfern aus Hammerbrook alleingelassen und sich auf eine Bank gesetzt. Sein Auge ging über das große Kreuz aus Erde. Mehr Menschen, als Hamburg Söhne im Weltkrieg dahingab, wurden in vier Nächten Opfer der anglo-amerikanischen Luftangriffe.

Vierzigtausend Söhne Hamburgs forderte der Weltkrieg. Achtundvierzigtausend Menschen schlang der Tod in vier Nächten hinweg.

Alfred sann vor sich hin. Welch Entsetzen in Hamburg, als im Jahre 1901 ein Vergnügungsdampfer mit 101 Menschen auf der Elbe unterging! Welcher Schrecken in aller Welt, als bei einem Grubenunglück in Courriére zwölfhundert Menschen zu beklagen waren. Die Opfer der Brandkatastrophe von San Franzisko, vom Erdbeben in Messina, beim Untergang der ‚Titanic', beim Erdbeben in Tokio, beim Feuer des Wiener Burgtheaters und der Pariser Oper, bei der Chodynka-Katastrophe in Moskau bei der Krönung von Nikolaus II.! Wie unendlich die Liste grauenhafter Ereignisse, ohne daß dabei der Kriege gedacht wäre. Die Schicksalsschläge, die Hamburg im Laufe der Jahrhunderte zu bestehen hatte! Die Verheerungen durch die Pest im Jahre 1350 bis zur Cholera-Epidemie 1892. Und immer Kriege dazwischen; mit den Normannen, mit den Wenden; und immer begehrlich die Dänen und Engländer, denen man bald das Maul, bald die Hände stopfen mußte; die Schreckensherrschaft des Marschalls Davoust, der in schneidender Kälte 1813 Tausende von Hamburgern aus den Toren der Stadt treiben ließ, wo sie vor den Mauern umkamen; dann der Brand von Hamburg im Jahre 1842. Aber bei allem war — bis auf die Schändlichkeit des französischen Marschalls — Schicksal gewesen ohne Zutun der Menschen. Nicht aber bei den Achtundvierzigtausend unter dem Kreuz aus Erde.

Eines Tages aber werden diese Menschen sich erheben. Ein Heerzug des Grauens. Frauen, Männer, Kinder, Greise. Achtundvierzigtausend, die man als grausige Verwesungsmasse durch Kippwagen in die Gruben gekübelt; oder die von Mauerbrocken zerfetzt, vom Flammensturm hinweggefegt, von der Strahlglut zerdörrt worden waren. Mütter werden nicht nach ihren Kindern, Kinder nicht nach ihren Müttern rufen. Männer nicht nach ihrer Frau, Frauen nicht nach ihrem Mann suchen. Mädchen leihen Greisen ihre Schulter und Jünglinge zügeln ihr Vorwärtsstürmen. Sie kommen! Sie kommen! Achtundvierzigtausend! Ein Zug, vor dem die Lemuren erbeben. Ein Zug Verstümmelter, Zerfetzter, Zerschrumpfter, Zerschmorter, Verwester, vor dem die Sonne ihr Antlitz verhüllen möchte, wenn ihr nicht geboten wäre, an diesem Tage, dem Tage des Gerichts, so hell, schön und stark zu scheinen, wie an den Tagen des Juli 1943. Ein Zug der Schemen, des Grauens, in welchem der entsetzte Blick Leiber ohne Kopf marschieren sieht, arm- und beinlose Rümpfe in dem mystischen Elan des Zuges von unsichtbaren Armen getragen, und Mütter auf ekstatisch vorgestreckten Armen ihre toten Kinder.

Und über dem endlosen Zug von Toten, Toten, Toten wandert eine Feuerwolke mit, gleich jener, die nach den Schreckensnächten die Sonne verdeckte und ihr Licht zur Leichenfarbe fahlte. Und in der Feuerwolke das Brausen von tausend und aber tausend entfesselten Orkanen, aufgeboten, Zeugnis abzulegen am Tage des Gerichts.

Und eine Stimme wird sein wie die Stimme eines Richters, und wird fragen: „Seid ihr da?"

Und aus dem Zug der Verstümmelten und Zerfetzten, der Zerschmorten und Verwesten, der Frauen, Männer, Greise und Kinder ein hallender Schrei: „Ja, ja, wir sind da!"

Und die Stimme, die wie die Stimme eines Richters ist, erhebt sich zum andern Male: „Was wollt ihr, daß denen geschehe, die schuld daran sind?"

Und einem, dem Fahlheit des Erstickungstodes das Antlitz gesiegelt, ist auferlegt, für achtundvierzigtausend, Männer, Frauen, Greise und Kinder die Stimme zu erheben, und spricht: „Es geschehe allen, die diesen Krieg gewollt oder nicht gehindert, und Elend über Elend über uns kommen hießen, wie uns geschah! Sie haben die Becher ihres Hasses ausgeleert und unser Haß war geworden wie ihr Haß. Sie umgaben uns mit Lug und Trug und machten uns taub mit falschem Wort! Wie sie Erbarmen von sich getan, so tun wir es von uns. Unsere Frauen und Kinder, Männer und Greise, Mädchen und Jünglinge im Dunkel der Nacht überfallen und gemordet! Ihnen geschehe ein Gleiches! Siehe, der Herd unserer Mütter, die Werkstatt unserer Väter, der Ruhesitz unserer Alten, der Spielplatz unserer Kinder, zerschlagen und dahin! Ihnen geschehe ein Gleiches. Altäre, Asyle, das Feld, das uns nährte, der Baum, der uns Frucht trug und Schatten lieh, Bettstatt und Dach, der Tisch, an dem wir unser Brot schnitten, die Schale, die unser Salz barg, der Rock, der uns wärmte, der Schuh, der den Fuß schützte —, siehe, dieses alles ist uns von Grund auf zerstört worden! Ihnen geschehe ein Gleiches!"

Und die Stimme, die wie die Stimme eines Richters ist, erhebt sich zum dritten Male: „Ihnen geschehe, wie du gesagt!"

Und der, dem für achtundvierzigtausend auferlegt zu sprechen, um dessen Angesicht das Grauen des Grabes und der Schrecken von tausend mal tausend Toden ist, hebt die Stirn: „Schade um Schade! Auge um Auge! Zahn um Zahn! Sie seien verflucht vor dem Antlitz dieser Stimme und vor dem Angesicht beider, des Himmels und der Erde! Sie seien verflucht bei Tag und bei Nacht. Auf ihrem Acker und in den Toren ihrer Stadt! Verflucht ihr Eingang und ihr Ausgang zwischen den Pfosten ihres Hauses. Verflucht ihr Werktisch und ihre Bank am Abend. Sie schreiten daher, die Füße voller Schwären, die Hände voller Brand, der Leib ein eiterig Greuel. Sie schreiten daher und die sie ihren Weg kommen sehen, weichen zurück, denn der Herr hat sie geschlagen. Der Ewige richte sein Auge auf sie und der Zorn seines Blickes versenge sie. Sie seien verflucht am Abend und am Morgen. Was andere sättigt, mehre ihre Gier. Trunk dörre ihre Zunge und Brot quille in ihrem Schlund. Sie seien verflucht wie stinkendes Aas vor dem Hause des Reichen, der seine Freunde zum Mahle geladen und Läufer und Teppiche ausgelegt hat, und schön gefaltet Tuch an die Wände. Sie seien verflucht! Ein fallendes Blatt schrecke sie und der Husch eines Vogels verstöre ihren Sinn. Ihnen geschehe nichts, was uns nicht geschah. Nicht ein Lot Leides mehr! Aber kein Gran weniger! Auf daß sich an ihnen erweise die Gerechtigkeit, die um die Säulen des Himmels leuchtet und um den Schemel dessen, der zu rächen gelobt. Ihnen geschehe, wie uns!"

Und die Stimme, die wie die Stimme eines Richters ist und wie tönendes Erz gegen Fels, erhebt sich noch einmal: „Ihnen geschehe, wie du gesagt!"

Vor seiner Seele das Pandämonium der brennenden Stadt, über sie hin das Flatterrauschen von tausend Höllenfeuern, über sie hin das Donnern aus den Abgründen des Chaos, über sie hin der Anklageschrei von achtundvierzigtausend Toten — wird Alfred in die Wirklichkeit zurückgerissen durch Alarmschreie der Sirenen. Die Menschen hasten von den Gräbern, die sie eben noch liebevoll betreuten, hinweg.

„Wollen wir nicht auch —", meinte Max.

„Um Gottes willen! Wann hätten wir's je wieder so bequem! Direkt in die Grube und direkt in den Himmel! — Du weißt jetzt, wo deine Eltern ruhn."

„Vielleicht —"

„Bewahre sie in dir, Junge, dann ist es gleich, wo sie begraben liegen. Dort unter dem grünen Kreuz oder an einer unbekannten Statt. Dieses Kreuz soll das Passionskreuz unserer Stadt sein und hier müßte, wenn dieser Krieg zu Ende ist, einmal in jedem Jahr die Jugend Hamburgs den achtundvierzigtausend Toten schwören, nie wieder in den Krieg zu ziehen. Und auf dieses Steinpodium des Kreuzes sollte man die Kriegshetzer schleppen: „Hier, hier redet von Krieg! Hier, hier sagt, weshalb Krieg sein muß! Und wenn diese achtundvierzigtausend Toten euch ihr Ja gaben, dann soll es Krieg sein, sonst nimmermehr! Du kannst diese Zettel, Tafeln und Kreuze rundum nicht alle lesen. Aber dieses hier: Nur ein Wort auf dem Kreuz: Mutter! Sonst nichts. Und dieses hier: Hier ruhen meine Kinder und Enkelkinder: Gustav, Else, Lucia, Dagmar, Erich, Käthe, Christa, Peter, Claus. Schlaft in Frieden. So, nun komm."

Der helle Tag hat blauen Himmel und Wolkenzug, hat Blühen und Duften, spielenden Wind in den Wipfeln und Sonne auf den Wegen; in verschilften Kolken schnattern Enten und unscheue Vögel hüpfen heran.

Am Himmel entlang Geschwader von Flugzeugen auf Hamburg zu. Flak. Bombenfall. Feuer. Rauch. Tote. Obdachlose. Elend.

O dieser Wahnsinn! Dieser himmelhohe Wahnsinn!

Der Geist Shermans, des Generals unter Grant, ist auferstanden. Der erste General der verbrannten Erde, als es Georgia und Südkarolina zu bezwingen galt: „Ich werde ihnen nur die Augen zum Weinen lassen!"

Alfred und Max gingen auf einen gestuften Garten und einen von leichten Pappeln flankierten Teich zu. Grabmal der Prinzessin Juliane von Ostfriesland: „Ruhestätte, die nie zu öffnen ist." Rundherum die Midgardschlange. Daneben der Grabstein für den letzten Prediger an St.-Maria-Magdalenen, Berthold Nikolaus Krohn. Die Grabstätten auf dem alten Maria-Magdalenen-Kirchhof vor dem Dammtor „sollten nicht beunruhiget werden, so lange der Wind wehet und der Hahn krähet". Um die Prinzessin und den Pastor Morgenweck an der Waisenhauskirche hatte sich im Leben eine wenig prinzeßliche und recht unpastörliche Liebeslegende gesponnen. Heute genau so belächelnswert, wie erregend zu einer Zeit, der es ein Maß bedeutete: „So lange der Wind wehet und der Hahn krähet.“

Wie der Wind das Wasser kräuselt und die Pappeln sich wiegen läßt. Ganz anders wiegen Pappeln sich im Winde; von der Erde herauf den ganzen Stamm; immer als gingen sie ein Stückchen mit.

Neue Flugzeuge; neuer Bombenfall. Die Flak in Hamburg war verstärkt worden.

„Weißt du, Max, das ist kein Krieg mehr! Zum Ausklinken von Bomben braucht man keine Soldaten! Das ist etwas für Ungelernte. Von nun an können die Länder die Austragung von Streitigkeiten in Submission an Privat-Luftfahrtgesellschaften vergeben, über eine bestimmte Gegend eine bestimmte Menge von Bomben abzuwerfen. Völkerrechtliche Beanstandungen zu Lasten der ausführenden Firma, nicht des Auftraggebers. — Komm mit, Max, ich liebe es sehr, auf Friedhöfen zu spazieren. Auf der ganzen Erde gibt es keine geeigneteren Plätze, um nach dem Sinn der Weltgeschichte zu fragen. Nicht um das, was die Menschheit erhebt und erhöht auf billige und banale Art unter Hindeutung auf die Eitelkeit und Vergänglichkeit alles Irdischen abzutun, sondern um sich die Frage vorzulegen, ob die Menschen den ihnen karg bemessenen Zeitraum nicht doch anders als mit Kriegen und nochmals Kriegen verbringen könnten.

Hier auf dem Friedhof, wo jedes Grab ein Forum des Gewesenen ist, wo das vergängliche Irdische sich in ein neues Vergängliches wandelt, weil das Unvergängliche nur eine Reihenfolge von Vergänglichkeiten ist, hier sollten wir den Frieden lieben lernen und die Brüderlichkeit und das Bereitsein, einander zu verstehen. Nicht aus Trauer, weil ja doch einmal alles vorüber sein wird, sondern in der gewissen

Hoffnung, den gewiesenen Weg standhaft und ehrenvoll zurückzulegen. Denn, mein Junge:

Nichts ist im Sein, das älter wär' als du.
Du warst des Urgrunds erstes Aufbegehren.
Ein Weltensturm trug dich der Erde zu,
Dir Art und Zahl der Wandlungen zu mehren.
Unendlich' Schweifen nach beglückter Ruh',
Verzehrtes Opfer, selber dann Verzehren,
Verwesung heute, morgen sel'ges Blühn
Und nach Verharren doppeltes Bemühn.

Und nun sollten die Herrschaften bald entwarnen, meinst du nicht auch?"

Ja, das meinte Max und meinte weiter, wenn er recht gehört hätte, hätte Tante Else gemeint, sie sollten auf dem Rückweg Mariechen und Edith zum Kaffee mitbringen.

So kamen sie zu viert an. Der Feind war abgeflogen.

„Geht nach vorn. Vielleicht habe ich eine Überraschung für euch."

„Echten Kaffee?"

„Ja, ja; und eine Zigarette!"

„Meinst du, ich dürfte —?"

„Wegen der Milch? Hör mal, dann Kaffee schon gar nicht!"

„Ich will's lieber nicht tun, Tante Else. Ich hab's Mutter versprochen."

„Das versteh' ich. Sieh, das ist nett! Und nun geht nach vorn."

„Was hat Else bloß?" fragte Edith. „So kenn' ich sie gar nicht."

Max sah Mariechen an. „Mariechen! Du weißt etwas!"

Mariechen legte theatralisch die Hand aufs Herz: „Ich will auf der Stelle in die Erde sinken, wenn ich mehr weiß als ihr!"

„Die Erde wird sich schön für dich bedanken, du Nikotinschleiche!"

Es klopfte. Sie sahen einander an. Fast gleichzeitig ‚Herein'.

Harald! Er öffnete die Tür ganz weit und machte allen eine Verbeugung.

Von Edith ein leises ‚Ach'!

Alfred nahm ihn in den Arm: „Junge! Junge!"

Und dann schüttelte Max ihn, Mariechen gab ihm mit einem Blick auf Edith einen lauten Kuß.

Edith bebten die Knie.

„Das Beste zuletzt", sagte Mariechen.

„Das walte Gott", sagte Harald, nahm Edith an den Händen und zog sie an sich, gerade in dem Augenblick, als Else mit dem Kaffee kam.

Mariechen zupfte Max am Ärmel: „Siehst du! Es hat geholfen!"

„Wenn du ein Wort davon sagst — die bringen es fertig und laufen wieder auseinander!"

Else fuhr dazwischen: „Was habt ihr zu tuscheln?"

Mariechen tat scheinheilig: „Nichts, Tante Else." Tante Else lächelte ihr zu; sie wußte von Mariechens Streich.

Inzwischen hatte Harald Edith an sich gezogen und geküßt. Und da sie nichts als heitere Gesichter um sich sah und nichts als Liebe und Freundschaft, stammelte sie: „Ja, wenn ihr mich denn haben wollt —"

„Gut, daß du wenigstens fragst", sagte Mariechen.

„Also Kinder", trieb Else an, „nun setzt euch. Wenn ich eine Ahnung gehabt hätte, daß es ein Verlobungskaffee wird, hätte ich eine Bohne mehr genommen."

Edith machte sich von Harald frei und ging an den Tisch: „Heut schenk' ich ein."

„Und ich schneide, schneide Kuchen!"

Und alle sahen strahlend zu, wie die eine Kuchen schnitt und die andere Kaffee einschenkte.

Alfred ließ sein Auge reihum gehen. Da waren sie nun, die Jungen, durch Leid gestählt, unverzagt, willens, alles, was da kam, zu bestehen. Sie werden, wenn der Sturm sie nicht noch hinwegweht, mitbauen an der neuen Welt, die allen Gerechtigkeit und Brot gibt.

Und jene Welt wird nicht mehr gelten, in der die Mächtigen oben und die Schwachen unten sitzen,

— in der wenige viel und viele wenig haben,
— in der tausend säen und einer erntet,
— in der es sich leicht stirbt, weil es sich in ihr so schwer lebt,
— in der man vom Frieden spricht und den Krieg meint,
— in der man Treue preist und Verrat übt,
— in der der Bruder den Bruder in der Not läßt und sagt: ‚Ich kenne dich nicht!‘
— in der einer um so viel höher steht, als er niedriger denkt,
— in der der Haß wohnt, wo nichts als Liebe sein sollte!

„Träumst du?“ fragte Else über den Tisch hinweg.

Und indes er zusah, wie Edith ihm einschenkte, sagte er: „Ja, ich träumte wohl eben.“

3. Buch

NICHTS
ALS TORHEITEN

*E*in Mensch rannte durch die Trümmer. Geduckt wie ein Tier spähte er hinter sich und lief weiter. Er kannte das Terrain; kletterte plötzlich auf einen von spiralig zerdrehten Eisenträgern überragten Trümmerhaufen, stolperte zehn, zwölf Schritte, sprang mit einem Satz mitten ins Geröll hinein und war gerade in dem Augenblick verschwunden, als am Eingang der schmalen Trümmerstraße zwei Männer auftauchten, verblüfft stehenblieben und ratlos umherblickten.

Max Melhop kam die Straße herab. Die Männer schritten ihm entgegen; sie hatten den Hut abgenommen und wischten sich die Stirn. Max wollte an ihnen vorüber. „Haben Sie hier einen Mann laufen sehen?“ fragte einer der Männer.

„Was tun Sie hier in den Trümmern?“ wollte der andere mißtrauisch wissen.

„Ich gehe hier, das sehn Sie ja“, gab Max zur Antwort.

„So, Sie gehn hier —“

„Und Sie rennen sogar. Ich frage Sie auch nicht, weshalb.“

Die Männer zeigten ein Schild vor.

„Polizei, ja so“, sagte Max. „Gelaufen ist hier eben einer. So ein Kleiner, glaube ich.“

„Gut so groß wie wir.“

Max zuckte die Achsel. „Möglich. So genau hab' ich ihn nicht gesehen; oben um die Ecke rechts.“

Die Männer sahen einander an. Noch weiter laufen? Ihr Blick ging über die Wüstenei der sich endlos aneinanderreihenden zertrümmerten Straßen. Die Herbstsonne übergoß sie mit mildem Licht.

Die Polizisten verständigten sich mit einem Blick, die Jagd nicht fortzusetzen.

Max wies seinen Studentenausweis vor.

„Hier gibt's doch nichts zu studieren. Oder doch?"

„Da drüben hat unser Haus gestanden, wie sein Vater umgekommen ist. Da geh' ich manchmal hin."

„Na ja. Sehn Sie sich nur vor, daß Sie nicht unversehens eins über den Kopf bekommen! Treibt sich hier allerlei Volk rum", warnte einer der Männer.

„War das eben so einer?"

Die Männer hoben die Achsel: „Dammelte oben am Berliner Tor herum und läuft weg, als wir seinen Ausweis sehen wollen. Scheint hier gut Bescheid zu wissen, der Halunke."

„Ich glaube, er trug Uniform."

„Stimmt, hatte Uniform an; bestimmt ein Deserteur. Und laufen konnte er. Hat er sicher in Rußland gelernt."

Die Männer lachten.

„Na ja", meinte der eine, „desertieren soll nicht sein."

„Nein", sagte der andere gedehnt, „— soll nicht sein. Waren Sie draußen?" fragte er Max.

„Und ob. Zuletzt in Rußland."

„Na, dann wissen Sie Bescheid. Oder nicht?"

Max schwieg vorsichtig.

Der eine lachte bitter. „Vernünftig, daß Sie nichts sagen. Könnt' ja sein, wir wären solche. Unter uns Pastorentöchtern: jetzt haben wir die Sauerei! Im Westen die Invasion, im Osten die Russen. Wie soll's werden?

Der andere mahnte: „Wir müssen gehn."

„Ja, ja." Er blickte Max an: „Platz für Siegesfeiern." Er ließ die Hand über das Rund der Trümmerstätte gehen.

„Nun komm schon", drängte der andere, dem die Redseligkeit des Kameraden bedenklich vorkam.

„Nichts für ungut, Herr. Und Vorsicht! Sehn zwar nicht danach aus, als ob Sie sich was tun ließen —"

Max lachte: „So leicht nicht!"

Die Männer schritten davon. Sie hatten es nicht eilig. Sie gingen in der hellen Leere dieser Stätte der Unseligkeit in die Unwirklichkeit ein, die über den Trümmern, über den Brücken, über den Kanälen, über dem Turmstumpf der Kirche wie ein Leilach des Endgültigen lag. Das milde Licht war wie ein Lächeln. Es war Max plötzlich, als sei auch in dem Grausen hier eine Spur jener Harmonie, die nicht von dieser Welt ist und aus allem spricht, wovor der Mensch verzagt. Die riesigen Mauerbrocken, die herabhängenden Zwischendecken der leergebrannten Fabrikgeschosse, alles, was sonst Sinnlosigkeit, Grauen und Entsetzen war, wandelte sich im sanften Licht des Herbsttages zu einer Schau, deren Wesenheit an letzte Dinge grenzte. Selbst die unbeholfenen Gedenkzeichen für jene, die noch unter den Trümmern lagen, gehörten in diese Schau der großen Opferung eines Irrgangs der Menschheit. Es ging ihm in diesem Augenblick auf, daß nicht die Gestalt der Dinge ihr Eigentliches ist, nicht ihr durch irgendeine Wandlung bedingter zufälliger Zustand — sofern man eine Zufälligkeit überhaupt zugesteht — sondern ihr Eigentliches ist das auch in stummen Dingen seelisch Wirkende, mit dem sie in den Kreis alles Seienden eingeordnet sind.

Er war kaum zwanzig Schritte gegangen, als er sich aus den Trümmern angerufen hörte: „He! Sie! Sind Sie nicht Melhop?"

Er blieb stehen und sah einen Mann bäuchlings auf dem Geröll liegen.

„Sind die beiden weg?" fragte der Mann.

„Wer sind Sie? Kennen Sie mich?"

„Kennen Sie mich nicht?"

Max trat näher. Der Mann richtete sich halb auf. „Ich bin Schmidt. Bayreuth. Wissen Sie nicht mehr?"

„Mensch! Schmidt! Was machen Sie hier?"

Der Mann spähte die Straße hinab: „Scheinen weg zu sein. Hätten mich beinahe geschnappt." Er kam von den Trümmern herunter. „Guten Tag, Herr Melhop."

Max hob zögernd die Hand. Schmidt lachte, als er seine Hand ausstreckte: „Immer noch eine ehrliche Hand, Herr Melhop.“

„Na also, Schmidt.“ Sie schüttelten sich die Hand.

„Das heißt“ — sagte Schmidt — „ich bin Deserteur. Mach' nicht mehr mit.“

„Wenn man Sie greift, baumeln Sie. Mit dem Erschießen ist es nichts mehr.“

„Erst haben, dann baumeln!“ lachte Schmidt. „Wissen Sie, da war in Bayreuth so'n frommer Fritze, der sprach davon, daß die Menschen in Frieden miteinander leben müssen — na, da hab' ich für mich erst mal damit angefangen. Vor einem Jahr schon. Und Sie?“

„Geht so, Schmidt. Wie leben Sie denn? Hier?

„Um Gottes willen! Draußen in Barmbek als Höhlenmensch. In einem Keller; aber ganz nett.“

„Was arbeiten Sie denn?“

„Arbeiten? Na ja, man kann's auch arbeiten nennen!“

„Mensch, Schmidt, geht das denn?“

„Muß gehen. Karten krieg' ich nicht; leben will man — Sie sehn ja, wie man gejagt wird — da muß man sich eben wehren.“

„Nur nichts, wobei Sie reinfallen können, Schmidt!“

Schmidt schob mit dem rechten Zeigefinger das Augenlid hoch: „Holzauge, sei wach! Reinfall'n können wir alle. Bloß was Sie vielleicht meinen“ — er machte Diebesbewegung — „das gibt's nicht. Das macht meines Vaters Sohn ums Verrecken nicht!‘

„Ja, was machen Sie denn?“

„Ja, was macht man? Geschäfte, Herr Melhop. Kartoffeln und Mehl von den Bauern, und was man sonst kriegt.“

„Gefährlich.“

„Was heißt gefährlich. Die Menschen wollen leben. Sie auch! Ich auch! Wir kommen ganz gut durch.“

„Kann ich mir denken.“

„Und was in den Trümmern liegt, Zink und Kupfer, das sammel ich und stapel' es auf.“

„Dürfen Sie das?“

„Darf man mich verhungern lassen? Was ich nicht hole, holt ein anderer. Ist eine andere Welt, Melhop. Ich muß für die Frau eines Kameraden sorgen, den die Russen gefangen haben.“

Max sah ihn an.

„Ja, Melhop. Sehn Sie, gerade an dem Abend, als ich ihn aufsuchen will, wird das Haus kaputt geschmissen — alles hin. Da haben wir uns einen Keller gesucht. Kinder hat sie nicht — na, da sind wir zusammen geblieben.“

„Muß jeder wissen, Schmidt. Wie Sie sagen — eine andere Welt heute.“

„Alles Gesabbel und Getue. Wenn Sie bloß ein Hemd auf dem Leibe haben, dann sieht die Welt verflucht anders aus. Dann kriechen Sie vor lauter Elend zueinander hin und was sonst ist, alles kalter Kaffee. Und was man darf und nicht darf, reiner Quatsch. Hat mit Sünde und Unrecht nichts mehr zu tun, weil's allein nicht geht. Und wenn Sie die Frau sehn — so klein bin ich vor ihr.“

„Na, na, Schmidt.“

„So klein, was ich Ihnen sage. Und ganz still. Und wenn sie abends sitzt, und ich weiß, woran sie denkt, denn es läuft ja nicht wie Wasser an einem herunter, dann krieg' ich das heulende Elend und wollt', es wär' nicht. Das sieht sie dann und kommt und streichelt mich und dann ist's in unserem Kellerloch ganz heimelig.“

Max wußte nichts zu sagen. Dem anderen schwammen die Augen.

„Sie müssen mich besuchen, Melhop. Ich hab' soviel von Ihnen erzählt, wie nett Sie zu mir waren —“

„Nicht so schlimm, Schmidt.“

„Doch, doch! Unsereiner hat das Gefühl dafür. Schreiben Sie sich meine Adresse auf. Sie kriegen auch echten Kaffee!“

„So üppig?“ Max notierte sich die Adresse.

„So nachmittags nach vier Uhr. Sehn Sie, was will man denn groß? Nur leben! Und muß sich wie ein Tier jagen lassen. Soll nicht sein, was ich mach'; Deserteur auch. Soll nicht sein. Was soll alles nicht sein und ist doch! Krieg ist auch und soll nicht sein. Und alle naselang ein neuer. So, und nun schlängele ich mich über Borgfelde nach Barmbek hin, damit ich den Brüdern nicht in den Hals laufe. Kommen Sie auch wirklich, Melhop?"

„Bestimmt, Schmidt."

„Schönen Dank im voraus." Er sah den Ring an Melhops Hand. „Verheiratet auch?"

„Und Vater auch."

„Dann viel Glück! Ein Junge?"

„Na, was denn?"

„Und der soll nicht in den Krieg, dafür müssen wir sorgen, Melhop. Und bestimmt auf Wiedersehn?"

„Sagen Sie, ist es hier in den Trümmern schlimm?"

„Unsinn! Kein Mensch tut Ihnen was. Aber in der besseren Gegend, abends, wenn da jemand mit Pelzmantel geht —"

„Hab' ich gehört. Ist's wahr?"

„Schon vorgekommen. Und nun auf Wiedersehn."

Sie schüttelten sich die Hände und schieden voneinander. Max sah ihn in eine Straße einbiegen. Er ging wie einer, der es sehr eilig hat.

„Du bist von der Begegnung nicht sehr erbaut, Mariechen?"

„Aufrichtig, nein. Hoffentlich nimmt er nicht an, du brächtest mich mit."

„Das wird er bestimmt annehmen. Warum auch nicht?"

„Warum ist er nicht bei seiner Truppe?"

„Mein Gott, das ist doch seine Sache, Mariechen. Es sind doch auch andere schon desertiert."

„Findest du es schön?"

„Schön oder nicht. Jedenfalls haben diese Leute keine Lust mehr, sich in letzter Stunde für eine verlorene Sache noch totschießen zu lassen."

„Wie will ein einfacher Soldat wissen, ob eine Sache verloren ist?"

„Besser als jene, die ihre Augen absichtlich vor der Wahrheit verschließen. Wenn einer, dann kennt der gemeine Soldat die Stimmung der Truppe."

„Aber du gibst zu, daß es eine Treulosigkeit ist."

„Liebes Kind, ich weiß nicht, ob man gerade bei uns allzu hochtrabend von Treulosigkeit sprechen sollte. Wenn es ums Leben geht, ändern die Begriffe sich sehr."

„Das ist bei jeder Entscheidung das gleiche. Es gibt Axiome, die wir anerkennen müssen, weil sich ihre Notwendigkeit allein aus ihrer Existenz erweist. Wir erfassen ihre Bedeutung erst, wenn wir uns nach ihnen ausrichten müssen. Das fängt mit den zehn Geboten an."

„Einer, der bei den Angriffen auf Hamburg Frau und Kind, Hab und Gut verloren hat, meine ich, hat wohl alle Ursache zu fragen, wofür er noch kämpfen soll."

„Weshalb? Max!"

„Aber ja, Mariechen! Weshalb noch?"

„War er aufgerufen, nur für sich einzustehen? Hat er nicht für Frau und Kind, Hab und Gut auch seiner Kameraden einzustehen? Sind nur meine Güter die heiligsten der Menschheit und nicht auch die der anderen? Wohin kämen wir, wenn jeder seinem Treueid die ihm genehme Auslegung gäbe?"

„Dieser Treueid ist nicht freiwillig, sondern erzwungen; man wird bestraft, wenn man ihn nicht leistet —"

„Der Treuebegriff zu seinem Volke ist einer der ältesten Begriffe der Menschen überhaupt, Max."

„Ich glaube, der Treuebegriff eines freiwilligen Gefolgsmannes unterscheidet sich von dem eines ausgehobenen Soldaten recht erheblich, meinst du nicht?"

„Leben wir denn in einer Zeit, in der die Freiwilligkeit ausreicht? Wenn man den Waffendienst verweigert, schön — noch schöner, wenn es die Menschen der ganzen Welt täten — wer sich aber zur Soldatentreue hat verpflichten lassen, hat zu ihr zu stehen."

„Hör' zu, Mariechen, dann müßte ich, der ich ja auch diese Soldatentreue geschworen habe, mich sofort zum Dienst melden."

Sie sah ihn verwundert an: „Wieso? Du bist doch nicht desertiert.“

„Du weißt ebensogut wie ich, daß meine Bruchbeschwerden vor einem weniger wohlmeinenden Stabsarzt keine Gnade gefunden hätten.“

„Aber du hast doch diese Beschwerden, Max!“

„Sicher!“ Er lächelte.

„Ach, Max!“ Sie sah ihn verwirrt an.

„Sicher habe ich sie. Andere haben andere Beschwerden und sind doch an der Front. Und andere mit nicht größeren Beschwerden, sind gleich mir nicht an der Front. Das ist auch eine Art Desertion; oder nicht?“

Sie stand rot übergossen vor ihm

„Schmidt ist ganz ehrlich desertiert und wird dafür, wenn man ihn fängt, aufgehängt. Das weiß er und richtet sich danach. Wir anderen, die unehrlich desertieren — das trifft für alle Drückeberger zu — laufen diese Gefahr nicht. Ich finde, es ist da allerhand, was für Schmidt spricht.“

„Wenn du es so siehst, Max, dann melde dich doch!“

„Ich soll wieder untersucht werden, Kindchen. Bis dahin laß' uns ruhig warten. Ich habe die Sache nicht schlimmer gemacht, aber schließlich brauche ich nicht klüger zu sein, als der verantwortliche Stabsarzt. Und nun genug davon. Schmidt ist noch lange nicht der Schlechteste.“

„Das behaupte ich auch nicht. Ich kenne ihn doch gar nicht.“

„Eben. Aber das ist deine Manie, Neuem ablehnend zu begegnen. Du gehst an nichts vorurteilslos heran.“

„Das kannst du nicht sagen. Bei manchem habe ich das Gefühl, mich zurückhalten zu sollen; es hat mich selten getäuscht.“

„Das bildest du dir ein, Kind.“

„Du wirst es sehen; es hat bestimmt etwas zu bedeuten.“

„Daß ich ihm begegnet bin? Natürlich! Daß ich bei ihm echten Kaffee zu trinken bekomme.“

Sie quälte sich ein Lächeln ab: „Man braucht ihn nicht vor den Kopf zu stoßen.“

„Eben. Das möchte ich nicht. Solche Leute sind viel empfindlicher als wir.“ Und um das Thema zu wechseln, sagte er: „Daß Harald gar nicht schreibt!“

„Kein Wunder, wo's so zugeht im Osten.“

„Und im Westen? Vor vierzehn Tagen schrieb ein englisches Blatt noch, die Invasion an der Börse gewinne schneller an Boden als die an der Küste der Normandie. Und heute stehn sie in Cherbourg.“

„Da nützt auch V 1 nichts, Max. Oder doch?“

„Uns nützt überhaupt nichts mehr, Mariechen. Vielleicht“ — er ging an die Tür und öffnete sie, um zu sehen, ob nicht jemand lauschte — „vielleicht — wenn es am 20. Juli geglückt wäre. Das Schlimmste ist, daß einfache Menschen bei uns doch an das schützende Walten einer höheren Macht glauben.“

„Glaubst du, daß es der erste Versuch war?“

Er legte den Finger an die Lippen und sprach leise: „Vorsichtig, Mariechen! Man weiß nie —! Der erste Versuch? Geplant war bestimmt öfter etwas, aber erreicht worden ist nichts. Es ist seltsam, wie alles mißglückt, während andere ebenso seltsam ums Leben kommen. Es knistert überall im Gebälk.“

„— und begräbt uns eines Tages alle!“

„So oder so! Wir haben vom Leben nicht mehr viel zu erwarten.“

„Was meint Onkel Alfred?“

Max lachte: „Der? Geht wie ein Traumwandler durch die Zeit. Für ihn und seinesgleichen wird es ein böses Erwachen sein.“

„Aber an die Judengreuel glaubt er nun doch?“

„Was wissen wir im Grunde davon? Was Paul erzählt“ — Paul war der Deckname für den Londonsender — „kann auch gelogen sein. Wir sehn nichts.“

„Ich hab' immer Angst, wenn du London einstellst.“

„Wir wollen jetzt eine wollene Decke über uns nehmen und noch leiser einstellen. Die Sorgenfrey fragt immer so komisch, findest du nicht?“

„Neulich fing sie davon an, daß eine Frau in der Schlange von Moskau gesprochen habe."

„Vorsichtig! Wenn sie wieder davon anfängt, sagst du ganz einfach, sie möge dir nichts erzählen. So fängt es nämlich an, und eines Tages wird man still und leise abgeholt. Bloß weil man sich das Getratsche angehört und ‚Ach was!' und ‚Nicht möglich!' gesagt hat. Weißt du, das Abhören der Auslandsender ist an sich nicht das Gefährliche, aber die Verlockung, bei Gesprächen ein wissendes Gesicht zu machen, ein ungläubiges Lächeln bei Siegesmeldungen zu zeigen und Bereitschaft, auch der anderen Seite Gerechtigkeit widerfahren zu lassen. Alle diese Unwägbarkeiten, siehst du, auf deren Wahrnehmung gewisse Leute dressiert sind, darin liegt es. Diese gewissen Leute sind genau darüber informiert, was man nur durch einen Auslandsender wissen kann. Sie werfen dir unverfänglich ein Wort zu, und wenn du nicht wach bist, bist du verloren."

„Man weiß wirklich nicht, wem man heute noch trauen darf. Kaum in der eigenen Familie."

„Darum: Augen auf! Mund zu!"

„Weißt du, Max, du darfst es aber bestimmt nicht Onkel Alfred sagen —"

„Wie werd' ich —"

„Neulich morgens stand bei ihnen London eingestellt!"

„Siehst du, so fallen die Menschen rein! Und da?"

„Da hab' ich Tante Else nur angesehn und auf Hamburg gedreht. Sie wurde ganz blaß."

Max schüttelte den Kopf: „Wenn Berger das erfährt — er ist darin von geradezu idiotischer Beharrlichkeit — darüber hat Harald sich immer schon geärgert — aber daß Else so unvorsichtig ist — stell' dir das Unglück vor, wenn ein anderer es gesehen hätte!"

„Nicht auszudenken. Sie macht sich Sorgen um Harald."

„Wer weiß, in welchem Schlamassel er steckt. Mit Edith scheint es auch nicht so zu sein, wie wir dachten."

„Wieso?" fragte Mariechen.

„Ich weiß nicht; hab' so das Gefühl — du nicht? In der Liebe scheinen gerade die vernünftigsten Menschen zu Dummheiten zu neigen."

Sie legte die Arme um seinen Hals: „Wofür man uns kaum als Beispiel anführen dürfte. Oder doch?"

Der ereignisreiche Tag, der die Ankunft Haralds in der Heimat gebracht hatte, war für Edith und Harald wenig erbaulich zu Ende gegangen. Der Verlobungsjubel der Kaffeetafel war bald stiller Fröhlichkeit gewichen, gedämpft durch die Meldungen über den feindlichen Nachmittagsangriff. Der Angriff hatte der Innenstadt und dem Hafen gegolten; der Schaden war ziemlich groß; die Zahl der Toten stand noch nicht fest. Über zweitausend Menschen wieder waren ihrer Heimstatt beraubt worden. Mariechen drängte auf rechtzeitigen Aufbruch, so daß am Abendtisch nur Edith, Bergers und Harald saßen. Else fand, Edith sei für eine glückliche Braut recht schweigsam. Harald erzählte vom Krieg, was auch nicht dazu beitrug, die Stimmung zu erhöhen. Else nötigte daher nicht zum Bleiben, als Edith früher als sonst den Wunsch äußerte, nach Hause gehen zu wollen.

„Bist du nun glücklich, Liebste?" fragte Harald, als er neben Edith einherschritt.

„Doch, Harald! Es kam zwar etwas überraschend für mich, wie du mich einfach in den Arm nahmst —"

„Mußte ich doch, Kleines! Du kannst dir nicht vorstellen, wie mich eure Karte beglückt hat!"

„Die Karte? Welche Karte?"

„Auf der du „Deine Edith" zweimal unterstrichen hattest."

„Hast du die Karte da?"

„Immer auf dem Herzen! Wie einen Talisman!"

„Wenn du meinst, sie eine Minute ohne Schaden für dein Herz zeigen zu können —?"

Er entnahm die Karte seiner Brieftasche und gab sie ihr. Edith warf einen Blick darauf und gab sie zurück: „Bitte."

„Was ist?“ fragte er, von ihrem Ton frappiert.

„Nichts“, sagte sie mit verschlossenem Gesicht.

„Also doch!“ Er blickte die Karte an. „Was ist denn? Stimmt etwas nicht?“

„Ich hatte weder ‚Deine‘ geschrieben noch es zweimal unterstrichen. Ich verstehe nicht, wie du mir solche Klein-Mädchen-Manier zutrauen konntest.“

„Das hat sicher Mariechen getan!“ Er lachte „Dann werde ich mich bei ihr bedanken, daß sie deinen Gefühlen so hübsch Ausdruck geliehen. Oder bist du böse?“

Sie löste ihren Arm aus seinem: „Natürlich bin ich böse! Ich finde diese Art geschmacklos.“

Er griff nach ihrem Arm: „Aber Kindchen!“

„Bitte, laß! Es ist sehr schade, daß dieser schöne und bedeutungsvolle Tag diesen Mißklang bringen mußte.“

„Erlaube, Edith — muß er gar nicht. Oder —“ nun löste er seinen Arm aus ihrem — „es sei denn — es scheint fast so — du hättest das Gefühl, überrumpelt worden zu sein.“

„Unsinn, davon kann keine Rede sein!“

Ihre Art hatte ihn verletzt und verbittert. Es trieb ihn, mehr zu sagen, als gut war. Er wußte es und tat es dennoch: „Doch! Denke doch nach! Ich komme unter dem Zauber deines doppelt unterstrichenen Namens nach Hause. Der Doppelstrich, meinte ich, erspart uns lange Präliminarien. Ehrlich gesagt, ich hatte den Eindruck, daß auch du sie nicht für nötig befandest.“

„Nein, gewiß nicht.“

„Verzeih, du sagtest vorhin, du seiest überrascht gewesen, als ich dich so einfach in den Arm genommen hätte —“

„Ja, weil ich die Voraussetzung dafür noch nicht wußte. Du standest, wenn ich so sagen darf, unter der Suggestion einer Gefühlsäußerung, die sich dir in dem Doppelstrich zu offenbaren schien.“

„Trefflich formuliert. Mit anderen Worten also: der Doppelstrich täuschte etwas vor, was nicht vorhanden war.“

„Keine Haarspaltereien, Harald. Sicher ist, deine Gefühle rankten sich um Vorstellungen, die dieser Doppelstrich in dir erst erweckt hatte."

„Nicht erst erweckt, wohl aber befestigt hatte. Wenn du dich dadurch um die Freiheit deines Entschlusses gebracht glaubst — bitte — es liegt in deiner Hand."

„Daß du das nicht verstehst! Frauen haben doch wohl ein anderes Empfinden als Männer."

„Unleugbar. Da du nun zu meinen scheinst, der Doppelstrich habe eine Art Überrumpelung verursacht, gegen die du dich wehren zu müssen glaubst —"

„Bitte, geh' an dem Sinn meiner Worte nicht vorbei; so subtil ist er gar nicht."

„Für die so viel plumpere seelische Konstruktion des Mannes vielleicht doch —"

Harald sah sie an. So kannte er sie nicht. Kompliziertheit? Primitivität? Man weiß bei Frauen nie genau, was das eine, was das andere ist; wo das eine aufhört, das andere beginnt. Er sah ihr Gesicht wie ein fremdes, nie gesehenes; abgewandt von den Bezirken, in denen er wie in einem überfriedeten Garten wandeln zu dürfen geglaubt. Im Halbdunkel der von einem knappen Mond durchhellten Nacht verschwammen ihre Züge, als ob sie von ihm wegglitte.

Scheinwerfer durchfingerten ziehende Wolken. Ruinen steilten mit leeren Fenstervierecken. Dunst aus Trümmerbergen.

„Gib mir deinen Arm!" bat er.

Sie sah ihn an und legte ihren Arm in seinen.

Sie schritten nebeneinander. Einer hätte dem andern gern ein gutes Wort gesagt, aber keiner brachte es heraus. Als sie vor Ediths Wohnung standen, sagte er: „Wir sollten es auf sich beruhen lassen. Der Doppelstrich war gut gemeint und hat uns Glück gebracht. Wir werden über alles noch sprechen."

Sie nickte lächelnd. Er hätte sie gern geküßt, aber es kamen Leute, die in das gleiche Haus gingen, da mußte es bei dem förmlichen Haustürabschied gesitteter Bürgersleute bleiben.

Edith hatte noch lange wach gelegen. Eigentlich war das Ganze zum Lachen; bei anderen hätte sie über so viel Torheit den Kopf geschüttelt. Beunruhigt empfand sie, ohne ihren Willen auf einen Weg gedrängt worden zu sein, an den sie gar nicht gedacht hatte. Harald hatte das rechte Wort gefunden: es war eine Überrumpelung. Nicht schlau angelegt, sondern aus den Begebnissen heraus. Wenn sie es sich aber überlegte, war alles, was Harald betraf, peripherisches Erleben, ohne innere Verpflichtung. Die Arme unter dem Kopf, starrte sie in die Dunkelheit. Ein erschütterndes Erlebnis war das heute nicht gewesen. Es hatte geschehen können und hätte ebensogut nicht zu geschehen brauchen; die Sonne hätte wie sonst geschienen und der Mond wäre am Himmel gestanden, genau wie jetzt.

In der Familie stellte man einmütig fest, daß Edith und Harald ein sehr vernünftiges Brautpaar abgaben. Keiner gewahrte, daß sich unter der entgegenkommenden Freundlichkeit eine Gespanntheit verbarg, die jederzeit in Gereiztheit ausbrechen konnte.

Die erste Hälfte des Urlaubs war schon überschritten, als Harald eines Abends bei Tisch erklärte, Edith und er wollten zunächst noch davon absehen, ihre Verlobung öffentlich bekanntzugeben. Sie würden — er sah dabei auf seinen Teller — deshalb auch von dem üblichen Ringtausch Abstand nehmen.

Schweigen um den Tisch. Edith saß mit hochrotem Kopf da. Harald hatte ohne ihr Vorwissen gesprochen.

Else faßte sich zuerst. „Das müßt ihr wissen, Kinder. Oder heißt es, daß ihr euch überhaupt voneinander lösen wollt?"

Harald tauschte einen Blick mit Edith: „Ich gehe in ein paar Tagen wieder an die Front. Ich kann fallen oder in Gefangenschaft geraten. Das eine ist so schlimm wie das andere. Vielleicht werde ich zum Krüppel geschossen —"

„Nun hör' auf, Junge", sagte der Vater. „Ebensogut kannst du heil und gesund wiederkehren."

„Sicher, Vater; diese Möglichkeit besteht. Was dann? Ich habe in diesen Tagen alles gründlich überdacht. Wir werden nicht siegen, darüber sind wir uns wohl klar. Was dann? Was fangen wir Jungen an? Glaubst du an eine Zukunft für uns, Vater? Weiter studieren? Werden wir es können? Eine andere Existenz gründen? Worauf? Womit? Bei solchen Aspekten eine feste Bindung einzugehen, kann und will ich Edith nicht zumuten."

Edith stand auf und ging hinaus.

„Ich verstehe das alles nicht", sagte Else und folgte Edith.

Harald blickte stumm und verbissen vor sich nieder.

„Was ist denn so plötzlich?" fragte Berger.

„Nichts, Vater."

„Nun, etwas muß sein. Ihr habt euch doch immer gut verstanden."

„Quäl' mich nicht, Vater. Es ist besser so." Er trat ans Fenster.

„Müßt ihr wissen. Ich bin zu alt für solche Sachen."

Harald antwortete nicht.

Else kam herein. Sie sah Harald nicht an: „Edith möchte nach Hause. Ich bringe sie eben hin."

Harald wandte sich: „Das möchte ich."

„Aber Edith möchte nicht", sagte Else abweisend. Und zu Berger: „Ich komme bald wieder."

„Das ist doch alles Unsinn!" fuhr Harald auf.

„Finde ich auch", gab Else zur Antwort. „Ist nun so."

Nach einem Augenblick fiel die Tür ins Schloß. Die Frauen waren gegangen.

Berger erhob sich mit einem tiefen Seufzer. „Streit draußen. Streit zu Hause. Ist das eine Welt!"

Harald machte ein paar Schritte durchs Zimmer: „Dadurch macht sie alles nur schlimmer." Er wandte sich dem Vater zu: „Billigst du meine Gründe nicht?"

„Deine Gründe wohl; dein Verhalten nicht."

„Was hast du an meinem Verhalten auszusetzen?"

„Trotz der Richtigkeit deiner Gründe stimmt etwas nicht. War Edith damit einverstanden, es so vorzubringen?"

Harald schwieg und starrte wieder zum Fenster hinaus.

„Sie schien genau so überrascht gewesen zu sein wie wir." Und als Harald nicht antwortete: „Du hättest vorher mit uns sprechen sollen."

„Ich bin doch Manns genug, Vater!"

„Scheint mir nicht. In deinem Alter überblickt man die Folgen seines Tuns nicht immer. Bitte, beruhige dich. Ich war auch einmal jung und weiß heute, was mich Unbesonnenheiten, die ich für Prachtstücke der Vernunft gehalten, gekostet haben. Manches kann man wieder gutmachen, manches nicht. Das wollte ich nur sagen."

„Ich leide am meisten darunter."

„Das wollte ich hören! Und Edith?"

Berger sah seinen Sohn an. Es war ein durch die Kriegszeit gezeichnetes Gesicht, wie das aller Jungen, die sich draußen mit dem Tode herumschlugen; die in einer Stunde blind einem Befehl gehorchen und in der nächsten Stunde schwere Verantwortung für sich und andere tragen mußten. Die im Namen ihres Vaterlandes andere, die für ein anderes Vaterland angetreten waren, töten mußten; im Kampf Mann gegen Mann, oder mit fernhin treffenden Waffen, oder mit Maschinen, deren zermalmende Wucht alles Leben in den Erdboden wühlt. Sie waren härter und robuster und doch wieder verwundbarer, als es ihren Jahren anstand. Sie hatten die schönste und für ihre Lebensbildung wesentlichste Reife- und Erlebnissphäre übersprungen; waren vom Knabenalter unvermittelt in ihr Mannestum hineingewachsen, ohne richtig Jünglinge gewesen zu sein. Sie waren um ihr Jungsein betrogen worden, um das Jungsein und ihre Torheiten, und um das Glück dieser Torheiten. Sie ahnten nicht einmal das Paradies, das ihnen verwehrt worden war, sie waren hinausgestoßen in eine entzauberte, entgötterte Welt, in deren zur Fratze entstelltem Antlitz nur das eine zu lesen war: Töte, damit du nicht getötet wirst! Sie wußten nichts von dem friedvollen Wandeln durch sommerreife Felder, nichts von Abendfrieden, nichts von der in Morgenfrische dampfenden

Flur. Für sie war ein Baum kein Wunder, der Wald kein Tempel, und das Blühen und Welken nicht der Widerschein ewiger Wiederkehr. Was sprach zu ihnen? Was jagte ihnen die schöne Versenkung in Gott und Natur aus der Seele? Sie kannten nur die furchtbare Melodie des Krieges, das Orgeln der Flugzeuge, das Krachen vorbrechender Tanks, das höllische Lärmen der Geschütze, das schmatzende Geschnatter der Maschinengewehre, das Heulen und Jammern Verwundeter und Sterbender. Und hineingebrannt in die Augen der toten Freunde und der toten Feinde das gleiche Entsetzen.

Nie zuvor hatte Berger das Elend der Jugend so tief empfunden wie in diesem Augenblick, da sein Sohn verbissen und unzugänglich vor ihm stand und in knabenhafte Unzulänglichkeit hineinglitt, als er sich recht als Mann zu fühlen meinte. Er hatte grenzenloses Mitleid mit ihm und wußte doch, daß er mit ihm nicht gelinde verfahren durfte.

„Mein Junge, wir vergehen uns meistens aus gekränkter Eigenliebe und aus fälschlich angenommener Kränkung gegen andere. Und weil wir dem andern kein Wort gönnen, weil wir überheblich seine Rechtfertigung nicht gelten lassen, vermauern wir uns selber alle Wege, die zum Guten führen. Wir pochen auf unsere Rechtlichkeit; im Grunde ist sie bloß Rechthaberei. Man hätschelt seine Selbstliebe und hält eine Lächerlichkeit für einen Konflikt."

„Eben, Vater. Aus Lächerlichkeiten kommen die Konflikte."

„Wenn man weiß, daß es nur eine Lächerlichkeit ist?"

„Und der andere sich nicht belehren läßt?"

„Dann kuriert man ihn, indem man ihn tief verletzt, ihn vor ein Fait accompli stellt und ihn vor anderen in Verlegenheit bringt! Junge, Junge, dich muß das Leben noch ordentlich zurechtstoßen, ehe du klug wirst."

„Sie hätte jetzt nicht wegzulaufen brauchen. Weshalb?"

„Ach, immer sie! Sie! Sie darf sich nicht ihrem Temperament gemäß zur Wehr setzen. Du darfst dich gehen lassen! Wo ist da Vernunft? Ich sehe keine."

Harald stand wieder am Fenster: „Die paar Tage gehen auch vorüber.“

Berger stellt das Radio ein: „Die paar Tage — die paar Tage! — Es kommt im Leben immer nur auf ein paar Tage an. Aber zurückholen kannst du sie nie.“ Es kam ein Bericht über den deutschen Heldenkampf um Cherbourg.

„Stell' bitte ab, Vater. Ich kann's nicht hören!“

Berger stellte ab. „Siehst du, mein Sohn — ein paar Tage! — Vor ein paar Tagen konnte man sich in Cherbourg schon sagen, wie es auslaufen würde. Unabwendbar! Diese paar Tage hätten Tausenden von Menschen das Leben bewahren können, hätten unausmeßbaren Jammer, endloses Elend ersparen, unschätzbare Werte bewahren können. Eltern hätten ihre Söhne, Frauen ihre Männer, Kinder ihre Väter behalten können — aber die paar Tage sind in Widersinn und Verblendung verronnen und was geschah, ist in Ewigkeit nicht mehr ungeschehen zu machen.“

Harald legte den Arm um den Vater: „Du hast ja recht, Vater, zwischen Edith und mir ist nichts, was nicht wieder gut werden könnte.“

„Gott geb's, mein Junge. Wie es auch wird — nicht in Unfrieden!“

Else kam spät heim. Sie war von gelassener Freundlichkeit. Die Männer sahen sie fragend an.

„Laßt nur“, sagte sie. „Gut Ding will Weile.“ Und zu Harald: „Es bleibt, wie du vorgeschlagen hast, Harald.“

Eine Blutwelle schoß ihm in die Stirn; er sagte nichts. Alarm gellte.

„Das habe ich auf dem ganzen Weg hierher schon geahnt“, sagte Else. „Was wollen die eigentlich noch bei uns?“

Berger stand in Sinnen; nun wurde es doch wohl anders, als Harald sich gedacht hatte.

„Alfred!“ munterte Else ihn auf.

„Ja, ja! Also in den Keller. Heute hätten wir dann wohl alles, was wir verlangen können.“

In der Frühe des anderen Tages kam Mariechen zu Bergers. In der Nähe ihres Hauses waren Bomben niedergegangen; in den Häusern brannte es noch. Bei Melhops waren einige Fensterscheiben zerklirrt, für die Mariechen sich Ersatz erbitten wollte; Berger hatte sich einen kleinen Vorrat an Glas zu beschaffen verstanden. Sie war völlig übernächtigt; sie und Max hatten gleich anderen bei der Rettung der Hausgeräte aus den brennenden Häusern mitgeholfen.

„Das ist ein Leben, Tante Else —"

„Nun trink' erst mal eine Tasse Kaffee; wird dir gut tun."

Mariechen schüttelte sich vor Abspannung: „Ach, so aufgeregt bin ich gar nicht. Ich reg' mich überhaupt nicht mehr auf. Wozu auch? Es kommt doch alles, wie's soll. Rechts und links von uns hat's gekracht und wir haben ganz ruhig im Keller gesessen."

„So heldenhaft?"

„Bestimmt, Tante Else. Man kann einfach nicht mehr dagegen an. Da wartet man's eben ab, bis man selber dran ist. Schläft Harald noch?"

„Ja, er nutzt die paar Tage noch aus. Die Zeit geht viel zu schnell."

„Ach Gott! Ob Max weiter Glück haben wird, steht auch dahin. Was soll es noch?"

„Das fragen sich wohl mehr Leute. Noch eine Tasse?"

Mariechen schob ihr die Tasse hin: „Wundervoll! Daß ihr immer guten Kaffee habt!"

„Immer ist gut. Nur wenn solche arme Seele wie du kommt, lasse ich ein paar Bohnen springen."

Mariechen hatte einen Schluck genommen: „Zu schön! Man merkt ordentlich, wo er hinläuft! Wenn du das Elend wieder gesehen hättest —"

„Ich denke, davon haben wir genug. Tote?"

„In einem Keller vierzehn. Schräg gegen das Haus in den Keller."

„Schrecklich! Kinder dabei?"

„Sicher. Überall Einquartierte bis unters Dach! Onkel Alfred schon weg?“

„Spazieren im Stadtpark; hat schlecht geschlafen. Da geht er vor dem Kaffee eine halbe Stunde weg.“

„Glaubst du, daß er uns einige Scheiben überlassen wird?“

„Sicher. Hast du die Maße da? Harald schneidet sie und bringt sie euch.“

„Wann feiert ihr Verlobung?“

„Wir wollen gar nichts davon machen, weißt du. Ist auch keine Zeit danach. Ringe kann man sowieso nicht kaufen. Und dann — mit Ediths Mann ist es eben ein Jahr her. Und wenn du überlegst, Mariechen, Harald muß jetzt wieder weg — wann und ob er wiederkommt — Gott ja, man muß auch daran denken — wenn sie in ihren Herzen miteinander verlobt sind — die anderen erfahren es früh genug.“

„Das schon, natürlich —“ sagte Mariechen und blickte Else an.

„Du brauchst mit ihnen nicht darüber zu sprechen. Sie sind nicht ganz einverstanden damit.“

„Kann ich mir denken, Tante Else.“

„Wir haben es ihnen vorgestellt und sie haben sich damit abgefunden.“

„Ob ich noch eine halbe Tasse darf —?“

„Ein ganze, Mariechen!“ Sie schenkte ein und fragte: „Was hältst du davon?“

„Im Grunde sind Ringe eine Äußerlichkeit. Nur für Edith wäre es vielleicht ganz hübsch, meinst du nicht? So hat es doch genützt, daß ich nachgeholfen habe!“

„Das hat es, Mariechen, aber laß Edith nichts merken.“

„Ich werd’ mich hüten! So, und nun muß ich eilen. Bringt Harald uns die Scheiben oder soll Max sie holen?“

„Harald kommt bestimmt gern noch einmal zu euch. Geht’s dem Kleinen gut?“

„Und ob! Er frißt mich auf.“

Else lachte. „Hat aber noch ziemlich was nachgelassen. Und deiner Mutter?“

„Der geborenen Studt? Glänzend! Ich glaube, die wartet schon auf den zweiten Enkel.“

„Mariechen! Ihr werdet doch nicht —!“

„Verschwören soll man's nicht.“

„Aber hör' mal! Damit wartet, bis bessere Zeiten sind.“

Mariechen lachte. „Wir ja. Aber ob die Kinder solange warten?“

Else sah sie entsetzt an.

„Keine Angst, Tante Else. Fürs erste langt's uns. Also alles Gute und vielen Dank.“

Als Mariechen gegangen war, ging Else ins Schlafzimmer: „Komm nur, Alfred, sie ist weg. Bei der Gelegenheit bekommst du nun auch guten Kaffee.“

Alfred setzte sich: „Weißt du, wenn die alles glaubt, was du ihr erzählt hast, will ich Meier heißen.“

„Haben andere auch schon Meier heißen wollen! Soll sie die Scheiben haben?“

„Du hast sie ihr ja versprochen.“

„Durfte ich's nicht?“

„Und wenn wir selber welche brauchen, haben wir keine.“

„Du wirst schon Rat schaffen. Am besten wird es sein, wenn ich sie vorbringe. Wenn Mariechen Harald in die Finger kriegt, kommt sie vielleicht doch dahinter. Ich finde sie jetzt schon mehr Melhop als Hirsekorn.“

„Du bist doch auch mehr Berger als Lüllemann! Konntest du gar keinen anderen Namen finden?“

„Hör' mal! Bisher hat er dir immer gefallen.“

„Was essen wir heute?“

„Was auf den Tisch kommt.“

„Gestobt oder gebraten?“

„Beides! Willst du noch Kaffee?“

„Wenn's Nötigen kein Ende nimmt! Was ist nun eigentlich mit den beiden?“

„Kinderei! Weil Mariechen vor Ediths Namen „Deine“ geschrieben und doppelt unterstrichen hatte. Harald glaubte, es sei von Edith und sie nimmt es ihm übel, daß er es geglaubt hat. Nichts als Wirrwarr.“

Berger schüttelte den Kopf. „Kommt mir auch so vor."

„Wenn Harald nur nicht so eigenmächtig gewesen wäre. Er scheint geglaubt zu haben, Edith würde Einspruch erheben."

„Das versteh' ich schon; es ist verwickelt, aber ich kann mir seinen Gedankengang vorstellen. Ein gewagter Stich, den er verloren hat. Sie müssen sehen, wie sie zurecht kommen."

Edith und Harald zerquälten die Tage in gewaltsam zur Schau getragener Heiterkeit. Sie befanden sich, ohne sich dessen bewußt zu werden, an einem Wendepunkt ihrer Gefühle; entweder mußten diese Gefühle ihre Strömungskraft verlieren und versiegen oder mit verstärkter Kraft ihrer Erfüllung zustreben.

Gründlich wie die Jungen sind, wenn es sich darum handelt, sich selber Unheil zuzufügen oder Unglück zu mehren, verrannten sie sich immer tiefer in die Vorstellung von der Schuld des anderen. Der andere muß nachgeben, der andere muß den ersten Schritt tun, der andere hat den Frieden und die Eintracht gestört! Sie vermieden es, einander zu verletzen, aber unter der gehaltenen Freundlichkeit wurde es immer eisiger.

Der letzte Abend vor Haralds Abreise brachte allen, nicht den Liebenden allein, sondern auch Else und Berger, nichts als Pein. Sie fühlten, es war etwas ins Gleiten geraten und nicht mehr aufzuhalten. Unter der leichten Brücke der Gelassenheit gähnte die Leere eines unauslotbaren Abgrunds.

Gegen zehn Uhr, die Scheinwerfer gingen bereits unruhevoll über den Himmel, brachte Harald Edith heim. Edith schlug einen Umweg ein, worüber Harald mit Wehmut vermischte Freude empfand. Sie hielt sich eng an ihm, so daß er beim Schreiten das Spiel ihrer Hüfte spürte. In der Bitterkeit seiner Verlorenheit empfand er diese Vertrautheit als ein Almosen ihrer Zärtlichkeit, als Absicht, ihm die letzte Stunde des Beisammenseins zu versüßen. Er tat, als bemerke er es nicht. Er stand in einer Lohe schmerzlicher Zerrissenheit, in einer Lust der Selbstzerstörung, die sein klares Denken lähmte und ihn willenlos der Eingebung, den Weg vorzeitig abzukürzen, folgen ließ. Verwundert und verletzt nahm Edith es wahr, denn sie war guten Willens gewesen, diese Stunde nicht unnötig schwer zu machen. Sie spähte in sein Gesicht, es war fremd und verzerrt unter der Gewalt mühsam gemeisterter Empfindungen. Er spürte ihren Blick und erwiderte ihn nicht; er sah geradeaus mit Augen, in denen es heiß brannte. Sie ließ ihren Arm aus seinem, nahm das Tuch aus der Handtasche und tupfte sich die Augen.

Wein' du nur, weine, dachte der Mann grausam. Nicht genug kannst du weinen! Mitleid wollte in ihm hoch; er zwang es nieder. Er wartete darauf, daß sie seinen Arm wieder nahm; sie tat es nicht.

Kein Wort hatten sie bislang miteinander gesprochen. Jetzt, in der Nähe ihrer Wohnung, sagte sie, um die Qual des Zusammenseins zu enden: „Das Stückchen kann ich auch allein gehen."

Als ob er darauf gewartet hätte, brach es aus ihm heraus, grell, wie aufzischendes Blei: „Das kannst du nicht!" Jetzt war nur noch maßloser Zorn gegen die Frau in ihm und Selbstquälerei, auf der er ohne Halt einhertrieb.

Wie Verfluchte schritten sie nebeneinander. Nun war er es, der den Weg verlängerte. Sie blieb neben ihm. Seine Verbitterung steigerte sich an dem zarten Hauch ihres Parfüms. Er ließ den Blick über sie hingehen, über das liebliche, jetzt versteinte Gesicht. Ihr Auge traf ihn, sein Blick blieb leer. So maßlos war er verrannt, daß er fast Verachtung für sie empfand, die, klein und bis ins Letzte gedemütigt, alles über sich ergehen ließ.

Sie standen vor ihrem Haus. „Da sind wir", sagte er.

Er reichte ihr die Hand; sie nahm sie.

Unnennbar in beiden die Willigkeit, sich aneinanderzuwerfen; sie taten es nicht.

„Alles Gute, Harald. Komm' gesund wieder."

„Wenn Gott will, Edith —. Laß es dir gut gehn."

„Dir auch, Harald. Und — Dank für alles!"

Er sah sie ins Haus gehen und die Tür öffnen. Das blaue Licht der Verdunkelungsbirne glomm auf; die Tür schloß sich.

Er wandte sich und ging. Verwirrung und Zorn fraßen jeden Gedanken. Am Himmel wanderten die Scheinwerfer; Ruinen ragten; Zerstörung um ihn, Zerstörung in ihm. Er schritt; so müßte man schreiten, immer nur schreiten, schreiten bis ins Nichts hinein.

Als er nach Hause kam, waren die Eltern schon zur Ruhe gegangen. Er wußte, sie hatten es getan, damit er sich vor ihnen nicht zu verstellen brauchte.

Am anderen Morgen war es wie immer beim Abschied. Wehmütiger und schmerzlicher vielleicht, aber gefaßt. Man besprach Unnötiges, um kein Schweigen aufkommen zu lassen; denn das Schweigen wäre voller Fragen gewesen.

„Mach's gut, Junge!"

„Du auch, Vater."

„Also, Harald!" Else umarmte ihn.

„Dank für alles, Else." Die gleichen Worte, die Edith ihm gesagt hatte. Damit war es abgetan. Sie blickten ihm vom Nordbalkon aus nach, wie so oft schon; anders aber als sonst; als ob dunkle Ahnung ihre Seele beschatte. Er winkte zurück; sie winkten; dann sahen sie ihn nicht mehr.

Berger ging in sein Arbeitszimmer. Else machte sich in der Küche zu schaffen. So sah keiner dem andern das verzagte Herz an.

VOM
KELLERGELÄNDER AUS GESEHEN

Von dem Haus, in dem Schmidt wohnte, standen nur noch die Keller und ein paar Wände. Es war zu befürchten, daß sie über kurz oder lang auch einstürzen würden. Eine malerische Ruine, eine Postkarten-Ruine, rein durch die Zufälligkeit der Sicht gegen die Umgebung und den Himmel. Solche Ausschnitte gab es in der zerstörten Stadt in nicht geringer Menge. Sie waren der Ausdruck der Harmonie im Chaos des Unharmonischen.

Das Haus hatte einen Durchgang zu den Hinterhäusern gehabt, dessen Profil wie der klägliche Beginn einer Pergola anmutete. Die Hinterhäuser und der schöne Grünplatz mit Spielgerät für die Kinder waren verwüstet. Ein Teil der eisernen Klettergeräte, an denen die Kinder ihre Gelenkigkeit geübt hatten, ragte verbogen, vom Feuer zerschorft, vom Rost zerfressen aus den Gesteinsmassen hervor. Die Fenster der Keller des Vorderhauses lagen etwa einen halben Meter über der Straßensohle, so daß vor den Fenstern Raum für einen kleinen Vorgarten ausgespart werden konnte. Diese Keller waren von Anfang an sehr begehrt und es war mehr als Zufall, daß Schmidt sich in den Besitz eines solchen hatte setzen können. Vor den kleinen Gevierten der Fenster waren hübsche Gardinen angebracht, in dem Vorgarten Blumen angepflanzt; der heilgebliebene Fußboden des Erdgeschosses, mit Dachpappe belegt, bildete das Dach der Kellerbehausung. Eine Eisenschiene leitet das Regenwasser in eine Tonne ab; ein paar Tonrohre machten den Schornstein.

Max stand vor dem Haus und suchte nach dem Eingang zu Schmidts Wohnung. Der Eingang lag hinten; die Keller waren ursprünglich nicht für Wohnzwecke gedacht gewesen. Unter dem Eisenbogen des früheren Durchgangs stand ein junges Mädchen und sah mit gelassener Neugier Max zu. Schließlich ließ sie sich herbei zu fragen: „Suchen Sie hier jemand?“

„Einen Herrn Schmidt.“

„Da sind Sie hier richtig. Hinten im Keller rechts.“

„Danke, Fräulein.“

Sie sah ihn im Vorüber an: „Ich zeig’ es Ihnen“, sagte sie. „Sie müssen da um einen kleinen Süllberg herum. Wir wohnen nämlich auch dort.“

Sie schritten nach hinten, um einen stattlichen Schutthaufen herum, dann schlängelte der Weg sich an den Kellereingang, der zwei Türen aufwies. Links Meyer; rechts Schmidt; unter den Namensschildern Druckknöpfe für die elektrische Glocke. Man schien sich ordentlich eingerichtet zu haben.

Max schritt die Stufen hinab und klingelte. Es kam niemand. Er klingelte noch einmal, ein drittes Mal. Er blickte zu dem Mädchen hinauf: „Scheinen nicht da zu sein.“

„Um diese Zeit sind sie sonst immer hier“, antwortete das Mädchen. Sie lehnte lässig gegen das Treppengeländer, die Arme unter der Brust gekreuzt.

„Was mach’ ich denn da?“ fragte Max und kam die Treppe herauf.

„Warten oder wiederkommen“, sagte das Mädchen.

„Das sagen Sie so! Zeit, Zeit!“

„Wußte Schmidt, daß Sie heute kommen?“

„Das nicht; nach vier Uhr sei er immer da, hatte er gesagt.“

„Dann warten Sie doch einen Augenblick. Vielleicht kommen sie gleich. Ich kann auch nicht hinein; mein Bruder hat den Schlüssel mit.“ Sie setzte sich auf das Geländer, die Füße auf die halbhohe Querstange gestemmt. Max machte es ihr auf dem anderen Geländer nach. „Dann können wir uns ja Gesellschaft leisten.“

„Können wir. Kommen Sie von weit her?“

„Von Eppendorf.“

„Da sieht's noch gut aus. Hier kommt man aus dem Grauen nicht mehr heraus. Wo ein Loch frei ist, hausen Menschen."

Er sah das Mädchen an; sie hielt sich mit den Händen am Geländer fest; ihre Brüste stachen spitz hervor; sie hatte einen hübschen gelben Pullover an mit den Buchstaben E. M.; dazu einen kurzen braunen Rock, der sich über dem Schoß spannte; die gut gewachsenen Beine steckten in seidenen Strümpfen, wie sie, wie Max feststellte, Mariechen nicht vorweisen konnte. Sie lächelte, als er ihr ins Gesicht sah; sie schien zu wissen, daß sie die Musterung gut bestanden.

„Wenn mein Bruder kommt, können Sie bei uns warten. Hoffentlich kommt er bald; sie haben ihm das linke Bein bis hier abgenommen —" sie wies auf die Mitte des linken Schenkels. „Auch auf der Brust hat er's."

„Was ist Ihr Bruder von Beruf?"

„Wollte Ingenieur werden; zuletzt war er Dreher. Jetzt nicht — steht sich so besser."

„Wieso?"

Sie wiegte den Kopf. „Nun, so. Dumm ist er nicht. Ich helfe ihm dabei."

Max lächelte verständnisinnig.

„Wissen Sie, das Arbeitsamt ist immer hinter mir her. Die können uns am Abend besuchen! Ich muß auf meinen Bruder aufpassen. Erst einen Menschen zum Krüppel schießen und dann sieh zu, wo du bleibst! Nicht zu machen mit uns!"

„Richtig!" sagte Max. „Nur nicht bange sein."

„Ich schon lange nicht. Erst BDM., dann Landhilfe, zuletzt Flak."

„Ich hätte Sie für sechzehn gehalten."

„War einmal! Einundzwanzig!"

„Nein!" staunte er.

„Ja!" ahmte sie ihm nach; beide lachten.

„Kann Ihnen sagen, was man so erlebt", fuhr sie fort. „BDM. ging noch. Aber auf dem Lande! Die Frau tätschelte mich, hielt mich wohl für eine Kuh; dann wurde sie deutlicher. Ich auch! Solch Auge hatte sie. Dann kam ich auf einen anderen Hof, wo ein dwatscher Sohn war, der immer in mein Bett wollte. Konnte er, bloß nicht, wenn ich schon drin war; dagegen hab' ich was. Solch Auge und ich hatte meine Ruhe. Dann zur Flak. Meine Herren!"

„Solch Auge?" lachte Max.

„Nein, das ging nicht. Aber an den ersten, der gar nicht klug werden wollt', bin ich ganz dicht rangegangen. Sehn Sie sich mal meine Kehle an, sagte ich ihm, mit der hab' ich mit vierzehn Jahren schon, als einer zu dreist war, geschrien. Hat ihm fünf Monate eingebracht, bloß weil er mich hat schreien hören wollen. Was meinen Sie, fragte ich, wie ich jetzt schreien kann! Von da an hieß ich Schreihals, aber sie blieben mir vom Leibe; und wenn sie was Gutes hatten, hatte ich's auch. Und wenn ein Neuer kam und meinte — dann haben sie ihm schwer den Star gestochen. Wie machst du es bloß, haben die andern Mädel gefragt, mit uns machen sie, was sie wollen. Ja, sagte ich, wenn ihr nicht schreien gelernt habt —"

Max sah auf die Kehle des Mädchens; schön wuchs der Hals aus der Brust herauf. Von Kopf bis Fuß ein nettes Mädel. Max ließ sich vom Geländer herabgleiten und trat auf das Mädchen zu: „Also, mein Fräulein —"

Sie sprang hinab: „Elfriede Meyer."

„Max Melhop."

„Darauf können wir uns die Hand geben", sagte sie. „Und da kommt Ali, mein Bruder."

Noch die Hand des Mädchens in seiner, wandte Max sich um. Hinter dem Schuttberg kam ein Einbeiniger auf kurzen Armkrücken heran.

„Hallo, Ali! Der Herr wollte zu Schmidt; sind aber nicht da."

Der Einbeinige kam näher und musterte Max mißtrauisch. „Das ist Ali, mein Bruder."

„Melhop", stellte Max sich vor, und dann, um das Vertrauen des Mannes zu gewinnen: „Wo hat's dich erwischt, Kamerad?"

„Bei Smolensk."

„War ich auch. Jetzt hab' ich's gut; ich studier' Medizin."

Der Einbeinige legte den Stummel des linken Beines auf die Krücke; er stand sicher wie auf zwei Beinen. Er sah Elfriede an: „Wohl wieder vorneweg mit dem Mundwerk, was? Mußt dir nichts dabei denken, Kamerad. Sind mal so, die Mädel. Schmidts sind im Kino."

„Dann brauch' ich also nicht zu warten."

„Magst 'ne Zigarette bei uns rauchen?"

„Wenn's euch nicht unbequem ist?"

Er sah die Augen des Mädchens lächeln.

Ali reichte ihr die Schlüssel: „Da! Schließ' auf!"

Das Mädchen schloß auf. Max ließ den Einbeinigen vorangehen.

„Bitte nach Ihnen, ich bin hier zu Hause", sagte das Mädchen, als Max ihr den Vortritt lassen wollte.

„Das wär' das erste Mal", sagte er und blieb stehen.

„Danke", sagte sie und schlüpfte hinein. Ihr Auge war wie ein Fenster, durch das man in ein schön geordnetes Zimmer sieht.

Max fiel im Keller von einer Verwunderung in die andere. Aus Kellerräumen, die früher zur Lagerung von Kohlen gedient hatten, war eine anheimelnde Wohnung von zwei Zimmern, Küche und Garderobenecke geworden. Überall hübsche Lampen.

„Wie habt ihr denn das geschafft?" fragte Max ehrlich erstaunt.

„Er!" sagte Elfriede und deutete auf den Bruder.

„Sie!" sagte Ali und sah die Schwester stolz an.

„Wir beide!" beschloß Elfriede den gegenseitigen Ruhmesgesang.

„Aber hört mal! Und die Möbel?" Er trat an eine hübsche Kredenz heran.

„Besorgt!" lachte Ali.

„Aber treu und brav auf Heller und Pfennig bezahlt, Ali."

„Natürlich, Elfriede. Das Bezahlen war keine Kunst. Aber das Besorgen! Hat sie die Lampen nicht fein hingekriegt?"

„Tadellos!"

„Ja, die kann was!" Ali war mehr als stolz auf seine Schwester.

„Und du? Was hast du nicht alles gemacht. Sehn Sie, Herr Melhop, die Bespannung hier, die Leisten, und alles gemalt —"

„Laß man, Elfriede, ohne dich wär's nichts geworden." Sie waren in Alis Zimmer. „Setz' dich, Kamerad. Freut mich, daß wir dir nicht zu gering sind."

„Waren wir einander im Felde zu gering?"

Ali sah Elfriedes Blick an Max hängen.

„Du!" sagte er spaßhaft warnend, „der ist verheiratet!"

„Und Vater auch schon", fügte Max hinzu.

„Also, Elfriede —"

„Ach, du hast einen Stich", fuhr sie ihn rotwerdend an. „Ich geh' und mach' Kaffee!"

„Um Gottes willen nicht meinetwegen! So viel Zeit hab' ich gar nicht. Wir schwatzen uns fest, dann kommt Schmidt und dann kann ich so bald nicht wiederkommen. Das möchte ich aber."

„Wirklich?" fragte das Mädchen mit erwartungsvollem Blick.

„Ganz bestimmt."

„Also dann keinen Kaffee, Kamerad; aber eine Zigarette und einen Kognak."

„Mensch — ihr seid ja reich!"

„Kannst Ali sagen. Wie heißt du?"

„Max. Max Melhop."

Elfriede stellte eine Flasche auf den Tisch.

Max gingen die Augen über. „Martell, Ali? Woher bloß?"

„Kamerad aus Frankreich. Schenk' ein, Elfriede." Ali bot Max Zigaretten an.

„Die Dame nicht?" fragte Max.

„Die Dame darf nicht", sagte Elfriede und schenkte ein. „Das will Ali nicht."

„Ali! Ali! Immer Ali! Du mit deiner Lunge!"

Max blickte sie prüfend an. Die und mit der Lunge?

„Ach, die paar Stiche manchmal, Ali! Aber du solltest nicht so viel rauchen. Alle Ärzte sagen dir's."

„Medizin für mich", sagte Ali und sog den Rauch tief ein.

„Was haben Sie mit der Lunge?" fragte Max Elfriede, die ihm wie das blühende Leben vorkam.

„Von der Flak noch. Immer draußen, bei Wind und Wetter, und kein richtiges Unterzeug. Anfällig war ich von jeher."

„Kann ich mir von deiner Schwester gar nicht denken, Ali."

„Ist aber so. Bei der mußt du dich vorsehn. Bei der ist alles anders, als es aussieht. Ein Schnupfen, ein Husten, und schon liegt sie. Außerdem mag ich's für sie nicht leiden."

„Nur für mich nicht. Bei andern siehst du's gern. Du solltest lieber Prosit sagen!"

„Also — Kamerad Max!"

Sie hoben die Gläser. Davon war Elfriede nicht ausgeschlossen. „Das ist auch Medizin", sagte sie, das Glas abstellend.

„Und was machst du so, Ali?" fragte Max.

„Was man so macht, weißt du. So gewiß ist einem der Dank des Vaterlandes auch noch nicht."

„Weiß Gott nicht."

„Und da ich der Meinung bin, auch mit nur einem Bein eine Existenzberechtigung zu haben, solange es hier oben helle ist, lebe ich, wie die Gescheiten immer gelebt haben: von der Dummheit der anderen."

„Nicht gefährlich, du?" Max sah dabei aber Elfriede an.

„Ist uns ja gepredigt worden, gefährlich zu leben sei das schönste. Was einer nicht im Kopf hat, muß er in den Beinen haben. Ich kehr' es um: was ich nicht in den Beinen hab', muß ich im Kopf haben. Wir kommen zurecht, nicht wahr, Elfriede?"

„Aber nicht, weil wir die Leute betrügen, Herr Melhop."

„Nehm' ich auch nicht an, mein Fräulein."

Ali lächelte: „Wir helfen Bedarf und Angebot regeln; das tut jeder Kaufmann."

„Du wolltest doch Ingenieur werden, sagte deine Schwester."

„Dann muß ich erst wieder an der Drehbank stehen. Granaten vielleicht; davon habe ich genug."

Elfriede hob die Flasche.

„Nein, Kinder, nicht mehr", wehrte Max ab, „Wollt ihr Schmidt sagen, daß ich hier war und wiederkomme? Welchen Tag haben wir heute? Dienstag. Also Freitag?"

„Komm doch lieber Sonnabend, Freitag bin ich über Land — das heißt, wenn du überhaupt bei uns reinsehen willst "

„Klar will ich es."

„Freut uns! Fein, daß wir uns kennengelernt haben, Max."

„Freut mich auch, Ali."

„Ich bring' Sie an die Straße", sagte Elfriede, „sonst verlaufen Sie sich noch."

„Sei froh, daß du verheiratet bist, Max."

„Dummkopf!" sagte Elfriede und strich den Rock glatt. „So, damit du dich ärgerst — nun bringe ich ihn sogar an die Bahn!"

Die beiden gingen heiter davon.

„Kleine Abwechslung für mich", sagte das Mädchen. „Mögen Sie auch mit mir gehen?"

„Das müßte ich Sie fragen."

„O — ich —!" Und nach einer kleinen Pause. „Hat's Ihnen bei uns gefallen?"

„Haben Sie das nicht gemerkt?"

„Und Sie kommen mal wieder?"

„Sonnabend. Schon Ihretwegen!"

„Das sagen Sie so —"

„Nein, wirklich, Elfriede!"

Sie schwieg einen Augenblick, dann sagte sie: „Wissen Sie, was so bei uns kommt — ganz nett, auch ordentlich — aber daß man mit ihnen so reden könnte —"

Max blickte sie von der Seite an; immer das gleiche bei diesen Menschen, immer Wille, Begier und Bereitsein, einen Sprung nach oben zu tun.

„Sie haben doch Ihren Bruder, Elfriede."

„Ja, bei dem wissen Sie auch nie, meint er es so oder so. Hat einen Knacks, weil seine Braut mit einem anderen gegangen ist, als er draußen war."

„Leider manchem passiert."

„Ja, aber die — gerade die, für die ich die Hand ins Feuer gelegt hätte. Und wenn nur einer — aber immer wieder einen anderen — verstehen Sie das?"

„Was weiß man voneinander. Man will dieses und tut das. Der Mensch ist keine Rechenaufgabe. Hier Vernunft und Wille und auf der anderen Seite Mächte, die uns einfach überrumpeln."

„Wenn man sich aber nicht überrumpeln lassen will?" Sie sah ihn selbstbewußt an.

„Meistens ist man sich dessen gar nicht bewußt, glaube ich. Da funktioniert plötzlich eine Leitung nicht und schon ist's geschehen."

Vor ihnen lag die Stadtbahn-Haltestelle. „So, Elfriede, nun gehen Sie schnell zurück, sonst meint Ali noch, ich hätte Sie entführt."

Sie sah ihm in die Augen, als sie ihm die Hand gab: „Du lieber Gott, da fänden Sie wohl andere als mich."

Er sah ihr nach, wie sie aufrecht davonschritt. Zwischen Ja und Nein war sie, so dünkte es ihn, ein anderer Mensch geworden; nicht mehr das kesse Vorstadtmädel, das auf dem Treppengeländer seine Beine verführerisch zur Schau stellte. Jetzt wollte sie eine andere sein, die, die sie im Grunde vielleicht war. Der Mann in ihm fühlte sich von dieser Wandlung angerührt. Er wußte von Frauen nicht viel; die schnellzüngige Cressida und das Süß-Liebchen, das den schmachtenden Faust zu sich einließ, waren ihm im Grunde eins.

Mariechen gegenüber tat er des Mädchens keine Erwähnung; nur von dem Krüppel erzählte er und von seiner Wohnung. Am Sonnabend würde er Schmidt bestimmt treffen und damit sei die Angelegenheit erledigt.

Der Sohn eines Vetters von Ichals hatte bei Edith angefragt, ob er ihr seine Aufwartung machen dürfe. Der Mann hieß auch Waldmann und gehörte einer Linie der Familie an, von der ihr Mann niemals gesprochen hatte. Edith hatte zusagend geantwortet; denn um ihres Mannes willen fühlte sie sich dem Namen Waldmann verpflichtet. Es erschien ein Mann von etwa dreißig Jahren im Offiziersrock; der linke Arm war ihm weggeschossen worden. Er machte auf Edith einen guten Eindruck, schon darum, weil er gleich erklärte, daß er nicht gekommen sei, um Edith eine verwandtschaftliche Huldigung darzubringen — unangebracht deshalb, weil die Waldmanns von ihrer Verwandtschaft nie viel hergemacht hätten — sondern weil er um eine Erwerbsmöglichkeit nachfragen wollte. Er sei in Berlin Leiter der Möbelabteilung eines Kaufhauses gewesen, habe gute einschlägige Kenntnisse in der Holzindustrie — und so glaubte er —

Edith hörte ihn ruhig an und suchte in seinen Zügen nach der Familienähnlichkeit der Waldmanns; sie fand sie nicht, was wohl, wie sie sich sagte, daher kam, daß ihr Mann eine besondere Spielart im Familiengezweig der Waldmanns gewesen sei. Es war auch keinerlei Neigung in ihr, diesem reichlich entfernten Verwandten, der sich ihrer erst erinnerte, als er sich Nutzen von ihr versprach, wärmeres Interesse zu bezeigen. Darauf schien der Mann auch nicht zu rechnen, denn er bewahrte ihr gegenüber die Reserviertheit, die einem Gesuchsteller ansteht.

„Ich werde Sie an den Betriebsführer, Herrn Berger, verweisen. Er hat das problematische Gebiet der Personalfragen unter sich, in das ich mich nicht hineinmenge."

Er verneigte sich verbindlich.

„Wenn ich Ihnen sonst dienen kann, Herr Waldmann?"

„Gehorsamsten Dank, gnädige Frau. Meine Verhältnisse sind geordnet. Ich habe ein hübsches Haus von einer Tante in Wandsbek geerbt, das gottlob noch heil ist."

„Da können Sie von Glück sagen."

„Ich habe ein älteres ausgebombtes Ehepaar zu mir genommen, das mich trefflich versorgt. Was mir fehlt, ist Arbeit."

„Nun, vielleicht weiß Herr Berger Rat." Sie klingelte nach der Sekretärin und ließ ihn zu Berger führen.

Er schritt hinter der Sekretärin her. Erhebend war der Empfang ja nicht gewesen. Keine persönliche Frage: Wie war's denn im Felde? Wo haben Sie Ihren Arm gelassen? Welchen Vetters meines Mannes Sohn sind Sie? Nichts. Eine überaus sichere Frau, die auf Distanz zu halten schien. Aber hübsch, sehr hübsch sogar. Nicht einmal die naheliegende Frage, ob er verheiratet sei, hatte sie gestellt. Nun ja; ihm ging es um die Arbeit und nicht um die Verwandtschaft.

„Bitte hier", sagte das junge Mädchen vor einer Tür. „Sie brauchen nur anzuklopfen."

Was der Besucher glaubte an Edith bemängeln zu dürfen, hatte sie an ihm besonders angenehm empfunden. Keine verwandtschaftlichen Fragen; sachlich, gewandt, wie es ihr Mann auch gewesen war. Schien also in der Familie zu liegen. Äußerlich hatte er nichts von Waldele. War breiter, untersetzter und von einer durch den Offiziersrock betonten Herrenhaftigkeit.

Nach einer Weile klopfte es; das war Berger. „Herein!"

„Bitte um Entschuldigung, Edith. Dieser Herr Waldmann —"

Sie lächelte. „Ja, dieser Herr Waldmann —"

„Er kommt uns wie gerufen."

„Aber nicht, weil er über einen Scheffel Korn mit mir verwandt ist."

„Keineswegs, Edith. Wir brauchen jemand."

„Dann —! Ich hatte von seiner Existenz bis heute keine Ahnung und denke auch nicht daran, mich seinetwegen in verwandtschaftliche Unkosten zu stürzen. Wir haben uns bisher nicht gekannt, und es hat meiner Daseinsfreude keinen Abbruch getan."

Berger lachte: „Verwandte gewinnen meistens im Quadrat ihrer Entfernung. Wenn du irgendwelche Bedenken hast —“

„Nein, nein. Wenn er verwendbar ist — seine Verwandtschaft soll auch kein Hindernis sein. Ist er verheiratet?“

„Danach habe ich nicht gefragt.“

„Geht uns auch nichts an. Wieviel?“

„Vierhundert, dachte ich.“

„Wir wollen ihm die Möglichkeit geben, weiterzukommen: dreihundert.“

„Also doch zu seinem Nachteil?“

„Nein. Aber warum? Wir bieten ihm eine Chance, da müssen wir auch Kaufleute sein. Außerdem scheint er gut gesattelt zu sein.“

„Im allgemeinen bewerten wir nach Leistung.“

„Eben; die kennst du aber so wenig wie ich. Wenn es gerechtfertigt ist, legen wir zu. Ich hätte in dem gleichen Fall von der Verwandtschaft keinen Gebrauch gemacht.“

„Wenn er, wie du sagst, gutsituiert ist, scheint es ihm ja wirklich nur um die Arbeit zu gehen. Das spricht für ihn.“

„Zweifellos. Immerhin — entscheide du! Willst du ihn — nimm ihn. Willst du ihn nicht — schick' ihn weg.“

„Also gut. — Post von Harald?“

„Nein, ihr?“

„Auch nicht.“

„Jetzt bald sechs Wochen.“ Sie sah Berger an.

Er hob die Schulter: „Sieht bös' aus im Osten. Wir müssen hoffen.“

Er ging und stellte Waldmann mit dreihundert ein. Der verriet mit keiner Miene, ob seinen Erwartungen damit entsprochen sei.

„Sie bekommen es noch schriftlich, Herr Waldmann. Wann können Sie antreten?“

„Sofort.“

„Schön. Also am Sonnabend. Oder trauen Sie dem Montag nichts Böses zu?“

„Ich bin nicht abergläubisch.“

„Also Sonnabend, Herr Waldmann; neun Uhr bei mir. Ich führe Sie ein.“

Edith sann vor sich hin. Keine Post von Harald. Es beunruhigte sie. Sie hatte, was Bergers nicht wußten, Harald einen langen Versöhnungsbrief geschrieben, in dem sie sich auch zu ihrer Liebe bekannte. Sie hatte lange gezögert; aber dann war doch das Gefühl für den Entfernten heiß und echt aufgebrochen. Sie waren beide töricht gewesen, hatten sich gemartert und weh getan. Nun sollte alles gut werden. Von Tag zu Tag harrte sie auf einen Brief von ihm; er kam nicht. Aus Trotz und Zorn? So kleinlich konnte er nicht sein. Und sie hoffte weiter von Tag zu Tag.

Zwei Tage nach dem Eintreffen Haralds bei der Truppe war sein Abschnitt vom Feind überrannt worden. Was nicht fiel, geriet in Gefangenschaft.

Max wurde am Sonnabend von Schmidt wie ein Ehrengast empfangen. Schmidt strahlte aus allen Knopflöchern vor Freude; die Frau begegnete Max wie einem alten Bekannten. Er fühlte sich von soviel Herzlichkeit beschämt, als er bedachte, wie obenhin Mariechen diese Menschen abgetan wissen wollte.

„Hast hier ja schon Eroberungen gemacht, Melhop!“

„Ach, die Meyers. Sehr nett sind die.“

„Und ob die nett sind!“

Max sah den gedeckten Tisch an. Ein Bogen weißes Papier ersetzte das Tischtuch. Die Tassen von verschiedener Art, die Teelöffel aus irgendeinem Notmetall. Mitten drin ein hübscher Blumenstrauß. „Die Umstände, Paul!“ sagte er.

„Das bißchen“, erwiderte die Frau und zog den Papierbogen zurecht. Sie hatte eine warme dunkle Stimme, die zu ihrer zierlichen Figur gar nicht zu passen schien.

Schmidt umfing die Frau mit einem zärtlichen Blick. „Und den Kuchen erst!"

„Erst proben, dann loben!" wies ihn die Frau zurecht.

Max sah sich um: „Wie nett ihr's hier habt! Wie macht ihr das bloß?"

Die Frau lachte ihn an. In ihrem kleinen hellen Gesicht standen die braunen Augen wie zwei Sonnen. Das dunkle Haar war frisch wassergewellt. Sie hatte eine ruhige Art, sich zu bewegen. „Gefällt es Ihnen?" fragte sie.

„Sehr! Wie bei Meyers drüben. Diese Möbel! Echtes Holz!"

Schmidt lachte zufrieden: „Hat auch echtes Geld gekostet. Warum nicht? Haben kannst du alles."

Max ließ die Hand über die Anrichte gleiten: „Kaukasisch Nußbaum."

Schmidt öffnete die Türen: „Und innen Mahagoni! Ja, mein Lieber, wenn wir's nicht können — der Mittelstand kann's nicht!"

„Prahl' nicht so, Junge", sagte die Frau. „Heute abend kommt eine Bombe und alles ist hin!"

„Dann fangen wir wieder an. Das heißt, wenn wir nicht hopsgegangen sind. Und das ist unser Schlafzimmer."

„Ach, laß doch", sagte die Frau und wurde rot.

Max tat ihr den Gefallen, nur flüchtig hineinzusehen: „Sehr hübsch."

„Setzt euch", lenkte die Frau ab, mit einer kleinen Verlegenheit kämpfend. „In den Sessel bitte, Herr Melhop."

„Der bleibt für die Hausfrau", wehrte er ab.

„Du meine Güte, ich in den Sessel! Ich habe nur einmal Probe darin gesessen, sonst ist er für den hohen Herrn da." Sie wies mit dem Kopf auf Schmidt.

„Heute für dich", sagte der Hausherr und rückte den Sessel für Max zurecht.

Er setzte sich: „Wenn's denn sein muß —"

„Muß sein", sagte Schmidt, sich setzend, und sah beglückt zu, wie die Frau den Kaffee einschenkte. „Die Hauptsache ist, daß du dich bei uns wohlfühlst."

„Kleinigkeit! Bei solcher Hausfrau!"

„Hörst du, Eva! Bei solcher Hausfrau, sagt er."

„Iß und trink' und red' nicht. Herr Melhop wird es anders gewöhnt sein."

„Sehr!" sagte Max. „In einem Zimmer mit Frau und Kind. Und dabei arbeiten."

„Nicht schön", meinte Schmidt und langte nach dem Kuchen.

„Sehn Sie nur die Tassen nicht an. Ein richtiges Gedeck haben wir nicht."

„Kommt noch, Eva, kommt noch. Mit der Zeit pflückt man Rosen. Was in den Tassen drin ist, darauf kommt es an." Er schnubberte über der Tasse: „Wenn wir das draußen gehabt hätten, was, Melhop?"

Die Frau nahm Platz. „Kommen Meyers nachher rüber?"

„Gesagt hab' ich's ihnen. Sie wissen ja, daß Melhop kommen wollte. Ali kommt bestimmt. Feiner Junge, was?"

Max nickte.

„Was der alles kann! Fabelhaft! Und ein Kamerad! Das gibt's nicht wieder."

„Schmeckt Ihnen der Kuchen?" fragte die Frau.

„Ausgezeichnet", lobte Max, der immer noch nicht den Namen der Frau wußte.

„Petzold, der Mann Evas, war auch so ein Kamerad. Jammerschade."

Die Frau blickte ihn an. Er verstummte verwirrt. Einen Augenblick Schweigen um den kleinen Tisch.

„Die Elfriede hilft ihrem Bruder wohl sehr?" fragte Max.

„Die ist richtig, nicht wahr, Eva? Ganz anders als das Takelzeug von anderen Mädeln. Bloß hier —" er deutete auf die Brust.

„Sagte der Bruder schon. Schlimm?"

„Mal mehr, mal nichts. Wie's Wetter gerade ist. Ist auch nicht das richtige, der Keller hier. Keller ist Keller, ist nicht anders. "

„Dann müßte sie heraus, bis sie geheilt ist."

„Darf ich einschenken?" die Frau hielt die Kanne über Max' Tasse.

„Bitte, Frau Petzold.“

Röte ging über das Gesicht der Frau, als sie einschenkte.

„Die läßt ihren Bruder doch nicht allein“, sagte Schmidt. „Hängen wie die Kletten aneinander. Er hat sie von der Mutter weggeholt. Hat sich wieder verheiratet; einen viel jüngeren Mann, der immer hinter dem Mädel her war. Da hat Ali kurzen Prozeß gemacht; erst dem Kerl ein paar gelangt und dann das Mädel weg. Haben es beide auf der Brust; müssen es von Haus aus haben.“

„Gibt es das?“ fragte die Frau, denn sie wußte von Elfriede, daß Max Mediziner war.

„Das Leiden an sich nicht“, belehrte er sie, „die Veranlagung dazu, ja. Aber es braucht nicht schlimm zu sein.“

„Ich sag' ihm immer, er soll nicht durch die Lunge rauchen“, sagte die Frau.

„Gehn sie zum Arzt?“

Schmidt lachte. „Arzt! Arzt ist nebenbei! Sag' du es ihm mal, Melhop. Auch daß er für seine Schwester mitverantwortlich ist. Auf dich hört er vielleicht. Er ist ganz begeistert von dir.“

Max lächelte: „Wenn du meinst, will ich's ihm sagen.“

„Und nichts vom Leben, die beiden, nicht wahr, Eva? Er kein Mädchen, sie keinen Freund. Abends klampft er, sie singt — und dann fängt meine Donna hier auch an — die reine Singspielhalle!“

„Ja, und du verdrehst vor lauter Seligkeit die Augen dabei“, gab die Frau ihm zurück.

„Na ja, frag' nur Melhop. Wenn man kompanieweise angedroht hat, Frankreich siegreich zu schlagen und als tapferer Soldat zu sterben, dann hört man gern von der Linde im tiefen Tal, vom kühlen Grunde und vom Brunnen vor dem Tore.“

Max lachte.

Schmidt war es aber Ernst: „Jawohl, jawohl! Und wenn ihr alle lacht, wenn die beiden ‚Ännchen von Tharau‘ singen, oder ‚Weißt du, wieviel Sternlein stehen‘, dann können mir eure ganzen Opern gestohlen bleiben.“

Die Frau lachte: „Und dann möcht' er am liebsten losheulen."

„Jawohl, dafür kann ich nichts. Und du lachst mich dann aus."

„Laß nur, Schmidt", sagte Max belustigt, „Goethe hatte auch so dicht am Wasser gebaut. Dem kamen die Tränen, wenn er seine eigenen Gedichte vorlas."

„Siehst du, selbst Goethe, Eva!"

Sie machte ein ernstes Gesicht: „Gott, so schlecht sind seine Gedichte doch gar nicht, daß er darüber hätte weinen müssen!"

Schmidt reckte sich drohend auf: „Eva!"

Sie lehnte lachend an der Anrichte.

Schmidt sah sie an: „Mädchen, mein Mädchen, wie lieb' ich dich! Von wem ist das? Von Goethe. Und den Erlkönig, den du neulich aufgesagt hast? Goethe! Sah ein Knab' ein Röslein stehn? Goethe! Und Werthers Leiden? Goethe!"

Die Frau schüttelte sich vor Lachen: „Ach, du! Das hab' ich bei meiner Großmutter schon mit der Milch eingesogen."

Schmidt sah sie entgeistert an: „Bei deiner Großmutter mit der Milch —"

„Wenn sie mir die Flasche gab!"

Eva nahm einen Teelöffel und schlug dreimal gegen die Wand, von drüben wurde ebenso erwidert. Nach einer Weile kam Ali.

„Und Elfriede?" fragte Eva.

„Wollte partout an die Elbe! Kann man nichts machen. Lufthunger, sagt sie."

„Aber sie wußte doch —" meinte Schmidt.

„Natürlich", sagte Ali verstimmt. „Tag, Max."

„Tag, Ali."

„Kaffee, Ali?" fragte die Frau.

„Danke, nein", sagte er und zog eine Flasche unter der Jacke hervor.

„Das sollst du nicht", sagte Schmidt und schob die Flasche zurück. „Wir haben doch auch —"

„Weiß ich, weiß ich. Durch Zufall heute morgen. Keine Gläser da, Eva?"

„Ist doch keine Hasenjagd, Ali! Erst räum' ich den Tisch ab, dann kommen die Gläser, dann mach' ich das Geschirr sauber und ihr könnt trinken, so viel ihr wollt."

„Wenn so viel da ist", gab Schmidt zu bedenken.

Sie drohte ihm: „Spiel' dich nicht auf. Du schwimmst schon nach dem dritten Glas."

Sie ging hinaus. Schmidt sah Max an: „Na, was sagst du?"

„Fein, Schmidt."

„Wenn wir bloß wüßten, woran wir sind. Gleich im Juni 41 in Rußland vermißt. Und seither nichts."

„Nun, einmal geht auch dieser Krieg zu Ende."

„Sagst du! Was meinst du, Ali?"

„Ich sage: Kinder, genießt den Krieg, der Frieden wird fürchterlich!"

Schmidt ereiferte sich: „Das sind ja Hornochsen da drüben, und spielen unseren in die Hand. Posaunen in Casablanca aus, daß wir bedingungslos kapitulieren müßten, wenn wir Frieden haben wollen. Das ist doch Wasser auf die Mühle für die Brüder bei uns! Und dann der Morgenthau-Plan! Meine Herren! Die Gewehrlage!"

„Ich weiß nichts von Morgenthau", sagte Ali, die Flasche entkorkend. „Eva, die Gläser!"

„Komm' ja schon!"

Sie kam, die Hände trocknend, herein, und holte die Gläser aus der Anrichte. „Nein, diese Männer! Nicht mal das können sie!" Mit einem Kopfschütteln ging sie hinaus.

„Weißt du was von Morgenthau?" fragte Ali Max und schenkte ein.

„Ein Freund von Roosevelt. Will aus ganz Deutschland einen Kartoffelacker machen."

„Fein, dann wird der Sprit billig!"

„Alle Industrie soll verschwinden! Die Saar und die rheinische Industrie an Frankreich! Ostpreußen und Schlesien und was weiß ich noch an Polen! Die Bergwerke, soweit sie nicht in den annektierten Gebieten liegen, stillgelegt!

Dauernde Fronarbeit der Deutschen. Der Lebensstandard unter dem der russischen Muschiks."

„Schön, und was noch?"

„Der östliche Teil Deutschlands, soweit er nicht an Polen geht, von den Russen besetzt! Der Westen von Frankreich! Der Norden von England! Der Süden von Amerika!"

„Wenn wir verlieren!" meinte Schmidt.

„Wir verlieren!" beteuerte Ali. „Das ist so sicher wie das Amen in der Kirche."

„Irgend etwas haben wir sicher noch in petto."

„Ja, die große Schnauze! Prosit!"

„Prosit!" sagten Schmidt und Max.

Ali setzte das Glas ab. „Ich rede den Unseren gar nicht das Wort; ich wäre der letzte. Nichts als Quatsch, was in der Welt verbreitet wird. Selbst das mit dem deutschen Militarismus ist Kohl. Hat England nicht ein Jahrhundert lang den Staaten vorgeschrieben, wie groß ihre Kriegsflotten sein dürften? War das nicht Militarismus? Und wenn Frankreich vor dem ersten Weltkrieg ein Heer hatte, fast so groß wie das Deutschlands, obwohl Frankreich zwanzig Millionen Einwohner weniger zählte, war das nicht Militarismus? Und immer das Maul voll von der Freiheit der Menschen? Geht mir los!"

„Ach, das liegt doch alles so weit zurück, Ali!"

„Eben. Und weil alles so weit zurück geht, weiß keiner mehr, wie es entstanden ist; mitentstanden meinetwegen. Nichts als Unaufrichtigkeit überall. Bis auf die Russen, die haben von Anfang an kein Hehl aus ihren Absichten gemacht, nicht einmal, als sie den Pakt mit Deutschland schlossen und Molotow bei der Ratifizierung offen bekundete, daß die Sowjetunion ihre Außenpolitik unbeirrbar nach den Interessen ihrer Völker orientieren würde. Das war am 23. August 1939. Ihr könnt Gift darauf nehmen, sie werden auch den Frieden lediglich nach den Interessen ihrer Völker orientieren, und die ganze Welt wird sie nicht daran hindern."

„Du hast bestimmt recht", sagte Max. „Im Grunde war es wohl so, daß weder die Deutschen noch die Russen an eine lange Dauer des Paktes glaubten. Die Deutschen wollten sich den Rücken freihalten und die Russen Zeit gewinnen. Im Falle einer englisch-sowjetischen Allianz hätten sie nämlich den ersten Ansturm der Deutschen aushalten müssen; dem fühlten sie sich noch nicht gewachsen. Immer das Interesse seiner Völker im Auge, konnte Molotow die englisch-französischen Bemühungen um Moskau als Fiktion eines Paktes abtun, da es den Westmächten nicht um die Schaffung eines effektiven Friedensinstrumentes gegangen sei. Er konnte sich diese massive Ausdrucksweise erlauben, weil er zu genau wußte, daß man sie später in England und Frankreich um der größeren Ziele willen vergessen würde. Man hat sie auch vergessen, oder tut wenigstens so. Nur wenn es soweit sein wird, werden sie an den Interessen der Völker der Sowjetunion schwer zu knabbern haben."

„Junge, Junge", sagte Schmidt, „da finde sich einer zurecht. Schenk' ein, Ali."

„Rußland hat nie etwas vom Westen wissen wollen", fuhr Max fort. „Ich bin kein Historiker und kenne die russische Geschichte kaum mehr als aus der Widerspiegelung in der russischen Literatur. Kein Volk der Erde hat sich mit mehr Erfolg der Assimilation ausländischen Geistes widersetzt als das russische. Immer waren die Regierenden in Rußland darauf aus, dem Volk ein fast messianisches Nationalgefühl anzuerziehen, es das Ausland verachten zu lehren. Man sollte die westliche Zivilisation nicht wollen, nur die russische, sie allein war schlicht, groß und erhaben. Die französische war aufgeblasen, die deutsche anmaßend, die englische politisch-krämerhaft. Im Westen absterbende, von innen heraus ausgehöhlte müde Völker. In Rußland junge, starke Völker, die von ihrem Mütterchen mehr Strenge als zärtliche Gefühle zu spüren bekommen. Als Italien im Weltkrieg in den Krieg eintrat, prophezeite der Dichter D'Annuncio das italienische Wunder der Welt. Ich glaube, das russische Wunder werden wir ohne jede dichterische Prophezeiung erleben."

In der Küche sang Eva:

O wo büst du so good,
O wo büst du so schön,
Mien Dag hev'k so'n Engel, as du büst, nich sehn.
As'n Lilie so rein
As de Heven so klor,
Ja, kiek mi man an, wat ick segg, datt is wohr.
Jo, kiek mi in't Oog man,
Dann schaßt du't wull sehn,
Wat'n Engel du büst, un wo tru ick dat meen.
Mien Oog is dien Spegel,
Dor kiek du man rin,
Dor spegelt de ganze Heven sick in.

Die Männer lauschten. Ali sagte zu Schmidt: „So'n Engel bist du ja nun auch nicht!" Sie klatschten Beifall; Eva kam herein und machte in der Tür einen tiefen Knicks. „Daß Elfriede nicht kommt! Und was ihr wieder geraucht habt!"

„Zigaretten!" sagte Ali.

„Das weiß ich, Ali. Ich meine, wie ihr wieder geraucht habt!"

„Mit Genuß, Eva."

„Und wo wird es wieder schön riechen?"

„Hier! Schön und lange."

Schmidt und Max lachten; das war Schlag auf Schlag, wie auswendig gelernt.

„Das machen sie immer so", sagte Schmidt.

„Und jetzt sperr' ich das Fenster auf." Sie hielt inne und sah die Flasche an: „Nun hört mal! Beinahe leer!"

„Welchen Engel hast du eben angesungen, Eva?" fragte Schmidt.

„Dich nicht!"

„Dacht' ich mir. Es war auch so etwas Seelenloses in deiner Stimme."

Ali sagte: „Sieh dich vor, Schmidt; sind wieder mächtig scharf auf Soldaten."

Er zuckte die Achsel: „Soll'n sie. Mich kriegen keine zehn Pferde wieder an die Front."

„An die Front nicht; aber an den Galgen, Paul", jammerte Eva. „Ich predige dir immer, du sollst Zivil anziehen."

„Ja, ja; dir zuliebe tu ich's auch."

Max dünkte es an der Zeit, zu gehen. Der Kognak war ihm zu Kopf gestiegen. Ali und Schmidt nötigten ihn zum Bleiben.

„Was ihr euch denkt!" schalt Eva. „Herr Melhop ist ein verheirateter Mann. Er kann nicht bis in die Puppen ausbleiben und vielleicht hier —" sie hielt die Flasche hoch — „Herr Melhop kommt bald wieder, nicht wahr?"

„Liebend gern!"

Es war nicht ganz ehrlich; denn auf einmal fühlte er sich bei aller Sympathie für die Leute nicht recht am Platz. Es war nun auch eine kleine Verstimmung in ihm, weil Elfriede nicht gekommen war, wie er immer noch gehofft hatte.

Als ob Eva ihm die Gedanken von der Stirn abgelesen hätte, sagte sie: „Wenn Sie Glück haben, begegnet Elfriede Ihnen an der Bahn. Sie muß ja zum Abendbrot nach Hause kommen."

„Auf jeden Fall bitte ich, sie zu grüßen."

Schmidt brachte ihn vor die Tür. Die frische Luft tat beiden wohl.

„Wir freu'n uns immer, wenn du kommst", sagte Schmidt gerührt.

„Ich danke dir, mein Lieber, ich komme gern wieder." Er war überzeugt, daß es das letzte Mal war.

Er ging, schlug aber nicht den Weg zur Stadtbahn ein, sondern machte einen Umweg nach der Hochbahn. Er war unfroh und unzufrieden und von Groll gegen das Mädchen erfüllt.

„War ganz nett", sagte Eva, als Schmidt ins Zimmer kam.

„Finde ich auch; und du, Ali?"

„Natürlich. Du nicht, Eva?"

„Doch, doch. Aber so ganz paßt er nicht zu uns."

Werkmeister Ratsack fragt Berger: „Warum läuft der Neue hier in Uniform herum?"

„Vielleicht weil er nichts anderes hat."

„Hat er schon; ist ja nicht ausgebombt."

„Dann muß er sie vielleicht tragen?"

„Nein, ist doch entlassen, da braucht er's nicht. Das ist Affenkram, hier gestiefelt und gespornt herumzulaufen, Herr Berger. Das mögen wir nicht."

Berger horcht auf: das mögen wir nicht! Es ist nicht das erste Mal, daß er es von den Arbeitern zu hören bekommt. Meistens kleine Dinge, aber die Art paßt ihm nicht. Dennoch bezwingt er sich und antwortet ruhig: „Lassen Sie ihn doch, wenn's ihm Spaß macht. Er wird schon merken, daß er hier nicht auf dem Kasernenhof ist. Wenn ich ihm etwas sage, kann es mir als Verunglimpfung der Uniform ausgelegt werden."

„Hat uns gerade noch gefehlt, so'n Affenschwanz!"

„Aber Ratsack! So dürfen Sie nicht sprechen."

„Ach was! Daß Sie uns den nicht mal vom Halse halten konnten, Herr Berger, ist schlimm genug!"

„Reden Sie nicht, Ratsack! Herr Waldmann kennt seinen Kram und wir brauchen ihn."

„Was der kann, können hundert andere auch. Nur weil er Waldmann heißt, muß er vom Betrieb mit durchgeschleppt werden."

„Das dürfte Sache der Geschäftsleitung sein, Ratsack", sagte Berger scharf.

„Für unsere Knochen! Wenn Sie mir so kommen — ich dachte, Sie wären mehr für uns."

„Nicht für Sie und nicht für mich; für das Geschäft, Ratsack."

Ratsack sah ihn an: „Das muß man wissen. Entschuldigen Sie bitte."

Berger blickte ihm nach. Was fiel denn dem ein? Natürlich war es eine Blödheit von Waldmann, im Geschäft Uniform zu tragen. Deswegen aber ihm, Berger, Vorhaltungen zu machen, ging wirklich zu weit. Waldmann hatte in seiner

Offiziersuniform im Verkehr mit Behörden Erfolge für das Geschäft, auf die man sonst kaum hätte rechnen können. Trotzdem war es Affenkram, darin gab er Ratsack recht, Tag für Tag wie ein Feldmarschall einherzustelzen. Das mochten die Leute nicht, die zum Teil lange draußen gewesen waren. Sie hatten Offiziere gehabt, für die sie sich hätten totschlagen lassen, und andere — zu diesen rechneten sie den hochfahrenden Waldmann —, denen sie keine Träne nachweinten, wenn es sie erwischt hatte. Da war „Ichals" anders gewesen; auch kein idealer Arbeitgeber, wenn's ums Geld ging, aber immerhin ein Mensch, der bei dem einen oder anderen einmal stehengeblieben war.

Berger spürte von diesem Tage an im ganzen Betrieb eine gewisse Zurückhaltung, die nicht weit von Aufsässigkeit entfernt war. Er empfand es als undankbar von den Leuten, für die er immer eingetreten war.

Es dauerte nicht lange, da sprach Waldmann ihn an: „Komische Leute haben Sie hier, Herr Berger. Alles Kommunisten, was?"

Der Ton verdroß Berger. „Ich denke, es gibt keine Kommunisten mehr, Herr Waldmann?"

„Gott erhalte Ihnen Ihren Glauben, Herr Berger. Der Ratsack zum Beispiel —"

„Ratsack ist der tüchtigste Mann, den wir haben."

„Von seiner Tüchtigkeit rede ich nicht. Wird auch nur soso sein — ein Schleicher."

„Ratsack ist ein durch und durch rechtschaffener Mann. Ob er Nationalsozialist ist, weiß ich nicht, geht mich auch nichts an."

„Eine in heutiger Zeit mindestens interessante Auffassung für einen Betriebsführer —"

„Lassen Sie es meine Sorge sein, welche Auffassung ich habe! Ich will Ruhe im Betrieb, merken Sie sich das, Herr Waldmann!"

„Bitte, bitte! Ich beunruhige den Betrieb nicht."

„Dann verwechseln Sie ihn bitte nicht mit einem Bezirkskommando."

„Würden Sie die Güte haben, mir zu sagen, wieso ich zu dieser Verwechslung käme?"

„Nein, die Güte habe ich nicht. Wenn Sie nicht selber darauf kommen, tut es mir leid. Ich bitte Sie, hören Sie, ich bitte Sie sehr, sich dem Geist unseres Betriebes unterzuordnen. Persönliche Animositäten mögen Sie haben, wie Sie wollen, nur lassen Sie sie nicht an den Leuten hier aus. Besonders nicht an Ratsack, einen solchen Mann bekomme ich nicht wieder. Glauben Sie Anlaß zu Beschwerden zu haben, dann werden Sie mich zu finden wissen. Mit molluskenhaften Andeutungen bitte ich mich zu verschonen."

Waldmann nahm vernehmbar die Hacken zusammen, verneigte sich und ging.

Gut, daß ich es ihm einmal deutlich gegeben habe, sagte sich Berger. Der Mann kannte seinen Kram, war ein Muster an Fleiß, dennoch mochte er ihn nicht. Er war der Typ jener Menschen, die, Arbeitgeber geworden, nichts als Widerstand bei ihren Untergebenen erwecken. Der kalte Typ jener, die ihr gemütloses Vorgehen mit der Beteuerung rechtfertigen, jeden nach Verdienst und Leistung zu schätzen. Ein Grundsatz, der ihnen meistens dazu dient, nach unten zu drücken, ohne nach oben zu erhöhen, weil sie ein Höchstmaß von Leistung als Verpflichtungspensum ansehen und daher nicht besonders anerkennen zu müssen meinen. Das Recht war darin auf seiner Seite, das wußten die Arbeiter nur zu gut. Nicht deswegen haßten sie ihn, wohl aber, weil er sich durch sein soziologisches Bessergestelltsein ein höher gearteter Mensch dünkte. Auch das erkannte Berger und nahm Anstoß daran, denn das war es, was er selber am wenigsten an einem Menschen schätzte und was, wie er wußte, die Arbeiter am peinlichsten empfanden. Armer Leute Kind sein war ein hartes Geschick, aber keine Schande. Reicher Leute Kind sein war ein Glück, aber keine Arterhöhung. Das eine gab kein Recht auf Hochmut, das andere auferlegte nicht die Pflicht, sich zu ducken.

Berger vermißte seinen Freund sehr. Was war das für eine Zeit, in der sich im eigenen Heim die Menschen auf

Hieb und Stich gegenüberzustehen schienen? Sich jemand in diesen Dingen zu offenbaren, hieß nicht nur sich selber, sondern auch diesen andern gefährden. Schon die unverfängliche Frage nach einem plötzlich Verhafteten weckte bedenkliches Interesse für den Fragesteller. Der Nachbar, der Arbeitskollege, der sogenannte Freund konnte ein Spitzel sein. Insofern hatte sein Freund Ernst klug gehandelt, nicht weil er mißtraute, sondern damit dieser sein Freund wahrheitsgemäß beteuern konnte, von Melhops Doppelspiel nichts gewußt zu haben. Er wäre seiner Persönlichkeit nach nie ein Tatbereiter gewesen, aber einer der Kleinen, die da sind, wenn ein Wurf gelingt. Es war nicht verächtlich, einer dieser Kleinen zu sein, denn um diese ging es ja überhaupt, um das Volk, für das immer wieder entschlossene Männer ans Werk gingen. Daß in dieser Zeit das Volk nicht hinter den Regierenden stand, es nicht mehr konnte und auch nicht mehr wollte, das war das Schlimmste, fand Berger. Offenen Widerstand leisten, da schon der kleinste unvorsichtig geäußerte Zweifel am deutschen Sieg sein eigenes Todesurteil unterschreiben hieß, wer wollte es? Wem würde es nützen?

Sein Blick fiel auf ein Zeitungsblatt. In der letzten Nacht waren feindliche Flugzeuge über fünf deutschen Städten gewesen. Schaden gering, hieß es.

Max war über Elfriedens Verhalten in seiner Eitelkeit verletzt. Er mochte sich stellen, wie er wollte, es dauerte geraume Zeit, bis er die Gedanken an das Mädchen überwunden hatte und wieder daheim war in dem Kreis der grauseidenen Gravität.

Alles, was Frau verwitwete Baurat Hirsekorn, geborene Studt, an Mütterlichkeit ihrem eigenen Kind nicht hatte geben können oder nicht hatte geben wollen, wandte sie dem Enkel zu, der sich mit der souveränen Gehaltenheit des Säuglings in alles fügte. Es gab keine Erziehungsmethode, die sie vor der eigenen hätte gelten lassen. Ihre Methode bestand darin, in jeder Eigenwilligkeit des Kindes die Äußerung einer außerordentlichen Persönlichkeit zu sehen, die durch schematische Deutung nicht beeinträchtigt werden durfte. Nach ihrer Auffassung war es ein Jammer, daß die meisten Mütter keine Ahnung von Kindererziehung hatten und es damit getan zu haben meinten, Kinder geboren zu haben. Max spielte in ihrer Vorstellungswelt nach wie vor eine nebengeordnete Rolle. Sie hatte sich mit ihm abgefunden, wenngleich sie niemals begreifen würde, wie ihre Tochter sich zu ihm hatte herablassen können. Den Entschluß Mariechens, ihr Studium fortzusetzen, hatte sie zunächst für lächerlich erklärt, dann aber doch gutgeheißen, erstens weil es für eine Frau immer gut sei, von ihrem Mann unabhängig zu sein, und zweitens — und das entschied mehr als das erste — würde sie den Enkel dann noch mehr für sich haben, weil Mariechen das Kind ja nicht gut mit in den Hörsaal werde nehmen können. Zu einer Hausgehilfin würde es bei Melhops vorläufig nicht langen; sie selber mußte sich auch einrichten, da sie aus ihren zerbombten Grundstücken keinerlei Einkünfte hatte. Zum Glück brauchte sie jetzt keine Hypothekenzinsen und keine Grundstückssteuer zu zahlen. Wenn die Rede auf die Terrorangriffe kam, meinte sie, daß es so nicht hätte kommen dürfen. Die Wohnstadt hätte der Feind schonen müssen. Den Hafen, die Werften, den Freihafen mit den Speichern — auch darüber konnte man, ob notwendig, streiten. Aber die Stadt, die Vororte, die Landgebiete — darin fände sie keinen Sinn.

Max belehrte sie: „Das hat alles einen tieferen Sinn, liebe Schwiegermutter, den nämlich, das deutsche Volk von Grund auf arm zu machen. Alle Kriege haben den primitiven Sinn, Versorgungsgebiete zu erobern oder Bedarfsgebiete zu schaffen. Die Hirtenvölker begannen damit, einander das Weideland streitig zu machen; wir setzen es mit einiger Abwandlung fort. Es geht nicht um Weideland, sondern um die Weltwirtschaft. Man nimmt Anstoß an den Erfolgen eines anderen Landes, fürchtet soziale Neuordnungen, und da in den meisten Ländern altgewordene Herren zu sagen haben, in deren Ganglien sich zwar Kalk, aber keine Weisheit abgelagert hat, so wird mit erprobtem Pathos zu den Waffen gegen das Neue aufgerufen. Gegen das Neue, worunter man die Konkurrenz zu verstehen hat, und so kommt eben ein Krieg."

„So einfach ist es doch wohl nicht", wandte Mariechen ein.

„Genau so einfach, meine Liebe. Nimm das diplomatische Geschmuse, den Notenaustausch, nimm die Tiraden von Recht und Gerechtigkeit und Menschlichkeit, steht hinter ihnen nicht der nackte Staatsegoismus? Man hat eine Reihe von hohen Begriffen geschaffen, auf die man unausgesetzt hinstarrt, und wie man sich selber dadurch in Autosuggestion versetzt, wie ein Yoghi, der sich in die Betrachtung seines Nabels versenkt, so will man der übrigen Welt suggerieren, daß es um eben diese hohen Begriffe geht. Man braucht den Eiertanz der Diplomaten, um zu verhindern, daß die Eier nicht zum Teufel gehen."

„Plausibel, aber zu summarisch", gab Mariechen zu.

„Summarisch, weil plausibel", entgegnete Max.

Mariechen schüttelte den Kopf. Während Max in das kluge Gesicht seiner Frau blickte, geschah es, daß er plötzlich an das Mädchen denken mußte. Elfriede hätte zu diesem nicht viel zu sagen gewußt; ihr Innenleben umrandete ein anderes Weltbild mit anderen Impulsen. Seine Frau hatte ein Familiengesicht mit den Ausprägungen der Engströmigkeit des Blutes naher Versippung. Sie hatte den gleichen hochmütigen Mund der Mutter; konnte wie diese den gleich abwesend kühlen Blick in den hellgrauen Augen haben, der mit entnervender und empörender Stetigkeit jemand einfach ins Nichts hinweggleiten ließ. In einer Sekunde konnte sie eine schallsichere Sphäre um sich schaffen, vor der man resignieren mußte. Die Merkmale enger Versippung wären in diesen Familien noch deutlicher geworden, wenn die abgezirkelte Traditionsmoral der einen oder anderen Frau nicht übergeworden wäre und sie sich nicht den Mut genommen hätten, mit einem heimlichen Hürdensprung aus der Reitbahn der Ehrpußlichkeit ihres Zwölf-Zimmer-Hauses mit Vor- und Hintergarten auf die Freiwiese ihrer Selbstherrlichkeit hinüber zu setzen. Von diesem Freigalopp außerhalb des ehelichen Tattersalls kehrten sie zwar gehorsam, aber immer mit einer ihr Leben überglänzenden Erinnerung zurück. Zu diesen freiherrlichen Frauen würde Mariechen nie gehören. Ihre Sinne kannten nur geringes Begehren.

Von seiner eigenen Familie wußte Max wenig. Sein Erzeuger war — mehr zu sagen hatte seine Mutter nicht für gut befunden — kurz vor der Hochzeit gestorben. Er fand, daß um seine Herkunft etwas Mystisches sei, eine Art Parthenogenesis, wie er schmunzelnd meinte, und war weit davon entfernt, seiner Mutter Vorwürfe darüber zu machen, daß sie ihn auf ihre eigene Weise ins Leben gesetzt hatte. Im Grunde war es eine einfache Sache gewesen. Ein Ferienabend am Strand mit Mondschein und Nacktbaden, wobei sie es leider unterlassen hatte, sich zu vergewissern, mit wem sie die Ehre gehabt hatte. Der Jüngling, der am anderen Abend wieder zur Stelle sein wollte, hatte davon gehört, daß man in der Gefahr umkommt, wenn man in ihr verharrt, und war abgedampft. So hatte Annette eine fröhliche Nacht am Strande mit vielen unfröhlichen Tagen und Nächten bezahlen müssen.

Von ihr also hatte Max die Unverkümmert- und Unbekümmertheit, die Unbedenklichkeit, seine Person jeder anderen gleichzusetzen, die radikale Verachtung von Standesunterschieden und das nachhaltige Lachen über menschliche Albernheiten. Aus jugendlichem Kraftgefühl neigte er zur Selbstüberschäztung und zur Überheblichkeit, besonders dem weiblichen Geschlecht gegenüber. Selbst die grauseidene Gravität war für sein Kraftmeiertum nicht ganz unempfänglich, wenn es im Grunde auch nicht das war, was sie am Manne liebte; oder nur dann, wenn es sich mit den Manieren ihres Kreises paarte. Hieran ließ Max es bei aller Wohlerzogenheit fehlen. Er war für Kraftausdrücke, wie es die Jugend liebt, und worüber auch schon Frau von Stein bei dem jungen Goethe die Nase gerümpft haben soll.

Für Mariechen war er das Abbild echter Männlichkeit. Mit dem Spürsinn des Weibes hatte sie erfühlt, daß er vor ihr mit Frauen nichts gehabt hatte. Sie selber hatte eine Gefährdung in der Dunkelkammer durch den Bruder einer Schulfreundin gut überstanden, nachdem sie das erste Erschrecken überwunden und dahinter die schmutzige Verabredung von Bruder und Schwester erkannt hatte. Das Erlebnis hatte sie wachsam gemacht und vor klüger angelegten Verstrickungen bewahrt. Daß Max nach einer anderen Frau Begehren tragen könnte, kam ihr nicht in den Sinn, weil auch sie von keinem Gedanken an einen anderen Mann beunruhigt wurde.

VON KOMISCHEN UND VON KOSMISCHEN DINGEN

Inzwischen ging die Zerstörung der deutschen Städte durch den Feind planvoll weiter. Tiefflieger lähmten den Lastverkehr auf den Landstraßen und auf den Autobahnen und schossen Lokomotiven ab. Dabei wurden auch die Personenwagen mit Maschinengewehren abgestreut und selbst auf flüchtende Menschen gefeuert. Gewaltige Industriezentren im Westen blieben unangetastet, offenbar, um sie als wertvolle Beutestücke zu erhalten. Menschen und menschliche Heimstätten hatten diesen Wert nicht.

In den Zeitungen wurde der Vorgänge vor Jahresfrist gedacht. Von Algier aus hatte General Eisenhower am 8. September 1943 die bedingungslose Kapitulation Italiens bekanntgegeben. Italien war bereit, sofort an der Seite der Alliierten gegen Deutschland zu kämpfen. Schon bei den Vorverhandlungen mit dem italienischen Generalmajor Castellano im August in Lissabon war der Sitz des deutschen Hauptquartiers in Frascati dem Feind verraten worden. Ebenso war seine Aufmerksamkeit auf eine für den deutschen Nachschub über den Brenner wichtige Brücke in Südtirol gelenkt worden. Beide Ziele wurden durch Bomber angegriffen und gleichzeitig der Angriff auf Salerno vorgetragen. Traurige Genugtuung für alle jene, die ein Bündnis mit Spaghettanien immer für verhängnisvoll gehalten hatten.

Unklug, an dies alles zu erinnern zu einem Zeitpunkt, da sich die drohende Endkatastrophe immer deutlicher abzeichnete. Der deutsche Befehl zum Rückzug aus der Normandie war gegeben; die deutsche Armee eingekesselt; die

Amerikaner landeten an der Riviera; Amerikaner in Paris; Engländer und Amerikaner am Westwall; die Russen dicht vor der deutschen Ostgrenze. In all dem Debakel deutsches Heldentum: der kühne Einsatz feindlicher Fallschirmdivisionen in Holland wird aufgefangen und zerrieben. Rückzug! Rückzug! Fanfare! Fanfare! Rundstedt kesselt große Teile der amerikanischen Streitkräfte bei Bastogne ein. Hier und jetzt müßte den Deutschen der Durchbruch gelingen! Hier kann sich das Schicksal noch einmal wenden! Der Durchbruch gelingt nicht. Der Feindkoloß im Osten rollt westwärts, immer weiter westwärts.

Über Hamburg hin die feindlichen Luftgeschwader nach Berlin. Unter dem blauen Himmel allen sichtbar, oder unsichtbar über den grauen Herbstwolken, den Weg nur durch unablässiges Motorenrollen verkündend. Unentwegt, stetig, sieghaft. Und immer wieder Angriffe auf die Stadt und den Hafen. Und immer wieder Verminung der Elbe. Und immer wieder Tote, Tote, Tote! Und immer wieder jammernde Menschen vor zerstörten Heimstätten.

Noch immer keine Nachricht von Harald. Die Stimmung bei Bergers bedrückter denn je. Seit Else Edith in der Stadt mit einem Herrn gesehen — sie hatten nur einen kurzen Gruß miteinander getauscht —, kam Edith seltener. Berger hatte Else von der Begegnung nichts erzählt. Nach Bergers Beschreibung mußte der einarmige Begleiter Ediths Waldmann gewesen sein. Der Ärger im Betrieb riß nicht ab. Waldmann hatte zwar die Uniform abgelegt, an seiner hochfahrenden Art stärkte sich der Widerstand der Leute aber immer aufs neue, so daß Berger mit Edith darüber sprach. Sie hatte ihn ruhig angehört und dann, ohne ihn anzusehen, gemeint: „Wir haben ihn nun einmal, da müssen wir ihn behalten." Berger hatte das Gefühl, daß sie in dieser Sache nicht zu ihm stehen wollte.

Das nahende Weihnachtsfest strahlte weniger als je sein „Friede auf Erden" auf die arme verlorene Welt aus.

In der Adventswoche war Edith bei Bergers. Es war ein verhalten freundlicher Nachmittag zwischen den Frauen und ein sparsam herzlicher Abend zu dritt. Edith überraschte sie mit der Eröffnung, daß sie über Weihnachten und Neujahr zu einer Freundin in den Harz fahren werde.

Else blickte Berger an und sagte dann ruhig: „Es wird dir gut tun, Edith. Wir wußten gar nicht, daß du eine Freundin im Harz hast."

Edith errötete: „Freundin ist vielleicht zu viel — eine Schulkameradin, die mich neulich aufgesucht hat."

„Ach was!" sagte Else interessiert tuend.

„Sie ist in Bahrenfeld ausgebombt und wohnt mit ihren Kindern — ich glaube, sie hat zwei — bei einem Onkel im Harz. Ihr Mann steht in Dänemark."

„Dann wird er ihr wohl Fettpakete schicken, meinst du nicht?"

Edith fühlte es sehr kühl von Else herwehen.

„Nehmt ihr mir's übel, daß ich fahre?" fragt sie.

Berger blickte auf. „Keine Spur! Bei uns wird doch nur Trübsal geblasen."

„Wenn du die Möglichkeit hast, so nimm sie wahr", meinte Else. „Wer weiß, was uns noch bevorsteht. Du bist jung, keinem verpflichtet, die Erholung tut dir gut. Ich wüßte nicht, weshalb du nicht fahren solltest."

Edith kannte Else viel zu genau, um nicht zu wissen, daß sie in diesem Augenblick einen Strich gezogen hatte. Keiner der beiden sah sie an. In entwaffnender Gelassenheit saßen sie ihr wie Fremde gegenüber.

Berger starrte stumm auf das helle Rund der Stehlampe auf dem Tisch.

„Wo denn im Harz?" fragte Else, die das Schweigen nicht beklommen werden lassen wollte.

Edith zögerte: „Bei Wernigerode, glaube ich."

Ein Lächeln ging um Elses Mund, als sie sagte: „Ach, so genau weißt du's noch gar nicht. Nun, der Harz ist überall schön."

Edith, in dem Gefühl, falsch gehäkelt zu haben, sagte leicht gereizt: „Ich will nicht überall hin, sondern zu meiner Freundin!"

Berger warf Else einen Blick zu. Das hieß: laß doch! Er kannte diese freundlich eisige Art Elses, mit der sie jemand rasend machen konnte. Sie blieb trotz der stummen Abmahnung bei ihrem Stil; sie hatte sich Strümpfe vorgenommen und tupfte mit dem rechten Ringfinger eine Stopfstelle glatt. Lächelnd sah sie Edith an: „Ich meinte nur, wo immer deine Freundin auch wohnt, es wird dort hübsch sein, weil es im Harz ist."

„Es hörte sich aber anders an. Ihr könnt mir's schon gönnen."

„Davon, daß wir dir's nicht gönnten, kann keine Rede sein, Edith. Du kannst doch tun und lassen, was du willst. Oder sollen wir dir abraten?"

„Das nicht —"

„Siehst du! Auf dem Lande sagt man: Rat' mi good, aber rat' mi nich aff!"

Edith lächelte gezwungen. Sie war wehrlos gegen diese Art Elses.

Berger sagte, ohne den Blick zu heben: „Ich sehe nicht ein, warum du nicht fahren sollst. Hoffentlich habt ihr Schnee."

Aus der Verwirrung ihrer Gefühle heraus sagte Edith: „Ihr seid gar nicht mehr wie sonst —"

Else ließ ihren Strumpf sinken, als ob ihr Stichwort gefallen sei, und fragte: „Bist du denn wie sonst?"

„Ich — ja!"

„Wir auch!"

Berger stand auf. „Laßt das bitte!"

Else fädelte einen Faden in die Nadel: „Ach ja, in der heiligen Adventszeit soll man nicht streiten."

„Ich will auch nicht streiten, Else, aber du mußt doch zugeben —"

„Ich denke, du willst nicht streiten?"

„Du gibst doch zu — von Alfred rede ich nicht —, daß deine ganze Art darauf angelegt scheint, mich zu verletzen."

„Da du selber sagst, daß es nur so scheint —? Ich habe weder einen Anlaß noch ein Recht, dich zu behandeln, daß du dich verletzt fühlen könntest.“

„Du bist unherzlich! Immer drei Schritt von einem ab, als ob du einen besser sehen möchtest —“

„Das redest du dir nur ein. Es ist wohl die Zeit, Edith.“

„Siehst du! Noch drei Schritte mehr zurück! Sonst machst du keine Ausflüchte! Was sagst du, Alfred?“

Er unterbrach sein Hin und Her im Zimmer und blieb stehen: „Ich sage, im Leben gewinnen Dinge manchmal ein besonderes Aussehen, nur weil man sie beredet. Ich wüßte nicht, weshalb wir dir gegenüber anders geworden sein sollten, Edith. Wir sind alle am Rande mit unseren Nerven. Die ewigen Angriffe, die Sorge um den Jungen —. Keiner weiß, was wird, was werden soll. Erhol' dich, Edith, das wünschen wir dir von Herzen.“

Else atmete tief auf: „Ich wollte, wir könnten es auch. Aber uns fehlt die Freundin im Harz.“

Flammende Röte überzog Ediths Gesicht. Sie wollte antworten, verbiß es sich, blickte Berger an und erhob sich: „Es ist wohl besser, ich gehe jetzt.“

„Deswegen doch nicht!“ beschwichtigte Berger sie.

„Deswegen und weil ich nicht in Alarm geraten will.“

Else legte ihre Stopferei aus der Hand und stand auf: „Du hast recht. Alarm ist häßlich.“

Sie brachte Edith hinaus und half ihr in den Mantel: „Hübsch, Edith; neu?“

„Aufgearbeitet“, erwiderte sie kurz.

„Daß die Leute das heute noch machen!“

„Beziehungen, Else.“

Else hörte dem Ton an, daß Edith den Kampf im letzten Augenblick doch noch aufnahm.

„Wer die hat, hat's gut.“

„Ja, der kann sogar in den Harz fahren, Else!“

„Aber nur, wenn er rechtzeitig für eine Freundin vorgesorgt hat, Edith.“

„Das habe ich, Else.“

„Ich habe nicht daran gezweifelt, Edith.“

Edith reichte ihr trotz allem die Hand; sie verbiß sich die Tränen: „Auf Wiedersehen!“

„Auf Wiedersehen, Edith. Laß es dir gut gehen.“

Berger sah Else lächeln, als sie hereinkam und ihre Stopferei wieder aufnahm. Dann blickte sie Alfred an: „Nun? Was stehst du wie ein Ölgötze da?“

„Was hattest du eigentlich? War das nötig?“ fragte er.

„Hat sie dir jemals von dieser Freundin im Harz erzählt?“

„Wieso? Glaubst du nicht an diese Reise?“

„An die Reise schon; an die Freundin weniger.“

„Unsinn! Bei uns tauchen auch plötzlich Leute auf, von denen wir hundert Jahre nichts mehr gehört hatten. Am Ende kann sie machen, was sie will.“

„Ich erinnere mich, das deutlich genug gesagt zu haben.“

„Zu deutlich, um den Nebensinn nicht offenbart zu haben. Ich wollte, du hättest dich besser beherrscht.“

„Ich bitte dich! Wenn einer sich zu beherrschen weiß, dann ich! Es hätte sich gehört, Weihnacht bei uns zu verbringen.“

„Du erinnerst dich, soeben gesagt zu haben, sie könne machen, was sie wolle.“

„Dann soll sie wollen, was Anstand und Freundschaft gebieten.“

„Was hat das mit Anstand zu tun, Else?“

Else stand erregt auf: „Du hast recht, das hat mit Anstand wirklich nichts zu tun, wenn sie uns Weihnachten in unserem Kummer allein läßt.“

„Aber Else! Sie hat doch keinerlei Verpflichtungen uns gegenüber! Das mit Harald —“

„Das mit Harald! Sind wir ihr denn gar nichts gewesen?“

Berger stand und lächelte und hob die Arme: „Wir alten Leute, Else —“

Sie tupfte sich die Augen trocken und lächelte: „Hast recht, Alter. Alteisen! Es war auch mehr deinetwegen, du Guter!“

„Ich danke dir, Else. Aber meinetwegen mußt du es nicht. Mich erschüttert es nicht. Ich schreibe ab. Das hilft gegen alles. Und wenn eins doch hochkommen will, sage ich mir: Sei nicht dumm, längst abgeschrieben! Ist nicht mehr da! Dahin mußt du kommen."

„Daß man das muß", sagte sie bitter.

„Das muß man. Je mehr man abschreibt, um so besser die Haben-Seite. — Laß uns schlafen gehen."

Am anderen Morgen hielt Edith ihm einen Brief hin: „Lies das bitte."

Briefbogen mit Hoheitszeichen. Schreiben der Fachschaft, man möge für die Weihnachtsfeier des Betriebes einen Gauredner anfordern, da es notwendig sei, alle Kräfte für den bevorstehenden Endkampf zu stählen. In alle Herzen und Hirne müsse es eingehämmert werden, daß die Not der Zeit auch den letzten Mann auf die Barrikade rufe. Das sei nicht nur bildlich zu verstehen. Wie sich das Äußere der Stadt durch die Barrikaden und Straßensperren langsam in eine Festung umwandle, so auch das Innere jedes einzelnen. Das werde am besten durch einen geschulten Parteiredner gefördert.

„Was sagst du dazu?" fragte sie, als er es gelesen hatte.

„Wir werden einfach keine Gemeinschaftsfeier abhalten."

„Wir haben immer eine gehabt. Wir haben doch auch Pgs bei uns."

„Leider."

„Und die werden es der Ortsgruppe stecken, wenn wir in diesem Jahr von der Regel abgehen. Was sollen wir uns unnötig Schwierigkeiten schaffen."

„Du hast recht. Es spränge nur Ärger und Verdruß dabei heraus. In diesem Augenblick wider den Stachel zu löcken, wäre Selbstmord."

„Alles in deiner Hand, Alfred. Ich werde ohnehin nicht hier sein."

„Wann gedachtest du zu fahren?"

„Ich sage dir noch Bescheid."

Er reichte ihr die Hand. Sie blickte ihn an und schlug ein.

Tagsüber brannte in den Hochbahnwagen nur eine Lampe; zu wenig, um zu lesen, genug, um die Gesichter der Nächststehenden schemenhaft zu erkennen.

Max faltete sein Zeitungsblatt zusammen und ließ den Blick rundum gehen. Er sah ein Augenpaar auf sich gerichtet. Das Augenpaar gehörte einer hübschen jungen Dame in einem ebenso hübschen Pelzmantel. Er schnellte auf: „Elfriede!"

Sie ließ den Haltegriff los und gab ihm die Hand: „Ich sehe Sie schon die ganze Zeit!"

„Ich hatte auch immer das Gefühl: Da sieht dich doch jemand an! Und wirklich! Wie geht es Ihnen?"

Er sah auf ihren Mund, einen Mund, der wie eine Frucht war; eine Sekunde ging es wie ein Schmerz durch ihn hin. Ihre Augen ruhten in seinen, als sie antwortete: „Gut! Gut!"

Er war von ihrem plötzlichen Da-sein wie betäubt: „Und Ali?" fragte er, und hätte ebensogut: „Und das Fenster? Und der Mond?" oder sonst etwas fragen können.

„Auch gut." Sie hielt sich wieder am Deckengriff fest. Der Wagen schüttelte die Menschen gegeneinander. Max hielt sich an dem gleichen Griff fest. Der Pelz strömte Duft aus; sie roch nach Bad und guter Seife.

„Wie weit fahren Sie?" fragte sie.

„Ich steige mit Ihnen aus." Sein Blick umwarb sie.

Sie lachte. Wie gesund das alles ist. Und alles beieinander, wie es sich für eine Frau gehört, dachte Max.

„Ich steige nächste Station aus", sagte sie und sah ihn an. Er sagte: „Genau dort wollte ich auch aussteigen."

Die Bahn hielt; sie stiegen aus.

„Steigen Sie immer hier aus, Fräulein Meyer?"

Sie lächelte zu seiner Förmlichkeit und paßte sich ihr scherzend an: „Manchmal, Herr Melhop. Ich gehe auch einmal gern ein Stückcken zu Fuß."

„Mit mir?"

„Auch mit Ihnen." Ihre Augen sagten ihm mehr. „Ich war bei Ali; er ist auf acht Tage im Lazarett, zur Beobachtung."

„So schlimm plötzlich?" fragte er besorgt.

„Nein, so schlimm nicht. Er fing wieder an zu husten."

„Das ist nicht gut." Sie gingen durch Trümmer. „Und Ihnen?"

„Mir?" Sie wandte sich ihm zu. „Das sehn Sie doch! Mir geht's gut."

Sein Auge hing bewundernd an ihr: „Wie das blühende Leben, weiß Gott. Sie hatten doch aber auch — bei dieser Kälte sollten Sie schon gar nicht den Mund auftun."

Sie lachte hell: „Sie wollen Arzt werden? Ich bin doch kerngesund! Mir fehlt nichts, gar nichts! Nicht an der Lunge und — nicht am Herzen!"

Max schüttelte den Kopf. „Das versteh' ich nicht. Sie haben doch selber —"

„Ja, ja, ja, ja! Für Ali! Das spiel' ich ihm vor, damit er sich nicht allein krank vorkommt!"

„Hören Sie, Elfriede, das ist sündhaft!"

„Sündhaft? Unsinn! Ali kommt sich, wenn ich die Kranke spiele, gar nicht mehr so krank vor. Er sorgt sich um mich, grübelt nicht über sich nach und verlangt, daß ich alles tue, was er eigentlich tun müßte, aber nicht tut. Und dann verlange ich, wenn ich es tun soll, daß er es auch tut; dann bringt er mir das Opfer — verstehen Sie jetzt?"

„Das ist eine raffinierte Methode! Sind sie allein darauf gekommen?"

„Nein; durch unsere Waschfrau!"

„Ob Sie wohl bei ernsten Dingen ernsthaft bleiben können?"

„Sicher. Sie müssen es nur probieren."

„Wie geht es Schmidt?" Die Kälte biß.

„Prima."

„Wenn Sie noch einmal ‚prima' sagen, kehr' ich um!"

„Ist es dumm?"

„Schlagwörter sind immer dumm."

„Und ich also auch. Also es geht Ihnen dankeschön."

Er verhielt den Schritt und zwang sie dadurch, auch stehenzubleiben: „Ich werde Sie ermorden!"

„Aber nicht hier in der Kälte!"

Sie setzten sich wieder in Marsch.

„Sie waren am Sonnabend nicht da. Warum nicht?"

„Ich wollte nicht!" Sie hob den Muff an den Mund und blies hinein.

„Das muß doch einen Grund haben?"

„Etwas nicht wollen ist doch Grund genug, es nicht zu wollen."

„Meinetwegen?"

Sie sah ihn von der Seite an: „Vielleicht —"

„Also bin ich Ihnen zuwider?"

„Es geht!" Die Kälte machte sie noch hübscher.

Er nahm ihren Arm und zog ihn durch seinen: „So!"

„Wenn man Sie so mit mir sieht, Herr Melhop —"

Er machte eine Geste über die Trümmer hin: „Hier?"

Sie zog ihren Arm zurück: „Darum also."

Er nahm ihren Arm wieder: „Denk' doch nicht gleich um die Ecke! Weißt du überhaupt, daß ich viel an dich gedacht habe?"

„Dann würden Sie wohl einmal zu uns gekommen sein."

„Ich habe mir den Kopf zerbrochen — ich hab' keinen Grund gefunden. Und so einfach zu kommen —"

Zwei Frauen kamen ihnen entgegen; ärmliche Gestalten mit Kopftuch.

„Die kennen mich", sagte Elfriede.

„Famos!" Er nahm ihren Arm fester.

Die Frauen grüßten im Vorüber.

„Siehst du", sagte er, „als ob sie uns schon hundertmal zusammen gesehen hätten!"

„Nachher schludern sie über mich", sagte sie wegwerfend.

Er drückte ihren Arm: „Ob Schmidts zu Hause sind?"

Sie zögerte einen Augenblick: „Vielleicht. Eva bestimmt."
„Du, dann spreche ich vor. Ich war einfach hier in der Nähe. Nichts dabei, was?"
„Natürlich nicht. Aber zu gleicher Zeit dürfen wir nicht kommen. Frühestens eine Viertelstunde später."
„Mach' ich. Seh' ich dich dann aber auch? So von ungefähr auf Nachbarschaft?"
„Wenn's nicht auffällt?" gab sie zu bedenken.
„Wie soll es auffallen! Also?"
„Und was hätten Sie davon?"
„Daß ich dich sehe!"
Sie lachte in den Muff hinein.
„Du bist entzückend, Elfriede —"
„Nun fehlt nur noch die Liebeserklärung."
„Kommt noch." Er preßte ihren Arm.
„Das dürfen Sie nicht!" Sie sah ihn an; das klang nicht mehr nach Scherz. Sie nahm ihren Arm aus seinem: „Ich geh' nun allein. Aber nicht früher als in einer Viertelstunde."
„Sehe ich dich?" drängte er.
Sie sah ihn an. „Ja!" sagte sie.
Sie war schon ein Stück weg, da rief er ihr nach: „Weißt du, wieviel Grad wir haben?"
Sie drehte sich um. „Elf Grad!" rief er.
„Schön! Ich merk' nichts." Und schritt weiter.
Er sah ihr nach. Sie wandte sich um; er hob die Hand, sie grüßte nicht zurück.
Er schlenderte um den Block. Nichts als Wüstenei. Männer und Frauen bargen trotz der Kälte Steine aus den Trümmern, säuberten sie von Zement und ließen sie auf einer schrägen Eisenschiene an den Straßenrand gleiten, wo ein Mann sie aufschichtete. Eine bittere und schwierige Arbeit. Noch erhob keiner Einspruch, wenn die Leute sich die Steine holten, um sich vor der Stadt oder auf einem Schrebergelände eine Notbehausung zu bauen. Bis auf Holz fanden sie Baumaterial genug in den Trümmern; Eisenträger aller Maße; in den freigeschaufelten Kellern manch-

mal eine Tür, Leitungsrohre, auch ein durch ein Wunder heilgebliebenes Hausgerät; eiserne Bettgestelle, die man zurechtbiegen konnte; trostloses Zeug. Überall zerglühte Nähmaschinen, unbrauchbare Elektrizitätszähler; zerschlagene Gasuhren, Badewannen und Kachelöfen. Wer nichts hat, hat vieles nötig.

Max steht im Bann der Begegnung. Vielleicht sollte ich besser nicht zu Schmidt gehen, denkt er. Wohin soll es führen? Eine Liebschaft? Dafür war sie gewiß nicht zu haben; bestimmt nicht mit einem verheirateten Mann. Sie mochte ihn, daran war kein Zweifel. Eine Liebschaft kostete Zeit und Geld; beides hatte er nicht. Aber sehen konnte man sich von Zeit zu Zeit; dabei war nichts. Wie klug von ihr, dem Bruder eine Krankheit vorzuspielen, damit er an seine eigene nicht denkt. Und hübsch und nett, ganz unverkünstelt. Und angezogen! Na ja, das schafft Ali. Mariechen würde sich totfreuen, wenn sie solchen Pelzmantel ihr eigen nennte. Wie das Mädel dahingeschritten war, die schlanken Beine in hellen Seidenstrümpfen. Wenn Schmidts bloß zu Hause sind, damit ich sie noch sehe. Ja, und eine Viertelstunde ist jetzt herum. Er geht durch den Torweg, um den unveränderlichen Schuttberg herum und steht vor Schmidts Tür und klingelt.

Und klingelt und wartet und blickt auf das Türschild nebenan: Alfred Meyer. Und klingelt nochmals und niemand kommt. Und wartet und klingelt nachhaltig und immer noch kommt keiner. Noch ein letztes Mal, sagt er sich, und wenn dann nicht, dann ist es eben ein Wink des Schicksals. Und klingelt. Niemand! Schön, sagt er sich, schade — und will gehen. Da geht bei Alfred Meyer die Tür auf und eine junge, gutfrisierte Dame mit hellem Gesicht, in weißer Hemdbluse und braunem Rock fragt ihn wie einen Fremden: „Wollten Sie zu Herrn Schmidt?"

„Eigentlich ja, mein Fräulein."

„Dann können Sie lange klingeln. Schmidts sind über Land und kommen heute abend spät erst zurück."

Der junge Mann sieht die junge Dame fassungslos an: „Ach, ist das aber schade!“

„Wenn ich etwas bestellen kann, oder —“ sie lächelt dabei nicht einmal — „wenn Sie ein paar Zeilen aufschreiben wollen?“

„Wenn ich das dürfte?“

„Bitte.“ Die junge Dame macht eine einladende Bewegung.

Die Tür schließt sich hinter ihnen. Ein Schlüssel klickt.

„Elfriede!“

Die junge Dame legt die Arme um den Hals des jungen Mannes, ohne zu bedenken, daß die schöne weiße Bluse dabei zerknittert wird: „Oh, du Dummkopf!“

Nach einem langen Kuß fragt der Dummkopf: „Du hast gewußt, daß Schmidts nicht zu Hause sind?“ Er fühlt ihre Brüste wie unbekleidet durch die dünne Bluse.

„’türlich“, sagt sie.

Er küßt ihr Gesicht, wo er gerade hintrifft. Sie macht sich frei von ihm: „Meine Bluse, Max!“

„Sag’ das noch einmal —“

„Was?“

„Max!“

Und sieht ihn an, sagt ‚Max‘ und küßt ihn.

„Nun zieh’ den dummen Mantel aus und setz’ dich“, sagte sie, ihr Haar zurechtstreichend.

„Woher weißt du überhaupt, daß ich Max heiße?“

„Weiß ich eben.“

„Gefällt der Name dir?“

„Es ist der schönste Name, den ich kenne!“

Er zieht sie wieder an sich: „Elfriede ist noch schöner!“

Sie lacht: „Und ich?“

„Ach, du!“ Die Bluse wird arg zerknittert.

„Jetzt aber artig“, sagt sie, als seine Hand über ihre Brust gleitet. „Setz’ dich, ich mache eine Tasse Kaffee.“

„Nein, nein!“

„Doch, doch! Wasser ist aufgestellt und kocht. Ich brauche nur aufzugießen.“

Sie geht in die Küche. Er hört sie hantieren und trällern. Er blickt sich um; sie hat ihn bestimmt nur um den Block geschickt, um Zeit für den Empfang zu gewinnen. Das weiße Tischtuch, die Blumen, die Kaffeetassen — er ist beglückt mit der kleinen Unruhe des Unerlaubten.

Sie kommt mit der Kaffeekanne: „Nur zu essen hab' ich nichts, Max."

„Ich hab' dich, Elfriede!"

„Nicht zum Essen! Nun setz' dich endlich. Du da, ich hier. Und hübsch artig und erzählen."

„Was erzählen?"

„Was du die Zeit über gemacht hast. An mich gedacht?"

„Viel zuviel, Elfriede." Sofort ist sie ernst. Sie hatte sich alles zurecht gelegt, was sie ihm sagen wollte, wenn es je so kommen sollte, wie es nun überraschend gekommen ist. Sie kommt sich sehr wichtig dabei vor.

Sie sagt: „Das will ich dir gleich sagen, Max, du mußt nicht denken, daß ich etwas von dir will."

Er steht auf und legt den Arm um sie: „Was willst du nicht?"

„Daß du meinst, du müßtest —" sie zögert — „es soll niemand unglücklich werden."

Er neigt sich über sie. Sie schlingt die Arme um ihn: „Ich will nur — weil ich dich lieb habe! Vom ersten Augenblick an! Und hab' immer gewartet — und du bist nicht gekommen. Ganz krank war ich schon —"

„Ach — du!"

„Ja, und als ich heute von Ali zur Bahn ging, da hab' ich ganz fest gewünscht, dich zu treffen! Ganz fest die Augen dabei zu! Und wie ich einsteige, sitzt du wirklich da und liest Zeitung!"

„Du hättest mich gleich anreden sollen!"

„Ich konnte gar nicht begreifen, daß du es wirklich warst. Nur weil ich es so fest gewünscht hatte. Ist es nicht seltsam?"

„Du Liebe, Gute!"

„Magst du mich auch?"

Sie ruht in seinen Armen und läßt sich küssen: „Bin ich schlecht?" fragt sie, ihn anblickend.

„Nein, ich bin es. Du vertraust dich mir an."

Sie läßt kein Auge von ihm: „Darf ich es nicht?"

„Du darfst es, weil ich dich sehr lieb, sehr lieb habe. Aber ehrlich: du hast wirklich nichts mit der Lunge?"

Sie streckt sich; ihre Brüste sprengen fast die Bluse: „Seh' ich so aus?"

Seine Blicke umspannen sie.

Sie fährt ihm mit der Hand über die Augen: „Nicht solche Augen!" Sie stemmt sich von ihm ab: „Sei lieb, Max. Dieses ist schön. So soll es bleiben."

„Dummkopf!" sagt er und küßt sie.

Sie macht sich von ihm frei: „Noch eine Tasse, Max?"

„Danke, ja. Bist du böse, wenn ich dann gehe?"

„Gar nicht. Du kommst doch wieder."

„Dann ist Ali da."

„Das macht nichts. Wir sehen uns; ich bringe dich an die Bahn —"

„Das muß langen, meinst du?"

„Oder wir sehen uns, wenn ich zu den Großeltern in die Stadt gehe."

„Und wie erfahre ich es?" Er zieht sie wieder an sich.

„Du bist schrecklich, Max! Wie ich wohl nachher aus-seh'." Sie schüttelt ihr Haar zurecht.

„Viel hübscher als sonst."

„Also du kommst wieder; dann sage ich dir, wie wir es einrichten."

„Du bist ein richtiges Kind, Elfriede."

„Wart's nur ab; das Kind kann recht ungebärdig sein."

„Und lieb!" Seine Hand geht über ihre Brüste.

„Jetzt mußt du gehn —" sagt sie beklommen.

Sein Blick bettelt.

„Wenn du mich lieb hast, Max —"

„Dann komm' ich nicht wieder —"

Sie lächelt: „Du kommst wieder. Ich mach' die Augen fest zu und wünsche und wünsche — und schon bist du da!"

„Heut warst du aber lange unterwegs!“ empfing Mariechen ihn.

„Findest du?“ Er mied ihren Blick, als er den Hut weghängte.

Sie bot ihm den Mund und schnupperte an seinem Gesicht: „Du riechst heut wieder so gut.“

Er erschrak. Sollte sie Elfriedes Parfüm gespürt haben?

„Unsinn!“ wehrte er ab. „Wonach?“

„Wie immer. Nach Hyazinthen.“ Von Anfang an hatte sie behauptet, er rieche nach Hyazinthen. Sein spezifisches Odeur nannte sie es. Wenn er sie umarme, beginne es stärker zu strömen, redete sie ihm ein. Sie rieb ihre Nase an seinem Gesicht: „So gut hast du lange nicht gerochen.“

„Laß den Unsinn.“ Er fühlte sich rot werden. Er schämte sich, daß sie an dem Nachschwingen seiner Sinne aus der Umarmung einer anderen erglühte.

„Was hast du?“ fragte sie befremdet und trat von ihm zurück. „Ich will nichts von dir.“

„Willst nichts von mir. Was für eine Art zu sprechen!“ Er redete sich absichtlich in Abwehr hinein.

Sie sah ihn an: „Ich verstehe dich nicht. Weshalb bist du so erregt?“

„Aus Freude, nach Hause zu kommen! Das darf ich doch wohl noch!“

Er dachte dabei an die Zärtlichkeit Elfriedes. Zum ersten Male gewahrte er an seiner Frau die Abgespanntheit durch die Hausarbeit, legte sich ihm der Atem der Einzimmerwohnung beklemmend auf die Brust. Diese fürchterliche Enge des Raumes, der Wohn-, Schlaf- und Arbeitszimmer und zugleich auch Küche war. An einer quer durchs Zimmer gezogenen Leine baumelte Kinderwäsche, Strümpfe von Mariechen und ein Oberhemd von ihm. Der Geruch der Kriegsseife schwadete. Der Junge brabbelte in seinem Wagen.

„Sehr freundlich bist du heute nicht“, meinte Mariechen gleichmütig und stellte den elektrischen Kocher an.

„Wenn du mich gleich damit empfängst, daß ich zu lange unterwegs gewesen sei —"

„Gott, Max! Etwas soll ich doch sagen, wenn du endlich nach Hause kommst!"

„Siehst du: endlich!"

„Also gut — ich sage gar nichts mehr."

Er trat zu ihr und legte von hinten die Arme um sie.

„Laß mich!" Sie rückte von ihm ab.

Er hielt sie fest: „Mariechen!"

„Du sollst mich lassen, hörst du!"

„Nein!" sagte er und wußte, daß seine Sinne dabei nach der anderen brannten.

Sie drehte sich um und sah ihn an. Er ließ sie und trat zurück.

So wurde aus halbem Spiel und nicht ernst gemeintem Ernst eine Verstimmung, die tagelang anhielt. Mariechen war ehrlich genug, sich die Schuld daran beizumessen. Sie hatte nicht anders können; sie hatte etwas Fremdes, fast Feindliches an ihm gespürt; eine andere Wesenheit, die sich in seinem Begehren zu verbergen trachtete. Beide waren über die Tage sehr unglücklich und stürzten sich in die Versöhnung in der dumpf erfühlten Not, Unwiederbringliches nicht verloren zu geben.

Sehr erregt hatte ihn in diesen Tagen ein Gespräch mit einem älteren Kommilitonen, der sich in einem nicht immer fadenechten Zynismus gefiel und die Liebe als ein bald längeres, bald kürzeres Intervall aufgeregter Hormone abtat. Um sich vor Verzauberung zu bewahren, müsse man es jenem klugen Mann bei Maupassant nachtun, der vor dem Besuch bei Familien mit heiratsfähigen Töchtern zu einem freundwilligen Mädchen ging, und dann dem Zauber, ob nun Gretchens oder Helenas, nicht erlag.

„Vor dieser Ernüchterung auf Rezept muß selbst der Unschuld Reiz erblassen. Ich finde diese Art peinlich und unmännlich."

Der andere lächelte spöttisch: „Die gewisse Traurigkeit nachher, von der schon die Lateiner wußten, desillusioniert und macht hellseherisch. Das Omnia vincit amor erhält dadurch den Sinn, daß Liebe am Ende auch die Liebe selber überwindet."

„Vulgär gesehen, ja."

„Mein Lieber, die Liebe ist, ohne dichterisches Brimborium, Arterhaltungstrieb des Individuums. Ein Arterhaltungstrieb — so komisch ist die Natur —, der in den Generationsermüdeten am heftigsten ist und bei ihnen häßlich und lächerlich wirkt. Von der Medizin her wissen wir, daß gewisse Krankheiten diese Besorgtheit um die Arterhaltung besonders heftig befeuern, wovon der ‚Zauberberg' eines nicht unbekannten Schriftstellers allerlei zu künden weiß. Ein Haufe rebellierender Hormone, das ist eure gepriesene Liebe."

„Und stehst am Ende vor dem entseelten und entseelenden Behaviorismus. Nein, mein Lieber, damit kommen wir nicht aus. Seelische Spannungen bemessen nach Hormon-Ingredienzen? Ich kann dir eine Reihe chemischer Formeln nennen und du wirst nicht wissen, was sie sollen. Und dann sage ich dir: diese Formel stellt die Substanzen eines Stengels dar; diese Formel eine Blüte; diese dritte ein Samenstäubchen; diese vierte die Substanzen eines sich nach dem Samenstäubchen sehnenden Stempels. Ich könnte dir zum Schluß auch noch die Formel für den Duft sagen, den wir synthetisch nachschaffen können. Aber alle diese Formeln machen die Rose, die durch sie dargestellt wird, nicht zur Wirklichkeit, und hunderttausend andere Formeln noch fassen nicht den Zauber der Rose in der Hand einer geliebten Frau."

„Sehr phantasievoll, mein Bester. Immerhin wirst du es erleben oder hast es vielleicht schon erlebt" — und hier tat sich Max wirklich ein Aspekt auf, den er in seiner Ehe manchmal schon dumpf geahnt —, „daß die Sinnenfreude des Mannes nicht auch immer die der Frau ist. Ja, es gibt Frauen, denen Sinnlichkeit Erniedrigung bedeutet, denen die Endgültigkeit körperlicher Vereinigung ewiges Geheimnis bleibt."

„Ich habe zu wenig Erfahrungen mit Frauen", wandte Max ein. „Frauen haben eine andere Scham als wir Männer."

„Reden wir uns ein. Hebbel war anderer Meinung. Jedes echte Gefühl findet seine Gipfelung in dem gleichgestimmten Gefühl eines geliebten Menschen. Das lass' ich gelten. Woran geht aber deine sogenannte Liebe in so vielen Ehen zugrunde? An der geschlechtlichen Ermüdung aneinander. Das ist eine Binsenwahrheit. Manche Ehen kommen ohne einen erotischen Spannungsumformer — Geliebter oder Geliebte — überhaupt nicht aus. Auch zwischen den verliebtesten Leuten wird plötzlich eine Rochesche Grenze wirksam, wo das Schwergewicht der einen Persönlichkeit das der anderen nicht überwindet, weil dort wie hier die Flutkraft der Sinne unzulänglich geworden ist. Wir sehen sie zwar friedlich miteinander und umeinander kreisen, aber es sind erloschene Sterne. Die Verehrung der Monogamie ist — für mich wenigstens — ein biologischer Unsinn."

Diese komisch begonnene und kosmisch beendete Unterhaltung beschäftigte Max trotz ihrer Widersprüche noch lange. Er fragte sich, ob die Ehe mit Mariechen ihm jene Erfüllungen brachte, die der andere angedeutet hatte. Er mußte sich gestehen, daß sie nicht die Hingerissenheit letzter Entzündung kannte. Es war immer ein kleines nachsichtig-spöttisches Lächeln um ihren Mund, wenn er sich an dem Linienfluß ihrer Nacktheit freute; es war immer mehr Gewährenlassen als Hingebung. Wenn er nach ihrem Besitz in ihrem Arm blieb, spürte er, daß sie kaum angerührt war von der Darbringung seiner Liebe.

Elfriede würde sich anders verschenken, empfand er. Sie würde schenkend sich beschenkt fühlen. Sie würde naturhafter sein, sich ihrer Sinnlichkeit freuen als Beglückung für den Geliebten. Seine Gedanken umspielten sie; sie war fülliger und weicher als Mariechen; ihren Busen in der Umarmung an seiner Brust zu fühlen machte ihn aufbrennen in fast schmerzhaftem Verlangen. Er wurde sich aber auch der Gefahr bewußt, die er für seine Ehe heraufbeschwor, wenn er sich der Zuneigung für das Mädchen weiter überließ. Jene erste ernsthafte Verstimmung zwischen Mariechen und ihm war diesem Boden entwachsen. Er war von einer plötzlich wach gewordenen Lust am Streit in einen Konflikt hineingespielt worden, der, wenn Mariechen nicht eingelenkt hätte, sein bisheriges Leben hätte verschütten können. Ein Leben, an dem, wie er anerkennen mußte, seine Frau bedachtsam und liebevoll mitbaute. Aus dieser Einsicht heraus und aus dem Wunsch, dieses Leben sauber zu halten, faßte er den Entschluß, Elfriede nicht wiederzusehen.

Winddurchstobenes Schmuddelwetter, das die ohnehin derangierten Nerven strapazierte, wechselte mit plötzlichem Frost ab. Es war keine Weihnachtsstimmung in der Welt. Wegen des immer mehr eingeschränkten Eisenbahnverkehrs kamen nur wenige Tannenbäume in die Stadt; trotz vorgeschriebener Höchstpreise wurden sie zu unmäßig hohen Preisen abgegeben. Tannenbaumschmuck gab es gar nicht mehr und Geschenke nur für die, die viel Geld anlegen konnten oder Beziehungen hatten. Eine bittere Armseligkeit überall.

Die Partei hatte sich durch ihre Blockwarte Frauen namhaft machen lassen, die — das beurteilte der Blockwart — neben der Hausarbeit noch eine andere Arbeit verrichten könnten. Besonderes Augenmerk war dabei auf Frauen zu richten, die von der Partei nichts wissen wollten. So traf das Los auch Else, die viermal in der Woche täglich vier Stunden in der Nähstube Unterwäsche für Soldaten flicken mußte. Wäsche, die nur bei den Löchern noch heil war; Wäsche, die man zu anderen Zeiten zu verschenken sich geschämt haben würde. Wohl oder übel verrichtete Else getreulich ihre Arbeit, schon deswegen, weil immer einige Nazissen dabei waren, die auf jedes Wort lauerten. Sie war sehr verzweifelt, denn das Einholen und Schlangestehen nahmen viel Zeit in Anspruch.

Wie viele andere, hatten Bergers sich entschlossen, in diesem Jahr keinen Tannenbaum zu machen; das erste Mal in ihrem Leben. Weihnachtsgänse gab es unterderhand zu hohen Preisen reichlich. Sie prangten aber nicht wie in glücklicheren Zeiten, da man den Neid der Nachbarn nicht zu fürchten hatte, in der Vorweihnachtszeit auf dem Balkon, sondern wurden versteckt gehalten. Leute, die von Natur aus zur Korpulenz neigten, wurden ohnehin als heimliche Prasser angesehen. Zu diesen Bedauernswerten gehörte Alfred, der, selbst wenn er Papierschnitzel gegessen hätte, wenig von seinem Umfang verloren haben würde. Er war, was die Landwirte einen guten Futterverwerter nennen, und fiel deswegen weniger als andere vom Fleisch.

Sein Betrieb wurde immer unerfreulicher, da jeder, der nur eben kriechen konnte, Dienst im Volkssturm machen mußte. Das erbitterte die Leute aufs tiefste; denn für die Erwerbstätigen wurde der Dienst auf die Sonntage anberaumt. Er erstreckte sich von der Frühe über den ganzen Tag und war viel zu anstrengend für Leute, die nichts in den Knochen hatten. Außerdem litt ihre Kleidung sehr, da es Uniformen nicht gab. Die meisten waren ausgebombt, hatten nur noch einen Anzug, der bei den Übungen verdreckte und durchnäßte. Am meisten mitgenommen wurde das Fußzeug, für das kein Ersatz gewährt wurde.

Sehr beunruhigt waren die Menschen über die großen weißen Richtpfeile mit Angaben von Sammelplätzen, die überall angepinselt wurden. Bald wußte man, daß diese Sammelplätze in der Voraussicht einer Gesamträumung der Stadt eingerichtet worden waren; denn keine deutsche Stadt sollte den Feinden kampflos in die Hände fallen.

„Wir kommen als Eroberer!“ Das waren die törichten und von keiner Psychologie beschwerten Eingangsworte der Anschläge Eisenhowers in den von den Amerikanern besetzten deutschen Städten. Eine gigantische Weltfremdheit, die Siegern oft eignet, sprach daraus. Von allen Versorgungsgebieten abgeschnitten, ohne jeglichen Eisenbahnverkehr, wie sollten die eroberten Städte der ihnen aufgelegten Pflicht, für die Versorgung der Einwohner die Verantwortung zu übernehmen, gerecht werden? Elend über Elend, Verzweiflung über Verzweiflung. Wann wird ein Ende dieses Grauens sein?

Die deutsche Südfront machte dem Feinde kein Kopfzerbrechen mehr. Anfang März hatte der deutsche Botschafter in Rom, Rahn, in Ascona eine Begegnung mit dem stellvertretenden Generalstabschef Marschall Alexander und dem britischen Generalmajor Terence S. Airey gehabt, um ohne Vorwissen Berlins angesponnene Waffenstillstandsverhandlungen, die zunächst die Kapitulation der deutschen Südarmee im Auge hatten, weiterzuführen. Der aussichtsreiche Beginn wurde von Berlin aus gestört, wo man allerlei vernommen hatte. Vor allem gefährdete Rußland die Verhandlungen, weil es daran teilnehmen wollte, womit Amerika nicht einverstanden war. Dieses sich unter Ausschluß der deutschen Öffentlichkeit abspielende Intermezzo gewann insofern über den zeitgeschichtlichen Wert hinaus Bedeutung, als sich schon deutlich der schwere Schatten der Zwiespältigkeit zwischen Ost und West abzuzeichnen begann. Ein Schatten, unter dem der amerikanische Präsident vom Tode ereilt wurde gerade in dem Augenblick, als er mit der Niederschrift einer Antwort auf eine an ihn persönlich gerichtete Protestnote Stalins beschäftigt war.

Die Kapitulation der Südfront kam auf Betreiben des Marschalls Alexander zustande. Die lockende Gaukelei eines Sonderfriedens mit den Westmächten zerstob unter dem Sturmeswehen immer neuer Siege der Alliierten, die gnadenlos auf bedingungsloser Kapitulation bestanden.

Edith hatte sich telefonisch von Else verabschiedet, ehe sie in den Harz fuhr. Sie hatte es so mit Berger verabredet, der eine Begegnung der Frauen nicht für angebracht hielt, da er bei Else eine immer schärfere Kritik Edith gegenüber feststellte. Else hätte nicht zu sagen vermocht, worauf sie diese Kritik gründete; sie hatte Edith einfach satt. Else war nervös und empfindlich; das waren zu dieser Zeit alle Menschen, bis zur Ungerechtigkeit sogar, als ob jeder den anderen verantwortlich machen wolle für das Elend dieser Zeit.

Unter dieser Mißstimmung stand auch die Weihnachtsfeier im Betrieb Bergers. Mit Mühe hatte man eine hohe Tanne beschafft, auch ein Dutzend Lichter; von Weihnachtsfreude war aber nichts zu spüren. Der braune Gauredner drosch oft gehörtes Zeug; es hatte mit dem ‚Friede auf Erden' der Weihnachtszeit nichts zu tun. Berger sah den Leuten an, daß sie den Mann am liebsten an die Luft gesetzt hätten, als er begann, die bombastischen Worte Himmlers beim ersten Großappell des Volkssturmes zu wiederholen, in denen der Volkssturm dem Landsturm der Freiheitskriege gleichgestellt worden war.

„Jeder Häuserblock einer Stadt, jedes Dorf, jedes Gehöft, jeder Graben, jeder Busch, jeder Wald wird von Männern, Knaben und Greisen und, wenn es sein muß, von Frauen und Mädchen verteidigt werden." Der Volkssturm, ach, du lieber Gott, wußte der braune Lauthals nicht, wie er sonntags ausrückte? Müde, zermürbte Männer, die um ihre Erholung am Sonntag betrogen wurden?

Waldmann saß neben Berger in der ersten Reihe. Zu Ehren des Tages hatte er Uniform angezogen. Man vermerkte überrascht, daß er das Ritterkreuz trug, was er bisher nicht getan hatte. Hoffentlich hat's seine Richtigkeit damit, raunten die Männer sich hämisch zu. Immerhin sah man milder gestimmt zu ihm hin; denn für Essenholen hatte er es sicher nicht bekommen.

Nach der Feier bedankte man sich bei Berger für die Gratifikationen. Werkmeister Ratsack, der sonst immer den gemeinsamen Dank abstattete, hatte sich in diesem Jahre zu einer Ansprache nicht bewegen lassen. Er war zornig auf Berger, obwohl der ihm klargemacht hatte, daß die Ablehnung des Gauredners für den Betrieb verhängnisvolle Folgen gehabt hätte. Für Berger schloß der Abend mit der Bitte Waldmanns, ihn bis nach Neujahr beurlauben zu wollen, da er eine Einladung nach Berlin habe. Frau Waldmann habe ihre Zustimmung bereits gegeben.

„Davon hat Frau Waldmann mir kein Wort gesagt.“

„Ich als kleiner Angestellter bin ja auch nicht wichtig. Frau Waldmann wird es vergessen haben.“

Ich als — ich als, sinnierte Berger. Ein anderer hatte meistens auch so begonnen. Es war wohl eine Familieneigentümlichkeit der Waldmanns, so zu beginnen.

Er war verstimmt darüber, daß Edith ihre Zustimmung gegeben hatte, ohne wie sonst mit ihm gesprochen zu haben. Es würde sich ja zeigen, was gespielt wurde.

Bergers verbrachten die Weihnachtstage ganz für sich. Die Matthäuskirche rief zum Gottesdienst. Die Menschen strömten herzu. Nottage sind Erntetage der Kirche. Mochte sich mancher nicht dennoch fragen, was es solle, zu einem Gott zu beten, der die Welt verloren gegeben zu haben schien?

Sonst war am Weihnachtsabend über die ganze Stadt hin Glockenläuten von allen Türmen. Wo waren die Türme der geliebten Stadt? Die meisten von Bomben zerschlagen oder ausgebrannt. Von den fünf Hauptkirchen zwei restlos vernichtet, Katharinen und Jakobi. Nikolai reckte zwar noch seinen Turm empor, sein Kirchenschiff war aber nur ein Aschenhaufen. Der ‚Große Michel‘, Hamburgs Wahrzeichen, im Innern eine einzige Trümmerstätte; nur die Petrikirche war mit geringeren Schäden davongekommen. In allen Außenbezirken ragten von den Kirchen nur Turmstümpfe und verbrannte Mauerreste auf. Unermeßlich der Verlust an Kirchenschätzen.

Am Weihnachtsabend besteckten Bergers einige Leuchter mit Lichten und sahen in die brennenden Flammen. Omi, festlich angezogen, denn das gehörte für sie zum Weihnachtsabend, saß schmal und bekümmert. Wie war es sonst beglückend gewesen in diesen Stunden. Alle dachten das eine, aber keiner sprach davon, dachten alle daran, daß immer noch keine Nachricht von Harald gekommen war. Ein trauriger Abend; nichts Weihnachtliches, kein Apfel, keine Nüsse, kein reichliches Mahl. Am ersten Weihnachtstag würde es wohl wieder die Konglomeratsuppe Elses geben. Der Hauswirt hatte durchsagen lassen, daß es mit den

Kohlen zu Ende gehe. Öfen hatte die Wohnung nicht, also würde man sich in der Küche etablieren müssen.

Omi erhob sich und sagte ihren gewohnten Abendspruch: „Ich geh' zu Bett. Gut' Nacht." Sie nahm die paar Kleinigkeiten, die man ihr hatte hinlegen können, und ging in ihren ‚Bunker', wie sie ihren Schlafraum nannte. Alfred und Else hatten einander nichts geschenkt; denn was gab es schon, was das Geld wert gewesen wäre? Es war, als sei ihnen die Fähigkeit, sich zu freuen, abhanden gekommen. Sie saßen im blassen Schein der Kerzen, das Herz schwer, die Sinne stumpf. Die ewigen Alarme und das nicht endende Leid hatten sie ausgehöhlt.

„Morgen kommen Mariechen und Max", sagte Else.

„Schön, Else. Hast du Kaffee?"

„Nur Muckefuck. Muß auch gehen."

„Muß gehen, Else."

„Ob ich nicht doch noch ein paar Plätzchen backe? Etwas Mehl hab' ich noch."

„Ja, etwas anbieten mußt du."

„Eben; dachte ich auch."

Sie schwiegen.

„Sonst hörte man um diese Zeit die Kinder mit Blasen und Trommeln auf der Straße, Else."

„In diesem Jahr haben sie nicht einmal mehr vor den Türen gesungen."

„Sollen die Lichte ganz abbrennen?"

„Ich habe noch einige, Alfred; laß sie nur brennen."

Und saßen, sahen in die Lichte und schwiegen.

Nur eine Kerze brannte noch. Es roch nach verqualmenden Lichtstümpfen; sonst hatte sich Tannenduft in das Verschwelen gemischt, und die Kugeln fingen spielend das Flackerspiel der verlöschenden Kerzen. Und von der Tannenbaumspitze war das leise Tönen der Silberglöckchen gekommen.

Sie hätten das Grammophon spielen können; sie hatten schöne Tauber-Weihnachtsplatten. Sie hatten nicht einmal das Radio anstellen mögen.

Das letzte Licht begann auszuflackern.

„Wenn es aus ist, gehn wir ins Bett", sagte Else.

Das Licht verflackerte, verlosch.

Aber sie blieben noch lange im Dunkel und Schweigen sitzen, als ob Dunkel und Schweigen erst den Sinn dieses Weihnachtsabends aufgetan hätten.

Am Nachmittag des anderen Tages kamen Melhops; froh, aufgeräumt, noch unter dem Nachhall des ersten Weihnachtsfestes mit ihrem Murkel.

„Hab' dir auch was mitgebracht, Onkel Alfred." Er hielt ein Päckchen hoch.

„Raten!" ermunterte Mariechen.

„Sieht aus wie 'ne Wurst", meinte Else.

„Tante Else! Wurst! Wo es gar keine Schweine mehr gibt!"

„Riecht Wurst so?" Max hielt Alfred das Päckchen unter die Nase.

„Ich rieche gar nichts."

Max gab ihm das Päckchen: „Pack' aus, Onkel Alfred!"

Eine halbe Flasche Kognak kam zum Vorschein.

„Kinder, wie kommt ihr dazu!" staunte Else. „Echter Kognak! Ja, gibt's denn so was noch?"

„Von seinen neuen Freunden!" sagte Mariechen und sah Max an.

„Ja, denkt euch; von Schmidt, den ich in Bayreuth kennengelernt habe. Zwei halbe Flaschen hat er mir geschickt."

„Und gibst eine uns, Max? Das ist aber nett. Komm, sollst einen Kuß haben!"

„Damit hab' ich gerechnet, Tante Else!" Vergnügt nahm er die Belohnung entgegen.

„Wie kommt er denn an den Kognak? Die kostet doch!"

„Mein Freund Schmidt kann es sich leisten!" sagte Max stolz.

„Sein Freund Schmidt ist ein dunkler Ehrenmann", stichelte Mariechen.

„Unsinn! Er besorgt den Leuten Sachen, die sie sonst nicht bekommen. Er weiß die Quellen und das läßt er sich bezahlen."

„Nun ja", lächelte Berger. „Quellenstudien müssen sich irgendwie bezahlt machen."

„Daß du dich ja bei ihm bedankst, Max", sagte Mariechen. „Du hättest heute morgen gleich hingehen sollen."

„Ja, ja; ich werde schon hingehen."

„Nein, nicht: Ja, ja! Morgen gehst du hin. Mußt aber etwas mitnehmen."

„Mitnehmen! Was mitnehmen! Gibt doch nichts."

„Ihr habt doch gewiß das eine oder das andere Buch. Ist er verheiratet?" fragte Else.

„Verheiratet gerade nicht."

„Geht keinen was an. Über Bücher freut sich jeder. Wie ist die Frau?"

„Sehr nett. Der Mann gleich in den ersten Tagen 41 im Osten vermißt."

„Ja, so", sagte Else und wandte sich ab.

Max sah, daß Berger ganz lichtlos wurde. Davon hätte ich nicht anfangen sollen, sagte er sich und blickte Mariechen bekümmert an. Sie schüttelte über seine Tolpatschigkeit nur den Kopf.

„Wie war's denn mit dem Kleinen?" lenkte Berger ab.

„Zu schön! Versteht ja noch nichts davon. Aber Mutter hättet ihr sehen sollen."

„Kann ich mir denken", sagte Else, die sich wieder in der Hand hatte.

„Hättet sie hören sollen. Nein, was für ein schöööner Baum! Und alle die schönen Kiek-Kiek-Lichter. Und die Kiek-Kiek-Kugeln! Kiek! Kiek! Kiek!"

„Ach, mach' sie doch nicht immer nach, Max! Du kannst es doch nicht!" rügte Mariechen.

„Nein, das kann wirklich keiner", gestand er.

„Und was sie ihm alles mitgebracht hat! Und woher! Ich weiß es nicht."

„Grüße sie recht herzlich von uns. Schade, daß man sich so selten sieht."

„Ja, Else. Der Junge! Der Junge! Ihr ein und alles! Eines Tages nimmt sie ihn uns bestimmt ganz weg."

„Hättest du das geglaubt?"

„Nie! Was ich zu wenig gehabt habe, kriegt er zu viel."

„Ist dir gut bekommen, Kind. Wird auch dem Jungen gut bekommen. Und nun setzt euch. Echter Muckefuck. Aber die Plätzchen sind ganz frisch."

„Else, Plätzchen! Riech' ich schon!" Mariechen langte zu und knabberte. Berger schenkte den Kognak ein.

„Uns nur einen ganz kleinen", wehrte Max ab. „Wir haben zu Hause."

„Auf deinen Freund Schmidt!" sagte Else und hob das Glas.

„Und auf euch, ihr Lieben!" Mariechen brannten die Augen dabei.

„Ja, den Schmidt werde ich mir warm halten", sagte Max. „Freundschaften sind immer gut."

„Aber nicht immer dauerhaft", meinte Else beziehungsvoll. Berger verstand sie.

„Willst du Max nicht eine von deinen Zigarren geben, Alfred?"

„Wenn du möchtest, daß er mein Todfeind wird?"

„Ach, ganz so schlecht sind sie nicht. Trix oder Coronas natürlich nicht."

Alfred brachte ein Holztellerchen mit vier braunen Röllchen: „Du bist gewarnt, Max. Mariechen — du hast es gehört."

„Sehn doch ganz gut aus!" Max griff beherzt zu.

„Nach dem Aussehen darfst du nicht gehen", gab Else zu bedenken. „Nicht bei Menschen und nicht bei Zigarren. Das meiste ist immer Schund."

„Schöne weiße Asche. Sieh her, Onkel Alfred."

Mariechen schnupperte: „Nach Tabak riecht es nicht."

„Mariechen!" Else blickte sie durchbohrend an.

„Nein, bestimmt nicht!" beharrte sie. „Nach Abkochen im Walde!"

Else sank fassungslos zurück und ließ die Arme hängen.

Alfred sah Mariechen bewundernd an: „Abkochen im Walde! Wundervoll prägnant! Als Junge hab' ich Reth geraucht; zuletzt hatte man nur die harte Hülle, die man als Blasrohr benutzen konnte. Hatte also einen Sinn."

Max rauchte mit Todesverachtung. Es war ihm aber gar nicht gut zumute.

Als sie gegangen waren, kam es Bergers vor, als sei der helle Winternachmittag wieder ohne Licht.

Das Weihnachtsangebinde Schmidts, von einem Boten überbracht, hatte Max wieder in Vorstellungen hineingestrudelt, von denen er sich glücklich frei geglaubt hatte. Nicht daß ihm die Erinnerung an die vier Menschen unbehaglich gewesen wäre, im Gegenteil, ihre Sphäre hatte ihn geheimnisvoll wie Verwandtes angesprochen. Schmidt und Ali betrachtete er als helle sympathische Kerle, ohne den morbiden Einschlag jenes Gelichters, das sich vorzugsweise mit ähnlichen Geschäften durch die Zeit brachte. Sie setzten sich auf ihre Art durch, nutzten es aus, nicht zu den Dummen zu gehören. Dagegen war nicht viel zu sagen in einer Zeit, in der alle Begriffe ins Schwanken geraten waren und Redlichkeit nicht hoch im Preise stand.

Er wäre auch längst wieder zu ihnen gegangen, wenn seine klare Überlegung ihm nicht die Gefahren einer neuen Begegnung mit dem Mädchen aufgezeigt hätte. Immer noch erregte die Erinnerung an Elfriede ihn von Grund auf; es war eine Verzauberung, der er nicht erliegen wollte. Noch in jenem Zustand der Unverdorbenheit, die Demut vor Verehrungswürdigem schenkt, überhöhte er sie in seiner Vorstellung, fand das Begehren nach ihr verächtlich und in der Entsagung erhebende Genugtuung. Er sah es als eine Läuterung an, die ihn, wie er meinte, aus dem Alltag der Vielzuvielen heraushob. Aber die Vielzuvielen erleben das gleiche, und über allen war das milde und vergnügliche Lächeln des Fadenordners, der sich das Maschenschlingen vorbehalten hat. Bei all diesem hatte Max sich immer als Hauptperson betrachtet, als ginge das Spiel lediglich um ihn; daß auch der Gegenpol sein Kraftfeld hatte und, wie seines von Verzicht, jenes von Wunsch und Begehr beherrscht sein könnte, der Gedanke kam ihm nicht.

Du lieber Gott! Zu Beginn beweinenswerter Torheiten stehen immer erhebende Gaukeleien, damit die Fallstricke nicht sichtbar werden, in denen wir uns unvermutet winden. Elfriede schalt sich, daß sie für Max eine Idealgestalt hatte sein wollen, ein innig und sinnig seinen Lebensweg mitschreitender weißer Engel. Wieviel schöner und natürlicher war der ungezwungene Ton der ersten Stunde ihrer Begegnung gewesen. So wand sie sich zwischen Helle und Dunkel, zwischen Himmel und Hölle und wünschte nichts anderes, als sich in seinen Armen zu vergessen.

„Weißt du, Eva", sagte sie zu ihrer Freundin, „ich glaube, Melhop geniert sich, zu uns zu kommen."

„Was heißt genieren! Nichts genanter als sich zu genieren. Möchtest du, daß er kommt?"

„Gott, Eva —"

Eva sah sie an. „Springt nichts dabei heraus, Elfriede."

Elfriede wurde rot. „Soll auch nichts herausspringen dabei. Ich meine, er läßt sich nicht sehen, weil er nichts mitbringen kann. Nicht einmal Blumen gibt es."

Die andere ließ sich nicht beirren. „Vielleicht besser so. Du lebst ruhiger, Elfriede."

„Was du meinst! Ich will doch gar nichts! Ich dachte nur, wo Ali jetzt den vielen Kognak hat, könnten wir ihm doch eine Weihnachtsfreude machen."

„Laß es, Elfriede. Es kommt nichts dabei heraus."

„Und du willst meine Freundin sein!"

„Heul', wenn du kannst. Besser jetzt als später. Wenn du meinst, dann sag' es Ali doch."

„Ich? Das kann ich doch nicht! So dumm ist Ali auch nicht."

„Also gut, dann sag' ich es! Aber das sag' ich dir: mach' mir später keine Vorwürfe."

Elfriede fiel ihr um den Hals: „Du bist die Aller-, Allerbeste!"

„Solange es gut geht! Und nachher?“

„Es wird immer gut gehn, Eva. Bestimmt.“

„Also schön. Dann schlag' ich es vor und du kannst, damit es besser aussieht, dagegen sein.“

„Aber auch Paul nichts sagen. Es ist doch nur, weil Melhop mir leid tut.“

Eva lächelte: „Mir auch; mehr als ich sagen kann.“

„Du glaubst doch nicht, daß ich mir etwas einbilde? Was bin ich denn schon?“

„So fang' nur an. Das sitzt schon viel zu tief bei dir. Was du bist? Zunächst bist du ein Kamel, daß du dir ihn und keinen anderen ausgesucht hast. Aber so ist es ja auch nicht, daß wir ‚danke‘ sagen müßten, wenn er sich herbeiläßt zu kommen.“

„Wenn er kommt, geh' ich weg; du sollst es sehn!“

„Und lauerst draußen auf ihn, bis er weggeht. Viel zu kalt jetzt. Bist sonst ein vernünftiges Mädel; wirst auch damit zurechtkommen. Ich will aber von nichts gewußt haben, hörst du? Das mit dem Kognak hab' ich dir versprochen und damit Schluß! Mit anderem darfst du mir nicht kommen.“

Elfriede sah sie betrübt an: „Wenn du meinst — können wir's ja auch lassen.“

„Und ich bin die schlechte Freundin. Gehst so schon immer wie eine Trauerweide herum. Also ich mach' es und damit gut.“

Am Abend saßen die vier zusammen.

„Alles klar zu Weihnachten?“ fragte Eva nebenher. „Habt ihr auch keinen vergessen?“

„Gut, daß du daran erinnerst“, sagte Ali. „Dich hätten wir wahrhaftig vergessen!“

„Habt ihr an Melhop gedacht?“

„Wieso an Melhop, Eva? Läßt sich ja gar nicht mehr sehn.“

„Wird als Student nicht viel Zeit haben. Ali. Wo ihr so viel Kognak habt! Eine Flasche, dächt' ich, wäre wohl für ihn übrig.“

„Übrig schon. Ich möcht' nur nicht, daß wir uns aufdrängen", sagte Schmidt.

„Das ist Unsinn, Paul", wandte sich Eva gegen ihn. „Jemand zu Weihnachten eine Freude machen ist doch keine Aufdringlichkeit. Was meinst du, Elfriede?"

Elfriede sah sie gelassen an: „So ganz unrecht kann ich Paul nicht geben. Wir sollten uns um den jungen Mann nicht so haben."

Filou! dachte Eva, und sagte nichts.

„Das ist nun wieder Unsinn von dir, Elfriede", sagte Schmidt. „Der Melhop ist schon richtig. Wenn ich wüßte, daß er sich freut —"

„Eine Flasche Kognak ist eine Flasche Kognak", sagte Ali. „Und zu Weihnachten erst recht."

Elfriede sah Eva an: „Von mir aus — ich tät' es nicht."

„Du mit deinem Feingefühl!" fuhr Eva sie an. „Wenn Ali und Paul und ich dafür sind, dann möchte ich mal sehn, ob Max zu Weihnachten seinen Kognak kriegt oder nicht."

„Wieso sagst du Max?" fragte Schmidt.

„Heißt er nicht so? Soll ich großspurig ‚Herr Melhop' sagen? Wir erlauben uns, Herrn Melhop eine Weihnachtsfreude zu machen. Max soll sich freuen und damit fertig!"

Ali sah Paul an: „Kannst nix machen!"

„Soll Max nun eine Flasche Kognak haben? Ja oder nein?" fragte Eva kriegerisch.

„Nein!" sagte Elfriede.

„Warte, bis du gefragt bist", entschied Ali. „Paul und Eva sind dafür, ich auch. Also geschieht es. Wie kriegen wir die Flasche aber hin?"

„Machen Elfriede und ich. Unten vor Tür auf Straße wird schon ein Kind sein, das schicken wir damit hinauf. Dann singen wir unten: ‚Vom Himmel hoch, da komm' ich her' und fliegen auf Weihnachtsflügeln in unseren Keller zurück."

„Ich weiß gar nicht, was du gegen Max hast!" sagte Ali zu Elfriede. „Ich mag ihn gern."

„Kannst du ja auch", erwiderte sie patzig. „Hindert dich keiner."

„Neulich bist du auch einfach weggegangen!"
Sie lächelte vieldeutig.
„Deine Zufälle kenn' ich. Trag du die Flasche, Eva. Elfriede bringt es fertig und läßt sie aus Zufall fallen."
Elfriede und Eva sahen einander an, beide im Herzen den gleichen Gedanken: Gott, sind die Männer dumm!
Es war eine fröhliche Keller-Weihnacht, die die vier verlebten. Sie ließen sich an Speis und Trank nichts abgehen, und als Elfriede in einer weichherzigen Regung meinte, es sei eigentlich nicht recht, daß sie so viel und andere gar nichts hätten, sagte der übersatte Schmidt angreiferisch, wer wohl dieses hätte mehr haben sollen, was sie hatten. Außerdem sei es eine Sonderabzapfung, die für die Allgemeinheit ohnehin nicht in Frage gekommen wäre. Gewiß wäre es schön, wenn alle reichlicher hätten versorgt werden können. Aber sinnvoll! Wenn von hundert Passagieren auf einem Schiff neunundneunzig ertrinken, soll der hundertste aus Kameradschaft nachspringen? Man gedachte auch Melhops, und alle, einschließlich Elfriedens, freuten sich, ihm eine Weihnachtsfreude gemacht zu haben. Eva lächelte verständnisinnig, und Ali umarmte gerührt seine Schwester, denn so hartherzig, wie sie sich Melhop gegenüber habe erweisen wollen, habe er sie noch nie gesehen. Man sang Weihnachtslieder, hatte, wenn man das Glitzern der bunten Kugeln und das Flackern der Lichte sah, eine kleine Verlorenheit in den Augen, und war in allen Hantierungen und im Sprechen behutsamer als sonst.
Elfriede hatte gehofft, Max werde gleich am Morgen des ersten Festtages kommen, um sich zu bedanken. Bis Mittag war sie voller Erwartung, dann begann ihre Stimmung abzusinken. Zum Glück kam Eva herüber und sah ihre Unruhe: „Der kommt morgen erst, Elfriede. Das ist nicht wie bei uns! Der muß Besuche machen, kriegt selber Besuch. So einfach ist es nicht."
„Aber er k ö n n t e ja doch —"
„Nein, am ersten Feiertag läßt er seine Familie nicht allein. Etwas nachdenken mußt du schon."

Max kam auch am Nachmittag nicht, die Männer verschliefen die Stunden nach dem Essen; Eva und Elfriede bereiteten den Kaffeetisch vor. Zwischen Kaffee und Abendessen wollte man an die Luft gehen; für den Abend hatte man sich allerlei vorgenommen. Schmidt behauptete nämlich, noch sei die blühende, goldene Zeit — und wie es nächste Weihnacht aussähe, wisse keiner.

Es wurde ein Gelage bis in die Nacht hinein. Schmidt entdeckte sein Herz für Elfriede, wurde von Eva jedoch in aller Gemütsruhe ermahnt, sich mit seinen bisherigen Entdeckungen zu begnügen. Es könne ihm sonst passieren, daß ein Kolumbus auftauche und in ihr sein Amerika entdecke. Darüber lachte man und ging mit leichtem Herzen und schwerem Kopf in die Federn.

Die Frauen standen früh auf und halfen einander, die Wohnung in Ordnung zu bringen. Das geschah sehr leise, um die Männer nicht zu wecken. „Männer sind komisch", sagte Eva, „sauber soll alles sein, aber das Reinmachen wollen sie nicht sehen."

Auf weichen Hausschuhen huschten sie einher; beide wußten mit der Arbeit umzuspringen, und es dauerte nicht lange, da glänzte es hüben und drüben wie geleckt. Hier noch einmal mit dem Wischtuch, da noch einmal, im Herd knisterte das Feuer, und dann saß Elfriede mit der Kaffeemühle zwischen den Beinen und sang leise dabei: „Mahle, Mühle, mahle!"

Eva warnte: „Elfriede, den Vogel, der morgens singt, holt abends die Katze!"

„Soll sie! Ihr trinkt doch bei uns?"

„Fein; ich geb' ein paar Lot Kaffee zu."

Der Wasserkessel pfiff.

Elfriede trommelte gegen die Tür: „Ali, aufstehn! Aufstehn! Kaffeeholer raus!"

Eva lief lachend in ihre Wohnung hinüber und weckte gleich stürmisch Paul.

Nach einer halben Stunde saß man am Kaffeetisch. Die Männer nahmen staunend wahr, wie alles blink und blank war. Die Frauen glänzten wie aus der Wiener Weißwäscherei.

Sie saßen noch beieinander, als es bei Schmidts läutete.

„Das ist Max!“ sagte Elfriede und tat, als ginge es sie nichts an.

Es war wirklich Max. Eva nötigte ihn herein. Max hatte zwei kleine Päckchen, auf die Mariechen Tannenzweige geknüpft hatte. Die Frauen freuten sich über die Bücher, als ob es die ersten ihres Lebens seien.

„Sie sollten sich doch keine Unkosten machen“, sagte Elfriede und gab ihm die Hand.

„Dafür müssen Sie nun Kaffee mit uns trinken!“ strahlte Eva ihn an, als sei er nur ihretwegen gekommen.

„Vielleicht darf er sich erst einmal setzen“, mahnte Ali.

Eva, bestrebt, die Aufmerksamkeit von der verräterisch aufgeregten Elfriede abzulenken, fragte: „Wie war's denn bei Ihnen, Herr Melhop?“

„Sehr schön. Die Hauptperson war natürlich der Junge.“

Ali sah ihn an: „Kann ich mir denken, Max. Weihnachten ohne Kinder ist nichts Rechtes. Wenn ich denke, wie's bei uns war, Elfriede.“

„Du hast immer meine Sachen haben wollen, Ali.“

„Weil ich immer nur nützliche Dinge bekam; einen Gürtel: Frisch, fromm, fröhlich, frei. Wir waren arme Leute.“

„Sei nur ruhig, Ali; wenn die Eltern nicht mehr hatten —“

„War bei uns nicht anders“, sagte Paul. „Wir waren sechs Kinder. Und jeder bekam was. Wie die Eltern das fertigbrachten, ist mir heute noch ein Rätsel.“

„Auch heute noch“, sagte Eva. „Was die Leute, die doch gar nichts haben, für ihre Kinder zu Weihnachten zusammengebracht haben — billiges Zeug zwar — aber ich staune nur.“

„Und die Kinder freu'n sich, als ob's Gott weiß was wäre.“

„Keine Trommel, keine Blase, kein Ball, kein Springtau, keine Schokolade, kein Apfel, keine Nüsse, keine Apfelsine — nichts. Aber fröhlich sind sie.“

„Kommt alles wieder“, meinte Max, der, wie Elfriede bekümmert feststellte, sie mit keinem Blick ansah.

Scheint mit seiner Liebe nicht weit her zu sein, dachte Eva. Wenn Elfriede sich nur nicht falschen Hoffnungen hingibt. Wär' auch viel besser so; kein Segen dabei. Wenn Elfriede noch lange so trübselige Augen macht, kommt Ali ihr auf die Sprünge.

Da fragte Max unvermutet: „Gefällt Ihnen das Buch, Elfriede?“

„Sehr“, sagte sie beglückt. „Ich lese heute noch darin.“

Eva atmete auf: „Mußt dabei aber auch an den Spender denken, Elfriede!“

„Tu ich auch, Eva.“

„Davon hat er nichts“, sagte Schmidt kritisch.

Elfriede wurde rot; darüber lachten alle, und von diesem Augenblick an wurde es fröhlicher.

Die Männer begannen vom Krieg zu reden, bis Eva dazwischenfuhr: „Laßt endlich den blöden Krieg! Wir werden ja erleben, was kommt! Soll es heute morgen beim Kaffee bleiben?“

„Wenn Elfriede an nichts denkt? Leg' das Buch weg!“ tadelte Ali die Schwester.

Sie fragte gereizt: „Woran soll ich nun wieder denken?“

„Daß da irgendwo irgendwas stehen muß.“

„Ja, aber was?“ lenkte Schmidt ab. „Bringt sie Wein, willst du Kognak, bringt sie Kognak, willst du Wein. Ich bin mehr für Wein.“

„Ich auch.“ Ali sah Elfriede finster an.

Elfriede brachte eine Flasche Burgunder, der man es ansah, daß sie nicht von gestern war.

„Ich bin bei reichen Leuten“, sagte Max anerkennend, als der Wein duftend vor ihm stand.

„Gott, ja“, lachte Schmidt. „Ganz schön, wenn man's sich leisten kann.“

Es blieb trotz dem Wein ein lahmer Vormittag, so daß alle es aufatmend vermerkten, als Max auf die Uhr sah und meinte, es sei für ihn an der Zeit.

Die Frauen tauschten einen schnellen Blick. Elfriede war kreuzunglücklich. Ali und Paul waren abgespannt; sie hätten ihr Reich gern wieder für sich gehabt.

Eva wollte, daß Elfriede den Besuch hinausbegleite. Es war aber, als ob der Teufel die Hand im Spiel hatte. Schmidt ließ es sich nicht nehmen, Max vor die Tür zu bringen.

Eben war Max eine Minute weg, da stürzte Eva aus der Küche herein: „Elfriede, schnell den Mantel über und lauf ihm nach! Er hat seinen Schirm vergessen!"

„Sieht ihm ähnlich", murrte Ali. „Was geht er bei dem Wetter überhaupt mit 'nem Schirm?"

„Kann er doch machen, wie er will", setzte Eva ihn zurecht.

„Das braucht Elfriede nicht, das tu' ich", erbot Schmidt sich.

„Eh' du soweit bist — du hast noch nicht mal Stiefel an — mach' fix, Elfriede!"

„Ja, ja, ich geh' ja schon." Sie zog den Mantel so langsam an, daß Eva fast zersprang. „Mach' doch zu, sonst kommt er noch zurück! Wenn er doch gar nicht erst gekommen wär'!"

Vor der Tür hatte Elfriede es dann sehr eilig. Sie lief die Straße nach dem Bahnhof hinab, sah wirklich Max und rief ihn. Er blieb stehen und wandte sich. Elfriede hob den Schirm; außer Atem kam sie bei ihm an.

„Dein Schirm", keuchte sie. „Du hast ihn vergessen!"

„Mein Schirm?" fragte er. „Ich besitze gar keinen Schirm."

Elfriede starrte den Schirm an. „Eva hat ihn mir doch gegeben!"

„Trotzdem — wie soll ich zu einem Schirm kommen?"

Blutübergossen stand sie vor ihm. Sie sah den Schirm an und erkannte ihn; Alis Schirm. Sie blickte Max an; er würde wirklich denken, daß sie es sich ausgedacht hatte, um ihm nachlaufen zu können.

Er lächelte. Sie war wunderhübsch in ihrer Verlegenheit.

„Dann entschuldige, bitte. Es ist wirklich nicht meine Schuld", stammelte sie.

„Auf die Art seh' ich dich wenigstens noch, Elfriede. Ihr seid so lieb zu mir; du vor allem."

„Aber angesehn hast du mich überhaupt nicht."

„Damit die andern nichts merken. Vor allem Eva nicht."

„Ach, die! Und wenn — die würde nichts sagen."

„Was machen wir bloß? Festwachsen können wir hier nicht. Wir müssen uns sehen! Oder nicht?" drängte er. Im Unterbewußtsein war der leise Wunsch, sie möge nein sagen.

Sie sah in an, ohne zu antworten.

Ihrer Absage schon halb gewiß, fragte er: „Oder nicht?"

„Ja!" sagte sie. Und mit einem Blick auf den Schirm: „Der dumme Schirm!"

„Der kluge Schirm!" Nun freute er sich doch ihrer Zusage.

Sie schob im Schreiten ihren Arm in seinen: „Übermorgen geh' ich in die Stadt."

„Ich auch — wie sich das trifft!"

„Zu Verwandten in der Seilerstraße."

„Und ich muß nach dem Millerntor."

Sie lachten sich an. „Ich bin um fünf Uhr am Millerntor", sagte sie.

„Genau meine Zeit. Wenn wir uns verpassen?"

„Dann den Tag darauf um die gleiche Zeit. Da kommt dein Zug! Lauf zu!"

„Wiedersehn, Elfriede!"

„Wiedersehn, Max! Was für einen Tag haben wir übermorgen?"

Er lachte sie an: „Einen schönen Tag, Elfriede!" —

„Hat lange gedauert!" knurrte Ali sie an, der, er wußte selber nicht warum, heute morgen etwas gegen Elfriede hatte.

Eva nahm ihr den Schirm ab: „Du hast ihn ja wieder mitgebracht!"

„Weil es Alis Schirm ist! Er hat überhaupt keinen."

Eva staunte den Schirm an: „Nein, sowas! Ich hätte darauf schwören mögen, daß er einen Schirm hatte." Sie lächelte Elfriede heimlich zu und ging in die Küche. Elfriede folgte ihr.

„Das hast du gewußt, Eva!“

„Natürlich hab’ ich’s gewußt. Bei der Kälte läuft doch kein Mensch mit einem Schirm! War ja nicht mehr anzusehn mit dir. Soll mich nicht wundern, wenn die da drinnen was gemerkt haben.“

„Meinst du?“

„Ali ist komisch heute. Sieht auch nicht gut aus. Das mit dem Trinken muß aufhören. Auch mit dem Rauchen. Daß du das gar nicht siehst!“

„Was kann ich dafür, Eva?“

„Mach’ jetzt bloß keine Geschichten, Elfriede, hörst du!“

„Was du denkst! So dumm bin ich ja auch nicht mehr.“

„Ach, nicht das. Damit kommen wir schon zurecht. Aber hier, Elfriede —“ sie wies auf das Herz — „hier, meine ich. Wenn du da festsitzt, das ist viel schlimmer.“

„Ach, Eva —“

„Das ist es nämlich bei dir! Und wenn du zehnmal anders willst, es kommt nichts als Unglück daraus!“

DIE GUTEN VORSÄTZE

Die Tage zwischen den Festen verrannen. Das neue Jahr brach an, das Jahr, von dem alle Welt entscheidendes Geschehen erwartete. Die Magie der Rundstedt-Offensive war wie eine Phantasmagorie zerplatzt. Verzweiflung über Deutschland.

Edith war wie das blühende Leben aus dem Harz zurückgekehrt. Sie hatte Else durchs Telefon ihre Heimkehr mitgeteilt und ihren Besuch für einen der nächsten Tage in Aussicht gestellt.

Edith eröffnete Berger die Absicht, Waldmann als Teilhaber in die Firma aufzunehmen. So unerwartet ihm diese Mitteilung kam, bewahrte er doch Haltung: „Das müssen Sie wissen, Frau Waldmann."

Aus dieser Formulierung, durch die Berger sich aller bisherigen Vertraulichkeit begab, ersah sie, daß er einen Trennungsstrich zwischen ihnen zog. Das traf sie schmerzlich, verhärtete aber gleichzeitig ihr Gefühle für ihren alten Mitarbeiter.

„Und wann soll es geschehen?" fragte er geschäftlich.

„Ich dachte bald", erwiderte sie gemessen. „Es wird sich —" sie ging nun in die gleiche Distanz — „an Ihrer Stellung natürlich nichts ändern."

„Ich danke Ihnen." Er verneigte sich und ging.

Sie blickte ihm nach. Das war das Ende einer Freundschaft, die ihr viel gewesen war. Es war hart, was sie zu tun entschlossen war, aber notwendig, um aus der Unklarheit herauszukommen.

Ich hätte wenigstens nach Harald fragen sollen, sagte sie sich vorwurfsvoll; hätte ihm ein paar gute Worte sagen sollen. Sie dachte an Else. Nein, sie wollte nicht weich werden; es war die Schuld dieser Frau mit, daß sie ihre Entschlüsse so schnell faßte. Sie war ans Fenster gegangen, trat aber schnell zurück; sie sah Berger aus seinem Arbeitszimmer hinabblicken; das leidvolle Gesicht des alten Mannes bereitete ihr Qual.

Sie klingelte nach Waldmann.

„Ich habe es ihm eben gesagt, Rolf."

„Nun, und?" fragte er gleichgültig.

Sie hob die Arme. Er sah, daß sie schwer rang und trat zu ihr: „Wenn es dich so bedrückt — wir müssen es nicht. Dann bleibt es, wie es ist. Du mußt dir aber sagen, daß es für alle das Beste ist. Berger ist alt. Ob du es einmal allein —"

„Das kann ich nicht und will ich nicht. Wer weiß, was für Zeiten kommen."

„Eben. Darüber haben wir hinreichend gesprochen. Es geht nicht an, daß der Gatte der Firmeninhaberin dem Prokuristen untergeordnet ist."

„Auch das wird ihn schwer treffen, Rolf." Sie ging wieder ans Fenster. Berger war drüben nicht mehr zu sehen.

Waldmann trat zu ihr: „Je schneller wir ins Reine kommen, um so besser. Du warst auf dem besten Wege, dich in unhaltbare Zustände zu verlieren. Nichts gegen die Familie Berger; aber den Betrieb hier so einfach über den Schnabel zu nehmen —"

„Ich habe dir schon einmal gesagt, Rolf, daß du nicht so reden sollst. Das hat bei ihnen niemals eine Rolle gespielt. Niemals! Wenn ich jemals Freundschaft und Hilfe erfahren habe, dann von ihnen."

„Wer will sie denn verunglimpfen? Ich nicht! Immerhin wäre es doch möglich gewesen —"

„Bei allen anderen vielleicht; bei Bergers nicht. Es wird mir sehr schwer, ihnen diesen Schmerz bereiten zu müssen."

„Das ehrt dich, Edith. Undankbarkeit ist immer sehr häßlich."

„Undankbarkeit werden sie nicht darin sehen. Sie werden mich für treulos halten. Nicht Haralds wegen; aber ihnen gegenüber."

„Spinne dich nicht in Unwirklichkeiten ein, Liebe. Es wäre denn, du bereutest schon."

„Das ist es nicht. Ich bin kein Kind, das nicht weiß, was es will. Vielleicht ist treulos auch nicht der richtige Ausdruck. Es wird ihnen eine furchtbare Enttäuschung sein."

„Besonders für den Alten. Er hat mich von Anfang an nicht mögen."

„Das wird an dir gelegen haben, Rolf. Dann hätte er dich nicht einzustellen brauchen. Er hat das Geschäft mit aufgebaut. Das darfst du nicht vergessen."

„Dafür hat er auch entsprechend hohe Bezüge gehabt."

„Pfui, Rolf! Ich bitte dich —"

„Liebe Edith, Sentimentalität ist kein geschäftliches Fundament. Man muß da hart sein. Man würde sonst nie überaltete Kräfte los."

„Berger ist nicht überaltet."

„Aber er ist alt. Es muß hier ein neuer Zug herein, mehr Anschluß an die Zeit. Ein alter Stamm von Arbeitern ist gut; junge Kräfte sind besser. Wir zahlen Höchstlöhne auch dort, wo sie nicht gerechtfertigt sind."

„Dabei soll es vorläufig bleiben. Wir haben gerade Unruhe genug im Betrieb."

„Weil nicht durchgegriffen worden ist. Weil hier jeder macht, was er will. Der Herr Arbeiter! Nach dem Krieg wird's anders, Edith!"

„Nach dem Krieg wird manches anders werden, Rolf."

Else hörte Berger ruhig an und fragte: „Wunderst du dich, Alfred?"

„Wir müssen uns wohl eine ganz neue Weltschau zulegen, Else. Unsere Welt geht zu Ende."

„Solange ich noch da bin, Alfred —!" Er sah sie an und lächelte. Sie war immer die gleiche; da mußte viel kommen, um sie kleinmütig zu machen.

„Es sind doch da Abmachungen von Ichals getroffen worden, Alfred. Hat sie davon etwas gesagt?"

„Nichts. Ich auch nicht. Daran werden sie sich halten müssen."

„Und wenn nicht? Ich traue dem Herrn Waldmann einige Robustheit zu."

Er hob die Schulter. „Dann sollen sie den Triumph ihrer Schoflichkeit haben."

„Ach nein, Alfred, nein, nein! Ich bin auch noch da! Wenn es hart auf hart gehen soll — ich bin dabei! Ein Leben lang arbeiten und am Ende: danke schön! Es hat uns sehr gefreut! Mit mir nicht, Alfred! Ich will, daß du dein Recht bekommst! Jetzt mehr als je!"

„Er wird da nicht viel können, Else. Edith wird ein Wort mitzureden haben."

„Ach, Edith!" sagte Else wegwerfend. „Wenn mich je ein Mensch enttäuscht hat, dann sie."

„Laß sie ihren Weg gehen. Ich bin nun alt genug, Else, um einmal andere arbeiten zu lassen. Im Juni wird meine Lebensversicherung fällig, dazu meine Pension — was wollen wir uns sorgen!"

„Ich will, daß du dein Recht hast, Alfred! Und wenn ich darum hungern müßte!"

Im stillen hatte Else immer noch die Hoffnung gehabt, Edith würde um der alten Freundschaft willen zu ihr kommen. Edith kam nicht; sie stellte auch ihre Tätigkeit im Geschäft ein, als Waldmann rechtmäßiger Teilhaber der Firma geworden war.

Diese Neuordnung war von den Angestellten und Arbeitern sehr übel vermerkt worden; denn er brachte wirklich einen neuen Zug in den Betrieb, einen Zug, der, wie die Arbeiter bald heraus hatten, sehr auf den Vorteil des Arbeitgebers ausgerichtet war.

„Hätten Sie uns das nicht ersparen können?" sprach Werkführer Ratsack Berger an.

„Wie denn, mein Lieber? Ich bin genau so Angestellter wie Sie."

„Nun ja; wir werden sehen. Wenn Sie auch nicht in der Partei sind, Nazi sind Sie auch."

„Reden Sie kein Blech, Ratsack. Ich denke, über meine Gesinnung sollten Sie bei kleinem im klaren sein."

„Dann hätten Sie mehr für uns eintreten sollen! Weshalb haben Sie einigen Leuten die Zusatzkarten streichen lassen?"

„Ich? Ich habe keine Zusatzkarten gestrichen."

„So? Was weiß denn Herr Waldmann, wer Zusatzkarten braucht oder nicht? Wir alle brauchen sie! Das hatten Sie doch bisher unter sich!"

„Herr Waldmann ist Teilhaber, ich nicht. Ich kann ihm nicht vorschreiben, was er machen oder unterlassen soll. Aber fragen will ich ihn."

„Das lassen Sie nur. Das machen wir selber, wenn es soweit ist. Wir werden uns schon wehren."

Berger gewahrte bald, daß die Arbeiter sich zu wehren begannen. Es wurde Gummi gezogen; das heißt, es wurde langsamer gearbeitet. Es stellten sich an den Maschinen langwierig zu behebende Mängel ein, ohne daß Fahrlässigkeit bei ihrer Handhabung festzustellen war. Die Krankmeldungen nahmen zu.

Auf einem Rundgang platzte Waldmann mit Ratsack zusammen.

„Schöne Wirtschaft hier, Herr Ratsack! Halb Erholungsheim, halb Krankenhaus!"

Ratsack blieb ruhig: „Bei der Ernährung, Herr Waldmann."

„Ich habe auch nicht mehr und spiele nicht krank."

„Hier spielt keiner krank, Herr Waldmann. Sie haben die Atteste gesehen."

„Atteste! Atteste! Wenn ich will, kann ich zehn Atteste beibringen!" ereiferte Waldmann sich.

Es rührte Ratsack nicht. „Ja, für Geld kann man wohl auch Atteste haben. Meine Leute sind krank, weil sie nicht genug zu essen haben."

„Kein Mensch hat mehr als der andere. Wir müssen durchhalten."

„Das predige ich den Leuten auch immer: durchhalten und Maul halten. Dann ist uns der Sieg gewiß."

Waldmann spürte den Hohn; er bereute es schon, die Auseinandersetzung begonnen zu haben. „Wenn Sie etwas zu beanstanden haben, kommen Sie zu mir. Herr Berger hat nichts mehr damit zu tun."

„Das haben wir uns schon gedacht, Herr Waldmann. Zu beanstanden haben wir nichts. Wenn Sie Zulagekarten entziehen müssen, dann müssen Sie es wohl. Sie haben ja auch Ihre Anweisungen."

„Und ob ich die habe! Oder glauben Sie, daß ich von mir aus —?"

„Nein, sicher nicht", erwiderte Ratsack ruhig. „Vielleicht sagen Sie den Herren da oben einmal, daß ein hungriger Arbeiter nicht leistungsfähig ist. Eigentlich müßten Sie's auch an sich selber spüren."

Wütend ging Waldmann davon. Die Arbeiter unternahmen wegen der gestrichenen Zulagekarten keine Schritte bei ihm. Die Leistungen gingen langsam weiter zurück, obwohl die Krankmeldungen abnahmen.

In den ersten Tagen des Februars nahm Waldmann acht Tage Urlaub. Gleich nach seiner Abreise traf bei Bergers die Anzeige seiner Vermählung mit Frau Edith Waldmann ein.

Elfriede und Max hatten sich an dem verabredeten Tag am Millerntor getroffen und waren miteinander durch die Trümmerwelt des einstigen St. Pauli gewandert. Einiges war noch geblieben, aber der Geist der Reeperbahn war tot.

„Ich könnte weinen, Max. Du hast St. Pauli nicht gekannt."

„Hast du's denn gekannt?"

„Hör' mal! Ich bin doch Hamburgerin!"

„Was das schon ist!"

„Was das schon ist? Laß Hamburg nur erst wieder richtig stehn, dann wirst du sehn, was es ist! Uns kriegen sie nicht tot! Uns nicht! Uns noch lange nicht!"

Er drückte ihren Arm: „Das scheint mir auch, Elfriede."

Sie wies auf ein Haus, von dem nur noch die Hälfte stand; halsbrecherische Treppen waren an Holzverschläge geklebt. „Da sieh doch! So leben sie! In solchen Verschlägen, in Kellern. Und da, eine Leiter statt einer Treppe und die Stubentür direkt ins Freie! Und auf dem halben Fußboden der früheren Stube den Küchenschrank. Die gehn aus Hamburg nicht raus, und wenn's noch zehnmal schlimmer kommt!" Sie drängte sich an ihn und bat: „Laß uns nach dem Großen Michel gehn, Max. Ich bin da geboren."

„Unter oder über der Uhr?"

„Unter der Uhr, ganz tief unten. In einem Hof in der Mühlenstraße. Er ist hin; gleich am ersten Tag damals."

Sie schlenderten über Millerntor, Zeughausmarkt, an der demolierten Englischen Kirche vorbei in die Mühlenstraße hinein, wo nur der rote Backsteinbau eines Weinlagers noch stand.

„Da drüben war das Kaffeegeschäft von Ehrenpfordt, uralt wie auf alten Bildern, und hier war die Merkur-Apotheke und da das Pastorenhaus, ein Vermächtnis zu ewigen Tagen. Und hier in diesem Hof hat unsere Putzmacherin gewohnt, Glandorf, da war das Fuhrgeschäft von Stegelmann und da — und da —"

„Wein! doch nicht, Elfriede —"

Sie durchschritten einen Durchgang, dessen Asphaltbelag von der Glut der Brände aufgeweicht und dann zerschrumpelt erstarrt war. Der runde Hofplatz, in der Mitte eine zerschundene Laterne, war überschüttet von Mauerbrocken. An den zerspellten Hauseingängen Namen von Einwohnern; der vertiefte Umlauf vor den Kellerwohnungen stellenweise ausgeräumt für die Elenden, die dort Unterschlupf gesucht hatten. Eine untergegangene Welt.

Max nahm das schluchzende Mädchen an sich. Es waren ja nicht die Häuser allein, nicht ein Hof mit einer Laterne in der Mitte zerschlagen worden, sondern die Heimat von ungezählten Seelen. Und wäre es nur um die Seele dieses einen schluchzenden Mädchens, es war Elend genug, um die Himmel erbeben zu lassen.

Der Winter hatte erst wenig Schnee gebracht, aber viele nasse Tage und breiten Wind vom Hafen her. Er ging anders über die Stadt als sonst. Wo einst hochgetürmte Häuser ragten und schmale Straßenschluchten, dehnten sich Trümmerfelder, über die der Seewind ungehemmt hinbrauste. Fremd und verjagt blickte der Große Michel auf den trauernden Hof hinab, auf dessen bescheidenes Leben er früher hinabgelächelt. Um die Turmsäulen Summen wie aus einem Riesenmund. Aus wechselnden Wolkenschluchten verwehter Mond.

Das war noch etwas gewesen, als die kleine Elfriede hier mit eingedrehtem Haar in die Schule zu trippeln begann. Eben aus dem Torweg heraus ein paar Schritte nach rechts war die Schule schon, aus deren offenen Fenstern das Singen der Kinder bis in den Hof scholl. Ali hatte es auch nicht weit bis zur Schule in der Böhmkenstraße gehabt; nur die Englische Planke hinab, die nach dem Brand des Großen Michels vor bald vierzig Jahren auch nicht mehr die alte heimelige Straße gewesen war.

Elfriede hatte sich gefaßt: „Sieh, Max, zweiundsiebzig Wohnungen hatte der Hof. Dort haben wir gewohnt; vier Schneider in einem Haus. Unten links Krügers hatten fünf Kinder, rechts Woltmanns drei, wir in der ersten Etage zwei. Mahler nebenan auch zwei, darüber Riebesell vier, daneben Thiedt zwei, oben Vorwerk fünf und daneben Klein drei. Das rechne mal aus!“

„Das kann ich nicht“, gestand Max fassungslos.

„Sechsundzwanzig!“

„Almächtiger! Sechsundzwanzig Kinder in einem Haus von acht Wohnungen! Das macht bei zweiundsiebzig Wohnungen — wart' mal — das macht zweihundertundsechsunddreißig Kinder.“

„Ach, du bist ja —! Aber hundert Kinder waren wir bestimmt auf dem Hof.“ Sie blickt auf zwei dicht an der Hausmauer versengte Bäume: „Da haben wir unsere toten Kanarienvögel begraben. Und da oben, da wo der Küchenherd noch an der Wand hängt — sieh bloß, da steht noch ein Plätteisen drauf! — da hat mein Bräutigam gewohnt, als ich dreizehn war."

„Früh angefangen, Fräulein", sagte er.

Sie hatte sich bei ihm eingehängt und lächelte zu ihm auf. „Er war fünfzehn und hätte mich bestimmt geheiratet. Dann sind wir nach Barmbek gezogen und da war es mit der Liebe aus."

„Mit dieser Liebe!"

Sie lachte. „Ach, war nie weit her, Max. Brauchst keine Angst zu haben."

Er schob seine Hand unter ihren Mantel: „Ich will dein falsches Herz fühlen!"

Sie wehrte sich lachend: „Fühlst es doch nicht! Siehst du, darum knöpfen die Frauen links, damit eure Hand über das Herz hinweggleitet. Ihr knöpft rechts, da findet man euer trügerisches Herz sofort."

„Die Erfahrung hast du also doch schon gemacht", tadelte er.

„Sonst weißt du nichts?" fragte sie.

„Doch! Daß ich dich im Schatten deiner ersten Liebe küssen muß."

Eng aneinander gingen sie an den Hafen hinunter. Seine Totheit bedrückte sie. Schwer hing der graue Winterhimmel herab. Schweigend schritten sie.

„Du sagst gar nichts, Max —"

Er sah sie an und lächelte.

„Woran hast du eben gedacht?"

„An nichts, Elfriede."

Sie schwieg. Nach einer Weile: „Ich weiß, daß es unrecht von mir ist, Max. Du hast an zu Hause gedacht."

Er antwortete nicht. Sie gingen an den Landungsbrücken vorbei die Davidstraße hinauf.

Das Mädchen sagte verloren: „Wenn es dir lieber ist, wollen wir uns nicht wiedersehn."

Er drückte stumm ihre Hand.

Sie bogen in die Bernhard-Nocht-Straße ein. Im Schatten des zertrümmerten Zirkus schlang sie in drängender Not die Arme um ihn.

„Nicht weinen, Elfriede.“

„Ich wein’ doch gar nicht“, schluchzte sie.

„Wir wollen vernünftig sein“, sagte er und streichelte ihren Rücken. „So geht es nicht.“

„Was soll denn werden, Max?“

„Ich weiß es nicht. Zu deinen Verwandten bist du heute auch nicht gekommen.“

„Ich kann ja noch hingehen, wenn du willst.“

„Mit dem Heulgesicht? Laß es bis nächste Woche. Dann sehen wir uns.“

„Ja, Max?“ Glück schwamm in ihren Augen.

Er küßte sie. Willenlos hing sie an ihm.

„Und nun komm’!“ sagte er.

Traurig und doch glücklich schritt sie neben ihm.

Ungeheures hatte sich in Gang gesetzt. Unter dem Befehl von Marschall Schukow rückte eine Mauer von zweihundert Divisionen gegen die deutschen Truppen vor, erdrückte sie, kesselte sie ein und machte Hunderttausende zu Gefangenen. Unabsehbare Trecks aus den deutschen Ostgebieten, aus Schlesien, aus Ostpreußen, westwärts, westwärts. Vor ihnen her flügelte Entsetzen, hinter ihnen her jagte Grauen, über ihnen die Stimme des Schicksals: Verspielt und verloren!

Durch Schneefelder mühsalten sich die Trecks vorwärts. Kälte und Schneestürme heischten Opfer über Opfer; Totenhügel reihten sich an Totenhügel; Wegmale dieses Zuges unmenschlichen Elends. Napoleons Rückzug aus den Schneewüsten Rußlands war dagegen das plärrende Vorspiel einer militärischen Tragödie.

Über die Schneefelder langsam, langsam der dunkle Treck von Hunderttausenden; über ihnen die Riesengeier der Vernichtung: Flugzeuge, um das Ziel des Trecks der Verzweiflung zu erkunden. Die Städte am Wege sahen den Zügen der Elenden mit Angst entgegen; denn immer, wo die Verzweifelten rasteten, kamen die Bomber, um sie aufzustören und weiter westwärts zu jagen. Berlin und Magdeburg, die beiden großen Sammelbecken, wo die Armen Sicherheit zu finden hofften, erlebten Großangriffe von bisher unerhörter Stärke. Die Mehrzahl der Opfer waren Flüchtlinge aus dem Osten.

Da verhielten die Trecks. Was sollten sie weiter westwärts ziehen, wenn ihnen auch dort Verderben bereitet wurde? Die Menschenflut staute sich und ergoß sich nach Dresden hinein und in die Dörfer ringsumher. Dresden hatte im Herbst des vorigen Jahres einen kurzen Angriff auf den Westen der Altstadt gehabt. Den ersten und bisher einzigen des Krieges. Man schmeichelte sich, ein städtebauliches Kleinod wie Dresden, voll von Kunstschätzen, könne kein Opfer sinnloser Fliegerangriffe werden. Man redete sich ein, eine Freistatt der Vertriebenen zu sein, da nichts in Dresden war, um es kriegerischen Erfordernissen zum Opfer zu bringen. Statt sechshunderttausend Menschen war mehr als eine Million in der Stadt zusammengepfercht.

Die Kunststadt Dresden war in diesen Tagen eine reine Flüchtlingsstadt. Hunderttausende priesen den guten Gott, der sie gnädig in den Schutz dieser Stadt geleitete.

Am Abend des 13. Februars flogen starke englische Geschwader Dresden an. Auf das Stadtinnere, rechts und links der Elbe, regnete es Spreng- und Brandbomben; auch auf den Siedlungsring. Stürzende Mauern, Flächenbrände, Feuersturm aus den engen, bis zu dieser Stunde des Grauens völlig unzerstörten Straßen. Sauerstoffnot ließ die Menschen im Wegstürzen ermatten; sie verbrannten, wurden zerascht. Zehntausende, durch den Angriff in einer Minute obdachlos geworden, gesellten sich zu den Ostflüchtlingen und rannten mit ihnen nach dem Großen Garten im Osten der Stadt. Vor ihren Augen ging in Flatterbränden eine Stadt zugrunde.

Auf den Grünflächen des Großen Gartens im Osten der brennenden Stadt zusammengerudelt unzählbare Menschen. Gott sei Dank, die Flugzeuge waren abgeflogen; ab und zu gingen Verzögerungsbomben hoch; sonst nichts als das Rauschen und Gieren zehrender Feuer. Aus dem Abgrund ihrer Verzweiflung und Verfluchung richteten die Menschen ihr Antlitz nicht dem rotübergossenen Himmel, sondern der armen sterbenden Stadt zu. Weltuntergang, was sie erlebten.

Um Mitternacht flogen neue Geschwader ein. Die Menschen auf den Grünflächen im Großen Garten im Osten der brennenden Stadt fragten sich, was die Flugzeuge noch wollten. Im Widerschein der ungeheuren Feuersbrünste lagen die Grünflächen wie in Tageshelle; man mußte von den Flugzeugen aus genau die angstgeballten Menschenmengen erkennen, die entsetzt nach oben starrten. Immer näher die Flugzeuge, immer näher, jetzt über der Stadt, jetzt dem Osten zu — jetzt — jetzt — begannen über dem Großen Garten die Bomben zu regnen, mitten in die Menschenmassen hinein. In das Rennen und Flüchten hinein Tiefflieger mit dem Feuer ihrer Bordwaffen

Am Mittag des nächsten Tages — es war ein Mittwoch — keine Sirene sandte mehr einen Warnschrei — neuer Angriff auf die verendende Stadt und auf die nach allen Himmelsrichtungen wegrennenden Obdachlosen und Ostflüchtlinge.

Am Donnerstag Angriff auf die Dörfer des Elbtals, in die sich die Gehetzten geflüchtet hatten.

Dresden war nicht mehr.

Das alliierte Hauptquartier in Paris erklärte zu der Zerstörung Dresdens, daß es sich keineswegs um einen mit der Anwesenheit großer Flüchtlingsmengen in Verbindung stehenden Terrorangriff gehandelt habe. Das sei zufälliges Zusammentreffen. Nach wie vor gelte es, die deutsche Wehrmacht zu treffen und Deutschland zur bedingungslosen Kapitulation zu zwingen.

Was sollte man dazu sagen? Den Alliierten war erst im sechsten Kriegsjahr die Wichtigkeit der Verkehrsverbindungen Dresdens aufgegangen. Also mußte die Stadt zerstört werden. Eine Kunststadt ist ein sehr wichtiges Potential. Ein kunstliebendes Volk erhebt und stärkt sich an ihrem Besitz. Das Unglück wollte es, daß große Flüchtlingsmengen gerade in der Stadt waren. Der Krieg ist grotesk launisch.

Qui s'excuse, s'accuse! Ein französisches Sprichwort, das man in Paris damals offenbar noch nicht kannte.

Um eben diese Zeit wurde auf einer Konferenz der Alliierten in Yalta die Aufteilung Deutschlands in vier Zonen beschlossen: eine an England, eine an Amerika, eine an Frankreich, eine an Rußland. Deutschland sollte besetzt werden. Von einem Friedensvertrag war nicht die Rede. Die Konferenz stand unter dem gleichen Geist der Besprechungen in Quebec im September 1944, wo Roosevelt und Churchill sich für den Morgenthau-Plan ausgesprochen hatten. Vernichtung der deutschen Schwerindustrie, der chemischen Werke, der Kohlengruben. Der Plan, anfangs nur für die Ruhr und die Saar gedacht, wurde auf Wunsch Roosevelts durch Einfügung der Worte „in Deutschland" ins Ungeheuerliche ausgeweitet. Churchill erhielt für seine Zustimmung das Versprechen, daß der gesamte deutsche Anteil am Welthandel nach Kriegsende an England fallen solle. Er bedang sich dabei eine Wiederaufbau-Anleihe von 6,5 Milliarden Dollar für England aus.

Indes sich so allerlei auf den Nebenbühnen begab, vollendete sich auf der Hauptbühne das Schicksal Deutschlands. Vom Osten und Westen drangen die feindlichen Heeressäulen immer tiefer in das Reich ein. Die Siegesmeldungen der Alliierten waren an der Neuyorker Börse von verheerender Wirkung. Die Obligationen der Kriegsindustrie erlebten eine scharfe Baisse. Das nahende Kriegsende kam den Kriegsgewinnlern wie eine Pleitefurie über die Papiere.

Hamburg stand seit Mitte Februar wieder im Brennpunkt planmäßiger Luftangriffe. Abend für Abend gellten gegen acht Uhr die Sirenen auf. So regelmäßig hielt der Feind diese Zeit ein, daß man in Hamburg seine Vorhaben danach einrichten konnte: vor dem Angriff oder nach dem Angriff. Es stand allerdings dahin, ob man nach dem Angriff noch mit von der Partie sein werde und nicht etwa unterwegs nach den himmlischen Gefilden.

Immer schrecklicher die Zerstörungen, immer elender das Leben. Sicherheit boten allein noch die klotzigen Hochbunker, vorbehalten vor allem den Frauen und Kindern. Nebenher ging die radikale Zerstörung der Städte im Westen. Eisenhower und der britische Luftmarschall Harris verkündeten mit großer Genugtuung, daß, wo immer im Westen die alliierten Soldaten hinkämen, eine Stadt nach der anderen bereits von den Bombern systematisch zerstört gewesen sei.

In der vom Feind festeingeschlossenen Stadt Breslau, die sich heldenmütig verteidigte, wurde am 10. März der Jahrestag der Stiftung des Eisernen Kreuzes mit einer Sammlung für das Winterhilfswerk begangen. Die Sammlung ergab über vier Millionen Mark. Breslau lag weit im Rücken der unentwegt vorrückenden Russen. Eine verlorene Stadt.

In Hamburg war die Große Michaeliskirche wieder schwer von Bomben getroffen worden. Von Zufallstreffern konnte nicht gesprochen werden, denn rings um die Kirche reihte sich Bombentrichter an Bombentrichter. Die kleine St.-Michaelis-Kirche, das Gotteshaus der Katholiken, wurde völlig vernichtet; der Turmhelm ragte umgestülpt aus dem Kirchenschiff hervor.

Die Menschen haben im allgemeinen gute Vorsätze nur deshalb, um sich später berechtigte Vorwürfe machen zu können, sie nicht befolgt zu haben. Ohne Reue-Empfindung verlöre das Leben ungemein an Reiz.

Max und Elfriede hatten sich mit der Zeit so ineinander verfangen, daß sie nicht mehr ohne einander sein mochten. Sie hatte ihn als ihren Freund zu ihren Verwandten mitgenommen. Den Ehering hatte er aber doch vorher abnehmen müssen. Die Verwandten waren altmodische Menschen.

Bis auf Onkel Edu, der allerlei dunkle, aber lukrative Geschäfte zu betreiben schien, hatten die Leute Max gefallen. Heinrich Schröder war vor langer Zeit Droschkenkutscher gewesen; hatte, als die Autodroschke begann sich breit zu machen, ein kleines Fuhrwesen aufgetan und war dabei langsam um alles gekommen. Seine Frau hatte dann als Reinmachefrau den Kahn in Fahrt gehalten. Sie lebten jetzt von einer kleinen Altersrente, die nicht hin und nicht her langte. Sie nahmen den Freund ihrer Enkelin mit gemischten Gefühlen auf. Sie hätte sich lieber an einen Handwerker halten sollen, meinten sie zueinander, oder an einen kleinen Ladeninhaber. Das sei, wie man jetzt sehe, das einzig Richtige.

Um nicht an Harald zu erinnern, war Max immer seltener zu Bergers gegangen. So bröckelte langsam ein Kreis auseinander, den Freundschaft und gegenseitige Achtung bis dahin zusammengehalten.

Die Kohlenzufuhren nach Hamburg hatten völlig aufgehört; eine Katastrophe für die Häuser mit Sammelheizungen. Bergers machten sich daran, für den Küchenherd Holz im Stadtpark zu sammeln. Die Menschen fällten das Unterholz und kleine Bäume. Ein sinnloses Wüten, dem vergeblich Einhalt geboten wurde. Um drei Uhr in der Frühe, wenn noch kein Parkwächter wach war, rückten ganze Kolonnen aus, um größere Bäume umzulegen und zu zerkleinern. Praktische Leute entführten einfach die Sitzbänke. Von den Privatgärten verschwanden über Nacht die Holzeinfriedigungen. Die Stützpfähle der Straßenbäume wurden geraubt, und eines Morgens waren die Bäume dann selber weg.

Bergers hörten nachts oft das Geräusch der fressenden Bandsäge. Es klang grauenvoll in der nächtlichen Stille. Am anderen Morgen war dann wieder einer der schönen Bäume verschwunden bis auf den Stubben, der im Laufe des Vormittags von Männern und Frauen ausgegraben wurde.

Nordstürme rissen in den Ruinenstätten viele Mauern ein. Immer wieder grollte der Donner niederbrechender Hausfronten über die Stadt. Immer wieder kamen Menschen dabei ums Leben. Berger erlebte es mit, wie auf St. Georg eine Hausmauer niederbrach und einen Straßenbahnwagen mit siebzehn ausländischen Arbeitern und ihren drei deutschen Begleitern unter sich begrub. Alle zwanzig Menschen waren tot.

Zu den regelmäßigen Abendangriffen gesellten sich ausgedehnte Tagesangriffe. Es war unmöglich, sich auf eine Arbeit zu konzentrieren. Dazu die Kälte in den ungeheizten Wohnungen; was an Heizmitteln beschafft werden konnte, mußte für die Küche reserviert werden. Jetzt erst lernten die Menschen die Lebensfeindlichkeit der Kälte kennen. Sie fraß sich in die Wände hinein, drang in die Möbel. Man konnte kein Buch anfassen, ohne zu spüren, wie die Kälte es klamm gemacht hatte. Bergers Arbeitszimmer, ohnehin nach Norden gelegen, war feucht durchkältet wie eine Tropfsteinhöhle. Auf den Rücken der Bücher bildeten sich grüne Spakpilze. Die Fenster waren durch die ewigen Luftangriffe undicht und in ihren Lagern gelockert; schon der leiseste Wind draußen kündete sich drinnen mit Sausen und Pfeifen von den Fenstern her an. Die Kälte mordet langsamer als das Feuer, aber nicht weniger gründlich; auf eine perfide, nachdrückliche Art. Die Menschen mit ihrem tiefgekühlten Geäder, mit ihren geisterhaft bleichen Gesichtern, mit ihrer von Entbehrungen müden Haltung waren nichts als wandelnde Leichname, von denen man nicht begriff, weshalb sie sich noch die Mühe gaben, den Anschein von Lebendigen aufrecht zu erhalten.

Jetzt stellte auch Else keine Auslandssender mehr ein. Sie konnte die hämische Herabsetzung der deutschen Soldaten und der deutschen Bevölkerung, mit denen die Feinde ihre Siegesmeldungen glossierten, nicht ertragen. Sie, die ihren Jungen — denn das war Harald, wenngleich sie ihn nicht geboren — für verloren gab — ob tot oder lebendig — sie wollte diese schäbige, höhnische, überhebliche Verunglimpfung des deutschen Soldatentums nicht hören. Es war verachtungswürdig, von Soldaten, die bald sechs Jahre im Felde standen, die trotz unzureichender Nahrung und

Kleidung Tag und Nacht, bei Hitze und Kälte aushielten, wie das Gesetz ihnen befahl, es war mehr als verachtungswürdig, von ihnen, wenn sie frischen, ausgeruhten, mit allen Waffen reichlich ausgestatteten Truppen wichen, als von einer regellosen Hammelherde zu reden, die ihr Heil nur noch in der Flucht sah. Ich möchte, so sagte sich Else, nicht die Hammelsprünge der Amerikaner sehen, wenn sie sechs Jahre Krieg hinter sich haben und wenig zu essen, sich jeden Schuß überlegen müssen, weil die Munition knapp ist, und dabei zu wissen, daß inzwischen in der Heimat ihr Heim zerbombt, Frau und Kinder getötet werden. Ich möchte sehen, auf welche Art die Amerikaner sich dann als Helden gebärden!

Berger hatte in dieser Zeit oft an das Gespräch mit dem Emigranten Kersch in Ascona denken müssen, der für den Fall eines Krieges von den vielen Hunden gesprochen hatte, die des Hasen Tod sind. Hunde gehören zu den jagenden Tieren, man kann von ihnen nicht erwarten, daß sie dem zu Tode gehetzten Wild Elogen über seine schnellen Beine machen. Aber kein Jäger höhnt in die brechenden Augen des Tieres hinein.

Von dem vermulmten Holz und den frischen Zweigen lag das Feuer wie ein toter Hund im Herd. Berger durchstöberte den Keller nach ausrangiertem Zeug, das einer Erinnerung wegen aufbewahrt worden war. Man müßte Briketts aus Sentimentalitäten backen können, meinte er wehmütig zu Else. Das gäb' viel Feuerung. Dann machte er den Vorschlag, Herbstlaub zu sammeln — der Stadtpark war voll davon — es in der Badewanne aufzuweichen, zu kneten und an der Luft zu trocknen.

„Ideen hast du!“ sagte Else. „Der Stadtpark riecht jetzt schon wie Sommerwald. Und die Amseln sind auch wieder da.“

Berger sah in die Wipfel, als ob sie voller Vögel säßen: „Ja, jetzt kommen sie.“

„Mir tut ordentlich das Herz weh, Alfred, wenn ich sie höre." Und im Weitergehen: „Wenn ich uns so sehe — ich glaub', wir werden alt!"

„Alt und einsam, Else. Wir haben uns unseren Lebensabend etwas anders gedacht. Haben die Dinge ihre Sprache oder wir unser Gehör verloren? Gott ist tot! Das ist es wohl."

„Trifft es dich, der du doch nicht an Gott glaubst?"

„Wenn ich das gesagt habe, dann meinte ich den Dogmengott der Kirche. Aber auch das stimmt nicht, denn er ist auch in diesem umstrittenen Abbild. Vermodelt von Hunderten von Kirchen, ist der Gottesbegriff aus seiner Vielheit heraus leicht zu widerlegen. Und natürlich auch naturwissenschaftlich. Das ist die Methode der Flachköpfe. Ich kann auch eine Maschine durch einen Disput erledigen, indem ich sie in Einzelteile zerlege und die Abhängigkeit der Teile voneinander beweise. Das Wirkliche an der Maschine ist aber das Unsichtbare, die Idee."

„So meinst du, Gott wäre eine Idee?"

„Eine Idee, wie ein Zollstock ein Längenmaß ist, mit dem wir die Unendlichkeit nicht auszumessen vermögen. Wenn ich sage, Gott ist tot, so heißt es, daß in uns etwas tot ist, mit dem wir uns der Harmonie der Schöpfung verknüpft fühlten. In der Harmonie spürten wir Gott; das Vermögen, Harmonie zu spüren, ist Gotterkenntnis. Wer sich gegen die Harmonie vergeht, vergeht sich gegen Gott. Jede Religion ist eine Eselsbrücke ins Blaue hinein; der Anfang ruht in unserer Sehnsucht, das Ende der Brücke erschaut keiner. Wir wollen das Wunder Gott lösen und werden mit dem Wunder Mensch nicht einmal fertig. Sieh den Menschen! Von dem Augenblick an, da er in der Keimzelle zu leben beginnt, beginnt er schon zu sterben; denn jeder Stoffwechsel ist an Vergehen gebunden. Das Stoffliche eines Menschen dauert nur ein paar Jahre, dann hat es sich völlig erneuert. Und das wiederholt sich, bis der Mensch stirbt. So stirbt der Mensch dauernd; er wächst, blüht, welkt, doch immer ist es das gleiche Du, als das er auf die Welt gekommen ist. Das Stoffliche stirbt, aber das Unsichtbare, um das es sich zu bilden hatte, bleibt ungemindert am Werk, jene unausdenkbar geheimnisvolle Kraft, die im Antlitz des Greises noch ihre Prägung bewahrt, die er bei der Geburt empfing. Wo ist und was ist nun diese Kraft, die unsere stoffliche Erscheinung so unabänderlich ordnet? Ist am Ende unsere ganze Erscheinungswelt nichts als Denkkraft? Bewußt denken wir mit dem Kopf, aber unbewußt denkt in uns jedes Blutkörperchen; unabhängig von unserer Entscheidung bilden sich weiße und rote Blutkörperchen, Haar und Nägel wachsen, ohne daß es von uns einer Willensbezeugung dazu bedarf, jede Wunde vernarbt, weil der Körper Wunden für unzuträglich hält. Unser Körper ist nichts als ein einziger Denkapparat. Und ein solcher Denkapparat ist jedes Lebendige, dem die Gnade der Bewegung geschenkt wird; selbst der Kristall ist solch ein Denkapparat, denn seine Starre ist nur scheinbar; ohne Bewegung konnte er nicht erstarren."

„O Gott, Alfred — du fängst schon wieder an zu spinnen."

Er lachte: „Ja, denk' dir, ich stelle mir manchmal folgendes vor: wie in uns Millionen Blutkörperchen, jedes eine kleine Welt für sich, kreisen, so könnte das, was wir Weltall nennen, ein kleiner Haufen von Blutkörperchen in einem unausmeßbar großen Körper sein. Und dieser Körper wäre wieder nur einer von Millionen Blutkörperchen in einem noch größeren Körper —"

„Und dieser in einem noch viel größeren! Alfred!!"

„Ja, und das Schönste ist, Else, in allen diesen Blutkörper-Welten zerbrechen sich Gigantenwesen den Kopf über den Sinn ihrer Welt, genau wie wir. Und kommen und kommen nicht dahinter — genau so wenig wie wir!"

„Und Gott lacht dazu. Wenn er nicht auch nur so ein Blutkörperchen ist", beschloß Else den Diskurs.

In den Resten der schwer getroffenen Universität und in den verschiedenen Instituten mußten die Studenten nachts wachen, um bei Bombenfall Hilfe zu leisten. Im Ernstfall konnten die paar Leute gar nichts ausrichten.

„Dann ist deine Frau ja manchmal nachts allein. Fürchtet sie sich nicht?“ fragte Elfriede.

„Das hilft doch nichts“, sagte Max. „Wenn wir studieren wollen, müssen wir auch die Hörsäle schützen.“

„Ich hätte schreckliche Angst, wenn ich bei Alarm allein wäre!“

„Ali ist doch manchmal auch nicht da.“

„Aber Schmidts doch, Max.“

„Auch nicht immer.“

„Doch; nur ein- oder zweimal höchstens nicht. Das war auch jedesmal schrecklich genug, kann ich dir sagen. — Und wann fängt deine Wache an?“

„Abends sieben Uhr; bis morgens sechs Uhr.“

„Das ist sehr lange, Max. Aber du kannst dich doch vertreten lassen. Ich meine, du könntest später kommen — wir könnten dann länger zusammen bleiben.“ Sie drängte sich überredend an ihn.

„Könnten — könnten —. Und gerade dann passiert was. Das geht nicht.“

„Schade!“ sagte sie und umspannte seine Hand.

„Ja. Schade, sagte der Milchmann, da gab die Pumpe kein Wasser. Den Zahn mußt du dir ziehen lassen.“

„Schön wär’s doch — wo wir so gar nichts voneinander haben.“

„Das ist der Menschen bitt’res Los auf Erden, Elfriede.“

Sie schüttelte ihn: „So bitter scheint es dir gar nicht zu sein.“

„Doch. Aber das ist unmöglich.“

„Unmöglich ist gar nichts.“

„Doch! Daß du es beispielsweise einsiehst!“

Sie schüttelte ihn, daß er schwankte: „Es ist alles möglich!“

„Und wo wollen wir so lange bleiben? Die Bahnen fahren nach zehn Uhr nicht mehr! Soll ich von Barmbek zu Fuß nach der Universität? Oder willst du zu Fuß von der Stadt zu euch hinaus? Und Alarm dazu vielleicht auch noch."

„Muß ja nicht so sein. Kann auch anders sein."

„Wie denn, bitte?"

„So! Du kommst also um sieben Uhr zur Wache und der Professor sagt —"

„Welcher Professor?"

„Nun, einer muß doch der Obernachtwächter bei euch Studenten sein. Also der sagt: „Mein lieber Herr Melhop, schön, daß Sie da sind, aber heute brauchen wir Sie nicht. Der Student Meier mit ei hat nämlich seinen Milchbruder mitgebracht —"

„Das gibt es, Elfriede! Das gibt es jeden Tag."

„Eben. Und dann sagt der Obernachtwächter: ‚Gehn Sie also ruhig nach Hause, Herr Melhop.'"

„Und das tu' ich dann!"

„Natürlich tust du es. Das heißt, du tust es nicht; du kommst zu uns; wir bleiben einmal richtig bis morgens zusammen."

„Eine Phantasie hast du, Elfriede!"

„Sagt Ali auch immer: Deine Phantasie ist phantastisch! Ich kann mich in Dinge so hineindenken —"

„Ja; und nachher ist es nichts."

„Eben. Schade —"

„Schade. Denk' an den Milchmann."

Er merkte, daß sie trotz aller Munterkeit verstimmt war. Sie wollte auch plötzlich nach Hause. „Mich friert." Sie schüttelte sich.

„Kein Wunder. Bis obenhin die dünnen Strümpfe —"

„Weißt du, wie hoch die Strümpfe gehn?"

„Leider nein. Ich würde meine Kenntnisse aber gern erweitern."

Sie zog ihren Arm aus seinem.

Er blieb stehen: „Was hast du plötzlich?"

„Gar nichts."

„Dann bitte anders, ja? Oder —"

„Oder?"

„Oder ich bring' dich an die Bahn."

„Danke. Ich kann allein gehn."

„Bitte! Auf Wiedersehn!"

„Auf Wiedersehn!"

In entgegengesetzter Richtung schritten sie davon.

Beide zornig, Elfriede, weil er nicht verstand oder nicht verstehen wollte, Max, weil sie unbelehrbar war.

Deshalb braucht man sich nicht zu erzürnen, sagte er sich. Und Elfriede sagte sich: Ich hätt' es auch anders anfangen sollen! Männer sind dumm. Immer, wenn sie was begreifen sollen, begreifen sie nichts. Mit Ali die gleiche Sache.

Nun läuft das dumme Mädel nach der Haltestelle; die Bahn kommt nicht und sie holt sich den Tod bei der Kälte. Hoffentlich hol' ich sie noch ein. Er rennt ihr nach.

O Gott, hätt' ich ihn nur nicht böse gemacht, ich dummes Ding. Wohin geht er nun? Das beste ist, ich laufe hinterher. Das tat sie.

Bei diesem Richtungswechsel war eine Begegnung unvermeidlich.

Ihr Lächeln war Aufleuchten.

„Elfriede!"

„Max!"

„Ja, du", sagt er. „Da fällt mir ein, daß der Professor etwas von übermorgen gesagt hat —"

„Ach, du lieber Gott! Und gerade übermorgen ist Ali mit Schmidts bis zum anderen Tag über Land!"

Max zog sie an sich und küßte sie.

Nur eine Frage beschäftigte in diesen Tagen alle Herzen in Hamburg: Wird die Stadt zur Festung oder zur offenen Stadt erklärt werden? Man wollte wissen, daß sich an den entscheidenden Stellen die Auffassung versteifte, ein bewaffneter Widerstand sei der Gipfel der Unvernunft. Immer noch wurde überall an Barrikaden und Straßensperren gebaut, wurden versteckte Laufgräben gezogen, Stände für Scharfschützen angelegt, und immer noch rückte die Volkswehr zu Übungen aus, ohne daß man sie im Ernstfall hinreichend mit Waffen hätte versehen können. Maueranschläge und Pflasterpinseleien standen in höchster Blüte. Der alte Friesenspruch: Leever duad as Sklav! feierte pathetische Urständ. Im geheimen wurde unter den Amtsträgern der Partei — gewöhnliche Parteimitglieder kamen nicht in Frage — für ein Elitekorps zur besonderen Verfügung in Berlin geworben. Nur wenige hatten den Ehrgeiz, noch in letzter Stunde in den Heldentod zu gehen.

Die Frauen mußten, wenn sie zum Friseur gingen — sie taten es gottlob auch in dieser Zeit noch — Holz oder Briketts mitbringen, denn ohne diese zusätzlichen Beiträge konnte der Frisiersalon nicht geheizt werden. Eine Findige hatte in Kellern abgebrannter Häuser mit Sammelheizungen Kohlenvorräte aufgespürt. Überall begann eifriges Wühlen. Auch Else beteiligte sich daran und schleppte manchen Korb Kohlen nach Hause. Bis plötzlich jemand dieses Kohlenholen als Diebstahl bezeichnete, denn die Kohlen gehörten dem Hauswirt. Zudem unterlägen die Kohlenvorräte der zertrümmerten Häuser der Beschlagnahme.

Sieh einer an, sagten die Frauen. Dem Hauswirt! Der Beschlagnahme! Und wer hat sich bis heute nicht um diese Kohlen gekümmert? Der Herr Hauswirt! Die Beschlagnahmebehörde! Und wenn die Frauen die Kohlen nicht herausgeklaubt hätten, würden sie bis in alle Ewigkeit dort liegenbleiben. Die Frauen griffen nach Mauersteinen und blickten den unzeitgemäßen Mahner drohend an. „Mensch! Gib Gas! Und laß dich hier nicht wieder sehn!"

Der Mensch eilte zur Polizei. Die Polizei hatte für die Selbsthilfe des gesunden Menschenverstandes in dieser Zeit Verständnis, aus Sicherheitsgründen mußte sie einschreiten. Sie schickte drei Mann und die kamen in dem Augenblick an, als der Keller zu Bruch ging und eine Frau unter sich begrub. Menschen in Not zeigen stets einen bedauerlichen Mangel an Feingefühl, und so waren die Frauen insgeheim der Meinung, der Keller wäre besser eingestürzt, wenn der Hauswirt oder die Beschlagnahmebehörde sich gerade darin befunden hätten. Die Frau wurde als Leiche geborgen; sie hinterließ vier Kinder; ihr Mann war in Rußland gefallen.

Zweimal hatten sich Flieger über Hamburg eingeschlichen, ohne daß Alarm hatte gegeben werden können. Das erste Mal war Else von der Vorstellung, Motorengeräusch gehört zu haben, aus dem Schlaf aufgescheucht worden. Alfred hatte sie beruhigt, es seien deutsche Flugzeuge gewesen, da es keinen Alarm gegeben habe. Sie waren dann doch ans Fenster gegangen. Da standen schon die Tannenbäume über der Stadt und gleich darauf schossen die Explosionsflammen der krepierenden Bomben auf. So hoch standen die Flugzeuge, daß man die Motoren nicht hörte. Flak setzte blindlings ein. Im Nachthemd flohen die Menschen in die Keller.

Am Nachmittag eines Tages. — Berger saß an seinem Schreibtisch, ging keine dreihundert Meter von ihrem Haus entfernt eine Bombe nieder. Über Drahtfunk kam Nachricht, daß sich ein einzelnes Flugzeug in sehr großer Höhe über Hamburg eingeschlichen und eine einzige Bombe abgeworfen habe.

Der Nachmittag des 3. März brachte einen verheerenden Blitzangriff. In einem Zeitraum von vierzig Minuten warfen vierhundert Viermotorige, die in Wellen aus Nordnordwest und Südwest eingeflogen waren, dreitausend Sprengbomben und fünfhundert Flüssigkeitsbomben ab. Die Schäden im Hafen und im Industriegebiet waren sehr schwer. Der U-Bahn-Tunnel an der Feldstraße einmal, in der Mönckebergstraße zweimal durchgeschlagen; auch die Norderelbbrücke war getroffen worden. Zweitausendzweihundert Obdachlose, mehr als hundert Tote.

Am 7. März abends wieder Anflug starker Verbände; Richtung ostwärts. Man atmete auf. Also galt es nicht Hamburg. Bei Kiel Kursänderung auf Hamburg. Anflüge auf südliche und nordöstliche Stadtteile. Drahtfunk vermutet lediglich Überflüge. Im gleichen Augenblick Tannenbäume über vielen Teilen der Stadt. Nach Harburg hinüber ungeheures Flammengewoge. Zahlreiche deutsche Nachtjäger am Himmel. Bis nach elf Uhr dauerte der Angriff.

In diesen Tagen wurde die vierwöchige Versorgungsperiode um tausend Gramm Brot, zweihundertfünfzig Gramm Nährmittel und hundertfünfundzwanzig Gramm Fett gekürzt. Besorgt nahm Berger wahr, daß beim Bauen der Panzergräben und Straßensperren die „Innereien" der Straße, die Gas- und Wasserleitungen teilweise bloßgelegt waren.

Am Abend des 8. März Kampfverband über Schleswig-Holstein; Kurs westliche Ostsee; Kampfverband bei Helgoland; Ostkurs; Kampfverband südlich Bremen; Ostkurs; Kampfverband zwischen Rothenburg und Hannover; Spitze über Ülzen. In der Nähe Hamburgs feindliche Jäger, auch Kampfflugzeuge; kein Bombenabwurf. Abflug aller Flugzeuge. Aufhebung der Sechs-Minuten-Warnung; Aufhebung der Zwölf-Minuten-Warnung; vorsorglich Klein-Alarm. Die Menschen in Hamburg atmeten auf. Gott gnade der Stadt, die von diesen Kampfverbänden heimgesucht werden soll! Befreit schleppten sie ihre Habseligkeiten aus dem Luftschutzkeller wieder nach oben. Heute würde man einen ruhigen Abend haben. Höchstens, daß der Rückflug noch Unruhe brächte.

Vollalarm über Hamburg! Drahtfunk: Kampfverband über Schleswig-Holstein, Südkurs! Kampfverband Helgoland Kurs Elbmündung! Kampfverband südlich Bremen Nordkurs! Kampfverband Rothenburg—Hannover Nordkurs! Drahtfunk weist auf die große Schnelligkeit des aus Schleswig-Holstein anfliegenden Kampfverbandes hin. Großangriff zu gewärtigen! Anflugzonen: Norden und Nordost Hamburgs.

Zwölf-Minuten-Warnung!

Sechs-Minuten-Warnung!

In jeder Minute kann der Angriff erfolgen. Die Stadtparkbatterie nimmt das Feuer auf. Lünkenruh bebt bis in den Grund. Norden und Nordost der Stadt; es gilt also ihnen. Fassung! Fassung! Hinnehmen, was kommt!

Das Dröhnen der Motoren wächst zur schauervollen Melodie des Todes. Ein Blick aus dem Kellerfenster — niemand wagt sich vors Haus — Tageshelle von Tannenbäumen und Leuchtbojen. Der Angriff verlagert sich nach Harburg. Unter dem Aufschlag der Bomben verzuckt das Licht und glimmt langsam wieder auf; man spürt das Heranmühen des elektrischen Stromes. In voller Gewalt tobt der Angriff; ununterbrochen Aufschläge, Bersten und Krachen, dazwischen Flakfeuer. Die Männer der Lünkenruh wagen sich nach draußen; sternenhelle Nacht; vier Grad unter Null. Die Leuchtbojen, weiß vertropfende Sonnen zwischen Himmel und Erde, bilden eine Leuchtstraße. Die Konturen der Straßenzüge scharf wie unter Soffittenlicht. Die Matthäuskirche wie angestrahlt. Alles in der lebendigen Unwirklichkeit spontaner Unlebendigkeit von Panoramabildern. Berger mußte an die Riesengemälde im Schlachtenpanorama und im Hochseepanorama denken, die früher an der Glacis-Chaussee auf dem Heiligengeistfeld standen. Genau so unwirklich erstarrt schien ihm das Geschehen dieser Stunde.

Die Explosionswolken der Flakgeschosse färben sich im Widerschein der auf der Erde lohenden Brände rosenrot und gleiten — endlich vom Irrsinn irdischer Sinngebung befreit — geruhsam unter den hellen Sternen dahin. Die Scheinwerfer geistern ihnen nach, packen mit ihren Lichtfingern ein Flugzeug, die Flak giert auf — stadtzu neue Flugzeuge — stadtzu neuer Bombenfall.

Bis gegen zehn Uhr tobt die Hölle, dann fliegen die Verbände ab. Die Flak schweigt; verstört fingern die Scheinwerfer an den Wolken. Durch die Nacht Schmatzen ungezählter Brände; Feuerwehrläuten. Hoch am klaren Himmel leuchten die Sterne.

Es war dies der 195. Angriff auf Hamburg und der 620. Alarm.

Das Motorschiff „Robert Ley“ getroffen — brannte noch am nächsten Tag.

Zu hunderten Tote, Verletzte, Verschüttete; Tausende von Obdachlosen.

Der 11. März, ein Sonntag, brachte einen Angriff mit achthundert Bombern. Mit stärkeren Kräften waren auch die einzelnen Angriffe der schrecklichen Julitage 1943 nicht geflogen worden. Um elf Uhr Meldung von Schwärmen von Flugzeugen an der westlichen Reichsgrenze. Weitere Gruppen über Nordsee und bei Soltau in der Heide. Um zwölf Uhr Vollalarm für Hamburg. Einflug von Norden bei diesigem Wetter. Streu-Angriff auf das gesamte Stadtgebiet. Abgeworfen sechstausend Sprengbomben, Brandbomben und amerikanische Flüssigkeitsbomben. Besonders schwer getroffen Hafengebiete und Werften; Schaden an den Kabelleitungen, so daß nicht entwarnt werden konnte, als die Geschwader abflogen. Dadurch entstand das Gerücht, neue Geschwader seien im Anflug. Glücklicherweise nicht. Um zwei Uhr entwarnt ein Sirenen-Behelfswagen mit bläßlicher Stimme.

Bis in den Morgen des anderen Tages hinein überschwadeten dunkle Rauchwolken den Hafen.

Neuer Kummer: dienstags und freitags Gassperre von morgens sieben Uhr bis abends sieben Uhr. Mittwochs Stromsperre bis nachmittags fünf Uhr. Bei Alarm wurden die Leitungen mit Strom beschickt; man stellte das Radio an; der Strom meldete seine Ankunft auf diese Weise.

Der Kohlenmangel machte sich außerordentlich lastend bemerkbar. Berger arbeitete zu Hause im Wintermantel, den Hut auf dem Kopf, um die Beine Wolldecken, die Füße auf einer Wärmkruke. Trotzdem verklamten die Finger. Von Kälte und Feuchte waren die Räume voller Feindseligkeit. Selbst im Bett wurde man nicht mehr warm, weil sich das Bettzeug mit Kälte und Feuchtigkeit vollgesogen hatte. Man ging nur halbausgekleidet ins Bett. Man war kein Mensch mehr.

Max log seiner Frau vor, unerwarteterweise für einen erkrankten Studenten die Nachtwache übernehmen zu müssen. Mariechen nahm es als unabwendbar ruhig hin. Sie bereitete ihm die Thermosflasche mit heißem Muckefuck vor, legte vorsorglich seine Unterziehjacke hin und ermahnte ihn, sich vor Erkältung zu hüten. Trotz seiner Widerrede strich sie ihm die letzte Butter aufs Brot.

„Du bist so gut, Mariechen", sagte er aus der Verwirrung seiner Gefühle heraus.

„Merkst du das jetzt erst, Max?" lächelte sie.

„Nach dem Streit von neulich —"

„War das Streit? Das kommt in jeder Ehe vor. Das liegt in der Zeit."

Er bürstete sich das Haar vor dem kleinen Wandspiegel.

„Für mich alte Küchenhexe bist du hübsch genug", sagte sie und strubbelte sein Haar wieder auf.

Er drehte sich um und nahm sie bei den Armen: „Küchenhexe!" Er blickte sie an. Sie küßte ihn.

„Stimmt doch, Max." Sie trat von ihm zurück. „Wie soll man da hübsch bleiben."

„Du!" sagte er in einem Aufschwall guter Gefühle, „wenn ich Glück hab', ist der andere wieder gesund und ich komme bald zurück."

„Das wäre fein! Aber jetzt mußt du gehn."

„Weißt du, ich habe so die Ahnung, daß ich bald zurück bin."

„Dummkopf! Deine Ahnungen!"

Dummkopf! Sagte er das nicht zu der anderen?

„Willst du dich nicht von deinem Sohn verabschieden?" fragte sie, als er gehen wollte.

„Ich bin ganz durcheinander." In Wirklichkeit hatte er sich von dem Kind nicht verabschieden wollen, weil er sich schämte.

„Komm bald wieder, Max!" Sie küßte ihn inniger als sonst, meinte er.

„Ich komme bestimmt bald wieder."

Er ging zögernd die Treppe hinab. Ja, so werde ich es machen, sagte er sich. Ich fahre in die Stadt, fahre wieder zurück und trete triumphierend vor Mariechen hin: „Siehst du! Meine Ahnung war doch richtig!" Und damit wäre alles wieder gut. Und damit das Zwischenspiel Elfriede aus.

Er schritt schnell aus. Die Kälte biß. Wie schön hätte er es jetzt zu Hause haben können! Wenn er es sich überlegte, richtig gefreut hatte er sich auf diesen Tag nicht. Im Grunde war es unaussprechlich schäbig, sich Unerlaubtes heranzulügen. Und gegen Elfriede war es genau so schäbig. Ich muß mich von allem freimachen, nicht durch Lüge und Feigheit, sondern durch Aufrichtigkeit und Männlichkeit. Ich muß zu Elfriede gehen und ihr sagen, daß es aus sein muß. Ich kann meine Frau und mein Kind nicht — ja, um das Kind geht es auch — ich kann sie nicht betrügen. Er wird ihr sagen, daß Entsagung und Verzicht die Krönung ihrer Zuneigung zueinander sei; diese Stunde würde immer wie ein Stern über ihrem Leben sein, bis ins hohe Alter hinein. Er verspinnt sich so tief in erhebende Vorstellungen, daß nicht viel fehlte, und er wäre sich vor Rührung selber an die Brust gesunken.

So von den besten Vorsätzen umpanzert, von den schönsten Gefühlen beschwingt, entschlossen, um ein flüchtiges Glück der Gegenwart nicht die Reinheit der Zukunft zu gefährden, an das Gute in der Geliebten und in sich selber glaubend, war er auf dem letzten Stück des Weges noch von dem heiligen Willen erfüllt, die Stunde männlich zu bestehen. Auch noch, als er den Trümmerberg umschritt und auf der Treppe stand. Auch noch, als er den Finger auf den Klingelknopf setzte. Auch noch, als der Klingelton in seinem Ohr war — aber nicht mehr, als das Mädchen die Tür öffnete, eine Welle wohliger Wärme ihm entgegenschlug, das Mädchen langsam die Arme hob, ihn hereinzog und ihm am Halse hing.

NÄCHTE

*I*m Osten und Westen ging das Verhängnis weiter. Alles, was die Deutschen im Westen glaubten entbehren zu können, warfen sie den Russen entgegen, um den Riegel gegen Berlin zu verstärken. Fünfzig Kilometer von der Reichshauptstadt entfernt stand der Feind. Das Wetter war zum Gotterbarmen; die Straßen auf Berlin zu waren zerstört worden. Die Kraft der Deutschen steigerte sich ins Gigantische gegen die riesig aufsteilende Gefahr aus dem Osten.

In San Franzisko waren die Mächte zu einer Weltsicherheitskonferenz zusammengekommen. Von der britischen Regierung lag ein Statut für eine neue Genfer Liga vor. Mit Bedacht war San Franzisko gewählt worden, um Japan besonders anzustrahlen. Der humane Weltfrieden, im Vorjahr bereits in Dumbarton Oaks beschlossen, sollte noch einmal überholt werden. Die Russen waren zur Beteiligung nur bereit gewesen unter der Zusicherung, keine Bindungen eingehen zu brauchen.

Der Morgenthau-Plan hatte beim amerikanischen Volk leidenschaftlichen Widerspruch hervorgerufen. Mit Entsetzen hatte man das Wort bewahrt, das Kriegsminister Stimson in Quebec Roosevelt zugerufen: Der Morgenthau-Plan würde zwanzig Millionen Deutschen das Leben kosten. Das Wort hatte Roosevelt nicht angerührt. Er mochte an das Wort Clemenceaus nach Beendigung des ersten Weltkrieges gedacht haben, daß es zwanzig Millionen Deutscher zuviel gebe. Von der Atlantic-Charter, im August 1941 von Roosevelt und Churchill an Bord des amerikanischen Schlachtschiffes „Potomac“ in der Bucht von Argentina gestartet unter dem Absingen des Chorals „Onward, Christian Soldiers, onward, as to war“, war keine Rede mehr. Unvergessen aber das Bild, mit dem die Welt überschwemmt worden war: die beiden Staatsmänner, das Gesangbuch in der Hand, unter den Rohren der Schiffsgeschütze sitzend. Kanonen als Symbol englisch-amerikanischen Christentums. In hoc signo vinces.

Die Zerstörung deutscher Städte ging weiter. Es lag keine Kriegsnotwendigkeit mehr dafür vor: denn das Opfer war am Verenden. Die Westmächte überschritten mit sechs Armeen den Rhein. Vierhundert Kilometer bis nach Berlin. Von Tag zu Tag wurde die Strecke geringer. Bis an die Elbe waren sie vorgedrungen. Eisenhower war dafür, weiter nach Osten vorzurücken, solange gekämpft würde. Die Russen erhoben Einspruch, sie befürchteten, die Amerikaner würden früher als sie selber in Berlin sein. Sie deuteten auf das Geheimabkommen zwischen Roosevelt und Stalin hin, in dem die Einnahme von Berlin den Russen überlassen bleiben sollte. Churchill tobte! Es half nichts. Eisenhower nahm seine Truppen über die Elbe zurück. Hundertsechzig Kilometer von Berlin entfernt blieb er, Gewehr bei Fuß, stehen. Die Bundesgenossen der Russen mußten bis zum 3. Juli warten. Dann durften sie die ihnen zugewiesenen Zonen in Berlin besetzen.

Berger und Else standen am Fenster von Alfreds Arbeitszimmer und erlebten ein Schildbürgerstückchen mit, dessen sich die Schildbürger selber geschämt haben würden. Auf der anderen Straßenseite war man dabei, einen Panzergraben auszuheben, wobei die schöne Einfriedigung der Sportplätze vernichtet wurde. Das wäre nicht so schlimm; aber gerade unter dieser Panzerstellung zog sich der Hochbahntunnel entlang, dessen Gewölbedecke durch die Erdaushebung bloßgelegt wurde. Eine kleine Bombe, oder bei Beschuß im Ernstfall zwei, drei gutsitzende Granaten, und der Panzergraben sauste mit seinen Verteidigern in die Tiefe der Untergrundbahn.

„Das ist die Paukerstellung“, erklärte Berger seiner Frau. „Alles Lehrer höherer Lehranstalten, die dort mit Hacke und Schaufel arbeiten. Zwanzig Mann und sieben Aufpasser; die Aufpasser so jung und stämmig, daß sie allein mehr schaffen würden als diese zwanzig schon bejahrten Männer.“

„Sieh, Alfred, da nimmt einer der Aufpasser die Schaufel und zeigt, wie die Leute es machen sollen. Scheinen eine sehr geringe Auffassungsgabe zu haben, die Herren Intelektuellen, oder sie wollen ihre Beschäftigung nicht in Arbeit ausarten lassen. Reiner Sandboden — schwere Arbeit.“

Berger schmunzelte: „Gestern hat mich jemand gefragt, ob ich wisse, wie lange eine der mit Eisenträgern gespickten Barrikaden den vordringenden Feind aufhalten würde. Und als ich meinte, das käme jeweils drauf an, sagte er: „Genau zweiundsechzig Minuten! Sechzig Minuten braucht der Feind, um vor Lachen über diese Sperren zu sich zu kommen und zwei Minuten, um drüber zu sein!“

„Ein bitterer Scherz, Alfred. Er tut weh.“

„Wie jedem vernünftigen Menschen Sinnlosigkeit wehtut.“

Früh am andern Mittag waren Schmidts und Ali wieder daheim. Die Exkursion zu den Bauern hatte sich gelohnt. Elfriede hatte in beiden Wohnungen angeheizt, so daß sie von wohliger Wärme empfangen wurden.

Eva sah in der Küche Elfriede prüfend an: „Angst gehabt beim Alarm?“

Elfriede errötete: „Gar nicht.“

Eva kümmerte sich um den Herd: „Siehst hübsch aus heute. Ganz verändert, find’ ich.“

„Wieso verändert?“ Elfriede fühlte, wie sich ihr Erröten vertiefte.

Eva goß Kaffee auf: „Nur so.“ Sie blickte Elfriede an und sah ihr Gesicht zucken. „Sei nicht dumm und heul’ nicht! Soll’n die Männer was merken? Seh’ ich dir doch an, daß was ist. Hast mir ja auch immer gesagt, daß noch nie etwas war und ich hab' dir's geglaubt. Einer muß ja der Erste sein."

Elfriede legte den Arm um sie: „Bin ich schlecht, Eva?"

„Wieso schlecht? Aber dumm bist du! Erzdumm! Wohin soll das führen? Wie stellt er es sich eigentlich vor?"

„Ach Eva —"

„Ach, Eva! Damit kommst du nicht weiter! Gott, wenn ich nur nicht zu viel Wasser aufgegossen hab'! Dann kann ich in Zukunft also die Männer ruhig öfter begleiten. Wie denkst du dir denn alles? Heute hängt euch der Himmel noch voller Geigen. Einmal könnt ihr aber nicht weiter und das Unglück ist da."

„Nein, es wird nie da sein, Eva. Ich will ihn seiner Frau nicht wegnehmen."

„Hast du schon. Du mußt nicht denken, weil ich mit Schmidt so lebe, sei es bei dir das gleiche. Das ist etwas ganz anderes. Ich hab' nicht ein noch aus gewußt. Von der Wohlfahrt leben? Um jeden Pfennig betteln, und Hände und Füße zusammenlegen vor Leuten, die keinen Verstand für Not und Elend haben und alles, was du sagst, für Schwindel halten? Und dich abspeisen lassen damit, daß es andern auch nicht besser geht? Hilft es mir, zu wissen, daß es andern nicht gut geht?"

„Ich hab' nie schlecht von dir gedacht, Eva."

„Wär' mir auch gleich. Die Leute können denken, was sie wollen. Wenn einer im Trocknen sitzt, weiß er nicht, was Regen und Wind ist. Ich habe mir schon Vorwürfe gemacht, daß ich dich so ruhig in dein Verderben habe rennen lassen, und wenn du nicht ein so grundanständiges Mädel wärst —"

„Ja, nun heulst du ja, Eva!"

„Ist es denn nicht zum Heulen, du dumme Gans, du?! Gib mir dein Taschentuch —"

„Hier! Ich schenk' es dir!"

Eva trocknete sich die Augen. „So. Laß Ali nichts merken; denn wenn der dahinter kommt —"

„Gott, Eva!“

„Das möcht’ ich nicht erleben. Dazu, wo er Max so gern hat.“

„Wenn er mal was sagt — red’ es ihm nur aus.“

„Das besorgt Paul schon. Der hat es längst heraus mit euch Beiden. Brauchst keine Angst zu haben. Der hält Farbe. Seid ihr im Bunker gewesen?“

Elfriede schüttelte den Kopf.

Eva lachte: „Kann ich mir denken! Habt wohl gedacht: Im Tode vereint! So, nimm den Kaffee und laß dir nichts anmerken.“

Die Männer begrüßten den Kaffee mit Händereiben. Paul und Eva tauschten einen verständnisinnigen Blick.

Ali hielt die Nase über die Tasse: „Das wird uns gut tun. Bis auf die Knochen durchgefroren! Nichts für dich, Elfriede. Komm mir nur nicht wieder damit, daß du mit willst.“

Eva goß den Kaffee ein: „Die mit ihrer Lunge! Das wäre ihr Tod. Und dabei wird sie immer hübscher. Findet ihr nicht?“

Paul langte nach dem Brot: „Ist mir noch nicht aufgefallen!“

Als Max in der Frühe nach Hause kam, war Mariechen schon aufgestanden und hatte den Tisch gedeckt.

„Später geworden heute, Max. Sind Bomben bei euch gefallen?“

„In der Nähe, glaub’ ich. Wo eigentlich, weiß ich nicht.“

„Soll auch nicht schlimm gewesen sein. Weißt du, der Kleine gefällt mir heute gar nicht.“

„Wieso?“ fragte er und ging an den Wagen. Das Kind schlief.

„Die ewigen Alarme Tag und Nacht. Und immer muß ich ihn aus dem besten Schlaf reißen und in den kalten Keller schleppen.“

Max sah schweigend in die Tasse. Er fühlte die mütterlichen Bezirke Mariechens weit weggleiten.

„Ob ich nicht besser einen Arzt hole?" fragte sie.

„Wenn du meinst — er schläft ja ganz ruhig."

„Du siehst es nicht so, Max. Ich beobachte ihn ganz anders. Wenn der Krieg nur erst zu Ende wäre! Wir gehen noch alle zugrunde." Sie weinte.

Er steckte in seinem Schuldbewußtsein wie in einem Nessushemd.

„Du bist auch nicht mehr wie sonst, Max."

Er stand erbleichend auf: „Wie meinst du das?"

„Ich weiß es nicht. Sei mir nicht böse. Ich bilde es mir auch wohl nur ein. Ich bin mit den Nerven herunter. Und ohne dich heute beim Alarm — es war schrecklich!"

Er trat hinter ihren Stuhl und legte die Arme um ihren Hals: „Wenn's so weiter geht, gehn wir alle mit den Nerven zum Teufel. Weshalb bin ich aber nicht wie sonst?"

Sie wandte sich im Stuhl und sah zu ihm auf. „Ich verstehe ja alles, Max. Es ist nicht so, wie wir es uns gedacht haben. Immer so dicht zusammen in einem Zimmer; dazu der Junge; und wenn du arbeiten willst, wird gekocht oder gewaschen." Sie legte den Kopf auf die Stuhllehne und schluchzte: „Ich versteh' es ja alles, Max —"

Er meinte vor Scham vergehen zu sollen. Mitleid überwältigte ihn: „Das gilt doch für dich auch, Liebste. Du hast auch keinen Augenblick für dich."

Sie hob den Kopf: „Ach — ich — ich —" Sie zog ihn zu sich herab. „Du mußt mich immer lieb behalten — hörst du! Immer! Was sollte ich ohne dich wohl anfangen?"

Er drückte sein Gesicht in ihr Haar. Sie stand auf und nahm ihn an sich: „Einmal wird es besser. Auch bei uns. — Sieh dir den Kleinen an."

Er trat an den Wagen. Er legte den Arm um sie.

„Immer so blaß, Max. Und immer die Däumchen in der Hand. Das tat er sonst nie."

„Ich rufe von unterwegs den Arzt an, ja?"

„Tu es. Willst du nicht vorher eine Stunde schlafen?"

Er wandte sich: „Ich habe doch im Institut geschlafen. Ich möchte das Kolleg nicht versäumen."

„Wenn wir nur Feuerung hätten! Richtig warm wird's nie bei uns. Ich glaube, das ganze Haus ist feucht."

„Weil nicht mehr durchgeheizt wird. Es geht auf den Frühling zu, da wird es besser."

Sie blickte ihn an: „Leg' dich doch eine Stunde hin. Im Institut wirst du auch nicht viel geschlafen haben. Du siehst ganz abgespannt aus."

„Leg' ich mich hin, bin ich den ganzen Tag über müde. Ich tu's heut' nachmittag."

„Ja, tu' es dann aber auch." Sie lächelte zu ihm auf: „Zwei Kranke wären mir zuviel!"

Gegen Mittag kam der von Max angerufene Arzt. Er sah sich den Jungen an: „Englische Krankheit; dachte ich mir."

„Gott, Herr Doktor — englische Krankheit?" sagte Mariechen erschreckt.

Er beruhigte sie: „Nicht was wir sonst darunter verstehen. Die neue englische Krankheit: Zermürbung des Organismus durch Nahrungsmangel. Daran leiden Erwachsene und Kinder bei uns."

„Und was soll ich tun?"

„Das Kind mästen."

Sie hob verloren die Arme: „Womit, Herr Doktor?"

„Ich kenne Ihre Verhältnisse nicht, Frau Melhop." Er ließ seinen Blick durch das Zimmer gleiten. Es war Antwort genug.

„Mein Mann studiert", sagte sie.

„Nur mit dem staatlichen Zuschuß? Das reicht wohl kaum."

„Wir könnten — meine Mutter — aber mein Mann will es nicht."

„Ehrt ihn. Jetzt muß er. Und wenn er nicht will — in Gottes Namen machen Sie's doch mit ihrer Frau Mutter allein aus. Männer merken sowas nie. Ich verschreibe Ihnen gern Krankenkost für Ihr Kind — kriegen werden Sie's doch nicht." Er blickte sie an: „Ihnen sollte ich auch gleich etwas verschreiben."

„Mir? Ich brauche nichts." Er lächelte. „Vor allem den Mut aufbringen, auch gegen den Willen Ihres Mannes durchzusetzen, was Sie vor sich selber des Kindes wegen verantworten können. Ihre alte Dame — so alt ist sie übrigens gar nicht — wird ihr Letztes für ihren Enkel hergeben."

„Das tut sie bestimmt."

„Auch die Großmutter hat ja ein Recht an ihren Enkelkindern. Also Eier, Butter, Nährmittel, Lebertran —"

„Sei'n Sie still, Herr Doktor! Gibt es das noch?"

Er gab ihr die Hand: „Sie müssen es versuchen. Ich habe gehört, daß solche Versuche manchmal nicht ohne Erfolg bleiben. Eine neue Art Tetzel ist im Lande — vielmehr auf dem Lande — sobald das Geld im Beutel klingt ..."

Max war mehr als übermüdet, als er am Nachmittag heimkehrte. Mariechen erstattete ihm Bericht. Der Kleine war wach, aber apathisch.

Max hörte sich alles ruhig an und fragte dann Mariechen: „Eier, Butter, Lebertran! Woher nehmen und nicht stehlen?"

„Für Geld bekommt man alles, meinte er."

„Eben. Aber haben muß man's. Auf Rezept bekomme ich kein Geld."

„Sei doch nicht so gereizt, Max. Ich weiß, daß wir kein Geld haben. Du hättest heute vormittag schlafen sollen."

„Ich bin nicht die Spur gereizt. Wenn ich aber hören muß, was für ein Blech so ein Arzt daherredet — Eier, Butter, Lebertran! Nicht auch noch Honig, Südfrüchte —"

„Er hat nichts anderes gesagt, als was mir jeder Arzt auch gesagt hätte. Außerdem weißt du, daß er recht hat."

„Natürlich hat er recht! Und wenn ich sage, uns allen wäre wohler, wenn der Krieg zu Ende ginge, habe ich auch recht. Aber der Krieg ist nicht zu Ende! Willst du mir bitte sagen, woher ich das Geld nehmen soll?"

„Wenn du's nicht weißt —"

„Du etwa?"

„Von Mutter!"

Er sah sie schnell an: „Du weißt, daß ich von deiner Mutter kein Geld will!"

Sie raffte sich zusammen: „Aber ich."

Sie maßen sich mit den Augen.

„Das wirst du nicht. Ich verbiete es dir", sagte er ruhig.

Sie wich seinem Blick nicht: „Du kannst mir soviel verbieten, wie du willst —"

„So also! Soviel ich will —"

„Wenn es sich um den Jungen handelt, ja! Es wäre ein Verbrechen, wenn ich zugäbe, daß um einer Marotte willen von dir —"

„Es ist keine Marotte!"

„Es ist eine Marotte! Daran laß ich meinen Jungen nicht sterben!"

Er schwieg einen Augenblick. Beherrscht sagte er: „Erstens ist es keine Marotte von mir und zweitens stirbt der Junge noch lange nicht daran. Andere Kinder ertragen die gleichen Entbehrungen und sterben auch nicht."

„Gewiß sterben sie daran! Horch doch herum, wie die Kinder dahinsterben."

Er zuckte die Achsel und wandte sich ab.

Bleich bis in die Lippen sah sie seinen Rücken an. Gewißheit war in ihr; er war ein anderer geworden.

„Bleibst du zu Hause?" fragte sie.

„Ja. Weshalb?"

„Weil ich zu Mutter will."

„Sie um Geld bitten?"

„Ja."

„Dann bleibe ich nicht zu Hause!"

„Und — wer — wer paßt auf den Jungen auf?"

„Das mußt du wissen."

Sie fühlte, das war ein Wendepunkt.

„Gut; dann bleibe ich also", sagte sie. „Wenn du — laß dich nicht halten."

„Ich sagte dir, daß ich zu Hause bleibe."

So blieben sie, zornig, verbissen, schweigend. Max saß am Tisch und sah in das öde Gezweig eines Baumes. Er mußte sich zwingen, vor Übermüdung nicht einzunicken.

Um halb fünf Uhr kam die grauseidene Gravität. Sie sah sofort das Unheil, sagte aber nichts.

Sie trat an den Wagen: „Gott, ist der Kleine blaß, Mariechen! Fehlt ihm etwas?"

„Wir haben den Arzt schon da gehabt, Mutter. Es ist nichts. Was alle Kinder heute haben. Sie müssen ja alle heute die gleichen Entbehrungen ertragen."

Max blickte sie an. Er wußte, daß sie es für ihn gesagt hatte. Zorn wuchs in ihm.

Die grauseidene Gravität richtete sich auf: „Wieso muß euer Junge Entbehrungen ertragen, wenn die Möglichkeit besteht, sie abzuwenden?"

Max blickte sie an: „Diese Möglichkeit besteht eben nicht. Vielleicht ist es dir nicht ganz unbekannt geblieben, daß wir eine Lebensmittelrationierung haben."

„Das ist mir nicht ganz unbekannt geblieben, lieber Max. Bisher unbekannt geblieben ist mir aber der Ton, in dem es dir beliebt mit mir zu reden."

„Entschuldige, liebe Schwiegermama. Du wirst wissen, daß Eier, Butter, Lebertran und ähnliche Dinge für gewöhnliche Sterbliche auf dem Monde liegen."

Die grauseidene Gravität war eiserne Beherrschtheit und Überlegenheit, ganz geborene Studt, als sie sagte: „Dann muß man eben auf dem Mond einholen gehen."

Mariechen sah ihre Mutter bewundernd an und fand sich zu ihrem grandiosen Humor: „Aber das Fahrgeld dahin, Mutter!"

„Wenn es für dich und den Jungen ist, zahle ich das Fahrgeld. Das ist doch selbstverständlich, Kindchen."

Ohne einen Blick auf ihren Mann sagte Mariechen: „Das würde die Situation für uns natürlich sehr erleichtern, Mutter."

„Nun hab' ich genug von eurer Faxerei!" schrie Max, der sich durch die überlegene Art der Frauen beiseite geschoben fühlte. „Ich lasse mich von euch nicht veralbern! Mariechen nimmt kein Geld von dir und damit gut!“

Die Frauen sahen ihn wie einen Fremden an, der unversehens in ihr Blickfeld geraten.

„Was ist mit dem Jungen?“ fragte die grauseidene Gravität, ohne Max weiter zu beachten. „Was sagt der Arzt?“

„Er ist unterernährt und nervös. Und immer in den kalten Keller hinunter bei Alarm, und immer aus dem Schlaf gerissen. Hier kommt er ja auch nicht so zur Ruhe, wie er müßte.“

Die grauseidene Gravität ließ ihren Blick einen Augenblick obenhin auf Max ruhen: „Bisher hatte er doch immer seine Ruhe.“

„Sicher“, erwiderte Mariechen, an der Ruhe ihrer Mutter erstarkend. „Wenn er gesund ist, macht es ja auch nichts aus —“

„So krank ist er nicht!“ fuhr Max dazwischen.

Die Frauen nahmen keine Notiz von ihm.

„Er müßte auch mehr an die Luft“, sagte die grauseidene Gravität. „Das hab' ich dir schon immer gesagt. Frische Luft ist für Kinder alles. Euer Zimmer hat zu wenig Sonne. Entweder nimmst du jetzt eine Hilfe oder ich fahre ihn täglich aus. Hättest du etwas dagegen, Max?“

Er fühlte ohnmächtigen Zorn gegen die entwaffnende Art dieser Frau: „Gegen eine Hilfe, ja.“

„Gut; dann bin ich eben diese Hilfe. Und was für das Einholen auf dem Mond nötig ist —“

„Behalt' dein Geld. Ich will es nicht!“ Er bebte vor Zorn.

„Wer spricht von Geld? Du kannst mich doch nicht hindern, selber auf dem Mond einzukaufen, was ich für meinen Enkel für notwendig halte —“

„Laß deine Albernheiten, bitte! Ich will es nicht, das hörst du ja!“

„Da ich nicht taub bin, höre ich es.“

Mariechen fühlte sich in diesem Augenblick wie nie zuvor eins mit ihrer Mutter. Sie wunderte sich nur, daß sie kein Mitleid hatte mit dem Mann, der neben ihnen stand wie aus einer anderen Welt.

„Von mir aus reise nach dem Mond oder wohin du sonst willst!“ stieß er seiner kaum mächtig hervor.

„Danke“, sagte die grauseidene Gravität. „Von dir aus könnte ich ins Pfefferland reisen. Weiß ich. Aber mit Pfeffer wäre dem Jungen im Augenblick nicht gedient. Er ist zwar dein Sohn, aber Mariechens Sohn auch und somit mein Enkel. Da maße ich mir an —“

„Du hast dir über meinen Sohn nichts anzumaßen!“ schrie er.

„— und da maße ich mir an, über meinen Enkel im Sinne seiner Mutter so zu verfahren, wie sie und ich es für richtig befinden.“

„Und ich? Und ich?“

„Du wirst dich zu der Erkenntnis aufraffen müssen, daß wir für deinen Sohn nur das Beste wollen — im Gegensatz offenbar zu dir.“

„Das ist unerhört!“

Mariechen wandte sich ihm zu: „Du kannst die Guttaten, die Mutter dem Jungen zuwenden will, doch nicht abweisen, Max! Es wäre töricht und darum dulde ich es nicht.“

„Schön, du duldest es nicht! Und ich dulde es nicht, daß du es duldest!“

„Jetzt wirst du albern, Max.“ Und zu ihrer Mutter: „Ich bin dir für alles dankbar, Mutter.“

Haß in den Augen, sah er die beiden Frauen an: „Wo ist mein Hut?“

Mariechen fühlte sich blaß werden. Sie blieb fest: „Dein Hut?“ fragte sie. „Dort hängt er. Zieh’ auch den Mantel an.“

Er sah sie mit brennenden übernächtigten Augen an. Wie von Sinnen zog er sich an.

„Glückliche Mondreise, Frau Schwiegermama!“

„Danke, lieber Schwiegersohn.“

Hart fiel die Tür ins Schloß.

Die grauseidene Gravität wandelte aufrecht im Zimmer auf und ab.

„Daß das einmal kommen würde — Aber so bald —“

„Ach nein, Mutter, das mußte nicht kommen. Ich weiß nicht, was mit ihm ist. Als ob ein ganz anderer Mensch in ihn hineingefahren wäre."

„Nun, hoffentlich geht's vorüber."

„Er hat Nachtwache gehabt; keinen Schlaf. Und das mit dem Jungen quält ihn auch."

„Hat nicht danach ausgesehen."

„Doch! Doch! Er liebt ihn sehr. Aber immer dieses eine Zimmer! Da hängt die Wäsche. Du mußt verstehen — dabei soll er arbeiten. Ach, dieser fürchterliche Krieg! Er zerstört alles zwischen den Menschen!"

„Er ist dein Mann, Mariechen; dazu sage ich nichts. Männer sind zeitweilig unzurechnungsfähig. Wenn das oft so bei euch ist —"

„Noch niemals, Mutter! Ich hätte anders zu ihm sein sollen —"

„Du warst großartig, Mariechen! Einfach phänomenal!" Sie ging an den Wagen und nahm das Kind auf: „Komm, mein Junge. Wir sorgen schon dafür, daß du wieder rote Bäckchen bekommst. Deine Mutter und ich — und dein Vater auch!"

„Er auch, Mutter, ganz bestimmt!"

„Weiß ich, Mariechen. Schlecht ist er nicht. Aber verrückt! Wer soll euch denn helfen, wenn nicht ich! Laß mich nur erst vom Mond zurück sein —"

Mariechen lächelte: „Ach ja! Und bring' dir ein Päckchen Verständnis für Max mit."

„Will ich! Will ich! Nein, sieh nur, da lacht er. Genau wie du, als du klein warst! So; nachher vertragt ihr euch; gib ihm ein halbes Phanodorm, damit er schläft. Ein ausgeschlafener Mann ist ein guter Mann!"

Sie nuschelte ihr Gesicht an das des Kindes: „Wird schon werden! Wird schon werden!"

Gejagt von zerstörerischem Aufruhr, der jedes Nachdenken rot überwogte, Knecht eines übermüdeten Körpers, der jede seelische Regung qualvoll steigerte und verzerrte, war Max ziellos davongerannt, ohne auf den Weg zu achten. Immer neu entbrannt an der hohnvollen Überlegenheit der grauseidenen Gravität, wandte sich sein Zorn ungezügelt gegen Mariechen. Sie hatte ihn, wie er sich einredete, durch ihre feindselige Parteinahme vor ihrer Mutter gedemütigt. Auch in ihr unverhüllt der Hochmut der „Geborenen", die spöttische und angewiderte Abkehr von einem, der nicht zu ihnen gehörte. Da war diese wehrlos machende und wie Feuer sengende Eisigkeit, vor der man verging. Keinen Augenblick bemühte er sich, die qualvolle Zucht zu erkennen, die sich die Frau seiner Haltlosigkeit gegenüber auferlegt hatte. Als ob sie mich haßte, sagte er sich.

Ohne bewußt die Absicht gehabt zu haben, dorthin zu gelangen, lediglich getrieben von dunklen Gefühlen, deren Spielball er war, befand er sich nach langem Kreuz und Quer durch Trümmerstraßen in der Nähe von Elfriedens Wohnung. Es kam ihm gar nicht der Gedanke, seine neuen Freunde aufzusuchen, der magische Zwang unbewußter Kräfte hatte seine Schritte gelenkt. Verdumpft und verzornt wurde er sich der wunderlichen Tatsache der Ausschaltung seines eigenen Willens gar nicht bewußt. Er war Treibholz auf der dunklen Flut einer unheilvollen Macht. Da riß Sirenengeheul ihn in die Wirklichkeit zurück. Mit den Menschen aus Kellern und halb stehengebliebenen Häusern lief er zu einem Bunker, der wie ein Klotz gegen den Himmel blockte. Aus der Verlorenheit seines Ichs wurde er wieder an das Leben herangeführt; denn so viel Armseligkeit, wie sich hier in den Bunker rettete, hatte er noch niemals gesehen. Hier schien alles beisammen, was die verelendete Großstadt an Armut und Zerlumptheit aufbringen konnte; alles, was in Schatten und Tiefe daheim ist. Die Männer verhärmt und verhungert, mit lauernden Augen; die Frauen in Männerlumpen; Kinder in Kleiderfetzen; Halbreife mit dem Lungerblick Frühwissender; junge Leute in billiger Schiebereleganz; schlechtgeschminkte Frauen, die für Brot und Zigaretten zu haben waren. Sie kannten einander, sie wußten voneinander; der immerwährende Sog des täglichen Elends hatte sie zueinander gestrudelt. Im Bombenhagel alles zerstört; die schnell gewährte Hilfe zwischen den Fingern zerronnen; nackt und bloß wie Tiere waren sie Tiere geworden. Nur weniges noch: satt werden, trocken schlafen, nicht zu frieren brauchen.

Sie schätzten Max ab. Das war einer, der nicht zu ihnen gehörte, dem es gut ging. Hatte wohl eine Frau oder ein Mädel hier in der Nähe. Soll froh sein, wenn er, ohne eins über den Kopf zu kriegen, nach Hause kommt. Dem ist nicht wohl in seiner Haut heute. So sehen alle aus, die dicht davor stehen, alles mitzumachen. Tut sanft und tritt höflich zur Seite, wenn jemand an ihm vorbei will, aber im Auge lauert ihm das Tier.

Das Licht im Bunker flatterte, losch und kam wieder. Durch die dicken Wände hörte man kaum die Flak und das Krachen der Bomben. Kinder weinten; die Frauen wiesen sie mit nervöser Stimme zurecht; mit Worten mehr ursprünglich als liebevoll.

Ob Elfriede jetzt an ihn denkt? Gestern nacht, als der Alarm kam, wollte er aufstehen; sie hielt ihn umschlugen: „Bleib' doch! Wir stehen nie auf!"

„Und wenn's trifft?"

Sie hatte sich an ihn gedrängt: „Dann trifft's!"

Die Frauen sahen seinen Augen die Gedanken an eine Frau an.

Um diese Zeit stand ich vor ihrer Tür. Wie schön Elfriede war. Und bereit, sich ihm zu schenken. Als er sie entkleidete, hatte er das Licht löschen müssen. Schlimmer als sich ihm zu geben, war ihre Scham, seine Augen über sich zu wissen. Als die Bomber lärmend über ihnen hinzogen, der Keller unter dem Wellengang der vom Bombenfall erschütterten Erde bebte, waren sie eins in der todbereiten Versunkenheit ihrer Leiber.

Und wie dieses vor seiner Seele stand, überwältigte ihn eine andere Schau: in einer Welt voller Höllengluten und Geflamme aller Enden des Himmels das Wunder eines

Beetes von Marmelblümchen, auf das zwei Menschen, eben dem Tode entronnen, in der Verzückung des Lebendigen niedersanken.

Und immer weiter zurück die Vision: Mariechen am Flügel und er ganz eingesponnen in die Heimeligkeit eines vom Geist der Ordnung und der Ordentlichkeit erfüllten Hauses. Das Hinwegstürzen nach dem Alarm, das furchtbare Niedersausen der Phosphorbomben vor dem Unterschlupf an der Grevenbrücke, die brennenden Menschen, das Brüllen, Schreien, Niedertreten und Hinausstoßen, das Heranrennen vor Angst irrer Menschen auf die Brücke zu, das Ende des Alarms, die schwangere Frau, die sie aus dem Kanal bargen; das Rennen nach der zweiten Grevenbrücke; die Irrsinnige mit der Leiche ihres Mannes; der Sprung in den Kanal und endlich ihr An-Land-Gehen bei dem Beet von Marmelblümchen.

Und weiter sann er: sein Leben seither. In aller Unruhe der Zeit ein stetiges Aufwärts, bescheidenes Glück, noch keine volle Erfüllung, aber sichere Verheißung.

Und jetzt?

War er jetzt nicht einer, dem der Kahn wegglitt und fernhin entführt wird? Wie hatte alles so plötzlich ins Wanken geraten können, was fest gebaut schien?

Im Bunker losch das Licht endgültig. Im Flackerlicht der Kerzen waren die Gesichter der Menschen wie Zerrlarven eines Totentanzes.

Ach, wenn er nur hinaus könnte in die Nacht, unter ihre Sterne hinaus, und nach Hause zu dem blassen Gesicht seines Jungen.

Da, als ob dieser Gedanke ein Ruf an Gott gewesen sei, heulte Entwarnung über das Grauen der Ruinenhalden. Max wühlte sich hinaus. „Den hat's!" sagte einer und stieß ihm den Ellbogen in die Rippen. Max sah ihn an; sein Jammerblick rührte keinen. Sie beluden sich mit ihren Armseligkeiten und gingen aus der Kälte des Bunkers in die Kälte ihrer Behausungen zurück. Die Sterne funkelten. Feuerschein über die Stadt hin. Neues, weinendes Elend!

Die Armseligen krochen in ihre Keller, in ihre Nothütten, in ihre Trümmerhöllen. Das Schicksal hatte ihnen das Leben gelassen. Was wollten sie mehr?

Max rannte durch die einsamen Straßen. Lärm rasender Feuerwehren.

Ein Mann kam ihm entgegen: „Sehn Sie sich vor! Hier ist allerlei unterwegs!"

„Soll nur einer kommen!" schrie Max zurück. „Bin gerade aufgelegt danach!"

Aber es hielt ihn keiner auf.

Er rannte und rannte. Die Kälte prankte ins Gesicht. Ihn fror von innen heraus. Er hatte weder Geld noch Lebensmittelkarten gehabt, um sich etwas zu essen zu kaufen. Taumelig vor Hunger und Aufregung, immer das blasse Gesicht seines Jungen vor ihm.

Ach, diese grauseidene Gravität! Diese Bestie! Diese goldige Bestie! Sie hatte ja recht und soll für den Jungen tun, was sie will. Und Mariechen soll wieder gut sein. Ich werde sie um Verzeihung bitten. Und alles, was sonst ist, darf und soll nicht mehr sein. Noch kann alles wieder gut werden. Und wie er durch die Straßen rannte, malte er sich aus, wie er in die Wohnung kommt: Mariechen und der Junge schlafen; aber Mariechen hört ihn und er geht an ihr Bett und er bittet sie: „Sei wieder gut! Ich weiß nicht, was in mir war. Sei wieder gut um unserer aller willen!"

Und wie am Tage Lust am Zorn in ihm war, so jetzt Lust an der Vorstellung, sich vor Mariechen zu demütigen. Sie wird, sie muß mir verzeihen. Ich bleibe so lange an ihrem Bett sitzen, bis sie mir die Hand gibt. Und wenn nicht anders, dann um des Jungen willen. „Um unseres Jungen willen!" keuchte er vor sich hin.

Und rannte und rannte, wie noch kein Mensch gerannt war, um der Hölle zu entrinnen und den Himmel zu erreichen. Schmerzhaft brannte es in ihm auf, als er daran dachte, wie sie „Küchenhexe" von sich gesagt hatte.

Weit vor ihm ging eine Verzögerungsbombe hoch und entfachte neuen Brand. Schneidender Wind über den Trümmerstätten. Die grauenvolle Einsamkeit in den einsamen Straßen der einsamen Stadt. Die zerschlagenen Häuser vermummtes Grauen. Max blieb in der Mitte der Fahrstraße; es war schon mancher, der sich zu dicht an den Trümmern hielt, von einem Verbrecher angesprungen worden.

Endlich vor seinem Hause. Stechen in der keuchenden Brust. Aber Gott Lob und Dank — er war zu Hause. Er ging leise treppauf; unter der Tür ein schmaler Lichtstreif. Angst überfiel ihn. Wenn es doch schlimmer mit dem Kleinen ist? Jetzt war er oben, verhielt den Schritt! Öffnete die Tür. Mariechen saß handarbeitend am Tisch; sie blickte auf und wieder auf ihre Arbeit hinab. Er wollte etwas sagen. Er hatte doch etwas sagen wollen? Und sagte nichts als: „Guten Abend."

Und was hatte er erwartet? Auch nur dieses sparsame „Guten Abend?"

Er legte den Hut ab. Es war nicht warm im Zimmer, aber wärmer als draußen.

Er ging an den Wagen des Kindes. „Geht es ihm besser?" fragte er.

„Nicht schlechter", antwortete sie, ohne aufzusehen.

Er drehte sich mit hängenden Armen um. Sie spürte seinen Blick und hob das Auge. Sie sah ihn zusammenschauern.

„Ist dir was?" fragte sie.

„Es ist wohl nur — ich bin so schnell gelaufen."

Sie erhob sich und ging an das Eßschränkchen. „Gegessen hast du auch nichts."

„Das wird es sein", meinte er bebend.

Sie stellte ihm das Brot hin, das sie für ihn bereitet hatte.

„Den Tee kann ich dir leider nicht heiß machen. Es ist kein Gas da."

„Nicht nötig; geht auch so." Er begann zu essen.

„Und Feuer im Ofen ist auch nicht mehr."

„Ich weiß — ich weiß —."

„Entschuldige die Belästigung bitte", sagte sie spitz.

Er sah sie an. Er war ganz zerschmettert. Er hatte sich die Heimkehr anders ausgemalt. Mariechen legte die Arbeit zusammen, um ins Bett zu gehen.

„Ich wollte früher kommen. Da kam der Alarm —"

Sie antwortete nicht und begann sich auszukleiden.

Er stand immer noch im Mantel; das Brot in der Hand, sagte er: „Ich bitte um Verzeihung, Mariechen —"

Sie zog die wollene Bettjacke über und blickte nicht zu ihm hin.

Aus tiefster Gottverlassenheit, aus innerst erfühlter Schuld, aus der Gewißheit, durch Verzeihen Kraft zu gewinnen, zwang er sich: „Um unseres Jungen willen, Mariechen —"

Sie wandte ihm ihr Gesicht zu, ein von Schmerz und Zorn durchwühltes Gesicht: „Um unseres Jungen willen — um unseres Jungen willen — niemals! Niemals!"

Sie hatte es nicht sagen wollen. Sie war guten Willens und zum Verzeihen bereit gewesen. In dem Augenblick aber, da er eintrat, wehte eine fremde Kraft sie an, überfiel Zorn sie und ließ sie dieses „Niemals" sagen. Sie sah ihn die Augen schließen und schwanken. Sein fahles Gesicht stieß sie ab; die Augen lagen in tiefen Schattenhöhlen; ein in Qual zermürbtes Gesicht. Ihr Herz gewann kein Mitleid, nur neue Härte.

Sie sah seine Augen; Augen eines Verlorenen. Hörte seine Stimme; Stimme eines, der keine Gnade gefunden. Vernahm seine Worte: „Ich habe dich um Verzeihung gebeten. Ich werde dich nie wieder darum bitten! Niemals!"

Bis in den Grund der Seele fühlte sie sich angerührt von seinem „Niemals!" Es war ein anderes als ihres. Leises Mahnen in ihr: Dein Niemals war ein Schritt zu viel! Tu ihn zurück, bevor er ewig nicht mehr zurückgetan werden kann!

Er hatte sich abgewandt. Der vertragene Mantel tat ihrem Auge weh; selbst wenn sie hätte wollen, sie hätte nicht anders gekonnt. „Sieh zu, daß das Licht bald auskommt", sagte sie. „Wir haben ohnehin mehr Strom verbraucht, als uns zusteht."

Wenn sie später auf diese Stunde zurückblickte, sagte sie sich, daß es meist Kleinigkeiten sind, die unsere Stimmungen beherrschen und uns handeln lassen, wie wir eigentlich nicht haben handeln wollen.

Als sie ins Bett gegangen war, schaltete er das Licht aus. Sie wartete, daß auch er käme. Er kam nicht. Sie schlief vor Übermüdung ein. Als sie am Morgen erwachte, saß Max am Tisch, den Kopf auf die Arme gelegt und schlief. Durchgraust von diesem Anblick stand sie auf. Es war kalt im Zimmer, knapp erhellt von jenem Halblicht, das in Räumen mit zugefrorenen Fenstern ist. Er erwachte von ihren Hantierungen, Feuer anzumachen. Sie kniete vor dem Ofen und blickte auf, als er sich rührte: „Guten Morgen, Max."

Er sagte heiser: „Guten Morgen."

„Es wird gleich warm sein", sagte sie geschäftig. „Warum bist du nicht ins Bett gegangen?"

„Ich bin am Tisch eingeschlafen."

„Siehst du nach dem Jungen?"

Er trat an den Wagen: „Schläft".

„Er schläft sich wohl wieder gesund", sagte sie. Max hatte den Kragen seines Mantels hochgeschlagen. Er lag ausgestreckt in seinem Stuhl; ein Kälteschauer nach dem anderen überlief ihn.

Trostloses Leben! Das quälende Halblicht; das aufgeschlagene Bett, die Schlafstellung der Frau noch nachzeichnend; der Geruch der trocknenden Wäsche, die Ungelüftetheit des Zimmers; die Kälte; die flüchtig angezogene Frau mit dem zersträhnten Haar — Max hätte helfen können, wie er es oft tat. Er unterließ es und schloß die Augen.

Beim Kaffee vermieden sie beflissen den Blick aufeinander. Sie machte ihm das Brot zum Mitnehmen zurecht. Zum ersten Male schieden sie voneinander, ohne sich die Hand zu geben.

„Nun?" fragte die grauseidene Gravität am Mittag.

„Es wird alles wieder gut werden, Mutter."

„Natürlich; muß es ja, Kind"; sie packte ihre Tasche aus: Lebertran, Butter, Eier. Mariechen staunte.

Die grauseidene Gravität lächelte. Sie kannte eine Menge Leute, die es sich hoch anrechneten, ihr für den Enkel etwas geben zu können. Es machte ihr, der sonst Unaufrichtigkeit zuwider war, nichts aus, den Zustand des Kleinen so schwarz zu schildern, daß die Leute meinten, dem armen Wesen dieses oder jenes für die letzten Tage noch gönnen zu sollen. Kein Griechenheld hat je Helm und Schild des besiegten Feindes so triumphierend geschwungen wie sie die erste Flasche Lebertran. Der Kleine schien ihr dafür besonderen Dank zollen zu wollen dadurch, daß er für Lebertran ausgesprochene Neigung bewies. Die grauseidene Gravität pries diese Neigung als Bekundung Hirsekornscher Vernunft.

Max fand, Mariechen begann immer mehr ihrer Mutter zu gleichen. Es war auch so; immer deutlicher prägten sich bei ihr die Züge jener grauseidenen Frauen aus, die ihr Leid unter Lächeln und Hochmut zu bergen früh lernen mußten. Sie blieb sich ihr Leben lang ihrer Unversöhnlichkeit als Schuld bewußt. Es war stärker als alles andere in ihr gewesen; die Abwehr eines Fremden, das zu nahe an sie herangetreten war.

Hamburg stand in dieser Zeit unter der zermürbenden Fernwirkung der Luftangriffe auf Bremen. Sobald Kampfverbände im Anflug über Rheine, Meppen und Cloppenburg gemeldet wurden, gab es Voralarm für Hamburg. Immer wieder schien es zuerst, als sei es auf weiter östlich belegene Ziele abgesehen, aber dann ging es doch auf Bremen zu. Tagelang kamen die Menschen in Bremen aus den Bunkern und Kellern nicht heraus. In Hamburg rechnete man mit neuen Vernichtungsschlägen aus der Luft. Es ging auch das Gerücht von nahe bevorstehenden Luftlandungen im Gebiet von Hamburg, um Norddeutschland im Rücken der im Westen verzweifelt kämpfenden deutschen Truppen zu besetzen. Else hatte sich erzählen lassen, daß im Hinblick auf zu erwartende Kämpfe das Barmbeker Krankenhaus von allen Schwerkranken geräumt werde, um Platz für Verwundete zu schaffen. Ob Fama oder nicht: es wurde das Dümmste geglaubt, weil man das Schrecklichste befürchtete.

Berger stellte den Flaksender ein: Einflüge! Einflüge! Einflüge! Nicht auf Hamburg; auf das ganze Reichsgebiet, soweit der Feind es noch nicht besetzt hatte.

Achtung! Achtung! Programmänderung: Erbhof, Anton, Bertha, Wachsfigur. Tarnworte für Planquadrate der deutschen Luftabwehr.

Nach drei Minuten: Einzelziele über der Nordsee, Höhe eintausend bis dreitausend. Aufklärer über Oldenburg, Bremen, Hamburg.

Berger suchte den Himmel ab und entdeckte ganz hoch dünne Kondensstreifen.

Achtung! Achtung! Programmänderung: Pinguin, Anton, Bertha, Wachsfigur. Leises Grummeln in der Luft; ununterbrochen, leise anschwellend, verebbend; fern gedämpftes Donnerrollen schwerer Geschütze. Die Front rückte näher.

Die Vorverlegung der Osterschulferien beunruhigte die Bevölkerung und nährte die Furcht vor bevorstehenden schweren Ereignissen. Es war klug, die Kinder in der Obhut der Eltern zu belassen; ein Bombentreffer in einer vollbesetzten Schule wäre grauenhaft gewesen.

Von Palmsonntag bis Gründonnerstag nur Störflüge. Weit auseinander gezogene Gruppen beunruhigten durch Tiefflüge das Landgebiet.

Grau, trist, wolkenverhangen der Karfreitag. Ab und zu Regenschauer. Mehr November- als Märztag, dieser 30. März. Übertränt von Regentropfen das gelbe Geleucht der Forsythien. Gegen Mittag klarte es auf; blauer Himmel, weiße Wolkenballungen. Die Menschen kehrten vom Karfreitags-Gottesdienst heim.

Flaksender gegen zwölf Uhr: Anflüge auf Norddeutschland aus der Nordsee; auch von Nordholland her; Flugzeuge aus Richtung Hannover. Klein-Alarm. Jagdflugzeuge über dem Warngebiet. Neue Verbände südlich und nördlich von Bremen auf Nord- und Nordostkurs. Starker Verband im Anflug von Groningen. Vollalarm. Baldrian meldet: In jedem Augenblick Bombenabwurf über Hamburg zu erwarten. Kaum gemeldet, schon geschehen! Im Keller der Lünkenruh meinte Berger, daß es eine wenig christliche Art sei, den Karfreitag mit Bomben zu feiern. Er schlich sich vor die Tür. Der Angriff richtete sich gegen die Innenstadt. Der Südwesten überschwadet von Rauchwolken; über Lünkenruh strahlend blauer Himmel. Dicht bei dicht Kondensstreifen anfliegender Bomber; über der Stadt die flockigen Streifen der Zielbomben. Über Ohlsdorf holte die Flak ein feindliches Flugzeug herunter. Berger sah es kurven, trudeln und in hellroter Explosionslohe zerstieben. Über zwei Stunden dauerte der Angriff. Annähernd sechshundert Viermotorige warfen 4200 Sprengbomben und 1800 Flüssigkeitsbomben ab. Vor allem auf den Hafen, auf Speicheranlagen, auf Werften, Mineralölbetriebe, Getreidesilos. Einhundert Tote; 3200 Obdachlose. Am Abend wieder Anflüge; riesige Brände im Hafen weisen dem Feind den Weg. Er flog südlich an der Stadt vorbei in die Mark Brandenburg. In der Nacht Angriff zur Verminung der Elbe. In den Morgenstunden des Sonnabend Blitzangriff auf den Hafen durch hundertfünfzig Viermotorige.

Es brannte der Petroleumhafen; ein gewaltiges Wolkenungetüm über der Stadt. Noch am Sonnabendabend glühte das sich träge umeinander windende Rauchgewirbel tiefrot auf im Widerschein wütender Brände. Karfreitags-Abendgottesdienste wenig gefragt.

Trost der Zeit: die zu Weihnachten aufgerufenen Spirituosen wurden zu Ostern ausgegeben. Frauen eine Flasche Wein, Männer eine halbe Flasche Schnaps. Am Ostersonnabend überall frische Fische. Else hatte ein gewaltiges Stück Kabeljau ergattert. Sonderzuteilung zu Ostern: zehn Zigaretten. Else kam mit zwölf Eiern an; für jede Person vier Stück. Der Osterhase wurde hoch gepriesen. Berger —

krasser Materialist — war für eine Pfanne Rührei; dazu Bratkartoffeln. Else und Omi begegneten dieser Geistesverwirrung mit tiefgekühltem Schweigen. Zwei bis drei Eier für den Osterkuchen; der Rest für Notfälle.

Berger gab sich geschlagen.

Omi machte sich an die Herstellung der falschen Schlagsahne. Man nimmt einen halben Liter abgerahmte Milch — Vollmilch geht nicht — tut einen Eierbecher Zucker hinein, einen Eierbecher Grieß und läßt es unter fortwährendem Umrühren bis zum Brodeln kochen, was seine Schwierigkeiten hat, da Magermilch gern anbrennt. Wenn es abgekühlt ist, schlägt man es wie Eierschaum, es dauert aber viel länger. Das machte Omi nichts aus; und wenn die Nacht darüber hinginge. Konzentrierter Muckefuck dazu ergibt Mokka-Creme; das Ganze Götterspeise.

Der Feind kam weder am ersten Ostertag noch in der Nacht zum zweiten. Offenbar war ihm das Wetter zu schlecht. Die Natur beging das Auferstehungsfest des Herrn mit Sturm, Regen und Kälte. In einer Trockenpause gingen Bergers in den Stadtpark, um ‚Sprickel' zu suchen. Sie brachten zwei handliche Äste mit, dazu viel kleines Gezweig und sonst allerlei, denn im Stadtpark wurde Holz geschlagen für die Generatoren-Bekraftung der Lastwagen. Bergers trockneten das Holz im Herd. Else schnupperte den Duft der trocknenden Zweige ein: „Wie Wald an heißen Sommertagen", sagte sie mit einem Schimmer ferner, glücklicherer Tage in den Augen.

Am zweiten Ostertag um zehn Uhr Alarm. Eine großangelegte Störunternehmung des Feindes von Helgoland bis zur westlichen Ostsee. Keine Angriffe. Alarm bis Mitternacht.

Am Ostersonntag meldete sich ein neuer deutscher Sender: der Werwolf-Sender. Werwolf, eine Organisation nationaler Freiheitskämpfer, denen jedes Mittel recht ist, das Vaterland zu schützen, dem Feinde zu schaden. In der Proklamation über den Äther hieß es, der Bund habe seine eigene Gerichtsbarkeit und entscheide über Leben und Tod der Feinde genau so unerbittlich wie über Verräter am eigenen Volk. Reichsleiter Bormann verkündete: „Gauleiter und Kreisleiter, sonstige politische Leiter und Gliederungsführer kämpfen in ihrem Gau oder Kreis, siegen oder fallen.“

Berger schüttelte den Kopf. Das waren Gehirneruptionen nicht Verzweifelter, sondern Verrückter. Gewiß konnte der Werwolf dem Feind durch Heimtücke und kleinliche Machenschaften Schaden zufügen; aber am Ende schlugen sie zum Nachteil der Deutschen aus, genau wie die sinnlose Sprengung von Brücken; denn die Zeit war abgelaufen. Es sollte eines nur noch geben: der Vernunft zu gehorchen und die Waffen niederzulegen. Ein Segen, daß die entscheidenden Männer in Hamburg diese Amokläuferei der Unbelehrbarkeit nicht mitmachen zu wollen schienen. Hartnäckig verbreitete sich das Gerücht, Hamburg würde zur offenen Stadt erklärt werden. Von welch ungeheurer Bedeutung die Kapitulation Hamburgs — denn darauf lief es hinaus — werden sollte, mochten selbst jene nicht ahnen, in deren Hand das Schicksal der schwergeprüften Stadt noch lag.

In silberner Gelassenheit stand der abnehmende Mond am Himmel. Es dünkte Berger, er sei der Menschenwelt noch nie so fern, fremd, ja feindlich gewesen.

Am 5. April kam Else ganz aufgelöst vom Einholen heim. Man hatte erzählt, die Amerikaner seien in Bremen und Hannover eingezogen. Seit dem Abend vorher habe man schon damit gerechnet, sie würden heute Hamburg nehmen.

Gewaltige deutsche Truppenmassen zogen am 6. April mit vielen schweren Geschützen an Lünkenruh vorbei; ein fast unabsehbarer Zug, alles nach dem Osten zum Kampf um Berlin. Ein Zug Todgeweihter.

Zwei Nächte ohne Alarm; war das nicht Himmelsglück?

Ein Wunder an diesem 6. April: über dem gesamten Reichsgebiet kein feindlicher Luftverband! Auch am Morgen des 7. April nicht. Bangend sahen die Menschen in dieser Ruhepause die Vorbereitungszeit für einen General-Luftangriff auf Deutschland.

Neuer Kummer für die Hausfrau: Kürzung der Kartoffelration um zwei Pfund; statt eines Stromspartages drei. Für den Fall einer feindlichen Luftlandung Fünf-Minuten-Heulton der Sirenen oder Sturmgeläute der Kirchenglocken.

Am Sonntag, 8. April, Alarm um halb elf Uhr. Vernebelungswolken über der Stadt. Was soll diese Spielerei noch, fragte sich Berger. Es klarte auf; in der Nähe kreisende Flugzeuge flogen ostwärts ab. Abends neun Uhr Angriff: Ziele St. Pauli, Altona bis Othmarschen. Auch im Norden der Stadt Bomben. Lünkenruh schwankte wieder bis in die Grundfesten. Nach dem Angriff Süd und Südwest der Stadt eine einziges Flammengewoge. Der Reichssender Hamburg begann die Übertragung der abendlichen Unterhaltungsmusik aus Berlin mit: „Schenk mir dein Lächeln, Maria —"

Else hatte im Luftschutzkeller ein kostbares Geschenk erhalten: sechs Streichhölzer. Berger sah beim Auskleiden an sich herab und meinte, er könne doch bald wieder seinen Konfirmationsanzug anziehen. Am Vormittag des Sonntags hatte eine Kommission Lünkenruh besichtigt. Es schien die Absicht zu bestehen, im Falle der Verteidigung Hamburgs den Wohnblock der Lünkenruh zu einer bevorzugten Kampfstellung auszubauen.

Am andern Morgen überall die blinkenden Störstreifen, mit denen der Feind nach wie vor die Ortung außer Kraft setzte. Die Seewarte auf dem Stintfang durch Sprengbomben und Feuer vernichtet. Vorortsbahn fuhr von Blankenese nur bis Bahrenfeld; Hochbahn von Ochsenzoll bis Kellinghusenstraße. Die Strecke Barmbek-Jungfernstieg fiel aus.

Frühling. Es blühte in den Schrebergärten.

Am Montag Blitzangriff auf den Hafen und Finkenwerder. Fünfzig Lancaster-Maschinen warfen unter starkem Jagdschutz schwere Bomben auf die Marine- und U-Boot-Bunker. Der Feind flog so niedrig über Finkenwerder, daß Schornsteine und Schindeln von den Dächern gerissen wurden. Die Bunker wurden trotz ihrer Betonstärke von vier Meter durchschlagen. Fünf U-Boote, auf denen auch während des Angriffs gearbeitet wurde, sanken und rissen die Menschen mit in die Tiefe. Ein Pilzbunker in der Nähe des Werftgeländes wurde durch Bombenwurf hochgehoben stürzte in sich zusammen und begrub einhundertfünfzig Menschen unter sich. In den Werkräumen, die bei Alarm von Frauen und Kindern aufgesucht werden durften, kamen viele ums Leben.

Trauer, Elend, Verzweiflung. Weinendes Fragen: Wann endlich schenkt Gott der Menschheit Erleuchtung?

In Hamburg Freistellung weiterer Lebensmittel; vor allem 250 Gramm Speck oder Dauerwurst für jede Person. Alle Punkte der Kleiderkarte frei. Wallfahrt der Frauen in die Stadt. Auch Else dabei, aber resigniert zurück: die Frauen saßen und standen schon seit drei Uhr morgens vor den Kaufhäusern. Sie kauften wahllos; denn da sie nichts hatten, brauchten sie alles.

Der 11. April. Tag des Unheils: Kein Gas, kein Strom, kein Wasser, kein Telefon, kein Radio. Sonderzuteilung von Fisch; keine Zeitangabe für den Verkauf; so müssen die Frauen dauernd unterwegs sein, um den Zeitpunkt abzupassen. Da kein Strom vorhanden, fallen die Sirenen aus; bei Alarm schießt die schwere Flak fünf Warnschüsse in schneller Folge.

Else hatte ein Stück Kabeljau erwischt; es wurde in Lebertran gebraten; sie aßen mit langen Zähnen.

Der Geist der Zeit wirkte sich unheilvoll auf die Jugend aus. Der Schulunterricht fand nur sehr sporadisch statt. Die Schulentlassenen fanden keine Lehrstellen; die Halbwüchsigen wurden eine Plage. Die Väter im Felde, die Mütter zu schwach, die heranwachsenden Kinder zu bändigen. Dreizehn- und Vierzehnjährige von starhafter Geziertheit, schminkten sich, lackierten sich die Fingernägel rot, zogen sich die Brauen nach oder zupften sie aus, und bemühten sich, jenen weiblichen Wesen zu ähneln, denen die Männer in vorgesehener Art begegnen. Die Landverschickungslager schickten die Kinder zurück: Die Mädchen vom Arbeitsdienst entließen sich selber. Eine betäubende Invasion von Jugend, die nichts mit sich anzufangen wußte. Die männliche Jugend von widerlicher Überheblichkeit, die Mädchen von herausfordernder Lüsternheit.

In Voraussicht der kommenden Ereignisse wurden von den Betrieben zwei Monatsgehälter im voraus gezahlt. Diese Inflation befeuerte die Einkaufslust der Frauen. Die Innenstadt wimmelt von ihnen.

Gemeinsamer Aufruf des Chefs des Oberkommandos der Wehrmacht, Himmlers und Bormanns: Städte bis zum Äußersten verteidigen ohne Rücksicht auf Drohungen und Versprechungen des Feindes durch Proklamation oder über Radio. Wer seiner Pflicht als Deutscher entgegenhandelt, ist des Todes. Himmlers Sonderbefehl: Jede Stadt, jedes Dorf verteidigen. Keine deutsche Stadt zur offenen Stadt erklären. Ehre und Leben verliert, wer anders handelt.

Run auf Banken und Sparkassen! Einkaufen! Einkaufen! Schlimmer als an Ausverkaufstagen. Am Nachmittag des 13. April Alarm! Panik! Jeder Bunker, jeder Keller von Menschen überfüllt. Eine unabsehbare Katastrophe, wenn der Feind die Stadt angegriffen hätte. Es galt Trittau, Bergedorf, Oldesloe, Elmshorn, Pinneberg. Ortschaften rund um Hamburg. Es galt auch nicht so sehr den Ortschaften selber, als den Zufahrtsstraßen nach Hamburg, die als Fluchtwege unbrauchbar gemacht werden sollten.

Das Zurückfluten der Menschenmenge aus der Stadt nach der Entwarnung ein Bild entfesselter Rücksichtslosigkeit. Um die Zugänge zur Hochbahn wurde mit Händen und Füßen gekämpft. Kleider wurden zerfetzt, Kinder schrien und weinten, Frauen kreischten hysterisch, weil sie sich unerlaubt angetatzt glaubten, Männer schlugen sich Gassen — Grauen und Groteske zugleich.

Frühling von fast sommerlicher Wärme. Magnolien wiegten ihre irisierenden Kelche, der Flieder trug schon richtige Dolden. Kirschbäume riesige Phantasieschirme in Weiß.

Der aufgeregte Tag ging schön zur Rüste. Köstliches Veratmen. Die Sterne kamen und Stille und Friede Gottes, nicht von dieser Welt.

Um halb elf Uhr Alarm; bis Mitternacht waren die Menschen wieder in die Keller gebannt. Der Angriff galt nicht Hamburg; richtete sich gegen Kiel, Lübeck, Neumünster, Itzehoe.

Schlafen! Schlafen!

Es war die Nacht auf den 14. April. Eine Nacht des Entsetzens und Grauens. Eine Nacht von allergrößter Bedeutung nicht nur für Hamburg, sondern für die ganze Welt.

Else durchlebte im Traum einen Angriff auf die Stadt. Angstgejagt fuhr sie aus dem Schlaf empor; leises Grummeln in der Luft. „Alfred! Flugzeuge!!"

„Unsinn! Ist doch gar kein Alarm!"

„Horch' doch! Das sind Flugzeuge!"

„Unsere natürlich! Schlaf' endlich!"

Bergers, gewohnt, sommers wie winters bei offenen Fenstern zu schlafen, hatten für die vertrauten Stimmen der Nacht ein viel geschärfteres Ohr als die Schläfer hinter geschlossenen Läden. Else, beunruhigt von dem geheimnisvollen Rollen, das aus ihrem Traumerlebnis unmittelbar in die Wirklichkeit zu brücken schien, sprang ans Fenster und fuhr mit einem Entsetzenschrei zurück.

„Alfred! Alfred! Flieger! Flieger!"

Er lief ans Fenster. Da standen dem rechten Alsterufer und der Innenstadt zu Tannenbäume neben Tannenbäume in der Luft, leuchtend rot, dazwischen weiß vertropfende Leuchtbojen. Aus der Höhe neue hernieder. Alles von gespensterhafter Grausigkeit. Die Stadt im tiefen Schlaf; eine Nacht aus dem Herzen des Frühlings: hoch die Sterne. Aus den Schrebergärten das Atmen der Erde, und inmitten des Dunkels aufgrellend im hellsten Licht ein großes weißes Rund, wie eine Schaubühne unter den Strahlenkegeln ungezählter Scheinwerfer.

Aus dem Dunkel unter dieser Lichtscheibe hallte es drohend, dumpf, dann schossen helle Explosionsflammen hoch, dann — aber in diesem Augenblick erst — gellten die Sirenen auf — Flammenlohen gierten — und jetzt raste der Donner berstender Bomben ununterbrochen los. Berger eilte ans Radio: gerade war Baldrian da und verkündete, daß es einigen wenigen Flugzeugen gelungen sei, in sehr großer Höhe sich über die Stadt einzuschleichen. Deutsche Jäger seien im Angriff. Jetzt kamen die Flugzeuge niedriger. Taghell von Bränden, Leuchtbojen und Tannenbäumen das unglückselige Viertel der Stadt.

Im Hause Panik. Bombenkrachen in der Nähe von Lünkenruh. Die Menschen flohen in den Keller, wie sie aus dem Bett gestürzt waren. Die wenigsten hatten noch nach einem Kleidungsstück greifen können. Eine Herde bleicher, zitternder Menschen, ihre letzte Stunde vor Augen.

Hochflatternde Brände, in deren Widerschein der Stadtparkrand in seltsamer Deutlichkeit stand. Der helle Sand der Sportplatzbarrikade glomm wie gehäufte Leuchtmasse. Im Treppenhaus zerklirrten Fenster.

In sehr großer Höhe und weit auseinandergezogen mußten die Flugzeuge, von keiner Beobachtungsstelle bemerkt, eingeflogen sein und waren im Gleitflug auf die nichtsahnende Stadt niedergestoßen. Wie grauenvoll dieser heimtückisch vorbereitete Überfall war, erfuhren die Menschen erst am anderen Tage.

An diesem anderen Tage lag die Alster glatt und schön im Glanze des Frühlings. Aber schon an der Alten Rabenstraße begann das Chaos. Auf das große Eckhaus war eine Mine niedergegangen und hatte rundherum eine Stätte des Grauens geschaffen; unter den Trümmern des Eckhauses zweiunddreißig Menschen begraben. Mehr als dreihundert Tote hatte die Nacht gefordert. Vor dem Eingang am Hauptbahnhofbunker wurden siebzehn Menschen buchstäblich zertreten. Die gleichen grauenhaften Szenen am Bunkerturm an der Moorweide, der, da Alarm nicht gegeben worden war, noch geschlossen war, als die Menschen heranstürzten, um Schutz zu suchen. Als die Türen sich öffneten, kämpften die Menschen verzweifelt um Einlaß. Zwölf Menschen wurden zerdrückt, zertreten oder von Bombensplittern zerrissen. Ein paar Schritte entfernt von der Tür, hinter der sie Rettung gefunden hätten.

EINE STADT KAPITULIERT

Es war das erste Mal gewesen, daß Hamburg einen großangelegten Angriff ohne vorherigen Alarm über sich hatte ergehen lassen müssen. Darum die Auswirkungen so entsetzensvoll. Nicht allein wegen der Verluste an Menschenleben oder wegen der Zerstörungen, sondern weil sich keiner mehr der Überzeugung verschloß, daß bei Fortsetzung dieser neuen feindlichen Methode des Anschleichens es keinen Schutz mehr gab.

Der Tod Roosevelts am 12. April hatte wie im ganzen Reich auch in Hamburg keinen Eindruck gemacht. Die Ereignisse waren inzwischen so ungeheuerlich geworden, daß ein Einzelschicksal sie nicht mehr beeinflussen konnte.

Die Fieberkurve des Lebens in Hamburg stieg an. Alarm auf Alarm. Vereinzelte Bomben. Die Front rückte näher und näher. Der Feind hatte sich bis an das Südufer der Elbe vorgeschoben und an der Oberelbe versucht, überzusetzen. Es gelang nicht. Über die Unterelbe hinweg wurden die Elbvororte mit Granaten belegt.

Zwischendurch ein Wunder: Die Wasserleitungen kamen wieder in Ordnung. Der Brunnenhahn, in Voraussicht dieses Ereignisses seit Wochen offen gelassen, begann zu tropfen; dann schnorchelte die Luft auf der Flucht vor dem andrängenden Wasser heraus; dann bildeten sich am Wasserhahn Bläschen und zerplatzten. Bergers standen und staunten den sich mühenden Wasserhahn an; immer wieder schien der Druck zu versagen; immer wieder aus der Tiefe des Rohres Röcheln, als ob sich Kobolde schulterruckend emporarbeiteten, und dann endlich sahen Bergers nach glucksend zerspringenden Blasen einen wie aus Kristall gedrechselten gewundenen Strahl, der sich im Fall in großen Tropfen auflöste. Ein kleines Erlebnis, eine große Beglückung.

Am Montagabend sprach der Gauleiter über den Rundfunk zu den Hamburgern. Er bat, ihm Vertrauen zu schenken, er sei sich seiner Pflicht Hamburg gegenüber bewußt und werde, was auch komme, in Hamburg bleiben.

Wundervolle Frühlingstage. Dienstagabend heftiges Gewitter mit schweren Regengüssen. Als Bergers zu Bett gingen, spiegelte sich der zunehmende Mond, silbern über den Westhimmel trendelnd, in dem regennassen Asphalt der Straße. Aus den Schrebergärten das durstgesättigte Atmen der Erde; die Teerdächer der Lauben und Häuschen schimmerten im Widerlicht des Mondes hell. Nie war, so meinte Else, das Schweigen einer Nacht so dunkel, nie das Dunkel so schweigend wie in dieser, die ihren seraphischen Bogen über alle Sterne hinaus steilte.

Fernher Geschützdonner.

Gerüchte! Gerüchte! Zahlreiche Panzer bei Lüneburg abgeschossen. Der Feind aus Ülzen und Soltau wieder vertrieben; auch aus Schneverdingen und Welle.

Telefonanruf bei Berger: Billstedt wird geräumt. Die Nachricht bestätigte sich nicht. Aus der Richtung würde der Feind aber wohl auf Hamburg anrücken.

Baldrian gab am Abend des 19. April — Göbbels hatte kurz vorher eine Geburtstagsrede auf den Führer gehalten — den Lebensmittelaufruf bekannt: Backpulver, 2 kg Zucker, 100 Gramm Kaffeebohnen, 50 Gramm Tee; 250 Gramm Margarine. Dann die militärische Lage: der Feind in Lüneburg, in Soltau, in Jesteburg; bis nach Lauenburg vorgestoßen.

Im Luftschutzkeller erzählte eine Dame, wie die Übergabe Hannovers vor sich gegangen sein sollte: morgens acht Uhr sei Hannover zur Übergabe aufgefordert worden. Ablehnung! Um neun Uhr Wiederholung der Aufforderung. Ablehnung! Die Stadt ein Hexenkessel widerstreitendster

Meinungen. Die Bevölkerung für Übergabe; die Befehlshaber aller Schattierungen nicht. Es seien dann feindliche Geschwader gekommen, so dicht aufeinander, daß man wirklich in ihrem Schatten hätte kämpfen können. Sie flogen eine Parade weniger des Todes als der Vernunft des Lebendigen. Nicht eine einzige Bombe fiel. Inzwischen kam die dritte Aufforderung, die Stadt zu übergeben. Hannover ergab sich.

Im Luftschutzkeller war man einer Meinung: so sollte es Hamburg auch machen. Die Menschen sahen bangend in die Zukunft. Hamburg war in diesen Tagen gesteckt voll von Militär; die Wehrmachtwagen fuhren mit Luki.

Nur wenigen bekannt, bereitete sich Geheimnisvolles vor. Ein Geschehen am Rande, und doch Kreiselpunkt schnell abrollender Ereignisse. Der Überfallangriff in der Nacht zum 14. April hatte dabei entscheidenden Anteil.

Kein Mensch wußte genaueres; aber es ging sohlenleise durch die Herzen: Hamburg wird kapitulieren. Man wies auf die seltsame Tatsache hin: immer wieder Alarme, aber keine Angriffe. Es wurde ohne Waffen um Hamburg gekämpft. Von dem Donner der Geschütze zitterte die Luft; die Fenster klirrten den Hall nach. Die Deutschen sollen versucht haben, die Elbbrücken zu sprengen.

Wenn durch die Verteidigung Hamburgs — so beteten viele Herzen — eine Schicksalswende in letzter Stunde herbeigeführt werden kann, wenn allein durch die Opferung der Stadt Deutschland noch zu retten ist — dann wollen wir unsere Stadt bis auf den letzten Mann, bis auf die letzte Hand verteidigen!

Wenn aber nicht — dann sei jede Minute verflucht, um welche das Grauen verlängert wird!

Es ging etwas vor. Baldrian hatte um neun Uhr abends reichlich mysteriös zu den Hamburgern gesprochen: deutlich für den, der hören wollte. Er warnte vor Unruhestiftern, denn die verstärkte Polizei — und im Falle einer Besetzung der Stadt — auch die Besatzungsbehörden würden allen Unruhen mit größter Schärfe begegnen. Nur wenn man Ruhe bewahre, sei die Lebensmittelversorgung verbürgt.

Berger stellte das Radio ab und umarmte Else: „Für Hamburg ist der Krieg aus, Else."

„Gott, Alfred, was du nicht alles glaubst!"

„Was ich dir sage. Heute nacht werden wir ohne Alarm schlafen."

„Wieso denn, Alfred? Woher weißt du es?"

„Mein Verstand sagt es mir. Wenn Baldrian die Möglichkeit einer Besetzung Hamburgs andeutet, dann ist etwas unterwegs. Wenn sie das in letzter Stunde fertig bringen, dann soll den Männern, die sich heute den Teufel um Keitel, Himmler und Bormann kümmern, vor der Geschichte und dem Herzen Hamburgs vieles vergeben werden."

Bergers Glauben an die Vernunft war unerschütterlich.

„So bist du dein Leben lang gewesen", sagte Else. „Du redest dir etwas ein, und dann kann kommen, was will: du glaubst."

„Eben, eben! Und weil ich's glaube, geschieht es! Das verstehst du nur nicht."

„Ja, weil du glaubst, der Krieg sei für Hamburg zu Ende, geht er zu Ende? Und das? Und das? Ist das Alarm oder nicht?"

Die Sirenen heulten.

„Gewiß ist das Alarm. Mich regt's nicht mehr auf."

„Dann gehen wir nicht in den Keller?"

„Nein, wir bleiben oben, Else."

Es blieb beim Alarm. Die Flugzeuge flogen an der Stadt vorüber.

In den Gärten standen die rötlich schimmernden Kronen der Mandelbäume wie Keuschheitsgedanken der Erde. Die Tulpen reckten sich wie gutgewachsene Mädchen, die bunte Trinkkelche gegeneinander heben. Die Luft war trächtig von Vermählungsbrunst.

Berger nahm war, daß an den Sperren immer noch gearbeitet wurde. Man traf Vorbereitungen zur Sprengung der Fleetbrücken. Heilloser Unsinn; die Einfriedigung der

Binnenalster am Jungfernstieg beim Alsterdamm war bereits demoliert. Was für hirnlose Kindereien!

Von einem zum andern Tag war das Straßenbild wieder verändert: so gut wie keine Soldaten und keine Motorfahrer mehr. Alles Militär aus dem Gebiet von Groß-Hamburg herausgezogen. Die Geschütze der Stadtparkbatterien hatten ihre Schutzumhüllungen angelegt. Soldaten und Arbeitsdienst ließen Hände und Füße ruhen. Junge Mädchen halfen ihnen dabei. Sah alles nicht mehr nach Krieg aus.

Bomberverband bei Vechta auf Nordkurs; Anflug auf Bremen, über Bremen kreisend. Abflug Richtung Hamburg.

Apokalyptisches Wetter. Tiefer Wolkenzug, Regen, Hagel, Böen, Bomberverband näher. Zwölf-Minuten-Warnung. Kurswechsel der Bomber; Richtung Bremen. Ein paar Flugzeuge geisterten weiter in der Nähe der Stadt und in der Elbmündung und flogen ab.

Der Feind stand bei Buxtehude und beschoß die diesseitigen Elbufer. In der Hauptsache lagen Finkenwerder und Blankenese unter Beschuß.

Rot ging die Sonne unter. Graues Gewölk über goldstreifigem Himmel; darüber helles Licht wie aus einer Grotte hervorquellend. Wind wühlte das Gewolke auf und trieb es vor sich her.

Frontbericht über Radio aus Berlin: Russen bis auf den Alexanderplatz vorgedrungen. Männer und Frauen sprechen aus der Hölle von Berlin über den Rundfunk zu ihren Volksgenossen. Ergreifend ihre Zuversicht, rührend ihre Mahnung, mit ihnen auszuharren.

Großadmiral Dönitz soll Höchstkommandierender für Hamburg geworden sein.

Bei der Beschießung von Finkenwerder, Blankenese und Klein-Flottbek soll es 48 Tote gegeben haben. Montagabend Vollalarm. Verbände von Helgoland her. Jabos über der Stadt. Alles war in die Keller gegangen.

Man fragte Berger: „Was sagen Sie nun?“

Berger ruhig: „Haben Sie schon Bomben fallen hören?“

„Nein, noch nicht."

„Also warten Sie's doch ab!"

Bis gegen ein Uhr dauerte der Zauber über der Stadt. Abflug ohne Bombenabwurf.

Am anderen Morgen zehn Uhr das gleiche Schauspiel. Die Verbände griffen schließlich Neumünster und Oldesloe an.

Berger versicherte Else, daß diese Alarme und Scheinbedrohungen die Begleitmusik seien zu den ganz bestimmt von Hamburg aus geführten Verhandlungen mit dem Feind. Manchmal schien alles zu scheitern, denn darauf deuteten die Ausführungen Baldrians hin, man möge sich in Hamburg auf die allerschärfste Nervenprobe einstellen.

Jeder Tag eine Nervenprobe, der man zu erliegen meinte. Immer näher rückte der Feind; immer stärker massierte er schwere Geschütze jenseits der Elbe. Panzerspitzen in der Fischbeker Heide. Eine deutsche Marineabteilung schoß neununddreißig anglo-amerikanische Panzer ab; Shermans und Churchills. Sehr erhebend; aber —?

In der Nacht hörten Bergers das ferne Singen fliegender Geschosse.

Am Morgen wurden die Straßensperren für den Wagenverkehr geschlossen. Überall gelbe Zettel mit der Aufforderung, bis zum Letzten auszuhalten. Die Frauen standen Schlange nach dem aufgerufenen Kaffee. Es gab keine Kartoffeln und kein Gemüse mehr; die Zufuhr war ausgeblieben.

Die Kastanien blühten, die Tulpenbäume standen in voller Pracht, der Flieder wußte sich vor Duft nicht zu lassen. Die Vorgärten wurden über Nacht geplündert. Die Achtung vor dem Eigentum anderer schwand. Am Nachmittag belegte der Feind die Elbvororte mit schweren Brocken; die Lampen klirrten, der Einschlag zitterte wellig im Erdboden nach. Um und über Hamburg ständig Fernaufklärer und Jabos. Alarm wurde nicht gegeben.

Aus den Fenstern der Blumengeschäfte waren die Schilder: „Heute keine Blumen" plötzlich verschwunden. Berge von

Narzissen und Primeln. Die Frauen kauften wild, sie wollten endlich wieder einen Strauß Blumen auf dem Tisch haben.

Weshalb hatte es eigentlich jahrelang keine Blumen gegeben? Waren sie auch Mangelware?

Bei der Reichsbahn Verkehr in Richtung Lübeck nur bis Ahrensburg; in Richtung Norden nur bis Elmshorn.

Auf einmal war die Stadt wieder ein Heerlager. Der Stadtpark gesteckt voll von Soldaten, überall Scheinwerferanlagen, Sprechleitungen, Kabelstränge. Bergers Zuversicht geriet nun doch ins Wanken. Wenn der Stadtpark — wie es den Anschein hatte — ein militärischer Stützpunkt wurde, dann sah es für Lünkenruh mehr als schlimm aus. Anflug großer Verbände auf Lüneburg und Lauenburg, zur Zeit Drehpunkte der Angriffsbewegung im Raum um Groß-Hamburg. Es mehrten sich die Leute, die offen die Meldungen der Feindsender weitergaben. Die anglo-amerikanischen Truppen standen Gewehr bei Fuß, ohne weiter vorzurücken.

Unvorstellbare Seligkeit bei den Kindern: es gab Spielsachen zu kaufen! Als ob der Weihnachtsmann eine Vorbescherung beschlossen hatte. Blechtrompeten, Papptiere, Bälle, Schubkarren, Wagen. Nicht viel, aber doch genug, um Kinderherzen zu erfreuen.

Die Kommunisten hatten für den 25. April heimlich zu einer öffentlichen Demonstration aufgerufen. Die Regierenden in Hamburg hatten davon erfahren und unternahmen nichts. Sie ließen Tag und Stunde herankommen; sie hatten ihr Probatum est. Als die Demonstration vor sich gehen sollte, wurde Alarm gegeben und mit der Demonstration war es aus.

Max hatte sich doch einmal wieder die Zeit genommen, zu Bergers zu gehen. Er fragte nach Harald.

„Wir wissen nichts“, sagte Berger nur und fragte. „Wie geht’s bei euch?“

„Schlecht“, antwortete Max. „Mit dem Studieren ist es jetzt aus. Studiengelder gibt’s nicht mehr. Ich weiß nicht, was werden soll.“

„Wir werden alle neu anfangen müssen, Max. Glücklich, wer einen Anfang findet. Vorausgesetzt, daß man uns die Möglichkeit läßt, neu anzufangen."

Und als Max bedrückt schwieg, fuhr Berger fort: „Es erweist sich doch jetzt, daß die Menschheit in einem fundamentalen Irrtum befangen war, als sie glaubte, das Mittelalter überwunden zu haben. Gegen den Aspekt des Heutigen gehalten, muß uns das Mittelalter als eine Zeit von höchster Sittlichkeit erscheinen. Was waren die mittelalterlichen Kriegsgreuel, die Glaubensverfolgungen, was die Inquisition und die Hexenverbennungen gegenüber den Gräßlichkeiten von heute? Ist der Wille zur Auslöschung besiegter Völker nicht ein Erbe jener Bluttherrscher östlicher Steppenländer, aus denen schon einmal der abendländischen Kultur Untergang drohte?"

Und nach einem Schweigen: „Die Welt fordert uns alle vor ihren Richterstuhl. Wie wir uns wichtig dünkten in einem Lebenskreis, dem wir unbedingt Bedeutung zumaßen, so sehen wir jetzt unsere eigene Wichtigkeit und die Bedeutung unseres Lebenskreises in ein Nichts verrinnen. Begreifen wir denn das Ungeheure überhaupt, das dieser Krieg darstellt? Begreifen wir die Weltentseelung, die über uns gekommen ist? Wie kann man glauben, die Menschheit zum Siege zu führen, wenn man der Kanaille im Menschen das Wort überläßt?"

„Das war doch auch bei uns der Fall", sagte Else mit zornschwingender Stimme.

„Auch bei uns. Ich gestehe auch zu, daß man sich gegen einen Widersacher der Mittel bedienen darf, derer er sich bedient oder derer man sich von ihm zu gewärtigen hat. Das ändert aber nichts an der Tatsache, daß die Welt durch diesen Krieg einen Tiefstand ihres Menschentums erreicht hat, der ihr ewig zur Schande gereichen wird."

„Ach", sagte Else, „was die Welt sich daraus macht! Ich bin davon überzeugt, daß mein einfacher Menschenverstand in der Stunde der Entscheidung noch tausend Möglichkeiten sähe, einen Krieg zu vermeiden, selbst dann, wenn die hohen

Herren meinen, es gäbe keine andere, als die Waffen sprechen zu lassen. Wenn der Krieg für die von den Männern betriebene Politik eine Ultima ratio ist, so beweist das, daß die Männer für die Politik nicht taugen. Das scheint mir durch diesen Krieg hinlänglich bewiesen."

„Wenn die Dinge so einfach lägen, Tante Else —" warf Max ein.

„So einfach liegen die Dinge, mein Junge. Die Herzen der Menschen müssen nur guten Willens sein."

„Da sie das aber nicht sind und kaum jemals sein werden —"

Else stand auf. „Dann wird sie eines Tages an ihren eigenen Greueln ersticken und zugrunde gehen. Was für eine Welt! Hunderte von Millionen Menschen bis an die Zähne bewaffnet im Kampf widereinander! Ungezählte Millionen verbluten in Schlachten; ungezählte Millionen zerstückelt und zerfetzt im Bombenregen! Millionen und Millionen um das Letzte gebracht — was ist das für eine Welt?"

Berger griff nach ihrer Hand. „Du hast gewiß recht, Else. Was aber vermögen wir —"

Sie nahm ihre Hand aus seiner: „Weil sich das alle fragen, deshalb ist es so. Es kommt der Tag, an dem wir Frauen sagen: Es soll kein Krieg sein! Und wenn die Männer es zehnmal beschlossen haben. Und es wird dann kein Krieg mehr sein!"

Das Verhältnis zwischen Mariechen und Max hatte sich gebessert, ohne daß sie aber die frühere Innigkeit füreinander wieder gefunden hätten. Sie befanden sich in einer gewissen Distanz zueinander, sie bezeigten sich gegenseitig Gutwilligkeit, die sich aber nie mehr in Zärtlichkeit verlor. Es war eine schlimme Zeit für sie. Studiengelder gab es nicht mehr, und Max hatte sich damit abfinden müssen, daß Mariechen ihre eigenen Mittel in Anspruch nahm. Diese Mittel waren nicht sehr groß, aber sie hatte vom Vater her einige gute Papiere, die nur den Nachteil hatten, daß sie in einem Sammeldepot in Berlin lagen. Immerhin hatte sie Leute, die die Papiere freundschaftlich beliehen; dazu kam die unsichtbare Hilfe der grauseidenen Gravität, so daß man es einige Zeit würde aushalten können. Sofern es nicht regnet, sagte die Mutter; womit sie meinte, wenn es nicht schlimmer wird. Nach Regen sah es aber verdammt aus, hatten die Bankleute der grauseidenen Gravität zugeraunt; denn wie es mit Aktien und Obligationen wird, wenn wir den Krieg endgültig verloren haben — er ist ja schon verloren! — das wissen die Alliierten besser als die Götter.

Das regte die grauseidene Gravität nicht auf. Seit sie ihren Enkel hatte, war sie von einem Optimismus, wie sie ihn in der besten Zeit ihres Wohlstandes nicht besessen hatte. Ihre sonst so gefühlskarge Natur war nichts als Kraft und Mut, ja Besessenheit, wenn es um den Jungen ging. Wenn es ihr auch um Mariechen leid tat, daß ihre Ehe nicht mehr so zu sein schien, wie sie hätte sein sollen, sie würde Max keine Träne nachweinen. Das sagte sie Mariechen natürlich nicht; wenn aber, was hin und wieder geschah, von Ehen in ihrer Bekanntschaft gesprochen wurde, vertrat sie wie nebensächlich die Ansicht, daß für eine Ehe ein Ende mit Schrecken besser sei als ein Schrecken ohne Ende. Das war immer nur so nebenher gemünzt, so daß Mariechen gar nicht darauf kam, es sei für sie bestimmt.

Mit seinen neuen Freunden kam Max regelmäßig zusammen. Eva lebte in steter Angst, daß Ali eines Tages hinter Elfriedens Verhältnis mit Max kommen werde. Es sah aber nicht danach aus. Er vertraute seiner Schwester und dem neuen Freunde, er machte sich sogar den Scherz, sie miteinander zu necken und freute sich königlich, wenn Elfriede rot wurde. Eva und Paul gewahrten mit Angst, wie sich das Mädchen immer mehr an seine Liebe verlor.

Berger hatte ein Erlebnis, das ihn einen tiefen Blick in die menschliche Seele tun ließ. An der Michaeliskirche waren Zuchthäusler an der Aufräumung und wurden von bewaffneten Aufsehern bewacht. Als Unteraufseher fungierte ein Gefangener, der seine Genossen behandelte, als ob er nur aus Versehen unter sie geraten sei. Er hatte das Brot zu verteilen und warf es ihnen wie Hunden zu.

Abends Mitteilung über Rundfunk: der gesamte Eisenbahnverkehr ab und nach Hamburg eingestellt.

Auf der Konferenz in Washington legte der Nachfolger Roosevelts, Truman, eine chilialistische Walze Wilsons auf: Konstruktion eines Friedens, der Kriege für alle Zeiten ausschließt und allen Völkern der Erde Glück und Zufriedenheit bringt. Es gab Leute in der Welt, die glaubten etwas Ähnliches schon einmal gehört zu haben.

Flüchtlinge aus Berlin erzählten grauenvolle Einzelheiten aus den Kämpfen um und in der Reichshauptstadt. Berger traf immer wieder Menschen, die das fürchterliche Ende dieses Krieges vorausgesehen haben wollten und offen erklärten, es sei ihnen gleich, ob sie englisch, amerikanisch oder sowjetisch werden würden. Überall krasse Hinneigung zum Kreatürlichen. Was heißt höhere Menschenrechte, hält ihm einer entgegen. Essen, trinken, schlafen, ohne Sorgen sein; das ist alles. Und daß die Männer Weiber und die Weiber Männer haben! Und alles weitere walte Gott, der Herr! Verstehn Sie, Herr?

Bei Trauerfällen — gleichviel ob es sich um Kriegsgefallene oder um Bombenopfer daheim handelte — für Männer nur einen Armflor, für Frauen schwarze Strümpfe. Holz für Särge nicht vorhanden! Stoff für Totenhemden auch nicht. Die Toten kamen in eine große Papiertüte. Der Leihsarg wurde für die Bestattung zur Verfügung gestellt.

Immer wieder Alarm; man regte sich nicht auf. Laßt sie fliegen! Viel Platz am Himmel!

Um diese Zeit — die Rhododendron standen in Blüte — war das Blütenparadies der Lühe sonst das Ziel der Hamburger. Die Deiche, an denen die breite Elbe freundlich vorüberströmte, die behäbigen Bauernhäuser mit ihren Prunkportalen, mit ihren plattdeutschen Sprüchen, diese Gewese erdtüchtiger Bauern, die in den Fußtapfen jener Niederländer wandeln, die hier einst siedelten, das alles war hineingerückt in den blutrot umzüngelten Wirbel des Krieges. Horneburg, Estebrügge, Francop, York und Borstel wurden umkämpft und wieder freigekämpft.

Der Gottesfrieden von Bauerngärten!

Die Furcht vor Tieffliegern nahm groteske Formen an. Ein englischer Flieger soll im Tiefflug die Passanten auf dem Jungfernstieg beschossen haben. Natürlich eine Schauermär. Dennoch setzen sich viele Leute aus Furcht vor Tieffliegern nicht mehr ans Fenster und Bewohner höherer Stockwerke rückten ihre Betten aus dem Schlafzimmer nach der Straße auf den Korridor.

Else war am Nachmittag bei ihrer Wäscherin.

„Waschen Sie noch, Frau Wohlau?"

„Warum soll ich nicht mehr waschen? Haben Sie Schnaps oder Zigaretten?"

„Woher soll ich Schnaps und Zigaretten haben?"

„Dann sehn Sie zu, wo Sie Ihre Wäsche waschen lassen. Bei mir nicht."

Am Sonntagnachmittag spielte sich in den dicken Wolkenpackungen über dem Stadtpark ein Luftkampf ab. Alarm war wieder nicht gegeben worden. Man hörte das kurze Hacken der Maschinengewehre und das Bellen der Bordkanonen. Senkrecht kam aus den Wolken ein Flugzeug herab, hinter ihm eine Rauchfahne. Ehe es hinter dem Pappelrand des Stadtparkes verschwand, explodierte es. Unter den Wolken taumelten Fallschirme herab.

Über Pinneberg — Pinneberg ist die hamburgische Tarnbezeichnung für den Londonsender — soll die Nachricht gekommen sein, daß Himmler England und Amerika eine Kapitulation angeboten habe. Ihm sei geantwortet worden, daß Deutschland auch Rußland Kapitulation anbieten müsse. Das wollte man nicht. Dichtung oder Wahrheit?

Baldrian sprach über die Kriegslage. Feindspitze bei Schwarzenbek. Nach ihm sprach der Gauleiter: Er würde für sein geliebtes Hamburg das tun, was ihm Herz und Gewissen geböten. Jeder möge seiner Arbeit wie sonst nachgehen und seine Pflicht tun.

Mussolini soll kurz vor Überschreiten der Schweizer Grenze von italienischen Freiheitskämpfern gefangen genommen und nach Mailand gebracht worden sein. Dort sei er von einem Standgericht mit siebzehn seiner Getreuen zum Tode verurteilt und sofort erschossen worden. Auf dem Platz vor dem Mailänder Dom habe man die Leichen zur Schau gestellt.

Teile einer nordamerikanischen Luftlandedivision auf dem rechten Ufer der Oberelbe bei Lauenburg. Luftangriff auf Friedrichsruh. Bismarck-Schloß schwer getroffen. Unter den Toten der Schweizer Generalkonsul in Hamburg Zehnder und dessen Frau. Das Schloß war der Zufluchtsort schwedischer und schweizerischer Diplomaten und zeigte die Flaggen Schwedens und der Schweiz.

Berger wanderte nach der Trümmerstätte in Hamm hinaus. Die Hammer Landstraße herab weit auseinandergezogen deutsches Militär. Ein müder Zug, von Verzweiflung umwittert. Die Gesichter blaßgelb und ausgemergelt; die tief eingesunkenen Augen auf die Straße gesenkt oder ins Wesenlose gerichtet. Ihr Schreiten automatenhaft ohne Willensgebung. Lichtloser Tag von grenzenloser Entseelung. Über den Trümmerhalden rechts und links wolkt Wind Staub. Schreiten durch eine endlose Schädelstätte. Grauen hockt beinern.

Am Wichernsweg entdeckte Berger an einem kleinen Notbau den Spruch: „Arbeit und Fliet, ritt di ut de Schiet. 1944.“ Ein gut hamburgisches Bekenntnis.

1. Mai. Nationalfeiertag der deutschen Arbeit. Man machte keinen Gebrauch davon. Auf einer Hausruine am Hauptbahnhof prangte eine Sowjetflagge; sie wurde heruntergeholt.

Sonderzuteilung: 250 Gramm Butter, 750 Gramm Salzfleisch pro Person. Baldrian mahnte, sparsam zu wirtschaften; es müßte möglicherweise für Wochen reichen. Das „Salzfleisch“ ist geräucherter Speck und saftiger Schinken. Die Menschen wissen sich vor Freude nicht zu lassen.

Am Abend über den Rundfunk: Der Führer kämpfend in der Reichskanzlei gefallen.

Großadmiral Dönitz, Nachfolger des Führers, forderte in einer Botschaft Wehrmacht und Volk zur Treue auf.

Um elf Uhr Gauleiter und Reichsstatthalter Kaufmann am Rundfunk: Er mahnte zur Ruhe und Disziplin und gelobte, seinen Weg zum Wohle Hamburgs bis zum Ende zu gehen.

Nachts zwei Uhr eine Unzahl von Flugzeugen über der Stadt. Bergers waren aufgestanden und sahen in Richtung des Flugplatzes Fuhlsbüttel einen Scheinwerfer kerzengerade unentwegt zum Himmel ragen. Die Flakbatterie im Stadtpark feuerte wiederholt. Die Leute von Lünkenruh waren besorgt in den Keller gegangen.

Der 2. Mai grau und kalt. Dönitz sprach in Botschaften von der Weiterführung des Krieges, vor allem gegen Rußland.

Plötzlich Taumel in der Stadt. Man will einen Anschlag gelesen haben, in dem Hamburg zur offenen Stadt erklärt worden sei. Alle glauben es, weil sie es sehnlichst wünschen. Die Erregung der Menschen kannte keine Grenzen. Der Drahtfunk brachte keine Bestätigung, auch in der Zeitung verlautete nichts. Wieder Tiefstand der Stimmung.

Der Bevölkerung war nicht bekannt geworden, daß im Einverständnis mit dem Gauleiter mutige Hamburger mit dem vor Harburg stehenden Feind Fühlung genommen hatten, um ihre Vaterstadt vor dem Schlimmsten zu behüten. Es war auch geheim geblieben, daß der Kommandeur der Alliierten Truppen, Generalmajor Lyne, an den Kampfkommandanten von Hamburg, Generalmajor Wolz, eine Aufforderung zur Kapitulation gesandt hatte. Hamburg werde, so hieß es darin, die Großangriffe von über tausend schweren Bombern nicht leicht vergessen haben, jetzt stünde ein fünf- bis zehnmal stärkerer Verband zur Verfügung, der von nahen Flugplätzen einfliegen könne. Nach dem Kriege wolle das deutsche Volk leben und müsse ernährt werden. Je mehr die Hafenanlagen von Hamburg beschädigt würden, um so schwieriger die Möglichkeiten, Deutschland vor einer Hungersnot zu bewahren. Für den

Fall der Ablehnung der Kapitulation werde Hamburg mit allen zur Verfügung stehenden Kräften angegriffen. Generalmajor Wolz war längst entschlossen, den Weg der Vernunft zu gehen und Hamburg keinem falsch verstandenen militärischen Gehorsam zu opfern, da er sich in vollem Einverständnis mit dem Gauleiter Kaufmann und Staatssekretär Ahrens wußte. So steuerte die Kogge Hamburg bereits den rettenden Hafen an, als die Menschen sie noch auf den Wogen der Ungewißheit schwanken glaubten.

Ein schicksalsträchtiger Tag ging zu Ende. Gegen zwanzig Uhr gab Baldrian über den Drahtfunk Nachricht, daß der Gauleiter zwanzig Uhr dreißig eine wichtige Mitteilung machen werde. Man möge die Lautsprecher an die geöffneten Fenster stellen, damit auch die Menschen auf der Straße sie vernehmen könnten.

Alle wissen: Zwanzig Uhr dreißig werden nicht nur die Hamburger am Rundfunk sitzen, sondern Millionen und Millionen Deutscher. Auch das Ausland wird auf Hamburg einschalten, denn auch dort weiß man, daß der Zeiger einer der bedeutungsvollsten Stunden der Geschichte entgegenrückt.

Zwanzig Uhr dreißig. Das deutsche Volk, so beginnt der Gauleiter, sei in diesem gewaltigsten aller Kriege, für Deutschland eine unausmeßbare Katastrophe, einem mächtigen Feindbund unterlegen. Es sei sinnlos, Hamburg, das bereits so viele Opfer gebracht habe, den Angriffen eines Feindes auszusetzen, der mit gewaltigen Kräften zu Lande und in der Luft vor den Toren der Stadt stehe. Er wolle und könne es nicht verantworten, Hunderttausende von Frauen, Kindern und Männern nutzlos hinopfern zu lassen. Am Donnerstag, dem 3. Mai, würden die Engländer Hamburg besetzen. Man möge Würde, Haltung und Disziplin bewahren. Schluß. Schweigen.

Um neun Uhr spricht Reichsminister Krosigk-Schwerin. In der Hauptsache gegen die Bolschewisten.

Dann über Drahtfunk an die Hamburger die Aufforderung, am 3. Mai ihrer Arbeit nachzugehen: die Verkehrsmittel würden wie immer verkehren.

Um dreiundzwanzig Uhr Vollalarm. Die Herzen bebten. War in letzter Stunde doch noch alles zu Bruch gegangen? Alles stürzte in die Keller. Starke Geschwader waren, ohne die Stadt zu berühren, nach Schleswig-Holstein eingeflogen. Entwarnung gegen Mitternacht.

Baldrian teilte mit, daß der Alarm ohne Wissen der zuständigen Stellen gegeben worden sei. Für Hamburg sei die Zeit der Alarme mit dem heutigen Tage vorbei. Baldrian schloß mit der Mitteilung, daß er nicht wisse, ob er noch einmal über das Mikrophon sprechen werde; auf jeden Fall wünsche er jedem einzelnen für die Zukunft alles Gute.

Es war der letzte Alarm. Die Schrecken der Luftangriffe auf Hamburg gehörten der Vergangenheit an.

Berger sinnierte sich in den Schlaf: Alarm! Alarm! All' arm! All' arm!

Und morgen wird Hamburg besetzt! Seit der Franzosenherrschaft 1813 hatte kein feindlicher Fuß Hamburg betreten.

Der 3. Mai. Sonnig, aber nicht warm.

Von morgens acht Uhr dreißig ab gibt der Reichssender in viertelstündigen Abständen bekannt:

Hamburg ist offene Stadt.

Am Mittag werden britische Besatzungstruppen einrücken.

Der Oberbefehlshaber der Besatzungstruppen ordnet an:

Ab mittags 13 Uhr Ausgehverbot für die gesamte Bevölkerung mit Ausnahme der Arbeiter der Wasser- und Elektrizitätswerke.

Die Durchführung dieser Anordnung obliegt der Polizei. Bei Schwierigkeiten greift die Besatzungstruppe mit Waffengewalt ein.

Behörden und Betriebe schließen um zehn Uhr. In den Betrieben verbleibt lediglich der Werkschutz.

Die öffentlichen Verkehrsmittel ruhen ab 12 Uhr.

Nach Aufhebung des Ausgehverbots — dessen Dauer von dem Wohlverhalten der hamburgischen Bevölkerung abhängt — soll jeder seiner Arbeit nachgehen, sofern der britische Oberbefehlshaber nicht anders befindet.

Die Milchgeschäfte, die am Donnerstag sonst geschlossen sind, sollen möglichst offen gehalten werden, damit die Bevölkerung in den Besitz der Milch gelangt.

Um dreizehn Uhr Baldrian wieder am Mikrophon, um mitzuteilen, daß die Briten sich auf Hamburg in Marsch gesetzt haben. Er verabschiedet sich noch einmal und schließt mit den Worten: Es lebe Hamburg! Es lebe Deutschland!

Der Reichssender Hamburg erklärte, daß er keine Nachrichten mehr geben werde. Abschiedsworte. Feierliches Spiel des Deutschlandliedes.

Und während das Lied langsam verklang, brausten Geschwader feindlicher Flugzeuge dicht aufgeschlossen ganz niedrig über die Stadt einher, fächerten auseinander, so daß sie über jedem Teil der Stadt waren und flogen dann nordwärts den Flugplatz Fuhlsbüttel an.

Alle Straßen totenleer.

In dieser Stunde wurde in Hamburg viel geweint.

Um siebzehn Uhr hatten die Panzerspitzen den Stadtrand erreicht.

Berger war nach Beginn des „Hausarrestes" in den Keller gegangen, um Sachen aus dem Luftschutzkeller herauf zu holen. Als erstes den Marmor-Goethe. Sein majestätisches Antlitz beherrschte nun wieder das Zimmer. Dann die Bücher! Da liegen die treuen Gefährten eines Lebens zu Haufen geschichtet und warten darauf, wieder in Reih' und Glied zu stehen, ihr Wort wieder an die Menschen zu richten, zu denen sie gehören.

Um einundzwanzig Uhr durch die toten Straßen Panzerspähwagen heran und an Lünkenruh vorbei. Flugzeuge am Himmel, der sich mit kargem Rot bekleidet hatte.

Dann kam die Nacht. Lichtbalken vieler Scheinwerfer gitterten die Stadt ein; zum Zeichen wohl, daß diese Stadt befriedetes Gebiet sei.

Am Morgen des 4. Mai um sechs Uhr um Lünkenruh das Lärmen heranrollender schwerer Fahrzeuge. Ein endloser Zug von Kampfwagen, voran Spähwagen und Motorradfahrer, dann allerschwerste Tanks mit aufgesessener Infanterie mit gezückten Maschinenpistolen.

Um neun Uhr machten etwa 50 kleine Kampfwagen vor Lünkenruh Quartier; Schnellkocher wurden angezündet; ein kriegerisch-friedliches Bild. Berger konnte es sich nicht versagen, dieses Bild vom Balkon aus zu knipsen, mit dem Erfolg, daß nach einer Weile drei schwer bewaffnete Engländer in die Wohnung kamen und nach „Papa“ fragten. Papa Berger, schon ganz in Friedensstimmung, wußte nicht, was das Aufgebot sollte; er wurde belehrt, daß er nicht fotografieren dürfe. Die Soldaten, offenbar angerührt von der Ordnung des bücherstarrenden Arbeitszimmers, waren überaus manierlich. Berger nahm den Film aus dem Apparat, rollte ihn auseinander und damit waren die schönen Aufnahmen natürlich hin. Lächelnd und befriedigt zog das britische Heer ab.

Aus den England-Sendungen erfahren die Hamburger, daß die Kapitulation ihrer Stadt Beispiel für viele andere deutsche Städte geworden war. Überall wurde der sinnlose Widerstand aufgegeben. Hüben und drüben dadurch viel Opfer erspart.

Am Sonnabendabend begann der Hamburg-Sender sein Programm zu senden; englisch-deutsche Ansage. Beethoven. Sendezeit zunächst nur abends von sieben bis zehn Uhr.

Sonntagnachmittag ein nach Hunderten zählender Zug gefangener deutscher Soldaten dem Stadtpark zu.

Ab Montag stand auf dem Hockeyplatz der Lünkenruh gegenüber abends eine Scheinwerferabteilung, die einen mächtigen Lichtkegel über die Stadt schickte; bis in den Morgen hinein. Am Dammtor wurde in den Anlagen dem Kriegerdenkmal der Sechsundsiebziger gegenüber, ein englischer Soldat bestattet, der auf dem Marsch nach Hamburg einer früher erhaltenen Verwundung erlegen war.

Reichssender Hamburg: Radio Hamburg, ein Sender der Alliierten Militärregierung.

GRÜNDLINGE SCHWIMMEN OBEN

Max ging an einem der ersten Ausgehtage zu seinen neuen Freunden und wurde freudig begrüßt. Er selber war ziemlich bedrückt.

„Was soll nun werden?“ fragte er.

„Zunächst ist der Krieg einmal aus“, sagte Ali. „Der Kampf in Berlin wird heute oder morgen zu Ende sein —“

„Ja, und dann?“

„Und dann, Max? Unser Leben von vorn anfangen.“

„Womit aber?“ gab Max zu bedenken.

„Sieh, mein Junge“, sagte Schmidt, „mit dem Studieren wird's vorläufig Essig sein; mein' ich wenigstens. Arzt werden? Es kommen so viele Ärzte aus dem Felde zurück. Ganz was anderes anfangen! Clever sein. Was meinst du, Ali?“

Max sah Elfriede an, die seinen Blick besorgt erwiderte.

„Das weiß ich nicht, Paul. Zunächst muß jeder anpacken, wo sich einem was bietet. Später kann man immer noch sehen.“

„Was macht ihr denn?“ wollte Max wissen.

Ali und Paul blickten einander an: „Wir? Wir machen weiter. Für uns kann's nur besser werden. Auf die Fleischtöpfe Ägyptens braucht sich noch keiner zu freuen. Solltest mitmachen. Um Gottes willen keine falsche Scham! Arbeit schändet nicht.“

„Nein — Arbeit nicht.“

Eva und Elfriede tauschten einen Blick.

„Das ist nichts für Max“, sagte Eva. „Der ist viel zu zipp. Das muß gelernt sein.“

„Lernt er! Lernt er!“ beteuerte Schmidt. „Wir haben’s auch lernen müssen. Und zipp? Wieso ist Max zipp? Das hat er bald heraus, worauf es ankommt. Was meinst du, Max?“

„Was ihr könnt, mein’ ich, kann ich auch.“

„Seht ihr?“ triumphierte Schmidt. „Und was du kannst, Eva, kann Max lange!“ Er lächelte ihr versteckt zu: „Er kann deine Stelle einnehmen und du bleibst zu Hause.“

„Könnte dir passen! Nein, mein Lieber; ich hab’ dich gern unter Aufsicht. Wir werden für Max schon etwas finden, wenn er überhaupt will.“

„Ich muß ja leben, Eva“, sagte Max. „Wovon? Von Luft allein kann ich’s nicht.“

„Na“, meinte Paul harmlos, „und von der Liebe auch nicht. Wird sich schon machen. Laß dich häufiger bei uns sehen. Diese blöde Ausgehzeit bleibt auch nicht ewig.“

„Eine verrückte Welt!“ ließ Ali sich vernehmen. „Radio Hamburg sendet jetzt in sechs, sieben Sprachen. Ein Kauderwelsch nach dem anderen. Post wird nicht befördert. Geschäfte bis vier Uhr auf. Fahrräder darf man nicht benutzen — kommt für mich sowieso nicht in Frage —, telefonieren darf man nur geschäftlich und abends um neun Uhr ist curfew.“

„Gestern, als die Verdunkelung aufgehoben wurde und die Fenster wieder hell waren“ — Elfriede sagte es, als spräche sie nur für Max — „hätt’ ich weinen können.“

„Das laß nur“, tröstete Paul, „weinen kannst du noch genug.“

„Habt ihr’s gehört“, lenkte Eva ab, „wir haben jetzt einen neuen Oberbürgermeister.“

„Oberbürgermeister ist Quatsch. Wir haben immer einen ersten und zweiten Bürgermeister gehabt. Wer ist es?“

„Rudolf Petersen, der Bruder von Carl Petersen.“

„Das war noch einer, der Carl Petersen! Der Großvater war auch Bürgermeister.“

„Werden ja sehen, was der Rudolf mitgekriegt hat.“

„Jedenfalls war seine Antrittsrede sehr würdig. Ein nobler Zug, daß er, wie er sagte, seine Ansprache nicht schließen wolle, ohne des Mannes zu gedenken, der, wenn er ihm auch grundsätzlich entgegen stehe, in schwerer Stunde den rechten Weg und den rechten Mut fand, Hamburg schwere Blutopfer zu ersparen und dadurch auch den Engländern den Blutzoll der Eroberer nicht abforderte. Wer Ohren hatte zu hören, der hörte; denn wenn Radio Hamburg — ein Sender der Alliierten Militärregierung — das übermitteln durfte, so ist das immerhin bedeutungsvoll."

„Nanu; Max! Du redest ja wie'n Buch!" neckte Ali.

„Ach, laßt ihn doch", wehrte Elfriede ab, „ihr brächtet es ja nicht so zusammen.

„Die Engländer wissen, was sie wollen", meinte Eva.

„Es wäre besser, sie wüßten, was sie tun. Immer auf die Deutschen einhauen durch den Rundfunk, ihnen immer wieder vorreiten, sie seien barbarisch, kulturfeindlich, hinterhältig, anmaßend und was weiß ich, das ist eine psychologische Dummheit ersten Ranges. Ich glaube, sie überspannen den Bogen. Kein Mensch erträgt es auf die Dauer, immer nur heruntergemacht zu werden. Sie waren von jeher schlechte Psychologen, die Engländer."

„Na, na, na!" mahnte Eva. „So schlimm doch nicht."

„Schlimmer noch. Der Engländer hält sich für Gottes liebstes Kind, es kommt ihm gar nicht in den Sinn, sich mit irgend jemandem zu vergleichen. Er steht hier und die anderen stehen dort. Hat nicht gestern jemand im England-Sender behauptet, die deutsche ärztliche Kunst sei mindestens zehn bis fünfzehn Jahre hinter der anderer Länder zurück? Es habe deutsche Frontärzte gegeben, die von Bluttransfusionen keine Ahnung hatten, aber Gliedmaßen zu amputieren hätten sie vortrefflich verstanden und darum liefen jetzt Zehntausende von deutschen Kriegskrüppeln herum, die ihre gesunden Glieder noch haben könnten, wenn die deutschen Ärzte nicht versagt hätten. Es sei doch sehr bemerkenswert, daß der Zeitpunkt des Rückgangs der deutschen Medizin zusammenfalle mit dem

Zeitpunkt, wo man in Deutschland von jüdischen Ärzten nichts mehr habe wissen wollen."

„Ereifere dich nicht, Ali. Etwas Wahres wird schon dran sein."

„Natürlich. Zweifellos waren unter den jüdischen Ärzten bedeutende Männer; aber nicht jeder jüdische Arzt war ein bedeutender Arzt, so wenig wie jeder deutsche Arzt ein unbedeutender Arzt. Eine unkluge Art der Propaganda, die tief verstimmt, weil auf deutscher Seite keine Möglichkeit besteht, ihr entgegen zu treten."

„Laßt sie doch", sagte Max. „Es ist noch keiner dadurch größer geworden, daß er einen anderen kleiner gemacht hat. Im Felde und in den Lazaretten ist bei uns für jeden Verwundeten, ob Freund, ob Feind, alles getan worden. Natürlich fehlten uns, von aller Welt eingeschlossen, manche Hilfs- und Heilmittel; natürlich ging deshalb — aber nur deshalb! — manches schlimmer aus, als es hätte auszugehen brauchen. Es ist daher niederträchtig, von der Unzulänglichkeit deutscher Ärzte zu sprechen. Die deutschen Ärzte im Felde konnten von keinem Arzt der Welt übertroffen werden. Wenn dieser Rundfunkschwätzer nur einen Funken von Berufsehre in sich hat, wird er sich eines Tages dieser Worte bis in die Seele hinein schämen."

Am 8. Mai kam Berger bleich wie ein Toter nach Hause. Erschrocken blickte Else ihn an: „Was ist dir? Ist dir nicht gut?"

„Doch", sagte er und hängte seinen Hut auf. „Sehr gut sogar. Es ist nun soweit."

Sie sah ihn fragend an.

„Die Wehrmacht kapituliert. Bedingungslos", sagte er klanglos.

„Gottlob und Dank, Alfred! Dann ist der Krieg aus."

„Ja, und mit Deutschland auch, Else." Er ging in sein Arbeitszimmer. Else folgte ihm und legte die Arme um ihn. Sie sah sein Gesicht zucken.

„So mußte es ja kommen, Alfred. Wir konnten doch nicht siegen."

Er machte sich von ihr frei und schritt auf und ab. „Natürlich konnten wir nicht siegen. So hätte es aber nicht zu kommen brauchen.“

„Wie hätte es denn kommen sollen?“

„Anders. Ehrenvoller für uns. Ehrenvoller auch für die anderen. So bis ins tiefste durfte man einen tapferen Gegner nicht demütigen. Nicht zu der soldatischen Niederlage die Diffamierung hinzufügen.“

Und als Else bedrückt schwieg: „Das ist das unselige Unconditional surrender Roosevelts in Casablanca. Man hat doch davon gehört, daß damals in Deutschland Friedensbereitschaft war, man hätte nur zuzugreifen brauchen. Aber ein so schnelles Kriegsende paßte nicht in den Plan Roosevelts und seines Gehirntrusts. Das hätte die amerikanische Kriegsmaschinerie vorzeitig zum Stillstand gebracht. Da mußte schlau ein Mittel ersonnen werden, um die deutsche Friedensgeneigtheit im Keime zu ersticken; vor allem mußte der Anschein gewahrt werden, als sei man daran schuldlos. So formulierte er das Wort von der bedingungslosen Kapitulation, das nicht nur für die vorfühlenden deutschen Generale, die zu einem Frieden auch gegen den Willen der Reichsführung bereit waren, ein Schlag ins Gesicht war, sondern das auch darauf angelegt war, den Unentwegten in Deutschland neuen Zündstoff zu liefern.“

„Willst du damit sagen, daß er mit seiner Forderung auf bedingungslose Kapitulation absichtlich den Krieg hat verlängern wollen?“

„Das wird man sagen. Er wußte, daß er mit der Ablehnung den Schein des Rechts haben würde, weiterkämpfen zu dürfen. Die Zumutung einer bedingungslosen Kapitulation war Öl ins Feuer und grenzenlose Demütigung.“

Else blickte ihn an: „Wir werden diese Demütigung hinnehmen müssen, weil sie das Ende unseres Elends bedeutet. Wie willst du — wie will überhaupt jemand wissen, welche Gedanken Roosevelt dabei hatte?“

Berger lachte. „Nur ein Amerikaner, der sich der erbarmungslosen Kriegsführung der Nordstaaten gegen die Südstaaten erinnerte, konnte in diesem gewaltigen Völkerringen von bedingungsloser Kapitulation sprechen. Nicht Churchill und nicht Stalin war es je in den Sinn gekommen, dem Besiegten auch noch diese Schmach vorzubehalten. Der Sieger ehrt sich selber, wenn er vor dem Besiegten den Degen senkt. Von dieser Soldatentugend weiß man in Amerika anscheinend nichts."

Sie schüttelte den Kopf: „Bedingungslos oder nicht bedingungslos! Ist das in dieser Stunde nicht gleich?"

„In dieser Stunde, ja! Damals aber nicht. Ohne dieses vor aller Welt gesprochene Wort — mit Bedacht offenbar nicht in einer offiziellen Sitzung, sondern in einer Konferenz mit Zeitungskorrespondenten —, ohne dieses Wort wäre der Krieg längst zu Ende gewesen. Anstatt die innerdeutschen Widerstandskräfte zu stärken, nahm man ihnen den Wind aus den Segeln. Ohne dieses Wort wären allen Kriegführenden — auch den Amerikanern, das möge man drüben hören! — unerhörte Blutopfer erspart worden. Dieses Wort des amerikanischen Präsidenten hat die Friedensbereitschaft der besonnenen deutschen Generale torpediert. Zur Härte hätte Roosevelt immer noch Zeit und Gelegenheit genug gehabt. Was hätte man ihm bei uns, sobald die Waffen ruhten, noch entgegensetzen können?"

„Ich weiß es nicht, Alfred. Und was weißt am Ende du?"

„Nichts! Natürlich nichts! Entweder hat er gewußt, welchen Sturm sein Wort von der bedingungslosen Kapitulation in Deutschland erwecken würde — dann war es eine staatsmännische Perfidie; oder er hat die psychologische Wirkung überhaupt nicht erfaßt — dann war es eine staatsmännische Unzulänglichkeit ungeheuerlichster Art. In diesem wie in jenem Fall hat aber sein Land genau wie die Länder seiner Verbündeten für dieses Wort unnötig blutig zahlen müssen."

„Bist du gerecht, Alfred? Er wollte am Ende auch nichts anderes als den Frieden der Welt."

„Hatte er sich seine zweite Präsidentschaft nicht erschlichen mit der feierlichen Zusicherung, daß keiner amerikanischen Mutter Sohn in einen Krieg außer Landes geführt werden solle? Sah sein ganzes Volk in ihm nicht den beherzten Bewahrer des Friedens für Amerika? Welche Ungeheuerlichkeit! Dieser Mann war für den Fall seiner Wiederwahl innerlich nicht nur längst zur Einmischung in die europäischen Wirren entschlossen, sondern war auch bereits Eventualverpflichtungen mit den Feinden Deutschlands eingegangen. War er, der aller Welt die Friedenspfeife Manitus zeigte, nicht der erste, der den Pukwana, den Rauch aus der Friedenspfeife, überqualmen ließ aus Zehntausenden von Schloten seiner aus der Erde gestampften Kriegsindustrie?" Er hob höhnisch die Schulter: „Frieden der Welt! Frieden der Welt! Wie Roosevelt ihn verstand!" Er griff ein Buch vom Regal. „Ich will dir ein Wort von einem großen Franzosen vorlesen, mit dem er 1917 die Ankunft der amerikanischen Soldaten auf französischem Boden zu feiern für gut befand: „Jetzt sind die letzten Streiter für Recht, Gerechtigkeit und Kultur bei uns eingebrochen. Es sind recht seltsame Knaben, diese Amerikaner. Frankreich aber und Deutschland, die beiden intelligentesten Völker der Welt, hören nicht auf, die Besten ihrer Söhne zum Vorteil dieser Wilden ins Feuer zu schicken. Und gerade diese werden den Sieg davontragen. Sie werden der Welt im Friedensvertrag die biblischen und philosophischen, mit der Maschine geschriebenen Träumereien des Herrn Wilson aufzwingen. In der einen Hand halten sie die Bibel, in der anderen ein Stück Baumwolle — welch' widerliche Mischung von Sittenstrenge und Geschäftsgeist!" Alfred schob das Buch ins Regal und fragte über die Schulter zurückgewandt Else: „Hältst du Anatole France für einen Dummkopf?"

„Nein. Trotzdem braucht er nicht recht zu haben. Ein Land, das nie Soldatentum gekannt hat, wird auch nicht viel von den Soldatentugenden wissen, auf die das alte

Europa sich etwas zugute tut. Es hat diese Tugenden immer teuer genug bezahlt. Im übrigen meine ich, daß dein Anatole France sich eine kleine Anleihe bei Fontane erlaubt hat, der lange vor ihm — allerdings von den Engländern — gesagt hat, daß sie vom lieben Gott sprechen und Kattun meinen."

„Sehr klug bemerkt, Else. Die Engländer haben sich auch nie so messianisch geriert wie die Amerikaner. Auf der Insel ist man robuster und ehrlicher, wenngleich vor zwei Jahrhunderten Jonathan Swift schon unverblümt verkündete, daß heilsame Schwindeleien zur Kriegführung erforderlich seien und das Volk kein Anrecht auf politische Wahrheit habe, da das Vaterland ohne die Staatslügenkunst nicht bestehen könne. Swift war Satiriker und man weiß daher nicht, wie er es gemeint hat. Um so deutlicher war aber im Jahre 1930 der Oppositionsführer im Oberhaus Arthur Ponsonby" — Alfred griff wieder nach dem Buch und blätterte es auf — „er sagte nämlich: ‚Die Lüge ist eine anerkannte und außerordentliche Kriegswaffe. In Kriegszeiten ist das Versäumnis, zu lügen, eine Nachlässigkeit; die Lüge zu bezweifeln: ein Vergehen; die Wahrheit zu sagen: ein Verbrechen.'"

Else sah ihn böse an: „Und bei uns hat man nie gelogen! Bei uns hat man immer die Wahrheit gesagt! Bei uns hat man nie gehetzt und herabgesetzt! Sei doch ehrlich, Alfred!"

Er stellte lächelnd das Buch zurück: „Natürlich hat man das bei uns auch getan. Warum nicht bei uns, wenn es überall geübt wird? Das ist doch eben das Verderbliche, daß alle Völker von ihren Regierungen belogen werden. Die Regierungen lassen sich wählen und bezeigen den Wählern ihren Dank dadurch, daß sie sie durch Geheimdiplomatie entmündigen. Wenn sie sich festgefahren haben, dürfen die dummen Völker zu den Waffen greifen und einander totschlagen. Um die heiligsten Güter der Menschheit natürlich! Als ob die Dummheit der Regierenden zu den heiligsten Gütern der Menschheit rechnete. Staatsmänner sollte man überhaupt nicht zu den denkfähigen Wesen zählen, weil sie in den meisten Fällen den Wald vor lauter Bäumen nicht sehen."

In aller ihrer Bedrücktheit lächelte Else: „Ach, Alfred! Wie schade daß du nicht in der Regierung sitzt! Und dabei bist du der Meinung, daß nichts geschieht, das nicht geschehen muß."

„Solange wir uns mit Gegebenem abfinden, gewiß. Ist die Dummheit der Völker indes etwas Unabänderliches?"

„Zweifelsohne. Denn da die Völker bleiben, die Regierungen aber wechseln, so muß wohl die Dummheit der Völker eine fundamentale Voraussetzung ihrer Existenz sein. Sie hätten längst einsehen müssen, daß sie ihre eigenen Prügelknaben sind. Und was meinst du, kommt jetzt?"

„Abklatsch alter Komödien. Die Sieger sind die besseren Menschen, der Besiegte ein stinkender Barbar. Wir leben in einer Epoche grandioser Weltverdummung und das Schönste ist, daß die ganze Welt es weiß. Die Menschheit agiert eine Katzenkomödie vor sich selber, für die man sie anspeien sollte."

„Wer siegt, sitzt im Recht. Verbittere daran nicht. Wir werden schon zu unserem Glauben wieder kommen."

„Zu welchem Glauben, Else?"

„Zu dem Glauben, daß in der ganzen Welt keine Bäume in den Himmel wachsen." Sie legte ihren Arm um ihn: „Nun werden wir ja auch von Harald etwas hören."

„Gott geb's!" sagte Alfred.

Mehr noch als das äußere Bild der Stadt sich geändert hatte durch den Anschlag immer neuer Verordnungen der Besatzungsbehörden, durch die überall angebrachten Zettel mit Tauschangeboten, Verkaufsanzeigen, Kaufgesuchen, mit Suchanzeigen nach vermißten Soldaten und dem Verbleib von Ostflüchtlingen, hatte sich das Innere der Menschen gewandelt. Die ewig Gestrigen, die ewig Verkannten, verkannt, weil sie keiner Zeit etwas zu geben hatten, witterten Morgenluft und drängten sich vor. Es waren viele da, die sofort Anschluß bei den Engländern gefunden hatten und mit Namen von Personen und Kommissionen paradierten, als seien sie mit ihnen frère et cochon. Sie taten, als hätten sie, wen sie wollten, in der Tasche und ließen sich auch herab, dem und jenem zu versprechen, für ihn einzutreten, wenn es nötig werden sollte. Eine klebrige Servilität umgab diese Kerle, die vom Rauchen englischer Zigaretten gelbe Finger hatten und in allerlei Ausschüssen sich breitmachten, von denen kein Mensch wußte, was sie wollten oder konnten. Wie die Ratten waren sie da, diese Gesellen, die, da sie nie etwas gegolten, nun ihre Zeit gekommen glaubten. Ein Freibeutergesindel, das, immer gesinnungslos, jede Überzeugung beschnüffelte und jede Anständigkeit als verdächtig abtat. Soweit sie eine Spur von Weltanschauung hatten, holten sie ihre alten Ladenhüter hervor und priesen Überlebtes als das dauernd Neue. Hybrides Pack, das die Venus besang und den Anus meinte. Auch jene kehrten zurück, die nur deswegen ‚emigriert' waren, weil sie nicht Soldat hatten werden wollen und sich nun als Opfer des Nazi-Regimes aufspielten. Sie sprachen von ihren Leiden und ihrem Dulden, von ihrem Entferntsein vom Vaterland, aber daß sie ihm nicht die Treue gehalten, daß andere für sie hatten streiten und sterben müssen, davon sprachen sie nicht.

Jetzt erst konnte man entfernt ahnen, was über Deutschland hereingebrochen war und noch hereinbrechen würde. Eine Welt von Haß tat sich auf. Was deutsch war, war verabscheuungswürdig. Immer wieder kam über den Rundfunk eine Flut von Schilderungen aus den Konzentrationslagern, mit der unverhohlenen Anschuldigung, daß an diesen Greueln das ganze Volk mitschuldig und mitverantwortlich sei.

In Bergers Betrieb hatte Waldmann schon gleich an einem der ersten Besetzungstage seinen Platz räumen müssen. Wie überall hatte sich auch dort ein radikaler Betriebsrat gebildet, der unnachsichtig ‚säuberte'. Berger hatte erwartet, daß Edith sich jetzt bei ihnen sehen lassen würde. Sie kam nicht; wohl, wie Berger zu Else meinte, weil sie ihm Schuld beimaß.

Aber auch Berger selber sollte nicht verschont bleiben. Der von den Engländern eingesetzte Treuhänder, der sich Custodian nannte, stellte ihm ein Schreiben zu, wonach er wegen Bezeigung nationalsozialistischer Gesinnung fristlos entlassen werden müsse. Berger faßte sich an den Kopf. Er wegen nationalsozialistischer Gesinnung fristlos entlassen? Ohne ihn gehört, ohne ihn verhört zu haben? Ohne auch nur anzugeben, worauf sich die Anschuldigung stützte?

Es war, als sei der Himmel über ihm eingestürzt. Ein Menschenleben lang hatte er dort gestrebt und gearbeitet, und nun von heute auf morgen völlig rechtlos?

Er sprach Rathsack an. Der zuckte die Achsel und wand sich, gestand dann aber, daß es gegen seinen Willen geschehen sei. Er habe sogar für ihn gesprochen; aber die anderen —

„Ich bin keinem zu nahe getreten, Rathsack, das wissen Sie. Wo ich etwas für die Arbeiter habe tun können, habe ich es getan. Und wenn ich im Laufe der Zeit etwas angeordnet haben sollte — ich bin mir dessen nicht bewußt — das anders aussah, dann nur, weil es im Interesse aller war. Hätte ich das eine oder andere unterlassen, würde man uns das Geschäft geschlossen haben. Und was dann?"

„Das weiß ich ja, Herr Berger. Es ist abgestimmt worden —"

„Und warum hat man mich nicht hinzugezogen?"

„Man hielt es nicht für nötig, Herr Berger."

„Wo in aller Welt ist es Sitte, jemand zu verurteilen, ohne ihn zu hören?"

„Das hat man uns in Deutschland hinlänglich vorexerziert."

„Und habt darüber geschimpft! Und heute macht ihr's genau so!"

Rathsack zuckte die Achsel: „Es ist eine Anordnung der Militärregierung."

„Lassen Sie doch den Unsinn, Rathsack! Ihr legt's den Engländern vor, und die unterschreiben. Sechsunddreißig Jahre bin ich hier! Sechsunddreißig Jahre! Wissen Sie, was das heißt? Wissen Sie, wo Sie allesamt geblieben wären, wenn ich diese sechsunddreißig Jahre nicht dem Geschäft geopfert hätte? Auf der Straße säßet ihr, wie ihr da seid!"

„Na, na, Herr Berger —! Dann hätten wir woanders gearbeitet. Wer was kann, kann ja was. Sie haben auch nicht umsonst gearbeitet."

„Sie vielleicht?"

„Nein; da wär' ich wohl nicht weit gekommen. Ich kann wirklich nichts für Sie tun, Herr Berger."

„Nichts für mich tun! Das ist lachhaft, Rathsack. Keiner soll was für mich tun. Aber mein Recht will ich!"

Rathsack sah ihn schief an: „Die Kollegen meinen, es sei Ihnen durch die Engländer geworden."

„Grüßen Sie Ihre Kollegen von mir. Ich bedanke mich bei ihnen. Bei Ihnen auch, Herr Betriebsrat!"

Er ging, um den Custodian zu sprechen. Der Custodian hatte im Augenblick keine Zeit.

„Feiges Aas!" knirschte Berger, nahm seinen Hut und ging.

Er schritt langsam die Treppe hinab. Stufe um Stufe; und jeder Schritt ließ ein Stück seines Lebens zurück. Er hatte noch niemals die Stufen gezählt; dazu hatte er keine Muße gehabt. Heute tat er's. Er zählte sechsunddreißig Stufen. Für jedes hier verbrachte Lebensjahr eine Stufe hinab, lächelte er schmerzlich. Eigentlich hätte es umgekehrt sein müssen, meinte er.

Else nahm die Hiobsbotschaft genau so auf, wie Alfred es sich gedacht hatte. Sie war weder in Lamentationen ausgebrochen, noch hatte sie sich zu Ausfällen hinreißen lassen. Einen Augenblick wollte ihr zwar das Herz stillstehen, sie fühlte, wie ihr das Blut aus dem Gesicht wegrann; aber dann hatte sie sich wieder in der Gewalt.

„Das läßt du dir nicht gefallen, Alfred", sagte sie ruhig.

„Das werde ich zunächst wohl müssen, Else. Es ist eine Anordnung der Militärregierung."

„Auch eine Anordnung der Militärregierung kann aus Unrecht kein Recht machen. Du läßt es dir nicht gefallen." Er schwieg einen Augenblick. Dann sagte er beschwichtigend: „Ich wollte ohnehin in Pension gehen; nun geschieht's eben etwas früher."

„Nicht so! Nicht weggeschickt. Das fechten wir durch. Das geht auch nicht von den Engländern aus, sondern von den Deutschen."

„Die Engländer sanktionieren die Entscheidungen der Deutschen. Es wird kaum etwas zu machen sein."

„Sie sanktionieren die ehrlichen und korrekten Entscheidungen, nicht aber die hinterhältigen, mit denen Rache geübt werden soll. Da will sich jemand lieb Kind bei ihnen machen oder ist auf eigenen Vorteil aus." Und plötzlich ausbrechend: „Gott, was gibt es für Schweine in der Welt!"

Berger lächelte bei allem Kummer.

Sie schämte sich des Wortes und errötete: „Ist doch wahr, Alfred. Wie kann man mit einem Mann, der so viel für die Firma getan hat, so umspringen. Wir gehen dagegen an und wenn es den letzten Pfennig kostet!"

„Beim letzten Pfennig sind wir schon angelangt, Else. Fristlose Entlassung heißt Sperrung des Gehalts —"

„Das gibt es doch gar nicht —!"

„Das gibt es wohl. Dazu Sperrung des Vermögens, Sperrung der Konten —"

Else sank nun doch auf einen Stuhl. „Ja, gibt's denn das?" fragte sie fassungslos.

Er lächelte bitter-amüsiert über ihre Verzweiflung: „Es wird noch viel mehr geben. Wir wissen es nur noch nicht."

Sie blickte ihn an: „Und leben? Wovon leben?"

„Da siehe du zu. Wenn nicht anders, von der Wohlfahrt."

Vor Zorn glühend sprang sie auf: „Und das, meinst du, nehmen wir hin? Wie ein Hund, den man schlägt? Es wird doch noch Recht in Deutschland geben?"

„Ja, — das Kriegsrecht."

„Was haben wir mit dem Kriegsrecht zu tun? Man nimmt dir unter nichtigem Vorwand deine Arbeit, setzt dich auf die Straße! Das hat mit Kriegsrecht nichts zu tun. Du gehst morgen sofort zu deinem Anwalt. Wir wollen doch einmal sehen, ob die Welt so einfach auf den Kopf gestellt werden kann! Doktor Martin wird dir schon den richtigen Weg weisen, um zu deinem Recht zu kommen."

Am Abend saßen sie auf ihrem Südwestbalkon. Ein schöner Frühlingstag ging zu Ende. Seit Sonntag stand auf dem Hockeyplatz ein Scheinwerfer, der einen breit ausfächernden Lichtkegel über die Stadt schickte. Etwa acht bis zehn solcher Lichtbalken bildeten ein Strahlengewölbe, unter dem die Stadt wie unter schützenden Händen ruhte.

Alfred und Else genossen die Stille der totschweigsamen Stadt. Wie seltsam belebt die Häuser der Nebenstraßen von Lichtflecken; wie wunderbar der besternte Himmel über dem Lichtdom der Scheinwerfer. Das leise Surren der Scheinwerferlampe vom Hockeyplatz herüber, das Lichtgefunke von Käfern im Bereich des Scheins, das ängstliche Flattern von Nachtvögeln, die der geheimnisvollen Vergitterung des Himmels zu entrinnen strebten, die Wipfel der Birken grellgrün im gleißenden Licht, das langsame Schreiten der Militärpatrouillen, das Ausdröhnen und Abschwellen des Lärms von Motorfahrzeugen — alles wie auf einer Riesenbühne, auf die sie hinab blickten.

Warm wie eine Julinacht. Wie eine jener Julinächte, da der gleiche besternte Himmel sich über die Stadt spannte und aus ungezählten Hunderten von Flugzeugen Tod und Verderben einbrachen in Schlaf und Ausruhen.

„Wie schön, daß der Krieg vorbei ist", sagte Else leise.

Alfred schwieg.

„Und nun kommt dieses wieder. Können die Menschen niemals Frieden geben? Wozu dieses noch? Und immer nur die Deutschen!"

„Nein, nein. Das geht nun überall so. In allen Ländern, in denen Deutsche waren — es war nach dem ersten Weltkrieg in Frankreich, in Holland und Belgien auch so — geht nun die Jagd los auf die Feinde des Vaterlandes unter den eigenen Volksgenossen."

„Genau die gleichen Methoden wie bei den Nazis: Urteil ohne Vernehmung! Verurteilung ohne Verhandlung! Wo ist da ein Unterschied?"

„Ich komme mir vor wie ein Schiffsjunge auf der Nock eines krängenden Schiffes. Wenn ich loslasse, ist alles aus."

„Du mußt nicht loslassen, Alfred." Und nach einer Weile: „Wenn's uns schlecht geht — es ist andern auch schon schlecht gegangen — wir haben Sachen genug zu verkaufen. Und wenn ich den letzten Fetzen hergeben muß: Recht muß Recht bleiben."

„Geduld, Else. Geduld! Geduld bringt Rosen."

„Und was tu ich mit den Rosen?'

Ein Nachtvogel flatterte, vom Scheinwerferlicht silbrig überronnen, der Rosette der Lichtverstrebungen zu.

Doktor Martin, den Berger am anderen Morgen aufsuchte, war einer der wenigen Anwälte, die von den Engländern sofort zugelassen worden waren. Ein besonnener Mann, dessen Jugendlichkeit seiner juristischen Klugheit keinen Abbruch tat, von einigem Humor, den ihn die Launenhaftigkeit der Göttin der Gerechtigkeit gelehrt haben mochte.

Er hörte Berger ruhig an; es war nicht der erste Fall, der ihm vorgetragen wurde. Immer die gleichen Vorzeichen: unter dem Schutz von Verordnungen der Besatzungsmacht kühlte man sein Mütchen an Leuten, an die man sonst nicht hatte herankommen können.

„Was soll ich tun, Herr Doktor? Mir ist Unrecht geschehen."

„Nach Ihrer Darstellung unzweifelhaft. Was tun? Die Frage ist, was Sie tun können! Sie können gar nichts tun! Es handelt sich um eine Entscheidung der Militärregierung, die der deutschen Gerichtsbarkeit nicht untersteht."

„Schön! Dann muß es doch eine deutsche Stelle geben, wo ich nachweisen kann, daß die deutschen Voraussetzungen für die Entscheidung der Militärregierung falsch sind."

„Eine solche Stelle sollte es eigentlich geben, gibt es aber nicht. Ihre Angelegenheit gehört vor das Arbeitsgericht. Das Arbeitsgericht nimmt Ihre Klage gar nicht erst an und erklärt sich für Verhandlungen über Entscheidungen der Militärregierung für unzuständig, da sie unanfechtbar sind."

„Aber mein Gott, man muß doch selbst in dieser Zeit des Irrsinns zu seinem Recht kommen! Gibt es kein Recht mehr?"

„Doch, doch! Das Recht der Deutschen, attestiert von der Besatzungsmacht, unangreifbar durch ihre Autorität."

„Aber das gibt's doch in der ganzen Welt nicht, daß eine Rechtsentscheidung, eine Rechtserkenntnis — die im Grunde — wie hier bei mir — ja gar keine ist, da ein von juristischer Erfahrung unbelastetes ziviles Gremium von Deutschen — Betriebsrat genannt — die Entscheidung getroffen hat — unanfechtbar wäre."

„Lieber Herr Berger, es scheint Ihnen entgangen zu sein, daß wir unter Kriegsrecht leben. Unter einem Recht also, das von seiner brutalen Primitivität seit tausend Jahren nichts verloren hat. Vor dem Schwert des Siegers gibt es kein Recht des Besiegten. Selbst das sogenannte Völkerrecht unterliegt der Ausdeutung durch den Obsiegenden. Die Methoden der Ausdeutung haben sich mit der Zeit außerordentlich verfeinert, und wie man Annexionen sich gewöhnt hat, Grenzberichtigungen zu nennen, so Diebstähle und Räubereien: Reparationen und Restitutionen."

„Und was kann ich tun?"

„Gar nichts. Die Engländer sind viel zu klug, den Deutschen Unrecht zu tun. Die Besatzungsarbeiten sind zu umfangreich, als daß sie sich mit Kleinigkeiten wie die Reinigung der Betriebe von nationalsozialistischen Elementen aufhalten könnten. Also schalten sie die Deutschen ein und halten ihnen ernstlich vor, daß von ihnen Ehrlichkeit und Gerechtigkeit erwartet wird. Das versprechen die

Deutschen, die Engländer glauben ihnen — oder tun so, als ob sie's täten — und beglaubigen die deutschen Entscheide als nach Recht und Gerechtigkeit geschehen. Das ist der wunde Punkt nämlich. Die Engländer erkennen diese Entscheide ohne Nachprüfung an. Sie können sie auch nicht nachprüfen, es sind der Entscheide zu viele."

„Das ist doch grauenhaft!"

Der Anwalt machte ein humoriges Gesicht: „Jeder Einzelfall gewiß. Als Gesamterscheinung eine Groteske, lächerlich und grausig zugleich. Wie die Deutschen aufeinander losgehen! Mit jener Hirn- und Instinktlosigkeit, die den Deutschen auszeichnet, sobald er eine Befugnis erhält. Man gebe dem Deutschen eine Befugnis, und die Befugnis hat ihn. Der Engländer sieht dem Spiel der Deutschen widereinander lächelnd zu. Ein raffiniert ausgeklügeltes und konsequent durchgeführtes System, bei dem die Deutschen sich zu Vollstreckern ihres eigenen kleinen Hasses machen zum Vorteil der Besatzungsmacht."

„Soll ich Ihnen sagen, wie meine Frau diese Deutschen genannt hat?"

Der Anwalt lächelte: „Da sie sich bestimmt Ihre bildhafte Ausdrucksweise angeeignet hat, kann ich mir die Bezeichnung denken. Natürlich gehören diese Deutschen jener zoologischen Kategorie an. Auch als Zweibeiner rechnen sie zum Nutzvieh, werden daher geschützt und sind — wenigstens heute noch — vor der Abkehlung sicher."

„Und meine Existenz, die vernichtet ist?"

„Man könnte eines tun — ich weiß nicht, ob jemand es bereits unternommen hat, — es ist auch fraglich, welchen Erfolg man damit hat — Sie müßten den Betriebsrat Mann für Mann auf Schadensersatz verklagen wegen grobfahrlässiger Pflichtverletzung bei der Beurteilung Ihres Falles. Das Recht steht Ihnen als Angestellter des Betriebes unzweifelhaft zu."

„Es ist so. Wie aber soll ich es beweisen?"

„Sehn Sie, das ist es nämlich! Die Herren werden mit frommer Miene vor Gericht versichern, nach bestem Wissen und Gewissen gehandelt zu haben — und selbst wenn das Gericht von diesem Wissen und Gewissen keinen imponierenden Eindruck gewinnen sollte — wird es den Leuten Glauben schenken müssen."

„Und ich bin so klug wie zuvor. Und Geld dafür habe ich auch nicht."

„Das kommt hinzu. Und wenn Sie obsiegten, dann haben die Herrschaften kein Geld. Sie erreichen gar nichts. Daß Sie es mit Böswilligkeit Ihnen gegenüber zu tun haben, ist Ihnen klar. Man durfte einen Mann, der seiner Firma sechsunddreißig Jahre gedient hat, aus machtfimmeliger Überheblichkeit und unter hämischer Ausnutzung andersgemeinter Anordnungen der Besatzungsmacht nicht um seine Existenz, ja, um seinen Ruf bringen. Warten Sie's ab. Die Engländer haben das Wort: Wait and see. Machen Sie's wie sie."

„Und dabei verhungere ich —"

„Nein. Nein. Wir haben das Hungern inzwischen so gut gelernt, daß uns das Verhungern schwer fällt."

Berger erhob sich und reichte ihm die Hand: „God save the king!"

Mariechen kam in diesen Tagen zu Bergers und war erschüttert von dem neuen Schicksalsschlag, der über die Freunde hereingebrochen war.

„Was wollt ihr nun tun?" jammerte sie.

„Das ist das Schlimme: du kannst gar nichts tun", sagte Else verbittert. „Dadurch, daß die Engländer in diesen Fragen den Deutschen die Entscheidung überlassen haben, ist eine Rechtlosigkeit geschaffen worden, die jeder Willkür Tür und Tor öffnet. Da hat einer beim Appell einmal den Arm zu stur ausgestreckt und schon heißt es: Ha! Die Nazibestie! Ich bin weiß Gott nie dafür gewesen, das weißt du, aber was man sich jetzt leistet, sieht verzweifelt nach den gleichen Methoden aus."

Berger hatte seine alte Gelassenheit wiedergefunden: „Es ist einfach unfaßbar, Mariechen, mit welcher Blindwütigkeit auf alles losgegangen wird, was sich Pg nannte. Allgemein tut man, als ob sie im voraus Kenntnis von Taten und Geschehnissen erhalten hätten, die erst nach Jahren zutage treten würden. Als ob sie in ein Geheimprogramm eingeweiht worden wären und ihr Verbleiben in der Partei Einverständnis mit diesem Geheimprogramm zu bedeuten habe. Als ob es sich um eine esoterische Verschworenheit von kultischer Hingerissenheit und unbedingter Bereitschaft zur Verübung aller Scheußlichkeiten handelte. Diese Einstellung muß natürlich dazu führen, daß an einer Vielheit von einzelnen die Schuld einer kleinen Minderheit heimgesucht wird. Ein Verfahren, in dem der Ankläger zugleich Richter ist, verführt zur Ungerechtigkeit, selbst wenn — was leider nicht immer der Fall ist — die Urteilsfäller von dem reinsten Willen zur Wahrheit erfüllt sind. Was wollen wir reden, Mariechen, jetzt ist die Zeit der Zweitrangigkeit, des Maulaufreißens, des Talmis."

„Aber du warst doch nie in der Partei, Onkel Alfred."

„Das ist noch schlimmer. Man glaubt eine freiwillige Geneigtheit für den Nationalsozialismus bei mir festgestellt zu haben. Das wiegt schwerer als parteigebundene Bekundung der Gesinnung. Weil ich zum Schutze des Betriebes auf Einhaltung gewisser Vorschriften bestand, bin ich plötzlich Nazi, ohne es je gewesen zu sein. Der Betriebsrat bekundet diese Auffassung, der Engländer beglaubigt sie und du bist tot wie ein Sargnagel."

Mariechen schüttelte den Kopf.

„Und ihr?" fragte Else, der es vorkam, als ob Mariechen selber voller Sorgen stecke.

„Ach, wir, Tante Else —! Wie soll's uns gehen." Man spürte ihrer Stimme verhaltene Tränen an.

„Ist was mit Max?" fragte Else.

„Was soll mit ihm sein? Er ist verzweifelt, er ist nervös. Was soll nun werden?"

Berger schritt hin und wider: „Was soll nun werden? Das werden wir uns wohl alle fragen müssen: Was soll nun werden? Es ist zum Verzweifeln."

„Hat dein Mann schon einen Plan gefaßt, Mariechen?“

„Was soll er für Pläne machen, Else?“ fragte Berger. „Kein Mensch weiß doch, wofür und worauf er Pläne machen soll. Wir schweben alle in der Luft.“

„Ja“, gab Else zu. Und zu Mariechen gewandt: „Und deine Mutter?“

„Ach, das wißt ihr ja. Von der will er jetzt weniger denn je wissen. Er hungert lieber, als daß er sich von ihr helfen läßt.“

„Dann hungert er eben“, sagte Else hart. „Dann muß er sich umsehen. Andere müssen's auch. Er hat es immer besser gehabt als andere.“

Mariechen spürte, daß Else dabei an Harald dachte, der in der Unendlichkeit Rußlands verschwunden war wie ein Nebelstreif überm Moor. Else hatte recht; Max hatte es besser gehabt als Millionen anderer jungen Deutschen. Er zeigte sich dessen — sie fühlte, wie sie bei dem Gedanken errötete — recht wenig würdig; denn anstatt sich ernsthaft um eine Existenz zu mühen — sie fand es für unnötig, sich zu fragen, wie er es in diesen Tagen des Niederbruchs hätte anfangen sollen! — räsonierte er über die Zustände, schimpfte auf die Engländer und war alles in allem ebenso unverträglich wie unerträglich.

Sie fühlte sich Bergers gegenüber Haralds wegen klein. Else sah, wie ihr das Weinen kam und nahm sie an sich: „Wenn sonst nichts ist, Mariechen, dann kommt ihr schon darüber hin. Ihr müßt zusammen halten. Deine Mutter steht draußen. Daran laß' nicht rühren. Nur ihr beiden! Sonst nichts!“

Mariechen sah sie tränenden Auges an und nickte.

„Oder ist wirklich etwas mit euch?“ fragte Else drängend. Mariechen barg ihr Gesicht an Elses Hals.

„Wißt ihr“, sagte Else, „wenn's bei euch nun auch noch etwas gibt, dann muß man wirklich an Gott und der Welt verzweifeln.“

Mariechen weinte nun unaufhaltsam.

Else wollte weiter in sie dringen, Alfred riet stumm davon ab. So klopfte sie Mariechen liebevoll den Rücken: „Wird nicht so schlimm sein, Kind. Wir alle sind heute nicht, wie wir sein müßten. Einer muß dem anderen manches nachsehen. Du ihm, er dir! Ihr habt das Kind, das wird euch immer wieder zusammenführen."

Mariechen schluchzte.

„Dann sag', was ist, Mariechen. Wenn wir helfen können —"

Sie raffte sich zusammen. „Danke, Tante Else. Es geht auch schon. Es sind die Nerven — es ist — zu — viel — in dieser Zeit."

„Ist es auch; ihr kommt schon zurecht. Wenn Max nun kein Arzt wird, dann eben nicht; dann wird er etwas anderes. Zwei Menschen wie ihr, jung, gebildet, gesund, kommen immer durch. Aber wir — Onkel Alfred und ich — wir können uns aufhängen."

„Tante Else!" Mariechen umklammerte sie.

„Nun, so schlimm ist es nicht. Alfred verkauft seine Photoapparate, die Engländer sind ja verrückt danach. Ich habe meine Platin-Armbanduhr mit den Brillanten, dafür geben sie auch einiges. Kein Geld, nur Kaffee und Zigaretten. Was meinst du?"

„Das geht; Hauptsache, ihr braucht keinem Dank zu sagen."

„Um Gottes willen nicht klein vor den Leuten! Vor ihnen katzbuckeln und um Hilfe betteln! Lieber in die Elbe! Nicht, Alfred? Uns soll'n sie nicht klein kriegen!"

„Jetzt erst recht nicht! Wir sind ja glücklich dran, wir haben noch Sachen."

„Ich darf gar nicht daran denken, was wir alles verloren haben", klagte Mariechen. „Allein das Silber!"

„Alles nicht schlimm, wenn du mit deinem Mann gut auskommst, Mariechen: Glücklichen Menschen schmeckt's auch mit Blechlöffeln. Kommt mal zu uns. Vielleicht bildest du dir manches nur ein."

„Ja, Tante Else — wenn er will —"

„Wird schon wollen. Hat er seine neuen Freunde noch?"

Mariechen hatte Angst in den Augen: „Leider, Tante Else."

„Wieso leider? Sind es schlechte Menschen?"

„Bestimmt nicht! Max ist immer gleich Feuer und Flamme für neue Menschen."

„Der Schmidt hat doch eine Frau?"

„Doch, direkt nicht; er kann sie noch nicht heiraten."

„Und der andere?"

„Der Einbeinige? Ich weiß nicht. Max erzählt so wenig. Man muß ihm jedes Wort aus dem Mund ziehen."

„Wart's ab und laß' dich häufiger hier sehen. Kein Mensch weiß, was wird. Wenn Alfred seine Photoapparate für Kaffee untergebracht hat, mußt du helfen, den Kaffee abzusetzen."

„Tu ich, Tante Else, tu ich. Nach Kaffee sind die Menschen wie verrückt."

In diesen Tagen sah man auch Russen in Hamburg. Zivilisten trugen die Sowjetnadel. Im Hafen brannte ein Tanker aus; Ursache unbekannt. Gewaltige Rauchschwaden über der Stadt wie am 18. Juni 44 und am 30. April 45.

Der Berliner Sender schaltete sich wieder ein. Friedliche Propaganda der Russen. Angehörige der Berliner Bevölkerung sprachen; einfache Menschen und Intellektuelle. Ein Lehrer versicherte, daß er genau die gleiche Ration bekomme wie ein Arbeiter. Eine Arbeiterfrau freute sich gestehen zu können, daß sie sich die Sowjets ganz anders vorgestellt habe. Es seien wahrhaftigen Gotts ganz menschliche Menschen.

Diese Propaganda der Russen und die Reden Churchills und Edens — beide sprachen von beunruhigenden Problemen, die noch der Lösung harrten — weckten in Berger die Vorstellung, daß hinter den Kulissen des politischen Theaters ein anderes Spiel agiert wurde als davor. Auf jeden Fall, das hörte Berger immer wieder von den Leuten, hatten die Engländer den Deutschen gegenüber eine psychologisch falsche Einstellung insofern, als sie die Deutschen immer wieder als zweitrangig hinstellen.

Die hamburgische Bevölkerung wurde aufgefordert, für hunderttausend Rückkehrer aus den Konzentrationslagern Bekleidung abzuliefern. Anzüge, Kleider, Wäsche, Mäntel, Schuhe, Hüte, Mützen. Eine harte und erbitternde Auflage, da kurz vor der Kapitulation noch für das Volksopfer gespendet worden war.

Am zweiten Pfingsttag — auf Anordnung der Engländer in diesem Jahr kein Feiertag — war Max zu seinen Freunden gegangen. Die waren wie immer fröhlich.

„Weißt du schon das Neueste?“ empfing man ihn. „Bürgermeister Petersen hat angeordnet, daß alle Beamten, die vor dem 1. April 1933 Pgs waren, sofort zu beurlauben sind.“

Max war weder Pg noch Beamter. Es rührte ihn nicht.

„Schlimmer ist“, sagte Ali, „daß von den 750 000 kriegsgefangenen Deutschen in Norddeutschland große Teile nach Frankreich, Belgien und Holland gebracht werden sollen, um dort ihren Berufen entsprechend beschäftigt zu werden. Mit anderen Worten also, sie müssen dort Sklavenarbeit tun.“

Die Frauen bezeigten keine Lust, von Politik zu hören. Elfriede kurbelte das Grammophon an. Radio Hamburg stellte man nur noch abends für die Hamburger Mitteilungen an. Das politische Gewäsch war nicht mehr anzuhören.

Ali fühlte sich nicht besonders. Es lag, wie er meinte, am Wetter. Am ersten Pfingsttag mehr als sommerliche Wärme, heute sehr kühl; in der Umgebung gab es in der Nacht schwere Gewitter. Um die Mittagszeit ließ ein orkanartiger Sturm viele Ruinen einstürzen.

„Eigentlich sollten wir tanzen gehen“, sagte Eva. „Die Engländer haben für ihre Soldaten Tanzlokale eingerichtet. Zutritt deutschen Frauen und Mädchen erlaubt.“

„Möchtest du hingehen?“ fragte Ali. „Oder du, Elfriede?“

„Nein, das möchten wir nicht."

„Weißt du", sagte Schmidt, „ich habe genug von den Weibsstücken, die sich im Stadtpark herumtreiben oder mit englischen Soldaten im Grase liegen. Du darfst nicht mal schief hinsehen, dann wirst du wegen Verächtlichmachung eines Angehörigen der Besatzungsmacht bestraft. Laßt sie! Hunger ist ein schlechter Moralwächter."

„Soll jeder tun, was er mag", meinte Max, der sich hier wie zu Hause zu fühlen begann. „In Lüneburg hat man Himmler abgefaßt; hat sich mit Blausäure vergiftet."

„Konnte er es denn noch?" fragte Eva.

„Er hatte die Ampulle im Munde und zerbiß sie. In fünfzehn Sekunden war er hin."

„Schadet nichts", sagte Ali. „Lieber hätt' ich ihn gehängt gesehen. In einer Scheune bei Berchtesgaden hat man sein Vermögen aufgefunden. Vier Millionen Mark in sechsundzwanzig verschiedenen Devisen. Davon kann man leben."

„Na ja; sollen's auf die Reparationen anrechnen. Ausgehn dürfen wir nun von morgens fünf Uhr bis abends halb elf. Jetzt kann man doch abends wieder beieinander sein; kann irgendwo hingehen."

„Habt ihr die Gefangenenzüge gesehen, die durch den Hauptbahnhof kommen? Alle Wagen trotz der Hitze plombiert, auf den Bahnsteigen englische Soldaten mit aufgepflanztem Seitengewehr. In jedem Wagen vierzig Gefangene; darauf sind die Wagen geeicht. Von jetzt an darf sich niemand auf den Brücken aufhalten, wenn die Züge am Hauptbahnhof halten."

„Und den Rathausmarkt haben sie eingezäunt; könnte weglaufen."

„Vier Wochen sind sie hier und es wird noch keine Post bestellt. Kein Eisenbahnverkehr von und nach Hamburg", steuerte Eva bei.

„Jetzt machen sie Japan kaputt", sagte Schmidt. „Immer fünf-, sechshundert Superfestungen über Japan, das, wie die Amerikaner sagen, viel schwerer angegriffen werden soll als Deutschland. Und alle Welt horcht auf und sieht in dieser Entmenschung legale Kriegshandlungen."

„Und der Kreis der vereinten Nationen wächst und gedeiht. Dänemark fünfzigstes Mitglied der erlauchten Vereinigung, die der Welt Frieden, Kultur, Menschlichkeit, Menschenwürde und Vertrauen bringen will. Und zur gleichen Stunde wird Japan zerbombt."

Elfriede schaute durch das Fenster auf das bescheidene Blühen in dem kleinen Vorgarten: „Ach, wie schön es bei uns wäre, wenn Hamburg nicht an der englischen Krankheit litte!"

„Auf der Moorweide wird eine Rummelschau für die englischen Soldaten gebaut. Das Schild über dem Eingang hängt schon: Keine Fraternisation! Du liebes Herrgottchen, als ob die Hamburger darauf erpicht wären, sich über Luftschaukel und Karussell in ein unziemlich vorzeitig gutes Verhältnis mit den Besatzungsmannschaften hinein zu mogeln."

„Und dabei wurde soeben bekannt, daß in San Franzisko der erste Abschnitt der neuen Weltordnung fertiggestellt und von allen Teilnehmern genehmigt worden ist. Alle Nationen gleichberechtigt. Jede kann innerhalb ihrer Grenzen tun, was sie will. Alle Menschen, gleichviel welcher Rasse, Sprache und welchen Geschlechts: eines Rechts."

Als Berger diese Kunde über den Rundfunk vernahm, sangen unten Kinder: Der Frühling will ins Land hinein —

Der liebe, gute Frühling! Soll nur kommen! —

Ein aufgeregter Nachbar hatte den Ehrgeiz, Berger den Abend zu verschönen und berichtete über die Kontrollgänge der Engländer durch die Betriebe, um meldepflichtige Maschinen aufzustöbern. So seien sie in eine Maschinenfabrik am Ausschläger Billdeich gekommen und hätten eine Maschine aus Belgien entdeckt. Obwohl die Maschine nachweislich 1928 legal in Belgien erworben war, müsse sie abgebaut und an Belgien ausgeliefert werden.

„Das nennt man Restitution, mein Lieber“, meinte Berger gelassen.

„Aber sie ist ehrlich gekauft worden! Die Papiere beweisen es!“

„Papiere beweisen gar nichts. Es handelt sich um eine belgische Maschine, sie befindet sich in Deutschland, ergo ist sie gestohlen.“

„Es ist zum Verzweifeln!“ Der aufgeregte Nachbar war fassungslos.

„Kleinigkeiten, die man nicht tragisch zu nehmen braucht. Wir lassen uns jetzt nur zu leicht verwirren von den vielen Fremdwörtern, als da sind: Lizenz, Permit, Reparationen, Demontagen, Restitutionen, Reeducation und was weiß ich sonst noch. Das läuft am Ende ganz anders, als die Herrschaften es sich denken. Sehn Sie: das deutsche Hirn können sie nicht demontieren, und darum ist all ihr Tun nutzlos. Sie werden weiter demontieren, sie werden Werk nach Werk zerschlagen; nicht alle, denn wir müssen ja eines Tages anfangen Reparationen zu zahlen. Um das zu können, müssen wir arbeiten; um zu arbeiten, müssen wir Werkstätten haben. Aber es werden keine Maschinen da sein. Und die Folge? Man wird uns beistehen müssen, wieder zu Maschinen zu kommen. Wir werden neue haben, während sich die anderen Völkerschaften mit den alten deutschen Maschinen abplagen. Es ist ein Segen, daß Gott die Klugen zur rechten Zeit immer mit Dummheit schlägt. So war es nach dem ersten Weltkrieg mit der beschlagnahmten deutschen Handelsflotte, und so wird es — verlassen Sie sich darauf — diesmal mit den Fabrikdemontagen gehen. Wir sind Gottes liebste Kinder — wir wissen es nur noch nicht!“

„Ihr Wort in Gottes Ohr, Berger. Ich glaub’ nicht dran.“

„Man muß den Blick über das Gegenwärtige hinauslenken. Das große Elend des Durcheinanderschleusens der deutschen Volksstämme aus dem Osten nach Nord, Süd und West, die Zwangsansiedlungen, sie werden am Ende einen Regenerationsprozeß des deutschen Menschen herbeiführen. Blutströme, die sonst nur in geringem Ausmaß zueinander fanden, mischen sich jetzt zwangsläufig inniger als je zuvor. Diese Blutauffrischung wird einen neuen deutschen Menschen heraufführen, der in seiner vielstämmigen Einheitlichkeit vielleicht überhaupt erst der echte deutsche Mensch sein wird."

Der aufgeregte Nachbar blickte Berger an, als ob er ihn für verrückt hielt: „Diese armen Luder, die nichts haben, kaum ein Hemd auf dem Leibe —"

„Gott siehet das Herz und nicht das Hemd an, mein Guter. Wir müssen hoffen."

„Und Sie? Wie hat man's mit Ihnen gemacht?"

„Schandbar! Aber der Einzelne spielt bei dem Ganzen keine Rolle. Die Vielheit gleichen Schicksals macht es, und insofern ist mein Schicksal nicht völlig bedeutungslos. Natürlich wehre ich mich; ich weiß zwar noch nicht wie, aber ich wehre mich."

„So! Sie meinen also —"

„Ja, das meine ich."

Es blieb unausgesprochen, was der eine und der andere meinte. Sie befanden sich indes in vollem Einvernehmen, als sie voneinander schieden.

Am 6. Juni feierte der Rundfunk den ersten Jahrestag der Invasion in der Normandie. Berger hatte gerade angestellt, als ein österreichischer Offizier sich berühmte, in dem ihm unterstellten Küstenabschnitt keinen Feuerbefehl gegeben zu haben, so daß 3600 Schuß 10,5-Kalibers in den Rohren blieben. Er habe sich damals mit seinen Leuten in Gefangenschaft begeben. Er schloß seine heroische Mitteilung mit der Bitte an die Alliierten um Wohlwollen für Österreich.

Die Eingänge des Ohlsdorfer Friedhofs sind bis auf den Haupteingang geschlossen worden. Vielleicht befürchtete man einen heimlichen Ausmarsch der achtundvierzigtausend Opfer der Bombennächte 1943 durch einen der Nebeneingänge.

Inzwischen waren die ersten englischen Schiffe nach Hamburg gekommen. Ihnen voraus fuhren zwei Lazarettschiffe mit heimkehrenden deutschen Verwundeten. Der Elbstrand stand voller Menschen. Von den Lazarettschiffen herüber klang es: „In der Heimat, in der Heimat, da gibt's ein Wiedersehn!" Als die Lazarettschiffe auf der Höhe des Strandhotels in Blankenese waren und die britische Kriegsflagge der dort untergebrachten britischen Lotsenstation sichtbar wurde, wurde es auf den Heimkehrerschiffen mit einem Schlage still. Mit Genugtuung vermerkte man die schöne Ritterlichkeit der Engländer, die Heimkehrerschiffe elbaufwärts an die Spitze des Konvois gesetzt zu haben. Einige Hämische meinten zwar, wegen der Minengefahr, um die englischen Schiffe zu schützen. Man wandte sich verachtungsvoll von ihnen ab, denn in dieser ergreifenden Stunde mochte man nur an Ritterlichkeit, nicht aber an Schändlichkeit glauben. Berger registrierte diese häßliche Version als ein trostloses Symptom der Völkerverhetzung.

Sturm und Regen am Sonntag, 10. Juni. Feldmarschall Montgomery erließ über den Rundfunk eine Proklamation an die Deutschen, worin er ihnen klarzumachen versuchte, weshalb die britischen Besatzungssoldaten den Deutschen ein böses Gesicht machten und nicht einmal mit den deutschen Kindern freundlich seien. Die Deutschen hätten den ersten Weltkrieg begonnen, den eben beendeten Krieg auch, jetzt sollten sie endlich in sich gehen, dann würden auch die britischen Soldaten ihnen freundliche Gesichter zeigen. Das englische Volk sei ein verträgliches Volk, der englische Soldat ein christlicher Soldat.

Draußen tobten Sturm und Regen und ließen viele Ruinen aus den Julibombennächten 1943 einstürzen.

Am 13. Juni milderte Feldmarschall Montgomery in einer neuen Proklamation an die Deutschen das Verbot des Lächelns der britischen Besatzungssoldaten dahin ab, daß kleine Kinder angelächelt werden dürften.

An diesem Tag kam Schmidt erst spät am Nachmittag heim. Eva schalt mit ihm, weil das Essen nun verbruzzelt sei. Er lachte und klopfte Ali und Elfriede herüber.

„Was ist denn?‘ fragten sie.

„Denkt euch, was ich erlebt hab’! Ich bin am Jungfernstieg, und da kommt ein Demonstrationszug daher —“

„Du bist verrückt!“ sagte Ali. „Ein Demonstrationszug? Von wem denn?“

„Das ist es ja! Lauter kleine Kinder. Einige konnten noch nicht einmal laufen. Und die sangen —“

Sie sahen ihn an. Er war bestimmt verrückt.

Eva rüttelte ihn: „Laß den Unsinn!“

„Ja, alles kleine Kinder; einige mit Hemdzipfel hinten—“

„Kommst du nun endlich zu dir?“ schalt Eva.

„Gleich! Gleich! Von heute ab dürfen die englischen Soldaten die kleinen deutschen Kinder doch anlächeln. Da haben sich die Kinder aufgemacht, um der Militärregierung durch Überreichung eines Ehrenschnullers an den Gouverneur von Hamburg zu danken. Der ganze Verkehr war ins Stocken geraten. Und sie sangen —“ er konnte vor Lachen nicht weiter.

„Also was sangen sie?“ Jetzt lachten sie selber schon mit.

„Sie sangen: Schenk mir dein Lächeln, Montgomery!“

Ein gargantualisches Gelächter brach aus den Hälsen.

„Kinder“, mahnte Ali, „nicht so laut. Sonst fällt der Keller vor Lachen über uns ein.“

„Solche Einfälle kannst auch du nur haben“, schalt Eva. Aber dann lachte sie selber mit. Es war zu komisch, sich einen Danksagungszug von Hosenmatzen auf dem Jungfernstieg vorzustellen. Sie stellte ihm einen Teller Suppe hin, für die sie mindestens einen Suppenwürfel aufgewandt hatte.

„Ab morgen geht die Post wieder. Hat lange genug gedauert. Und übermorgen Parade zum fünfzigsten Geburtstag des King. Wenn ‚God save the King‘ ertönt, stramm stehen und Hut abnehmen.“

„Ich meine, sie wollen uns das Strammstehen abgewöhnen?“

Die Parade auf dem Karl-Muck-Platz war, im Zeitungsstil gesprochen, vom Wetter wenig begünstigt. Anmarsch der Truppen im stärksten Gewitterregen. Eloah steuerte Donner als Salut bei. Mitte Juni und nur elf Grad Celsius um Mittag. In einer billigen Pension in Hamburg wurde Ribbentrop verhaftet. Er führte Schreiben an Churchill, Eden und Montgomery bei sich.

Blöde Gerüchte schwirrten: Die Engländer sollen die Absicht haben, den Deutschen auf fünf Jahre die Eheschließung zu verbieten. Uneheliche Kinder würden in dieser Zeit den Müttern abgenommen. Nur Mischlinge würden Erlaubnis bekommen, in den heiligen Stand der Ehe zu treten.

Es gab Leute, die es glaubten.

Alle männlichen Personen über siebzehn sollen ein Oberhemd, Unterzeug und ein Paar Schuhe für die nach Deutschland verschleppten bedürftigen Ausländer abgeben. Die erste Kleiderabgabe sei ausreichend gewesen; dafür gebühre der Hamburger Bevölkerung Lob.

Die bedürftigen Ausländer betrieben mit getragenen Kleidungsstücken einen schwunghaften Handel.

Alfred und Else schlenderten durch die Stadt. Die Linie 18 fuhr wieder; man kam natürlich nicht mit. Bei aller Lebhaftigkeit des Treibens in der Stadt über allem ein Fluidum von Entwurzelung, meinte Berger; es strudelte und wirbelte und fand nicht strömend zueinander.

Sie standen vor einer der Anschlagstafeln. Vorlesungen und Rezitationen. Kaiser und Toller bevorzugte Themen.

„Da sind sie wieder", sagte Alfred, als sie weitergingen, „die im Bekennen zum Erledigten sich als Ausnahmemenschen zu deklarieren meinen. Sie landen ewig am falschen Ponton und wollen glauben machen, daß das gerade das Richtige sei. Es gibt bedauerlich viele Menschen, in denen eine Leidenschaft für die Klamotte auch auf geistigem Gebiet ist und sich dabei einbilden, es sei lobesame Vertiefung in das bewährte Alte. In Wirklichkeit spricht daraus die Unfähigkeit, Neues zu gewahren."

„Weiß du, was mir auffällt, Alfred? Man sieht nirgends eine englische Flagge."

„Wird schon noch kommen. Wir wissen ohnehin, daß die Engländer hier sind."

„Jetzt sollen auch Kanadier kommen."

„Sind schon da. Es sind die mit dem roten Stutz an der Mütze."

„Nein! Und die Schotten! Mit Zopfmütze und Röckchen! Sieh, da kommen welche."

„Verlieb dich auf deine alten Tage nicht, Else."

„Hast du nun Aussicht, deine Kameras zu verkaufen?"

„Zu verkaufen nicht, zu vertauschen. Für die Kleinkamera soll ich zehn Pfund Kaffee kriegen."

„Wir hätten eine Leica haben sollen. Danach sind sie wild. Dann wären wir gut heraus!"

„Laß nur. Wir kommen schon zurecht." Er drückte ihren Arm: „Die Hauptsache: Kopf hoch! Braucht keiner zu merken, daß es uns dreckig geht."

„Ja, wo sind nun die, denen wir geholfen haben?" fragte Else bitter.

„Die sind nicht da! Hast du etwas anderes erwartet? Es ist doch so, die meisten Menschen verübeln es dir, daß du sie zur Dankbarkeit verpflichtet hast. Sie sind dir — wenn es ihnen besser geht — böse, weil du gut zu ihnen warst. Es ist ihnen peinlich, empfangener Wohltaten zu gedenken. Wenn du einen Menschen um Dankbarkeit ansprichst, ist er wie eine Stinkpflanze, die Unrat abstäubt, wenn man sie anrührt. Das muß aber jeder Mensch für sich selber entdecken."

„Sonst glaubt er's nämlich nicht. Ich wenigstens würde es nie geglaubt haben."

„Ich fürchte, wir werden in dieser Zeit der Entlarvung noch manche erstaunliche Feststellung machen, Else."

Sie kamen an den Hafen.

„Die Werft von Blohm & Voß soll auch gesprengt werden."

„Warum nur?"

„Wir sollen keine Schiffe mehr bauen."
„Und die Arbeiter?"
„Können feiern. Unser Lebensstandard soll überhaupt unter dem der anderen Völker bleiben. Da, sieh: jeder Fährdampfer, jede Barkasse, jede Schute mit der Inschrift: Allied Forces. Dazu die Farben: blau-weiß-rot-weiß-blau. Die provisorischen deutschen Farben."
„Ich mag das nicht sehn, Alfred. Laß uns nach Hause gehn."

EIN
UNGLÜCK ZUM ANDERN

Die grauseidene Gravität, immer auf der Jagd nach Vitaminen für ihren Enkel, hatte auf dem Hopfenmarkt ein Geschäft ausgemacht, wo sie eine treffliche Lebertran-Emulsion erhielt. Auf einem dieser Wege bemerkte sie Max, in den sich ein junges Mädchen eingehängt hatte, vor dem Portal der verwüsteten Nikolaikirche auf und ab schlendern. Offenbar warteten die beiden auf jemand. Aus der Art, in der sich die Begleiterin bei Max eingehängt hatte, sprach eine unabweisliche Vertraulichkeit. Die grauseidene Gravität trat in den Eingang eines der wenigen unzerstörten Häuser und beobachtete das Paar, das nach allen Seiten Ausschau hielt und dann einem Mann entgegenging, der nur ein Bein hatte, auf seinen Krücken dennoch schnell daherkam, als wolle er eine Verspätung wettmachen. Frau verwitwete Baurat Hirsekorn, geborene Studt, nahm wahr, wie sie sich herzlich begrüßten, wie das junge Mädchen dem Krüppel mit ihrem Taschentuch über die Stirn fuhr — was er lachend abwehrte — und dann gingen sie, den Krüppel in der Mitte, in Richtung Rathausmarkt davon.

Die grauseidene Gravität war einen Augenblick in Versuchung, ihnen zu folgen, verwarf es dann aber als ihrer unwürdig, und ging in entgegengesetzter Richtung davon.

Am Nachmittag fand sie Max zu Hause nicht vor. Er war, wie Mariechen sagte, ein paar Minuten weggegangen.

„Was macht er eigentlich immer unterwegs? Ich sehe ihn kaum noch hier“, tastete sie vorsichtig vor.

„Ich weiß es auch nicht, Mutter. Was soll er hier. Seine Bücher sieht er nicht mehr an. Wozu auch? Mit dem Studieren wird es sowieso vorbei sein."

„Das weißt du nicht. Es kommen ruhigere Zeiten —"

„Ja, ja —. Aber bis dahin —. Er sieht sich wohl nach einem Verdienst um, denke ich."

„Was hat er gelernt? Nichts! Brauchte er auch nicht, wenn er studiert. Was für einen Verdienst sucht er denn?" bohrte sie weiter.

„Ich weiß es nicht", sagte Mariechen gequält. „Vielleicht läuft er nur durch die Stadt, weil er's hier nicht aushält. Es fällt ja alles auseinander jetzt."

Sie sah die Tochter prüfend an. „Hast du auch das Gefühl?"

„Aber das siehst du doch. Du brauchst dich nur umzusehn. Was hat noch Bestand?"

„So meinst du es. Da hast du recht. Ich dachte, du sprächest von euch."

„Von uns? Es ist alles wieder in Ordnung."

„Dann ist es ja schön, Kind. Das freut mich für dich. Was sind es eigentlich für Leute, seine neuen Freunde? Er ist wohl oft bei ihnen?"

„Er spricht nicht darüber."

„Es geht mich nichts an, Mariechen. Seltsam finde ich es aber, daß er sich ausgerechnet diese Freundschaft ausgesucht hat. Er könnte doch Verkehr haben, der seiner Bildung mehr entspräche. Er könnte sich Verbindungen schaffen, die ihn fördern und ihm nützen. Ich weiß nicht, ich habe das Gefühl, als käme dort nichts Gutes für ihn heraus. Ist er denn fröhlich zu Hause?"

„Wer soll heute zu Hause fröhlich sein? Diese Ungewißheit, was wird. Ich bin ja auch kein erfreulicher Anblick mehr."

„Nun ja, eine Frau, die ihren Haushalt und ein Kind hat, kann nicht wie eine Prinzessin einhergehen. So klug wird er auch sein, sich das zu sagen. Er steht bestimmt unter keinem guten Einfluß."

„Es dauert gewiß nicht lange mit der Freundschaft. Es ist nur, weil er niemanden hat.“

„Er hat dich, er hat sein Kind. Daran muß er denken.“

Mariechen horchte auf. Das klang, als ob die Mutter mehr wüßte, als sie sagen wollte.

„Ich habe Max heute morgen gesehen.“

„Davon hat er mir nichts gesagt, Mutter.“

„Er hat mich auch nicht bemerkt. Er hatte ein junges Mädchen bei sich. Dann kam ein Einbeiniger und sie gingen zusammen weg.“

Mariechen fühlte, wie sie blaß wurde. Sie bewahrte Haltung: „Wo hast du ihn gesehen?“

„Auf dem Hopfenmarkt. Vielleicht sollte ich es nicht sagen, aber man weiß nicht —“

„Wie sah das Mädchen aus?“

„So genau sah ich es nicht. Sehr gut angezogen. Einen Pelzmantel — du hast solchen Mantel nie gehabt“, schloß sie absichtsvoll.

Mariechen schwieg. Dann sagte sie: „Es war vielleicht die Freundin von Schmidt.“

Die grauseidene Gravität hob die Schulter: „Sah mehr nach jungem Mädchen aus.“ Und nach einer Weile: „Willst du ihn fragen?“

„Nein, Mutter. Es kann eine Harmlosigkeit sein und dann stehe ich klein und eifersüchtig vor ihm. Das ist das Letzte, was ich von Max glaube.“

„Ich ja auch. Immerhin — ich wollte es dir nur gesagt haben.“

Der Junge begann zu krähen, und da gab es für Frau verwitwete Baurat Hirsekorn, geborene Studt, nichts anderes mehr auf der Welt.

•

Früher als sonst kam Max zum Abendessen heim. Mariechen beobachtete ihn verstohlen. Er schien getrunken zu haben. Schon daran allein merkte sie jedesmal, daß er bei den neuen Freunden gewesen war, die mit Trinkbarem reichlich versehen schienen. Er war aufgeräumt und gesprächig und neckte den Kleinen, der sich dem Spiel gern überließ.

Mariechen kämpfte trotz ihres Vorsatzes, ihn nicht zu fragen, doch mit der Begier, etwas von ihm zu erfahren. Ehe sie sich eigentlich schlüssig darüber war, war es ihr schon entschlüpft: „Was tust du eigentlich den Tag über in der Stadt, Max?“

„Ich? Wieso? Was soll ich tun? Ich sehe mir das Leben an.“ Er hielt dem Jungen den Zeigefinger hin, nach dem der Kleine angelnd griff.

„So den ganzen Tag? Es ermüdet doch, immer auf den Füßen zu sein.“

„Nicht so schlimm. So schwach auf den Beinen bin ich noch nicht.“

„Ich würde auch gern mal mitgehn, um mir das Leben in der Stadt anzusehen. Aber da ist der Kleine —“

Er richtete sich auf. „Und dann hoff' ich immer, etwas zu finden, Leute kennenzulernen, um Geld zu verdienen. Aber es ist schwer.“

„Deine Freunde haben es sicher leichter. Zu trinken haben sie immer —“

„Wieso? Bin ich etwa betrunken?“

„Nein, nein. Aber du warst wieder bei ihnen. Warum sagst du es nicht?“

„Weshalb soll ich's immer sagen? Muß ich dir über jeden meiner Schritte berichten?“

„Das brauchst du nicht. Ich meine nur, du bist reichlich oft mit ihnen zusammen.“

Er blickte sie an.

„Doch auch in der Stadt, Max.“ Sie sah ihn erröten.

„Spionierst du mir etwa nach?“ fragte er.

„Nein, so würdelos werde ich nie sein. Aber ich weiß es.“

„Dann ist es ja gut, wenn du's weißt. Was weißt du sonst noch?“

Sie zögerte. Dann sagte sie tapfer: „Mehr weiß ich nicht, Max. Es gibt auch wohl nichts mehr zu wissen.“

Er wandte sich dem Jungen zu und sagte: „Nein, mehr zu wissen gibt es nicht."

Sie schwiegen beide. Es war aber, als sei ein Stückchen des Bodens abgebröckelt, auf dem die Hütte ihres Lebens stand.

Else war mit leeren Händen vom Einkauf nach Hause gekommen. Die Engländer hatten die geringen Anfuhren auf dem Gemüsemarkt für die Ausländer sichergestellt. Um diese Zeit sollte eigentlich alles zu haben sein. Aber es gab nicht einmal Kartoffeln. Keine Stachelbeeren, keine Erdbeeren, keinen Spargel. Else hatte noch eingesalzene Kohlrabi vom vorigen Tag; sie mußten lange kochen, bis das Salz heraus war und dann waren sie völlig geschmacklos. Es war verboten, die Elbe zu überschreiten; wenn das Verbot nicht bestünde, könnte man in den Harburger Waldungen Blaubeeren suchen.

Über den Rundfunk kam die Meldung, Amerika beabsichtige, die allgemeine Wehrpflicht einzuführen. Dann die weitere Mitteilung, die Alliierten könnten über Japan im Laufe von sechs Monaten zwei Millionen Tonnen Bomben abwerfen, was ungefähr die völlige Vernichtung Japans bedeute.

Bergers schlemmten. Else hatte ein Glas Senf mit nach Hause gebracht. Senf statt Butter oder Marmelade auf Brot war etwas Delikates.

In der Stadt lief das Gerücht, das Beerenobst aus den Vierlanden und aus der Lühe käme nach dem Flugplatz in Fuhlsbüttel und von dort mit Flugzeugen nach England und Holland.

Die Engländer dementierten; die Leute grinsten.

Berger hatte den Kaffee für die Kleinkamera gut abgesetzt. Wer es sich leisten konnte, war nach Kaffee wild. Else hatte Geld in der Hand und kaufte schwarz ein. Fett 170 Mark das Pfund, Bauernwurst 65 Mark; Süßkirschen 3 Mark 80. Als sie zusammenrechnete, hatte sie 853 Mark ausgegeben.

Berger machte ein bedenkliches Gesicht. Wenn man diese Sachen unterm Tisch bekommt, werden die Möglichkeiten der allgemeinen Ernährung immer schwieriger werden. Wenn es Kirschen ‚hintenrum' gibt, hat das Gerücht der Transporte nach England und Holland bestimmt nichts auf sich. Es war sicher von den Bauern erfunden, um ihre heimlichen Verkäufe zu tarnen.

Zum ersten Male hatten Bergers auch Besatzungsgeld in der Hand: „Sieh es dir genau an", sagte Berger zu Else. „Diese Scheine mit dem kleinen Strich vor der Nummer — nur ein Gedankenstrich — stammen von den Russen. Die Scheine ohne diesen Strich vor der Nummer werden von den Westmächten ausgegeben."

Else besah die Scheine: „Ganz hübsch. Findest du nicht?"

„Doch. Und wie schnell sie da waren. Alles im voraus gedruckt. Konnten sie nicht unser Geld nehmen? Ich meine, wir haben doch mehr als genug. Und außerdem hätte man im Bedarfsfall drucken lassen können. Diese harmlosen Militärgeldscheine haben eine ganz bestimmte Aufgabe, Else. Die Deutschen ahnen es noch gar nicht, und die Alliierten verraten es nicht."

Sie blickte ihn fragend an.

Er beugte sich zu ihr: „Diese Scheine haben die Demontage der deutschen Währung zu besorgen. Mit diesen Scheinen wird der Wert des deutschen Geldes verwässert. Stell dir vor, welche Mengen dieses Geldes in Umlauf gesetzt werden müssen, wenn, wie es heißt, ein russischer Oberst in Berlin monatlich dreißigtausend Mark Sold bekommt. Es klingt unglaublich und ist bestimmt unwahr, aber soviel ist sicher, dieser Plan der Vernichtung Deutschlands ist der verhängnisvollste. Das Währungsprestige Deutschlands wird von Grund auf zerstört, und dazu gehört, daß man auch den Nimbus seines Bankwesens auslöscht, indem man die weltbekannten Namen der Großbanken annulliert und ihnen Provinzbezeichnungen gibt. Es ist alles so genau durchdacht, daß man es grandios nennen könnte, wenn es nicht so perfid wäre."

Am Nachmittag gingen sie durch den Stadtpark. Überall war man am Abholzen. Die Rosenanlagen am Parkkaffee

— nur noch eine schauerliche Ruine — Kartoffel- und Gemüsebeete. Die Holzbänke — soweit sie nicht bereits in Sicherheit gebracht worden waren — als Heizmaterial gestohlen.

Auf den Rasenflächen deutsche Mädchen mit englischen Soldaten.

Der Schwarzhandel breitete sich aus. Ochsenfleisch 45 Mark; ein Zentner Kartoffeln 150 Mark. In den Gemüseläden keine Kartoffeln.

Sommerdom auf der Moorweide. Zunächst hatte Zivil keinen Zutritt. Zuerst hieß es immer: kein Zutritt für Deutsche. Dann hatte man's abgewandelt, weil irgendwo jemand angeschlagen hatte: Forbidden for dogs and Germans. Reicher Flaggenschmuck: fünf hamburgische, fünf englische, drei amerikanische, drei sowjetische. Eine hübsche Geste der Engländer, der hamburgischen Flagge wenigstens zahlenmäßig Gleichberechtigung mit der britischen zu geben. Auf dem Strafjustizgebäude die britische, die amerikanische und die französische Flagge.

Am 1. Juli — mit Genehmigung der Militärregierung — in der Musikhalle Sinfoniekonzert des Philharmonischen Orchesters. Das Kunstleben beginnt sich wieder zu regen. Die Hamburger meinen — mit Genehmigung der Militärregierung — das hätte längst sein können.

Die großen Betriebe begannen, ihre Belegschaften zu entlassen. Die Hapag alle, bis auf den letzten Mann. Die Dienstverpflichteten kehrten heim, da die Engländer die Dienstverpflichtung aufgehoben hatten. Ein Anstrom von Arbeitskräften, die nicht unterzubringen waren.

Berger war immer noch dabei, sein Recht zu suchen. Eingaben an die Engländer in englischer Sprache in dreifacher Ausfertigung. Dazu Fragebogen, Fragebogen, Fragebogen; darunter einer mit 132 Fragen.

Alles blieb unbeantwortet.

Man war zur völligen Wehrlosigkeit verdammt. Jeder Versuch, sein Recht zu erlangen, war wie ein Stein in die

Elbe geworfen. Geriet man Deutschen in die Hände, war man so gut wie verloren. Haß, Rankühne, Neid tobten sich aus, manchmal genährt aus dem trüben Teich einer rachsüchtigen Frauenseele. Niedertracht kroch zutage und verschleimte jede anständige Regung. Man war geächtet und begegnete überall hohnvoller Befriedigung. Der Mensch hat ein viehisches Vergnügen an dem Unglück eines anderen, besonders dann, wenn er heimlich dazu hat beitragen können.

Die Engländer verlangten von den heimkehrenden deutschen Soldaten, ihre Uniformen umfärben zu lassen. Weder Färbereien noch Färbemittel waren vorhanden. Skimützen sollten nicht getragen werden, weil dadurch eine gewisse Uniformität erweckt würde. Weder Hüte noch Mützen waren zu kaufen. Am liebsten hätte man verordnet, die Deutschen hätten die Nase aus dem Gesicht zu nehmen, um nicht uniformiert zu wirken.

Die dauernden Greuelberichte begannen die Leute zu degoutieren. Was klug dosiert von tiefster Wirkung gewesen wäre, schlug durch Fülle und Wiederholung und besonders durch die Haftbarmachung des ganzen deutschen Volkes an diesen Verbrechen in das Gegenteil um. Man übersah, daß durch eine Drehung am Radio dieses Trommelfeuer wirkungslos wurde.

Maueranschläge: Am 5. Juli Ausgehverbot. Von morgens zehn bis nachmittags fünf Uhr darf sich kein Deutscher auf der Straße, am Fenster oder auf dem Balkon blicken lassen. Auf jeden, der sich oder ein Stückchen von sich sehen läßt, wird geschossen. Es hieß, Churchill und Truman, ja sogar Stalin kämen nach ihrem Zusammensein in Potsdam durch Hamburg. Zwei englische Kriegsschiffe waren in den Hafen eingelaufen.

Am Nachmittag wurden die Maueranschläge überklebt. Ausgehverbot aufgehoben. An allen Käfigen gingen die Gitter hoch. Vom Hafen herüber gellten Sirenen.

Der Mensch ist frei und wär' er in Ketten geboren! Der gute, gute, gute Schiller!

Wenn die grauseidene Gravität in der Stadt ist — Stadt nennt man in Hamburg die Innenbezirke —, luchst sie straßauf, straßab, in der Erwartung, Max mit seiner Begleiterin zu entdecken. Das geschäftige und geschäftliche Hamburg strudelt sich auf ein verhältnismäßig kleines Gebiet zusammen, wodurch die Beobachtung erschwert wurde. Dennoch war sie der gewissen Hoffnung, er werde ihr eines Tages wieder vor die Augen kommen. Es bestand kein Zweifel für sie darüber: Max hinterging Mariechen.

Mit dieser Tatsache fand sich Frau verwitwete Hirsekorn, geborene Studt mit der Gelassenheit der welterfahrenen Frau ab. Sie war davon überzeugt, daß jeder Mann jede Gelegenheit zu einer Eskapade wahrnahm. Nur mußte er die Delikatesse besitzen, sich nicht ertappen zu lassen. Das gehörte zur Lebensart. Hin und her hatte sie überlegt, ob sie Max nicht eine Zeitlang überwachen lassen sollte. Das kostete indes viel Geld, und das hatte sie nicht. Was sie hatte, legte sie für den Enkel an. Es wäre ihr eine Genugtuung gewesen, Mariechen den schlüssigen Beweis dafür zu erbringen, daß Max nicht zu ihnen passe, daß er immer seiner gröber gearteten Sphäre verhaftet geblieben sei. An das Glück oder Unglück ihrer Tochter dachte sie dabei nicht. Es kam ihr auch gar nicht der Gedanke, daß es ihr als Mensch und als Mutter besser anstünde, Gefährdetes zu bewahren, Verlorenes zurückzugewinnen, Drohendem zu wehren. Eingeengt, wie ihre Lebensschau als Gattin und Mutter gewesen war, so auch jetzt, da ein neues junges Leben ihr weitere Sicht hätte geben können, wo der Daseinskreis viel dichter an sie herangerückt war als je zuvor. Dabei haßte sie Max nicht; es war auch noch die Frage, ob sie herzhaften Hasses überhaupt fähig wäre. Sie fand Max überflüssig und störend.

Max tat der Schwiegermutter nicht den Gefallen, sich von ihr ertappen zu lassen. Die vage Andeutung Mariechens, man habe ihn in der Stadt gesehen, hatte genügt, ihn vorsichtig zu machen. Ob man ihn allein oder mit Elfriede gesehen, wußte er nicht; denn seine Frau war auf das Gespräch nicht zurückgekommen. Sie ließ auch nichts merken, woraus er einen Verdacht hätte entnehmen können. Sie war nicht nur von gleichbleibender Freundlichkeit, sondern manchmal von einer Gefühlswärme, die ihren Ursprung in dem guten Willen einer zu allen Opfern bereiten Frau hatte.

Dadurch erweckte sie in ihm, der immer mehr der Geliebten verfiel, tiefe Beschämung. Die reine Bereitschaft, die ihn früher beglückt hatte, verstörte ihn. Das war Wehen von einer höheren Welt her, in der Schuld nicht daheim war. Aber die Schuld — die Schuld — sprach er mit klammernden Fingern — die Schuld ist ein Glück, von der jene höhere Welt nichts weiß. Was immer ihm seine Frau gewesen, dieses Untergehen in einem anderen Menschen, diesen Taumel über alle Gipfel der Seligkeit aneinander, dieses auslöschende Veratmen nach Nehmen und Gewähren, das hatte sie ihm nicht geben können. Da war immer eine Schwelle der Unerwecktheit, eine Zone, die kein Echo gab, eine Grenze, wo alles nur noch Gefallenlassen war und nicht Mitschwingen. Hier begannen, beiden nicht klar bewußt, aber doch dumpf empfunden, die Risse, die ihr Leben trennen sollten. Max wußte, die Welt, in die er jetzt Einkehr gehalten, war eine geringere als die, in der er bislang beheimatet war — nein, keine geringere, eine anders geartete. Ihre Menschen waren nach Herkunft und Lebensverwobenheit nicht weniger gerundet als die jener anderen; es war eine ganz andere Ebene, auf der sie zu agieren hatten. Sie waren das Volk der Massenszenen, des Aufruhrs, des Zusammenrottens, der Schreie, der schnellen Tat, der bedingungslosen Begeisterung, einfacher in Haß und Liebe, und in allem unverbrüchlicher. Er fühlte sich zu dieser Sphäre mehr hingezogen als zu jener, in die das Schicksal ihn gestellt hatte; hier pulste alles wärmer, in jener anderen war alles gemessener und gemäßigter.

Er empfand das Unrecht, das er gegen Mariechen beging; er sah beschämt ihr stilles Bemühen um ihn, ein Bemühen, das seinen Impuls aus ihrer Liebe empfing. Eines Morgens hatte er sie an seiner Seite schlafend gefunden; sie war in der Nacht unbemerkt zu ihm hinübergekrochen, ohne daß er es gespürt hatte. Noch während sie schlief, war er aufgestanden. Als sie wach geworden war, sah sie ihn angekleidet am Fenster sitzen. Sie blickten einander mit großen Augen an, ohne ein Wort zu sagen. Sie wußten in diesem Augenblick, daß sie nicht mehr zueinander zurückfinden würden, weil er ihr Opfer verworfen hatte.

Die Zukunft stand unter dem Schatten unzureichender Kohlenversorgung. Nicht nur die Hausbrandversorgung war bedroht, sondern auch die Belieferung mit Strom und Gas. Für Industrie und Gewerbe waren erhebliche Betriebseinschränkungen zu gewärtigen.

„Verstehst du das?" fragte Schmidt seinen Busenfreund Ali. „Im Ruhrgebiet liegen fünf Millionen Tonnen auf den Halden. Zu uns kann nichts abgefahren werden, angeblich, weil die Strecken nach Norddeutschland nicht intakt sind und weil es an rollendem Material mangelt."

„Unsinn! Die Reichsbahndirektion Hamburg hat erklärt, sie habe Lokomotiven und Wagen genug und die Strecken vom Ruhrgebiet nach Hamburg befänden sich in Ordnung. In vierzehn Tagen könnte soviel Feuerung herangeschafft werden, daß Hamburg ohne Not den Winter überstehen könnte. Die Engländer hatten begonnen, die Halden nach Frankreich, Belgien und Holland abfahren zu lassen, haben damit aber wieder aufgehört, weil man Lokomotiven und Wagen einfach nicht zurücksandte."

„Ich bin im Bilde", antwortete Ali. „Die Engländer geben für Deutschland nur die Neuförderung frei, die kaum ein Zehntel der früheren Förderung beträgt; das reicht nicht hin und nicht her. In allem ist System. Jetzt fangen sie an, alle großen Industrie-Unternehmungen unter dem Vorwand, der Kriegsvorbereitung gedient zu haben, zu beschlagnahmen. Mit dem gleichen Recht könnten sie die

Ehe als eine Institution zur Aufrechterhaltung und Vermehrung der deutschen Wehrmacht und somit als auf die Verübung von Verbrechen gegen die Menschlichkeit gerichtet für strafbar zu erklären. Wenn ein Deutscher wirklich an einen hier beamteten Engländer gelangt, dann beginnt die Fragerei wie folgt: ‚Waren Sie in der Partei?' ‚Nein.' ‚Also waren Sie gegen die Partei?' Darauf antwortet der Deutsche nolens volens mit Ja. ‚Womit haben Sie die Partei bekämpft?" Nun schweigt der Deutsche, denn er fühlt sich außerstande, dem Engländer klarzumachen, daß ein einzelner eine den ganzen Volkskörper umklammernde und durchdringende Parteiorganisation nicht bekämpfen konnte. Ebensogut hätte er eine Paste mit Blausäure zum Zähneputzen nehmen können. Und dann verkündet der unerbittliche Engländer: ‚Wenn Sie die Partei nicht bekämpft haben, dann sind Sie mitschuldig an den Verbrechen Deutschlands.'"

„War es nicht ein Engländer, der sagte: ‚Ist es gleich Wahnsinn, hat es doch Methode?'"

„Und das ad libitum: ‚Haben Sie einen Regenschirm?' ‚Nein, ich habe keinen Regenschirm.' ‚Also sind Sie gegen Regenschirme?' ‚Nicht im geringsten; ich habe einfach keinen.' ‚Dann hätten Sie sich längst einen verschaffen können; denn es gab Regenschirme. Sie sind also ein Schädling der Regenschirmindustrie.' Oder: ‚Waren Sie schon in England?' ‚Nein.' ‚Also haben Sie etwas gegen England?' ‚Nicht im geringsten.' ‚Dann hätten Sie längst einmal in England gewesen sein können. Also sind Sie feindlich gegen England eingestellt.'"

Für den 9. Juli war eine Sonnenfinsternis vorausgesagt worden. Offenbar wollte die Sonnenfinsternis ohne Genehmigung der Militärregierung stattfinden. Seit dem frühesten Morgen rollten britische Wagenzüge durch die Stadt und unzählige Viermotorige flogen über der Stadt Kontrolle.

Die Selbsthilfe der Bevölkerung, sich vorsorglich Feuerungsmaterial für den Winter zu beschaffen, nahm bedenkliche Ausmaße an. In der Nacht verschwanden immer mehr Straßenbäume trotz der Militärpatrouillen.

Else war mit ihrer Freundin nach dem Ohlsdorfer Friedhof hinausgefahren und schleppte von dort den Abfall von gefällten Bäumen heran. Da die Bahnen vormittags um zehn Uhr aussetzten, mußten sie die schweren Rucksäcke den anderthalbstündigen Weg schleppen. Mehr tot als lebendig langten sie daheim an.

Auf einem parkähnlichen Gartengrundstück wurden die Bäume umgelegt. Die ganze Gegend war in Aufruhr, um in den Besitz der abfallenden Zweige zu kommen. Die Motorsägen sangen ihr grausiges Lied. Es war ein erschütternder Anblick, Baum nach Baum niederrauschen zu sehen.

Berger und Else waren mit Handsäge und Küchenbeil ausgerückt, um Äste zu zerkleinern. Wie wild arbeiteten sie.

Ein robuster Kerl hatte die Aufsicht über das Baumfällen. Ein paar armdicke Äste lockten Alfred. Er fragte den Mann: „Dürfen wir die zersägen?"

„Von mir aus —" sagte der.

„Siehst du!" sagte Alfred zu Else. „Der sieht gar nicht danach aus und hat doch ein mitfühlendes Herz." Und schon knirschte die Handsäge ins Holz. Die Leute eiferten ihm nach. Es wurden kleinere Stämme herangemogelt. Man sägte, hieb und troff von Schweiß. Alle waren froh. Für einige Wintertage würde man eine warme Stube haben. Daß man daran überhaupt mitten im Sommer denken mußte!

Der robuste Kerl tat, als ob er keine Augen für das Tun der Leute hätte. Man häufelte das zerstückelte Gezweig und band es zusammen. Da kam der robuste Kerl, stieß die Haufen mit den Füßen auseinander und sagte: „Schluß!"

Die Menschen sahen ihn entgeistert an, fuhren sich über die schwitzende Stirn: „Wieso Schluß?"

Der robuste Kerl lachte. „Fein, daß ihr mir die Sachen so schön hergerichtet habt! Nun aber weiter! Alles liegenlassen und herunter vom Platz!"

Schrecken! Aufruhr!

„Ich habe Sie doch gefragt", ging Berger den Kerl an, „ob wir die Äste zersägen dürften."

„Na ja, das habe ich Ihnen doch auch erlaubt!" Er nahm einer Frau, die sich wegschleichen wollte, ein Bündel Gezweig ab. Über das zuckende Gesicht der Frau rannen Tränen.

„Das ist eine Gemeinheit!" begehrte Berger auf.

Der robuste Kerl, langschäftige Stiefel an, über dem Leib einen zerschlissenen Trojer, stapfte dicht an ihn heran.

„Laß, Alfred! Komm weg von hier."

„Auch das beste, was ihr tun könnt! Nehmen Sie den Alten mit, sonst mach' ich Kleinholz aus ihm!" Er wandte sich und schrie: „Alles runter jetzt!"

Empörung wogte. Die Frauen rotteten sich zusammen. Sollten sie für diese Bestie von Kerl geschuftet haben?

Berger wagte sich noch einmal vor: „Die ganze Zeit sitzen Sie da und sehn zu, wie wir uns die Seele aus dem Leib rackern —"

„Hat Sie keiner gebeten!" Er griff nach einem Ast: „Jetzt runter hier!"

Schimpfend, weinend, klagend zogen die Leute ab. Berger war von der Anstrengung des Sägens und der Aufregung ganz taumelig. Die Sonne brannte. Am Straßenrand leuchteten die Schnittflächen der Stubben der über Nacht gefällten Bäume.

Else sah Berger besorgt an: „Geh langsam, Alfred, und ärgere dich nicht."

Er atmete mühsam: „Weiß Gott", sagte er, „ich komme langsam dahinter: der Mensch ist ein Vieh! Ein ganz gemeines, ordinäres Vieh!"

Peter Arnold, der Kommentator der ‚Stimme Amerikas', sagte für Deutschland einen Hungerwinter voraus, da Rußland die Ostgebiete für die Ernährung von Westdeutschland verschließen werde. Der Osten Deutschlands — immer Deutschlands Überflußgebiete — hatte heuer eine besonders reiche Ernte. Die Russen leugneten es. Peter Arnold teilte mit, daß die Militärregierungen zur Linderung der Not in Deutschland nichts tun würden.

Beglückung: Eisenhower und Montgomery haben für die Besatzungstruppen einen Erlaß herausgegeben, wonach sie fortan mit erwachsenen Personen sprechen dürfen. Wichtiger noch: die deutschen Zeitungen in den von Amerikanern und Engländern besetzten deutschen Gebieten dürfen wieder von deutschen Verlegern und deutschen Redakteuren geleitet werden.

Die fraternisierende Beflissenheit der Besatzungstruppen wendet sich vorzugsweise dem weiblichen Teil der deutschen Bevölkerung zu. Im Widerstreit zwischen Hunger und Tugend hat der Hunger die besseren Argumente.

Immer wieder predigten die Amerikaner und Engländer, die Versorgung der Bevölkerung mit Lebensmitteln sei einzig und allein Sache der Deutschen. Auf den Märkten Beschlagnahme für die verschleppten Ausländer.

Bestrafung Hamburgs: Für drei Tage Vorverlegung der Ausgehsperre auf siebeneinhalb Uhr abends. Grund: Zusammenstöße zwischen Deutschen und Italienern auf St. Pauli. Deutsche Matrosen erhielten in einem Lokal, in dem Italiener zechend randalierten, kein Getränk. Die Italiener höhnten hinter den Deutschen her. Ein einarmiger Soldat stellte die Italiener zur Rede. Tätlichkeiten. Die Italiener zogen Messer. Die Deutschen erhielten Zuzug. Kampf auf der Straße. Tote.

Am anderen Tag in Wedel, wo die italienischen Militärinternierten untergebracht waren, neuer Krach: einige Italiener sollen dabei in die Elbe geworfen worden sein. Die Engländer sorgten für Beruhigung.

Schwere tropische Gewitter über Hamburg. Mit Genehmigung der Militärregierung wurden bis zu fünfzig Blitze in der Minute gezählt.

Zehn Kinos spielen wieder.

Die deutschen Freundinnen der britischen Soldaten wurden von den britischen Zeitungen ‚Fraternisations-Fräulein‘ genannt. In Hamburg und Schleswig-Holstein Telegrammverkehr. Wiedereröffnung von Schulen für Kinder von sechs bis zehn Jahren.

Schauerliche Meldungen über Vorgänge bei der Eroberung Berlins durch die Russen. In den ersten achtundvierzig Stunden sollten die einrückenden Truppen völlige Freiheit gehabt haben, ihren Bedarf zu decken. Zu diesem ‚Bedarf' gehörten auch Frauen und Mädchen.

Else hatte von Freunden einen Apfel geschenkt bekommen. Er wurde ehrlich in drei Teile zerlegt — Omi, Berger, Else.

Wie groß Kleinigkeiten sein können. Der Schwarzmarkt schießt in die Halme.

Bei seinem nächsten Besuch traf Max die Frauen allein an. Die Männer waren über Land gegangen. Aufgeregt erzählten sie ihm, daß am Abend vorher ein siebzehnjähriger Bursche mit einem dreizehnjährigen Mädchen in den Trümmern überrascht worden sei. Die Frauen ergingen sich in Klagen über die Jugend, die keine Scham und Ordnung mehr kenne.

Vor Eva hatten Elfriede und Max das Theaterspielen längst aufgegeben. Eva war voller Sorge, daß das Verhältnis der beiden einmal ein Ende mit Schrecken nehmen werde. Elfriede kannte nichts als ihre Liebe.

Max schüttelte zu der Aufregung der Frauen den Kopf: „Kennt ihr das Mädel?" fragte er.

„Natürlich! Hübsches Mädel; dreizehn Jahre; sieht aus wie fünfzehn."

„Und der Jüngling?"

„Kennen wir auch."

„Rumtreiber?"

„Ach, wo! Das Mädel auch nicht. Richtig nett beide."

„Das Mädel dreizehn, sieht nach fünfzehn aus; also der Entwicklung nach fünfzehn. Wäre sie faktisch fünfzehn, hättet ihr euch nicht aufgeregt."

„Das wäre auch etwas ganz anderes: fünfzehn."

„Ich will euch was sagen: schreibt es euch hinter die Ohren: das mit der Verderbnis der heutigen Jugend ist nichts als Unsinn. Alles, was man darüber sagt, geht an dem Wesentlichen vorbei. Jede Jugend steht unter Verruf, schlechter zu sein als die vorige. Mit wenig Ausnahmen beteuern alle Eltern ihren Kindern bei jeder passenden und unpassenden Gelegenheit, daß sie ganz anders gewesen seien. Die ‚heutige' Jugend ist seit einem Menschenalter in der Tat ganz anders als die früheren Generationen, nicht etwa weil ihre Moralbegriffe lockerer wären, sondern weil sie ein ganz anderes biologisches Vorzeichen hat."

„Was ist das, biologisches Vorzeichen, Max?"

„Das wirst du gleich verstehen, Elfriede. Vielleicht habt ihr schon davon gehört oder darüber gelesen, daß die jetzige Jugend schneller wächst und größer wird. Aus welchen geheimnisvollen Gründen es geschieht, weiß man nicht, jedenfalls ist es eine Tatsache. Die Anzeichen nun dieses früheren Reiferwerdens hat man, ohne sich Mühe zu geben, es seinem Wesen nach zu erkennen, für Merkmale eines allgemeinen Sittenverfalls genommen. Dabei hat man nicht bedacht, daß Zwölf- und Dreizehnjährige, bedrängt von körperlichen Vorgängen, die in früheren Generationen erst Vierzehn- und Fünfzehnjährige zu gewärtigen hatten, genau wie diese den biologischen Gegebenheiten der Reife unterstehen. Mit anderen Worten, es zeigt sich die erotische Wachheit als ein ihrer Reife entsprechender naturgegebener Vorgang, ohne daß weder von einer individuell noch von einer eine ganze Generation umfassenden verminderten Moralauffassung gesprochen werden kann. Die ‚erschrecklich' um sich greifende Entsittlichung der Jugend besteht nur in der Phantasie engbrüstiger und weltfremder Moralpauker."

Die Frauen wechselten Blicke und schüttelten den Kopf.

„Es ist so", lächelte Max. „Jeder Arzt wird euch das schnellere Reifen der heutigen Jugend bestätigen. Außerdem braucht ihr nur die Augen zu öffnen. Das dreizehnjährige Mädel beispielsweise, das wie eine Fünfzehnjährige aussieht, hat natürlich die Empfindungssphäre einer Fünfzehnjährigen. Kurz, die Pubertät tritt heute früher auf."

„So gesehen ja —" stimmte Elfriede gedehnt zu.

„Das allein ist es aber nicht. Die Nazis hatten, um sich den billigen Ruhm zu verschaffen, für das Wohl der Familie besonders besorgt zu sein, das Schutzalter für die weibliche Jugend um zwei Jahre hinaufgesetzt. Das Mädchen genoß früher bis zum zwölften Jahr den absoluten Schutz des Gesetzes, von Zwölf bis Vierzehn genoß es diesen Schutz noch auf Antrag der Eltern, und vom vierzehnten Jahr unterstand das Mädchen in Fragen des Geschlechts der eigenen Verantwortlichkeit. Nach diesem Gesetz richtete sich die allgemeine Anschauung aus. Das jetzige Gesetz hat die klugen biologischen Voraussetzungen — die früheren Gesetzgeber waren ja auch nicht dumm oder bigott — des alten Gesetzes außer acht gelassen. Das neue Gesetz hat den Bezirk des Ungesetzlichen unter Bevormundung des Natürlichen ausgeweitet, indem es die Freiheit des Individuums einengt zu einer Zeit, da es physiologisch völlig selbstherrlich über sich zu befinden hat und nicht in Gefahr geraten darf, durch die Betätigung dieser Selbstherrlichkeit einen anderen — nämlich den Liebespartner — ins Unglück zu bringen. Nach dem Erlaß dieses Gesetzes hat die Allgemeinheit — dieses ungreifbare, molluskenhafte Etwas, das sich immer der Vernunft entgegenstellt — alle natürlichen Regungen, die nicht im Einklang mit der neuen Altersgrenze zu stehen schienen, für verabscheuungswert erklärt. Aus der Divergenz nun eines Gesetzes, das absolut erkenntnisfremd war, und dem Früherreifen der Jugend gewann die Allgemeinheit die Überzeugung von der Sittenlosigkeit der Jugend, wenn diese auf den ihnen gemäßen Rechten bestand. Gesetze können weder Moral schaffen, noch die Tugend stärken. Gesetze, die das Natürliche einengen, sind unmoralisch."

„Wohin kämen wir, Max, wenn Dreizehnjährige tun und lassen dürfen, was sie wollen?"

„Liebste Eva, es geht doch darum, eine Jugend, die sich von Grund auf physiologisch gewandelt hat, nicht mit dem Makel sittlicher Verderbnis zu behängen, nur weil sie biologisch veralteten Anschauungen nicht mehr entspricht. Die

Natur ist viel klüger als die Menschheit. Psychologisch gesehen zeigt das Mädchen mit dem Eintritt der Reife die feinste Ausprägung der Keuschheit und Scham. Über ihm ist jener zarte und bezaubernde Reiz, den wahrzunehmen allein schon Beglückung ist. Dieser Reiz, dieses Durchleuchtetsein von den ersten Empfindungen des Weibseins, ist ein besserer Schutz als jedes Menschengesetz."

„Nun ja", meinte Eva, „das sieht ein Mann wohl anders als eine Frau. Wenn meine Tochter — wie gut, daß ich keine habe! — mir mit dreizehn Jahren solche Geschichten machte —"

Max lachte. „Sie würde es dir auch gerade erzählen —. Man darf einen Einzelfall nicht zum Symptom einer Gesamterscheinung machen. Aber das tut man leider und beginnt Paragraphen zu produzieren. Ein sehr kluger Strafrechtlehrer hat einmal die Strafgesetzgebung den Angstausbruch der um ihre Existenz bangenden Gesellschaft genannt. Er hat bestimmt recht. Ein Gesetz, das in starrer Unabänderlichkeit neuen Gegebenheiten nicht Rechnung trägt, verleitet zu vermeidbarer Ungesetzlichkeit und macht Menschen leichtfertig unglücklich. Was geschieht? Der Siebzehnjährige kommt vor den Strafrichter, die Dreizehnjährige in die Fürsorge, und alles nur, weil man in der Kachelküche der Gesetzgebung von der ‚heutigen' Jugend nichts weiß."

„Das ist gut so!" sagte Eva, die sich nicht belehren lassen wollte.

„Nein, das ist nicht gut so", antwortete Max. „Gesetze sind nicht dazu da, die Möglichkeiten von Ungesetzlichkeiten zu mehren, sondern zu vermindern. Wir würden weniger von einer verderbten Jugend sprechen, wenn wir sie durch stupide Gesetze nicht ins Verderben geraten ließen. Das ist es nämlich."

Ali und Paul kehrten unverrichteterdinge von ihrer Hamsterfahrt zurück. Die Frauen sahen ihnen an, daß sie etwas erlebt haben mußten.

„Das ist keine Welt", sagte Ali, „in der es sich lohnt zu leben. Die Sieger haben aus ganz Deutschland eine Strafanstalt gemacht, in der alle Gefangenen auf Wassersuppe und Wassergrütze und knappes Brot gesetzt sind."

Im Radio begann wieder ein Greuelbericht.

„Stell' ab! Stell' ab!" schrie Ali.

Elfriede drosselte das zu einem politischen Plärrinstrument degradierte Radio ab.

„Warum erzählen sie der Welt nicht, was in Deutschland unter ihren Augen geschieht? Warum erzählen sie nicht, wie Polenbanden systematisch Bauerngehöfte überfallen und ausplündern! Wie sie das Vieh wegtreiben oder abschlachten! Warum verkünden sie nicht, daß die Deutschen diese Untaten wehrlos hinnehmen müssen, weil die deutsche Polizei nur mit Knüppeln, nicht aber mit Waffen ausgerüstet ist?"

„Was war denn, Paul?" fragte Eva.

„In der vorigen Nacht ist wieder ein großes Gehöft in der Heide von den Polen überfallen worden. Die zur Hilfe herbeigerufene Polizei weigerte sich einzuschreiten, weil sie gegen die bewaffnete Polenbande nichts ausrichten könnte. Bevor die Militärpolizei da war, waren die Verbrecher natürlich mit ihrer Beute davon. Als die Engländer in das Lager der Polen eindringen wollten — die deutschen Polizisten mußten zurückbleiben, weil Deutschen das Betreten von Ausländerlagern verboten ist —, wurden sie von den Polen beschossen. Worauf sich die Engländer zurückzogen.

Und Abend für Abend wird uns vorgebetet, was für Bestien wir Deutsche sind. Man soll uns endlich vom Leibe bleiben mit den Anschuldigungen von der Verletzung von Menschenrechten. Hunderte von Deutschen hat man bei der Befreiung von Prag zu Tode gehetzt, sie an Laternen gebunden, sie mit Benzin übergossen und angezündet. Waren das nicht auch Vergehen gegen die Menschlichkeit? Und wie haben die Polen in deutschen Gebieten gehaust? Und wie sind deutsche Soldaten in Frankreich, Belgien und Holland mißhandelt worden?" Ali schlug die Faust auf den Tisch: „Vom Leibe sollen sie uns bleiben mit ihrem Gewäsch von Menschenrechten, solange sie nicht bewiesen haben, daß sie bessere Menschen sind! Aber in alle Welt hinausposaunen, daß der Deutsche von Natur aus brutal sei, daß er das Chaos liebt und den Satanstanz auf Trümmern, daß er im Anschleichen ein Tiger und im Weglaufen ein Hund sei, daß er seit 1870 nichts als Angriffskriege geführt habe, das können sie! Und wir müssen dazu schweigen, weil sie uns mundtot gemacht haben!"

Elfriede setzte sich zu ihm: „Beruhige dich doch, Ali! Nimm Rücksicht auf dein Herz!"

„Was sieht man? Sie greifen zu dem Verächtlichsten aller staatsmännischen Kunstgriffe: dort gerecht zu scheinen, wo sie es bewußt nicht sind. Unter Berufung darauf, daß die Gerechtigkeit es erfordere, begehen sie schreiende Ungerechtigkeiten, ohne zu bedenken, daß Ungerechtigkeit, gleichviel aus welcher Veranlassung oder aus welcher Ursache begangen, den eigenen Herrn schlägt. Wäre es nicht so, könnte die Welt in ihren Angeln bleiben? Sie, denen sie die Vorteile ihrer Ungerechtigkeit glauben zuwenden zu müssen — und womit sie gleichzeitig Indemnität vor dem Weltgewissen erlangt zu haben meinen —, werden die Ersten sein, die kein Vertrauen mehr zu ihnen haben, weil sie die gleiche Ungerechtigkeit gegen sich selber gewärtigen müssen. Wer aus der Sicherheit seiner Macht treulos gegen Allgemeingültiges ist, ist seinem innersten Wesen nach treulos. Treulosigkeit ist eine Schuldverpflichtung, die vom Schicksal unnachsichtig eingetrieben wird.

Sie sind treulos gegen uns, weil keiner sie zur Rechenschaft ziehen kann. So werden sie eines Tages die Teilung Deutschlands in Ost und West um des lieben Friedens willen mit dem starken Nachbarn vorläufig anerkennen, und mit der Zeit wird es ein Fait accompli! Deutschland existiert in seiner alten Gestalt nicht mehr. Dazu werden auf Kosten

Deutschlands den Freunden in der Not kleine Gefälligkeiten erwiesen unter dem Titel der Grenzberichtigung. Alles im Vorwege zum Frieden, obwohl dieses Verfahren ein flagrantes Vergehen gegen das Völkerrecht darstellt. Oh, wird man sagen, Deutschland hat sich durch seine Kriegführung außerhalb des Völkerrechts gestellt und ist daher rechtlos aus eigenem Verschulden. Das Verschulden Deutschlands als wahr unterstellt, wo bleibt das Recht, wenn ein Vergehen das dafür vorgesehene Gesetz aufgehoben, der Täter außer allem Recht gesetzt und der freien Willkür jener ausgeliefert werden kann, die sich gleichfalls auf dieses Gesetz verpflichtet hatten? Wie will man einem Recht vor der Welt je wieder Achtung verschaffen, wenn ein Vergehen nach einem Gesetz abgeurteilt wird, das vor der Begehung noch gar nicht existierte? Waren es Schafsköpfe, die das Wort: Sine lege nulla poena zu einem Postulat der Rechtsprechung machten? Was menschlich allgemeingültig ist, kann, solange es nicht durch Gesetz Rechtsgültigkeit erlangt hat, auch nicht der Rechtsprechung dienen. Wie oft hat nicht schon das menschlich Allgemeingültige weinend vor Gericht gestanden, und die Richter haben doch nach dem Buchstaben des Gesetzes nur entscheiden können. Jede Tat kann nur nach einem bei ihrer Begehung bestehenden, nicht aber nach einem nachträglich aus Anlaß gerade dieser Tat geschaffenen Gesetz abgeurteilt werden. Oder man gestehe offen ein, daß man nicht Recht erkennen, sondern Vergeltung üben will. Dann degradiere man den Areopag aber nicht zur Schaubühne, sondern etabliere ein Standgericht der Sieger."

Ali lehnte sich erschöpft zurück. Elfriede wischte ihm den Schweiß von der Stirn.

„Man könnte noch viel mehr vorbringen", sagte Paul, „aber es hat keinen Zweck. Sie fangen doch schon an, uns planvoll verhungern zu lassen. Wir haben nicht einmal das Notwendigste für die Kinder. Sie wollen ein Volk von Heloten aus uns machen. Sie tun bei uns genau das, was sie uns vorwerfen, bei anderen getan zu haben. Ganz Deutschland ist ein einziges großes Elendslager, in dem man uns der Welt als abschreckendes Beispiel zur Schau stellt."

Eva hielt sich die Ohren zu: „Hört auf! Hört auf! Und wenn ihr zehnmal recht habt — schweigt endlich davon!"

„Du hast recht", gab Paul zu, „was wollen wir lange reden. Selbst wenn die Welt uns hörte, wird man uns nicht glauben. Sie sind die Sieger, wir die Besiegten. Besiegte sind Verurteilte."

Am Nachmittag des anderen Tages gingen sie mit Max ins Kino. Ali und Paul, noch unter dem Eindruck ihrer Erlebnisse auf dem Lande, aufs tiefste beunruhigt von der ihnen drastisch vorgeführten Entrechtung der Deutschen. Manches, was sie bisher geneigt waren, als eine örtlich begrenzte und von einzelnen Mißlaunigen veranlaßte Anordnung zu nehmen, erkannten sie nunmehr als Teil eines wohlüberlegten Planes. Die Betriebsüberholungen, die Abtransporte von Maschinen, die Entlassungen, die Duldung von offensichtlichen Ungerechtigkeiten und Übergriffen von Deutschen gegen Deutsche, alles das verstärkte in ihnen die Furcht, daß es der gelinde Anfang eines schlimmen Fortgangs sei.

Max hatte wieder einmal einen Tag, an dem er trotz seiner Liebe zu Elfriede deutlich fühlte, daß er nicht ganz zu ihnen gehörte. Bei aller Freundschaft, die ihm entgegengebracht wurde, blieb etwas Fremdes zwischen ihnen, als ob ihr Zusammentreffen nicht von Dauer sein könne. Immer wieder zeigte sich eine Grenze, wo er auf Abwarten traf, wo er kein Entgegenkommen mehr fand. Innerlich um jeden Halt gekommen, pendelte er zwischen den Wirklichkeiten des Tages hin und her. Das Bewußtsein, von seiner Frau abhängig zu sein, ihr seinen Unterhalt zu danken zu haben, peinigte ihn. Er verhehlte sich nicht, daß bei den Fesseln, die man der deutschen Wissenschaft anlegte, der studierenden Jugend alle Wege verrammelt sein würden. Für junge Mediziner würde bei dem Rückstrom erfahrener Ärzte aus dem Felde die Aussicht auf eine Existenz nur gering sein. Davon abgesehen wußte Max überhaupt nicht, wovon er sein Weiterstudium bestreiten sollte. Nachhilfestunden wurden nicht begehrt, Stipendien gab's nicht; es war keine Zeit für Mäzene. Grau in grau lag die Zukunft vor ihm; dazu der Zwiespalt in seinem Leben. Von Tag zu Tag geriet er tiefer in Verzweiflung. So wuchs und wucherte in ihm Feindschaft gegen die Welt, die, wie er sich einredete, nichts von ihm wissen wollte; der es gleich war, ob er vor Hunger verreckte oder nicht; die, wie er überall sah, sich nur den Rücksichtslosen geneigt zeigte. Ohne sich dessen klar bewußt zu sein, war er bereit, ohne Zimperlichkeit zuzugreifen, wenn sich ihm eine Chance böte, selbst auf die Gefahr hin, nicht redlich zu bleiben. Es galt auch hier: wer nachbleibt, hat recht! Er wollte zu denen gehören, die nachblieben. Es war ihm unfaßbar, ein wie geringes Verständnis die Engländer für den Kontinent hatten, wie sie die geopolitischen Bedingtheiten der Völker nicht begriffen und Grenzveränderungen guthießen, als ob es sich um eine Geschäftsvergrößerung handele. Es schien wirklich so zu sein, wie ein Kommilitone ihm gesagt, für England beginnt das Kolonialgebiet diesseits des Kanals. Welche Naivität von Haus aus, einem ganzen Volk mit ‚Reeducation' zu kommen; als ob man ein tausend Jahre altes Volk durch eine Klippschule boxen könnte und siehe, der neue Weltbürger ist da!

In den Länder-Kombinations-Spielen der Politik gehörte England seit jeher dem siegreichen Team an. Auf der Insel weiß man, daß oft nur durch Spielverlängerung gewonnen wird, und England legt es von jeher von Anfang an darauf an. Als Max das dachte, mußte er trotz seiner Zerrissenheit lächeln. Wenn es in den Krieg geht, fahren die Engländer immer wie zu einem Sportfest; die Amerikaner wie zu einem Job und beide kommen am Ende auf ihre Kosten. Das heißt: die Kosten haben andere.

Eva hatte unauffällig dafür gesorgt, daß Elfriede nicht neben Max zu sitzen kam; denn sie wollte bemerkt haben, daß Ali die beiden zu beobachten begann. Sie mußte einmal ernsthaft mit Elfriede sprechen. Wenn Max mit seiner Frau nicht glücklich war, hatte er daraus seine Folgerungen zu ziehen. Ehrlich und unverzüglich, und nicht dieses Spiel nebenher mit einer anderen.

Das Kino war voll von Menschen, denen man es ansah, daß sie die Groschen eigentlich besser für andere Dinge hätten anlegen sollen. Alle hatten den Drang, die bedrükkende Gegenwart im Anschauen einer anderen Welt zu vergessen. Sie ließen sich zu Tränen rühren, zum Lachen hinreißen; kein Gedanke kreiste mehr um ihre Ruinenstadt; sie dachten nicht an ihre Wohnhöhlen, in die sie zurück mußten, nicht an die Strohsäcke, die ihre Lagerstatt waren; nicht an die lausig niedrigen Kalorien, mit denen sie notdürftig ihr Leben fristen mußten; nicht an das zermürbende Schlangestehen vor den Läden oder an die Verzweiflung, die sie erfüllte, wenn sie mit leerer Einkaufstasche heimkamen. Noch beim Hinausgehen war auf ihrem Gesicht das Miterleben, Wehmut oder Lächeln. Aber vor der Tür schon erstarrten die Mienen; da grinste die Wirklichkeit jede Illusion aus ihrer Seele hinweg. Auf dem Nachhauseweg gingen Ali und Elfriede voran; Max und Paul hatten Eva in die Mitte genommen. Es war Max, als ginge nun von den andern jene Abwehr aus, die er in sich fühlte. Am liebsten hätte er nach einem plausiblen Grund gesucht, um sich von ihnen zu verabschieden.

Als sie ihrer Behausung näherkamen, begegneten ihnen aufgeregte Leute, die von einer eingestürzten Ruine sprachen. Die Luft war angefüllt mit dem Geruch und dem Staub zerpulverten Mörtels. Auf einer von Polizisten freigehaltenen Strecke stand ein Feuerlöschzug. Als einige Leute Ali erkannten, riefen sie: „Da sind sie ja!“ Und zu den Polizisten: „Jetzt sind die Leute da!“

Man ließ sie durch. Ein Polizist fragte Ali: „Wohnen Sie da hinten?“

„Ja. Was ist denn?"
„Mauer eingestürzt."
Sie gewahrten, daß die Mauer ihres Hauses nicht mehr stand.
„Sind noch Menschen in den Kellern?" fragte man.
Ali schüttelte den Kopf. Elfriede drängte sich an ihn.
„Können wir hin?" fragte Eva.
„Will fragen", sagte der Polizist und schritt auf seinen Vorgesetzten zu. Der kam, sah sich die fünf bleichen Menschen an und sagte: „Haben Glück gehabt, daß Sie nicht zu Hause waren. Wird kein Stück mehr heil sein in den Kellern."
„Können wir nicht wenigstens hin?"
„Unmöglich! Die Feuerwehr reißt den Rest gerade ein."
„Wie ist das denn gekommen?" wollte Schmidt wissen.
„Weiß keiner. Wohl noch vom letzten Sturm. Der ewige Sturm — da — sehn Sie hin — jetzt kracht das letzte Stück zusammen."
Sie hörten das Krachen der eingerissenen Mauer und sahen eine grauweiße Staubwolke sich aufwölben und träge davonschleichen. Wie ein Ungeheuer, das sich satt geäst hat.
„Jetzt können Sie herangehen", meinte der Polizist. „Zu retten wird nichts mehr sein."
Sie gingen auf die Unglücksstätte zu, Ali mit weiten Krückenschritten voran, bis er dicht vor dem Hofeingang stand.
„Dichter ran können Sie nicht", sagte ein Feuerwehroffizier. „Haben Sie da gewohnt?"
„Ja, wir auch", erwiderte Eva.
„Dann seien Sie froh, daß Sie nicht hier waren. Sie wären alle hin gewesen."
„Können wir auf den Hof?" fragte Schmidt.
„Zu gefährlich. Hat auch keinen Zweck. Wir müssen erst aufräumen. Vor morgen früh kann nichts geborgen werden."

Ali stand, den Stumpf des linken Beines auf der Krücke, steil aufrecht. Sein Gesicht war von einem zum andern Augenblick ganz knöchern geworden.

„Dann können wir ja gehen", sagte Paul und sah Eva an, die sich weinend an ihn hängte. „Nun fangen wir wieder von vorn an."

Elfriede weinte stumm und sah Max an. Er trat zu ihr, sie lehnte sich haltlos an ihn. Max sah zu Ali hin; seine Augen waren groß und brennend auf ihn und Elfriede gerichtet.

„Geh zu Ali", raunte Max ihr zu. Sie richtete sich auf und sah ihren Bruder an. Sie meinte vor seinem Blick vergehen zu müssen. Er weiß alles, sagte sie sich bebend und ging auf ihn zu. Jeder Schritt unter seinem Blick war Schuldigsprechung und Verdammung.

„Ali!"

Er nahm den Stumpf von der Krücke, stützte die Hände in die Griffe und schritt an Elfriede vorbei auf Eva und Schmidt zu. „Kommt!"

„Wohin?" fragte Eva bebend.

„Für unsereinen wird in den Trümmern noch irgendein Loch zum Verrecken sein. Kommt!" Er humpelte ihnen voraus. Die Leute ließen sie mitleidig durch.

Eva hatte den Vorgang zwischen Ali und Elfriede beobachtet; sie wandte sich an Max: „Geh jetzt — hörst du!" sagte sie leise. „Geh und laß uns allein."

Er sah sie mit brennendem Gesicht an: „Soll ich euch nicht helfen?"

„Du kannst uns nicht helfen!" fuhr sie ihn böse an. „Geh! Du hast uns Unheil genug gebracht!"

Er blieb stehen und sah nach Elfriede hin. Sie schritt verloren drei Schritte hinter Ali her, der sich nach keinem von ihnen umblickte.

Max stand wie geschlagen und sah sie die Trümmerstraße hinabgehen. Elende, die nicht wußten, wohin der Weg ging. Er wartete, ob sich nicht doch jemand nach ihm umwandte; er wartete vergeblich. Er schlich davon. Jetzt war, anders als er gedacht, eingetreten, was er sich heimlich manchmal gewünscht. Es war ihm, als sei ihm hämische Erfüllung geworden von einer Gewalt, die sich sein Leben aufs Korn genommen. Jetzt war er völlig entwurzelt und verloren, verworfen auch von denen, an die er, wie er jetzt wußte, stärker gefesselt war, als an alles andere. Er ging wie ins Nichts hinein. Erst als die Sirenen den Beginn der Sperrzeit ausschrien, raffte er sich zusammen und rannte nach Hause.

Eva war nach vorn gelaufen: „Wohin willst du, Ali? Wir müssen versuchen, irgendwo unterzukommen!"

Er blieb stehen und blickte sie irr an: „Unterkommen. Natürlich müssen wir unterkommen!"

Schmidt und Elfriede traten hinzu. Er sah es kaum.

„Wir können hier quer durch nach Wandsbek zu meiner Schwester gehen für diese Nacht. Morgen sieht die Welt anders aus, nicht wahr, Paul?"

„Ja, Eva. Am Tage sieht alles anders aus."

„Dann gehn wir doch, Ali", bat sie.

Sein Blick blieb an der Schwester hängen. Er wandte sich. Wieder griffen die Krücken weit aus; immer, wenn er das gesunde Bein hob, pendelte der Körper den Schritt nach.

Eva nahm Elfriedens Arm und ließ Paul allein ausschreiten. „Wir bleiben dabei, es ist nichts, hörst du! Er bringt es fertig und schlägt dich mit der Krücke tot. Was mußtest du dich auch so gehen lassen, daß er es merkte."

Elfriede schluchzte.

„Nichts als Unheil hat er uns gebracht. War alles schön zwischen uns, bis er kam. Nun ist aber Schluß, hörst du? Du weißt gar nicht, wie lange du deinen Bruder noch hast."

Schmidt schloß sich ihnen an. „Du, Paul, wenn Ali davon anfängt, es ist nichts, hörst du? Das war bloß, weil Elfriede so unglücklich war; ist ja erklärlich in solchem Augenblick. Das mußt du sagen, mir glaubt er's vielleicht nicht. Und Elfriede macht jetzt Schluß, und dann kommen wir wohl wieder zurecht."

„Ach", sagte Paul, „das kommen wir schon. Aber wir waren gerade so fein in Gang gekommen —"

„Ja, ja", sagte Eva tapfer, obwohl sie am liebsten losgeheult hätte. „Aber denke, wenn wir zu Hause gewesen wären —"

„Wär' das allerbeste gewesen —" stammelte Elfriede.

„Meinst du?" sagte Eva scharf. „Bloß weil du's mit der Liebe hast? Da gibt's noch andere Dinge im Leben. Und wenn du weiter Dummheiten machst, das sag' ich dir, dann kenn' ich meinen Gott nicht mehr und verdresch' dich nach Strich und Faden. So, und da die erste Straße rechts, Ali. Hoffentlich sind wir noch vor dem blöden Curfew da."

Evas Schwester bewohnte mit ihrem Mann und drei Kindern einen nur notdürftig hergerichteten Keller von zwei Räumen. Sie war keineswegs erbaut, als sie Eva mit ihrer Begleitung vor ihrer Tür sah. Sie hatten nur zwei einschläfrige Betten; in dem einen schlief das Ehepaar, in dem anderen die drei Kinder, zwei Jungen von vier und sieben und ein Mädchen von elf Jahren. Der Mann, Angestellter der Elektrizitätswerke, hatte abwechselnd Tag- und Nachtdienst. Um wenigstens am Tage einen Schimmer von Wohnlichkeit zu haben, begnügte man sich mit einem gemeinsamen Schlafraum mit den Kindern.

Als Eva nach der Schilderung des Unglücks damit herausrückte, daß man gehofft habe, diese Nacht bei ihnen bleiben zu können, verschlug es den Leuten die Sprache.

„Wenn ihr euch mit Stühlen behelfen wollt — Schlaf werdet ihr ja nicht kriegen — aber ihr habt wenigstens ein Dach oder was wir euch hier bieten können, über dem Kopf", meinte die Schwester, einen Blick mit ihrem Mann tauschend.

Curfew heulte über die Stadt.

„Das genügt uns, Gerda. Wir wüßten sonst gar nicht wohin."

„Wir hätten auf eine Wache gehen sollen", sagte Schmidt, der sich unbehaglich fühlte.

Elfriede weinte vor sich hin. Ali machte ein verbissenes Gesicht. Gerdas Mann, ein Hüne, der mit dem Haar die Decke des Kellers streifte, winkte ab: „Für eine Nacht geht's"

Ali wandte sich Elfriede zu: „Du gehst morgen früh zu den Großeltern nach St. Pauli. Dann sind wir dich wenigstens los." Er sah Schmidt an: „Wir werden morgen schon etwas finden. Wenn nicht anders, schlafen wir in einem Bunker. Tun andere auch."

Gerda blickte Eva an: „Wenn ich nur etwas anzubieten hätte! Ich habe nichts. Rein gar nichts. Nicht mal Brot für die Kinder morgen früh."

„Wir halten's aus", tröstete Eva.

„Es ist zu schrecklich! Wie gut, daß ihr im Kino wart. Denkt bloß — ich mag gar nicht dran denken! Was man auch alles durchmachen muß! Wenn ich euch doch wenigstens Muckefuck machen könnte! Aber ich hab' einfach gar nichts."

„Ach, lassen Sie doch", sagte Schmidt. „Es ist schon mehr, als wir verlangen können, wenn wir die Nacht über hier bleiben dürfen. Man kommt sich wirklich wie ein Stück Vieh vor —"

„Für Vieh wird besser gesorgt als für Menschen", meinte der Hüne. „Ein Mensch zählt nicht. Wenn das noch lange geht, sind wir alle bald in Ohlsdorf."

„Du mußt nur die Kinder sehen, Eva. Ewig abgespannt und müde vor Hunger. Keine Milch, gar nichts. Kein Buch zum Lesen, kein Stück Spielzeug. Es ist ein Elend. Sei froh, daß du keine Kinder hast. Unsere Knochen haben wir aus den Bombennächten gerettet, nun geht's mit dem Hungern los. Gott mag wissen, wie das enden soll. Ich weiß es nicht."

„Wenn wir wenigstens unsere Lebensmittelkarten eingesteckt hätten", sagte Eva. „Nun geht morgen der Tanz beim Ernährungsamt los. Eh' wir alles beieinander haben, sind wir halb verhungert."

„Ich muß morgen früh um fünf wieder hoch; also seht zu, wie ihr zurecht kommt", sagte der Hüne. „Wir hätten es gern anders gegeben —"

„Ich bitte dich, Alfons — es genügt ja. Wir sitzen; was wollen wir mehr?“ Eva nickte ihm zu.

„Nur mit dem Licht — du weißt, wir müssen Strom sparen“, gab Gerda zu bedenken.

„Macht das Licht nur aus. Und geht ins Bett. Wir werden ganz still sein.“

Sie saßen im Dunkeln. Elfriede weinte und weinte.

„Laß dein Weinen“, zischte Ali sie an. Eva streckte ihre Hand nach Elfriede aus. So saßen sie, und keiner tat bis in den Morgen hinein ein Auge zu. Sie legten ab und zu Arme und Kopf auf den Tisch; er war so klein, daß es immer nur zwei zugleich tun konnten. Sie lauschten einer auf den Atem des anderen; die Kühle des Kellers umspann ihre ermüdeten Glieder mit Saugfäden. Die Finsternis ein böse lauerndes Tier, das sich seiner Opfer gewiß war. Sie dachten alle das eine: wie sie sich mit dem Leben hatten herumschlagen müssen; wie sie sich immer wieder gewehrt hatten, wenn der Sog sie nach unten ziehen wollte; wie sie sich mit erlaubten und auch weniger erlaubten Mitteln oben gehalten hatten; denn da sie am Leben waren, wollten sie am Leben bleiben. Und alles in einem Augenblick hin. Nichts als Feindseligkeit rundum.

Eva dachte an Max. Er mußte fortan aus ihrem Leben heraus bleiben. Er gehörte nicht zu ihnen. Eine etwas kostspielige Manier des Schicksals, ihn aus ihrem Kreis hinauszuspielen; aber es sollte wohl so sein. Elfriede durfte Ali nicht allein lassen; er würde, wenn nichts Gründliches unternommen wird, bald am Ende sein. Wenn er nur das Rauchen lassen wollte; und das Trinken! Immer die Flasche auf dem Tisch. Und alles, weil er einem Frauenzimmer nachtrauert, das ihn hinten und vorn betrogen hatte.

Bei grauendem Morgen verließ die Elendsgesellschaft ihre Notunterkunft. Der erste Weg galt der Wohnung, die nur noch ein Haufen ungefüger Mauerbrocken war. Bis in die Nacht hinein hatte die Feuerwehr Vorsorge gegen neue Nachbrüche getroffen. Zu retten war nichts gewesen; die Kellerdecken waren durchschlagen und die Räume angefüllt und übertürmt von Steinmassen. Sie hatten den Eindruck, als ob eine besondere Absicht obgewaltet hatte, alles zu vernichten. Sie ließen sich in einer Kneipe eine Tasse heißen Getränkes geben, das auf irgendeine Paste aufgegossen war und für Fleischbrühe genommen werden wollte. Sie hatten Hunger, aber der Wirt war nicht zu bewegen, auch nur eine Brotrinde ohne Marken abzugeben. Er blieb völlig ungerührt von ihrer Not.

„Das kenne ich! Darauf sind andere schon reingefallen. Jetzt gebe ich Ihnen Brot ohne Marken und morgen sitze ich fest. Vier Zeugen gegen mich. Nichts zu machen."

Es war wirklich nichts zu machen; er mochte seine Erfahrungen haben.

„Nächstenliebe nur auf Lebensmittelkarten", sagte Schmidt bitter.

Beim Ernährungsamt wußte man von der Katastrophe. Man glaubte ohne weiteres, daß nach solchem Unglück Menschen zunächst andere Sorgen hatten, als sich Lebensmittelkarten zu erschwindeln. Es war nur eine Kleinigkeit, und doch empfanden sie die Freundlichkeit auf dem Amt als Trost.

Ali ging am Nachmittag zu den Großeltern, um Elfriede die Lebensmittelkarten zu bringen. Er hätte dort auch unterkommen können, wollte aber mit Paul und Eva zusammenbleiben. In irgendeinem Bunker würden sie schon Unterschlupf finden.

„Wie gut, daß wir nicht auch unser Geld zu Hause gelassen hatten", meinte Schmidt.

„Die Hauptsache ist, eine Bleibe finden." Ali sah wieder getrost in die Zukunft. Dann fragte er plötzlich: „Der andere war ja gleich weg?"

Der andere war Max.

„Was sollte er auch?" fragte Eva gleichmütig.

„Hat mir schon lange nicht mehr gefallen", sagte Ali finster. „Kam doch nur wegen Elfriede."

„Unsinn!" widersprach Eva. „Elfriede! Erstens ist er verheiratet und zweitens — du solltest deine Schwester doch kennen."

„Meinte ich. Wer kennt sich bei euch Weibern aus? Sah verdammt verdächtig aus, wie sie an ihm hing."

„Hör' mal", mischte Paul sich nach einem Blick auf Eva ein. „Wenn's weiter nichts ist — wenn zufällig ich dort gestanden hätte, wäre sie mir in die Arme gesunken. Oder ein Baum, dann hätte sie den umarmt. Sie war ja ganz von den Füßen, Ali."

Eva sah Schmidt dankbar an.

Ali ließ seinen Blick über sie hingehen.

„Wenn's das nur war —!" Er lachte bitter.

„Ach, Ali", redete Eva zu, „was soll denn sonst sein? Du warst doch immer dabei, wenn er bei uns war. Und schließlich Paul und ich auch." Sie wandte sich an Schmidt: „Ist dir je was aufgefallen?"

„Was soll mir aufgefallen sein? Wenn einer zipp ist, dann doch Elfriede."

Ali blieb ungerührt: „Ganz gut, wenn er eine Zeitlang wegbleibt. Am liebsten würd' ich Elfriede überhaupt irgendwo hingeben. Aber sie geht nicht."

„Eben doch nur deinetwegen", pflichtete Eva ihm bei.

„Na, dann laßt uns versuchen, in einem Bunker unterzukommen. Ich wär' für den Hauptbahnhofbunker, da sind wir morgens gleich in der Stadt."

Der tiefliegende Hauptbahnhofsbunker war allabendlich ein Sammelbecken des größten Elends. Neben den ständig Obdachlosen der Ruinenstadt — sie zählten nach tausenden — fanden durchreisende Flüchtlinge hier Unterkunft. Die breiten Treppen, auf deren Absätzen bereits Menschen, von Elend und Entbehrungen zermürbt wie gnadenlos Verworfene lagen, muteten an wie Abstiege in die Hölle. Die von kärglichem Licht durchflackerte Halle, die von den Aborten durchdünstete Luft, die beklemmende Kühle nach der heiteren Wärme draußen, die mit erbarmungswürdigem Gepäck beladenen Flüchtlinge mit ihrer auf endlosen Reisen erworbenen Hast, noch rechtzeitig Platz zu finden, das Schlurfen müder Füße, das Nacheinander der durch jagende Lebensangst zermarterten fahlen Gesichter, in denen jede Hoffnung erloschen war, die rüden aufrührerischen Mienen von Burschen, denen man es ansah, daß sie zu jeder Tat bereit waren, das ganze tragische Strandgut der gottverlassenen Zeit, das Zusammenfegsel der Ruinen-Großstadt, das alles verschmolz zu einer Einheit voller Grauen, zu einem Relief des Entsetzens, zu einer Schau der Ausgeburten des verstörten Sinnes der Menschheit.

„So gar nichts", sagte Schmidt, „hab' ich überhaupt noch nicht gehabt. Man sollte heute wirklich nur mit einem Rucksack mit dem Notwendigsten ausgehen."

„Wenn wir bloß den Kulturbeutel hätten! Keine Zahnbürste, keine Seife, nichts. Und Wäsche — ach, du lieber Gott!"

„Das magst du wohl sagen", meinte Ali. „Jetzt weiß man erst, von wieviel Kleinigkeiten unser Leben abhängt. Wir kommen schon wieder hoch. Jetzt erst recht."

„Wär' gelacht", stimmte Schmidt bei. „Wenn die meinen, sie können uns tothungern, sind sie schief gewickelt. Mach' nicht solch trauriges Gesicht, Eva!"

Gleich nach Curfew kam Polizei und kontrollierte die Papiere. Der Hauptbahnhofsbunker war ein Sieb, in dem allerlei hängenblieb. Auch an diesem Abend. Es wurden Frauen und Männer, besonders Jugendliche, herausgewinkt und von Beamten in Empfang genommen. Als man an die drei kam, blätterte der Kontrollierende die Papiere durch und fragte: „Was tun Sie hier? Sie haben ja eine Wohnung. Warum sind Sie nicht rechtzeitig nach Hause gegangen? Sie wissen doch, daß Curfew ist."

„Wir haben keine Wohnung. Vorgestern durch Einsturz vernichtet."

„Wo!?"

Sie nannten die Straße.

„Nichts davon gehört", sagte der Beamte. „Gehn Sie nach draußen und warten Sie."

Ali wollte aufbegehren; Schmidt beschwichtigte ihn. Eva sah den Polizisten zornig an.

„Sie gehören zusammen?" fragte der Polizist sie.

Jetzt stand Ali, den linken Beinstumpf auf der Handkrücke: „Ja, die Dame gehört zu den Herren“, sagte er angreiferisch, bereit, noch mehr zu sagen.

Eva legte ihm die Hand auf den Arm.

Der Beamte blickte Ali an: „Geh, Kamerad, ich komm' gleich nach.“

Die Papiere der drei in der Hand, kontrollierte er weiter; nicht mehr so scharf wie vorher, dünkte es die Leute. Dann ging er zu den Wartenden hinaus: „Kommt mit auf die Wache.“

In Ali schwoll wieder Zorn. Nun sollten sie auch noch, nur weil sie Unglück gehabt hatten, wie Verbrecher auf die Wache. Der Polizist ahnte, was in ihm vorging: „Wenn es stimmt, was ihr sagt, Herrschaften — aber ich muß nachprüfen —, muß was getan werden. Oder wollt ihr jeden Abend in den Bunker gehn?“

„Tun andere auch. Wo soll'n wir denn hin?“ fragte Schmidt.

Der Beamte schritt voraus. Ali stapfte mühselig die Treppe hinauf. Vor dem Bunkereingang hielt gerade ein Streifenwagen mit rotbemützter Militärpolizei. Der Polizist ging über die Straße, der Wache an der Kirchenallee zu.

Es wurde für alle ein kleines Erlebnis. Durch Anfrage bei der zuständigen Revierwache wurden die Angaben der Sistierten bestätigt.

„Vor allem müßt ihr morgen früh gleich zum Wohnungsamt gehen. Wird zwar nicht viel nützen —“

„Wer nimmt uns? Kein Stück Möbel, kein Bettzeug. Wir hatten uns schon wieder allerhand angeschafft.“

„Wovon lebt ihr denn?“ fragte einer der Polizisten.

„Wovon lebt man?“ antwortete Ali.

Man lächelte verständnisinnig.

„Wüßten Sie Arbeit für uns?“ fragte Schmidt freundlich. „Stempeln gehn steht uns bis an den Hals.“

Der Polizist, der sie herübergebracht hatte, sagte: „Ich wohne bei meiner Schwester. Für einige Zeit könnte die Dame in einer Kammer bei ihr unterkommen. Bett ist da.“

Die drei sahen einander an. Ja, gab's das denn noch? Da war ein fremder Mensch, der ohne weiteres Hilfe anbot?

„Und ihr?" Der Polizist wandte sich an Ali und Schmidt. „Habt Ihr nicht Freunde oder Bekannte?"

„Freunde? Heute? Mund-Freunde genug, bloß wenn sie was tun sollen —"

„Na ja; hat keiner zu lachen. Wenn nicht anders, müßt ihr sehen, in einer Schreberlaube unterzukommen. Immer noch besser, als auf der Straße zu liegen."

Der Oberwachtmeister meinte: „Vielleicht könnten wir dazu etwas tun. Vor allem guckt euch da keiner in den Topf."

„Hätten wir nur einen", sagte Eva.

Man lachte: „Seht nicht danach aus, als ob ihr lange ohne Topf und was hinein gehört, bliebet. Für heute nacht müßt ihr hierbleiben. Und morgen sehen wir weiter."

Auf dem Wohnungsamt traf Schmidt einen Mann an, der ihn beflissen an einen Kollegen weiterleitete und dann unsichtbar blieb.

„Komischer Vogel", meinte Ali.

„Und ob. Weißt du, der Widersinn der Entlassungen artet zur Seuche aus. Anständigkeit, Rechtlichkeit, Vertrauen faulen. Bist du redlich, kommst du in den Ruf der Dummheit. Strebst du, gerecht zu sein, bist du Parteigänger des Gegners. Bekennst du dich als Gegner, bist du ein verlorener Mann. Mein Freund hier — er weiß, weshalb er sich im Hintergrund hält — ist ein Beweis für die üble Stellenjägerei, die jetzt angehoben hat. Es genügt, kein Pg gewesen zu sein, und du giltst als tüchtiger Mann. Höchster Befähigungsnachweis: glaubwürdige Versicherung, gegen die Partei gearbeitet zu haben. Wer anderen mit vollem Recht vor die Nase gesetzt worden war und die seiner Stellung gemäßen Vorschriften beobachtete, fliegt an die Luft oder sackt in den Triebsand unwichtiger Stellungen ab, wo die Sandflöhe der Minderbegabung einem fröhlichen Dasein frönen."

Ali lachte: „Ich frage mich immer, ob Beamte überhaupt Menschen sind. Beamte müssen sein und müssen so sein. Sie wären bestimmt anders, wenn sie für ihren Beruf anders sein müßten. Beamte müssen sein, da nach Gottes unerforschlichem Ratschluß Ämter und Behörden sein müssen, woraus sich ihr So-sein ergibt."

„Viel wesentlicher ist für mich die Tatsache", sagte Schmidt, „daß viele Menschen ein erstaunliches Gedächtnis für Dinge haben, die sie ihrem Nächsten zu gelegener Zeit anzukreiden sich vornehmen. Ja, einige führen Buch mit Daten und Ortsangabe, und da kann einer so schuftig leugnen, wie er will, vor dieser Gewissensbuchführung ist er geliefert. Ich sage mir nur, wenn ein Hundertstel dieser Mutigen, die jetzt andere jagen, zur rechten Zeit soviel Courage gehabt hätten, Courage zu zeigen, dann wäre der braune Wogenschwall eine politische Nippflut geblieben und nur ihrer Kuriosität halber vermerkt worden. Siehst du, so einer war mein Freund. Wir ersticken in Gesinnungstüchtigkeit. Die jüdischen Großmütter schießen nur so aus der Erde; ich lege mir auch bald eine zu. Also mein Freund konnte höheren Orts vorlegen, daß sein Vorgesetzter am Soundsovielten das und das gesagt hatte, was er im Hinblick auf das ruhmreiche Vaterland vor 1933 und das hoffnungsvolle Vaterland nach 1945 nicht hätte sagen dürfen. Der Regen der Denunziationen regnet, aber nirgends ragt ein Berg Ararat, auf den sich die Wohlanständigkeit retten könnte."

Weder der Umstand, daß ein alter Freund von ihm auf dem Wohnungsamt saß, noch seine sittliche Entrüstung über die Verderbtheit der Welt verschafften Schmidt eine Wohnung. Vielleicht war sein Freund ihm deswegen nicht gefällig, um einen Beweis seiner Unbestechlichkeit zu geben. Dem mochte sein, wie ihm wolle, Wohnraum war nicht da. So zogen sie unverrichteterdinge ab. An einem der nächsten Tage kamen sie wieder und mußten feststellen, daß die Weltlage noch immer die gleiche war.

VOM RECHTE,
DAS MIT UNS GEBOREN IST

Auf seinen Spaziergängen begegnete Berger immer mehr Männern in den besten Jahren, die zu diesen Tagesstunden im Büro, in der Werkstatt oder hinter dem Ladentisch hätten sein müssen. Sie alle, die müßig gingen, waren fristlos Entlassene, die, weil sie entlassen worden waren, keine Arbeit fanden. Unersetzliche Fachleute, verdiente Wissenschaftler, anerkannte Gelehrte waren zum Müßiggang, dem Fürchterlichsten für einen tätigen Menschen, verurteilt. Viele von ihnen wurden in die Trümmer geschickt, denn irgendwo saßen Leute, die, ohne eine Ahnung von Beaumarchais zu haben, nach seinem Wort handelten: „Wenn man den Geist nicht erniedrigen kann, so rächt man sich dadurch, daß man ihn schlecht behandelt!" Und so sah man diese Männer hohen Alters schippen und hacken, sah sie plötzlich selbstvergessen aufeinander einreden, einen Steinbrocken in der Hand, dozieren, bis ein Aufpasser kam und sie an die Arbeit jagte. Und da diese Männer wußten, daß Arbeit nicht schändet, daß man sie wohl demütigen, aber nicht erniedrigen konnte, daß sie, da man ihnen Einkünfte und Vermögen gesperrt hatte, auf ihren Stundenlohn von siebenundsechzig Pfennig angewiesen waren — eine grandiose Entlohnung für die fast nutzlose Handarbeit eines geistigen Arbeiters —, so schafften sie fröhlich und waren nur zeitweilig recht bekümmert über die konstante Unvernunft der Menschen, moralische Erfolge durch Drangsalierung erzielen zu wollen.

Es stimmte Berger vor allem bedenklich, daß durch die Entlassungen viele Ehen brüchig wurden. Er mußte dabei an einen Spruch seines Vaters denken: Wenn die Krippen leer sind, schlagen sich die Pferde. Den Gäulen geht's wie den Menschen: satter Bauch macht verträglich, leerer Bauch macht Aufrührer. Die Ehemänner, zur Untätigkeit verdammt, lagen der Frau zu Hause zur Last; standen hier im Wege und meckerten da. An sich war es gut, daß den Männern einmal der Ablauf eines Haushaltstages der Frau demonstriert wurde. Sie hatten es nie glauben wollen: es war wirklich eine Fülle von Arbeit vom Morgen bis in den Nachmittag, bevor das Haus strahlte, wie es strahlen soll, wenn der Mann von der Arbeit kommt. Die Frauen wurden nervös, weil das Geld zu Ende war und die Not begann. Noch niemals war es in Lünkenruh so aufgeregt zugegangen wie jetzt, wo Stimmen laut gegeneinander aufgellten und heftiges Türenschlagen den Schluß eines laut geführten ehelichen Disputs anzeigte. Wo immer diese Männer ihr Recht suchten, es wurde ihnen nirgends. Überall wurden sie kalt, spöttisch, oft mit deutlich bezeigter Genugtuung über ihr Schicksal abgewiesen.

Mehr als schade, meinte Berger, daß die angewandten Maximen der Briten in England am wenigsten beachtet wurden. Es war bestimmt moralisch falsch, verdiente Deutsche wegen ihrer Parteizugehörigkeit deutschen Volksgenossen auszuliefern. Weil es moralisch falsch war, konnte es politisch nicht richtig sein. Das können die Engländer bei Gladstone nachlesen. Und weil es politisch unrichtig war, wirkte es moralisch falsch, und das Vertrauen zu den Engländern sank. Die Engländer sahen es nicht. Jene, die es vielleicht doch sahen, behielten es für sich, und so zerfiel schnell, was langsam hoffnungsvoll hätte reifen können.

Bei seinen Schlendergängen durch den Stadtpark sann Berger seiner Gewohnheit gemäß über sein Leben nach. Eine lehrreiche, aber auch bittere Betrachtung. Im Leben hat man meistens das getan, was man besser unterlassen hätte, und was man unterließ, hätte man lieber tun sollen. Woher nimmt der Mensch eigentlich die nachtwandlerische

Sicherheit für seinen Gang durch die immer neu dräuenden Gefahren, die das Leben ausmachen? Man muß erst ein gewisses Alter erreicht haben, um zu erkennen, ein Leben lang von einem Hochmut besessen gewesen zu sein, der weder in Fähigkeiten noch in Leistungen seine Begründung hatte. Je mehr jemand die Kunst versteht, sich wichtig nehmen zu lassen, um so gewisser die Geneigtheit seiner Mitmenschen, ihm Wichtigkeit beizumessen. Manche provozierten durch pöbelhaftes Benehmen und hielten die Unfähigkeit und den Ekel, ihnen in gleicher Weise zu begegnen, für Feigheit. Man soll sie ruhig in diesem Glauben lassen. Mancher hat im Leben nur deshalb Schwein, weil er selber eins ist.

Er dachte in dieser Zeit oft an seinen Freund Ernst, der zu den seltenen Menschen gehört hatte, die schon in jungen Jahren lieber die Rechtfertigung anderer als die eigene hatten gelten lassen. Berger fand immer mehr, daß bei den meisten Menschen in verhältnismäßig jungen Jahren die Merkmale ihres Altertyps zutage treten. Die Vielgeartetheit der Menschen ist nur scheinbar, die Natur begnügt sich mit wenigen Typen, worunter die abgünstigen, abträglichen, eigensüchtigen, hoffärtigen, übelwollenden, undankbaren, hinterhältigen, heuchlerischen, verleumderischen, scheinheiligen, rachsüchtigen, geizigen, kurz die widerwärtigen schlechthin, allein jene Vollkommenheit erreichen, die den Guten und Redlichen versagt bleibt. Er sah wenige alte Menschen, in denen sich die sympathischen Züge der Jugend erhalten oder gar vertieft hatten. Was die Jugend Gründe hatte zu verkappen, offenbart sich im Alter, wo man sich keinen Zwang mehr auferlegen zu brauchen glaubt, unverhüllt, und es zeigt einen mit der Welt zerfallenen alten Menschen, von dem man sich nicht vorstellen kann, daß er jemals für liebenswert hat gelten können.

Diese Zeit zerbrach alle Formen; nur viehische Rücksichtslosigkeit und Verachtung menschlicher Werte brachten Erfolg. Wie sollte es auch anders sein, da die Not

Frauen und Männer zwang, geschotterte öffentliche Wege aufzukratzen, um aus der Schlackendecke noch brennbare Aschenstücke herauszuklauben?

Er hatte sich mit seiner Entrechtung abgefunden; er teilte dies Schicksal mit tausend anderen. Nur um sich später nicht den Vorwurf machen zu müssen, seine Sache nicht ernsthaft betrieben zu haben, verschaffte er sich Zeugnisse und Belege über seine politische Lebensführung. Auch von jüdischen Bekannten im Ausland; man nannte diese Reinwaschbriefe Persilbriefe. Er lachte darüber; die Zeit wollte es nicht anders.

Die Engländer erklärten, sie zögen den Gemüseüberschuß von Hamburg ab, um ihn nicht verderben zu lassen. Hamburg würde dafür im Winter Konserven aus England bekommen.

Der Gemüseüberschuß sah so aus: Bis Anfang August keine Gurke, keine Tomate. Bergers Grünwarenhändler war an allen drei Markttagen dieser Woche ohne Ware nach Hause gekommen. Keine Äpfel, keine Birnen, keine Johannisbeere, keine Himbeere. Im Garten des Klubhauses auf der anderen Straßenseite — es war als Sergeanten-Messe eingerichtet — standen tagsüber Körbe mit Tomaten zum Nachreifen in der Sonne. Abends nach dem Rationsempfang hatten alle Soldaten grüne Gurken in den Händen.

Am Sonntag läuteten die Glocken. Gute Zeit für die Kirche. Die Gemüter verstört, die Herzen trostlos. Der Papst hat, wie der Rundfunk meldete, die amerikanische Besatzungsmacht gebeten, in Dachau, dem Konzentrationslager, ein Kloster errichten zu dürfen, zur Abbüßung der dort an der ganzen Menschheit begangenen Verbrechen. Auch die evangelische Kirche rührte sich; ihr ging es weniger um Grundstücke als um Seelen, und so lädt sie ein zu einer Vortragsreihe: Was hat Gott mit uns vor?

Berger war der Ansicht, daß der liebe Gott es auch nicht wüßte, und redete Else, die jetzt manchmal kirchliche Anwandlungen zeigte, den Besuch der Vortragsreihe aus.

„Jetzt müßten auch Pflaumen und Zwetschgen am Markt sein“, meinte Berger zu Else.

„Denkste“, antwortete sie. „Alles, was die Engländer nicht selber verbrauchen, fällt unter den Überschuß; wir kriegen nichts. Was müßte nicht alles am Markt sein? Und was bringt der Gemüsemann heim? Nichts.“

„Was essen wir heute?“

„Pellkartoffeln mit brauner Mehlschwitze.“

„Fein! Frisches Gemüse wäre nicht so bekömmlich.“

„Früher um diese Zeit konnten die Kinder sich an Obst nudeldick essen. Wo ist es? Sieh dir die Kinder auf der Straße an! Sie lutschen an rohen Rhabarberstengeln — und es schmeckt ihnen sogar! Geh in die Apotheke — keine Medikamente! Wo sind sie? Vor drei Monaten war's noch anders.“

„Ja, vor drei Monaten! In welcher Zeit lebst du eigentlich, meine Liebe?“

Am Morgen des 6. August 1945, es ist ein Montag, fliegen hundert amerikanische Superfestungen über die japanische Hafenstadt Hiroshima ein. Das Geschwader ist weit auseinander gezogen. In der Mitte der mächtigen Vernichtungsmaschinen ein gestaffelter Kern, der sich um das Flugzeug B-29 „Elona Gay“ schließt. Es gleicht genau seinen Gefährten und Betreuern, und doch ist es dieses Flugzeug allein, für welches das ganze Geschwader in Marsch gesetzt worden ist. Genau acht Uhr fünfzehn Minuten befindet sich der Kern des Geschwaders über dem Marine-Arsenal von Hiroshima. Auf B-29 ‚Elona Gay‘ wird in diesem Augenblick eine Bombe mit dem lächerlich geringen Gewicht von 200 kg gelöst, worauf alle Flugzeuge brausende Fahrt aufnehmen.

Durch diese Bombe wurde seit Bestehen der Welt zum ersten Male durch einen wohlüberlegten und trefflich durchgeführten menschlichen Willensakt eine Atomexplosion mit der Absicht verursacht, Menschenwerk und Menschenleben zu vernichten. Der Erfolg des Unternehmens entsprach den Erwartungen. Der eigentliche Wirkstoff der 200-kg-Bombe hatte ein Gewicht von 2 kg.

Am 7. August Botschaft Montgomerys an Deutschland: Rückblick auf die vergangenen drei Monate. Bemerkenswert nicht mehr die englische Diktion mit ‚Ihr' und ‚Euch', sondern ‚Sie' und ‚Ihnen'. Auch ein Fortschritt.

Am 8. August erklärte Rußland Japan den Krieg und marschierte in Korea und in die Mandschurei ein.

Am 9. August Atombombe auf Nagasaki.

Am 10. August Kapitulationsangebot Japans.

Am 15. August nachts ein Uhr Bekanntgabe der bedingungslosen Kapitulation Japans in London, Moskau und Washington.

Der Weltkrieg war zu Ende! Nicht ohne in den Alliierten durch die Atombomben auf Hiroshima und Nagasaki das Gefühl für die Verabscheuungswürdigkeit der Verbrechen der Deutschen gegen die Menschlichkeit verstärkt zu haben.

Die Gemüsehändler durften in diesen Tagen mit der Anlieferung von Sauerkohl für die Bevölkerung rechnen. Die Kartoffelration soll herabgesetzt werden.

Zum ersten Male sprach ein japanischer Kaiser zu seinem Volk über den Rundfunk. Vor dem kaiserlichen Palast in Tokio lag das Volk auf der Erde und beweinte seine Niederlage. Marschall Petain, der tapfere Verteidiger von Verdun im ersten Weltkrieg, wurde wegen des Abschlusses des Waffenstillstandes mit Deutschland zum Tode verurteilt. Das Gericht befürwortete Begnadigung des Fünfundachtzigjährigen zu lebenslänglichem Gefängnis.

Dem hoffnungsvollen Ausblick Montgomerys in seiner Botschaft auf eine gute deutsche Ernte setzte die Natur ihre Eigenwilligkeit entgegen und ließ es drei Wochen lang ununterbrochen regnen und stürmen. Dadurch war, wie Radio Hamburg meldete, in Nordwestdeutschland ein Drittel der gesamten Haferernte vernichtet worden, nämlich 323 000 Tonnen. Weiter gab Radio Hamburg bekannt, daß zunächst für 700 Millionen Dollar Maschinen und Fabriken in Deutschland abgebaut und ausgeführt werden sollten.

Max war sich darüber klar, daß nicht allein der harte Griff des Schicksals die Trennung von seinen Freunden herbeigeführt hatte, sondern daß auch andere Kräfte wirksam geworden waren. Die plötzliche Feindseligkeit Evas ließ ihn vermuten, daß sich eruptiv eine Gefühlssphäre kundgetan hatte, die auch Paul und Ali umschloß. Er wußte nichts Rechtes mit seiner Zeit anzufangen; einen großen Teil hatte er bei den Freunden oder mit Begegnungen mit dem Mädchen verbracht. Er trieb sich einige Tage in der Nähe der alten Behausung umher, immer in der Hoffnung, jemand zu treffen; er erkundigte sich, ob man wisse, wo sie abgeblieben seien. Alles blieb fruchtlos. Qual wurde Labsal, Erleiden Genugtuung. Lust zur Gewalttätigkeit wuchs in ihm.

Seiner Frau konnte die Wandlung seines Wesens nicht entgehen; um so weniger, da er sich plötzlich mehr als sonst zu Hause aufhielt. Sie spürte, daß er auf dem schmalen Grat gewaltsamer Beherrschung einherschritt, daß es nur einer Unvorsichtigkeit von ihrer Seite bedurfte, um ihn ungezügelt ausbrechen zu lassen. Die Gründe für diese Stimmung wußte sie nicht; sie wollte sich auch nicht an die Andeutungen kehren, die die Mutter an ihre zufälligen Beobachtungen geknüpft hatte. Sie sah, daß er aus der Bahn geschleudert war und um den rechten Weg rang. Wenn sie nachts ruhelos lag, wenn sie sein stöhnendes Schlafen beobachtete, sein müdes Ausatmen, wie nach Kampf mit bedrückenden Vorstellungen, dann fühlte sie sich versucht, ihn zu wecken und ihn zu fragen, was ihn quäle. Aber immer hielt eine Scheu sie davor zurück; eine Stimme warnte sie, an Dinge zu rühren, die, weil sie ungesagt blieben, darum auch nicht gewesen zu sein brauchen. Es war die Scheu, in Bezirke einzudringen, die ein Mensch einem anderen nicht freiwillig öffnet, in die nächtens hineinzuhorchen schon peinvoll genug war.

Wenn er sich nicht so tief an sich verloren hätte, würden ihm die kleinen Dinge fraulicher Besorgtheit, mit denen sie ihn umgab, nicht entgangen sein. Es schmerzte sie, daß er sie übersah; sie ertrug es mit der Tapferkeit ihres liebenden Herzens. Sie war da in der stillen Bereitschaft, zu verzeihen, mitzutragen, mitzuleiden, wenn er sie dazu einlüde. Er war wie einer, der bei Sturm auf die Mole hinausgerannt ist, das wilde Gesicht dem Meere, den jagenden Wolken, den geifernden Wogen zugekehrt; dem die scheinbare Sinnlosigkeit des Tobens der Gewalten Wollust ist, und der nicht die traulich blinkenden hellen Fenster seines Heimes auf dem Deich sieht.

Als er sich nicht mehr zu helfen wußte, ging er zu Elfriedens Verwandten nach St. Pauli, um nach dem Verbleib der Geschwister zu fragen. Er traf nur ein junges Mädchen an, das ihn, als er seinen Namen genannt hatte, eintreten ließ und sich als Nita Lemke vorstellte.

„Sie sind Alis Freund. Ja, wo er wohnt, kann ich nicht einmal sagen. Soviel ich weiß, hat er eine Zeitlang in Bunkern gewohnt. Elfriede ist bei Bekannten in der Heide."

„Wo, wissen Sie nicht, Fräulein Lemke?"

„Auch nicht. Bei Marxen irgendwo. Ali kennt dort viele Leute." Sie lächelte vieldeutig.

Max hatte das Gefühl, daß sie nichts sagen wollte. Es war ein hübsches Mädchen, dem man es ansah, daß es im Kampf mit den Gefahren der Tugend nicht unbedingt Siegerin zu bleiben liebte. Sie hatte die Sicherheit jener leichten Verderbtheit des Weibchentums, die ein Mann sofort spürt. Ihren Blick auf sich gerichtet, hatte Max das Empfinden, daß sie sich ihn nackt vorstellte. Sie lächelte in der Einverständlichkeit ihrer Gedanken.

„Schade", sagte Max. „Ob es sich lohnt, wiederzukommen?"

„Sie meinen, wenn die Alten da sind? Wissen Sie, das sind komische Leute. Ich glaube, die haben was gegen Sie."

„Was sollten sie gegen mich haben?"

Das Mädchen hob die Schulter. Dann zog sie die Bluse glatt, aus der ohnehin die Brüste deutlich hervorspitzten.

„Das weiß ich nicht, Herr Melhop. Altmodische Leute, die nichts davon wissen mögen, daß ein Mädchen einen Freund hat. Ich bin hier groß geworden. Ich bin halbwegs bei Edu angestellt — Edu ist der Onkel von Elfriede —"

„Ja, ja, ich weiß", sagte er, ernüchtert von der nicht nur redseligen Offenheit des Mädchens.

„Na ja, und wenn es dann mal abends mit der Arbeit spät wird — möchte keinem anderen wünschen, wie die einen ansehn."

Er lächelte. Werden wohl nicht so unrecht haben, die Alten, sagte er sich.

„Das Beste ist, ich sage gar nicht, daß Sie hier waren, Herr Melhop. Wenn ich erfahre, wo Ali wohnt — oder wollten Sie auch wissen, wo Elfriede wohnt?"

„Nein, nein; wenn ich weiß, wo Ali abgeblieben ist, genügt's mir."

„Ja, wie machen wir es, Herr Melhop? Ich möchte Ihnen gern gefällig sein. Bestimmt! Ich begreife auch gar nicht, warum Ali nichts von sich hören läßt —"

„Er glaubt wohl Gründe dafür zu haben", sagte Max bitter. „Nun, dann muß es sein Bewenden haben. Reisende Leute soll man nicht aufhalten."

„Nein, so ist das bestimmt nicht. Was sollte Ali gegen Sie haben. Er und Elfriede haben immer von Ihnen geschwärmt! Elfriede besonders. Wenigstens sie hätte Ihnen doch schreiben können —"

„Hätte sie! Hat's aber nicht getan."

„Hören Sie, für Schreiben und Telefonieren bin ich nicht. Und hier bei den Alten, wissen Sie — ich horche sie aus; vielleicht weiß Edu was. Was ist übermorgen? Übermorgen ist Freitag, da geh' ich um vier zum Friseur — das dauert zwei Stunden — wenn Sie um sechs Uhr am Lutherdenkmal beim ‚Großen Michel' sein können —"

„Das kann ich natürlich, wenn es Ihnen keine Mühe macht —"

„Ich muß dort doch vorüber; mit der Bahn fahren kann ich nicht. Vielleicht weiß ich dann mehr."

„Sie verpflichten mich zu großem Dank." Er reichte ihr die Hand.

„Und wenn Sie jetzt gehn, Herr Melhop, dann gleich dem Heiligengeistfeld zu. Die Alten spazieren immer über die Reeperbahn; tun sie seit vierzig Jahren. Sie brauchen ihnen ja nicht gerade in den Hals zu laufen. Vor allem nicht hier in der Nähe herumspökern! Sie hören von mir schon alles."

Kaum war Max zehn Minuten fort, da kamen die Alten mit Elfriede von ihrem Nachmittagsspaziergang zurück.

Nita saß in Edus Zimmer und hämmerte trällernd auf die Schreibmaschine ein.

Berger hatte begonnen, sich Aufzeichnungen zu machen. Für später, sagte er zu Else, denn in der Rückschau fälscht selbst der Ehrlichste unbewußt die Dinge nach späteren Erlebnissen um.

Feldmarschall Montgomery hat an die Staatsbürger der Vereinten Nationen in der britischen Zone eine Botschaft gerichtet, in der es heißt: „Ich bin entschlossen, den schweren Verbrechen, die von den nach Deutschland verschleppten Staatsangehörigen der Vereinten Nationen begangen werden, sofort ein Ende zu setzen. Ich bin mir bewußt, daß diese Gewalttaten nur von einer kleinen Minderheit begangen werden. Ich warne davor, Verbrechen gegen die deutsche Bevölkerung zu begehen, und habe meinen Truppen drastische Maßnahmen gegen alle Personen anbefohlen, die bei Verübung von Notzucht oder Mord gefaßt werden oder planmäßige Plünderung begehen."

Von den Ernteschäden durch den dreiwöchigen Regen war das Brotgetreide verhältnismäßig wenig betroffen. Roggen und Weizen waren zum größten Teil schon unter Dach, als es zu regnen begann. Höchstens zehn Prozent der Gesamternte — also etwa 150 000 Tonnen — fielen für die menschliche Ernährung aus. Natürlich hatten auch die Kartoffeln unter der Nässe gelitten; vor allem wurde die Haltbarkeit für die Wintereinlagerung beeinträchtigt. In Deutschland mußte man sich darauf vorbereiten, den Riemen noch enger zu schnallen.

Das heißt nur die, die kein Geld hatten. —

Schwarzhandelspreise: Butter 250, Schmalz (dänisches) 220, Margarine 130, ein Brot 50 Mark; Kartoffeln Zentner 55, Kaffee 575—700, Eier 6, Bauernwurst 65, Ochsenfleisch 35, Speck 150, Zigaretten (deutsche) 2,70 bis 2,85, englische 3—3,50. Eine Schachtel Zündhölzer 5 Mark, Stoff für einen Wintermantel Meter 330, Zucker 60, Tee 700, Kohlen Zentner 120. Ein Küchenschrank aus Sperrholz 550, seidene Strümpfe 300, Burgunder 160, Weißwein 60—140, Kognak 300—380, Aquavit 400.

Es hatte sich eine Art Zigaretten-Währung gebildet, die, weshalb auch nicht, sich bis auf die Prostitution erstreckte. Handwerker mußten zunächst mit einer Zigaretten-Anzahlung ‚überredet' werden. Pelze unerschwinglich.

Es ist immer wieder zauberhaft, abends helle Fenster zu sehen, die beleuchteten Straßenbahnen, die Lampen auf den Balkons, die Kinder mit Laternen das alte Laternenlied singen zu hören. Sie haben auch ein neues Lied, das geht so:

Ich gehe mit meiner Laterne.
Und meine Laterne mit mir.
Da oben leuchten die Sterne,
Und unten leuchten wir.

Pferdefleisch gibt es das Achtfache auf die Karte. Ein Herrenreiter sollte einem Herrn ein Reitpferd besorgen. Der Käufer interessierte sich mehr für das Gewicht des Pferdes als für seine sonstige Beschaffenheit. Der Herrenreiter lehnte den Auftrag ab.

Bei Geesthacht lagerten einige Schuten mit Zucker für die Munitionsherstellung. Der Zucker befand sich auf nicht ganz geklärte Weise bald in den Händen der dortigen

Bevölkerung, die einen schwunghaften Tauschhandel damit begann. Als Else davon erfuhr, machte sie sich mit einer Bekannten auf, nahm Strümpfe, Schuhe, Wollzeug mit und kehrte mit mehr als einem halben Zentner Zucker heim. Eine Pferdearbeit, da die Bahn nur bis Bergedorf fuhr und der weitere anderthalbstündige Weg zu Fuß zurückgelegt werden mußte. Was die Frauen in dieser Zeit physisch und seelisch leisten, wird immer ein Ruhmesblatt in der Geschichte dieser traurigen Zeit bleiben.

Oder soll man besser sagen: in der traurigen Geschichte dieser Zeit?

Die ‚Säuberung' der Betriebe schreitet munter fort. Sie hat nach wie vor in vielen Fällen den üblen Beigeschmack persönlicher Heimzahlung. Die Werk-Komitees zeichnen sich mehr durch Radikalismus als durch menschliche oder wirtschaftliche Einsicht aus. Der alte Fehler der Deutschen: sie überspitzen die Objektivität, bis sie reine Subjektivität ist, weil jeder seine eigene Ausdeutung der Objektivität hat. Ein Fehler, aus dem aber auch wieder der Ruhm der Unbeirrbarkeit des deutschen Beamtenstandes resultiert.

Der Treffpunkt am Lutherdenkmal beim Großen Michel war für Max recht verhängnisvoll gewählt worden; denn da er seiner Gewohnheit nach bei Verabredungen mehr als präzise war, verblieben ihm einige Minuten, in der Umgebung herumzustreifen, und so geriet er in die Trümmerstätte des Hofes, den er vor nicht langer Zeit mit Elfriede besucht hatte. Dort war sie geboren, dort hatte sie ihre Kindheit verbracht und ihre erste Liebe erlebt. Die Erinnerung an ihre Erzählung überwältigte ihn so stark, daß er meinte, nur die Hand ausstrecken zu brauchen, um das geliebte Mädchen an seiner Seite zu fühlen. Unverändert die gleiche Wüstenei, ein Scherbenfeld von bedrückender Trostlosigkeit, im Licht des späten Nachmittags in Zeitlosigkeit hinweggerückt.

Als er zurückschritt, sah er Nita die Straße heraufkommen; sie trug ein buntes Kopftuch, unter dem ihr

Gesicht ihm entgegenspähte. Elegant, fand sie, sah er in seinem vertragenen Anzug gerade nicht aus. Sie wäre im Grunde auch nicht böse gewesen, wenn sie sich verfehlt haben würden. Sie hatte sich vorgenommen, auch nicht eine Minute auf ihn zu warten, denn einen Sinn hatte das Zusammentreffen am Ende doch nicht.

Sie duftete nach dem Frisiersalon. Er schnupperte den Duft ein und sagte ‚Schön', als sie nebeneinander schritten. Sie sah zu ihm auf. „Ich?" fragte sie.

„Ja. Wie Aphrodite dem Meer entstiegen."

Sie lachte. „Mit mir müssen Sie nicht so hoch reden. Das versteh' ich nicht."

Er lächelte sie leer an. Ich hätte gar nicht kommen sollen, dachte er.

„Haben Sie etwas erfahren?" fragte er nach einer Weile stummen Nebeneinanders.

Sie schüttelte den Kopf: „Nichts."

„Dann eben nicht. Ich wollte auch nur meine Pflicht als Freund getan haben. Dann sollen sie bleiben, wo sie sind."

Seine geringe Teilnahme an ihr stachelte sie auf: „Es scheint fast, als ob Absicht dabei ist. Finden Sie nicht?"

Sie sah seinem Gesicht an, daß sie den wunden Punkt getroffen hatte. Er schwieg verbissen.

„Haben Sie was mit Elfriede gehabt?" fragte sie mit heimlicher Lust, ihn zu quälen.

„Wie kommen Sie darauf? Ich bin doch verheiratet."

„Ja; darum vielleicht."

„Unsinn!" sagte er. „Sie kennen Elfriede doch!"

„Wenig. Wir haben uns nie recht gemocht."

Kann ich mir denken, fuhr es ihm durch den Sinn.

Sie fühlte, wie er sich durch sein Schweigen innerlich von ihr entfernte. Das beste wäre, sich einfach zu verabschieden.

Sie gingen am Hafen entlang nach Altona zu. Schmerzlich erinnerte er sich daran, daß er mit Elfriede hier gegangen war.

„Wollen wir irgendwo einkehren?“ fragte sie.

Er überschlug in Gedanken seine Barschaft. Als ob sie seine Gedanken erriete, lachte sie: „Ich bezahle für mich selber. Das gibt's bei mir nicht anders. Verlangt auch kein Mädchen heute von ihrem Herrn.“

Er lachte: „Wenn ich Ihr Herr bin?“

„In diesem Augenblick doch. Wissen Sie, so zwei Stunden beim Friseur — ich bin schachmatt.“

Er blickte sich um: „Ja, gibt's hier so was wie ein Lokal?“

„Genug. Wie früher natürlich nicht. Geben Sie mir jetzt Ihren Arm; sieht hier besser aus.“ Sie hängte sich bei ihm ein.

Sie landeten in einem Keller in der Davidstraße, der durch gedämpftes Licht und Kojen versicherte, daß man auf Diskretion Wert legte.

Die Kellnerin musterte sie sachlich und geleitete sie an eine der Kojen, in der nur wenig Helligkeit herrschte.

„Kerzen müssen die Herrschaften mitbringen“, scherzte sie. „Der Strom langt nicht.“

Nita nahm das Kopftuch ab und schüttelte das Haar zurecht: „Hell genug für das, was wir uns zu sagen haben, nicht, Max?“

Er ließ sie an sich vorüber in die Koje: „Mein' ich auch, Nita.“

Die Kellnerin brachte das Heißgetränk. Es roch nach sauren Bonbons.

„Sie können auch Weißwein haben“, sagte sie.

„Nachher“, erwiderte Max, der verwirrt Nitas Bein an seinem fühlte.

Er blickte sie an. Sie riß seinen Kopf an sich und küßte ihn.

„So!“ sagte sie, als sie ihn losließ.

„So!“ sagte er und tat es ihr nach.

„Du liebst Elfriede ja doch.“ Sie schob ihr Haar zurecht.

Er legte seinen Arm um sie, ihre linke Brust ruhte in seiner Hand: „Woher weißt du?“ fragte er.

Sie sah ihn halbschräg von unten an: „Das weiß ich."

„Du weißt gar nichts!"

„Hältst du mich für dumm? Um Ali und Schmidt hättest du dir die Mühe doch nicht gemacht."

„Wenn ich geahnt hätte, dich kennenzulernen, schon lange." Er dachte dabei an Elfriede und entflammte sich an dem Gefühl, sich für ihr Fernhalten jetzt rächen zu können.

Sie lachte und schob seine Hand zurück, die über ihr Knie glitt.

„Du denkst doch nur an Elfriede", sagte sie. „Die ganze Zeit hast du nur an sie gedacht."

„Nein, nur an dich!"

Sie lächelte, als sie wahrnahm, wie sein Blick sich an ihrem Busen verfing.

„Trink!" forderte sie ihn auf und schob ihn von sich. Sie schüttelte sich, als sie getrunken hatte. „Brrr! Edu hat Besseres!"

„Was hast du mit Edu?" Er legte die Arme um sie und zog sie an sich.

Sie bog sich zurück. „Was hast du mit Elfriede?"

Ihre Augen ruhten ineinander, kühl, prüfend, voneinander wissend.

Ohne einander Antwort zu geben, küßten sie sich.

„Das ist nur heute so! Und auch nur für einmal — hörst du? Bestell' eine Flasche Wein." Sie sah sein verdutztes Gesicht.

„Bezahl' ich", sagte sie. „Daß du nichts hast, weiß ich doch." Sie klopfte an das Glas.

Die Kellnerin brachte den Wein in einem wassergefüllten Marmeladeneimer: „Wohlsein, die Herrschaften!"

Die Herrschaften dankten mit einem Kopfnicken. Max war es nicht wohl bei allem.

Nita lächelte: „Nun!"

Er schenkte ein und hob das Glas: „Dein Wohl, Nita."

„Auf deines, Max." Und als sie abgesetzt hatten: „Kannst deine Elfriede gern behalten. Ich will dich ihr gar nicht nehmen. Du bist ja verheiratet."

„Laß das!“ fuhr er sie an. „Ich halte dir deinen Edu ja auch nicht vor.“

Sie saßen dicht beieinander; Feindschaft und Begehren in beiden.

Er schaute sich um. Es war alles von eindeutiger Zweideutigkeit. „Warst du mit deinem Edu auch schon hier?“ fragte er.

„Warum nicht? Ist doch schön hier!“

„Sehr schön. Wie in einem Puff.“

„So weit erstrecken sich meine Kenntnisse nicht. Aber wer weiß —?“

Er blickte sie voller Verachtung an.

Sie lachte.

„Lach' nicht!“

Sie lachte.

Er riß sie an sich. Ihre Zähne gruben sich in seine Lippen. Tollheit riß sie hin.

„Wir wollen gehen“, sagte er nach verflackertem Ungestüm. Er sah sie lächeln, ohne ihn anzublicken. Ihre Finger zupften den Busenausschnitt zurecht.

„Wollen wir nicht den Wein austrinken?“ Sie lächelte ihn an. Er hätte sie schlagen mögen. Stumm goß er ein. Sie hob das Glas. Er tat ihr verbissen Bescheid. Es war nichts als Feindseligkeit in ihm. „Daß du so bist —“ stieß er hervor.

Sie stellte das Glas ab und tupfte leicht die Lippen: „Wie bin ich denn, Max?“

„Das weißt du! Du weißt, daß ich Elfriede liebe.“

„Natürlich weiß ich das. Und —?“

„Und?“

„Ja, und?“

Er wurde rot unter dem Hohn unausgesprochener Worte: Und bist doch der Versuchung unterlegen! Sie kramte in ihrer Handtasche und zog das Rot der Lippen nach. Im Halbdunkel wirkte alles ordinär an ihr.

„Aber sie liebt dich nicht“, warf sie hin und tat den Lippenstift weg.

„Das weißt du! Ausgerechnet du!“

„Gewiß weiß ich es. Weil sie's mir gesagt hat!"

Es traf ihn wie ein Schlag. Er beugte sich vor: „Hast du sie gesehen?"

„Natürlich habe ich sie gesehen. Gestern noch."

Er griff nach ihrem Handgelenk.

„Laß das! Du bist brutal!"

„Und du gemein! Wo ist Elfriede?"

„Sie will dich nicht sehen, du hörst es doch!" Sie schob ihm Geld hin: „Zahl' bitte."

Er stieß es zurück. „Danke. So viel habe ich selber noch. Ich bin mir immer noch mehr als eine Flasche Wein wert."

Sie wurde unter seinen Worten blaß und erhob sich. Die Kellnerin kam: „Schon gehen, die Herrschaften?"

Max zahlte, ohne zu antworten. Er mußte mehr zahlen, als er erwartet hatte. Nita band sich das Tuch um den Kopf und schritt voraus.

Bei der Davidswache reichte sie ihm die Hand: „Vergiß es, Max."

„Niemals, du!" knirschte er und übersah ihre Hand. Er blickte ihr nach; er sah ihr buntes Kopftuch in dem Menschengewoge auf der Reeperbahn untertauchen und entschwinden.

Es dauerte eine ziemliche Zeit, bis er mit diesem Erlebnis fertig war. Es hatte ihn einen Blick tun lassen in eine Welt, von der er nichts ahnte, obschon sie dicht neben seiner kreiste. Eine Welt der Bedenkenlosigkeit, der Entwurzelung, in der, was gefiel, für Recht galt. Wie sollte es auch anders sein in einer Zeit, die allen alles schuldig blieb und jeden, der bestehen wollte, zur Selbstwehr zwang? Wo verlief die Grenze zwischen Gut und Böse, zwischen anständig und gesinnungslos in diesen Tagen der Verfluchung, wo der Gute sich am Knurren seines Magens erbauen, der Schlimme sich den Bauch vollschlagen konnte? Verreckte der Ehrliche nicht am Kai, während der Freibeuter mit vollen Segeln einherfuhr?

Mit welchem Recht, fragte er sich, dünke ich mich eigentlich besser als jene, die die Zeit nehmen, wie sie ist.

Was sind mir Ehre und Pflicht gewesen in der Stunde, da ich hätte bestehen müssen? Was waren mir Frau und Kind, als Elfriede mir das Geschenk ihres Herzens machte? Ich habe danach gegriffen, ohne das Glück meines Hauses zu bedenken. Habe Vertrauen verraten und mir vorgeredet, es sei mein gutes Recht. Was heißt gutes Recht, wenn es Unrecht gegen andere ist? Sah er nicht, wie seine Frau stumm litt? Wie viele Stunden und Tage hatte er sie einsam gelassen, während er im Widerstreit der Gefühle durch die Stadt irrte, anstatt sich männlich zur Klarheit durchzukämpfen. Unwiederbringliche Stunden und Tage verloren; unwiederbringliches Gut vertan.

Was er, vielleicht, vor einiger Zeit noch hätte zurückgewinnen können, entglitt immer weiter. Die Umsorgtheit, mit der ihn seine Frau langsam zurückzugewinnen geglaubt hatte, war nur noch kühle, liebeleere Pflichterfüllung, hinter der die Frage zu stehen schien, wie lange er sie noch zu beanspruchen gedenke. Es war ein peinigendes stummes Nebeneinander zu Hause. Er versuchte sich in seine Studien zu versenken, aber die Gedanken zerrannen, ehe sie den Sinn eines Themas bewältigt hatten. Es war unglaublich, wie ihm alle Konzentration abhanden gekommen war. Ein Gedanke keimte; ehe er ihn ausspinnen konnte — welch berauschendes Glück sonst, sich der schwellenden Fülle des Denkens zu überlassen! —, sank in Leere weg und spottete jeder Mühe, sich wieder finden zu lassen.

Er war wie ausgebrannt. Angst überfiel ihn. Das war Strafe und Heimsuchung. So beginnt, redete er sich ein, der Irrsinn.

In seiner Bedrängnis fand er nach langer Zeit den Weg zu Bergers.

„Lebt ihr überhaupt noch?“ empfing Else ihn erstaunt.

„Wie du siehst, Tante Else — aber frag' nicht wie!“

Berger sah ihn an. „Dünner geworden, Max.“

„Bei den Kalorien!“

„Kommt noch besser, Junge. Wart's nur ab. Sie werden uns schon kirre kriegen mit ihrer Hungerkur."

„Wie geht's Mariechen und dem Jungen?"

„Gut, Tante Else."

„Weshalb laßt ihr euch nicht sehen? Alles fällt heute auseinander. Es ist ein Trauerspiel. Arbeitest du?"

„Was soll ich arbeiten? Stempeln gehe ich; das ist meine ganze Arbeit. Ich kann auch gar nicht arbeiten. Mein Kopf ist wie leergebrannt."

Berger musterte ihn aufmerksam: „Geht andern auch so, Max. Bei dem einen wirkt sich die Unterernährung so aus, bei dem andern anders. Bei Kopfarbeitern ist das Gehirn der Vielfraß, und wenn's da fehlt, streikt es eben."

„Meinst du, daß es das ist, Onkel Alfred?"

„Nun ja, ich nehme nicht an, daß du dich nebenher einem ausschweifenden Lebenswandel hingibst!" Berger sah ihn rot werden.

Max lachte gezwungen. „Dazu langt's wahrhaftig nicht, selbst wenn man's möchte."

„Dazu braucht's nicht viel, wenn man jung ist. Brauchst nicht rot zu werden. War nur ein Scherz."

„Weiß ich, Onkel Alfred. Ich hab' manchmal ordentlich Angst, daß ich nicht zurechtkomme. Wenn ich nur etwas fände! Wer nimmt unsereinen denn?"

„Nun setz' dich, Max. Ich koche uns eine Tasse Kaffee; dann kommt die Denkmaschine wieder in Ordnung. Hat's deine auch nötig, Alfred?"

„Und ob! Es schwimmt mir vor den Augen!"

Else ging lachend in die Küche.

„Nun sag' mir ehrlich, Junge", nahm Berger Max vor, „was ist mit dir und deiner Frau? Else hat neulich Mariechen getroffen —"

„Was soll sein, Onkel Alfred?" fragte Max verwirrt.

„Ich weiß nicht. Wir haben das Gefühl — vielleicht ist es nur die Zeit. Es lebt sich, wenn's einem schlecht geht, schneller auseinander. Sollte zwar das Gegenteil sein, meine ich, aber —"

„Nein, nein, das ist es nicht. Uns geht's verhältnismäßig noch gut."

„Schön, wer das heute noch von sich sagen kann. Aber wenn — sprecht euch aus. Wenn nicht anders, kommt zu uns. Es täte mir um meinen toten Freund noch leid, wenn ihr in euer Unglück renntet."

„Keine Spur! Es ist bestimmt nur die Zeit. Jeder ist nervös und aufgeregt. Da fällt mal ein Wort, und schon ist der Streit da."

„Ja ja. Einen wilden Gaul kann man wieder einfangen, ein schnelles Wort nicht. Wird schon in der Bibel die Zunge der schlimmste Feind des Menschen genannt."

„Kommt schon alles zurecht, Onkel Alfred. Du kannst ganz beruhigt sein. Ich muß nur die Gelegenheit abwarten."

„Tu es, Junge. Zerstör' dir dein Leben nicht. Es zahlt sich meistens nicht aus, wofür wir unser Bestes aufs Spiel setzen. Laß Else nichts merken."

„Ich bin dir sehr dankbar, Onkel Alfred —"

Else kam mit dem Kaffee. Es gab auch eine Scheibe Graubrot mit Marmelade. Vor Max begann die Welt wieder rosiger zu werden. Es war eine schöne unbeschwerte Stunde.

Als er gegangen war, sagte Alfred: „Du solltest dieser Tage mal zu Mariechen gehn. Scheint was nicht zu stimmen zwischen den beiden."

„Hab ich dir schon gesagt, Alfred. Woll'n wir uns dazwischenstecken?"

„Ernst zuliebe."

Schon am nächsten Tag ging sie und traf Mariechen allein an.

„Ich war ganz in der Nähe, da dachte ich —"

„Fein, Tante Else. Ihr seid wohl recht böse, daß wir uns gar nicht sehen lassen."

Also hatte Max nicht gesagt, daß er gestern bei uns war, sagte sich Else. Dann werde ich auch nichts sagen.

„Ach Gott, Mariechen, da käme man heute aus dem Bösesein nicht heraus. Wer hat denn Zeit —"

Mariechen räumte einen Stuhl frei. Else meinte bei sich, etwas weiter hätte sie mit der Hausarbeit schon sein können.

„Laß doch, Mariechen. Was macht der Junge?“ Sie ging an den Wagen.

„Gut, Tante Else.“

„Ich finde, er wird Max immer ähnlicher.“

„Ach, meinst du?“ Es klang gleichgültig nebenher.

„Das muß dich doch freuen, Mariechen“, sagte Else im Gefühl, nun den Faden in der Hand zu haben, den sie suchte.

„Meinst du?“ wiederholte Mariechen und schob den Tisch zurecht.

„Sicher. Wenn eine Mutter ihren Sohn dem Vater ähnlicher werden sieht, muß es sie doch freuen. Oder nicht?“

Mariechen blickte sie an: „Im allgemeinen wohl, Tante Else. Willst du dich nicht setzen?“

Else nahm Platz: „Ist Max aus?“

„Das ist er meistens; wohin, weiß ich nicht.“

„Sagt er dir's nicht? In dieser Zeit sollte man immer wissen, wo sich die Angehörigen befinden.“

„Ich weiß es nicht, Tante Else.“ Und in bitterer Aufwallung: „Ich will es auch nicht wissen.“

„Kind! Kind! Was ist denn?“ Sie griff nach Mariechens Hand.

Mariechen hatte sich gefaßt. Sie zeigte auf das Bücherbort: „Da, sieh! Seine Bücher!“

Else sah sie fragend an.

„Verkauft! Eines nach dem andern, ohne mir etwas davon zu sagen.“

„Und das Geld?“

„Das Geld? Was weiß ich? Diese Bücher sind doch unersetzlich heute.“

„Warum sprichst du mit ihm nicht darüber? Das geht doch nicht. Fachbücher kann er in Jahren nicht wieder kaufen. Oder will er sein Studium aufgeben?“

„Was weiß ich! Ich weiß gar nichts. Ich weiß nur, daß es so nicht weitergeht. Ich werde verrückt dabei!"

Else stand auf und nahm sie in die Arme: „Sollen Onkel Alfred und ich mit ihm sprechen?"

„Nein, laßt. Es ist sehr freundlich von dir — aber es hat keinen Sinn mehr. Mein Plan steht fest. Ich gehe."

„Aber Mariechen! So schnell geht man nicht auseinander! Und das Kind?"

„Auch um des Kindes willen."

„Eurem Kind das Elternhaus zu nehmen ist das Schlimmste, was ihr tun könnt. Wollt ihr das Kind für eure Unverträglichkeit und Unliebe mit einer elternlosen Jugend zahlen lassen?"

„Er hat mich, seine Mutter."

„Und mit welchem Recht nimmst du ihm den Vater?"

„Mit dem Recht der Frau, die sich nicht demütigen lassen will."

Else ließ sich schwer auf den Stuhl nieder.

„Du weißt gar nicht, was du sprichst. Sieh mich an! Mir ist es so gegangen. Meine Eltern waren auch auseinandergegangen. Ich weiß, was das für ein Kind bedeutet. Das Kind büßt die Schuld der Eltern ab. Laß es dir gesagt sein, Mariechen."

„Seine Schuld, nicht meine." Und wieder ausbrechend: „Was hat er an mir auszusetzen? Was hat er mir vorzuwerfen? Nicht so viel, Tante Else!"

„Auszusetzen! Vorzuwerfen! Kind, wenn es nicht um mehr geht —. Daran zerbricht keine Ehe."

„Aber an der Unehrlichkeit, an der Teilnahmslosigkeit, an dem Leben, das nebenher geführt wird, ohne daß man davon weiß —"

„Was weißt du?"

„Ach laß, Tante Else", wehrte sie müde ab. „Ich kann nicht mehr. Ich will auch nicht mehr. Ich gehe. Ich werde Sprechstundenhilfe bei einem Arzt —"

„Das ist schön. Deswegen brauchst du doch nicht von deinem Mann zu gehen. Und das Kind?"

„Kann ich mitbringen. Es sind zwei Kinder im Hause. Ich bekomme ein Zimmer —"

„Weiß Max es schon?"

„Braucht er nicht. Er sagt mir auch nichts."

„Du tust also das gleiche, was du ihm vorwirfst."

„Weil er zuerst so war."

„Weil er so war, bin ich so! Nimm mir es nicht übel, Mariechen — eine reichlich kindische Art, mit dem Ernst einer Ehe zu verfahren."

Vertrotzt schwieg die Frau.

„Und deine Mutter?"

„Sie hat alles miterlebt."

„Und gibt dir recht?"

„Du nicht?"

„Ich nicht! Und andere werden dir gleichfalls nicht recht geben. Und dein Kind wird dir einmal auch nicht recht geben."

„Damit muß ich mich abfinden."

Else fand, Mariechen glich in diesem Augenblick der grauseidenen Gravität in jedem Zug.

„Er gehört wohl zu den Menschen, die es unweigerlich dahin zurückzieht, woher sie gekommen sind", sagte Mariechen. Es war Else, als ob sie Mariechens Mutter sprechen hörte.

„Woher er gekommen ist, hast du gewußt. Ich wüßte nicht, daß es ein Makel wäre, nicht zu den ‚Geborenen' zu gehören."

Mariechen errötete: „Das ist es nicht, Tante Else —"

„Aber du sagst es! Für seine Herkunft kann keiner. Du konntest hundert andere haben und hast ihn genommen. Was willst du also?"

„Man braucht sich nicht in seine Herkunft zurückzuleben, wie er es mit seinen Freundschaften tut. Das will ich nicht."

„Hast du's ihm einmal ruhig vorgestellt?"

„Hätte er mich angehört?"

„Ob ich dich ruhig angehört hätte an seiner Stelle? Ich glaube nicht. Jeder hat sein Nest lieb. Hätte er's nicht, wär' er ein erbärmlicher Wicht. Ich bitte dich, laß dich nicht von dem Familiendünkel deiner Mutter unterkriegen —"

„Ich bitte dich, Tante Else! Meine Mutter hat gar nichts damit zu tun. Ich spreche nicht einmal mit ihr darüber."

„Da sie, wie du sagst, alles miterlebt, auch kaum nötig." Sie erhob sich: „Laß dir eines gesagt sein, Mariechen: rechtzeitig zu verzeihen steht jedem Menschen an. Ich wäre um euer beider und um eures Kindes willen glücklich, wenn du dir den Vorwurf erspartest, es versäumt zu haben." Sie zog sie an sich und küßte sie: „Tu, was dein Herz dir eingibt. Und wenn du magst: wir stehen dir und Max gern bei. Komm also."

Sie kam nicht. Max kam. Mariechen hatte eines Tages während seiner Abwesenheit das Haus verlassen. In einem Brief teilte sie ihm kurz mit, weiteres werde er durch ihren Rechtsanwalt hören.

„Was wirst du tun?" fragte Berger.

„Nichts, Onkel Alfred. Es ist vielleicht gut so."

„Wenn du meinst —. Was fängst du nun an?"

„Weiß ich nicht. Die Wohnung werde ich aufgeben müssen, weil ich kein Geld habe."

„Dahinter steckt die Mutter", sagte Else erbost.

Max hob die Schulter.

„Welche Gründe hat deine Frau eigentlich? Kann sie welche haben?"

Sie sahen Röte sein Gesicht überziehen. Er schwieg.

Bergers sahen einander an.

„Laß dich wieder bei uns sehen", sagten sie, als er ging. „Wir wollen dir gern helfen."

Er ging wie ein Verlorener davon.

„Verstehst du das?" fragte Else.

„Es sind die zerstörerischen Kräfte dieser Zeit. Wo findet die Jugend festen Boden, wenn sie nichts als Entrechtung und niedrigste Vergeltung geübt sieht im Namen der Menschlichkeit? Das Zerrbild einer Staatsmoral bei uns lange Jahre, einen Krieg, der alle Unmenschlichkeiten entfesselte, die völlige Herauslösung eines ganzen Volkes aus den Bindungen garantierter Völkergesetze, ich meine, das sind Gründe genug, mit der Moral bei uns nicht zu hart ins Gericht zu gehen.“

Berger trug in sein Buch ein: Alternde sollten sich davor hüten, ihre beruhigte Altersschau für ein Widerspiel des Wirklichen zu nehmen. Das würde voraussetzen, daß, wie sie sich selber, sich auch die Welt geändert hätte. Das ist nicht der Fall. Der Alternde projiziert sein Lebensresümee und gibt sich der Auffassung hin, es sei auch das der Welt. Die Welt — soweit die Menschheit darunter zu verstehen ist — ist eine charakterliche Konstante, deren Widerlichkeit und Sündhaftigkeit der Alternde nicht mehr gewahrt, weil er vor den Verstrickungen und Verlockungen der Jugend bewahrt bleibt. In bewegten und schlimmen Zeiten gibt es wohl kein höheres Glück als das Bewußtsein, durch sein Alter vor Wiederholungen behütet zu sein.

Das mag engherzig und engsinnig erscheinen. Stelle ich mir aber vor, welchen Wirbeln die heutige Jugend ausgesetzt ist und welchen Wirbeln sie noch ausgesetzt sein wird, dann faßt mich grenzenloses Mitleid mit ihr und ich möchte wünschen, daß eine radikale Verlagerung der Erdachse der Menschheit ein Ende bereitet.

Die Bäume lehren: alles, was hoch und breit wächst, wirft viel Schatten. Je mehr die Äste ausladen, um so weiter das Ödland um den Stamm. Auf den Alternden exemplifiziert erklärt es seine Vereinsamung.

Bei dem Prediger Salomo heißt es: Es ist ein bös Ding unter allem, das unter der Sonne geschieht, daß es einem gehet wie dem anderen. Daher auch das Herz voll Arges wird, und Torheit ist in ihren Herzen, derweil sie leben; danach müssen sie sterben. Bei allen Lebendigen ist das, was man wünscht: Hoffnung. Denn ein lebendiger Hund ist besser als ein toter Löwe.

Und weiter dort: So sah ich denn, daß nichts Besseres ist, denn daß ein Mensch fröhlich sei in seiner Arbeit, denn das ist sein Teil. Wo viel Weisheit, da ist viel Grämens; und wer viel lernen will, der muß viel leiden.

Alles Erkennen hat nur menschliches Maß.
Gottes Güte längt uns das Maß.
Aber auch dieses Maß
Ist seiner Größe nimmer ein Maß.

Ali und Schmidts hatten dank der Hilfe des Polizisten, der sie im Hauptbahnhofsbunker aufgespürt hatte, Unterkunft gefunden. Es war allerdings ein Haken dabei: der Wohnungsinhaber erwartete Verwandte aus dem Osten, bei deren Eintreffen das Zimmer geräumt werden müßte.

Es war ein großes Zimmer mit einer kleinen Kammer, die als Schlafraum für Ali diente. Da das Problem der Küchenbenutzung von den Leuten noch nicht durchexerziert war, hatte Eva keine Schwierigkeiten. Mit Eva Schwierigkeiten zu haben war überhaupt nicht leicht; denn sie hatte ein gutes Gefühl für die Empfindlichkeiten anderer und respektierte sie. Sie kam gar nicht auf den Gedanken, zu gleicher Zeit kochen zu wollen wie die Wohnungsinhaberin, oder in der Küche herumzupütjern, wenn die Frau reinmachte. Sie vermied alles, woraus Verärgerung entstehen konnte und machte die Küche nach der Benutzung so sauber, als wäre es ihre eigene.

Ali hatte immer noch die Absicht, Elfriede, die bei den Großeltern untergekommen war, aufs Land zu bringen. Er ließ es sich nicht ausreden, daß die Sache mit Max und Elfriede nicht so harmlos gewesen sei, wie Eva und Paul taten. Elfriede war willig, auf alles einzugehen, nur Hamburg zu verlassen weigerte sie sich standhaft. Sie wurde dabei von Eva und Paul unterstützt, die darauf hinwiesen, daß ein Wegzug aus Hamburg möglicherweise den Wiederzuzug ausschließe.

„Nur zu Besuch, Elfriede; auch deiner Lunge wegen."

„Das mit der Lunge hat was für sich", meinte Schmidt gleisnerisch, obwohl er wußte, daß es nur Gaukelei war.

„Laßt mich endlich mit meiner Lunge in Ruh'. Die Luft in Hamburg ist gerade recht für mich."

„Hundert Menschen kenne ich, die wie das blühende Leben aussehen —"

„Aber nun laß sie doch endlich, Ali! Wenn sie nicht will, dann will sie nicht. So krank ist sie am Ende auch nicht."

„Wenn sie wenigstens an die Luft ginge! Da hockt und hockt sie, liest und liest; davon allein muß sie ja krank werden."

„Du siehst, daß es mir bekommt, Ali. Nun schweig davon. Ich gehe nicht, und mit Gewalt wirst du mich wohl nicht wegbringen wollen."

Es blieb dabei. Nur Eva wußte, wie das Mädchen unter der Trennung von Max litt. Eva hatte ihr nach dem Unglück, das ihr bescheidenes Glück zertrümmerte, ins Gewissen geredet und davon, daß sie darin einen Wink des Schicksals zu sehen habe, oder ob sie wirklich glaube, es könne ungerächt bleiben, das Leben anderer Menschen zu zerstören? Es sei unverantwortlich von Max gewesen und spreche nicht für ihn, daß er es so weit habe kommen lassen. Entweder liebe er seine Frau, schön, dann habe er seine Hand von anderen Frauen zu lassen; oder er liebe sie nicht, dann müsse er soviel Mann sein und soviel Ehrgefühl haben, reinen Tisch zu machen, wenn er eine andere liebe. Er habe weder das eine noch das andere weder gewollt noch getan. Es habe ihm gepaßt, neben der Frau noch eine hübsche Freundin zu haben — wenn Elfriede sich dazu hergebe, dann möge sie gefälligst auch soviel Stolz und Offenheit haben, ihrem Bruder nicht länger die Unschuld vom Lande vorzugaukeln. Das habe er um sie nicht verdient. Sie könne lange suchen, ehe sie ein Mädchen fände, das einen Bruder habe wie sie.

Das war die rechte Art; denn nichts hatte sie die ganze Zeit über mehr gefürchtet, als eines Tages vor dem Bruder als ein kleines Mädchen zu stehen, das wie viele andere insgeheim eine große Sünderin ist. Ihr Herz mochte anders sprechen, ihre Vernunft sagte ihr, daß Eva recht habe. Am

Ende aller Überlegung stand dennoch Gretchens wehmütiges Bekenntnis: „Doch alles, was dazu mich trieb, Gott, war so gut, ach, war so lieb.“

Heimlich errichtete sie dem Geliebten immer wieder den Altar, denn die Vernunft kann nicht so viele Altäre einreißen, wie das Herz baut.

Es bedrückte sie schwer, daß er offenbar nicht alle Wege beschritt, um sie aufzufinden. Warum war er nicht darauf gekommen, bei den Großeltern nach ihr zu fragen? Dann der quälende Verdacht, daß ihm alles vielleicht gelegen gekommen sei und er froh war, einen Vorwand zu haben, sich vor ihr zu entlasten. Sie quälte sich sehr; sie stand oft vor der Versuchung, ihm zu schreiben. Dann aber gedachte sie ihres Versprechens an Eva, von sich aus nicht mit ihm in Verbindung zu treten. Sie dehnte ihre Spaziergänge bis in seine Wohngegend aus, in der geheimen Hoffnung, ihm zu begegnen. Sie fand sogar den Mut, an seinem Hause vorüberzugehen, und als sie eines Vormittags eine Frau im Garten sah, zu fragen, ob dort Melhop noch wohne.

„Ausgezogen“, wurde ihr zur Antwort. Wohin, könne sie nicht sagen.

Sie brannte nach ihm. In der Verschmelzung ihrer Leiber unter niedertosenden und krepierenden Bomben hatte sie noch im Schwinden der Sinne ein sie von Kopf bis Fuß durchrasendes, nie erlebtes Glücksgefühl gehabt, das ihr fortan Sinn und Mittelpunkt des Seins schien. Hier brannten die Sonnen auf, die das von Dunkel umlauerte All erhellten, hier war Darbietung in Süße und Schwere verschwellender Taumel, war Entzückung auf hochgestufter Kuppe unter hohem Himmel, die sie schenkend empfing und beschenkt spendete. Sie war sich ihres Entbranntseins ohne Scham bewußt, wie eine Blüte, die ihrer Erfüllung harrt. Die Welt war verwandelt, ihre Wunder entriegelt, Pfade aufgetan, die ihre Dumpfheit nie geahnt; sie fand sich eingeschlossen in das große Weben, das Leben hieß und alles eingrenzte, was keimte, knospete, blühte, Frucht trug und verging. Welcher Rausch, den Aderschlag eines anderen Leibes vermählend zu spüren; welche Beglückung, nach der verflackerten Glut der Sinne in der Zärtlichkeit für den Mann die Mütterlichkeit des Weibes wach werden zu fühlen und sich bewußt zu werden, am Quell des Lebens die höchste Weihe empfangen zu haben. Sie kam sich vor sich selber erhöht vor in der Bereitschaft für den Geliebten und verging in Sehnsucht danach, ihn durch ihre Darbringung zu sich zu erhöhen. So rein und stark war ihr Empfinden, daß sie strahlend und glühend durch alle Erniedrigungen geschritten wäre, ihr auferlegt, um zur höchsten Läuterung zu gelangen. Das Erinnern war wie Traumgespinst über ihrem Denken; sie war nichts als Wünschen und Sehnen, und Anfang und Ende ihres Lebens heißes Beten um Erfüllung.

Aus allen Richtungen der Windrose strömten die deutschen Kriegsgefangenen in die Heimat. Es war nicht die einigermaßen geordnete Rückkehr der Soldaten wie nach dem ersten Weltkrieg, es war das regellose Durcheinander und Nacheinander entlaufener Heereshaufen, umhallt von dem Triumphgelächter der ganzen Welt. Da schlichen sie, ihrer Waffen bar, ausgehungert, ausgemergelt von übermenschlichen Anstrengungen, übermüdet von unablässigen Kämpfen, gedemütigt heim, die ausgezogen waren, die Welt zu erobern.

Sie kamen heim in ein Vaterland, das keines mehr war. Es war zerstückelt in Besatzungszonen. Vom Osten war Polen das Gebiet bis an die Oder-Neiße-Linie ausgeliefert worden. Überall wurden die Deutschen ausgewiesen, selbst aus Gebieten, in denen ihre Urgroßväter schon gesessen hatten. Von allem, was sie hatten, Haus, Hof, Wohnungsgut durften sie dreißig bis fünfzig Kilogramm mitnehmen. Zu Hunderttausenden, zu Millionen kamen sie heim ins Reich — anders, als sie es sich je gedacht hatten.

Bergers warteten und warteten; keine Nachricht von Harald. Nur soviel erfuhren sie, daß der Heeresteil, dem Harald angehört hatte, von den Russen fast völlig vernichtet worden war und die Gefangenen sofort ins Uralgebiet abtransportiert waren. Man werde von ihnen kaum je etwas wieder hören; sie müßten, von aller Welt abgeschlossen, in Bergwerken arbeiten.

Berger bezweifelte die Greuelnachrichten aus dem Osten. Er glaubte eine gewisse Mache zu erkennen, eine Meinungslenkung, für die man in Deutschland im letzten Jahrzehnt ein feines Ohr bekommen hatte. Man hätte blind sein müssen, nicht die Risse zu gewahren, die weltanschaulich den Westen vom Osten trennten. Der jahrhundertealte Imperialismus Rußlands trat jetzt im Gewande des Kommunismus auf, und Mütterchen Rußland begann ihre Scheuern zu füllen unter der Beteuerung, daß es dabei nur das Wohl der ganzen Menschheit vor Augen habe. Es geschah nun das, was jeder Vernunftbegabte als Folge dieses Krieges vorausgesehen hatte: die Kräfte des Ostens traten an, um sich mit denen des Westens zu messen. Oder: die Kräfte des Westens rüsteten sich, um die des Ostens in Schach zu halten. Imperialismus wider Imperialismus; dieser, um den Kommunismus, jener, um der Demokratie zum Siege zu verhelfen. Am Ende dort wie hier ein Kapitalisten-Klüngel. Man sprach von Menschlichkeit und meinte den Safe.

In Hamburg war es zwischen Bevölkerung und Besatzungsmacht niemals zu einem ernsten Zwischenfall gekommen. Die eine ertrug ihr Schicksal mit Fassung und die andere fügte sich mit verständnisvoller Einsicht in das Notwendige unter Vermeidung des Unnötigen. Daß die Bevölkerung dennoch manchmal anderer Ansicht war, blieb ohne Belang. Die Mannschaften, in der ersten Zeit der Besatzung nur mit geschultertem Gewehr auf der Straße, bewegten sich jetzt waffenlos genau so sicher; man dachte gar nicht daran, sich an zwecklose Provokationen zu verlieren.

Hinter allem, was geschah, schien aber das in Europa längst vergessene Wort Wilsons auf der Pariser Friedenskonferenz zu stehen: „We can force them to our way of thinking." Das heißt Eroberung vom Geistigen her, indem man den Geist des anderen vergewaltigt. Man demontierte den deutschen Geist durch ein Publikationsverbot. Keine Bücher, keine Zeitungen; alle Anschuldigungen gingen in die Welt, ohne von deutscher Seite widerlegt werden zu können.

Junge Frauen und Mädchen schneiderten sich aus blau-weiß-gewürfelten Bettbezügen kleine Dirndlkleider und bewiesen damit ihren praktischen Sinn. Da immer mehr Männer ihrer Posten enthoben wurden und als Draufgabe ein Beschäftigungsverbot erhielten, also wirtschaftlich zum Tode verurteilt waren, setzten sich die Frauen zur Wehr. Sie gingen in Büros, machten Handarbeiten oder begannen entbehrliche Gegenstände des Haushaltes an die Leute zu bringen, wobei es nicht ausblieb, daß sie mit dem Schwarzen Markt in Berührung kamen und in seine Geschäfte verstrickt waren, ehe sie es merkten.

So ging es Else. Mit Verwunderung nahm sie wahr, daß der Schwarze Markt, der sich auf den Straßen abspielte und den man mit immer neuen Razzien zu unterbinden trachtete, nur der kleine Bruder jenes anderen war, der alle Gesellschaftsklassen umfaßte, an dem angesehene Kaufleute ebenso beteiligt waren wie die Frauen jener Männer, die aus politischen Gründen festgesetzt worden waren. Sie alle beruhigten ihr Gewissen mit dem Hinweis, sich in einer Notlage zu befinden, in einer ungerechtfertigt heraufbeschworenen illegalen Notlage, die mit illegalen Mitteln abzuwehren sie sich das Recht beimaßen. So wurde das Recht aus verletztem Rechtsgefühl korrumpiert. Dabei durfte nicht übersehen werden, daß sich neben diesen Notstands-Schwarzhändlern das Heer jener Haie tummelte, die auf die Ausbeutung der Zeit aus waren.

Else stand in Verbindung mit einer Dame, deren Mann als politischer Häftling im Justizgebäude saß. Nachmittags durften die Männer sich eine halbe Stunde auf einem balkonartigen Vorbau ergehen. Dann standen die Frauen am Stadtgraben beim Gorch-Fock-Wall und winkten ihnen zu.

Dem Heim der Frau sah man den früheren Wohlstand an, obwohl schon viele Sachen verkauft worden waren. Sie hatte sich dem Handel mit Schmalz zugewandt; es wurde ihr zentnerweise in die Garage gefahren.

Es war eine sehr scharmante Frau und wenn Else sie besuchte, „gnädigten" sie einander an, als ob sie beim Tee säßen. Sie trug einen weißen Kittel und hantierte mit der Waage wie eine Ladenmamsell.

„Wissen Sie, gnädige Frau", sagt sie zu Else, „eine reine Freude ist das Geschäft ja nicht. Mir wird es zentnerweise geliefert und pfundweise gebe ich es ab. Anderthalb Pfund verwiege ich dabei. Beim Zentner schlägt die Waage einmal aus, beim Verwiegen hundertmal. Ich fange also gleich mit Verlust an. Und das Risiko? Aber Spaß macht's doch."

„Eben", nickte Else. „Mir auch."

„Nur muß man wissen, mit wem man es zu tun hat. Denken Sie nur, eine Freundin von mir — aber Sie sprechen bestimmt nicht darüber, gnädige Frau?"

„Ich bitte Sie!"

„Also eine Freundin von mir soll einen Doppelzentner Zucker haben. Der Wagen fährt vor, der Verkäufer kommt ins Haus — ein Einzelhaus wie meines —, um das Geld in Empfang zu nehmen; er würde dann den Sack ins Haus schaffen. Sie gibt ihm das Geld. Der Mann geht hinaus, steigt in den Wagen und fährt ab! Fährt ab, ohne den Zucker abzuladen! Denken Sie bloß! Was sollte meine Freundin machen? Anzeige? Dann säße sie selber drin! Die Frau hat noch daran zu knacken."

„Das ist ja wohl nicht möglich!" empörte Else sich. „Ist denn alle Ehrlichkeit aus der Welt hin?"

„Was ich Ihnen sage — Vorsicht! Vorsicht! In der Linken das Geld — mit der Rechten die Ware nehmen! Anders nicht. So wie wir es machen. Reellität muß sein, wenn's auch schwer fällt. Wieviel wollten Sie? Zehn Pfund? Ich wieg' es in einem Stück ab und gebe etwas mehr, dann können Sie's selber auswiegen."

Und beim Auswiegen plauderte sie munter weiter: „Man will ja sein Gewissen nicht unnötig belasten, nicht wahr? Da bin ich also zu unserem Rechtsanwalt gegangen, wegen der Steuern, wissen Sie. Natürlich müssen Sie Ihre Schwarzgewinne versteuern, sagt er. Ja, geb' ich zur Antwort, das will ich gern, aber wenn ich der Steuer angebe, daß der Verdienst aus Schwarzgeschäften stammt — Dann werden Sie wegen Schwarzhandels bestraft, sagt er. Ja, erwidere ich, dann werde ich also wegen meiner Ehrlichkeit bestraft! Da lacht er: Das ist eine Gewissens-Kalamität, in die jeder Schwarzhändler durch die Gesetze gebracht wird. Nach dem Gesetz ist keiner verpflichtet, sich einer strafbaren Handlung selber zu bezichtigen, das tun Sie aber, wenn Sie steuerehrlich sind. — Dann lieber steuerunehrlich, sage ich. Von mir aus, sagt er, warten Sie's ab, bis Sie reinfallen. Ich warte es also ab. Wenn man alle Schwarzhändler ins Gefängnis stecken will, muß die ganze Stadt dran glauben!"

„Ich tät' auch lieber was anderes. Ich bin nur froh, daß mein Mann noch nicht dahintergekommen ist."

„Schicken Sie ihn zu mir. Ich will ihm den Standpunkt schon klarmachen. Dankbar soll er sein, daß Sie es seinetwegen auf sich nehmen. Er verdient doch nichts. Fünf Mark können Sie aufschlagen."

„Fünf? Ich verdiene nur zwei Mark am Pfund."

„Aber gnädige Frau, wie wollen Sie dabei zurechtkommen? Preise halten! Preise halten! Ach, das Telefon! Wenn mir nur nicht das Telefon genommen wird! Die Engländer beschlagnahmen jetzt so viele. Haben Sie Ihres noch?"

„Warum nicht?"

„Weil es alle, die entlassen worden sind, zuerst trifft. Nun, wir hören voneinander. Wenn ich frische ‚weiße Salbe' habe, ruf' ich an."

Aber sie konnte nicht mehr anrufen; denn als Else nach Hause kam, war vom Fernsprechamt gerade angerufen worden, daß Bergers Anschluß auf Anordnung der Militärregierung gesperrt worden sei. Der Apparat werde in den nächsten Tagen abgeholt.

Die Löschung seines Fernsprech-Anschlusses war für Berger ein schwerer Schlag. Nicht der tatsächlichen Bedeutung nach, sondern weil er es als eine Art Diffamierung empfand. Neben der Rechtsverletzung durch seine Entlassung nun noch Willkür, die er wie jene wehrlos hinnehmen mußte.

„Es heißt, die Engländer brauchen über siebentausend Apparate für Bürozwecke, Alfred. Neue können die Deutschen nicht liefern, da nehmen sie die alten."

„Ach, das ist es nicht. Ich habe auch davon gehört. Zu Hunderten sollen sie bei ihnen herumliegen. Nichts als Schikane."

„Den Juden hat man sie damals auch genommen", wandte Else ein.

„Ja, müssen sie denn alles nachmachen, was sie uns vorwerfen? Wo bleibt ihre höhere Warte, von der sie immer reden?"

„Vielleicht ist's ein Irrtum. Geh doch morgen gleich aufs Telegraphenamt."

„Auf Anordnung der Militärregierung", sagte die freundliche Dame in der Auskunft. „Waren Sie in der Partei?"

„Nein, das war ich nicht."

„Sind Sie auf Anordnung der Militärregierung entlassen worden?"

„Ja; aber zu Unrecht."

Die Dame war von gleichbleibender Freundlichkeit: „Ich will mich noch einmal erkundigen." Sie führte ein kurzes Gespräch; dann legte sie den Hörer ab und hob bedauernd die Schulter.

„Und was kann ich dagegen unternehmen?"

„Wenn Sie einen lebensnotwendigen Betrieb nachweisen können —?"

„Entlassen mit Beschäftigungsverbot — wenn Sie das einen lebensnotwendigen Betrieb nennen?"

Die Dame sah ihn mitfühlend an; hinter ihm drängten Leute, alle mit dem gleichen Anliegen. Gesperrt! Gesperrt! Gesperrt! Auf Anordnung der Militärregierung! Das war die Verdammungsformel, vor der man zu resignieren hatte.

Für Else brachte der Ausfall des Fernsprechers Schwierigkeiten. Sie mußte dauernd unterwegs sein, so daß es Berger schließlich aufging, was sie trieb.

„Laß das", sagte er. „Das ist nichts für uns."

„Ist Hungern was für uns? Und daß wir uns alles gefallen lassen, ist das was für uns? Du siehst doch, daß du nirgends Recht findest!"

„Trotzdem — ich will es nicht."

„Gut, wenn du es nicht willst. Ich muß nur noch einiges abwickeln."

Er mußte lächeln. „Was heißt abwickeln? Du tust gerade, als ob du Großkaufmann wärst!"

„Was ich versprochen habe, muß ich halten. Das tu' ich nicht anders."

„Also — aber dann! Fehlte gerade noch, daß wir unter die Schwarzhändler gehn!"

„Hast du eine Ahnung, wer alles dabei ist! Die paar Mark, die ich verdiene —"

„Eben. Die paar Mark sind's nicht wert, Else."

Sie schwieg. Solltest nur wissen, dachte sie, wie die paar Mark aussehen. Und daß wir jetzt reichlicher essen, scheint er gar nicht bemerkt zu haben. Trotzdem: sie wickelte ab. Und dann wickelte sie wieder auf. Bis Berger eines Tages fragte: „Ist es nun soweit?" Sie lachte: „Laß doch, Alter! Es macht mir soviel Spaß! Und sind ja auch nur Kleinigkeiten."

„Laß es, Else", mahnte er.

„Ja, ja doch! Aber guck', heut habe ich für uns ein halbes Pfund Schmalz übrig — ist das nicht fein?"

Berger sagte zu Else: „Wir sollten ruhig davon reden, daß die von England verhängte Blockade faktisch noch nicht aufgehoben und für eine lange Zeit noch vorgesehen ist. Ja, sie wird erst jetzt effektiv, denn nun können sie uns nach allen Seiten absperren. Sie werden uns hungern lassen und vor der Welt von der in allen Ländern herrschenden Lebensmittelknappheit sprechen. Und die Welt wird tun, als ob sie es glaubte. Und genau so werden sie es mit dem Frieden machen. Sie deuten schon darauf hin, daß es Jahre bis zum Friedensschluß mit uns dauern wird. Also bleibt es beim Waffenstillstand, für dessen Dauer praktisch das Kriegsrecht gilt. Auch das Besatzungsrecht ist völkerrechtlich fest umrissen, aber der Sieger legt es aus, wie er will. Das darf er nicht, aber er tut es, weil keiner ihn daran hindern kann — und in unserem Fall — auch nicht daran hindern will. So beginnt die Ausräubung Deutschlands nicht nach den Notwendigkeiten der Ersatzleistungen — die wir gern anerkennen — sondern nach den Richtlinien der Ausschaltung der deutschen Konkurrenz. Alle Werke, mit denen Deutschland sich in der Weltproduktion an die Spitze gesetzt hat, werden entweder als Reparationsleistung requiriert oder der Kriegsindustrie zugerechnet und zerstört. Diese Zerstörung — Widersinn in höchster Potenz — nennt man Demontage. Ein Volk wächst nach den geopolitischen Voraussetzungen des von ihm besiedelten Gebietes, nach diesen Gesetzlichkeiten hat es sich seelisch und charakterlich gebildet und aus dem Gesamt dieser Gegebenheiten resultiert sein weltwirtschaftliches Potential. Solch ein weltwirtschaftliches Potential hat jedes Land, und aus deren Füreinander, nicht Gegeneinander, wächst allein der Segen der Erde. Wird dem einen Land im Miteinanderspiel der Kräfte etwas versagt, so wird nicht allein dieses eine Land, sondern die Gesamtheit geschädigt. Da hat so ein Neunmalkluger am Rundfunk ausgeführt, Deutschland habe mit der Herstellung synthetischen Benzins und Gummis einen straffälligen Angriff auf die Weltwirtschaft ausgeübt; denn solange die natürlichen Stoffe leichter und billiger zu beschaffen seien, sei die synthetische Herstellung von Übel. Es ist schade, daß man solche Leute nicht abschießen kann. Man hat

Deutschland die natürlichen Stoffe vorenthalten; da es keine Devisen hatte, mußte es sich selber helfen. Und im übrigen ist es ein vollkommener Unsinn; ebenso gut könnte die Lederindustrie gegen die Autoindustrie aufbegehren, weil das Auto den Sohlenverschleiß erheblich herabmindere."

„Warum ereiferst du dich darüber, Alfred? Änderst du die Welt?"

„Siehst du! So wie du sind die meisten bei uns: hinnehmen und vergessen! Auf die Art machen sie mit uns, was sie wollen. Am 5. Juni hat sich der Alliierte Kontrollrat in Berlin konstituiert. Er wird, wie er verlautbarte, fortan die Geschicke Deutschlands lenken; so sei es auf der Konferenz von Jalta beschlossen worden. Bei ihm liege nunmehr die volle Staatsgewalt in Deutschland. Wörtlich heißt es in seiner ersten Verlautbarung — die keineswegs eine Proklamation darstellt: „Die Übernahme dieser Rechte und Machtbefugnisse bedeutet nicht die Annexion Deutschlands."

„Was sollten sie denn auch mit Deutschland anfangen?"

„Wart's ab. Annexionen können so und so aussehen. Glaubst du im Ernst daran, daß der Russe aus Ostdeutschland wieder hinausgeht? Oder der Pole die Oder-Neiße-Grenze wieder freigibt? Ich nicht! Nun hat der Alliierte Kontrollrat aber eine verpflichtende Proklamation an das deutsche Volk herausgegeben, in der es heißt, daß dem Kontrollrat die oberste Machtgewalt übertragen worden ist in allen Angelegenheiten, die Deutschland als Ganzes angehen. Also selbst wenn — was noch weit im Felde liegt — Deutschland wieder Länderregierungen bekommt, wenn sie uns eine gewisse Selbständigkeit geben, über uns bleibt immer der Alliierte Kontrollrat oder wie sie's später auch immer nennen — und wenn wir nicht wollen, wie er will, oder er nicht will, wie wir wollen —"

„Gott, mal' doch nicht alles gleich so schwarz, Alfred! Nach dem ersten Weltkrieg haben wir auch gemeint, es sei mit Deutschland aus — und wir sind doch wieder zurecht gekommen. Diesmal auch — verlaß dich drauf!"

„Das wollen sie diesmal gerade verhindern. Am liebsten würden sie ein großes Rübenfeld aus Deutschland machen."

„Laß sie doch! Laß sie doch! Dann macht der Deutsche aus Rüben Dieselmotoren und Unterseeboote aus Stroh! Die kriegen uns nicht unter. Amerika hat erklärt, daß die Patente, die sie uns geraubt haben, sie um zehn Jahre weiter gebracht haben. Zehn Milliarden seien diese Patente allein wert. Was meinst du, wie bei uns die Patente wieder wachsen werden, wenn —"

„Wenn — wenn —! Darum haben sie uns doch die Forschung verboten; es soll keine deutschen Wissenschaftler mehr geben. Und die wir noch haben, holen sie uns weg. Die Amerikaner, die Russen, die Engländer, die Franzosen — am Ende holen sie sich auch noch die Läuse aus Deutschland, um ihre zu veredeln! Wenn sie nur diese Angst nicht hätten, diese himmelhohe Angst. Die Schießbuden haben nun wirklich und wahrhaftig ihre Gewehre abgeben müssen. Jetzt schießen wir auf dem Dom und auf St. Pauli mit der Armbrust. Mit der Zeit werden sie uns auch die Armbrust verbieten, dann den Flitzbogen und am Ende noch die Katapulte, mit denen die Jungen nach Spatzen schießen. Warum reißen sie den Deutschen nicht gleich die Augen aus, da sie doch den wesentlichen Teil einer auch militärisch verwendbaren Zielvorrichtung darstellen?"

„Wenn die Deutschen nur nicht auf den Gedanken kommen, die Geßler abzuschießen. Das wäre schrecklich!"

„Nun ja, mit der Zeit werde ich auch dahin kommen, gewisse Dinge spaßhaft zu nehmen. Man soll nur nicht so viel proklamieren. Nun wieder: Über die Grundsätze und Ziele der Neuerziehung des deutschen Nachwuchses! Ich fürchte, Mr. Montgomery hat sich reichlich viel vorgenommen. Gut gemeint, aber du lieber Gott, mir kommt es vor, als glaubte ein Lehrer mit ein paar Stunden Nachsitzen aus einem schlechten Schüler einen Musterknaben machen zu können. Denk dir, ein neues deutsches Lesebuch durfte die Geschichte vom Hasen und Swinegel nicht bringen, weil es eine Verherrlichung der Unehrlichkeit sei.

Dabei wird doch nur gezeigt, wie Pfiffigkeit mehr ist als schnelle Beine. Ebenso durfte Aschenbrödel nicht aufgenommen werden: man vergifte die jugendliche Phantasie, wenn man erzähle, daß ein Stück vom Fuß abgeschnitten werde, damit der Probeschuh passe. Ich habe dabei immer nur an die gerechte Strafe für die betrügerische Stiefschwester gedacht. In einem Bilder-A-B-C durfte bei dem Buchstaben K das Bild einer mit einer Maus spielenden Katze nicht gezeigt werden, weil durch ein solches Bild die Lust am Grausamen geweckt werde. Du meine Güte, dann könnte man dem englischen Bilderbuch ‚Alice im Wunderland' mit dem gleichen Recht vorwerfen, es stelle die Wirklichkeit auf den Kopf. Man weiß wirklich nicht mehr, soll man weinen oder lachen?"

Bei einer Groß-Razzia in Ohlsdorf wurden 88 Zivilisten und dreißig Soldaten — natürlich englische, denn deutsche gab's nicht mehr — festgenommen. Schon der Besitz einer englischen Zigarette war strafbar; englische Zigaretten stellen Militärgut dar. In der Hauptsache fand man Kaffee und Zigaretten.

Bürgermeister Petersen hatte vor kurzem an die noch in der Fremde lebenden Hamburger den dringenden Appell gerichtet, nicht nach Hamburg zurückzukehren, es bestünde keine Möglichkeit, sie aufzunehmen, denn die Stadt habe rund siebzig Prozent ihres Wohnraums verloren. Trotzdem hielt der Zustrom von Hamburgern an. Das Zentralwohnungsamt, mitten zwischen den Trümmern des geschundenen Stadtteils St. Georg, war das Lourdes der heimkehrenden Hamburger. Hier glaubten sie endlich die Krücken ihrer Unstetheit und Heimatlosigkeit aufhängen zu können. Sie mußten wohl alle arge Sünder sein, die Heimkehrer, denn so gut wie keinem widerfuhr das Heil, eine Wohnung — ach nein, nur einen Winkel, eine Ecke für die heimatmüden Glieder — nachgewiesen zu erhalten. Mehr als elftausend waren in der letzten Woche unverrichteterdinge weggeschickt worden. Aber sie kehrten trotz der Enttäuschung der Vaterstadt nicht den Rücken. Sie blieben! Aber wo? Wenn sie Geld hatten — einige wenige hatten es — kamen sie unter; andere sickerten in noch unbenutzte Trümmerkeller ein, andere bevölkerten die Bunker, andere wanderten rechtzeitig abends in die Vororte, um sich dort zu verkriechen, sobald Curfew über die Stadt gellte. Es nützte alles nichts. Man stellte ihnen vor, daß man den Zustrom nach Hamburg unbarmherzig drosseln müsse, damit die Stadt nicht in Obdachlosigkeit, Seuchen und Hunger ertrinke. Sie sahen es ein, sie begriffen es — aber sie blieben! Das hier war ihre Stadt! Hier waren sie groß geworden, hier hatten sie gelebt und gearbeitet, sie waren Hamburger, das galt vor ihnen und vor aller Welt. Sie verbissen sich in ihr Elend wie verwundete Wildenten an den Unterwasserpflanzen. Das hier war ihre Stadt! Der waren sie in Bombennächten mit tausend Bränden und Feuerstürmen zugeschworen worden. Und wie viele der Alten waren nicht noch Hamburger Bürger, die im Rathaus ihren Bürgerbrief aus eines Senatoren Hand empfangen hatten? Mochte heute nichts mehr gelten, wo der deutsche Staatsbürger den Stadtbürgern vorangestellt ist, aber was Brief und Siegel war, war doch wohl Brief und Siegel? Und wenn man hungern muß in der Vaterstadt, nun gut, in der Fremde mußte man's auch. Wenn man uns keine Lebensmittelkarten gibt, nun ja, nun ja — wer hat uns denn auf unsern Trecks Lebensmittelkarten gegeben — und wir sind nicht umgekommen. Und sie blieben — hungerten und mogelten sich durch und waren weiß Gott nicht die schlechtesten Kinder der Mutter Hammonia.

WIR
BLEIBEN OBEN!

Den Zerfall der kleinen Welt, die um Lünkenruh gekreist hatte, das Verlöschen ihres Strahlenfeldes, das Aufhören menschlich schöner Bindungen mußte man als Symbol der Zerschlissenheit einer Zeit nehmen, die, wie sie keinem mehr Ziel und Richte war, denen recht zu geben schien, die ohne Gepäck unterwegs waren. Was Moral? Was Nächstenliebe? Was Menschlichkeit? Alles Dinge, von denen man redete, um über ihr Nichtvorhandensein hinwegzutäuschen.

Else hatte dafür ein kleines bezeichnendes Erlebnis, als ein alter Bekannter, der von ihrem Handel wußte, zu ihnen kam und den sie dabei überraschte, als er seine Hand in ihrer Einholetasche hatte, in der sich ein Stück Schokolade und ein Päckchen Zigaretten befanden. Sie tat, als ob sie's nicht bemerkt hätte, stellte aber später fest, daß die Tafel Schokolade nicht mehr in der Tasche war.

Als sie es Berger erzählte, meinte er: „Unehrlicher Handel macht unehrliche Leute."

„Aber das ist doch Diebstahl, Alfred!"

„Natürlich ist das Diebstahl. Mich wundert's auch, daß der alte Knacker sich dazu hergegeben hat. Wirst noch mehr in dieser Richtung erleben, du Gangster!"

Sie lachte und trieb ihren Handel weiter.

Seit dem Unglück mit dem Keller war es, als ob das Verhängnis den Freundeskreis verfolgte. Sie konnten beginnen, was sie wollten, es führte nichts zum Ziel. Schuld vor allem daran war, daß ihnen das Geld zwischen den

Fingern zerrann. Sie waren noch ein paarmal an die Trümmerstätte ihres Kellerheims gegangen, in der Hoffnung, noch etwas bergen zu können; aber wie sie auch räumten und gruben, es hatte nicht gelohnt. Ihre geringen Mittel schwanden bei der Anschaffung der notwendigsten Dinge über Nacht dahin. Ab und zu saßen sie auch Leuten auf, die noch klüger waren als sie. So waren sie auf den fast absurden Gedanken gekommen, es mit der Ehrlichkeit zu versuchen. Aber da kamen sie hinter den Sinn der alten guten Wahrheit: Ehrlich währt am längsten. Soviel Zeit hatten sie wieder nicht, so schnell wollten sie auch nicht vor Hunger krepieren, so daß sie der guten alten Wahrheit wieder den Rücken kehrten, um nach erprobter Manier voranzukommen. Hatten sie sich früher an guten Unternehmungen beteiligen können, so schieden die jetzt aus, weil sie kein Geld einschießen konnten. Das war verderblich für sie, denn daß sie kein Geld mehr hätten, glaubte ihnen keiner.

Unvermutet gab's eine Glückssträhne durch einen Einfall Elfriedes, die, als sie vor den wahllos angebrachten Tausch-, Kauf- und Suchanzeigen standen, meinte, um wieviel wirkungsvoller diese Zettel wohl seien, wenn man sie säuberlicher ordnete, dem Thema nach — Kaufgesuche dort, Tauschgesuche hier. Vor allem müßten diese wilden Anzeigen besser abgefaßt sein, das Deutsch sei zum Teil fürchterlich; man könnte auch zeichnerisch —

— und da sagte Ali: „Stopp, Elfriede! Das ist eine Idee!"

Im Grün des Rasens unter dem Sternschanzen-Wasserturm setzten sich die vier hin und als sie nach einer Stunde weitergingen, hatten sie den Plan von Anzeigentafeln fix und fertig. Sie wollten von sich aus Ordnung in diese wilde Zettelkleberei bringen, die ohnehin von der Militärregierung nicht gern gesehen wurde, weil sie wußte, daß sie in den von Deutschland besetzten Ländern für die Spionage und für die Widerstandsbewegung benutzt worden war. Für die Herstellung einiger Holztafeln reichte das Geld. Eva mußte ihr zeichnerisches Talent für die Anzeigen zur Verfügung stellen. Die Sache lief gut an; sie sahen wieder Land. Da machten andere, die mehr Geld hatten, es ihnen nach, vielleicht waren auch ausgekochte Zeitungsleute dabei, die für das Anzeigenwesen Kenntnisse mitbrachten, kurz, vor ihrem so hoffnungsfroh vom Stapel gelaufenen Schiffchen kreuzten über Nacht einige andere und nahmen ihnen den Wind aus den Segeln. Sie saßen zwar nicht wieder gleich auf dem trockenen, mußten sich aber, ausgefahren mit einem Schleppnetz, mit einem Wurfnetz begnügen. Immerhin kamen sie durch, das war in dieser Zeit schon viel.

Der regnerische Herbst lastete schwer auf den Gemütern. Die Hausbrandversorgung rückte immer ferner. Die Stromversorgung war trostlos. Der Strom sollte rationiert werden, der Verbrauch auf achtzig vom Hundert der Stromentnahme des letzten Monats beschränkt werden.

Else und Alfred waren mit Freunden in Groß-Hansdorf, um Fliederbeeren zu pflücken. Sie kamen zu spät, alles war schon abgeerntet. Dafür brachten sie die Rucksäcke voller Zweige mit. Es reichte für zwei Tage.

Die Schwarzpreise kletterten fröhlich weiter: Brot 70 Mark, Kaffee etwas schwächer: 500—580. Kartoffeln Zentner 140, Butter 250, Schmalz 230, Rindfleisch 65, eine vollständige Lebensmittelkarte 350. Mütter begannen die Lebensmittelkarten ihrer Kinder zu verkaufen, es gab auf diese Karten mehr Fett, Zucker, Nährmittel und auch Milch. Einige Mütter taten es gewiß nur, um eine andere brennende Not zu bannen; manche versündigten sich aber an ihren Kindern, um Zigaretten kaufen zu können.

Schon Anfang Oktober hatte es Nachtfrost und den Zauber des Frühreifs gegeben. Noch prangte an vielen Ruinenwänden das blutrote Geschäume des wilden Weins. Nun aber riß rauher Wind auch die letzten Blätter herab.

In den von den Engländern beschlagnahmten Häusern und Gebäuden wurden die Sammelheizungen auf Ölfeuerung umgestellt. Im Bäcker-Innungs-Haus am Holstenwall hatten sie zwei Räume den Deutschen belassen — immerhin hatte die Bäcker-Innung etwas mit der Brotversorgung zu tun — diese beiden Räume wurden von der Sammelheizung abgeschaltet.

Bergers Freunde wohnten im Curiohaus. Es mußte geräumt werden. Rund 156 Personen mußten ihr Heim verlassen. Sie durften nur ihre Leibwäsche, ihre Garderobe, mitnehmen. Kinderbetten brauchte man nicht zurückzulassen. Die etwa 150 englischen Mädchen, die das Curiohaus beziehen sollten, würden kaum Verwendung dafür haben. Unter den Exmittierten befanden sich zahlreiche Ausgebombte, die ihren mühselig neu erworbenen Hausrat zurücklassen mußten — doppelt Geschlagene.

Der Gesundheitszustand in Hamburg verschlechterte sich. Vor allem grassierte die Furunkulose als Folge einer naturgegebenen Unreinlichkeit, da es weder hinreichend Seife für die Körperpflege noch Waschmittel für die Wäsche gab. Die noch stehengebliebenen Badeanstalten durften von den Deutschen nicht benutzt werden. Strom und Gas waren nur knapp bemessen, den Hausfrauen war es nicht möglich, die Wäsche ausreichend zu kochen, so daß Stoffe in ihr verblieben, die, mit der Haut in Verbindung gebracht, Furunkulose hervorriefen. Durch Plätten könnte man die Keime abtöten; wer aber viel plättete, mußte sich mit weniger Strom für das Essen und für die Beleuchtung begnügen. Wo immer man auch stand, man befand sich neuer Not gegenüber.

Die Todesfälle nahmen zu; das Krematorium war wegen Kohlenmangels außer Betrieb. Man mußte sich mit der ‚Tütenbeerdigung‘ begnügen. Man ruht überall in Gott.

Inmitten des Menschengewoges auf dem Jungfernstieg stießen Berger und Edith aufeinander. Eine Sekunde wußten beide nicht, wie sie sich verhalten sollten, dann war in einem Augenblick alles, was zwischen ihnen gewesen, hinweg.

„Alfred!“

„Edith!“

Vergessen, daß sie zum konventionellen ‚Sie' zurückgekehrt waren.

„Wie geht es euch?"

„Gut, gut. Und dir?"

Sie zog ihn aus dem Strom der Eilenden nach der anderen Straßenseite hinüber. Berger sah sie an. Sie würde bald ein Kind haben.

Aufatmend sagte sie: „Ist es nicht fürchterlich, diese vielen Menschen? Ich bin immer froh, wenn ich wieder zu Hause bin."

„Wie geht's deinem Mann?"

Tränen traten in ihre Augen: „Schlimm, Alfred. Er wollte Sachen aus Berlin holen — vor vier Wochen schon — ich habe noch nichts wieder von ihm gehört."

Alfred schüttelte den Kopf: „Nimm's mir nicht übel, das war wirklich reichlich unüberlegt. Er als früherer Offizier —"

Sie verbiß sich das Weinen: „Wenn die Russen ihn haben —"

„Das brauchen sie ja noch nicht. Lieber hier in Sicherheit als sich um die Sachen dort haben. Er kriegt sie ja doch nicht herüber."

„Das hab' ich ihm auch gesagt." Sie trocknete die Tränen. „Wie geht es Else?"

Er lächelte. „Handelt schwarz. Du weißt doch, wie es uns ergangen ist. Kein Gehalt mehr, die Konten gesperrt, wie sollen wir leben? Man muß die Dinge, die man verurteilt, auch einmal von der anderen Seite ansehen. Die Menschen sind, meistens ohne eigene Schuld, ja gegen alles Recht, in Not geraten. Wo sollen sie bleiben? Sich aufhängen? Den Gashahn aufdrehen? In die Elbe gehen? Hat nicht jeder Lebende wenigstens das Recht, sich satt zu essen? Wir wollen doch arbeiten. Dürfen wir? Sieh dich um, wie viele Männer im besten Alter zum Nichtstun verurteilt sind. Und Frau und Kinder zu Haus; und sehen sie unter Entbehrungen dahinschwinden. Ich bin auch dahin gekommen, Edith, die Moral des Lebens anders anzusehen als früher. Wer in Notwehr ist, hat eine andere Moral, und wir sind in Notwehr."

„Ja, Else läßt sich nicht unterkriegen."

„Du solltest ruhig einmal zu uns kommen, Edith."

Sie schüttelte den Kopf. „Ich hab' Angst vor Else."

„Nun hör mal —!"

„Doch. Nicht so, weißt du." Sie errötete: „Es war auch manches unrecht von mir. Und jetzt in meinem Zustand. Else sagt immer, was sie meint."

„Sie hat nie und wird nie etwas Schlechtes von dir meinen."

„Später, Alfred. Es ist alles noch zu neu und frisch. Und dann die Unruhe um meinen Mann —"

„Ich würde sagen, ruf mal an. Aber mein Telefon ist weg."

„Unseres auch, Alfred. Das Leben wird einem unnötig erschwert. Weshalb bloß?"

„Damit wir uns endlich bewußt werden, ein Volk zweiten Grades zu sein." Und dann, weil er fühlte, daß sie nicht zu fragen wagte: „Von Harald haben wir auch noch nichts gehört."

Sie stand überflammten Angesichts vor ihm: „Hoffentlich kommt er bald, Alfred."

Er reichte ihr die Hand: „Wollen's hoffen, Edith."

„Grüß Else recht herzlich von mir, hörst du?"

„Und alles Gute für dich, Edith!"

Er ging und schritt durch den Dammtorbahnhof. Bei den alten Friedhöfen und in der Tiergartenstraße wimmelte es vom Schwarzhandel. Am Dammtorbahnhof ließ sich ein britischer Negersoldat, Zigarette im Mundwinkel, von einem Deutschen die Stiefel putzen. Nach dem offenbar reichlichen Trinkgeld — der Weiße dankte dem Schwarzen sehr devot — ging der Negersoldat mit einem deutschen Mädchen eingehakt davon.

Kälte und Feuchte in der ungeheizten Wohnung. Von den Wänden atmete es ungastlich. Omi schlich gekrümmt einher, sie hatte Frost in den Füßen und Händen. Immer noch besessen von ihrem Reinlichkeitsfimmel, planschte sie im kalten Wasser; ihr größter Kummer war, daß sie kein heißes Wasser machen durfte. Sie träumte von Seife und Seifenpulver, wie Kinder von Spielsachen träumen. Der frühzeitige Winter war ein böswilliger Helfer der Besatzungsmacht. Die Engländer fuhren hochbeladene Wagen mit Briketts vor ihre Quartiere. Berger hatte erbittert beobachtet, daß die Soldaten abends im Johanneum die Fenster wegen Überheizung aufsperrten. Er selber ging abends, vollangezogen, den Wintermantel über die Füße gedeckt, ins Bett.

In der britischen Zone mußten alle Brieftauben getötet werden; auch die Brut und die Eier waren zu vernichten, die Beringung abzuliefern. Auf die Art kamen die Taubenhalter wenigstens zu Fleisch; die getöteten Tauben brauchten nicht abgeliefert zu werden.

Dreitausend deutsche Bauhandwerker waren dabei, Nissenhütten aufzustellen, die 42000 Hamburgern Notunterkünfte bieten sollen. Es sollte, so hieß es, eine Notmaßnahme im gemeinsamen Kampf gegen die Gefahren des Winters, besonders gegen die Infektionskrankheiten sein. Diese Nissenhütten waren seit Jahrzehnten schon bei der britischen Armee in Gebrauch. Es wurde den Leuten plausibel gemacht, daß diese Hütten sehr wohnlich gemacht werden können, besonders, wenn man einen Ofen aufstellt. Da Öfen nicht auf den Bäumen wachsen, würden die meisten Hütten wohl ohne Heizung bleiben. Vom ersten Augenblick an wurden sie für das genommen, was sie waren: für ein Symbol des Elends eines ganzen Volkes. Schwarz, finster, bereit zur Vollstreckung eines furchtbaren Schicksalsspruches standen sie da. Brutal sachlich aufgereiht, hingeduckte Ungeheuer voller Arglist und Grausamkeit.

Ali und seinen Freunden gelang es, eine Nissenhütte in einer Trümmerstraße in Nordbarmbek zu erhalten. Sie stellten sich ganz auf Gemeinschaft ein, und findig, wie sie waren, schufen sie vor allem Schlafnischen, die durch ihre Verkleidung dem todöden Raum Heimeligkeit verliehen.

Gleich am ersten Tag hatte Schmidt einen kleinen Herd und Abzugsrohre beschafft, so daß ihre Hütte eine der ersten war, aus der sich der Rauch einer Heimstatt kräuselte.

„Wenn wir nur immer Kohlen haben, schaffen wir's", meinte Eva und betrachtete wohlgemut die Herrlichkeit.

„Kohlen? Stehlen wir uns", sagte Ali.

„Wo?" fragte Schmidt.

„Von den Bahnhöfen. In Rothenburgsort stehen jeden Tag Kohlenzüge für die Engländer."

„Und die sehen freundlich zu und nötigen dich sogar. Bei dir tickert's, mein Lieber!"

„Immer tickern lassen. Meinst du, daß ich zu einem Eisheiligen frieren will? Gehn die aufs Ganze, tun wir's auch."

„Die schießen."

„Laß sie! Müssen auch treffen. Bäume gibt's hier überhaupt nicht mehr; alle weggeholt. In den Trümmern kein Splitter mehr. Holzen sie uns die Wälder ab, gehen wir an ihre Kohlenzüge. Das muß nur organisiert werden."

Es wurde organisiert. Nicht nur die Hüttenbewohner waren mit dabei, sondern alles, was in Kellern und Trümmerlöchern hauste. Und auch andere honette Leute wurden Kohlendiebe.

In den Nissenhütten, wo die meisten Menschen nur noch das nackte Leben hatten, wo einer als reich galt, wenn er einiges Geschirr besaß, wo ein Eimer von Hütte zu Hütte geliehen wurde, hier wurden die Urinstinkte des Menschentieres wach. Sie standen am Anfang; der Mensch allein einer feindlichen Welt gegenüber. Hier wurde nichts gegeben; hier wurde genommen; mit List; wenn nicht anders, mit Gewalt. Aus den Gemeinschaftsräumen, aus den Toiletten und Waschküchen verschwanden Einrichtungsgegenstände und Lichtleitungen; es blieb ungeklärt, ob von den Hüttenbewohnern oder von fremden nächtlichen Eindringlingen. Nur die wenigsten Männer hatten eine feste Arbeitsstätte. Sie halfen sich durch, so gut sie konnten, und sie konnten es oft genug sehr gut, wenngleich die Ehrlichkeit nicht immer Pate dabei stand.

Von einer Nachbarin hatte Eva eine halbe Tasse Öl bekommen; eine Kostbarkeit in dieser für Arme fettlosen Zeit. Der Nachbar hatte es im Hafen von einem Werftarbeiter gekauft, der es aus der Kantine mitgebracht haben wollte.

„Ich brate uns arme Ritter", sagte Eva.

Ali schnupperte über die Tasse. „Riech mal", forderte er Schmidt auf.

Der tat es ihm nach. „Mies!" meinte er.

„Was ihr immer habt!" schalt Eva. „Da hat man mal ein bißchen Öl und ihr tut, als sei es Gott weiß was."

Ali hielt wieder die Nase über die Tasse: „Ich weiß nicht — ich weiß nicht — Öl ist es ja —"

„Fußbodenöl ist auch Öl!" orakelte Schmidt.

„Laßt mich mal", mischte sich Elfriede ein, die sich angewöhnt hatte, den ganzen Tag im Morgenrock zu verbringen.

„Klecker' dir die Staatsrobe voll, wenn du kannst", mahnte Ali und nahm wahr, daß seine Schwester anfing zu verschlampen.

„Gitt!" sagte Elfriede. „Danach wird unser Palast acht Tage lang stinken!"

Eva nahm ihr die Tasse ab: „Ich brat' arme Ritter und damit basta! Schafft doch Olivenöl an, wenn ihr es könnt."

Schmidt sah Ali verstohlen an: „Gib mir noch mal." Er nahm die Tasse: „So schlecht riecht es nun auch wieder nicht, mein' ich. Weißt du, du mußt es erst aufkochen und ein Stück Brot hineintun, das nimmt den Geruch weg." Er blickte Ali und Elfriede mißbilligend an: „Ihr könnt euch nachher den Mund wischen, wenn wir arme Ritter essen, nicht wahr, Eva?"

Als er die Tasse hinstellen wollte, stolperte er und sie entfiel ihm.

„O du Taps! Das schöne Öl!" schrie Eva.

„Und die schöne Tasse!" rief Elfriede.

Schmidt besah sich betrübt den Schaden. Auf dem roten Ziegelsteinboden — bis zu einem Bretterfußboden hatten sie es noch nicht gebracht — floß das Öl träge auseinander.

Ali tauschte einen Blick mit Elfriede; wenn das nicht Absicht war —! Eva wischte das Öl mit Zeitungspapier auf und steckte es in den Herd. Es brannte hell weg und durchdunstete die ganze Hütte.

Es war nach Mitternacht, als heftig an ihre Hütte geklopft wurde. Draußen stand die Nachbarin: „Kommen Sie schnell! Ich weiß gar nicht, was mit meinem Mann und dem Jungen ist."

Ali und Schmidt zogen sich schnell an und gingen in die Nachbarhütte. Es stank infernalisch nach Öl. Auf dem Bett lag stöhnend der Mann; auf dem Kinderbett wand sich wimmernd der zehnjährige Junge.

„Was haben Sie zum Abendbrot gehabt?"

„Wie Ihre Frau es auch wollte, arme Ritter. Ich mag sie nicht, aber mein Mann und der Junge —"

„Sieht bös' aus", sagte Schmidt. „Ich lauf' zur Wache, um einen Arzt zu kriegen."

„Und wenn du einer Streife in die Hände läufst?"

„Mein Gott, dann verklar' ich es den Tommies schon. Können ja mitkommen."

Er stürzte weg und kam unangefochten in der Wache an. Man zuckte die Achsel. Woher einen Arzt um diese Stunde? Immerhin — versuchen konnte man's. Man telefonierte und telefonierte. Es war kalt auf der Wache. Selbst die Polizei hatte keine Kohlen.

Verzweifelt hängte der Wachtmeister an: „Keiner da. Zwei haben sich gemeldet, die dürfen nicht praktizieren —"

„Aber es handelt sich doch um zwei Menschenleben —"

„Und bei dem Arzt um ein Berufsverbot. Wenn er auf der Straße angetroffen wird, läßt man ihn gar nicht erst zu Worte kommen. Da ist nichts zu machen."

„Aber der Polizeiarzt muß doch zu haben sein!"

„Vielleicht unterwegs. Passiert so viel jetzt —"

„Sollen zwei Menschen sterben, nur weil es einem Arzt verboten ist, zu helfen?"

Der Wachtmeister, spitz wie Beamte manchmal sind, sagte: „Helfen darf er schon, bloß Arzt spielen darf er nicht. Er kann einen Menschen aus dem Wasser ziehen, aber ärztliche Hilfe darf er ihm nicht leihen. Das ist nämlich Berufsverbot, verstehen Sie?"

„Das ist doch hanebüchener Unsinn! Dann rufen Sie die englische Hilfsstelle an! Das Rote Kreuz, was weiß ich!"

„Meinen Sie? So einfach einen englischen Arzt anfordern, weil kein deutscher im Augenblick greifbar ist? — Meine Herren, wo ich da morgen wohl wäre!"

„Also dann könnt ihr mich alle —" Er wandte sich zum Gehen.

Der Wachtmeister lachte: „Wenn wir das sollen, müssen Sie hierbleiben! Wir müssen Sie ohnehin wegen Übertretung der Sperrstunde hierbehalten. Und bestraft werden Sie obendrein."

„Ich glaub', ich werd' verrückt!" schrie Schmidt und blickte die Polizisten an.

„Mensch", sagte einer, „setz dich bloß hin. Wenn dich die Streife aufpickt, hast du vierzehn Tage weg wie nichts. Und helfen? Was willst du helfen? Die kotzen den Kram wieder aus und sind morgen früh quietschfidel."

Schmidt mußte bleiben. Als er in der Frühe nach Hause kam, wanden Mann und Junge sich in Schmerzen. Elfriede war auf der Suche nach einem Arzt. Als sie mit ihm ankam, sah er sofort, um was es ging. Er ließ sich die Flasche mit Öl geben und goß ein paar Tropfen in die Hand.

„Torpedo-Öl!" sagte er. „Woher?"

„Hat mein Mann aus dem Hafen mitgebracht."

„Sie haben nichts davon genossen?"

„Nein. Ich hatte arme Ritter darin gebraten."

„Ich will sehen, sie ins Hafenkrankenhaus zu kriegen. Das beste wäre natürlich das Barmbeker, aber das haben die Engländer."

Der Arzt brachte es wirklich zuwege, die Erkrankten ins Hafenkrankenhaus zu schaffen. Der Junge starb am Abend, der Mann nach vierzehn Tagen.

Senator Dettmann, dem das Gesundheitswesen unterstellt war, gab Aufschlüsse über die Kindersterblichkeit in Hamburg. 1938 starben von 18000 lebend geborenen Kindern 828; etwa 4 v. H., 1945 starben in den ersten sechs Monaten über 1000. Unter Berücksichtigung der geringen Geburtenzahl von 7000 bedeute das eine Sterblichkeit von mehr als 14 v. H. In den späteren Monaten habe sich die Säuglingssterblichkeit weiter verschlimmert, sie sei jetzt viermal so hoch wie im Jahre 1939. Dettmann ließ die Zahlen für sich selber sprechen: „Die Kinder sind die Zukunft des deutschen Volkes. Sie sollen nicht dafür büßen, was unsere Generation heraufbeschworen hat."

Die Kinder büßten die Schuld der Väter bereits ab.

Auch die Natur schien aus dem Konzept zu geraten; am 27. November in den Stadtrandgebieten frühmorgens Eisblumen an den Fenstern; tags darauf sonnig, milde, blau wie ein Vorfrühlingstag.

Ein Haushalt von fünf Personen durfte täglich 0,75 Kilowatt Strom und etwa 1 Kubikmeter Gas verbrauchen.

Seit sechs Wochen keine Kartoffelzuteilung. Wer Glück hatte, erhielt alle vierzehn Tage einen halben Kopf Kohl. Sonst Rüben, Rüben, Rüben ...

Rüben und Kohl sind reich an Vitamin A, heißt es.

Else hatte bei Leuten, die um die Ecke eine Fuhre Holz bekommen haben, mit schleppen helfen und erhielt dafür drei Tannenstämme. Das half ein paar Tage weiter.

Ali und Schmidt hatten sich in ihrer Nissenhütte ein richtiges Büro eingerichtet. Wenn sie ein Telefon gehabt hätten — nicht daran zu denken, denn die Engländer zogen immer mehr Apparate ein —, wären sie ganz auf der Höhe gewesen; so mußte Schmidt immer mit dem Fahrrad unterwegs sein. Manchmal sauste Elfriede für ihn los, um die Anzeigen anzukleben. Sie mußte auch Reklamezettel für die „Firma" in die Hausbriefkästen stecken und die eingegangenen Offerten abliefern. Eva war reich an Einfällen, die Männer sparten nicht mit Lob, der Erfolg sprach für sie. So war es ein frohes Miteinanderschaffen, in dem jeder Befriedigung fand.

Nur die Nissenhütte machte ihnen Sorge. Sie war ohne Belag einfach auf das Straßenpflaster gestellt worden, und sie hatten erst gemeinsam Ziegelsteine aus den Trümmern holen müssen, um eine Art Fußboden zu bekommen. Die Steine waren durch Feuer und Wettereinflüsse sehr bröckelig und schliffen sich unter den Füßen ab; sie hatten immer einen leicht rötlichen Staub in der Hütte, der Ali nicht zuträglich war. Holz war nicht zu beschaffen. Es wäre auch nötig für die Verschalung des Wellblechgewölbes gewesen, um die Kälte abzuhalten. Sie konnten heizen, soviel sie wollten, das Wellblech gab die Wärme schnell nach draußen ab. Das größte Übel war aber, daß sich die Kochdämpfe an dem Wellblech niederschlugen, von der Kälte kondensiert wurden, so daß das Wasser in den Rillen niederrann und unten gefror.

Es war wirklich ein verrückter Winter. An einem Tag hatte man elf Grad Wärme, am nächsten drei Grad Kälte; dann mächtige Regengüsse und Böen von Sturmstärke. Das war für die Ruinen das rechte Wetter; das Wasser sammelte sich in den Rissen und der Frost sprengte die Trümmer auseinander.

Dennoch war unter diesen Elendsleuten viel Gefaßtheit und Unverzagtheit. Aber auch viel Verzweiflung, die keine Auflehnung mehr fand. Typhus und Tuberkulose befielen die Kinder; seit Jahren unterernährt, konnten sie wenig Widerstand leisten. Wenn das Wetter trocken war, kamen die Kinder heraus und rückten mit ihren Spielen immer der Sonne nach. Sie nannten es ‚Sonne einfangen'; sie bauten um den Sonnenstreif vor den Hütten eine Mauer aus Ziegelsteinen und schoben die Steine immer dem Sonnenstreif nach, bis er über die Trümmerhalden entglitt.

Ali schaute dem Spiel der ausgemergelten, spinnbeinigen Kinder, die aus verschütteter Jugend nach der Sonne griffen, verzagt zu. Seine Jugend hatte unter den Nachwehen des ersten Weltkrieges gestanden; aber wieviel anders war es gewesen! Damals hatte man nicht soviel hergemacht von der Menschlichkeit, aber mehr dafür getan. Damals war man überall froh, wieder Frieden zu haben, packte überall mit an, und weil die Hilfe auch dem Helfer zugute kam, ging es voran.

Schmidt schüttelte zu dem allen nur den Kopf: „Was denkst du eigentlich, Ali? Meinst du, die Engländer und die Amerikaner würden zu den Germans kommen: ‚Good friends every day!‘ Ganz vergeblich haben Vansittart und Morgenthau ihnen die völlige Vernichtung Deutschlands nicht gepredigt. Aber so vor aller Welt — nach dem Muster des Schaugerichts in Nürnberg etwa — geht es nicht. Das wird still eingefädelt und fein ausgeführt und nur wir, die zum Hungerleiden verurteilt sind, merken allmählich, was gespielt wird.“

„Aber doch gegen Kinder nicht! Mensch, doch gegen Kinder nicht!“

„Als der erste Weltkrieg zu Ende war, konnte England den Tod von achthunderttausend Deutschen infolge Hungers durch die Blockade für sich buchen. Außerdem konnten zweieinhalb Millionen Kinder nicht geboren werden, weil die Frauen unterernährt waren. Der Engländer F. W. Wile veröffentlichte in ‚Weekly Dispatch‘ vom 8. September 1918 unter dem Titel ‚Die Hunnen von 1940‘ — man nannte damals die Deutschen in der ganzen Welt nur Hunnen — einen Artikel, in dem es hieß: ‚Wenn die Deutschen auch schreiben, es sei kein Geburtenrückgang bei ihnen zu verzeichnen, so kommt es nicht darauf an, wieviel Kinder geboren werden, sondern ob diese auch gesund sind.‘ Damit wollte er nichts anderes sagen, als daß die Kinder durch die Blockade schon im Mutterleib getroffen wurden und, von unterernährten Müttern geboren, mit dem Vorzeichen frühzeitigen Verfalls zur Welt kommen würden. Die Engländer sagten für das Jahr 1940 eine körperlich degenerierte Bevölkerung voraus. Jener Wile schrieb wörtlich: ‚Ich weiß, daß nicht nur Zehntausende von Deutschen, die bis jetzt ungeboren sind, für ein Leben physischer Minderwertigkeit prädestiniert sind — sondern daß auch Tausende von Deutschen, die bis jetzt noch nicht empfangen sind, dem gleichen Schicksal gegenüberstehen werden müssen. ‚Englische Krankheit' wird wohl die Krankheit sein, der man in der Zeit nach dem Kriege am häufigsten an unfähigen Deutschen begegnen wird.'"

Ali sah ihn an und schwieg.

„Eine Engländerin, Miß Hobhouse, berichtete von einer Reise durch Deutschland, daß im Jahre 1920, also zwei Jahre nach dem Weltkrieg, von 3 383 000 Großstadtkindern rund 1 040 000 krank waren infolge der Not durch die Blockade. Über zweihunderttausend waren tuberkulös, über 800000 unterernährt. Sie fand Kinderkliniken vor, in denen für 65 Kinder täglich nur anderthalb Liter Milch zur Verfügung standen. Amerikaner boten den Deutschen hunderttausend Milchkühe an. England gab den Schiffsraum dafür nicht her."

„Traten die englischen Frauen nicht für ihre deutschen Schwestern ein?"

„In der ‚Times' vom 2. 12. 1918 war zu lesen, daß die Verbände der englischen und französischen Frauenvereinigungen, die von einem Bund deutscher Frauenvereine um Fürsprache für die unschuldig leidenden Frauen und Kinder gebeten worden waren, es ablehnten, sich für eine Erleichterung des Loses der deutschen Frauen und Kinder einzusetzen."

Eva und Elfriede hatten die Hände ruhen lassen.

„Woher weißt du alles noch so genau?" fragte Eva.

„Das hat mein Vater mich auswendig lernen lassen. Mein Vater war Seemann und kannte England."

„Und du willst sagen, Paul", fragte Ali, „daß England uns mit Überlegung hungern läßt, um unsere Volkskraft zu brechen?"

„Was soll ich sagen, was ihr selber sehen werdet? Es wird auch wieder eine Fehlrechnung sein, genau wie die von 1918. Jeder Topf kommt anders vom Herd, als er zu Feuer gesetzt wurde. Am Ende kommt's drauf an, wer ihn auslöffeln muß."

„Täte man nicht gut, alles zu vergessen und neu anzufangen?“ fragte Eva und sah die Männer an.

„Sicher“, antwortete Ali. „Durch Hungerstrafen lehrt man keinen Menschen, Brot zu stehlen sei verwerflich. Was heute unter dem Schwert des Siegers steht, sieht vor der nachprüfenden Geschichte später ganz anders aus. Wie die Ermordung der elftausend polnischen Offiziere in Katyn durch Rußland heute zu einem deutschen Verbrechen verfälscht, so wird manches, heute als deutsches Vergehen angekreidet, später einmal auf ein anderes Konto gesetzt werden. Die Wahrheit ist immer stärker als die Lüge — auch in Geschichtsbüchern. Wohl auch selbst in englischen Geschichtsbüchern.“

„Gott geb's“, sagte Eva bedrückt. „Es bleibt ja immer noch genug, dessen wir uns auf Generationen hinaus zu schämen haben.“

„Ja, und gerade darum müssen wir uns gegen Legenden wehren. Das Ausland glaubt, die Zerstörung der deutschen Städte aus der Luft sei Vergeltung gewesen für die voraufgegangene Vernichtung englischer Städte durch die deutsche Luftwaffe. Nun ist aber im Herbst 1944 in England eine Schrift „Bombing Vindicated“ aus der Feder eines Beamten des britischen Luftfahrtministeriums J.M.Spaight erschienen, in der — um die englische Luftüberlegenheit darzutun — erklärt wird: „Wir haben angefangen, Ziele auf dem deutschen Festland mit Bomben zu belegen, ehe die Deutschen begonnen hatten, Ziele auf britischem Boden anzugreifen.“ Und auf Seite 47 heißt es: „Was Hitler auch gewollt oder nicht gewollt haben mag, er hat jedenfalls ganz bestimmt nicht gewollt, daß die gegenseitigen Bombenangriffe weitergehen sollten. Er hat gar nicht gewollt, daß sie überhaupt anfangen sollten, und, nachdem sie einmal angefangen hatten, wollte er, daß damit aufgehört würde.“ Als England, unbelehrbar, weil nie geneigt, sich belehren zu lassen, wo es sich um Prestigefragen handelt, immer wieder deutsche Städte weitab vom Kriegsschauplatz aus der Luft angriff, da erst schlug Deutschland zurück und zeigte an Coventry, wohin der von England eingeschlagene Weg führen würde. Erst als Berlin von Bombern angegriffen worden war, wurde London heimgesucht. Bereits im November 1939 hatte Chamberlain einen Plan zur Bombardierung des Ruhrgebietes Daladier vorgelegt; der Franzose lehnte ab. Im Hinblick auf die Auswirkungen auf Amerika ließ auch England von dem Plan ab. Im Mai 1940 versuchte Churchill, die Franzosen für diesen Plan zu gewinnen; wieder vergeblich. Am Quai d'Orsay herrschte die ritterliche Auffassung vor, Krieg werde gegen Soldaten und nicht gegen die Zivilbevölkerung geführt."

„Alles schön und gut, Ali", sagte Schmidt. „Vor der Nachwelt werden die Deutschen es doch gewesen sein. Man häuft Schande auf Schande auf sie, um damit die eigene Schändlichkeit zu rechtfertigen."

Mit der Zeit fand Eva immer mehr Abwechslung für ihre Anzeigen. Hatte jemand einen Pelz abzugeben, zeichnete sie eine fesche Damenfigur mit Pelz; wünschte jemand einen Ofen gegen eine Bettstelle zu tauschen, zeigte sie Ofen und Bett in einem Kontretanz; suchte jemand Bekanntschaft — spätere Ehe nicht ausgeschlossen — stellte sie ein sich begegnendes Paar dar. Es offenbarte sich bei ihr ein starker Zug zum Humoristischen, so daß die Leute schon des Spaßes halber vor den Anzeigentafeln stehenblieben. Für Heiratsanzeigen mußte Elfriede ihr Modell stehen. Ihr Unternehmen wuchs und gedieh wieder, so daß sie einander zuschworen, bei der ehrlichen Arbeit zu bleiben. Sie brachte reichlich ein und man brauchte keine Angst zu haben.

„Du bist besser damit fertig geworden, als ich dachte", sagte Eva, als Elfriede ihr wieder einmal sitzen mußte.

„Womit?"

„Womit! Mit deiner Liebesgeschichte."

Elfriede erbleichte.

„Oder nicht?" fragte Eva ungerührt.

„Laß das, Eva!"

„Hast du nichts von ihm gehört? Komisch, wie ein Mensch so ganz von der Bildfläche verschwindet —"

Elfriede stand auf.

„Man weiß nie, was richtig ist, Elfriede. Wir haben's gut gemeint, das weißt du. Heut' vor einem Jahr war's anders. Da saßen wir noch nicht in dieser Wellblech-Wolfsschlucht. Und auf Weihnachten geht's auch wieder zu."

Elfriede antwortete nicht und ging in ihre Schlafecke.

Eva sah ihr seufzend nach.

Dummes Ding. Anständig, wie sie ihr Wort hielt. Und dabei malte sie der Dame — 27/165, in guten Verhältnissen und von untadeliger Vergangenheit — was das schon ist, nuschelte Eva vor sich hin — ein paar rote Wangen, die wie Weihnachtsäpfel leuchteten.

Der Scheidungsprozeß zwischen Mariechen und Max wurde von dem klägerischen Anwalt mit jener bis aufs Blut verletzenden Perfidie geführt, durch die die Bürgerlichkeit von jeher ihre heiligsten Güter zu verteidigen gewohnt ist. Es stellte sich heraus, daß die Gegenseite mehr von Max wußte, als er ahnte; wo man Positives nicht anführen konnte, griff man zu Hypothesen. Es war das oft geschaute Gaukelspiel einer Ehescheidung, bei dem durch die Anwälte die Achtung der Streitenden voreinander bis zur Anwiderung herabgemindert wird, obschon der wie jener im Grunde der Seele geneigt wäre, einander Gerechtigkeit widerfahren zu lassen. Sie kamen sich beide wie nackt vor; es war eine folternde Bloßstellung aller Dinge, an die nur zu rühren schon weh tat.

Unleugbar hatte man ihm nachspioniert. Daß man sein Leben damit fremden Augen ausgeliefert hatte, erfüllte ihn mit Empörung. Es fanden sich genaue Angaben darüber, wo er sich an bestimmten Tagen zu bestimmter Stunde befunden. Die grauseidene Gravität hatte ihre Beobachtung — Max eingehängt mit einem jungen Mädchen vor der Nikolaikirche — beigesteuert, so daß die Anklage mit Tatsachen antreten konnte, die, einzeln belanglos, durch ihre Aneinanderreihung ein zwar unzutreffendes, aber abgerundetes Bild von der Verwerflichkeit des Beklagten ergaben. Je mehr Mariechens Anwalt den Eindruck seiner Ausführungen — unter denen Mariechen als unter der Enthüllung ihres Frauentums schamvoll litt und deren grauenvolle Wirkung auf Max sie voraussah — je mehr der Anwalt den Eindruck seiner Ausführungen auf das Gericht spürte, um so beredter wurde er und schilderte den Ehemann als den Typ jener jungen Menschen von heute, für die es keine Grenze des Sittlichen mehr gibt, die auf Herz und Würde nicht einmal der nächsten Angehörigen Rücksicht nehmen und Frau und Kind vernachlässigen, um sich zügellos ihrer Leidenschaft zu überlassen. Der Beklagte sei durch seine Heirat mit den allerbesten Kreisen der Stadt in Beziehung gekommen; ein engerer Kreis erlesener Menschen habe sich seiner, der Begabung und Fleiß gezeigt habe, angenommen. Er aber, offenbar doch stärker als vermutet, einer anderen soziologischen Schicht verhaftet — Mariechen hätte vor Scham in die Erde sinken mögen, als der Anwalt ihre in bitterer Aufwallung gebrauchten Worte zitierte —, habe Freundschaften unterhalten, die man, gelinde ausgedrückt, nicht zu den besten rechnen könne.

Mariechen sah mit schnellem Blick, wie das Gesicht ihres Mannes bei diesen Worten des Anwalts bis zur Leichenblässe fahlte. Es wurde, so stellte sie erschauernd fest, ein ganz fremdes Gesicht, ein Gesicht, in dem sich seelischer Schmerz körperlich erlitten ausprägte. Das zerstriemte Gesicht eines, der durch tausend Demütigungen hindurchgepeitscht wird, eines Menschen, der weiß, daß er Ekel erregt und vor Aufruhr und Empörung vergehen möchte über die Schamlosigkeit, mit der man ihn entstellt. Alles war so infernalisch überlegt, daß es für Max feststand, er werde sich diesem Gladiatorennetz nicht entwinden können.

Er fühlte, daß Mariechen ihn zu bemitleiden begann, daß die abgründige Finesse ihres Anwalts, Harmlosigkeiten hervorzukehren und zu verdrehen, sich von Verdächtigungen zwar freizuhalten, aber Vermutungen anheimzugeben und ihre Widerlegung staunend mit der Feststellung aufzunehmen, daß der Beklagte Behauptungen widerlege, die gar nicht erhoben worden seien — was doch immerhin bemerkenswert sei —, nicht ihre Billigung fand.

Er stand der erstaunlichen Tatsache gegenüber, daß Anwälte vor Gericht im Interesse ihres Klienten den guten Ruf des Prozeßgegners derart in Frage stellen können, daß der Angegriffene nicht einmal vor sich selber von seinem guten Ruf mehr zu sprechen wagt. Max gab das Spiel von Anfang an verloren, weil er es gar nicht hatte gewinnen wollen, und nur so war die Brutalität zu verstehen — und so rechtfertigte er sie später auch vor sich selber —, mit der er die teilnehmende Frage des Vorsitzenden, wie alles überhaupt habe kommen können, dahin beantwortete, er habe eine Geliebte gehabt.

Diese Unverhohlenheit wirkte auf Mariechen wie ein Keulenschlag. Wenn sie es auch geahnt hatte, nun aber, da er die Liebschaft mit einer anderen offen zugab, wankte der Boden unter ihr und sie sank fassungslos auf den Stuhl, den der Anwalt ihr fürsorglich hinschob.

Max fühlte, weder vom Gericht noch von den interessierten Zuhörern würde er Gnade zu erwarten haben. Er stellte allen die Personifikation der Verlotterung und Gewissenlosigkeit einer Jugend dar, die in Begier und Genuß Befriedigung sucht. Der gegnerische Anwalt triumphierte. Die Klage hatte nur auf ehewidriges Verhalten des Ehemannes gelautet; daß er sich nun selber einer Schuld bezichtigte, für die man keinerlei Beweis gehabt hatte, vereinfachte die Angelegenheit ungemein.

Der Vorsitzende, der mehr von Menschlichkeiten zu wissen schien, als man nach seiner kalten Miene annehmen mochte, sah Max in die Augen und erkannte, daß ein Mensch vor ihm stand, der zu völliger Selbstvernichtung bereit war und dessen Anwalt wirklich nichts anderes mehr tun konnte, als den Aktendeckel zuzuschlagen, was er auch bedeutsam und vernehmbar tat

Wieder einer von der vielen, die dem Unstern dieser Zeit zum Opfer fallen, dachte der Richter. Wieder einer von denen, die offener Augen und verbissenen Sinnes dem Abgrund zuschreiten, weil sie, töricht wie sie sind, darin einen Protest an das Schicksal sehen. Hätte Güte, Verstehen und Verzeihen die beiden jungen Menschen nicht doch noch zusammenführen können?

Der gegnerische Anwalt wandte sich dem Richter zu: „Ich bitte den Herrn Vorsitzenden, den Beklagten zu befragen, ob seine Aussage, eine Geliebte gehabt zu haben, so auszulegen ist, daß er die Ehe gebrochen hat."

Der Anwalt des Beklagten sprang ein: „Ich beanstande diese Frage. Der Beklagte braucht keine Schuld einzugestehen, derer er in der Klageschrift nicht bezichtigt worden ist."

„Der Beklagte hat zugegeben, daß er eine Geliebte gehabt hat. Damit verbindet man herkömmliche Anschauungen, die eine deutliche Befragung durchaus rechtfertigen."

„Bitte meine Herren", wandte der Richter ein. Und zu Max: „Sie haben von einer Geliebten gesprochen, Herr Melhop. Sind Sie sich der Bedeutsamkeit dieser Aussage bewußt?"

„Jawohl."

„Es können an Ihr Geständnis Folgerungen geknüpft werden, die sich für Sie verhängnisvoll auswirken. Sie sind sich dessen klar?"

„Durchaus."

„Wovon leben Sie?"

„Was ich so verdiene."

„Wollen Sie weiter studieren?"

„Dazu werde ich kaum in der Lage sein."

Der Vorsitzende wandte sich den Anwälten zu: „Sind noch Fragen zu stellen? Nein? Das Urteil wird in vierzehn Tagen verkündet. Die Verhandlung ist geschlossen."

Urteil: Scheidung aus ehewidrigem Verhalten des Ehemannes.

Berger stand mit Else vor einer Litfaßsäule und las ein Verzeichnis kirchlicher Vorträge.

„Die Menschen werden wieder fromm. Immer wenn's ihnen schlecht geht, rennen sie in die Kirche. Wenn ich der liebe Gott wäre —"

„Gut, daß du's nicht bist, Else. Du würdest doch nur alle verdammen. Woher schreibt sich nun eigentlich die Herrschaft der Kirche und ihre Überlegenheit der Politik gegenüber? Weil sie nicht wie diese durch Diesseits-Versprechungen die Menschen zu gewinnen sucht, sondern durch Androhung von Vergeltung oder Gelobung ewigen Lohns im Jenseits. Das Wohlergehen im Himmel dünkt die meisten wichtiger als das auf der Erde. Großes wurde in der Welt stets weniger durch freudige oder gar opferbereite Hingabe errungen, als vielmehr durch die Furcht vor jenen, die zu befehlen hatten und die die Macht besaßen, ihre Befehle durchzusetzen. Politik strebt die Herrschaft über die Massen durch wirtschaftliche Mittel an, durch Verbesserung der Lebenshaltung. Die Kirche wendet sich unmittelbar an das Gemüt, in dessen Tiefen die geheimnisvollen Mächte thronen, denen sich kein Mensch entwindet. Daher die überstaatliche Herrschaft der Kirche und daher ihre Unbesiegbarkeit. Wenn alle Altäre der Welt verbrennen, der unsichtbare Dom der Gottgläubigkeit wird dennoch seine Kuppel triumphierend zu den Sternen wölben. Er wird unerschüttert und in Gloria vor den Seelen der Menschen noch stehen, wenn alle Staatspaläste im Sturm des Aufruhrs längst hinweggefegt sind. Wenn die Politik mäht, fährt die Kirche in die Scheuer ein; darum ist sie auch heute wieder auf dem Platze."

„Ohne Politik kommt die Menschheit offenbar nicht aus, Alfred."

„Braucht sie auch nicht. Ja, man könnte zuweilen die Hoffnung hegen, daß es mit der Menschheit durch die Politik vorangehe, wenn die Staatsmänner nicht immer die gleichen Fehler begingen. Auf jede Art suchen sie, stolz auf ihre nationalen Scheuklappen, sei es im Wirtschaftsleben, in der Politik oder im Kriege, Gewinner zu sein. Da nun dort, wo es Gewinner gibt, meistens auch Verlierer sind, so bekennt man sich immer zu dem alten verhängnisvollen Vae victis. So erlebt man, daß diejenigen, die aus der Geschichte am meisten lernen sollten, da sie ja quasi ihr Metier ist, am wenigsten lernen und an das traurige Ende eines Vergangenen den traurigen Anfang eines Künftigen knüpfen, indem sie das Neue mit dem Vorzeichen des Alten versehen, um aller Welt zu zeigen: ‚Seht, dafür haben wir gekämpft.' Das ist eine bitter-süße Genugtuung; denn die immanente Logik des Geschehens wird sie über kurz oder lang korrigieren. Man sollte nie für ein Altes kämpfen, stets nur für ein Neues. Das Alte soll nur so lange gelten, als es ein Gebärendes ist. So sollte auch im Leben der Völker nur eines gelten: den gesunden Menschenverstand herrschen zu lassen. Davon scheinen jedoch die Politiker von jeher ausgeschlossen zu sein."

„Aber sie sind immer wieder an der Macht."

„Bedenke aber, daß alle Mächtigen, die jetzt über die Erde wandeln, in absehbarer Zeit dahin sein werden. Was bedeutet, so betrachtet, ihre Macht gegen unsere Armseligkeit? Wir werden unserer Armseligkeit, sie ihrer Macht ledig. Der Wind, der ihren und unseren Staub verweht, wird nicht fragen, wessen er war."

„Wie gut, daß du dich nie um Politik gekümmert hast."

„Nein, das war grundfalsch! Nicht weil ich meine, ich hätte Besonderes leisten können, sondern weil jeder, der seine eigenen Grenzpfähle nicht für das Ende der Welt ansieht, politisch denken muß, um zu einer weiteren Schau zu kommen. Was heute in den meisten Ländern noch betrieben wird, ist reine Parteipolitik, ohne Ausblick auf die Weltweite, und so stecken heute in jeder Regierungsform die Keime einer Diktatur, weil die in der Regierung vorherrschende Partei ihre Maximen zur Geltung zu bringen sucht. Und am Ende ist's gehupft wie gesprungen. Ob Demokraten, Konservative, Liberale oder Kommunisten, wenn sie dazu gelangen, geben sie die Flötentöne an. Die einzige Freiheit des einzelnen besteht darin, sich mit Grazie damit abzufinden, keine Freiheit zu haben. Jede Partei gibt dabei vor, allgemeine Grundsätze zu verfechten. Es gibt aber keine allgemeingültigen Grundsätze, denn sonst würde die Menschheit ja nicht in Parteien zerfallen. Alle identifizieren diese angeblich allgemeinen Grundsätze mit den Grundrechten der Menschheit und wollen glauben machen, daß gerade ihr Kochtopf die allein sättigende Kost enthalte. Was soll aus solcher Heillosigkeit kommen?"

„Will nicht jede Partei das Beste?"

„Das Beste für ihre Partei, jawohl. Der ganze Unsinn grinst dich doch schon an, wenn du von einer Regierungspartei hörst. Von heute auf morgen wird aus der Regierungspartei eine Parteiregierung. Darauf läuft es nämlich hinaus. Die Regierungsstellen werden nach der Stärke der Parteien vergeben, wobei es die Frage ist, ob in der berufenen Partei auch die berufenen Köpfe vorhanden sind, und so geschieht es, daß eine Partei, nur um die ihr zustehenden Regierungssitze einzunehmen, Leute einsetzt, die sich vor besseren Köpfen in zahlenmäßig geringeren Parteien verkriechen müßten. Regieren sollten immer nur des Landes fähigste Männer, gleichviel welcher Partei sie angehören. Politische Umgestaltungen haben auch soziologische Umschichtungen im Gefolge, was unten war, kommt nach oben, und damit sind auch neue Besitzende da. Vorrechte gehen an andere über, Posten werden neu besetzt oder neu geschaffen. Kurz, im Laufe der Zeit sind neue Reiche da, die sich im Reichtum ganz wohl fühlen und behaglich genießen, was sie früher begeiferten. So ist im Grunde alles wieder beim Alten und damit wieder die Voraussetzungen für eine neue Titanomachie geboten. Sie kommt und es wird wie früher. Und so fort in Ewigkeit. Reformer gehen meistens von der Voraussetzung aus, mit Revolutionen sei etwas zu erreichen. Für alles mag die Menschheitsgeschichte zu haben sein, nicht aber für Entwicklungs-Antizipationen. Was Sache der Evolution ist, kann nie Sache einer Revolution sein. Darum erlebt man bei jeder Revolution entweder einen Rückfall in Vergangenes oder das Überspringen eines Zeitraums, der entwicklungsmäßig nachgeholt werden muß. Das eine ist genau so peinlich wie das andere; beides beweist aber, daß alle Dinge ihr Maß und ihren Schritt haben, denen die Menschen sich zu fügen haben."

„Ja, werden die Menschen nicht doch einmal klug?"

„Wozu? Die Klugheit ist zu nichts nütze, solange es sich unter der Dummheit gut fährt."

Am Weihnachtsabend war es tagsüber wie im März; acht Grad über Null. Abends Sturm und Regen.

In der Nissenhütte der vier wurde richtig Weihnachten gefeiert mit brennendem Baum und Rundfunkmusik. Am Nachmittag waren Eva und Elfriede bei der Nachbarin, die den Mann und den Jungen verloren hat. Die Frau war seit dem Geschehnis völlig apathisch und verbrachte die meiste Zeit mit ihrem zweijährigen Kind auf einer Lagerstatt von Lumpen. Wenn sich die Menschen aus den anderen Nissenhütten nicht um sie bekümmert hätten, wären sie verhungert. In Decken gehüllt, aus denen das magere Gesicht des Kindes wie das einer Fledermaus hervorlugte, saß sie auf dem Rand des Lagers, sich leise hin und her wiegend, mit leeren Augen und ab und zu stöhnend. Insgeheim bemühte man sich, sie in der Fürsorge unterzubringen, es bestand wenig Aussicht dafür. Man hielt sie weder für gemeingefährlich krank noch ihren Zustand für so bedenklich, um sie in einer der wenigen ohnehin überbelegten Anstalten unterzubringen. Das Kind hatte Tuberkulose; es erhielt zusätzliche Lebensmitel. Es brauchte Luft, Sonne, viel Milch. Es brauchte vor allem Sauberkeit und Ordnung, warme Kleidung; es brauchte eigentlich alles, weil es so gut wie nichts hatte.

Am Abend gingen die vier zusammen zu ihr. Sie nahmen ein paar Tannenzweige und Lichte mit. Die Frau öffnete erst nach langem Klopfen. Es war völlig dunkel. Schmidt mußte eines der Lichte anzünden, ehe sie einen Schritt vorwärts tun konnten. Eva und Elfriede hielten sich dicht aneinander. Die Luft legte sich ihnen auf die Brust. Ali stelzte auf das Lager zu, wo das Kind in Decken eingeschlagen lag. Schmidt räumte das Geschirr zusammen, das die Frau, ohne es zu säubern, immer wieder benutzte; breitete Tannenzweige aus und zündete drei, vier Lichte an. Der flackernde Schein enthüllte das ganze Grausen dieser Elendsbehausung, die nicht mehr als ein Grab des Lebendigen war.

„Gottlob, daß es noch nicht so kalt ist“, raunte Eva Elfriede zu.

Die Frau stand neben ihnen in der Fremdheit ihrer Verstörtheit, als ob sie in diesem Augenblick erst hierher geraten sei. Sie hatte einen kleinen Ofen, dessen Abzugsrohr sich schräg durch das Wellblech bohrte.

„Haben Sie zu heizen?“ fragte Ali.

Sie schüttelte mit leeren Augen den Kopf.

„Wir haben hier Dosengemüse für Sie, das können Sie für sich und die Kleine kochen. Wir haben die Dose schon geöffnet.“

Die Frau nickte.

„Ich hole Holz herüber“, sagte Elfriede und lief davon.

Eva ging an den Ofen.

Die Frau nahm das Kind auf. Es ließ sich zurechtwickeln, ohne die Augen aufzutun.

Elfriede brachte Holz und auf einem Pappdeckel einige Kohlen. Schmidt legte das Feuer an; es brannte schnell; der Ofen zog gut.

Neben den Tannenzweigen lagen zwei Stück erbärmlichen Spielzeugs, wie es um diese Zeit angeboten wurde; eine handgroße Wiege aus rohem Holz mit einigen Farbtupfen und einer kleinen Stoffpuppe mit gemaltem Gesicht; dazu eine kleine Flöte, der Ali, über das Kind gebeugt, einige Wimmertöne entlockte. Die Frau sah dem allen zu, als ginge es sie nichts an.

„Kommen Sie nun auch zurecht?“ fragte Eva. „Sie müssen das Gemüse mit etwas Mehl dicken. Haben Sie Mehl?“

Die Frau nickte.

Ali machte den Freunden ein Zeichen zum Gehen. Der Regen trommelte auf das Wellblech nieder. Der Sturm sang.

Beim Hinausgehen blickten sie sich um. Die Frau stand in dem Flackerlicht der Kerzen und den jagenden Schatten wie in einer Höhle der Unterwelt.

Sie saßen wieder in ihrer Hütte. Die kleine Tanne strahlte. Sturm und Regen waren hier nicht so feindlich wie um die andere Elendshütte, vermehrten vielmehr die Heimeligkeit des Beieinanderseins.

„Wie's in den anderen Hütten wohl aussieht?" fragte Ali.

„Nicht anders als hier!"

„Und so überall in Deutschland. Eine große Nissenhütte, in der nichts als Elend und Not daheim ist, Hunger und Entbehrung."

„Das haben wir nicht gewollt", erwiderte Ali ihr. „So hätte es auch nicht zu kommen brauchen. Es war nicht nötig, die Bevölkerung so zu treffen, wie man es mit den Bombenangriffen getan hat. Sie wollten aber durch die Zerstörung der Wohngegenden ein Bettlervolk aus uns machen. Mit welchem Bedacht haben sie nicht Hamburg angegriffen! Erst die Randgebiete, um die Obdachlosen in das Stadtinnere zu jagen. So an dem verhängnisvollen Sonnabend, als die Zerstörung Hamburgs begann, so am Dienstag darauf, so am Donnerstag, der den größten Angriff brachte, und dann über alle Stadtgebiete Streuangriffe, um recht viele der verjagten Menschen zu erlegen. Und wenn der letzte Angriff vom Himmel nicht durch ein schweres Gewitter gestört worden wäre, wenn der Sturm die abgeworfenen Zielbomben nicht weit über die vorgesehenen Ziele abgetrieben hätte, wären Eppendorf und Winterhude auch noch vernichtet worden."

„Ach, laß uns nicht daran denken", sagte Eva und stellte die Kaffeetassen zurecht. „Es ist ja nun alles vorbei."

„Nein, wir sollen daran denken, jetzt mehr als je! Sie erfüllen jetzt die Welt mit ihren Tiraden von Menschlichkeit, als ob sie als Engel in weißen Hemden vom lieben Gott in die Welt gesandt worden seien, der Menschheit

Würde zu retten. Weshalb haben sie zu einer Zeit noch, da sie ihres Sieges schon gewiß waren, deutsche Städte zerstört? Mit der bis zu Bewußtseinsstörungen gesteigerten Hemmungslosigkeit eines durch das Zerklirren der eingerannten Ladenscheibe wütend gewordenen Stieres wurde alles vernichtet. Keine Spur mehr in England von jener Hochkultur, mit der man sich dort immer so eindrucksvoll zu drapieren verstand und die zu schützen man angeblich ausgezogen war. Immer die gleiche stupide Überheblichkeit, bedenkenlos zu tun, woran sie zu hindern keiner die Macht hat. Warum, um nur eins zu nennen, am 14. April 1945 noch Würzburg zerstören, dieses Wahrzeichen nicht nur deutscher, sondern europäischer Kultur? Und immer wieder Bomben auf Städte, die vom Kriegsgeschehen weitab lagen und auch keinerlei Kriegsbedeutung hatten! Es sind Unmenschlichkeiten von Deutschen begangen worden, Unmenschlichkeiten, von denen wir alle nichts gewußt haben und die gesühnt werden müssen und die wir, wäre es uns durch den Prozeß in Nürnberg nicht unmöglich gemacht, mit aller Schärfe und ohne alle Gnade heimgesucht haben würden. Aber auch dieser Prozeß ist ein Rechtsbruch uns gegenüber; denn uns als Deutschen stand es zu, über Verbrechen Deutscher zu befinden. Nach aller Welt werden Deutsche zur ‚Aburteilung' ausgeliefert; sie werden vor Richter gestellt, die reine Ankläger sind. Was hat sich daran geändert, seit Desèze vor dem französischen Revolutionstribunal stand und ihm entgegenhielt: ‚Ich meinte vor Richter zu kommen und finde nur Ankläger.' Durch diese Prozeßführungen hat man uns um die Möglichkeit gebracht, uns selber vor der Welt moralisch zu rehabilitieren. Sie begegnen uns mit einer Rechtlosigkeit nach der anderen und erwarten, daß unser Rechtsempfinden sich daran stärkt. Auf Jahre hinaus, sagen sie, kann an einen Friedensschluß mit Deutschland nicht gedacht werden, das heißt, sie verlängern den Waffenstillstand, ohne sich an die Bestimmungen des Völkerrechts über den Landkrieg zu halten. Noch gilt das Kriegsrecht, das sie zu einer völligen

Rechtlosigkeit des Besiegten ausweiten, vergleichbar dem Ehrverlust eines Zuchthäuslers. Und welcher Art werden die Freiheiten sein, die man uns vielleicht wieder gewähren wird? Sie werden immer mit dem Bakel in der Hand vor uns stehen. England will unsere wirtschaftliche Konkurrenz ausschalten, Frankreich will ein staatspolitisches Puzzlespiel aus Deutschland machen. Amerika will uns moralisch umerziehen, Rußland sowjetisiert Ostdeutschland, und alle anderen, die sich Sieger nennen, fetzen an uns herum wie ein Rudel Hunde an einem zu Tode gehetzten Wild."

„Traurig, aber wahr", sagte Schmidt. „Aber bleibt es so, Ali? Wir stehen noch am Anfang. Die menschliche Vernunft geht langsam, aber melden wird sie sich doch einmal."

„Wird man sie hören wollen? Und wenn, dann doch nur, weil es zum Vorteil der andern ist. Wie die Zerbombung deutscher Städte schon Strafvollzug war, so jetzt die Hungerjahre, die sie uns auferlegen. Milliarden, die nutzbringend die Wirtschaft bewässern könnten, fließen der Besatzung zu, damit Eingänge und Tore bewacht werden. Milliarden! Milliarden! Milliarden! Man zapft dem Leidenden Blut ab und wundert sich, daß die Genesung nicht fortschreitet. Wir wollen den Engländern für ihre Nissenhütten danken. Sie konnten uns kein besseres Symbol unserer Verelendung geben. Wir wollen es in Herz und Sinn bewahren."

Elfriede schob ihm die Tasse hin. „Trink jetzt, Ali!"

Schmidt kramte in einer Kiste, die die Kommode ersetzte, und kam mit einem eingewickelten Gegenstand zurück: „Was hab' ich da?"

„Wein?" fragte Elfriede.

„Besseres!"

„Schnaps?" rief Ali.

„Ja — aber was für einen!" Er wickelte eine Kruke Steinhäger aus. „Echten Schlichte! Friedensware! Sollte für Silvester sein, schmeckt aber auch zu Weihnachten."

„Schon probiert?" fragte Ali zweifelnd.

„Worauf du dich verlassen kannst! Riech mal! Reines Wort Gottes!"

„Kostet?" fragte Eva, um die Finanzen besorgt.

„Nicht fragen —!"

Eva stellte Gläser hin und Schmidt schenkte ein.

„Das duftet!" sagte Elfriede und hielt die Nase über ihr Glas. „Und wie er glänzt! Wie Silber."

„Dann also fröhliche Weihnacht!" Eva hob ihr Glas.

„Den kann der Mann trinken, wenn die Frau krank zu Bett liegt", lobte Ali und stellte sein Glas ab.

„Noch einen?" ermunterte Schmidt.

„Wenn's Nötigen kein Ende nimmt —"

Schmidt schenkte ein; dann nochmals — und dann kam kein Tropfen mehr.

„Kann doch noch nicht leer sein!" Schmidt sah die Kruke prüfend an.

„Hast du heimlich draus getrunken?"

Schmidt verteidigte sich. „Nur'n Probeglas!" Er wog die Kruke in der Hand. „Knapp zwölf Glas! Das kann doch gar nicht angehn!"

„Gib mir mal." Ali schüttelte die Kruke. „Drin ist noch was. Aber was?"

Eva nahm die Kruke und schüttelte sie: „Es gluckert aber nicht."

Jetzt war Schmidt dran und schüttelte. „Nein, gluckern tut's nicht."

„Schön angeschmiert!" sagte Ali. „Kann dir auch nur passieren!"

Schmidt sah die Kruke von allen Seiten an: „Was mag damit los sein? Ist doch 'ne echte Kruke!"

„Du auch!" sagte Eva. „Gib mal her." Sie nahm eine Stricknadel und steckte sie in die Kruke. „Da kann auch nichts mehr drin sein. Bis hierher geht die Nadel nur."

„Schlag sie entzwei, dann werden wir sehn, was ist."

Schmidt nahm einen Hammer und hieb die Kruke entzwei. Sie war zu einem Drittel mit Gips ausgegossen.

„Diese Gauner!" sagte er erbost. „Darum ließen sie sich auch fünfzig Mark abhandeln. Die haben vorher die Flasche halb ausgesoffen!"

Ali brach in Gelächter aus.

Eva räumte die Scherben weg: „Na ja, einmal muß auch ein Kluger der Dumme sein!"

„Ich treff' den Kerl schon wieder!"

Elfriede lehnte an Ali und lachte; schließlich lachte Schmidt auch.

Die Lichter flackerten, die Tanne duftete. Das Wellblech tönte den Regen wider.

Im Grunde war jeder dankbar für die Heiterkeit, die der kleine Schwindel ihnen geschenkt hatte. Und so wurde es doch noch ein fröhlicher Weihnachtsabend in der Nissenhütte.

Zwischen den Festen kam das Wetter nicht zurecht. Bald regnete es, dann wurde es trocken und schien sich auf Frost vorzubereiten. Die Menschen in den Nissenhütten und ungeheizten Kellern litten unsäglich. Überall saß man abends während der Stromsperre ohne Licht; Kerzen waren nicht zu haben. Finsternis um die Menschen, Finsternis in ihnen. Kein Ende des Elends.

Am letzten Tag des Jahres ging die Sonne glutrot an einem unerbittlich grauen Himmel unter. Nirgends Silvesterfreude zu spüren. Worauf sollten die Menschen hoffen? Was sollte das neue Jahr anderes bringen als neue Not, neue Drangsale, neue Entrechtung?

Am Abend waren nur die Lokale mit Tanzerlaubnis gut besucht. Eine Viertelstunde vor der Jahreswende sprach Bürgermeister Petersen über den Rundfunk. Seine Ansprache gipfelte in der Versicherung, daß im Frühling das Schlimmste überstanden sein werde. Völkerverständigung, individuelle Freiheit und für jedermann Arbeit, die ihren gerechten Lohn findet. Wirtschaftliche Vernunft und christliche Kultur müßten die Pole sein, die das Geschehen der Zukunft bestimmen.

Und dann brach das neue Jahr an. Die Engländer schossen Leuchtkugeln ab; klare Nacht bei zwei Grad Kälte. Es war eine schlimme, bedrückende Silvesternacht.

Max war in einem Lokal auf St. Pauli. Er hatte der Einsamkeit und den Erinnerungen entfliehen wollen. Es ging ziemlich hoch her, denn den Leuten hier kam es nicht aufs Geld an.

Nach dem Begrüßungstrubel des neuen Jahres wollte er sich erheben, um zu gehen, als er sich von hinten angetippt fühlte: „Prosit Neujahr, Max!"

Er wandte sich: „Prosit Neujahr, Nita."

Sie setzte sich zu ihm: „Bist du allein?"

„Wie du siehst. Ich wollte gerade gehen. Und du?"

„Ich bin mit meinem Verlobten hier. Da drüben am Tisch."

Er blickte nach einem Tisch hinüber, an dem eine bunte Gesellschaft saß.

„Ich dachte, Edu sei dein Freund?" Er sah ihr an, daß sie reichlich getrunken hatte.

„Edu! Was denkst du! Edu sitzt. Hat sich mit Butter abfassen lassen."

„Ja, ja; und da ist die Treue dann ein leerer Wahn. Und dein Verlobter?"

„Macht keine Geschäfte. Hat er nicht nötig. War bis zuletzt Zahlmeister im Westen."

„Ja, von denen spielt mancher den großen Herrn heute. Welcher ist es denn da drüben?"

„Der kleine Schwarze rechts. Sieht wie ein Mongole aus; ist aber keiner. Stammt von einem Hof in der Heide."

Max sah hinüber. Typ eines Schizophrenen, stellte er fest; Rundkopf mit stark herausgetriebenen Augen.

„Willst du ihn kennenlernen?" fragte Anita.

„Danke; ich kenne feine Herren genug."

„Sei nicht dumm. Dem kannst du Geld noch und noch abknöpfen. Nichts als Devisen."

„Ich meine, er ist dein Verlobter?"

Sie sah ihn an: „Wenn du kommst —"

„Ich komme aber nicht."

Sie lachte: „Noch immer Elfriede?"

„Zehn andere, wenn ich will. Weiber wie Sand am Meer. Drei Zigaretten die Nacht."

„Ich nicht!“

„Weiß ich. Alles aus Liebe!“

Drüben am Tisch schien man Nita nicht zu vermissen. Der Kellner brachte neuen Wein.

Max sah Nita spöttisch an.

„Mein Verlobter ist voll bis oben hin. Hab’ ihm schon gesagt, daß ich nach Hause geh’.“

„Scheint mir auch an der Zeit für dich.“

„Kannst mich nach Hause bringen, wenn du willst —“

„Ich will aber nicht.“

„Wenn ich aber will?“

„Du hast nichts zu wollen. Geh’ an deinen Tisch und laß mich in Ruhe.“

Sie widerte ihn an in ihrer Trunkenheit.

„Brauchst nicht so großartig zu tun, Max. Wenn ich will, wickele ich auch dich um den kleinen Finger.“

Sie hielt ihm den kleinen Finger der Linken vor die Augen. Ein Brillantring funkelte prahlerisch.

„Wenn du mich nach Hause bringst, schenk’ ich ihn dir.“

Er lachte: „Du läßt es dich etwas kosten. Neulich wolltest du den Wein bezahlen, heute einen Brillantring und morgen — einen Messerstich. Danke. Bleib’ bei deinem Gauner von Zahlmeister.“

Ein böses Licht brannte in ihren Augen. Trotz ihrer Trunkenheit erkannte sie seine maßlose Verachtung. Sie kreischte ihn an: „Du hast mich beleidigt! Wie kommst du dazu? Beleidigt hast du mich!“

Er spürte die Absicht, durch ihre laute Stimme Aufmerksamkeit zu erwecken. In ihrer Sinnlosigkeit wurde sie gefährlich. Schon sah man von den Tischen zu ihnen hin.

„Was bildest du dir ein!“ kreischte sie, kreidebleich im Gesicht. „Kommst und beleidigst ein anständiges Mädchen!“ Und zu den Umstehenden: „Bloß weil ich ihm den Ring nicht geben will!“

Max wollte auf sie zu. Die ungeheuerliche Anschuldigung traf ihn wie ein Guß schmutzigen Wassers.

Von dem Tisch des Verlobten kamen einige Herren herüber. Der Verlobte selber hatte vergeblich versucht, sich zu erheben. Er lag vornüber, den Kopf auf dem Tisch.

Schon waren auch Wirt und Kellner da.

Vom Nebentisch erhob sich ein Herr und zeigte ein Polizeischild: „Lassen Sie den Herrn in Ruhe und bringen Sie die Dame an Ihren Tisch zurück. Wenn sich hier jemand unpassend benommen hat, so war es nicht der Herr."

Die Gesellschaft wollte aufbegehren. Nita schwankte vor Aufregung und Trunkenheit.

Der Herr vom Nebentisch sagte ruhig: „Lassen Sie's auf sich beruhen, meine Herren. Es ist wirklich besser so." Er wandte sich an Max. „Gehn Sie. Sie wollten ja ohnehin aufbrechen."

Die Männer zogen mit Nita an den Tisch zurück. Sie sank hysterisch schluchzend in sich zusammen.

Max verabschiedete sich mit einer Verbeugung gegen den Polizeitisch. Der Ober geleitete ihn achtungsvoll hinaus, nicht nur wegen des guten Trinkgeldes.

Nitas Verlobter kam in dieser Nacht nicht nach Hause. Er wurde nach Verlassen des Lokals von einigen Herren, die mit dem Polizisten am Tisch gesessen hatten, in Empfang genommen. Nita hätte von ihm etwas leiser zu Max sprechen sollen.

Nach schneidend kalten Tagen Sturm und Regen bei elf Grad über Null. Berger saß mit Frost an den Füßen an seinem Schreibtisch. Else hatte ihn davor gewarnt, eine Wärmflasche unter die Füße zu stellen, er hatte aber nicht hören wollen. Nun saß er dran und konnte die Schuhe an den Füßen nicht ertragen.

„Ja, ja", sagte er zu Else. „Du hast wieder mal recht gehabt. Aber wieso Wärme Frost erzeugt —"

„Das weiß ich auch nicht, aber es ist so. Worüber brütest du denn jetzt schon wieder?"

„Über die Botschaft an die Deutschen von Thomas Mann und über die Erwiderung von Frank Thieß. Ich meine, man hätte uns das eine wie das andere ersparen können. Thomas Mann preist sich glücklich, Amerikaner zu sein und will seinen Lebensabend im Kreise seiner Enkel verbringen. Wunderschön! Hat er Deutschland von sich getan, können wir ihn von uns tun. Litaneien über Dinge, die er nicht gesehen hat, kann er sich sparen. Wenn er sich uns noch so verbunden fühlt, um uns abzukanzeln, dann möge er zu uns kommen und mit uns hungern."

„Und Frank Thieß?"

„Hätte sich seine Erwiderung schenken können. Müssen wir der Welt immer das Schauspiel bieten, daß Deutsche sich gegenseitig anbellen? Thomas Mann spricht von dem ‚verdienten Schicksal' Deutschlands, ohne eine Ahnung davon zu haben, wie dieses ‚verdiente Schicksal' aussieht."

„Willst du sagen, daß unser Schicksal unverdient ist, Alfred?"

„Verdient oder unverdient, es ist so schaurig, daß es provozierend lächerlich klingt, wenn jemand, der draußen steht, sich unterfängt, es nachzumessen. Wir haben Schuld auf uns geladen, lange bevor der Krieg ausbrach. Die verfluchte Judenhetze, die bornierte Zurschaustellung mit dem Gelbstern, die sinnlose Unduldsamkeit, mit der wir unsere besten Köpfe von uns jagten, das Elend, das wir für ungezählte Tausende von Emigranten heraufbeschworen, das sind Tatsachen, die wir nicht leugnen. Man soll aber dem ganzen Volk nicht als Schuld anrechnen, was es selbst mit Gewalt nicht hätte hindern können. Das wußten die Emigranten ebensogut wie wir; denn weil sie sich der Unabwendbarkeit ihres Schicksals bewußt waren — eines Schicksals, das voller Leid, menschlicher Entwürdigung und qualvoller Erniedrigung war —, darum sind sie doch emigriert. Wir konnten ihr Schicksal mitfühlen, aber nicht abwenden. Und das Schlimmste, Else, wie oft muß ich es sagen, haben wir doch jetzt erst erfahren! Und selbst wenn wir es gewußt hätten und wenn wir dagegen aufgestanden wären, Hunderte, Tausende, Zehntausende, Hunderttausende, was hätte uns anderes geblüht als das Schreckliche selbst, gegen das wir uns empörten? Und alles wäre geblieben, wie es war. Das muß man der Welt sagen, die jetzt von einer Kollektivschuld spricht, als sei alles mit Kenntnis und unter Billigung des ganzen Volkes geschehen."

Bergers Marginalien:

Im Dezember 1945 starben in Hamburg 1400 Menschen; die normale Sterblichkeit wäre 1200.

Einige Stadtteile — St. Pauli und Hoheluft — sind noch ohne Gas.

Preise auf dem Schwarzmarkt: gelber Zucker 85 Mark, weißer 110; Fleisch 60; Fett 230—260; Butter 290; fetter Speck 220; Schinken 180; Kaffee 600; Tee 500; Brot 35—55. Feuerung unterderhand: 1 Raummeter Holz 250; 1 Zentner Briketts 270; Spirituosen unerschwinglich. Kartoffeln Zentner 600; Eier 20—22; Sirup 60; Marmelade 65; Pferdefleisch 45 Mark.

Ende Januar Kälte bis zu 12 Grad.

In der britischen Zone soll sich ein Eisenbahnzusammenstoß ereignet haben. Die Steinkohlenzufuhr nach Hamburg setzte aus. Alle Gewerbebetriebe mit elektrischem Stromverbrauch mußten vom 5. bis 10. Februar völlig ruhen. Auch Kleinbetriebe wie Barbiere und Schuhmacher bekamen keinen Strom. Dazu einschneidende Verkehrseinschränkungen. Kerzen aller Art sehr gefragt.

Stromsperre für die Betriebe bis zum 18. Februar verlängert.

Bürgermeister Petersen sprach über den Rundfunk gegen das Gerücht, daß die Engländer absichtlich Hamburg ohne Kohlen ließen. Für Gerüchte kann keiner. Das war schon Shakespeares Meinung.

Schwedenspeisung in Hamburg für Kinder von 3 bis 6 Jahren.

Frau Roosevelt zu Besuch in Deutschland. Nach zweitägigem Aufenthalt verkündet sie der Welt über den Rundfunk, daß die Kinder in Deutschland viel besser ernährt seien als die Kinder in einigen Ländern, die sich mit Deutschland im Kriege befanden. Frau Roosevelt ist eine kluge Frau; sie weiß, was die Welt gern hört. Frau Roosevelt ist so klug, daß die Gänse sich genieren, sie für sich zu reklamieren.

Graf Bernadotte war aus Schweden in Hamburg, um die Schwedenspeisung zu überprüfen. Er mußte feststellen, daß die Kakes für die Kinder zum großen Teil voller Würmer waren. Der Graf soll sehr empört gewesen sein. Die Lebensmittel aus Schweden sollen schon im Herbst nach Hamburg geliefert worden sein, doch seien die Engländer mit der Schwedenspeisung nicht einverstanden gewesen. Die Nahrungsmittel waren in teils unzulänglichen Räumen gelagert worden.

Heizmaterial nach wie vor gering oder gar nicht. In den Haushaltungen verquollen vor Feuchtigkeit die Schübe; Bilder an den Wänden verspakten. In den Kästchen mit Briefmarken auf dem Schreibtisch alle Briefmarken von der feuchten Luft zusammengeklebt. Durch die von den Bombenangriffen undichten Dächer dauernd Leckagen.

Sonderzuweisung an Holz — für jede Person des Haushalts einen Zentner — im Januar zugesagt. War Ende Februar noch nicht geleistet.

Im Dammtorbahnhof brach im Wartesaal die Decke mit dem Kronleuchter herab; Nachwirkung der letzten Bombenangriffe auf den Bahnhof. Ein Toter, 18 Schwer-, 16 Leichtverletzte.

Am Nachmittag des gleichen Tages ging querab von Freiburg der Dampfer „Lichtwark" auf der Fahrt von Brunsbüttel nach Cuxhaven unter. Von 110 Passagieren kamen 101 ums Leben. Es herrschte Windstärke neun. Die hochgehenden Wogen hatten den Dampfer leckgeschlagen. Ohne helfen zu können, sahen viele Menschen dem Unglück vom Ufer aus zu.

Brotration und Nährmittel um die Hälfte gekürzt. Täglich 1040 Kalorien.

In der Sprechstunde der Militärregierung im Nordwestdeutschen Rundfunk wurde von britischer Seite zum gegenwärtigen Ernährungsproblem Stellung genommen. Es handele sich nicht, so wurde eindringlich dargelegt, bei dieser Ernährungsverknappung um einen Strafvollzug an Deutschland, sondern um die Auswirkung einer Weltwirtschaftskrise infolge des Krieges. Der englische Sprecher konnte keine Hoffnung auf Besserung geben, da es, wie er sagte, für England eine Selbstverständlichkeit sei, zuerst die Länder mit Lebensmitteln zu versorgen, die im Kriege auf der Seite der Alliierten gestanden hätten. Die Aussichten für Deutschland seien daher für die kommenden Monate denkbar kritisch.

Tiefer Winter. Die Fenster tagelang unter Eisblumen.

Die Kürzungen betragen monatlich: Brot 5000; Nährmittel 1000 Gramm, für Kinder von 6 bis 18 Jahren Kürzung der Brotration um 3000 Gramm; für Kinder von 2 bis 6 Jahren um 2000 Gramm. Zucker von 500 auf 375 Gramm gekürzt.

Feldmarschall Montgomery teilte in Edinburgh mit, daß die Kindersterblichkeit zur Zeit in Deutschland fünfmal so hoch sei als in England und viermal so hoch als in Deutschland vor 1939. Edinburgh ehrte den Feldmarschall durch Überreichung des Ehrenbürgerbriefes.

Infolge der Herabsetzung der Lebensmittelration wurden Brotgeschäfte am hellen Tage ausgeräubert. Amtliche Anordnung: Brot darf nicht in Schaufenstern ausgelegt werden. In Lebensmittelgeschäften müssen tagsüber im Verkaufsraum ständig mindestens zwei Personen anwesend sein. Nachts muß eine Person Wache tun.

Es zirkuliert eine hübsche Anekdote. In einem Aquarium fristet ein einsamer Goldfisch sein Leben. Es kommt ein Amerikaner, klopft gegen das Aquarium und hat seinen Spaß an dem verstört hin und her schießenden Fisch. Damit begnügt er sich. Ein Russe kommt: er scheucht den Goldfisch hin und her, bis das arme Vieh ermattet bäuchlings an der Oberfläche treibt. Damit begnügt er sich. Ein Engländer kommt. Er nimmt den Goldfisch aus dem Wasser, streichelt ihn und bedauert, daß man ihn geängstigt hat und setzt ihn ins Wasser zurück. Der Goldfisch, wieder zu sich gekommen, schwimmt geruhsam, merkt aber dann, daß er immer weniger Wasser unter den Flossen hat. Schließlich liegt er auf dem Trocknen, jappt ein paarmal und stirbt. Damit begnügt der Engländer sich. Er hatte den Ablaufhahn des Aquariums aufgedreht.

Es geht die Redensart: wer die 86. Verteilungsperiode übersteht, wird entweder Kommunist oder er ist ein Schwarzhändler. Es haben viele diese 86. Verteilungsperiode überstanden.

An einem der kalten Januartage war Elfriede mit dem Fahrrad unterwegs, um die Anschlagtafeln mit neuen Zetteln zu versehen. Eine nicht leichte Arbeit; Elfriede froren die Finger dabei. Als ihr ein paar Zettel entglitten, sammelte ein junger Mann sie auf und reichte sie ihr: „Bitte, Elfriede."

Sie sah den Mann an und stammelte: „Max —"

„Darf ich dir helfen?"

Unter dem Schmunzeln der umstehenden Menschen war er ihr behilflich. Sie wandte sich nach ihrem Fahrrad um. Ein Schrei entfuhr ihr: „Mein Rad! Mein Rad!"

Das Rad war unterdes gestohlen worden.

„Na", sagte jemand tröstend, „dann schreiben Sie an Ihrer Tafel gleich 'ne Belohnung aus. Sie haben das billig!"

Tränen standen Elfriede in den Augen.

„Komm mit", sagte Max. „Das Rad siehst du doch nicht wieder." Sie schritten davon.

„Wie geht es euch?" fragte Max.

„Gut", sagte sie.

„Feine Sache mit eurem Anschlag. Kann man sich an dem Geschäft beteiligen?"

„Mußt Ali und Paul fragen. Eva zeichnet und schreibt die Anzeigen."

„Sehn gut aus. Hab' schon manchmal davorgestanden, ohne eine Ahnung von euch zu haben."

„Und dir, Max? Geht's dir gut?"

„Siehst du ja. Fein in Schale. Bloß: Spaß macht's nicht."

„Ali und Paul sind ganz davon abgekommen. Solltest du auch, Max; ist kein Segen dabei."

„Kann man nicht sagen. Leben muß man! Arbeit gibt's nicht, betteln will man nicht —"

„Dann frag' doch Ali und Paul —"

„Ihr wollt ja nichts mehr von mir wissen. Überall hab' ich nach euch gefragt. Auch bei Schröders war ich."

„Aber das weiß ich doch gar nicht, Max!"

„Da war diese — diese —", er fühlte, wie er rot wurde — „diese Nita, so heißt sie ja wohl, und erklärte mir, daß du von mir nichts mehr wissen wolltest."

„Davon hat sie mir nichts gesagt, daß du dagewesen bist."

Sie blickte ihn befremdet an.

„Ist auch gleich. Ihr habt nichts mehr von mir wissen wollen, schön —"

„Aber Max! So doch nicht!"

Sie schritten an der Außenalster hin. Er ließ den Blick über das Mädchen gehen. Sie war noch hübscher geworden.

„Du wohnst ja auch nicht mehr dort", sagte sie und blickte ihn an.

„Warst du dort?" fragte er überrascht.

„Ja. Wo wohnt ihr jetzt?"

„Ich wohne allein. Geschieden."

Sie antwortete nicht. Es war ihr, als sollte ihr Herz aussetzen.

„Wir haben jetzt eine Nissenhütte", sagte sie nach einer Weile. „Draußen in Barmbek. Zum Frühjahr bekommen wir vielleicht eine am Eilbeker Ufer."

Er antwortete nicht. Sie blickte ihn von der Seite heimlich an. Er sah gut aus. Nur härter die Züge, fand sie. Vor allem die Augen.

„Soll ich's Ali sagen, daß du kommst?"

„Ich will sehn, Elfriede. Ich lass' mich nicht gern vor die Tür setzen."

„Das tut keiner! Sie werden sich bestimmt freuen!"

„Eva hat mir's deutlich genug gesagt, daß ich euch Unglück gebracht habe."

„Das hat sie doch gar nicht so gemeint. Bestimmt nicht, Max. Sie spricht immer nur gut von dir."

Er drückte ihre Hand: „Und du?"

„Ach, Max —"

„Gut; morgen nachmittag komm' ich zu euch. Wenn ich nicht kommen soll, ruf morgen früh bis gegen zehn Uhr bei mir an. Hier hast du meine Nummer."

„Ich ruf' bestimmt nicht an, verlaß dich drauf, Max."

Um halb zehn am andern Morgen ging das Telefon: „Du, Max?"

„Ja, Elfriede?" Seine Stimme war etwas belegt.

„Ich wollte dir nur sagen, daß wir uns freuen — alle, hörst du? —, wenn du kommst! Wirst du uns auch finden?"

„Dich immer, Elfriede!"

„Und — und — du hast es noch gar nicht gesagt, Max: hast du mich noch lieb?"

„Wieder lieb. Sehr lieb, liebe Elfriede —"

In der Nacht zum 23. März Sturm mit Böen von Orkanstärke. In den Ruinengebieten gewaltige Verheerungen. In den Kellern und Notwohnungen in dieser Nacht zwölf Tote und zahlreiche Verletzte.

Die letzte Woche der ersten herabgesetzten Verteilungsperiode. Kummer und Verzweiflung. Die Menschen haben nichts zu essen. 900 Kalorien. Auf dem Schwarzen Markt Brot 130 Mark; ein Zentner Kartoffeln 800 Mark. Sonderzuweisung: ein Ei.

Ein Kubikmeter Holz unterderhand 100 englische Zigaretten; eine englische Zigarette unterderhand 6 Mark. Unterderhand kommt man allmählich dem Wahnsinn nahe und auf den Hund!

Abwechselnd warm und überaus kalt, dazu verwunderlich oft heftige Stürme. Über die Trümmerstätten brausten sie anders einher als früher, da das Häusermeer ihnen Einhalt gebot und ihre Kraft zerteilte.

Aus den Vorgärten wurden die Blumen gestohlen und zu Geld gemacht. Die Not ist groß.

In den Schrebergärten das Gezüngel der Frühjahrsfeuer; malerisch und zauberhaft wie früher.

Die Parteien werben und werben. Von den Engländern verlautet, sie seien der Meinung, in Hamburg scheine für die Demokratie nicht viel Sinn vorhanden zu sein.

Fernsprech- und Telegrammgebühren verdoppelt.

Die Elektrizitätswerke lassen abends den Lichtverbrauch überwachen. Überschreitungen werden mit Stromsperre geahndet.

„Die Welt", Nr. 1. England hat das beste Schiffsbaujahr seit fünfzehn Jahren. Obwohl 1945 nur teilweise als Friedensjahr gezählt werden dürfe, konnten nahezu 900000 t neuer Schiffsraum vom Stapel laufen. Die englischen Schiffswerften haben aus Portugal Auftrag auf zwanzig Schiffe im Werte von zehn Millionen Pfund. Weiter heißt es dort: Die englische Industrie hat sich von allen Ländern der Welt am schnellsten erholt und umgestellt. Wenn das gleiche Tempo eingehalten werden könne, werde Englands Industrieerzeugung noch innerhalb der nächsten zehn Monate ihren Vorkriegsstand erreicht haben.

Ab Sonntag, 14. April, Sommerzeit. Ausgehzeit verlängert bis abends halb zwölf. Wegfall der Sirenen für Curfew.

Präsident Truman forderte die amerikanische Nation auf, den Nahrungsmittelverbrauch in USA wöchentlich zweimal auf die Durchschnittsernährung der hungernden Länder herabzusetzen. „Jetzt können wir den Hilferuf hungernder Kinder nicht mehr überhören", schloß er. Den Hilferuf der in Deutschland bereits verhungerten Kinder auch nicht.

Der britische Export stieg im März 1946 auf 67 Millionen Pfund. Dieser Beitrag lag um 70 v. H. über dem Ausfuhrwert vom März 1938. So zu lesen in der „Welt", Nr. 8.

Immer häufiger fielen die Frauen beim Schlangestehen vor Entkräftung um. Berger sah in diesen Tagen in der Gottschedstraße einen Mann schwankenden Schrittes seinen

Weg gehen und fragte sich, wie der wohl zu seiner Trunkenheit gekommen sei. Beim Queren der Straße knallte er auf das Pflaster nieder und blieb liegen. Vor Hunger zusammengebrochen, stellte ein Arzt fest.

Transportgeschäfte konnten ihre Aufträge nicht mehr erfüllen, weil die Pferde verhungerten.

Bei der Maifeier in Planten un Blomen fielen zahlreiche Teilnehmer vor Erschöpfung um. Es war die letzte Woche der Verteilungsperiode. Langer Anmarsch zum Festplatz — ein Regen von Programmreden — dazu unterernährt —

Überall Gemüseanpflanzungen; selbst auf dem Tarnrasen der Tiefbunker.

Ab 1. Mai durften aus USA Lebensmittelpakete nach Deutschland geschickt werden.

In den Gärten blühten die Obstbäume. Auch der Flieder öffnete sich schon.

Es war Frühling. Gott schaute aus den Wolken und freute sich, wie es ihm wieder einmal so schön gelungen war.

In den Anlagen am Stadtgraben beim Millerntor, einer grauenvollen Bomben-Wüstenei in der Nähe der Flaktürme des Heiligengeistfeldes, hocken auf dem Wulst eines Bombentrichters drei junge Menschen.

‚Die kenn' ich doch?' denkt Max im Vorüber und wendet sich: „Seid ihr's wirklich?"

Lüders, Student der Rechtswissenschaft, im verhungerten Gesicht einen Rest jugendlicher Verwegenheit, erhebt sich und reicht ihm die Hand: „Was noch von uns übrig ist. Dacht' schon, wolltest uns nicht kennen."

Das Mädchen und Meinhardt sind sitzen geblieben und lassen Max herankommen.

„Und was macht ihr?" begrüßte er sie.

Meinhardt, gleich dem Mädchen Volkswirtschaftler, lächelt dünn und fragt lässig: „Was machts du, Melhop?"

„Ich —? Ach — so —"

Der andere nickt verständnisinnig; „Wir auch! Nebenher hungern wir uns durch. Sieht man uns nicht an, was?"

Lüders läßt die Hand über den Hinterkopf gleiten. „Schrecklich, wie die Menschen lügen! Die Jungfrau dort behauptet, seit gestern früh keinen Bissen genossen zu haben."

Meinhardt, geborener Zyniker, blickt strafend das Mädchen an: „Weiber brauchen nicht zu hungern. Dumm von dir, Sophie."

Max läßt den Blick über das blasse, flachbrüstige Geschöpf in dem zerknitterten Zellstoffkleid gehen. Sie hat den unsauberen Teint aller, die nicht genug Seife haben.

Das Kinn in der aufgestemmten Linken, lächelt sie abwesend: „Ist auch dumm, Meinhardt." Sie zipfelt das Kleid hoch. Die zerstopften Strümpfe enden unterm Knie in einer Rolle: „Mit der Fahne kann man nicht ‚Fräulein' spielen. Das Auge will auch was."

Lüders fährt Meinhardt an: „Du sollst den Quatsch lassen!"

„Du liebes Bißchen!" lacht der. „Alles nur akademisch!"

Sophie zieht das Kleid über die Knie. „Ich bin ein völlig unsinnliches Geschöpf, sagen die Mädchen."

Meinhardt malt Figuren in den Sand: „Sinnlichkeit! Davon darf man überhaupt nicht ausgehen."

Das Mädchen nickt. „Aber das andere. Ich seh's an der Wäscheleine der Tochter meiner Wirtin."

„Das ist ekelhaft, Sophie! Du solltest dich schämen!"

Sie blickt den empörten Lüders an. „Du bist gut. Vielleicht eine ganz neue Entdeckung, daß Menschen schlecht werden, wenn's ihnen schlecht geht?"

„Lüders hat eine ganz falsche Einstellung zum Leben", sagt Meinhardt. „Natürlich gibt es Unterschiede. Im Grunde aber —" Er hebt die Schulter.

„Im Grunde handelt es sich darum, anständig zu bleiben." Richterlich streng blickt Lüders auf den ungepflegten Scheitel des Mädchens.

„Plemplem, mein Junge." Meinhardt fegt mit dem Stecken die Zeichnungen aus. „Willst du damit sagen, die Tochter von Sophies Wirtin sei nicht anständig, weil sie auf eine nicht ganz unzeitgemäße Art ihre Mutter und sich durchs Leben bringt?"

„Weil es diesen Weibern mehr um die Art als um ihre Sinngebung geht."

Meinhardt beginnt, einen Tommykopf mit grotesk schiefer Mütze zu zeichnen. „Unglaublich, was für Unsinn in einen Kopf hineingeht! Kennst du diese Mädchen? Sag du, Max, ist dir so viel Unsinn auf einem Haufen schon vorgekommen? Was er von solchen Mädchen schon weiß!"

„Du vielleicht?" fragt Lüders kriegerisch.

„Natürlich. Ich bin ja nicht im Wohlstand groß geworden wie du. Unsereiner, der ein Dutzend Klinken putzen muß, ehe er ein Stipendium erhält, sieht die Welt und eure Ideale verflucht anders an. Wenn's ums nackte Leben geht — du meine Güte —, da zieht auch die Tugend das Hemd aus."

„Ich kenne welche, die lieber stürben."

„Ich auch. Weißt du, diese Mädchen, die für Geld mit einem ins Bett gehen, tun es aus Liebe noch lange nicht."

Lüders sieht ihn verständnislos an.

„Siehst du, das verstehst du nicht. Ich erklär' es dir auch gar nicht erst —"

„Prostitution, nichts weiter."

„Ganz so seh' ich es nicht, Lüders. Es ist doch nicht das gleiche, ob ein Mädchen sich aus Liederlichkeit oder aus wirtschaftlicher Not Männern gegen Geld überläßt. Ich habe von meiner Wirtstochter durchaus den Eindruck, als ob sie keinen Spaß daran hat."

„Aber ich bitt' euch! Das sind doch keine Zustände!"

„Behauptet das jemand? Und wenn: sollen wir daran krepieren? Ich nicht! Wenn alle — ich nicht!"

„Was willst du tun, Meinhardt?" fragt Max.

„Ich werde es zur rechten Zeit schon wissen."

„Man muß heute mit anderen Maßen messen", sucht Max die Gemüter zu beruhigen.

Lüders sieht ihn feindselig an: „Mit anderem Maß messen! Das hieße also: Heute ist Recht, was gestern Unrecht war. Libertinage, was sonst Zucht und Sitte. Wenn deine Schwester, Melhop —"

„Ich hab' keine Schwester."

Meinhardt lacht schallend auf.

„Wenn du aber eine hättest —", fährt Lüders fort.

Meinhardt versieht den Tommy mit einer gigantischen Gurkennase: „Dann würde sie sich sehr dafür bedanken, von ihrem Bruder moralisch umschnüffelt zu werden. Wenn man dich hört, Lüders — man könnte sich krank lachen, wenn man's sich leisten könnte, krank zu sein."

„Wenn wir, die Jungen, so denken —"

„Wie willst du sonst denken? Was bist du wert? Wem bist du was wert? Ob einer von uns, ob wir alle vier da sind oder nicht, kein Hahn kräht danach! Und wenn wir krepieren, gönnt man uns knapp die Papiertüte für die Kuhle!"

In das bedrückte Schweigen hinein fragt Max: „Nichts von den Eltern gehört, Sophie?"

Sie schüttelt den Kopf: „Woher? Zuletzt in Prag. Wer weiß, was mit ihnen ist."

Lüders ballt die Hände: „Daß das möglich ist! Daß sie mit uns machen, was sie wollen!"

„Laß sie", sagt Meinhardt spöttisch. „Sie verlieren auf die Art den Krieg immer mehr. Sie machen keine Heloten aus uns! Sie mögen sich vorsehen mit ihren Triumphen." Er wischt mit breiten Strichen den Tommykopf weg. „Die Menschen werden noch dahinterkommen, was in diesen Jahren nach der Kapitulation in Deutschland gespielt wurde. Smuts hat im Unterhaus das Tüchelchen gelüpft, als er sagte: „Versucht nicht, ein großes Volk, sein Heimatland oder seine Lebensmöglichkeiten zu zerstören. Das wäre nicht nur ein Verbrechen, sondern ein Fehler. Ein Fehlschlag könnte ebenso groß sein wie das ursprüngliche Verbrechen Deutschlands! Das sagte the old man aus Südafrika, der seine holistische Welt in Gefahr sieht."

„Und Churchill wirft seinen Landsleuten vor, die Knappheit an Lebensmitteln in der britischen Zone Deutschlands sei nicht die Folge einer schlechten Welternte, sondern das Versagen der Verteilung."

Meinhardt lachte. „Und das glaubst du, Max? Und die Welt, meinst du, glaubt es auch? Wie wunderbar eindrucksvoll, die englische Unfähigkeit, zu organisieren, von einem hohen Staatsmann des eigenen Volkes angeprangert zu sehen. Wenn dahinter nur nicht die Absicht stünde, bewußte Bosheit als menschliche Unzulänglichkeit zu tarnen. Einem Engländer dürft ihr nichts glauben; und einem Amerikaner noch weniger. Wir sollen vor Hunger krepieren — das ist es! Und nebenbei räubert man Deutschland wie ein Negerdorf aus. Seht ihr, was ich hier male? Das ist, meine lieben Mitmenschen, ein Leihsarg. Er wurde gestern zur Beerdigung von zwei Frauen benutzt, die freßgierig über Abfallkübel hergefallen waren und eines elenden Todes verblichen. Frauen aus einem Bunker im Lager. Acht weitere Frauen aus dem gleichen Bunker kamen wegen Unterernährung ins Krankenhaus. Wohlverstanden, nachdem die beiden andern sich an den Stinkresten zuschanden gefressen hatten. Ehre sei Gott in der Höhe!"

Grauen rinnt Max kältend den Rücken hinab angesichts dieser Verzweifelten.

Das Mädchen sackt gegen Meinhardt.

„Hallo, Sophie!" Er richtet sie auf.

Sie lächelt gequält. „Schon vorbei. Nichts als Kringel vor Augen eben."

„Üppig wie du bist. Wenn's noch ein Schwarzbrot gewesen wär'!"

Ihre Zunge giert über die schmalen blassen Lippen: „Ich muß immer an Sülze und Bratkartoffeln denken —". Sie lacht hysterisch.

Meinhardt tippt gegen die Stirn. „Total! Total! Sülze mit Bratkartoffeln! In Ländern, längst versunken, gab es das einmal. Kinder, ich mach' eine Ballade daraus: In einem Land, das Orplid jemand nannte —"

„Du bist verrückt", stellt Lüders fest.

„Findest du? Ich wär' auch mit Schinken in Burgunder zufrieden. Oder mit Frikandellen. Kinder! Frikandellen mit Senf! Sooo dick mit Senf!"

Max raunt Lüders zu: „Kann ich euch helfen?"

„Mensch! Ein Brot hundertdreißig Mark!"

„Nichts sagen! Ich hab' Brotmarken übrig." Er drückt ihm eine Brotkarte in die Hand.

„Mensch! Melhop!"

„Mußt deinen Namen noch einschreiben."

„Was muschelt ihr da?" fragt Meinhardt.

„Muscheln! Wer muschelt? Wollt', ich hätte Muscheln, dann braucht' ich nicht zu muscheln." Lüders ist im Himmel. Eine ganze Brotkarte! Ein Vermögen!

„Wieder eine Trümmerleiche", sagt Max. „Die fünfte. In der Ackermannstraße."

„Ob es immer der gleiche Mörder ist, oder ob andere den ersten kopieren?"

„Und immer fasernackt, ohne jedes Merkmal!"

„Und keine Spur, woher sie stammen. Ob von hier oder von auswärts hereingeschleppt und in den Trümmern nur abgelegt. Grauenhaft!"

„Wer will wissen", sagt Meinhardt finster, „woher sie kommen. Zehntausende von Frauen und Mädchen immer auf den Landstraßen unterwegs, von Ort zu Ort, weil sie nirgends Zuzug erhalten. Alle auf der Suche nach Angehörigen. Alle heimatlos. Kein Dorf, kein Ort, keine Stadt will sie. Weiter! Weiter! Zu zweit, zu dritt, in Rudeln wandern sie. Elend und bepackt mit letzten Habseligkeiten. Da hält eine einen Wagen an, wird mitgenommen und fährt in den Tod. Wer fragt nach ihr, wenn sie ihr Ziel nicht erreicht? Wer wußte, daß sie unterwegs zu ihm war? Alles Flüchtlinge, die dem Zufall vertrauen. Was wissen sie voneinander? Nichts! Wissen nicht einmal, daß der und jener längst irgendwo verreckt ist. Und die unterwegs waren, sie zu suchen, liegen an einem Morgen nackt und tot in einem Trümmerkeller."

„Ich mag nichts hören!" Sophie beugt sich tief vor.

Ihre zusammengesunkene Gestalt kommt Max wie eine Skulptur des Elends vor. „Wenn man nur wüßte, was sie mit uns vorhaben?"

Meinhardt beginnt Max zu den Minderbegabten zu rechnen: „Das fragst du? Hungern lassen! Krepieren lassen! Vor die Hunde! Mann, Weib, Kind, Knecht, Magd, Vieh, alles was deutsch ist! Alles im Namen der Menschlichkeit! Ein Land in vier Teile zerlegen wie einen Käse und sich dann mit einem ‚Wohl bekomm's!' zu Tisch setzen. Wann hat es je eine Borniertheit von gleich gigantischen Ausmaßen gegeben? Macht man Weltgeschichte für heute und morgen? Haben sie nichts gelernt? Seit 1914 erlebt England eine weltpolitische Pleite nach der anderen. Kaneel- und Baumwollkrämer! Und die Amerikaner auch. Wahnsinnige, die das Loch im Dampfkessel mit dem Daumen zuhalten wollen."

Sophie richtet sich halb auf: „Meine Wirtin hat vor Hungerödem Beine wie ein Elefant."

Meinhardt lacht: „Siehst du. Lüders, um dieser Beine willen nimmt die Tochter ihre Beine und was dazu gehört nicht wichtig. Das ist nämlich die andere Seite der Lasterhaftigkeit, die man den Deutschen heute vorwirft. Menschen! Menschen! Welch eine Welt!"

„Jetzt haben sie uns dort, wo sie uns 1918 schon haben wollten. Aufteilung! In Versailles konnte es noch verhütet werden. Jetzt wird es durchexerziert. Frankreich aus hündischer Angst vor der Wiedererstarkung des Nachbarn. England aus kaninchenhaftem Neid auf den besseren Kohl, den Deutschland exportieren könnte. Und Amerika? Ach, du lieber Gott, was weiß Amerika von uns? Und immer das Getue mit dem ‚Eisernen' im Osten! Haben die andern nicht um ganz Deutschland ein Gitter gezogen, daß kein Deutscher hinaus kann? Sie sollen sich hüten, uns begierig auf das Licht aus dem Osten zu machen. Amerika ist fern. Rußland nah!"

„Donnerwetter!" lacht Meinhardt. „Du bist ein richtiger Revoluzzer, Melhop! Wenn das nur gut geht —!"

Lüders blickt Max mißbilligend an: „Wir dürfen uns nicht an den Haß verlieren. Aus dem Haß kommt nur neues Elend."

„Hassen? Ich hasse sie nicht! Belachen! Unser Tag kommt doch einmal. Ja, sieh mich nur an! Er kommt, weil keiner von allen eine Schraube einzuziehen versteht wie wir. Das ist es nämlich. Und wenn sie uns fressen, werden sie gegen den Bauch klopfen und uns nach dem Weg fragen. Eines haben sie uns gelehrt, dieses nämlich: ein Sieger braucht nur ein Gesetz zu kennen: das Gesetz, den Besiegten für außerhalb aller Gesetze zu erklären."

„Wir hätten uns von den Nazis nicht klein kriegen lassen", erwidert Lüders.

„Wie so sanft sie ruhen, die sich nicht klein kriegen lassen wollten. Es ist zum Kotzen, dieses salbadernde Säkulum mit dem ewigen ‚man hätte sollen'!"

Sophie sackt mit einem Ruck hintenüber.

„Da haben wir's!" schreit Lüders und springt hinzu.

„Sachte! Sachte!" Meinhardt schiebt den Arm unter Sophies Nacken und hebt sie auf.

Leute bleiben stehen: „Was ist mit ihr?"

„Gar nichts, Herrschaften. Gehn Sie ruhig weiter! Hat trotz allem Zureden seit gestern früh nichts essen wollen. Na — und da sehn Sie's!"

Die Leute grinsen und gehen davon.

Meinhardt zieht ihren Kopf an sich: „Was denn, alte Kampfgenossin?"

Max steckt Lüders Geld zu.

„Mensch! Melhop!"

„Halt's Maul!"

„Was ihr immer miteinander habt!" tadelt Meinhardt und hält das Mädchen dicht an sich. Sie ist totenbleich. Schwer decken die Lider die Augen.

Meinhardt nimmt eine ihrer Hände hoch: „Was die mit solchen Händen in der Volkswirtschaft will —"

„Was soll sie denn?" fragt Lüders, beunruhigt von der Zärtlichkeit in Meinhardts Stimme.

„Was sie soll? Kinder soll sie kriegen." Er blickt ihre Hand an: „Du verstehst nichts von Händen, Lüders." Er weiß in diesem Augenblick, um ihrer Hände willen wird er dieses Mädchen immer lieben.

„Du tust ja gerade —" Lüders wird rot vor Zorn.

Meinhardt beugt sich über das Mädchen: „Sophie!" Und noch einmal: „Sophie!"

Sie rührt sich nicht.

„Diesmal ist sie aber weit weg." Er streichelt ihr Haar: „Armes Tier!"

„Was soll nur aus uns werden?" fragt Lüders verzweifelt.

„Aus dir gar nichts!" höhnt Meinhardt. „Du bist Jurist. In einer rechtlosen Welt haben Juristen nichts zu suchen."

„Aber es muß doch einmal wieder ein Recht geben in der Welt!"

„Vielleicht! Sobald es den anderen geht wie uns; sobald sie dahinter kommen, daß selbst verwerfliche Taten durch ihre Notwendigkeit gerechtfertigt werden. Tanks haben keine Ohren für das Ethos und ein Mensch in Not auch nicht. Alles Gesabbere von Leuten, denen es bisher gutgegangen ist."

„Was sagst du, Max?"

Max hob die Schulter: „Ich bin Mediziner."

„Also Hungerfakir. Abwarten, Kinder. Hat man den Juristen Kempner oder den Juden Kempner nach Nürnberg gesandt, um das Recht zu finden? Darüber denkt nach!"

„Menschen! Menschen!" Lüders gibt Melhop die Hand: „Du bist richtig!" Er wendet sich zu Meinhardt. „Er hat mir Geld und Marken gegeben. Wir können essen gehen."

„Feiner Kerl", sagt Meinhardt.

„Ach, was!"

Meinhardt sieht auf Sophie hinab: „Eigentlich wollte ich nach dem Osten türmen — jetzt werd' ich wohl bleiben. Im Grunde gleich, wo wir vor die Hunde gehen."

Die Sonne scheint. Weiße Wolken wandern. Auf dem Schmalspurgleis rumpelt ein Zug mit Trümmerloren. Der Stadtgraben wird zugeschüttet.

Max stolpert verzagt durch eine entgötterte Welt.

Er blickt zurück. Auf dem Wulst des Bombentrichters hockt immer noch Meinhardt mit dem bewußtlosen Mädchen. Vor ihnen Lüders. So bewahrt seine Seele das Elendsbild deutscher Studenten.

Drüben kippen die Loren Schutt auf Schutt.

Die Ruinen lockten Berger immer wieder mit magischer Gewalt. Es war ihm, als sprächen sie anders zu ihm als zu anderen. Er hatte sie ja auch entstehen sehen, als ungeheure Brände die Stadt übertobten, als der Feuersturm durch die Straßen raste, als die Heimstätten der Menschen leerbrannten, die Mauern barsten und niedersanken, Flammengeheul über sie hin triumphierte, bis sie, die Ruinen, allein noch ragten mit leeren Fensterhöhlen, mit Treppenresten und dem bizarren Gezacke zerspellter Innenwände. In ihrem zersottenen und glasharten Gestein ist das Angstgeheul von Flammen umstellter Menschen, das Wahnsinnsschreien unter Trümmern langsam Sterbender, das Verröcheln von Männern, Weibern, Kindern und Greisen auf glutüberwehten Fluchtwiesen für alle Ewigkeit eingeschlossen. Ja, es wird geschehen, daß, wenn diese Ruinen in neue Heimstätten eingefügt werden, ja, es wird geschehen, daß diese Steine ihre Stimmen dann einmengen in das neue Leben der Menschen, daß sie zu sprechen beginnen, und man wird meinen, es rinne nur der Mörtel hinter der Tapete.

Ja, ihre Stimmen werden nie verstummen! Sie werden um das Vergangene klagen und sie werden zürnend mahnen, wenn der Unverstand der Menschen neuem Unheil geneigt ist. Sie liegen alle noch da, die mächtigen Schutthalden, aus denen der Wind Staubwolken emporwirbelt und sie über die Straßen hinträgt der unverzagten Stadt, die ihr neues Leben leben will. Schon sind Millionen Steine zum Wiederaufbau geborgen worden, schon stehen dort und hier Maschinen, Bröckelsteine zu einem neuen Baustoff zu zerkleinern, schon sind Schmalspurgleise gelegt für Lorenzüge, den Schutt abzufahren, aber unverändert bleibt das leid- und jammervolle Antlitz der geschändeten Stadt.

Es gab gewiß nicht viele Menschen in Hamburg, die gleich Berger in den Trümmerstraßen so zu Hause waren, die wie er das verbissene Ringen der Armen sahen, sich trotz dem Hungerelend zu behaupten. Er sah, wie sie Keller freigruben, wie sie einen Mauerrest zu einer Wand ihrer Notwohnung machten, wie sie bauten und zimmerten, wie sie, Gott weiß wie, zu Fenstern gelangten und zu guter Letzt noch Lust genug für ein winziges Blumenbeet hatten. Er sah, wie sie weit vor der Stadt siedelten, Brachland urbar machten, wie sie nicht müde wurden, vom grauenden Morgen an bis in die sinkende Nacht hinein Steine heranzukarren, sie sauber zu klopfen und zu schichten. Männer, Frauen, Kinder, alles, was eine Hand bewegen konnte, war dabei. Und nebenher wurde das Gemüse- und Kartoffelland angelegt, um der Not des kommenden Winters zu begegnen.

Auch die Menschen in den Nissenhütten, immer zahlreicher geworden, waren nicht müßig. Man hatte aus der Not der vergangenen Monate gelernt und versah die Hütten mit Windfang, man verschaffte sich Kistenholz für den Fußboden und zur Deckenverkleidung; man baute Fenster in das Wellblechgewölbe ein, machte aus Stoffresten kleine Vorhänge und immer setzte man in eine kleine Steinumrandung auch Blumen.

Nicht das Unabwendbare war es, was die Menschen entmutigte, es war die Ungewißheit des Kommenden. Hat, was wir schaffen, Dauer und Sinn? Wird es eines baldigen Tages nicht wieder hinweggefegt werden von einem neuen Krieg, von dem immer gesprochen wird? Was wird dann aus uns, nach deren Schicksal niemand in der Welt fragt?

Bangend schaute man nach Osten aus, bangend nach Westen. Viele Worte wurden gesprochen von einer neuen Weltordnung. Man lauschte hoffnungsvoll den Worten Churchills, der zum europäischen Staatenbund aufrief, in dem Deutschland einen gleichberechtigten Platz einnehmen müsse. Vor den Augen der Deutschen wuchs dieser englische Staatsmann, den man als Feind Deutschlands herzlich hassen gelernt hatte, zu der alle Zeitgenossen überragenden Größe eines Propheten empor. Aus der Schau seines Alters und seiner schwer erstrittenen Erfahrung hatte er die Weisheit geschöpft, daß nur noch in Versöhnung und Verständigung, in der Aufrichtigkeit zueinander der Weg aus dem Chaos zu finden sei. Wenn man heute die große Chance, zu einem dauernden Weltfrieden zu gelangen, nicht wahrnehme, werde es das allerschlimmste Verhängnis in der Menschheitsgeschichte sein. Daß er vorzugsweise dabei an das britische Empire dachte, daß er um die britische Weltgeltung bangte, war dabei ohne Belang; denn in einer großen europäischen Völkerfamilie würde auch England seine Stellung behaupten können. Was aber sah er? Überall nationale Eigenbrötelei, die um eines Großen willen keines ihrer kleinen Rechte aufgeben will. Berger bewunderte und bemitleidete diesen Mann, den einsamen Rufer in der Wirrnis dieser Welt.

Die Weisheit eines Engländers ist nicht die Weisheit aller Engländer; die Klugheit eines Staatsmannes nicht die Klugheit einer Regierung. Eine Besatzungsmacht, ausgerichtet nach militärischen Gesichtspunkten, ausgeübt von Militärs, ermangelt der Einsicht in die psychologischen Notwendigkeiten, um ein militärisch besiegtes Volk menschlich zu gewinnen. Mit Drangsalierungen und offenen Völkerrechtsverletzungen zwingt man keinen Besiegten zur Reue. Vergeltung war immer ein schlechtes Mittel, Menschen zu bessern.

Berger schritt durch die grauenhafte Zerstörung der Villenstraßen am Eilbekkanal. Sinnlose Vernichtung. Sinnlos, wie vieles, das noch immer geschieht.

Durch die ständige Verächtlichmachung alles Deutschen und aller Deutschen hat man sie um den Elan und die Begeisterung gebracht, mit denen sie sich stets allem Neuen hingeben, und die darum mit unter den ersten gewesen wären, Bausteine für eine neue Welt herbeizutragen. Man hat sie um den Glauben an den ehrlichen Willen der anderen gebracht. Ja, sie begannen zu glauben, durch ihre Drangsalierung werde absichtsvoll die Wiedererweckung des „alten“ Geistes angestrebt, um dadurch das Recht zu neuer Drangsalierung zu haben. Sprach man nicht schon davon, daß durch die Denazifizierung nichts als eine Renazifizierung erreicht werde? Geht es, so raunte man sich heimlich zu, nicht um die Ausbeutung des Landes, um die Niederhaltung der deutschen Konkurrenz und um die Aufrechterhaltung der fürchterlich lastenden Besatzungskosten? Und jetzt das Hungern?

Die alte Arie wie nach dem ersten Weltkrieg: unter dem Vorwand, der „alte“ Geist Deutschlands sei noch nicht tot, griff man zu immer neuen Repressalien, schritt zu Besetzungen und verweigerte feierlich gegebene Zusicherungen. Auch jetzt wird man wieder unvernünftige Handlungen einzelner zu einem Symptom der geheimen Gesamthaltung der Deutschen stempeln und daraus das Recht zu neuen Härten herleiten.

Wo bleibt die große Wende, die der Welt so tönend angekündigt worden war? Sie wird sich wohl heimlich zu der Atlantik-Charter schleichen und mit ihr um den frühen Tod alles Schönen weinen.

So in seine Gedanken vertieft, hatte Berger nicht darauf geachtet, daß jemand über die Straße geschritten war und nun vor ihm stehen blieb. Erst als der Jemand ‚Onkel Alfred‘ sagte, blickte er auf und sah Max vor sich.

„Nanu, woher kommst du denn, Junge?“

„Aus der Nissenhütte drüben. Wir wohnen dort.“ Da er in Bergers Gesicht die Frage zu lesen meinte, wer ‚wir‘ seien, fuhr Max fort: „Meine Freunde und ich.“

Berger blickte nach der Nissenhütte hinüber, in deren Tür ein junges Mädchen stand, die im Innern verschwand, als sie Bergers Blick gewahrte .

„So, da wohnt ihr. Und sonst?“

„Ich habe ein neues Leben begonnen, Onkel Alfred. Wir arbeiten ehrlich. Es fällt schwer" — er lächelte — „das heißt das Arbeiten, das Ehrlichsein nicht —"

„Das freut mich, Junge. Siehst auch gut aus. Ich freue mich wirklich!" Und da er fühlen mochte, daß Max ihn vielleicht zu seinen Freunden einladen würde, er aber nicht dazu aufgelegt war, sagte er: „Geh' ein Stückchen mit, Max. Du weißt, Tante Else sieht sehr auf die Einhaltung der Mittagszeit."

Sie schlenderten am Kanal entlang, und Max sprach sich die Seele frei. Berger hörte ihm zu, ohne ihn zu unterbrechen.

Als Max schwieg, sagte er: „Es ist gut, daß du mir alles gesagt hast. Es ist schön, daß du dich nicht hast reinwaschen wollen. Du wirst noch manches abzubüßen haben. Weißt du, Max, ich war auch immer leicht bereit, den da über uns wegzudisputieren, ihm die sogenannte Weltordnung als eine Weltunordnung anzukreiden und seine Wege für recht verzwickt zu halten. Sie sind es gar nicht; aber wir Menschen sind verzwickt. Wir müssen uns mühen, in uns selber Klarheit zu gewinnen, das ist alles. Du bist durch Schuld und Leid gegangen, und unser ganzes Volk auch. Wir kommen schon zurecht, meinst du nicht? Trotz deiner Nissenhütte, Junge."

„Ja, Onkel Alfred, wir kommen schon zurecht."

„Siehst du! Ich bin immer unterwegs. Wenn ich wieder in diese Gegend komme, besuche ich euch."

„Bestimmt, Onkel Alfred?"

„Bestimmt, mein Junge."

Else hatte sich alles ruhig erzählen lassen.

„Siehst du", schloß Berger, „die haben den Schwarzhandel auch von sich getan. Tu du's nun auch."

„Sobald dir dein Recht geworden ist, Alfred. Nicht eher."

Am Nachmittag kramte Berger in seinen geliebten Büchern und kam zu Else: „Hör doch, was ich bei Fichte in seinen Reden an die deutsche Nation gefunden habe:

„Es hängt von euch ab, ob ihr das Ende sein wollt und die letzten eines nicht achtungswürdigen und bei der Nachwelt gewiß sogar über die Gebühr verachteten Geschlechts, bei dessen Geschichte die Nachkommen, falls es nämlich in der Barbarei, die da beginnen wird, zu einer Geschichte kommen kann, sich freuen werden, wenn es mit ihnen zu Ende ist, und das Schicksal preisen werden, daß es gerecht sei; oder ob ihr der Anfang sein wollt und der Entwicklungspunkt einer neuen, über alle eure Vorstellungen herrlichen Zeit, und diejenigen, von denen an die Nachkommenschaft die Jahre ihres Heils zähle. Bedenket, daß ihr die letzten seid, in deren Gewalt diese große Veränderung steht. Ihr habt doch noch die Deutschen als eins nennen hören, ihr habt ein sichtbares Zeichen ihrer Einheit, ein Reich und einen Reichsverband gesehen oder davon vernommen; unter euch haben noch von Zeit zu Zeit Stimmen sich hören lassen, die von dieser höheren Vaterlandsliebe begeistert waren. Was nach euch kommt, wird sich an andere Vorstellungen gewöhnen, es wird fremde Formen und einen anderen Geschäfts- und Lebensgang annehmen; und wie lange wird es noch dauern, daß keiner mehr lebe, der Deutsche gesehen oder von ihnen gehört habe?"

Er sah Else fragend an.

„Das klingt recht traurig, Alfred. Das wolltest du doch sagen?"

Er lächelte und schlug das Buch zu.

„Nein, Else, das wollte ich nicht sagen. Sieh, Max und seine Freunde — ich gehe bestimmt bald zu ihnen —, die haben mir den ‚alten' deutschen Geist gezeigt. Den Geist, der einmal wieder in ganz Deutschland lebendig sein wird, den Geist, der sich zur Ordnung und zum Willen nach oben bekennt. Wir bleiben oben! Und so sage ich: Wenn man von den Völkern der Erde die besten Charaktereigenschaften nähme und daraus einen exemplarischen Menschen schüfe, der Deutsche aber bliebe, wie er ist, ich würde dennoch beten: Lieber Gott, laß mich Deutscher sein und bleiben."

EPILOG

Man kann dem Himmel nicht dankbar genug dafür sein, daß Optimisten wie Berger nicht aussterben. Sie gleichen den Schäfern, die nach vertostem Unwetter mit angezogenen Knien auf dem Hirtenhügel sitzen, und dem Abendfrieden auf ihrer Syrinx ein Lied vorblasen. Aus ihrer Herde fehlt das eine oder andere Tier, aber was hilft's — man muß sich getrösten, soweit gut davongekommen zu sein.

Die Zeit ging weiter und brachte Entbehrung um Entbehrung. Immer häufiger las man Menschen, die vor Hunger zusammengebrochen waren, von der Straße auf. Immer häufiger sah man Menschen Ascheimer nach Eßbarem durchsuchen; tadelnswert darum, weil sie dadurch die wildernden Hunde um verbriefte Rechte brachten. Die Aussichten für den Winter waren hoffnungslos. Im November wurde die Bürgerschaft neu gewählt; es kam ein neuer Senat; es kam ein neuer Bürgermeister. Immer riesenhafter die Aufgaben, die sie zu bewältigen hatten.

Es waren doch einige Monate vergangen, bevor Berger Max und seine Freunde in ihrer Nissenhütte hatte aufsuchen können. Er kam sehr bedrückt heim. Ali war beim Kohlenstehlen auf einem Bahnhof bei der Flucht vor Bahnpolizisten mit einer seiner Krücken in einer Weiche steckengeblieben und von einer Lokomotive totgefahren worden. Über Schmidt und Eva hing drohend und schicksalsschwer die Heimkehr des Ehemannes, von dem nun doch ein Lebenszeichen gekommen war. Max und Elfriede hatten ihr Elendsgut zusammengetan und geheiratet. Es war die letzte Freude

Alis gewesen. Nichts als Niedergeschlagenheit um die Crew, die so zukunftsfroh die Segel gesetzt hatte.

Im Winter 46—47 erfroren in den Nissenhütten mehr als zwölf Menschen, Frauen und Kinder. Kälte, Hunger und Dunkel waren die erbarmungslose Dreieinigkeit dieser Wintermonate.

Und es wurde wieder Frühling. Keine Nachricht von Harald. Auch Edith, die wieder einen Jungen geboren hatte, hörte nichts von ihrem Mann. Das russische Schweigen, tiefer als das Schweigen des Todes, hatte sie mit vielen anderen Hunderttausenden zugedeckt.

Und es kam der Sommer. Wer wollte sich unterfangen, den Schritt dieser Zeit nachzumessen? Um ihr Grauen und Elend, ihre Grotesken und Widersinnigkeiten zu schildern, müßten zehn starke Männer Tinte herbeischaffen.

Und immer lauter und tönender wurde von Menschenrechten und Würde gesprochen, und im Namen der Menschlichkeit wurden immer wieder Unmenschlichkeiten begangen und geduldet.

Und die großen Mächte der Welt gaben sich rechte Mühe, auch den entlegensten Völkerschaften den Begriff der Demokratie beizubringen, ohne ihn ihnen aber vorzuleben, so daß Nachdenkliche der Meinung wurden, daß die Demokratie offenbar zu jenen seltsamen Dingen gehört, die sich um so weiter entfernen, je mehr man sich ihnen zu nähern vorgibt. Es gibt viele solcher Dinge, nach denen die Sehnsucht der Menschheit vergeblich die Hände ausstreckt.

Und immer wieder im Traum Sirenengeheul und Motorengetöse von Flugzeugen über der Stadt. Jetzt — jetzt — Heulen und Pfeifen niedergehender Bomben, Krachen und Zersplittern, schaurig vertönender Nachhall und die aufjachternde Himmelsröte ungeheurer Brände. Immer wieder, bis man, das Herz zum Zerspringen, aus dem Schlaf auffährt — lauscht — lauscht — ans Fenster schleicht — um nach den Tannenbäumen in der Luft Ausschau zu halten.

Nein, keine Tannenbäume. Die Nacht wölbt sich feierlich, die Sterne leuchten und schimmern — aber es rollen doch

Motoren durch die Stille? Rote und grüne Positionslichter glimmen. Es sind die Flugboote der Luftbrücke Berlin, die von der Unterelbe starten. Und alles andere war fürchterliches Nacherleben.

Und wieder ein Winter, wieder Frühling und wieder Sommer. Der Schwarzhandel wuchs und gedieh; die UNRRA gleichermaßen, obwohl sie hinten und vorn bestohlen wurde. Es war aber ein Segen, daß die Besatzungssoldaten über den Schwarzmarkt die darbende Bevölkerung an ihrer reichlichen Versorgung teilhaben ließen.

Deutschland ist der allen Zugriffen preisgegebene Nachlaß eines ohne Erben plötzlich Verstorbenen.

Demontage oder die Kunst, einen Konkurrenten durch die Garotte zu erledigen.

Amerikanische Fachleute haben ausgerechnet, daß in Deutschland täglich für 3—5 Millionen Mark demontiert werden.

Und immer noch wird die deutsche Insel Helgoland von Amerikanern und Engländern bombardiert, und kein Mensch weiß weshalb. Sinnlosigkeit und Brutalität, wohin man blickt!

Und es kam der Tag X. Der Tag des großen Volksbetrugs. Aber es war auch der Tag des deutschen Wunders. Keine vierundzwanzig Stunden waren verronnen, da hatten die tüchtigen Deutschen die Schaufenster voll von Sachen, von denen es noch tags zuvor geheißen, sie seien nicht da und würden noch lange, lange auf sich warten lassen. Und die weniger tüchtigen Deutschen kamen aus der Verwunderung nicht heraus. Und wie von einer Seuche über Nacht hinweggerafft waren alle schroffen Haben-wir-nicht-Ladeninhaber. Jeder Fünfzig-Pfennig-Käufer wurde freundlich an die Tür geleitet.

Die Währungsreform war nebenher der gigantische Versuch, zu einer soziologischen Umschichtung eines ganzen Volkes zu gelangen durch die Austilgung der Erwerbskraft des Privatkapitals, indem man dieses Privatkapital einfach völlig beseitigte. Von der Ideologie zur Idiotie ist es nur ein Schritt. Politik ist die Kettenreaktion der menschlichen Dummheit.

Und alle, die für ihr Alter gespart hatten, und alle, die an ein Recht auf rechtmäßigen Besitz, erworben durch die Arbeit eines langen, schweren Lebens, geglaubt hatten, und alle, die vermeint hatten —

— und alle, alle diese, die nun hilfeheischend den Blick gen Himmel richteten, sahen, wie ein dunkles Gewölbe emporwuchs, ein eisenfarbenes, rilliges Gewölbe, vergleichbar dem einer riesenhaften Nissenhütte, die ganz Deutschland überdeckte —

Aber so schlimm war es dann wieder nicht; denn die Weltnot schien mit einem Schlage behoben, und man hatte nicht Augen genug für alle Herrlichkeiten, die in Fülle hereinkamen, bis hinab zum Pferdefleisch in Dosen aus USA.

Alles nahm allmählich das alte Gesicht an. Die Brotbeutel hingen wieder vor der Tür und wurden wieder gestohlen. Es war wie in alter Zeit. Die Kleinen taten es den Großen nach. Oben Wölfe, unten Ratten. Überall wieder die gottgewollte Harmonie.

Und dann durfte ein Bundestag, ein Bundesrat, ein Bundeskanzler und ein Bundespräsident gewählt werden, und im gleichen Augenblick, da es eine deutsche Bundesregierung gab, traten die alliierten Militärregierungen ihre Befugnisse ab an die „Alliierte Hohe Kommission für Deutschland", in deren Statut Absatz II verlautet, daß die Hohe Kommission die Bundesregierung und die Regierungen ihrer durch die Verfassung angegliederten Länder zu überwachen hat, wie es im Besatzungsstatut vorgesehen ist. Und in diesem Besatzungsstatut heißt es, daß die Besatzungsbehörden sich das Recht vorbehalten, auf Anweisung ihrer Regierungen ganz oder zum Teil die Ausübung der vollen Gewalt wieder aufzunehmen, wenn diese Regierungen der Auffassung sind, daß für die Sicherheit oder für die Erhaltung der demokratischen Regierung in Deutschland oder in Wahrnehmung der internationalen Verpflichtung ihrer Länder notwendig ist.

Unter diesen Auspizien wird in der „Nissenhütte Deutschland“ die Demokratie eine unerhörte Verklärung erlangen und zugleich bezeugen, daß das Heil der Welt allein darin liegt, daß der eine tut, was der andere zu heißen die Macht hat.

— — — — — — — — — — — — — — — — — — — —

Lünkenruh steht immer noch. Der Südwestbalkon hat im Sommer wieder seine Geranien, im Winter seine Möwen. Alles wie einst? Es wird nie wieder, wie es früher war. Wie ein Strauch, der jedes Jahr voller Blüten stand und jetzt nur knapp noch blüht.

Nach schönen reichlichen Jahren Jahre der Knappheit und Entbehrung. Bergers sprechen nicht darüber. Er nicht, weil Worte nichts ändern; sie nicht, weil Tapferkeit ihres Wesens Grund ist.

Mit allen, die diese Stadt lieben, wünschen sie nur dieses: sie wieder groß und schön zu sehen unter den Segnungen des Friedens, um den sich auch hier die besten Herzen mühen. Den Hafen wieder voller Schiffe, über den begrünten Ufern der Alster den Frühling wimpeln oder das Gold des Herbstes leuchten zu sehen, ohne daß der Schrei von tausend Sirenen sie vor Grauen verblassen macht.

Nein, von dieser Stadt wird man niemals sagen können, ihre Zeit sei wie ein Geschwätz gewesen. Stolz, groß, arbeitsam, aus aller Not auferstehend: Die unverzagte Stadt.